J. Michael Schumacher, Peter Hein – Der Feldzug der Rache
Historischer Roman

ISBN 978-3-943886-19-1

1. Auflage 10/2013
© Bergischer Verlag, © by J. Michael Schumacher und Peter Hein

Bergischer Verlag
RS Gesellschaft für Informationstechnik mbH & Co. KG
Verleger Arndt Halbach, Martin Czialla
Konrad-Adenauer-Str. 6 / 42853 Remscheid
E-Mail: info@BergischerVerlag.de / www.BergischerVerlag.de

Lektorat: Klaus Söhnel
Umschlagmotiv: Collage von Wandgemälden auf Schloss Burg, Solingen
Gesamtherstellung: Bergischer Verlag, Ernst-Wilhelm Bruchhaus
Druck: AALEXX Buchproduktion

Das Werk ist vollumfänglich urheberrechtlich geschützt.
Jede Verwertung wie zum Beispiel die Verbreitung, der auszugsweise Nachdruck, die fotomechanische Verarbeitung sowie die Verarbeitung und Speicherung in elektronischen Systemen bedarf der vorherigen Zustimmung durch den Verlag.

J. Michael Schumacher
Peter Hein

Der Feldzug der Rache

Historischer Roman

Bergischer Verlag

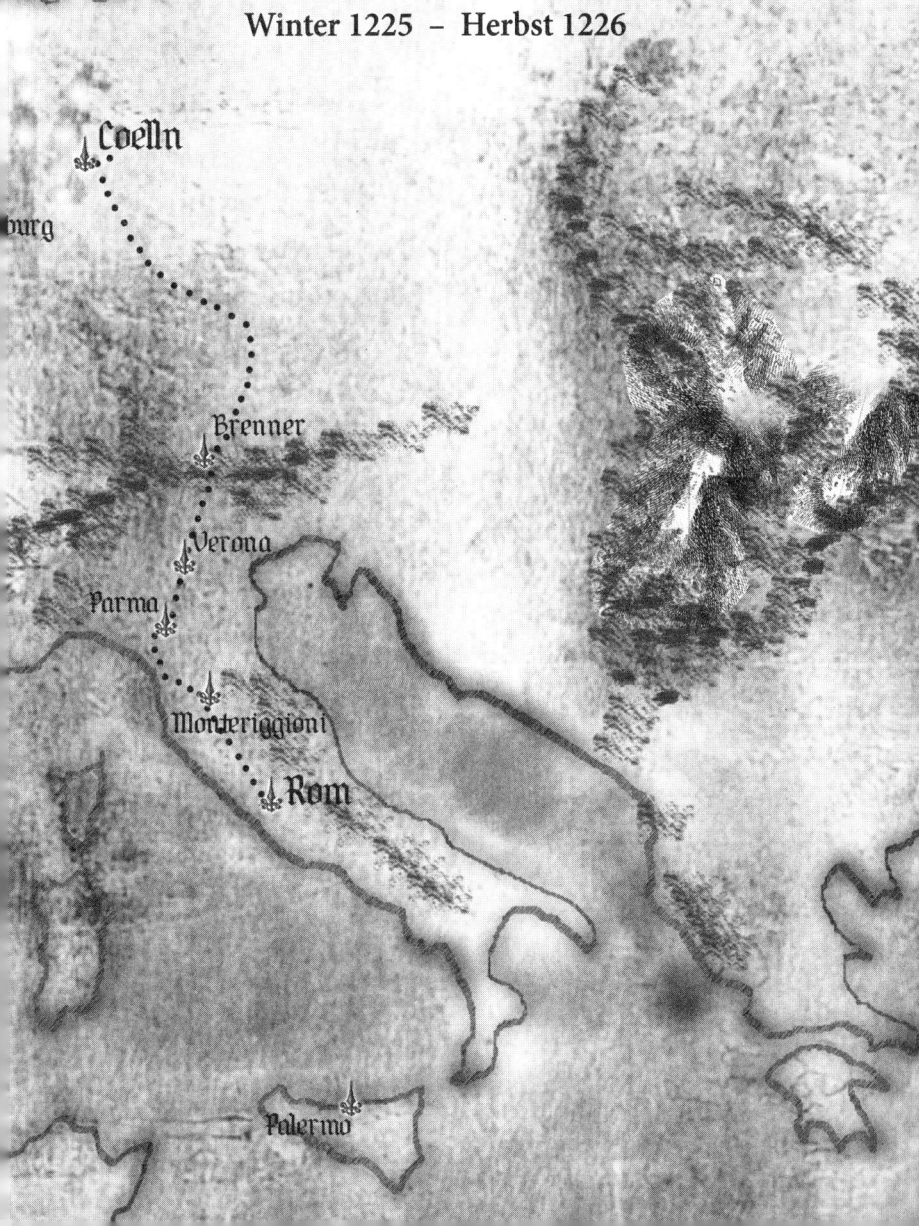

1. Buch, Prolog

In Köln, 14. November 1226

Die Menschen entlang der Straße zum südlichen Stadttor johlten und brüllten so laut, dass sie sogar das Klappern und Rumpeln des schwerfälligen vierrädrigen Wagens übertönten, auf dem der Verurteilte zur Richtstätte gekarrt wurde. Vom bischöflichen Kerker nahe dem Dom drängte sich die tobende Menge bis zum trutzigen Severinstor und weiter hinaus bis zum Judenbüchel, wie man den Friedhof der jüdischen Einwohner Kölns nannte, wo sich auf einem Hügel auch der Hinrichtungsplatz befand. Die beiden Schindmähren, die den Karren zogen, auf dem man an anderen Tagen Leprakranke zum Siechenhaus vor der Stadt transportierte, hatten aus Angst vor dem Mob die Ohren angelegt. Ununterbrochen hagelte es faule Äpfel und Rüben, verwelkte Kohlköpfe oder sonstige Geschosse aus Unrat, ja sogar Tierkot und menschlichen Exkrementen. Ein Gerber leerte mit Schwung einen vollen Eimer Gülle über dem Gefährt aus. Eine Frau entblößte ihre Brüste, nur um dann in Richtung des Wagens auszuspeien und an Ort und Stelle zu urinieren. Die Gesichter des Pöbels zu ihrer Linken und Rechten waren zu Fratzen entstellt. Aus ihren verzerrten Mündern kamen kehlige, frenetische Laute, die man kaum noch menschlich nennen konnte. Bis zur Heiserkeit schrien sie dem Mann auf dem Wagen – oder dem, was von ihm übrig war – ihren Hass entgegen. Der jedoch schien das alles nicht wahrzunehmen. Stoisch, ja entrückt, hockte der verurteilte Mörder auf dem spärlichen Stroh des Wagenbodens. Teilnahmslos ließ er sein Haupt ein wenig zur Seite hängen und starrte über die Köpfe der tobenden Menge hinweg ins Leere. Immer wieder trafen ihn einzelne Geschosse, denn er konnte weder seinen Kopf einziehen noch die Ohren, wie die wackeren Gäule; er unternahm aber auch sonst keinerlei Versuch, sich zu schützen. Wie auch? Seine Hände waren auf dem Rücken gefesselt und am Hals trug er einen eisernen Ring, von dem eine Kette herabhing, mit der man ihn drei Tage zuvor an die Wand seines Verlieses im erzbischöflichen Palast geschmiedet hatte. Sein Körper war geschunden und an zahllosen Stellen mit Wunden bedeckt. Offenbar hatte man ihn der peinlichen Befragung unterzogen, um Antworten bezüglich des Tatherganges von ihm zu erhalten. Doch der Übeltäter hatte meist geschwiegen – geschwiegen zu der Untat, an der er maßgeblich beteiligt gewesen war, geschwiegen vor allem zu den Hintermännern, etwaigen Drahtziehern des Komplotts, das zur Ermordung eines der führenden Männer des Reiches geführt hatte.

Jetzt deuteten die schweren Lasten, die der Henker und seine Gehilfen dem Wagen vorantrugen, dem Volke an, welche Strafen den Übeltäter erwarteten. Allem voran kündete ein hölzernes, vollständig mit Blei überzogenes Rad davon, welche Qualen dem Verurteilten zugedacht waren.

Der Mann unter der dunklen Kapuze hinter den Zuschauerreihen, der aus gutem Grund sein Antlitz vor neugierigen Blicken verbarg, dem Henkerstross aber unbeobachtet auf einem unscheinbaren, braunen Wallach folgte, ließ den Verurteilten keine Sekunde aus den Augen. Unablässig suchte er nach einer Regung im Gesicht des vermeintlich abgefeimten Mörders, einen kalten Blick, ein höhnisches Grinsen, das ihn als Unhold entlarvt hätte, ein ängstliches Zittern oder vielleicht ein feiges Wimmern, das seine Furcht vor der baldigen Gegenüberstellung mit Gott hätte erahnen lassen. Doch nichts dergleichen stand dem Mann ins Gesicht geschrieben. Er war gebrochen, aber gefasst. Trotz dreitägiger Folter, gebrochener Knochen und versengter Haut kam kein Laut der Klage oder des Schmerzes über seine Lippen. Offenbar hatte er mit der Welt und mit seinem Schicksal abgeschlossen. Der Mann unter der Kapuze hingegen spürte jeden Muskel und jeden Knochen im Leib, was auch nicht verwunderte angesichts der langen Reise, die er auf der Verfolgung des Mannes, der nun gerichtet werden sollte, hinter sich gebracht hatte. Ihm kamen nicht zum ersten Mal Zweifel, ob man hier den richtigen Mann auf die Schlachtbank führte.

Im Tal der Wupper, Frühjahr 1225

„Auf drei", rief Thomas, während er den schweren Pfahl mit seiner rechten Schulter abstützte, „eins – zwei – drei – und hoch damit!" Acht Hände legten sich auf dieses Kommando an den mächtigen Stamm, wuchteten ihn gemeinsam in die Höhe und ließen dessen Fuß gleichzeitig in die dafür ausgehobene Vertiefung im Boden gleiten. Während die Männer den Pfahl daraufhin sorgsam ausrichteten, schaufelten fleißige weibliche Hände Erdreich in die Mulde an dessen Fuß und stampften dieses sogleich mit flinken Füßen fest. Mit verstohlenen Seitenblicken registrierten die Männer die ob der Anstrengung geröteten Gesichter der jungen Frauen und die bis zu den Knien entblößten Beine, da die meisten von ihnen den Rock etwas angehoben hatten, um sich das Trampeln zu erleichtern. „Gut gemacht", lobte Thomas seine Helfer, „das soll für heute reichen!" Stolz besah er sich die stetig wachsende Palisade, die bereits die halbe Westseite seines Hofes umschloss. Er hatte beschlossen, sein ritterliches Besitztum zu befestigen, um etwaigen Störenfrieden unliebsame Besuche zu erschweren und die immer zahlreicher werdenden Seelen besser schützen zu können, die sich ihm, Ritter Thomas von Leichlingen, wie er sich nun nannte, anbefohlen hatten. Wie war sein Anwesen in den letzten drei Jahren gewachsen, seit er von dem unsäglichen Kreuzzug zurückgekehrt war, auf dem Turnier zu Neuenberge die Hand der schönen Sibylla gewonnen und das Stück Land am Wupperknick zum Lehen erhalten hatte! Neben dem alten Haupthaus, das sie sorgfältig instand gesetzt hatten, gab es jetzt eine große Scheune, einen Stall für die Tiere und vier Nebengebäude aus Fachwerk für seine Männer und deren Familien. Dort war als erster der Hundeführer Gerhardt mit seinem Sohn Ulrich und ihrem Hund Wulfila eingezogen. Aber auch die anderen fünf Männer, die er damals aus Widerode rekrutiert hatte, waren bei ihm geblieben. Drei von ihnen hatten mittlerweile geheiratet und wohnten hier. Zwei weitere taten in seinem Auftrag Dienst auf Burg Neuenberge. Unmittelbar neben dem Wohnbereich hatte er obendrein ein Räucherhaus gebaut, in dem Fisch aus der Wupper haltbar gemacht wurde, denn der Fang von Forellen und Aalen sowie im Herbst von Lachsen war die Hauptquelle ihrer Einnahmen. Dazu sollte nun auch die Fischzucht kommen. Ein Stück flussaufwärts hatte

Thomas dafür Karpfenteiche anlegen lassen, die ihnen aber frühestens nach dem Ablaichen im Sommer die ersten Erträge bescheren würden. Verkauft wurden ihre Fische auf den Märkten von Neuenberge bis Köln. Bei den Holzarbeiten hatten ihn vor allem der junge Martin und dessen Vater Willibald, der von allen nur Will genannt wurde, unterstützt. Sie waren im letzten Herbst zu ihm gestoßen. Thomas sah in Gedanken zu ihnen herüber, wie sie begannen, mit fachmännischem Blick im nahen Wäldchen die nächsten Stämme für die Palisade auszusuchen. Eigentlich waren sie Bogenbauer aus dem Flecken Weperevorthe, die es auf abenteuerlichen Wegen zu ihm an die untere Wupper verschlagen hatte. Da es auf seinem Anwesen nur einen beschränkten Bedarf an Bögen und Pfeilen gab, hatte er sie nur aufnehmen können, weil sie versprachen, auch Tischler- und Zimmermannsarbeiten zu verrichten. Im Geiste beglückwünschte er sich zu dieser Entscheidung, denn die beiden waren eine echte Bereicherung. Ihre Frauen, die ältere Adele, Martins Mutter, und die jüngere Andrea, eine Schönheit mir flachsblonden Haaren, die bereits einem Söhnchen namens Max das Leben geschenkt hatte und nun wieder schwanger war, verstanden sich prächtig mit seinen eigenen „beiden Frauen". Er musste selber über diese Formulierung lachen, die eines schönen Tages Gerhardt über die Lippen gekommen war und die seither alle auf dem Hof benutzten, auch er selbst. Die eine dieser beiden Frauen war Katharina, seine Schwester, die sich in den letzten drei Jahren von einer schüchternen jungen Magd zur unbestrittenen Herrin über die Küche gemausert hatte. Dabei offenbarte sie Fähigkeiten, die sie sich ohne Zweifel von ihrer früheren Lehrmeisterin, der Küchenmagd auf Burg Neuenberge, abgeschaut hatte und der sie im Wesen immer ähnlicher wurde. „Was glotzt ihr so, habt ihr noch keine nackten Waden gesehen?", polterte sie soeben unvermittelt los, weil sich einige der Männer noch immer nicht an dem unverhofften Anblick satt sehen konnten, den die jungen Frauen mit ihren geschürzten Röcken boten. Die Schärfe in ihren Worten schien ein wenig gespielt, war aber durchaus ernst gemeint, denn Katharina zeigte sich in letzter Zeit zunehmend ungehaltener. „Schert euch zurück an eure Arbeit", fauchte sie Martin und Will an. Dabei ließ sie ihre Röcke fallen und stapfte resoluten Schrittes zurück in Richtung Haupthaus. Die leichte Rundung um ihre Hüften ließ sich mittlerweile kaum mehr verbergen. Auch Katharina war schwanger. Und nicht nur Thomas wusste, dass der Vater ihres ungeborenen Kindes so schnell nicht zurückkehren würde. Darüber wurde zuweilen auf dem Hof getuschelt. Er war sich sicher, dass nur William von Gloucester als Vater infrage kam. Der englische Tempelritter, der ihm auf dem Kreuzzug nach Ägypten zum Freund, ja zum Bruder geworden war, hatte sich bei ihrer gemeinsamen Rückkehr in Katharina verliebt. Und sie sich in ihn. William war vor drei Jahren nach England aufgebrochen, mit dem Ziel, aus seinem Orden auszutreten und zu ihnen zurückzukehren. Aber das hatte sich schwieriger gestaltet als erwartet. Vor einigen Monaten war er wieder aufgetaucht, doch nur, weil ein Auftrag der Templer ihn an den Rhein geführt hatte. Bei der Gelegenheit hatten er und Katharina ihre Liebe erneuert. Offenbar waren sie dabei weiter gegangen als zuvor. Nun war William abermals fort, um mit dem Orden und seiner Familie sein weiteres Leben zu regeln, und Katharina war schwanger. Verkehrte Welt: Seine unverheiratete Schwester war guter Hoffnung, während ihm und seiner geliebten Sibylla immer noch kein Nachwuchs beschert wurde, obwohl sie sich redlich mühten. Mit klopfendem Herzen registrierte er den Glanz in den bernsteinfarbenen Augen seiner Frau, als sich ihre Blicke trafen. Mit Wangen, die nicht nur von der ungewohnten Arbeit an der Palisade gerötet waren, stand sie keine zehn Schritt von ihm entfernt und unterhielt sich mit Adele, während ihre Augen erst zu Katharina und dann zu ihm herüberwanderten. Ein leises, spitzbübisches Lächeln spielte wie so oft um ihre Lippen, während ihr der Wind eine Strähne ihres seidenweichen, langen Haares ins Gesicht wehte. Keine Stunde zuvor hatten sie sich im ersten warmen Frühlingslicht auf ihrem Lieblingsplatz für solche „Fischerstündchen", wie sie es nannte, geliebt – einer kleinen, mit Schilf bestandenen Wupperinsel, etwa hundert Schritt flussabwärts. Ein leichtes Ziehen in den Lenden erinnerte ihn wieder an die unbeschreiblichen Gefühle, die ihm das Zusammensein mit seiner Frau stets bescherte. Sie war in den drei Jahren ihrer Ehe noch schöner geworden. Da ihr Hof gute Erträge einbrachte und es immer genug zu essen gab, hatte sie um die Hüfte herum und an der Brust auch ein wenig zugelegt. Aber das tat ihrer Schönheit keinen Abbruch, im Gegenteil, wie Thomas fand. Nur schwanger war sie eben noch nicht. Thomas überlegte. War ihm das eigentlich wichtig? Bislang hatte er sich darüber keine großen Gedanken gemacht. Sicher wäre es schön, irgendwann Kinder zu haben. Aber eigentlich genoss er gerade sein Leben, wie es war. Andererseits war es schon ein wenig verwunderlich, dass sich noch kein Nachwuchs angekündigt hatte, während alles und jeder um ihn herum offenbar vor Fruchtbarkeit strotzte. Lag es vielleicht an ihm? Thomas schüttelte den Kopf und verscheuchte den Gedanken augenblicklich. Sie würden sicher noch früh genug Kinder bekommen. Warum nicht einfach weiterhin dieses fast sorglose Leben genießen, das es doch seit den kriegerischen Tagen von damals so gut mit ihm meinte? Sein Land gedieh, er hatte Männer, die mit ihm durch die Hölle gehen würden, seine lange vermisste Schwester lebte in seiner Nähe, er liebte Sibylla und sie liebte ihn. Alles war in bester Ordnung. Eigentlich! Wenn da nicht dieser unberechenbare Erzbischof gewesen wäre, mit dem nicht gut Kirschen essen war und der ihnen – und vor allem ihm – immer wieder das Leben schwer machte. Beim Gedanken an Engelbert ballte Thomas unweigerlich seine Hand zur Faust. „Was erzürnt dich plötzlich so?", hauchte da Sibylla sanft in sein Ohr. Sie stand plötzlich ganz nah hinter ihm und blies ihm zärtlich ein paar Strähnen über das Ohr. Wie immer war ihr auch diesmal seine Stimmung nicht entgangen, die er auch viel zu oft offen auf seiner Stirn zur Schau trug. „Ich habe an den Erzbischof gedacht, wie er vor Wochen vor mir stand und verlangte, ich solle mich neuerlich auf Kreuzzug begeben", antwortete er ehrlich, da es nie viel Zweck hatte, seiner Frau etwas vorzumachen. „Was wird er sich noch alles einfallen lassen, um mich wieder loszuwerden?" Sibylla verzog das Gesicht, als kaue sie auf einer bitteren Wurzel, weil auch sie keine Sympathien für den Kirchenmann hegte, beschloss dann aber, sich die Sache schönzureden, und hakte sich bei Thomas unter. „Vielleicht tun wir ihm unrecht, immerhin hat er Wort gehalten und dir dieses Gut zum Lehen gegeben!" – „Auf Geheiß des Kaisers", gab Thomas zurück, „er hat mich zum Reichsritter gemacht, nicht Engelbert!" „Aber er hat auch den versprochenen Frieden gebracht", fuhr Sibylla unbeirrt fort. „Seit Engelbert in Köln regiert, hat es landauf, landab keine Überfälle mehr gegeben." – „Weil sich kein Raubritter mehr aus seinem Versteck wagt", fügte Thomas an, „oder weil er sie allesamt bestochen und gekauft hat!" Seine Stimme klang bitter, aber selbst Thomas musste zugeben, dass er dies dem Erzbischof wohl kaum ankreiden konnte. Schmerzlich erinnerte er sich daran, dass seine eigenen Eltern vor über zehn Jahren Opfer von umherziehenden Raubmördern geworden waren. Damit war Schluss, zumindest für den Augenblick. Im Erzbistum Köln, in der Grafschaft Berg, ja im gesamten Herzogtum Westfalen herrschte Waffenruhe. Allerdings vermutete Thomas, dass es sich um einen trügerischen Frieden handelte, nur aufrechterhalten durch die Macht des Erzbischofs, der mittlerweile auch Vormund und Erzieher des Kaisersohnes war – und Gubernator des Reiches, Stellvertreter des Kaisers in deutschen Landen und damit der mächtigste Mann nördlich der Alpen. Niemand wagte es, sich gegen ihn aufzulehnen. Sogar der mächtige Herzog von Limburg kuschte mittlerweile, obwohl Engelbert immer noch dessen Sohn Heinrich die Erbschaft vorenthielt. Dieser Heinrich, der vierte Limburger Spross dieses Namens, hatte Irmgard geheiratet, die einzige Tochter Adolfs III., Graf von Berg und Bruder des Erzbischofs Engelbert. Adolf war auf dem Kreuzzug in Ägypten gefallen und Heinrich hätte als Irmgards Gatte eigentlich die Grafschaft erben müssen. Doch die hatte sich der Erzbischof unter den Nagel gerissen. Seit drei Jahren durften Heinrich und Irmgard zumindest auf der geerbten Burg Neuenberge, auf einem Felsen hoch über der Wupper, residieren. Aber die Macht im Lande behielt Engelbert. Der Erzbischof regierte mit harter Hand – und die ließ er jeden spüren. Von Thomas erwartete er unbedingte Loyalität und bewaffneten Schutz, wann immer er diesen einforderte. Als hätte eine höhere Macht, vielleicht sogar besagter Erzbischof selbst, seine Gedanken erahnt, ritt in diesem Moment ein Bote auf den Hof, der das erzbischöfliche Wappen trug.

„Und deshalb halte ich es für angeraten, den Umstand, dass sich der Dänenkönig Waldemar zu weit in Euer Reich gewagt hat und nunmehr in die Gefangenschaft der Rostocker geraten ist, zu nutzen, um ihm neben dem üblichen Lösegeld auch endlich die Zusagen abzuringen, auf die Euer Majestät schon so lange warten!" Engelbert war in seinem Element. Hoch aufgerichtet und mit gerecktem Kinn stand der mächtige Kirchenfürst, der die meisten anderen Menschen um mehr als eine Handbreit überragte, an einem Fenster im obersten Stockwerk seines erzbischöflichen Kölner Palas. Schräg gegenüber erhob sich der romanische Dombau, den Engelbert schon seit geraumer Zeit als zu klein und nicht mehr standesgemäß empfand. Die Handelsstadt am Rhein, die in ihren Mauern zudem die Gebeine der Heiligen Drei Könige beherbergte, wuchs stetig – und mit ihr wuchs die Zahl der Pilger. An manchen Tagen konnten schon jetzt nicht mehr alle Menschen durchgelassen und um den goldenen Schrein der Heiligen herumgeführt werden. Zu Ostern oder Pfingsten gab es mehrtägige Wartezeiten. Der alte Dom war dem Pilgerstrom längst nicht mehr gewachsen, von dem allerdings Herbergen, Huren, Tavernen und unzählige Händler, ja die ganze Stadt profitierten. Spenden und der Handel mit Reliquien brachten auch der Kirche täglich größere Summen ein. Ganz in Gedanken spielten die schlanken, wohlberingten bischöflichen Finger mit der dicken Goldkette, an deren Ende ein ebenso goldenes Kreuz prangte, auf seinem schwarzen, samtenen Gewand, das er am liebsten trug. Doch nicht Dombaupläne beschäftigten den Erzbischof, sondern die hohe Politik. Im schnellen Wechsel diktierte Engelbert seinem Schreiber eine ganze Reihe von Briefen, die für den Kaiser in Sizilien, für den noch jungen König, für den Papst in Rom und für verschiedene Fürsten bestimmt waren. Binnen weniger Momente traf er dank seines wachen Geistes Entscheidungen, die sowohl die Belange des Reiches als auch des Erzbistums oder des Herzogtums Westfalen betrafen. „Der nächste Brief geht an meinen dickköpfigen Vetter, den Grafen Friedrich von Isenberg", wies Engelbert seinen Schreiber an. Artig nahm dieser einen neuen Bogen Pergament, tauchte sodann seine Feder in das vor ihm auf dem Pult stehende Tintenfass, schrieb die üblichen Anredefloskeln und wartete dann auf die eigentlich niederzuschreibende Botschaft. „Adelheid, die Äbtissin des Nonnenstiftes zu Essen, die sich schon seit Monden und Jahren über Euer übergriffiges Handeln als Voigt desselben Klosters, vor allem über Erpressungen gegen Pächter und Stiftspersonal beklagt", hob Engelbert an, „hat sich nun an höchster Stelle, nämlich beim Kaiser und beim Heiligen Vater zugleich, über Eure räuberischen Methoden bei der Erhebung von Abgaben beschwert. Deshalb sehe ich mich nun zum Handeln gezwungen!" Während der Erzbischof mit wohlgesetzten Worten seine Korrespondenz an den westfälischen Vetter auf den Weg brachte, suchte eine kleine graue Maus in einer Nische des Fachwerkgebälks über seinem Kopf ihrerseits einen Weg nach unten, um sich an dem würzigen Käse und dem roten Wein laben zu können, die sich seit Engelberts Morgenmahlzeit auf dem schweren Eichentisch nahe der Fensterfront befanden. „Ich muss Euch daher auffordern, verehrter Vetter, nunmehr auf die Voigteirechte am Stiftskloster Essen zu verzichten und diese der Heiligen Mutter Kirche respektive dem Erzbistum Köln anzuvertrauen. Um die Angelegenheit zu verhandeln, wünsche ich, Euch in sechs Tagen in besagtem Kloster zu treffen!" Die Maus hatte sich, an einem Balken abwärtslaufend, mittlerweile ihren Weg nach unten gebahnt, verharrte nun für einen Moment hinter einer schweren, dunklen Eichenholztruhe und huschte dann in einem unbeobachteten Moment hinüber zu dem Tisch, auf dem sich in für ein so winziges Tier schwindelerregender Höhe die begehrten Köstlichkeiten befanden. „Als Entschädigung für die ererbten Pfründe, auf die Ihr auf höchstrichterlichen Wunsch zu verzichten angehalten seid, biete ich euch aus meinen persönlichen Einkünften eine

Jahresrente an, über die ihr bis zu meinem oder Eurem Ableben verfügen könnt!" Die Maus verließ derweil ihre Deckung hinter einem der voluminösen, mit Intarsien verzierten Tischbeine und setzte zu einem gewaltigen Sprung an. Wie von einem Katapult emporgeschleudert, flog das federleichte Wesen mit einem Riesensatz in die Höhe, erreichte die Tischkante, krallte sich mit den Vorderpfötchen ins Holz, suchte und fand dann auch mit den Hinterbeinen Halt und verschwand alsbald hinter dem großen silbernen Becher, in dem sich köstlicher Rebensaft befand, den sich nur ein hoher Fürst bzw. Erzbischof leisten konnte. „Mit Verlaub, das wird ihm trotzdem nicht gefallen, wenn Ihr mir ein mahnendes Wort erlaubt", warnte die Stimme des Schreibers, „er spuckt jetzt schon Gift und Galle gegen Euch, Eminenz, wie wird er erst die nun bevorstehende Erniedrigung aufnehmen?" Nur aufgrund ihrer brüderlichen Vertrautheit durfte es sich der Mönch aus dem nahe Königswinter gelegenen Kloster Heisterbach, der dem Erzbischof nun schon seit Jahren als Schreiber und Biograf diente, erlauben, solche Worte in den Mund zu nehmen. Aber Caesarius war eben nicht irgendwer, sondern sogar Novizenmeister und Prior von Heisterbach. Jeden anderen jedoch hätte die Mahnung den Kopf gekostet. Unwirsch drehte sich Engelbert denn auch zu ihm um, griff zu dem Messer, mit dem er vorhin noch einige Brocken von dem mächtigen Käselaib abgeschnitten hatte, und fuchtelte damit drohend und gefährlich nahe vor den Augen des Mönches herum. Hätte dieser mehr Haare gehabt als nur seinen Haarkranz, hätten sie sich ihm womöglich gesträubt. „Das wird ihm nichts nützen! Besser, er geht schnellstmöglich auf meinen Vorschlag ein. Ich hab' ihn und andere aus meiner westfälischen Vetternsippe oft genug gedeckt. Über Jahre habe ich ihre Raubrittermanieren toleriert, vor allem die Art, wie sie die Klöster auspressen – jetzt ist das Maß voll!" Selten verlor er so die Fassung. Der Mönch lief rot an, verzog jedoch keine Miene, und Engelbert stieß das Messer vehement zurück in den Käselaib, hinter dem eine zitternde kleine Maus auf ihre Gelegenheit wartete. „Ihr habt ganz gewiss Recht in allen Belangen, mein Fürst", entgegnete der Schreiber unterdessen deutlich kleinlauter, während er sich beeilte, den Brief zu beenden, „all Eure Brüder wissen das, aber ich fürchte mich halt ein wenig." Er überlegte, ob er es sich leisten konnte, den Bogen noch ein wenig weiter zu spannen. Er wagte es. „Werden es der Gegner nicht langsam ein paar zu viel?", getraute er sich hinzuzusetzen. „Zuerst die lange Fehde gegen den Limburger, dann der stete Unfrieden mit den Staufergegnern, dazu die Unruhen in Westfalen mit den Vögten. Und nun habt Ihr auch noch hier in Köln viele Menschen gegen Euch wegen des Brauverbotes …" Engelbert schnaubte verächtlich. „Deine Sorge ehrt dich, Caesarius, aber sie ist unbegründet. Auch wenn die Kölner es nicht begreifen wollen, ich musste das Bierbrauen verbieten lassen", erklärte er mit einem schiefen Lächeln. „Die Ernten waren erneut miserabel, es gibt nicht genug Getreide. Ich kann nicht erlauben, dass sie das wenige lieber in Form von Bier versaufen, als es zu Brot zu verarbeiten!" Der Schreiber nickte verständig. „Ich kann der dünnen Plörre ohnehin nicht viel abgewinnen und bleibe lieber beim Wein!", setzte der Erzbischof hinzu. Da ihm die Worte die Kehle ausgetrocknet hatten, stürzte er den Rest des Weines aus dem Becher hinunter und wollte neu einschenken, doch die danebenstehende Karaffe war leer. So griff er zu einem kleinen Glöckchen und läutete seinen Diener herbei, der auch alsbald mit einer neuen Karaffe erschien und den Becher nachfüllte. Als sich der Diener zurückzog, nutzte die kleine Maus die Gunst der Stunde, wagte sich vor und kostete von dem Käse. „Und der Limburger Löwe ist alt und zahnlos geworden", fuhr Engelbert von sich aus fort. Dabei klang er, als müsse er sich selbst erst noch von seinen Worten überzeugen. Den Herzog Walram von Limburg und seinen Sohn Heinrich, die sich nach dem Kreuzfahrertod Adolfs schon als Herren der Grafschaft Berg wähnten, hatte er vor zwei Jahren in die Schranken verwiesen. Engelbert hatte nie verstanden, warum sein eigener Bruder, Graf Adolf III. von Berg, die Gefahr nicht erkannt und sein einziges Kind, Irmgard, mit Walrams Sohn vermählt hatte. Berg drohte an Limburg zu fallen. Damit wären das Erzbistum Köln und er von zwei Seiten eingeschlossen gewesen, das hatte er nicht dulden können. So hatte er die Limburger in einer blutigen Fehde geschlagen, ihnen mit der Burg Valant eine waffenstarrende Grenzfestung direkt vor die Nase gesetzt und sich selbst obendrein zum Grafen von Berg gemacht. Doch zahnlos war Limburg damit noch lange nicht. „Die Limburger sind keine Gefahr mehr", wollte Engelbert jedoch sich und seinem Schreiber weiterhin weismachen, „Heinrich ist ein romantischer Träumer." Widerwillig erinnerte sich der Erzbischof an dessen Auftritt als Ritter mit Rosenwappen, womit der junge Recke nicht nur die ohnehin schon versprochene Hand, sondern auch das Herz der jungen Irmgard gewonnen hatte. „Ihm wird es reichen, dass er derweil mit seiner liebreizenden Gattin auf Burg Neuenberge residiert", fuhr der Erzbischof süffisant fort, „aber die Macht im Land behalte ich!" Dabei schlug er plötzlich mit der Faust auf den Tisch, sodass der Becher mit dem Wein umstürzte. Niemand scherte sich darum, bis auf die kleine graue Maus, die zwar vor dem Schlag des

Kirchenfürsten kurzzeitig geflüchtet war, sich nun aber vollends im Schlaraffenland wähnte. Mit beinahe geschlossenen Augen hielt sie ihr Zünglein in den Rebensaft, der jedoch unter der vordergründigen Süße erstaunlich bitter schmeckte. „So wahr ich hier stehe", posaunte Engelbert mit schwellender Brust, „die Grafschaft gebe ich erst ab, wenn …" Der kleinen grauen Maus wurde schwarz vor Augen. „… wenn ich tot bin!", tönte der Kirchenfürst. Caesarius wurde plötzlich aschfahl im Gesicht und bekreuzigte sich. Engelbert glaubte zuerst, die religiöse Geste gelte seinen Worten, dann jedoch folgten seine Augen dessen starrem Blick. Es dauerte ein wenig, bis er begriff, was er sah. Auf dem Tisch, in einer Lache roten Weines, die auf den Betrachter wie Blut wirkte, lag eine kleine graue Maus, die nun noch grauer geworden war.

„Was will er denn diesmal von dir?" Sibylla platzte vor Neugier, während Thomas in Windeseile die Zeilen überflog, die der Erzbischof ihm per Boten hatte zukommen lassen. „Das Übliche. Ich soll ihn mit zwei bewaffneten Knechten auf einen Ritt zu Klöstern und Landesherren entlang der Ruhr und der Lippe begleiten. In drei Tagen soll ich bei Bensberg auf ihn und seinen Tross warten!" Da der Brief ansonsten keine weiteren Befehle für seine Person enthielt, zuckte Thomas mit den Achseln und rollte ihn wieder ein. „Keine große Sache diesmal, außer dass ich zwei unserer Leute ordentlich bewaffnen muss." Schwerter besaßen alle seine Männer, aber für eine Eskorte des Erzbischofs reichte das nicht. Sibylla war aus anderen Gründen nicht begeistert. „Heißt das, du bist an Pfingsten gar nicht da?" Wie so häufig, wenn ein Gedanke ihr nicht behagte, kaute sie dabei mit den Zähnen ein wenig an der Unterlippe. „Wir wollten doch zum ersten Mal einen Ochsen für alle am Spieß braten!" Thomas musste lächeln, wie sie so grübelnd vor ihm stand, ein bisschen wie ein kleines, enttäuschtes Mädchen im Körper einer voll erblühten Frau. Liebevoll nahm er sie in die Arme, wobei ihm abermals ihr größer gewordener Brustumfang auffiel. „Keine Sorge, meine Königin, den Ochsen wird es auf jeden Fall geben – und ich werde mir den nicht entgehen lassen. Schlimmstenfalls müssen es die anderen übernehmen, den Spieß aufs Feuer zu heben. Spätestens wenn es ans Essen geht, sind wir wieder da, versprochen. Ich werde gleich mal Ulrich und Gerhardt Bescheid geben, die sollen mich begleiten – und unserem neuen Schmied, vielleicht kann er für die beiden ja noch eine neue Waffe schmieden, die der Garde des Erzbischofs würdig ist!" Sibylla schmiegte sich in seine Arme und biss ihm dabei zärtlich ins Ohrläppchen. „Wehe du bist nicht rechtzeitig zurück, dann suche ich mir glatt einen anderen, der mich an dem Abend glücklich macht!" „Ich kann ja mal den Schmied fragen, ob er diese Aufgabe nicht auch übernehmen will", schlug Thomas gespielt vor und erntete dafür einen Rippenstoß von seiner Frau. „Lass mal, der ist mir nicht hübsch genug", konterte Sibylla, „außerdem hat er nur Augen für seine Maria, seine schöne Wahrsagerin."

In der Tat war Ewald, der Schmied, keine Schönheit, dafür aber mehr als stattlich zu nennen. Seine Oberarme hatten einen Umfang, der dem Oberschenkel jedes anderen alle Ehre gemacht hätte. Aufgrund seiner schweren körperlichen Arbeit war er ständig in Schweiß gebadet. Deshalb trug er sein Haar stets äußerst kurz, ja hatte fast eine Glatze. Ganz anders seine Frau Maria, eine rothaarige Schönheit, die er bei einem Wanderzirkus kennengelernt hatte. Sie legte durchaus gewissen Wert auf ihr Äußeres. So trug sie ihr Haar lang und hatte in regelmäßigen Abständen grüne Bänder zwischen die Strähnen geflochten. Beide hatte es zeitgleich mit Martin, Willibald und deren Frauen an die Wupper verschlagen. Ewald war jedoch nicht in Thomas' Dienst getreten, sondern hatte sich mit dessen Erlaubnis eine kleine Schmiede nebst einer Wohnhütte etwas flussabwärts gebaut, zwar noch auf Thomas' Grund und Boden, wofür er ihm Waffen und Gerätschaften lieferte, aber auch nah genug am Dorf Leichlingen. So konnte er sowohl für das junge Rittergut als auch für die wachsende Ortschaft tätig werden. Einen guten Schmied brauchte man überall. Seine Frau Maria half ihm, so gut es ging, doch zeigte und nutzte sie andere Fähigkeiten. Bald hatte es sich herumgesprochen, dass in der Hütte des Schmieds eine Wahrsagerin lebte. „Gott zum Gruße", machte Thomas auf sich aufmerksam, als er die halbdunkle Schmiede betrat, in der rhythmische Schläge von Metall auf Metall widerhallten. „Wenn Ihr ihn seht, grüßt ihn auch schön von mir", feixte Ewald zurück. Dabei begutachtete er kurz das soeben behauene Eisen, bevor er es zurück auf die Esse legte, um das Material heiß und geschmeidig zu halten. Dann hielt er Thomas zur Begrüßung seine verrußte Pranke hin, die dieser ohne Zögern ergriff. „Wie laufen die Geschäfte?", begehrte Thomas aufrichtig zu wissen. „Ganz gut soweit", antwortete Ewald genauso ehrlich, „es spricht sich langsam herum, dass ich hier bin!" „Dann hast du vielleicht gar keine Zeit für mein Ansinnen?", verlieh Thomas einer vagen Befürchtung Ausdruck. Doch Ewald schüttelte vehement den Kopf. „Das wär' ja noch schöner, für Euch hab' ich immer Zeit, junger Herr!" Dabei war der Schmied kaum älter als Thomas, der jedoch in der Tat jünger aussah. „Was kann ich für Euch tun?", wollte Ewald wissen. Zur Antwort faltete Thomas eine grobe Zeichnung auseinander, die er selbst angefertigt hatte. „Ich dachte an eine Art Lanze", hob er an, wobei die beiden die Köpfe über der Zeichnung zusammensteckten, „nicht so schwer und ungelenk wie eine Turnierlanze, aber lang genug, um auch gegen Pferde und Reiter eingesetzt zu werden. Sie sollte außer der Spitze an einer Seite eine vorspringende Schneide haben, womit sie sich wie eine längliche Axt verhält, und hinten eine Art Dorn!" Ewald grübelte und strich dabei über seinen Stoppelbart. „So eine Stangenwaffe kann ich Euch anfertigen; etwas Ähnliches habe ich schon auf meinen Reisen gesehen", ließ der Schmied verlauten, „dort nannte man es Halmbarte oder auch Rossschinder. Man setzt sie wie einen Gassenhauer ein. Aber den Schaft müsst ihr woanders machen lassen, damit kenn' ich mich nicht aus!" Thomas nickte begeistert. „Den Schaft können die Bogenbauer anfertigen, keine Frage. Aber ich brauche gleich zwei davon, und das in wenigen Tagen!" Ewald nickte. „Gut, das lässt sich machen – und das verrechnen wir dann mit der Pacht?!" Thomas schlug in seine ausgestreckte Hand ein. In diesem Moment wurde ein lederner Vorhang beiseitegeschoben, der die Schmiede von der Wohnhütte trennte, und Maria betrat den Raum. Thomas pfiff im Geiste anerkennend durch die Zähne. Die Frau des Schmieds war in der Tat eine Schönheit. Sie trug ein ärmelloses Kleid aus dunkelroter Wolle, das den gleichen Farbton aufwies wie ihr Haar. An ihren nackten Armen prangten bronzene Reifen, die an züngelnde Schlangen erinnerten. Das flackernde Licht von der Esse schien diese mit Leben zu erfüllen. „Oh, der junge Herr", verwendete Maria die gleiche Anrede, wie ihr Mann, „Ihr braucht wohl ein paar neue Waffen für Eure stolze Garde?" – „Die Gattin unseres werten Schmiedes", erwiderte Thomas ebenso aufgeräumt, während er eine galante Verbeugung andeutete, „so ist es – aber dann kann ich ja auch direkt in Erfahrung bringen, ob ich denn rechtzeitig zu Pfingsten von meinem Ausritt mit dem Erzbischof zurück sein werde?!"

Marias Miene verdunkelte sich zusehends. Ohne zu fragen, ergriff sie seine rechte Hand und strich versonnen über die Linien in der Innenfläche, dann blickte sie ihm forschend in die Augen. „Ja, zu Pfingsten werdet ihr zurück sein", gab sie ihm nach endlos langen Sekunden zur Antwort, „doch ein anderes Mal seid auf der Hut, dann kommen nicht alle von dem Ritt zurück, der zudem länger dauert als gedacht!"

„Bleib stehen, im Namen des Erzbischofs, stehenbleiben!", hallte es hinter ihm über das Pflaster. Doch Herenbert Rennekoie dachte nicht daran, stehen zu bleiben. Er rannte, so schnell er konnte. Wenn ihn die Büttel des Erzbischofs erwischten, wäre es um ihn geschehen, dessen war er sich sicher. So rannte er, was das Zeug hielt. Viel zu schnell, zumindest viel schneller, als er erwartet hatte, waren sie ihm auf die Schliche gekommen. Dabei hatte alles so gut und planvoll angefangen. Unerkannt hatte er sich nach dem Besuch der Messe im Dom mit dem Gefolge des Erzbischofs in dessen Palas begeben können. Dabei hatte ihm ein leichtgläubiger Mönch aus der Kellerei zur Seite gestanden, dem er die Lüge auftischen konnte, er sei ein Wein- und Kornhändler, der mit dem erzbischöflichen Hof ins Geschäft kommen wolle. Wie zum Beweis hatte er dem Mönch ein Probefässchen seines jüngsten Jahrganges überreicht, verbunden mit dem Wunsch, dessen fachmännisches Urteil zu hören. Gebauchpinselt hatte der Mönch ihn mitgenommen, dann auch eifrig dem mitgebrachten Weine zugesprochen und Interesse heischend Fragen gestellt. Da sich Rennekoie als Rentmeister eines Hofes vor den nördlichen Toren der Stadt, der seinem eigentlichen Herrn gehörte, bestens mit Wein und anderen landwirtschaftlichen Erzeugnissen auskannte, war es ihm nicht schwergefallen, diese Fragen zu beantworten. Und dann war sein erhoffter Moment gekommen, als die Stimme des Kellermeisters lautstark Wein für seine Eminenz eingefordert hatte. Sein Gegenüber hatte sich sogleich beeilt, dem Befehl nachzukommen, und eine Karaffe des besten südfränkischen Rotweines abgefüllt. Als der Mönch ihm den Rücken zukehrte, um das Fass, dem er den Rebensaft entnommen hatte, zu verschließen, hatte Rennekoie flugs den Inhalt eines unter seinem Gürtel verborgenen Fläschchens in die Karaffe mit dem für den Erzbischof bestimmten Wein geträufelt. Dann hatte er sich ohne weitere Erklärung aus dem Staub gemacht. Doch der erzbischöfliche Palas war weitläufig und verzweigt, und noch bevor er auf der Straße war, hatte jemand Alarm geschlagen. Lärmend und polternd waren die Hofknechte ausgeschwärmt – auf der Suche nach einem Mordbuben, wie es hieß. Jeder Fremde wurde auf der Stelle inhaftiert. Deshalb hatte er ohne Zögern von der Treppe, auf der er sich bereits befand, als der Tumult losging, den direkten Weg nach draußen gesucht. Seine Eile musste natürlich auffallen, verschaffte ihm aber auch einen gewissen Vorsprung. Jetzt rannte er durch die schmalen Gassen des Stadtzentrums. Dabei wusste er nicht einmal, ob sein Anschlag überhaupt Erfolg gehabt hatte. Aber das würde er noch früh genug erfahren. Zuerst einmal musste er sich in Sicherheit bringen. Ohne auf die Menschen, ihre Stände und Waren zu achten, rannte er über den Alter Markt, wo alle möglichen landwirtschaftlichen Produkte, Getreide in großen Säcken, Kohl und Rüben, aber auch Eier und Käse angeboten wurden, hinüber zum entgegengesetzt gelegenen Fischmarkt. „Haltet ihn!", brüllten die Büttel hinter ihm, „er hat versucht, unseren Erzbischof zu ermorden!" Rennekoie fluchte. Alles umsonst. Und schon drehten sich die ersten Köpfe zu ihm um. Die mussten anderweitig beschäftigt werden. Rennekoie griff unter sein Wams und spürte den Beutel mit den vielen kleinen Münzen. Er seufzte in Gedanken. Es war schade um den kleinen Schatz, aber es musste sein. Damit die Menschen auf dem Markt nicht auf dumme Gedanken kamen, warf er eine ganze Handvoll dieser Münzen in die Menge. Sogleich entstand ein rechtes Durcheinander, das niemanden daran denken ließ, den Flüchtenden aufzuhalten. Die Gasse, in die er nun einbog, hieß Lintgasse. Aber nicht, weil eine ausladende Linde ihr den Namen gegeben hätte – eine solche stand weiter hinten auf dem Bauernmarkt – sondern weil die Fischkörbe aus Lindenbast geflochten und mit Lindenbastseilen verschnürt waren. Neben den Fischhändlern waren daher in der Gasse auch zahlreiche Handwerker, Lindschleißer genannt, am Werk, die diese Fischkörbe und Seile herstellten. Rennekoie spürte, dass ihm die Büttel trotz seiner Finte immer näher auf den Fersen waren. Einer von ihnen kam ihm in der Mitte der Gasse gar zum Greifen nah. Deshalb stieß der Flüchtende mit dem linken Arm eine ganze Traube besagter Körbe um, die hinter ihm über das Pflaster purzelten, während die Lindschleißer und Fischhändler erbost aufsprangen, um ihre Ware zu schützen. Der Tumult hielt die Büttel einen Moment auf und verschaffte Rennekoie einen kleinen Abstand zu seinen Verfolgern. Die Lintgasse führte zum Rhein. Eigentlich hatte Rennekoie vorgehabt, sich dort am Ufer zu verbergen oder in einem Nachen flussabwärts treiben zu lassen, um zu seinem Hof in Niederich zurückzukehren; er verwarf diesen Gedanken aber, weil er nicht genug Vorsprung hatte. So bog er in eine kleine Gasse ein, die zur großen Kirche Sankt Martinus führte. Die Gasse war so schmal, dass keine zwei Mann in ihr nebeneinander stehen, gehen oder laufen konnten. Sollte er sich also einem Kampf stellen müssen, war dies hier der geeignetste Ort. Und so kam es. Weil ihm in dieser Engstelle auch der eine oder andere Passant entgegenkam, musste er sein Lauftempo etwas zügeln. Bald hatten die Büttel zu ihm aufgeschlossen, standen aber allesamt hintereinander, aufgereiht wie die Perlen an einer Schnur. Mit einem Blick hatte Rennekoie die Situation erfasst, grinste, kratzte dabei kurz seinen nur dünn mit Haaren bewachsenen, jetzt vor Schweiß glänzenden Schädel und zog sein Schwert. Der erste Büttel vor ihm grinste zurück und entblößte dabei eine weitgehend gelichtete Zahnreihe. Dann sprang er auch schon vor und versuchte, den Gesuchten mit seiner Pike an den Beinen zu verletzen. Leichtfüßig sprang der jedoch einen Schritt zur Seite und ließ sein Schwert auf den schutzlos entblößten Nacken des Büttels niedersausen. Knirschend fuhr die scharfe Klinge in die Wirbel, wurde jedoch sofort wieder zurückgerissen, um einen Atemzug später einen Lanzenstoß des nachrückenden erzbischöflichen Hofknechtes zu parieren. Dessen Arme, die nicht loslassen wollten, gehorchten der Fliehkraft und folgten dem gleichen Weg, den schon die Lanze genommen hatte. Einen Wimpernschlag später bohrte sich Rennekoies Schwert in die schutzlose Brust des Wachmannes. Dessen Körper fiel entseelt vornüber und stellte nun, zusammen mit der Leiche seines zuvor gefallenen Mitstreiters, ein nur schwer zu überwindendes Hindernis in der engen Gasse dar. Zudem zeigten die verbliebenen Büttel plötzlich nur noch wenig Interesse an einer weiteren Verfolgung. Rennekoie musterte sie kurz, jeden einzelnen. Dann spie er einen Pfropf Speichel auf das Pflaster, stieß sein Schwert zurück in die Scheide und stapfte davon. Er hatte gewonnen, dank der Enge der Gasse und dank seiner hervorragenden Ausbildung, von der die Büttel nicht die leiseste Ahnung hatten. Woher hätten sie auch wissen sollen, dass er, der Bastard, mit den ehelichen Söhnen seines Herrn aufgewachsen war und dass er die gleiche ritterliche Ausbildung genossen hatte wie diese. Rennekoie war ein Ritter, einer ohne Land und Ehre, aber ein Ritter – und einer der besten dazu. Das würde bald auch dieser Erzbischof zu spüren bekommen.

„Die neuen Lanzen sind großartig!" Gerhardt ließ seine neue Waffe voller Begeisterung zweimal über dem Kopf kreisen und dann auf die jungen Triebe einer ausladenden Buche zu seiner Rechten darniedersausen. Ein glatter Schnitt trennte fünf Finger dicke Zweige sauber vom Hauptast ab. Wulfila, sein kapitaler Jagdhund einer im Bergischen Land weit verbreiteten Rasse, Saupacker genannt, stürzte sich sogleich auf einen der Zweige, packte und schüttelte ihn, als sei er ein erlegtes Wild, und trug ihn dann stolz hinter den Männern her. „Ein feines Gerät", meinte auch Ulrich. „Lanze, Schwert und Axt in einem!" – „Ein Stangenbeil oder Breschenmesser", überlegte Gerhardt, „mit der gebührenden Länge, um auch gegen Reiter vorzugehen!" Nur Thomas sagte nichts, während er im Schritt langsam auf die Burg Bensberg zuritt, vor deren Mauern sie sich verabredet hatten. Er und seine Männer trugen allesamt einen blau-weißen Wappenrock, auf dem ein silberner Lachs als Wappen des Fischersohnes prangte. Thomas ritt sein gewohntes Ross, das er vor über drei Jahren auf dem Rückweg vom Kreuzzug in Italien erstanden und das ihn auch durch das Turnier in Neuenberge getragen hatte. Weil es ihn mit seiner braunen Farbe und der schwarzen Mähne an einen Mauren erinnerte, genauer gesagt an einen Assassinen, dem er zu großem Dank verpflichtet war, hatte er es Tarek genannt, nach Yussef bin Tarek al-Tahir, obwohl eigentlich kein orientalisches Blut in ihm zu pulsieren schien. Zumindest sah es mit seiner geraden Stirnlinie und den stämmigen Beinen nicht danach aus. Daheim im Stall gab es noch eine gute Stute, die augenscheinlich von edlerem Geblüt war und mit der er bald züchten wollte. Sonst hielten sie derzeit keine weiteren Pferde, da sich das in Friedenszeiten kaum jemand leisten konnte. Pferde waren teuer und fraßen zu viel. Thomas' Aufmerksamkeit war weit nach vorn gerichtet, wo sich aus der Rheinebene ein Zug von Menschen die Hügel hinauf bewegte. Als die Reiter näher kamen, erkannte Thomas in vorderster Reihe den Erzbischof, der heute vollständig in Rot und Gold gekleidet war, also im vollen Ornat seines Standes. Als Kopfbedeckung hatte er allerdings nur eine samtene Kappe gewählt, die auf einem Ritt einfacher zu tragen war als die hoch aufgeschossene, spitz zulaufende Mitra. Engelbert, auf einem vollblütigen Schimmelhengst reitend, überragte auch so die gesamte Schar um gut einen Kopf. Neben ihm ritt ein einfacher Mönch, wie es schien, vermutlich sein Schreiber, eine hagere, blasse Gestalt, deren Hakennase aber von Entschlusskraft und wachem Geist zeugte. Hinter diesem ritt ein Edelknabe, namentlich von Hemmersbach, der ein prächtiges, vollständig ausgebildetes Schlachtross neben sich am Zügel führte, ein militärischer Trumpf im Ärmel des Erzbischofs, falls es zu einem Überfall oder Scharmützel kommen sollte. Den Reitern folgte ein Wagen, der den Proviant des Prälaten samt einigen Fässern Wein transportierte und der von zwei stämmigen Kaltblütern gezogen wurde. Die Zügel hielt ein weiterer, deutlich gesetzterer Mönch, der sich später als der Kellermeister des Erzbischofs, Heinrich von Himmerode, entpuppte. Weil er ein krankes Bein hatte und beim Auftreten mit einem Fuß hinkte, genoss er das Privileg, den Wagen lenken zu dürfen. Die Nachhut bildeten vier Kriegsknechte der erzbischöflichen Garde. „Seid gegrüßt, Eure erzbischöfliche Eminenz", setzte Thomas zu einer Begrüßung an, „ich bin …" – „Ich weiß, wer Ihr seid", schnitt Engelbert ihm kurzerhand das Wort im Munde ab, „schließlich habe ich Euch selbst hierhin befohlen, also keine langen Vorreden, reiht Euch hinten ein!" Mit diesen Worten gab er seinem Pferd auch schon wieder den Befehl, voranzuschreiten. Auch eine Abordnung der Burg Bensberg, die zur Grafschaft Berg gehörte und ihren westlichsten militärischen Eckpfeiler darstellte, würdigte er nur eines kurzen Blickes. Offenbar beschäftigten ihn andere Dinge und Ereignisse weitaus mehr, die womöglich vor ihnen lagen und die er lieber mit seinen kirchlichen Begleitern erörterte. Nur einmal merkte er kurz auf, nämlich als Wulfila hinter Ulrich und Gerhardt auftauchte, immer noch mit dem armdicken Zweig im Maul. „Was ist das für ein Untier?", begehrte er zu wissen. „Das ist Wulfila", antwortete Thomas, „ein Saupacker, ein Jagdhund nach altem Schlag!" Engelbert musterte den Hund eine Weile. „Solche Tiere habe ich früher einmal auf einer Jagd meines Bruders gesehen, Gott hab' ihn selig!" Thomas nickte. „Dort stammt er her, Wulfila ist der Sohn eines Jagdhundes unseres seligen Grafen Adolf, der vor Damiette gefallen ist. Es sind die stärksten und mutigsten Hunde, die es gibt!" Engelbert warf ihm einen undurchsichtigen Blick zu, bevor er weitersprach. „Dann wollen wir hoffen, dass er Freund von Feind zu unterscheiden weiß!" Mit diesen Worten gab er seinem Tier die Sporen und ritt in den einsetzenden Regen.

„Ich bekomme ein Balg, habe aber keinen Vater dafür, was soll daran so wunderbar sein?" Katharina erteilte ihrer Schwägerin Sibylla, die sich zum wiederholten Male erdreistet hatte, ihren Zustand als wunderbar zu bezeichnen, ebenfalls zum wiederholten Mal eine herbe Abfuhr. „Aber Katharina, wie kannst du so etwas sagen", insistierte Sibylla, „ein Kind ist doch ein Geschenk Gottes!" – „Das sagst du nur, weil du selbst gern ein Kind hättest, es aber bei Euch nicht klappt!", konterte Katharina. Sibylla blieb die Luft weg. „Ich hätte auf dieses Geschenk gern verzichten können", fuhr Thomas' Schwester fort. „Und wenn ich gewusst hätte, dass sich der Vater dünne macht, hätte ich Mittel und Wege gefunden, die Schwangerschaft zu verhindern!" Sibylla lief hochrot an. „Also jetzt reicht es", verkündete sie, „du versündigst dich an deinem ungeborenen Kind, du tust ganz sicher auch William unrecht und, und …" Sie schnappte nach Luft. „Und mich, deine beste Freundin, beleidigst du bis aufs Blut!" Dabei ballte sie die Hände zu Fäusten, konnte aber trotzdem nicht die aufsteigenden Tränen unterdrücken. Katharina biss sich auf die Lippen. Sie hatte ihre Freundin nicht beleidigen wollen, aber warum hatte sie auch keine Ruhe gegeben und ständig von diesem wunderbaren Zustand gesprochen, den sie selbst alles andere als wunderbar empfand? Mit William an ihrer Seite, dem Mann, den sie liebte, hätte das alles ganz, ganz anders ausgesehen. Aber William war fort, und wer wusste zu sagen, ob er überhaupt jemals wiederkommen würde! Und ohne Mann an ihrer Seite machte das Kind sie zur Bittstellerin, wie sie es empfand, zu einer Almosenempfängerin, die auf die Hilfe ihres Bruders und ihrer Schwägerin angewiesen war. Trotzdem ergriff sie jetzt die Hand der Freundin, die ihr in den letzten Jahren immer mehr ans Herz gewachsen war. „Es tut mir leid, du hast recht", lenkte sie ein, „ich wollte dich nicht verletzen, aber ich werde hier bald völlig nutzlos sein, als die runde Tonne, zu der ich mich entwickle." Nun konnte auch Katharina ihre Tränen nicht mehr zurückhalten. „Das ist furchtbar für mich, weißt du?!", schniefte sie, während sie sich eng an den Arm der Schwägerin drückte, „ich kann es nicht ertragen, nutz- und tatenlos und vom guten Willen anderer abhängig zu sein!" – „Aber wer sagt denn, dass du nutzlos bist?", protestierte Sibylla, „du bist doch die Einzige, die hier alles im Griff hat und immer genau weiß, was zu tun ist. Selbst wenn du nicht mehr so viel rumlaufen kannst, brauchen wir immer noch deinen Rat und deine Erfahrung, um die viele Arbeit hier zu meistern!" – „Und was macht dich so sicher, dass dein William nicht zurückkommt?", vernahmen sie da die Stimme von Maria, die gerade durch die wie immer offene Tür in die Küche des Haupthauses trat, in der sich der Disput abgespielt hatte. Katharina und Sibylla blickten erstaunt auf. „Entschuldigt, Herrin, ich wollte nicht lauschen", fuhr Maria mit einer an Sibylla gerichteten, angedeuteten Verbeugung fort, „aber das ließ sich bei Eurer Lautstärke nicht vermeiden. Darf ich mich setzen?" Sibylla nickte und wies sie mit einer Geste an, auf der grob gezimmerten Holzbank auf der anderen Seite des großen Küchentisches Platz zu nehmen. Katharina ließ Maria nicht mehr aus den Augen, denn Marias Ruf, in die Zukunft sehen zu können, hatte sich längst herumgesprochen. Und sie erinnerte sich noch gut an die alte Sigrun, die ebenfalls über diese Gabe verfügt hatte. „Weißt du etwas, was ich nicht weiß?", ließ Katharina ihrer Neugier freien Lauf. „Möglich", antwortete Maria, während sie sich etwas von dem Kräuteraufguss, der in einem Kessel auf dem Tisch stand, in einen hölzernen Becher goss. In diesem Moment traten auch Andrea und Adele in die Küche, denn es nahte die Tageszeit, zu der sie stets gemeinsam die Hauptmahlzeit für alle zubereiteten. Andrea trug ihren kleinen Max in einem Tuch vor die Brust geknotet. Die Frauen in Thomas' kleiner Ansiedlung pflegten auf Sibyllas Wunsch einen ungezwungenen Umgang miteinander, der nicht von Standesdünkel geprägt war. Anders als Sibyllas Mutter, der Frau des Burgvoigtes von Neuenberge, waren ihrer Tochter aufgezwungene Hierarchien und Regeln ein Gräuel. Trotzdem genoss sie schon aufgrund ihrer Erziehung und Persönlichkeit eine natürliche Autorität. Ähnlich verhielt es sich mit Katharina, die jedoch nie mehr als eine Küchenmagd gewesen war, und das ließ sich manchmal nicht verleugnen. „Herrgott, jetzt lass dich doch nicht so bitten", polterte sie los, „weißt du etwas von William oder nicht?" – „Das ist nicht so einfach zu sagen", hob Maria nun zu einer Erklärung an, „ich lese nicht in der Zukunft wie in einem Buch. Ich habe zuweilen eine Vision, ein Gefühl, ein Bild vor Augen." – „Und?", kam es nun fast zeitgleich aus Katharinas und Sibyllas Mund. „Nun ja, ich hatte eine Vision, in der ich dich mit deinem Kind und einem Mann an deiner Seite gesehen habe", fuhr Maria fort, „und der sah mir ziemlich nach deinem William aus!" Andrea und Adele brachen in spontane Begeisterung aus, Adele herzte die Jüngere und Andrea drückte Katharina ihr Mäxchen auf den Arm. „Du wirst sehen, das Kind wird dir bestimmt viel Freude machen!" Katharina war für einen Moment sprachlos über die Welle der Zuneigung, fing sich aber schnell wieder. „Aber sag mir, wann", hakte sie noch mal bei Maria nach, „wann wird William zurückkommen?" Die Frau des Schmieds seufzte. „Wie ich schon sagte, das kann ich so nicht …" Der flehende Blick in Katharinas Augen ließ sie einlenken. „Also, es kann so lange nicht mehr sein", ließ sich Maria zu einer weiteren Aussage erweichen, „das Kind auf deinem Arm war noch ein Säugling und du sahst nicht viel anders aus als jetzt!" Katharina hätte am liebsten noch tausend Fragen gestellt, ließ es nun aber dabei bewenden. Außerdem wurde sie ihrerseits von Adele und Andrea mit Fragen bestürmt. Einzig Sibylla stimmte nicht in den Jubelchor mit ein, sondern zog sich ein wenig in sich zurück. „Warum so trübsinnig?", bekam sie da von Maria zu hören, „spürt Ihr es denn nicht schon längst?" Sibylla blickte fragend zu Maria auf, während das Geschnatter der anderen Frauen schlagartig verstummte. „Auch in Euch wächst neues Leben heran!" Maria hauchte diese Worte nur. Sibylla fiel aus allen Wolken.

Dunkel ragten die Klostermauern des Nonnenstiftes zu Essen in die regenschweren Wolken empor. Vor dem Portal standen, nur notdürftig unter einem Vordach vor dem Regen geschützt, vier Pferde, die mit geschlossenen Augen geduldig auf die Rückkehr ihrer Reiter warteten. Drinnen, im Offizium der Äbtissin, gehörte Geduld nicht zu den vorherrschenden Tugenden. „Auf gar keinen Fall, dazu gebe ich nie und nimmer mein Einverständnis. Ihr habt schon viel zu viel Silber für Euch abgezweigt!" Die Äbtissin war in Rage, ihr Gegenüber nicht minder. „Ich gebe einen Furz auf Euer Einverständnis, ich nehme mir, was mir zusteht!", wetterte Graf Friedrich von Isenberg. Das Gespräch drehte sich mit zunehmender Lautstärke und Hitzigkeit um die Rechte und Pflichten des Klostervoigtes, vor allem darum, wie viel sich das Kloster seinen „Schutz" und seine Verwaltung kosten lassen durfte. „Untersteht Euch, hier noch irgendetwas anzutasten oder weiterhin unser Stiftspersonal zu erpressen", eiferte sich die Äbtissin Adelheid, die einem uralten Adelszweig entstammte, „ich habe mich diesmal nicht nur an Euren erzbischöflichen Großvetter in Köln gewandt, sondern direkt an den Heiligen Vater in Rom und an den Kaiser. Die werden Euch in die Schranken weisen!" Besagter Voigt, Graf Friedrich, schnaubte verächtlich. „Glaubt Ihr, der Kaiser hat nichts Besseres zu tun, als sich das Gewäsch einer alten Jungfer anzuhören, die zudem von Geiz zerfressen ist? Öffnet die klösterliche Schatulle und entlohnt mich und meine Männer für unsere Mühen, dann habt Ihr bis zur Ernte Ruhe vor mir, sonst müssen wir andere Mittel anwenden!" Seine Begleiter, bestehend aus seinem Notarius Tobias, seinem Diener Herriger und den beiden Kriegsknechten Jordan und Giselher, lachten gehässig. Letzterer machte anzügliche Bemerkungen, die jedoch von der Äbtissin geflissentlich ignoriert wurden. Da öffnete sich die Tür und eine junge Nonne trat ein, bei deren Anblick die Kriegsknechte lüsterne Blicke tauschten. „Ehrwürdige Mutter", flüsterte sie mit gesenktem Blick, „es stehen zehn, elf weitere Männer vor der Tür – wie es scheint, seine Eminenz, der Erzbischof von Köln, mit Gefolge!" Der Isenberger und seine Männer wurden augenblicklich nervöser. „Noch mehr Raubrittergesindel", schimpfte die Äbtissin, „aber gut, lasst sie ein!" Bevor jedoch der Befehl seinen Weg nach draußen fand, stürmte bereits die hoch aufgeschossene Gestalt des

Erzbischofs durch die Tür, gefolgt von drei Bewaffneten, die er an der Tür platzierte. „Hochverehrte Schwester in Christus, seid gegrüßt!" Dabei hielt er ihr seine Hand mit dem Bischofsring demonstrativ zum Kuss hin. Widerwillig, aber gefügig ging die Äbtissin in die Knie und küsste den Ring. Engelbert nahm sich die Zeit, diese Demutsgeste von jedem im Raum einzufordern. Der Erzbischof liebte klare Verhältnisse. Den Grafen von Isenberg jedoch zog er nach dem Ringkuss wieder auf die Füße und nahm ihn in die Arme. „Komm an meine Brust, geliebter Vetternsohn, wie lange haben wir uns nicht mehr gesehen?" Seine Herzlichkeit war entwaffnend. „Zu Ostern war es gut ein Jahr!", gab sein Verwandter etwas irritiert zur Antwort. Sie hatten in der Tat gemeinsame Vorfahren, das ließ sich schon äußerlich nicht verleugnen, war ihnen doch beiden eine gewisse Stattlichkeit eigen. Graf Friedrich hatte jedoch nicht die volle Größe, nicht die charismatische Wirkung und das einnehmende Wesen des Erzbischofs. Engelberts Vater und Friedrichs Großvater waren Brüder gewesen. Sie hatten die ursprüngliche Grafschaft Berg in einen rheinischen und einen westfälischen Zweig geteilt. Während die westliche Grafschaft mit der Burg Neuenberge als Stammsitz in der Folge ungeteilt geblieben war und sich stets nur an den Ältesten weitervererbte, hatte die östliche Hälfte unter Friedrichs Vater und dessen Brüdern eine weitere Teilung erfahren. Graf Friedrich war nun der Herr von Hattingen und der Isenburg. Zu seinen ererbten Rechten gehörte u. a. auch die Voigtei über das Damenstift in Essen. Daraus erwuchs die Pflicht, das Kloster und dessen Besitztümer vor Räubern, Dieben, Wilderern und anderem Gesindel zu beschützen und dessen weltliche Geschäfte zu führen. Dafür konnte sich der Graf das Recht herausnehmen, einen gewissen Anteil an den Erträgen für sich zu beanspruchen. Über die Höhe der Erträge und des betreffenden Anteils gab es jedoch seit Jahren unterschiedliche Ansichten. „Wie steht die Sache zwischen Euch?", begehrte Engelbert alsbald zu wissen, „ist eine Einigung in Sicht?" – „Wieso Einigung?", ereiferte sich die Äbtissin sogleich, „Graf Friedrich hat uns und die Unseren lange genug ausgepresst, keinen roten Heller bekommt er mehr. Haben der Heilige Vater und der Kaiser Euch nicht in Kenntnis gesetzt?!" Als Antwort erntete sie ein betrübtes Kopfschütteln. „Sie haben mich gebeten, mich persönlich der Sache anzunehmen", begann Engelbert mit engelszüngiger Freundlichkeit. „Allerdings gibt es keine Entscheidung, über die man mich hätte in Kenntnis setzen können, wollen oder müssen", belehrte er sie, „eine solche obliegt allein mir!" Adelheid schwieg betreten, innerlich kochend vor Wut. „Die Äbtissin will leider nicht einsehen, wie aufwendig und zeitraubend die Arbeit des Voigtes ist", meldete sich nun Friedrich zu Wort, der Morgenluft schnupperte, „ständig gilt es, säumige Pächter aufzusuchen, Abgaben einzutreiben, Wilderer zu verfolgen …" – „Deine Verdienste in allen Ehren, werter Großvetter", fiel ihm Engelbert ins Wort, „aber du willst mir jetzt nicht weismachen, dass du in Sachen Voigtei seit Jahren draufzahlst, oder? Dass du das Kloster auspresst bis auf den letzten Tropfen, noch dazu die angeschlossenen Höfe, ist längst ein landauf, landab bekanntes Faktum!" – „Aber das machen alle so", eiferte sich Friedrich, „wovon soll unsereins denn sonst seinen Lebensunterhalt bestreiten?" – „Davon, dass es alle machen, wird es nicht richtiger!", tadelte ihn Engelbert. „Unseren Einnahmen von Oberhöfen und Dörfern stehen ja auch mannigfache Ausgaben gegenüber", fuhr Friedrich unbeirrt fort. „Der Zehnte, die Heerfolge, Frondienste …" – „Deshalb hatte ich dir ja den Vorschlag gemacht, dir aus meiner eigenen Schatulle eine Rente zu zahlen", nahm Engelbert den Faden wieder auf, den er im vorherigen Briefwechsel gesponnen hatte, „wenn du im Gegenzug die Voigtei abgibst!" – „Ausgeschlossen", schüttelte Friedrich den Kopf. „Wieso das?", hakte Engelbert ungehalten nach. „Wie lange würde diese Vereinbarung gelten?", antwortete Friedrich mit einer Gegenfrage. „Solange ich lebe", gab Engelbert zurück, „oder du!" Friedrich nickte bedeutungsvoll. „Seht Ihr, Vetter, das ist der Pferdefuß an der Sache", hob der Graf zu einer Erklärung an, „damit enterbe ich meine Kinder. Die Voigteirechte werden seit Generationen in unserer Familie weitervererbt, deine Rente erlischt mit dir oder mir. Das kann ich nicht akzeptieren!" Sie kamen auch in der Folge nicht überein. Thomas hatte das Gespräch von seinem angewiesenen Posten an der Tür aus hautnah verfolgen können. Auf die Frage, wie lange denn die Rentenvereinbarung gelten solle, glaubte er, unter den Begleitern des Grafen eine seltsame, fast schon amüsierte Stimmung wahrgenommen zu haben. „Solange ich lebe!" Die Antwort klang ihm noch lange in den Ohren. „Wir vertagen die Angelegenheit für einige Wochen", beschloss schließlich der Erzbischof, „alle Argumente liegen auf dem Tisch, Ihr kennt meine Wünsche, die – das will ich nicht verhehlen – auch den Wünschen des Heiligen Vaters und des Kaisers entsprechen. Überlegt es Euch, aber überlegt nicht zu lange", wandte er sich nun direkt an Friedrich, „sonst lauft ihr Gefahr, womöglich ganz leer auszugehen!" Dabei ruhten seine Augen eindringlich, aber nicht feindselig auf seinem Vetter. „Und ihr dürft uns nun die klösterliche Gastfreundschaft erweisen", wandte er sich daraufhin an die Äbtissin. „Vielleicht hat der Voigt ja in Küche und Keller noch etwas übrig gelassen, was unsere Mägen füllt?!" Doch mit Adelheid, die die ganze Zeit über unfreiwillig lange hatte geduldig zuhören müssen, war nicht gut Kirschen essen. „Musstet Ihr dafür gleich in Heeresstärke anrücken?", bekam er sogleich eine wenig gastfreundliche Antwort, „wir haben es schon schwer genug, die Mägen unserer vielen Schwestern zu füllen, derer man sich häufig genug in jungen Jahren an der Klosterpforte entledigt, ohne ihnen eine auch nur annähernd genügende Mitgift mitzugeben!" Ihre Laune besserte sich erst, als Engelbert ankündigte, er reise in Begleitung seines Kellermeisters, und dieser wäre angehalten, die beanspruchten Bestände an Wein, Fleisch und Brot großzügig zu ergänzen oder zu ersetzen. Am Ende schmausten fast alle in einem Raum und an einem Tisch – die Äbtissin neben dem Erzbischof und dessen Vetter, dazu der Kellermeister und die beiden Schreiber. Die Bewaffneten des Erzbischofs und des Grafen sowie dessen Diener saßen unweit davon an einem eigenen Tisch. Lediglich ihre Waffen hatten sie dazu allesamt im Vorraum abgeben müssen. Thomas hätte es als Ritter eigentlich zugestanden, am Tisch der Edlen zu sitzen. Doch hatte Engelbert dies absichtlich oder unabsichtlich ignoriert, und Thomas beschloss, davon kein Aufhebens zu machen. Er speiste ohnehin lieber zusammen mit Gerhardt und Ulrich. So konnte er die verschiedenen Parteien auch besser im Auge behalten – ein Ansinnen, das er offenbar mit Wulfila teilte, denn der große Hund, den sich niemand getraut hatte, aus dem Raum zu verbannen, postierte sich instinktiv neben ihn, von wo aus er ebenfalls alles überblicken konnte. Lange schien es ein harmonischer Abend ohne weitere Anfeindungen zu werden, bis die Eskorte des Isenbergers zu viel Wein intus hatte. Die Äbtissin erging sich gerade mit stolzgeschwellter Brust in ellenlangen Aufzählungen verschiedener Verwandtschaftsbeziehungen, die sie und einige ihrer Schwestern mit den nobelsten Adelsfamilien des Reiches verbanden und die Caesarius, der Schreiber des Erzbischofes, dienstbeflissen mitschrieb, als Jordan, einer der Gefolgsmänner des Isenbergers, anfing zu stänkern. „Ob sie nun hochwohlgeboren oder zu Dünnpfiff auserkoren – einen Schlitz zwischen den Beinen haben sie alle", lallte der ungeschlachte Kerl, „und damit sind sie allesamt etwas für meinen Freudenspender!" Wie zur Untermalung kratzte er sich genüsslich an der entsprechenden Stelle unter seinem Kettenhemd. In diesem Moment erschien die junge Nonne, die zuvor auch schon die Ankunft des Erzbischofs gemeldet hatte, und flüsterte ihrer Äbtissin etwas zu. Als sie sich jedoch wieder entfernen wollte, kam sie in Reichweite des betrunkenen Jordan. Schneller, als es irgendjemand erwartet hätte, schnappte er sich das geweihte Mädchen, legte es sich über das Knie und fuhr grob mit seinen Fingern unter ihre Kutte. „Lass sehen, ob du wirklich nur deinem Herrn Jesus geweiht bist oder ob da nicht schon jemand anders die Finger im Spiel hatte!" Entsetzt schrien die Nonne und die Äbtissin auf. Wulfila fing an zu bellen. Friedrich von Isenberg sprang auf und herrschte seinen Untergebenen an, die Finger von der Nonne zu lassen, doch der war bereits in eine Art Raserei verfallen und weit mit seinen Händen vorgedrungen. Sein Kumpan lachte nur dümmlich. Thomas handelte als Erster, warf dem Kriegsknecht seinen Becher Wein an den Kopf und wollte sein Schwert ziehen, doch bemerkte er erst jetzt, dass dies nicht an seinem üblichen Platz baumelte. Wohl oder übel musste er mit bloßen Händen auf sein Gegenüber losgehen. Der jedoch zog sich behende an die rückwärtige Wand zurück, ohne die Nonne dabei aus den Fingern zu lassen. Es war der Erzbischof selber, der dem Spuk ein Ende bereitete. Irgendwie und von irgendwo hatte er aus den Tiefen seines Gewandes einen Dolch hervorgezaubert und hielt diesen nun dem Unhold an die Kehle. Augenblicklich ließ dieser sein Opfer los, das kreischend davonlief, gab aber nur zum Schein klein bei, um sich einen Atemzug später auf den Kirchenfürsten selbst zu stürzen. Der wich geschickt aus und schlug ihm mit aller Kraft den Dolchgriff ins Gesicht, sodass Jordan der Länge nach rückwärts zu Boden fiel – genau vor die Füße von Thomas, der ihm geschwind die Arme auf den Rücken drehte. Der Spuk war vorbei und Wulfila sorgt knurrend dafür, dass sich Jordan nicht mehr zu rühren wagte. Der Erzbischof jedoch war außer sich. „Ist das der Schutz, den du dem Kloster seit Jahren angedeihen lässt?", herrschte er seinen Vetter an, der es nicht wagte, auch nur einen Ton zu sagen. „Das war in der Tat nicht das erste Mal, dass ein Knecht übergriffig wird", geiferte die Äbtissin. „Schweigt", brüllte Engelbert. „Bin ich denn nur von Schwachköpfen und Schandmäulern umgeben? Es wird Zeit, dass hier ein Exempel statuiert wird!" Dabei griff er sich den am Boden kauernden Jordan und riss ihn in die Höhe. „Dein Glück, dass wir uns hier auf geweihtem Boden befinden, sonst hätte ich dich augenblicklich wie ein Schwein abgestochen", zischte er ihm zu. „So aber verbanne ich dich auf Lebenszeit aus unserem Land, egal, was dein Herr dazu sagt oder noch mit dir vorhatte!" Sein strenger Blick unterstrich den Bann und wanderte fragend durch die Reihen. „So ergeht es jedem, der es wagt, sich mir und meinem Willen zu widersetzen!" Friedrich und Giselher schluckten, ein jeder hatte den Hinweis verstanden. Grob stieß Engelbert nun den Gefangenen erneut zu Boden. „Kommst du mir noch einmal unter die Augen, bist du tot!" Jordan wagte nicht zu antworten, auch nicht, als er ohne Waffen auf sein Pferd gesetzt wurde und in finsterer Nacht das Weite suchte. Nur in Gedanken fügte er ein „oder du" hinzu.

„Da, nimm dies, du heidnischer Hund, und das!" Adolf der Kriegerische, wie er aufgrund seines Temperamentes von allen genannt wurde, war ganz in seinem Element. Trotz seiner gerade einmal erst acht Jahre schlug er bereits kräftig und zielgenau zu und sein Vater hatte durchaus eine gewisse Mühe, sich der geschickten, schnellen Schläge des Knirpses zu erwehren. Sein jüngerer Bruder Walram hockte im Arm seiner Mutter, sah zu und krähte vor Vergnügen. Heinrich von Limburg-Berg stand in seinem Rittersaal auf Neuenberge, der doch nicht sein eigener war, und spielte „Kreuzzug" mit seinem Ältesten. Die „Schlacht" wogte jetzt schon geraume Zeit hin und her, ohne dass der kleine Adolf ermüden wollte. Schließlich beendete Heinrich seufzend das Gefecht, indem er sich den Jungen kurzerhand unter den linken Arm klemmte, der mit dem abrupten Ende des Spiels jedoch keineswegs einverstanden war und anfing zu heulen. Schnell gab Heinrich den Quälgeist in die Obhut eines Knechtes, der den Burschen zur Ruhe brachte, indem er ihm versprach, mit ihm zu den Pferden zu gehen. Heinrich tat, als wische er sich den Schweiß eines harten Kampfes von der Stirn, und fing dabei ein dankbares Lächeln seiner Frau auf, das er liebevoll erwiderte. Dann fiel sein Blick eher beiläufig auf die Schilde an der rückwärtigen Wand, direkt neben dem ausladenden Kamin. Ganz links prangte das alte Wechselzinnenwappen der bisherigen Grafen von Berg, das noch Adolf III., sein Schwiegervater, in die Schlacht geführt hatte. Daneben hing ein Schild mit dem Wappen des amtierenden Erzbischofs von Köln, das die Bergischen Zinnen im Kern mit einem voluminösen schwarzen Kreuz verband. Ganz rechts hing ein Schild mit dem Limburger Löwen, dem Wappentier seiner Familie. Sobald ihm die Position des Grafen beschieden wäre, so hatte er beschlossen, würde er diesen Löwen mit dem Bergischen Zinnenmuster verbinden, um beide Blutlinien auch symbolisch zu vereinen, so wie sie sich tatsächlich schon in seinen Söhnen verbanden. Doch wann würde das sein? Der Erzbischof war noch lange nicht alt zu nennen und dachte nicht im Traum daran,

Macht und Grafschaft abzugeben. Wahrscheinlich, so musste sich Heinrich bei nüchterner Betrachtung der Angelegenheit eingestehen, würde er nie Graf von Berg werden, zumindest noch lange nicht. Und auf den Titel eines Herzogs von Limburg brauchte er sich vorerst auch keine Hoffnungen zu machen, denn sein eigener Vater erfreute sich ebenfalls besten Alters und bester Gesundheit. Zudem hatte dieser den Herzogtitel selbst erst vor wenigen Jahren erhalten. Herrscher im Wartestand also, das war sein Schicksal. Heinrich seufzte. Da legte sich ihm eine zarte Hand auf den Schwertarm. „Gräme dich nicht, mein Gemahl, ich weiß, dich dürstet es nach Taten und mehr Verantwortung, aber ich liebe dich noch einmal so sehr, wie ich es ohnehin täte, dafür, dass du mich und die Kinder nie allein gelassen hast. Dafür erntest du noch deinen Lohn!" Es war Irmgard, die so zu ihm sprach und damit Erinnerungen an wechselvolle Zeiten heraufbeschwor. Damals, kurz nach ihrer Hochzeit, als Tausende von Rittern dem Ruf des Kaisers auf einen Kreuzzug folgten, dem der Herrscher selber ferngeblieben war, hatte er sich geweigert, das Kreuz zu nehmen und seine junge Familie zu verlassen. Vor allem dem Erzbischof gegenüber, der damals nicht müde geworden war, ritterliche Pflichten anzumahnen, hatte er sich immer wieder gesträubt. Sicher, vielleicht hätte er sich in Palästina und Ägypten einen großen Namen gemacht und würde jetzt schon einen hohen Rang im Reich bekleiden. Aber vielleicht wäre er auch schon längst tot und irgendwo begraben, wie sein Schwiegervater Adolf. Oder vielleicht wäre er irgendwelchen Intrigen und Machtspielchen zum Opfer gefallen. Dann könnte er nicht mehr mit seinen Söhnen durch die Burg tollen und tagtäglich die Liebe seiner Frau genießen. Sein Herz schlug unweigerlich höher, als er in die tiefblauen Augen seiner Gemahlin blickte. Ihre Schönheit wurde bereits seit ihrem zwölften Lebensjahr besungen. Jetzt mit Mitte zwanzig war sie atemberaubend. Er konnte es kaum glauben, aber diese Frau hatte ihm zwei Söhne geschenkt. Und nach wie vor ließ sie ihn fast täglich von dem süßen Nektar kosten, der mit der Liebe einer solchen Frau verbunden war. Was zum Vergleich konnte der Erzbischof vorweisen, der ihm den Grafentitel vorenthielt? Er musste plötzlich lachen, auflachen vor Glück. Nein, er hatte den besseren Tausch gemacht. Sollten andere nach Ruhm, Reichtum, Macht und Pfründen streben. Für ihn war Irmgards Liebe das höchste Gut. Wie damals, als ihm ihre Hand längst versprochen war, er aber in der Maskerade eines fremden Rosenritters in die Burg einritt und ihr Herz gewann. Was für ein Streich! Und obendrein hatte er auch noch das darauf folgende Turnier für sie gewonnen. Auch davon sangen die Bänkelsänger landauf, landab. Noch einmal lachte er vor Glück, dann nahm er die Hand seiner Frau, die ihn schon seit geraumer Zeit fragend anblickte, und küsste sie mit verschmitztem Lächeln. „Ihr, werte Gemahlin, seid mein ganzer Lohn, dem Kölner Erzbischof zum Hohn", dichtete er in galanter, romantischer Übertreibung, „steh ich als Graf auch auf verlor'nem Posten, so lasst täglich von Eurem Lohn mich kosten!" Ein glockenhelles, ja befreites Lachen klang durch den Saal und mit einem schelmischen Blitzen in den Augen ließ sich Irmgard in ihre Gemächer führen.

Es war schon spät, als sich der Tross des Erzbischofs von Köln wieder der Rheinebene näherte. Seit drei Tagen hatten sie nichts als Klöster besucht; Thomas konnte keine Klostermauern mehr sehen und war überhaupt froh, aus der Enge der kleinen Flusstäler herauszukommen. Nach dem unliebsamen Ereignis im Essener Nonnenstift hatten sie noch dem benachbarten Kloster von Werden einen Besuch abgestattet und sich dann wieder in westliche Richtung gewandt. Am Abend zuvor hatten sie schließlich das noch recht junge Frauenkloster in Greverode besucht und waren aufgrund einer Messe, die der Erzbischof zu lesen versprochen hatte, auch noch den ganzen Morgen geblieben. Dabei hatte Thomas begonnen, den Kirchenfürsten mit anderen Augen zu sehen. Solange er sich erinnern konnte, war ihr Verhältnis von Spannungen geprägt, die vor allem daraus resultierten, dass Thomas eine andere Position und Meinung vertrat als der Erzbischof. Dies war im Grund nicht verwunderlich, da sie ja auch aus völlig unterschiedlichen Ställen stammten. Hier der Sohn eines armen Fischers, der es mit der Waffe auf langen, blutigen Wegen zu etwas gebracht hatte. Dort der gebildete Grafensohn, dem schon früh eine glänzende Karriere innerhalb der Kölner Kirche beschieden war. Schon als Knappe war dem Fischersohn der Bruder seines geliebten Herrn, des Grafen Adolf, suspekt gewesen. Mit Kirchenmännern konnte Thomas ohnehin nicht viel anfangen. Engelbert war zudem ein äußerst arrogantes, selbstgerechtes und herrisches Exemplar, wie er fand, ein Mann, der sich immer mächtig aufspielte und stets seinen Willen durchsetzen wollte. Aber Engelbert hatte auch eine andere Seite, wie Thomas jetzt feststellen musste. Dieser Engelbert war geduldig und zuvorkommend, äußerst galant im Umgang mit Damen, ob es nun Edelfrauen oder Nonnen waren, ein strahlender Ritter und kluger Ratgeber unter Fürsten, ungewohnt respektvoll gegenüber Älteren, aber auch milde und mitleidsvoll mit dem armen Volk. Der gleiche Engelbert, der brutale Hiebe mit dem Schwert oder dem Dolch auszuteilen verstand, wenn ihm etwas gegen den Strich ging, konnte auch ausgesprochen liebenswürdig sein, wenn er wollte. In Werden war er gar noch einmal vom Pferd gestiegen, obwohl sie sich bereits für den Abritt rüsteten, nur um einem hinkenden Bruder, der einen großen Sack auf der Schulter schleppte, das Gartentor aufzuhalten. In mehreren Dörfern unterwegs, deren Bewohner offenbar am Hungertuche nagten, hatte er durch seinen Kellermeister Brot austeilen lassen, um die schlimmste Not der Leute zu lindern, ja half sogar eigenhändig bei der Verteilung der Laibe. Und in besagtem Greverode hatte er einen viel zu späten Aufbruch in Kauf genommen, nur um mit den Nonnen die versprochene Messe zu lesen, wobei er ihnen obendrein auch noch versprach, sich um ein paar Reliquien für das Kloster zu bemühen. Thomas war irritiert. Vor allem, als der Erzbischof für ihn und seine Männer zu allem Überfluss auch noch gute Worte übrig hatte. „Habt Dank für Eure sichere Begleitung, die ich zu schätzen weiß", hatte er Thomas im Vorbeireiten wissen lassen, „auch wenn ich nicht immer Zeit und Gelegenheit finde, dies zu zeigen. Bevor wir nach Köln übersetzen, könnt Ihr wieder Eurer Wege ziehen, bis ich Euch in Kürze wieder rufen lasse!" Daraufhin hatte er sich mit ritterlichem Gruß wieder an die Spitze des Zuges gesetzt. „Was ist denn in den gefahren?", war es auch Gerhardt erstaunt über die Lippen gekommen. Und selbst Wulfila hatte den Auftritt des Erzbischofs mit einem kurzen Schwanzwedeln quittiert. Thomas hatte jedoch nur mit den Achseln gezuckt, denn er wusste darauf nichts zu sagen. Bis nach Köln würden Sie es jedenfalls an diesem Abend nicht mehr schaffen, so viel war sicher. Deshalb hatte der Kellermeister Engelberts, Heinrich von Himmerode, angeregt, die Nacht in Benrode zu verbringen, einer kleinen Burg nahe des Ortes, an dem der Itterbach, dem sie nun schon seit dem Mittag folgten, in den Rhein mündete. Der Burgherr, Everhardus de Benrode, sei ein frommer Ritter, der Stadt Köln und den Grafen von Berg seit jeher zugetan, der ihnen schon öfter Obdach gewährt habe. Der Vorschlag gefiel dem Erzbischof. So zogen sie weiter zur Itter-Mündung, während es dunkel wurde.

Herenbert Rennekoie spähte angestrengt durch das Strauchwerk am Wegesrand, hinter dem er sich verborgen hatte, konnte aber kaum noch etwas erkennen. Dabei musste der Tross jeden Moment hier vorbeikommen, darauf hätte er jede Wette geschlossen. Noch immer ging sein Atem schwer, denn er und seine fünf Männer hatten die Arbeiten an der Fallgrube erst vor wenigen Augenblicken beendet. Er brannte darauf, das Ergebnis mit eigenen Augen zu sehen. Aber noch tat sich nichts. Seit Tagen schon hatten sie den Erzbischof und dessen Gefolge unbemerkt verfolgt, immer auf eine günstige Gelegenheit für einen Hinterhalt wartend. Immer wieder hatte Herenbert versucht, den weiteren Weg des Trosses vorherzuahnen, um möglicherweise eine geschickte Falle stellen zu können. Jetzt endlich schien ihre Gelegenheit gekommen. Sobald ihm klar geworden war, dass der erzbischöfliche Zug den Weg entlang der Itter nehmen würde, war er mit seinen Spießgesellen im Galopp vorausgeeilt und hatte hier, am Rande eines Wäldchens vor Benrode, seine Vorkehrungen getroffen. Da der Erzbischof jedoch von mehr Bewaffneten begleitet wurde, als er selbst zur Verfügung hatte, war Vorsicht geboten. Hätte es sich nur um die frommen Brüder des Erzbischofs gehandelt, wäre er ohne lange Vorbereitung sofort über die Gruppe hergefallen und hätte kurzen Prozess gemacht – vor allem mit dem Kirchenfürsten, der ihm bei seinem weiteren Aufstieg im Wege stand. Auch mit den Kölner Wachen wären er und seine Männer ganz sicher fertig geworden, hatte er doch gleich zwei der Büttel ganz alleine schon bei seinem Anschlag in Köln ins Jenseits geschickt. Aber da gab es jetzt obendrein noch einen Ritter mit zwei gut bewaffneten Fußknechten, von denen Engelbert begleitet wurde. Die waren aus anderem Holz geschnitzt und womöglich kampferprobt. Einen offenen Angriff konnte er angesichts dieser Gefahr nicht riskieren. Also hatte er sich für einen heimtückischen Hinterhalt entschieden, für den es nur etwas Glücks bedurfte. Knapp eine halbe Stunde hatten sie dafür benötigt, eine mannstiefe Fallgrube im lehmigen Boden auszuheben, die sich über die gesamte Breite des Weges erstreckte, diese mit einem Dutzend angespitzter Zweige gespickt und sorgfältig mit sauber ausgestochenen Grassoden, Zweigen und Blattwerk getarnt. Die Falle war ein wahres Kunstwerk. Herenbert Rennekoie war stolz auf sich. Der Erfolg, schätzte er, würde nun nicht mehr lange auf sich warten lassen. Da vernahm er vor sich gedämpft vage Geräusche, wie von vielen Hufen auf lehmigem Boden. Im selben Moment ließ sein Späher, den er fünfzig Schritte weiter vorn in der Krone einer Eiche postiert hatte, den Warnruf eines Käuzchens vernehmen. Es ging also los.

„Komm mit!" Der unverwechselbare Ruf eines Käuzchens holte Thomas aus seinen Gedanken. „Gott sei der armen Seele gnädig, auf die es der Todesbote abgesehen hat", flüsterte Gerhardt, der den Ruf auch vernommen hatte, und bekreuzigte sich. „Aberglaube, das ist ein Kauz und sonst nichts", tadelte ihn sein Sohn, fasste aber auch seinen Rossschinder fester. Thomas hatte der gesamten Szenerie bislang nicht viel Aufmerksamkeit geschenkt, vernahm aber plötzlich eine erhöhte Alarmbereitschaft von Tarek, der die Ohren spitzte, und ein leises Knurren von Wulfila. Er wurde misstrauisch. „Halt, zügelt die Rosse!", befahl er mit einer Stimme, die keinen Widerspruch zuließ. Mit einer Verzögerung von wenigen Herzschlägen kam der Tross zum Stehen. Da hatte Thomas auch schon zum Erzbischof aufgeschlossen. „Was soll das?", fragte dieser ungehalten, „wir sind nicht weit von unserem Ziel, wozu der Halt?!" – „Verzeiht, Eminenz, aber hier stimmt etwas nicht", gab Thomas seinen Bedenken Ausdruck, „haltet mich für abergläubisch, aber der Kauz stimmt mich nachdenklich, hier ist etwas faul. Bitte wechselt das Pferd und besteigt zumindest Euer Streitross!" Engelbert wollte etwas entgegnen, doch dann fiel ihm ein, dass eben dieser Ritter namens Thomas mehrere Male seinem Bruder Adolf das Leben gerettet hatte, wie es hieß. Engelbert zuckte gleichmütig mit den Achseln. „Wenn das alles ist?!", sagte er lediglich, „mir soll's recht sein". Darauf winkte er seinen Edelknappen heran, der das Streitross am Zügel führte, schwang das rechte Bein über Sattelknauf und Pferdehals, glitt dabei elegant aus dem Sattel seines bisher gerittenen Pferdes, um einen Schritt weiter links – in einer durchgehenden, fließenden Bewegung – sofort sein Streitross zu besteigen. Thomas war beeindruckt. Der Erzbischof war ein geschickter Reiter, eindeutig mehr Ritter als Kirchenmann. Der kräftige Schimmelhengst sperrte sich ein wenig gegen die unvorhergesehene Last. Engelbert brachte ihn mit straff gehaltenen Zügeln jedoch schnell unter Kontrolle. Dann preschte er voraus, noch bevor Thomas erwidern konnte, dass er eigentlich selbst die Führung des Zuges übernehmen wollte. Augenblicklich setzte sich auch der Rest des Trosses in Bewegung.

Herenbert Rennekoie atmete auf. Als der Zug anhielt, hatte er schon geglaubt, ihr Hinterhalt wäre aufgeflogen und sie müssten schnellstens das Weite suchen. Jetzt aber schien es, als wäre seinem Plan doch Erfolg beschieden. Nur noch drei Manneslängen, jetzt zwei, war der Erzbischof von der tödlichen Falle entfernt. Noch eine.

Ein energisches Wiehern unterbrach die Stille der Nacht. Engelberts Streitross verdrehte die Augen und stieg augenblicklich auf die Hinterbeine. „Hoo, hoo, mein Schöner", versuchte der Erzbischof das Tier zu beruhigen, „hoo, was ist denn los?" Dabei klemmte er sich geistesgegenwärtig mit den Schenkeln an Sattel und Pferdeleib fest und beugte sich nach vorn, ganz nah an den Hals des Tieres, um besseren Halt zu gewinnen. Doch was er auch unternahm, der Hengst wollte sich nicht beruhigen, geschweige denn dem Weg weiter folgen. Im Nu waren Thomas und Gerhardt heran, während Martin, die Lanze im Anschlag, angestrengt versuchte, hinter das Dunkel am Wegesrand zu spähen. Thomas griff dem Streitross in das Kopfgeschirr, um es unter Kontrolle zu bringen. Das gewaltige Tier riss sich jedoch wieder los, senkte die Hufe und stieg erneut. Derweil war Gerhardt herbeigesprungen und bemühte sich, den Erzbischof zu stützen. Der jedoch war bei seinem Streitross in bester Obhut. Mit gerecktem Hals sprang der gewaltige Schimmel auf die linksseitige Böschung und tänzelte geradezu darüber hinweg, ohne auch nur einen Huf auf den eigentlich vor ihnen liegenden Weg zu setzen. Dabei ließ das Pferd eben diesen Weg keine Sekunde aus den Augen. Nach etwa vier, fünf Schritten schwenkte das Tier dann mit der Hinterhand zurück auf den Pfad, nickte mehrere Male mit dem Kopf und scharrte dabei mit den Hufen im Lehm, bevor es sich zusehends beruhigte. Engelberts Edelknappe wollte sofort zu ihm eilen, um das Tier vollends unter Kontrolle zu bringen, und gab seinem eigenen Pferd die Sporen. Doch statt vorwärts, ging es plötzlich für Pferd und Reiter abwärts, als hätte sich der Boden unter ihnen aufgetan. Mit einem Mal verschwanden der Knappe und sein Ross in der Erde. Dann zerrissen fürchterliche Schreie die Nacht, gefolgt von ersticktem Stöhnen. „Brände her, zündet Fackeln an", befahl Thomas. Der erste, der dieser Aufforderung nachkam, war der Kellermeister, der auf seinem Wagen auch einige Pechfackeln mit sich führte. Einen Moment später flackerten ein, zwei Feuer auf und warfen ihr schemenhaftes Licht auf eine tiefe Grube, die jemand mit Zweigen und Blattwerk getarnt hatte. An deren Boden lag der Wallach des Knappen mit gebrochenen Beinen. Aus seinem Hals ragte ein daumendicker Spieß. Über dem Tier kauerte schluchzend der Edelknappe, dem ein ebensolcher Pflock im Bein steckte. „Eine Falle!", kam es Engelbert erschreckt über die Lippen. Dabei tätschelte er geistesabwesend den Hals seines Streitrosses, als sei ihm jetzt schon bewusst, dass er es dem treuen Tier zu verdanken hatte, nicht selbst in dieser Grube zu liegen. „Die Wachen nach vorn, deckt die Flanken", rief Thomas über den Tumult hinweg, „Gerhardt und Ulrich zu mir – und lasst Wulfila los – das feige Pack ist vielleicht noch in der Nähe!" Einen Atemzug später hetzte der Hund bereits durch die Nacht. Thomas eilte zu Pferd hinterher, Gerhardt und Ulrich folgten ihm, so schnell sie konnten, während die Büttel den Tross sicherten. Engelbert lenkte sein Streitross, das sich jetzt lammfromm am Zügel halten ließ, näher an die Grube. Erschüttert sah er zu, wie der Schreiber Caesarius und der Kellermeister, der sich trotz seines kranken Beines dort hinunter gewagt hatte, seinen Knappen aus der Falle zogen und notdürftig dessen Wunden verbanden. Unterdessen jagten Thomas und seine Männer dem Hund und der unmittelbar vor ihm vermuteten Mörderbande hinterher. Doch plötzlich neigte sich eine Erle am rechten Wegesrand zu ihnen hinüber, als würde sie von Geisterhand nach unten gedrückt. Ein kurzes, heftiges Knacken, dann versperrte ihnen der Stamm den Weg. „Seid nicht dumm, bleibt, wo ihr seid!", rief ihnen eine düstere Stimme zu, dann wurde es still. Gerhardt, noch außer Atem, rief voller Sorge seinen Hund zurück. Doch nichts tat sich. Endlose Sekunden verstrichen. Dann vernahmen sie in der Ferne ein Grollen und Knurren, gefolgt von einem Schmerzenslaut. Noch einmal rief Gerhardt nach Wulfila. Hufgetrappel erklang – und verhallte wieder. Dann endlich raschelte es unmittelbar vor ihnen und Wulfila zwängte sich durch das Blätterdickicht des gefällten Baumes. Zwischen seinen Zähnen hielt er als Trophäe ein dunkles Stück Leder, das offenbar aus einem Wams oder einem ledernen Wappenrock stammte.

„Guter Hund", meinte Gerhardt und nahm Wulfila wieder an die schwere Leine. „Trotzdem sollten wir beim nächsten Mal etwas überlegter zu Werke gehen", meinte Thomas, „hier haben wir es nicht mit einfachen Strauchdieben zu tun!" Dieser Meinung war auch der Erzbischof, als sie schließlich zurück zur Fallgrube kamen. „Der Anschlag war von langer Hand vorbereitet", meinte Engelbert, „und nur Eurer Eingebung und meinem Streitross ist es zu verdanken, dass nichts Schlimmeres geschehen ist!" Dabei warf er Thomas einen dankbaren Blick zu, auf den der Fischersohn nichts zu antworten wusste. Um der Situation, mit der beide offenbar nicht so recht umgehen konnten, zu entkommen, wandte Thomas sich um. In der Fallgrube quälte sich derweil immer noch das Pferd des Knappen, während man diesen auf den Wagen des Kellermeisters gebettet hatte. Thomas sprang zu dem Tier hinab, zog seinen Dolch und erlöste es kurzerhand, indem er ihm die Halsschlagader durchtrennte. Röchelnd verendete das Pferd in der Grube, die ihm zum dauerhaften Grab wurde, denn Engelbert ließ die Falle sogleich von den Bütteln zuschaufeln, wenn auch nur notdürftig.

„Das wird den Unholden schlecht bekommen", schwor der Erzbischof, „ich werde in Erfahrung bringen, wer dahintersteckt. Dann gnade ihnen Gott!" Mit diesen Worten gab er seinem Pferd die Sporen und verschwand in der Nacht, dicht gefolgt von seinem angeschlagenen Tross.

Verborgen im Dickicht des Waldes verfolgte ein Augenpaar die Szenerie. „Gott soll uns ruhig gnaden", flüsterte Herenbert Rennekoie, „wenn er denn beizeiten für dich keine Gnade hat!"

„Woher wollt ihr das wissen?", protestierte Sibylla, „ihr habt doch bislang alle beide keine Kinder gekriegt, wie könnt ihr behaupten, ausgerechnet ich sei jetzt guter Hoffnung?!" Sie befand sich mit ihrer Schwägerin und der Frau des Schmieds auf dem Weg von ihrem Wohnhaus zum Feuerplatz, den sie für das Pfingstfest herrichteten, bei dem ein großer Ochse für alle am Spieß gebraten werden sollte. Doch ihre Gespräche drehten sich nicht um das bevorstehende Mahl, sondern, wie so häufig in letzter Zeit, um tatsächliche und mögliche Schwangerschaften. „Wir wissen es einfach, du verhältst dich so", erklärte Katharina lapidar, „mal suchst du unsere Nähe, dann wieder willst du für dich sein, außerdem haben wir Augen im Kopf. Nicht lange, und du bist um Hüfte und Bauch herum genauso fett wie ich!" Das saß. Sibylla stand da mit offenem Mund. Mit einem innerlichen Grinsen stolzierte Katharina – breitbeinig, wie sie selbst meinte, zumindest nicht so leichtfüßig wie vor ihrer Schwangerschaft – nach rechts durch das kleine Holztörchen in ihren Kräutergarten. Den hatte sie vor zwei Jahren hinter dem Haupthaus angelegt, um die Küche zu bereichern, aber auch, um im Falle von Krankheiten schnell über einfache, selbst gezogene Heilkräuter verfügen zu können. Es gab z. B. büschelweise stark duftenden Bärlauch, mit dem sich Fleisch und frischer Käse verfeinern ließen, der aber auch die Gesundheit förderte und im Frühjahr wie Maiglöckchen blühte. Frischen Dill brauchten sie am häufigsten, denn damit ließen sich die von Thomas und seinen Männern gefangenen Forellen und Lachse würzen. In einem kühlen Umschlag half er obendrein gegen Nasenbluten. Wacholder brauchten sie häufig bei der Zubereitung von Sauerkraut und Wildbret. Mit Schweineschmalz und Ei vermischt wurde daraus eine Salbe, mit der sich Brandwunden behandeln ließen. Katharinas Wissen und ihre Fähigkeiten hatten sich bald flussauf- und -abwärts herumgesprochen. Die Leidenschaft für das Kochen und Heilen hatte sie einerseits von der Mutter geerbt, sich andererseits von der alten Sigrun und von ihrer Lehrmeisterin Magda auf Neuenberge abgeschaut. Vor ihrem inneren Auge erschien ihr nochmals die runzelige Kräuterhexe, die sie damals, als sie fast noch ein Kind war, vor den Raubrittern gerettet hatte, denen ihre Eltern zum Opfer gefallen waren. Wie gern hätte sie die alte Walküre jetzt wieder bei sich gehabt, schon um sicherzugehen, dass bei der Geburt alles gut ging. Sie erinnerte sich immer noch mit Grausen an die Schmerzen, die die Grafentochter Irmgard bei der Entbindung ihres ersten Kindes gehabt hatte. Ohne die alte Sigrun wären Mutter und Kind gestorben. Und jetzt war Katharina selbst schwanger. Und Sibylla ebenso, auch wenn sie das nicht wahrhaben wollte. Sie freute sich für ihre Schwägerin und ihren Bruder, beneidete sie aber auch ein bisschen für den Mann an ihrer Seite und deren ungetrübte Liebe. „Macht Euch nichts draus, Herrin, sie meint es nicht böse", beschwichtigte Maria, „aber sie hat recht, Ihr seid launisch. Und Eure wechselnde Speisenvorliebe in letzter Zeit, z. B. nach dem Verzehr von Lauch plötzlich auch am Honig zu naschen, spricht ebenfalls dafür, dass Ihr schwanger seid!" Sibylla war völlig verdattert; einerseits wollte sie sich über die Nachricht freuen, ja sie hinausschreien, damit alle Welt es wüsste. Andererseits war sie sich unsicher. Was wäre, wenn sich alle täuschten? Vielleicht konnte sie gar keine Kinder bekommen. „Und ich hab' noch einen Beweis" platzte Katharina heraus, während sie mit einem Korb voller Kräuter zurückkam. „Bislang hast du jeden Monat nach Mutterkraut verlangt, das ich dir mal gegen deine Leibschmerzen vor der Monatsblutung empfohlen hatte!" – „Ja, und?", wunderte sich Sibylla. „Na, und was wohl?", äffte Katharina sie ein wenig nach, „du hast schon seit geraumer Zeit nicht mehr danach verlangt – vielleicht, weil deine Blutung nicht mehr kommt?!" Sibylla blieb erneut die Sprache weg. „Da hast du's, du bist schwanger!", konstatierte Katharina. Und Maria nickte vielsagend. „Es gibt da einen gewissen Zusammenhang, welchen genau, weiß ich auch nicht, aber wenn du nicht mehr blutest, bekommst du sicher ein Kind!" – „Aber warum jetzt und nicht schon vor Jahresfrist oder früher", hakte Sibylla nach, „ich meine, ge …", sie überlegte einen Moment, wie sie es ausdrücken sollte, „also geübt dafür haben Thomas und ich schon oft genug!" – „Geübt ist gut", entfuhr es Katharina, „ihr treibt es wie die Karnickel in jeder freien Minute!" Sibylla wollte aufbrausen, doch Marias Lachen hielt sie davon ab. „Recht so, schließlich habt Ihr einen jungen, kräftigen Mann an Eurer Seite", dabei zwinkerte sie Sibylla zu. „Aber wer weiß schon, wann und warum daraus ein Kind wird! Die Priester sagen, man muss von Gott gesegnet werden." Von Katharina war ein abfälliges Schnauben zu hören. „Es ist eher wie bei den Pferden", rief sie ihren Freundinnen zu, „passen Hengst und Stute gut zusammen, gibt's ein Fohlen. Und genauso ist es bei den Karnickeln!" Sibylla bückte sich und warf ihr einen trockenen Klumpen Lehm auf den Hintern. „Das ist sicher richtig", bestätigte Maria, die mit keiner Silbe auf ihre Vorhersehungen einging und froh war, auch nicht danach gefragt zu werden, „aber ich glaube, dabei spielen noch ganz andere Dinge eine Rolle!" – „Welche denn?", kam es Sibylla und Katharina fast gleichzeitig aus dem Mund. „Nun, Ihr sprecht selbst vom Mutterkraut und seiner lindernden Wirkung bei Frauenbeschwerden", erklärte Maria, „dieselbe Pflanze wird aber auch Jungfernkraut und Schafgarbe genannt." – „Natürlich – Schafgarb' im Leib tut wohl jedem Weib", zitierte Katharina ein altbekanntes Sprichwort. „Genau", bestätigte Maria, „sie löst Krämpfe, vertreibt Rückenschmerzen – aber sie kann auch Monatsblutungen und Frühgeburten auslösen. Trinkt man also zu viel oder zu häufig Tee von dieser Pflanze, kann es vielleicht mit dem Kinderkriegen schwierig werden. Vielleicht hast du auch etwas gegessen oder getrunken, was dir ein Kind bislang verwehrt hat." – „Was ihr alles wisst! So hab' ich das noch gar nicht gesehen", gab Sibylla zu, „welche Pflanzen könnten denn noch dafür verantwortlich sein?" – „So viele kenn' ich gar nicht", antwortete Maria, „aber ein paar: Da wären z. B. Kräuter mit einer harntreibenden Wirkung, wie Liebstöckel, Petersilie oder Wacholder!" – „Der aus unserem Sauerkraut?", kam es Sibylla über die Lippen. „Ja, wenn du so willst, musst du auch damit vorsichtig umgehen!" – „Und mit Kräutern, die eine abführende Wirkung haben, also mit Faulbaumrinde oder Eschenblättern, meinte Katharina. „Vermeiden solltest du aber auch Kräuter, die das Blut ins Becken drängen", gab Maria zu bedenken, „Kräuter wie den Sauerdorn, das Gänseblümchen oder die Küchenschelle!" – „Die Beeren, Blätter und die frische Rinde des Faulbaums sind obendrein giftig!", wusste Katharina. „Genau wie der Sauerdorn", fügte Maria an, „zumindest alles außer den roten Beeren und der Rinde!" Sibylla schaute nur noch verwirrt von der einen zur anderen. „Bei Katharina wundert es mich nicht, aber woher weißt du das alles?", fragte sie Maria. „Nun, bevor mich Ewald in seine Schmiede entführte, war ich mit einer Gruppe Gaukler und Schaustellern unterwegs", antwortete diese mit einem Augenzwinkern, „da kommt man rum und merkt sich so einiges." – „Und auch du bist sicher, dass ich schwanger bin?", kehrte sie noch einmal zu ihrer Ausgangsfrage zurück. Maria nickte. „Von ... von Thomas?!", wagte Sibylla unsicher anzufügen. Sie hatte zwar eine gewisse Ahnung, wie die Kinder in den Mutterleib kamen, aber sicher war sie sich nicht. Katharina rollte mit den Augen. „Von wem sonst?", rief sie dazwischen. „Ja", bestätigte Maria, „Katharina hat recht!" Dabei musste sie über Sibyllas Unsicherheit lachen, die aber weitverbreitet war. „Wie die Stute von dem Hengst, der sie bestiegen hat!" – „Oder das Karnickel von ihrem Bock!", konnte sich Katharina nicht verkneifen. Ein weiterer Lehmklumpen klatschte gegen ihre Röcke. „Dann, meine Damen, haben wir etwas zu feiern", sprach Sibylla gedehnt und gespielt förmlich, „unser junges Geschlecht bekommt einen Stammhalter!"

„Bei Gott, seine Burg ist eines Königs würdig", entfuhr es Walram von Limburg, als er vom Bergfried aus die Größe der Isenburg mit einem Blick erfasste. Hier also residierten seine Tochter und sein Schwiegersohn. Er hatte sie zwar schon mehrere Male besucht, die Anlage aber noch nicht bei Tage und noch nie von oben gesehen. In der Tat ragten die Mauern wie ein von Titanen errichtetes Bollwerk majestätisch über den gesamten Kamm des Berges, der dem hiesigen Grafen und seiner Burg den Namen gab. Streng genommen waren es sogar gleich zwei Festungen, eine Ober- und eine Unterburg, die sich dort, jeweils einhundertzwanzig Schritt lang, in Nord-Süd-Richtung über die Ruhr erhoben. Allein besagter Bergfried war über zwanzig Schritt breit. Auf der Seite des Flusses befand sich der einzige Zugang zu der Doppelanlage in Form eines zurückgezogenen Kammertores, dessen Tore soeben geöffnet wurden, um den Grafen mit seinem kleinen Gefolge einzulassen. „Beeilt euch gefälligst, sonst mach' ich euch Beine!", brüllte der Graf seiner Wachmannschaft entgegen. Friedrich von Isenberg war ungehalten, hungrig und durstig – und der Allerwerteste tat ihm vom Reiten weh. Im Innenhof der Unterburg angelangt, stieg er ab, warf die Zügel seines Pferdes einem Knappen zu, der gerade aus dem Wohnturm für das Gesinde trat, und rief lautstark den Schmied herbei. Dieser eilte sogleich mit einem Gehilfen aus einer der Werkstätten, dem Pochhaus, herbei. „Sorg dafür, dass die Pferde neu beschlagen werden", wies er den baumlangen Kerl an, dem er in puncto Körpergröße kaum nachstand, „und lass die Rennfeuer glühen; ich schätze, wir brauchen in Kürze reichlich neues Eisen!" – „Erwartet Ihr Händel, Herr?", traute sich der Schmied zu fragen, während er sich verbeugte. „Schon möglich", gab der Graf zurück, „aber du bekommst in jedem Falle Ärger, wenn du dich nicht sputest!" Mit diesen Worten wandte sich Friedrich von Isenberg zum Gehen, lief jedoch geradewegs in die ausgebreiteten Arme seines Schwiegervaters. „Lass dich umarmen, Eidam!", rief Walram von Limburg, ließ seinen Worten sogleich die Tat folgen und drückte seinen verdutzten Schwiegersohn ohne Umschweife an die Brust. „Was macht Ihr hier? Hatten wir ein Treffen verabredet, an das ich mich nicht erinnere?", kam es dem überraschten Friedrich über die Lippen. „Nicht unbedingt", gab Walram zurück, „aber ich war in der Gegend, bei dem edlen Herrn von der Lippe und dem Grafen von Arnsberg, und dachte mir, ich besuche meine Tochter und ihren werten Gatten, bevor ich weiter zu meinem Sohn nach Neuenberge und zurück nach Limburg reise!" Das schien Friedrich einzuleuchten und er nickte kurz. „Aber bevor wir uns im Palas an die Tafel setzen", fuhr Walram fort, „hast du vielleicht die Güte, mir einmal die Funktion deiner Rennöfen zu zeigen. Ich brenne darauf, zu erfahren, wie sie funktionieren!" Diesen Wunsch erfüllte ihm Friedrich gern, war er doch stolz auf die Fähigkeiten seiner Schmiede. Die Isenburg war seit ihrem Bau auf völlige Alleinversorgung auch in Sachen Waffen und Gerätschaften eingestellt. So verfügte sie über gleich zwei der einfachen, aber zweckmäßigen, landestypischen Öfen zur Eisenverhüttung. „Die Rennfeueröfen werden hier im Land zwischen Rhein, Wupper, Ruhr und Sieg schon seit Jahrhunderten benutzt", erklärte Friedrich und hieß seinen Schwiegervater, näher an einen der Öfen heranzutreten. Er bestand im Prinzip aus einem mannshohen Schacht aus Stein und Lehm, der im Wechsel mit Holzkohle und ähnlichem Brennmaterial sowie mit Eisenerz gefüllt war. Ein Gehilfe hatte die Holzkohle soeben entzündet, ein anderer begann damit, einen großen Blasebalg zu betätigen. Im Ofen hob ein Knistern und Brausen an. „Damit wird Luft in den Ofen geleitet", übertönte Friedrich die Geräuschkulisse, „dann brennt die Kohle besser und es wird heißer im Ofen!" Walram nahm alles begierig mit funkelnden Augen auf. „Wenn die Kohle verbrannt und das Eisen geschmolzen ist, bleibt die Ofensau zurück", erklärte der Graf weiter. „Ofensau?", Walram schaute ihn verständnislos an. Ein Schmied beeilte sich auf einen Wink des Grafen, dem Herzog von Limburg ein Beispiel vor Augen zu führen, und hielt ihm mit der Zange eine schon erkaltete Eisenluppe eines vorherigen Schmelzvorganges hin. „Das ist die Ofensau", fuhr Friedrich fort, „ein Klumpen Renneisen, noch mit Schlacke vermischt!" Walram ließ sich die Zange reichen und beäugte das unförmige Ding genauer. „Die Schlacke muss nun ausgeschmiedet werden, bevor wir das Eisen weiter verarbeiten können", fügte der Schmied mit einer Verbeugung an. Walram reichte ihm das gewonnene Renneisen zurück. „Das ist schlau", dachte er laut nach, „schlau und zweckmäßig. Vielleicht lässt du mir beizeiten auf meiner Burg in Lüttich auch so einen Ofen bauen – ich glaube, ich hätte Verwendung dafür."

„Gern", versprach Friedrich, dann führte er den Schwiegervater zurück zu seinem Palas, woher dieser gekommen zu sein schien. Dafür mussten sie über den Platz zum Haupttor in die Oberburg. Genau über diesem Tor erhob sich der Palas mit den Wohnräumen des Grafen und seiner Gattin sowie mit der Kapelle und dem Burgmannenhaus. „Hast du Sophie schon begrüßt?", wollte Friedrich wissen. Walram verzog ein wenig das Gesicht. „Ja, das hab' ich, aber sie schien mir nicht so recht glücklich zu sein, ob mit meinem Besuch oder mit dem Burgleben, kann ich nicht sagen!" Friedrich räusperte sich. „Sie ist nie so ganz glücklich", gab er unumwunden zu, „ich fürchte, das hat mit mir oder der düsteren Lage unserer Burg hier in den Wäldern entlang der Ruhr zu tun!" – „Oder mit ihrem Buckel, der mir schon wieder gewachsen zu sein scheint", antwortete Walram mit entwaffnender Offenheit. „Auch möglich", räumte Friedrich ein, während sie die Stufen zum großen Saal emporstiegen, „aber ich will mir dabei nicht eine gewisse Mitschuld absprechen; ich bin weder sehr feinfühlig, noch habe ich ein ausgeprägtes Geschick, mit Frauen umzugehen. Das Land hier ist rau und ich bin es auch!" Walram musste insgeheim lächeln. „Hauptsache, sie hat dir einen Erben geschenkt", verkündete er unumwunden, „alles andere zählt nicht. Von Liebesdingen mögen Minnesänger trefflich künden, unsereiner hat andere Dinge zu tun!" Dabei überspielte er geschickt, dass er selbst in Herzensangelegenheiten nicht so unbewandert war und mit zwei Ehefrauen mindestens acht Kinder gezeugt hatte, nicht gerechnet die Nachkommen mit zahlreichen Geliebten. Aber auch Friedrich hatte fünf Kinder mit der buckligen Sophie. Sein Ältester, Dictrich, war gerade zehn Jahre alt, groß und kräftig für sein Alter, aber auch hellen Geistes und – im Unterschied zu seinen beiden Elternteilen – frohen Herzens. Als die Männer den Rittersaal betraten, riss er sich von der Hofdame los, die ihn gerade zu beschäftigen trachtete, und begrüßte seinen Vater stürmisch. Der hob ihn kurz hoch, drückte ihn und zerzauste ihm die Locken. „Nächstes Mal musst du mich mitnehmen, Vater", tönte der Knirps. „Ich will dir bei allem helfen!" – „Das werde ich sicher tun", versprach Friedrich, „sobald du groß genug dazu bist!" Darauf erinnerte er sich ungewollt wieder an den Ärger im Kloster und fragte sich, ob sein Sohn später einmal vielleicht anders mit derlei Problemen umgehen würde. Dabei fiel Friedrichs Blick auf einen Mann mit schütterem Haar, der abseits an einem der verhangenen Fenster stand und den er noch nicht kannte. „Wer ist das?", fragte der Graf in den Raum und setzte dabei seinen Sohn mit einem Klaps wieder ab. „Das ist ein treuer Geselle, den ich dir ans Herz lege", antwortete Walram, „er wird Sophie ein Stück weit Erinnerung an die Heimat und dir ein treuer Diener sein, den du sicher gut gebrauchen kannst, denn wie ich höre, ist dir einer deiner Männer vor Kurzem abhandengekommen. Ich empfehle ihn dir als Knappen!" Noch bevor Friedrich etwas entgegnen konnte, öffnete sich die rückwärtige Tür zur Kemenate und Sophie trat ein, die Gattin des Grafen und Tochter des Herzogs. Ihr kostbares Kleid aus grünem Samt und das rötlich-braune Haar passten gut zusammen und verliehen ihr eine gewisse Anmut, die jedoch von einer unnatürlichen Körperhaltung zunichte gemacht wurde. Aufgrund eines unübersehbaren Buckels auf der linken Rückenhälfte trug sie seit der Kindheit eine Schulter etwas höher als die andere. Dies bescherte ihr beim Gehen obendrein ein leichtes Hinken. Im Sitzen fiel dies nicht weiter auf, beim Gehen oder Laufen jedoch konnte es Mitleid erregen. Jetzt, als sie die Neuankömmlinge entdeckte, legte Sophie freudig einen unglücklich schnellen Gang an den Tag. Jedoch war es nicht ihr Vater, auch nicht ihr Gatte, der ihre Aufmerksamkeit erregte, sondern der Mann am Fenster. „Herenbert", rief sie beglückt, „wie schön! Was machst du hier?" Der Mann verbeugte sich. „Heren-wer?", hakte Friedrich nach. Erneut verbeugte sich der Mann, diesmal in Richtung des Grafen. „Mit Verlaub", antwortete er, „Herenbert Rennekoie, ganz Euer Diener!"

Die Sonne versank bereits, als Thomas und seine beiden Männer, aus Richtung Deutz kommend, wo sie sich von dem Erzbischof getrennt hatten, an die Wupper zurückkehrten. Nachdenklich ließ er sein Pferd durch die Furt waten, die sich tausend Schritt unterhalb seines Hofes befand. Obwohl der Fluss hier flacher war, musste er die Füße aus den Steigbügeln nehmen und die Fersen hochziehen, um nicht nass zu werden. Gerhardt und Ulrich hingegen, die zu Fuß durch die Wupper waten mussten, stieg das Wasser fast bis zur Brust. Um bei einem Fehltritt nicht fortgespült zu werden, hielt sich Gerhardt am Schweif von Thomas' Pferd fest und Ulrich wiederum an Gerhardt. Ihre Stabwaffen und sonstige Ausrüstung trug derweil Thomas über der Schulter. Wulfila musste vollends schwimmen, was dem riesigen Hund jedoch nichts ausmachte. Thomas dachte an den Mordanschlag auf den Erzbischof und daran, dass sie sich blindlings an die Verfolgung der Täter gemacht hatten, ohne an die eigene Sicherheit zu denken. Es hatte nicht viel gefehlt, und sie wären in ihr Verderben gerannt. So viel war sicher: Sie hatten es hier mit einem erfahrenen, ausgefuchsten Gegner mit strategischem Denken zu tun, nicht mit irgendeinem Strauchdieb. Das nächste Mal würde er vorsichtiger sein, nahm sich Thomas vor. In diese Gedanken vertieft, ließ er zu, dass sein Pferd ein wenig von der Furt abkam. Ihn musste das anfänglich nicht kümmern, aber seine Männer brachte dies in tieferes Wasser und damit in Schwierigkeiten. Gerhardt verlor für einen Moment den Halt und klammerte sich fester an den Schweif des Tieres, das darauf einen Satz nach vorn machte, die beiden Männer im Schlepp. Gerhardt schluckte Wasser, bevor er wieder festen Boden unter die Füße bekam, Ulrich ebenso. „Hee, habt Ihr uns vergessen?", prustete er los, „uns steht das Wasser hier bis zum Hals!" Thomas korrigierte augenblicklich die Richtung seines Reittieres mit den Schenkeln, dann drehte er sich um. Er wollte sich für die Nachlässigkeit entschuldigen, konnte aber ein Lachen nicht verkneifen, als er die Situation erfasste. Gerhardt war genauso nass wie sein Hund. „Das soll dir eine Mahnung sein", flachste Thomas, „das blüht jedem, der mir folgt!" Wulfila hatte bereits das andere Ufer erreicht und schüttelte sich. Gerhardt tat es ihm gleich, als auch er die jenseitige Böschung erklomm. „Ich werd's mir merken", gab er zurück, während er sein Hemd auszog, um es auszuwringen, „besonders wenn wir das nächste Mal an den Stromschnellen auf Lachse gehen und ich die Sicherungsleine für Euch halten muss …" Lachend und scherzend kamen sie bald zu Hause an.

Auf der Landzunge südlich des Haupthauses, die in den Wupperknick hineinragte, hatte bereits den Nachmittag über ein großes Feuer gebrannt, auf dessen Glut jetzt der versprochene Ochse am Spieß briet, denn es war Pfingsten. Während sich Martin und Willibald darum kümmerten, dass das Fleisch gleichmäßig garte, trugen die Frauen die Beilagen, Gewürze und Getränke auf. Es gab nicht nur Wasser, sondern auch Säfte und aufgebrühten Sud aus Kamille oder Holunderblüten. Ewald, der Schmied, schlug mit den anderen Männern gerade ein Fass mit frisch gebrautem Bier an, das sie im benachbarten Leichlingen erstanden hatten. Aus der Ortschaft waren auch einige Besucher erschienen, vornehmlich Handwerker und Männer, mit denen sie Handel trieben. Aber auch ein paar Frauen waren Sibyllas Einladung gefolgt. Als sie näher kamen, bemerkte Gerhardt zu seiner Freude, dass sich auch die dralle Gertie unter den Gästen befand, auf die er ein Auge geworfen hatte. „Ich nehme an, ich werde jetzt nicht mehr gebraucht, dann müsst ihr mich entschuldigen", tat er mit gespielt betretener Miene kund, „aber um mich nach dem unfreiwilligen Bad im Fluss nicht zu verkühlen, muss ich mich dringend etwas aufwärmen!" Mit diesen Worten war er auch schon verschwunden. „Pass auf, dass es dir nicht zu heiß wird", warf ihm Thomas noch hinterher. Ulrich lief derweil mit Wulfila los, um den Hund zu versorgen und sich dann zu den Männern am Bierfass zu gesellen. Thomas hielt nach Sibylla Ausschau. Als er sie nicht sogleich entdeckte, stieg er vom Pferd und brachte es zurück in den Stall. Gerade als er das Tier mit Stroh abgerieben und mit Futter versorgt hatte, stach ihn etwas in den Nacken. Zuerst hielt er es für ein Insekt, schlug danach und dachte sich nichts weiter dabei. Dann aber stach das vermeintliche Insekt erneut zu. Den Urheber des Stiches suchend, drehte er sich unwirsch um – und blickte in Sibyllas triumphierendes Gesicht. „Na, da bist du ja endlich, hat dich der Hafer gestochen?" Aus ihrem Mundwinkel ragte ein langer Strohhalm, mit dem sie ihn soeben geärgert hatte. „Na, warte", rief er und wollte sich auf sie stürzen. Doch sie wich ihm geschickt aus und verschwand eilig im hinteren Teil der Scheune, wo sie sich lachend ins Stroh warf. Er war ihr jedoch auf den Fersen, warf sich dicht neben sie und suchte mit seinen Lippen die ihren. „Vorsichtig", mahnte sie ihn, „du wirst mich von jetzt an etwas weniger stürmisch, dafür aber mit mehr Respekt behandeln müssen!" – „Wieso das auf einmal?", wollte Thomas wissen. „Ganz einfach", lachte sie, „weil ich dein Kind unter dem Herzen trage!"

„So ein großes Fest haben wir lange nicht mehr erlebt", frohlockte Sophie von Isenberg, wobei sie nur wenig von den ernsten Gesprächen der meisten Männer an der langen Tafel mitbekam. Ja, sie frohlockte – zum ersten Mal seit Langem. Das lag zum einen an der Gesellschaft ihres Jugendfreundes Herenbert, zum anderen am guten Wein, dem sie jetzt schon zum wiederholten Male zusprach, und nicht zuletzt an dem Anlass für den Ausschank des besten Tropfens aus Isenbergs Keller, nämlich den vielen illustren Besuchern. Der große Saal im Palas der Isenburg war bis auf den letzten Platz gefüllt. Die Knechte und Mägde, angeführt von Friedrichs Diener Herriger, der an diesem Abend als Mundschenk fungierte, hatte alle Hände voll zu tun, denn neben Sophies Vater, dem Herzog Walram von Limburg, waren auch die Brüder ihres Gatten anwesend, Dietrich von Isenberg-Altena, der Bischof von Münster, sowie Engelbert, seines Zeichens Bischof von Osnabrück, samt einigem Gefolge. Ohne Friedrichs Zutun oder Wissen hatte Walram von Limburg allesamt kurzerhand auf die Isenburg bestellt, um wichtige Geschäfte zu bereden, die mit dem Wirken und der Person des Erzbischofs von Köln verknüpft waren, so hatte er angedeutet. Beide Kirchenfürsten hatten ihre lukrativen Posten ihrem Großvetter zu verdanken. Doch wie nahezu alle im Saal waren auch die jüngeren Isenberger nicht gut auf ihren Verwandten zu sprechen. „Er setzt sich über alles und jeden hinweg", eiferte sich gerade schmatzend der Bischof von Münster, während er gleichzeitig einen großen Bissen des aufgetischten Spanferkels verdrückte. „Er versucht, den Machtbereich seines Kölner Erzbistums weit nach Nordosten auszudehnen und die Regionalfürsten zu beschneiden!" Dietrich machte eine Pause, um seine Finger abzulecken. „Wenn ihm das nicht gelingt, vergibt er Stadtrechte, nur damit die Ortschaften ihren angestammten Grafen und Bischöfen keine Abgaben mehr leisten!" Zustimmendes Raunen bestätigte seine Worte. „Bedenkt nur, wie er mit dem Fürstbischof von Paderborn umgesprungen ist", erinnerte der Osnabrücker Isenberger, „nur weil dieser die ihm zustehenden Pfründe ausgeschöpft hat. Zuerst wiegelte er das Volk gegen seinen Herren auf und dann baute er Zwingburgen an allen größeren Flecken der Handelswege, um die Zölle einzusparen bzw. selbst zu kassieren!"

Nun sprach auch er dem Fleisch zu, das er sich von einer Brotscheibe schmecken ließ, die mit Schweineschmalz bestrichen war. „Und jetzt will er uns einfachen Adeligen ans Leder, indem er uns die Voigteirechte wegnimmt", beklagte sich Friedrich von Isenberg, „nur weil die eine oder andere Nonne zetert!" Walram von Limburg lächelte still in sich hinein, trug nach außen aber eine ernste Miene zur Schau. „Liegen dir diese Voigteien denn so am Herzen?", hakte er nach, obwohl er die Antwort bestens kannte. „Du tust, als wenn so viel davon abhinge, aber sich mit dem Erzbischof von Köln anzulegen ist eine ernste Sache!" – „Und ob viel davon abhängt", bestätigte Friedrich, während er einen großen Schluck Wein aus einem Trinkhorn nahm, „ich habe es einmal aufschreiben lassen, damit mir und meinen Erben niemand unrecht tun kann!" Dabei entrollte er eine Pergamentrolle, die ihm auf einen leisen Wink sein Notarius Tobias gereicht hatte, als er mit dem Thema begann. „Es geht um 36 Oberhöfe mit 1440 Bauerngütern in 905 Orten, die zu meiner ererbten Voigteiherrschaft gehören und aus der mir Abgaben zustehen", gab Friedrich bereitwillig

Auskunft, „mein sonstiger Besitz umfasst lediglich 19 Oberhöfe!" Walram von Limburg machte ein ernstes Gesicht. „Dann wärest du praktisch mittellos, wenn er dir die Voigteien wegnimmt", verlieh er seinen wohldurchdachten Befürchtungen Ausdruck, „ich habe ja nicht gewusst, dass es so ernst steht!" Friedrich nickte und nahm einen weiteren Zug aus dem Horn. „Er hat mir wohl eine Rente aus seiner eigenen Schatulle als Ersatz angeboten", hob der Graf an. „Aber du wirst doch nicht zum Almosenempfänger des Erzbischofs werden wollen?", erhitzten sich seine Brüder. „Außerdem wird diese Rente wahrscheinlich mit deinem oder seinem Tod erlöschen", nahm der Herzog zu Recht an, „das hieße, dein Sohn wäre enterbt!" Niedergeschlagen schenkte sich Friedrich nach. „Wer wagt es, meinen Sohn zu enterben?", fuhr Sophie mit funkelndem Blick dazwischen, hatte sie doch etwas aufgeschnappt, was ihr Gemüt erregte. „Der Oheim deiner Schwägerin Irmgard", ließ Walram sie wissen, „aber keine Sorge, da sind tapfere und weise Männer vor!" Während Rennekoie das Augenmerk der Gräfin auf ein anderes Thema lenkte, wandte sich Walram wieder den Isenbergern zu. „Nun, wie ihr wisst, hatte und habe ich auch das eine oder andere Hühnchen mit Erzbischof Engelbert zu rupfen!" „Erzbischof, dass ich nicht lache", spuckte Dietrich von Isenberg dazwischen, „ein Raubritter war und ist er, schon in jungen Jahren vom Papst für sein Gebaren gebannt. Exkommunizieren sollte man ihn!" – „Leider macht ihn das Erzbistum gleichzeitig zum Herzog von Westfalen", bedauerte sein Bruder, der Bischof von Osnabrück, „und obendrein hat er die Gunst des Kaisers, dagegen lässt sich nicht viel ausrichten." – „Das kommt darauf an", fuhr nun Walram fort, „wie ihr wisst, haben wir Limburger schon die eine oder andere Fehde mit ihm ausgefochten, weil er meinem Sohn das Erbe seiner Gattin, die Grafschaft Berg, vorenthält!" „Und euch blutige Nasen dabei geholt", fuhr Dietrich fort. Walram ärgerte sich über Dietrichs wiederholte Unterbrechung und dessen Einwand, ließ sich das aber nicht anmerken. „Aber wir haben ihm Grenzen aufgezeigt", beharrte Walram, „daran sollten wir anknüpfen!" – „Indem wir eine Fehde gegen ihn anzetteln?", meldete sich Friedrich zu Wort, „das geht mir zu weit und verspricht wenig Erfolg!" – „Nein, indem wir ihn nach alter Väter Sitte für eine Weile in Gewahrsam nehmen", führte Walram aus, „und ihm dabei Zugeständnisse abpressen, die er uns freiwillig nicht geben würde!" Der Bischof von Osnabrück hielt erschreckt eine Hand vor den Mund, Dietrich nickte nachdenklich mit dem Kopf. „Ihn entführen?" Graf Isenberg stockte der Atem. Herenbert Rennekoie tauschte einen vielsagenden Blick mit Walram. „So haben das schon unsere Väter gemacht, wenn sie mit jemandem nicht recht voran kamen!", bestätigte der Herzog.

„Bist du sicher, dass du ein Kind erwartest?", fragte Thomas, während ihm erste Schweißtropfen über die Brust rannen. Zur Antwort schlang sie ihre Schenkel um seine Hüften, um ihn noch tiefer in sich zu spüren. Dabei ließ sie ein keuchendes, aber glückliches „Ja" hören, beugte ihren Rücken durch und reckte ihm damit ihre Brüste entgegen. Thomas konnte es kaum glauben. Seit drei Jahren liebten sie sich so wie jetzt fast jeden Tag und nun sollte es so einfach geschehen sein? Aber Sibyllas Gebaren ließ keinen Zweifel zu, irgendetwas hatte sich verändert. Nicht dramatisch, denn geliebt hatten sie sich ja auch vorher schon, aber hier und jetzt schien es auf einmal eine noch größere Nähe und Vertrautheit zu geben. Für einen Moment entzog sie sich ihm mit einer eleganten Bewegung, streifte dabei wie zufällig seinen prallen Schaft, zuerst mit den Fingerspitzen, dann mit den Lippen, und bot ihm dann ihr wohlgeformtes Hinterteil an. Eine Sekunde später war er wieder in ihr, nahm sie bei den Hüften und zog sie rhythmisch immer wieder an sich. Oh, wie er sie liebte! Sibylla begann zu stöhnen. Wie entfesselt ließ sie ihrer Leidenschaft freien Lauf, als sei sie von einer Last befreit. Schließlich richtete sie sich auf den Knien auf, ohne von ihm abzulassen, und zog seine Hände nach vorn. Das war ihr Zeichen dafür, dass sie kurz vor dem Höhepunkt stand und wünschte, dass er ihre Brüste nahm. Das ließ er sich nicht zweimal sagen, schob seine Hände vor und griff beherzt zu. Sie fühlten sich an wie pralle, reife Früchte. Sie keuchte jetzt nur noch und er spürte, wie er unaufhaltsam mit ihr verschmolz, wie er begann, seinen Samen in ihr zu verströmen. Sie bekommt mein Kind, dachte er noch, dann schüttelte es ihn durch und der Gipfel der Lust schien ihm den Schädel zu zersprengen. Sie fielen nicht ins Stroh, sondern blieben in der kauernden Position, in der sie sich geliebt hatten. Er zog sie noch enger an sich und sie legte den Kopf in den Nacken. „Wie kannst du plötzlich so sicher sein?", hakte Thomas noch einmal nach. „Ach, Liebster, es gibt untrügliche Anzeichen dafür bei einer Frau", ließ sie ihn wissen, „die Monatsblutung hört auf, die Brüste wachsen – vor allem aber ist da dieses Gefühl, wie ein uraltes Wissen, das ist mit einem Mal da – und die unendliche Liebe zu dem Mann, von dem sie das Kind empfangen hat!" Er drehte sie zu sich um und küsste sie wortlos für diesen

Liebesbeweis. „Außerdem", fügte sie hinzu, als sie wieder Luft bekam, „hat Maria mein Gefühl bestätigt. Wir bekommen ein Kind – und ich wette, es wird ein Junge!"

Es war bereits dunkel, als Thomas und Sibylla Hand in Hand die Scheune verließen und sich unter die Menschen mischten, die fröhlich das erste große Pfingstfest auf seinem Gut feierten. Die Jahre vorher hatten sie noch nicht genug Mittel und Erträge für ein großes Fest gehabt. Jetzt gab es von allem genug. Der Ochse über dem Feuer war bereits recht dünn geworden und das Bierfass zur Hälfte geleert, als sich Thomas und Sibylla ihre Anteile holten. Alle freuten sich, die beiden zu sehen, und bei manchem hatte sich schon herumgesprochen, dass auch die Gutsherrin endlich gesegneten Leibes war. „Ihr kommt spät", meinte Ewald, der nach wie vor das Bierfass bewachte und vor allem zusah, dass er selbst genug abbekam, nun aber Thomas einen hölzernen Krug einschenkte, „oder habt Ihr gleich den nächsten Nachwuchs angesetzt?" Dabei prostete er dem werdenden Vater gut gelaunt zu. „Pfeifen das die Spatzen jetzt schon von den Dächern?", stellte Thomas über den Bierschaum hinweg eine Gegenfrage, während er den Krug an die Lippen setzte. „Die Spatzen nicht", meinte Ewald, „aber die Weiber haben derzeit kein anderes Thema mehr, als darüber zu schwatzen, wer denn jetzt wann was für ein Kind bekommt!" Ein Blick zum Feuer, wo Sibylla, Katharina, Maria und die anderen jetzt lachend zusammenstanden, bestätigte seine Worte. Thomas erinnerte sich an Sibyllas letzte Bemerkung über Marias Vorhersage. „Na, du sitzt ja dabei sozusagen an der Quelle", erging er sich in einer gezielten Anspielung. „Da mögt Ihr recht haben", gab Ewald zurück, wobei Thomas ein Hauch von Wehmut nicht verborgen blieb. „Was ist denn eigentlich mit euch?", wagte er sich noch einen Schritt vor, „noch kein Nachwuchs in Sicht?" Ewald zuckte mit den Achseln. „Es ist ein bisschen wie mit dem Propheten, der im eigenen Land nichts gilt. Was uns anbetrifft, macht sie keine Vorhersagungen. Aber das ist vielleicht besser so!" „Warum?", ließ Thomas seiner Neugier freien Lauf. „Nun, vielleicht sollte man nicht alles wissen, was morgen auf einen zukommt, um sich nicht das Heute zu verderben!" Darauf hob er nochmals seinen Krug und trank ihn in einem Zug aus. Thomas hatte das undeutliche Gefühl, dass da womöglich etwas das Glück der beiden trübte. Aber er gab dem Schmied recht. Es war vielleicht besser, nicht alles zu wissen, was morgen passierte. Dabei erinnerte er sich unweigerlich an Marias Worte über einen der nächsten Ritte mit dem Erzbischof, der länger dauern sollte als geplant. Er schüttelte den Kopf und damit den

Gedanken ab. Es war ganz sicher besser, nicht alles zu wissen, was so auf einen zukam. Eines aber wusste er ganz sicher: Sibylla würde heute eine nur kurze Nacht haben. So trank er wie Ewald sein Bier in einem Zug aus, hielt zielstrebig auf die Gruppe der Frauen zu, grüßte freundlich, aber nur kurz, nahm daraufhin Sibylla wortlos bei der Hand und verschwand mit ihr im Dunkel der Nacht.

„Was für ein Tag!" Erzbischof Engelbert ließ sich ächzend auf ein großes Bett fallen, auf dem mehrere reich bestickte Decken drapiert waren. Über ihm breitete sich ein ausladender Baldachin aus, von dem samtene, dunkelrote Vorhänge herabhingen. Ein mönchischer Diener in einfacher Kutte eilte herbei und bemühte sich, dem Erzbischof die Stiefel von den nach langem Ritt und nicht weniger langem Herumstehen angeschwollenen Beinen zu ziehen. Dies gelang jedoch erst, als er sich umdrehte, die Stiefel seines Herrn zwischen die Knie klemmte und Engelbert seinen verlängerten Rücken als Trittfläche anbot. Der Erzbischof nahm das Angebot an, stellte seinem Diener das freie Bein auf den Allerwertesten und drückte. Langsam löste sich der erste Stiefel vom Fuß. Sein Schreiber Caesarius, hager und mit unbewegter Miene wie stets, ging unterdessen seine Notizen durch. „Ihr habt heute Hunderte von Armen mit Brot versorgt. Dreihundert Laibe wurden verteilt", rechnete er nach. „Auf dass sie es Euch vergelten, Gott tut das sicher ohnehin schon!" Engelbert schmunzelte, während auch sein zweiter Fuß vom Stiefel befreit wurde. „Die Armen waren heute wichtiger als Gott", kam es ihm über die Lippen. Caesarius zuckte zusammen. „Bei der feindseligen Stimmung unter den reichen Kaufmannssäcken und in der Bürgerschaft gegen mich kann es nicht schaden, zumindest die Armen auf meiner Seite zu haben", fuhr Engelbert fort. „Solange die mich bei jedem Fußmarsch oder Ausritt umlagern, wird sich niemand trauen, mir vor aller Augen etwas anzutun!" Er musste lachen, als er an die Trauben von Menschen und die vielen Hundert Hände dachte, die sich ihm auf dem Domplatz entgegengereckt hatten, als er damit begonnen hatte, das Brot vom Wagen aus zu verteilen. Das hielt er seit geraumer Zeit an jedem Sonn- und Feiertag so. Und auch zu Pfingsten hatte er, unmittelbar nach der Rückkehr von seinem Ritt zu den Klöstern, die Armenspeisung nicht vergessen. Dicht an dicht hatten die Menschen um ihn und den Wagen gestanden. Nicht die schmalste Klinge hätte dort noch Platz gehabt, geschweige denn ihren Weg zu seinem Leib gefunden. Im Gegenteil, eine Woge der Zuneigung war ihm wieder einmal entgegengebrandet. „Hosianna" und „Ihr seid ein Heiliger" hatten die Leute gerufen, „Gelobt sei Erzbischof Engelbert!" Wieder musste er schmunzeln. Ausgerechnet er ein Heiliger! Engelbert war nicht zimperlich, wenn es um die Durchsetzung seines Willens und seiner Macht ging. Und er hatte durchaus Gefallen an weltlichen Dingen, an edlem Wein, gutem Essen, schönen Frauen. Dagegen konnte er den kirchlichen Messen, Beichten, Predigten und Prozessionen nur wenig abgewinnen. So ähnlich stand es auch in den Notizen seines Schreibers. Caesarius hatte, einer inneren Stimme folgend, angefangen, eine Vita seines Herrn und Meisters anzufertigen und dessen Lebensgeschichte aufzuschreiben. Er hatte das Gefühl, dass diese eines Tages gebraucht würde. Trotz persönlicher Frömmigkeit attestierte er dem Erzbischof weder eine besondere Gabe für die Predigt noch für den geistlichen Lebenswandel, auch wenn er seinen erzbischöflichen Pflichten stets nachkam. Caesarius vermerkte auch, dass der Kirchenfürst den Zisterziensern sehr zugetan war, daneben die neuen Bettelorden der Franziskaner und Dominikaner förderte und viel Verständnis für die aufstrebenden Damenstifte zeigte. Aber war er deshalb ein Heiliger? Wohl kaum. Er ist ein weitaus besserer Herzog als ein Bischof, konstatierte Caesarius. So sah sich Engelbert auch selbst. Die Vorstellung jedoch, dass die Leute ihn als leuchtenden Heiligen betrachteten, als frommen Mann, der den Armen half, gefiel ihm. Einem Heiligen würden sie nichts tun, ihn sogar beschützen, überlegte er. Er dachte aber auch an die beiden Anschläge, die seinem Leben gegolten hatten, und seine Stimmung wandelte sich. Die Urheber dieser Anschläge galt es ausfindig zu machen, wobei Engelbert schon eine Vermutung hatte, in welcher Richtung er denken musste. Und es galt, weiteren Anschlägen vorzubeugen, indem er sich entsprechend schützte. Dabei fiel ihm ein, wie der Kommandeur seiner Begleitmannschaft von ihm verlangt hatte, auf sein Streitross zu steigen. Er fand dessen Auftreten zuerst ungebührlich, hatte aber zum Glück auf ihn gehört. „Ich glaube, dieser Thomas von Leichlingen ist ein guter Mann", verlieh er seinen Gedanken Worte, „es mangelt ihm für einen Untergebenen zwar zuweilen etwas an der nötigen Demut und Unterwürfigkeit, aber er scheint mir sehr aufmerksam und auch loyal zu sein!" Caesarius blickte von seinen Notizen auf und beeilte sich, seinem Herrn zuzustimmen. „Das ist er fürwahr. Wer weiß, wie der Hinterhalt mit der Fallgrube ausgegangen wäre, hätte er Euch nicht gewarnt", führte er aus, „aber was veranlasst Euch, Eminenz, zu glauben, er sei Euch nicht genug ergeben?" Engelbert schüttelte den Kopf. „Ich glaube, das trifft es nicht, es ist eher etwas Grundsätzliches. Ich glaube, er bringt jedem Fürsten eine gewisse Abneigung entgegen", meinte der höchste Fürst des Reiches, während er sich eine frische Toga überwarf. „Davon abgesehen hat er meinem Bruder, Gott hab' ihn selig, lange treu gedient. Vielleicht bringt er mir deshalb eine gewisse Reserviertheit entgegen. Aber der Kerl hat auch auf dem letzten Kreuzzug gekämpft – und überlebt! Und er hat es gar als Gemeiner zum Ritter gebracht. Solche Kerle neigen dazu, nur sich selbst wirklich zu dienen und den eigenen Willen über alles zu stellen. Vielleicht muss man ihn beizeiten etwas stutzen!" Caesarius starrte ihn konsterniert an. „Solche Kerle neigen dazu, ihren eigenen Willen über alles zu stellen", klang ihm noch im Ohr. Der Erzbischof beanstandete Charaktereigenschaften, die er selbst tagtäglich offenbarte. In diesem Moment betrat ein Page die privaten Räume des Erzbischofs und verneigte sich in übertriebener Manier bis zum Boden. „Verzeiht, erzbischöfliche Eminenz, aber draußen steht eine Kaufmannsfrau", hob der Edeldiener an, „die darauf besteht, zu Euch vorgelassen zu werden. Nach einem Passierschein oder einer Einladung befragt, hat sie mir diesen Krug Bier für Euch überreicht!" Der Page war sichtlich um Fassung bemüht. „Und sie will sich um keinen Preis abweisen lassen!" Engelbert verzog keine Miene, nur ein leichtes, süffisantes Lächeln stahl sich auf seine Lippen. „Duftet die Frau nach reichlich Rosenwasser?", wollte er wissen. Der Page nickte eifrig. „Sie übertüncht damit sogar die Exkremente der Bettler, die stets vor dem Portal herumlungern", gab er zur Antwort. Engelbert nickte befriedigt. „Dann führt die Dame herein!" Der Page verbeugte sich nochmals und verschwand durch die Tür. „Mein guter Caesarius, ich glaube, für heute sollten wir es bewenden lassen", wandte sich der Erzbischof nun an den Schreibermönch, „zieht Euch zurück, auf dass Ihr morgen wieder bei Kräften seid, die Feder trefflich zu führen!" Caesarius verneigte sich kurz und tat, wie ihm geheißen. Er klemmte Feder und Tintenfässchen unter einen Arm und rollte mit flinken Fingern die Pergamente auf. „Gott befohlen, habt eine geruhsame Nacht", warf er dem Erzbischof noch zu, dann wandte er sich zum Gehen. Doch bevor er die Tür erreichte, öffnete sich diese erneut und der Page führte eine weibliche Person in den Raum, die von Kopf bis Fuß in einen dunklen Umhang gehüllt war. Eine deutliche Handbewegung des Erzbischofs hieß Page und Schreiber, sich mit dem Zurückziehen zu beeilen. Der Page ließ sich das nicht zweimal sagen und war im nächsten Moment bereits verschwunden. Caesarius verbeugte sich noch einmal an der Tür, bevor auch er sich rückwärts zurückzog. Den Riegel noch in der Hand, erhaschte er einen letzten Blick in den Raum, als die vermummte Frau plötzlich ihren Umhang von den Schultern gleiten ließ und völlig nackt vor Engelbert stand. Caesarius schloss die Augen und die Tür, dann eilte er zur Treppe. Wie gerne wäre er in sein vertrautes Kloster Heisterbach zu seinen Zisterzienserbrüdern zurückgekehrt. Aber der Erzbischof hatte andere Pläne mit ihm. Caesarius bekreuzigte sich, während er den Weg zur Küche einschlug, um sich nach dem langen Tag ebenfalls noch ein wenig zu stärken. Eitle Pagen, stolze Ritter, sündige Kaufmannsfrauen und neidische Vettern. Sein Herr war in der Tat ein besserer Herzog denn ein Bischof, völlig ungeeignet für einen kirchlichen Lebenswandel. Wenn er sich nur nicht ständig neue Feinde machen würde! Hoffentlich nahm das nicht irgendwann einmal ein schlimmes Ende. Ein Geistesblitz erhellte seine Gedanken: In dem Falle würde er, Caesarius, es aufschreiben.

„Ach Herenbert, wo sind die glücklichen Tage unserer Jugend geblieben?!" Sophie von Isenberg, vormals Sophie von Limburg, schwelgte in Erinnerungen, als sie mit ihrem wiedergefundenen Jugendfreund durch den Burggarten schlenderte, der sich zwischen dem Palas und dem Bergfried der Isenburg erstreckte. „Es wird sich alles wieder fügen, Teuerste", beruhigte er sie, während er noch überlegte, was denn an den Tagen der Jugend so glücklich gewesen sein sollte. Nein, er, der Bastard, hatte keine romantischen Erinnerungen an die frühen Jahre in der Burg von Lüttich. Wie ein Almosenempfänger war er sich vorgekommen. Sicher, sie hatten ihn mit den Söhnen des jetzigen Herzogs erzogen – vor allem in den Kampfkünsten hatte er sich mit ihnen üben dürfen. Auch die Ställe und Gärten hatten ihm offengestanden. Daher kannte er die Tochter des Herzogs. Aber wie oft hatten sie ihn allesamt spüren lassen, dass er nur ein Mensch niederen Geblüts war! Wie oft hatte er auf Turnieren in den hintersten Rängen stehen müssen, obwohl er viel besser mit der Klinge umzugehen verstand als alle Söhne Limburgs. Wie oft hatte er bei Gelagen und Festessen am Tisch der Niederen sitzen müssen, während die Söhne und Töchter des Herzogs an den vorderen Tischen tafeln durften. Nein, das waren damals keine glücklichen Tage. Obwohl seine Amme oder seine Mutter – so ganz hatte er nie erfahren, was sie denn wirklich war – immer gemeint hatte, er solle dankbar sein für alles. Vielleicht hätte er das sein sollen. Aber es war ihm nicht gelungen. Dankbar war er nur dafür, dass Gott – oder wer auch immer dafür verantwortlich war – ihn hatte wachsen lassen. Und dass derselbe Gott ihn mit einigen anderen Vorzügen ausgestattet hatte, wie dem wachen Geist, über den er verfügte, einer schnellen Hand und einer gewissen Kaltblütigkeit. Seither wurde er als Knappe herumgereicht oder durfte vielleicht einmal ein abgelegenes Gut des Herzogtums führen. Oder man betraute ihn mit Sonderaufgaben. Immerhin. Aber an wirkliche Töpfe und Pfründe hatten sie ihn auch jetzt noch nicht gelassen. Das sollte sich alsbald ändern. „Wie, glaubst du, können wir der Enterbung durch den Erzbischof vorbeugen?", brachte Sophie ihre Sorgen auf den Punkt. Augenblicklich war Herenbert in seinem Element. „Indem wir dem Vorschlag des Herzogs folgen", äußerte er im Brustton der Überzeugung. „Aber ist das nicht Unrecht?", kam es zaghaft aus Sophies Mund, „und obendrein gefährlich? Mein Gott, eine Entführung, da kann doch alles passieren!" Herenbert setzte sein überzeugendstes Lächeln auf. „Nicht, wenn sie von guten Männern geplant und ausgeführt wird", pflanzte er einen Keim der Hoffnung in ihr Herz, „Männern, die wissen, was sie tun!" – „Männer wie du?", hoffte Sophie. Erst wollte er widersprechen, hatte dann jedoch das Gefühl, dass es seinem Ziel zuträglicher war, wenn er ihr reinen Wein einschenkte, zumindest in diesem Punkt. „Ja, Männer wie ich und einige andere erfahrene Kämpen", gab er zu, „Männer wie dein Friedrich!" Sophies Augen begannen zu flackern. „Aber Friedrich zaudert", musste sie einräumen, „er sagt, er könne und wolle seinem Vetter kein Unheil zufügen. – nicht einmal für alle Pfründe des Paradieses". Herenbert Rennekoie schnaubte verächtlich. „Heißt das, er will lieber für alle Zeiten auf seine Rechte an den Klosterhöfen verzichten?", hakte er nach. „Damit wäre dein Sohn tatsächlich enterbt!" Sophie hielt sich vor Verzweiflung eine Hand samt Tüchlein vor den Mund. „Deshalb fragte ich dich ja, was wir deiner Meinung nach tun können?", kam es unter dem Tüchlein hervor. „Na, dann müssen wir ihn eben umstimmen", gab Rennekoie dem Gespräch eine hoffnungsvolle Wendung. Drei Schritte weiter, vor fremden Blicken hinter einem ausladenden Rosenstrauch verborgen, verstellte er ihr den Weg, hob mit einer Hand ihr Kinn etwas an, damit sie ihm in die Augen blickte, nahm ihr mit der anderen das Tüchlein aus der Hand und trocknete damit die aufgekommenen Tränen. „Hilfst du mir?", hauchte sie ihm zu, „du bist mein einziger Freund!" Er zögerte einen Moment, dann näherten sich seine Lippen zur Antwort den ihren. „Ja, ich helfe dir, ich lasse dich mit dieser Sorge nicht allein!" Dann küsste er sie. Sophie, die Bucklige, wie sie auch zuweilen genannt wurde, wenn sie nicht zugegen war, erschrak ein wenig. Dann verlor sie sich in den Augen des Freundes und erwiderte den Kuss.

„Wer da?", rief die Wache übellaunig zu den drei Männern herunter, die vor dem Haupttor angehalten hatten. Die Zugbrücke über dem Burggraben war heruntergelassen, aber das Gittertor geschlossen. Da es noch früh am Tag war und der Sommer ausgesprochen kühl und regnerisch begonnen hatte, zogen Nebelschwaden vom Wupperfluss herauf, als sei es bereits Herbst. „Thomas von Leichlingen", hallte es zurück, „mit der Ablösung für meinen Teil der Burgmannschaft!" Thomas ließ es sich seit drei Jahren nicht nehmen, seine Männer, von denen im Wechsel jeweils zwei für einen Zeitraum von sechs Wochen als Burgwachen eingeteilt waren, selbst nach Neuenberge zu begleiten. Dabei sah er stets nach dem Rechten, wie er es nannte, begrüßte alte Freunde und nahm die beiden Männer, deren Dienst abgelaufen war, wieder mit nach Leichlingen. So versah er diesen Teil des Lehnsdienstes für den amtierenden Grafen von Berg und verband dabei die Pflicht mit dem Angenehmen. Eigentlich war damit alles in bester Ordnung. Nur die Tatsache, dass besagter Graf von Berg Engelbert hieß und gleichzeitig auf dem Erzbischofsstuhl von Köln saß, war weniger in Ordnung. So empfand dies nicht nur Thomas. Eigentlich hätte Heinrich von Limburg, der Ehemann Irmgards, der einzigen Tochter des seligen Grafen Adolf, der sozusagen unter Thomas' Augen auf dem Kreuzzug gefallen war, längst Titel und Amt des Grafen bekleiden sollen. Doch Engelbert, Adolfs Bruder, hatte ihm die Grafschaft vor der Nase weggeschnappt und enthielt sie ihm wahrscheinlich noch Jahre vor. Und gegen diesen mächtigen Mann war wenig auszurichten. Immerhin hatten Heinrich und Irmgard mit Schiedsspruch des Kaisers durchsetzen können, auf Burg Neuenberge leben zu dürfen. Erst nach Engelberts Ableben sollte auch der Grafentitel an Heinrich fallen. Nach einer gefühlten Ewigkeit zeigte ein lautes, metallisches Knarren an, dass Bewegung in die Sache kam. Knirschend hob sich das Gittertor. Thomas hatte stets ein ungutes Gefühl, unter den mächtigen Eisenspießen einherzuschreiten, die von oben auf ihn herabblickten, ließ sich aber wie üblich nichts anmerken.

Sein Pferd am Zügel führend, betrat er die Burg; seine Männer folgten auf dem Fuß. Es kam ihm vor wie gestern, doch war es jetzt dreizehn Jahre her, dass er, der Fischersohn, als angehender Knappe den Fuß auf das Kopfsteinpflaster zwischen Grabentor und Zwingertor gesetzt hatte. Dreizehn ereignisreiche Jahre! Seine Eltern waren früh einer Mörderbande zum Opfer gefallen, Opfer eines Thronstreites, in dem Tausende von Menschen ihr Leben gelassen hatten. Derweil hatte er im Kloster Altenberg Schreiben und Kämpfen gelernt, bis er alt genug gewesen war, Graf Adolf zu begleiten. An dessen Seite war er gegen die Pfalz Kaiserswerth und später gegen die Sarazenen zu Felde gezogen. Und er hatte der Krönung Friedrichs in Aachen beigewohnt. Dort hatte der König zum Kreuzzug aufgerufen. Dieser hatte ihn nach Portugal und Outremer, an den Nil und dort schließlich durch Verrat in den Kerker geführt. Nur einer seltsamen Allianz aus der jungen Tänzerin Inez, ihrem jüdischen Ziehvater sowie den Tempelrittern William und Konrad, der als Mönch einst im Kloster sein Lehrmeister gewesen war, hatte er es zu verdanken gehabt, dass er dieser Notlage überhaupt entronnen war. Inez! Er musste unweigerlich an die schöne Ibererin denken, die vor Jahren sein Herz gerührt und ihm viele Facetten der körperlichen Liebe gezeigt hatte. Woher mochte sie wohl ursprünglich stammen? Wie wenig er im Grunde von ihr wusste! Ob sie wohl noch an der Seite des Sultans weilte? Ärgerlich schüttelte Thomas die Gedanken ab. Sie war aus freiem Willen dortgeblieben. Und er hatte schließlich sein Glück gemacht, war vom Kaiser in Sizilien zum Reichsritter geschlagen worden, darauf nach Neuenberge zurückgekehrt, hatte hier in einem finalen Turnier seinen schlimmsten Feind gestellt und endlich die Hand seiner Jugendliebe Sibylla gewonnen. Und jetzt war er Herr seines eigenen Rittergutes. Das alles klang nach einem langen Leben. Tatsächlich waren gerade einmal dreizehn Jahre vergangen. Dreizehn kurze Jahre! Gerade, als er so in Gedanken vertieft um die Ecke des Palas bog, um zum inneren Tor zu gelangen, lief ihm sein Schwiegervater über den Weg. Herrmann von Elverfeldt war immer noch Burgvoigt auf Neuenberge, trotz neuer Herren, und kümmerte sich um verwalterische Aufgaben. Aber Herrmann war alt geworden. Der einst massige Körper war deutlich in sich zusammengefallen, der Rücken gebeugt, die Schultern hingen herab – nicht dramatisch, aber sichtbar. Trotzdem hatte er nur wenig von seiner Autorität eingebüßt. „Was lungert ihr da hinter dem Tor herum, ihr faules Pack!", herrschte er ein paar Kinder aus der Handwerkersiedlung an, die auf eine Gelegenheit warteten, zur Burgküche durchschlüpfen zu können, weil sie dort zuweilen verköstigt wurden. „Lasst euch ja nicht im Innenhof erwischen. Ich dulde keine Bettler in der Burg und werd' euch Beine machen!" Thomas blieb stehen, stemmte die Hände in die Hüften und schüttelte demonstrativ den Kopf. „Ihr könnt sie ja wohl kaum dafür verantwortlich machen, dass ihnen Magdas Haferbrei schmeckt, den sie obendrein so freigebig ausschenkt", tadelte er den Älteren mit gespieltem Ernst. Unwirsch blickte Herrmann auf und wollte etwas entgegnen, erkannte dann jedoch seinen Schwiegersohn, worauf sich seine Miene aufhellte. „Ritter Thomas", begrüßte er ihn, „was führt Euch in die Burg? Der neuerliche Wachwechsel? Wie geht es meinem Sonnenschein, meiner Tochter?" Thomas zog die Mundwinkel übertrieben nach unten. „Sie wird immer dicker", antwortete er trocken. Herrmann runzelte die Stirn. „Meine Tochter?" Der Unglaube stand ihm ins Gesicht geschrieben. „Mein Wildfang? Sibylla wird fett wie ein Aal?" Thomas grübelte. „Eher wie ein Kapaun auf der Tafel!" Der Voigt kam sichtlich in seelische Bedrängnis. „Ist sie krank?", hakte er nach. Thomas schüttelte den Kopf. „Es ist viel ernster …" Der Voigt erbleichte und Thomas hatte endlich ein Einsehen. „Sie ist schwanger!", platzte es nun aus ihm heraus. „Ihr werdet Großvater!" Im Nu kehrte Farbe in Herrmanns Antlitz zurück. „Sie bekommt ein Kind?", kam es ihm ungläubig über die Lippen. Thomas nickte eifrig. „Im Spätherbst ist es so weit!" Da gab es für den Voigt kein Halten mehr, er stürmte nach vorn, nahm seinen Schwiegersohn in die Arme und jubelte, als sei eine jahrelange Fehde endlich beendet. Vielleicht war es das auch, überlegte Thomas, während er den überschwänglichen Burgvoigt halbherzig abwehrte. „Endlich!", ließ der seinen Gefühlen freien Lauf, „wir hatten schon die Befürchtung, Gott hätte Eure Verbindung nicht gesegnet! Mein Weib hat sich sogar schon nach Alraunen erkundigt, die ja die Fruchtbarkeit fördern sollen", gab er zu und bestätigte damit Thomas' Gedanken. „Na die könnt Ihr jetzt den Hexenweibern überlassen", meinte der werdende Vater beschwichtigend. „Ja, zum Glück", strahlte Herrmann, „das muss ich gleich Mechthild erzählen – und jedem, der es sonst noch hören will!" Darauf machte er sich schleunigst, so schnell es seine krummen Beine zuließen, auf den Weg zum Innenhof, drehte sich aber noch einmal um. „Ach ja, der junge Herr Heinrich wünscht euch bei erster Gelegenheit zu sehen", erinnerte er sich, „ich glaube, er will Euch zur Jagd einladen!" Darauf verschwand er vollends im Inneren der Burg. Thomas wunderte sich ein wenig, sah aber keinen Grund zur Eile und schlug erst einmal den Weg zu Magdas Küche ein. Schon von Weitem meldete ihm seine Nase, dass hier wahre Köstlichkeiten darauf warteten, verspeist zu werden. Es roch nach frischer Grütze, nach geröstetem Federvieh und nach einer fremden Würze, die er noch nicht einordnen konnte. Als er die Stufen zu dem großen Raum im Untergeschoss der Burg herabstieg, lief ihm bereits das Wasser im Munde zusammen. Sicher, auch auf seinem Gut daheim in Leichlingen gab es immer etwas Anständiges zu essen, meistens Fisch, gebraten, gesalzen oder geräuchert, dazu dunkles Brot und Katharinas Errungenschaften aus dem Kräutergarten. Aber ein Grafenhof hatte doch noch deutlich mehr zu bieten. Und seit die Burg sozusagen zwei Herren gehörte, dem Erzbischof von Köln und dem Sohn des Herzogs von Limburg, herrschte in der Burgküche erst recht kein Mangel.

„Nun lasst mal schön die Finger fliegen", hörte er die Herrin der Kochgefilde ihre Mägde kommandieren, „Suppenhühner rupfen sich nicht von selbst. Stellt euch einfach vor, es wäre ein Kerl, der es verdient hätte und dem ihr das Barthaar ausreißt!" Die Mägde begannen zu kichern. „Oder das Brusthaar", getraute sich ein vorwitziges Mädchen mit Sommersprossen zu sagen. Klatsch, erntete es eine schallende Ohrfeige. „Du redest erst, wenn du gefragt wirst", erläuterte die Köchin die Strafaktion, „außerdem wollen wir die Fantasien der jungen Hühner doch nicht zu sehr beflügeln!" Dabei wandte sie sich wieder einem großen Topf mit Brühe zu, der über dem Feuer köchelte. „Da bin ich aber froh", erscholl Thomas' Stimme in dem hohen Gewölbe. Er und seine beiden Begleiter waren unbemerkt eingetreten. „Ich dachte schon, Männer wären in diesen Räumen neuerdings unerwünscht und müssten mit schlimmster Marter rechnen!" Magda fuhr herum, den Kochlöffel drohend erhoben. Dann jedoch erkannte sie Thomas und augenblicklich schlich sich eine liebevolle Milde in ihren Blick. „Wie schön, unser Ritter aus dem Volk", rief sie, eilte auf ihn zu und fiel ihm um den Hals, „da bist du ja wieder. Setz dich – wie ich dich kenne, bist du genauso ausgehungert wie damals!" Damit spielte sie auf seinen allerersten Besuch in ihrem Reich an, damals, vor dreizehn Jahren, als der junge, dünne und stets hungrige Fischersohn, den der Graf in seinen Dienst genommen hatte, kaum satt zu bekommen war. Eigentlich hätte sie sich dem jungen Ritter gegenüber nicht so einen vertrauten Ton herausnehmen dürfen, aber sie kannte Thomas schon, seit er ein Kind war, und er nahm es ihr nicht übel. Mit einer Handbewegung, die keinen Widerspruch zuließ, wies sie ihm und seinen Begleitern einen Platz auf einer Holzbank an der Wand an. Und ehe es sich die drei Männer versahen, stand eine dampfende Schüssel vor jedem, in der neben

Magdas berühmtem Haferbrei auch das eine oder andere Stück Geflügelfleisch seiner Bestimmung harrte. Einen Augenblick später lugten vier dünne Hälse um die Türecke, die den mutigsten der Handwerkerkinder gehörten, die sich trotz der Drohung des Voigtes bis zur Küche vorgewagt hatten. Auch sie bekamen jeder eine Schüssel Brei ab, zwar nicht mit Huhn, dafür aber mit einem Löffel Honig angereichert. Für diese Versüßungskünste, mit denen sie die eigentlich fade Getreidegrütze aufzubessern wusste, wurde die resolute Küchenfee weithin gerühmt. Als sie die hungrigen Mäuler gestopft und wieder verscheucht hatte, setzte sie sich Thomas gegenüber an den Tisch. „Ich weiß noch, wie du selbst so ein Dreikäsehoch warst", seufzte Magda, „damals, als Adolf und Arnold, Gott hab' sie selig, noch lebten. Und jetzt, schau dich nur an, bist du mindestens so stattlich wie unsere verstorbenen Helden." Thomas schaute sie über den Rand seiner Schüssel an, deren Inhalt sich langsam dem Ende zuneigte. Magda war ein Urgestein. Solange er denken konnte, war sie die unbestrittene, heimliche Herrin der Burg. Sie zählte jetzt knapp über fünfzig Jahre und man konnte noch erahnen, warum Männer wie Arnold von Kleve, der damals beste Freund des Grafen Adolf, einst ihr Herz an die burschikose Frau verloren hatten. Für sie hatte es nie einen anderen Mann gegeben, dafür war ihre Liebe zu dem raubeinigen Ritter zu groß, selbst jetzt noch, acht Jahre nach dessen Tod. Über den Gram war sie jedoch alt geworden und insgeheim, so zumindest munkelte man, sehnte sie den Tag herbei, an dem sie wieder mit ihm vereint sein würde. Nur ihr Pflichtgefühl, die vielen hungrigen Mäuler, die es zu stopfen galt, und ihre Gottesfurcht hielten sie davon ab, diese Vereinigung zu beschleunigen. Thomas schluckte, ob an diesem Gedanken oder an dem Rest Haferbrei, das wusste er selbst nicht recht zu sagen, und beschloss, die treue Seele aufzuheitern. „Noch sechs oder sieben Mal von jetzt an", ließ er sie wissen, „und du hast noch ein Mäulchen zu stopfen!" Magda starrte ihn entgeistert an. „Sibylla bekommt ein Kind!" Magdas Augen vergrößerten sich. „Himmelherrgottnocheins", sprudelte es aus ihr heraus, „hast du es endlich hingekriegt! Ich hab' mir schon echte Sorgen gemacht!" Da war sie auch schon über ihm und drückte seinen Kopf an ihren voluminösen, wenn auch schon etwas welken Busen. „Und – ist Sibylla gesund?", hakte sie sorgenvoll nach, „alles in Ordnung?"

Thomas bejahte. „Dann musst du ihr aber unbedingt etwas von mir mitgeben!" Dabei hastete sie auch schon zum Feuer und füllte ein irdenes Gefäß mit einem Teil der Brühe, die darüber in einem Kupferkessel köchelte.

„Das ist Erbsenbrühe", ließ sie ihn wissen, „sehr gesund und kräftigend. Bestimmt genau das Richtige für deine junge Frau." Thomas verstand nicht richtig. „Was für eine Brühe?" Magda musste lächeln. „Schön, dass ich auch einen weitgereisten Ritter einmal etwas Neues lehren kann", flötete sie. „Die Brühe ist aus Erbsen gemacht, einer Frucht aus dem Süden, aus dem Land der Ungarn oder noch weiter entfernt. Aber am Rhein baut man sie schon an." Dabei warf sie ihm eine ihm unbekannte, harte, kleine, grüne Frucht zu, die man auch für ein Samenkorn hätte halten können und die mit mehreren zusammen in ein Blatt eingeschlossen zu sein schien. „Man kann sie trocknen und auch wieder einweichen", fuhr Magda fort. „Roh ist sie etwas hart. Aber gekocht ergibt sie eine wunderbare Würze für Suppen und für Fleisch. Nimm Sibylla etwas davon mit!" Thomas schaute noch versonnen auf das seltsame Gebilde namens Erbse in seiner Hand, als sich aller Augen plötzlich zur Tür wandten. Irmgard stand im Rahmen, die einzige Tochter des verstorbenen Grafen Adolf. An ihrer Hand zog und strampelte ihr gleichnamiger Sohn, der sich kaum bändigen ließ. „Lass mich los", krähte er, „ich will zu Magda und sehen, was da in dem Kessel ist!" Magda nickte leise, und von Mutters Hand befreit stürmte der zukünftige Graf von Berg zur Feuerstelle. Magda rückte ihm einen Schemel zurecht, auf den er auch sofort stieg, und ließ ihn mit einem Löffel in der Brühe rühren. Thomas verneigte sich vor der Grafentochter. Sie war schöner denn je. Die Ehe mit Heinrich und das Leben auf Neuenberge schienen ihr gut zu bekommen. Auf dem Arm trug sie wie zum Beweis ihren Jüngsten, Walram mit Namen, der jedoch zarter und zurückhaltender war als der stürmische Adolf. „Verzeiht, ich wollte Eure Runde nicht stören", sagte die Burgherrin in Thomas' Richtung, wohl wissend, dass ihr mit dieser Bescheidenheit auch der Letzte zugetan sein würde, „aber ich wollte Euch bitten, mich in den Rittersaal zu begleiten. Mein Gatte würde Euch gern sprechen!" Thomas sprang augenblicklich auf. „Natürlich, gerne, Frau Gräfin, ich folge Euch sofort!" Irmgard senkte verschämt den Blick. „Ich bin noch nicht Frau Gräfin", hauchte sie, „aber vielleicht könnt Ihr mir ja dabei helfen!"

„Au!" Katharina hielt sich am Zaun ihres Kräutergärtchens fest und krümmte sich. Dabei stützte sie mit der Linken ihren voluminösen Bauch. Sibylla, die auf der Türschwelle gerade Martin und Willibald angewiesen hatte, mit der Palisade weiterzumachen, eilte sofort zu ihr, obgleich auch ihre Leibesmitte mittlerweile deutlich zugelegt hatte. „Was ist los? Hast du Schmerzen?" Dabei legte sie liebevoll einen Arm um ihre Schwägerin. Doch Katharina schüttelte sie ungehalten ab. „Lass mich, es ist nichts, nur dass mich mein Balg wieder getreten hat!" Aber Sibylla ließ sich nicht abschütteln, sondern nahm sie nur noch umso fester in den Arm. „Du hörst jetzt augenblicklich auf, so abfällig zu sprechen", beschied sie Katharina in einem Ton, der keinen Widerspruch zuließ. „Dein Kind kann nichts dafür, dass du so zornig, traurig und enttäuscht bist!" Als seien mit einem Mal alle Dämme und Widerstände gebrochen, fing Katharina plötzlich zu schluchzen an. „Ach, du hast gut reden", hielt sie ihrer Freundin vor, als sie sich wieder etwas gefangen hatte, „du hast den Mann, den du liebst, an deiner Seite, und er steht zu dir, ich hingegen bin völlig auf mich allein gestellt!" – „Das stimmt doch gar nicht", protestierte Sibylla, „du bist nicht allein, wir stehen alle zu dir, vor allem dein Bruder. Und woher willst du eigentlich wissen, dass William nicht doch bald zurückkommt, wie er es versprochen hat?" Erneut begann Katharina zu schluchzen. „Das ist es ja, er hat mir beim letzten Mal gar nichts versprochen", klagte sie, „er war plötzlich so schnell weg, dass wir uns noch nicht einmal richtig verabschieden konnten. Ich glaube, er ist einfach vor mir geflohen und kommt nie wieder!" – „Unsinn", wiegelte Sibylla ab, „William liebt dich! Jeder, der euch miteinander gesehen hat, wird dir das bestätigen. Dass er so schnell aufgebrochen ist, zeigt nur, dass er nicht weiter mit dir streiten wollte, denn du hast ihm ja ganz schön eingeheizt!" – „Ja, weil er doch schon vorher so lange fort war, ohne etwas erreicht zu haben", schniefte Katharina und schnäuzte sich in ihren Rockzipfel. „Ich bin aber sicher, dass er alles daran setzt, endlich aus seinem Orden austreten und dich damit heiraten zu können", beruhigte Sibylla. „Aber bedenke, dass dies offenbar nicht so einfach ist. Er hatte ein Gelübde abgelegt." – „Und wenn er nie mehr zurückkehrt?", machte Katharina ihrem Herzen Luft. „Was ist, wenn sie ihn nicht aus dem Orden entlassen? Was ist, wenn er nie mehr zu mir zurückkommt? All meine Gedanken drehen sich nur noch darum."

Sibylla holte tief Luft und stemmte die Hände in die Hüften. „Wenn du das wirklich wissen willst und du an nichts anderes denken kannst, warum fragst du nicht Maria?", entschied sie. „Warum gehst du nicht in die Hütte des Schmieds und bittest seine Frau, für dich einen Blick in die Zukunft zu werfen? Vielleicht sieht sie ja etwas!" Katharina biss sich auf die Lippen. „Daran hab' ich auch schon gedacht", brachte sie zögerlich hervor, „aber ich hab' mich bislang nicht getraut. Was ist, wenn …?" Weiter kam sie nicht. „Mach dir keine Sorgen", sagte nun eine Stimme unmittelbar hinter ihnen, „dein William wird zu dir zurückkehren. Aber du musst Geduld haben, es kann ein wenig dauern!" Es war Maria, die so zu ihnen sprach. Augenblicke später saßen sie zusammen in der Küche des Haupthauses und tranken einen heißen Aufguss aus Brennnesseln, die Maria gesammelt und mitgebracht hatte. „Mehr kann ich dir leider auch nicht sagen", spann die Frau des Schmieds den zuvor begonnenen Faden weiter, „außer dass der Mann deines Herzens zu dir zurückkommt. Nur wann genau, weiß ich leider auch nicht." Dabei pustete sie den heißen Dampf, der aus ihrem Becher aufstieg, zur Seite und nahm einen vorsichtigen Schluck. „Aber ich weiß, dass dein Kind gesund zur Welt kommen und auch von seinem Vater behütet aufwachsen wird, zumindest die meiste Zeit!" Maria machte eine bedeutungsvolle Pause. „Es wird ein besonderer Augenblick sein, in dem es seinen Vater zum ersten Mal sieht", fügte sie noch an, „ohne dir das genauer erklären zu können. Ein Augenblick des Herzens. Mir ist, als hätte ich deinen William mehrfach mit den Augen deines Kindes gesehen!" Für die beiden anderen Frauen gab es keinen Zweifel an Marias Worten; Katharina begann, vor Glück leise zu weinen, aber Sibylla war neugierig geworden. „Wie und woher bekommst du eigentlich diese …" Sibylla überlegte, wie sie es ausdrücken sollte. „Auskünfte? Hast du Bilder im Kopf, oder wie muss ich mir das vorstellen?" Maria musste lächeln. Woher sollten die anderen auch wissen, dass selbst sie das meist nicht so genau sagen konnte? „Ja, oft sind es Bilder, die mir in den Kopf kommen", bestätigte sie, „manchmal aus meiner Sicht, zuweilen aus der Sicht anderer, wie im Falle von Katharinas ungeborenem Kind. Andere Male ist es aber auch nur ein bestimmtes Gefühl!" – „Und was für ein Gefühl hast du zu meinem Kind?", hakte Sibylla nach, „wird es auch gesund zur Welt kommen und von seinem Vater behütet aufwachsen?" Maria nickte stumm und wandte sich dann wie beiläufig wieder ihrem Becher zu. Dabei seufzte sie innerlich. Woher sollten die anderen auch wissen, dass ihre Gabe manchmal eher einem Fluch glich. Sibylla wunderte sich derweil über die knappe Antwort und wurde den Eindruck nicht los, nur die halbe Antwort erfahren zu haben.

„Ah, der junge Herr von Leichlingen", freute sich Heinrich von Limburg, als Thomas mit Irmgard den Rittersaal betrat, „gesellt Euch zu mir und trinkt einen Becher Bier mit mir!" Dabei reichte er ihm einen tönernen Krug, den er zuvor von einem Pagen hatte einschenken lassen. Dankend nahm Thomas das schäumende Getränk entgegen und nahm einen ersten Zug. Er mochte den zukünftigen Grafen von Berg und Herzog von Limburg, der in etwa so alt war wie er selbst, so um die siebenundzwanzig, achtundzwanzig Jahre. Heinrich hatte eine entwaffnende, offene Art, ohne jede Falschheit. Jeder wusste, dass er sich sowohl seinem eigenen Vater als auch Erzbischof Engelbert widersetzt hatte und beispielsweise nicht auf den Kreuzzug nach Ägypten gegangen war, der so viele das Leben gekostet hatte. Und das – weiß Gott! – nicht aus Feigheit, das hatte er in vorherigen Schlachten bewiesen, sondern weil er einfach seine junge Frau und seine Kinder nicht für Jahre alleinlassen und einer ungewissen Zukunft überantworten wollte. Das hatte nicht nur auf Thomas Eindruck gemacht. Als hätte sie seine Gedanken gelesen, lächelte ihm Irmgard dankbar zu und gesellte sich an die Seite ihres Mannes, schlug jedoch den angebotenen Becher Bier aus. Mit seinen eigenwilligen Entscheidungen hatte sich Heinrich jedoch nicht nur Freunde gemacht. Vor allem das Verhältnis zwischen dem Erzbischof und ihm war bestenfalls eisig zu nennen. Dies lag hauptsächlich an der Tatsache, dass der Onkel seiner Gattin ihm und ihr das väterliche Erbe in Form der Grafschaft Berg versagt hatte. „Ich wollte mich vor allen Dingen einmal danach erkundigen, wo Ihr steht", gab Heinrich unverblümt zu, nachdem sie die üblichen Nettigkeiten und höfischen Förmlichkeiten ausgetauscht hatten. „Es könnte immerhin sein, dass es in nächster Zeit zu, sagen wir, weiteren Spannungen zwischen dem Erzbischof und unserer Familie kommt, wenn er weiter versucht, seine eigene Macht auszudehnen und die unsere zu beschneiden. Auf welcher Seite würdet Ihr stehen?" Thomas hatte bei aller Freundschaft das deutliche Gefühl, nun auf der Hut sein zu müssen, daher ließ er sich mit der Antwort Zeit, indem er einen langen Zug aus dem Bierkrug nahm. Dann wischte er sich mit dem Ärmel den Schaum von den Lippen. „Das ist recht einfach gesagt", meinte Thomas. „Der Kaiser hat mich zum Reichsritter gemacht, deshalb gehört ihm meine unbedingte Loyalität. Der Erzbischof hat mir auf Geheiß des Kaisers ein Lehen gegeben, deshalb bin ich ihm gegenüber zu gewissen Diensten verpflichtet. Diese beziehen sich vornehmlich auf Wach- und Schutzdienste hier auf der Burg und auf bestimmten Reisen. Euch gehört meine Sympathie und ich würde Euch die gleichen Dienste leisten, wenn Ihr der Graf von Berg wäret und meine Lehnsrechte bestätigt!" Heinrich schmunzelte und musste anerkennend zugeben, dass der einstige Fischersohn viel gelernt hatte. Vor allem schien er gelernt zu haben, wie man sich geschickt aus der Affäre zog. So hatte er gerade in gewissen Hierarchieabstufungen jedem seiner Dienstherren eine gewisse Loyalität zugesichert, ohne sich genau festzulegen, und das beiläufig auch noch mit einer Bedingung verknüpft, nämlich auch im Falle eines Wechsels auf dem Grafenstuhl sein Lehen zu behalten. Aber so einfach wollte Heinrich ihn nicht davonkommen lassen. „Und was heißt das genau?", wollte er von Thomas wissen. „Wie werdet Ihr Euch im Falle einer bewaffneten Auseinandersetzung verhalten? Würdet Ihr aufseiten des Erzbischofs kämpfen oder auf unserer?" Thomas zuckte mit den Achseln und blickte Heinrich fest in die Augen. „Das kommt darauf an, wer mich warum in diese Verlegenheit bringt", ließ er verlauten, während er sich an die vergangenen Ereignisse erinnerte, „wenn der Erzbischof angegriffen wird, während meine Männer und ich seinen Zug begleiten, werden wir ihn bedingungslos mit unserem Leben verteidigen. Wenn Eure Burg angegriffen wird, werden wir genauso Euch verteidigen!" Heinrich erwiderte seinen Blick mit gleicher Festigkeit. „Und wenn der Erzbischof von Euch verlangen sollte, Neuenberge oder dessen Bewohner anzugreifen?" Thomas stellte entschlossen den Bierkrug auf einer nahen Tafel ab. „Es gehört nach meinem Verständnis nicht zu meinen Aufgaben, die Fehden des Erzbischofs auszufechten, und ich werde mich möglichst in keinen solchen Konflikt oder gar Krieg hineinziehen lassen", gab er zurück, wohl wissend, dass Heinrichs Formulierung auch die Frage beinhaltete, wie sich Thomas im Umkehrfall verhielte, nämlich wenn Neuenberge bzw. Limburg gegen den Erzbischof rüstete. „Dann wollen wir hoffen, dass dieser Fall niemals eintreten wird und Ihr niemals gezwungen werdet, Euch zu entscheiden!" Doch beide hatten das unbestimmte Gefühl, dass die Sache vielleicht doch noch kompliziert werden würde.

„Ihr habt fürwahr einen erlesenen Geschmack, Eminenz", raunte sein Nebenmann dem Kölner Erzbischof zu, während er sich erneut von dem edlen toskanischen Wein einschenkte, der gleich in Dutzenden von Karaffen auf der Tafel stand, als sei es schnödes Wasser, „und Ihr versteht es trefflich, ein Festgelage wie dieses auszurichten!" Engelbert nickte ihm mit einem dankbaren Lächeln zu. „Dabei habt Ihr noch lange nicht alles ausgekostet, was ich meinen Gästen heute Abend angedeihen lassen möchte", schürte er mit Bedacht weitere Neugier. Er hatte rund fünfzig illustre Gäste in den bischöflichen Palast nahe dem Dom eingeladen. Offizieller Anlass war die Vermählung Kaiser Friedrichs mit Yolande von Brienne, ihres Zeichens Königin von Jerusalem, was allenthalben als von Gott gewollte Allianz gegen die Sarazenen und als Zeichen für den baldigen Beginn eines neuen Kreuzzuges verstanden wurde. Es hatte eine Fernhochzeit gegeben. Das kaiserliche Paar war sich persönlich also noch gar nicht begegnet, aber das war nur eine Formalität und würde sicher alsbald nachgeholt werden. Grund zum Feiern war dies allemal. Etwa zur Hälfte bestanden Engelberts Gäste aus Mitgliedern des rheinischen Klerus, Pröbste, Prioren und Prälaten aus der näheren Umgebung, wie Heinrich von Mollenark, Mitglied einer hoch stehenden Adelsfamilie, der die erzbischöflichen Geschäfte in der südlichen Nachbarstadt Bonn leitete. Die andere Hälfte bestand aus befreundeten Grafen, Stadtoberen und Kaufleuten der Domstadt. Ebenfalls je zur Hälfte, in geplanter Ausgewogenheit, setzte sich diese Gästeschar aus Freunden und Feinden des Erzbischofs zusammen. Heinrich von Mollenark und Engelbert von Berg – bzw. jetzt Engelbert von Köln – waren einander freundschaftlich zugetan, deshalb hatte der Bonner Prälat auch den Ehrenplatz zur Rechten des Erzbischofs bekommen. Während der noch überlegte, was denn nach gebratenen Kapaunen, fetten Aalen, orientalisch angehauchtem Mandelgebäck und dem sündhaft teuren Wein noch an Köstlichkeiten auf die Gäste warten könnte, erhielt der Erzbischof einen Wink seines Edelknappen. „Der fahrende Sänger wäre so weit!" Engelbert nickte stumm, erhob sich und klatschte zweimal in die Hände. „Verehrte Gäste", hob er an und hatte augenblicklich die volle Aufmerksamkeit des Saales, „bevor der Anlass unseres Festes, die Vermählung des Kaiserpaares, sicher Eure ganze Aufmerksamkeit und Beredsamkeit beansprucht, erlaubt mir, einen weiteren Gast zu begrüßen!" Auf einen Wink öffnete sich die Tür und aller Augen wandten sich dieser Seite des Raumes zu. Ein Fremder von etwa fünfzig Jahren oder mehr, mit goldenem, langem Haar, das von einem Reif zusammengehalten wurde, trat gemessenen Schrittes ein, in eine bodenlange Toga aus dunkelblauem Samt gekleidet. Über der Schulter trug er eine Laute. Hinter seinem Rücken folgte mit kurzem Abstand eine junge Frau, die seine Tochter hätte sein können, die ebenfalls ein Instrument und ganz ähnliche Kleider trug. Sie war offenbar so schüchtern, dass sie sich beinahe hinter dem vor ihr aufragenden Rücken versteckte. „Ich heiße willkommen", hob Engelbert erneut an, „einen Künstler, der schon Könige und Kaiser unterhalten hat, einen Verfasser viel gerühmter Verse ..." Der Mann stand nun in der Mitte des Raumes und verneigte sich mit galanter Handbewegung vor Engelbert. „Ein freier Geist, der sich sogar nicht scheut, die Politik höchster Kreise, ja sogar des Papstes in Spottliedern aufs Korn zu nehmen ..." Lächelnd setzte der Hochgelobte zu einer beschwichtigenden Geste an, als seien Engelberts Worte zu viel der Ehre. „Begrüßt mit mir den landauf, landab geschätzten Dichter und Sänger Walther von der Vogelweide!" Darauf applaudierte er lässig, ob dem Sänger oder seinen eigenen Worten, blieb sein Geheimnis. Den Gästen jedenfalls blieb der Atem weg. Das konnte unmöglich stimmen. Dieser berühmteste aller Minnesänger war in der Tat dafür bekannt, in höchsten Kreisen, ja an Königs- und Kaiserhöfen aufzutreten. Und jetzt sollte er hier in Köln sein? Der Angesprochene hatte sich derweil zu den Gästen umgedreht und erneut tief verbeugt, ebenso seine Begleiterin. Engelberts anhaltender Applaus schien zudem die Worte zu bestätigen. „Ich danke Euch für die wohlgemeinten Worte, werter Erzbischof", ließ nun Walther von der Vogelweide seinerseits eine klangvolle, ausgesprochen angenehme Stimme mittlerer Tonlage vernehmen. „Wenn Ihr erlaubt, werde ich sie Euch mit einem Minnegesang vergelten, der erst vor kurzer Zeit aus meiner Feder geflossen ist, ein neues Werk am Anbeginn einer neuen Zeit, wenn Ihr so wollt!" Nur er selbst wusste, dass er damit nicht die Vermählung des Kaisers meinte, sondern den ungewöhnlich freizügigen Text einer tatsächlich neuen Form des Minnegesanges. Der Erzbischof jedenfalls nickte, und nun fielen die Gäste voller Vorfreude ebenfalls in den Beifall ein. Nun gab Walther seiner Begleiterin ein Zeichen, die daraufhin auf einem schnell bereitgestellten Schemel Platz nahm und ihr Instrument auf die Schenkel legte, im Grunde eine Art Brett in Form des Buchstabens T, flach und mit vielen Saiten bespannt. Als sie es anschlug, entlockten ihre Finger dem seltsamen Instrument jedoch ausgesprochen harmonische Klänge. Sogleich ließ Walther dazu seine volltönende Stimme erschallen.

> Under der linden an der heide,
> dâ unser zweier bette was,
> dâ mugent ir vinden
> schône beide gebrochen bluomen unde gras.
> vor dem walde in einem tal –
> tandaradei!
> schone sanc dú nachtegal.

Kein Laut, kein Räuspern, Rülpsen oder Furzen, wie sonst bei einem Gelage an der Tagesordnung, störte die Darbietung. Gebannt lauschten die Gäste den Worten des Sängers. Engelbert glaubte zuerst, er hätte sich verhört, doch in der Tat sang dieser Walther von der Vogelweide nicht von hoher Minne, nicht wie üblich von unerfüllter, sich verzehrender Liebe eines Ritters zu einer holden Dame, sondern unverblümt von Geschlechtsverkehr. Gut, er verpackte es zwischen Blumen und Gras, zwischen Wald und Tal, und dazu sang auch noch eine Nachtigall, aber es ging um Geschlechtsverkehr. Tandaradei! Engelbert musste unwillkürlich schmunzeln, als er durch die Runde blickte. Heinrich von Mollenark war, wie die meisten Kleriker, rot angelaufen. Dem Propst von Deutz leuchteten gar die Ohren und der ehrwürdige Abt des Klosters Heisterbach schlug das Kreuz – vorsorglich über die gesamte Tafel. Die mit solch weltlichen Dingen besser vertrauten Kaufleute und Stadträte grinsten über beide Ohren und mancher schlug sich vor Freude auf die Schenkel. So etwas hatten sie noch nicht erlebt. Und das von einem der berühmtesten Sänger seiner Zeit. Der schien diesen Auftritt und die entsprechenden Reaktionen genau so geplant zu haben, denn auch die nächsten Strophen handelten von schlüpfrigen Situationen, von im Liebesrausch zerdrückten Blumen und letztlich gefundener Erfüllung. Alles unter der Linde – und immer sang die Nachtigall dazu. Als Walther geendet hatte, brandete tosender Applaus auf. Wieder verbeugte sich der Sänger, bevor er einen tiefen Zug Wein aus einem bereitgestellten Becher nahm. Dann wurde er von tausend Fragen bestürmt. Der Erzbischof, der sich zu diesem Zweck sogar erhoben hatte, um den Sänger zu sich zu winken, verschaffte sich als Erster Gehör. „Ihr seid fürwahr ein erstaunlicher Künstler", begann

Engelbert, der spätestens mit Beginn der dritten Strophe seinen erzbischöflichen Mantel abgelegt und darunter eine eher ritterliche als kirchliche Kleidung enthüllt hatte, bestehend aus einem weitärmeligen Hemd und einem schwarzen, samtenen Wams mit Lederbesatz. „Was ist das für eine neue Art Gesang? Ein Lied der hohen Minne ist es zumindest nicht, wenn ich mich nicht täusche!" Wieder verbeugte sich der Sänger, wenngleich längst nicht mehr so tief wie zu Beginn. „Euren scharfen Augen und Ohren entgeht wie gewohnt nichts, Eminenz", schmeichelte er dem Erzbischof, „und Ihr habt recht. Ich nenne es ‚ebene Minne', weil der Gesang nicht ein unerreichbares Ideal beschreibt, sondern eine handfeste Liebe zwischen zwei Menschen, die einander wirklich zugetan sind, sozusagen eine Liebe zum Anfassen!" – „Sozusagen eine handfeste Vögelei, würde ich sagen", flötete eine weibliche Stimme dazwischen. Sie gehörte der Gattin eines Kölner Kaufmannes, die im erzbischöflichen Palast nicht ganz unbekannt war und die sich unbemerkt im Rücken des Erzbischofs angenähert hatte, „und wenn es mich nicht täuscht, singt Ihr sogar von der Liebe eines Adeligen zu einer Frau aus dem Volk. Recht so, denn so ist das wahre Leben!" Dabei warf sie Engelbert einen vieldeutigen Blick zu. Walther von der Vogelweide pflichtete ihr sogleich begeistert bei und setzte zu einer Erläuterung der im Wandel begriffenen Sangesformen an, die langatmig zu werden drohte. Daran war jedoch weder Engelbert noch der Kaufmannsfrau gelegen. „Eurer jungen Begleitung treibt Euer Gesang allerdings noch die Schamesröte ins Gesicht", kam die Kölner Dame dem zuvor, „als sei sie noch Jungfrau." – „Oder Priester", fügte Engelbert mit einem Seitenblick auf den versammelten Klerus an. Gern hätte er unverblümt gefragt, ob besagte junge Frau, die Walthers Gesang begleitet hatte, dessen Tochter oder Geliebte war. Diese blickte zu Boden. „Sie wird die Minne noch zu schätzen und die Freude am Minnesang nach außen zu tragen lernen", ließ Walther sie wissen. Engelbert schloss daraus dass sie seine Geliebte war. „Was ist das für ein Instrument?", lenkte die Kaufmannsfrau das Gespräch in eine andere Richtung. „Es hat Saiten wie eine Laute, klingt aber doch völlig anders!" Engelbert bewunderte sie für ihr offensichtliches Geschick auch bei der Gesprächsführung und nahm sich vor, sie so schnell nicht nach Hause zu lassen. „Man nennt es Schweinskopfpsalter, wegen der ausladenden Stirn am Kopf des Instrumentes", antwortete Walther derweil pflichtschuldig. „Es ist ein Zupfinstrument, ein wenig mit der Harfe verwandt, einem der ältesten Instrumente der Welt, das im fernen Orient schon seit Menschengedenken gespielt wird." – „Es sieht mir aber eher heimisch aus", kam es dem Erzbischof über die Lippen, „fehlt ihm doch die Verspieltheit und Verziertheit, die orientalische Dinge des Gebrauchs gemeinhin auszeichnet. Und wenn ich mich recht erinnere, schätzen die Sarazenen allesamt keine Schweine und würden wohl kaum ein Musikinstrument danach benennen!" Erneut deutete Walther lächelnd eine Verbeugung an. „Ich bemerkte ja schon, dass Eurem Scharfsinn nichts entgeht. In der Tat stammt das Instrumentum aus meiner Heimat." – „Und wo liegt die?", begehrte die Kaufmannsfrau zu wissen, „wo liegt die Vogelweide, die Ihr im Namen tragt?" Die eintretende Stille zeigte an, dass viele an der Antwort auf diese Frage interessiert waren. „Im Österreiche lernte ich singen und sagen", ließ Walther die Wartenden wissen. „Deshalb seid ihr dem Österreicher Herzog eng verbunden?!", vermutete Engelbert. „Ja, auch wenn ich nicht immer seiner Meinung bin", antwortete Walther, „aber er ist mein Landesfürst. Schon deswegen verdient er meine Treue. Im letzten Jahr begleitete ich ihn zum Reichstag nach Nürnberg." „Wie es heißt, habt Ihr ihm ein Loblied gewidmet", fuhr der Erzbischof fort, „wollt Ihr es uns nicht hören lassen?" – „Das würde ich gerne", entgegnete der Sänger, „aber geziemt es sich, im Hause eines Fürsten wie Euch die Taten eines anderen zu preisen? Oder wollt Ihr nicht lieber hören, was mir zu Eurer Person eingefallen ist?" Ein Raunen ging durch den Saal, weil Walther gegen Ende immer lauter gesprochen und somit jeder seine Worte vernommen hatte. Auch Engelbert war ehrlich überrascht. Er hatte zwar mit dem Sänger auftrumpfen wollen, aber von einem Lied über seine eigene Person war nichts verabredet worden. Und natürlich siegte seine Neugier. „Wohlan, dann beginnt", ließ er den Sänger wissen, „den Wunsch kann ich Euch ja wohl kaum abschlagen!" Und Walther von der Vogelweide begann. Diesmal begleitete er sich sogar selbst mit der Laute, die er dafür von der Schulter nahm und mit der Rechten anschlug.

Von Kölne werder bischof, sint von schulden frô.
ir hânt dem rîche wol gedienet, und alsô
daz iuwer lop da enzwischen stîget und sweibet hô.
sî iuwer werdekeit dekeinen bœsen zagen swaere,
fürsten meister, daz sî iu als ein unnütze drô.
getriuwer küneges pflegære, ir sît hôher mære,
keisers êren trôst baz danne ie kanzelære,
drîer künege und einlif tûsent megde kameræere.

Engelbert pfiff stumm durch die Zähne, während er dem Gesang lauschte. Der Mann war in der Tat ein Künstler, und er wusste genau, was er tat.

Werter Bischof von Köln, seid ohne Sorge, Ihr habt dem Reiche wohl gedienet, so dass Euer Lob daraus hervor steigt und zum Himmel schwebt.

Eine Lobhudelei zu Beginn, das macht den Gönner, der ich bin, gewogen, überlegte Engelbert.

Eure Würdigkeit ist nur schwer zu ertragen jedem bösen Mann, Fürstenmeister, seht das nur als leere Drohung an.

Geschickt hatte Walther hier die wachsende Zahl seiner Gegner angesprochen und sie als Neider mit leeren Drohungen abgetan.

So hoch ist Euer Wesen, getreuer Königspfleger, dass Ihr des Kaisers Trost seid, Kanzler gar, und der drei Könige und der elftausend Mägde treuer Kämmerer.

Er macht mich zum Stellvertreter des Kaisers, dachte Engelbert, der ich ja auch bin, jedoch von Gottes Gnaden, denn er erhöht mich noch zum Kämmerer des Dreikönigsschreins und der Reliquien der heiligen Ursula-Legion. Und doch wird man das Gefühl nicht los, dass der Tenor des Liedes mit wenigen Worten auch hätte anders lauten können. Außerdem klingt es ein wenig so, als sei ich schon dahingeschieden. Ein bitterer Beigeschmack schlich sich auf seine Zunge und musste mit einem kräftigen Schluck Wein hinuntergespült werden.

Als Walther geendet hatte, entbrannte tosender Beifall. Der Erzbischof nahm sich natürlich das Recht heraus, als Erster auf die Darbietung zu antworten. „Euer Lied klang zwar ein wenig wie ein Nachruf", verlieh Engelbert seinen gemischten Gefühlen Ausdruck, „aber die Heiligen Drei Könige und elftausend Jungfrauen mögen es Euch trotzdem vergelten – und mein Dank ist Euch ohnehin gewiss. Vielleicht erweist Ihr mir die Ehre und begleitet mich in Kürze auf den Hoftag nach Worms. Dort könntet Ihr das Lied vielleicht dem jungen König und führenden Fürsten vortragen. Die werden sicher erpicht und erfreut sein, Euch zu lauschen!"

Und du wirst erpicht sein, ihnen dein Loblied in die Ohren zu pflanzen, dachte Walther von der Vogelweide. Dabei vollführte er, Dankbarkeit vorgebend, eine besonders tiefe Verbeugung.

Während sich Engelbert nachdenklich zurücklehnte, wurde der Sänger nun von zahlreichen Gästen mit weiteren Fragen und Glückwünschen bestürmt. Vor allem Caesarius von Heisterbach drängte ihn mit Pergament und gezückter Feder, ihm noch einmal den genauen Wortlaut des Liedes zu sagen, damit er es für die Nachwelt aufzeichnen könne. „Loblied hin und Kaisergunst her, er ist ein Opportunist", raunte Heinrich von Mollenark dem Erzbischof zu, „ein Aufrührer, der die Vereinigung von Menschen unterschiedlicher Stände gutheißt. Damit wiegelt er das Volk auf. Und stets schreibt und singt er gegen den Papst. Mich deucht, er spricht zudem häufig mit gespaltener Zunge. Wenn Ihr mich fragt, gehört er gerädert!" – „Wenn Ihr mich fragt, sollte er ‚Walther von der Vögelweide' heißen", gab der Erzbischof zurück, darauf brachen beide unbemerkt in ein leises, doch deswegen nicht weniger befreiendes Lachen aus.

„Nimm vier Männer und besetze unbemerkt die Rückseite. Ich komme derweil von vorn!" Friedrich von Isenberg saß hoch zu Ross auf einem Hügel nördlich der Ruhr und blickte auf ein Gehöft hinab, das reiche Beute versprach. Gut hundert Rinder grasten auf den fetten Weiden, und auf dem freien Platz vor dem Gutshaus suhlten sich ein Dutzend Schweine rund um einen ausladenden Trog. Jetzt, so kurz nach Sonnenaufgang, begannen die Knechte und Mägde auszuschwärmen und ihren Pflichten nachzugehen. Ein paar Männer zogen auf die benachbarten Felder, zwei Mädchen gingen mit Körben voller Wäsche zum nahen Fluss. Niemand schöpfte Verdacht, obwohl ein Eichelhäher längst ihre Anwesenheit in dem kleinen Wäldchen verraten hatte. Jedoch nahm außer zwei Eichhörnchen, die sich eilig auf einen Baum flüchteten, niemand Notiz von ihnen. Herenbert Rennekoie nickte kurz und tat, wie ihm geheißen. Auf seinen Wink hin zogen vier Mann ihre Schwerter und folgten ihm. Friedrich schaute ihnen nach. Dieser Rennekoie war ein Glücksgriff, kam es ihm in den Sinn, ergeben und fähig, niemals murrte er oder scheute sich, einen Befehl auszuführen. Und er verfügte über strategisches Geschick. Gerade beobachtete Friedrich, wie Rennekoie seine Männer im Abstand von zehn Schritt hinter Haselnussbüschen, die gute Deckung verhießen, in Stellung gehen ließ und somit gekonnt die gesamte Rückseite des Gehöfts abriegelte. Hier würde niemand enteilen. Sein neuer Knappe war eine echte Bereicherung seiner Schlagkraft. Und doch konnte er den Kerl nicht wirklich leiden. Irgendetwas an ihm stieß ihn ab und sorgte dafür, dass er dem Knappen nicht vollends sein Vertrauen schenkte. Überhaupt, für einen Knappen war er eigentlich schon viel zu alt. Irgendein Geheimnis musste sich um seine Herkunft und seinen Werdegang ranken. Aber was kümmerte es ihn? Friedrich beschloss, sich darüber vorerst keine weiteren Gedanken zu machen, und gab seinen Männern den Befehl, vorzurücken. Kurze Zeit später ritten sie auf den Hof. Seine Männer, etwa zehn an der Zahl, machten sich sogleich an die Arbeit, sprangen von den Pferden und sperrten jeden, der ihnen in die Finger kam, in den nahen Stall. Friedrich selbst begab sich an die hölzerne Pforte des Gutshauses und trat sie mit einem einzigen Tritt seines schweren rechten Stiefels auf. Er musste sich aufgrund seiner Körpergröße ein wenig bücken, um einzutreten. Es dauerte einen Moment, bis sich seine Augen an das Halbdunkel der Stube gewöhnt hatten. Dann entdeckte er eine noch nachlässig gekleidete Frau mittleren Alters, die sich an der Feuerstelle zu schaffen gemacht hatte, als die aufspringende Tür sie verschreckte. Und er entdeckte einen ebensolchen Mann, der soeben wütend aus dem Schlafgemach gestürmt kam. „Was fällt Euch ein", eiferte er sich, „hier unerlaubt einzudringen!" Es handelte sich eindeutig um den Pächter des Hofes, der schon seit drei Generationen dem Damenstift in Essen gehörte. Ein harter Faustschlag, der beinahe seine Nase brach, ließ ihn verstummen. Die Frau begann zu schreien. „Still jetzt!", herrschte der Isenberger sie an, „und du Früchtchen kommst mit nach draußen!" Dabei packte er den Pächter am Kragen seines dünnen Hemdes und schleifte ihn hinter sich her. Der Mann war keineswegs schmächtig zu nennen, aber gegen Friedrich, der wie die meisten männlichen Mitglieder der Familie derer von Berg, Altena und Isenberg über eine überdurchschnittliche Köpergröße verfügte, kam er nicht an. Auf dem Vorplatz angekommen, stieß der Graf den Pächter in den Staub und stellte ihm den Stiefel in den Nacken. „Ich bin der Vogt des Klosters Essen, wie du vielleicht noch weißt", rief er ihm in Erinnerung. „Derselbe Vogt, dem du die fälligen Abgaben bislang verweigert hast. Und ich bin gekommen, mir das Silber persönlich abzuholen!" Der Pächter rappelte sich auf und verzog angewidert das Gesicht. „Ihr habt schon eine Kuh und ein Schwein bekommen", beschwerte er sich, „wie all die Jahre zuvor. Mehr steht Euch nicht zu!" Ein Tritt vor die Brust warf ihn in den Staub zurück.

„Es ist nicht an dir, das zu bestimmen", entgegnete Friedrich, „die Äbtissin ist informiert. Du sollst mir zehn Silberstücke auszahlen!" „Das glaubt Ihr doch selbst nicht", spie ihm der tapfere Pächter entgegen, „so viel Silber haben wir überhaupt nicht!" – „So? Wie viel hast du denn?" Statt eine Antwort zu geben, rief der Mann seine Bediensteten zu Hilfe. „Lauft, holt die Männer von den Feldern, wir werden beraubt!" Ein weiterer Tritt brach ihm eine Rippe. Derweil setzten Friedrichs Männer die verbliebenen Dienstleute außer Gefecht. Einer Magd, die gerade vom Füttern der Gänse kam, gelang es jedoch, ins Haus zu entkommen, um von dort, gemeinsam mit einem zweiten Mädchen, das sich bislang unter dem Küchentisch versteckt hatte, durch die Hintertür auf die Felder zu gelangen. Sie liefen geradewegs in die Arme von Herenbert Rennekoie, der sie in Gewahrsam nahm und Augenblicke später mit seinen Männern den Plan betrat. „So, kommen wir noch einmal auf das Silber zu sprechen", wandte der Isenberger sich wieder an den Pächter, „wo habt ihr es versteckt?" Als er jedoch keine Antwort erhielt, schickte er vier seiner Schergen ins Haus, um nach etwaigen Münzen zu suchen. Wüstes Poltern und Rumpeln drang von drinnen ans Ohr, als sich die Männer ans Werk begaben und jeden Winkel auf den Kopf stellten. Bald kamen sie jedoch zurück und hoben entschuldigend die Schultern. „Nichts zu finden", meinte Gieselher kleinlaut, der den Grafen schon beim Besuch des Klosters begleitet hatte. „Und wenn Ihr Euch auf den Kopf stellt", triumphierte der Pächter, der zunehmenden Gewalt, mit der man ihm begegnete, trotzend, „hier gibt es für Euch nichts zu holen!" Dabei ging er offenbar davon aus, dass der Isenberger, der doch Vogt des Klosters war, wenn auch ein raffgieriger, nicht bis zum Äußersten gehen würde. Nur hatte er die Rechnung ohne den neuen Knappen des Grafen gemacht. „Erlaubt Ihr, dass ich es einmal versuche?", wandte sich Rennekoie an den Grafen. Als dieser nickte, griff er sich die Frau des Pächters, riss ihr mit einem Ruck das Obergewand herunter und beschied Gieselher, das Gleiche mit der Gänsemagd zu tun. Die Frauen schrien vor Verzweiflung auf. „So, Bauer", rief er dem Pächter zu, der vor Schreck die Augen weitete, „wie weit möchtest du, dass wir gehen?" Dabei griff er dessen Frau von hinten mit einer Hand an die opulenten Brüste und mit der anderen an die Kehle. „Möchtest du herausfinden, wie es ihr gefällt, wenn ich ihr meinen Prengel zwischen die Arschbacken schiebe, oder soll ich ihr lieber gleich die Kehle durchschneiden?" Er unterstrich seine Drohung damit, dass er seinen Unterleib rhythmisch vor und zurück bewegte und gleichzeitig die Röcke der Frau anhob. Gieselher fand zunehmend Gefallen an der neuen Aufgabe und tat es ihm mit der Gänsemagd gleich. Die Nerven der Pächtersfrau hielten dieser Behandlung nicht stand. „Sag es ihm doch", wimmerte sie, „gib ihm doch endlich, was er will!" – „Genau, gib es uns", äffte Rennekoie sie nach, „sonst geben wir es denen hier!" Friedrich von Isenberg hatte erschrocken den Atem angehalten und wollte dem Ganzen schon ein Ende bereiten. Die Geschichte drohte aus dem Ruder zu laufen. Schon setzte er zu einem Machtwort an, da kam Bewegung in die Geschichte. „Unter dem Kamin", kam es dem Pächter widerwillig über die Lippen, „in einem Kästchen unter der Asche, dort findet Ihr, was Ihr sucht!" Dann brach er entkräftet zusammen. Auf ein Zeichen des Grafen eilten die vier Männer von vorhin noch einmal ins Haus und untersuchten den Kamin. „Warum nicht gleich so", grinste Rennekoie, „mit deinem Mut ist es ohnehin nicht weit her, wenn es ernst wird!" Dabei stieß er die Bauersfrau von sich, die sich Schutz suchend in die Arme ihres gebrochenen Mannes flüchtete. „Schade eigentlich", maulte Gieselher, während er seinerseits die Magd losließ, „sie wäre, glaub' ich, einen Stich wert gewesen!" – „Was hindert dich, das einmal begonnene Werk zu beenden?", rief ihm Rennekoie mit einem Augenzwinkern zu. „Ich", entschied der Graf, bevor in Gieselher etwaige Hoffnung aufkeimen konnte, „es reicht jetzt, wir bekommen, was wir wollen!" Im gleichen Moment kamen seine Männer mit einem rußigen Kästchen zurück und stellten es aufgeregt vor ihrem Herrn ab. Friedrich bückte sich, sprengte das Schloss, indem er seinen Dolch, den er vom Gürtel genommen hatte, als Hebel benutzte, und hob den Deckel an. Ein Pfiff stahl sich auf seine Lippen. Seine Männer bekamen Stielaugen. Gut dreißig Silbermünzen strahlten ihnen entgegen. Gierig griff der Graf danach, besann sich dann aber eines Besseren. „Wir sind keine Raubritter", rief er sich und seinen Begleitern in Erinnerung, „wir nehmen nur, was uns zusteht!" Darauf zählte er fein säuberlich zehn Münzen ab, prüfte eine von ihnen auf Echtheit, indem er kurz auf den Rand biss, und ließ den kleinen Schatz in seinem Wams verschwinden. Das Kistchen klappte er wieder zu und schob es – unter den ungläubigen Blicken seiner Männer – dem Pächter mit dem Fuß zu. „Das nächste Mal bist du hoffentlich weniger störrisch", warf er ihm entgegen, „lass dir das eine Lehre sein!" Mit diesen Worten bestieg er sein Pferd und gab das Zeichen zum Abrücken. Die meisten seiner Begleiter folgten ihm, allerdings mit deutlich weniger Begeisterung als zu Beginn. Rennekoie ließ sich noch etwas Zeit und wandte sich stattdessen noch einmal dem am Boden hockenden Pächter zu, der immer noch seine schluchzende Frau umklammerte. „Wenn es ein nächstes Mal geben soll", zischte er ihm zu, „dann schweigst du über die Umstände, die dich zur Zahlung überredet haben. Sonst komm ich persönlich noch einmal zurück und führe mein Werk zu Ende, kapiert?!" Der Pächter nickte zum Zeichen, dass er verstanden hatte. Wenig später war der Spuk vorbei und die Isenberger Geldeintreiber preschten zurück in Richtung Ruhr. Graf Friedrich lenkte sein Ross neben das seines Knappen. „Das hast du nicht schlecht eingefädelt", ließ er ihn wissen, „aber beim nächsten Mal erzählst du mir vorher, was du vorhast!" Rennekoie zuckte mit den Schultern. „Wie Ihr wollt, Herr Graf, ich bin lediglich Euer williges Werkzeug", gab er zurück, „aber wie es so schön heißt, der Zweck heiligt die Mittel!" Wenig später, als der Graf wieder die Führung ihres kleinen Trosses übernommen hatte, schloss Gieselher zu Rennekoie auf. „Ich finde, das habt Ihr großartig gemacht, der Graf ist manchmal viel zu weich. Er bellt viel, beißt aber nur selten", raunte er ihm zu, „aber sagt, wo ist denn der Unterschied zwischen unserem Auftritt heute und dem von echten Raubrittern?" Rennekoie grinste. „Es gibt keinen", gab er zurück, „außer dass Raubritter auch noch wirklich ihren Spaß haben!" Gieselher beschloss, seinen weiteren Werdegang noch einmal gründlich zu überdenken.

„Da seid Ihr ja endlich, wir harren schon seit Stunden auf Eure Ankunft! Jetzt ist es fast Mittag, wo habt Ihr Euch denn nur herumgetrieben?", schlug Heinrich von Himmerode, der Mönch, der dem Erzbischof von Köln als Kellermeister diente und daher auch viele der Reisevorbereitungen traf, einen wenig freundlichen Ton an. „Wir müssen uns sputen, seine erzbischöfliche Eminenz möchte aufbrechen und schätzt es überhaupt nicht, wenn man ihn warten lässt. Er war aber auch nicht dazu zu bewegen, ohne Euch loszureiten", sprudelte es aus ihm heraus. Thomas kniff die Augen zusammen und nahm den rundlichen, hinkenden Mönch ins Visier, denn in diesem Ton durfte selbst ein Landesfürst nicht mit ihm reden. „Noch einen solchen Ton, Mundschenk", ging er den Vertrauten des Bischofs an, „und ich steck deinen fetten Wanst in eines deiner Fässer, mit Verlaub! Wir sind für heute bestellt und wir sind da. Und Euch steht es nicht zu, mir hier Saures einzuschenken!" Thomas war ohnehin schlecht gelaunt. Der Sommer war wieder einmal viel zu kühl und zu nass gewesen. Dementsprechend waren die Ernten schlecht ausgefallen und landauf, landab war wenig Geld für gute Geschäfte im Umlauf. Die Wupper war zwar weiterhin voller Fische, die sich fangen ließen, auch die Zucht in den Teichen brachte erste Erträge, aber meist dienten diese nur der Selbstversorgung. Der Handel lief schleppend. Besserung versprach sich Thomas von den Wanderfischen, den Lachsen und Meerforellen, die bald zurück in ihren Heimatfluss kommen mussten. Und ausgerechnet jetzt beanspruchte ihn der Erzbischof wieder. Nach Worms, zum Hoftag, sollte er ihn eskortieren. Dabei klang Thomas unweigerlich die Vorhersage von Maria im Ohr, einer seiner nächsten Ritte mit dem Kirchenfürsten könne bedrohlich werden. So war er auf der Hut, aber auch ungehalten. Obendrein strapazierten seine schwangeren Frauen daheim seine Geduld aufs Äußerste. Mit ihrer Leibesmitte war auch ihre Launenhaftigkeit gewachsen. Vor allem seine Schwester Katharina zeigte sich ausgesprochen mürrisch und er sehnte den Tag herbei, an dem sie niederkommen würde. Dies konnte jeden Tag so weit sein. Und ausgerechnet jetzt beanspruchte ihn der Erzbischof ... Wie auch immer, er war zeitig aufgebrochen, hatte sogar zur Sicherheit zwei Mann mehr mitgenommen als ausgemacht. Neben Gerhardt und Ulrich mit Wulf begleiteten ihn jetzt auch Martin und Willibald. Sie waren ganz früh, noch in der Nacht, aufgebrochen, dem Lauf der Wupper folgend. Bei Schlebusch hatten sie den Rhein überquert, wobei er vielleicht ein wenig zu lange mit dem Fährmann gefeilscht hatte, der in seinen Augen einen Wucherpreis für die Überfahrt verlangte. Diese Überfahrt war dann jedoch ihren Preis wert gewesen, denn der Fährmann hatte sein ganzes Können aufbieten müssen, um die fünf Mann samt Pferd auf seinem Kahn sicher über den reißenden Strom zu bringen. Von dort waren sie zügig nach Köln weitergezogen und hatten die große Stadt mit den vielen Kirchtürmen durch das Nordtor betreten. Dabei hatte ihn die seltsame Erkenntnis getroffen, dass er Lissabon, Akkon, Damiette und Palermo besser kannte als die größte Stadt seines Heimatlandes. Nur einmal, vor gut zehn Jahren, auf der Rückkehr von der Königskrönung in Aachen, hatte er die Domstadt im Gefolge des Grafen Adolf betreten. Doch damals war er zu aufgeregt gewesen, um alle Eindrücke in sich aufnehmen zu können: die vielen Kirchen und frommen Männer, die starken Mauern mit Scharen von Bewaffneten auf den Zinnen, die schmalen Gassen der Altstadt mit den verschiedenen Märkten, den Händlern und Huren, den Dom mit seinen Pilgern, herumlungernden Dieben und Bettlern. Diesmal hatte er die Stadt viel bewusster wahrgenommen. Vor allem die gewöhnungsbedürftige Mischung unzähliger, verwirrender Gerüche. Es roch nach Weihrauch und Fisch, nach Käse und Kot, nach frisch gebackenem Brot und abgestandenem Bier, nach Rosenwasser und Urin. Eine volle Stunde waren sie durch dieses Wechselbad marschiert. Und nun waren sie hier, im Bischofspalast, einem Prunkbau in romanischem Stil nahe dem Dom – am Mittag des vereinbarten Tages. Für ihn gab es keinerlei Grund für irgendwelche Vorwürfe, erst recht nicht von einem Mönch, der weder auf einem Kreuzzug gekämpft noch sonst irgendwelche Schlachten geschlagen hatte. Als der Sohn eines Fischers, der er war, hätte er die Beleidigung des Kellermeisters vielleicht hinuntergeschluckt. Aber als Reichsritter durfte er so manches nicht dulden, wenn er ernst genommen werden wollte. Deshalb hatte er sich angewöhnt, jedes Mal, wenn es angebracht erschien, so wie jetzt, sich in einem Ton Respekt zu verschaffen, den in seiner Jugend oft der Burgvogt oder der unvergessene Arnold von Kleve angeschlagen hatte. Heinrich von Himmerode, der als Vertrauter des Bischofs solche Widerworte nicht gewohnt war, bekam große Augen und rote Ohren. Schon wollte er aufbegehren. Ein Blick in Thomas' Augen riet ihm jedoch, dies zu unterlassen. In diesem Moment eilte der Edelknappe Engelberts herbei. „Ist der Anführer der Eskorte endlich eingetroffen?" Sowohl Thomas als auch der Kellermeister nickten. „Dann folgt mir, seine Eminenz wünscht Euch zu sehen", bat der Knappe im forschen Ton eines jungen Mannes, der bereits etliche Stufen der Karriereleiter genommen hatte. „Ich nehme an, Ihr werdet meine Männer unterzubringen wissen", wandte sich Thomas noch einmal an den Kellermeister, „sie haben ein anständiges Mahl verdient. Denkt daran, wir haben unterwegs auch ein Auge auf Eure Sicherheit, oder gedenkt Ihr, diese unsere Dienste nicht in Anspruch zu nehmen?" Die Ohren des Kellermeisters glühten nun geradezu. „Ihnen wird es an nichts fehlen", beeilte er sich zu versichern. Thomas nickte befriedigt und folgte dem Edelknappen zu einer Freitreppe und von dort in den obersten Stock.

„Sie haben – was?" Schon von Weitem waren die Stimme und die Laune des Erzbischofs unüberhörbar. Hinter der Tür zum Offizium des Kirchenfürsten standen Prälaten und Domherren, Pröpste und Notare des Kölner Domkapitels mit gesenkten Köpfen und bemühten sich, den Zorn des Erzbischofs ohne Blessuren über sich ergehen zu lassen. „Wir wissen es aus zuverlässiger Quelle", bestätigte der Mutigste unter ihnen, „die Kölner Stadtoberen haben sich mit dem Herzog von Limburg verbündet. Wie es heißt, versichert man sich gegenseitig, die Güter und Besitztümer der anderen Seite auf eigenem Gebiet anzuerkennen, nicht mit Waffengewalt gegeneinander vorzugehen und sich im Umkehrfall beizustehen, falls eine Partei von dritter Seite angegriffen wird!" Engelbert schlug wütend mit der Faust auf den Tisch. „Jetzt wollen sie mir heimzahlen, dass ich Ihnen versagt habe, einen eigenen Stadtrat aufzustellen, und dass ich stattdessen die Seite der Schöffen unterstützt habe", durchschaute er blitzschnell die Situation. „Diese reichen Säcke glauben wohl, sie könnten sich alles erlauben. Ausgerechnet mit dem Limburger! Das wird sie noch teuer zu stehen kommen!" Für einen Moment überlegte er, wie er dieser Entwicklung begegnen wollte. „Verbietet augenblicklich jeglichen Handel mit Getreide in der Stadt", beschloss er dann, „gelagerte Ware wird beschlagnahmt, das Bierbrauverbot verlängert. Schürt stattdessen die Backöfen und lasst noch mehr Brot an die Armen verteilen. Das wird uns den Pöbel gefügig machen! Und verdoppelt die Wachen in unserer Burg Valant an der Grenze zu Limburg. Wir wollen dem wackeren Herzog Walram begreiflich machen, dass wir eine neuerliche Fehde nicht scheuen." Caesarius von Heisterbach ließ seine Feder über das Pergament fliegen, um den Willen des Erzbischofs festzuhalten. „Wie es heißt, gärt es im gleichen Maße im westfälischen Soest", getraute er sich zu erwähnen, „dort wollen sich die Stadträte mit den benachbarten Grafen von Arnsberg und Tecklenburg sowie dem mächtigen Herrn von der Lippe verbünden. Was wollt Ihr in dieser Angelegenheit unternehmen? Und da wäre noch die Sache mit Eurem Großvetter und dem Essener Nonnenstift." Die Domherren nickten eifrig, froh, diese Themen nicht selbst zur Sprache bringen zu müssen. Engelbert schnaubte vor Wut, dann allerdings erhellte ein Lächeln seine Miene. „Ich weiß es! Wir bestellen sie allesamt zu einem außerordentlichen Landtag, zu dem ich als Herzog von Westfalen alle Grafen herbeizitiere. Auf diesem Grafentag will ich alle Streitpunkte geklärt wissen. Die Rückendeckung dafür und für etwaige Zugeständnisse oder Zwangsmaßnahmen hole ich mir zuvor beim König und schriftlich beim Kaiser!" Ein Murmeln der Zustimmung ging durch den Raum. „Wo, Eure Eminenz, soll dieser Landtag oder Grafentag denn stattfinden", wollte Caesarius wissen. Jetzt strahlte Engelbert über das ganze Gesicht. „In Soest, Anfang November", entschied er, „lasst die Stadt wissen, dass sie sozusagen als Beweis ihrer Treue diesen Landtag ausrichten darf – und dabei alle Kosten zu tragen hat, die für Unterbringung und Verköstigung der geladenen Gäste anfallen!" Die Domherren fielen in offenen Beifall ein. „Ach ja", fügte Engelbert noch an, „und ladet so viele Gäste ein, wie es geht, auch den Isenberger samt seiner ganzen Sippe!"

Der Edelknappe von Hemmersbach hatte etliche Minuten lauschend an der Tür verbracht. Nun hielt er den geeigneten Moment für gekommen; er klopfte und betrat, ohne eine Antwort abzuwarten, das Offizium. „Eure Hoheit", schmeichelte er dem Erzbischof, indem er absichtlich eine Anrede wählte, die eigentlich eines Königs würdig war, „Eure Eskorte ist eingetroffen, angeführt von Ritter Thomas von Leichlingen." Thomas, der noch vor der Tür wartete, aber die Worte mitbekommen hatte, ertappte sich dabei, dass ihm diese Anrede seiner Person deutlich besser gefiel als die erste durch den Kellermeister. Ein geschickter Bursche, dachte er, im Grunde zwar ein Lakai und Speichellecker, aber doch ein sehr geschickter. Der wird es sicher noch weit bringen. Ähnliches dachte Engelbert, der schon vor Wochen Gefallen an dem Knappen gefunden hatte. Er verhielt sich zwar untergeben, aber niemals unterwürfig, und er hatte ein untrügliches Gedächtnis für Namen. So hatte er dem Knappen längst eine verantwortliche Position anvertraut. Noch mehr vertraute er jedoch dem jungen Ritter aus Leichlingen, der einst ein Knappe seines Bruders Adolf und mit diesem auf Kreuzzug gewesen war, dem Kreuzzug nach Ägypten, vom dem sein Bruder nicht zurückgekehrt war. Er vertraute ihm noch mehr seit der Sache mit der Fallgrube und war ehrlich froh, diesen Mann um sich zu wissen. „Ich denke, wir haben alles besprochen", wandte sich Engelbert noch einmal den Domherren zu, „geht nun zurück an Eure Pflichten und handelt, wie ich es Euch aufgetragen habe." Caesarius von Heisterbach glaubte, dies gelte nicht für ihn, den erzbischöflichen Schreiber, und machte keinerlei Anstalten, wie die anderen den Raum mit einer brüderlichen Verbeugung zu verlassen. Im Gegenteil, er fühlte sich gar ermuntert, eine Angelegenheit zu hinterfragen. „Verzeiht, Eminenz, aber wieso fordert ihr eine Eskorte von jenseits des Rheins an, wo Ihr doch hier in Köln über eine eigene Garde verfügt?" Engelbert drehte sich langsam zu ihm herum. „Wenn ich Eure Meinung hören oder die meine kundtun möchte, lasse ich es Euch wissen", gab er dem Schreiber zu verstehen, „fürs Erste reicht es, wenn Ihr keine Fehler bei den Abschriften meiner Befehle macht. Und sputet Euch damit, Bruder Caesarius. Das ist ein gut gemeinter Rat. Ihr dürft Euch nun entfernen." Verwirrt über die erste Zurechtweisung seit seiner Übernahme der Schreibgeschäfte, verbeugte sich der Mönch und verschwand. Als Caesarius gegangen war, winkte Engelbert Thomas zu sich und trug auch dem Knappen auf, sich zu entfernen. Offenbar wollte er mit Thomas unter vier Augen sprechen. Wenig später waren sie völlig allein im Raum. „Euch will ich die Antwort geben", hob

Engelbert an, nachdem sie sich kurz begrüßt hatten und Thomas ihm den erzbischöflichen Ring geküsst hatte. „Welche Antwort?", gab Thomas zurück, „ich habe doch noch gar nichts gesagt oder gefragt?!" Der blonde Hüne im Amt des Erzbischofs trommelte ungeduldig mit den Fingern auf dem Tisch. „Die Antwort auf die Frage meines Schreibers, mit dem ich es mir jetzt Euretwegen verscherzt habe", erläuterte er, „warum ich Euch statt meiner Garde als Eskorte dabei haben möchte." Thomas verzog keine Miene. „Und die wäre?" Zur Antwort zog Engelbert ein Pergament aus den Falten seines Gewandes und reichte es Thomas. „Weil Ihr ein fähiger Mann seid, ein erfahrener Kämpfer, das habt Ihr bewiesen – und weil Ihr einer der wenigen seid, denen ich vertraue", ließ er den Fischersohn wissen. „Ihr seid ein ehrlicher Mann und habt mir nie etwas vorgegaukelt. Auch nicht, als Ihr, der einstige Dienstmann meines Bruders, mir am Anfang wenig freundlich gegenüberstandet. Aber ich glaube, wir haben uns angenähert. Und selbst wenn Ihr mich nicht mögt, seid Ihr pflichtbewusst genug, Eure Aufgabe treu zu erfüllen, alles andere geht gegen Eure Ehre, hab' ich recht?" Thomas stimmte mit einem Kopfnicken zu. „Dann sagt mir ehrlich, was Ihr von dem Brief haltet, den Ihr jetzt in Händen habt", fuhr der Erzbischof fort, „den habe ich vor zwei Tagen erhalten, von anonymer Hand geschrieben!" Thomas rollte das Pergament auseinander und überflog die Zeilen. Dann erbleichte er. Das Papier war eine Warnung – eine Warnung vor einem neuen Mordanschlag.

„Komm her zu mir, mein Liebster", gurrte Sophie von Isenberg, während sie die Laken zur Seite schlug. Graf Friedrich von Isenberg traute seinen Augen und Ohren nicht. Vor ihm lag seine Gattin in ihrem Bett, splitterfasernackt, wie Gott sie geschaffen hatte, und lud ihn offenbar zu einem Schäferstündchen ein. Wie lange war das her, dass er das letzte Mal die Wonnen des Zusammenseins mit seiner Frau gekostet hatte? Zwei Jahre oder drei? Er wusste es nicht mehr. Eigentlich hatte Sophie nie viel Freude an Liebesstunden mit ihm empfunden, vielleicht früher einmal, als sie jung waren. Aber spätestens nach der Geburt des Ältesten hatte das nachgelassen und war schließlich ganz eingeschlafen. Er hatte sich zwischendurch mal mit einer Magd eingelassen und auch einen Bastard mit ihr gezeugt, der jetzt mit seiner Mutter auf einem benachbarten Hof lebte und gut versorgt war, aber ansonsten spielte die Liebe keine große Rolle in seinem Leben. Wie auch? Er war seit frühester Jugend auf einen Lebensweg im Schoß und Schutz der Mutter Kirche vorbereitet worden. Seine eigene Mutter hatte nie viel Aufhebens um seine Person gemacht und ihn häufig der Amme überlassen. Mit sieben oder acht Jahren war er dann nach Köln in die Domschule gekommen. Hier hatte er sich zum ersten Male richtig wohlgefühlt. Die trutzigen Mauern und dunklen Gewölbe des Domkomplexes hatten ihm Sicherheit gegeben, die regelmäßigen Messen und Gebete Trost gespendet, und er hatte sich als Teil eines großen Ganzen gefühlt. Doch dann, als er bereits begonnen hatte, die Karriereleiter hinaufzusteigen, und es schon zum Domherren gebracht hatte, wurde er unvermittelt abberufen. Mitten in der Nacht, vor fünfzehn oder sechzehn Jahren, hatten sie ihn aus seiner gewohnten Umgebung herausgerissen und zurück in das weltliche Leben gebracht. Sein Vater und sein älterer Bruder waren beide auf einem Kreuzzug gegen Ketzer im Süden des Frankenreiches gefallen. Um ihren Platz einzunehmen und als Graf die Güter der Familie zu verwalten, hatten sie ihn zurückgeholt. Ob er dies überhaupt wollte, danach hatte niemand gefragt. Und ebenso wenig hatte man ihn gefragt, als er mit Sophie von Limburg verheiratet wurde. Alles war von langer Hand vorbereitet worden, teilweise noch von seinem Vater. So war Sophie eigentlich auch nicht für ihn selbst bestimmt gewesen, sondern von Beginn an für den regierenden Grafen von Isenberg. Und der war nun einmal er. Aber Friedrich hatte sich nie so richtig an das weltliche Leben eines Grafen gewöhnt. Und er hatte sich nie so richtig an Sophie gewöhnt. Auch nicht an ihren Buckel. Er konnte sich noch gut daran erinnern, wie es war, als er dieses Makels erstmals ansichtig wurde. Er hätte schreien und weglaufen können. Und so waren auch die meisten ihrer Liebesstunden verlaufen – drüber und weg. Nur wenn er reichlich angetrunken war und Sophie auf dem Rücken lag, lief es besser. Jetzt lag sie auf dem Rücken – und getrunken hatte er auch. In diesem Moment wurde er hart. Eilig zog er sich den Wappenrock und sein Untergewand über den Kopf, löste dann seine Bruche, die lose gewickelte Unterhose, und ließ sie zu Boden fallen. Mit gereckter Lanze stieg er zu ihr aufs Bett, kniete sich zwischen ihre Beine, rückte ihr Becken zurecht und stieß in sie hinein. Sophie schnappte nach Luft, ob aus Erregung oder vor Schmerz, das wusste er nicht zu sagen. Und es war ihm auch einerlei. Nur endlich mal wieder diesen Druck loswerden, vor allem den Druck auf seinem Gemüt. Seine Stöße wurden heftiger, steigerten sich zur Besessenheit. Und aus der Besessenheit wurde Wut. Warum hatte er immer die Zeche zahlen müssen? Warum hatte man ihn von zu Hause weggeschickt? Und warum musste er jetzt die Suppe auslöffeln, die sein Vater und sein Bruder ihm eingebrockt hatten? Und warum musste er mit einer Buckligen verheiratet sein? Und jetzt wollten ihm diese Äbtissin und sein Großvetter obendrein einen Eckpfeiler seiner Existenz wegnehmen. Friedrich stieß immer heftiger zu. Er wollte ihr Schmerzen bereiten, ihr und aller Welt. Aber Sophie litt keine Schmerzen. Sie stöhnte vor Lust. Das war etwas völlig Neues für sie. So heftig hatte er sie noch nie genommen. So wild und hart hatte er sie noch nie geliebt. Endlich spürte sie ihn einmal richtig, vielleicht empfand er ja doch etwas für sie. Blitze zuckten durch ihr Hirn. Dann kam die Erlösung. Mit einem spitzen Schrei warf sie den Kopf in den Nacken. Kurz darauf war es auch um Friedrich geschehen. Ein kehliges Brüllen zeigte an, dass er begann, sich in ihr zu verströmen. Dann ließ er sich schweißnass auf ihren Körper fallen. Er wog gut dreimal so viel wie sie, aber Sophie empfand diesmal keine Last. Im Gegenteil. Verträumt begann sie mit einer seiner Haarsträhnen zu spielen, die sich in seine Stirn geschlichen hatte. Geradezu liebevoll wickelte sie die Locke um ihren Zeigefinger, vergaß darüber aber auch nicht, warum sie mit dem Liebesspiel überhaupt begonnen hatte. „Ach, Liebster", säuselte sie, „du warst heute so leidenschaftlich und stark wie nie." – „Du aber auch", räumte er ein, „Und gerade auf der Bettstatt ist ein Mann immer nur so stark wie die Frau, die ihn mit ihrer Umarmung anspornt." Dabei wunderte er sich selbst, wie er zu solchen Worten kam. „Ach, Liebster", wiederholte Sophie, „wie sehr wünschte ich mir, du wärest öfter dieser starke Held und Liebhaber!" Friedrich grunzte befriedigt und rollte sich etwas zur Seite. „Eigentlich gibt es keinen Grund, es nicht öfters zu tun." Sophie überlegte einen Moment, wie sie dem Gespräch die richtige Wendung geben könnte. „Ach, ich möchte dich so gerne glücklich sehen an meiner Seite", begann sie schließlich, „und in der Stellung, die dir gebührt. Aber ich spüre, dass du unglücklich bist. Immer stehst du zurück, dabei gebührt dir der gleiche Rang wie allen Edlen. Immer bist du benachteiligt, wenn es um die Verteilung von Ländereien und Gütern geht. Und immer musst du dich verteidigen und rechtfertigen, vor allem vor deinem Vetter Engelbert." Friedrich verzog das Gesicht, als der Name des Erzbischofs fiel. „So schlimm ist es nicht", beschwichtigte er. „Doch, so schlimm ist es", beharrte Sophie. „Schau dich doch an, schau, was aus uns geworden ist. Die steten Sorgen werfen einen langen Schatten auf uns. Dabei müssten wir in vorderster Reihe der

Fürsten stehen, gleich neben meinem Vater!" – „Dein Vater ist Herzog von Limburg, Graf von Luxemburg und vieles mehr", entgegnete Friedrich, „der wird immer vor uns stehen!" – „Und du?", reizte ihn Sophie, „du bist der Graf von Isenberg – und du könntest eines Tages vielleicht sogar Herzog von Westfalen werden!" – „Wie das?", wunderte sich Friedrich, „Engelbert von Berg ist Herzog von Westfalen und wird es bleiben, solange er Erzbischof von Köln ist. Daran ist nicht zu rütteln. Und das für lange Zeit, denn er ist noch recht jung, nicht viel älter als ich". Sophie drehte sich ein wenig zu ihm um und gönnte ihm einen Blick auf ihre durchaus wohlgeformte Brust. „So?", fiel sie in einen kecken Tonfall, „mein Vater sagt, das müsse nicht so bleiben. Vielleicht kann man ihn bewegen, ein wenig von seiner Macht, die er angehäuft hat, wieder abzugeben. Mein Vater meint, man brauche nur das rechte Druckmittel. Und nach seinem Ableben könntest du ihn vielleicht sogar beerben, könntest Erzbischof und Herzog werden!" Friedrich schüttelte energisch den Kopf. „Das ist Unsinn, da sind hundertmal andere vor. Und ich werde mich nicht an meinem Vetter versündigen." Sophie rückte noch etwas näher und strich ihm mit der Hand über die Brust. Ihre Brustwarzen berührten seine Haut. „Siehst du denn nicht, wie er dir und uns, ja meiner ganzen Familie seit Jahren im Weg ist?" In diesem Moment traten Tränen in ihre Augen. „Meinem Bruder und seiner eigenen Nichte hat es das väterliche Erbe versagt, meinen Vater bekämpft er seit Jahren bis aufs Blut, wenn nötig auch mit Gewalt – und jetzt will er dir deine Rechte als Vogt streitig machen und unsere Kinder enterben!" Sie ballte ihre kleinen Fäuste über seiner Brust und stützte sich dabei mit den Ellbogen bei ihm auf, wobei ihm auch ihre Brüste näher kamen. Unübersehbar regte sich Friedrichs Gemächt. „Er ist ein Hundsfott, der endlich in seine Schranken verwiesen werden muss. Sonst macht er uns alle unglücklich!", fuhr Sophie mit ihren Tiraden fort. Friedrich schüttelte wieder den Kopf, doch längst nicht mehr so vehement. „Gegen Engelberts Macht ist kein Kraut gewachsen. Dein Vater war ihm mehrere Male trotz der Limburger Heeresmacht unterlegen!" Eine Träne rann über ihre rechte Wange zum Kinn und tropfte von dort auf ihren Busen. Friedrichs Lanze reckte sich zu voller Größe. „Aber das muss doch mal ein Ende haben", jammerte sie. „Und Vater sagt, du bist der Einzige, der das Zeug hat, sich ihm entgegenzustellen. Gleich mehrere der führenden Fürsten stehen an seiner Seite. Und alle setzen ihre Hoffnungen in dich, mein Held und Geliebter!" Dabei griff sie entschlossen nach seinem erigierten Glied. Friedrich stöhnte auf. „Aber …" Weiter kam er nicht, denn nun tat Sophie das, was ihr eine Hübschlerin geraten hatte, um einen Mann gefügig zu machen: Sie stülpte ihre Lippen über sein Glied und nahm es tief in sich auf. Anfangs kostete es sie nicht gelinde Überwindung, doch als sie merkte, welche Macht sie damit über ihren Mann erhielt, fand sie Gefallen daran. „Sei unser aller Held, Geliebter", wisperte sie, nachdem sie seine Eichel wieder zum Vorschein gebracht und mit der Zunge liebkost hatte. Friedrich kapitulierte. Alles hätte er ihr jetzt versprochen, wenn sie nur weitermachte. „Was willst du, dass ich tue?", stöhnte er, „willst du, dass ich mich gegen mein eigenes Blut versündige?" Sophie triumphierte. Jetzt hatte sie ihn so weit. „Es wird ihm doch nichts geschehen", behauptete sie, „nimm ihn nur gefangen, damit er dir und den Fürsten des Landes endlich das gibt, was uns und ihnen zusteht!" Dann umschloss sie sein Glied noch enger mit den Lippen. Und mit Friedrichs Samen nahm auch das Schicksal seinen Lauf.

„Sagt, Herr Walther, ich sehe, Ihr seid auch nicht mehr der Jüngste", wandte sich Caesarius von Heisterbach an den berühmten Sänger von der Vogelweide, während der erzbischöfliche Tross seinen Weg den Rhein entlang nach Süden nahm, „drängt es Euch nicht, das unstete Leben eines fahrenden Sängers langsam in ruhigere Bahnen zu lenken?" Der Bruder Sekretarius, der diesmal auf dem Wagen des Kellermeisters saß, hatte die Gelegenheit genutzt, dem Sänger, der gerade unmittelbar neben ihm ritt, diese Frage zu stellen, die schon seit dem gestrigen Abend in ihm brannte. Ihre kleine Gemeinschaft hatte den Sänger in Caesarius' Heimatkloster Heisterbach gebracht, wo sie auf ihrem Weg nach Worms für die Nacht eingekehrt waren, und der Mönch stellte sich insgeheim vor, wie es wohl wäre, einen solchen Mann mit seiner Kunst als Bruder gewinnen zu können. Der Angesprochene musste lächeln, durchschaute er doch die missionarischen Beweggründe des Schreibers. „Ich muss Euch enttäuschen", gab er zurück, „ich bin längst kein fahrender Sänger mehr, auch wenn das jetzt den Anschein haben mag. Seit der Kaiser geruhte, mir ein Lehen zu geben, bin ich sozusagen sesshaft geworden. Damit hat zumindest der Winter seinen Schrecken für mich verloren, und ich kann in eigenen vier Wänden bleiben. Nur in den wärmeren Monaten besuche ich die Fürstenhöfe und gebe meine Lieder zum Besten. Ihr werdet in Eurem Kloster also wohl ohne mich auskommen müssen, aber ich danke für das Angebot!"

Caesarius fühlte sich ertappt und enttäuscht, lächelte aber säuerlich dazu, während der Sänger sein Pferd näher an das seiner jungen Begleiterin lenkte. Die dankte ihm dies mit dem Austausch kleiner Zärtlichkeiten. Ein seltsamer Kauz, dachte Thomas, wie er so daherkommt und zuweilen etwas arrogant umherstolziert, aber einer, der es aus eigener Kraft zu etwas gebracht hat. Schon deswegen mochte er ihn. Am Abend zuvor hatte er auch erstmals eine Kostprobe von dessen Können bekommen, denn der Erzbischof hatte Walther gebeten, vor dem Abt des Klosters, den Mönchen und einigen Gästen einige Lieder zu singen. Dazu hatte auch ein Loblied über den Erzbischof gehört, das alle frenetisch beklatscht hatten. Fast alle, denn Thomas' Begeisterung und die seiner Männer für die Lobhudelei hatte sich in Grenzen gehalten. Zum Glück hatten sie etwas abseits gesessen, sodass ihr spärlicher Beifall kaum aufgefallen war. Thomas wusste besser als die meisten anderen, dass nicht alle Menschen Lobeshymnen auf Engelbert sangen. Er musste sich nur den Brief mit der Warnung vor einem neuerlichen Mordanschlag in Erinnerung rufen. „Seid auf der Hut, jemand aus Euren Kreisen, der sich von Euch bedrängt fühlt, trachtet Euch nach dem Leben", hatte es dort unter anderem geheißen. Damit kamen so gut wie alle Menschen infrage, die der Erzbischof in der einen oder anderen Form brüskiert hatte. Und das waren ganz sicher unzählige. Er und seine Männer würden auf der Hut sein müssen. Die Tatsache, dass mit Konrad von Dortmund und einem gewissen Leonius zwei weitere Ritter zu ihrer Gesellschaft zählten, beruhigte ihn etwas. Allerdings schätzte er ihre Kampfkraft recht gering ein, denn keiner von ihnen war auf einem Kreuzzug gewesen oder hatte in Fehden die Klinge mit Raubgesindel gekreuzt. Die Hauptlast eines Angriffs würden er und seine Männer tragen müssen.

Doch Thomas' Sorge schien unbegründet, denn es geschah nichts.

Unbehelligt zogen sie den Rhein hinauf, übernachteten meist in Klöstern oder kirchlichen Einrichtungen, die auch über eine annehmbare Herberge verfügten, und erreichten nach etwa einer Woche die Stadt Worms. Diese hatte nur einen Bruchteil der Größe von Köln, beherbergte jetzt zum Hoftag jedoch zehnmal so viele Menschen wie sonst. Der ummauerte Bereich schien aus allen Nähten zu platzen. Deshalb kampierten zahllose Ritter auf freiem Feld vor der Stadt. Insbesondere auf den Wiesen längs des Rheins, ja sogar noch auf der anderen Rheinseite bei Bürstadt, lagerten Hunderte von Menschen. Engelbert hielt jedoch genau auf das Zentrum zu, wo sich auf dem höchsten Hügel der Stadt der Wormser

Dom erhob. Schon von Weitem fiel die kreuzförmige Basilika mit ihrem Querschiff, dem zentralen Turm auf der Vierung und den beiden halbrunden, in Ost-West-Richtung gebauten Chören ins Auge. Hier wollte der Erzbischof mit führenden Fürsten des Reiches und, nach längerer Zeit der Trennung, wieder mit dem jungen König Heinrich zusammentreffen, dessen Vormund Engelbert war, weil sein Vater, Kaiser Friedrich, meist in Italien weilte. Normalerweise residierte Heinrich deshalb in Köln, in unmittelbarer Nähe des Erzbischofs, hatte jedoch kürzlich eine Reise mit dem Herzog von Bayern in dessen Land unternommen, um dort erstmals mit seiner zukünftigen Gemahlin zusammenzutreffen, der Prinzessin Margarethe von Österreich. Als sich ihre Gruppe dem Domportal näherte, gewahrte Thomas eine große Menschenmenge, die sich offenbar um einige wichtige Edelleute geschart hatte. Plötzlich teilte sich die Menge und ein Junge von vielleicht vierzehn Jahren, in einen Wappenrock mit den staufischen Farben gekleidet, auf dem drei übereinander angeordnete Löwen prangten, stürmte daraus hervor und hielt geradewegs auf Engelbert zu. „Vater", rief er begeistert, „endlich sind wir wieder vereint. Wie hab' ich Euch vermisst!" Vater? Thomas hatte sogleich angenommen, dass der Bursche der junge König des Heiligen Römischen Reiches Deutscher Nation wäre. Aber die ungezwungene, familiäre Anrede, die auch nicht wie das „Vater" klang, mit dem man einen Priester anredete, verwirrte ihn. „Er ist dem Kaisersohne Erzieher, Priester und Vaterersatz zugleich", raunte ihm Caesarius von Heisterbach zu, „die beiden haben seit Jahren ein inniges Verhältnis." Trotzdem befremdete Thomas diese Innigkeit ein wenig, obwohl er zugeben musste, dass er damals, nach dem gewaltsamen Tod seines Vaters, selbst väterliche Gefühle für seinen Lehrmeister gehegt hatte. Erzbischof Engelbert, der im vollen Ornat seines Standes in die Stadt eingeritten war, wandelte sich derweil binnen Sekunden vom kirchlichen Würdenträger zum Ritter, ja zum einfachen Mann. Er nahm seine Mitra vom Kopf und warf sie seinem Kellermeister auf dem Wagen zu, dann schwang er ein Bein über den Pferderücken und glitt im gleichen Moment aus dem Sattel. Darauf legte er auch noch seinen erzbischöflichen Mantel ab. Weil er den Jungen, der nun unmittelbar vor ihm stand, um mehr als einen ganzen Kopf überragte, ging er kurz in die Hocke, aber nicht, um sich vor seinem König zu verneigen, sondern um ihn in den Arm zu nehmen. Dann hob er ihn sogar hoch und drückte ihm einen Kuss auf die Wange, als sei er tatsächlich sein Vater. Der König krähte wie ein Kind vor Freude. „Ihr dürft mich nie wieder so lange allein lassen", beschwerte er sich mit halb gespieltem Ernst. „Manchmal lässt sich das aber nicht vermeiden, mein Junge", hörte Thomas den Erzbischof sagen, „vor allem nicht bei zwei so wichtigen Männern wie uns. In unseren Händen liegt das Reich, in den deinen als König, in den meinen als Gubernator, deshalb müssen wir zuweilen an verschiedenen Orten unabhängig voneinander für Ordnung sorgen." – „Ja das müssen wir wohl", seufzte Heinrich, der Siebte seines Namens, dann aber erhellte ein Gedanke seine Miene. „Habt Ihr schon vom heiligen Nikolaus gehört?" Engelbert nickte. „Natürlich, er war ein heiliger Mann, einst ein Bischof, wie ich selbst …" – „Von dem wertvolle Reliquien hier im Dom schlummern!", ereiferte sich der König, als sei er der Erste, der diese Tatsache verkündete. „Geht doch gleich mit mir zu der kleinen Kapelle zu seinen Ehren im Seitenschiff und erzählt mir von seinem Leben, ja? Erzbischof Dietrich und Herzog Ludwig haben das zwar auch schon getan, als wir hier ankamen, aber ich hab' alles wieder vergessen. Die reden auch nicht so schön wie Ihr, Vater!" Dabei strahlte er über das ganze Gesicht. „Wie könnte ich Euch diesen frommen Wunsch abschlagen", antwortete Engelbert, herzte den Jungen noch einmal und stellte ihn dann wieder auf die Füße. „Aber sagt, wie war Eure Reise, wie hat Euch Eure Braut, die Prinzessin, gefallen?" Heinrich VII. überlegte und bohrte dabei in der Nase. „Die Reise war recht schön, wir haben hohe Berge mit Schnee auf den Spitzen gesehen, aber mir tat auch ganz schön der Hintern von dem langen Reiten weh", erinnerte er sich, „aber die Prinzessin gefällt mir nicht. Sie ist alt, viel älter als ich, flachbrüstig und hässlich. Lieber würde ich sie nicht heiraten!" Einige Anwesende brachen in Gelächter aus, auch Engelbert konnte sich ein Schmunzeln nicht verkneifen, setzte aber eine strenge Miene auf. „Sie mag vielleicht alt und hässlich sein", räumte er ein, „dafür aber ist sie sehr vornehm und wird Euch viele gesunde und edle Kinder schenken. Außerdem wird ihr Vater, der Herzog von Österreich, mit seinen Rittern Eure Streitmacht und die Eures Vaters verstärken, wann immer es nötig ist. Das dürft Ihr nicht vergessen!" Heinrich nickte tapfer. „Aber ich mag sie trotzdem nicht", ließ er Engelbert wissen, „und Ihr seid mir als Vater auch lieber, denn der meine kümmert sich nie um mich!" – „So etwas dürft Ihr nicht sagen", tadelte ihn der Erzbischof, „Euer Vater liebt Euch, aber er ist der Kaiser, der ein riesiges Reich zu regieren hat. Deshalb müssen wir ihm dabei helfen und uns um das Land nördlich der Alpen kümmern!" Heinrich nickte tapfer. „Und jetzt begrüße ich kurz die wichtigsten Fürsten und dann gehen wir zwei und schauen uns die Nikolauskapelle an", beschloss Engelbert.

Heinrich verfiel augenblicklich wieder in seine kindliche Freude von vorhin. Der Erzbischof wandte sich nun den Umstehenden zu, unter denen er Dietrich von Wied, den Erzbischof von Trier, den Herzog von Bayern und andere führende Reichsfürsten erkannte, und begrüßte sie. Aber nicht nur Freunde des Erzbischofs waren zugegen, auch die gegnerische Partei zeigte sich zahlreich vertreten. Der Herzog von Limburg stand am linken Rand der Menschenmenge, zusammen mit dem Grafen von Tecklenburg, der den weiten Weg nach Worms ebenso wenig gescheut hatte wie der Graf von Arnsberg. Der Isenberger war nicht anwesend. Engelbert grüßte sie mit einem kurzen Kopfnicken und freute sich über die gelungene Vater-Sohn-Vorstellung, die er ihnen geboten hatte und die ihnen mit Sicherheit nicht geschmeckt haben dürfte. Es war nicht viel Fantasie nötig, um sich vorzustellen, dass es Engelbert bei dem innigen Verhältnis zum König und zu dessen Vater nicht viel Überredung kosten würde, um alle aufrührerischen, unbequemen Fürsten bei Bedarf einen Kopf kürzer zu machen. Da er seinem Ziehsohn versprochen hatte, mit ihm die Kapelle zu besuchen, hatte er eine Entschuldigung für die unstandesgemäß kurze Begrüßung. So nahm er alsbald den König an die Hand und schlug mit ihm den Weg zur Nikolauskapelle ein. „Wann darf ich sie denn eigentlich vögeln?", hörte er da den Dreikäsehoch fragen und glaubte, er habe sich verhört. „Wie bitte? Was sagt Ihr da? Wen vögeln?", kam es dem Erzbischof über die Lippen. „Na, die Prinzessin", klärte ihn Heinrich auf, „die Söhne des Herzogs haben gesagt, ich darf sie vögeln, aber wann?" Engelbert wollte etwas entgegnen, dann aber überkam ihn ein Lachen. So gefiel ihm sein Ziehsohn schon viel besser. „Du darfst sie vögeln, sobald sie dein Eheweib geworden ist, wann und wo und so oft du willst", gab er ihm zur Auskunft. Heinrich bekam große Augen und begann, vor Erregung ein wenig zu zittern. „Und sie ist dann nackt und darf sich nicht weigern oder wehren?" Engelbert schüttelte energisch den Kopf. „Sich dem König verweigern? Das wäre Hochverrat!" Heinrich überlegte. „Und wenn sie es doch tut? Sie ist ja so viel älter und auch größer als ich!" Der Erzbischof legte ihm väterlich einen Arm um die Schulter. „Dann sagst du mir oder dem Herzog von Bayern Bescheid, wir werden sie dann zu belehren wissen!" Die Aussicht, die Prinzessin von Österreich und zukünftige Königin des Heiligen Römischen Reichs Deutscher Nation für ein etwaiges Fehlverhalten im Ehebett belehren oder gar züchtigen zu dürfen, noch dazu mit Einverständnis des Königs, bereitete ihm durchaus ein gewisses Vergnügen. Wer wusste schon zu sagen, was sich daraus noch ergeben konnte! „Und ich darf sie wirklich vögeln, wo und wann ich will?", hakte der König nach. Engelbert bejahte. „Aber weißt du denn überhaupt genau, was Vögeln ist?" Heinrich schüttelte den Kopf. „Genau nicht, aber ich weiß, dass die Frau dabei nackt ist und der Mann etwas Unanständiges mit ihr tut. Die Mönche in den Schreibstuben werden immer ganz rot, wenn sie davon sprechen oder lesen. Und sie bekommen einen Steifen!" Engelbert sah eine weitere Gelegenheit gekommen, sich unentbehrlich zu machen. „Dann werde ich dir noch heute Abend von einer jungen Hübschlerin zeigen lassen, was Vögeln wirklich ist!" Heinrich begann erneut, vor Erregung zu zittern. Und Engelbert freute sich, dem Reich einen weiteren Dienst erweisen zu können. Schließlich musste der König und der mögliche zukünftige Kaiser wissen, wie man einen Thronfolger zeugt.

„Werter Bischof von Köln, seid ohne Sorge, Ihr habt dem Reiche wohl gedienet, sodass Euer Lob daraus hervorsteigt und zum Himmel schwebt."
Walther von der Vogelweide gab seinen Singspruch über den Erzbischof von Köln zum Besten, und das Kaiserhaus, der nördlich an den Dom angebaute Palas, der seit Jahren bei solchen Anlässen als Pfalz und damit als Herrrscherdomizil fungierte, stand Kopf. Die einen jubelten, die anderen taten lautstark ihren Unmut kund. Letztlich obsiegte die Partei Engelberts. Der Herzog von Bayern, ohnehin ein Bewunderer und Gönner Walthers, lobte vor aller Ohren das Werk des Künstlers und das Wirken Engelberts, der seinen Worten nach nicht zu Unrecht besungen wurde. Das gab den Ausschlag. Hundert Fürsten und mehr beglückwünschten den Sänger und den Erzbischof, der sich in diesem Glanz sonnte wie eine Eidechse auf einem warmen Stein. Derweil verließen die Grafen von Tecklenburg und Arnsberg sowie der Herzog von Limburg, neben drei Dutzend anderen, unter stillem Protest den Saal. Auch Thomas hielt es nicht länger auf der Bank, wenn auch aus anderen Gründen. So stand er auf und schlug den Weg zum Vordereingang des Domes ein. Das Portal war noch offen, so trat er ein. Nach wenigen Schritten wurde sein Blick von den mächtigen Säulen und der Gewölbedecke darüber angezogen. Still bewunderte er die Architektur des Gotteshauses, wenn auch nur halb bei der Sache. Dann stand er plötzlich vor verwitterten und mit schwer lesbaren Inschriften versehenen Grabplatten, die man säuberlich in den Boden des Domes eingelassen hatte. „Interessiert Ihr Euch für die Geschichte des Reiches?" Thomas erschrak und fuhr herum, konnte jedoch nicht viel erkennen, weil der Mann, der zu ihm sprach, noch im Schatten einer Säule stand. Außerdem war es aufgrund der vorgerückten Stunde ohnehin schon recht

düster hier im Dom. „Wer seid ihr, gebt Euch zu erkennen", entgegnete er und griff instinktiv zu seinem Schwert, das er jedoch hatte ablegen müssen, bevor er das Gotteshaus betrat. „Hier liegen etliche Salier begraben, allesamt Vorfahren und Angehörige von Kaiser Konrad dem Zweiten, einem großen Herrscher, der vor über 200 Jahren regierte", sprach die Stimme weiter, während sie langsam näher kam. Das Antlitz, in das er einen Augenblick später blickte, verschlug ihm die Sprache. Dabei hatte sich Thomas von dem Trubel des Hoftages, vor allem von dem stetigen Bienenschwarm um die Person Engelberts und des Königs, mit Absicht abgesondert, um eine Zeitlang mit sich allein zu sein. Er musste nachdenken, und das konnte er immer noch am besten allein. Bislang hatte er den Erzbischof von Köln als dunklen Schatten in seinem Leben empfunden, als exzentrischen Machtmenschen, der rigoros seine Interessen durchsetzte, ohne Rücksicht auf andere. Ein hartherziger Kirchen- und Landesfürst, dem er zu bestimmten Anlässen zu dienen hatte. Auf einer Messlatte von Gut bis Böse hätte er ihn sicher nicht sehr wohlwollend beurteilt. Diese Ansicht war einfach und plausibel gewesen. Doch jetzt bekam dieses Bild Risse, denn der Erzbischof zeigte auf einmal auch durchaus annehmbare Seiten. Thomas rief sich in Erinnerung, wie Engelbert der bedrängten Nonne im Kloster Essen beigestanden und den übergriffigen Dienstmann des Grafen von Isenberg in die Schranken verwiesen hatte. Am meisten jedoch hatte ihn der Auftritt am heutigen Tag beeindruckt, die liebevolle Begrüßung durch den jungen König und Engelberts väterliche Fürsorge. In diesem Moment hatte Thomas tatsächlich so etwas wie Sympathie für den Gubernator des Reiches empfunden. Aber das widersprach einem tiefen inneren Gefühl, das ihm sagte, dass man Engelbert nicht trauen konnte. So war Thomas irritiert und suchte Abstand im Wormser Dom, der jetzt gegen Sonnenuntergang ohnehin nahezu menschenleer war, da sich alle hohen Gäste mit Engelbert und dem König in das Kaiserhaus zurückgezogen hatten. Dass er persönlich angesprochen wurde, noch dazu von diesem Mann, darauf war er nicht gefasst. Aber Thomas fing sich recht schnell, zumindest ließ er sich seine Überraschung nicht länger anmerken. „Ist es in Limburg neuerdings üblich, Männer im Gebet aufzuschrecken, Herzog?", konterte er, „und nein, ehrlich gesagt interessiere ich mich nicht sonderlich für Menschen und Geschehnisse, die so viele Jahre zurückliegen". Walram von Limburg musterte ihn einen Moment, als suche er in Thomas Miene Antworten auf Fragen, die er noch gar nicht gestellt hatte. „Es ist auch schon einige Jahre her, dass wir uns zuletzt gegenüberstanden", stellte er fest. „Das stimmt", entgegnete Thomas, „ziemlich genau sieben Jahre und einen Monat. Damals stand ich vor Euch als mittelloser Knappe, den der selige Graf Adolf auf dem Sterbebett zum Ritter geschlagen hatte. Nur wollte mir damals niemand glauben!" Walram wusste sofort, von welchem Tag und welcher Gelegenheit Thomas sprach. „Ich habe Euch damals geglaubt, wie Ihr hoffentlich noch wisst", rief er ihm in Erinnerung, „aber mir waren die Hände gebunden, weil nicht ich oder mein Sohn, wie es ihm zugestanden hätte, die Grafschaft Berg erbte, sondern der Erzbischof von Köln sich das Erbe des toten Bruders unter den Nagel riss: Aber wie ich sehe, habt Ihr auch ohne mein Zutun Euer Glück gemacht." Nun war es an Thomas, im Gesicht des Limburger Herzogs nach Antworten zu forschen. Walram hatte sich sehr verändert. Sein Haar war grau geworden, der Körper eingefallen, vor allem der einst mächtige Brustkorb. Auch hatte er an Gewicht verloren, wodurch seine Adlernase noch stärker hervortrat. Trotzdem hatte Thomas ihn sofort erkannt. Und er erinnerte sich auch an dessen Worte damals im Feldlager von Damiette, nach denen Walram den von Graf Adolf erhaltenen Ritterschlag nicht bezweifelte. Aber Thomas hatte dies für ein Lippenbekenntnis gehalten. Er zweifelte im Grunde bis heute daran, dass diese Worte ernst gemeint waren. Vielmehr hatte er damals das deutliche Gefühl gehabt, dass der Herzog froh war, das Problem auf Engelbert abwiegeln zu können und selbst keine Entscheidung treffen zu müssen. „Ich erinnere mich sehr gut", ließ ihn Thomas wissen, ohne seine Zweifel am Wahrheitsgehalt der herzöglichen Worte zu äußern, „so gut, als sei es gestern gewesen." Hohen Adeligen gegenüber war es besser, sich vorsichtig zu verhalten und die Katze nicht gleich aus dem Sack zu lassen. Walram hatte diesbezüglich weniger Geduld. „Das ist gut. Hoffentlich erinnert Ihr Euch auch daran, wenn es eines Tages Spitze auf Knopf steht!" Thomas kniff ein wenig die Augen zusammen. „Wie meint Ihr das?" Walram kam einen Schritt näher. „Ich meine, Ihr solltet wissen, auf welcher Seite Ihr steht, wenn der Erzbischof irgendwann den Bogen überspannt", zischte er, „und sich wackere Männer seine Gängelei nicht länger gefallen lassen!" Thomas erschrak fast über den abgrundtiefen Hass, der aus den Worten des Herzogs sprach. Damit wollte er nichts zu schaffen haben. „Euer Strauß mit dem Erzbischof geht mich nichts an", gab er Walram zur Antwort. „Aber Ihr habt doch Augen im Kopf", ließ der Herzog nicht locker, „Ihr müsst doch sehen, was der Erzbischof aus unserem schönen Land macht, was er mit den Menschen macht. Dem muss ein Riegel vorgeschoben werden. Besser gestern als heute!" – „Und wie soll das geschehen", bohrte Thomas nach. „Indem Männer wie Ihr und wir gegen den Usurpator aufstehen und ihn von seinem verdammten Bischofsthron vertreiben!" – „Mit Gewalt?", getraute sich Thomas zu fragen, in Erinnerung an die schriftliche Warnung, die der Erzbischof ihm gezeigt hatte. Walram zuckte mit den Achseln. „Zumindest mit einer breiten politischen Opposition", antwortete er ausweichend. Thomas schüttelte trotzdem vehement den Kopf. „Ich hege zwar keine großen Sympathien für den Gubernator des Reiches, aber er ist mein Landesherr und, mehr noch, der Vertraute des Kaisers. Diesem habe ich als Reichsritter Treue geschworen, die sich zu bestimmten Anlässen auch auf Engelbert erstreckt. Das habe ich im Übrigen schon Eurem Sohn auf Neuenberge gesagt!" Walram nickte. „Davon habe ich gehört!" – „Dann wisst Ihr ja auch, dass ich mich an keiner Unternehmung gegen Euren Sohn beteiligen werde, ebenso an keiner Unternehmung Engelberts", gab ihm Thomas zu verstehen. „Aber ich werde mich auch an keinerlei verschwörerischer Handlung gegen den Erzbischof beteiligen. Nicht einmal als Mitwisser. Und sollte dieser in irgendeiner Weise angegriffen werden, während meine Männer und ich seine Eskorte stellen, werden wir ihn mit unserem Leben verteidigen!" Walram tat, als höre er längst nicht mehr zu. Stattdessen schienen seine Gedanken zu der eingangs gestellten Frage und den Saliergräbern zurückzuschweifen. „Der Urgroßvater des Kaisers, Konrad der Rote, seines Zeichens Herzog von Lothringen, dazu seine Großmutter Judith, einst Herzogin von Kärnten, sein Vater Heinrich, Graf im Speyergau, auch seine Schwester, ein Onkel, und seine Tochter liegen hier begraben. Eine ganze Familie!" Thomas war völlig irritiert. „Ja, und? Was hat das mit unserem Gespräch zu tun?" Walram blickte ihn aus undurchsichtigen Augen an. „Ihr solltet Euch daran erinnern, wenn es ernst wird", flüsterte er Thomas zu, „erinnert Euch daran, wie vergänglich das Leben ist!"

„Also ehrlich, in Eurem Dienst kommt man ganz schön rum", meinte Martin, nachdem sich der Tross des Erzbischofs samt seiner Eskorte am Morgen des vierten Tages auf den Rückweg gemacht hatte. „Nach Köln und bis nach Rüdesheim bin ich früher auch schon mal gekommen, aber nach Worms, noch dazu auf einen Hoftag, das war schon was!" – „Oh ja, unser junger Herr hat in kurzer Zeit eine gewisse Gewichtigkeit erreicht", pflichtete ihm Gerhardt bei, und Wulfila bellte wie zur Bestätigung. Offenbar spürte auch er, dass es nun heimwärts ging. Thomas hörte jedoch kaum zu. Ihn beschäftigten düstere Gedanken. Seit Tagen ging ihm das Gespräch mit dem Herzog von Limburg nicht aus dem Kopf. Und obwohl er nichts Unrechtes getan hatte, kam er sich vor wie ein Verräter, zumindest wie ein Mitwisser, und daran trug er schwer. Unheil lag in der Luft – und er wusste davon, wenn auch nichts Genaues. Die Fallgrube, in der sich Engelberts Edelknappe verletzt hatte, die vielen Querelen mit verschiedenen Fürsten, der anonyme Brief, die unverhohlene Drohung des Herzogs – all das schwirrte ihm im Kopf herum. Ein Unheil lag in der Luft –, und er konnte nicht so tun, als wisse er nichts davon oder als ginge ihn dies nichts an. Einer plötzlichen Eingebung folgend, gab er seinem Pferd die Sporen und schloss zum Erzbischof auf. „Mit Verlaub, Eure erzbischöfliche Eminenz", wandte er sich ohne Umschweife an Engelbert, „ich muss mit Euch reden!" Engelbert verlagerte ein wenig sein Gewicht im Sattel, sodass er seinen langen Oberkörper zu Thomas herüberneigen konnte. Offenbar ahnte er, dass die Worte, die er zu hören bekommen sollte, nicht für fremde Ohren bestimmt waren. „Nur zu, Ritter Thomas", ermunterte er ihn ungewöhnlich aufgeräumt, „was habt Ihr auf dem Herzen?" Thomas schluckte noch einmal. „Ich hatte eine Unterredung mit Herzog Walram von Limburg", begann er, „dabei wurden Worte gesprochen, die mir auf der Seele liegen!" – „So sucht Ihr mich als Beichtvater auf?", stellte sich Engelbert absichtlich dumm und amüsierte sich innerlich darüber. Seit dem kleinen Schauspiel, das er den Fürsten des Landes im Chor mit dem jungen König geliefert hatte, und dem Vortrag Walthers von der Vogelweide war seine Laune so gut wie selten. Er sprühte geradezu vor Witz, Charisma und Energie. Mit dieser Mischung hatte er auf dem Hoftag auch die meisten Fürsten hinter sich gebracht, damit offene Fragen zu seinen Gunsten entschieden und den König von der Notwendigkeit gewisser Entscheidungen überzeugt. Zum Dank hatte er Wort gehalten und seinem Ziehsohn tatsächlich eine junge, blonde, etwas dralle, aber saubere Hübschlerin besorgt, die den Jungen in alle Geheimnisse der Liebe eingeführt hatte. Buchstäblich. In einer Nacht. Engelbert musste jetzt noch lachen, wenn er an die Schimpftiraden dachte, mit der die junge Hure am nächsten Morgen das Kaiserhaus geweckt hatte. Danach hatte sich Heinrich schon bei der ersten Berührung ihrer Lippen das erste Mal auf ihr ergossen, sich dann aber die Nacht über doch dreimal als standfest erwiesen, um in den frühen Morgenstunden einen gewissen Geschmack an Züchtigungen zu finden. Genauer gesagt hatte er der jungen Hure mit einer Haselnussrute, mit der er für gewöhnlich sein Pferd antrieb, wenn dies etwas störrisch wurde, den hübschen Hintern versohlt, was diese wenig anregend fand. Lautstark hatte sie sich später über die Striemen beschwert, die neue Freier für Tage abhalten würde, wie sie sich ausdrückte. Ein Beutelchen Silber hatte ihre Zukunftssorgen jedoch deutlich gemildert. Und gegen einen zweiten, gleich großen Beutel war sie gar noch eine zweite Nacht geblieben. Der völlig übernächtigte Heinrich hatte am nächsten Morgen von seinen Pagen eine neue Haselnussrute verlangt, bevor er bei seinem Frühstück am Tisch eingeschlafen war. Nach diesem buchstäblichen Liebesdienst am König war dieser so voller Dankbarkeit gewesen, dass er nur noch Augen und Ohren für Engelbert und dessen politische Pläne hatte – daher die gelassene Heiterkeit des Erzbischofs. Seine Gegner schienen mundtot und kaltgestellt. Alles lief zu seinen Gunsten. Fast alles.

„Nein, nein", widersprach Thomas, „es geht nicht um mich – oder besser gesagt, nur zum Teil. Es geht vor allem um Euch und ein etwaiges Unheil, das sich rechts wie links um Euch zusammenbraut!" Engelbert wurde augenblicklich ernster. „Erzählt!", befahl er nun. Und Thomas erzählte ihm in allen Einzelheiten von der Auseinandersetzung mit Herzog Walram im Dom. Auch berichtete er von dessen Drohung und gab seine Einschätzung dazu, dass damit nicht zu spaßen sei. „Ich wusste von dem Treffen mit Herzog Walram. Auch im Dom haben die Wände Augen und Ohren", gab nun Engelbert mit einem Augenzwinkern zu. Und Thomas hatte Mühe, seine Überraschung zu verbergen. „Ich hatte mich schon gefragt, ob und wann Ihr mir davon erzählen würdet. Ich bin froh, dass Ihr es getan habt und ich damit weiter auf Eure Dienste zählen kann. Und da lagen womöglich auch die Beweggründe des Herzogs", überlegte der Gubernator weiter. „Ich denke, es ging ihm weniger darum, Euch auf seine Seite zu ziehen, als darum, Euch in Misskredit zu bringen und Euch damit als meine Eskorte auszuschalten. Seien wir froh, dass ihm das nicht gelungen ist!" Thomas lief es eiskalt den Rücken hinunter. Er mochte gar nicht erst daran denken, was geschehen wäre, wenn er Engelbert keinen reinen Wein eingeschenkt hätte. Hart traf ihn die Erkenntnis, dass er – wenn auch ungewollt – schon knietief in Intrigen verstrickt war, von denen er bis vor Kurzem nicht einmal eine Ahnung hatte. Und er würde ausgesprochen auf der Hut sein müssen, um hier nicht in einen Sumpf hineingezogen zu werden, der ihn leicht seinen Rang, sein Gut oder gar das Leben kosten könnte.

„Sie wollen mich entführen", kam es Engelbert plötzlich über die Lippen, „sie wollen mir im Kerker Zugeständnisse abpressen, die sie anders nicht von mir zu bekommen wissen, dessen bin ich sicher. Nur wann und wo, ist ungewiss!" Thomas bekreuzigte sich unweigerlich, obwohl er selbst wenig gläubig war. „Was Gott verhindern möge", hoffte er. „Lasst Gott aus dem Spiel, der hat Wichtigeres zu tun", meinte Engelbert, nun wieder mit einem Lächeln auf den Lippen. „Das zu verhindern wird Eure Aufgabe sein!"

„Schnell, richtet ihr ein bequemes Lager in der Küche", befahl Sibylla, ohne ihre Freundin aus den Augen zu lassen, „es geht los. Und bringt Tücher, Decken, heißes Wasser, beeilt Euch!" Wenig später zerriss ein gedehnter, markerschütternder Schrei die abendliche Stille. Katharina krümmte sich vor Schmerzen, Maria saß bei ihr und hielt ihr die Hand. Sibylla bereitete ein beruhigendes Aufgussgetränk aus Kamille zu, mit dem man zur Not auch die Gebärende reinigen konnte. In diesem Moment eilten Adele und Andrea herbei. „Wann haben die Wehen eingesetzt?", wollte Andrea wissen, die im Sommer bereits ihr zweites Kind bekommen hatte. „Vor einer halben Stunde", antwortete Maria, „aus heiterem Himmel!" – „Das ist meistens so", meinte Adele, „gerade hast du noch Rüben geerntet und schon liegst du im Wochenbett!" Und wieder kam ein lang gezogener, kehliger Schmerzenslaut aus Katharinas Mund. „Oha, die kommen aber jetzt schon schnell hintereinander", stellte Andrea fest und übernahm insgeheim die Befehlsgewalt ihrer kleinen Gemeinschaft. Sibylla hielt sich mit Bedacht zurück, da sie bislang keine eigenen Kinder bekommen und auch bei anderen Geburten nur zugesehen hatte. Obendrein war sie selbst hochschwanger. Sie beschränkte sich daher wie Maria darauf, der werdenden Mutter Mut zuzusprechen und ihr ab und zu von dem Getränk einzuflößen. Da, schon wieder eine Wehe. Herrje, da steht mir ja in einigen Wochen etwas bevor, dachte sie noch, da folgte bereits die nächste Welle von Schweiß und Schmerz. „Ich glaube, es ist gleich so weit", meinte Andrea, hockte sich vor Katharina, die mit angewinkelten, gespreizten Beinen auf einer provisorischen, aber weichen Bettstatt lag, und prüfte, wie weit sich die junge Frau bereits geöffnet hatte. „Bist du sicher, dass du dies übernehmen willst?", fragte die ältere Adele. „Ganz sicher", antwortete Andrea ohne einen Hauch von Zweifel in der Stimme. „Ich habe bereits zwei Kinder geboren, eines davon mit Katharinas Hilfe, und mir alles genau eingeprägt – wir schaffen das!" Dabei strich sie der baldigen Mutter liebevoll über den Bauch und nickte ihr zu. Katharina schenkte ihr, aber auch den anderen im Raum, ein dankbares Lächeln. „Ja, wir schaffen das", bestätigte sie tapfer, „und ich bin so froh, dass ihr alle da seid!" Und schon wurde sie von der nächsten Wehe durchgeschüttelt. „Ich seh' schon das Köpfchen", frohlockte Andrea, „jetzt pressen! Hol' Luft und hilf deinem Kind, schön pressen!" Katharina tat, wie ihr geheißen, und hielt sich dabei an den Händen ihrer Freundinnen zur Rechten und Linken fest. Der Schweiß rann ihr in Strömen über Stirn, Nacken und Brust. Sibylla rieb sie ein wenig mit dem Kamillensud ab. Noch eine Wehe. „Ja, es kommt", rief Andrea und griff sich ein paar Tücher, um das Kind eventuell weich auffangen zu können, „noch einmal pressen!" Sibylla, Maria und Adele stimmten wie ein Hebammenchor in Andreas Aufmunterung ein. „Ja, jetzt, pressen, noch mal!" Ein letzter Schrei rang sich durch Katharinas Kehle, dann mischte sich halb zornig, halb ängstlich eine zweite, hellere Stimme in die Geräuschkulisse ein, ein Schrei nach Luft und Leben. „Es ist ein Mädchen", krähte Andrea vor Freude, „ein süßes kleines Mädchen!" Sanft fing sie das Kind auf und legte es sofort der Mutter auf die schwitzende Brust. Alle hatten Tränen in den Augen. Nur der Säugling hielt die Augen noch krampfhaft geschlossen, erschrocken über die plötzliche Helligkeit und Kälte nach Monaten im warmen, schützenden Bauch der Mutter. Katharina weinte, als hätten sich alle Schleusen des Himmels geöffnet. Derweil kümmerte sich Adele still und unbemerkt um die Dinge, die getan werden mussten. So durchtrennte sie mit sicherer Hand die Nabelschnur und wartete auf die Nachgeburt, die sie wenig später am Rande des nahe stehenden Wäldchens vergrub. Maria und Sibylla bemühten sich, mit sauberen Tüchern und dem Kamillensud der jungen Mutter etwas Erfrischung zu verschaffen. Andrea wusch mit den gleichen Mitteln das Kind, das bei der Berührung mit dem warmen Nass erstmals zu blinzeln schien. Dann scharten sich alle wieder nah um Mutter und Kind, die sich zusehends in den frischen Laken und im Kreis der mitfühlenden Frauen entspannten. „Oha, ich glaube, es bekommt rote Haare", entfuhr es Adele, die das Köpfchen genauer in Augenschein genommen hatte. „Ja, und? Das wär' doch kein Wunder", meldete sich Katharina leicht trotzig zu Wort, zwar noch mit schwacher Stimme, aber schon wieder sehr entschieden. „Sein Vater ist schließlich Engländer, und die sind doch fast alle rothaarig oder haben einen rothaarigen Ahnen!" Sie erholte sich zusehends von der Strapaze. „Reg dich ja nicht auf", riet ihr Andrea, „du brauchst noch Ruhe." – „Ob rot, blond oder schwarz, das ist doch völlig gleich", konstatierte Sibylla, „Hauptsache, das Kind ist gesund!" – „Es wird rote Haare haben", bemerkte Maria, die lange kein Wort gesprochen hatte, im Flüsterton, wohl wissend, dass sie damit die Aufmerksamkeit aller auf sich ziehen würde. „Und sie wird zu einer Schönheit heranwachsen. Aber bevor ihr mich wieder mit tausend Fragen bestürmt: –Mehr weiß ich auch nicht. Außer, dass sie ihrem Vater sehr ähnlich sehen wird!" In der Tat hatten Katharina, Andrea und Sibylla bereits Atem geholt, jede eine weitere Frage auf der Zunge. Sie besannen sich dann jedoch schnell eines Besseren, hatten sie doch gelernt, dass man aus Maria nichts herausbekam, wenn sie nicht wollte oder tatsächlich nichts weiter wusste. „Weißt du denn schon, wie deine Tochter heißen soll?", gab Sibylla dem Gespräch absichtlich eine andere Wendung. Katharina kam nicht dazu, zu antworten. „Wenn das Kind dieser Frau, derentwegen ich um die halbe Welt gereist bin, von mir ist, wie ich inständig hoffe, würde ich mir wünschen, es nach meiner Mutter nennen zu dürfen!" Die Stimme gehörte einem Mann und kam von der Tür. Augenblicklich wandten sich alle Köpfe in diese Richtung. Und tatsächlich, auf der Schwelle stand ein Mann, der von Kopf bis Fuß in einen weißen Wappenrock gehüllt war und quer über der Brust das rote Tatzenkreuz der Tempelritter trug. Den Frauen verschlug es die Sprache. Konnte das wahr sein? Katharina hatte beim ersten Wort einen Stich ins Herz bekommen. Diese Stimme kannte sie besser als ihre eigene, und von keiner anderen wünschte sie mehr, sie endlich wieder zu hören. Doch traute sie ihren eigenen Ohren nicht. Ängstlich richtete sie sich etwas auf ihrer Bettstatt auf und lugte um Sibylla herum, die ihr ein wenig die Sicht versperrte. Dann schlug sie eine Hand vor den Mund und fiel beinahe in Ohnmacht. „William!" Aus dem anfänglichen Flüstern wurde ein Schrei. In diesem Moment schlug der Säugling die Augen auf.

„Es wäre schön, wenn uns diesmal das Wasser nicht bis zum Hals reichen würde, wenn Ihr uns über die Wupper führt", witzelte Gerhardt in Erinnerung an ihre letzte Flussüberquerung. „Was heißt hier Wupper", griff Thomas den Handschuh auf, „du bleibst mit Wulfila in Deutz, in der Gasse mit den zwielichtigen Weibern und Spelunken!" Gerhardt grinste sofort. „Mit dem Sold für zwei Monate in der Tasche ließe ich mir das gefallen", entgegnete er. Thomas war froh über derlei Ablenkung, denn seit der Unterredung mit dem Erzbischof und dem vorherigen Aufeinandertreffen mit dem Herzog von Limburg geisterten ihm meist nur noch düstere Gedanken durch den Kopf. Jemand plante, den Erzbischof zu entführen –

davon war er überzeugt –, und ihm würde es obliegen, dies zu verhindern. So hatte sich Engelbert ausgedrückt. Das konnte jedoch unmöglich dessen Ernst sein. Mit zwei bis sechs Bewaffneten als Eskorte konnte er unmöglich einen sicheren Schutz gewährleisten; das hatte er dem Erzbischof am Ende ihrer Reise nach Worms auch zu verstehen gegeben. Dafür mussten mindestens zwanzig erfahrene Kämpfer her oder gar mehr. Doch Engelbert hatte abgewunken. „Zu viel Aufwand, Kosten und Verpflegung", hatte er gesagt, „auf Dauer nicht durchführbar. Wem wollen wir zumuten, so viele Männer ständig durchzufüttern", hatte er gefragt, „der Kirche, den Klöstern, den Höfen, die wir besuchen?" Für Thomas gab es keine andere Lösung, aber das Problem mit den Kosten sah er ein. In einigen Tagen wollte Engelbert noch einmal zum Kloster nach Essen und Anfang November auf den Grafentag nach Soest. Thomas graute davor ganz besonders. Zumindest letztgenannter Anlass glich einem Ritt in die Höhle des Löwen. Auch das hatte er Engelbert gesagt. Doch der hatte wieder nur abgewunken. Während des Landtages würde es niemand wagen, ihn anzurühren, hatte er gemeint, das wäre zu offensichtlich und würde augenblicklich den Zorn des Kaisers erregen. Nein, wenn, dann würde es kurz vor oder irgendwann nach diesem Anlass geschehen. Dabei gab sich der Erzbischof deutlich entspannter als Thomas, dem er zum Abschied auf die Schulter geklopft hatte. Drei Tage Gnadenfrist, dann würden er und seine Männer wieder gebraucht. Vier Männer, Thomas nicht mitgerechnet, wie sie unterschiedlicher nicht sein konnten und denen der Schutz des Erzbischofs obliegen sollte? Während sie sich der Wupper näherten, besah er sich jeden Einzelnen von ihnen. Gerhardt war der Kräftigste von allen, ein wahrer Hüne – mit Bärenkräften ausgestattet, aber lammfromm, solange man ihn nicht provozierte. Wenn er Wulfila, den mächtigen Saupacker, an der Leine führte, wirkte dieser wie ein Schoßhündchen und gehorchte auch entsprechend. Gerhardt hatte lange ein beschauliches Leben als Bauer und Hundeführer des verstorbenen Grafen Adolf geführt, liebte im Grunde aber mehr die Herausforderung. Seit dem Tod seiner Frau lebte er diese Seite auch aus und nahm z. B. jede Gelegenheit dankbar wahr, sich durch Worte oder Taten mit anderen zu messen. Eine neue Frau hatte er noch nicht gefunden, arbeitete aber nach eigenen Worten daran. Gerhardts Sohn Ulrich, sozusagen Thomas' erster Knappe, stand dem Vater in nichts nach, nur war er infolge des jüngeren Alters noch nicht ganz so kantig und bärbeißig wie Gerhardt, dafür aber von größerer Schnelligkeit bei allen seinen Bewegungen. Ulrich hatte sich aufgrund dessen auch schon ganz leidliche Fähigkeiten im Schwertkampf erworben, würde aber noch viel lernen müssen. Auch ihm gehorchte der Saupacker, jedoch eher aus Sympathie denn aus unterwürfigem Gehorsam, hatte Thomas den Eindruck. Jeder mochte Ulrich, und mittlerweile schien er dies in Bezug auf die Damenwelt auch selbst zu bemerken. Martin war ein geschickter Waldläufer und Bogenschütze, der trotz seiner jungen Jahre bereits viel erlebt hatte. Fälschlicherweise der Wilderei angeklagt, war er aus seiner Heimatstadt Weperevorthe geflohen und hatte sich mit seiner jungen Geliebten Andrea, die schließlich seine Frau geworden war, monatelang allein durchgeschlagen, bis sich die falschen Vorwürfe hatten aufklären lassen. Dies war mithilfe des englischen Tempelritters William geschehen, Thomas' bestem Freund aus Kreuzzugszeiten, der das Paar schließlich auch mit nach Leichlingen gebracht hatte.

Willibald war Martins Vater und einer der besten Bogenbauer weit und breit. Er zählte zwar schon um die fünfzig Jahre, hatte aber von seiner Geschicklichkeit nicht viel eingebüßt und war mit dem Stock, der Lanze und natürlich mit dem Bogen immer noch ein wertvoller Mann. Er hatte seine Heimatstadt zusammen mit seiner Frau Adele ebenfalls verlassen, um Martin nahe sein zu können. Sie alle, Thomas eingeschlossen, hatten eines gemeinsam: Sie lebten, arbeiteten und handelten aus Überzeugung und mit Leidenschaft, nicht für Geld. Vielleicht vertraute der Erzbischof ihnen deswegen mehr als seinen Söldnern, Knechten und Büttln. Allesamt hatten sie auf Thomas' Gut eine neue Heimat gefunden. Und eben dieser Heimat näherten sie sich nun. Um nicht gleich alle seine vier Fußknechte bei der Flussüberquerung in Schwierigkeiten zu bringen, hatte Thomas mit Bedacht eine andere Furt gewählt, weiter flussaufwärts, die breiter und dadurch weniger tief war. Nun eilten sie nahezu trockenen Fußes den Behausungen am Wupperknick in Leichlingen zu.

Doch irgendetwas stimmte nicht. Dieser Gedanke kam Thomas sofort, als sie die Landzunge betraten und sich dem Haupthaus näherten. Die Felder und Gärten lagen verwaist, die Türen der Häuser standen offen. Unbeaufsichtigt rannten Hühner und auch zwei Schweine über den Hof. Irgendetwas oder irgendjemand hatte die Menschen alarmiert und von der Arbeit abgehalten. Thomas vermutete, dass sich alle in seinem Haus versammelt hätten, denn dessen Tür stand offen. Geistesgegenwärtig glitt seine Hand an den Schwertgriff, als er nahezu lautlos näher trat. Da drang plötzlich ein durchdringender Schrei an sein Ohr – gefolgt von allgemeinem Gelächter! Thomas ließ das Schwert instinktiv wieder in die Scheide gleiten. Hier drohte keine Gefahr. Gerade wollte er auf die Türschwelle treten, als Sibylla und Andrea auf dieser erschienen. Sibylla hielt einen Moment inne, fiel ihm dann in die Arme und drückte ihm einen herzhaften Schmatzer auf die Wange. „Bin ich froh, dass ihr wohlbehalten zurück seid. Wir haben zwei Neuankömmlinge zu begrüßen", ließ sie ihn wissen, „deshalb hab' ich gedacht, zur Feier des Tages hole ich mal den Rest von dem Wein, der vom Pfingstfest übrig geblieben ist!" Damit ließ sie ihn stehen und eilte, so schnell es ihr Zustand zuließ, gefolgt von Andrea, die Thomas kurz zunickte, in die Scheune, unter der sich ein kühler Keller für solche Vorräte befand, die man nicht ständig benötigte. Zwei Neuankömmlinge? Noch mehr Mäuler zu versorgen würde allerdings schwerfallen, kam es Thomas in den Sinn. Leicht ungehalten ob dieses Gedankenganges steckte er den Kopf durch die Tür, traute jedoch alsbald seinen Augen nicht. Keine fünf Schritte von ihm entfernt stand ein weiß gewandeter Ritter mit breitem Kreuz neben zwei Frauen seines Gutes und hielt etwas im Arm. Daneben hockte eine Frau auf einer Art Feldlager. Die Frau erkannte er als Katharina. Den Mann sah er anfangs nur von schräg hinten. Doch jetzt drehte sich der Ritter um. Thomas blieb die Spucke weg. „William – du? Du bist zurück?" Der Engländer nickte und blickte auf das Bündel in seinem Arm. Thomas folgte seinem Blick – und erkannte stirnrunzelnd einen sorgsam in weiße Tücher eingewickelten Säugling. „Darf ich vorstellen? Meine Tochter!", strahlte William, „sie hat mich gerade von oben bis unten bepinkelt! Willst du mich in dieser Rolle nicht mal ablösen? Du bist schließlich ihr Onkel!" Erst jetzt bemerkte Thomas, dass Williams vormals blütenweißer Wappenrock tatsächlich ein paar feuchte Flecken aufwies. Und er wies immer noch das Kreuz des Templerordens auf. War es William nicht gelungen, aus dem Orden auszutreten, weswegen er vor Monaten nach England aufgebrochen war? In Anbetracht der Umstände beschloss Thomas jedoch, diese Frage hintanzustellen. Zuerst einmal galt es, die neuen Bewohner zu begrüßen. Lachend wollten sich die Freunde in die Arme fallen, stellten jedoch schnell fest, dass ihnen das Kind im Weg war, deshalb nahmen sie jeweils mit einem Arm des Gegenübers vorlieb und klopften sich auf die Schulter. Dann kniete Thomas am Bett seiner Schwester nieder und drückte sie herzlich. „Ich gratulier' dir, Schwesterchen, dass du uns gleich zwei neue Mitstreiter beschert hast!" Katharina konnte vor Schluchzen kaum sprechen. „Ich bin so glücklich", sagte sie mit tränenerstickter Stimme, „und ich liebe euch alle so sehr!" Dann nahm Thomas den Säugling in Augenschein. „Ja, wen haben wir denn da?", flüsterte er geradezu, als er das Kind aus Williams Händen in Empfang nahm, „ein süßes kleines Mädchen! Wie wird sie denn heißen?" – „Hilde – wie unsere Mutter", gab Katharina von ihrem Lager zur Antwort. „Ruth – wie meine Mutter", kam es zeitgleich aus Williams Mund. Katharina wollte aufbegehren, doch dann fingen sie und William an zu lachen. Thomas zuckte mit den Achseln. „Dann nennen wir dich eben Hildruth", meinte er trocken, „so hast du was von beiden!" Und so geschah es von Stund an, auch wenn sich später immer häufiger der Name Klein-Hildchen durchsetzte.

„Wie ich sehe, trägst du immer noch den Rock der Templer", fragte Thomas unverblümt, als er später endlich mit William allein war, „heißt das, du bist immer noch Ordensmitglied und sie haben dich nicht gehen lassen?" Die beiden hatten sich von den Frauen abgesondert, um in Ruhe über die Ereignisse der letzten Monate berichten zu können, und gingen jetzt nahe dem Flussufer an der Wupper entlang. „Nein, das heißt es nicht", gab William zurück und strahlte dabei über das ganze Gesicht, „es ist besser, als ich es mir jemals erträumt hätte – und das habe ich einerseits meinem Onkel zu verdanken, der mich ja damals in den Orden aufgenommen hatte, andererseits zeichnet dafür Bruder Konrad verantwortlich, der sich aus der Ferne für mich verwendet hat!"

„Konrad?", entfuhr es Thomas, „wie geht es ihm, wo ist er, was macht er?" Konrad von Freienfels war in Thomas' Jugend im Kloster Altenberg dessen Lehrmeister mit der Feder und dem Schwert gewesen. Doch besagter Bruder Konrad hatte dort bei den Zisterziensern nur eine Art Strafe verbüßt und gehörte eigentlich dem Templerorden an. Jahre später, während des Kreuzzuges nach Ägypten, war Konrad in seinen alten Rang zurückgekehrt und hatte Thomas zusammen mit William und anderen aus dem Kerker des Sultans befreit. Mehr noch, er hatte ihn zudem auf seiner Heimreise begleitet und wesentlichen Anteil daran, dass Thomas es zum Ritter und zu einem Lehen gebracht hatte. Diesem Mann würde er auf ewig verbunden sein. „Er erfreut sich bester Gesundheit", antwortete William, „er ist ein führendes Mitglied des Templerordens in Palästina, reist viel umher und macht den Sarazenen das Leben schwer!" „Konrad, wie er leibt und lebt", gab Thomas zurück, „aber verzeih, ich habe dich unterbrochen. Wie ging es mit dir in England weiter?" „Nun", fuhr William fort, „wie du weißt, steht mir als einem der jüngeren Söhne von meiner Familie kein Erbe mehr zu. Und die Mitgift, die ich hatte, habe ich beim Eintritt in den Orden eingebracht. Den Templerorden wiederum kann man im

Grunde nur nach Ablauf eines vorher vereinbarten Zeitraumes oder unter bestimmten Umständen verlassen – oder gar nicht, schließlich hat man ein Gelübde als Kriegermönch abgelegt." Thomas nickte zum Zeichen, dass er bis hierhin verstanden hatte.

„Man hat mir letztendlich besondere Umstände zugebilligt", berichtete William weiter, „sozusagen für besondere Verdienste, wie unsere Kämpfe in Ägypten, aber auch erfolgreich ausgeführte Aufträge. Nun habe ich mithilfe meines Onkels ausgehandelt, dass ich den Orden verlasse, ihm aber doch verbunden und erhalten bleibe!" – „Wie das?", wollte Thomas wissen. „Indem ich mit ihm Handel treibe", eröffnete ihm der ehemalige Templer, „wie du weißt, hatte ich zuletzt den Auftrag, Klingen und Stahl für die Waffenschmiede des Ordens zu besorgen und den Rhein hinunter nach England zu bringen." Thomas nickte. „Und dies wird mein Geschäft werden", fuhr William fort, „ich werde weiterhin guten Stahl und scharfe Klingen für die Templer aufkaufen – mit gutem Gewinn für mich und meine Familie, wie ich hoffe. Sozusagen als Anzahlung trage ich einen Kreditbrief bei mir, den ich in jeder Templerkomturei einlösen kann, um die Ware zu bezahlen. Und ich durfte mein Schwert, mein Pferd und den Wappenrock, den ich am Leibe trage, behalten!" William strahlte vor Glück und Thomas gratulierte ihm aus tiefstem Herzen. „Dann kannst du Katharina also durchaus heiraten?", brachte er seine Gedanken, die sich auch um Rang und Ruf seiner Schwester drehten, auf den Punkt, „wann soll das geschehen?" – „Von mir aus gleich", platzte William vor Stolz, „spätestens in ein paar Tagen, wenn sie sich erholt hat!" Außerdem schilderte er Thomas seine Pläne für die Zukunft. Allerdings verschwieg er dabei seinem Freund, dass er im Auftrag des Ordens in den Häfen und Handelsplätzen auch Informationen über politische Veränderungen und über die Menschen an der Macht sammeln und weitergeben würde. Er stand damit sozusagen im geheimen Dienst der Templer. Und einen solchen Mann im Umfeld des mächtigsten Fürsten nördlich der Alpen zu platzieren, war von unschätzbarem Wert. „Ich habe mir alles genau auf dem langen Ritt von England zurück überlegt", meinte William. „Sobald ich etwas Geld gespart habe, kaufe ich mir hier oder in deiner Nähe, damit Katharina sich weiter heimisch fühlt, Grund und Boden für ein eigenes Gehöft, auf dem ich vielleicht auch eine eigene Schmiede oder gar Eisenschmelze einrichte!" – „Da werden wir sicher einen geeigneten Platz finden. Rede doch mal mit Ewald, ob er dir nicht zu Diensten sein will", schlug Thomas vor, „er ist Schmied mit Leib und Seele, die Rossschinder, die er uns gemacht hat, sind sauber gefertigt!" „Rossschinder?" Diesen Begiff kannte William noch nicht. Und so berichtete Thomas ihm von der neuen Waffe, die er hatte anfertigen lassen, natürlich von den Ritten mit Engelbert zu den Klöstern und zum Hoftag sowie von den Mordanschlägen auf den Kirchenfürsten und dessen Befürchtung, dass man ihn zu entführen trachtete. Und ohne dass es den beiden Freunden bewusst wurde, begann damit bereits der Nachrichtendienst der Templer zu funktionieren.

„Wie kommt man eigentlich dazu, sich freiwillig in so einen modrigen Kerker zu begeben?" Gerhardt warf mit Unbehagen einen Blick über die düsteren Mauern des Essener Nonnenstiftes, vor dessen Toren sie jetzt schon zum zweiten Male binnen weniger Wochen ankamen und Einlass begehrten. „Aus enttäuschter Liebe, aus Weltschmerz?", vermutete Martin, „ich habe von einer Grafentochter gehört, deren Auserwählter eine andere liebte und die aus Herzschmerz die Einsamkeit des Klosters suchte!" – „Wo denkt ihr hin", mischte sich Heinrich von Himmerode ein, der von seinem Wagen aus die Worte der beiden aufgeschnappt hatte, „in die Klöster treten nur Edelfräulein ein, die sich mit Jesus Christus vermählen wollen, weil sie erkannt haben, dass dies die reinste Form der Liebe ist. Und wie wir Mönche wollen sie lediglich ihrem Herrn dienen!" „Wem wollt Ihr denn diese romantische Mär auftischen?", entfuhr es Thomas, der seit dem Besuch in Köln nicht gut auf den zuweilen anmaßenden Kellermeister des Erzbischofs zu sprechen war, „wer hinter solchen Mauern endet, hatte meist keine andere Wahl und war womöglich ein überflüssiger Esser. Keine von ihnen ist zu beneiden!" „Versündigt Euch nicht", meldete sich Caesarius von Heisterbach zu Wort, der neben dem Kellermeister auf dem Wagen saß, „wie wir haben auch viele der Nonnen ganz einfach die Stimme des Herrn vernommen und folgen ihm!" „Schluss damit", befahl der Erzbischof barsch, der gerade aus dem Sattel gestiegen war und einem der Kölner Büttel, die ihn begleiteten, sein Pferd übergab, „wer maßt sich hier an, über die Beweggründe anderer Menschen zu urteilen? Und äußert sich nicht gerade darin Gottes Wille?" Streng blickte er von seinem Kellermeister zu Gerhardt, denen es augenblicklich die Sprache verschlagen hatte, und weiter zu Thomas, der seinem Blick als Einziger standhielt. Im Unterschied zu anderen Kirchenfürsten, die derart blasphemische Äußerungen von Untergebenen vielleicht bestraft hätten, schien Engelbert jedoch milde gestimmt. „Es ist richtig, dass viele der jungen Frauen in den Klöstern von ihren Familien für diesen Lebensweg bestimmt wurden, weil es bereits ältere Geschwister gibt, die der weltlichen Laufbahn folgen!" Dabei nickte er Thomas zu, zum Zeichen, dass er mit seiner Bemerkung nicht ganz unrecht hatte. „Aber etliche dieser jungen Frauen finden in ihrem Orden mehr als nur eine Bettstatt oder Nahrung, sie finden einen Hafen, finden Trost, Ruhe, Zufriedenheit und zuweilen auch eine Bestimmung. Denkt nur an die selige Hildegard von Bingen!" Der Kellermeister nickte eifrig. „Sie hat mit ihren Visionen und ihrem erleuchteten Wissen so viel Gutes bewirkt!" – „Deshalb sind die Frauenorden jeder Unterstützung wert", verkündete Engelbert, und Caesarius notierte das Zitat seines Herrn, um es der Nachwelt zu erhalten. „Von wem redet der Erzbischof? Muss ich diese Hildegard kennen?", brummte Gerhardt leise. „Hildegard von Bingen war eine Nonne, die schon zu Lebzeiten als Heilige galt", erklärte ihm Thomas, ohne seine Stimme zu senken, „sie war berühmt für ihre Frömmigkeit und ihr heilkundliches Wissen." – „Und sie war von Gott erwählt", fiel ihm Heinrich von Himmerode ins Wort, „sie hat viele Wunder bewirkt!" „Und war sie nicht das zehnte Kind ihrer Eltern und wurde deswegen ins Kloster geschickt?", ließ sich Thomas nicht beirren, „das klingt mir nicht nach göttlicher Berufung!" Der Kellermeister zog einen Schmollmund. „Das reicht jetzt", entschied der Erzbischof, „das eine schließt das andere nicht aus. Gottes Wille äußert sich auf vielerlei Weise, so auch im Willen der Eltern." Dabei ging nur Thomas und Caesarius auf, dass der Erzbischof auch ein Stück weit von sich selbst sprach. Denn auch er war als jüngerer Sohn des Grafen von Berg von seiner Familie für eine kirchliche Laufbahn ausersehen worden, während sein Bruder Adolf den Grafentitel erbte. Doch Engelbert hatte Karriere gemacht und es bis zum Erzbischof von Köln gebracht, der auch gleichzeitig Herzog von Westfalen war. In ihm schlugen ein kirchliches und ein weltliches Herz, letzteres sogar deutlich lauter. „Egal, von welcher Seite man berufen wird, am Ende ist es doch immer Gott, der über allem steht", fuhr der Erzbischof fort. „Und für manche Menschen ist es besser, im Schoß von Mutter Kirche Aufnahme zu finden, als fehlgeleitet zu werden. Nehmt meinen Vetter als Beispiel, dessentwegen wir hier sind. Als Domherr war er eine gute Seele, als Graf taugt er wenig und macht nur Ärger!" In diesem Moment öffnete sich die Klosterpforte und eine junge Nonne bat die Gäste herein. Jedoch hatten nur Engelbert und die Mönche sowie Thomas Zutritt, Gerhardt und die anderen Männer der erzbischöflichen Eskorte mussten draußen bleiben.

Dabei wäre Thomas viel lieber ebenfalls vor der Pforte geblieben, denn die feierliche Messe, die er nun erst einmal über sich ergehen lassen musste, behagte ihm wenig. Und auch Engelbert schien nicht recht bei der Sache, denn man merkte ihm bei allen liturgischen Handlungen, Predigten und Gesängen, die er als oberster Hirte zu dieser Klostermesse auszuführen versprochen hatte, eine gewisse Nachlässigkeit an. Der Schreiber Caesarius notierte derweil in sein Büchlein, das ihm als Gedankenstütze für die spätere Erstellung einer umfangreichen Vita Engelberts diente, dass der Erzbischof zwar stets pflichtgemäß handele, aber ein deutlich besserer Herzog denn ein Kirchenfürst sei. Als die Messe geendet hatte, zogen sich der Erzbischof und die Äbtissin in deren Offizium zurück. Der Kellermeister inspizierte unterdessen die Kornspeicher und den Weinkeller der frommen Schwestern, wobei ihm sein Bein schwer zu schaffen machte und er stark hinkte, weil er jedes Mal einen stechenden Schmerz verspürte, wenn er mit dem kranken Fuß auftrat. Caesarius kontrollierte derweil auf Geheiß des Erzbischofs die Bücher mit den Einnahmen des Stiftes, in denen auch die Schäden aufgeführt waren, die Friedrich von Isenberg dem Kloster bzw. dessen Höfen zugefügt hatte, wie es hieß. Thomas blieb wie ein Wachhund vor der Tür des Offiziums stehen. Obwohl diese geschlossen und aus Eichenbohlen gezimmert war, konnte er vernehmen, dass es dahinter hoch herging und die Äbtissin sich in vielerlei Vorwürfen erging, die den Grafen von Isenberg betrafen. Nicht zuletzt beschwerte sie sich darüber, dass der Erzbischof bislang nichts unternommen habe, um den Übergriffen des Grafen Einhalt zu gebieten. Wenig später hörte er Hufgetrappel von draußen, woraufhin einige Nonnen aufgeregt umherliefen und der Äbtissin Meldung machten. Schließlich stapfte ein übelgelaunter Graf von Isenberg durch den Gang, allein, ohne jegliche Begleitung, die offenbar auch vor dem Klosterportal warten musste. In puncto Größe und Statur stand Friedrich seinem erzbischöflichen Großvetter in nichts nach, jedoch hatte er nicht dessen scharf geschnittene, edle Züge und deutlich dunkleres Haar, in das jedoch früh der erste Schnee gefallen war. Ein wenig unentschlossen blieb er vor der Tür des Offiziums stehen, hob die Hand, als wolle er auf die Bohlen klopfen, zögerte dann aber. „Wie ist denn die Stimmung hinter der Tür", fragte er Thomas unverblümt und ohne ein vorheriges Zeichen der Begrüßung. „Prächtig", meinte der Fischersohn, ohne mit der Wimper zu zucken, „sie tanzen einen Reigen, und die Äbtissin gibt den Ton an!" Mit gerunzelter Stirn und wachsenden Sorgenfalten blickte der Isenberger nun Thomas an. „So schlimm ist es?" – „Schlimmer", nickte Thomas. Ein säuerliches Lächeln stahl sich auf Friedrichs Lippen. „Na, dann wollen wir dem Löwen mal in seiner Höhle begegnen!" Darauf stieß er die Tür auf und trat ein.

„Was fällt dir eigentlich ein, das Kloster und seine Höfe derart auszupressen?!" Engelbert hatte jegliche Zurückhaltung fallen lassen und seinen Verwandten bereits kurz nach dessen Eintreten in die Enge getrieben. „Und wie mir zu Ohren gekommen ist, schreckst du dabei neuerdings sogar nicht davor zurück, Gewalt anzuwenden!" Friedrich lief hochrot an. „Wer behauptet das? Der wird sich vor mir rechtfertigen müssen!", protestierte er. „Nichts da, wenn sich hier jemand rechtfertigen muss, dann seid Ihr es", eiferte sich die Äbtissin, „eine fromme Schwester hat mir gewisse Dinge berichtet, die sich auf einem Hof an der Ruhr zugetragen haben. Der Pächter schweigt geflissentlich aus Angst vor Eurer Bande, aber mich schüchtert Ihr nicht ein!" Ihre Stimme überschlug sich fast. Engelbert ergriff ihre Hände. „Habt die Güte, Schwester, und lasst uns einen Moment allein", bat er. Doch Adelheid wollte sich nicht beruhigen lassen. „Damit Ihr den Räuber wieder entkommen lasst?", krähte sie. Engelberts Griff wurde fester. „Schwester ich ersuche Euch inständig, haltet Eure Zunge im Zaum und lasst mich unter vier Augen mit Graf Friedrich sprechen!" Adelheid begann die Härte seines Griffes zu spüren und wollte sich ihm entziehen, was ihr aber nicht gelang. „Na gut, in Gottes Namen", lenkte sie schließlich ein, „aber nur unter Protest!" Engelbert ließ ihre Hände los und die Äbtissin rieb sich die schmerzenden Finger. Ohne ein weiteres Wort rauschte sie von dannen. „Das Maß ist voll, Vetter", wandte sich nun Engelbert wieder direkt an Friedrich, „du hast den Bogen überspannt. Herrgott, ich habe dir und deiner Sippe alle möglichen Posten zugeschanzt, dir die Isenburg zum Lehen gegeben, als du noch in Neuenburg lebtest, deinen Brüdern Bischofsposten anvertraut. Was wollt ihr denn noch? Bekommst du den Hals nie voll?" – „Nein, so ist es nicht", widersprach der Isenberger, „ich will auch nicht undankbar erscheinen, aber das Leben ist teuer und die Höfe bringen nicht genug ein. Du weißt selber, dass die Ernten in den letzten Jahren nicht gut waren. Und ich habe auf meiner Burg viele Mäuler zu stopfen, ganz zu schweigen von meiner Frau, die aus hohem Hause kommt und gewisse Vorstellungen von einem gräflichen Haushalt hat. Da brauchen wir die Voigtei-Rechte, um uns über Wasser zu halten!" – „Die hast du verwirkt", gab ihm der Erzbischof zu verstehen, „wenn ich sie dir nicht nehme, wird es der Papst tun – oder der Kaiser, das ist alles nur eine Frage der Zeit. Ich für meinen Teil muss jetzt handeln, bevor mir meine Milde gegen dich übel ausgelegt wird. Besser du nimmst mein Angebot der Leibrente an und lässt zukünftig die Finger vom Kloster und dessen Höfen." Der Isenberger schüttelte trotzig den Kopf. „Ausgeschlossen", stellte er klar, „ich schneide mir doch nicht den Ast ab, auf dem ich sitze, außerdem hieße das, meinen Sohn in diesem Punkt zu enterben. Die Vogtei steht uns von alters her zu. Und wenn der Papst persönlich gegen mich aufmarschiert, dann werde ich einen Prozess gegen ihn anstrengen!" – „Wie willst du den denn bezahlen?", kommentierte Engelbert seine letzte Äußerung süffisant, „ganz zu schweigen von der Reise nach Rom, denn dort würde der Prozess stattfinden. Außerdem bist du bis dahin enteignet!" – „Dann werde ich andere Mittel zu finden wissen, mein Recht zu erstreiten!", brüllte Friedrich. „Und wie?", zog Engelbert nun sein fein gesponnenes Netz enger. „Etwa, indem du mich entführen lässt, um mir Geld, Güter oder andere Zugeständnisse abzupressen?" Dem Isenberger blieb das Wort im Halse stecken. Engelbert nahm das als Bestätigung seines Verdachtes und trieb die Sache weiter. „Hast du dir das ausgedacht oder ist es dein Weib, das dir solche Flöhe ins Ohr setzt? Vielleicht Flöhe, die aus dem Oberstübchen des Herzogs von Limburg stammen, ihrem Vater, deinem Schwiegervater und meinem größten Feind? Gedenkst du, dich mit dem zu verbünden?" Der Isenberger schnappte nach Luft. „Ich schwöre dir, ich habe ..." Weiter kam er nicht, denn Engelbert lief jetzt zu Hochform auf. „Was hast du? Mit all dem nichts zu tun? Willst du mir das weismachen? Ich habe Beweise", brüllte jetzt auch er, „schriftlicher und mündlicher Natur, du bist geliefert!" Der Isenberger wurde kalkweiß im Gesicht. In diesem Moment brach sein Widerstand, der ohnehin nur Fassade gewesen war, in sich zusammen. „Es war nicht meine Idee", räumte er nun kleinlaut ein, „das musst du mir glauben – und ich habe noch mit keinem Wort meine Zustimmung zu dem Plan gegeben. Er steht nur im Raum." Dann blickte er zu Boden, um sich zu sammeln, bevor er seinem Großvetter wieder in die Augen schauen konnte. „Dann tust du es jetzt!" Engelberts Stimme war kaum mehr als ein Flüstern. „Wie bitte?" Der Isenberger glaubte, er hätte sich verhört. „Dann tu es jetzt", wiederholte der Erzbischof lauter. „Was denn, in Gottes Namen?", gab sich Friedrich unverständig. „Na, meiner Entführung zustimmen", belehrte ihn Engelbert. „Entführ mich und kerkere mich auf deiner Isenburg ein!" Graf Friedrich verstand die Welt nicht mehr. „Wie jetzt? Das verstehe ich nicht? Was bezweckst du damit?", fragte er unwirsch. Engelbert setzte sich nun rittlings auf einen kleinen, wackeligen Stuhl, die schmale Lehne nach vorn. Dabei schob er mit dem Fuß einen zweiten Schemel seinem Vetternsohn zu und bedeutete ihm, ebenfalls Platz zu nehmen. „Ganz einfach", meinte Engelbert und blickte ihn aus tiefblauen Augen an, „du entführst mich nur zum Schein, enttarnst dabei die wahren Täter und lieferst sie mir ans Messer – allen voran deinen hinterhältigen Schwiegervater – und das, mein guter Vetter, soll dein Schaden nicht sein. Wir könnten zudem behaupten, all deine bisherigen Taten seien nur Tarnung für dieses Werk gewesen!" Friedrich rieb sich den seit einigen Tagen nicht mehr ganz so sauber gestutzten Bart. „Und wie soll das genau vonstattengehen?", hakte er nach. „Also ich denke mir das so ..." Und dann enthüllte der Erzbischof seinem Gegenüber einen Plan, der nur dem Hirn eines Verrückten oder eines genialen Strategen entspringen konnte.

„Wen oder was wollt Ihr denn mit der komischen Saufeder aufspießen", lästerte Herenbert Rennekoie mit Blick auf Gerhardts Rossschinder, „sieht aus, als würdest du damit einen Riesen rasieren wollen!" Die anderen fünf Begleiter des Isenbergers, die wie Rennekoie hatten draußen vor dem Klosterportal bleiben müssen, brachen augenblicklich in ein sattes Gelächter aus. „Oder kastrieren", rief ein zweiter. Gerhardt, der auf einem niedrigen Mäuerchen saß, machte ein möglichst gleichmütiges Gesicht. „Wenn du deine Eier verlieren möchtest, sag nur Bescheid, ich trenn sie dir gern ab", dabei ließ er demonstrativ seinen aufgerichteten Rossschinder zur Seite kippen, fing den Schaft aber wieder auf, bevor er tatsächlichen Schaden anrichten konnte. „Oder Wulfila übernimmt das, der hat immer Hunger, und so ein kleiner Happen zwischendurch wird ihm sicher gefallen!" Bei der Nennung seines Namens stand der riesige Saupacker von seinem Platz unter dem Bauch eines Pferdes auf, wo er gerade gelegen hatte, musterte die Männer auf der Gegenseite und begann, deutlich ungehalten zu knurren. „Wulfila? Meinst du damit diesen struppigen Esel da?", ließ Rennekoie nicht locker, „der sieht aus, als ob du ihn jeden Tag besteigen würdest, ist das so?" Wieder lachten seine Kumpane. „Oder ist er der Geliebte deines Erzbischofs?", provozierte Rennekoie weiter, „man hört ja so einiges über diesbezügliche Vorlieben von Pfaffen!" Dabei kam er Gerhardt langsam immer näher. „Oder bist du gar selbst der Geliebte seiner Eminenz?", vermutete er. „Zeig uns doch mal dein Arschloch. Vielleicht wollen wir dir auch mal was reinstecken!" Dabei strich er demonstrativ über sein Schwert, beließ es aber in der Scheide. Gerhardt tat weiter, als ginge ihn das Geschwätz seines Gegenübers wenig an. Ulrich hingegen war deutlich aufgebracht über die Unverschämtheiten des fremden Kerls und wollte etwas entgegnen; ein lauter Räusperer seines Vaters rief ihn jedoch zur Raison. Als interessiere er sich für etwas Unbestimmtes in den Baumkronen, stocherte Gerhardt mit seinem lanzenähnlichen Werkzeug wie beiläufig im Blätterdach einer Buche herum, bis er plötzlich gefunden hatte, wonach er suchte. Eine kurze Bewegung von Handgelenk und Ellenbogen, zwischen denen er seinen Rossschinder anlegt hatte, und die Klinge seiner Stangenwaffe durchtrennte einen hölzernen Widerstand. Just, als sich Herenbert Rennekoie ihm bis auf drei Schritte genähert hatte, raschelte es verdächtig über ihren Köpfen und einen Herzschlag später rauschte ein ausladender Ast zu Boden. Diesem konnte Rennekoie noch in letzter Sekunde ausweichen, indem er geistesgegenwärtig einen Schritt zur Seite machte, als das Rascheln lauter wurde. Das verwaiste Krähennest jedoch, das sich in der gekappten Astgabel der Buche befunden hatte, traf nun mit einem frechen Klatschen den Kopf von Rennekoie, der daraufhin vor Überraschung ein selten dämliches Gesicht machte. Über seinem Ohr und in seinem Haar hingen von Vogelkot verklebte Reisigreste und verrottete Eierschalen. Nun war es an Gerhardt und seinen Männern, sich vor Lachen auszuschütten. „Ich sagte doch, wenn du deine Eier verlieren möchtest, bin ich dir gern behilflich", meinte der Hundeführer. Und weil er ahnte, was nun kommen würde, beorderte er Wulfila mit einem kurzen Befehl an seine Seite. Wutschnaubend trat Rennekoie einen weiteren Schritt auf ihn zu, sein Schwert schon halb in der Hand. Hinter ihm zog ein gewisser Gieselher ebenfalls blank und bedeutete seinen Gefährten, es ihm nachzutun. Beide sahen sich aber plötzlich zwei langen, gekreuzten Klingen gegenüber – und einem grollenden Saupacker, der nun in furchteinflößender Weise die Zähne fletschte. Außerdem hatten zwei weitere Männer Aufstellung neben Gerhardt genommen, bereit, ihren Genossen zu verteidigen. Von Friedrichs Männern hatten sich sein Notarius und sein Diener Herriger so weit als möglich nach hinten verkrochen. Aber auch die anfänglichen Streithähne zeigten sich nunmehr eingeschüchtert. In diesem Moment öffnete sich die Klosterpforte und der Isenberger rauschte heraus, in einigem Abstand gefolgt vom Erzbischof sowie von dessen Schreiber und dem hinkenden Kellermeister. Als Letzter erschien Thomas, bevor die Äbtissin und zwei Nonnen das Portal wieder eigenhändig verschlossen. Ohne auf die Männer zu achten oder gar die explosive Stimmung zur Kenntnis zu nehmen, schnappte sich der Isenberger die Zügel seines Pferdes, stieg auf und rammte dem Tier seine Stiefelabsätze in die Flanken. „Was ist?", rief ihm der immer noch grollende Rennekoie zu, „wir reiten wieder? Habt Ihr Euch geeinigt?" – „Wir haben uns vertagt", antwortete Friedrich, „auf den Landtag in Soest. Die Fronten sind gar arg verhärtet. Mein Vetter ist ein zäher Hund!" Mit diesen Worten sprengte er davon. Seine Männer taten es ihm ohne Eile nach. Rennekoie saß noch nicht ganz im Sattel, als ihn eine Stimme aufhielt. „Sind wir uns nicht schon einmal begegnet?" Es war der Kellermeister des Erzbischofs, der ihn ansprach. Heinrich von Himmerode glaubte, das Gesicht des Isenberger Knappen schon einmal gesehen zu haben, konnte sich aber nicht genau erinnern, wann und bei welcher Gelegenheit. „Ich wüsste nicht, wo", beschied ihm Rennekoie, „ich habe mit Euresgleichen nichts zu schaffen!" Damit gab er seinem Pferd die Sporen, um von dannen zu reiten, zügelte das Ross aber noch einmal, als er ein an ihn gerichtetes „He, du Nestbeschmutzer!" hinter sich vernahm. Es war Gerhardt, der ihn so titulierte. „Du hast mich doch gefragt, wen oder was ich mit meiner Waffe aufspießen oder kastrieren will!", fügte dieser an. Rennekoie sagte nichts, sondern sah ihn nur an. „DU bist es", gab ihm der Hundeführer zu verstehen, „wenn du mir noch mal über den Weg läufst. Dann machst du selbst Bekanntschaft mit meinem Rossschinder – und nicht nur mit einem Krähennest!" Rennekoie grinste und warf ihm mit einer übertrieben höfischen Handbewegung einen gespielt galanten Gruß zu. „Wann immer es Euch beliebt!", tönte er, „nur sei versichert, dass du dann den Kopf verlierst!" Darauf preschte er endgültig von dannen. „Seltsam", meinte Heinrich von Himmerode. „Ich hätte schwören können, der Kerl wäre Weinhändler oder etwas Ähnliches. Wenn ich nur wüsste, wo ich ihn schon einmal gesehen habe!"

William von Gloucester ritt in gemächlichem Schritt wupperaufwärts. Diesmal trug er nicht mehr den Wappenrock der Templer, sondern einen Überwurf in Thomas' Farben mit dem silbernen Lachs auf blauem Grund, den er sich ausgeliehen hatte. Sein Freund hatte ihn eigentlich gebeten, ihn und seine Männer zu begleiten und die erzbischöfliche Eskorte zu verstärken. Doch William hatte ihn daran erinnert, dass der Erzbischof nicht gut auf den Templerorden zu sprechen war und sicher auch nicht auf ehemalige Ritter des Ordens. Außerdem wollte er in eigener Sache einem Hinweis von Ewald, dem Schmied, nachgehen. William hatte diesen auf

Thomas' Anraten bereits kurz nach seiner Rückkehr besucht und ihm eine Zusammenarbeit angeboten. Ewald hatte diese auch dankend angenommen, ihn jedoch auch darauf hingewiesen, dass er dessen Vorstellungen unmöglich allein umsetzen konnte. Selbst wenn er sich einen Gehilfen nähme, wären seiner Schmiede doch Grenzen gesetzt, was die Mengen geschmiedeter Schwerter anging, schon allein aufgrund des mangelnden Eisennachschubs. Aber Ewald hatte von einer weiteren Schmiede flussaufwärts gehört, irgendwo im Reiterbruch, einem abgelegenen Jagdgebiet an einem Nebenfluss der Wupper. Wie es hieß, sollten die Männer dort sogar über einen Rennofen verfügen und damit über eine eigene Möglichkeit, Erz in schmiedbares Eisen zu verwandeln. Dem wollte William auf den Grund gehen. Seit drei Stunden bereits folgte er dem Lauf des Flusses stromaufwärts. In hüfttiefem Wasser am linken Ufer reitend, hatte er längst Neuenberge mit der hoch oben auf dem Felsen gelegenen Burg passiert. Dann, noch weiter flussaufwärts, weitab von der letzten menschlichen Behausung, fiel sein Blick auf einen acht bis zehn Schritt breiten, reißenden Bach, der sich aus einem fruchtbaren grünen Tal von rechts in die Wupper ergoss. Das musste der Morsbach sein. Nach Ewalds Beschreibung sollte er hier abbiegen. Bald wurden das Tal und der Baumbestand enger. Nebel stieg vom Wasser auf und breitete sich langsam über die Uferregionen aus. William fühlte sich an Sagen und Legenden erinnert, die von Feen, Zwergen und Drachen in solchen Nebeltälern erzählten. Hatte nicht Wieland der Schmied in einem solchen Tal gewirkt, hatte nicht Siegfried in einem solchen Wald den Drachen getötet? Etwa eine Stunde lang zog er so weiter, dem Bach mit seinen zahlreichen Windungen folgend, dann öffnete sich plötzlich der Wald und gab den Blick auf eine Lichtung frei. Doch noch bevor er diese betrat, zügelte er aus gutem Grund sein Pferd, zwang es, rückwärts zu gehen, stieg ab und verbarg sich samt seinem Ross im dichten Farn am Wegesrand. Vorsichtig über dessen Wedel hinwegspähend, beobachtete er die Szenerie. Mehr als ein Dutzend Reiter, die meisten in lederne Wämser und dunkle Umhänge gekleidet, lagerte hundert Schritt weiter vor den Mauern einer Kate, aus der Rauch aufstieg und metallisches Hämmern klang. Offenbar kannten auch bereits andere den Standort der abgelegenen Schmiede. William versuchte, sich zu orientieren und die Situation abzuschätzen. Vage erkannte er im Hintergrund ein weiteres Bauwerk, das er für eine Art Schmelzofen hielt. Die Männer auf der Lichtung schienen hier nicht zufällig zu lagern, denn einige von ihnen übten sich mit neuen Klingen. Einer der Männer, ein Älterer mit grauem

Haar, der ihr Anführer zu sein schien, kam ihm irgendwie bekannt vor. William kniff die Augen zusammen und spähte noch einmal genauer hin. Tatsächlich, den kantigen Kerl dort vorn mit dem grauen Bart kannte er noch gut von dem großen Kreuzzug, der sie nach Ägypten geführt hatte.

„Ich nehme an, Ihr habt nichts aus ihm herausbekommen, mein Fürst?", getraute sich Thomas, den Erzbischof zu fragen. Er hatte sein Pferd zu diesem Zweck an die Spitze ihres Zuges gelenkt, direkt neben das Ross von Engelbert. Eigentlich stand es ihm nicht zu, derart unverblümt mit dem mächtigen Kirchenfürsten, Herzog und Reichsprovisor zu reden. Aber da dieser ihn nun einmal zu seinem Leibwächter auserkoren hatte, dachte Thomas, wäre es auch sein gutes Recht, alle dafür wichtigen Auskünfte zu erhalten. „Wie ich hörte, habt Ihr Euch mit ihm vertagt?!" Engelbert blitzte ihn aus feurigen Augen an. „Im Gegenteil, er hat alles gestanden", triumphierte er, „jede Einzelheit. Dabei hatte ich ihn nur in Verdacht, an einer etwaigen Verschwörung gegen mich beteiligt zu sein, jedoch keine Beweise! Aber er ist mir auf den Leim gegangen!" Angewidert verzog der Erzbischof das Gesicht. „Er war zu feige, mir die Stirn zu bieten. Deshalb glaube ich ihm auch jedes Wort in der Sache. Demnach ist Walram von Limburg der Rädelsführer, der über seine Tochter, Friedrichs Weib, meinen Verwandten angestachelt hat. Als hätte ich es geahnt." Wort für Wort setzte der mächtigste Mann des deutschen Reiches den Fischersohn über die geplante Entführung seiner Person in Kenntnis. „Auf dem Rückweg vom Landtag, irgendwo kurz vor Schwelm, wo wir eine neue Kirche weihen sollen, soll es geschehen. Dort wollen sie über mich herfallen und mich gefangen nehmen, mein edler Großvetter und seine Spießgesellen, verstärkt durch eine Anzahl von Walrams Schergen. Sie sind die Handlanger des Überfalls", setzte Engelbert Thomas ins Bild. „Zuerst soll ich auf die Isenburg verschleppt werden, später dann nach Lüttich, in den Kerker des Herzogs. Dort wollen sie mich dann erpressen, ihnen die Vogteirechte verschiedener Klöster, Burgen und Landgüter sowie andere Privilegien abzutreten, vor allem aber die Grafschaft Berg! Dass sein edler Herr Sohn dort immer noch nicht herrscht, ist ihm doch ein arger Dorn im Auge!" Engelbert spie, ganz unüblich für einen Mann seiner Manieren, einen dicken Pfropf Speichel aus. „Das hat er sich fein ausgedacht, der Herzog", fuhr Engelbert fort, „und sich Rückendeckung bei anderen Fürsten verschafft, die mit ihm unter einer Decke stecken!" – „Wer sind diese Fürsten", begehrte Thomas zu wissen. „Die Grafen von Tecklenburg und Arnsberg", gab Engelbert zurück, „dazu die Herren von Heinsberg und von der Lippe. Ich vermute, auch der Bischof von Paderborn und die Isenberger Brüder, die ich persönlich ebenfalls zu Bischöfen ernannt habe. Aber das reicht dem undankbaren Pack nicht!" Der Erzbischof machte eine Pause, um sich zu sammeln. „Nun, ich werde ihnen die Suppe zu versalzen wissen", fuhr er schließlich fort. „Was gedenkt Ihr genau zu tun", hakte Thomas sofort nach, denn dies betraf auch ihn und seine Männer, „und wie können wir Euch dabei helfen?" Wie so häufig, setzte Engelbert auch jetzt ein süffisantes Siegerlächeln auf. „Ganz einfach", eröffnete er Thomas, „wir lassen sie gewähren!" Der unfreiwillige Leibwächter des Erzbischofs verstand die Welt nicht mehr. „Ihr wollt sie gewähren lassen, wollt Euch entführen lassen?" Der Erzbischof nickte, während er sein Pferd etwas zügelte. „Ja, zum Schein, zumindest am Anfang", gab er Thomas zu verstehen, „dann aber werdet Ihr mit Euren Männern und denen des Isenbergers, der die Seite wechselt, die Schergen des Limburgers entwaffnen. Jeder Anhänger Walrams wandert in den Kerker!" Nun packte ihn vollends die Wut über den Verrat. „Ich werde ihn erledigen, ein für alle Mal", versprach Engelbert. „Der Herzog wartet an der Grenze von Limburg zum Erzbistum Köln auf ein Signal, dass die Entführung erfolgreich war. Dann will er mit seinen Burgmannen, die er von seiner Festung Lüttich abgezogen hat, meine Burg Valant im Handstreich nehmen, die ich ihm an der Grenze vor die Nase gesetzt habe!" Jetzt lachte der Erzbischof wenig fromm. „Das soll er ruhig versuchen. Ich greife derweil seine Kernburg in Lüttich an und nehme ihm das Zentrum seiner Macht!" Thomas überlegte. Das meiste hatte er verstanden – und soweit er es überblicken konnte, war der Plan zwar gewagt, aber durchführbar, auch wenn es ihm wenig behagte, dass sich der Erzbischof – samt seiner Männer – in solch eine Gefahr begeben wollte. Aber eines war ihm völlig schleierhaft. „Wie wollt Ihr denn die Burg in Lüttich nehmen? Selbst wenn die Burgmannschaft weitgehend abgezogen wurde, wie Ihr sagt, braucht Ihr dafür eine kleine Armee!" Der Erzbischof nickte ihm mit einem wissenden Lächeln zu. „Eine solche steht unweit der Tore von Köln zu meiner Verfügung – eine Schutzmaßnahme des Kaisers für seinen Sohn, dessen Vormund ich bin. Es sind etwa hundert Mann!" Thomas pfiff leise durch die Zähne, der Erzbischof war in der Tat gerissen und voller Überraschungen. Nur eines behagte ihm nach wie vor nicht. „Verzeiht, Eminenz, der Plan klingt kühn, jedoch könnte er in der Tat gelingen, wenn alles so eintrifft, wie Ihr es sagt", ließ er den Erzbischof wissen, „aber ist es wirklich nötig, dass Ihr Euch in solch große Gefahr begebt und Euch gefangen nehmen lasst?" – „Unbedingt", war der Erzbischof überzeugt, „es muss für die Limburger aussehen, als liefe alles nach ihren Wünschen – bis Herzog Walram die Nachricht bekommt und gegen Valant vorrückt. Bis dahin müssen wir es ihm leicht machen!" Dabei hieb er mit der Faust auf seinen Sattel. „Aber ich fürchte um Euer Leben, wenn etwas schiefläuft", insistierte Thomas, „wie sollen wir dann Eure Sicherheit garantieren?" Engelbert setzte sein gewinnendstes Lächeln auf. „Wie ich schon einmal sagte", gab er Thomas zu verstehen, „das ist Eure Aufgabe. Aber ich denke, die Sache ist bei Euch in guten Händen!" Bereits bei dem Gedanken daran, was ihnen nun möglicherweise alles bevorstand, wurde Thomas speiübel, aber er ließ es sich nicht anmerken.

„Und? Hast du mit ihm gesprochen? Hat er etwas gemerkt?" Sophie von Isenberg platzte vor Neugier. Ganz gegen ihre sonstige Art, war sie sogar in die Unterburg geeilt, um ihren Gatten zu begrüßen. Seit geraumer Zeit hegte sie in der Tat ganz neue Gefühle für ihn. Vielleicht würde ja doch noch alles gut. Vielleicht würde er sich ja doch noch als der Mann, der Graf, der Ritter erweisen, den sie sich erträumte. Ihr Vater meinte, er könne es gar zum Herzog bringen. Sie spürte mit dem untrüglichen Instinkt einer Frau, dass bedeutende Veränderungen bevorstanden. Zum ersten Mal seit Langem fühlte sie sich lebendig, fühlte sie, die Bucklige, sich als Frau. Daran hatte auch ihr Jugendfreund Herenbert Anteil, der mit einem innigen Kuss lang verborgene Wünsche in ihr geweckt hatte. Auch wenn sie sich keine weiteren Freiheiten dieser Art erlaubte – das prickelnde Gefühl war geblieben. Und darüber hatte sie auch zu ihrem Gatten ein neues Verhältnis gefunden, erst recht, seit es so aussah, als könne sie an seiner Seite doch noch die Position, den Stand erreichen, der ihr zustand. Wenn ihnen und ihrer Familie nur endlich dieser vermaledeite Erzbischof nicht mehr im Weg stünde! „Er ahnt nichts", log Friedrich von Isenberg, während er sein Pferd einem Knecht in Obhut gab. Zumindest geht dich das nichts an, dachte er grimmig. Der harte Ritt hatte seine Laune nicht verbessert. Zahllose kleine Schrammen und Kratzer zeigten an, dass der Heimweg dornig gewesen war, der Isenberger aber sein Pferd stetig vorangetrieben hatte. Er hatte nach Hause gewollt und am liebsten wäre er jetzt allein gewesen, allein mit einem großen Krug Wein. Stattdessen bombardierte ihn seine Frau mit Fragen, die er eigentlich gar nicht beantworten wollte. „Was hat er denn gesagt, als du dich geweigert hast, auf die Einkünfte aus der Vogtei zu verzichten, wie ich hoffe?", wollte sie wissen. „Das hat ihm nicht gefallen", brummte Friedrich, „und er hat mir immer wieder die Leibrente zum Ausgleich angeboten. Letztlich haben wir uns auf den Grafentag in Soest vertagt, auf dem er mit allen Fürsten, mit denen er im Streit liegt – und das sind nicht wenige – klärende Gespräche führen will!" – „Das ist Eure und unsere Gelegenheit", mischte sich Herenbert Rennekoie ungefragt ein, der gerade hinzutrat, „wenn wir ihn auf dem Rückweg von diesem Landtag einkassieren, fällt lange Zeit nicht mal ein Verdacht auf Euch, weil seine Gegner so zahlreich sind. Da käme jeder infrage!" – „Das werden wir ja sehen", beendete der Graf kurz angebunden das Thema, das ihm ohnehin langsam Bauchschmerzen bereitete. Mit einer Verbeugung, aber leicht missgestimmt, zog sich Rennekoie zurück, jedoch nicht ohne Sophie mit einem Augenzwinkern zu verstehen zu geben, dass alles nach Plan lief. „Er ist ein guter Mann", säuselte Sophie einige Zeit später, während sie mit ihrem Gemahl im gemeinsamen Ehebett lag, noch etwas erschöpft von der gerade verbrachten Liebesstunde. Liebe war jedoch nur wenig im Spiel gewesen, zumindest nicht bei Friedrich, stand zu vermuten. Denn er hatte sie kurz und heftig, ja fast schon mit aller Gewalt genommen und sich nach einigen unregelmäßigen Stößen frühzeitig in ihr ergossen. Aber Sophie hatte das nichts ausgemacht, im Gegenteil. Sie war zufrieden. Im Unterschied zu früher schlief er wieder mit ihr, egal wie, und sie konnte ihm dafür stets irgendwie ihre Wünsche in den Kopf setzen. „Er ist uns treu ergeben und geht für uns durchs Feuer!", fuhr sie fort. Damit meinte sie ihren wiedergefundenen Jugendfreund, der nicht müde geworden war, ihrem Gatten die Entführung des verhassten Erzbischofs wieder und wieder ans Herz zu legen, und der vehement dafür plädierte, die Durchführung für den Rückweg vom Landtag anzusetzen. „Er ist deinem Vater ergeben", knurrte Friedrich, „und vielleicht auch dir. Aber für meinen Geschmack ist er manchmal etwas zu übereifrig." Dabei dachte er vor allem an den Vorfall mit dem Pächter auf dem Gut an der Ruhr. Sophie setzte sich augenblicklich aufrecht ins Bett. „Wie kannst du das sagen?", ereiferte sie sich, „er ist dir ein treuer Knappe, der alles tut, was man ihm aufträgt. Und er beeilt sich, dir Wünsche von den Augen abzulesen, manchmal sogar, bevor sie darin geschrieben stehen!" „Eben", fand der Isenberger seine Meinung bestätigt, „manchmal ist er etwas voreilig!" – „Aus reiner Pflichtschuldigkeit", beharrte Sophie, „er wünscht halt auch, dass du und ich endlich zu unserem Recht kommen – und zu einer Position, die unserem Stand entspricht. Dadurch hofft er sicher, persönlich auch endlich zu Ritterehren zu gelangen. Aber wer will es ihm, der jetzt schon so lange als treuer Knappe verschiedener Herren dient, verdenken? Du tust gut daran, ihm in allem zu vertrauen. Ich kenne ihn und verbürge mich für seine Redlichkeit!" – „Meinetwegen", lenkte Friedrich schließlich ein, wobei er sich insgeheim eingestehen musste, dass er sich zuweilen wünschte, beide Quälgeister aus seinem Leben zu entfernen. Und seinen arroganten Schwiegervater ebenfalls. Wie deutlich ließ der ihn oft spüren, dass er ihn, Friedrich, als Untergebenen betrachtete. Aber vielleicht gelang es ihm ja bald, mehrere dieser Sorgen mit einem Schlag loszuwerden. Er überprüfte noch einmal seine Entscheidung. Nein, so herum war es besser. Erzbischof Engelbert war mächtiger als der Limburger, keine Frage. Und er war froh, sich gegen seinen mächtigen Vetter jetzt nicht mehr versündigen zu müssen. Sophie würde ihm das wahrscheinlich nie verzeihen. Aber das kümmerte ihn wenig. „Sei's drum", dachte er. „Blut ist dicker als Wasser. Und Frauen gibt es genug auf der Welt, sogar jüngere und welche ohne Buckel." Befriedigt schlief er ein und schnarchte bald.

„Auch ich muss mit dir reden", sagte William, nachdem Thomas in allen Einzelheiten von dem Besuch im Kloster Essen, dem Gespräch mit dem Erzbischof und der offenbar geplanten Entführung des Kirchenfürsten berichtet hatte. „Einiges deckt sich mit Beobachtungen, die ich vor einigen Tagen selbst gemacht habe!" Nun war es an William, von seinen Erlebnissen auf seinem Ritt zu der verborgenen Schmiede im Reiterbruch am Nebenfluss der Wupper zu erzählen. „Es waren etwa ein Dutzend Männer, angeführt von Herzog Walram persönlich", schloss William, „ich habe sein Gesicht noch gut von der Zeit im Heerlager vor Damiette in Erinnerung; offenbar scheinen sie sich tatsächlich für einen bevorstehenden Waffengang zu rüsten." Für einen Moment trat betretenes Schweigen ein. Sibylla, die bislang stumm zugehört hatte, unterbrach nun als Erste die Stille. „Ich verstehe das nicht ganz", sagte sie, „der Erzbischof ist ein so mächtiger Mann, warum wird er nicht von einer ganzen Armee beschützt?

Und wie kann es ein Herzog von Limburg wagen, diesen Mann gefangen zu nehmen? Was verspricht er sich auf Dauer davon? Kann der Erzbischof nicht alle Zugeständnisse, die er womöglich unter dem Druck der Gefangenschaft oder der Folter macht, später zurücknehmen?" Thomas bewunderte seine Frau für ihren Scharfsinn, aber diesmal lag sie nicht ganz richtig. „Im Kern schon", pflichtete er ihr anfangs bei, „Engelbert könnte natürlich alles zurückfordern, was er seinen Entführern zugesteht. Aber einmal geflossenes Geld oder einmal übereignete Güter oder gar Grafschaften, die der Gegner dann bereits in Besitz genommen hat, wieder zurückzuerlangen, würde ausgesprochen schwierig werden. Natürlich würde Herzog Walram den Erzbischof erst dann wieder auf freien Fuß setzen, wenn sein Sohn Heinrich die Grafschaft Berg gesichert hätte. Engelbert würde einen langwierigen Prozess anstrengen oder zu Waffengewalt greifen müssen. Und wie ich die Verhältnisse kenne, wäre ein Großteil der Bevölkerung und die Mehrheit der kampffähigen Männer eventuell ohnehin auf Heinrichs Seite und würde mit ihm in den Kampf gegen den Erzbischof ziehen. Ich glaube, der Erzbischof handelt richtig, wenn er sich darauf nicht einlässt. Außerdem ist schon manchem solch eine Geiselhaft nicht bekommen!" – „Damit ich es recht verstehe", meldete sich William zu Wort, „eigentlich sind die Limburger im Recht und die Bewohner hier auf deren Seite? Dann wäre also eine solche Entführung und Erpressung durchaus rechtens?" – „Nicht vor dem Gesetz", gab ihm Thomas zur Antwort, „aber in den Augen der Menschen schon. Die Bevölkerung hier in der Grafschaft steht allerdings nicht aufseiten der Limburger, sondern Irmgards. Die einzige Tochter des seligen Grafen Adolf ist in ihren Augen die alleinige rechtmäßige Erbin. Und mit ihr ihr Gatte Heinrich, der vom Volk geschätzt wird. Ich glaube sogar, er wäre ein guter Herrscher, mit dem endlich Ruhe einkehrte!" – „Also sind die Limburger moralisch im Recht und haben obendrein die Rückendeckung des Volkes", resümierte William, „warum gehen sie dann nicht offen gegen den Erzbischof vor und versteigen sich in einen solch heimlichen, ja heimtückischen Entführungsplan?" – „Das haben sie ja nach Adolfs Tod versucht", klärte ihn Thomas auf, „doch der Erzbischof war und ist aufgrund der Fülle seiner Ämter zu mächtig!" Erneut trat eine Pause ein. „Aber warum stehst dann ausgerechnet du, der einen so ausgeprägten Gerechtigkeitssinn hat, dem Erzbischof zur Seite?", meldete sich nun Katharina zu Wort, die bislang schweigend dem Gespräch gelauscht und dabei ihr Neugeborenes gestillt hatte. „Warum schlägst du dich nicht auf die Seite Irmgards und Heinrichs oder hältst dich ganz einfach aus allem raus?" Man sah Sibylla an, dass sie ihrer Freundin für diese Frage dankbar war. „Das kann ich nicht", schüttelte Thomas energisch den Kopf, „ich unterstehe dem Kaiser und auf Umwegen damit auch dem Erzbischof, der mir in dessen Auftrag ein Lehen übertragen hat; damit bin ich unweigerlich zu gewissen Diensten verpflichtet, zumindest zu Treue und Heerfolge. Wenn ich also weiß, dass der Erzbischof in Gefahr ist, muss ich ihn verteidigen. Sonst bin ich für alle Zeit ehrlos und vogelfrei – und ihr alle mit mir!" Wieder trat betretenes Schweigen ein. „Aber warum sollst du ihn mehr oder weniger allein schützen?", knüpfte Sibylla an ihren Einwand vom Anfang an, „warum lässt er sich nicht von einem Heer schützen? Dann kann er doch machen, was er will, und nach Belieben umherreisen." Thomas sah sie mit großen Augen an. „Er hat ein kleines Heer zur Verfügung", ließ er sie wissen, „wenn auch vordergründig zum Schutz des Kaisersohnes. Nur kann er nicht auf allen seinen Reisen und Besuchen in Heeresstärke anrücken. Niemand kann auf Dauer so viele Männer unterbringen und bezahlen. Und wenn er jetzt dieses Heer ins Spiel bringt, verrät er damit, dass er Kenntnis von der Verschwörung hat. Dann würden seine Gegner zu anderen Mitteln greifen und ihn vielleicht heimlich ermorden, was sie ja schon versucht haben!" William und die Frauen hielten den Atem an. „Die Limburger haben versucht, ihn zu ermorden?", kam es dem Engländer über die Lippen. „Und du warst dabei? Warst du auch in Gefahr?", erregte sich Sibylla. Thomas wiegelte mit beiden Händen ab. „Ich kann nicht sagen, ob es die Limburger waren oder nicht", gab er zu verstehen, „aber in meinen Augen ergibt es wenig Sinn, hier eine weitreichende Entführung zu planen, die viele Männer involviert, und dort einen heimtückischen Mord zu befehlen, der vielleicht nur von einem oder wenigen ausgeführt wird – das widerspricht sich für mich!" Das schien den anderen einzuleuchten. „Und ja, ich war bei einem der Anschläge dabei", gab er obendrein zu. Dann erzählte er den anderen vom ersten Besuch im Kloster Essen und von der Fallgrube auf dem Weg. Erschüttert hörte Sibylla zu. In diesem Moment bekam sie einen Tritt von ihrem ungeborenen Kind und krümmte sich. „Was ist los?", fragte Thomas erschreckt, dem dies nicht entgangen war, „was hast du?" Zur Antwort nahm sie seine Hand und legte sie sich auf den Bauch. Nun konnte auch er die Bewegung in ihrem Inneren spüren. „Es ist dein Sohn, der sich da so kräftig beschwert", flüsterte sie ihm zu, „er sagt, du darfst dich nicht so in Gefahr bringen oder dich gar für den Erzbischof opfern!" Liebevoll nahm er sie in den Arm und drückte ihr einen

Kuss auf die Lippen. „Das werde ich zu verhindern wissen", versprach er, „aber mein Sohn würde auch nicht wollen, dass ich ehrlos werde!"

Ein Hornstoß der Torwache signalisierte unerwartete Besucher. Halb angezogen eilte Friedrich von Isenberg aus seinem Schlafgemach im Palas hinunter zum inneren Tor. Im Gehen warf er sich einen Umhang über und zog ihn eng um die Schultern, weil es bereits spät und jetzt, Ende Oktober, ohnehin schon empfindlich kühl war. Als er die Unterburg betrat, sah er fünfzehn Reiter auf dem freien Platz zwischen Tor, Stallungen und Schmiede. Die Flanken ihrer Rosse dampften und zeigten an, dass sie einen scharfen Ritt hinter sich hatten. Vierzehn Kriegsknechte unter der Führung des Herzogs von Limburg. Fünfzehn Mäuler und deren Gäule, die es – Gott weiß, wie lange – durchzufüttern galt. Der Isenberger war bedient! So hatte er sich das nicht vorgestellt. Wenn schon sein Schwiegervater hier den Anführer einer Verschwörung spielen wollte, dann sollte er auch die Kosten dafür tragen, denn er würde später auch den Löwenanteil am Lohn ihres Unterfangens beanspruchen. Den konnte er haben, denn dieser Lohn würde nun anders ausfallen, als sich der Herzog von Limburg dies erträumte. Aber er, Friedrich, wollte dafür nicht die Zeche zahlen, deshalb nahm er seinen Schwiegervater wenig herzlich in Empfang. „Gott zum Gruße, werter Herzog, musstet Ihr gleich in Heeresstärke anrücken?", begrüßte er ihn, „die Nachbarschaft scheu und meine Speicher leer machen? Hätte es nicht gereicht, mir Eure Mannschaft vor den Toren Soests zu überantworten?" Statt ihm sogleich zu antworten, kam Herzog Walram mit weit ausgebreiteten Armen auf ihn zu. „Eidam", rief er schon von Weitem, „welche Freude, dich zu sehen! Sicher bist du schon genauso tatendurstig wie meine Männer und ich. Endlich rückt der Tag der Entscheidung näher!" Als er herangekommen war, nahmen sie sich familiär in den Arm. Ein Außenstehender hätte wohl kaum gemerkt, dass sie sich nicht immer grün waren. „Wenn du willst, dass meine und deine Männer dich als Anführer akzeptieren", raunte der Herzog ihm jedoch dabei zu, „dann hältst du jetzt das Maul und überlegst erst, bevor du so leichtfertig etwas dahinsagst. Kein Anführer untergräbt Moral und Autorität eines anderen – und erst recht nicht seine eigene!" Friedrich wollte sich diese Belehrung nicht gefallen lassen, biss sich dann jedoch lieber auf die Lippen, als er in das entschlossene Gesicht des Schwiegervaters blickte. „Meine Männer haben allesamt einen großen Beutel Proviant dabei, um die musst du dich also nicht sorgen", fuhr Walram fort, „und für mich wirst du ja wohl ein Stück Braten und ein Bier übrig haben!" Friedrich brummte etwas von einer Entschuldigung und wies ihm mit einer einladenden Handbewegung den Weg zum Palas. „Du machst dich jedoch beliebter, wenn du auch ihnen jedem einen Becher Bier oder Wein kredenzt. Das sollte dir die Sache wert sein", fuhr Walram mit seiner Belehrung in puncto Menschenführung fort. „Willst du dir die Männer nicht mal ansehen und sie begrüßen? Immerhin riskieren sie ihr Leben für dich!" Friedrich sah ihn verständnislos an. Für mich? Wohl eher für dich, dachte er. Und warum um alles in der Welt sollte er sich jetzt die Limburger Spießgesellen ansehen? Die sah er doch noch früh genug unterwegs! Aber um des lieben Friedens willen willigte er ein, wies seine Knechte an, ein Fass Bier aus dem Keller zu holen, und besah sich mit Walram die Männer, die der Herzog ausgesucht hatte. Sie sahen allesamt aus wie Halunken. Nur drei oder vier schienen edleres Geblüt zu haben und aus einem besseren Haus zu kommen. Friedrich tat wie ein erfahrener Heerführer, schüttelte den Männern die Hand, schenkte ihnen hier und da ein aufmunterndes Wort und kündigte ihnen unter großem Echo das Fass Bier zur abendlichen Unterhaltung an. Dann blickte er plötzlich in ein Gesicht, das er gut kannte, auch wenn es mit einem dichten Bart jetzt etwas anders aussah. „Jordan?", kam es Friedrich wie von selbst über die Lippen, „bist du das wirklich?" Das Gesicht grinste über beide Ohren. „Aber der Erzbischof hat dich verbannt?!", wunderte sich der Isenberger. „Und ich habe ihn aufgenommen", erwiderte der Herzog. „Jetzt bekommst du ihn zurück, weil er dir, wie ich glaube, gute Dienste leisten wird. Er ist auf den Erzbischof nicht gut zu sprechen und wird mit Freuden alles daran setzen, ihn dingfest zu machen!" Jordan nickte eifrig. „Und ich hatte auch schon einen Vorschlag, wo dies geschehen könnte", meldete sich urplötzlich Herenbert Rennekoie zu Wort, der aus dem Boden gewachsen zu sein schien und dem Herzog einen ritterlichen Gruß entbot. „Es gibt da einen Hohlweg beim Gevelsberg, den der Erzbischof unweigerlich nehmen muss, wenn er nach dem Grafentag die Kirche in Schwelm einweihen will, wie allgemein verlautet; dort können wir ihn stellen. Wenn Ihr wollt, führe ich Euch morgen dorthin!" Herzog Walram zog eine Augenbraue hoch. „So weit ist Euer Plan schon gediehen?", tat er überrascht und blickte dabei Bewunderung vorgebend Friedrich an, „das hätte ich ja gar nicht erwartet!" Rennekoie verbeugte sich mit wissendem Lächeln, während Friedrich etwas Unverständliches in seinen Bart brummte. „Langsam reicht es mir", dachte der

Isenberger, „dieser Knappe wird mir entschieden zu vorwitzig. Wenn die Sache durchgestanden ist, werde ich mich seiner zu entledigen wissen. Aber vielleicht nimmt mir ja Engelbert diese lästige Pflicht ab, wenn es daran geht, die Schuldigen zu bestrafen." Deutlich besserer Laune lud er den Herzog und dessen engste Vertraute in seinen Rittersaal, während sich die einfachen Männer über das versprochene Fass Bier hermachten.

„Sie kommen", rief der junge Ulrich, der auf einem Fels in den Stromschnellen stand, „schaut euch das an, es wimmelt nur so von ihnen!" Thomas und William, die auf dem linken Ufer der Wupper warteten, bereit, die Netze stramm zu ziehen und einzuholen, sowie Gerhardt, Martin und Willibald auf der gegenüberliegenden Seite reckten die Hälse. Und tatsächlich begann es nun, jenes Schauspiel, das sich seit Urzeiten jeden Herbst in denjenigen Gewässern wiederholt, die den Wanderfischen geeignete Uferbereiche zum Ablaichen offerieren – die Lachse kamen zurück, an einem wunderschönen Herbsttag, an dem die Sonne sich noch einmal von ihrer warmen Seite zeigte.

Zuerst waren es nur einzelne Exemplare, die sich mit schnellen, kräftigen Schwanzschlägen über die Wirbel, Strudel und Wackersteine der Stromschnellen ihren Weg flussaufwärts bahnten, dann waren es Hunderte, schließlich Tausende. Thomas musste unweigerlich an seine Kindheit und an seinen Vater denken, der als einer der ersten auf die Idee gekommen war, dass sich auch mit Fischfang bare Münze verdienen ließ. Aus dem Armeleuteessen von einst war mittlerweile eine geschätzte Speise geworden, die vor allem an kirchlichen Feiertagen, an denen Fleisch verpönt war, auf den Tisch kam. Vor seinem inneren Auge wurde sein Vater lebendig, wie er mit starken Armen das selbst geflochtene Netz auswarf, mit Armen, die aber auch einen Jungen wie ihn liebevoll umfangen konnten. Ein Hauch von einer Träne trat ihm ins Auge. Er hatte seinen Vater, ja beide Eltern, sehr geliebt. Er war in armen Zeiten, aber glücklich und behütet aufgewachsen – bis ihm kriegerische Zeiten und Menschen die Eltern geraubt hatten. Das alles war jetzt lange her. Nun war er der Herr des Flusses – mit einem guten Dutzend Helfer, die ihm zur Seite standen. Vieles hatte sich seit damals verändert. Doch wie er es einst von seinem Vater gelernt hatte, war es nun an ihm und seinen Helfern, mehrere Engpässe aus Felsbrocken und Stellnetzen im Flusslauf zu bauen. Damit wurden die

Wanderfische durch ein System von Nadelöhren gezwungen. Hier warteten die Männer mit ausgelegten Fangnetzen auf ihre Beute, zogen diese stramm, sobald sich Fische darin bzw. darüber befanden, und hievten die Netze an Seilen aus dem Fluss. Wer nicht an den Netzen eingesetzt war, stand mit Käschern am Ufer oder auf Felsen im Flussbett und versuchte von dort sein Glück. Die Frauen warteten am Ufer auf den eingeholten Fang und sortierten die Fische der Größe nach in hölzerne Stiegen und geflochtene Tragen. Einen Teil würden sie frisch an die Siedlungen in der Nachbarschaft verkaufen oder selbst verzehren. Den größten Teil würden sie räuchern und nach Neuenberge, Solengen, Elverfeldt, Altenberg, ja sogar bis nach Deutz verkaufen. Die jetzt hochschwangere Sibylla und die erst vor Kurzem zur Mutter gewordene Katharina waren jedoch nicht zur Arbeit eingeteilt, sondern saßen auf mit Fellen gepolsterten Strohballen am nördlichen Ufer und gaben Ratschläge. Wulfila stand mit allen vier Pfoten im Wasser, nahe der höchsten Felsstufe, die den Lachsen einen einfachen Aufstieg in den Oberlauf der Wupper verwehrte, bellte lautstark gegen den Lärm des reißenden Flusses an und schnappte immer wieder nach einem der stattlichen Fische, die hier versuchten, die Barriere im Fluss mit einem Sprung zu überwinden. Lange schienen die Versuche des Hundes erfolglos zu verlaufen, dann plötzlich landete der erste Lachs wie durch Zauberhand in seiner Schnauze. Wulfila biss zu und ließ das Tier nicht mehr los. Mit einem kräftigen Schütteln seines gewaltigen Nackens erlahmte bald auch die Gegenwehr des Fisches. Thomas wurde von William und dem wild gestikulierenden Ulrich auf den Hund aufmerksam gemacht. Alle lachten. Sie hatte Geschichten von Bären gehört, die früher Ähnliches taten, aber es war schon einige Jahre her, dass sie den letzten Bären an der Wupper gesehen und erlegt hatten. Wulfila jedenfalls trottete stolz mit hoch erhobenem Kopf und dem Lachs in der Schnauze am Ufer entlang, bis Gerhardt ihn mit lauter, strenger Stimme anwies, seine Beute zu dessen Füßen abzulegen. „Lass ihn nur", rief ihm Sibylla zu, „wir bekommen doch genug Fische für uns, lass ihm seine Beute!" Doch Gerhardt schüttelte energisch den Kopf. „Verzeiht, Herrin, aber wenn ich das durchgehen lasse, wird er bald immer die Beute für sich behalten. Schaut, wie stark er ist, wer würde sie ihm streitig machen?" Wie zum Beweis setzte sich Wulfila neben den soeben gehorsam abgelegten Fisch und streckte seine breite Brust vor. „Ich oder irgendein anderer Mensch?", fuhr Gerhardt lächelnd fort. „Ich kann ihn nur beherrschen, wenn er sich unterordnet. Deshalb kann ich es ihm nicht durchgehen lassen, den Fisch für sich zu behalten. Er bekommt ja seinen Anteil, aber erst, wenn wir unseren hatten!" Sibylla nickte zum Zeichen, dass sie verstanden hatte. „Siehst du, deshalb taugst du zum Hundeführer und ich nur zur Frau eines Fischers, die Lachse räuchert und Netze flickt. Ich würde einem Hund wahrscheinlich nicht mal beibringen können, sich auf Befehl hinzusetzen", entgegnete sie mit gespieltem Ernst. „Es ist beeindruckend, wie sehr der Hund dir gehorcht, wir alle fühlen uns sicher in deiner und seiner Nähe!" Gerhardt dankte ihr mit einer galanten Handbewegung, die er sich bei den Rittern abgeschaut haben musste. „Deine Frau ist nicht weniger beeindruckend", sagte William zu Thomas, „nur wenige Menschen können einen Fehler eingestehen – und kaum jemand macht das so galant wie gerade Sibylla. Für sie hat es sich fürwahr gelohnt, den weiten Rückweg von Outremer an die Gestade der Wupper auf sich zu nehmen!" – „In der Tat", pflichtete Thomas ihm lächelnd bei, „aber wo wir gerade beim Thema sind: Was ist denn mit dir und deiner Frau?" Das „Frau" betonte er ganz besonders. „Hast du vor, Katharina zu ehelichen, oder wie habt ihr euch euer weiteres Leben vorgestellt?" William biss sich auf die Lippen. „Verdammt, ich habe gedacht, ich könnte mich so aus der Sache davonstehlen", gab er halbherzig vor. Dabei winkte er zu Katharina herüber, die ihm sogleich antwortete und dabei den Säugling im Arm hin und her wiegte. Thomas stieß ihm zur Strafe den Ellenbogen in die Seite. „Ich werde sie heiraten, wenn du als ihr älterer Bruder nichts dagegen hast", ließ ihn William nun wissen, „Katharina hat eingewilligt, aber es soll keine große Sache werden. Wir könnten nächsten Sonntag in der kleinen Kirche in Leichlingen heiraten, allerdings nur in kleinem Kreis. Ich will das nicht an die große Glocke hängen, dass unser Kind … na, du weißt schon!" – „Natürlich habe ich nichts dagegen, im Gegenteil. Aber nächsten Sonntag? Ich fürchte, da wird nichts draus", eröffnete ihm Thomas, „zumindest nicht, wenn du möchtest, dass ich und einige meiner besten Männer zugegen sind, wenn meine Schwester heiratet. Wir müssen den Erzbischof nach Soest begleiten. Nach unserer Rückkehr gern, aber nächsten Sonntag, da muss ich leider ablehnen. „Das musst du ihr aber erklären", erbat William, „sonst glaubt sie noch, ich will mich womöglich drücken!" – „Na, was bist du denn bereit zu zahlen, dass ich dich entlaste und vorerst vor der Heirat bewahre?", scherzte Thomas, während er dem früheren Templer freundschaftlich auf die Schulter klopfte. „Wie wäre es mit einem guten englischen Bier?", gab William zurück, „ich habe noch einen ganzen Schlauch aus der Heimat bei mir!" Thomas verzog das Gesicht. „Lass gut sein und trink lieber ein frisches Bier aus unserer Gegend mit mir. Sonst seh' ich mich noch gezwungen, doch ein Veto gegen eure Verbindung einzulegen!"

Als sie später zurück auf das Gut kamen, redete Thomas wie versprochen mit Katharina, versprach ihr aber, bald zurück zu sein, um an einem der folgenden Sonntage ihrer Heirat beizuwohnen. Auf ihre Bitte hin willigte er auch freudig ein, sie in Ermangelung eines Brautvaters vor den Altar zu führen, und versprach, obendrein ihr Trauzeuge zu sein. Trotz der verschobenen Hochzeit zogen William und Katharina alsbald in eines der kleinen Fachwerkhäuser, das der einstige Tempelritter für seine kleine Familie hergerichtet hatte. Aber Katharina arbeitete und schlief danach auch noch häufig im Haupthaus. Bis aus den beiden ein richtiges Ehepaar wurde, sollte noch einige Zeit vergehen – mehr, als ihnen lieb war.

Schon aus der Ferne sahen sie die Türme der Stadt Soest inmitten einer überbordenden Kornkammer, der Soester Börde. Schier endlose Felder umgaben das weite Rund der Stadtmauer. Jetzt im Spätherbst waren diese Felder jedoch längst abgeerntet und boten unter den regenschweren Wolken einen eher trostlosen Anblick. Entsprechend düster ragte der Turm des Stadttores vor den Reitern auf, eines von zehn in der umlaufenden Befestigungsanlage, dem sich der Zug des Erzbischofs nun näherte. Sie zogen über den Westfälischen Hellweg, eine Fernhandelsstraße, die in der Breite einer Lanzenlänge, also etwa drei Schritt, dauerhaft von Bewuchs freigehalten wurde. Solche Straßen gab es in verschiedenen Teilen des Landes. Auf ihnen kam man deutlich schneller voran als sonst. Weil sie breit und hell angelegt waren, nannte man sie Hellweg. Thomas hatte mit den Erträgen des Lachsfangs und von erspartem Silber, dessen Quelle nur er und wenige Eingeweihte kannten, weitere Pferde erstanden, um seine fünfköpfige erzbischöfliche Eskorte beweglicher zu machen. Ihr farbenprächtiger Aufzug mit den blauen Wappenröcken, auf denen sein silbernes Wappentier prangte, der stilisierte Lachs, stellte einen auffälligen Kontrast zum Grau des Himmels und der schweren Mauern dar. Sobald sie das Tor jedoch durchquert hatten, änderte sich das triste Bild. Die Stadt hatte sich dem Anlass entsprechend herausgeputzt, schließlich galt sie nach Köln als zweite Hauptstadt des Erzbistums und des Herzogtums Westfalen, dessen Oberhaupt in Personalunion der Erzbischof war. Von allen Türmen,

Masten und Erkern wehten Fahnen und Wimpel. Nahezu alle Grafen und hohen Herren des Landes waren dem Aufruf Engelberts zum Landtag gefolgt. Aber auch Gaukler, fahrende Händler, Hübschlerinnen und Bader hatten die Gunst der Stunde genutzt, um ihre Waren oder Dienste innerhalb der Stadtmauern anzubieten. Düfte von frisch gebratenem Fleisch und Backwerk, von Weihrauch und Kerzen mischten sich mit schwerem Parfum und Schweiß sowie mit dem Gestank von Urin und Pferdemist. Die Straßen wimmelten von Menschen, Karren, Fässern, eilig errichteten Ständen, Reit- und Zugtieren, deren Kleider, Planen, Umhänge, Wappenröcke und Schabracken die Stadt Soest in ein Farbenmeer tauchten.

Allerdings war die Stimmung zeitweise weniger prächtig. Als der Tross des Erzbischofs den Weg zum St.-Patrokli-Dom nahm, dem mächtigen, in romanischem Stil errichteten Sakralbau des gleichnamigen Kanonikerstiftes, in dem der Landtag mit einer gemeinsamen Messe beginnen sollte, verstummten für einen Moment alle Stimmen und Geräusche. Geradezu gespenstisch ritten sie an stummen Gesichtern vorbei, die zu ihnen aufschauten, ohne ein Wort über die Lippen zu bringen. Kein Hosianna, kein Hochruf auf den Kirchenfürsten war zu hören. „Das soll eine Hochburg des Erzbischofs sein?", raunte Hundeführer Gerhardt seinem jungen Herrn zu. „Dann scheint er sich hier nicht gerade Freunde gemacht zu haben!" Thomas nickte. „Ich fürchte, unser Landesherr hat sich überall nicht sehr beliebt gemacht mit seinen Restriktionen und Anordnungen", gab er in leisem Ton zurück. „Wie in Köln wollen auch die Stadtoberen von Soest zunehmend die Geschicke ihrer Stadt selbst bestimmen. Wie es heißt, haben sie ihre Rechte und Gesetze auf einer Kuhhaut niedergeschrieben. Der Erzbischof denkt jedoch nicht daran, irgendetwas von seiner Macht abzugeben!" Einzig Heinrich von Himmerode, der wie üblich den erzbischöflichen Wagen mit dem Gepäck und Proviant des Kirchenfürsten lenkte, zu dem seit dem Giftanschlag auch stets mehrere Fässer italienischen Weines aus den Beständen des erzbischöflichen Kellers gehörten, schien von dem wenig herzlichen Empfang unbeeindruckt. „Oh schaut, da vorn ist der Soester Dom", rief er begeistert aus, wobei er sich aufgeregt sein krankes Bein rieb, „dem heiligen Patroclus geweiht. Welch einmaliges Werk, seht nur den mächtigen Turm, wie er Gott preisend in den Himmel wächst!" Auch wenn sein Ausruf nicht als Ablenkung gedacht war, so wirkte er doch so. Fast alle Köpfe ihres Trosses wandten sich nach vorn. In der Tat bot der kantige, rechtwinklige Bau mit seinen gewaltigen grünen Sandsteinmassen, seinen romanischen Fenstern und

Bögen sowie dem alles überragenden, rund achtzig Schritt hohen Turm einen imposanten Anblick. „Wer war denn dieser Patrokulus?", wandte sich Gerhardt an den erzbischöflichen Kellermeister, zu dessen Wagen er mit seinem Pferd zu diesem Zweck aufgeschlossen hatte, „der Name hört sich nicht sehr westfälisch an". Heinrich schüttelte den Kopf über so viel Unwissenheit. „Er hieß Patroclus", verbesserte er mit mildem Tadel, „und natürlich kam er nicht von hier. Er lebte und wirkte in Troyes, im Frankenreich, als dort noch die Römer herrschten, also vor gut tausend Jahren. Er ist für seinen Glauben gestorben, weil er Christus verehrte und sich weigerte, die römischen Götter anzubeten. Dafür wurde er zum Märtyrer!" Gerhardt machte ein unverständiges Gesicht. „Und was hat er mit dieser Stadt zu tun?", wollte er wissen. Der Kellermeister seufzte. „Seine Gebeine ruhen hier", belehrte er den Hundeführer. „Erzbischof Brun brachte sie vor über 250 Jahren zuerst nach Köln und dann hier in diese Stadt, die durch die Reliquien berühmt wurde!" Gerhardt verstand zwar immer noch nicht, wie man einen Heiligen verehren konnte, der mit der eigenen Stadt nichts zu tun hatte, ja nicht einmal mit dem eigenen Land, beschloss aber, es dabei bewenden zu lassen, und ließ sich wieder zurückfallen, um sich hinter Thomas einzureihen. Hinter ihnen brandete derweil das Stimmengewirr der Menschen auf, so wie es in jeder Straße geschah, sobald der Tross des Erzbischofs vorüber war. Die Händler, Huren, Feilscher und Gaukler gingen wieder ihren Geschäften nach. Einige hohe Herren und deren Knappen folgten jedoch ihrem Zug. Erst kurz vor dem Dom eilten Geistliche unter der Führung ihres Propstes und eine Abordnung der Stadt herbei, die den Erzbischof ehrerbietig begrüßten. Ein Mönch versuchte gar, die Menge zu einem lautstarken Willkommensgruß zu bewegen, erntete jedoch bei den meisten nur Unverständnis und vereinzelten Spott. Lediglich ein paar der Ärmsten, die sich Brot oder andere Almosen versprachen, stimmten einen zaghaften, wenig überzeugenden Jubel an. Soest hieß seinen Erzbischof nicht gerade herzlich willkommen. Der Dom war jedoch bis auf den letzten Platz besetzt, als schließlich die Messe begann. In den vordersten Reihen saßen die führenden Edelherren des Landes, deren Schilde und Wappen von Knappen hochgehalten wurden, die im Hintergrund an den Wänden des hohen Hauses wie Perlen an einer Schnur aufgereiht standen. Thomas, der sich mit seinen Männern ganz vorn in der Nähe des Erzbischofs, rechts des Altars, aufhielt, erkannte einige der Fürsten oder deren Wappen, so die Grafen von Arnsberg und Tecklenburg, die Bischöfe von Paderborn und Münster, die

Herren von Heinsberg und von der Lippe. Kurz bevor die Tore des Domportals geschlossen wurden, schlüpfte noch Friedrich von Isenberg hindurch, in Begleitung seines Schreibers Tobias und zwei seiner Männer. Da sie keine Sitzplätze mehr fanden, mussten auch sie der Messe, die Erzbischof Engelbert persönlich abhielt, stehend beiwohnen. Wieder fiel Caesarius von Heisterbach auf, wie nachlässig sein Oberhaupt mit den kirchlichen Riten umging. Die heilige Messe stand doch im Zentrum des liturgischen Lebens, rief sich der Schreiber ins Gedächtnis, sie war die sakramentale Erinnerung an das Leiden, das Sterben und die Auferstehung Jesu Christi. Dieser heiligste aller Gottesdienste hatte seit ewigen Zeiten einen festen, unverrückbaren Ablauf. Der Erzbischof jedoch vergaß nach dem allgemeinen Schuldbekenntnis die Anrufung Jesu Christi. Mehr noch, nach dem Halleluja überging er das Evangelium und nach dem Vaterunser beendete er die Messe gar gänzlich. Das führte dazu, dass der Gottesdienst – zur Freude des einfachen Volkes und der weltlichen Herren – deutlich früher beendet war als üblich. Konnte es möglich sein, dass ein Kirchenfürst seines Formates schlichtweg solche wichtigen Details vergaß? Oder geschah dies absichtlich? Caesarius schüttelte ungläubig den Kopf und verließ im Gefolge des Erzbischofs den Dom. Draußen auf der Straße kam es zu einem ersten Eklat, als der Bischof von Paderborn dem Erzbischof jegliche Ehrbezeugungen verweigerte und sich stattdessen lautstark darüber beklagte, dass Engelbert mit einem Netz von Befestigungsanlagen entlang der Handelsstraßen seinen Machtbereich beschnitt, indem er das großzügige Eintreiben von Zöllen verhinderte. „Er zwingt mich, am Hungertuche zu nagen", schimpfte der zweitmächtigste Kirchenfürst des Landes, „wo kommen wir da hin, wenn das Schule macht und sich die Kölner Erzbischöfe immer so viel herausnehmen?" Zustimmendes Gemurmel machte sich unter seinesgleichen breit. „Ins Kloster!", beschied ihm da der Erzbischof, der sich mitten unter seine Gegner gewagt hatte, ungeachtet deren zunehmender Zahl sowohl aus dem kirchlichen wie aus dem weltlichen Lager. Der Paderborner Bischof jedenfalls machte ein selten dümmliches Gesicht. „Wie – ins Kloster?", spuckte er aus. „Ganz einfach", antwortete Engelbert, während er den Paderborner mit seinem Blick fixierte, „wenn ihr am Hungertuche nagt oder mit Eurem Leben nicht zufrieden seid, dann wird es vielleicht Zeit für Euch, ein wenig mehr Ruhe zu suchen, Ruhe und innere Einkehr, und die findet Ihr am besten in einem Kloster, möglichst abgeschieden von allen weltlichen Einflüssen. Ich überlege, ob ich diesbezüglich für Euch beim

Heiligen Vater ein gutes Wort einlegen soll. Euren Posten mit einem nachrückenden Talent und treuen Mitglied des Kölner Domkapitels zu besetzen, sollte nicht schwerfallen!" Der Paderborner Bischof wurde kreidebleich im Gesicht. „Untersteht Euch", zischte er leise, „wagt es nicht …" „Wagt Ihr es nicht, mir zu drohen", unterbrach ihn Engelbert, „noch ein Misston aus Eurem Mund, und Eure Absetzung ist beschlossene Sache!" Die Bischöfe von Münster und Osnabrück, beide Brüder des Isenbergers, bemühten sich, zwischen den beiden zu vermitteln, aber Engelbert wusste, dass sie eigentlich aufseiten des Paderborners standen, weil Engelberts Politik auch ihre Macht und ihren Reichtum beschnitt. Im Grunde verachtete er sie alle. Was bildeten sich die Kleingeister ein, ausgerechnet ihm die Stirn bieten zu wollen! Engelbert nahm sich vor, auf dem Landtag klare Verhältnisse zu schaffen. Dafür begab er sich nun mit allen Fürsten, den weltlichen wie den kirchlichen, in das Palatium, die erzbischöfliche Residenz. Diese Neue Pfalz, wie sie auch genannt wurde, um sie von einem älteren Domizil zu unterscheiden, das sich näher im Stadtzentrum befand, war das Werk eines Vorgängers Engelberts im Amt des Erzbischofs. Philipp von Heinsberg hatte sie Ende des vorigen Jahrhunderts zusammen mit der neuen Stadtmauer errichten lassen, an die sie auch angebaut war, ganz am Stadtrand, westlich der ebenfalls neu errichteten Kirche St. Thomä. Sie war eine Festung innerhalb der Festung, eine landesherrschaftliche Zwingburg inmitten der Stadt, eine trutzige Wohnanlage, geschützt von einem hohen, nahezu uneinnehmbaren Turm. Sobald die hohen Herren den großen Saal des Palatiums erreicht hatten, ging es auch schon los. Der Graf von Arnsberg erhob schwere Vorwürfe gegen Engelbert, noch bevor er seine Handschuhe ausgezogen hatte. „Wie könnt Ihr Euch anmaßen, uns derart zu brüskieren?", rief er, während er die ledernen Handschuhe wütend auf den Tisch warf. „Seit Menschengedenken haben Adel und Klerus festgeschriebene Rechte. Zu den unseren gehört es, die Vogtei für Klöster zu übernehmen, dafür zu sorgen, dass die Höfe ordentliche Erträge machen und entsprechende Abgaben an das Mutterhaus leisten. Daraus stehen uns im Gegenzug gewisse Vergünstigungen zu!" Der Arnsberger sprach damit ein Problem an, das Engelbert nicht nur mit Friedrich von Isenberg hatte. Unzählige Adelige nahmen Vogteirechte war, mit denen sie ihre Einnahmen aufbesserten. Aber der Heilige Vater persönlich hatte Engelbert nun aufgetragen, mit dieser Praxis aufzuräumen – angeregt durch den Protest der Essener Äbtissin gegen das diesbezügliche Betragen des Isenbergers. Die anderen Adeligen benahmen sich nicht besser.

Daher war er nun zum Handeln gezwungen. „Völlig richtig", gab Engelbert zurück, während er seine Mitra abnahm und vor sich auf den Tisch stellte, „Vergünstigungen! Aber nirgendwo steht geschrieben, dass Ihr die Klöster und deren Höfe auspressen dürft wie ein Mühlstein den Leinsamen! Der Papst will, dass diese Praxis aufhört, und ich bin sein Werkzeug!" Dabei reckte er sich unbewusst auf seinem purpurnen Sitz in die Höhe, um noch größer zu wirken, als er ohnehin schon war. Doch ließ sich längst nicht jeder davon einschüchtern. „Ihr seid das Werkzeug des Teufels", rief der Herr von der Lippe erhitzt. „Der Schutz von Klöstern und kirchlichen Einrichtungen ist eine Sache, aber was fällt Euch ein, Marktflecken und größeren Ansiedlungen, die uns abgabepflichtig sind, die Stadtrechte zu verleihen und sie damit von uns unabhängig zu machen?!" Ein Tumult brach los. Dutzende Hände trommelten zustimmend auf die Tische. Engelbert hob beschwichtigend beide Arme, wodurch er sich kurzzeitig Ruhe verschaffte. „Als Landesherr, sei es als Graf von Berg, sei es als Herzog von Westfalen, habe ich jedes Recht dazu", ließ er die Versammlung wissen, „und als Gubernator des Reiches muss ich dessen Wohlstand und Wachstum im Auge haben. Unser Reich blüht, aber nur weil auch dessen Städte blühen. Das Volk strebt in die Städte und es strebt nach mehr Eigenständigkeit. Davor kann auch der Kaiser seine Augen nicht verschließen. Und als Stellvertreter des Kaisers habe ich in seinem Sinne zu handeln!" Erneut brandete der Tumult auf. „Und ausgerechnet Ihr habt jetzt Euer Herz für das Volk entdeckt und plädiert für mehr Eigenständigkeit?", tobte der Arnsberger weiter, „ausgerechnet Ihr, der Ihr alles an Euch reißt, dessen Ihr habhaft werden könnt? Wie steht es denn mit der Eigenständigkeit der Grafschaft Berg? Gründet doch dort so viele Städte, wie Ihr wollt! Oder überantwortet sie endlich dem wahren Erben, dem Ihr Land und Titel seit Jahren vorenthaltet! Aber lasst in Gottes Namen die Finger von unserem Eigentum!" Ein vielstimmiger, frenetischer Chor gab ihm recht. Jegliche Disziplin schien nun vergessen, edelste Fürsten brüllten wie Kesselflicker, ergingen sich in Drohungen und Verwünschungen. Thomas, der dem Treffen der wichtigsten Männer und höchsten Anführer des Landes bislang im Hintergrund beigewohnt und ungläubig den zunehmenden verbalen Entgleisungen gelauscht hatte, stellte sich nun mit seinen Männern demonstrativ weiter vorne auf, näher am Stuhl des Erzbischofs. Seine Bedenken waren jedoch unbegründet, vorerst zumindest. Der Landtag entwickelte sich zwar zu einem verbalen Schlagabtausch, wurde aber weiterhin friedlich ausgetragen, wenn auch lautstark und nicht gerade mit den freundlichsten Worten. Zu späterer Stunde löste zudem der in Strömen fließende Wein die Zungen der Kontrahenten. Grafen und Herzöge, Bischöfe und Edelherren gingen sich in harter Sprache an. Von Hundsfotten und Hurensöhnen, von Schweinehunden und Drecksäcken war die Rede. Manch einer wünschte seinem Gegenüber, dass sein Samen vertrocknen und dessen Familie aussterben oder dass ihn ganz einfach der Teufel holen möge. Der Tumult ging so lange hin und her, bis die Streithähne schwer alkoholisiert entweder an ihrem Platze einschliefen oder sich von ihren Knappen hinforttragen ließen. Die meisten schnarchten schließlich zusammen mit anderen in einer mehr oder weniger bescheidenen angemieteten Kammer. Engelbert schlief in einem sauberen Bett mit samtenem Baldachin im Obergeschoss des Palatiums. Thomas und seine Männer machten es sich im Stall direkt neben ihren Pferden gemütlich. Heinrich von Himmerode hatte dem Fischersohn eine Kammer neben dem Schlafgemach des Erzbischofs angeboten, Thomas aber hatte abgelehnt, weil er lieber seinen Vertrauten nahe sein wollte. So entging ihm, dass der Erzbischof noch zu später Stunde einen weiteren Gast empfing, offiziell, um ein persönliches Problem zu bereinigen. „Wie steht es, Vetter?", begehrte Engelbert zu wissen, „ist die Falle schon gestellt? Scharrt der Limburger schon mit den Hufen, weil er es nicht mehr erwarten kann, mich endlich in die Finger zu bekommen? Er hatte offenbar nicht den Mut, hier zu erscheinen!" Graf Friedrich von Isenberg seufzte. „In der Tat, die Falle ist zumindest auserstehen", gab er zu, „auf Eurem Rückweg, kurz vor Schwelm, gibt es einen Hohlweg. Dort soll es geschehen. Zwei Dutzend Männer werden Euch in Gewahrsam nehmen!"

Friedrich überlegte, ob er seinem Großvetter von seinem neuen Knappen Rennekoie und dessen stetem Übereifer berichten sollte, verwarf diese Idee aber. Besser, man weckte keine schlafenden Hunde. Vielleicht hätte der Erzbischof seine Führungsqualitäten angezweifelt und ihm noch eine weitere Person vor die Nase gesetzt. Jedenfalls wollte er sich diese Sache nicht aus den Fingern gleiten lassen. Deshalb hatte er den Erzbischof auch alleine aufgesucht. Für dieses Gespräch brauchte er keine Zeugen, erst recht nicht seinen vorwitzigen Knappen. Engelbert zog eine Augenbraue hoch. „Zwei Dutzend Männer?", hakte er nach. Friedrich nickte. „Die Hälfte sind Knechte von mir, die anderen sind Limburger", erklärte der Isenberger, „damit soll Euer Widerstand schnell gebrochen und ein Ausbruch Eurerseits verhindert werden!" Trotzdem runzelte Engelbert die

Stirn. „Mit wie viel Widerstand meinerseits rechnen sie denn? Wenn da mal nicht mehr dahintersteckt", erging sich der Erzbischof in vagen Vermutungen. „Vielleicht will der Limburger sicher gehen, dass du nach seiner Pfeife tanzt!" Engelbert verfiel mit Absicht in das „Du". Einerseits suggerierte er damit eine gewisse Vertrautheit zwischen ihnen, andererseits brachte diese Form der Anrede auch ein gerüttelt Maß an Respektlosigkeit dem Untergebenen gegenüber zum Ausdruck. „Jedenfalls wird es uns so größere Mühe kosten, die Limburger Schergen vom Hals zu bekommen. Hast du einen Mann deines absoluten Vertrauens?", fuhr der Machtmensch fort. Friedrich nickte, seit einiger Zeit einen beständigen Kloß im Hals. „Dann hör genau zu …" Mit akribischer Genauigkeit schilderte der Erzbischof nun seinem Großvetter einen gewagten Plan, wonach Friedrich nach erfolgreicher Gefangennahme seiner Person einen Mann zu den Höhenzügen östlich des Rheins schicken solle, um dort ein Signalfeuer anzuzünden. Damit würde er ein kleines Heer instruieren, augenblicklich gegen Lüttich vorzurücken. Er selbst wollte auf die Isenburg gebracht werden, wo Friedrichs Männer dann gemeinsam mit Engelberts Eskorte, die ihnen unbemerkt folgen würde, die Limburger Schergen entwaffnen und einkerkern sollten. „Ein ausgeklügelter Plan, fürwahr", meinte Friedrich mit ehrlicher Bewunderung, „klingt wie das dramatische Ende einer Heldensage. Aber um es noch mal genau zu erfragen: Was habe ich davon? Schließlich haben wir uns noch immer nicht darüber verständigt, was mit den strittigen Vogteirechten geschieht!" Engelbert setzte ein gewinnendes Lächeln auf. „Die Vogtei bist du los, was auch immer geschieht", schockierte er den Isenberger. Der wollte sogleich aufbrausen und etwas entgegnen. „Aber …", zu mehr kam er nicht. Engelberts erhobene Hand gebot ihm zu schweigen. „Aber wenn unser Plan gelingt, hast du ausgesorgt", stellte ihm der Erzbischof in Aussicht, „schließlich wird dann ein neuer Burgherr von Lüttich und Herzog von Limburg gebraucht, wenn du verstehst, was ich meine!" Friedrich verstand. „Und nun schick mir deine Brüder", verlangte der Erzbischof von seinem Großvetter, „mit denen hab' ich noch ein Hühnchen zu rupfen!" Friedrich riss erschrocken die Augen auf. „Keine Sorge" fügte Engelbert an, „ich werde mit keiner Silbe auf dich und unseren Plan eingehen!" Damit schickte er den Isenberger fort.

„Ich trau dem Braten nicht, da ist irgendetwas faul", brummte Herenbert Rennekoie, während er sein drittes Bier hinunterstürzte. Er war mit Gieselher, dem zweiten von Friedrichs Männern, die der Isenberger mit nach Soest genommen hatte, in einer der Gaststuben eingekehrt, in denen einfache Männer gegen kleine Münze etwas zu essen und noch mehr zu trinken bekamen. Damit ging es ihnen an diesem Abend sicher besser als ihren Spießgesellen, von denen ein Teil außerhalb der Stadt in einem nahen Wäldchen auf weitere Befehle wartete, für den Fall, dass der Plan noch geändert wurde. Der Rest lagerte in der Nähe des besagten Hohlweges, um dafür zu sorgen, dass hier die Luft rein war, wenn es losging. Trotzdem fühlte sich Rennekoie unbehaglich. „Warum denn?", fragte Gieselher, der spätestens seit der Sache auf dem Essener Gutshof einen Narren an dem streitbaren Altknappen gefressen hatte und ihn als ihren eigentlichen Anführer sah, „der Plan ist doch abgesprochen. Das Einzige, was fehlt, ist der Erzbischof im Hohlweg!" Rennekoie nicht, während er seinen Krug abstellte. „Das ist es ja gerade. Wozu dann die Heimlichtuerei mit dem Erzbischof?", verlieh er seinen Gedanken Ausdruck. „Der lenkt in Sachen Vogtei ohnehin nicht ein. Also was gibt es da zu tuscheln, was wir nicht hören dürfen?" Gieselher hob desinteressiert die Schultern. „Familienangelegenheiten?", vermutete er, „schließlich sind die beiden Vettern oder so was. Dafür brauchen sie dich nicht!" Rennekoie schüttelte ungehalten den Kopf. „Unsinn! Da steckt mehr dahinter", behauptete er, „über Familienangelegenheiten oder die Essener Vogtei könnten sie sich auch in unserer Gegenwart austauschen. Schließlich hat er uns eigens dazu mit in das Kloster geschleppt. Nein, da muss was anderes im Busch sein!" Gieselher dämmerte, dass sein Kumpan recht haben könnte. „Was, wenn er uns verpfeift?", kam es diesem in den Sinn. „Was ist, wenn er dem Erzbischof unseren Plan verrät, um sich lieb Kind zu machen, und dafür uns alle, den Limburger Herzog eingeschlossen, dem Henker überantwortet?" Gieselher verschluckte sich augenblicklich an dem Schluck Bier, den er gerade die Kehle hinunterlaufen lassen wollte. „Teufel, damit brächte er uns an den Galgen", prustete er hervor. Rennekoie nickte. „Dem müssen wir vorbeugen", meinte er. Dabei biss er sich nachdenklich auf die Lippen. „Na, Bürschchen, braucht ihr nicht etwas Gesellschaft? Spendiert mir ein Bier und ich unterhalte Euch ein bisschen", säuselte eine nicht mehr taufrische Hure mit rotem Haar, die sich zwischen die beiden drängte und

Rennekoie dabei wenig schamhaft ans Gemächt griff. „Und wenn ihr noch eine Schüssel Eintopf springen lasst, blase ich euch sogar einen", schlug sie unverblümt vor, „jedem von euch, na, wie wär's?" Ein anderes Mal hätte Rennekoie ihren Verlockungen vielleicht nicht widerstanden, aber jetzt hatte er Wichtigeres im Sinn. „Zieh Leine", wies er die Hure zurecht und trat ihr zur Unterstützung seiner Worte einmal kräftig in den nicht mehr ganz so knackigen Hintern. Schimpfend zog sie weiter zum nächsten möglichen Kunden. Gieselher blickte ihr mit einem gewissen Bedauern nach. „Und wie willst du das anstellen?", nahm er den Gesprächsfaden von vorhin wieder auf. Rennekoie entblößte eine erstaunlich weiße und gesunde Zahnreihe. „Indem ich dem Grafen und dessen etwaigem Verrat zuvorkomme", verkündete er selbstbewusst, „ich verrate unseren Plan an den Erzbischof!" Gieselher klappte der Unterkiefer herunter, er verstand nun die Welt überhaupt nicht mehr. Auf seinem Gesicht malte sich deutlich eine Frage ab, die der Knappe beantwortete, bevor sie gestellt wurde. „Ich werde ihm einen Brief schreiben, in dem ich Graf Friedrich als Rädelsführer einer Verschwörung denunziere", ließ ihn Rennekoie wissen, „aber keine Sorge, er wird meinen Worten keinen Glauben schenken – denn entweder weiß er mehr als ich oder er wird einem Mitglied seiner Familie das nicht zutrauen, wie ich ihn kenne." Gieselher schwirrte der Kopf, das war zu hoch für ihn. „Das ist auch nicht wichtig", fuhr Rennekoie fort, „wichtig ist nur, dass wir sagen können, wir hätten ihn gewarnt, wenn etwas schiefgeht!" Gieselher blickte ihn nur noch konsterniert an. „Was guckst du so", hakte Rennekoie nach, „war das zu hoch für dich? Was verstehst du denn nicht?" Gieselher fasste sich, um das Unglaubliche auszusprechen. „Kannst du tatsächlich schreiben?"

Wenige Minuten, nachdem der Isenberger gegangen war, empfing der Erzbischof dessen Brüder, Dietrich, den Bischof von Münster, und Engelbert, Bischof von Osnabrück, der damit nicht nur Groß-, sondern auch Namensvetter des Kirchenfürsten war. „Wir sind untröstlich, dass der Bischof von Paderborn Euch heute vor dem Dom so brüskiert hat", winselte Dietrich von Isenberg-Altena, als sie vor Engelbert antraten. Doch der beschied ihm mit einer Handbewegung zu schweigen. „Ich will nichts mehr davon hören! Er unterwirft sich, oder er wird abgesetzt", verkündete der mächtige Erzbischof, „sagt mir lieber, wie es um Eure eigene Treue steht?!" Die Brüder blickten sich erstaunt an und dann wieder zu Engelbert. „Was soll mit unserer Treue sein? Wir stehen fest zu Euch", log der Namensvetter Engelberts mit Unschuldsmine. Zur Antwort warf der ihnen einen durchdringenden Blick zu. „Die Spatzen pfeifen aber etwas anderes von den Dächern", behauptete er, „mir wurde zugetragen, dass Ihr eine Verschwörung plant oder zumindest deckt, die meine Entführung zum Ziel hat!" Fast schon triumphierend, wie ein Richter, der einen Sünder überführt hat, thronte der Erzbischof über ihnen. Den Isenbergern, die etwa eine Handbreit kleiner waren als er, blieb die Luft weg. Der Osnabrücker Bischof schnaufte schwer und war im Begriff, ihre Verstrickung zu gestehen und um Gnade zu bitten, doch sein Bruder trat ihm noch rechtzeitig auf den Fuß. „Wie könnt Ihr auch nur ansatzweise an unserer Loyalität zweifeln, Vetter", beschwerte sich Dietrich von Isenberg-Altena stattdessen. „Haben wir Euch nicht immer Dankbarkeit entgegengebracht? Haben wir nicht auch heute Morgen versucht, die Wogen gegen Euch zu glätten? Nie würden wir irgendein Falsch gegen Euch hegen, wozu auch, seid Ihr allein doch unser Gönner!" Der Erzbischof lächelte milde. „Das will ich meinen. Dann wird es sich vermutlich um eine üble Verleumdung handeln!", lenkte er zum Schein ein, „denn Ihr wäret ja dumm, wenn Ihr Euch gegen mich vergehen würdet, nicht wahr?" Die Isenberger nickten eifrig. „Welcher Hund beißt schon die Hand seines Herrn?", fuhr der Erzbischof fort. „Es würde ihm ja auch nicht gut bekommen. Er würde unweigerlich verhungern oder zur Strafe ertränkt werden!" Dietrich schluckte vernehmlich. „Das wäre die gerechte Strafe Gottes", meinte sein Bruder, „für so viel Untreue!" Dabei setzte er ein betont gleichmütiges Gesicht auf. Schier endlose Sekunden lang ließ der Erzbischof ihn dafür nicht aus den Augen. „Gehet hin in Frieden und gedenkt Eurer Pflichten als Hirten", sagte er schließlich, „und mischt Euch nicht in Dinge, die Euch den Kopf kosten können!" Mit diesen Worten entließ er sie endlich aus seinem Bann und erlaubte ihnen, sich wieder zu entfernen. „Das war knapp", entfuhr es Engelbert von Isenberg, als sie sich eine Etage tiefer in den ihnen zugeteilten Gemächern in Sicherheit wähnten. „Das war nur knapp, weil du beinahe alles verraten hättest", zischte sein Bruder, „du wärst ihm glatt auf den Leim gegangen!" „Aber es klang wahrhaftig, als wisse er tatsächlich Bescheid?!", protestierte sein Bruder. „Das war eine Finte", vermutete Dietrich, „von wem soll der denn einen solchen Hinweis erhalten haben? Von Herzog Walram vielleicht? Oder von Friedrich? Niemand von uns ist so dicke mit dem Erzbischof, als dass er uns dafür ans Messer liefern würde. Ich bin sicher, es ist nur eine Finte, die ein Gerücht aufklären soll, mehr nicht! Wir müssen nur dringend klären, wie viel ihm unser Bruder Friedrich verraten hat, den er kurz zuvor ganz sicher auch mit der Sache konfrontiert hat!" Friedrich jedoch gab sich völlig unbeteiligt, als sie ihn zur Rede stellten. Er gab zwar zu, dass der Erzbischof auch ihm zugesetzt habe, aber er, Friedrich, wäre darauf nicht eingegangen und hätte sich als unwissendes Unschuldslamm präsentiert. Dem schenkten alle nur allzu gern Glauben.

„Wie lauten Eure Befehle?", wandte sich Thomas direkt an Engelbert, sobald sich dieser nach einem weiteren langen Verhandlungstag, dem dritten in Folge, als Letztes von dem Isenberger verabschiedet hatte. Drei Tage hatte der Fischersohn ohne Fragen und Murren ausgeharrt, drei Tage diesen Landtag mit seinen schier endlosen Streitereien über sich ergehen lassen, aber nun hielt er es nicht mehr aus. Wie konnte der Erzbischof so gelassen bleiben, wo doch in Kürze seine Entführung geplant war? Oder täuschte er diese Gelassenheit nur vor? Drei Tage lang hatte er mit den führenden Männern des Landes diskutiert, gestritten und gehandelt, ohne auch nur einen Schritt weitergekommen zu sein. Aber das wollte der Erzbischof wahrscheinlich auch gar nicht, er tat ohnehin nur, was er für richtig hielt. Nun aber konnte niemand behaupten, er wisse nicht Bescheid. Engelbert hatte den Grafen und Großgrundbesitzern unmissverständlich erklärt, dass eine neue Zeit angebrochen sei. Immer mehr Städte würden im Lande entstehen, immer mehr Volk nach eigener Bestimmung streben. Die Kirche würde zukünftig selbst ihre Voigteirechte wahrnehmen, ohne Ausnahme. Dies besagte der Befehl des Papstes. Deshalb täten die Vögte gut daran, sich ihre Rechte gegen bare Münze oder eine Rente abkaufen zu lassen, solange noch Gelegenheit dazu war. Wer dies versäumte, würde seine Voigtei früher oder später zwangsweise verlieren. Als die hohen Herren dies nicht einsehen wollten, drohte der Erzbischof ihnen mit dem Wormser Konkordat, wonach weltliche Herren und Verwalter kirchlicher Güter jederzeit durch kircheneigene Ministerialen ersetzt werden konnten. Das saß, führte aber auch nicht gerade zu Begeisterung. Die Stimmung im Saal blieb bedrückt, ja zuweilen offen feindselig. Ein hoher Herr nach dem anderen verließ schließlich den Landtag und kehrte in seine Heimat zurück, etliche mit Flüchen und Verwünschungen auf den Lippen. Aber wie stand die Sache mit Friedrich von Isenberg? Thomas platzte vor Anspannung. Der Erzbischof hingegen schien müde zu sein, sah aber ein, dass er seinen Leibwächter nicht weiter auf die Folter spannen konnte. „Setzt Euch", beschied er ihm im nahezu leeren großen Saal des Palatiums und schob ihm mit dem Stiefel einen Stuhl zu. Thomas tat wie ihm geheißen. „Morgen in aller Frühe werden wir dieses gastliche Soest verlassen, das den Kölner Erzbischöfen so dankbar ist für all das, was sie für die Stadt getan haben", teilte er ihm mit einer gehörigen Portion Sarkasmus mit. „Wir werden ein zügiges Tempo an den Tag legen, doppelt so schnell wie auf einem Heerzug, und versuchen, noch am gleichen Abend in Schwelm zu sein, wo ich am nächsten Morgen eine Kirche weihen soll. Etwa eine Wegstunde vor Schwelm liegt der Gevelsberg. Hier führt ein Hohlweg über die Anhöhe. Dies ist der Ort, an dem es geschehen soll!" Thomas schluckte. „Und was genau wird geschehen, Eminenz?", verlieh er seiner Ratlosigkeit Ausdruck, „was kommt dort auf uns zu und wie sollen wir darauf reagieren?" Engelbert warf ihm einen undurchsichtigen Blick zu, als sei ihm die Sache zwar selbst nicht geheuer, aber als habe er keine andere Wahl. „Sie werden den Weg vorne und hinten dicht machen und dann mit zwei Dutzend Männern über mich herfallen und mich binden, das wird geschehen", klärte er Thomas auf, „Ihr jedoch werdet dann nicht mehr bei mir sein!" Thomas runzelte die Stirn. „Wie das?" – „Weil ich Euch zusammen mit dem Kellermeister und dem Schreiber voranschicken werde", fügte Engelbert an, „offiziell, um das Quartier zu bereiten. Tatsächlich aber werdet Ihr nicht weit von diesem Hohlweg entfernt warten, bis der Überfall vorüber ist. Ich jedenfalls werde mich nach einer gespielten, aber hoffentlich überzeugenden Gegenwehr gefangen nehmen und zur Isenburg schaffen lassen. Ihr folgt uns heimlich. Niemand darf ahnen, dass meine Gefangennahme gescheitert oder nur gespielt ist, bis Walram sicher sein kann, dass sein Plan Erfolg hatte!" „Nur gespielt?" Thomas war sich noch nicht so ganz im Klaren darüber, was an der Sache Schauspiel war und was bitterer Ernst. „Nun, Ihr seid eingeweiht und der Isenberger auch", erläuterte der Erzbischof gestenreich, „dessen Männer werden Euch in der darauf folgenden Nacht die Tore der Isenburg öffnen. Gemeinsam werden seine und Eure Kämpfer die Limburger entwaffnen – oder niedermachen, wenn sie sich wehren!" Thomas lief es eiskalt über den Rücken; seit dem Kreuzzug hatte er keinen Menschen mehr töten müssen und war auch nicht selbst in Gefahr geraten. „Ihr werdet mich aus dem Kerker befreien, und gemeinsam ziehen wir über den Rhein, wo ein kleines Heer darauf wartet, sich mit uns zu vereinen. Auf ein geheimes Feuersignal, das ein Knappe Isenbergs am Abend meiner Entführung in Sichtweite des Rheintales entzündet, werden diese Truppen bereits gen Lüttich gezogen sein. Herzog Walram ist darauf nicht gefasst, denn er hat seine verfügbaren Männer aus seiner Hauptstadt bereits abgezogen. Sie warten vor meiner Burg Valant darauf, diesen erzkölnischen Stachel in seinem Fleisch herauszureißen. Wir nehmen Lüttich und setzen Walram gefangen!" Nachdem er geendet hatte, blickte er Thomas mit glühenden Augen an, als erwarte er dessen Bewunderung. Thomas jedoch war nicht danach zumute. Der Plan klang plausibel, ja geradezu fantastisch, und genau deswegen gefiel er ihm nicht. Und daraus machte er keinen Hehl. „Verzeiht, Eminenz, es ist sicher nicht an mir, den Erfolg des Unterfangens infrage zu stellen", formulierte er es vorsichtig, „aber es gibt verschiedene Punkte, die mir nicht gefallen. So kann ich es nicht gutheißen, Euch mit Euren Häschern allein zu lassen. Woher wollt Ihr wissen, dass sie Euch wirklich nur gefangen nehmen und Euch nicht doch nach dem Leben trachten? In dem Falle wäre kein Schwert da, Euch zu verteidigen!" Engelbert warf eine seiner blonden Locken zurück. „Eure Bedenken ehren Euch", ließ er Thomas wissen, „aber Hand aufs Herz, lebend nütze ich ihnen weitaus mehr. Warum sollten sie mich töten?" Thomas zuckte mit den Achseln. „Aus Hass? Wenn alle aus Kalkül handeln, soweit gebe ich Euch Recht, ergibt es mehr Sinn, wenn sie Euch am Leben lassen. Aber handeln alle Menschen so?" Engelbert war anzusehen, dass er nicht diskutieren wollte, und im Begriff war, unwirsch zu werden, denn er war es nicht gewohnt, dass ihm jemand widersprach. Vielleicht wollte er auch einfach keine Bedenken und Ängste zulassen. Aber Thomas' offensichtlich ehrliche Beweggründe stimmten ihn milde. „Ich danke Euch für Eure Sorge und Eure Bereitschaft, mich zu schützen", begann Engelbert, „aber wenn Ihr mit Euren Männern bei mir bleibt, kommt es ganz sicher zu Blutvergießen. Die Sache wird eskalieren. Am Ende liegt Ihr mit Euren Männern entseelt im Hohlweg, wenn auch gewiss zwischen einem Dutzend Gegnern, und ich liege abgestochen direkt daneben. Nein, mein Freund, Ihr verlasst auf mein Zeichen den Schauplatz und verdrückt Euch, ebenso wie meine engsten Vertrauten, der Kellermeister und mein Schreiber Caesarius. Nur dann läuft die Entführung glimpflich ab. Friedrich bürgt mir dafür. Und für den Notfall sind ja noch Ritter Leonius und Konrad von Dortmund dabei, die mögen weiter mit mir reiten, sie stellen ohnehin kein Hindernis für die Angreifer dar!" Thomas musste klein beigeben, schließlich wollte er nicht dafür verantwortlich sein, dass der sorgfältig ausgeklügelte Plan scheiterte. Aber ein ungutes Gefühl blieb. „Ich werde tun, was Ihr sagt", meinte er zu Engelbert, „und mich mit meinen Männern entfernen, sobald Ihr es wünscht. Aber wir bleiben in der Nähe. Besteigt bitte zumindest Euer Streitross, wenn wir uns dem Hohlweg nähern, und stoßt in ein Horn, wenn die Sache anders läuft als geplant. Dann kommen wir, um zu retten, was zu retten ist!" Engelbert versprach es und sie verabschiedeten sich. Da es schon spät war, ließ Engelbert lediglich noch einen letzten Krug Wein und etwas Huhn kommen.

Danach wollte er zu Bett gehen. Einer inneren Eingebung folgend, bat er jedoch einen engen Vertrauten, den ehrwürdigen Bischof von Minden, noch einmal zu sich. „Was kann ich für Euch tun, Eure Eminenz?", begehrte dieser zu wissen. „Ihr könnt einem von Sorgen gebeugten Mann das Gewissen erleichtern", gab Engelbert zurück. „Seid so gut und nehmt mir die Beichte ab!"

„Kommt schnell, ihr müsst mir helfen", rief der atemlose Ewald, nachdem endlich die Tür geöffnet wurde, „ich weiß nicht mehr weiter!" Noch schlaftrunken starrte ihn die hochschwangere Sibylla an. Sie konnte sich kaum auf den Beinen halten. Was wollte der Schmied zu so später Stunde von ihr? Oder war es schon zu früher Stunde? Jedenfalls war es noch mitten in der Nacht. Ein vehementes Pochen an der Haustür, das nicht verstummen wollte, hatte sie unsanft aus dem Schlaf gerissen, und sie brauchte einen Moment, bis sie sich orientieren konnte. Katharina, die mit einem Mal neben ihr stand, ging es offenbar ähnlich. Seit der Geburt ihres Kindes schlief die junge Mutter jedes Mal bei ihr, wenn Thomas nicht im Haus war. Laut Katharina taten sie dies zum Schutz der werdenden Mutter, denn es gäbe ja auch plötzliche Frühgeburten, meinte sie. Im Grunde geschah es aber auch wegen Katharina selbst, die sich in der Nähe ihrer angeheirateten Schwester, wie sie sich nannten, einfach sehr wohl fühlte. Diese Vertrautheit war während der langen Abwesenheit von William gewachsen. Auch der Säugling schlief in diesen Nächten besser. Wenn die Kleine mitten in der Nacht Hunger bekam, geschah es nicht selten, dass Sibylla wach wurde und das Kind einfach an die Brust der Mutter legte. Danach schliefen Mutter und Kind in der Regel selig weiter. So hatten sie sich dieses Ritual schon seit einiger Zeit angewöhnt. Daran hatte auch

Williams Rückkehr nichts geändert. Katharina liebte den ehemaligen Tempelritter, aber manches musste warten, bis ihr Körper wieder völlig hergestellt war. Schließlich lag die Geburt noch nicht lange zurück. Vielleicht brauchte aber auch ihre Seele ein wenig Aufmunterung. Irgendwie brachte sie es noch nicht fertig, sich mit dem Säugling jede Nacht neben William zu legen. Vielleicht hatte er sie eine Spur zu lange allein gelassen. Vielleicht spielten dabei ihre traumatischen Erlebnisse mit den Männern eine Rolle, die ihre Eltern ermordet und ihr beinahe Gewalt angetan hatten. Das heißt, sie hatten ihr Gewalt angetan, nur waren sie nicht dazu gekommen, sie vollends zu schänden, weil plötzlich die alte Sigrun aufgetaucht war mit ihrem wirren Haar und der Schlangenhaut um den Kopf, die die Männer wohl deshalb für eine Hexe gehalten hatten. Seither hatte sie ab und an den Wunsch, sich vom anderen Geschlecht zurückzuziehen. William war die erste und einzige Ausnahme gewesen, und das würde er auch bleiben. Sie liebte ihn – vor allem sein jungenhaftes Lachen, seine blitzenden Augen, seine Warmherzigkeit. Er erinnerte sie ein wenig an den Vater. Sie liebte ihn für seinen Mut, für seine Aufrichtigkeit und für die Freundschaft, die ihn mit ihrem Bruder verband. Sie liebte ihn und konnte sich ihm auch körperlich öffnen. Zumindest hatte sie das vor Jahresfrist das eine oder andere Mal getan und dabei Freude, Erregung und tiefe Liebe empfunden. Allerdings bewegte sie sich dabei immer wieder auf dünnem Eis – auch jetzt noch. William machte es ihr leicht, weil er viel Verständnis aufbrachte und sie nie bedrängte. Dafür liebte sie ihn noch einmal so sehr. Nach seiner Rückkehr am Tag von Hildruths Geburt war er kurzerhand in eines der freien Häuser für die Männer am Wupperknick gezogen und hatte lediglich gesagt, er wolle es schon einmal für seine Familie wohnlich herrichten, alles andere würde sich finden. Später war sie ihm mit dem Säugling dorthin gefolgt. Aber so ganz konnte sie sich noch nicht auf seine Umarmung einlassen, allerdings war dafür in der Tat seit der Geburt nicht genug Zeit verstrichen. Und wenn Thomas fort war, genoss sie es immer noch, ab und an wie zuvor im Haupthaus zu schlafen. Dann war William zu nächtlicher Einsamkeit verurteilt. Daran hatte auch ihre Liebe nichts geändert. Solcherlei Gedanken gingen Katharina durch den Kopf, während sie sich im Halbschlaf unschlüssig der Haustür näherte, vor der Sibylla mit jemandem sprach. „Schnell, ich glaube, sie stirbt mir sonst!", bat der kräftige Mann an der Tür händeringend. „Sie hat Fieber, oder …" – „Oder was?", kam es aus Sibyllas Mund. „Oder sie ist von einem Dämon besessen!", brachte der Schmied hervor, „sie träumt wieder und sieht offenbar furchtbare Dinge!" Mit einem Mal erkannte Katharina den Schmied und war hellwach. Maria brauchte Hilfe. „Worauf warten wir dann noch?", übernahm sie wie so oft das Kommando, „kommt mit!"

Herenbert Rennekoie gab sich alle Mühe, die Lettern so sorgfältig wie möglich auf das Pergament zu bringen. Der Erzbischof sollte die Warnung ernst nehmen. Sie sollte aussehen wie die Mitteilung eines Grafen oder Geistlichen, also eines gebildeten, halbwegs gleichgestellten Menschen. „Nehmt Euch in Acht", sprach er sich selbst die nächste Formulierung vor, „Graf Friedrich von Isenberg ist Euch gram und trachtet danach, Euch zu entführen!" Dann zeichnete er die Worte sauber mit Tinte und Feder nach. Die Buchstaben zu Beginn eines jeden wichtigen Satzes versah er mit einer kleinen Verzierung, einem Häkchen hier, einem geschwungenen Bogen dort, um ihnen mehr Individualität und Bedeutung zu geben. Gieselher spähte Herenbert über die Schulter. Sie saßen zu später Stunde im Hinterzimmer einer schäbigen Spelunke nahe der Soester Stadtmauer. Da alle anderen Gäste bereits gegangen waren oder volltrunken auf den Bänken schnarchten, konnten sie ziemlich sicher sein, hier keine ungebetenen Beobachter zu haben. „Wo hast du das gelernt", wollte Gieselher wissen, „wer hat dir Lesen und Schreiben beigebracht?" Herenbert wollte ungehalten werden, übte sich dann aber doch in Geduld, wie er es oft mit Gieselher hielt, der offenbar einen Narren an ihm gefressen hatte. „Ein frommer Lehrer in Lüttich", gab er stattdessen milde zurück, „von dem mich der Herzog von Limburg zusammen mit seinen Söhnen unterrichten ließ!" – „Wie das?", kam es Gieselher überrascht über die Lippen, „bist du etwa …?" – „Keine Ahnung", unterbrach ihn Rennekoie unwirsch, „er tat es einfach, vielleicht hat er meine Mutter gemocht!" Er war fertig mit seinem Brief, rollte ihn zusammen und verschloss ihn mit etwas Kerzenwachs, damit er offizieller aussah. Gern hätte er jetzt ein Siegel gehabt, um es in das weiche Wachs zu drücken, aber er, der Bastard, als der er sich manchmal selbst sah, besaß keins. Noch einmal schalt er sich Bastard – so wie er es immer tat, wenn er sich Mut für eine bevorstehende Tat machen wollte. „Nein Bastard, du hast kein Siegel. Noch nicht. Aber das werde ich noch zu ändern wissen …"

„Nein, geht, fort mich euch!" Die Stimme kam aus dem fast völligen Dunkel. Sibylla und Katharina konnten kaum die Hand vor Augen sehen, als sie den Raum hinter Ewalds Schmiede betraten. Nur eine alte Öllampe, die sonst neben der Esse stand, erleuchtete mehr als spärlich den Ort des Geschehens. An normalen Tagen war es hier drin sicher recht gemütlich, mit den dicken Fellen an den Wänden und über dem selbst gezimmerten Bett. Ewald hatte auch bei der sonstigen Einrichtung des Raumes bewiesen, dass er ein geschickter Handwerker war. Holzbretter, die beim Kochen und Essen als Unterlage dienten, und Krüge standen fein säuberlich in stabilen Regalen. Alles machte einen sehr ordentlichen Eindruck. Aber jetzt schien das Zimmer eine Art Vorhof zur Hölle zu sein, unterstützt durch den Geruch der angrenzenden Schmiede. Sibylla hielt den Atem an, als sich ihre Augen an das Dunkel gewöhnt hatten und sie die Frau des Schmiedes auf dem Bett liegen sah, das sie üblicherweise mit Ewald teilte. Maria war vollkommen nackt, und ihr Körper von oben bis unten von Schweiß bedeckt. „Entschuldigt, aber sie hat so geschwitzt", erklärte der Schmied händeringend, „dreimal hab' ich sie umgezogen, jetzt weiß ich nicht mehr, was ich ihr anziehen soll. Alles war in wenigen Sekunden wieder durchnässt!" Maria wälzte sich mit verdrehten Augen auf dem Bett, als läge sie im Todeskampf. „Oh Gott, weh mir! Was hab' ich diesen Männern denn getan?", jammerte sie, wobei ihre Stimme eigentümlich verändert, ja fast männlich klang. Dann bäumte sich ihr Körper plötzlich vehement auf und zuckte viele Male. Katharina starrte irritiert auf das Geschehen, unfähig, sich der Faszination dessen zu entziehen, was vor ihren Augen ablief. Wären die Worte nicht gewesen, hätte man es für ein an Heftigkeit kaum zu überbietendes Liebesspiel halten können, wenn auch ein sehr einseitiges – oder tatsächlich für das Werk eines Dämons, der von Maria Besitz ergriffen hatte. Wieder und wieder bäumte sie sich auf, wurde jedoch zusehends schwächer. Für Katharina war dies der Moment zu handeln. Ohne Zögern warf sie sich auf die Freundin und versuchte, sie festzuhalten, damit sie sich nicht verletzte. Aber allein konnte sie gegen die Kräfte, die in Maria tobten, nichts ausrichten. „Hilf mir, sie verrenkt sich sonst noch den Hals oder Schlimmeres!", rief sie den anderen zu, meinte aber vor allem den wie gelähmt dastehenden Ewald. Sibylla war in ihrem jetzigen Zustand keine Hilfe, im Gegenteil, Marias Aufbäumen konnte für sie sogar gefährlich werden. Also musste Ewald heran. Es dauerte einen Moment, bis er begriff, dann stieg er zu Katharina aufs Bett und hielt Marias andere Seite fest. „Hol Wasser und Tee, was weiß ich, irgendwas", rief Katharina ihrer Schwägerin zu, die jedoch überlegen musste, wie sie der Situation begegnen sollte. Da entfuhr Maria ein Schmerzensschrei, der wenig Irdisches an sich hatte. In diesem Moment betrat auch William die Szenerie, weil er den Lärm gehört hatte und zu Hilfe eilen wollte. Ungläubig starrte er nun auf das Bett des Schmieds. Dort warf Maria noch einmal den Kopf in die Höhe. „Oh Herr, in deine Hände befehle ich meinen Geist", kam es aus ihrem Mund. Dann fiel sie mit verdrehten Augen hinten über. Alle hielten den Atem an. William reagierte als Erster, danach Katharina. Gemeinsam beugten sie sich über Marias Mund und Nase. William hielt ihr zudem einen Finger an die Halsschlagader. „Sie lebt", kam es beiden zugleich über die Lippen. „Gott sei Dank", meinte Katharina, „aber jetzt sollten wir sie einwickeln, sie wird gleich frieren!" Sibylla schickte Ewald, sogleich einige Decken aus dem Haupthaus zu holen; sie selbst wollte ein paar ihrer alten Kleider aus der Zeit vor der Schwangerschaft holen. „Wartet einen Moment", hielt William sie auf, „was war das für eine Vorstellung?" Ein furchtbarer Verdacht war ihn ihm aufgekeimt. „Das war eine ihrer …" Ewald druckste ein wenig herum, „eine ihrer Vorahnungen!" Dann schlug er die Augen zu Boden. „Wovon, kann ich nicht sagen, aber es wird in letzter Zeit immer schlimmer!" William wusste genau, wovon Maria geträumt oder welche Vorahnung von ihr Besitz ergriffen hatte. „Wohin genau ist Thomas gegangen?", erkundigte er sich bei Sibylla. „Thomas?", antwortete die Frau seines besten Freundes erschrocken, „glaubst du, sie hat von ihm geträumt?" – „Nicht von ihm", schüttelte William den Kopf, „von dem Mann, den er beschützen soll, vom Erzbischof – oder besser gesagt, von dessen Tod!" Sibylla und Katharina schlugen die Hände vor den Mund. „Sie sind nach Soest, zum Landtag", fügte Sibylla an, „und dann zu einer Kirchweihe, in Schwelm, glaube ich!" Einen Atemzug später saß William im Sattel.

Eine solche Beichte hatte der Bischof von Minden noch nicht erlebt. Ihm standen jetzt noch die Haare zu Berge, wenn er an das erzbischöfliche Geständnis vom Vorabend dachte, an die im Namen Gottes bzw. des

Erzbischofs verübten oder beorderten Verfehlungen und Untaten, die vornehmlich dem Zweck gedient hatten, den Spross des Hauses Berg an die Macht zu bringen, in Köln, in der Grafschaft Berg und später im Reich. Von Bestechung und Bedrohung, von Überfällen und Brandschatzung, von Enterbung und Beschlagnahme war da die Rede gewesen. Der Bischof überlegte ernsthaft, ob er nicht selbst bei einem frommen Bruder sein Gewissen erleichtern müsse, das jetzt mit Engelberts Bürden so belastet war. Und das alles sollte geschehen sein, um gar üblere Subjekte aus ihren Ämtern zu vertreiben oder von der Macht im Lande fernzuhalten? Der arme Bischof geriet in einen Zwiespalt der Gefühle, denn im Grunde mochte er Engelbert. „Aber spiegelt sich nicht auch in solchen Taten Gottes Wille wider, so er sie denn hat geschehen lassen", überlegte er. Dann hatte er möglicherweise den Teufel mit dem Beelzebub ausgetrieben. Doch damit nicht genug. Der Erzbischof hatte obendrein etliche Sünden des Fleisches gestanden. Sünden, die er zumeist mit Kaufmannsfrauen oder noch höheren Damen begangen hatte. Und mit der jungen Gattin des einstigen Kaisers Otto, als diese in Köln residierte. Ob all dies der Wahrheit entsprach? Der Bischof bekreuzigte sich. Einmal wollte Engelbert sogar ein Verhältnis mit einer frommen Schwester eines Damenklosters gehabt haben, wenn auch in jungen Jahren. Der Bischof lief noch in der Erinnerung an Engelberts Worte rot an, denn die waren recht drastisch und lebendig über dessen Lippen gekommen. Die halbe Nacht hatte der Bischof von Minden deswegen wach gelegen und sich zwischenzeitlich sogar gegeißelt, um nicht selbst auf sündige Gedanken zu kommen. Und jetzt am frühen Morgen hatte der Erzbischof ihn schon wieder rufen lassen. Was mochte jetzt noch kommen? Dabei konnte Engelbert unmöglich schon mit den vielen Gebeten und Riten fertig sein, die der Bischof ihm als Sühne und als Bedingung für die Absolution auferlegt hatte. „Da seid Ihr ja, mein Freund und Bruder", begrüßte ihn Engelbert auf das Herzlichste, „wie habt Ihr genächtigt?" Innerlich schüttelte der Bischof von Minden den Kopf. Wie konnte der Erzbischof jetzt schon wieder so frisch und aufgeräumt sein – und das angesichts seiner vielen Verfehlungen? Ein anderer wäre zerknirscht und voller Reue gewesen, wahrscheinlich sogar übernächtigt. Engelbert sah aus wie das blühende Leben, mit seinem gewinnenden Lächeln und seinen goldenen Locken, wie er so im frühen Morgenlicht der Pfalzkapelle stand, in der sie sich getroffen hatten. Ein genauerer Beobachter hätte jedoch auch die Ringe und Fältchen bemerkt, die sich langsam, aber sicher immer tiefer in die Hautbereiche um seine

Augen und darunter gruben. „Ich will Euch ehrlich sagen, dass mir vieles von dem, was Ihr mir gestern Abend gebeichtet habt", hob der Bischof von Minden an, „auf der Seele liegt und mir den Schlaf geraubt hat. Gott muss Euch fürwahr lieben, dass er Euch nach alldem zu so früher Stunde schon wieder lächeln und Freude versprühen lässt!" Augenblicklich trat eine spürbare Veränderung in Engelberts Gesicht ein, als sei dieses bislang nur Fassade gewesen. Das Lächeln erstarb, die Züge verhärteten sich, das Strahlen verschwand aus den Augen. Tränen traten an dessen Stelle. „Lasst Euch nicht täuschen, Bischof", schluckte Engelbert, „mir ist schon seit Langem nicht mehr zum Lachen zumute. Meine Ämter liegen wie eine unermessliche Last auf meinen Schultern – und die Taten, die ich begangen habe, um diese Ämter so gut als möglich auszuüben. Aber glaubt mir, ich hatte nicht immer die Wahl, von Kind auf nicht." Nun rannen die Tränen offen über seine Wangen. „Nun, ich habe das Beste daraus gemacht, schätze ich. Und was ich alles getan habe, das durfte ich Euch gestern Abend schon beichten. Deshalb will ich Euch damit nicht schon wieder langweilen. Aber da gibt es noch etwas, was ich Euch noch nicht gesagt habe". Der Bischof fragte sich, was nun kommen möge, es musste etwas von wirklicher Bedeutung sein. Engelbert seufzte, bevor er fortfuhr. „Ich habe ein Kind gezeugt!" Dem Bischof von Minden fiel die Kinnlade herunter. Nicht, dass es etwas Besonderes gewesen wäre, dass ein Kirchenmann der Lust des Fleisches folgte und dies Monate später Konsequenzen hatte. Aber hier handelte es sich mit Sicherheit um eine bedeutsamere Geschichte, und der Bischof war begierig, den Rest zu erfahren. „Sie war eine hochwohlgeborene Edelfrau, ein paar Jahre älter als ich. Ich dachte, es sei nur eine Eskapade, vielleicht war es zu Beginn auch eine Art Racheakt an ihrem Mann", gab Engelbert zerknirscht zu, „dann aber verliebte ich mich in sie. Die Frucht unserer Liebe wuchs bald in ihr. Doch dieser Liebe und diesem Kind ward keine Zukunft beschieden. Ihr Gatte kam uns auf die Schliche, vermute ich, denn ich habe sie nie wiedergesehen – und das Kind auch nicht. Monate später erfuhr ich, sie sei im Kindbett gestorben!" Der Bischof von Minden war erschüttert, der sonst so strahlende Engelbert am Boden zerstört. „Ego te absolvo", sprach der Bischof und schlug dabei das Kreuz über seinem nun aus vollem Herzen schluchzenden Vorgesetzten. Er ist genug bestraft, dachte der Mindener. „Drei weitere Ave Maria, und der Herr wird Euch verzeihen", kam es aus seinem Mund, „hat er Euch doch schon genug für diese Sünde geprüft!" Engelbert sammelte sich langsam wieder, und ein Hauch des üblichen Glanzes kehrte bald in seine Augen zurück. „Das habe ich mir auch gedacht, aber verzeiht, ich wollte Euch dazu hören", gab Engelbert zu. „Und ich danke Euch, dass Ihr mir ein weiteres Male beistet, mein Gewissen zu erleichtern!" „Immer gern", gab ihm der Bischof mit einer angedeuteten Verbeugung zu verstehen, „aber wenn Ihr erlaubt, werde ich mich jetzt zurückziehen." Darauf wandte er sich zum Gehen. „Wartet, da wäre noch etwas", rief ihm Engelbert hinterher. Im Geiste verdrehte der Bischof die Augen. Was konnte es denn jetzt noch geben? „Ja?", kam es ihm über die Lippen. – „Nur vorsorglich – der Weg, der heute vor mir liegt, ist unwegsam und dornig", meinte Engelbert, „erteilt mir Vergebung für ein gutes Dutzend Flüche!" Der Mindener war erleichtert. Das konnte er haben. „Zwei Vaterunser, die könnt Ihr unterwegs ableisten", beschloss er, „und der Herr wird Euch vergeben! Ego te absolvo!"

„Sind wir so weit?", fragte Engelbert in die Runde, „können wir reiten?" Nach der morgendlichen Beichte hatte er noch einige Briefe geschrieben, vor allem an den Papst, an den Kaiser und den jungen König, um sie über die Ergebnisse des Landtages in Kenntnis zu setzen. Dann hatte er ein kurzes Frühstück eingenommen, aber nur wenige Bissen heruntergebommen, weil ihn ein Hahnenschrei an das letzte Abendmahl oder eine Henkersmahlzeit erinnerte. Anschließend hatte er noch einmal mit dem Isenberger Einzelheiten ihres Planes rekapituliert. Nun schien alles bereit. „Ja, wir können", erklärte Heinrich von Himmerode, wobei er zuversichtlicher klang, als ihm zumute war. Den Wagen, auf dem er sonst die erzbischöflichen Reisen begleitete, hatten sie gegen zwei günstig erstandene Reittiere getauscht, weil die mitgeführten Fässer ohnehin geleert waren und der bevorstehende Weg nach Schwelm sowie über die Höhen des Bergischen Landes und weiter in Richtung Köln zu Pferde schneller zurückgelegt werden konnte. Der Kellermeister war also gezwungen zu reiten, und sein krankes Bein schmerzte jetzt schon allein bei dem Gedanken daran. Caesarius von Heisterbach hatte ebenfalls einen Gaul zugewiesen bekommen und nickte auf Engelberts Frage mit dem Kopf. Thomas war mit seinen Männern ohnehin schon nach unten vor das Palatium geeilt und stieg gerade in den Sattel. Der Isenberger hatte es ihm gleichgetan. In diesem Moment jedoch erschien der Knappe Friedrichs mit einem Brief in der Hand. „Eine Botschaft, Euer Gnaden", rief er aus, „sie wurde gerade für Euch abgegeben!" Mit diesen Worten händigte er dem Erzbischof eine dünne Pergamentrolle aus. Heinrich von Himmerode grübelte erneut darüber nach, wo er diesen Burschen, der den Brief überbrachte, schon einmal gesehen hatte, aber es wollte ihm nicht einfallen. Engelbert riss den Brief auf und überflog die obersten Zeilen. Dann zog er die rechte Augenbraue hoch. „Wer hat diesen Brief überbracht?", wollte er von Rennekoie wissen, „trug er irgendwelche Farben oder Wappen auf dem Rock?" Der Angesprochene gab sich jedoch unwissend. „Keine Ahnung, Euer Gnaden, der Kerl trug einen schwarzen Umhang. Ich konnte nicht einmal sein Gesicht sehen. Graf Friedrich bat mich, Euch das Schriftstück weiterzuleiten!" Engelbert schnaubte verächtlich und warf noch einmal einen Blick auf das Pergament. Dann zerknüllte er es und warf es hinter sich in das Feuer des Kamins, der schon seit Tagen ununterbrochen brannte, um die Kälte aus den Mauern zu verbannen. Trotzdem fröstelte es den Erzbischof. Rennekoie ging es nicht anders. Mit einer Verbeugung zog er sich zurück, als er feststellen musste, dass sich der Erzbischof weder für seinen Brief noch für seine Person zu interessieren schien. Das hätte er gerne anders gesehen. „Worauf warten wir dann noch, lasst uns reiten", entschied der Erzbischof, als Rennekoie verschwunden war, „unserem Schicksal entgegen!" Der Kellermeister wunderte sich noch, warum die Weihe einer Kirche, wie sie ihnen in Schwelm bevorstand, den Erzbischof zu derart großen Worten verleitete, schob dies aber seiner offenbar tiefgreifenden Frömmigkeit zu. So ritt der Tross des Erzbischofs alsbald durch das südliche Stadttor von Soest in den kalten Nieselregen und hielt auf die Ruhr sowie die Hügel südlich von ihr zu.

„Das war zum Fürchten letzte Nacht", seufzte Sibylla, während sie es sich in einem Lehnstuhl gemütlich zu machen suchte, der nahe der Feuerstelle im Haupthaus stand, „als wäre sie plötzlich eine andere Person geworden!" Die hochschwangere Frau erinnerte sich mit Grausen an Marias Visionen, die sie die halbe Nacht lang in Atem gehalten hatten. Erst gegen Morgen hatte sich ihr Zustand beruhigt. „So etwas habe ich noch nicht erlebt", bestätigte Katharina, die auf der Bank am Kamin saß und ihre Tochter stillte, „die alte Sigrun, die mich damals gerettet hat, hatte zuweilen auch solche …" Katharina überlegte, wie sie es ausdrücken sollte. „Anwandlungen", fuhr sie fort, „aber sie sprach immer nur mit ihrer eigenen Stimme und nie so eindringlich!" Marias Worte – oder waren es die eines anderen, etwa des Erzbischofs? – klangen den beiden noch in den Ohren und lagen wie Nebel auf der Seele. Nun war es Mittag, doch bereits den ganzen

Tag über wurde es nicht richtig hell, außerdem nieselte es. Und obwohl das Feuer in der Wohnküche wohlig prasselte, wollte sich bei den beiden Frauen keine Behaglichkeit einstellen. So sehr sich Sibylla auch bemühte, fand sie keine bequeme Sitzposition in dem Lehnstuhl. Ihr voluminöser Bauch schien ständig im Weg zu sein und ihr Hinterteil, das ebenfalls größere Dimensionen angenommen hatte, wollte einfach nicht mehr in den Sitz passen. Katharina rutschte ebenfalls unruhig auf ihrer Bank hin und her. „Meinst du, der Erzbischof ist tatsächlich in Gefahr?", brachte sie es auf den Punkt, „und damit auch Thomas mit den anderen?" Sorgenvoll presste Sibylla zur Antwort die Hände in die Hüften und atmete einmal, zweimal vernehmlich aus. „Gott bewahre, aber es hörte sich so an, und ich fürchte mich davor", gab sie ehrlich zurück, „aber was fragst du mich, du hast doch viel mehr Erfahrung in solchen Dingen; was sagt dir denn dein Gefühl?" Katharina überlegte nicht lange, nahm ihre Brustwarze aus dem Mund des nun eingeschlafenen Säuglings und stopfte sie zurück unter ihr halb offenes, vorn geschnürtes Kleid. „Ich fürchte, es stimmt", entgegnete sie, „Maria hat bislang immer Recht behalten mit all ihren Äußerungen, und hat nicht auch Thomas in letzter Zeit sorgenvoll ausgesehen? Hoffentlich findet ihn William rechtzeitig und kann ihn warnen!" Unbeantwortet standen die Worte eine ganze Weile im Raum, während Katharina ihr Kleid zuknöpfte. Von Sibylla kam auch jetzt noch keine Antwort. Als Katharina zu ihr hinüberschaute, um die Ursache für die Sprachlosigkeit zu erforschen, blickte sie in weit geöffnete Augen und einen halb offenen Mund, aus dem sich schließlich ein lang gezogenes Stöhnen löste. Katharina erschrak, obwohl sie eigentlich hätte darauf gefasst sein müssen. „Was ist los?", entfuhr es ihr. „Es geht los", antwortete Sibylla keuchend, „das Kind kommt!"

Es dämmerte bereits, als sich der Tross des Erzbischofs in schnellem Tempo dem Gevelsberg näherte. Sie waren den ganzen Tag über gut vorangekommen, meist im Trab oder gar Galopp reitend. Zum Mittag waren sie bei Schwerte in einen Gasthof eingekehrt, der Gänsebraten anbot, obwohl der Martinstag, an dem traditionell mit dem Gänseessen begonnen wurde, erst in einigen Tagen gefeiert wurde. Für die einfachen Männer, zu denen sich auch Thomas zählte, hatte es anfangs nur Hafergrütze mit Schwarzbrot und etwas Gänseschmalz gegeben. Als jedoch absehbar war, dass einiges von der Gans übrig bleiben würde, hatten auch sie dem Braten zusprechen dürfen. Dem Kellermeister und dem Schreiber des Erzbischofs war nämlich nur eine kurze Unterbrechung beschieden gewesen, weil der Erzbischof sie voraus nach Schwelm zu schicken gedachte, damit sie dort alles für ihr Quartier und die am folgenden Tag angesetzte Kirchweihe vorbereiten konnten. Der Erzbischof selbst hatte kaum etwas angerührt. Schweren Herzens hatte Heinrich von Himmerode alsbald von der knusprigen Gans auf der Tafel Abschied genommen und zusammen mit Caesarius von Heisterbach die Rosse bestiegen. Erst etwa eine Stunde später war der Rest des Trosses gefolgt. Zu diesem zählten jetzt noch Graf Konrad von Dortmund, Ritter Leonius, vier Mönche sowie Thomas und seine Männer. Aber noch jemand gehörte dazu, wenn auch nur zeitweilig. Bis zu ihrer Rast war bereits zweimal Graf Friedrich von Isenberg zu ihnen gestoßen, um ein gutes Stück des Weges an Engelberts Seite zu reiten, hatte dann aber wieder ihren Zug verlassen, um sich dringenden Geschäften zuzuwenden, wie es hieß. Und doch tauchte er immer wieder auf. Kurz hinter Hagen stieß er ein drittes Mal zu ihnen, obwohl er eigentlich längst hätte auf seiner Burg oder sonst wo sein können. „Was will der denn schon wieder hier?", raunte Gerhardt dem neben ihm reitenden Thomas zu, „der ist doch sonst nicht so beflissen, vor dem Erzbischof zu erscheinen!" Thomas biss sich auf die Lippen. Seit geraumer Zeit schon plagte ihn das schlechte Gewissen, weil er seinen Männern noch keinen reinen Wein eingeschenkt und von der geplanten Entführung Engelberts erzählt hatte. Dies hatte er bislang aus Loyalität zum Erzbischof so gehalten, aber das konnte so nicht weitergehen. Seine Männer waren ihm treu ergeben und sie hatten ein Recht darauf, zu erfahren, dass etwas im Verborgenen bevorstand. „Ihr müsst Euch noch ein wenig in Geduld fassen, aber ich werde euch gleich wissen lassen, dass etwas im Argen liegt", gab er Gerhardt zurück. „Bis dahin seid einfach wachsam und folgt mir, wenn ich es euch sage!" Gerhardt wunderte sich zwar über Thomas' unübliche Geheimniskrämerei, stellte aber keine weiteren Fragen, sondern gab vielmehr dessen Worte in aller Kürze an die anderen weiter. Weniger gelassen ging es zwischen Engelbert und Friedrich zu. Der Isenberger schwitzte, obwohl es jetzt, Anfang November, bereits empfindlich kalt war. Außerdem regnete es in dichten Nieselschwaden und der Tag neigte sich dem Ende zu. „Was gäbe ich jetzt für ein Dach über dem Kopf und ein wärmendes Kaminfeuer", beklagte sich der Isenberger, „über dem vielleicht noch ein Spanferkel am Spieß brät. Das würde ich mir mit einem Becher Würzwein schmecken lassen!" Engelberts Geduld war damit deutlich überbeansprucht. „Gibt es für Männer deinesgleichen nur Fressen, Vögeln, Saufen?", herrschte er ihn an, wenn auch in gedämpftem Ton. „Sag mir lieber, wie es um die Entführung meiner Person steht", begehrte der Erzbischof zu wissen, „warten deine Männer bereits im Hinterhalt? Wie viele sind es? Wann und wo schlagen sie los?" Friedrich räusperte sich. „Deshalb bin ich hier", gab der Isenberger zur Antwort, „die Falle schnappt oben am Gevelsberg zu. Hier warten zwei Dutzend Männer. Wie ich schon sagte, stammt die Hälfte von mir, die anderen sind von Herzog Walram geschickt. Sie haben Befehl, dir kein Leid zuzufügen, sondern dich nur festzusetzen und zu ergreifen. Aber ich fürchte, dafür ist die Zahl deiner Bewacher noch zu zahlreich!" Dabei wischte er sich mit dem Handrücken den Schweiß von der Stirn. „Herrgott, Vetter!", fuhr ihn der Erzbischof an, „wie willst du je einen Kreuzzug in den Süden überleben, wenn es dich hier schon im Novemberregen ins Schwitzen bringt! Mach dir keine Sorge um meine Eskorte, die schicke ich gleich fort. Sag mit lieber: Hast du alles unter Kontrolle und einen zuverlässigen Boten, der das Feuer entzündet, sobald wir die Limburger entwaffnet haben?!" – „Ja, das habe ich", log der Isenberger, „alle warten auf meine Befehle!" Oder glaubte er es am Ende selbst? Tatsächlich waren durch andere längst Prozesse in Gang gesetzt, die nun nicht mehr aufgehalten werden konnten. Jedenfalls hatte Graf Friedrich an diesem Tage kaum mehr etwas im Griff. Sogar sein Pferd schien ihm nicht so recht gehorchen zu wollen. Zum wiederholten Male musste er es durchparieren. „Dann ist es besser, du reitest jetzt", beschloss Engelbert, der die Nähe seines Verwandten kaum mehr ertragen konnte, „bevor sie es sich anders überlegen. Zwei Dutzend Männer sind manchmal schwer im Zaum zu halten. Besser, du hast sie im Auge. Dann wird alles gelingen, so Gott will!" Dabei wehte ihm in Schwaden dichter Nieselregen ins Gesicht. Von seinen blonden Haaren rann das Wasser in Strömen, denn er trug nicht einmal eine Kapuze. Die hochaufragende, zweispitzige Mitra hatte er für den Ritt sicher verstaut, sie wäre ohnehin nur hinderlich gewesen. So trug er nur die für Geistliche übliche Scheitelkappe auf dem Hinterkopf, die aber kaum geeignet war, den Regen abzuhalten. Doch das schien ihm wie üblich nichts auszumachen. „So Gott will!", griff der Isenberger Engelberts Schlusswort auf, empfahl sich und gab seinem Pferd die Sporen. Niemand ahnte, dass dies die letzten Worte waren, die jemals wieder zwischen ihnen gewechselt wurden. Der Erzbischof blickte ihm gedankenverloren nach, dann rief er Thomas zu sich.

„Besetzt den Ausgang des Hohlweges, sechs Mann vorn, sechs hinten und zwölf von euch gehen zu Fuß entlang der hohen Böschung in Deckung!" Herenbert Rennekoie war zu allem entschlossen. Diesmal würde ihm der Erzbischof nicht noch einmal durch die Lappen gehen, so viel war sicher. Diesmal war er besser vorbereitet, hatte mehr Männer, und er kannte den genauen Weg, den der verhasste Kirchenfürst nehmen würde. Diesmal musste es aber auch endlich gelingen, denn einen weiteren Fehler würde ihm wohl niemand durchgehen lassen, am allerwenigsten er selbst. Diesmal würde der Erzbischof, Herzog, Graf und Reichsverweser in seine Falle tappen, aus der es kein Entrinnen gab. Der Hohlweg war wie geschaffen dazu. Vom Fuße des Gevelsberges aus stieg der Weg kontinuierlich bis zur Hügelkuppe an und formte im letzten Abschnitt eine hohle Rinne, die Rennekoie an einen Schweinetrog erinnerte, dessen Wände zu beiden Seiten hoch aufragten. Der Vergleich mit dem Trog gefiel ihm, und er musste schmunzeln. Gab es einen besseren Platz, um ein Schwein zu erledigen? Die Ränder des Troges waren oberhalb mit Buschwerk bewachsen, deren Wurzeln und Zweige in den Hohlweg hineinragten. Nein, es gab keinen besseren Platz für ihr Unterfangen. Hier musste der Plan endlich gelingen. Einzig die Eskorte des Erzbischofs bereitete ihm Kopfzerbrechen. Aber der Isenberger hatte gesagt, der Erzbischof würde sie fortschicken. Wenn nicht, würde es einen heißen Tanz geben. Aber eigentlich hatte er genug Männer, um eine doppelt so starke Eskorte das Fürchten zu lehren. Sicherheitshalber ging er noch einmal die Kette seiner Männer ab und schärfte jedem dessen genaue Position und die vereinbarten Signale ein. Schließlich gesellte er sich zu Gieselher, mit dem ihn längst eine mehr als seltene Freundschaft verband. Gieselher vergötterte Rennekoie, und der ließ sich das gern gefallen. Ein bisschen kam er sich dabei selbst wie ein Graf oder Herzog vor – und Gieselher war so etwas wie sein Knappe. Solcherlei Träumen nachhängend zog er sein Messer und begann, es mit einem Wetzstein aus seinem Gürtel zu schärfen. „Was machst du da?", hob der neugierig gewordene Gieselher an, „was willst du mit dem langen Dolch?" Rennekoie sonnte sich in der Herr-und-Meister-Rolle. „Was wohl?", gab er zurück, „ich sorge dafür, dass der Stahl schön scharf ist!" Gieselher verstand kein Wort. „Wofür brauchst du eine scharfe Klinge, wenn wir den Kerl nur entführen sollen?", hakte er nach. „Dann haben sich unsere Pläne in diesem Moment geändert", verkündete Rennekoie.

„Wie, geändert?" Gieselher zeigte sich immer noch begriffsstutzig. „Ich verrate dir jetzt ein Geheimnis, das nur uns zwei etwas angeht", kündigte Rennekoie an, „es geht um mehr als das. Es geht ums Ganze. Sollen die anderen glauben, wir entführen den Erzbischof nur, um Lösegeld zu erpressen. Ich aber sag dir – wir murksen ihn ab!" Gieselher war wie vor den Kopf geschlagen. „Du meinst, wir ermorden ihn einfach so?" Rennekoie nickte. „Wir stechen ihn ab wie ein Schwein!" – „Auf wessen Befehl?", begehrte sein Kumpan zu wissen. „Das geht dich erst mal nichts an, im Zweifelsfalle auf meinen. Aber ich verspreche dir, man wird uns diese Tat hundertfach danken und vergelten!" Gieselher überlegte angestrengt. „In barer Münze?" Wieder nickte Rennekoie, nun mit einem Siegerlächeln auf den Lippen, denn sein „Knappe" hatte den Köder geschluckt. „In gutem Silber!" Nun nickte Gieselher mit dem Kopf. Sein Entschluss stand fest. Demonstrativ zog er das Schwert, das er am Gürtel trug. „Reich mir doch mal deinen Wetzstein!"

„Das ist wirklich Euer Ernst?" Thomas wusste eigentlich schon länger, was auf ihn zukommen würde, aber als Engelbert ihm nun den Befehl erteilte, sich zu entfernen und ebenfalls mit seinen Männern voraus nach Schwelm zu reiten, wollte er es doch nicht wahrhaben. „Ihr geht damit nahezu allein in die Höhle des Löwen", gab er dem Erzbischof zu bedenken. Engelbert blieb jedoch unbeirrt. „Daniel ging auch allein in die Löwengrube und kam doch mit heiler Haut wieder heraus", rief er sich und seinem Gegenüber ein Kapitel aus der Heiligen Schrift in Erinnerung. „Ich gedenke, das Gleiche zu tun!" Thomas schüttelte zum wiederholten Male ungläubig den Kopf. „Ich verstehe Euch nicht, aber es ist Eure Entscheidung", gab er schließlich klein bei, „dann besteigt jedoch wenigstens Euer Streitross. Wenn es Probleme gibt, kann das Tier Euch doch noch eine große Hilfe sein!" Nun war es an Engelbert, einzulenken. „Wenn Ihr es wünscht, tu ich das", stimmte er zu, „aber Ihr sorgt Euch unnötig, mir wird nichts geschehen, dessen bin ich sicher!" Nur wer den streitbaren Kirchenmann länger kannte, hätte vielleicht doch den leisen, zweifelnden Unterton aus seinen Worten herausgehört. Aber selbst dann hätte er keine andere Wahl gehabt, als sich dem Willen des Erzbischofs zu fügen. So hielt es letztlich auch Thomas. Mit einem ritterlichen Gruß verabschiedete er sich von Engelbert und rief seine Leute zu sich. „Vorwärts, Männer, wir sind voraus nach Schwelm befohlen, lasst die Rosse traben!" Mit diesen Worten sprengte er davon und seine vier Getreuen folgten ihm.

„Aufgepasst, nicht lange, und es geht los", rief Friedrich von Isenberg, während er am Ausgang des Hohlwegs, durch den er gerade galoppiert war, vom Pferd sprang. Die Zügel reichte er seinem Diener Herriger, ohne diesen weiter zur Kenntnis zu nehmen. „Was ist mit diesem Ritter und seinen Bewaffneten, denen mit dem Fisch im Wappen?", kam Rennekoie ohne Umschweife auf den Punkt zu sprechen, der ihm am meisten am Herzen lag. „Wie ich gesagt habe", antwortete Graf Friedrich, „er schickt sie fort. In wenigen Augenblicken müssten sie durch den Hohlweg kommen!" Tatsächlich hörten sie schon wenig später in der Ferne Hufgetrappel. „In Deckung mit Euch und keinen Laut", befahl Rennekoie seinen Männern. Dabei gehorchten ihm die Knechte aus Limburg mindestens genauso schnell wie die Männer aus der Isenburg. „Wer uns jetzt verrät, bekommt von mir persönlich den Stahl zu schmecken!", warf er hinterher. Im selben Moment verschwanden sämtliche Schergen so lautlos wie möglich im Dickicht des Waldes, begünstigt von dem Umstand, dass ihre Verstecke deutlich oberhalb des Hohlweges lagen, von dem aus die Böschung und alles, was dahinter lag, nicht eingesehen werden konnten. Mit angehaltenem Atem lauschten alle den sich nähernden Hufschlägen.

Sibylla brüllte, keuchte und stöhnte, als risse ihr jemand das Herz aus dem Leib. Seit Stunden lag sie jetzt schon in den Wehen, ohne dass sich das Kind zeigen wollte. „Noch mal, Sibylla, nimm alle Kraft zusammen, lass es raus", sprach ihr Katharina Mut zu, während ihr Andrea den Schweiß von Stirn und Körper rieb. „Hilf deinem Kind!" Im Wechsel hielten die jungen Frauen der Hochschwangeren die Hand, um ihr beim Pressen zu helfen. Adele stand mit gerunzelter Stirn an der Tür, unschlüssig, ob sie gebraucht würde oder nicht. Sie beschloss dann aber, sich nützlich zu machen, trat hinzu, setzte sich hinter die werdende Mutter und begann, ihr den Rücken zu massieren. Fast nackt, nur von einem dünnen, jetzt vorn geöffneten Nachthemd bekleidet, hockte Sibylla auf der gleichen provisorischen Bettstatt, die sie auch schon für Katharinas Geburt in der Küche aufgestellt hatten. Doch im Unterschied zu Katharinas Niederkunft dauerte diesmal alles sehr viel länger. In Adele wuchs eine ungute Vermutung. Vorsichtig tastete sie sich mit ihren Fingern vor und über Sibyllas Bauch. Dann legte sie flach beide Hände an die Seiten. Adele schloss die Augen, um sich ganz auf das Gefühl in den Händen und das Bild vor ihrem inneren Auge zu konzentrieren. Dann erschrak sie. Das Kind lag falsch!

Thomas sträubten sich die Nackenhaare, als sie den Eingang des Hohlweges erreichten. Er konnte geradezu körperlich spüren, dass buchstäblich etwas im Busch war. Irgendwo dort oben hinter den undurchsichtigen Sträuchern oder weiter vorn, wo ein hellerer Lichtschein das Ende des Engpasses anzeigte, mussten sie im Hinterhalt liegen. Wahrscheinlich waren gerade jetzt mehrere Dutzend Augenpaare auf ihn und seine Männer gerichtet. Die spürten es auch, aber niemand sagte einen Ton. Tarek schnaubte einmal kurz, als wolle er seinem Reiter eine kurze Warnung zukommen lassen, aber auch die Botschaft, dass er für alles bereit wäre. Thomas klopfte ihm einmal über das Fell. Er hatte Gerhardt und die anderen kurz nach ihrem Aufbruch mit wenigen präzisen Worten über das Wichtigste informiert: die geplante Entführung, ihre Rolle bei dem doppelten Spiel und die etwaige Gefangennahme der Limburger an der Seite von Friedrichs Männern. Irgendwo hier mussten diese den Hinterhalt gelegt haben. Thomas hatte das gleiche unwohle Gefühl wie am Abend der Fallgrube nahe dem Rhein, so als würde er von ein und derselben Person beobachtet. Ein Frösteln überkam ihn. Ungeschützt waren sie hier für jeden Bogenschützen oder Lanzenwerfer ein bequemes Ziel. Sie mussten raus aus dieser Mausefalle. Unweigerlich gab er seinem treuen Reittier die Sporen und seine Männer taten es ihm nach. Sie flogen geradezu durch den Hohlweg. Bald hatten sie den Ausgang erreicht, wo sich Weg und Blattwerk öffneten. Geradezu befreit galoppierten sie über die Kuppe und folgten dann dem Weg in Richtung Schwelm. Gerhardt und Ulrich jauchzten, als seien sie von einer schweren Last befreit. Thomas hatte das Gefühl, seinen Männern eine Erklärung schuldig zu sein. Deshalb zügelte er nach einer Weile sein Pferd und ließ es in bequemen Schritt fallen. „Ich muss euch allesamt um Verzeihung bitten", hob er zu sprechen an. Sämtliche Augen richteten sich auf ihn. „Ich habe euch wissentlich im Unklaren gelassen über das, was uns auf diesem Ritt blüht, das ist nicht zu entschuldigen, auch nicht durch den Treueeid, den ich dem Erzbischof geleistet habe, und die damit verbundene Pflicht zur Verschwiegenheit!" Gerhardt tauschte einen Blick mit den anderen, dann wandte er sich direkt an Thomas. „Ihr habt richtig gehandelt", ließ er ihn wissen, „die Sache für Euch zu behalten, solange nicht alle Einzelheiten bekannt waren. Wir hätten uns wahrscheinlich in endlosen Vermutungen verstiegen und wären im Herzen nicht mehr froh geworden. Wir danken Euch dafür, dass Ihr diese Sorge auf Euch genommen habt. Als die Lage dann klar war, soweit man das von dieser Angelegenheit überhaupt behaupten kann, habt Ihr uns sofort ins Bild gesetzt. Mehr kann ein Mann von seinem Herrn nicht verlangen!" – „Aber von einem Freund", setzte Thomas hinzu. „Vielleicht", gab Gerhardt zu, „wenn er denn selbst weiß, worum es geht und was es zu berichten gibt. Nein, macht Euch keine Gedanken, Ihr habt uns früh genug reinen Wein eingeschenkt, und wir stehen ohnehin in allen Belangen zu Euch. Und unserem Landesherrn gegenüber seid Ihr zur Verschwiegenheit verpflichtet. Nein, keiner von uns nimmt Euch irgendetwas übel!" Zustimmendes Gemurmel erhob sich unter den anderen, die bei Thomas' Worten mit ihren Rossen nähergerückt waren. Jetzt ließen sie sich wieder etwas zurückfallen. „Ich danke Euch für die Absolution", schloss Thomas, während er sein Pferd wieder in Trab fallen ließ, „aber ich verspreche euch, dass ich mich und euch nie wieder in eine solche Situation bringen lasse. Ich werde euch in Zukunft viel früher zu Rate ziehen!" Eigentlich hatte er noch etwas anfügen wollen, aber jetzt nahm eine Bewegung auf dem Weg vor ihnen seine volle Aufmerksamkeit in Anspruch. Von vorn näherte sich ihnen im gestreckten Galopp ein Reiter. Wer konnte das sein, wer hatte es so eilig? Ein Angreifer? Ein Bote? Der Reiter trug einen weißen Wappenrock über einem glänzenden Kettenhemd. Thomas kniff die Augen zusammen. Dann erkannte er ihn. Auf dem Wappenrock prangte das Kreuz der Tempelritter!

Engelbert von Berg hielt den Atem an, als er in den Hohlweg hineinritt. Nun musste es gleich losgehen. Er hatte schon häufiger Schlachten in seinem Leben geschlagen, vor allem in seiner Jugend, als er mit seinem Vetter Adolf von Altena, einem Onkel Friedrichs von Isenberg, zu Felde gezogen war, um diesen in dessen Kampf um den Stuhl des Erzbischofs zu unterstützen. Aus diesem Kampf war er Jahre später selbst als Sieger hervorgegangen. Nicht selten hatte er sich in dieser Zeit selbst wie ein Raubritter benommen. Und er hatte auf dem Albigenser-Kreuzzug in Südfrankreich gegen die Katharer gekämpft. Doch hier und jetzt brach ihm doch der Schweiß aus, wenn er an das dachte, was ihm nun möglicherweise bevorstand. Aber dies war nötig, um die Limburger als Aufrührer zu entlarven und ihren Herzog damit ein für alle Mal ans Messer zu liefern. Nie wieder würde er ihn in seine Lütticher Stammburg zurückkehren lassen. Vielmehr würde er ihn festsetzen und im Kerker schmoren lassen – bis zum Sankt-Nimmerleins-Tag. Dafür musste er jedoch zuerst einmal die bevorstehende Entführung halbwegs unbeschadet überstehen. Seine Nervosität übertrug sich auf seine Begleiter, zu denen jetzt nur noch Konrad von Dortmund, Ritter Leonius und vier Mönche gehörten. Eine größere Eskorte hätte zwangsläufig ein Gefecht und damit Blutvergießen bedeutet. Deshalb hatte er Ritter Thomas und dessen Gefolge fortgeschickt. Weniger Männer mit sich zu führen, hätte möglicherweise Verdacht erregt. Deshalb hatte er das verbliebene Häuflein behalten, von dem niemand wirklich ernsthaft mit einem Schwert umzugehen verstand. Er hatte jedoch niemandem reinen Wein eingeschenkt – und doch spürten auch diese Männer, dass etwas geschehen würde. Kurz vor dem Hohlweg hatte Leonius ihn mit eindringlichen Worten nochmals aufgefordert, endlich sein Schlachtross zu besteigen, wie auch Thomas dies angeraten hatte. Den Rat des Letzteren hatte er in den vergangenen Monaten tatsächlich zu schätzen gelernt. Und nur deshalb war er letztlich dem Rat gefolgt und sprengte nun auf einem erfahrenen Streitross seiner Entführung entgegen. Noch zwei, drei Sprünge seines Pferdes, dann tauchte er in die Dunkelheit des Hohlweges ein. Steile, halbrunde Lehmwände ragten zu seiner Linken und Rechten auf, so hoch, dass ein einzelner Mann zu Fuß den oberen Böschungsrand mit den Händen nicht erreichen konnte. Äste und Zweige hingen von oben in den Hohlweg hinein und gaben ihm ein gespenstisches Aussehen. In einem musste Engelbert dem Isenberger – oder wer auch immer diesen Hohlweg ausgesucht hatte – recht geben: Kein anderer Platz eignete sich besser für solch ein Unterfangen. Aus dieser hohlen Rinne gab es im Ernstfall kein Entkommen. Eilig rief er sich in Erinnerung, dass seine Entführung nur inszeniert war, eine Farce im Grunde, ein abgekartetes Spiel. Nicht ihm würde es letztlich ans Leder gehen, sondern dem Limburger – und anderen Verrätern. Schon sah er vor sich das Ende des Hohlwegs, Licht am Ende des Tunnels. Da gellte plötzlich ein Pfiff durch die Stille des Waldes, siebenmal ertönte der gleiche, schrille Ton und schien von den kahlen Stämmen der längst entlaubten Buchen widerzuhallen. Dann sprangen plötzlich von allen Seiten bewaffnete Häscher auf ihn ein. Für einen Moment schloss er die Augen. Jetzt zweimal durchatmen und es ist vorbei, kein Grund zur Sorge, mahnte er sich. Doch dann öffnete er die Augen und sein Blick fiel auf das verzerrte Gesicht eines blutdürstigen Mannes, der mit gezücktem Schwert auf ihn einsprang. Wie ein Blitz traf ihn die Erkenntnis, dass dies nicht zum Plan gehörte und hier irgendetwas gehörig schiefging. Von vorn drängten fünf, sechs Männer zu Pferde in den Hohlweg, von den Seiten bestürmten ihn zehn oder mehr Fußknechte. Für ihn blieb nur noch der eine Ausweg. „Der Isenberger Hund, er hat sein eigen Fleisch und Blut verraten, messt ihm Weiberröcke an!" Diese Verwünschung auf den Lippen, gab er seinem Streitross die Sporen und riss gleichzeitig die Zügel zurück. Augenblicklich stieg der mächtige Schimmel in die Höhe und ließ seine Hufe kreisen. Damit verschaffte er sich sofort ein wenig Platz, zumindest genug Raum, um sein Tier zu wenden und den Hohlweg wieder hinabzustürmen, dem Eingang entgegen, der noch halbwegs offen zu sein schien. Nur drei Schergen stürmten ihm von dort entgegen. Allerdings war auch von seinen eigenen Begleitern nichts zu sehen.

Herenbert Rennekoie hatte sich, einer inneren Eingebung folgend, zum Eingang des Hohlweges begeben, sobald die Eskorte Engelberts jenseits des Gevelsberges verschwunden war. Er hatte sein Pferd mitgenommen und sich mit dem Gaul tief ins Strauchwerk gedrückt, als sich der Erzbischof näherte. Doch sobald dieser im Trab in dem Hohlweg verschwunden war, hatte er das vereinbarte Zeichen gegeben, den siebenfachen Pfiff, den selbst ein Taubstummer hätte hören können, und hatte dann mit einer Handvoll Männern den Eingang besetzt. Damit war die Falle zugeschnappt und soweit alles nach Plan gelaufen. Doch von der verbliebenen Wachmannschaft des Erzbischofs schien zumindest einer den Helden spielen zu wollen. Konrad von Dortmund zog sein Schwert und stürmte hoch zu Ross auf Rennekoie zu, den er instinktiv als den Anführer der Häscher ausgemacht hatte. Der Altknappe musterte ihn mit einem Blick, denn mehr Zeit blieb ihm nicht, sah jedoch keinen Grund zur Beunruhigung. Dann stießen sie auch schon aufeinander. Konrad von Dortmund holte zu einem gewaltigen Schlag aus, den Rennekoie jedoch mit einem gekonnten Gegenschwung seiner Klinge parierte. Nun war es an ihm, zum Angriff überzugehen. Konrad von Dortmund war offenbar kein geübter Kämpfer, denn er brauchte viel zu lange, um das Schwert nach dem Schwung wieder in eine günstige Ausgangsposition zu bringen. So blieb ihm so gut wie keine Zeit, um auf Rennekoies Attacke zu reagieren. Mit einem diagonalen Eber, wie dieser oft tödliche Schlag auf die Schulter des Gegners genannt wurde, schlug er dem Dortmunder das nur halbherzig erhobene Schwert aus der Hand. Mit dem zweiten Schlag verletzte er ihn am Kopf und machte ihn kampfunfähig. Mit einem unterdrückten Schmerzenslaut sank Konrad vom Pferd. Spätestens jetzt suchten Engelberts verbliebene Männer das Weite. Zwei der Mönche nahmen dabei kurzerhand den Dortmunder zwischen sich und verschwanden mit ihm in der Richtung, aus der sie gekommen waren. Ritter Leonius war längst nicht mehr zu sehen.

Das Handgemenge hatte nur wenige Augenblicke gedauert, aber lange genug, um weiter vorn – dort, wo der Erzbischof auf die Hauptmacht der Männer traf, die Falle aber sozusagen eine Lücke aufwies – eine unplanmäßige Wendung in Gang zu setzen. Rennekoie sah, dass Engelbert noch nicht umzingelt war, und wandte sich sofort in diese Richtung. Er schickte drei Männer den Hohlweg hinauf, die anderen hieß er, ihm auf die Böschung zu folgen. Er wollte eine erhöhte Position über dem Erzbischof erreichen, um sich von dort auf sein Opfer zu stürzen, ohne sich mit dem Streitross auseinandersetzen zu müssen. Ihr Opfer hatte jedoch mittlerweile sein Ross gewendet und sein Heil in der Flucht gesucht. Wild entschlossen stürmte Engelbert auf die drei Männer vor ihm im Hohlweg zu. Eng drückte er sich an den Hals des Tieres und schloss die Augen. Jetzt ging es um alles. Noch zwei Herzschläge, noch einer, dann prallten Ross und Häscher zusammen. Engelbert schlug die Augen wieder auf, der Weg war frei. Wilde Freude stieg in ihm auf. So leicht würde er sich nicht umbringen lassen. Denn dass die Kerle dies im Sinn hatten, war ihm längst klar geworden.

Adele zermarterte sich das Hirn, wann sie eine solche Lage bei einem Kind schon einmal gesehen hatte und wie das Problem gelöst worden war. Sie hatte Dutzenden von Geburten beigewohnt und ja auch selbst Leben geboren, aber hier war sie überfordert. Normalerweise begaben sich die Kinder vor der Geburt im Bauch der Mutter wie von selbst oder von

Gotteshand gelenkt in eine günstige Position, mit dem Kopf nach unten. Meist folgte darauf eine leichte Niederkunft. Deutlich schwerer war es, wenn das Kind mit dem Becken oder Steiß voran lag. Aber auch das konnte gutgehen, wenn zum Beispiel die Füßchen gestreckt waren und man die irgendwann zu packen bekam. War dies nicht der Fall, konnte es übel ausgehen. Einmal hatte sie das miterleben müssen, auf dem Marktplatz in Weperevorthe. Die Mutter hatte gebrüllt wie am Spieß, aber das Kind hatte festgehangen, mit dem Steiß voran, und die Beinchen wahrscheinlich an den Körper gezogen, als weigere es sich, auf die Welt zu kommen. In letzter Not hatte ein Bader versucht, das Kind mit einer Zange zu holen, hatte aber damit noch mehr Schaden angerichtet. Das hatte sie mit eigenen Augen mit angesehen. Aber ihr wäre lieber gewesen, sie hätte es nicht getan, denn das, was nach dem rüden Einsatz besagten Werkzeugs zum Vorschein gekommen war, hatte nichts mehr mit einem Säugling gemein gehabt. Der Schock war denn auch zu viel für die Mutter gewesen, die kurz darauf elendig verstorben war. Das durfte hier nicht passieren. Und eigentlich lag Sibyllas Kind ja auch gut und richtig mit dem Kopf nach unten. Aber es lag auch in unüblicher Form mit dem Gesicht nach oben! Es half nichts, das Kind musste sich drehen, so viel war sicher. Aber wie? Konnte sie, sollte sie einfach mit ihren Händen in den Geburtskanal eindringen, wie sie es schon einmal bei einer Kuh getan hatte? Schon überlegte sie, ohne großes Aufsehen die anderen Frauen, zumindest erst einmal ihre Schwiegertochter, ins Vertrauen zu ziehen, scheute sich aber davor, Sibylla zu beunruhigen, denn dies konnte fatale Folgen haben. Sibylla jedoch war ohnehin beunruhigt genug. Stöhnend ließ sie eine weitere Wehe über sich ergehen. Allerdings hatte sie nicht das Gefühl, als gäbe es irgendwelche Fortschritte. Ihr Kind schien sich zu wehren, auf die Welt zu kommen.

In diesem Moment erschien Maria im Türrahmen. „Kann ich helfen?", fragte sie unverblümt. Nichts erinnerte an das zitternde, schwitzende Wesen, dessen Geist noch letzte Nacht von einem Dämon oder der Seele eines anderen Menschen besessen gewesen zu sein schien. „Braucht ihr Hilfe?", wiederholte Maria und trat langsam näher. Katharina war sprachlos und Sibylla ohnehin zu beschäftigt, um zu antworten. Auch die anderen Frauen schienen unfähig, ein Wort über die Lippen zu bringen. So suchte Maria die Antwort in Sibyllas Blick. Was sie dort sah, forderte sie zum Handeln auf. „Keine Sorge, alles wird gut", sagte sie und ging direkt vor Sibylla in die Knie. Langsam, als müssten sich die werdende Mutter und die anderen Frauen erst an ihre Anwesenheit und ihr Eingreifen gewöhnen, legte sie der Schwangeren beide Hände auf den Bauch. Dabei tauschte sie einen tiefen Blick mit Adele und augenblicklich wusste sie alles. Maria begann zu lächeln. Sie wurde gebraucht und war zur rechten Zeit gekommen. „Es ist ein Sternengucker", sagte sie, „dein Kind will mit dem Gesicht nach oben auf die Welt. Solch einer Geburt habe ich schon einmal beigewohnt. Du musst dir keine Sorgen machen. Dreh dich einfach um und hocke dich auf allen vieren hin. Denn wenn dein Kind sich nicht dreht, dann musst du das eben tun!" Das ergab Sinn; Adele nickte eifrig, und mit vereinten Kräften halfen die Frauen Sibylla, sich umzudrehen. „Soll ich mein Kind wie eine Kuh zur Welt bringen?", keuchte sie. „Warum nicht?", meinte Maria, „wenn es danach gesund wie ein Kälbchen ist!" Dabei rückte sie näher heran und umfasste die Leibesmitte der Gebärenden erneut mit den Händen. Tat sich etwas? Eine Welle der Wärme durchströmte Sibylla mit einem Mal, eine Wärme, die alle Angst und alle Schmerzen hinfortspülte. Augenscheinlich entspannte sich die junge Frau. Und das Kind entspannte sich ebenfalls. Marias Hände taten dabei nichts anderes, als ruhig an derselben Stelle Sibyllas Bauch zu berühren. Adele machte das Gleiche auf der anderen Seite, wobei sich ihre Hände mehr dem Rücken der Gutsherrin widmeten. „Ein Sternengucker", dachte sie, „welch passender Name!" Aus den Augenwinkeln warf sie der Frau des Schmieds einen bewundernden Blick zu. Wie gut, dass sie hier war. Dabei hatte sie anfangs nicht viel von der Gauklerin gehalten, als die man sie damals bezeichnete, weil sie mit einer Gauklertruppe umhergereist war, bevor sie Ewald, den Schmied, getroffen hatte. Und sie hatte sich oft genug gefragt, ob die gut aussehende junge Frau denn auch zu tatkräftiger Arbeit fähig war. Aber jetzt war allen klar, dass Maria zu vielem fähig war. Als hätte sie Adeles Gedanken gelesen, warf ihr Maria einen kurzen Blick zu. Dann begann sie zu lächeln, und Adele lächelte zurück. Ein heftiges Stöhnen ertönte aus Sibyllas Mund, gefolgt von einem mehr als unschicklichen Fluch. Das Lächeln der Frauen wurde zu einem Lachen. Ihrer Gutsherrin ging es gut. Offenbar hatte sie wieder genug Kraft gesammelt. So kannten sie sie. Dann ging auf einmal alles wie von selbst.

„Zielt auf den Gaul", brüllte Rennekoie seinen Männern im Hohlweg entgegen, „reißt ihn herunter, wie der Teufel einen Heiligen vom hohen Ross herunterreißt!" Doch sein Befehl verhallte im Tumult des Kampfes. Einzig

Engelberts Streitross schien verstanden zu haben, dass es auch ihm ans Leben gehen sollte, denn das Tier kämpfte mit dem Mut der Verzweiflung. Wie ein wilder Stier, nein, wie ein Dämon fuhr der Hengst zwischen die Männer, die sich ihm entgegen stellten. Den vordersten beförderte er mit den Hufen in den Dreck, wenn nicht gar ins Jenseits. Die beiden anderen wurden allein durch die Wucht des Aufpralls zu den Seiten geschleudert. Das Schlachtross des Erzbischofs drohte samt seinem Reiter zu entkommen. In seiner Wut und Not riss Rennekoie sein eigenes Pferd herum und lenkte es in den Hohlweg hinab. Einen Augenblick lang zögerte das Tier, scheute vor dem Abgrund zu seinen Füßen, dann jedoch schien die Angst vor seinem Reiter zu siegen. Todesmutig stürzte sich Rennekoies Hengst die Böschung hinab, gerade in dem Moment, als der Erzbischof an ihnen vorüberstürmen wollte. Wäre ihm dies gelungen, hätte wohl niemand mehr ihn aufhalten können. Rennekoie wollte sein Opfer zuerst mit dem Schwert angehen, besann sich aber dann eines Besseren, als er feststellte, dass er wohl kaum einen präzisen, tödlichen Streich ausführen konnte. Stattdessen warf er die Klinge fort, stellte sich in seinen Steigbügeln auf, lehnte sich dabei, so weit es ging, nach vorne und machte seinen freien linken Arm so lang wie möglich. Mit der Rechten krallte er sich in die Mähne seines Pferdes, um nicht den Halt zu verlieren. Fast schien es jedoch, dass er den Erzbischof niemals würde erreichen können. Da kam ihm der Zufall zu Hilfe. Das so kampferprobte Ross Engelberts trat im Galopp auf einen losen Stein im Lehmboden des Weges, der unter dem Huf des Tieres kleben blieb. Dadurch geriet es für einen Herzschlag des Schicksals ins Straucheln, bevor der Stein durch die Fliehkraft hinfortgeschleudert wurde und das Tier ungehindert weitergaloppieren konnte. Das reichte. Rennekoies Hand bekam plötzlich den Kragen von Engelberts Mantel zu greifen. Er konnte sein Glück kaum fassen, stellte es aber nicht weiter auf die Probe. Er zog an dem Kragen und wunderte sich plötzlich darüber, wie leicht ihm Erfolg beschieden war. Engelbert glitt mit einem ungläubigen Gesichtsausdruck vom Pferd, ohne überhaupt den Grund für die Einwirkung der Schwerkraft ausfindig gemacht zu haben. Diese jedoch wendete sich auch gegen Rennekoie. Mit der Last des Erzbischofs am langen Arm, dessen Kragen er immer noch gepackt hielt, musste er unweigerlich dessen Fallrichtung folgen. Schneller, als es die Kontrahenten hätten mitbekommen können, stürzten beide in die Tiefe und schlugen dumpf auf dem Lehmboden auf. Mit einem verzweifelten Wiehern kamen auch die Pferde zu Fall, wobei Rennekoies Ross über dem Engelberts zu liegen kam. Ein unüberhörbares Knacken zeigte an, dass sich zumindest eines der Tiere einen oder mehrere Knochen gebrochen hatte. Rennekoies Pferd jedenfalls war es nicht. Es bäumte sich mehrere Male verzweifelt auf, bis es eine günstigere Position erreichte und die Beine wieder Boden unter die Hufe bekamen. Dann sprang es auf und rannte wiehernd den Hohlweg hinab. Engelberts treues Ross blieb zuckend liegen. Der Erzbischof nahm jedoch keine Notiz davon, denn er hatte keine Gelegenheit, einen Blick zurückzuwerfen. Sobald er auf dem Boden lag, rollte er sich zur Seite ab und stand danach erstaunlich schnell wieder auf den Beinen. Sogleich versuchte er, die Böschung zu erklettern und sich ins Unterholz zu flüchten. Doch irgendetwas ließ seine Kraft erlahmen. Rennekoie hatte im Fallen zwar den Kragen des erzbischöflichen Mantels loslassen müssen, nun aber dessen Saum ergriffen und sich darin festgekrallt. Niemals würde er den verhassten Erzbischof entkommen lassen. „Hierher", brüllte er, „schlagt ihn tot, den Scheinheiligen!" Engelbert verfügte allerdings über gewaltige Kräfte, allein schon aufgrund des Größenunterschiedes zu durchschnittlichen Männern. Rennekoie war zwar ebenfalls größer als die meisten, an den Erzbischof reichte er jedoch nicht heran. So musste er nahezu hilflos mit ansehen, wie Engelbert trotz des Ballastes die Böschung erreichte, sich an einer Wurzel hochzog und langsam, aber unaufhaltsam ins Unterholz kroch. Rennekoie hatte keine andere Wahl, als sich weiter an den Mantel zu klammern und darauf zu hoffen, dass ihm andere Männer zu Hilfe eilten.

Friedrich von Isenberg hatte von alldem bisher nur wenig mitbekommen. Er hatte sich mit seinem Diener Herriger, seinem Schreiber Tobias und ihren Pferden oben am Ausgang des Hohlweges hinter ausladenden Haselnusssträuchern verborgen, um nicht gesehen zu werden, und wohl auch, um den Tumult nicht sehen zu müssen. Vielleicht fürchtete er auch, sich mit einer unbedachten Miene zu verraten. Seine Männer sollten glauben, dass die Entführung echt wäre, zumindest vorerst. Später, auf der heimischen Isenburg, im Schutze seiner Mauern und all seiner Leute, würde er ihnen reinen Wein einschenken. Aber erst, wenn das Risiko geringer war, dass jemand die Limburger warnte. Gerade sein Knappe Rennekoie war ja manchmal etwas übereifrig und schien auch Sympathien für den Herzog von Limburg zu hegen. Als aber der Erzbischof wendete und den Hohlweg wieder hinabstürmte, ging ihm auf, dass etwas nicht stimmte. „Was soll das, warum wehrt er sich?", wunderte sich der Isenberger, „wir hatten doch verabredet, dass er sich friedlich umzingeln und ergreifen lässt. Was soll jetzt die Wendung? Das ist zu viel des Schauspiels!" Wut packte ihn.

Oder hatte sich der Erzbischof die Sache wieder überlegt? Lagen vielleicht doch Männer am Eingang des Hohlweges, zu denen er sich jetzt flüchtete, um sich dann mit diesen auf ihn und seine Schergen zu stürzen? „Ergreift ihn!", brüllte er in den Hohlweg hinein, „der Kerl wird uns zu mächtig. Reißt ihn nieder, der sein eigen Fleisch und Blut enterbt! Er darf nicht entkommen!" Sein Diener räusperte sich. „Herr, ich glaube, Ihr habt den Anfang des Tumultes nicht genau gesehen", gab er seinem Grafen zu bedenken, „es war einer von uns, der den Erzbischof mit gezückter Waffe ansprang. Ich glaube, er hat keine andere Wahl, als zu flüchten, wenn er am Leben bleiben will!" Friedrich starrte ihn verständnislos an. „Von uns? Wieso das?", machte er keinen Hehl aus seiner Verblüffung. „Wer sollte ihm nach dem Leben trachten? Sie sollen ihn doch nur entführen!" Irritiert wagte er sich nun einige Schritte näher an den Hohlweg heran. Dabei musste er jedoch erkennen, dass das Unheil bereits seinen Lauf nahm.

Engelbert hatte es unterdessen geschafft, ins vordere Unterholz zu kriechen, obwohl sich Herenbert Rennekoie mit aller Kraft dagegen stemmte. Schließlich versuchte der streitbare Erzbischof, seinen Mantel und damit seinen Peiniger abzustreifen. Doch da war plötzlich ein zweiter Verfolger herangekommen. Mit einem Blick erfasste Gieselher die Situation, hob sein Schwert und schlug zu. Mit einer klaffenden Kopfwunde taumelte der Erzbischof zurück. Nach dem Sturz vom Pferd war er nicht dazu gekommen, sein Schwert, das am Sattel in der Scheide hing, zu ziehen. Jetzt war es zu spät. Gieselher setzte zu einem zweiten Schlag an. Verzweifelt versuchte Engelbert, mit ausgestreckten Händen seinem Schicksal zu entgehen. Gieselher schlug ihm mit grimmiger Wucht eine Hand ab. „Weh mir!", rief Engelbert in höchster Not, „oh Gott, was hab' ich diesen Männern denn getan?" In diesem Moment durchbohrte ihn Gieselhers Schwert in Höhe des Magens.

Sibylla krümmte sich noch einmal. Doch der Schmerz in ihrem Bauch ebbte schnell ab, stattdessen war es ihr, als durchströmte sie ein Fluss – ein endloser, warmer, weicher Strom, der sich schon immer in ihr befunden und nur darauf gewartet hatte, endlich hervortreten zu dürfen. Und Marias Hände waren der Halt, das rettende Ufer. Wie dankbar war sie nun für ihre Gegenwart. Dabei wäre sie der Frau des Schmieds noch wenige Stunden zuvor am liebsten aus dem Weg gegangen, wenn man sie gefragt hätte. Doch nun fühlte sich alles gut und richtig an. Sibylla spürte, wie sich eine weitere, eine letzte Welle an der Quelle des Flusses sammelte und wie diese Welle begann, durch sie hindurchzufließen. Das Kind wurde von dieser Welle erfasst, und endlich, endlich strömte es mit ihr durch den Geburtskanal. Sibylla wusste augenblicklich, dass sie es geschafft hatte. Seufzend ließ sie sich seitlich auf das Lager und in Adeles Arme gleiten. Für einen kurzen Moment verlor sie das Bewusstsein, ohne jedoch das Jetzt ganz zu verlassen. Dann öffnete sie die Augen und sah plötzlich alles ganz klar. Katharinas Gesicht erschien vor ihrem, sie hatte Tränen in den Augen, jedoch keine Tränen der Trauer, sondern Tränen der Freude. Andrea lachte aus vollem Hals. Adele drückte sie von hinten an sich. Und da war auch noch Maria, die ihr mit einem wissenden Lächeln zunickte. Dann drang ein trotziger, wütender Schrei an ihr Ohr, ein Schrei, der so kräftig war, als stamme er von einem kleinen Löwen. „Es ist ein Junge", prustete Katharina hervor, während ihr weitere dicke Tränen die Wange herabkullerten, „ein strampelnder, kräftiger, kleiner Kerl, ganz der Vater!" Andrea drückte ihr einen Kuss auf die Stirn. „Ein kleiner Ritter, der zukünftige Herr von Leichlingen", hauchte sie. Maria erhob sich und schien ihr ebenfalls einen Kuss auf die Wange geben zu wollen, doch stattdessen führte sie ihre Lippen an Sibyllas Ohr. „Es ist ein Löwe, kein Kälbchen", flüsterte sie, sodass nur Sibylla die Worte hörte, „du fühlst es auch, nicht wahr? Du hast einem Löwenjungen das Leben geschenkt. Er wird das Herz und den Mut eines Löwen haben!"

Der Körper des Erzbischofs sackte auf den Boden, wo er zuckend im Buchenlaub liegen blieb. Herenbert Rennekoie hatte sich derweil aufgerappelt und war an Gieselhers Seite geeilt. Just in diesem Moment tauchte auch Jordan mit einem der Limburger Häscher auf. Weitere folgten. „Wir sollten diesmal keine halben Sachen machen", meinte Rennekoie, bückte sich und stach dem Erzbischof sein Messer bis ans Heft in die Brust. Jordan ließ sich das nicht zweimal sagen und brachte dem tödlich Verwundeten mit seinem Schwert eine weitere Kopfwunde bei. Andere taten es ihm nach. Engelberts Leiche blutete wie ein abgestochener Eber erst aus zehn, dann zwanzig Wunden. Und es nahm kein Ende. „Recht so, wenn jeder zusticht, kann keiner allein der Mörder sein", freute sich Rennekoie, dem vor Erregung die Augen aus dem Kopf zu treten schienen. Immer mehr Männer eilten hinzu, um ebenfalls einen Stich abzugeben. Manche hatten das Opfer nur vom Hörensagen gekannt, anderen hatte der Kirchenfürst direkt oder indirekt persönlichen Schaden zugefügt, indem er sie wegen Räubereien gebannt oder verurteilt hatte, in dem er Güter – zumeist ihrer Herrschaften – beschlagnahmt oder Rechte beschnitten hatte. Oder sie hassten ihn einfach, weil er ein reicher, mächtiger Mann war. Die Meute jedenfalls steigerte sich in einen Blutrausch. Da trat auch Graf Friedrich hinzu. „Oh Gott, was habt Ihr getan? Wie konnte es so weit kommen?", stellte er die vordersten Männer zur Rede, während er einen bangen Blick auf Engelberts zerfetzte, blutüberströmte Leiche warf. Und noch immer nahm das Stechen kein Ende. „Die Sache ist außer Kontrolle geraten", meinte Rennekoie mit einem Achselzucken, „weil er sich gewehrt hat. Sonst hätten wir ihn doch einfach nur gefangen genommen", log er. Gieselher an seiner Seite verzog keine Miene. Nur ein leises, wissendes Lächeln spielte um seine Lippen. Angewidert und zugleich fasziniert betrachtete der Isenberger das Gemetzel, unfähig, dem Treiben Einhalt zu gebieten. Rennekoies Argument, dass kein Mörder zu benennen sei, wenn jeder einmal seine Klinge in den Leichnam stieß, hatte etwas Überzeugendes. Und doch konnte sich der Isenberger nicht dazu durchringen, sich an dem Blutrausch zu beteiligen. Ganz anders Gieselher. Er platzte vor Stolz, den Erzbischof als Erster verwundet, ja ihm vielleicht sogar die entscheidende, tödliche Wunde beigebracht zu haben. Mit Genugtuung betrachtete er das blutige Werk. Der Erzbischof war bis zur Unkenntlichkeit entstellt. Sein Körper wies jetzt an die fünfzig Wunden und Stichverletzungen auf. Der Schädel war gespalten und zertrümmert. Aber etwas fehlte noch, um das Werk für Gieselher abzurunden. Buchstäblich. So zog er noch einmal sein Schwert und holte aus, den erzbischöflichen Hals, kurz über dem Nackenansatz, im Visier. „Halt, das reicht jetzt", fiel ihm da der Isenberger in den Arm. „Versündigt Euch nicht noch mehr. Wir haben allesamt ohnehin schon eine untilgbare Schuld auf uns geladen!" Gieselher zögerte. Erst ein Blick in Rennekoies Augen überzeugte ihn, von dem Leichnam abzulassen und den Toten nicht auch noch zu enthaupten. „Verschwindet jetzt", befahl Rennekoie, „ein jeder gehe nach Hause und verharre dort, bis Gras über die Sache gewachsen ist!" Alsbald zerstreuten sich Engelberts Mörder in alle Winde. Manch einer konnte es sich jedoch nicht verkneifen, dem toten Erzbischof eines seiner blutgetränkten Kleidungsstücke zu rauben. Friedrich von Isenberg tat dies nicht, sondern schlug, schweren Herzens und von Reue geplagt, den Weg zu seiner Burg ein. Herenbert Rennekoie jedoch hatte ein anderes Ziel.

„Und sie sprach wirklich mit einer Mannesstimme?" Thomas konnte kaum glauben, was William ihm soeben berichtet hatte. Aber es passte zu seinen eigenen Ängsten und Befürchtungen. „Es war befremdlich und verstörend", bestätigte William, „die junge Frau, fast nackt und verschwitzt im Fieberwahn, mit männlicher Stimme reden zu hören, aber genau das tat sie – und es hörte sich an wie ein Todeskampf. Frag mich nicht, warum, aber ich hatte das untrügliche Gefühl, es ginge um den Kölner Bischof!" Thomas' Herz verkrampfte sich. Erzbischof Engelbert war also doch in Gefahr, wie er es geahnt hatte. Und damit warf er einen gewaltigen Schatten auf ihrer aller Leben. Hoffentlich war es noch nicht zu spät. In vollem Galopp preschten er und seine Begleiter daher den Weg zurück zum Gevelsberg, zumindest, solange sie den Weg und etwaige Hindernisse noch erkennen konnten. Dann fielen sie in leichteren Trab und vertrauten den Sinnen ihrer Pferde – und denen Wulfilas, der wie ein Späher vorweglief und stets den rechten Weg fand. Eine halbe Ewigkeit ritten sie so dahin, bis es selbst für diese Gangart zu dunkel wurde. Schließlich stiegen sie sogar ab und führten ihre Pferde am Zügel. „Man sieht die Hand nicht mehr vor Augen", beschwerte sich Gerhardt nicht zu unrecht, „nicht lange und der erste der Gäule bricht sich die Knochen. So kommen wir nie ans Ziel!" – „Du hast recht", antwortete ihm Thomas, „wir müssen versuchen, uns aus dem, was wir hier finden, eine oder mehrere Fackeln zu machen!" Dabei hielt er an und überlegte. „Ich habe einen Feuerstein dabei, ich brauche nur etwas Zunder, dann können wir ein Feuer machen und uns umsehen!" – „Nicht nötig", rief der Bogenmacher Willibald, „ich habe immer etwas Fett in meiner Packtasche, um Sehnen und Bogenholz geschmeidig zu halten. Wir könnten einen Wappenrock opfern, ihn in Streifen schneiden, diese mit dem Fett einreiben und damit ein paar Zweige umwickeln. Und schon haben wir recht taugliche Fackeln, zumindest fürs Erste!" Das Geräusch von zerreißendem Stoff zeigte an, dass einer von ihnen den Plan bereits in die Tat umsetzte. Es war William, der ohne zu zögern mit seinem Dolch die untere Hälfte seines alten Templerrocks abgetrennt hatte und diesen nun in Streifen schnitt. „Ich brauche ohnehin einen neuen Wappenrock", meinte er lapidar, „das Tatzenkreuz der Kriegermönche zu tragen, schickt sich für den Vater eines Kindes nicht länger!" Wenig später flackerte der erste Feuerschein auf. Niemand sprach die Gefahr an, durch die Fackeln von etwaigen Gegnern frühzeitig erkannt zu werden. In der Dunkelheit hatten sie keine andere Wahl. Außerdem waren sie jetzt sechs kräftige Männer, darunter zwei kampferprobte Ritter. Und sie hatten den Hund dabei, der gut und gern zwei Kämpfer aufwog. In dieser Konstellation konnten sie es getrost mit einer gewissen Übermacht aufnehmen. Die jedoch stünde in der wolkenverhangenen Nacht vor dem gleichen Problem. Also ließen sie es darauf ankommen. Zumindest hatte der zuvor stundenlange Nieselregen aufgehört. Mit einem Mal stieg der Weg deutlich an. „Ich glaube, wir nähern uns dem Gevelsberg", meinte Ulrich. Tatsächlich hatten sie den westlichen Rand der Erhebung dieses Namens erreicht. Und nach mehreren hundert Schritten bergan fiel der Schein der Fackeln auf eine Art gähnenden Schlund vor ihnen, das obere Ende des Hohlweges, eingefasst von der hohen, lehmigen Böschung. Mit angehaltenem Atem betraten sie den Engpass. „Hier war was los", meinte Gerhardt und hielt eine der Fackeln zu Boden. „Der Lehm ist aufgewühlt, hier waren viele Füße und etliche Hufe am Werk!" Als wollte er die Worte seines Herrn bestätigen, stöberte Wulfila mit der Schnauze im Dreck und ließ einen rauen Beller hören. Aber vom Erzbischof oder seinen verbliebenen Begleitern war nichts zu sehen, auch nicht von etwaigen Entführern. „Verteilt Euch und habt ein Auge auf die Böschung", riet William, da stolperte er plötzlich über ein Hindernis am Boden. Sofort war Thomas bei ihm und hielt seine Fackel auf das Corpus Delicti. Zu Williams Füßen lag ein Schwert im aufgewühlten Erdreich. „Achtung Männer, hier ist etwas im Busch", sagte Thomas mit einem Kloß in der Kehle, „die Klinge liegt nicht zufällig hier!" Vorsichtig tasteten sie sich weiter durch den Hohlweg, mit allen Sinnen in Alarmbereitschaft. Plötzlich hörten sie vor sich ein schwaches Röcheln. Sofort lief Wulfila mutig voraus, auf die Quelle des Geräusches zu, und blieb dann bellend stehen. Noch fünf, sechs Schritte, dann erhellte der flackernde Schein ihrer provisorischen Fackeln einen quer über dem Weg liegenden Tierkörper. „Gütiger Gott, das ist Engelberts Streitross", rief Thomas, jegliche Vorsicht vergessend. Im Nu war er herangetreten und beugte sich zu dem Schimmel herab, dessen Fell über und über mit Schlamm bedeckt war. Der Hengst lebte noch, seine verdrehten Augen, mehr noch das pfeifende, rasselnde Geräusch aus den nur noch schwachen Lungen zeigten jedoch an, dass es bald zu Ende gehen würde. „Mein Gott, wer ist denn so herzlos und lässt ein solches Tier so leiden?", kam es Martin über die Lippen, der zu Thomas getreten war. Erneutes Hundegebell, diesmal über ihnen, schien ihnen Antwort zu geben. „Die gleichen Kerle, die auch seinen Herrn erledigt haben", tönte es oben von der Böschung herab. Sofort wandten sich alle Augen in diese Richtung. Dort oben stand Gerhardt und leuchtete ins Unterholz. „Hier ..., hier liegt er", kam es stockend und würgend aus seinem Mund, „aber ich sag's Euch gleich ..." Nochmals machte er eine Pause. „Er gibt keinen ..., keinen schönen Anblick mehr ab!" Darauf wandte er sich einen Schritt ab und erbrach sich. Selbst Wulfila traute sich nicht, weiter ins Unterholz vorzudringen. Stattdessen setzte er sich hin und begann zu winseln. Im Nu eilten alle, so gut es ging, die Böschung hinauf, wobei Martin seinem Vater den Arm reichte und Thomas auf ähnliche Weise William hinauf half. Dann spähten sie ins Unterholz. Hatten sie sich gerade noch gewundert, warum ein so hartgesottener Kerl wie Gerhardt plötzlich Schwäche offenbarte, stand ihnen nun die Antwort vor Augen. Eine grässliche Antwort. Engelberts Leiche war über und über mit Blut besudelt. Keines seiner Kleidungsstücke war unversehrt. Eigentlich waren es nur noch Fetzen, die ihm am Körper hingen. Und auch der war zerfetzt. Der Schädel war nur noch eine klumpige, rote Masse. Aus einer klaffenden Stirn- und Scheitelwunde quoll Hirnmasse. Außer Gerhardt übergaben sich nun auch noch Martin und Ulrich. Nur der alte Willibald und die beiden Ritter, die die Schrecken des Kreuzzuges gesehen hatten, behielten die Nerven und den Mageninhalt bei sich. „Das waren Tiere und keine Menschen", kam es William über die Lippen, „so etwas habe ich selbst vor Damiette nicht gesehen. Was immer der Erzbischof auch für ein Mensch gewesen sein mag: Dieses Ende hatte er wohl kaum verdient!" Thomas hatte nur Kraft für ein stummes Nicken. Dort lag der zweite Lehnsherr, der zweite Graf von Berg, dessen Schutz auch in seiner Verantwortung gelegen hatte. Ein Sturm der Gefühle überkam ihn. Wie hatte er diesen Mann zwischenzeitlich gehasst! Doch dann hatte das Verhalten des Erzbischofs, Grafen, Herzogs und Reichsverwesers, der vielschichtige Charakter des Mannes, ihm doch Respekt und Anerkennung abverlangt. Engelbert war hochfahrend gewesen, aber auch willensstark – berechnend, aber auch weitsichtig. William hatte recht: Engelbert war kein gnädiger, milder, allseits beliebter Landesfürst gewesen wie sein Bruder Adolf. Aber so ein Ende, so zerfleischt zu werden, das hatte er nicht verdient. Es dauerte, bis Thomas die Fassung und die Stimme wiederfand. „Wir können ihn nicht so daliegen lassen", meinte er, „wir müssen ihn fortschaffen, in seine Burg oder zur nächsten Kirche – wo man auch für sein Seelenheil betet!" Er schluckte mehrere Male. „Aber dafür brauchen wir Hilfe", fügte er an. „Willibald, nimm Martin und Ulrich mit. Reitet nach Schwelm. Dort solltet ihr den Kellermeister und den Sekretarius des Erzbischofs finden. Holt sie her, zusammen mit einer Bahre oder einem Wagen, damit wir die sterblichen Überreste des Toten aus dem Dreck holen können!" Augenblicke später ritten die drei hinfort. Gerhardt wollte das Gebüsch, in dem die Leiche Engelberts lag, mit dem Schwert von Zweigen und Gestrüpp freischlagen, um den Toten später besser bergen zu können. Aber Thomas gebot ihm Einhalt. „Warte damit, bis andere Zeugen den Ort und die Leiche gesehen haben, damit keinerlei Verdacht auf uns fällt", gab er Gerhardt zu verstehen. „Und was machen wir dann so lange?", fragte William. Wortlos sprang Thomas zurück in den Hohlweg, ging zu dem immer noch röchelnden Hengst und zog seinen Dolch. „Wir sorgen dafür, dass es ein Ende hat!"

Herenbert Rennekoie war wie der Teufel geritten, allerdings nicht auf dem geraden Weg nach Schwelm, den schon die Eskorte des Erzbischofs genommen hatte, sondern auf weniger begangenen, verschlungeneren Pfaden, immer möglichst direkt nach Westen. Dabei hatte er zuerst auf die Ruhr, dann auf das Tal der Wupper zugehalten. Dort hatte er sich in die nördlich angrenzenden Hügel vorgewagt, bis zu einem kleinen Flecken namens Wald, der so hieß, weil er sich am Rande eines ausgedehnten Waldes befand. Allerdings hatte man von hier aus einen ungehinderten Blick auf die Rheinebene, die sich weiter westlich erstreckte. Aus diesem Grunde hatte sein wahrer Herr ihm dieses Ziel genannt, auch wenn man jetzt in der Nacht rein gar nichts vom Rhein und dem Hügelland dahinter entdecken konnte. Aber ein Feuer, das man hier entzündete, würde weithin sichtbar sein, zumindest bis zu dem großen Strom und auch noch darüber hinaus, in den ersten Hügeln der Ardennen. Und hier in Wald, auf einem abgelegenen Gutshof, der von frommen Brüdern aus Deutz bewirtschaftet wurde, wartete ein gigantischer Holzstoß darauf, entzündet zu werden. Alles war von langer Hand vorbereitet. Als Rennekoie eintraf und sein schwitzendes Ross einem der Mönche in Obhut gab, musste er einem anderen nur noch zunicken. Im gleichen Moment entzündete dieser eine Pechfackel und setzte damit den Holzstoß in Brand. Lichterloh schlugen binnen weniger Sekunden die Flammen in die Höhe, als wollten sie nach altgermanischer Sitte den Leichnam des Erzbischofs selbst verzehren. Stattdessen verzehrten sie die Reste der Macht, die Engelbert von Berg noch vor Kurzem in seiner Person vereinigt hatte. Und sie verzehrten damit weite Teile der Macht der zukünftigen Kölner Erzbischöfe, auch wenn dies noch niemand ahnte. Auf der anderen Seite des Rheines, hoch auf einem Hügel über dem Ardenner Wald, wurde ein berittener Bote auf das Feuerzeichen aufmerksam, gab seinem Pferd die Sporen und brachte die frohe Botschaft seinem wartenden Heerführer. „So ist es denn vollbracht!", atmete dieser erleichtert auf und gab bei Tagesanbruch das Signal zum Angriff. Einen Tag und eine Nacht später fiel die Burg Valant, die der Erzbischof von Köln eigens zur Sicherung seiner Grenzen bzw. derer des Erzbistums in Sichtweite seines härtesten Widersachers errichtet hatte, in die Hände des Herzogs von Limburg. Herenbert Rennekoie atmete erleichtert durch, als der Holzstoß in Flammen aufging, und ließ sich eine Schale Gemüsebrühe sowie einen Krug Wein reichen. Erst jetzt bemerkte er, wie durstig und ausgehungert er war. Aber viel Zeit hatte er nicht zum Ausruhen, denn sein Auftrag war noch nicht beendet. Außerdem entsprach die Brühe ohnehin nicht seiner Vorstellung von einem sättigenden Mahl. Das würde er sich woanders holen. So sprengte er keine Stunde nach seiner Ankunft schon wieder weiter, entgegen der Richtung, aus der er gekommen war. Gleichzeitig eilte der schnellste Läufer unter den Walder Mönchen mit flinken Sohlen nach Süden, der Wupper entgegen – und der auf einem Felsen des jenseitigen Ufers gelegenen Burg Neuenberge.

Es war schon tief in der Nacht, als Willibald, Martin und Ulrich mit Heinrich von Himmerode und dem Schreiber Caesarius zurückkehrten. Wie erwartet, hatten sie den Kellermeister des Erzbischofs und den Sekretarius in Schwelm aufgefunden – in der Kirche, die Engelbert von Berg am nächsten Morgen zu weihen gedacht hatte. Die Nachricht über den Mord am Erzbischof hatte beide bis ins Mark getroffen. Heinrich von Himmerode zitterte vor Angst und Aufregung am ganzen Körper, als er sein krankes Bein schwerfällig über den Pferderücken hob und sich mitten im Hohlweg aus dem Sattel mühte. Der hagere Caesarius hatte sein Reittier längst an einem überhängenden Ast angebunden und war bereits die Böschung hinaufgestiegen. Als er die Leiche des Erzbischofs entdeckte, schlug er die Hände vors Gesicht und begann zu würgen. Es dauerte eine Weile, bis auch Heinrich von Himmerode neben ihm stand. Erschüttert sank der Kellermeister angesichts des dahingemetzelten Erzbischofs in die Knie und stimmte sogleich ein Gebet an. Derweil hatten Thomas und

William ihre Pferde zu einer Zugeinheit verbunden, um den Kadaver des verendeten Schimmels aus dem Weg zu ziehen. Doch dies entpuppte sich als schwieriges Unterfangen. Der tote Hengst war schwer, und ihre Rösser waren keine ausgebildeten Zugtiere. Außerdem fanden sie im regenfeuchten Lehm des Hohlweges keinen rechten Halt. Obendrein schienen die Tiere eine starke Abneigung dagegen zu entwickeln, einen toten Artgenossen hinter sich herzuschleppen. So dauerte es eine halbe Ewigkeit, bis sie den Kadaver aus dem Hohlweg entfernt und zweihundert Schritt weiter unten abseits des Weges zur letzten Ruhe gebettet hatten. Den Rest würden die Krähen und Bussarde übernehmen. „Wie konntet Ihr den Erzbischof so schmählich im Stich lassen!", scholl es ihnen bei ihrer Rückkehr in den Hohlweg vom Rand der Böschung entgegen, „wart Ihr zu feige, den edlen Bischof mit Eurem Leben zu verteidigen?" Es war Heinrich von Himmerode, der diesen Vorwurf äußerte. „Danktet Ihr ihm so das Vertrauen, das er in Euch setzte?" Was erdreistete sich die Kellerassel? Thomas wurde wütend, eine unwirsche Antwort lag ihm auf der Zunge, doch William legte ihm vorsorglich eine Hand auf die Schulter. „Denk nach, bevor du etwas Unbedachtes sagst", raunte er ihm zu, „möglicherweise wirst du damit später noch einmal konfrontiert!" Thomas war ihm augenblicklich dankbar für diesen Rat, denn William hatte recht. Auch wenn der untersetzte Mönch, der ihn gerade so schwer anklagte, nur Kellermeister war, zählte er doch zu den wenigen Vertrauensleuten des Erzbischofs und den einzigen Zeugen seiner letzten Stunden. Seinem Zeugnis würde später eine gewisse Bedeutung beigemessen werden. Es ergab wenig Sinn, diesen Mann zu verprellen, der ohnehin nur seine Trauer in Worte kleidete. Er war vom Erzbischof bereits zur Mittagsstunde vorausgeschickt worden; woher sollte er wissen, dass Thomas und seine Männer nicht aus Feigheit das Weite gesucht hatten? So fern lag der Gedanke ja nicht, da zumindest die restliche Eskorte des Erzbischofs so gehandelt hatte, wie Thomas vermutete. Aber er konnte es sich auch nicht bieten lassen, dass der Mönch so mit ihm redete. „Hütet Eure Zunge, Kellermeister", warnte er ihn deshalb, „keiner von uns hat den Erzbischof im Stich gelassen. Er hat uns fortgeschickt wie Euch, kurz bevor wir den Hohlweg erreichten und kurz nachdem Friedrich von Isenberg zum dritten Male aufgetaucht war, um ein Stück des Weges an seiner Seite zu reiten. Ich habe ihm ins Gewissen geredet und ihm die Gefahren geschildert, in die er sich begab, aber er wollte nichts davon hören. Er verwies auf sein Gottvertrauen und war nicht umzustimmen!" Dabei vermied er es bewusst, von der geplanten Entführung zu berichten, über die ihn Engelbert unterrichtet hatte, denn diese Geschichte hätte ihm wahrscheinlich niemand abgenommen, zumindest keiner von Engelberts Vertrauten. Denn ausgerechnet denen hatte der Kirchenfürst nichts von alldem erzählt. Nein, damit musste er warten, bis es an der Zeit war und er offene Ohren für seine Version des Geschehens fand. Heinrich von Himmerode war denn auch nicht bereit, sich mit Thomas' Erklärung abspeisen zu lassen. Für ihn hatten der Ritter und seine Männer angesichts eines Überfalls Reißaus genommen. „Und das versucht Ihr jetzt herunterzuspielen", sagte er Thomas auf den Kopf zu, „Und woher stammt eigentlich der sechste Mann in Eurem Bunde? Wenn ich mich recht erinnere, war der heute Mittag noch nicht mit von der Partie!" Thomas musste in der Tat überlegen. Es hatte wahrscheinlich wenig Sinn, dem Kellermeister etwas von den Vorhersehungen der Frau eines Schmiedes von der Wupper zu erzählen. „Ich folgte einer inneren Eingebung", ließ William selbst in diesem Augenblick den Kellermeister wissen, „ich hatte schlecht geträumt. Mir war der Großmeister meines ehemaligen Ordens, der armen Ritter Christi vom Tempel Salomons, erschienen. Er mahnte mich, dass der Erzbischof und meine Freunde in Gefahr wären, so machte ich mich auf, sie zu suchen!" Heinrich von Himmerode kniff die Augen zu Schlitzen zusammen. „Ein Templer?", kam es ihm fast angewidert über die Lippen, „dann habt Ihr die Meute zur Flucht überredet?!" In diesem Moment wurde er von Gerhardt angerempelt, der nicht weit entfernt von ihm gestanden und mit Wulfila darauf gewartet hatte, sich nützlich machen zu können. „Passt auf, was Ihr sagt", warnte er ihn unmissverständlich, „niemand hier ist für irgendetwas zu feige, auch nicht dafür, Euch für Eure Worte zur Rechenschaft zu ziehen. Deshalb haltet Eure Zunge im Zaum, Mönch!" Wulfila unterstrich die Worte mit einem unverhohlenen Knurren, wonach er ein Bein hob und unmittelbar neben dem Bein des Kellermeisters an einen Baumstumpf pinkelte. „Ihr wollt mir drohen?", krähte Heinrich von Himmerode, „mir, einem unbewaffneten Diener Gottes? Ist das Euer so viel gerühmter Mut? Das bestärkt mich nur in der Vermutung, dass Ihr im Angesicht des wirklichen Feindes das Weite gesucht und den guten Erzbischof seinem Schicksal überlassen habt!" Thomas schwoll die Zornesader, und seine Schwerthand zuckte. Erneut hielt ihn William zurück. Es war schließlich Caesarius von Heisterbach, der den Disput – vorerst – zu einem Ende brachte. „Lasst es gut sein", beschwichtigte er den Kellermeister, „die Wahrheit wird an den Tag kommen, wenn noch weitere Zeugen überlebt haben, wie ich hoffe. Jetzt heißt es zuerst einmal, den armen Erzbischof aus dieser Lage zu befreien und seine sterblichen Überreste zu bergen. Dafür brauchen wir jede helfende Hand!" Man sah es Heinrich von Himmerode an, dass er es dabei nicht bewenden lassen wollte. Aber er lenkte vorerst ein, denn es gab in der Tat genug anderes zu tun. Mit vereinten Kräften bargen sie die Leiche des Erzbischofs in seinen verbliebenen, blutüberströmten Gewandresten und legten sie auf einen Karren, den sie von einem am Weg gelegenen Gehöft rekrutiert hatten. Als sie den Leichnam auf die klapprigen Holzlatten legten, wandte sich Gerhardt angewidert zur Seite, Heinrich von Himmerode musste sich erneut übergeben, und Caesarius traten die Tränen in die Augen. „Großer Gott, der Karren stinkt, als hätte man damit kurz zuvor noch Jauche auf die Felder gekarrt", beklagte er sich, „gab es nichts anderes, etwas Standesgemäßeres, für den letzten Weg des Erzbischofs?" Vorwurfsvoll blickte er in die Runde. „Nein, gab es nicht", beschied ihm Ulrich, „wir haben bis zum Umfallen gesucht und waren froh, zumindest diese Jauchekarre gefunden zu haben. Und den Erzbischof wird es nicht stören, schätze ich!" Caesarius wollte etwas entgegnen, erkannte dann aber die Aussichtslosigkeit des Unterfangens. Außerdem klang der Bursche, als wenn er die Wahrheit sagte. Es war vorstellbar, dass es in dieser nasskalten Nacht, fern jeglicher größeren Ansiedlung, keine standesgemäße Kutsche für den Erzbischof gab. Er bedauerte es, dass sie auf der Reise nach Soest nicht wie sonst den Wagen der Kellermeisterei mitgenommen hatten. Aber vielleicht würde es ja in Schwelm Ersatz geben, wenn die Leute sahen, dass ihr Landesherr und oberster Hirte auf einem Karren den Rückweg nach Köln antreten musste. Doch darin irrte Caesarius.

„Herr, ein Bote steht im Hof und wünscht Euch zu sprechen", ließ der Türer von Neuenberge seinen Burgherrn mit leisem Ton wissen, da dieser gerade erst erwacht war. Sie hatten Heinrich von Limburg nur mühsam wach rütteln können. Zu zweit standen sie jetzt neben einer Magd mit einer schwach brennenden Öllampe in der Hand in der Kemenate, den privaten Gemächern der Herrschaft. „Er sagt, es sei wichtig und die Botschaft käme auf Umwegen von Eurem Vater!" Sofort sprang Heinrich auf, knüpfte seine Bruche, seine Unterhose, zu und warf sich eine Tunika über. Die Botschaft klang wichtig. Er wusste, dass sein Vater schon seit Längerem einen größeren Plan verfolgte, auch wenn er keine Ahnung hatte, worum es dabei ging. Vielleicht würde er jetzt mehr erfahren. „Was gibt es, Liebster?", kam es gedämpft aus den Decken der Bettstatt. Offenbar war auch Irmgard von der nächtlichen Störung und dem flackernden Lichtschein aufgewacht. „Nichts, worüber du dich sorgen müsstest", flüsterte ihr Heinrich ins Ohr. Zu diesem Zweck war er noch einmal an ihr Bett zurückgekehrt und hatte sich liebevoll zu ihr herabgebeugt. „Schlaf weiter, ich werde dir später berichten, was es mit dieser nächtlichen Störung auf sich hat!" Selig drehte sich Irmgard wieder um und schlief augenblicklich weiter. Heinrich jedoch schlüpfte in seine Stiefel, steckte sich einen Dolch in den Gürtel und folgte der Wache nach unten. „Ich habe mir erlaubt, ihn einzulassen, weil es nur ein einzelner Mann ist", eröffnete ihm der Türer, „ihm aber gesagt, er solle im Hof warten!" Heinrich legte ihm im Gehen eine Hand auf die Schulter. „Ist schon gut, du hast recht gehandelt", beruhigte er den Wächter, „jetzt lass uns sehen, was er mir zu berichten hat." Wenig später stand der Bote im schwach beleuchteten Innenhof der Burg vor ihm. „Was gibt es so Wichtiges, dass du unsere Nachtruhe störst", stellte sich Heinrich ungehaltener, als er war, „hatte das nicht Zeit bis morgen?" Der Mönch verbeugte sich, so tief er konnte. „Ich bin untröstlich", gab er vor, „aber wir, die dienstbaren Dominikaner des Deutzer Stifthofes in Wald, empfingen auf Umwegen eine Nachricht Eures Vaters. Offenbar ist Erzbischof Engelbert vor wenigen Stunden durch Mord zu Tode gekommen, wie es heißt. Es soll am Gevelsberg geschehen sein – durch die Hand des Grafen Friedrich von Isenberg und dessen Männer. Euer Vater legt Euch ans Herz, die Grafschaft vollends in Besitz zu nehmen, aber auch zur Verfolgung der Mörder zu rüsten, damit kein Hauch des Verdachts einer etwaigen Beteiligung auf Euer Haus fällt!" Danach verbeugte er sich erneut bis zum Boden. Heinrich runzelte die Stirn. Der Erzbischof ermordet? Am Gevelsberg? Durch seinen Schwager Friedrich? Er hatte natürlich gehört, dass Engelbert und Friedrich im Streit lagen. Aber Mord? Konnte das stimmen? Und wie konnte sein Vater, der doch gute drei Tagesreisen weiter westlich residierte, weiter entfernt von dem Geschehen, als er selbst hier auf Neuenberge, davon bereits Kenntnis haben und ihm einen Boten schicken? Gerne hätte er dem Boten dazu noch einige Fragen gestellt, aber wahrscheinlich wusste der auch nicht mehr. Vielleicht war es auch besser, keine schlafenden Hunde zu wecken. „Ist das alles? Keine persönliche Botschaft, kein Brief?", vergewisserte er sich. Der Bote verneinte. „Wer hat die Nachricht überbracht?", hakte Heinrich nach. „Ein Läufer", gab der Bote wahrheitsgemäß zurück, „vielleicht ein Knappe des Herzogs oder eines befreundeten Hauses. Mehr weiß ich nicht zu sagen!" Heinrich rieb sich das Kinn, dann dankte er dem Mönch. „Lasst Euch etwas Wein und Käse kredenzen, es ist ein weiter Weg zurück", wies er ihn und seine Männer an, „ich werde derweil entsprechende Vorkehrungen treffen!" Damit entließ er den Boten und rief sogleich den Burgvoigt, Herrmann von Elverfeldt, sowie alle waffenfähigen Männer der Burg zu sich. „Wie es aussieht, ist Erzbischof Engelbert ermordet worden", ließ er sie wissen. „Ihr wisst, was das heißt?!" Die Männer sahen sich einen Moment stumm an, dann zogen zwei, drei ihre Schwerter, darunter auch der Burgvoigt. „Es heißt, dass Ihr jetzt unser Herrscher seid, hoch lebe der neue Graf von Berg!", stimmte er an, „hoch lebe Heinrich von Limburg-Berg." Ein Lächeln stahl sich auf Heinrichs Lippen – auch wenn er noch nichts Genaues über die Umstände wusste, die zu Engelberts wahrscheinlichem Ableben geführt hatten, und auch, wenn der Gatte seiner Schwester darin verwickelt war. Falls es stimmte, war er endlich der neue Herr der Grafschaft. „So ist es", bestätigte er seinen Männern, „deshalb rüstet Euch, trefft Vorkehrungen für einen Erkundungsritt!" Er vermied es, von der Suche nach den Mördern zu sprechen, denn möglicherweise gehörte ja ein Verwandter zu diesen. „Und nehmt jeden in Arrest, der hier auf der Burg als Anhänger Engelberts bekannt ist. Stellt sie vor die Wahl, entweder mir die Treue zu schwören oder Neuenberge auf der Stelle zu verlassen. Das solltet Ihr vor allem auch die Johanniter wissen lassen!" Damit meinte er die Kriegermönche des Johanniterordens, die Graf Engelbert I. auf die Burg geholt und die auch Adolf III. unterstützt hatte. Sie besetzten auf der Burg einen Turm und ein Tor – das sich zur Wupper hin öffnende Johannitertor – mit Bewaffneten und unterhielten obendrein eine Krankenstation. Keine Stunde später schworen alle Wachen und Bediensteten dem neuen Grafen die Treue. Die Johanniter entboten ihm ihren Gruß und baten um baldige Bestätigung ihrer Privilegien, wozu auch die Tischgesellschaft des Grafen gehörte. So konnte Heinrich schließlich beruhigt in sein Schlafgemach zurückkehren. „Was war los?", murmelte Irmgard, als er unter ihre Decke kroch. „Nichts weiter", gab er zurück, während sich seine Hände zu ihren Rundungen vortasteten, „nur dass du jetzt endlich Gräfin von Berg bist, wie es aussieht. Herzlichen Glückwunsch!" Ohne seine Worte auch nur annähernd verstanden zu haben, schmiegte sie sich selig näher an ihn. Und Heinrich sah keine Veranlassung, ihr die Nachtruhe zu rauben. Morgen würde er ihr mehr erzählen. Morgen würden sie sicher alle mehr erfahren.

„Das ist völlig ausgeschlossen", beharrte der Pfarrer der Schwelmer Kirche, die Erzbischof Engelbert am nächsten Morgen hatte weihen wollen, „so lange nicht, wie unsere Kirche nicht geweiht ist!" Heinrich von Himmerode und Caesarius von Heisterbach hatten, sobald ihr Zug mit Engelberts Leiche auf dem stinkenden Wagen das Städtchen Schwelm erreicht hatte, den Priester darum gebeten, den Leichnam in besagter Kirche aufbahren zu dürfen. Doch der Pfarrer hatte dies abgelehnt und die nicht erfolgte Kirchweihe als Grund vorgeschoben. Später führte er zudem die nicht genau bekannten Umstände von Engelberts Ableben und die nicht erteilten Sterbesakramente als Gründe an. Tatsächlich aber läutete der Pfarrer damit eine ganze Kette von Ablehnungen ein, die dem entseelten Erzbischof posthum widerfuhren – nun, da er sich nicht mehr zur Wehr setzen konnte. Die Kölner verbrannten direkt nach Engelberts Tode die Satzungen, die der Erzbischof ihnen in den letzten Jahren gegeben hatte. Die Bürger von Soest zerstörten sogleich den Zwingturm der erzbischöflichen Pfalz. Nie wieder sollte ein Kölner Erzbischof die Stadt mit Gewalt von einer befestigten Burg aus im Griff halten. Und die Kirche von Schwelm wartete auf einen beliebteren, lebendigen Kirchenfürsten, um sich weihen zu lassen. „Und was machen wir jetzt mit ihm?" Heinrich von Himmerode war der Verzweiflung nah. „Wir können ihn doch nicht auf dem stinkenden Wagen lassen", jammerte er, „wir müssen ihn reinigen und eine Totenwache abhalten!" Caesarius hoffte ebenfalls, den Priester umstimmen zu können, und redete seinerseits mit Engelszungen auf ihn ein, doch der blieb stur. Thomas hielt es nicht mehr im Sattel. Seine Männer und er hatten dem Leichenzug als Eskorte gedient, nun aber wurde es Zeit, ein wenig zu ruhen, vielleicht sogar etwas zu essen und zu trinken. Aber solange nicht klar war, was mit Engelberts Leiche für den Rest der Nacht geschehen sollte, würden auch sie keine Ruhe finden. „Ihr werdet doch wohl einen stillen, sicheren Raum für einen toten Erzbischof haben, oder soll ich meinen Männern befehlen, in der Stadt mal nachzusehen?", wandte er sich selbst an den Geistlichen. Erschrocken wich dieser zwei

Schritte zurück. „Und da wir gerade dabei sind", setzte Thomas hinzu, „wir könnten alle etwas Ruhe und Stärkung vertragen, wie steht es damit? Muss ich das selbst in die Hand nehmen? Ihr wart doch vorher unterrichtet, dass der Erzbischof in Begleitung kommen würde. Daran hat auch sein Tod nichts geändert!" Damit kam endlich Bewegung in die Sache. „Nein, nein", lenkte der Pfarrer händeringend ein, „Ihr müsst nichts selbst in die Hand nehmen, Ihr könnt den Leichnam ins Pfarrhaus bringen, bitte nur nicht in die Kirche! Und für Euer leibliches Wohl wird natürlich gesorgt werden!" Caesarius warf Thomas einen dankbaren Blick zu. Nicht lange, und der tote Erzbischof wurde wie vereinbart im Pfarrhaus aufgebahrt. Heinrich von Himmerode persönlich reinigte, so gut es ging, Kopf und Gesicht des Ermordeten, um ihm zumindest einen Hauch von Würde zurückzugeben. Unterstützung erhielt er dabei von den Mönchen, die ihren Zug nach Soest begleitet und nach dem Angriff der Isenberger Häscher die Flucht ergriffen hatten. Sie trafen etwa eine Stunde nach dem Leichenzug in Schwelm ein. Bei ihnen befanden sich auch der verwundete Konrad von Dortmund und Ritter Leonius. Unter dessen Führung hatten sie sich nach dem Überfall erst ostwärts zurückgezogen und notdürftig die Wunden des Dortmunders versorgt. Dann hatten sie beschlossen, im Schutz der Nacht die nächstgrößere Ansiedlung zu erreichen. Und die war nun einmal Schwelm. Obwohl mitten in der Nacht, war bald das ganze Dorf auf den Beinen. Die Nachricht über die Ermordung des Erzbischofs hatte wie ein Lauffeuer die Runde gemacht. Und wo Reisende, Kirchenmänner und Ritter zu versorgen standen, gab es schließlich auch etwas zu verdienen. Während sich die frommen Brüder um den Leichnam kümmerten, bezogen Thomas und seine Männer mit Leonius und dem Dortmunder eine Scheune, in der es nicht nur Heu für die Gäule, sondern auch Stroh für ein Nachtlager gab. Einige Frauen und Mädchen brachten westfälischen Schinken, Käse, etwas Brot, Wein und Wasser, damit sich die erschöpften Besucher stärken konnten. Thomas bezahlte sie mit zwei kölnischen Silbermünzen. Boten wurden ausgesandt, um die Nachricht von Engelberts Ermordung weiterzutragen. Plötzlich betraten auch Caesarius und der Kellermeister die Scheune. „Wir ersuchen Euch, uns aus Eurer Sicht die Geschehnisse zu schildern, die zur Ermordung unseres seligen Erzbischofs führten", richtete Letzterer das Wort an Ritter Leonius, „vor allem berichtet uns, wann und warum Ritter Thomas mit seinen Männern den Erzbischof verlassen hat!" Leonius hatte es sich gerade auf einem Strohballen bequem gemacht und war im Begriff, einen Krug Wein zu leeren. Mit einem Blick des Bedauerns stellte er diesen wieder ab, legte sich einen Moment lang die Worte zurecht und begann zu erzählen. „Wie gesagt, wir standen allein gegen eine Übermacht. Und Ihr seht, was mit Konrad von Dortmund geschah, der einen aberwitzigen Angriff führte. Deshalb zogen wir es vor, uns zurückzuziehen", schloss er. „Warum Ritter Thomas mit seinen Männern unseren Trupp vorweg verließ, kann ich jedoch nicht sagen, weil uns weder er noch der Erzbischof dabei zu Rate gezogen hatten. Ich weiß nur, dass der Erzbischof den Eindruck machte, über die Gründe unterrichtet zu sein, denn er schien weder erzürnt noch überrascht, sondern eher zufrieden, als sich die Eskorte entfernte. Obwohl ich auch nicht verhehlen kann, dass sich zu der Zeit eine wachsende Nervosität in ihm breit machte, vor allem nachdem der Isenberger zum dritten Male zu uns gestoßen und wieder verschwunden war. Mehr kann ich dazu nicht sagen!" Thomas dankte ihm mit einem Kopfnicken. „Ich hoffe, Ritter Leonius' Worte haben Eure Bedenken bezüglich unseres Entfernens ausgeräumt", richtete er nun selbst das Wort an Heinrich von Himmerode, „der Erzbischof selbst hat uns fortgeschickt, wie auch Euch!" Doch der Kellermeister war noch nicht überzeugt. „Ritter Leonius hat lediglich bezeugt, dass Ihr nicht plötzlich die Flucht ergriffen habt", erklärte er, „was jedoch genau Euer Grund war und ob der Erzbischof Euch tatsächlich befohlen hat, Euch zu entfernen, das wird noch genauer zu untersuchen sein!" Nun mischte sich Caesarius ein. „Damit sollten wir es aber für heute bewenden lassen", meinte er, „ich bin sicher, dass sich alles aufklären wird. Nun wollen wir uns ein wenig stärken und danach dem Verstorbenen die Nachtwache leisten – den letzten Dienst, den wir ihm erweisen dürfen!" Zustimmendes Gemurmel beendete die Befragung. Danach sprachen alle dem Weine und den Speisen zu. Thomas kaute nur nachlässig auf einem Stück Schinken. In ihm wuchs die Ahnung, dass ihm die Angelegenheit noch Schwierigkeiten bereiten würde. Heinrich von Himmerodes Vorwürfe, so haltlos sie auch waren, würden auch anderen zu Ohren kommen. Und woher sollten die wissen, dass der Erzbischof ihn und seine Männer tatsächlich fortgeschickt hatte? Von dem Plan zur Entführung und dem darauf basierenden Gegenplan Engelberts konnte er wohl kaum jemandem berichten. Das klang zu fantastisch – und war ja schließlich auch gänzlich fehlgeschlagen. Diese Geschichte würde ihm niemand glauben. Es sei denn, ein zweiter Eingeweihter könnte seine Worte bezeugen. Ein Eingeweihter wie der Isenberger. Egal, wie schuldig er am Tod des Erzbischofs war: Er musste die Wahrheit kennen.

„Öffnet das Tor – Euer Graf ist zurück!", rief die Torwache der Isenburg, als sie die Gesichter der anrückenden Reiter erkannte. Wenig später ritt Friedrich von Isenberg im Trab durch das sich langsam öffnende Tor seiner Burg.

Er machte sich nicht die Mühe, an den Stallungen anzuhalten, sondern trabte direkt bis zur Treppe, die seine Unterburg mit dem Palas verband. Hier hieß er seinen Diener Herriger zu warten, drehte sich aber nach wenigen Treppenstufen noch einmal zu ihm um und riet ihm noch, selbst ein paar Habseligkeiten einzupacken und sich für eine längere Reise zu rüsten. „Auf welche Reisedauer muss ich mich denn einrichten", wollte der überraschte Diener wissen, „auf ein paar Tage oder länger?" Friedrich schnaubte, während er die nächsten Treppenstufen nahm. „So lange, wie du noch nie gereist bist!", ließ er ihn wissen. Dann verschwand er im darüber gelegenen Stockwerk. Sophie von Isenberg eilte ihrem Gatten freudig erregt im Rittersaal entgegen. „Oh, mein Liebster, du bist endlich zurück", machte sie ihrer Freude und Aufregung Luft, „war eurem Unternehmen Erfolg beschieden? Ist dein Großvetter in Gewahrsam?" Dabei blickte sie sich suchend um, konnte aber weder den erwarteten unfreiwilligen Gast noch den vertrauten Knappen ihres Gatten entdecken, der ihr so am Herzen lag. Und wo waren überhaupt die zwei Dutzend Männer, mit denen der Graf vor Tagen aufgebrochen war? Auch vom Hof her drangen keine weiteren Geräusche, die auf die Ankunft so vieler Männer hätten schließen lassen – dafür war es zu ruhig. Sofort beschlich sie ein ungutes Gefühl. „Mein frommer Vetter ist tot", seufzte der Isenberger, während er sich auf eine Bank fallen und einen Becher Wein reichen ließ, „erstochen von meinem eigenen Knappen, deinem Limburger Jugendfrüchtchen, und im Grunde von jedem, der mit uns losgezogen war. Es war ein übles Gemetzel, von dem wir uns niemals werden reinwaschen können!" Darauf stürzte er verbittert in einem Zug den Wein hinunter. Sophie hatte ihre kleinen Fäuste geballt und presste diese nun angstvoll vor den Mund, während ihr Friedrich ausführlich, aber in schnellen Worten von dem Mord berichtete. Sie erwartete, von weiteren Toten, von Entdeckung und Verfolgung zu hören, wunderte sich dann aber, dass nichts dergleichen eingetreten war. Je länger er erzählte, umso leichter wurde ihr Herz. Gut, der Erzbischof war nicht entführt worden, wie eigentlich geplant, aber er war fort, fort aus dieser Welt, einfach nicht mehr da. Ein anderer würde seinen Platz einnehmen. Vielleicht, nein ganz sicher sogar, ein Mann, der dem Hause Limburg und dem Geschlecht der Isenberger eher gewogen war. Warum also war ihr Gatte derart besorgt? Sie konnte es sich nicht verkneifen, ihm diese Frage zu stellen. „Weil wir geliefert sind, du dummes Weib!", herrschte er sie plötzlich an, jede Etikette vergessend. „Der Erzbischof war der mächtigste Mann im Reiche – nach dem Kaiser, versteht sich. Er hatte viele Feinde, aber auch zahlreiche Freunde. Meinst du, die werden den Mord an ihm einfach so zur Kenntnis nehmen und ungesühnt lassen?" Herrgott, wie hatte er so dumm sein und den Argumenten seiner Gemahlin auch nur ansatzweise zuhören können? Sie war es, die ihn vor allen anderen zu dieser Dummheit angestiftet hatte, sie und ihr Vater – und dieser vermaledeite Knappe. Wo war er eigentlich abgeblieben? Seit dem Hohlweg hatte er den übereifrigen Unruhestifter nicht mehr gesehen. „Egal", dachte er, „wenn er mir noch einmal über den Weg läuft, schneide ich ihm die Kehle durch." Dann sprach er wieder laut zu seiner Frau: „Jedenfalls werden sie uns, vor allem mich, zum Sündenbock machen, weil ich die Männer angeführt habe, die dem Erzbischof die Klinge ins Fleisch stießen!" Angewidert dachte er an die schrecklichen Szenen zurück, die sich unter der Böschung des Hohlweges abgespielt hatten. „Aber du hast doch gesagt, du habest dich daran nicht beteiligt", gab sie zu bedenken, „gib Rennekoie und den anderen die Schuld. Das muss doch jeder Richter anerkennen. Außerdem wird dir Vater sicher helfen!" Der Isenberger schnaubte verächtlich. „Was meinst du, warum er selbst bei der Sache nicht dabei war?", gab er zurück, „er wird sich in den Mord nicht reinziehen lassen, wenn er schlau ist – und das ist er. Viel schlauer als ich, wie mir jetzt erst aufgeht, denn er war es, der das Drama angezettelt hat. Aber wir müssen die Suppe jetzt auslöffeln!" – „Inwiefern?", fragte Sophie, die immer noch nicht einsehen wollte, dass der Mord ihrer aller Leben auf den Kopf stellen würde, „was kann uns denn passieren?" Der Isenberger schüttelte den Kopf, stand auf und stellte sich ganz nah vor sie hin, wobei er ihr Kinn anhob, damit sie ihn ansehen musste. „Sie werden kommen und unsere Burg schleifen", machte er ihr deutlich, „sie werden alles vernichten oder beschlagnahmen, was uns gehört hat, sie werden mich vierteilen, wenn sie mich in die Finger bekommen, sie werden dich und unsere Kinder auf die Straße treiben, reicht das?" Jetzt dämmerte es Sophie, dass sie nicht mit heiler Haut davonkommen würden, obwohl sie immer noch hoffte, ihr Vater würde eingreifen können. „Und wenn wir fliehen? Die Burg von Lüttich ist so stark, dass sie einem ganzen Heer widerstehen kann!" Traurig schüttelte der Isenberger den Kopf. „Es hat keinen Sinn, sich etwas vorzumachen. Dich wird dein Vater vielleicht aufnehmen und beschützen können, wenn er sich denn selbst von jedem Verdacht reinwaschen kann. Besser jedoch, du begibst dich mit den Kindern in den Schutz deines Bruders auf Neuenberge", eröffnete er ihr. „Er war mit keinem Wort, mit keiner Silbe an dem ganzen Plan beteiligt. Ich aber habe nur eine Möglichkeit: Ich muss fliehen, so weit fort, wie es geht!" Jetzt traten offene Tränen in Sophies Augen. „Oh Gott, das kann doch nicht wahr sein, ich will nicht fort von hier", flehte sie, „ich will nicht von dir getrennt sein. Für wie lange denn? Es muss doch noch eine andere Möglichkeit geben?!" Wieder schüttelte der Isenberger den Kopf, hielt dann jedoch inne. „Es gibt für mich nicht viel Hoffnung", überlegte er laut, „es sein denn …" Er machte eine Pause, weil ihm ein Gedanke gekommen war. „Es sein denn, was?", hakte Sophie nach, als ihr die Unterbrechung zu lange dauerte, „sag es mir!" Der Isenberger leckte sich die trockenen Lippen. „Es sei denn, eine höhere Instanz erteilt mir Absolution!" Noch in der Nacht, bevor der erste Hahn krähte, ritt Graf Friedrich von Isenberg mit seiner Frau, seinen Kindern, seinem Notarius und seinem Diener Herriger nach Westen, Richtung Neuenberge, um seine Familie in Sicherheit zu bringen. Auf drei Packpferden führten sie nur das Nötigste an Habseligkeiten und zwei Beutel Silbermünzen mit sich. Friedrich ahnte bereits, dass er seine Isenburg niemals wiedersehen würde.

„Ein Wunder, ein Wunder hat sich ereignet!" Heinrich von Himmerode strahlte über das ganze Gesicht, als er am frühen Morgen nach der Nachtwache an Engelberts Leichnam wild gestikulierend den freien Platz vor dem Pfarrhaus betrat. Ja, er leuchtete geradezu in überirdischem Glanze. Er hatte schließlich auch allen Grund dazu, denn er war Zeuge eines ganz und gar göttlichen Ereignisses geworden, eines wahren Wunders, das sich obendrein an seiner Person ereignet hatte. Heinrich war völlig aus dem Häuschen, und seine Stimmung griff um sich. Von allen Seiten liefen bald die Menschen herbei, um sich von dem Kellermeister erzählen zu lassen, was sich in der Nacht zugetragen hatte. „Oh, es war ein trauriger Anblick, den der Leichnam des seligen Engelbert in der Nacht bot", hob er an, „wir hatten seine blutigen Wunden zwar notdürftig gereinigt, aber die vielen Stiche und Schnitte entstellten sein Gesicht und seinen Körper!" Heinrich von Himmerode rang dabei mit den Händen und schnitt auch die eine oder andere Grimasse, die entweder seinen eigenen Schmerz angesichts des blutigen Mordes darstellen sollte –oder den Schmerz Engelberts im Moment der tödlichen Verwundungen. Dann wechselte jedoch plötzlich sein Gesichtsausdruck, und ein seliges Lächeln bemächtigte sich seiner Züge. „Aber wie ich so dasaß und unseren Erzbischof betrauerte", ließ Heinrich seine Zuhörer wissen, „war es mir mit einem Mal, als entspannten sich die Züge des Toten. Ja, sein Antlitz war schließlich so voller Milde, als hätte er seinen Peinigern bereits jetzt verziehen und zöge ohne Groll ins Himmelreich ein!" Ein Raunen ging durch die Menge. Doch Heinrich hob den Finger, um anzuzeigen, dass er noch nicht fertig war, denn das eigentliche Wunder kam erst noch. „Ich stand auf, um eine Kerze zu ergreifen und mit dieser das milde Lächeln unseres Herrn näher zu ergründen", fuhr der Kellermeister fort, „da erschrak ich plötzlich bis aufs Blut!" Gebannt hingen die Schwelmer Bürger an seinen Lippen. Nun hatte er ihre volle Aufmerksamkeit. Thomas nahm sich vor, den Kellermeister zukünftig nicht zu unterschätzen. Sollte er diesem einmal in einem Wortduell gegenüberstehen müssen, war offenbar Vorsicht geboten, denn der Himmeroder wusste genau, wie er die Aufmerksamkeit der Menschen auf sich ziehen konnte. Das war eine beeindruckende Fähigkeit, aber auch eine gefährliche. „Wie viele von euch wissen, habe ich seit Jahren ein krankes Bein", kam es nun aus dessen Mund, „ein Bein, das ich immer etwas hinter mir herziehe, weil es nicht so recht auftreten will!" Etliche Zuhörer nickten. „Doch nun seht euch das an", forderte der Kellermeister sie auf und stolzierte demonstrativ vor ihnen her, „ich kann gehen!" Die Menge hielt den Atem an. „Ich bin geheilt, geheilt am Totenlager des Erzbischofs!", rief Heinrich von Himmerode, während er begann, eine Art Freudentanz aufzuführen. Dabei hüpfte er wie zum Beweis immer wieder auf seinem vormals kranken Bein herum, das nun in der Tat geheilt schien. „Es ist ein Wunder, ein Wunder ist geschehen!", krähte der Kellermeister, und zahlreiche Menschen brachen in Freudengesänge aus. „Unser seliger Erzbischof ist ein Heiliger!", trieb er es jetzt auf die Spitze und warf dabei sogar demonstrativ eine Krücke in die Luft, „hoch lebe der heilige Engelbert!" Nun gab es kein Halten mehr und die Menge jubelte, als sei ihnen der Herrgott persönlich erschienen. Thomas pfiff anerkennend durch die

Zähne. In der Sache lag fürwahr Zündstoff, in jeglicher Hinsicht. Die Stadt Schwelm, deren Pfarrer dem toten Erzbischof wenige Stunden zuvor noch die Kirche verweigern wollte, lag ihm, dem heiligen Engelbert, nun zu Füßen. Die Menge tobte. Schließlich hatte sich das erste Wunder des eventuell neuen Heiligen in ihrer Stadt ereignet. Das war etwas! Auch wenn es sicher noch Jahre dauern konnte, bis die Heiligkeit des Erzbischofs offiziell bestätigt wurde. Aber der Anfang war gemacht. „Seltsam", meldete sich da eine der wenigen skeptischen Stimmen, allerdings gerade nur so laut, dass Thomas sie verstehen konnte, „wo hatte er denn auf einmal die Krücke her?" Es war Gerhardt, der seine Zweifel an der Wahrhaftigkeit des Heilungswunders an Heinrich von Himmerode äußerte. „Er hatte doch sonst nie eine dabei, sondern einfach nur sein Bein nachgezogen. Also, irgendetwas an der Sache erscheint mir faul!" Thomas musste lächeln, trotz seines schweren Herzens. An der Sache war tatsächlich eine ganze Menge faul. Und wer dem Kellermeister genauer ins Gesicht sah, wie er es bei jedem Sprung zunehmend verzerrte, konnte dessen Miene auch für Schmerzen statt für Freude halten. Aber die meisten Menschen an diesem Tag und an diesem Ort interessierte das ohnehin nicht – sie hatten ihr Wunder.

„Wer da?", rief die Torwache in das nur spärlich von zwei in der Mauer verankerten Fackeln erhellte Zwielicht des Morgengrauens vor dem Grabentor, „und was wollt Ihr hier?!" Es geschah nicht so häufig, dass unerwartete Besucher in der Dämmerung vor der Burg Neuenberge standen und Einlass begehrten. „Die Schwester Eures Burgherrn steht samt Kindern und Gefolge vor dem Tor und sucht Obdach", rief eine Stimme hinauf, „geht und meldet ihm das. Ich nehme an, er wird erfreut sein, sie aufnehmen zu können!" Widerwillig schlurfte die Wache davon. Friedrich von Isenberg wurde nervös. Was, wenn Heinrich mit alldem nichts zu tun haben wollte und ihn einfach gefangen nahm? Sicher hatte sich auch bis hierhin längst herumgesprochen, was geschehen war. Wen würde man für den Mord an Engelbert verantwortlich machen, wenn nicht ihn? Sicher, Heinrich von Limburg-Berg war sein Schwager, der Bruder seiner Frau, aber konnte er es sich leisten, einem Mörder Unterschlupf zu gewähren? Wie hatte es überhaupt so weit kommen können? Es war doch alles abgesprochen gewesen! Seit Stunden nagte der Gedanke an ihm, dass hinter seinem Rücken andere Absprachen getroffen worden waren – so, wie er und Engelbert den ursprünglichen Plan der Entführung verändert hatten. Aber ihr Plan war nicht zur Ausführung gelangt, weil andere Kräfte dem einen Riegel vorgeschoben hatten. Oder besser gesagt: eine Klinge – viele Klingen. Sein verdrießliches Gesicht sprach Bände. „Er wird uns nichts tun", versuchte Sophie, die glaubte, seine Gedanken zu erraten, ihren Gatten zu beruhigen. „Er ist mein Bruder. Hier sind wir sicher!" Friedrich war sich dessen nicht so gewiss. In diesem Moment öffnete sich das Burgtor. Heinrich von Limburg persönlich, augenscheinlich nur nachlässig bekleidet, vergewisserte sich, ob tatsächlich seine Schwester vor dem Portal stand. Als er sie erkannte, nahm er sie sogleich in die Arme. „Schwesterherz", begrüßte er sie, „lass dich umarmen!" Über ihre Schulter hinweg erkannte er auch Friedrich, der abgestiegen war und sich samt seinem Gaul im Hintergrund hielt. Sofort wurde er sichtlich ungehaltener. „Was tust du hier, Schwager?", kam es mit gedämpftem Zorn aus seinem Mund, „willst du mich mit dir an den Galgen liefern?" Friedrich hielt seinem Blick stand. „Wenn uns einer an den Galgen liefert, ist es dein Vater", raunte er dem Bruder seiner Frau zu, „es war seine Idee, den Erzbischof zu entführen!" Heinrich mahnte ihn sogleich mit einer eindeutigen Handbewegung, zu schweigen, und forderte sie stattdessen allesamt auf, ihm zu folgen. „Lasst uns zuerst hineingehen, wo die Wände weniger Ohren und Augen haben!" Die Männer der Torwache, die gesehen hatten, welche Besucher so früh am Morgen Einlass erhielten, verpflichtete er zu strengster Verschwiegenheit. Außerdem trug er ihnen auf, das Tor bis auf Weiteres geschlossen zu halten und niemanden einzulassen. Dann führte er seine Gäste in den Rittersaal. Den Diener und den Sekretarius des Isenbergers hieß er, im Quartier der Burgmannen zu warten. Noch auf der Treppe zum Saal eilte Heinrichs Gattin Irmgard herbei, herzte Sophie und die Kinder und übergab sie der Obhut Magdas, weil sie augenscheinlich hungrig, durstig und müde waren. Die Erwachsenen bekamen vorerst Wein und Wasser angeboten. Heinrich und Irmgard brannten auf Erklärungen. „Nun berichtet, was sich zugetragen hat", verlangte Heinrich in barschem Ton, „aber lasst nichts aus!" – „Und sagt uns, wie wir helfen können", fügte Irmgard milder an, wobei sie ihrem Mann einen tadelnden Blick zuwarf, „auch wenn wir dabei Vorsicht walten lassen müssen, wie ihr euch sicher denken könnt!" Nun berichtete Friedrich in allen Einzelheiten von dem Plan, den Erzbischof zu entführen, und von dem tatsächlichen Ablauf, der schließlich zur Ermordung Engelberts führte. Von seinem Pakt mit dem Erzbischof und dem Gedanken, den Spieß herumzudrehen und den Limburger Herzog gefangen zu setzen, verriet er nichts, denn damit hätte er seine Gattin und seinen Schwager womöglich vollends gegen sich aufgebracht. Es war ohnehin schon alles verfahren genug. „Das ist eine schlimme Sache", meinte denn auch Heinrich, „wie konntet ihr so etwas ins Auge fassen! Schon der Plan meines Vaters war unrecht!" – „Wieso das?", fuhr Sophie dazwischen, „der Erzbischof hat uns so zugesetzt, wir mussten doch etwas tun!" – „Aber du siehst doch, wozu das geführt hat", belehrte sie Irmgard, „Gewalt ist kein Mittel, gerade du als Frau hättest das wissen müssen!" Sophie schlug die Hände vors Gesicht und begann zu weinen. „Du hast recht, ich bin an allem schuld", schluchzte sie, „ich wollte Friedrich so gerne reich und geachtet sehen. Stattdessen mussten wir dem Erzbischof stets klein beigeben!" Der Isenberger nahm sie zögerlich in die Arme, wobei er es vermied, ihren Buckel zu berühren. „Dich trifft keine Schuld", versuchte er sie zu beruhigen, „dein Vater hatte den Vorschlag mit der Entführung gemacht, und ich habe zugestimmt." Danach wandte er sich wieder seinem Schwager und seiner Schwägerin zu. „Aber ihr müsst mir glauben: Zu keiner Zeit hatte ich vor, den Erzbischof zu ermorden. Meine Hand war es nicht, die ihn gerichtet hat. Meine Klinge hat sein Fleisch nicht berührt. Die Sache ist einfach aus dem Ruder gelaufen!" Heinrich warf ihm einen schwer zu durchschauenden Blick zu. „Ich weiß nicht, ob das so einfach war und ist", überlegte er, „ich wär' mir da nicht so sicher. Wie konnte der Überfall denn so ausufern? Wer hat denn den ersten Streich gegen Engelbert geführt?" Friedrich rang mit den Händen. „Ich weiß es nicht, ich stand am oberen Ende des Hohlweges hinter Sträuchern, die mir die Sicht verlegten", beklagte er. „Mein Sekretarius und mein Diener sagen, es sei Rennekoie gewesen, der dem Erzbischof am ärgsten zugesetzt hat, dann sind andere dazugestoßen. Schließlich haben alle ihre Klingen in seinen Leib gesenkt, alle außer mir!" Heinrich ließ den Schreiber Tobias sowie Friedrichs Diener Herriger sogleich kommen und verhörte sie. Aber viel wussten auch diese nicht zu sagen. Einzig der Name Rennekoie fiel auch bei ihnen häufiger, sowie der eines gewissen Gieselher, der wohl als Erster mit dem Schwert auf den Erzbischof eingeschlagen hatte. „Wer ist denn dieser Rennekoie?", begehrte Heinrich zu wissen, „muss ich den kennen?" – „Natürlich", mischte sich Sophie ein, „er ist doch mit uns aufgewachsen. Vater hat ihn dann später als Knappen ausgebildet!" Heinrich grübelte, konnte sich aber nur schwach an einen dünnen, pickeligen Halbwüchsigen erinnern, der zuweilen bei ihren Spielen und Übungskämpfen aufgetaucht war. Das lag vor allem daran, dass er, Heinrich, sich lieber mit Älteren abgegeben hatte. Schließlich entließ er die beiden Bediensteten des Isenbergers wieder. Dann setzte er eine ernste Miene auf. „Sophie kann mit den Kindern bei uns bleiben, so lange sie will", entschied er, „ihnen wird nichts geschehen, dafür verbürge ich mich. Du aber musst fort und dich verbergen, denn der Kaiser oder der junge König oder der Papst oder der neue Erzbischof – zumindest einer von denen –, wenn nicht gar –alle zusammen – wird dich suchen und verfolgen lassen, um deiner habhaft zu werden!" Heinrich überlegte, wie weit er gehen durfte, beschloss dann aber, keine falschen Hoffnungen zu wecken. „Sie werden dich ächten und jagen", fuhr er fort. „Du warst der Anführer der Männer, die den Erzbischof ermordet haben, deshalb werden sie es dir ankreiden, so viel steht fest. Und wenn ich dir Unterschlupf gewähre, werden sie vor meinen Mauern nicht haltmachen. So wäre auch ich bald vogelfrei, mit Frau und Kindern, gebannt, geächtet und schließlich tot. Es ist besser, wir sind vernünftig und erregen keinen Verdacht. Deshalb musst du jetzt gehen – und besser, nur du allein weißt, wohin!" Friedrich schlug die Augen nieder und nickte. Sophie wollte protestieren, doch ihr Mann legte ihr eine Hand auf den Arm und gebot Schweigen. „Heinrich hat recht", gab er zu, „ich werde gehen und mich irgendwo verkriechen. Und im Frühjahr werde ich vielleicht versuchen, beim Papst oder Kaiser um Verzeihung zu bitten. Denn noch mal: Ich habe dem Erzbischof selbst kein Leid zugefügt. So lege ich mein Schicksal in Gottes Hände!" Darauf gab er Sophie noch einen letzten Kuss, bot Irmgard die Wange und reichte schließlich Heinrich die Hand. „Versprich mir noch eins", formulierte er einen letzten Wunsch, „kümmere dich vor allem um meinen ältesten Sohn Dietrich und darum, dass ihm ein väterliches Erbe bleibt!" Heinrich ergriff nicht nur die ausgestreckte rechte Hand, sondern, als wollte er eine zusätzliche Stütze schaffen, mit seiner Linken auch dessen Unterarm. „Von Herzen gern, worauf du dich verlassen kannst", schwor er, „als wäre er mein eigener Sohn. Ich werde nicht ruhen, bis er den Grafentitel trägt und entsprechende Ländereien sein eigen nennt, sei es nun die Isenburg oder ein anderes Stück Land!" Friedrich nickte ihm zum Dank noch einmal zu, dann wandte er sich zum Gehen. Sophie, Irmgard und Heinrich folgten ihm in die Küche, wo er noch von seinen Kindern Abschied nahm. Unfähig, ein weiteres Wort zu sprechen, drückte er sie wortlos an sich. „Nein, du kannst nicht schon wieder gehen, nimm mich diesmal mit", protestierte der halbwüchsige Dietrich, wenn auch erfolglos. Sophie und Irmgard traten Tränen in die Augen. Fast schon mit Gewalt musste der Isenberger die kleinen Arme lösen, die sich um seinen Hals geschlungen hatten. Dann erhob sich der Graf, räusperte sich und eilte schließlich schnellen Schrittes hinaus. Bald hörte man Hufschlag von der Brücke über den Burggraben. „Glaubst du, wir sehen ihn je wieder?", flüsterte Irmgard ihrem Gatten zu, bevor sie an die Seite der geknickten Sophie eilte und sich mit ihr um die verunsicherten Kinder kümmerte. Heinrich schüttelte unmerklich den Kopf. „Sie werden ihn zum Sündenbock machen, gerade weil die Sache so undurchschaubar ist", sagte er kaum hörbar, „wir können von Glück sagen, wenn wir selber ungeschoren bleiben!" Dabei dachte er nicht zuletzt an seinen Vater, den auch er für nicht ganz so unschuldig an dem Dilemma des Isenbergers hielt – ihn und diesen Rennekoie.

„Es stinkt zum Himmel, wie man uns behandelt hat!" Heinrich von Himmerode hielt sich mit der Rechten das doch wieder schmerzende Bein und mit der Linken einen Ärmel seiner Kutte über die Nase. „Und wie es zum Himmel stinkt", bestätigte verdrießlich Caesarius von Heisterbach, der unmittelbar neben ihm saß, „es stinkt im wahrsten Sinne des Wortes!" Trotz der Begeisterung der Schwelmer Bürger für das eingetretene Wunder hatte sich niemand bereitgefunden, einen standesgemäßeren Wagen für den Weitertransport der erzbischöflichen Leiche zur Verfügung zu stellen. Deshalb mussten Engelberts Kellermeister und der Sekretarius nach wie vor mit dem Jauchekarren vorliebnehmen. Und selbst der wäre lauthals zurückgefordert worden, hätte Thomas nicht ein paar Münzen springen lassen und damit für Ruhe gesorgt. Nun saßen die beiden frommen Männer auf dem stinkenden Wagen, flankiert von einer stattlichen Eskorte, und strebten ihrem nächsten Ziel entgegen – der Burg Neuenberge. Hier, am Stammsitz der Grafen von Berg, war Engelbert vor gut vierzig Jahren geboren worden und hier würde man anständiger mit seinen sterblichen Überresten umzugehen wissen, so hofften sie zumindest. Jedoch war auch dies nur als Zwischenstation gedacht; letztendlich würde der Leichnam nach Köln überführt werden müssen. Allerdings galt es vorab, Vorkehrungen zu treffen, um die Verwesung in Grenzen zu halten. Ritter Leonius und Konrad von Dortmund waren in Schwelm zurückgeblieben und wollten von dort den Heimweg antreten. Thomas und seine

Männer hingegen gaben dem Erzbischof auf dessen unfreiwilliger Heimreise weiter das letzte Geleit, hofften aber, nach der Übergabe des Körpers in Neuenberge nach Hause zurückkehren zu können. Abgesehen von den Klagen des Kellermeisters über den unbequemen Karren, auf dem der Erzbischof lag, wurde während des gesamten Weges nur wenig gesprochen, zu sehr standen sie noch unter dem Eindruck der schrecklichen Tat. Und die erzbischöfliche Eskorte stand unter dem Eindruck der seitens des Himmeroders gegen sie erhobenen Vorwürfe. Vor allem Thomas zermarterte sich das Hirn, wie er sich und seine Männer vom etwaigen Vorwurf der Feigheit entlasten konnte. Aber so sehr er sich auch bemühte, ihm wollte keine andere Lösung einfallen, als dass er den Isenberger zur Rede stellen musste. Düstere Wolken flogen über den Fels dahin, auf der sich die Burg Neuenberge erhob, als sie sich von Südosten her näherten, wo sie den alten fränkischen Heerweg verlassen hatten. Thomas hatte sie immer für die schönste Festung auf Erden gehalten, aber heute kam sie selbst ihm kalt und abweisend vor. Es dämmerte bereits langsam, als sie sich dem Burgtor näherten – bald würde die Nacht eine Weiterfahrt deutlich erschweren. Aber nun waren sie am Ziel – glaubten sie zumindest. Doch zu ihrer Überraschung fanden sie das Burgtor bereits geschlossen vor. Üblicherweise geschah dies erst nach Sonnenuntergang oder wenn Feinde im Anmarsch waren. „Wer da?", rief die Torwache zu ihnen herunter, als Thomas mit dem Griff seines Schwertes ans Tor klopfte, „wer begehrt Einlass und was wollt ihr hier?!" Schon diese Frage war seltsam, denn Thomas und seine Männer waren so gut wie jedem in der Burg ein Begriff. Und das Banner des Erzbischofs, auch wenn es traurig von einem Jauchewagen herabhing, hätte eigentlich auch hinlänglich bekannt sein sollen. Thomas schaute zu Heinrich von Himmerode herüber und der weiter zu Caesarius, allesamt waren sie unschlüssig, wer von ihnen das Wort an die Wache richten sollte. Als ihm die Stille zu lang wurde, übernahm Thomas die Verantwortung. „Es ist der Erzbischof von Köln und Euer Graf von Berg, der Einlass begehrt", rief er hinauf, „oder besser gesagt, was von ihm übrig ist, denn er wurde ermordet! Begleitet wird er von seinem Kellermeister und Sekretarius sowie von fünf Mann unter meiner Führung als Eskorte. Und mich solltet ihr kennen!"

Stille trat ein. Kein Laut war zu hören. Und diese Stille dauerte eine halbe Ewigkeit. In der Zwischenzeit hörten sie, wie der Wind an Fahrt aufnahm und um die Mauern heulte. Weit über ihren Köpfen, hoch über dem Bergfried, zerrte er an einem Banner, das den Limburger Löwen trug. Das war neu, denn bislang hatte dort meist das Kreuz des Erzbischofs geweht. Hatte sich dessen Tod bereits bis Neuenberge herumgesprochen? Alle frösteltten. Dann setzte abermals Nieselregen ein. Mit einem Mal meldete sich der Torwächter wieder zu Wort. Aber seine Botschaft war so unerhört, dass sie niemand wahrhaben wollte. „Zieht eurer Wege", kam es von oben herab, „der Graf von Berg ist anwesend und erfreut sich bester Gesundheit. Euren Erzbischof jedoch da auf dem Wagen, den nehmt wieder mit, für ihn ist auf Neuenberge kein Platz mehr!"

Thomas war wie vor den Kopf geschlagen, so auch alle anderen. „Seid ihr von allen guten Geistern verlassen?", brüllte er die Mauern hinauf, „es ist – oder war – unser aller Lehnsherr, der hier auf dem Karren liegt, der Erzbischof von Köln, Graf von Berg, Sohn und Bruder der vorherigen Grafen und obendrein Gubernator des Heiligen Römischen Reichs Deutscher Nation. Den könnt ihr doch nicht von der Schwelle weisen!" Wieder war nur der Wind zu hören. „He", hakte Thomas nach, „habt ihr mich nicht verstanden? Wir erbitten Obdach in schwerer Stunde!" Zur Antwort landete krachend ein hölzernes Ungetüm nur einen Schritt neben Thomas auf den Bohlen der Brücke, die über den Burggraben führte, und zersplitterte. Nur mit Mühe konnte der Fischersohn sein Ross bändigen, das aufgeregt mit den Augen rollte und vor dem plötzlichen Hindernis scheute. Als Thomas das Ding in Augenschein nahm, das man offenbar von oben herabgeworfen hatte, entpuppte es sich als Prunkschild. Auf seiner Vorderseite trug er das lange schwarze Kreuz des Erzbischofs mit dem darin eingelassenen, alten bergischen Wechselzinnenwappen in der Mitte. Dieser Schild, das persönliche Wappen Engelberts, hing für gewöhnlich im Rittersaal, neben den Wappen des verstorbenen Grafen Adolf und des derzeitigen Hausherren Heinrich von Limburg. Nun lag er der Länge nach zerbrochen und zerborsten auf dem Boden. „Der Erzbischof ist hier nicht mehr erwünscht", kam es da erneut von oben herab, „er hat uns lange genug das Leben schwer gemacht. Mit seinem Ableben haben wir nichts zu tun, aber wir wollen auch mit dem Rest von ihm nichts mehr zu schaffen haben!" Thomas erkannte die Stimme Heinrichs von Limburg, der demnach selbst dort oben hinter den Zinnen stand. Und nicht nur er. „Er hat mich und meinen Gemahl um das väterliche Erbe betrogen", rief eine Frauenstimme, „wenn er jetzt da auf dem Karren liegt, dann hat ihn die verdiente Strafe ereilt!" Es war Irmgard, die Tochter des Grafen Adolf, die diese Worte sprach und damit deutlich machte, wie sehr sie den Erzbischof gehasst haben musste. Aber Thomas wollte es immer noch nicht wahrhaben. „Ihr redet von Eurem Onkel, dem Bruder Eures Vaters", rief er ihr in Erinnerung, „ganz gleich, wie oder was er war, sein Leichnam hat es verdient, dass man ihm eine letzte Ehre erweist – und seiner Eskorte Obdach für die Nacht gewährt!", beharrte Thomas. Und zwischen dem Heulen der Windböen glaubte er ein leises Schluchzen zu vernehmen. „Versündigt Euch nicht, Kind", ergriff jetzt auch Heinrich von Himmerode das Wort, „er war doch letztendlich Euer nächster Verwandter – und ein getreuer Hirte, der auch viel Gutes bewirkt hat!" – „Für uns nicht", widersprach ihm augenblicklich der neue Graf, „er war anmaßend, räuberisch, hochfahrend und erpresserisch. Aber das ist jetzt vorbei. Wir weinen ihm keine Träne nach. Nehmt mit, was von ihm übrig ist, und zieht Eurer Wege. Wir wollen ihn hier nicht haben. Das ist mein letztes Wort!" Darauf verschwand er, und wieder war nur der Wind zu hören. Thomas seufzte. „Dann bleibt uns wohl nichts anderes übrig, als den langen Weg nach Köln in Kauf zu nehmen", sagte er zu Caesarius und dem Kellermeister, „durch die Nacht und den Regen." Der Sekretarius schüttelte ungläubig den Kopf. Thomas' Männer saßen mit unbeweglicher Miene auf ihren Pferden, während ihnen die Tropfen die Gesichter hinabliefen. „Er wird uns verfaulen, bevor wir am Rhein sind", gab Heinrich von Himmerode zu bedenken. In diesem Moment knarrte und quietschte das Burgtor vor ihnen. Ungläubig starrten alle auf das mächtige Portal. Tatsächlich, es kam in Bewegung und öffnete sich, wenn auch erst nur einen Spalt. Als die Öffnung gerade so breit war, dass ein schlanker Mann hindurchpasste, zwängte sich eine schwarz gewandete Gestalt hindurch, hager und mit unübersehbarer Tonsur. Hinter sich her zog er einen schmalen, kleinen Esel. „Noch ein Mönch", raunte Gerhardt seinem Sohn zu, „als wenn wir davon nicht schon genug hätten." Doch die Aufmerksamkeit aller anderen war allein nach vorn gerichtet, so verhallten seine Worte mehr oder minder ungehört. Dafür jedoch war jetzt die helle, klare Stimme des Mönchs zu hören. „Ich bin der Prior des Klosters Altenberg", sagte er, „wie ihr sicher wisst, liegt unsere Abtei nicht weit von hier. Ich möchte Euch bitten, mir zu folgen. Wir werden uns des Toten annehmen – und auch der Lebenden. Wenn wir uns beeilen, schaffen wir es vielleicht noch vor der schwärzesten Nacht!" Dankbar nahmen alle diesen Vorschlag an. Und wenige Augenblicke später schlug der Leichenzug des Erzbischofs eine neue Richtung ein. Von den Zinnen der Burg blickten ihnen ein nachdenklicher Heinrich und eine schluchzende Irmgard nach, die letztlich doch ihren einzigen Onkel betrauerte, auch wenn er ihr nie nahe gestanden hatte.

„Ich soll Euch etwas von dem jungen Grafen Heinrich ausrichten!" Überrascht blickte Thomas auf den Prior hinab, der wie beiläufig seinen Esel neben das Streitross des Ritters gelenkt hatte. „Er lässt Euch sagen, dass er keinen Groll gegen Euch persönlich hegt!" Die Lippen des Priors bewegten sich kaum, während er in leisem Ton weitersprach. „Aber einen Märtyrer Engelbert will er nicht in seinen Mauern haben. Ihr aber seid ihm jederzeit wieder willkommen – zum Beispiel, um Euch mit ihm zu vereinen und die Mörder des Erzbischofs zu jagen, denn das hat er vor! Spätestens morgen früh reitet er los!" Thomas war sprachlos. „Er will die Mörder Engelberts jagen, lässt uns und die Leiche aber im Regen stehen?" Der Prior zuckte mit den Achseln. „Nun ja, was hat das eine mit dem anderen zu tun? Hier geht es nicht um Rache, sondern um Politik. Die Mörder wird er schon aus dem Grund verfolgen, weil er sich damit selbst von jedem Verdacht reinwaschen kann! Und das wird ihm sicher leichter fallen als seinem Vater!" Thomas starrte den Prior fasziniert an. Die ganze Angelegenheit schien für ihn immer undurchsichtiger und komplizierter zu werden. Doch dieser Mönch sprach offen von widersprüchlichen politischen Winkelzügen, als seien sie das Normalste von der Welt. Er musste noch viel lernen, wenn er in dieser Welt überleben und nicht zwischen die Fronten kommen wollte. Und er musste zusehen, dass er den Isenberger fand – möglichst bevor ein selbst ernannter Rächer das tat. Morgen, gleich nach Sonnenaufgang, so nahm er sich vor. Zuerst aber musste er den Erzbischof in Altenberg abliefern. Dann sah er seine Aufgabe gegenüber Engelbert als erfüllt an.

Herenbert Rennekoie war voller Vorfreude. Endlich kam er seinem großen Traum näher. Er spürte es förmlich. Jetzt konnte er bald die Früchte seiner jahrelangen Arbeit ernten, die Früchte der Drecksarbeit. Jetzt mussten sie ihm endlich die Rolle zuweisen, die er eigentlich von Geburt an hätte innehaben sollen. Er hatte bewiesen, was in ihm steckte, hatte bewiesen, dass er auch solch heikle Aufgaben mit Bravour meistern konnte. Und wie heikel diese Aufgabe gewesen war! Einen Erzbischof bringt man schließlich nicht alle Tage um. Das musste von langer Hand vorbereitet werden. Und auch noch so, dass niemand Verdacht schöpfte. Er musste lachen, als er daran dachte, dass der Isenberger sich womöglich immer noch fragte, warum die geplante Entführung so ausgeartet war. Und der Gedanke, dass der Graf vielleicht sogar andere, eigene Pläne gehabt hatte, vielleicht sogar mit dem Erzbischof hatte gemeinsame Sache machen wollen, erheiterte ihn noch mehr. Sie waren ihm alle schön auf den Leim gegangen. Ja, nun musste seine Zeit kommen. Nur noch ein paar Kleinigkeiten waren zu erledigen. Ein paar lästige Spuren mussten beseitigt werden, die er unweigerlich hinterlassen hatte, etwaige Mitwisser, die mehr wussten, als ihr Spatzenhirn vertragen konnte. Um die musste er sich jetzt noch kümmern. Dann lag die Zukunft vor ihm wie ein fein geknüpfter warmer Teppich. Und mit dem Kümmern würde er sogleich beginnen, er wusste auch schon, wo. Der Gasthof lag an einem weiten Bogen der Ruhr, gar nicht weit entfernt von der Isenburg, in der sie bis vor Kurzem noch ihren Dienst verrichtet hatten, vielleicht zwei Stunden zu Pferde. Es war eines von der Sorte Wirtshäuser, in die nur die weniger Bemittelten einkehrten – schweres Essen, leichte Mädchen. Hier hoffte er, die erste Kleinigkeit erledigen zu können – und er wurde nicht enttäuscht. „Da bist du ja, mein hoher Herr und edler Ritter", lallte Gieselher, als er Rennekoie erkannte, der soeben die Gaststube betreten hatte, „ich dachte schon, du würdest gar nicht mehr kommen …" – ein Schluckauf unterbrach ihn – „… und würdest lieber bei den warmen Brüdern bleiben, anstatt dich an meiner Seite mit diesen Schönheiten hier zu vergnügen!" Dabei griff er der jungen blonden Hure, die sich neben ihm auf der Bank rekelte, herzhaft zwischen die nur nachlässig von einem aufgeschnürten Mieder verdeckten Brüste. „Setz dich und trink mit mir!" – „Sehr gern", antwortete Rennekoie, schnappte sich einen Schemel, setzte sich damit vor Kopf der speckigen Tafel und griff nach dem am nächsten stehenden Krug. Ein Blick hinein offenbarte ihm jedoch, dass dieser fast leer war und obendrein nur Bier enthalten hatte. Ihn jedoch dürstete nach Wein. So stand er auf und trug dem Wirt seinen Wunsch vor, nicht ohne mit einer klingenden Münze seinen Worten Nachdruck zu verleihen. Das galt jedoch weniger für den Wein als für den Wunsch, mit seinem Zechkumpanen allein gelassen zu werden. Denn für das, was er vorhatte, brauchte er keine Zuschauer. Der Wirt verstand denn auch sogleich – oder glaubte zumindest zu verstehen –, füllte einen neuen Krug mit saurem, gewürztem Wein ab und überließ dem Gast einen Nebenraum, dessen Tür verschlossen werden konnte. „Komm rüber mit deiner Freundin", rief Rennekoie Gieselher zu, „hier ist es gemütlicher!" Dabei zwinkerte er ihm zu – oder der Hure. Gieselher grinste. „Na, du willst wohl, dass wir sie zu zweit anstechen, was?" Offenbar gefiel ihm der Gedanke, denn er erhob sich und munterte die Hure mit einem Tritt in den Hintern auf, ihm zu folgen. Da er schon seit einer

Nacht und einem Tag nichts anderes getan hatte, als zu trinken, schwankte er gehörig, als er die Nebenstube betrat. Rennekoie schloss die verrußte, klappernde Tür hinter der Hure, dann trat er näher und schenkte den beiden Wein ein. „Weißt du, anstechen ist das richtige Wort", erklärte er dem betrunkenen Gieselher in ruhigem Ton, damit dieser ihm folgen konnte, „denn das ist es, was ich mit dir tun möchte, ja sogar muss!" Dabei stellte er den Krug langsam auf den Tisch und begann, an seinem Gürtel zu nesteln. „Ist das …, ist das wahr?", stotterte Gieselher, „hast du mich so …, so sehr ins Herz geschlossen?!" Gieselher rülpste, weil das viele Bier in seinem Bauch weitergärte, und stierte auf Rennekoies Hand, die gerade in seinen Beinkleidern verschwand, um die dort hineingestopften Enden seines langen Hemdes hervorzuziehen. „Wie einen Bruder", gab dieser zurück. Dabei wurde er in den Falten seines Gewandes fündig. Die Hure lehnte sich bereits erwartungsvoll mit gespreizten Beinen an den Tisch und zog ihren Rock hoch. Doch Rennekoie förderte nicht sein Gemächt, sondern einen versteckten, kleinen Dolch aus seinen Beinkleidern hervor. „Wie Kain den Abel liebte!", spuckte er aus. Eine schnelle, fließende Bewegung mit der Linken, und auf Gieselhers Hals erschien eine dünne, rote Linie. Noch bevor dieser begriff, wie ihm geschah, hatte Rennekoie sich wieder der Hure zugewandt. Statt des Dolches führte er ihr aber nun doch sein Gemächt vor Augen, das bereits zu stattlicher Größe angeschwollen war. „Blas ihn mir, aber kräftig!", befahl er ihr. Irritiert und angsterfüllt wanderten ihre Augen von Rennekoie zu ihrem bisherigen Freier und zurück. „Tu, was ich dir sage, wenn dir dein Leben lieb ist", zischte er, während er sie mit einem Griff in den Nacken zu Boden zwang. Unterdessen ging Gieselher mit einem erstickten Laut in die Knie. Ungläubig starrte er auf Rennkoies Glied, das jetzt im Mund der Hure verschwand, dann auf seine eigene blutüberströmte Hand, die er zu seinem schmerzenden Hals geführt hatte. „Wer zum Teufel sind Kain und Abel?", sagte er noch, dann fiel er vornüber, und es wurde schwarz um ihn herum. Wenig später erleichterte sich Rennekoie zwischen den Lippen der Hure. Würgend sprang sie vom Boden auf und rannte, so halb bekleidet, wie sie war, in die Gaststube. Der Wirt brauchte nicht lange, bis er verstand, dass hier etwas Übles geschehen war. Mit einer Axt, die für solche Zwecke immer neben der Feuerstelle stand, erschien er Augenblicke später in dem niedrigen Nebenraum. Ein Blick genügte und er hatte erfasst, was hier geschehen war. Langsam hob er die Axt. Rennekoie hatte sich unterdessen wieder halbwegs angekleidet und führte gerade den Weinkrug zum Mund. „Das würde ich an deiner Stelle nicht tun", sagte er beiläufig, „damit machst du alles zunichte!" Der Wirt runzelte die Stirn. „Was mache ich zunichte?" – „Meine sorgsame Vorarbeit", gab ihm Rennekoie zu verstehen. „Da liefere ich dir schon den Mörder des Erzbischofs von Köln ans Messer und töte ihn sogar für dich, damit du dich mit dieser Tat brüsten und die Belohnung kassieren kannst – und du willst mich dafür mit der Axt erschlagen? Das ist nicht nur undankbar, sondern auch dumm!" Der Wirt ließ die Axt sinken, mit dem untrüglichen Instinkt eines Mannes, der eine Gelegenheit erkennt, wenn sie sich ihm bietet. „Was rätst du mir, stattdessen zu tun?", fragte er ohne Umschweife. Rennekoie wusste, er hatte gewonnen, und setzte ein wissendes Siegerlächeln auf.

„Gütiger Gott, bringt ihn herein", rief Abt Gottfried von Altenberg erschrocken, während er sich unbewusst eine Hand vor den Mund hielt, vielleicht auch, weil der Gestank auf dem Jauchekarren mittlerweile unerträglich war, „wer hat den armen Erzbischof denn so zugerichtet?" Fassungslos stand er vor der Leiche Engelberts auf dem Mistkarren und dessen verbliebener Eskorte, die ihm nun in kurzen Worten berichtete, was sich zugetragen hatte, zumindest das Wenige, was sie selbst wussten. Wieder konnte es sich Heinrich von Himmerode nicht verkneifen, seine Zweifel und Bedenken bezüglich der Pflichterfüllung gewisser Anwesender zu äußern, die den Erzbischof vor dem Mord alleingelassen hatten. Thomas kochte vor Wut, beschloss jedoch, die Sache durch unbedachte Äußerungen seinerseits nicht noch schlimmer zu machen. Caesarius versuchte zu beschwichtigen. Dem Abt entging die Anspannung unter den Männern nicht. Mit einem Blick in die Gesichter verschaffte er sich einen persönlichen Eindruck, dann übernahm er die Führung des traurigen Zuges und gab Anweisungen, was zu geschehen hatte. Zuerst einmal musste die Leiche, die sich in einem erbarmungswürdigen Zustand befand, hergerichtet werden. So konnte der Erzbischof, ob tot oder nicht, keinesfalls den letzten Weg nach Köln antreten und seinen Anhängern unter die Augen kommen. Und die Begleiter des Erzbischofs brauchten ganz sicher etwas Ruhe, Speise, Trank und womöglich auch geistigen Beistand. Dann beruhigten sich vielleicht auch wieder die Gemüter. Dafür galt es Vorkehrungen zu treffen, und Abt Gottfried rief eilig entsprechende Brüder herbei. Er ließ den Leichnam vorerst in die Klosterkirche tragen und bat die Männer ins Refektorium, den Speisesaal der Abtei. Nur Wulfila musste draußen bleiben. Auf einen Befehl Gerhardts legte er sich neben die Pferde, um sie zu bewachen. Erst vor Kurzem hatte Bruder Gottfried den Vorsitz der Zisterzienserabtei von seinem verstorbenen Vorgänger Herrmann II. übernommen. Eigentlich hatte er sich damit am Ende eines langen Weges in Gottes Dienst gesehen, auf dem Höhepunkt seiner geistlichen Karriere. Doch den hatte er sich geruhsamer und einfacher vorgestellt. Dass er nun vor der Herausforderung stand, sich um den ermordeten Erzbischof kümmern zu müssen, hätte er sich nicht träumen lassen. Und er ahnte bereits jetzt, dass es nicht damit getan sein würde, den Leichnam zu säubern. Nach dem, was er gehört hatte, war der Kirchenfürst eines gewaltsamen Todes gestorben, ja von Dutzenden von Klingen hingemeuchelt worden. Das klang sehr nach dem Ende eines Märtyrers. Wer weiß, vielleicht wird der Erzbischof ja daraufhin sogar heiliggesprochen, schoss es ihm durch den Kopf. In dem Fall war Weitsicht geboten, und Gottfried musste zusehen, dass er und seine Abtei etwas von dem Kuchen abbekamen. „Ich könnte euch anbieten, den Leichnam sofort zu entbeinen", schlug er mit Blick auf Caesarius und den Kellermeister vor, während sie den Kreuzgang der Abtei in Richtung Refektorium durchschritten „und die Gebeine in einen Schrein zu betten. Das würde euch den Transport erleichtern. Unsere Küche verfügt über eine geeignete Kocheinrichtung!" Heinrich von Himmerode wurde kalkweiß im Gesicht und Caesarius bekam einen Hustenanfall. „Um Himmels willen", jammerte der Kellermeister, „dann könnt Ihr uns auch gleich dem Fegefeuer überantworten. Wenn wir ohne den vollständigen Leichnam in Köln ankommen, wird uns der neue Erzbischof, ach was sag' ich, dann werden uns alle Domherren zugleich verwünschen. An der Leiche des seligen Engelbert darf nichts verändert werden, bis von höchster Stelle entschieden wurde, was mit ihm geschehen soll!" – „Nun, von höchster Stelle wurde bereits entschieden, wie mich deucht", gab Abt Gottfried mit Blick gen Himmel zurück, und alle drei schlugen daraufhin das Kreuz, „aber ich verstehe eure Bedenken. Nur werdet ihr uns doch hoffentlich erlauben, den Leichnam in einen ansehnlichen Zustand zu versetzen. So kann der Erzbischof auch post mortem doch niemandem unter die Augen kommen!" Caesarius beschloss, das Heft in die Hand zu nehmen. „Ihr habt recht und wir bitten Euch, alles Nötige zu unternehmen, um den Leichnam in einen besseren Zustand zu versetzen", entschied der Schreiber. „Vor allem die Verwesung sollte so weit wie möglich hinausgezögert werden. Aber am Körper des Verstorbenen darf ansonsten nichts verändert werden; womöglich finden ja noch Untersuchungen statt, die eine Beurteilung der Wunden erfordern. Dem dürfen wir mit etwaigen Veränderungen nicht vorgreifen!" Abt Gottfried rieb sich das Kinn, während er überlegte. „Dann wird es das Beste sein, wir waschen ihn mit Essig, das macht die Haut fürs Erste frischer und haltbarer, dann balsamieren wir ihn ein", schlug er vor, „und wir entfernen die Innereien!" Heinrich von Himmerode war erneut wie vor den Kopf geschlagen. „Ihr wollt ihn ausweiden?" Gottfried nickte bedächtig. „Wir müssen. Die Innereien verwesen am schnellsten. Wenn ihr nicht mit einem wurmstichigen Leichnam in Köln erscheinen wollt, der die Fliegen anzieht und beim ersten Anfassen auseinanderfällt, dann müssen wir die Gedärme und inneren Organe entfernen", belehrte er sie. „Wir werden sie ganz in der Nähe seiner Vorfahren und seines Bruders bestatten, so liegt wenigstens ein Teil von ihm an der Begräbnisstätte derer von Berg", fügte Gottfried noch an, „dieses Privileg hätten wir uns sowieso erbeten!" Der Kellermeister bekreuzigte sich erneut, schien sich den Argumenten des Abtes aber nicht verschließen zu können, genauso wenig wie Caesarius. „Wenn Ihr den Körper mit den Wunden so belasst und so herrichtet, dass er in Köln noch einmal gründlich untersucht werden kann, dann soll es uns recht sein", entschied er. Das ließ sich der Abt nicht zweimal sagen. Sogleich rief er den Prior, der den Trauerzug nach Altenberg gelenkt hatte, und den Bruder Küchenmeister und gab ihnen eilig ein paar stille Anweisungen. „Entnehmt vor allem das Herz des seligen Verstorbenen", raunte er ihnen zu, „und sorgt dafür, dass es ohne viel Aufhebens bestattet wird – aber so, dass wir es später wiederfinden!" So kam es, dass das Herz des Erzbischofs samt seiner Organe in Altenberg verblieb. Dort wurde es zuerst auf dem Kirchhof begraben, dann 14 Tage später wieder gehoben und in einem Schrein vor dem Altar der Klosterkirche zur letzten Ruhe gebettet. Jahrzehnte später fand es schließlich einen gebührenden Platz im neu erbauten Dom. Thomas hatte die gesamte Zeit kaum einen Ton gesagt und still seinem Zorn, seinen Gedanken und Erinnerungen nachgegangen. Auf dem Weg ins Refektorium hatte er jeden Stein, jeden Riss im Gebälk wiedererkannt, auch wenn es jetzt schon gute zwölf Jahre her war, dass er in den Mauern der Abtei das Lesen und Schreiben erlernt hatte. Aber ein Ausdruck in den Worten des Abtes hatte seine Aufmerksamkeit erregt. „Verzeiht", wandte er sich an Gottfried, nachdem er mit den anderen nächtlichen Besuchern eine kurze Mahlzeit zu sich genommen und seine

Männer, bis auf William, wieder nach draußen zu den Pferden beordert hatte, „sagtet Ihr, Ihr würdet einen Teil des Erzbischofs an der Seite seines Bruders bestatten?" – „So ist es", gab Gottfried zurück, „warum fragt Ihr?" Thomas blickte ihm forschend in die Augen. „Weil ich mit Graf Adolf, dem Bruder Engelberts, vor acht Jahren auf dem Kreuzzug in Ägypten war", ließ er den Abt wissen, „und mit eigenen Augen gesehen habe, wie er dort verstarb. Meines Wissens wurde er eilig im Wüstensand am Nilufer verscharrt, wie viele verstorbenen Ritter, damit es zu keinen weiteren Seuchen kam. Wie kann er also hier in Altenberg liegen?" Ungewollt mischte sich in seine Frage ein unterschwelliger Groll, den er mittlerweile gegen viele Kirchenmänner hegte, auch wenn er an die Zisterzienser eigentlich nur gute Erinnerungen hatte. „Ereifert Euch nicht, Ihr habt ja recht – und doch wieder nicht", beschied ihm der Abt mit einem milden Tadel in der Stimme, „Graf Adolf ist in der Tat am Nilstrande verschieden und begraben worden – wenn Ihr dabei zugegen wart, dann würde es mich freuen, wenn Ihr mir davon beizeiten erzählen könntet, denn ich kannte und schätzte den Grafen!" Mit einem Kopfnicken versprach Thomas, dies irgendwann zu tun, ging aber nicht näher darauf ein. „Nun, aber vor zwei Jahren kam eine Abordnung des Deutschritterordens zu uns, mit einem Kästchen", fuhr Abt Gottfried fort, „das Sand und Asche von eben diesem Nilstrande und ein paar Knöchelchen enthielt. Auch wenn niemand genau sagen kann, ob es sich dabei tatsächlich um Knochen des Grafen Adolf handelt, so zählt doch schon die Geste – und die Bemühung, den Hinterbliebenen etwas von dem Verstorbenen zurückzugeben, das sie begraben und betrauern können. Und so hat Graf Adolf hier zu Altenberg, also dort, wo auch die meisten seiner Vorfahren liegen, eine letzte Ruhestätte gefunden. Deshalb ist es nur legitim, wenn auch ein Teil von seinem Bruder Engelbert hier verbleibt!" Thomas blieb der Mund offen. Diese Logik konnte wohl nur einem Geist entspringen, der geschult war, auch noch in dem kleinsten Knöchelchen eine potenzielle Reliquie zu erkennen. Gerne hätte er seine wahre Meinung kundgetan, vermied es aber, die Zisterzienser zu vergraulen. Zu sehr war er dem Orden zu Dank verpflichtet. So beließ er es bei einem Kopfschütteln und verabschiedete sich, jedoch nicht ohne noch einmal in einem Nebenraum der Klosterkirche einen Blick auf Engelberts Leichnam zu werfen, der bereits von fleißigen Händen gesäubert wurde. Er hätte in der Tat völlig friedlich ausgesehen, als schliefe er, wenn da nicht die üble Kopfwunde gewesen wäre, die seinen Schädel nahezu gespalten, zumindest übel zugerichtet hatte. Aber längst lief kein Blut mehr, und das nahm dem Mordopfer den Schrecken. Still drückte er dem Erzbischof die kalte Hand, dann wandte er sich ohne ein weiteres Wort zum Gehen. Doch Heinrich von Himmerode, der gerade mit einem Ordensbruder die Details der Ausweidung des Leichnams besprach, wollte es dabei nicht bewenden lassen. „Besser, Ihr tretet keine lange Reise an", gab er Thomas mit auf den Weg, „denn Euer Verhalten wird noch ein Nachspiel haben!" Der Fischersohn warf ihm einen zornigen Blick zu. „Hütet Eure Zunge", drohte er ihm unverhohlen, „meine Männer und ich haben uns nichts zuschulden kommen lassen. Wir haben dem Toten wie dem Lebenden Geleit gegeben, so lange es gewünscht und so weit es angebracht war. Jetzt werden wir uns den Mördern und der Wahrheit widmen!" Der Kellermeister warf sich in seine beleibte Brust. „Welche Wahrheit meint Ihr? Die Eure, nehme ich an, mit der Ihr Euch Eure Feigheit schönredet!" Thomas' Hand zuckte, doch sein Schwert hatte er draußen bei seinen Männern gelassen, wo am Sattel seines Pferdes hing. Außerdem hätte es den größten Frevel dargestellt, in der Klosterkirche eine Waffe zu ziehen. Thomas hörte, wie William neben ihm hörbar Luft einsog. Dann spürte er dessen Hand an seinem Arm, die versuchte, ihn mit sich fortzuziehen. William hatte recht. Wofür wollte er hier kämpfen? Wollte er den Kellermeister niederstrecken und ein Unrecht durch ein noch größeres aus der Welt schaffen? „Besser, Ihr geht jetzt. Diesen Zwist unter Euch werdet Ihr an anderer Stelle ausfechten müssen!" Es war der Schreiber Caesarius, der diese Worte an ihn richtete. „Ich kann nichts versprechen, aber ich für meinen Teil werde nicht verschweigen, dass ich die Sache anders sehe und Euren Worten über die Gründe für das Verlassen des Erzbischofs Glauben schenke", fügte er noch an. „Aber in dieser Causa entscheiden müssen Höhere!" Thomas dankte ihm trotzdem mit einer Kopfbewegung. Abt Gottfried blickte verständnislos von einem zum anderen. „Ich weiß zwar nicht, worum es hier geht, vertraue aber darauf, dass Ihr mich später ins Bild setzt", meinte er, worauf ihm Caesarius zunickte. „Aber ich schätze auch, dass es besser ist, wenn Ihr jetzt geht!" Thomas hatte das undeutliche Gefühl, als sei dies ein Abschied für immer, als er und William mit schnellen Schritten, die vom steinernen Boden widerhallten, die Klosterkirche durchmaßen. Draußen wurde es bereits wieder hell. Wulfila wedelte erwartungsfroh mit dem Schwanz, als die beiden auf der Treppe erschienen, die zur Klosterkirche führte. „Wärst du dem Fettsack wirklich an den Kragen gegangen?", raunte ihm William zu, als sie bei den Pferden ankamen, „misst du dessen Drohung so viel Bedeutung bei?" Thomas zuckte mit den Achseln, während er die Zügel seines Pferdes ergriff. „Ich weiß nicht recht", gab er offen zu, „ich habe das Gefühl, als wenn uns der Kerl noch Ärger bereitet. Besser, wir kümmern uns selbst darum, dass die Wahrheit herauskommt!" Und während die Innereien des Erzbischofs in der Abtei den Besitzer wechselten, sprengten sechs Reiter und ein Hund einem ungewissen Ziel entgegen.

„Sch leift sie, lasst keinen Stein auf dem anderen!", rief Walram von Limburg triumphierend, „ja gut so, brennt sie nieder!" Endlich konnte er die verhasste Festung, die Erzbischof Engelbert ihm gleichsam vor die Nase gesetzt hatte, ausmerzen, sie ein für alle Mal aus den Landkarten tilgen und damit einen tief ins Fleisch eingedrungenen Stachel entfernen.

Sein Bruder Gerhardt und sein jüngerer Sohn Walram hatten die Truppen befehligt, die am Rande des Ardenner Waldes auf das vereinbarte Feuerzeichen gewartet hatten. Das Warten war ihnen lang geworden, so lang, dass sie beinahe schon nicht mehr an den Erfolg des Unternehmens geglaubt hatten. Aber dann waren mitten in der Nacht doch noch in der Ferne, auf der anderen Rheinseite, die Flammen hochgelodert. Kurz darauf hatten sich die Truppen in Bewegung gesetzt und noch vor Sonnenaufgang mit dem Angriff auf die Burg Valant begonnen. Die Burgmannschaft war völlig unvorbereitet gewesen, und binnen kurzer Zeit hatten die Limburger mit Sturmleitern die Zinnen erklommen und die Mauern erstürmt. Nur der Bergfried, in dem sich eine kleine Gruppe Verteidiger verschanzen konnte, hatte noch einen Tag Widerstand geleistet. Doch damit war es jetzt auch vorbei – der ganze Spuk war jetzt vorüber. Just in dem Moment, als Herzog Walram, dem man daheim in Lüttich die Erstürmung gemeldet hatte, hoch zu Ross an der Spitze seiner edelsten Ritter den Plan betrat, hatten die verbliebenen Verteidiger der erzbischöflichen Festung die Waffen gestreckt und kapituliert. Nun genoss er in vollen Zügen einen Becher Wein, den ihm seine Männer zur Begrüßung kredenzt hatten, und den Anblick der berstenden Mauern. Noch während der Turm belagert wurde, hatten andere damit begonnen, die Wälle der Burg zu sprengen. Dazu wurden an vielen Stellen Holzpfähle von außen in das Gestein getrieben und am Fuße des Mauerwerks große Mengen Holz und Reisig aufgeschichtet. Als das Werk rundum vollendet war, wurde dieser gigantische Scheiterhaufen angezündet. Nun schien die gesamte Burg in Flammen zu stehen. Mit den immer höher lodernden Bränden stieg auch die Hitze und erfasste bald die ins Mauerwerk getriebenen Holzpfähle. Langsam aber sicher fraß sich das Feuer damit in die Mauern hinein und brachte sie schließlich mit ohrenbetäubendem Krachen zum Einsturz. Die Burg Valant verschwand buchstäblich in einem Meer aus Flammen. „Was sollen wir mit diesen hier machen, mein Herzog?" rief ein rothaariger Ritter, der ein gutes Dutzend verrußter, erschöpfter Männer vor sich hertrieb, seinem Fürsten zu, „es sind die letzten kölnischen Verteidiger. Haben sie Gnade oder das Schwert zu erwarten?" Herzog Walram musterte erst den Ritter, der seinem Sohn unterstand, aber der eigentliche Anführer der limburgischen Heerschar war, dann die unterlegenen Burgmannen. „Lasst sie laufen, Gisbert, ich will nicht auch noch als Mörder dastehen", gab er zur Antwort, „das Schleifen der Burg werden mir die Kurkölnischen schon schwer genug anlasten. Aber diese Männer sollen bezeugen, dass niemandem, der sich ergab, ein Haar gekrümmt wurde – und sie sollen bezeugen, wie wir in Limburg mit Unrecht umgehen, das man uns antut. Das soll dem nächsten Erzbischof Lehre und Warnung sein!" Gisbert von Limburg, ein naher Verwandter des Herzogs, wenn auch nicht so nah, dass er sich Hoffnung auf ein großes Erbe hätte machen können, nickte und trieb die Männer mit der flachen Seite seines Schwertes auseinander. „Fort mich euch", rief er ihnen lautstark hinterher, „macht, dass ihr zurück nach Köln kommt! Lasst euch hier nie wieder blicken und sagt das auch euren Pfaffen!" Im Geiste atmete Gisbert jedoch erleichtert auf und sandte ein leises Dankgebet zum Himmel. Er war heilfroh, nicht vom Schicksal auf die Probe gestellt worden zu sein. Trotzdem geisterte die Frage durch sein Hirn, wie er denn wohl reagiert hätte, wenn der Herzog ihm befohlen hätte, die Männer zu töten. Er wusste darauf keine rechte Antwort. Aber er nahm sich vor, darüber nachzudenken. Denn in diesen Zeiten konnte man nie wissen. Vielleicht wurde er ja bald vor eine neue, ähnliche Frage gestellt.

Heinrich von Müllenark stand an einem Schreibpult des Cassius-Stifts in Bonn, dessen Propst er war, und ging verschiedene Zahlenkolonnen durch. Unter seiner dunklen Kutte trug er eine bequeme, weite Hose aus gebleichtem Leinen, die mit einer Kordel um die Hüfte zusammengehalten wurde. Weil er dieses Kleidungsstück öfters trug, hatten ihm seine Mitbrüder schon vor Jahren den Spitznamen „Leinenhose" gegeben. Hoch aufgeschossen und schlank, wie er war, musste er sich bücken, um den Zahlen mit den Augen näher zu kommen und sie besser lesen zu können. Diese führten haarklein auf, welche Zinsen und Zehnten das Stift er von wem zu erwarten hatte. Aber die Zahlen gaben auch Aufschluss über seine eigenen Pfründe. Das Cassius-Stift, benannt nach dem römischen Märtyrer Cassius, der zusammen mit seinem Leidensgenossen Florentius unter der Stiftskirche begraben lag, war die wahrscheinlich wichtigste Propstei des gesamten Kölner Erzbistums. Seit nunmehr vierzehn Jahren hatte er, Heinrich von Müllenark, diese Position inne. Damit war er der zweitmächtigste Kirchenmann nach dem Erzbischof, und seine Einkünfte überstiegen die des Kölner Dompropstes um das Doppelte, die seines Mainzer Kollegen gar um das Vierfache. Aber Einkünfte dieser Art und Höhe benötigte er auch, um seinen Lebensstil aufrechtzuerhalten. Vor allem anderen war da seine Familie, die es zu versorgen galt. Die herrschaftlichen Ländereien rund um die kleine Burg Müllenark an der Rur, südlich von Jülich, waren nicht ertragreich genug, um die ganze weit verzweigte Sippe durchzufüttern. Seit Generationen wurden dafür auch die Pfründe des Kölner Domkapitels und angeschlossener Stifte herangezogen, in denen zahlreiche Mitglieder der Müllenarkschen Familie saßen, die auch schon das eine oder andere Mal den Erzbischof gestellt hatte. Dies verband sie mit der Sippe der Grafen von Berg, bei denen dies ähnlich war. Zwei Drittel der Kölner Erzbischöfe der letzten hundert Jahre entstammten entweder der einen oder der anderen Familie. Derzeit hatte der einflussreichste Vertreter der Müllenarkschen Sippe, ein Vetter namens Heinrich von Sayn, die Voigtei des Kölner Domes und des Cassius-Stiftes inne. Eine Tochter aus diesem Hause, Bertha von Sayn, war zudem mit dem Bruder des Erzbischofs verheiratet gewesen, aber früh verstorben. Das alles hatte Heinrichs Position gestärkt, als es um den Posten des Propstes gegangen war. Aber da gab es noch eine andere, sehr persönliche Seite an Heinrich, die ihn nötigte, über stetig größere Summen Geldes zu verfügen. Heinrich von Müllenark war ein Sünder vor dem Herrn, denn er hatte sich schon des Öfteren sexueller Verfehlungen und Ausschweifungen schuldig gemacht. Dabei schien es ihm recht gleichgültig zu sein, ob die Opfer seiner Begierde männlichen oder weiblichen Geschlechts waren. Hauptsache, sie waren jung. So jung wie das Knäblein, mit dem er sich letzten Monat verlustiert hatte – eine Episode, die ihn mehrere Hundert Mark Silber gekostet hatte, als die Eltern des Knaben, den man in gutem Glauben der Kirche in Obhut gegeben hatte, herausgefunden hatten, was dem Sohn außer dem Ave Maria noch so alles über die Lippen gekommen war. Oder so jung wie die kleine brünette Hübschlerin, mit der er sich jetzt jeden Abend vergnügte. Eine seiner Schwestern persönlich war ihm bei der Auswahl und sexuellen Anleitung des Mädchens behilflich gewesen, denn schließlich konnte er als Kirchenfürst nicht selbst in die einschlägigen Viertel gehen und sich erkundigen. Mit seiner Schwester verband ihn mehr als nur Geschwisterliebe. Diese Liebe auszuleben hatten sie sich jedoch nur ein einziges Mal gestattet, und das war schon viele Jahre her. Sie selbst hatte danach einen gut betuchten, aber schon uralten Grafen vom Niederrhein geheiratet, der ihr in jeder Hinsicht freie Hand gab. Seither half ihm die Schwester, sein Liebesleben abwechslungsreich zu gestalten. Jedoch tat auch sie dies nicht unentgeltlich. All dies kostete ihn jährlich ein halbes Vermögen, aber das kümmerte ihn wenig. Eine Zeit lang hatte er sich wegen seiner Neigungen und dafür, dass er diesen immer wieder nachgab, gegeißelt, dann aber irgendwann keinen Sinn mehr darin gesehen. Warum schickte Gott ihm ständig neue, verführerische, willige Geschöpfe, wenn das, was er mit ihnen tat, Sünde war? Und warum empfand er seine Taten nicht als solche? Wie dem auch sei, Heinrich hatte seinen Frieden damit gemacht und es seither bei zeitweiligen Beichten belassen, bei denen er immer von „früher" sprach, wenn von seinen Sünden die Rede war. Er maß ihnen längst nicht die große Bedeutung wie andere bei und sah auch keinen Grund für ein dauerhaft schlechtes Gewissen. Denn von diesen Neigungen abgesehen, war er ein treuer Sohn der Kirche und tat als Propst einiges dazu, um ihren Ruhm und Reichtum zu mehren. Während er solcherlei Gedanken nachhing und dabei noch das Bild der jungen Schenkel und Backen vor Augen hatte, zwischen die er in der gestrigen Nacht immer wieder sein Gesicht gepresst hatte, klopfte es an der Tür. Auf seine Aufforderung hin betrat ein junger Novize den Raum, verbeugte sich artig und kündigte einen Boten aus dem Kloster Altenberg an. Heinrich unterbrach sogleich seine Rechenarbeit und ließ bitten. Es trat ein hagerer Mönch im jungen Erwachsenenalter ein, dem man ansah, dass er einen guten Läufer abgab. „Sprich", beschied ihm der Propst, „was bringst du für Nachricht?" Da fiel der Bote auf die Knie und begann zu wimmern. „Oh, Schreckliches ist geschehen", hob er unter Schluchzen an, „denkt nur, Erzbischof Engelbert ist ermordet worden, am Gevelsberge, kurz bevor er in Schwelm eine Kirche weihen wollte. Sein eigener Vetter, Friedrich von Isenberg, hat ihm aufgelauert. Gut fünfzig Mal haben sich Klingen und Schneiden in sein Fleisch gebohrt. Fast nackt lag er zerschlagen im Walde. Auf einem Jauchekarren kam sein Leichnam schließlich auf Umwegen zu uns nach Altenberg, wo ihm Ehre erwiesen und die Wunden gewaschen wurden. Zur Stunde werden seine sterblichen Überreste zurück nach Köln überführt. Dort soll er als Beweis für die Untaten dem neu zu wählenden Erzbischof gezeigt werden, der die Mörder ergreifen und bestrafen muss!" Heinrichs Gedanken rasten. Engelbert war tot? Der mächtigste Fürst des Heiligen Römischen Reichs Deutscher Nation und der verlängerte Arm des Papstes? Fast wollte er es nicht glauben, aber der Bote schien die Wahrheit zu sprechen. Wenn das alles stimmte, war es ungeheuerlich. Und es war seine Chance! Warum sollte nicht er in die Fußstapfen seiner Vorgänger treten und der nächste Erzbischof werden? Sein Name war schon das eine oder andere Mal gefallen. Hatte nicht Erzbischof Engelbert selbst ihn genannt, als es einmal unverbindlich um mögliche Kandidaten für seine Nachfolge ging? Soweit er sich erinnerte, hatte Engelbert vorgehabt, bei nächster Gelegenheit den Reichsgeschäften zu entsagen und selbst auf Kreuzzug zu gehen. Dazu würde es jetzt nicht mehr kommen. Aber der Leichnam des Prälaten sollte nach der Wahl dem neuen Erzbischof gezeigt werden, damit dieser Rache schwor. Dieser Wahl würde er sich stellen! Und auch der Racheschwur wäre kein Problem für ihn. Er hatte Engelbert gemocht und dessen Tod betrübte ihn. Aber irgendwie überwogen jetzt die wachsende Aufregung und die Hoffnung, dass sein eigenes Leben eine neuerliche Wendung nehmen würde. Erzbischof, das wäre etwas! Heinrich ging im Geiste die Summen durch, die sich ihm in dem Fall zusätzlich erschließen würden. Dann schnalzte er mit der Zunge. Er musste nach Köln! Möglichst vor seinen etwaigen Widersachern. Und keine halbe Stunde später saß er im Sattel und sprengte nordwärts.

„Wir schicken zwei Trupps aus, einen nach Westen, zum Rhein, den anderen nach Osten, in Friedrichs Grafschaft", verkündete Heinrich von Limburg-Berg, der gerade an der Spitze von über dreißig Berittenen den Burggraben überquerte, gerüstet, als ginge es auf einen Kreuzzug. Genau in diesem Moment erschien auch Thomas mit seinen Männern vor Neuenberge und hielt an der Spitze der ihnen entgegenkommenden Kolonne an. „Wir wollen die Mörder des Erzbischofs dingfest machen. Und ich hoffe, Ihr begleitet uns!" Thomas blickte dem neuen Grafen von Berg skeptisch in die Augen. „Gestern waren wir Euch nicht so willkommen, Herr Graf", konnte er es sich nicht verkneifen. Heinrich ließ für einen Moment die Zügel seines Pferdes sinken und beugte sich im Sattel etwas vor. „Es wart nicht Ihr, dem ich den Zugang zur Burg verwehrte", raunte er Thomas zu, „sondern der Erzbischof, auch wenn er nicht mehr unter den Lebenden weilte. Aber er war ein mächtiger Mann, und seine Macht wirkt nach. Zuerst musste ich mir die Burg und meine Herrschaft hier sichern, nun gilt es, ein wenig Licht ins Dunkel zu bringen und die Fliehenden zu ergreifen." Das klang durchaus plausibel, trotzdem blieb Thomas' Miene undurchdringlich. Heinrich seufzte, weil es offenbar einer genaueren Erklärung bedurfte. „Auch wenn ich kein Freund Engelberts war, darf ein solcher Mord doch nicht ungesühnt bleiben", fuhr er fort, „und mir ist auch daran gelegen, zu erfahren, wer denn der wirkliche Mörder ist. Etwas in mir widerstrebt es nämlich, meinen Schwager als solchen zu sehen. Wie seht Ihr das?" Geschickt hatte Heinrich damit von Thomas' Vorwurf abgelenkt und den Spieß umgedreht. Nun war es an dem Fischersohn, sich zu erklären. „Ich weiß nicht genau, was geschehen ist, denn der Erzbischof hatte meine Männer und mich vorausgeschickt", gab er zurück, wobei er wusste, dass dies nicht die volle Wahrheit war. „Als wir zurückkehrten und den Erzbischof fanden, war er bereits tot. Sein Körper war von Dutzenden Wunden übersät. Es kann meiner Meinung nach also nicht nur ein Mörder gewesen sein!" Die Blicke beider Männer trafen sich, und beiden wurde klar, dass jeder von ihnen doch noch etwas mehr von der Wahrheit kannte, als er zugeben wollte. „Aber einer sollte die volle Wahrheit kennen", fügte Thomas ohne mit der Wimper zu zucken an, „und das ist ohne Frage nun einmal Euer Schwager, wenn ich mich nicht irre. Ob es Euch gefällt oder nicht, er ist tief in die Sache verstrickt!" Heinrichs Blick verfinsterte sich etwas, aber Thomas ignorierte das. „Er stieß während des Tages mehrere Male zu uns", fügte er an, „und war auch wieder an der Seite des Erzbischofs, als wir ihn auf seinen ausdrücklichen Wunsch verließen. Er kann bestimmt genau berichten, was danach geschehen ist und warum Engelbert jetzt zerstückelt auf einem Karren liegt! Ihn gilt es zu finden!" Heinrich von Limburg-Berg räusperte sich. „So haltet auch Ihr ihn für den Mörder und wollt ihn jagen? Dann gehen wir besser getrennte Wege, denn daran werde ich mich nicht beteiligen!" Thomas schüttelte den Kopf. „Ich weiß nicht, ob ich ihn für den Mörder halten soll, und ich will ihm sicher nicht ans Leder", entgegnete er, „aber er ist in meinen Augen der Einzige, der wirklich Licht ins Dunkel der Verschwörung bringen kann, deshalb müssen wir ihn finden!" Heinrich hob überrascht eine Augenbraue. „Ihr sprecht von Verschwörung? So seid Ihr der Meinung, dass mehr hinter der Sache steckt?", hakte er nach, „was meint Ihr damit?" Thomas biss sich insgeheim auf die Lippen und überlegte, wie viel er sagen konnte. Mit Heinrich, dem neuen Grafen von Berg, wollte er es sich nicht verscherzen, aber er hatte auch Engelberts Worte über die Verstrickung von Herzog Walram, Heinrichs Vater, in die Angelegenheit noch im Ohr. Außerdem erinnerte sich Thomas mit Unbehagen an sein eigenes Gespräch mit dem Herzog von Limburg. Der hatte seiner Meinung nach ganz sicher die Hände im Spiel. Aber ob und wie weit auch Heinrich eingeweiht gewesen war, wusste er nicht zu sagen. Eigentlich kannte er den jungen Limburger als ehrlichen Mann – eigentlich. „Ich will mich nicht in Mutmaßungen ergehen", gab er schließlich zur Antwort, „denn wenn man es genau betrachtet, weiß ich gar nichts. Aber ich glaube, dass dieser Mord nicht allein das Werk eines Einzelnen war. Ich mag mich täuschen, aber das alles erscheint mir von langer Hand vorbereitet. Ich finde, wir sollten dem zumindest nachgehen – und sei es nur …" Thomas machte eine Pause, die sogleich Heinrichs Interesse erregte. „Und sei es nur, um nicht selbst in Verdacht zu geraten, mit der Mörderseite im Bunde zu sein!" Jetzt sprachen sie die gleiche Sprache. Heinrich warf ihm einen forschenden Blick zu, beschloss aber, es zuerst einmal dabei bewenden zu lassen. Warum der Fischersohn fürchtete, mit den Mördern in einen Topf geworfen zu werden, würde er sicher noch erfahren. Vielleicht machte er sich Vorwürfe, dass er offenbar zum Zeitpunkt der Tat nicht – oder nicht mehr – an der Seite des Erzbischofs geweilt hatte. Aber das spielte auch keine Rolle. Wichtig war nur eins: Er hatte damit eine ähnliche Motivation wie Heinrich selbst. Auch er wollte nicht in einem Atemzug mit den Mördern genannt werden. Sein Schwager galt bereits als solcher. Und irgendwie hatte er das Gefühl, dass auch sein Vater in die Angelegenheit verwickelt war. Umso wichtiger war es, dass er sich heraushielt bzw. andere Zeichen setzte. Langsam nickte er nun mit dem Kopf. „Ich denke da ähnlich", gab er Thomas zu verstehen, „auch ich will mich nicht für etwas rechtfertigen müssen, was ich nicht zu verantworten habe. Deshalb lasst uns gemeinsam nach flüchtigen Tätern Ausschau halten. Dies wird deutlich machen, dass wir nicht zu jenen gehören; und wer weiß, vielleicht finden wir ja wirklich etwas heraus!" Damit zog er seinen rechten Handschuh aus und reichte Thomas offen die Hand.

Einen winzigen Atemzug zögerte der junge Ritter, dann schlug er ein. „Ich würde nur gerne zuvor kurz nach meiner Frau sehen", fügte Thomas an, „denn sie steht vor der Entbindung, und vielleicht bin ich schon Vater, ohne es zu wissen!" Heinrich zog die Brauen zusammen. „Dafür ist jetzt der falsche Augenblick", gab er Thomas zu verstehen, „dadurch verlieren wir nur Zeit. Schickt einen Boten, und der mag Euch eine Antwort bringen. Ich reite zum Rhein, nach Deutz und Schlebusch, zu den Fährleuten, und wenn es sein muss, bis Kaiserswerth. Begleitet mich dorthin. Wir hinterlassen Nachricht und der Bote wird Euch schon finden!" Widerwillig pflichtete Thomas ihm bei. Dann wandte er sich an William. „Reite du zurück und schau nach dem Rechten", trug er ihm auf, „und wenn Sibylla bereits niedergekommen ist, dann nimm sie von mir in den Arm!" William konnte sich ein Grinsen nicht verkneifen. „Selbstverständlich, das ist doch Ehrensache", lachte er, „soll ich sonst noch etwas bei den Damen in deinem Namen tun?" Aber Thomas war nicht nach Späßen zumute. „Komm so schnell es geht zurück, suche mich am Rhein und berichte mir!" Mit diesen Worten sprengte er hinter dem Grafen her, der seinem Ross bereits die Sporen gegeben hatte. Kurze Zeit später trennte sich die Kolonne. Heinrich von Limburg-Berg wandte sich mit der Hälfte seiner Reiter, verstärkt durch den Fischersohn und dessen Männer, auf der alten fränkischen Heerstraße nach Westen, dem Rhein zu. Die andere Hälfte schlug unter der Führung eines erfahrenen Kämpen den Weg nach Osten ein. Und ein einsamer Reiter mit einem zerschundenen Kreuzritterrock hielt auf den Unterlauf der Wupper zu.

„Noch ein paar Tage länger, und ich hätte es nicht mehr ausgehalten", verkündete Sibylla, „ich kam mir in den letzten Wochen vor wie eine bis zum Rand gefüllte Regentonne." Dabei stand sie – aufgrund einer nicht unbeträchtlichen Leibesfülle so kurz nach der Entbindung – etwas umständlich von ihrer Bettstatt auf, die sie sich für die letzten Nächte mit Katharina und ihren beiden Sprösslingen geteilt hatte. Die Neugeborenen lagen jetzt friedlich nebeneinander in einer Krippe, die Willibald, der Bogenbauer, in liebevoller Handarbeit schon vor Wochen für sie hergestellt hatte. Sibylla warf einen Blick hinein und begann zu lächeln. Einträchtig schlummerten die Kleinen Seite an Seite, weil sie beide kurz zuvor noch reichlich Milch aus der Brust der jeweiligen Mutter bekommen hatten.

Auf der Unterlippe von Hildruths Schmollmündchen klebte beharrlich noch ein Tröpfchen der genossenen Muttermilch. Sibyllas Blick traf sich mit dem ihrer Schwägerin, die sich vor dem Haus zu schaffen gemacht hatte, um frisches Wasser und ein paar Kräuter zu holen, und die gerade wieder eingetreten war. Das Milchtröpfchen auf dem Mund ihrer Tochter nötigte auch ihr ein Lächeln ab. „Ja, erst wächst dein Bauch und dann dein Euter", konstatierte Katharina, wobei sie demonstrativ die Hände hob, wie Waagschalen vor ihre Brust hielt und sie dann gegenüber mit Sibyllas beträchtlicher Oberweite verglich. Sie unterschieden sich nicht sonderlich voneinander, jedoch erheblich vom vorherigen Zustand. „Aber das war's wert", urteilte Sibylla, küsste ihren Zeigefinger und drückte diesen nacheinander den schlummernden Kindern auf die Wange. Dann richtete sie sich vollends auf, stemmte mit leichtem Stöhnen die Hände in die Hüften und bog den Rücken etwas durch. Langsam ebbten die Kreuzschmerzen ab, die sie gegen Ende ihrer Schwangerschaft bald täglich gehabt hatte. „Wie hast du es eigentlich geschafft, so schnell wieder Form anzunehmen", wollte Sibylla von Katharina wissen, „und wieder wie eine Frau auszusehen statt wie eine Tonne?" Ihre Schwägerin setzte ein wissendes Lächeln auf. In der Tat hatte sie deutlich an Gewicht verloren und war beinahe wieder so schlank wie vorher. „Du weißt doch, mein Kräutergarten ist für vieles gut", schmunzelte sie, „ich brüh' mir öfter einen Trank aus Brennnesseln, der entwässert. Auch Spargel erfüllt diesen Zweck. Und ich bewege mich wieder so oft wie möglich draußen." Dabei gingen ihre Blicke unweigerlich zur Tür, die Katharina offen gelassen hatte, um nach der Nacht reichlich frische Luft hineinzulassen. Dort war einen Augenblick zuvor im Halbdunkel des frühen Morgens ein Schatten erschienen, der nun an den Türrahmen klopfte und zu sprechen begann. „Ich habe auch gehört, dass ein Bad in Meersalz Wunder wirkt, weil es das Wasser über die Haut aus dem Körper zieht", sagte die Stimme des Schattens. Es war Maria, die soeben durch die Tür trat. „Verzeiht, ich wollte nicht lauschen, aber die Tür war offen, und ihr wart nicht gerade leise. Außerdem haben alle jungen Mütter dieses Problem!" Die jungen Frauen begrüßten sich herzlich und Maria warf sogleich einen Blick in die Krippe. „Sie sind beide so herzig", kam es ihr bewegt über die Lippen, „Hildruth ist jetzt schon eine Schönheit!" Dann zögerte sie etwas. Sibylla ahnte schon, was jetzt kommen würde. „Ich habe noch keinen Namen für meinen Sohn", kam sie Maria zuvor, „weil Thomas und ich uns noch nicht auf einen verständigen konnten. Wenn es ein Mädchen geworden wäre, hätten wir sie Hilde genannt, weil

Thomas' Mutter so hieß und weil meine Mutter Mechthild genannt wird, also auch die ‚Hilde' im Namen trägt. Aber für einen Jungen waren wir uns noch nicht einig. Thomas' Vater hieß Ullrich, aber mit dem Sohn des Hundeführers haben wir schon einen Ullrich auf dem Hof. Und der Name meines Vaters, Herrmann, gefällt ihm nicht. Und mir, ehrlich gesagt, auch nicht. Aber langsam wird es Zeit. Ich hoffe, Thomas kommt bald zurück, damit unser Sohn einen passenden Namen und Gottes Segen bekommt." Maria nickte. Sie war dankbar dafür, dass Sibylla den letzten Satz nicht mit der Frage an sie verband, ob denn Thomas bald und unversehrt zurückkommen würde. Die Frauen hatten mittlerweile begriffen, dass Maria keine Wahrsagerin war, die auf alles Antworten hatte, sondern nur gelegentliche Visionen bekam, unter denen sie meist mehr litt, als dass sie ihr Freude machten. Deshalb drangen sie nie weiter in sie, als Maria selbst bereit oder in der Lage war, von sich zu geben. Wenn es etwas vorherzusehen gab, würde es sich ihnen schon auf die eine oder andere Weise über Maria kundtun. Diesmal kam die Kunde von draußen. „Ein Reiter!", verkündete eine Frauenstimme, es klang nach Andrea, vom Rand des Wäldchens am Ufer der Wupper, wo sie vor geraumer Zeit einen kleinen Wachturm aus Birkenstämmen errichtet hatten und auf dem jeder Bewohner des Wupperknicks einmal am Tag – oder in der Nacht – für eine gewisse Zeit Wache hielt. William hatte kurz nach seiner Ankunft aufgrund der allseits unruhiger werdenden Zeiten zu dieser Vorsichtsmaßnahme geraten, und Thomas hatte diesen Rat sogleich beherzigt. Sofort eilten die Frauen nach draußen, neugierig auf den etwaigen Besucher. Sibylla hoffte inständig, es wäre Thomas, da sie darauf brannte, ihm ihren gemeinsamen Sohn vorzustellen. Doch wurde sie wieder einmal enttäuscht – wie am Tag zuvor, als ein wandernder Händler mit Begleitern und Packpferden erschienen war, die sie aus der Ferne auch schon für den Tross ihres Mannes gehalten hatte. Wenigstens hatte sie dem Händler gegen klingende Münze einige geräucherte Lachse verkaufen können. Nun aber gab es nichts zu gewinnen oder zu verkaufen, denn der sich rasch nähernde Reiter war ohne Zweifel William. Leicht erkannten sie ihn schon aus der Ferne an seinem weißen Wappenrock. Jedoch schien dieser in einem erbarmungswürdigen Zustand zu sein. Sofort machten sich Katharina und Sibylla Sorgen. Was war geschehen? Waren die Männer in Händel geraten? Warum kam William allein zurück? Nicht lange, und der ehemalige Tempelritter kam im Trab auf den Hof geritten. Während er mit Leichtigkeit vom Pferd sprang, rief er „Zuerst einmal müsst ihr euch keine Sorgen machen", weil ihm die sorgenvollen Mienen der Frauen nicht entgangen waren. Auch Andrea und Adele waren derweil zu ihnen gestoßen.

„Thomas und alle seine Männer sind wohlauf!" Erleichterung machte sich breit, Adele nahm ihre Schwiegertochter in den Arm. Sibylla aber hatte das untrügliche Gefühl, dass dies nur die halbe Wahrheit war. „Aber irgendetwas ist doch geschehen", hakte sie nach, „warum kommst du und nicht Thomas mit den anderen?" – „Und was ist mit deinem Rock geschehen?", setzte Katharina hinzu, „hast du gekämpft?" William wischte sich den Schweiß und die Feuchtigkeit des seit Tagen anhaltenden Nieselregens von der Stirn. „Ja, es ist etwas geschehen, etwas Schreckliches und wahrscheinlich sehr Bedeutsames, für uns und das gesamte Land", gab er zurück, wobei er es unfreiwillig spannend machte, indem er zuerst Marias Blick suchte und ihr zunickte, „Erzbischof Engelbert ist ermordet worden! In einem Blutrausch, so wie es uns prophezeit wurde!" Sibylla und Katharina hielten die Luft an, Andrea und Adele schlugen die Hände vor den Mund. Dann bestürmten sie ihn mit weiteren Fragen. Wie, wo und wann war das geschehen? Wo waren ihre Männer, Brüder, Söhne bei dem Überfall? Und wo waren sie jetzt? William hob beschwichtigend die Hände, um sich Gehör zu verschaffen. Dann berichtete er in aller Kürze das Wichtigste. „Thomas, Gerhardt und die anderen sind mit dem neuen Landesherrn, Graf Heinrich von Limburg-Berg, unterwegs zum Rhein, um die Spur der Mörder zu finden, von denen man glaubt, dass sie sich zerstreut haben", fuhr William fort. „Thomas hat mich geschickt, nach Euch zu sehen – und mich zu erkundigen, wie es mit Eurer Niederkunft steht, Mylady!" Dabei wandte er sich an Sibylla und warf ihr einen fragenden Blick zu, wobei ihm natürlich nicht entgangen war, dass ihr Bauch verschwunden war, in dem sie das Kind getragen hatte. Sibyllas ohnehin schon vor Aufregung gerötetes Gesicht verfärbte sich nun noch dunkler, und auf der Stirn schwoll ihr die Zornesader. „Und dafür schickt er dich, obwohl er auf Neuenberge nur noch einen Steinwurf von uns hier entfernt war?", zürnte sie, „so sehr liegen ihm sein Kind und seine Frau am Herzen?" William war auf diesen Gefühlsausbruch nicht gefasst. „Aber nein, äh ... , so ist es nicht", stammelte er, „es blieb ihm doch keine andere Wahl!" Aber Sibylla ließ sich so einfach nicht besänftigen. „So, er hatte keine andere Wahl?", rezitierte sie ihn gedehnt, „aber zum Rhein hätte er auch über Leichlingen gelangen können, ohne viele Umwege und ohne viel Zeit zu verlieren! Das hätte in seiner Entscheidung gelegen!" Hilflos suchte William die Augen seiner Frau. Doch Katharina zuckte nur mit den Achseln. Sie wollte

Thomas nicht verurteilen, konnte aber auch Sibylla verstehen. Wie froh war sie selbst gewesen, als kurz nach der Geburt ihrer Tochter William plötzlich im Rahmen gestanden hatte. Der wandte seine Aufmerksamkeit wieder der Gutsherrin zu. „Dann hätte er auch seinen Sohn sehen und womöglich in den Arm nehmen können, bevor er sich auf Mörderjagd begibt", fuhr Sibylla, immer noch in Rage fort, „und ihm vielleicht endlich einen Namen geben können!" Tränen schossen ihr in die Augen, die sie jedoch unterdrückte, dann warf sie stolz den Kopf zurück, drehte sich auf der Stelle herum und marschierte zurück ins Haus. Dort jedoch war es bald um ihre Fassung geschehen, vor allem, weil ihr Kleiner in der Krippe zornig die Fäustchen geballt hatte und lauthals brüllte, so als sei er mit ihren Worten ganz und gar nicht einverstanden gewesen. Nun konnte sie die Tränen nicht mehr zurückhalten. Vielleicht auch, weil sie ahnte, dass sich mit der Ermordung des Erzbischofs ihrer aller Leben ändern würde und es mit der Idylle an der Wupper, in der sie die letzten drei Jahre gelebt hatten, unweigerlich vorbei war. William suchte unterdessen Rat und Trost bei Katharina. „Hab' ich es falsch angefangen?", fragte er, „habe ich sie mit irgendeinem Wort verärgert?" Katharina schüttelte den Kopf. „Du kannst nichts dafür", gab sie ihm zu verstehen, „es ist Thomas' Entscheidung, dich zu schicken, statt selbst zu kommen, obwohl er ja in der Tat nicht weit weg war. Das kreidet sie ihm an. Und vielleicht nicht zu Unrecht, auch wenn er dem Grafen folgen musste. Wir Frauen sind in solchen Punkten sehr empfindlich, vor allem, wenn wir schwanger sind – oder gerade Mutter geworden! Aber komm, du brauchst zuerst mal einen neuen Rock, bevor du zurückreitest; dann schauen wir, was wir tun können, um Sibylla zu besänftigen." Mit diesen Worten zog sie ihn fort zu ihrer gemeinsamen Hütte, wo sie ihm einen neuen Wappenrock gab, diesmal einen in Thomas' Farben, mit dem silbernen Fisch auf der Brust. Dann tauschten sie eilig ein paar Zärtlichkeiten aus. Schließlich machten sie sich auf den Weg zum Haupthaus. Sibylla saß vor der Krippe, mit dem Rücken zur Tür, als die beiden eintraten. „Verzeiht, Mylady", begann William, während sie sich näherten, „ich wollte Euch nicht erzürnen, und Eurem Mann lag nichts ferner als das. Er ersuchte Graf Heinrich noch auf der Zugbrücke, zuerst zu Euch nach Hause reiten zu können, doch der Graf meinte, dafür sei keine Zeit und er solle einen Boten schicken. Deshalb bin ich hier. Er grämt sich sehr deswegen. Aber auch wegen der Vorwürfe, die schon laut wurden, er und seine Männer hätten sich aus dem Hohlweg entfernt, als der Erzbischof angegriffen wurde!" – „Schon gut,

Will", gab Sibylla zurück, „ich bin nicht mehr böse, der Kleine hat mit mir geschimpft!" Dabei drehte sie sich um und lächelte William und Katharina an. Man sah ihr jedoch an, dass sie sich trotzdem elend fühlte. William nutzte die Gelegenheit und warf einen Blick in die Krippe, in der neben seinem eigenen Töchterchen jetzt ein weiterer Säugling lag, säuberlich in weiße Leinentücher gehüllt. William streckte einen Finger vor. „Na, wer bist du denn?", sagte er zu dem Kind. Der angesprochene Kleine beäugte ihn mit staunenden Augen, dann lachte er und griff nach dem Finger. „Ein Fischersohn ohne Namen", gab Sibylla zurück, „vielleicht kannst du ja jetzt meinen Ärger ein wenig verstehen!" – „Das kann ich", antwortete William, „aber ich kann auch Thomas verstehen. Es ist die Sorge, die ihn von Euch fernhält, und keine Freude. Ich werde ihn suchen und ihm alles berichten. Und das nächste Mal kommen wir zusammen zurück, das verspreche ich!" Sibylla nickte ihm dankbar zu. „Tu das, und sag ihm, dass ich ihn trotz meiner ärgerlichen Worte über alles liebe", gab sie ihm mit auf den Weg. „Aber jetzt will ich dich nicht länger aufhalten; such ihn und bring ihn zusammen mit den anderen wieder heil zurück!" Darauf gab sie der Wiege einen leichten Schubser, die daraufhin leicht zu schaukeln begann. Das schien die Säuglinge zu erheitern, denn sie ließen amüsierte Gluckser vernehmen. So konnte sich Sibylla die Zeit nehmen, Katharina und William nach draußen zu dessen Pferd zu begleiten, um den ehemaligen Templer zu verabschieden. Dabei kreuzten Maria und Ewald, der bei Williams Eintreffen seine Schmiede verlassen hatte und zu den Frauen gestoßen war, ihren Weg. „Du musst unserem Herrn Thomas etwas von mir ausrichten", drängte ihn Maria. William erinnerte sich nur zu gut an ihre Vision von Engelberts Tod. „Immer heraus mit der Sprache", forderte er sie auf, „was ist es?" – „Es ist eine Stimme aus einem Traum", gab sie zurück, „die Stimme des Erzbischofs!" Sibylla, Katharina und William mussten unweigerlich schlucken. Ewald wäre es ähnlich ergangen, doch war er solche Überraschungen schon gewohnt. Er nickte nur kurz, wusste er doch, dass mit den Visionen seiner Frau nicht zu spaßen war. Als ihm die eingetretene Pause zu lang wurde, drängte er Maria mit einem Stupser, fortzufahren. „Die Stimme warnte, es sei nicht alles, wie es scheint", folgte sie der Aufforderung, „nicht Klingen – und seien es noch so viele gewesen – hätten ihn getötet, sondern doppelzüngige Worte!" Maria hüstelte. „Der Rest war ein Rätsel, dessen Worte keinen Sinn für mich ergeben!" – „Ein Rätsel?", hakte William nach, „was für ein Rätsel? Nur zu, sag es mir!" – „Ja, gib uns die genauen Worte wieder!", ermunterte auch Katharina sie. „Wie ihr wollt, aber wie gesagt, ergibt es wenig Sinn", wiederholte Maria, bevor sie fortfuhr, „die Stimme sagte: ‚Ein Graf von Herzogs Gnaden nahm den Mord auf seine Kappe, am eifrigsten die Klinge schwang des wahren Mörders Knappe, dahinter steht ein Dunkelmann, dem für die Tat fehlte der Mut, die ließ er heimlich übernehmen durch sein eigen Fleisch und Blut!'" William fröstelte, als er Augenblicke später auf sein Pferd sprang, um die seltsame Botschaft in Richtung Rhein zu tragen.

Heinrich von Müllenark wirkte bereits ganz wie der nächste Erzbischof von Köln, als er an der Spitze einer fünfzigköpfigen Abordnung des Kölner Domkapitels die Fähre zur anderen Rheinseite nach Deutz bestieg. Das Vlotschiff, mit dem sie den großen Fluss überquerten, wurde von gut einem Dutzend Ruderern angetrieben, die sich mächtig in die Riemen legen mussten, um gegen die Strömung anzukämpfen. Das Wasserfahrzeug erinnerte mehr an ein Floß denn an ein Schiff, weil es recht flach und breit war, um möglichst viel Ladung an Bord zu nehmen. Seit dem Abriss der maroden Römerbrücke, die einst die Domstadt mit dem rechtsrheinischen Kastell Deutz verbunden hatte, waren es Fährleute, die für die Verbindung der beiden Ufer verantwortlich waren – seit 400 Jahren schon. Und seit Erzbischof Bruno, der Mitte des 10. Jahrhunderts lebte, wurde dieses Privileg von der Kölner Kirche an die Fährleute vergeben. In dessen Fußstapfen und in die anderer großer Erzbischöfe der Domstadt würde Heinrich von Müllenark bald treten, zumindest wenn es nach ihm ginge. Wie der Teufel war er nach der Nachricht von Engelberts Ermordung nach Köln geritten, hatte dort seiner Bestürzung über das Ableben des Kirchenfürsten Ausdruck verliehen, aber auch schnelle Entscheidungen über dessen Nachfolge gefordert, um die Täter mit der ganzen Macht des Kirchenarmes zu bestrafen. Und als vorausschauender, weitsichtiger Mann hatte er auch durchblicken lassen, dass er es angesichts der vielen aufbegehrenden Gegner des Erzbistums für angeraten hielt, Stärke und Entschlusskraft zu zeigen. So hatten beispielsweise in der Domstadt die Stadtoberen alle Richtlinien verbrannt, die ihnen Erzbischof Engelbert in den letzten Jahren aufgenötigt hatte. Und in Soest hatten die Bürger gar den Turm der bischöflichen Pfalz zerstört. Vielerorts versuchten die Menschen, sich der Kontrolle der heiligen Mutter Kirche zu entziehen. Dem musste man schnell entgegentreten, mit einem Mann, der würdig, klug und entschlusskräftig genug war, das Erbe Engelberts anzutreten. Heinrich von Müllenark hielt sich für einen solchen Mann und ließ diesen Eindruck durch sein forsches Auftreten auch bei anderen entstehen. So rief er bereits am nächsten Tag die Vasallen und Ministerialen des Erzbistums auf den Plan, um sie auf die Verfolgung und Bestrafung der Mörder Engelberts einzuschwören. Geschickt schürte er dabei die Beutelust derjenigen Untertanen, die zum bewaffneten Kampf bereit waren. Sein ehrenvolles, hohes Amt als Propst, das er in den vielen Jahren in Bonn stets gewissenhaft ausgeführt hatte, tat ein Übriges. Irgendwann fiel sein Name als möglicher Nachfolger, andere pflichteten dem bei, und bald pfiffen es die Spatzen von den Dächern. Heinrich von Müllenark galt als aussichtsreicher Kandidat für die Position des neuen Erzbischofs von Köln. Und da es bislang keine anderen Kandidaten gab, konnte er sich durchaus gute Chancen ausrechnen, die Wahl, die für den 15. November angesetzt war, für sich zu entscheiden. Heinrich war jedoch ein vorsichtiger Mann, dem der Sinn nicht nach verfrühtem Jubel stand. Außerdem war die Angelegenheit viel zu ernst. Es galt in der Tat, die Macht in der Stadt und im Lande zu behalten – oder zumindest so viel Macht wie möglich. Dass Engelberts Nachfolger nicht über die gleichen Ressourcen und Strukturen verfügen würde wie der Graf von Berg, Herzog von Westfalen und Gubernator des Heiligen Römischen Reichs Deutscher Nation in Personalunion, war jedem klar. Allein der Verlust der Grafschaft Berg, die jetzt endgültig an den Sohn des Herzogs von Limburg fallen würde, wog schwer. Also bemühte sich Heinrich von Müllenark, zumindest eine gewisse Aura von Macht und Autorität zu versprühen. In schwarzen Samt gehüllt, um die Schultern das Almutia, einen vorn offenen Mantel aus Rehfellen, darunter ein mächtiges, goldenes Kreuz an einer Kette auf der Brust und die Füße in schweren Lederstiefeln, machte er auch eher den Eindruck eines Landesfürsten, der seine Krieger begutachtet. Nur ein Scheitelkäppchen erinnerte an seine kirchliche Rolle. Dafür, dass er nicht über die herausragende Körpergröße seines Vorgängers verfügte, wusste er umso geschickter die Wirkung von Kleidung einzusetzen. Unter seinesgleichen, zwischen Domherren und Priestern, kleidete er sich stets als Kirchenmann in weite liturgische Gewänder. Weilte er aber unter weltlichen Menschen, unter Adeligen und Gemeinen, besonders unter Vasallen der Kirche, wie jetzt auf der Fähre, gab er ganz den weltmännischen Befehlshaber, vor allem, weil die Ritter und Grafen, die sich neue Lehen vom nächsten Erzbischof erhofften oder zumindest die Bestätigung der alten, einem Mann dieses Schlages näherstanden. „Ihr seid fürwahr ein Mann der Tat, der weiß, was in solchen Zeiten zu tun ist", schmierte ihm Adolf von der Mark reichlich Honig um den nicht vorhandenen Bart. „Ihr packt es an, das habe ich gleich gewusst, als ich die Nachricht las. Also lasst es mich wissen, wenn ich Euch zu Diensten sein kann!" Der Graf von der Mark war ein naher Verwandter des Grafen Friedrich von Isenberg. Eigentlich hieß er sogar Adolf von Altena-Mark. Ihre Väter waren Brüder gewesen, das machte Adolf und Friedrich zu Vettern. Doch der Märker und der Isenberger waren einander nicht sehr zugetan, wie auch schon ihre Väter im Streit über das väterliche Erbe gelegen hatten. Bis dato gab es ständig Meinungsverschiedenheiten über Grenzverläufe und ungeklärte Eigentumsverhältnisse. So spekulierte Adolf von der Mark nun darauf, aus den unglaublichen Ereignissen, die sich im Hohlweg zu Gevelsberg zugetragen haben sollen, Profit ziehen zu können. Dafür war ihm jedes Mittel recht, auch wenn er dafür dem nächsten Erzbischof von Köln schmeicheln musste. Heinrich von Müllenark dankte ihm mit einer gönnerhaften Handbewegung. „Und ob Ihr der heiligen Mutter Kirche zu Diensten sein könnt", ließ er ihn aufhorchen, „leiht ihr Euer Schwert, führt es gegen unsere Feinde, allen voran gegen die Mörder und Peiniger des seligen Engelbert. Das soll Euer Schaden nicht sein, schließlich müssen zahlreiche Höfe und Burgen neu belehnt werden. Ich könnte mir denken, dass der neue Erzbischof solcherlei Wünsche an Euch hat, sobald er gewählt ist. Vor allem muss dieses Räubernest ausgelöscht werden, das sich Isenburg nennt. Und diese andere Festung des Isenbergers mit Namen Nienbrügge. Wie man hört, sollen sie aber beide uneinnehmbar sein!" Der Märker machte ein höhnisches Gesicht, das von seinem recht kantigen Schädel umrahmt wurde. „Uneinnehmbar?", antwortete er gedehnt, „die Mauern möchte ich sehen, die meinen Männern widerstehen!" Heinrich von Müllenark hatte genau dies hören wollen und beschied dem Grafen, sich entsprechend zur Verfügung zu halten. „Wartet noch auf unseren offiziellen Befehl, dann aber nehmt die Räuberhöhlen und reißt sie nieder!" Adolf von der Mark verbeugte sich ehrerbietig und freute sich innerlich, hoffte er doch nicht ohne Grund, sich später – nach einer erfolgreichen Eroberung – selbst die Liegenschaften seines Vetters aneignen zu können. Doch das Ende des Müllenark'schen Satzes, dessen Wunsch, die feindlichen Burgen niederreißen zu lassen, hätte ihn hellhörig machen sollen. Denn der zukünftige Erzbischof hatte alles andere im Sinn, als den einen aufrührerischen Grafen durch einen anderen zu ersetzen. Gerne würde er sich des Märkers bedienen und diesen auch dafür entlohnen. Aber niemals würde er den Grafen von der Mark zu einer neuen Macht im Lande erstarken lassen, Höfe und Dörfer mochte er bekommen, aber keine festen Burgen. Am liebsten hätte er diese Besitztümer der Kölner Kirche zugeführt, aber das hätte sicher eine Welle des Protestes unter den westfälischen Adeligen ausgelöst. Also mussten die Burgen weg. Das würde er dem Märker noch schmackhaft machen müssen. Vorerst reichte es jedoch, sich dessen Loyalität zu versichern. Als sich die Fähre dem rechten Rheinufer und damit einer größeren Menschenmenge näherte, warf sich Heinrich von Müllenark statt der Almutia einen prächtigen grünen Chormantel mit umlaufender goldener Borte und reichen Verzierungen über, die ihn dann doch schon aus der Ferne wie einen Kirchenfürsten wirken ließen – oder wie eine Mischung aus beidem: aus Bischof und Heerführer. Das passte zumindest zu der Örtlichkeit, der sie sich jetzt näherten. Die Anlegestelle der Fähre lag etwas unterhalb des einstigen Brückenkopfes, von dem man früher geradewegs in das römische Kastell eintrat, das zum Schutz der Brücke errichtet worden war. Dieses Kastell war später in eine Benediktinerabtei umgewandelt worden. An deren Außenmauer erhob sich jetzt ein Wehrturm, um bei Gefahr das Kloster und die Fähren verteidigen zu können. Der Weg, den die Kölner Domherren nach Verlassen der Fähre einschlugen, führte durch eben dieses Kloster und vorbei an besagtem Wehrturm. Die Mauern und Wegesränder standen voller Menschen, die von Osten her den Trauerzug des ermordeten Erzbischofs Engelbert erwarten und von Westen her die Prozession der Domherren bestaunten, angeführt von dem designierten neuen Erzbischof. Jubel brandete auf, als sie den Mann in dem grünen Mantel sahen. Das konnte ja nur der neue bzw. zukünftige Erzbischof sein. Niemand sonst setzte sich farblich derart sichtbar aus der Menge ab. Und es konnte nicht schaden, einen neuen Erzbischof freundlich zu begrüßen. Ärger bekam man noch früh genug mit ihm. Aber zuerst einmal konnte man so tun, als sei man ihm gewogen. Heinrich von Müllenark lächelte denn auch still in sich hinein. Er wusste, dass die Kölner es ihm nicht so leicht machen würden, wie es jetzt den Anschein hatte. Der Erzbischof war seit Jahrhunderten eine Reizfigur, die man liebte und hasste, mal so, mal so, oder beides zugleich. Aber zumindest empfingen sie ihn nicht gleich mit Hass. So sonnte er sich mit Bedacht in den ersten Strahlen seines baldigen Amtes. Da sah er am anderen Ende des Weges, geradewegs von Osten her, eine Prozession von Mönchen auf sie zukommen. Angeführt wurden sie von einem Eselsgespann, das einen offenen Wagen hinter sich herzog. Auf diesem lag, einbalsamiert und in kostbare Tücher gehüllt, der Leichnam des Ermordeten. Engelbert kehrte posthum ein letztes Mal zurück an den Rhein.

Thomas konnte sich nicht erinnern, jemals auf dieser Rheinseite eine derart große Ansammlung von Menschen gesehen zu haben. Die alte Heerstraße wurde beidseitig in drei und vier Reihen von Schaulustigen flankiert. An den Fenstern und auf den Dächern der Häuser von Deutz zeigten sich ebenso zahllose Neugierige wie auf den Mauern der großen Abtei am Rhein. Ja sogar auf die nebenstehenden Bäume waren sie geklettert, um besser sehen zu können. Und das hier war nicht einmal Köln. Wie würde es dann erst in der Domstadt zugehen? Der Fischersohn kniff die Augen zusammen und spähte auf den Wagen der Mönche. Da er auf seinem Pferd saß, waren ihm die Köpfe der Menschenmenge nicht im Weg. Er erkannte den Abt und den Prior von Altenberg. Offenbar hatten sie den zerschundenen Kopf und Körper des Erzbischofs in mühevoller Präparierarbeit wieder so weit hergerichtet, dass er der Öffentlichkeit gezeigt werden konnte. Allerdings hatten sie damit ungewollt auch die Mordtat beschönigt. Deshalb ließ Abt Gottfried von Altenberg, der erbleicht war, als er diesen Fehler erkannt hatte, die blutbefleckten Kleider des Erzbischofs von einem Novizen vorneweg tragen, damit jedermann sogleich sah, in was für einem Blutrausch die Mörder gewesen sein mussten. Vor Thomas' innerem Auge erschien das Gesicht des Erzbischofs, wie er sich über die Sorge des Ritters amüsiert hatte, bei der vermeintlichen Entführung könne etwas schiefgehen. „Das zu verhindern wird Eure Aufgabe sein", klangen ihm noch Engelberts Worte in den Ohren. Es war etwas schiefgegangen, sogar gründlich. Aber wie hatte es so weit kommen können? Hatten er und seine Männer versagt? Unwirsch schüttelte er den Gedanken ab. Schließlich hatte der Erzbischof selbst ihm aufgetragen, sich zu entfernen und durch den Hohlweg vorauszureiten. Doch der Stachel blieb. Thomas blickte nach links zu Heinrich von Limburg-Berg hinüber, der mit seinen Männern längs des Weges Aufstellung genommen hatte. Wie fast alle seine Begleiter, von denen viele einen Umhang oder zumindest eine Gugel trugen, wie die beliebte, tütenartige Kopfbedeckung genannt wurde, hatte auch er seine Kapuze über den Kopf gezogen, um nicht gleich erkannt zu werden. Die etwa zwanzig Reiter schienen eine Art Spalier für den Erzbischof zu bilden. Dabei hatte Heinrich noch vor drei

Tagen nicht einmal der Leiche des Erzbischofs die Tore der heimatlichen Burg geöffnet. Aber der neue Graf von Berg hatte ihm geglaubt, als Thomas ihm auf dem Ritt von Neuenberge zum Rhein in allen Einzelheiten von der Mordnacht berichtet hatte und davon, dass Engelbert ihn fortgeschickt hatte. Aber würden das auch andere tun? Der Kellermeister des Erzbischofs beispielsweise hatte ihm bittere Vorwürfe gemacht. Auch ihn erkannte Thomas. Er saß wie so häufig neben dem Schreiber Caesarius auf dem Wagen und lenkte die Esel. Unweit vor ihm passierte der Trauerzug nun die Reiter. Eigentlich hatten sie gar nicht hier sein wollen, sondern von Neuenberge aus zuerst den alten fränkischen Heerweg Richtung Rhein eingeschlagen, der zu dem Fährmann bei Wiesdorf führte. Weil sie dort aber keine Spur von Engelberts Mördern fanden und niemand, auch der Fährmann nicht, irgendwelche Schergen gesehen oder gar über den Rhein gesetzt hatte, waren sie langsam weiter flussaufwärts gezogen. Eine innere Stimme sagte ihnen, dass sie in der Nähe der Domstadt vielleicht mehr Glück hätten. Denn wo konnte sich lichtscheues Gesindel besser verstecken als in solch einer großen Stadt! Da gab es bessere Verstecke als im tiefsten Wald. Außerdem vermuteten Thomas und Heinrich sicher nicht zu Unrecht, dass einige der Kerle die Nähe von Wirtshäusern suchten. In Mühlheim hatten sie dann von dem Leichenzug erfahren, der bei Deutz über den Rhein setzen würde. Und nun waren sie hier. Graf Heinrich lag zwar nach wie vor nichts an Engelberts Leiche, aber er wollte einen Blick auf den Mann werfen, der im Begriff war, Engelberts Nachfolge anzutreten. Von dem hatte er gehört – und davon, dass dieser die Leiche des Ermordeten in Empfang nehmen würde, um sie über den Fluss zu geleiten. Genau dieses Szenario lief gerade vor ihnen ab. Der Leichenzug traf auf die Delegation des Kölner Domkapitels und seiner Vasallen. Graf Heinrich reckte den Hals und nahm den Mann im grünen Mantel in Augenschein, der offenbar der Anführer der Domherren war. Erschüttert sank dieser vor den blutbefleckten Kleidern des Ermordeten in die Knie. Dann erhob er sich und schritt entschlossen zu dem Wagen, auf dem Engelberts Leiche lag. Ohne einen der Mönche auch nur eines Blickes zu würdigen, wandte er sich zuerst der Ladefläche des Wagens zu und warf einen Blick auf den toten Erzbischof. Dann erst drehte er sich um und wechselte ein paar Worte mit dem Abt von Altenberg. Thomas sah beide gestikulieren, dann nickten sie einvernehmlich und gaben sich die Hand. Nun wandte sich der Mantelträger mit großer Geste an das umstehende Volk. Mit hoch erhobenen Armen beschied er ihnen, zu schweigen. Das zuvor stetig angeschwollene Raunen und Summen, das an einen riesigen Hornissenschwarm erinnerte, erstarb mit einem Mal. „Volk von Deutz, ihr treuen Untertanen", rief er mit fester Stimme, „ich danke Euch, dass Ihr dem toten Erzbischof die letzte Ehre erweist. Gott wird euch das vergelten." Wohlgemeinter Beifall war die Antwort. Langsam und unbemerkt von den meisten, schob Heinrich von Limburg-Berg seine Unterlippe vor und ballte die Faust. Thomas wusste sofort, was den Grafen so erzürnte. Der Träger des grünen Mantels hatte die Menschen hier als seine „Untertanen" angesprochen. Deutz gehörte jedoch zur Grafschaft Berg, es waren also Heinrichs Untertanen, zu denen der Kirchenvertreter sprach. Das würde dieser sicher nicht lange auf sich sitzen lassen. Thomas beobachtete denn auch, wie der Graf einem Nebenmann etwas zuraunte und zusteckte und wie sich dieser daraufhin rückwärtig entfernte, um nach Deutz hineinzureiten. „Und Vergeltung ist das Stichwort", fuhr der Mantelträger unterdessen fort, „denn Vergeltung wird geübt werden – an den Mördern des seligen Erzbischofs Engelbert, der es nicht verdient hatte, von solch feiger Hand zu sterben!" Dabei ließ er auf einen Fingerzeig nochmals demonstrativ die blutigen Kleidungsstücke hochhalten. Zustimmende Rufe wurden laut, doch die Reaktion der meisten Menschen blieb verhalten. „Ich schwöre persönlich, dass niemand davonkommen wird, der seine Hand gegen ihn erhoben hat. Niemand! Vor allem nicht der Rädelsführer des Mordgesindels, sein eigener Vetter Friedrich von Isenberg!" Die Zustimmung wurde breiter und lauter. „Und der neue Erzbischof, der in wenigen Tagen zur Wahl steht, wird eine Belohnung zu seiner Ergreifung aussetzen, die jede Vorstellung übersteigt. Die Rede ist von zweitausend Mark Silber!" Nun ging ein Raunen durch die Menge. Die Menschen schauten sich an, um im Gesicht des Gegenübers zu lesen, ob sie sich nicht verhört hatten. Was für ein Kopfgeld! Hochrufe wurden laut. „Ein Hoch auf den neuen Erzbischof!", riefen einige. Thomas schnalzte mit der Zunge. Zweitausend Mark Silber, das war in der Tat eine exorbitant hohe Summe; so viel hatten die meisten Grafen nicht zur Verfügung, ja nicht einmal die Bischöfe. „Ja, ein Hoch auf den zukünftigen Erzbischof!", hörte Thomas da die Stimme des Grafen Heinrich. Fast unbemerkt hatte der sich in dem entstehenden Tumult auf seinem Pferd nach vorne gestohlen und erst mitten auf der Straße seine Kapuze gelüftet. „Was für eine fürstliche, ja königliche Belohnung! Habt Dank im Namen aller meiner Untertanen!" Die „Untertanen" betonte er besonders, fiel Thomas auf. Dabei reihten sich seine Berittenen einer nach dem anderen hinter ihm ein. Einige trugen plötzlich Wappenröcke und Standarten mit dem alten Bergischen Wechselzinnenwappen, über dem nun auch der Limburger Löwe thronte. „Schade nur, dass diese Belohnung wahrscheinlich nur einem Einzigen gehören wird", spann Heinrich seinen Faden weiter, „und wahrscheinlich keinem einfachen Krieger, sondern einem Fürsten, dessen Häscher ihm den Kopf des Isenbergers bringen!" Aller Augen hingen nun an seinen Lippen. Auch die seines Namensvetters von Müllenark, der von dem plötzlichen Auftritt des Grafen völlig überrascht war. „Ich, Graf Heinrich von Limburg-Berg, Euer neuer Landesherr, schwöre, dass ich nichts unversucht lassen werde, um die Mörder des Erzbischofs dingfest zu machen! Wir waren zwar nicht die besten Freunde, er und ich, aber dieses Ende war seiner nicht würdig. Deshalb werden wir seine Mörder jagen und verfolgen, notfalls auch über den Rhein hinaus!" Das war eine klare Kampfansage, nicht nur an Engelberts Mörder, sondern zwischen den Zeilen auch an etwaige Gegner, denn am Rhein endete der Hoheitsbereich des Grafen von Berg. Aber Heinrich wollte Zeichen setzen. Wenn sich der zukünftige Erzbischof von Köln erdreistete, die Bewohner seiner Grafschaft Untertanen zu nennen, musste er umgekehrt klarmachen, dass er keine Skrupel hatte, die Grenzen Kölns zu überschreiten. Sicher auch, weil er wusste, dass hinter den westlichen Grenzen von Köln der Machtbereich seines Vaters, des Herzogs von Limburg begann. Heinrich von Müllenark machte denn auch ein säuerliches Gesicht. Die Botschaft war angekommen. „Sollte es dabei Belohnungen zu verteilen geben", schlug Heinrich von Limburg-Berg nun einen geschickten Bogen, „werde ich sie samt und sonders mit euch, meinen Untertanen, teilen!" Nun galten erste Hochrufe ihm, den die meisten anhand seiner Worte und der Wappen seiner Männer jetzt auch als ihren neuen Landesherrn erkannten. „Bis es so weit ist, spendiere ich uns allen ein großes Fass Bier", legte Heinrich noch eins obendrauf, „das vor der Abtei darauf wartet, von euch mit mir auf das Andenken des seligen Erzbischofs geleert zu werden! Folgt mir, ich lade euch ein!" Nun gab es kein Halten mehr, und frenetischer Beifall brandete auf. Dazwischen gab es Hoch- und Hosianna-Rufe. Der neue Erzbischof war vergessen und die Menschen drängten sich um ihren Grafen. Der jedoch bat noch einmal um Ruhe, mit einer ähnlichen Geste, wie anfangs Heinrich von Müllenark. „Ja, folgt mir", tat er ihnen kund, „aber zuvor nehmt mit mir Abschied von diesem großen Mann, den die hohen Herren des Kölner Domkapitels jetzt heimführen mögen, weswegen sie ja auch gekommen sind. Deshalb erweist ihnen Ehre und gebt ihnen Geleit!" Dabei führte er die Faust der rechten Hand an sein Herz und entbot der Leiche auf dem Wagen einen ritterlichen Gruß. Seine Männer taten es ihm nach, und das versammelte Volk stimmte in den Gruß mit ein. Heinrich von Müllenark kochte innerlich. Er hätte gerne noch das eine oder andere Wort verloren, auch über die Zukunft der Grafschaft, so wie er sie sich vorstellte. Aber Graf Heinrich hatte alles gesagt – und er hatte gewonnen. Dem gab es vorerst nichts hinzuzufügen. So blieb ihm und den Domherren nichts anderes übrig, als nun den Wagen zu übernehmen und den Weg zurück zu den Fähren einzuschlagen. Heinrich von Müllenark wusste, wann er eine Schlacht verloren hatte. Mit einem knappen Kopfnicken in Richtung des Grafen machte er kehrt und führte seinen Trauerzug zu den Fähren nach Köln. Aber insgeheim schwor er sich, dass er es dabei nicht bewenden lassen würde. Heinrich von Limburg-Berg verharrte noch eine Weile in der Grußposition, dann richtete er sich in den Steigbügeln auf und gab der Menge ein Zeichen. „Nun folgt mir, das Fass wartet!" Und johlend zog die Menge mit ihm zu den Mauern der alten Abtei, wo der Gefolgsmann des Grafen, der zwischenzeitlich den Plan verlassen hatte, mit einem großen Fass Bier wartete, das er auf Heinrichs geheimen Befehl bei den Mönchen erstanden hatte. Thomas zollte dem jungen Grafen stille Bewunderung. Er hatte die „Untertanen" nicht auf sich sitzen lassen und es auch nicht vorgezogen, still und heimlich seiner Wege zu ziehen, sondern Farbe bekannt, dabei die Situation für sich zu nutzen gewusst und dank wohlgesetzter Worte sogar ins Gegenteil umgekehrt. Heinrich hatte das Zeug zu einem großen Anführer; an seiner Seite zu reiten, war gewiss kein Fehler. Während er noch diesen Gedanken nachhing, fiel ihm plötzlich ein Mann auf, der aus dem Strom der Menschen auf der anderen Seite der Straße herausragte, weil er wie er selbst auf einem Pferd saß, einen leuchten blauen Wappenrock trug, mit einem silbernen Fisch auf der Brust – also ebenfalls ganz wie er selbst – und weil er winkte und rief, als sei der Teufel hinter ihm her. „Hierher Thomas, kommt schnell!" Erst jetzt ging Thomas auf, dass er den winkenden Mann kannte. „Ist das nicht William, Herr?", hörte er da auch schon die Stimme von Gerhardt hinter ihm. Tatsächlich handelte es sich bei dem Blaurock um William. „Ja, das ist er, lasst uns hören, was er zu berichten hat!", ließ er Gerhardt wissen. Dabei schüttelte Thomas ungläubig den Kopf über die eigene Irritation und Schwerfälligkeit. Als er sich vor zwei Tagen von William verabschieden musste, hatte dieser einen lädierten Templerrock getragen. Jetzt trug er Thomas' Farben. Darauf war er nicht gefasst gewesen. Dabei war es nur zu verständlich, dass William nicht weiter in einem zerrissenen Rock durch die Welt ritt. Was machte er überhaupt so schnell hier? Thomas schalt sich ungehalten einen Träumer und lenkte sein Reittier augenblicklich zur anderen Seite. Aber es dauerte seine Zeit, bis er sich einen Weg durch die vielen Menschen gebahnt hatte. Aufgeregt kam ihm William entgegen. „Zuerst einmal beglückwünsche ich dich, mein Freund, du bist Vater eines strammen Sohnes!", warf ihm der ehemalige Templer entgegen, „aber später davon mehr. Jetzt folgt mir, denn es gibt Ärger mit einem der Mörder deines Erzbischofs!" Dabei wendete er sein Pferd und sprengte zurück in die Menschenmenge.

Herenbert Rennekoie pochte das Herz bis zum Hals. Er war in ernsten Schwierigkeiten. Mit angehaltenem Atem hockte er hinter der Tür einer schäbigen Kammer im obersten Stockwerk einer einschlägigen Spelunke, in der er eben noch mit seinem Kumpan und anderen zwielichtigen Gestalten gezecht hatte. Dabei hatte der Tag so gut angefangen. Auf der Suche nach weiteren Spießgesellen, die bei dem Mord am Erzbischof zugegen waren und derer er sich einen nach dem anderen entledigen wollte, während er sich langsam nach Westen zurückzog, war er in Deutz in einer Schänke nahe dem Fähranleger, an der Rückseite der Abteimauern, fündig geworden. Und zu seinem vermeintlichen Glück hatte er den großspurig auftretenden Jordan bereits reichlich angetrunken vorgefunden. Ein schneller Stich mit dem Dolch im rechten Moment würde ihn auch von dieser Last und dieser unberechenbaren Zunge befreien, so hatte er geglaubt. Doch dann war jener Ritter mit dem seltsamen Akzent in dem blauen Wappenrock aufgetaucht, den er viel zu spät erkannt hatte, und der hatte alles verdorben. Und dann war da obendrein seit Kurzem noch die Rede von einer Belohnung, weswegen Jordan sich und beinahe auch ihn um Kopf und Kragen geredet hatte, beinahe. Aber wenn er nicht auf der Hut war, da war sich Rennekoie sicher, würde Jordans letztes Stündlein bald schlagen – und womöglich auch seines. Aber so weit durfte es nicht kommen. Seine Gedanken rasten. Wie konnte er dieser misslichen Lage noch entkommen?

„Woher willst du wissen, dass er einer der Mörder ist?", fragte Thomas, während er mit der Hand seine Augen gegen die nach Südwesten wandernde Sonne abschirmte, um die Situation besser erfassen zu können. Sie hatten sich auf dreißig Schritt einer Schänke auf der Rückseite der Abtei genähert, ganz in der Nähe der Fähre, mit der die Kölner Domherren sich und die Leiche des Erzbischofs vor wenigen Augenblicken auf den Weg nach Köln gebracht hatten. Deshalb hatte sich auch bereits ein Großteil der Menschen zerstreut, die dem Ereignis beigewohnt hatten. Der Rest der Meute scharte sich gerade an der Ostmauer mit ihrem neuen Landesherrn um das Fass Bier, das dieser spendiert hatte. Etwa zwanzig Menschen hatten sich geradewegs vor ihnen in einem Halbkreis um die Tische und Bänke besagter Schänke geschart, hielten sich aber auf Abstand, weil der Mann, den sie eingekesselt hielten, sein Schwert und einen Parierdolch gezogen hatte. „Verpisst euch, ihr Gesocks!", hörte Thomas den Kerl rufen. „Er hat es selbst gesagt", beantwortete William die Frage seines Freundes, „ja sogar damit geprahlt!" Der einstige Tempelritter überlegte kurz, wo er mit seinem Bericht anfangen sollte, um schnell auf den Punkt zu kommen. „Ich bin die Wupper hinuntergeritten und habe Euch zuerst weiter nördlich, an der Fähre bei Wiesdorf, gesucht", fuhr er dann fort, „aber als sich herausstellte, dass Ihr dort nicht mehr wart, bin ich weiter nach Süden gezogen. Dann hörte ich von dem bevorstehenden Leichenzug in Deutz und dachte mir, dass Ihr vielleicht dort zu finden wäret, auch weil es hier die nächste Fähre gibt. Ich kam bereits früh hier an. So habe ich mir einen Platz zum Warten gesucht, von dem aus ich eine gute Sicht hatte. Diese Schänke lag günstig und hatte zudem schon geöffnet. Ich ließ mich an einem der Tische nieder und es dauerte nicht lange, bis dieser Kerl da mit anderen Zechern erschien und große Reden schwang. Ich glaube sogar, sie haben in der Schänke genächtigt." Von dort tönte jetzt das Geräusch zerberstenden Holzes herüber. Der Kerl mit dem Schwert und dem Dolch versuchte offenbar, sich zu verschanzen. Von vorn schnitt ihm der Halbkreis von Menschen einen etwaigen Fluchtweg ab, der Weg nach hinten war ihm versperrt, weil der Wirt wohl Lunte gerochen und die Außentür seiner Schänke geschlossen hatte. Mit der Linken, in der sich auch der Dolch befand, hielt er eine junge Frau, wahrscheinlich eine der Bedienungen, in seiner Gewalt, mit der Rechten hielt er das Schwert und fuchtelte damit den Umherstehenden vor den Augen herum. Zwischen sich und der Menschenmenge hatte er soeben eine Barriere aus einer umgestürzten Tafel und zwei Bänken errichtet. Mitten im Gewühl lag ein Toter oder Verletzter, so genau konnte Thomas das nicht erkennen. „Jedenfalls prahlte er damit, dass er es jedem zeigen würde, der versuche, ihn herumzukommandieren", knüpfte William seinen Faden weiter. „Er behauptete, es sogar dem Erzbischof gezeigt zu haben, der ihn vor Monaten verbannt hätte. Und jetzt läge er erschlagen in einem Hohlweg im Dreck. Ich habe mich dann dazugesetzt, obwohl mich einer der Zecher böse anfunkelte, und eine Runde ausgegeben, mit der Bitte, doch mehr von seinen Abenteuern zu berichten, was er sich nicht zweimal sagen ließ. Je mehr er erzählte und je lauter er tönte, desto mehr Menschen wurden angelockt. Manche blieben wegen der Prahlerei, andere, weil sie vielleicht hofften, ein Bier spendiert zu bekommen, was zuweilen auch geschah. Der Kerl scheint über reichlich Münzen zu verfügen. Ich blieb, auch als der Leichenzug bereits begonnen hatte, denn ich hatte das Gefühl, dass der Prahlhans die Wahrheit sagte. Dann erschien plötzlich jemand, der verkündete, der neue Erzbischof habe soeben eine unvorstellbar hohe Belohnung auf die Ergreifung der Mörder seines Vorgängers ausgesetzt. Da kippte die Stimmung. Einer der Kerle verschwand in der Schänke, ein anderer versuchte, in der Menge unterzutauchen. Aber den, glaube ich, haben sie schon erschlagen. Ich bin gleich zu Beginn des Tumultes auf mein Pferd gesprungen und habe mich auf die Suche nach Euch gemacht, weil ich nicht allein entscheiden wollte, was jetzt zu tun sei. Und ich bin froh, dass ich Euch gefunden habe!" Thomas warf ihm einen dankenden Blick zu. Und er bewunderte William für dessen Fähigkeit, in aller Kürze das Wichtigste eines mehrstündigen Erlebnisses zu berichten. Dann rückte er langsam näher auf die Schänke vor, um den Kerl genauer in Augenschein zu nehmen. Er musste irgendwie an ihn herankommen. Vielleicht wusste er ja etwas von den Absprachen zwischen dem Isenberger und dem Erzbischof oder warum es nicht zu der geplanten Entführung gekommen war, sondern zu dem Mord. Oder vielleicht wusste er zumindest, wo sich der Isenberger jetzt aufhielt. Thomas nahm das Gesicht des Mannes ins Visier, dessen Dolch sich bedrohlich nah am Hals der jungen Magd befand. Irgendwie kam er ihm bekannt vor. Er sah, wie Wut und Angst aus dessen Augen sprachen, wie … Ja, genau wie damals im Essener Damenstift. Thomas erinnerte sich, wie ein ganz ähnlicher Mann einer Nonne an die Gurgel und die Wäsche gegangen war und wie der Erzbischof ihn eigenhändig außer Gefecht gesetzt hatte. Was hatte William eben von dem Kerl erzählt? Dass der Erzbischof ihn verbannt hätte? Dann musste dies genau dieser Mann sein. Thomas beschloss, zu handeln, bevor andere es taten – und bevor die Gerichtsbarkeit zuschlug und ihm jede Gelegenheit nahm, den Kerl auszuhorchen. „Was hast du vor?", fragte William überrascht, als er sah, dass Thomas sein Ross weiter nach vorne lenkte. „Den Kerl in Gewahrsam nehmen!", gab Thomas zurück, „du hast richtig vermutet: Er sagt die Wahrheit, und der Erzbischof hatte ihn tatsächlich verbannt. Ich war sogar dabei, als dies geschah. Mal sehen, was er sonst noch zu berichten weiß. Hol du den Grafen; er würde es nicht verzeihen, wenn wir ihn nicht unterrichteten. Ihr anderen folgt mir!" Dabei bahnte er sich auch schon einen Weg durch die Menge. Gerhardt, Ulrich, Martin und Willibald taten es ihm gleich. Wulfila hielt die Menschen schon allein mit seinem grimmigen Knurren auf Abstand. „Platz da, Platz für die Garde des toten Erzbischofs", rief Thomas, weil ihm nichts Besseres einfiel. Dabei ging ihm jetzt erst auf, dass er durch Engelberts Ableben jegliche Funktion, ja womöglich sogar sein Lehen eingebüßt hatte. Es war zwar der Kaiser gewesen, der ihn zum Reichsritter geschlagen, aber es war der Erzbischof, der ihn mit einem Gut und einer ritterlichen Aufgabe ausgestattet hatte. Umso wütender verschaffte er sich jetzt Raum und Gehör. „Lass sofort das Mädchen los", herrschte er den Unruhestifter an, „und sag mir deinen Namen!" Mit seinem beherzten Auftritt hatte Thomas den Kerl, der sich Jordan nannte, zwar eingeschüchtert, aber noch längst nicht davon überzeugt, seinen Trumpf aus der Hand zu geben. „Wie komme ich dazu? Und wer will das wissen?", gab der zurück und drückte den Dolch noch stärker an die Kehle der Wirtsmagd, sodass das Mädchen aufschrie. „Ich bin Thomas von Leichlingen, Anführer der erzbischöflichen Garde", antwortete dieser wahrheitsgemäß, „und ich will von dir wissen, warum ihr Engelbert ermordet habt! Wie kam es dazu?" Mit dem untrüglichen Instinkt eines Mannes, der nichts zu verlieren hat, witterte Jordan, dass der Ritter etwas von ihm wollte und es etwas zu verhandeln gab. Deshalb setzte er ein überlegenes, schräges Grinsen auf. „Dann ist dir wohl dein Geldgeber abhandengekommen, was?", witzelte er, „schade, denn gegen ein ordentliches Sümmchen würde ich dir vielleicht deine Fragen beantworten. So muss ich mich leider weiterhin mit diesem Geschöpf begnügen!" Dabei leckte er der Magd mit einer gelblich angelaufenen Zunge einmal über die Wange, worauf diese zu wimmern begann. „Deine Prahlereien beeindrucken mich nicht", konterte Thomas, „ich war dabei, als der Erzbischof dich ohrfeigte und verbannte, er war dir körperlich zehnmal überlegen, wie jeder hier von uns. Antworte, oder ich mache kurzen Prozess mit dir!" Blitze sprühten aus Jordans Augen. „Der Erzbischof hat mich niemals geohrfeigt", fauchte er so laut, dass es jeder hören konnte, um die Schmach, die Thomas' Worte ausgelöst hatten, zu übertünchen. „Ich war es, der ihm den Todesstoß versetzt hat!" Nun war es an Thomas, überlegen zu lächeln. „Du hast dem Toten vielleicht ans Bein gepinkelt oder versucht, die Leiche zu berauben. Aber noch im Sterben war der Erzbischof zehnmal mehr Mann als du, schätze ich. Also sag, wie ihr es fertiggebracht habt, den großen Mann zu töten!" „Abgeschnitten von den Seinen haben wir ihn", tönte Jordan, „und durch den Hohlweg gejagt, vom Pferd gerissen und auf ihn eingestochen, alle Mann!", brüllte er. „Und ich hab' ihn erledigt, das arrogante Schwein, wie ich auch dich erledigen werde!" Dabei versuchte er, Thomas einen Schlag mit seinem Schwert zu versetzen. Doch der schlecht und halbherzig geführte Streich ging fehl, weil Thomas diesen mit seinem eigenen Schwert, das er bereits während der letzten Worte gezogen hatte, blitzschnell parieren konnte. Im selben Moment sprang er vom Pferd und ging zu Fuß zwei Schritte weiter, während Jordan mit seiner Geisel weiter zurückwich. Thomas merkte bereits, dass er so nicht weiterkam, versuchte es aber ein weiteres Mal. „Lass jetzt die Magd frei und steh mir Rede und Antwort, dann verspreche ich dir, dass ich dir einen gerechten Prozess verschaffen werde. Dafür bürge ich im Namen des Grafen von Berg, der ein rechtschaffener Mann ist!" Zur Antwort spie ihm Jordan vor die Füße. „So rechtschaffen wie sein Vater, der Herzog von Limburg? Dass ich nicht lache! Nein, die hier ist mein Versprechen, dass ich aus der Sache wieder rauskomme, und nun pack dich, sonst steche ich zu!" In diesem Moment hörte Thomas Hufgetrappel, und aus den Augenwinkeln nahm er Reiter des Grafen wahr. Er musste nicht erst Heinrichs Stimme hören, um zu wissen, dass auch der Graf unter ihnen weilte und damit Eile geboten war. „Halt, ich bin der Graf von Berg, was ist hier los?!" In diesem Moment, in dem auch Jordan für einen Wimpernschlag des Schicksals abgelenkt war, handelte Thomas. In einer fließenden Bewegung aus dem Handgelenk heraus ließ er seine Klinge von unten gegen Jordans Schwerthand sausen, worauf dessen Waffe in hohem Bogen durch die Luft flog. Gleichzeitig sprang er nach vorn und schlug dem Übeltäter mit dem eisenverstärkten Handschuh der Linken in das bereits schmerzverzerrte Gesicht, um ihm in der Rückwärtsbewegung in die Dolchhand zu greifen und diese von der Kehle des Mädchens zurückzureißen. Kurz darauf krachte der Knauf seines Schwertes, das nach dem ersten Schlag und der kurzen Beschreibung eines Bogens schnell bereit war, dem nächsten Befehl zu gehorchen, schwer auf Jordans Schläfe. Wie ein nasser Sack fiel dieser zu Boden, während Thomas das Mädchen in die Arme nahm und zur Seite führte. Dankbar fiel die Wirtstochter, als die sie sich später herausstellte, ihrem Retter um den Hals, hauchte ihm einen Kuss auf die Wange und drehte sich dann zu Jordan um, um diesem einen

Tritt ins Gemäch zu verpassen. „Bei Gott, mit Euch will ich nicht in Streit geraten", vernahm Thomas die Stimme des Grafen, „das habt Ihr gut und schnell gelöst, trotzdem will ich jetzt wissen, was hier los ist!" Thomas nickte kurz und vervollständigte den Bericht, den William bereits begonnen hatte. „Ich kenne den Kerl. Ich war dabei, als der Erzbischof ihn tatsächlich verbannte", endete er, „und jetzt unterliegt er Eurer Gerichtsbarkeit!" Heinrich schien beeindruckt und erfreut über den Fang. „Hat er etwas gesagt?", fragte er unbefangen. „Noch nichts von Bedeutung", log Thomas. Aber irgendetwas verbot ihm, die Sprache auf Heinrichs Vater Walram zu bringen, von dem kurz die Rede gewesen war. Thomas bedauerte es, dass er nicht mehr Zeit für weitere Fragen gehabt hatte. „Wie ist sein Name?", hakte der Graf nach. „Einer nannte ihn Jordan", erinnerte sich William. „Den Namen habe ich auch schon gehört", pflichtete Thomas bei. Ein Eimer Wasser brachte Jordan wieder zu Bewusstsein, auch wenn es eine Weile dauerte, bis sein Keuchen abebbte und er seine Lage begriff. Wütend bemerkte er, dass seine Hände jetzt gefesselt waren. „Jetzt rede, Kerl! Was weißt du noch über die Ermordung des Erzbischofs und wer sind die Mörder?", versuchte Thomas, sein Verhör fortzusetzen. Doch damit hatte er die Rechnung ohne den Grafen gemacht. „Das ist hier nicht der richtige Ort und nicht der rechte Zeitpunkt für ein ordentliches Verhör", entschied er. „Wir bringen ihn in die Abtei, dort wird es wohl einen Kerker geben oder einen passenden Raum. Dort soll er verhört werden, unter hochherrschaftlichen Zeugen!" Thomas war wie vor den Kopf gestoßen. War denn nicht Eile geboten? Die Mörder waren flüchtig, umso schneller galt es, in Erfahrung zu bringen, um wen es sich handelte und wohin sie geflohen waren. Der Blick, mit dem er Heinrich von Limburg-Berg ansah, sprach Bände. Aber es stand nicht in seiner Macht, die Sache anders anzugehen – nicht mehr. Das schien auch Jordan aufzugehen, der Morgenluft witterte. „Oh, seid Ihr sicher, dass Ihr alle Namen hören wollt?", feixte er, „vielleicht sind welche dabei, die Euch nicht gefallen!"

Herenbert Rennekoie beschloss, dass es Zeit zum Handeln war. Sein Versteck war zwar bislang noch nicht entdeckt worden. Aber ohne Zweifel würde sich früher oder später jemand an ihn erinnern und auf die Idee kommen, nachzusehen, wo er abgeblieben war. Und dann würden sie ihn finden. Also musste er fort. Aber vorher musste er diesen vermaledeiten Schwätzer mundtot machen, der im Begriff war, wichtige Namen zu verraten, auch wenn er nicht allzu viel wusste. Es reichte, um wichtige Personen in Misskredit zu bringen. Und spätestens in einem Verhör unter Folter würde er reden, dessen war sich Rennekoie sicher. Aber er hatte in seiner derzeitigen Lage nicht viele Möglichkeiten. Ihm blieb im Grunde nur der Dolch – neben einem kleinen Messer, das unweit seiner Börse im Gürtel steckte – als letztes Verteidigungsmittel gegen etwaige Beutelschneider. Das Schwert, das er am Gürtel trug, eignete sich für das, was er vorhatte, recht wenig. Am Sattel seines Pferdes befand sich eine Armbrust – aber das stand etwa dreihundert Schritt entfernt in einem Stall, unerreichbar weit hinter der Linie seiner Gegner. Also der Dolch. Doch den zu werfen war gewagt. Der Wurf musste beim ersten Mal sitzen. Er würde keine zweite Gelegenheit haben. Langsam zog er das wohlgeschärfte Kleinod aus dem Gürtel und wiegte es in der Hand. Es war zwar schon etwas her, dass er einen solchen Wurf geübt hatte, aber es konnte gelingen. Dann sprang er auf, lehnte sich aus dem Fenster und warf.

„Vielleicht solltet Ihr mich an einen sicheren Ort bringen?!", höhnte Jordan gerade, den Gerhardt und Martin wieder auf die Beine gestellt hatten, „dort erzähle ich Euch dann, was Ihr wissen wollt – oder nicht wissen wollt!" Dann brach er in ein kehliges Lachen aus. Ja, er hatte immer noch einen Trumpf im Ärmel. Das verriet ihm ein Blick in das Gesicht des Grafen, das rot angelaufen war. Vielleicht sollte er noch eins draufsetzen. „Oder soll ich hier kundtun, dass Euer ..." Ein Röcheln unterbrach seinen Wortschwall, während Heinrich noch überlegte, ob das nächste Wort „Vater" oder „Vetter" lauten würde. Blut färbte den Kragen von Jordans Lederwams dunkelbraun. Als er nach vorn auf die Knie sackte, sah jeder, dass aus seinem Nacken der Griff eines Dolches ragte. Drei, vier Augenpaare folgten der wahrscheinlichen Flugbahn der Klinge und erspähten ein Gesicht an einem Fenster im ersten Stock der Schänke, das einen Wimpernschlag später verschwand. „Da oben ist noch einer", rief Thomas, „folgt mir!" Und schon sprang er auf und verschwand in der Schänke. Gerhardt folgte ihm mit Wulfila auf dem Fuß. Auch Martin und Ulrich drängten hinterher. Anstatt jedoch hinter Thomas die Stiegen nach oben hinaufzueilen, bedrängte Gerhardt den Schankwirt, ihm einen etwaigen Hinterausgang zu zeigen. Ulrich schloss sich ihm an, während Martin nach oben lief. „Das ist der andere, von dem ich erzählte", kam es William, der noch draußen stand, über die Lippen. Er hatte beschlossen, dass es für ihn wenig Sinn ergab, auch in die Schänke zu stürmen. Dort war es für einen Kampf wahrscheinlich ohnehin eng genug und Thomas war der beste

Kämpfer weit und breit. Also lief er ein wenig zurück, um zu erkunden, ob der Dolchwerfer vielleicht über das Dach zu entkommen trachtete und welche Richtung er nehmen würde. So dachte auch Willibald und suchte seinerseits einen Weg zur Rückseite, die jedoch an die Abteimauer grenzte. Einzig Heinrich von Limburg-Berg blieb mit seinen Männern zurück. Langsam näherte er sich dem im Todeskampf zuckenden Leib, ging neben ihm in die Knie und führte seinen Mund an dessen Ohr. „Welchen Namen wolltest du gerade nennen?", raunte er ihm zu. Ein weiteres Röcheln, gefolgt von einem Blutschwall, rang sich aus Jordans Kehle. Als der neue Landesherr schon glaubte, der Mann sei verendet, hauchte dieser einen Namen, der ihm das Blut in den Adern gefrieren ließ. In diesem Moment war der Graf von Berg froh über die Tat des unbekannten Werfers.

Herenbert Rennekoie spürte eine Welle der Euphorie in sich aufsteigen. Was für ein Wurf! Allein dafür hatte er den Ritterschlag verdient. Aber wenn er jetzt nicht Fersengeld gab, würde er andere Schläge bekommen. Also duckte er sich und verschwand zur rückwärtigen Fensterreihe des Raumes, in dem er sich befand. Die ging zur Mauer der benachbarten Abtei hinaus. Er riss die fadenscheinigen Lappen vor einer der Fensteröffnungen zur Seite, steckte ein Bein hindurch und schlüpfte mit einem Ruck hinterher. Jetzt stand er auf der Klostermauer und überlegte einen Moment, wohin er sich wenden solle. Schneller ginge es nach unten, doch bevor er den Gedanken zu Ende gedacht hatte, tauchten dort zwei hünenhafte Kerle mit einem Ungetüm von Hund auf, den er noch aus dem Gefolge des Erzbischofs kannte. Für einen Moment trafen sich ihre Blicke. Dann entdeckte der ältere Hüne eine schmale Stiege, die wenige Schritte rechts von ihm nach oben führte. Und schon stürmte er samt seinem Saupacker hinauf. Der jüngere folgte. Also blieb Rennekoie nur das Dach. Mit einem Blick erfasste er die Lage. Flink sprang er auf eine Zinne der Mauer und von dort mit einem Satz zum Rand des Daches, das mit tönernen Schindeln gedeckt war. Die untere Reihe bildete eine umlaufende Rinne, über die das Regenwasser gezielt abgelenkt wurde. Sicher hatten die Mönche auch dieses Haus und dessen Dach errichtet, der Schankwirt hätte dafür mit Sicherheit nicht die Mittel gehabt, schoss es ihm durch den Kopf. Eine der Schindeln brach ein, als sein Fuß darauf landete, sodass er beinahe gestrauchelt und in die Tiefe gestürzt wäre. Aber sein Fuß fand neuen Halt, und so stürmte er, so schnell er konnte, auf den Dachfirst. Keinen Augenblick zu früh, denn schon tauchte Thomas auf der Klostermauer unter ihm auf und versuchte, ihm zu folgen. „Bleib stehen, du feiger Hund", rief der Fischersohn, „du Mörder!" Rennekoie rang sich ein Lächeln ab. Dann stellte er sich zum Kampf. Er war zwar ein Mörder, aber nicht feige. Und mit dem Schwert konnte er es mit jedem dieser feinen Ritter aufnehmen. Also zog er es und wartete, bis sich Thomas zu ihm heraufgearbeitet hatte. Da Thomas die meisten Männer an Körpergröße überragte, fiel es ihm sogar noch etwas leichter, auf das Dach zu gelangen. Vorsichtig über die Schindeln nach oben steigend, zog er sein Schwert. „Was für ein feines Wappen du auf der Brust trägst", witzelte Rennekoie, „lass sehen, ob ich dich nicht durchbohren und räuchern kann, du stinkender Fisch!" Mit diesen Worten sprang er vor und deckte sein Gegenüber mit Schlägen ein. Thomas stand unter ihm und dazu auf der Schräge, war also im Nachteil, parierte Rennekoies Hiebe jedoch, so gut er konnte. Dann nutzte er geschickt die Anziehungskraft der Tiefe. Als sein Gegner erneut zu einem Dachschlag ausholte, ließ er dessen Klinge geschickt zur Seite abgleiten, wodurch dieser nach vorn etwas aus dem Gleichgewicht kam und mit den Armen rudern musste, um nicht zu stürzen. Diesen Moment nutzte Thomas, um ebenfalls den Dachfirst zu erklimmen. Nun standen die Chancen gleich. Rennekoie änderte sofort seine Taktik und nahm ein tieferes Ziel ins Visier. Mit einem horizontalen Schlag in Kniehöhe versuchte er, Thomas von den Beinen zu holen. Dieser sprang jedoch geschickt in die Höhe und damit einfach über die durchsausende Klinge hinweg. Mit wackeligen Beinen kam er wieder zum Stehen und schlug sofort zurück. Er versuchte es mit einem Eber, einem diagonalen Schlag, der die Schulter des anderen zum Ziel hatte. Rennekoie verlor erneut beinahe den Halt und musste sich etliche Schritte zurückziehen. Aber er hielt stand. Der Kampf wogte hin und her, so heftig, dass sich niemand anders mit auf das Dach traute, obwohl mittlerweile sowohl Gerhardt und Ulrich mit Wulfila als auch Martin zu den beiden aufgeschlossen hatten. Sie zogen es jedoch vor, auf der Mauer zu bleiben, um das Dach nicht noch weiter zu belasten. Gerhardt traute den alten Schindeln nicht. Der Unhold kämpfte wie ein echter Ritter, keine Frage, und Thomas fragte sich, wo er dies wohl gelernt hatte. Denn ein Ritter war er sicher nicht. Kein Wappen, kein Ring, nichts deutete darauf hin. Oder gehörte das zu seiner Tarnung? Schließlich verlieh er seinen Gedanken Ausdruck. „Wo hat ein Teufel wie du gelernt, so zu kämpfen?", rief er ihm mit schwerer werdendem Atem entgegen. Damit zollte er ihm einerseits Respekt für seine Schwertkunst, andererseits bediente er sich mit dem „du" der respektlosen Anrede für niederes Volk. Das musste einfach eine Reaktion herbeiführen. Und Rennekoie tat ihm den Gefallen. „Ich entstamme einem hochadeligen Geschlecht", keuchte er zurück, „mein Blut ist edler als deins, Fischfresser, und ich hatte die besten Lehrer. Das wirst du jetzt zu spüren bekommen!" Dabei setzte er erneut zu dem sensenähnlichen Hieb auf die Knie an. Thomas wich wie zuvor mit einem beidfüßigen Sprung aus, und wie zuvor landete er mit beiden Füßen knapp links und rechts des Dachfirstes. Doch diesmal gab eine der Schindeln nach und Thomas brach mit dem rechten Bein bis zum Knie ein. Stroh und Tonscherben rieselten aus dem Loch. Nun fatal im Nachteil, richtete sich Thomas auf den nächsten Schlag ein. Grinsend rückte Rennekoie näher. „Na, du feiner Ritter, wie steht es jetzt?", freute er sich, „wie soll ich dich ins Jenseits befördern? Möchtest du sauber den Kopf verlieren oder soll ich dir den dicken Schädel spalten?" Thomas versuchte es mit einem Schuss ins Blaue, während er sein Schwert zur Abwehr hob. „Warum machst du es nicht so unritterlich wie beim Erzbischof", spie er ihm entgegen, „und wartest auf die Verstärkung durch deine Schergen!?" Dabei erinnerte er sich an die vielen Wunden, die die Leiche Engelberts aufwies. Rennekoies Grinsen wurde noch breiter. „Einem Sterbenden kann ich es ja sagen", gab er zurück, „der Erzbischof war ein harter Gegner, jedenfalls härter als du. Aber ich hätte ihn erledigt, ganz sicher. Dann jedoch wäre ich der Mörder gewesen, der einzige Mörder", fügte er an, „so aber haben alle ihre Klinge in ihn versenkt. Und weil alle ihn stachen, ist keiner der Mörder!", triumphierte er. „Das glaubst du vielleicht", entgegnete Thomas, während er versuchte, sein Bein wieder freizubekommen. Aber so sehr er sich bemühte – sein rechter Fuß fand keinen Halt und sein eigenes Körpergewicht drückte ihn tiefer in das Loch. „Jeder von euch Mördern ist des Todes", legte er nach, „allen voran Euer Hintermann!" Dabei fasste er den Griff seines Löwenschwertes noch fester, bereit, dem eigenen Tod entgegenzusehen, denn seine Lage war prekär. „Den du nicht enttarnen wirst", beschied ihm Rennekoie, „denn du fährst als Erster zur Hölle!" Dabei holte er zu einem gewaltigen Schlag aus, der Thomas womöglich auf voller Länge in der Mitte gespalten hätte. Doch dazu kam es nicht. Das wütende, sich nähernde Grollen eines großen Hundes setzte dem Angriff ein Ende. Gerhardt hatte geistesgegenwärtig nach Wulfila gegriffen und den gewaltigen Saupacker, der nicht viel weniger wog als ein ausgewachsener Knappe, auf das Dach hinaufgestemmt. „Fass, Wulfila", gab er dem Hund mit auf den Weg, „schnapp dir das Schwein!" Das hatte sich Wulfila nicht zweimal sagen lassen. Und jetzt stürmte er wie ein entfesselter Höllenhund auf Rennekoie zu. Dem blieb keine andere Wahl, als von seinem Opfer abzulassen und sein Heil in der sofortigen Flucht zu suchen. Der Hund hätte sich durch das Schwert nicht abhalten lassen. Und selbst wenn, hätte ihn, Rennekoie, der unvermeidliche Aufprall mit dem Untier sicher in die Tiefe gerissen. Und wenn er nicht mit gebrochenem Genick auf dem Boden aufgeschlagen wäre, hätten ihn spätestens die dort wartenden Männer des Grafen aufgespießt. So blieb ihm nur die Flucht – die Flucht ins Ungewisse. Zuerst schleuderte er dem Hund das Schwert entgegen, weil dieses jetzt für ihn nutzlos war. Damit verschaffte er sich für den Bruchteil eines Atemzuges Luft, denn der Hund wich dem fliegenden Hindernis aus. Dann sprintete er, so schnell ihn seine Füße trugen, über den Dachfirst, wobei er sich instinktiv der Rheinseite zuwandte, den Hund schon im Nacken spürend. Wie im Flug kam das Ende des Daches immer näher. Rennekoie musste nicht lange nachdenken. Er hielt die Luft an und sprang. Im gleichen Moment hörte er den erschreckten Ruf des Hundeführers. „Wulfila", brüllte der aus vollem Hals, „nein, bleib stehen!" Mehr bekam Rennekoie nicht mehr mit, denn da brach er auch schon durch das Dach eines tiefer liegenden Gebäudes, brach durch Stein und Stroh und Gebälk, um schließlich auf einem säuberlich aufgeschichteten Misthaufen zum Erliegen zu kommen. Ungläubig betastete er seine Beine und Arme. Es schmerzte zwar hier und da, aber im Wesentlichen schien er unverletzt zu sein. In seinem Gehirn blitzte es. Bloß weg hier! Und einen Herzschlag später stürmte er aus dem Kuhstall der Abtei und rannte dem Rheinufer zu. Dabei stieß er an der nächsten Ecke mit William zusammen, der die Geschehnisse von unten beobachtet und sich zur Verfolgung entschlossen hatte. Der Aufprall warf beide Körper jeweils zurück. William landete unglücklich mit dem Hinterkopf auf dem Kalksandstein, mit dem das Ufer vor dem Fähranleger gepflastert war, und verlor für einen Moment das Bewusstsein. Rennekoie war gegen die Mauer des Stalls geprallt und hatte sich schnell wieder gefangen. Ohne zu zögern setzte er seine Flucht fort, vorbei am verdutzten Willibald, der gerade um eine Mauerecke gebogen kam. Doch Rennekoie lief einfach weiter, ohne sich um den Älteren zu kümmern. Seine Beine wurden sogar noch schneller, als er sein Ziel ins Auge fasste – einen kleinen Nachen, der soeben am Ufer des Flusses anlegte und einen Fahrgast aussteigen ließ. Er gehörte, wie das Vlotschiff, den Fährleuten, die dieses kleinere Boot für schnelle Fahrten und für das Übersetzen einzelner Personen nutzten. Ein kleines, schnelles Gefährt, genau das, was Rennekoie brauchte. Willibald hatte derweil den Bogen, den er stets bei sich trug, von der Schulter genommen und einen Pfeil eingelegt. So einfach und ungeschoren wollte er den Kerl nicht davonkommen lassen. Er legte an und schoss. Selten, eigentlich noch nie, war sein Pfeil fehlgegangen. Und auch diesmal nicht. In vollem Lauf und mit brennenden Lungen sprintete Rennekoie gerade auf den Nachen zu, als ihn ein heftiger Schlag in die Schulter traf, der ihn beinahe von den Beinen holte. Dabei riss er den kurz vor dem Nachen stehenden Fährmann mit. Halb sprang, halb fiel er mit diesem in das Boot. Noch ehe es sich der Fährmann versah, hatte er ein Messer an der Kehle, das kleine Beutelschneidermesser aus Rennekoies Gürtel. „Du hast die Wahl", zischte der, „entweder du stirbst jetzt oder du ruderst mich hinüber, ohne Fragen und Zaudern. Und wenn du dich beeilst, werde ich dich fürstlich belohnen!" Dabei drängte er sich eng an den Fährmann und ließ ihn die Münzen in seinem Gürtel spüren. Der überlegte nicht lange, griff sogleich nach seinem Ruder und legte sich mächtig ins Zeug. Schnell legte der kleine Nachen vom Ufer ab und brachte mit jedem Ruderschlag zwei, drei Schritt Abstand zwischen seinen Fahrgast und dessen Verfolger. Erschöpft wollte sich Rennekoie ins Boot zurückfallen lassen, aber etwas hinderte ihn daran. Erst jetzt ging ihm auf, dass ein Pfeil in seinem rechten Schulterblatt steckte, nicht tief und bedrohlich, aber er war verletzt. Augenblicklich durchfuhr ihn ein heftiger Schmerz. Nur mit Mühe blieb er bei Sinnen. Mit der Linken langte er über die Schulter und brach erst einmal den Schaft ab, alles Weitere würde sich finden. „Ich werde dich fürstlich belohnen", wiederholte er, an den Fährmann gerichtet, als er sich endlich zurücksinken ließ. Und diesmal würde er Wort halten.

William, der sich wieder aufgerappelt hatte, und Willibald standen hilflos am Ufer. Ihnen blieb nichts anderes übrig, als den Flüchtenden ziehen zu lassen und dann zu den anderen zurückzukehren. Vorher jedoch untersuchten sie die Ställe auf etwaige Reittiere der Mörderbande. „Ich schulde dir mein Leben", ächzte Thomas, als Gerhardt ihm die Hand reichte, um ihm aus dem Loch im Dach zu helfen. „Nicht mir, sondern Wulfila", lachte Gerhardt. Als hätte der Hund ihn verstanden, leckte er freudig aufgeregt zuerst Thomas' Gesicht ab, dann das eingebrochene Bein. Gerhardts eindringliche Warnung zeitigte tatsächlich Erfolg – der Hund kam zum Stehen, bevor er das Ende des Daches erreicht hatte. Jetzt trottete er stolz seinen Herren hinterher. Vor der Schenke trafen sie auf William und Willibald, die ein fremdes Pferd am Zügel führten. „Wir haben uns in den Ställen umgesehen und dieses Tier hier entdeckt", sagte der Engländer, „leider finden sich an ihm keine weiteren Hinweise – außer diesem!" Dabei deutete er auf das Brandzeichen des Tieres – das Wappen des Isenbergers. Wenig später führten sie das Tier Heinrich von Limburg-Berg vor und berichteten ihm von der Verfolgung des Dolchwerfers. „Es tut mir leid, der Mörder ist uns entkommen", vermeldete Thomas kleinlaut dem Grafen, „einer fort, einer tot, es war alles umsonst." Dabei wischte er sich erschöpft den Schweiß von der Stirn. „Das sehe ich anders", strahlte Heinrich, „einer ist uns geblieben. Den können wir verhören und aburteilen!" Erst jetzt bemerkten Thomas und die anderen, dass die Männer des Grafen den dritten Zecher abführten, der die ganze Zeit über wie tot zwischen den Schaulustigen gelegen, sich aber nur tot gestellt hatte. Er war zwar verletzt, aber nur leicht. Später stellte sich heraus, dass er nur ein kleiner Mitläufer war, aber auch er zählte zu den Mördern des Erzbischofs. Genau das, was Graf Heinrich brauchte, vor allem, um sich – und ein Stück weit seine ganze Familie – gegenüber den Kölner Domherren und der Nachwelt von jedem Verdacht der Mittäterschaft reinzuwaschen. Entsprechend froh gestimmt, interessierte er sich wenig für den Entlaufenen. Während er zusah, wie sich alle zerstreuten, bekam Thomas mit einem Mal weiche Knie, setzte sich für eine Verschnaufpause auf eine lädierte Bank vor der Schenke und bestellte beim Wirt ein paar Krüge Bier für sich und seine Männer. Beinahe wäre es ihm vorhin selbst an den Kragen gegangen. Beinahe, wenn es Gerhardt und seinen treuen Hund nicht gegeben hätte. Versonnen prostete er ihnen zu. Dabei fiel sein Blick auf den ermordeten Jordan, den man noch nicht weggeschafft hatte. Was hätte der ihm wohl noch sagen können? Plötzlich war es ihm, als bewege dieser doch noch einmal seine Lippen. Mit einem Mal sprang er auf und kniete sich vor dem Sterbenden hin. Oder war er doch schon tot? Täuschte er sich? „Lebst du noch?", fragte ihn Thomas, „was ist, was willst du mir sagen?" Da, wieder bewegten sich die Lippen. Ganz nah hielt der Fischersohn nun sein Ohr an dessen Mund. „Ich höre, sag's noch mal!" Und ganz leise, wie aus dem Jenseits, flüsterte Jordan einen einzigen Namen, bevor seine Seele endgültig zur Hölle fuhr.

Bereits einen Tag später wurde der gefangene Mörder noch in Deutz von mehreren Priestern, Schöffen und vom Grafen persönlich verhört, abgeurteilt und kurz darauf auf grausamste Weise hingerichtet. Wie für Verbrechen seiner Schwere üblich, wurde er mitleidslos aufs Rad geflochten.

Zur Erbauung der Zuschauer ließ Heinrich von Limburg-Berg ein weiteres Fass Bier anschlagen. Die Hinrichtung wurde ein regelrechtes Volksfest. Am darauffolgenden Freitag geschah in Köln Ähnliches. Binnen weniger Tage wurden vier, fünf sogenannte Mörder Engelberts hingerichtet. Des Reiches Mühlen begannen zu mahlen. Thomas befand sich mit seinen Männern und dem Pferd des Mörders, das er hatte behalten dürfen, zu dieser Zeit bereits auf dem Rückweg nach Leichlingen, auch wenn der Graf ihn weiter in seiner Nähe hatte haben wollen. Doch diesmal hatte sich Thomas über dessen Wunsch hinweggesetzt. Denn er hatte eine andere Pflicht zu erledigen, eine wichtigere und freudigere Pflicht. „Jetzt erzähl mir von zu Hause", bat er William, „ich habe einen Sohn?" William schüttelte den Kopf. „Du hast einen Löwen, der schon genauso kämpft wie du!"

Heinrich von Müllenark stieg in die Katakomben des Kölner Domes hinab, in die sogenannte Totenküche, wo die Leichen gewaschen und hergerichtet wurden, die zur Beerdigung anstanden. Je tiefer er kam, desto schwüler und stickiger wurde die Luft, in die sich neben dem Duft diverser Öle mehr und mehr auch der süße Geruch der Verwesung mischte. Sein Nebenmann, der Dompropst, reichte ihm ein besticktes Tüchlein, das er dankbar annahm und auf die Nase presste. Es roch nach feinstem Rosenöl. Damit ließ sich der Besuch im Vorhof der Hölle ertragen. Zumindest kamen ihm die Räume so vor, als müsse sich ganz in der Nähe auch das Fegefeuer befinden. Die Wände waren feucht vom heißen Dampf des Wassers, mit dem die Leichenwäscherinnen ihre Arbeit verrichteten – allesamt Nonnen der benachbarten Damenstifte wie St. Maria im Kapitol oder St. Severin. Im Gewölbegang zu seiner Rechten stand eine Tür offen, hinter der eifrige Mönche Knochen bleichten, zersägten und konservierten, um sie mit goldenem Zierrat zu Reliquien zu verarbeiten. Ganz am Ende öffnete sich der Gang zu einem breiten Saal, in dem gleich ein Dutzend Mönche und Nonnen ihrem morbiden Handwerk nachgingen. Es waren die Totenköche, deren Aufgabe es war, die Leichen derjenigen Verstorbenen zu entbeinen, deren Knochen noch gebraucht wurden. So stand es auch beim Erzbischof Engelbert, der nun geradewegs vor seinem designierten Nachfolger splitternackt auf einem groben Holztisch lag. Seine geschundene Leiche wurde womöglich als Beweis bei einer etwaigen Anklage gegen die Mörder benötigt, zumindest hatte Heinrich von Müllenark vor, eine solche Klage vor den König zu bringen. Und da war noch der Plan mit der Heiligsprechung, einem meist langwierigen Prozedere, bei dem man die Entscheidung der Kurie abwarten musste. Aber man stelle sich vor, der Dom bekäme einen weiteren Heiligen und es gäbe kein Material für Schreine und Reliquien. Nicht auszudenken! Allerdings war eine Leiche, wie die Engelberts, nicht unbegrenzt haltbar. Deshalb hatte das Kölner Domkapitel beschlossen, die Gebeine Engelberts zu erhalten, die Weichteile aber baldmöglichst zu bestatten. „In dem Zustand, in dem sich die Leiche befindet, werden sich Spuren des Mordes auch an den Knochen finden", meinte denn auch der Dompropst. Heinrich von Müllenark nickte und besah sich dabei noch einmal jedes Detail an Engelberts Leichnam und seinen Wunden. Er nahm sie als Mahnung, sich nicht so viele Feinde zu machen wie sein Vorgänger, auch wenn es sich nicht vermeiden ließ, vor allem die weltlichen Herren des Landes zuweilen vor den Kopf zu stoßen oder in ihre Schranken zu weisen. Vor seinem inneren Auge erschien der neue Graf von Berg, wie er ihm, Heinrich, den Auftritt in Deutz verdorben hatte. Dies war einer seiner ersten Gegner. Der Berger – oder Limburger, ganz wie man es nahm – war auch der Feind Engelberts gewesen. Ob er etwas mit dem Mord zu tun hatte? Obwohl die Mönche in Altenberg ganze Arbeit geleistet hatten, war der Schädel des Ermordeten schaurig entstellt – eingeschlagen und fast gespalten. Hier musste eine Furie am Werk gewesen sein. Heinrich ließ seinen Blick tiefer gleiten. Brust und Bauch Engelberts waren von Einstichen übersät, Arme und Beine zerschlagen. Heinrichs Blick blieb auf Engelberts beeindruckendem Gemächt haften. Selbst das war in Mitleidenschaft gezogen. Heinrich seufzte. Was für eine Verschwendung. „Eure Eminenz, können wir ihn jetzt kochen?", wandte sich der erste Totenkoch an ihn. Heinrich blickte ihn für einen Moment verklärt an, darauf schlug ihm eine Welle des Gestanks entgegen, die ihn aus seinen Gedanken holte und ihn nötigte, das Tüchlein fester auf die Nase zu pressen. „Tut das!", kam es gedämpft aus dem feinen Stoff, „aber lasst seine Kleider, wie sie sind. Ich brauche sie so blutbefleckt, wie die Mörder sie hinterlassen haben. Packt sie in einen Sack und lasst sie mir in mein Uffizium bringen!" Der Totenkoch verneigte sich. „Die Gebeine wie üblich in einen Schrein, mit etwas Minze, Rosmarin und Lorbeer?" Heinrich überlegte. Dabei nahm er einen tiefen Zug aus dem Tüchlein. „Ja, aber lasst es einen Schrein sein, der sich mitführen lässt. Und es kann nicht schaden, wenn ihr statt Rosmarin etwas

Rosenöl dazugebt – umso mehr werden die Gebeine des Erzbischofs das Herz des Königs rühren", gab er dem Totenkoch zu verstehen. Der nickte eifrig. „Und was sollen wir mit seinem Fleisch machen?" Heinrich nahm den Anblick des Toten noch einmal mit allen Sinnen auf, dann rümpfte er die Nase. „Vergrabt es, möglichst ohne großes Aufsehen, den Rest haltet alsbald zu meiner Verfügung!" Mit diesen Worten drehte er sich auf dem Absatz um und verschwand. Dabei sandte er ein Stoßgebet zum Himmel, in dem er darum bat, diesen schaurigen Ort so schnell nicht wieder betreten zu müssen. Der Dompropst verharrte noch einen Moment und ließ sich den Sack mit den blutigen Kleidern des Ermordeten aushändigen. Dann eilte auch er hinaus. „Nun auf ans Werk, sputet euch", befahl der Totenkoch seinen Untergebenen, „kocht ihn, bis er gar ist. Dann schält das Fleisch von den Knochen. Aber macht mir ja keine Fehler, damit sich später auch die erhofften Wunder an seinem Schrein einstellen. Köln braucht Heilige und der Erzbischof war ein heiliger Mann!" Eine der Leichenwäscherinnen konnte sich ein säuerliches Lächeln nicht verkneifen. „Dann war es wohl eine heilige Lanze, mit der er so trefflich umzugehen verstand?!", schnaubte sie verächtlich. Aber auch sie begab sich auf ihren Posten, und einen Augenblick später senkte sich der Leichnam des einst so großen Mannes lautlos in den mit kochendem Wasser gefüllten Kupferkessel.

„Sei vorsichtig; du tust gut daran, noch keine schwere Arbeit zu verrichten!", tadelte Katharina ihre Schwägerin fürsorglich, da diese ja erst vor wenigen Tagen entbunden hatte. Doch Sibylla lachte nur. Sie fühlte sich körperlich besser, fast so wie vor der langen Schwangerschaft. Auch ihre Taille hatte schon wieder etwas Form angenommen, wenn auch längst nicht die mädchenhafte Form wie früher. „Ich bin froh, wenn ich mich bewegen kann – ich war doch ganz schön eingerostet", räumte sie ein, „außerdem lenkt mich die Gartenarbeit von den trüben Gedanken ab, die mich in der Stube bedrücken. Und sie lässt einen wieder freier atmen. In der rauchigen Stube musste ich zuletzt doch oft husten!" Sie standen beide in dem von Katharina angelegten Kräutergärtchen, dem einzigen Ort im Garten, in dem jetzt zu Beginn des Winters überhaupt noch etwas wuchs, und befreiten die Beete vom dichten Herbstlaub, das der Wind aus dem nahen Wald herangeweht hatte. Der Novemberregen hatte aufgehört, und in den letzten Tagen war es trockener, aber auch kälter geworden. Deshalb trug Katharina über dem Hemede, einem einfachen Untergewand aus Leinen, eine sogenannte Cotte, ein bequemes Übergewand, in blauer Farbe, das am Halsausschnitt und am Saum des breiten Rockteils mit Pelz abgesetzt war. Sibylla hatte es bei dem vorn geschnürten Hemdgewand belassen, um ihren Säugling schneller stillen zu können, wann immer es erforderlich war, sich aber einen wärmenden Wollmantel übergeworfen, der auf den Schultern mit Marderfellen gepolstert war. „Das ist der bevorstehende Winter, der dir auf Körper und Seele liegt", tröstete Katharina, „den vertreibst du am besten mit einem Trunk aus Hagebutten, der regt die Abwehrkräfte an." Doch Sibylla schüttelte den Kopf. „Es ist Thomas, der mir auf der Seele liegt", erwiderte sie, „und die ganze Sache mit dem Mord am Erzbischof. Ich hab' so ein bedrückendes Gefühl in der Brust, so als wenn dunkle Wolken in unser aller Leben aufzögen!" – „Du liebe Güte, fängst du jetzt auch damit an?", bekam sie zur Antwort, „reicht es nicht, dass wir mit der Frau des Schmieds schon eine Seherin in unseren Reihen haben, die uns oft genug erschreckt? Was ist denn mit dir los? Vor nicht allzu langer Zeit hast du mich immer dafür getadelt, wenn ich solche Trübsal geblasen habe; jetzt machst du es nicht viel anders. So kenn' ich dich ja gar nicht. Wo ist denn die forsche Gutsherrin geblieben, die nichts erschüttern kann und die uns stets Mut macht, wenn wir anderen verzagen?" Augenblicklich traten Tränen in Sibyllas Augen. „Ich weiß auch nicht", schniefte sie, „aber seit Thomas mich so im Stich gelassen hat, ist die Welt nur noch grau. Nicht mal unseren Sohn hat er bislang sehen wollen, dabei hat es so lange gedauert, bis ich guter Hoffnung war!" Katharina legte augenblicklich ihre Harke beiseite, mit der sie das Laub zusammengekratzt hatte, und nahm ihre Freundin in die Arme. „Du tust ihm unrecht, er ist bestimmt nicht freiwillig so lange fort gewesen, das hat William doch gesagt, und sobald er kann, wird er kommen. Zusammen mit William und den anderen. Ganz sicher schon bald!" Sibylla nahm die Umarmung ihrer Schwägerin dankbar an, dann trat sie einen Schritt zurück und trocknete ihre Tränen mit dem Rockzipfel. In Ermangelung eines Tüchleins, wie es sich für eine Dame ihres Standes geziemt hätte, bückte sie sich, hob etwas Laub vom Boden und schnäuzte sich darin. Ihre Mutter, fiel ihr dabei ein, wäre angesichts solch roher Sitten auf dem jungen Rittergut sicher in Ohnmacht gefallen. Aber ihre Mutter und die strengen Regeln der Kemenate, die sie einst beengt hatten, waren eine halbe Tagesreise entfernt. Eigentlich gar nicht so weit, überlegte sie. Trotzdem hatte ihre Mutter sie in all der Zeit nur ein einziges Mal besucht, im Herbst nach ihrer Hochzeit, kurz nachdem sie das Haupthaus wohnlich hergerichtet und die ersten Nebengebäude fertiggestellt hatten. Aber es war nur ein kurzer Besuch gewesen, bei dem die gute Mechthild mehr als einmal die Nase über dies und das gerümpft hatte. In den Augen ihrer Mutter war die Verbindung mit dem Fischersohn deutlich unter ihrem Stand, das hatte sie nie ganz ablegen können. Das war wahrscheinlich der Grund, warum sie selbst auch nur zweimal mit Thomas nach Neuenberge zum Gegenbesuch geritten war, wo ihr Vater immer noch als Burgvogt fungierte. Und dabei hatte sie immer mehr Zeit mit Magda in der Küche verbracht als mit ihrer stetig nörgelnden Mutter. Sie war eben aus einem anderen Holz geschnitzt. Deshalb war es jetzt auch genug der Tränen. Katharina hatte recht. Das Geheule stand ihr nicht. Außerdem gab es genug für sie zu tun. Sie war schließlich die Herrin des Gutes und sollte eher ein Vorbild an Kraft und Energie sein. „Ich danke dir, dass du mir den Kopf zurechtgerückt hast", ließ sie Katharina wissen und drückte sie noch einmal, „und jetzt gehen wir rein, gönnen uns etwas von deinem Hagebuttentrunk, wie du sagst, und geben unseren nimmersatten Schreihälsen die Brust, denn wenn mich nicht alles täuscht, höre ich sie schon wieder quäken!" In der Tat drangen nun vom Hauseingang her unverwechselbare Töne, die nur aus den Mündern hungriger Säuglinge stammen konnten. Als sie sich gegenseitig unterhakten und den Rückweg einschlugen, sahen sie auch schon Adele auf dem Türsims auftauchen und winken. In diesem Moment flogen drei Krähen aus den Wipfeln der kahlen Buchen am Waldrand auf und zogen in weitem Bogen über die schnell dahinrauschende Wupper davon. In das Brausen des Flusses mischte sich das Abendläuten ferner Glocken. „Da kommen Reiter", hörten sie Andrea rufen, die gerade vom Ausguck herabkletterte, „direkt am Fluss, von Westen her!" Sibyllas Herz schlug höher und ihre Augen blickten suchend flussabwärts. Da kamen sie, sechs Reiter und ein Hund.

„So also fühlt sich ein Gang nach Canossa an", raunte Thomas seinem Freund William zu, als sie die Wupper hinaufgeritten kamen und schließlich vor dem Gutshaus anhielten. Aus der Ferne hatte er noch gesehen, wie Sibylla und Katharina im Haus verschwunden waren, ohne sich nach ihnen umzusehen, wie er vermeinte. „Was für ein Gang?", fragte William, während er aus dem Sattel stieg. „Der des Kaisers Heinrich vor gut hundertfünfzig Jahren nach Canossa, um sich dem Papst zu unterwerfen", klärte Thomas ihn auf, dann saß auch er ab und reichte die Zügel seines Pferdes an Martin weiter. Der wurde bereits stürmisch von Andrea begrüßt, die Thomas einen kurzen Gruß und den anderen einen angedeuteten Kuss aus der Hand zuwarf, bevor sie mit ihrem Mann samt den Pferden im Stall verschwand. Ähnlich erging es Willibald mit Adele. Solch eine Begrüßung hätte Thomas sich auch gewünscht, aber so einfach würde Sibylla es ihm nicht machen. „Welcher Kaiser Heinrich, und was hat das mit dir zu tun?", wunderte sich sein Freund. „Ach, vergiss es", seufzte Thomas müde, „das erzähl' ich dir ein anderes Mal. Jedenfalls steht mir jetzt der nächste Zweikampf bevor, schätze ich!" William konnte sich ein Schmunzeln nicht verkneifen. „Wobei du nicht mal dein Schwert einsetzen kannst", gab er doppeldeutig zurück. „Deswegen hol ich mir so schnell kein Weibsbild ins Haus", flachste Gerhardt, der soeben Wulfila von der Leine ließ, „soll ich Euch zur Sicherheit den Hund dalassen?" Als warte er ab, ob er noch gebraucht würde, blickte der Saupacker von einem zum anderen, dann preschte er los auf die Wupperwiesen, um nach einem Hasen oder Ähnlichem Ausschau zu halten. „Red' keinen Unsinn, du lebst allein, weil keine Frau den Gestank in eurer Hütte aushält", konterte Thomas, „da steh' ich lieber den Ärger durch!" Gerhardt zuckte lachend mit den Achseln und gab seinem Sohn ein unmissverständliches Zeichen, das ausdrückte, dass er jetzt ein stärkendes Getränk vertragen könne. Ulrich lief sogleich los. „Oder braucht Ihr uns für den häuslichen Buhurt? Sollen wir uns vielleicht erst einmal gemeinsam Euren Sohn ansehen?" – „Nein, nein", wiegelte Thomas ab, „die Schlacht muss ich wohl allein schlagen, aber habt Dank für das Angebot!" – „Löblich", meinte William, „deinen Stammhalter kannst du uns ja dann später vorstellen. Außerdem hatte ich schon das Vergnügen." Darauf entfernte er sich ebenfalls. „Sicher, lass mich ruhig im Stich", rief ihm Thomas mit gespieltem Ernst hinterher, „ich merk' mir das!" William und Gerhardt winkten beide lachend ab und verschwanden. Seufzend wandte sich Thomas der Haustür zu. Nach wenigen Schritten hatte er das schwere Eichenportal erreicht, holte noch einmal Luft und klopfte, als sei er ein Gast. Er wartete jedoch keine Antwort ab, sondern öffnete vorsichtig und trat ein. Seine Augen brauchten einen Moment, bis sie sich an das Halbdunkel der Wohnstube gewöhnt hatten. Zu seiner Linken sah er Katharina in der Küche stehen, die ihm einen stummen Gruß zuwarf und mit einer Hand den Herd schürte. Mit der Linken hielt sie ihre Tochter am Körper. Die kleine Hildruth blinzelte hellwach über ihre Schulter, so als freue sie sich auch, ihn zu sehen. Weiter hinten, wo es keinen störenden Rauch gab, sah er Sibylla in dem schweren Lehnstuhl sitzen, der mit Fellen gepolstert war. Sie drückte ein Bündel an die Brust, das ihre ganze Aufmerksamkeit in Anspruch nahm, zumindest tat sie so. Unschlüssig trat er von einem Bein auf das andere, dann ging er langsam auf sie zu. Als er näher kam, sah sie zu ihm auf. Ihr Blick verriet keinerlei Regung, bis auf eine Prise Stolz, der in ihren Augen schimmerte. Er kam sich vor wie ein Ochse. Als sie ihre Lider niederschlug, folgte er dieser Bewegung und sah, dass eine üppige Brust aus dem aufgeschnürten Hemd lugte. Die Warze samt Hof steckte jedoch im Mund eines schmatzenden Säuglings, dessen Köpfchen mit einem Flaum strohblonden Haares bedeckt war. Das Kind hatte die Augen geschlossen und genoss in vollen Zügen den steten Strom warmer Muttermilch. Sibyllas schlanke Finger fuhren dem Kleinen durchs Haar, um anschließend ein weißes Tröpfchen fortzuwischen, das sich auf dem Kinn des Säuglings breitgemacht hatte. Thomas konnte sich nicht erinnern, jemals etwas Schöneres gesehen zu haben. Seine Augen wurden feucht und er musste mehrmals blinzeln. Langsam ging er vor Mutter und Kind in die Knie. Dann hob er eine Hand, um die Wange des kleinen Bündels zu streicheln, hielt jedoch inne, bevor er sie berührte. „Darf ich?", kam es ihm leise über die Lippen, worauf er einen wachsenden Kloß im Hals verspürte. „Natürlich", hörte er Sibyllas warme Stimme, „es ist doch auch dein Sohn. Auch wenn ..." Sie machte eine Pause. Seine tiefe Rührung war ihr nicht entgangen, und damit war ein Großteil des Grolls, den sie gegen ihn gehegt hatte, bereits verflogen. Aber so ganz ungeschoren wollte sie ihn doch nicht davonkommen lassen. „Auch wenn du dich nicht gerade beeilt hast, ihn kennenzulernen!", vervollständigte sie den Satz. Thomas nickte, während er nun ganz vorsichtig die Wange des Kindes streichelte. Er hatte noch nie etwas so Zartes berührt. Ein unendliches Glücksgefühl durchfuhr ihn. Bewegt suchte sein Blick den ihren. Sibylla sah, dass ihm nun dicke Tränen in den Augen standen. „Es tut mir so leid", öffnete er sein Herz, „wenn ich gekonnt hätte, wäre ich längst hier gewesen, aber es ging nicht, das musst du mir glauben. Ich werde dir später alles genau erzählen, aber es ist so viel geschehen!" Nun sprudelte es geradezu aus ihm heraus, der ganze Schmerz, die ganze Sorge. „Der Landtag in Soest, die angeblich geplante Entführung, dann der Hohlweg, der schreckliche Mord am Erzbischof, den wir in finsterer Nacht fanden. Der Ritt mit der Leiche auf einem Jauchekarren nach Neuenberge, wo Heinrich uns den Einlass verwehrte. Dann Altenberg und die beginnende Suche nach den Mördern ..." Sibyllas Zeigefinger auf seinen Lippen unterbrach ihn. Sie brachte es nicht übers Herz, ihn weiter leiden zu lassen. „Es ist alles gut, jetzt bist du ja da!" Nun hielt es ihn nicht mehr auf den Knien und er nahm sie stürmisch in die Arme. „Und wenn es an mir wäre, würde ich dich nie wieder verlassen. Ich liebe dich", brach es aus ihm heraus. Nun kamen auch Sibylla die Tränen. „Und ich liebe dich", hauchte sie ihm glücklich ins Ohr, „ich hab' dich so vermisst!" Dann trafen sich ihre Lippen zu einem langen, innigen Kuss. Durch die stürmische Umarmung der beiden hatte der Knirps die Brust aus dem Mündchen verloren, zuerst einen Moment geschmollt, um nun lautstark seinen Unmut über den Entzug der Milchquelle kundzutun. „Hoppla, was für eine kräftige Stimme", entfuhr es Thomas anerkennend, während er sich aus Sibyllas Armen löste, um seinen Sohn zu betrachten, „aber du wirst dich daran gewöhnen müssen, dass du deine Mutter nicht allein für dich hast!" Die warme Männerstimme war etwas Neues für den Säugling. Überrascht öffnete er die Augen, die er für die Dauer des Protestes noch fester zusammengekniffen hatte. Zum ersten Mal nahmen sich Vater und Sohn in Augenschein. „Darf ich vorstellen, das ist dein Vater, der stärkste Ritter weit und breit!", sagte Sibylla. „Und der glücklichste", fügte Thomas an. Dabei ging ihm auf, dass sein Sohn die gleichen Bernsteinaugen hatte wie seine Frau. Für einen Moment runzelte der Kleine die zarte Stirn, dann begann er zu lächeln. Und wie das Eis im Frühling, schmolz Thomas dahin. Lachend und weinend drückte er seine Frau und seinen Sohn mit beiden Armen an sich. Alle Unbill der letzten Tage – und alle Sorgen künftiger Tage – waren für den Moment vergessen. Da hielt es auch Katharina nicht mehr in der Küche, und sie kam freudestrahlend hinzu. Zu fünft lagen sie sich in den Armen. In diesem Moment sprang ohne Vorwarnung die Haustür auf und William kam mit Gerhardt, Ulrich und den anderen herein. Nur Wulfila musste draußen bleiben. Wie ein Wächter pflanzte er sich gehorsam vor der Tür auf. „So, wo ist jetzt unser zukünftiger Herr von Leichlingen?", tönte Gerhardt, „ich will doch den ersten Becher Bier mit ihm trinken!" Darauf wuchtete er ein stattliches Fass auf den Stubentisch und schlug es sogleich an. Und während sich William, Adele, Willibald, Martin und Andrea um das glückliche Paar mit dem ob des plötzlichen Trubels erstaunt dreinblickenden Söhnchen scharten, füllten Gerhardt und Ulrich die Becher. „Hier, Herrin, der erste Schluck gebührt Euch und Eurem Sohn", entschied Gerhardt, während er ihr einen überschäumenden Holzbecher reichte und dabei geflissentlich übersah, dass Sibylla ihre Mutterbrust noch nicht wieder vollständig bedeckt hatte. Das war auch Adele nicht entgangen, die das Problem mit einem schnellen Zupfer an Sibyllas Hemd löste. „Du erlaubst, dass ich so lange mit dir anstoße, bis mein Sohn kräftig genug dazu ist?!", meinte Sibylla und prostete den überraschenden Gästen zu. „Nichts lieber als das", gab Gerhardt zurück und stieß mit ihr, Thomas und den anderen an, „auf den Stammhalter!" In tiefen Zügen wurden die Becher geleert. „Und? Wie soll er denn jetzt heißen?", mischte sich William ein, „habt ihr euch endlich einen Namen überlegt?" Thomas und Sibylla blickten sich betreten an. „Die Namen unserer Väter scheiden, glaube ich, aus", meinte Sibylla mit einem unsicheren Blick auf Thomas. Der nickte nachdenklich. „Einen Ulrich haben wir ja schon auf dem Hof. Das würde mir nicht gefallen, wenn sich zwei Köpfe umdrehen, wenn dieser Name fällt", gab er den anderen zu verstehen, „und Herrmänner, Heinrichs oder Wilhelms gibt es auch schon zu häufig in meinem Leben!" Dabei zwinkerte er William entschuldigend zu. „Was ist denn mit Robert?", mischte sich Katharina ein, „der Vater unseres Vaters hieß Robert." Der Name fand reihum Anklang. „Robert?", überlegte Thomas, „ja, warum eigentlich nicht, der gefällt mir. Und wie steht es mit dir?", wandte er sich an Sibylla. „Robert klingt gut", bestätigte die stolze Mutter, „einverstanden!" – „So ist es also beschlossen", tönte Gerhardt, „Robert von Leichlingen! Der Schrecken von der Wupper", fügte er noch an, weil der Kleine gerade aufgeregt mit den Fäustchen umherfuchtelte. Alle lachten. „Robert aus dem Wald – Robin of the Hood – sei mein Freund", fabulierte William, „das kann ich mir merken!" „Robert, nicht Robin", korrigierte Thomas. William warf ihm ein wissendes Lächeln zu. „Robin ist der Nickname …", ganz selten verfiel der Engländer mal in seine Muttersprache, „wie sagt ihr? Ach ja, der Kosename für Robert", ließ ihn der ehemalige Templer wissen. „Und Robin Hood war einer der größten Helden unseres Landes! Es heißt, er kämpfte für Richard Löwenherz!" Für einen Augenblick trat nachdenkliche Stille ein. „Dann auf Robin von der Wupper", meinte Gerhardt, „lasst es uns besiegeln!" Und alle stießen begeistert darauf an. So bekam der Sohn des Fischersohnes gleich zwei Namen, wovon jedoch bald nur noch einer benutzt wurde. Der kleine Robin gluckste vor Vergnügen.

Heinrich von Müllenark ließ mit äußerlich stoischer Miene die endlos lange Abstimmung im Dom zu Köln über sich ergehen, die darüber entscheiden sollte, wer der neue Erzbischof werden würde. Innerlich aber hatte ihn eine erwartungsfrohe Unruhe ergriffen, die auch nicht von den dichten Weihrauchschwaden getrübt wurde, die seit Stunden in der Luft hingen und manchem das Atmen erschwerten. Domherren, Prioren und Ministerialen, adelige Herren im Dienste der Kirche, waren aufgerufen, ihren neuen, obersten Hirten zu wählen. Aber es gab nur einen Kandidaten – Heinrich von Müllenark. Der Bonner Propst galt als zuverlässig, unbelastet von etwaigen Skandalen, unparteiisch und ungefährlich. Und er hatte dem ermordeten Engelbert nahegestanden. Am Ende war das Ergebnis eindeutig – niemand hatte gegen ihn gestimmt, niemand sich der Stimme enthalten. Heinrich war damit einstimmig zum Erzbischof gewählt. Applaus brandete auf, als das Ergebnis verkündet wurde, und hallte von den Wänden und der Kuppel des prächtigen romanischen Kirchenbaus wider. Daraufhin wurde Heinrich von zahlreichen kundigen Händen in fast weiße liturgische Gewänder gehüllt, und man reichte ihm die Mitra, die traditionelle Kopfbedeckung der Kirchenfürsten. So gekleidet, führte man ihn auf den Stuhl des Erzbischofs vor dem großen Altar. Ein Schauer der Erregung ging durch seinen Körper, als er dort Platz nahm. Sogleich traten die erzbischöflichen Ministerialen hinzu und begannen mit einem wohleinstudierten Schauspiel, das Freunde und Feinde der Kölner Kirche gleichermaßen beeindruckte. In ihrer Mitte trugen sie die blutbefleckten Kleider Engelberts. Dazu stimmten sie ein feierliches Klagelied an, das mit jedem Schritt, den sie auf den Bischofsstuhl zu machten, lauter und lauter wurde. Als sie den Stuhl erreichten, legten sie Heinrich ohne Umschweife die blutige Reliquie in den Schoß. „Schwört, den Mord an Eurem Vorgänger zu rächen und nicht eher zu ruhen, bis alle Mörder gefasst und gerichtet sind!", verlangten sie wie mit einer Stimme von ihm. Und Heinrich schwor. Mit tiefer Inbrunst schwor er heilige Eide und göttliche Rache, für die er die Hilfe der himmlischen Heerscharen herbeirief. Mehr noch: Er schwor bei seinem eigenen Leben, vor allem den Haupttäter, der dem eigen Fleisch und Blut des Erzbischofs Engelbert entspränge – damit meinte er natürlich Friedrich von Isenberg – zu verfolgen, dessen Besitz zu zerstreuen, dessen Burgen zu schleifen und nicht zu ruhen, bis dieser Unhold gefangen und abgeurteilt wäre. Erneut brandete tosender Beifall auf und füllte den Dom akustisch bis zur Kuppel. Als erste Amtstat beauftragte er Adolf von der Mark, den verfeindeten Vetter des Isenbergers, der sich für den angedachten Rachefeldzug angeboten hatte, mit der Eroberung der Isenburg sowie der Feste Nienbrügge und mit der völligen Zerstörung der Anlagen. Auf dem Weg dorthin sollte er alle Güter, Höfe und Dörfer brandschatzen, die dem Isenberger die Treue hielten oder mit ihm in irgendeiner Form gemeinsame Sache gemacht hatten. Heinrich von Himmerode, der dem Ermordeten von allen Kirchenmännern, vielleicht einmal abgesehen vom Schreiber Caesarius, am nächsten gestanden hatte und auch dem neuen Erzbischof als Kellermeister dienen würde, hatte dazu eigens eine entsprechende Liste mit Namen und Ortsangaben aufgesetzt. Adolf von der Mark beugte das Knie, bedankte sich für das in ihn gesetzte Vertrauen und eilte entschlossenen Schrittes alsbald aus dem Dom und zur Tat.

Caesarius von Heisterbach erhielt von Erzbischof Heinrich daraufhin den offiziellen Befehl, eine Vita über das Leben und Sterben des „heiligen Engelbert" zu verfassen, wie er ihn nannte. Damit konnte sich der Sekretarius, an den dieses Ersuchen bereits in Form einer Bitte herangetragen worden war, die er aber abschlägig beschieden hatte, weil er dies für zu viel der Ehre hielt, dem Wunsch nicht mehr verweigern. Sodann zählte ein weiterer Mönch die Wundertaten auf, die sich in den letzten Tagen am Schauplatz des Mordes zugetragen haben sollen. „Und als der Bauer mit seiner kranken, schwächlichen Tochter an die Stelle kam, an der unser heiliger Erzbischof ermordet worden war, sahen sie, dass dort ein Feuer in Form eines Kreuzes in dem Baum brannte, unter dem seine Leiche gelegen hatte", zitierte der Mönch aus einer Schriftrolle, „und da war es der Tochter, als würden ihr Herz und Lunge leicht. Mit einem Mal konnte sie wieder atmen, und jede Last war ihr genommen!" Am Ende jedes verlesenen Wunders ging ein Raunen durch das Publikum, so auch jetzt. Und Caesarius von Heisterbach wurde angehalten, auch die zahlreichen Wunder, die Engelbert offenbar bewirkt hatte, mit in die Vita des Heiligen in spe aufzunehmen. Doch nicht jeder war von diesen Wundern dermaßen beeindruckt. „Was für ein ausgemachter Unsinn, jetzt machen sie ausgerechnet den weltlichsten Erzbischof, den es je auf Erden gab, zu einem Heiligen", eiferte sich Heinrich von Limburg-Berg, allerdings in solch gedämpftem Ton, dass nur sein Vater ihn verstand, „ein brennendes Kreuz in einem Baum, warum nicht gleich ein brennender Dornbusch? Und woher wusste der Bauer, unter welchem Baum man den Erzbischof erschlagen hat? Danach müsste er ja einer der Mörder sein und demnach wohl eher gerädert und nicht errettet werden!" Walram von Limburg, der neben seinem Sohn in der langen Reihe der Bittsteller, Gratulanten und Vasallen stand, stimmte ihm stumm zu. „Es wäre ein Schelmenstück, wenn es nicht so traurig wäre", raunte der Herzog seinem Sohn zu, „jetzt schleifen sie die Isenburg, die schönste und stattlichste Festung des ganzen Landes – was für ein Jammer!" Heinrich warf seinem Vater einen prüfenden Blick zu. "Was du hättest verhindern können", getraute er sich im Flüsterton zu erwidern, "wenn du dich nicht eingemischt hättest!" Walram kniff die Augen zusammen. "Ich habe dir ehrlich gesagt, dass ich angeregt hatte, Engelbert zu entführen, um ihn zu einer Änderung seiner Politik zu bewegen", zischte er zurück, "mehr nicht! Mit dem Mord habe ich genauso wenig zu schaffen wie du. Obwohl du der größte Nutznießer bist, Graf von Berg! Die Sache ist Friedrich über den Kopf gewachsen, weil er seine Leute nicht im Griff hatte, ganz einfach. Und dann hat sie offenbar die Mordlust übermannt, das geschieht auch häufig auf Schlachtfeldern. Uns trifft keine Schuld!" Damit schien für seinen Vater die Angelegenheit erledigt. Heinrich vermied es angesichts der Örtlichkeit und des Anlasses, weiter in ihn zu dringen, beschloss aber, es dabei nicht bewenden zu lassen. Er hätte seine Hand nicht dafür ins Feuer gelegt, dass sein Vater nicht mehr wusste.

Einer nach dem anderen wurden die Menschen in der Schlange nun zu dem neuen Erzbischof vorgelassen. Schritt für Schritt rückten alle nach vorn in Richtung Altar. Einige gratulierten dem neuen Oberhaupt des Erzbistums einfach nur, andere äußerten lang gehegte Bitten und solche, die Erzbischof Engelbert abgelehnt hatte. In diesem Fall hatten die meisten auch bei Heinrich von Müllenark kein Glück, der die Politik seines Vorgängers in vielen Dingen fortsetzte. Die meisten Adeligen waren entweder Vasallen oder zumindest Lehnsmänner der Kölner Kirche und erbaten, vom Erzbischof mit ihren Pfründen oder Gütern neu belehnt zu werden. Wenn es keine Klagen gegeben hatte und die Zehnten pünktlich entrichtet worden waren, entsprach Heinrich von Müllenark in der Regel diesen Wünschen. Bei Walram von Limburg machte er eine Ausnahme. Der Herrscher des mächtigen Herzogtums westlich von Köln war natürlich kein Vasall der Kirche, aber er besaß ein paar Höfe auf Kölner Gebiet, mit denen er vom Erzbischof belehnt worden war, bei einigen sogar von Engelbert persönlich – als Ersatz dafür, dass sich der Machtmensch seinerzeit die Grafschaft seines Bruders unter den Nagel gerissen hatte, die über seine Nichte Irmgard eigentlich schon vor Jahren hätte an Limburg fallen sollen. Jedenfalls wollte sich Walram diese Besitzungen vom neuen Erzbischof bestätigen lassen. Sein Sohn, der neue Graf von Berg, hielt es ähnlich. Doch Heinrich von Müllenark dachte nicht daran, ausgerechnet den härtesten Gegner des Erzbistums und größten Territorialherren des Landes mit irgendetwas aus dem Kölner Raum zu belehnen. "Was führt Euch hierher?", blaffte er den Herzog denn auch sogleich an, als dieser vor seinem Stuhl erschien, sich jedoch nicht wie die meisten verbeugte, sondern lediglich in einem kurzen Gruß das Haupt neigte, „habt Ihr Euch verlaufen? Die Kölner Patrizier, mit denen Ihr Euch gegen das Erzbistum verbündet habt, findet Ihr hier nicht. Oder seid Ihr gekommen, um uns Ersatz für die geschleifte Burg Valant anzubieten?" Walram setzte ein Lächeln auf, das entspannt wirken sollte, aber doch eine gewisse Säuerlichkeit nicht verhehlen konnte. „Mein Sohn und ich sind gekommen, um uns unsere Güter auf kurkölnischem Gebiet von Euch bestätigen zu lassen, denn …" Weiter kam er nicht. „Ihr habt keine Güter auf unserem Territorium", beschied ihm der neue Erzbischof, „wie wir keine Burg an Eurer Grenze mehr haben, wie mir gemeldet wurde. Eure Höfe wurden soeben konfisziert und anderen, treueren Dienern der Kirche zugeführt. Sobald die Urkunden ausgefertigt sind, lasse ich Euch eine Abschrift zukommen. Das wär's. Ihr könnt Euch zurückziehen!" Walram war wie vor den Kopf geschlagen. Sein Sohn biss sich auf die Lippen. „So könnt Ihr mit mir nicht umspringen", erhitzte sich der Herzog, „ich habe …" Wieder unterbrach ihn der Erzbischof unwirsch. „Ihr habt hier weder etwas zu sagen noch zu fordern, erst recht nicht, solange ihr Besitztümer der Kirche unterschlagt oder zerstört. Was erdreistet Ihr Euch überhaupt? Euer Eidam, der Mann Eurer Tochter, wenn ich mich nicht irre, hat soeben unseren allseits geliebten Hirten Engelbert gemordet, und Ihr habt die Stirn, hier aufzukreuzen und Lehen einzufordern? Es würde mich nicht wundern, wenn Ihr gar selbst dahinter stecktet! Seid froh, wenn ich Euch nicht in Ketten legen lasse!" Nun lief Walram rot an vor Wut. „Der Isenberger hat eigenmächtig gehandelt. Ich habe damit nichts, rein gar nichts zu schaffen", rief er, sodass seine Stimme auch im letzten Winkel des Domes gehört wurde und augenblicklich alle anderen Gespräche erstarben, „um das kundzutun, haben wir Eurer Wahl beigewohnt und zollen Euch unseren Respekt. Wir werden obendrein unseren Anteil leisten und uns an der Suche nach den Mördern beteiligen. Mein Sohn hat, wie Ihr sicher wisst, schon einen der Mordbuben fassen und hinrichten lassen. Das soll Euch Beweis genug für unsere Redlichkeit sein. Der Angriff auf die Burg Valant war eine vorschnelle Handlung meines jüngsten Sohnes und meines Bruders. Das gebe ich gern zu. Aber darin war ich nicht eingeweiht", log er. „Aber er entsprang, wie auch alle anderen Taten, die Ihr uns vorwerft, dem zerrütteten Verhältnis zwischen uns und Erzbischof Engelbert, der sich widerrechtlich die Grafschaft Berg angeeignet hatte. Um seine Macht und seine Tyrannei zu brechen, haben wir uns mit den Stadtoberen verbündet, die aus ureigenen Gründen nicht gut auf den Erzbischof zu sprechen waren. Wir hegten die Hoffnung, mit Euch zu einem anderen, besseren Verhältnis zu finden. Deshalb sind wir hier: um die Feindschaft zwischen Limburg und Kurköln zu begraben!" Kein Laut, keine Regung verriet, was die Mehrzahl der Menschen dachte oder empfand. Jeder hielt den Atem an, um die Antwort des frisch gekürten Erzbischofs nicht zu verpassen. Der klatschte plötzlich Beifall und setzte ein ironisches Lächeln auf. „Welch großartige Vorstellung", kam es Heinrich von Müllenark über die Lippen, „Ihr wollt mir allen Ernstes weismachen, Ihr wäret ein Lämmchen unter lauter Wölfen, ein Opfer der eigenen Familie, nicht mehr Herr im eigenen Haus? Alles hat sich gegen Euch verschworen und Ihr habt mit all dem nichts zu tun? Ihr wollt im Gegenteil Frieden mit uns schließen? Nun, dann tut Buße und Abbitte, liefert uns Friedrich von Isenberg aus, baut die Burg Valant wieder auf, zahlt uns eine saftige Entschädigung für die Verluste, geht zu den Familien der Erschlagenen, bittet dort um Verzeihung und sorgt für deren Kinder. Dann, aber erst dann reden wir über Eure Höfe auf unserem Gebiet!" Walram kniff die Lippen zusammen, sodass sie nur noch eine dünne Linie bildeten. In ihm brodelte es, aber er hütete sich, ein unbedachtes Wort vor so vielen Zeugen auszusprechen. Stattdessen nickte er dem Erzbischof noch einmal kurz zu, drehte sich auf dem Absatz um und marschierte schnurstracks aus dem Dom. Das letzte Wort war in der Angelegenheit noch nicht gesprochen, nahm er sich vor. In wenigen Tagen war ein Hoftag in Nürnberg angesetzt. Dort würde er es erneut versuchen und zur Not auch einen Höheren als Schiedsrichter anrufen. Die Entscheidung verlieh seinen Schritten weiteren Elan. Erst am Domportal fiel ihm auf, dass sein Sohn nicht mit ihm gegangen war. Heinrich von Limburg-Berg stand immer noch vor dem Stuhl des Erzbischofs und wartete geduldig. Nun ging auch dem Erzbischof auf, dass er geblieben war. „Und? Was wollt Ihr noch hier?", verlieh er seiner Verwunderung Ausdruck, „ich meine, es wäre alles gesagt?!" Dabei erinnerte er sich an den Auftritt des Grafen von Berg in Deutz und nahm sich vor, seine Worte vorsichtiger zu wählen als bei Walram. Heinrich schüttelte entschlossen den Kopf. „Ihr habt vielleicht alles gesagt, was es mit meinem Vater, dem Herzog von Limburg, zu bereden gab. Ich aber bin der Graf von Berg, Euer östlicher, nicht der westliche Nachbar!", belehrte er den Müllenarker. „Als solcher habe ich weder eine Eurer Burgen geschleift, noch habe ich mich mit den Kölnern gegen Euch verbündet. Ich bin auch nicht der Schwiegervater des als Mörder verschrienen Friedrich von Isenberg, sondern dessen Schwager – und dafür kann ich nichts. Ich war es jedenfalls nicht, der meine Schwester mit ihm verheiratet hat, dafür war ich zu jung!" Sogleich erntete er erste Lacher unter dem Publikum, die seine Art zu reden unterhaltsam und sympathisch fanden. Heinrich von Müllenark war alarmiert. „Also?", warf er die Frage in den Raum. „Also erwarte ich, dass Ihr mich mit den Gütern belehnt, die dem Grafen von Berg von Rechts wegen auf Eurem Gebiet zustehen und die auch schon mein Vorgänger innehatte!" Heinrich von Müllenark zog eine Augenbraue hoch. „Aber der letzte Graf von Berg war der Erzbischof selbst, der sich aus politischen Gründen bestimmte Güter zuschrieb, die seine Position gegen die Nachbarn stärkten!" Heinrich zuckte mit den Achseln. „Das tut nichts zur Sache, ich bin sein Nachfolger als Graf und habe nichts gegen etwas Stärkung, wie auch immer sie zustande kommt. Ich bin diesbezüglich nicht wählerisch!" Jetzt erntete er nicht nur allseitiges Schmunzeln, sondern auch Zustimmung. Der Erzbischof nahm sich vor, gegen den Grafen nicht in einer öffentlichen Verhandlung anzutreten. Der Berger hatte dafür ein doch allzu einnehmendes Wesen. „So sei es!", lenkte der Erzbischof plötzlich und überraschend für Heinrich ein, „Ihr scheint mir ohne Falsch zu sein, so beugt Euer Knie und empfangt die Lehen, die auch schon Euer Vorgänger verwaltete!" Heinrich tat, wie ihm geheißen, und erhielt im Unterschied zu seinem Vater alle Güter, die er beansprucht hatte. Doch lange hatte er keine Freude an diesem denkwürdigen Sieg. Das Verhältnis zwischen ihm und dem Erzbischof blieb über Jahre angespannt und der Kirchenfürst ließ nichts unversucht, dem Grafen von Berg das Leben schwer zu machen. Noch im Dom, am Tag seiner Wahl, fiel dem Müllenarker ein, wie er sich bei Heinrich von Limburg-Berg revanchieren konnte. Die Schmach in Deutz hatte er nicht vergessen. Und Deutz sollte auch dem Berger zum Stachel im Fleisch werden. Der Erzbischof beschloss, kraft seines Amtes den Deutzern die Stadtrechte zu verleihen und sie damit unabhängig zu machen. Sie würden nie wieder die „Untertanen" des Grafen sein. Der Gedanke gefiel ihm und er lehnte sich entspannt in seinem Sessel zurück, während sich Heinrich verbeugte und danach seiner Wege ging. Die Menschen in seiner Umgebung hielten den Müllenarker ob seines Verhaltens und seiner Entscheidungen für weise und beglückwünschten sich zu ihrer Wahl. Mit der Zeit sollte sich dies jedoch ändern.

„Zuerst fanden wir sein Streitross inmitten des Hohlweges, über und über mit Schlamm bedeckt, am Ende eines hoffnungslosen Todeskampfes. Es war noch ein Funken Leben in ihm, aber seine Beine waren gebrochen. Ein Bild des Grauens!" Erschrocken hielt sich Sibylla eine Hand vor den Mund. „Das arme Tier", erschauderte sie, „konntest du nichts mehr für es tun?" Mit der Linken stützte sie dabei den Säugling, den sie sich mit einem Leinentuch vor den Bauch gebunden hatte. Da es nicht regnete und sogar die Sonne zuweilen zwischen den Wolken hervorlugte, hatte sie beschlossen, den Kleinen mit an die frische Luft zu nehmen. Während sie am Ufer der Wupper entlangspazierten, berichtete ihr Thomas in allen Einzelheiten von den Ereignissen der letzten Tage. „Ich habe es später von seinen Qualen erlöst", ließ er sie wissen, „aber vorrangig galt es, den Erzbischof zu finden. Gerhardt entdeckte schließlich seine Leiche in einem Gebüsch oberhalb des Hohlweges. Du kannst dir nicht vorstellen, wie sie ihn zugerichtet hatten; an seinem Rock gab es keine unbefleckte Stelle mehr. Sie müssen Dutzende Male zugestochen haben. Weitere Einzelheiten werde ich dir ersparen. Es war, weiß Gott, kein schöner Anblick!" Sibylla fröstelte bei dem Gedanken und ließ es dankbar geschehen, dass Thomas ihr seinen Umhang um die Schultern legte. Dann lauschte sie geduldig dem Rest der Geschichte. „Und Heinrich hat euch tatsächlich nicht in die Burg gelassen? Das passt doch gar nicht zu ihm", hakte sie ungläubig nach. „Das hab' ich mich auch schon mehrmals gefragt", räumte Thomas ein, „vor allem, weil er sich dann später so entschieden auf die Suche nach Engelberts Mördern machte. Ich nehme an, dass er einen Gast auf Neuenberge hatte, von dessen Anwesenheit niemand erfahren sollte", schätzte er die Lage ganz richtig ein. „Du meinst, er hat den Mördern Unterschlupf gewährt?", vermutete Sibylla. „Den Mördern vielleicht nicht, das wäre sicher zu viel gesagt", gab Thomas zurück, wobei er das Wort Mörder besonders betonte, „aber bedenke, dass der Isenberger sein Schwager und dessen Gemahlin seine Schwester ist. Glaubst du, die sitzen jetzt in aller Ruhe auf ihrer heimischen Burg und warten darauf, dass man sie in den Kerker wirft? Ich glaube, dass Heinrich an diesem Morgen Besuch von einem oder beiden hatte. Womöglich ist seine Schwester mit den Kindern jetzt noch bei ihm. Dem Isenberger selbst kann er keinen Unterschlupf gewährt haben, zumindest nicht lange, das wäre zu riskant. Und um jeglichen Verdacht von sich zu weisen, hat er die Suche nach den Mördern angestrengt!" Sibylla überlegte einen Moment. „Glaubst du denn, er hat etwas mit dem Mord zu tun?" Thomas schüttelte sofort den Kopf. „Nein, das kann ich mir nicht vorstellen. Das passt nun überhaupt nicht zu seinem Charakter. Aber seine Familie ist weit verzweigt und lag mit Engelbert lange Jahre in Fehde – allen voran sein Vater Walram. Und nach dem, was mir der Erzbischof erzählt hat, hatte Walram den Plan geschmiedet, seinen Gegner durch Friedrich entführen zu lassen!" – „Aber warum ist es dann zu dem Gemetzel gekommen? Tot nützt er doch allen Parteien nichts, oder?", meinte Sibylla. „Ich weiß nicht", antwortete Thomas, „aber so, wie sie ihn zugerichtet haben, war da eine ganze Menge Hass im Spiel. Und wenn man bedenkt, wie oft und wie lange er mit Walram oder anderen Fürsten, gerade hier in Westfalen, in Fehde lag, hat manch einer es vielleicht für nützlich erachtet, ihn einfach für immer zu beseitigen. Vielleicht war die Entführung nur vorgeschoben. Irgendjemand hatte aber von Beginn an andere Pläne!" Sibylla verwirrte das Gespräch zusehends. „Ja, aber wer denn? Der Isenberger? Oder sein Schwiegervater?" Thomas war sich selbst nicht sicher. „Ich weiß es nicht. Der Herzog von Limburg ist jedenfalls meiner Meinung nach tief in die Sache verstrickt. Der Isenberger gilt jetzt als der eigentliche Mörder, aber nach Engelberts Worten hatte er eigentlich die Seiten gewechselt. Er hatte mehr zu gewinnen, wenn er den mit Engelbert ausgeheckten Plan einhielt, die Entführung vorzutäuschen und die Rädelsführer der Verschwörung ans Messer zu liefern. Jetzt wird er alles verlieren, so dumm kann er doch nicht gewesen sein. Aber er ist der Einzige, zumindest der Einzige, den ich kenne, der Licht in die Sache bringen und uns sagen kann, was wirklich im Hohlweg geschehen ist. Ihn muss ich finden!" Sibylla blickte ihn erschrocken an. „Wieso musst du ihn finden, was hast du damit zu tun?" Thomas blieb stehen und nahm ihre Hand. „Weil, wie ich dir kurz berichtete, Stimmen laut geworden sind, die mich und meine Männer der Feigheit bezichtigen, weil wir den Erzbischof vor dem Hohlweg verlassen haben!" – „Aber das hat dir Engelbert doch selbst befohlen, wie du sagst", erwiderte sie, „das wird doch auch jeder einsehen. Und nur, weil dieser Kellermeister dir grollt und übel nachredet, kann das doch keine ernste Gefahr heraufbeschwören?!" Thomas seufzte. „Da wär' ich mir nicht so sicher. Die Kirche sucht Sündenböcke. Und bevor wir dazu gemacht werden, wäre es, glaube ich, besser, wir fänden den Isenberger und würden von ihm die Wahrheit erfahren, am besten vor Zeugen!" Wieder durchfuhr Sibylla dieses Frösteln, das Thomas nicht entging. So nahm er sie und sein Söhnchen, der mit großen, wachen Augen die wundersamen Dinge um sich herum auf dem ersten Spaziergang seines Lebens bestaunt hatte, in die Arme. „Mach dir keine Sorgen", beruhigte er sie, „vielleicht sehe ich das alles zu schwarz. Aber besser, man macht sich Gedanken, bevor etwas geschieht, als dass man später von den Ereignissen überrollt wird! Jetzt aber Schluss damit, lass uns wieder hineingehen. Erzähl mir lieber, wie du die Frucht unserer Liebe auf die Welt gebracht hast!" – „Und du berätst mich, was ich nächsten Sonntag anziehen soll", freute sich Sibylla. „Sonntag?", stutzte Thomas, „was ist denn nächsten Sonntag?" – „William und Katharina heiraten endlich", klärte ihn Sibylla auf, „der Priester aus Leichlingen gibt ihnen nach der Messe den Segen. Deine Schwester hat das vor einiger Zeit eingefädelt und war heute Morgen noch mal im Dorf, um den Tag festzusetzen!" Thomas nickte verständig. „Sonntag also, gut, dann wird es endlich amtlich!" Arm in Arm schlenderten sie daraufhin zurück ins Haus und ließen die trüben Gedanken vorerst zurück. Und doch warfen von Westen her Entwicklungen ihre Schatten voraus, die nicht mehr aufzuhalten waren.

„Jetzt zieh endlich, du Bastard, raus mit dem Ding!", brüllte Herenbert Rennekoie den Bader an, den die kleine Hure vom Alter Markt mitgebracht hatte, wo der Quacksalber seine Zelte aufgeschlagen hatte. „Es … es tut mir leid, aber der Pfeil steckt zu tief drin", stammelte der selbst ernannte Heiler. „Ich habe Angst, Euch noch schlimmer zu verletzen!" Der Knappe des Isenbergers hatte nach der Überfahrt in dem kleinen Nachen, die er nur mit Mühe bei klarem Bewusstsein hinter sich gebracht hatte, den Fährmann wie versprochen entlohnt und war dann im Labyrinth der Kölner Altstadt untergetaucht. Dort hatte er sich die erstbeste Hure, die ihm halbwegs gefiel, eine der jüngsten, gegriffen und war mit ihr in deren Kammer verschwunden, einem zugigen Verschlag im zweiten Stock über einer schäbigen Schänke. Doch er war nicht in der Stimmung gewesen, mit ihr die Wonnen der körperlichen Liebe auszukosten, obwohl sie sich gleich entblößt und wie ein Kätzchen geschnurrt hatte. Vielmehr hatte er ihr ein paar Münzen in die Hand gedrückt und ihr aufgetragen, etwas zu essen, einen Krug Wein und einen Menschen aufzutreiben, der eine Verwundung versorgen konnte. Der Pfeil in seiner Schulter machte ihm doch arg zu schaffen. Etwas beleidigt, aber gehorsam, war die Hure losgezogen und schließlich mit dem Bader zurückgekehrt. Doch der angeblich heilkundige Wanderhändler, der auf den Märkten lautstark seine Dienste, Salben und Mixturen anpries, schreckte vor der Schulterwunde zurück wie der Teufel vor dem Weihwasser. Rennekoie, der sich seines Wamses und seines Untergewandes entledigt hatte und mit entblößtem Oberkörper auf der schmalen Pritsche saß, die das Schlaflager der Kammer darstellte, goss sich wütend einen großen Schluck aus der Weinkaraffe ein, die die Hure ebenfalls mitgebracht hatte. „Dann schneide ihn heraus", herrschte er den Bader an und drückte ihm das kleine Beutelschneider-Messer in die Hand, mit dem er zuvor den Fährmann bedroht hatte, „die Pfeilspitze darf nicht drin bleiben!" Mit zitternden Händen ergriff der Bader das Messer und näherte sich zögerlich der Wunde. „So wird das nichts, lass mich mal", beschied ihm die kleine Hure, nahm ihm das Messer aus der Hand, strich sich eine vorwitzige, verschwitzte Strähne ihres rotbraunen Haares aus dem Gesicht und hielt die Klinge über eine brennende Kerze, die die bescheidene Kammer in ein spärliches Licht tauchte. Der Bader verfolgte ihr Tun mit großen Augen. Rennekoie rang sich ein säuerliches Lächeln ab. „Du bist mit allen Wassern gewaschen, was?", warf er ihr zu. „Worauf du dich verlassen kannst", gab sie zurück. Dann stellte sie sich hinter ihn. „Du musst dich hinlegen", entschied sie, „sonst bewegst du dich zu sehr und die Klinge geht fehl!" Gehorsam legte sich Rennekoie auf den Bauch und stopfte sich einen zusammengerollten Zipfel des löchrigen Lakens, das auf der Pritsche gelegen hatte, wie einen Knebel in den Mund, um den zu erwartenden Schmerz darauf auslassen zu können. „Los!", drang es durch das Laken. „Halt ihn fest, am besten du legst dich mit deinem Gewicht auf die andere Schulter", befahl die Hure dem Quacksalber. Der tat wortlos, wie ihm geheißen. Dann nahm sie die Klinge aus der Flamme, rieb diese mit etwas Wein an der Unterseite ihres Rockes ab, hockte sich sodann über die verletzte Schulter und führte die Klinge unter die Pfeilspitze. Rennekoie stöhnte und biss in seinen Knebel. Mit der Linken zog sie am Schaft, mit der Rechten versuchte sie das Messer wie einen Hebel zu nutzen. Aber nichts bewegte sich. „Zieh du am Schaft, aber ganz gerade", rief sie dem Bader zu, der trotz seiner Unfähigkeit als Mann sicher über mehr Kraft verfügte als sie, die sich dafür intensiver mit der Pfeilspitze beschäftigte. Mit vereinten Kräften kam endlich Bewegung in die Sache. Ganz langsam, so wie eine Schnecke sich über eine Steinplatte bewegt, glitt der Pfeil aus dem Fleisch. Ein leises, schmatzendes Geräusch, und Rennekoie war von dem Geschoss befreit. Mit einem Stöhnen spie er den Zipfel des Lakens aus, doch etwas zu früh. Denn die Hure hatte von ihrem Gürtel, der den Rock zusammenhielt, ein kleines Fläschchen mit hochprozentigem Inhalt hervorgezogen, das sie nun entkorkte, um etwas von der Flüssigkeit auf die Wunde zu träufeln. „Aah, du kleiner Teufel, was war das denn?", brüllte ihr Patient und bäumte sich auf, doch die Hure stieß ihn unsanft wieder auf das Lager zurück. „Das war etwas von dem guten Branntwein, den ich als Tröster und Lebenselixier gebrauche, wenn mir ein Freier wieder einmal allzu viel abverlangt", erklärte sie gallig lachend, „ich bekomme ihn – zusammen mit göttlicher Vergebung – von einem Mönch aus dem erzbischöflichen Weinkeller, dem ich zuweilen zu Willen bin. Das wird dafür sorgen, dass deine Wunde besser heilt und sich nicht entzündet!" Darauf riss sie ein paar Streifen ihres leinenen Untergewandes ab und verband die Wunde, so gut es ging. Dann half sie ihm, sich auf den Rücken zu drehen. „Aber das wird dich alles teuer zu stehen kommen", flüsterte sie ihm nun ins Ohr, „ich hoffe, du hast dafür noch genug in deinem Beutel!" Mit dem unverletzten Arm zog Rennekoie sie sogleich näher zu sich. „Um meinen Beutel musst du dir keine Sorgen machen", verriet er ihr in einem unmissverständlichen Tonfall, „der ist prall gefüllt!" Dann suchten seine Lippen die ihren und seine Zunge fuhr gierig dazwischen. Der Bader starrte verlegen auf den blutigen Pfeilschaft, den er immer noch unschlüssig in Händen hielt, und räusperte sich. „Wenn Ihr mich nicht mehr benötigt, würde ich mich jetzt gerne empfehlen", äußerte er zögerlich, „aber wo Ihr gerade von Beutel sprecht ... Wie steht es mit meiner Entlohnung?" – „Pack dich, du Quacksalber", warf ihm Rennekoie an den Kopf, ohne von der Hure abzulassen, der er gerade umständlich das Oberteil abgestreift hatte, um ihre spitzen, jungen Brüste freizulegen, „sei froh, dass ich dir das Leben lasse und nicht überall herum erzähle, dass du ein unfähiger Scharlatan bist!" Betreten schweigend zog sich der Bader zurück. Er wusste, wann es angeraten war, auf der Hut zu sein. Schon hatte er den Riegel der Kammertür in der Hand, als er noch einmal die Stimme des Kerls auf der Pritsche vernahm. „Warte", befahl Rennekoie, „vielleicht ist doch noch etwas für dich drin!!" Der Bader drehte sich um und war ganz Ohr. „Geh zum Dom und erkundige dich, ob mein Herr in der Stadt ist. Wie ich hörte, wird heute der neue Erzbischof gewählt. Wenn das stimmt, müsste er in der Stadt weilen. Dann finde ihn und sage ihm, aber nur ihm, einer seiner Knappen sei in Not. Gib ihm das hier als Zeichen, dass du die Wahrheit sagst!" Dabei nestelte er ein Stück Leder in Form eines kleinen Schildes von seinem Gürtel, eine Art Abzeichen, das einen aufpunzierten Löwen zeigte. „Und wer ist dein Herr, wie erkenne ich ihn?", wollte der Bader wissen. Rennekoie gab ihm ein Zeichen, näher zu treten, dann flüsterte er ihm einen Namen ins Ohr. „Das wird dein Schaden nicht sein", fuhr er lauter fort, „er wird dich sicher entlohnen, fürstlicher, als ich es täte! Willst du das tun?" Der Bader nickte, froh, ohne Schaden aus der Sache herauszukommen, die ihm von Beginn an nicht geheuer gewesen war und nun sogar noch Aussicht auf einen kleinen Gewinn versprach. Er nahm das Stück Leder und verschwand. „Und jetzt bist du an der Reihe", wandte sich Rennekoie wieder der Hure zu, „du bist ganz nach meinem Geschmack!" Dabei beugte er sich trotz der schmerzenden Schulter etwas vor und saugte an ihren Brüsten. Mit einem kehligen Lachen warf die junge Frau den Kopf in den Nacken. „Und du nach meinem", rief sie, „solange dein Beutel so gut gefüllt ist!" Dann war sie ihm mit allen Körperöffnungen zu Diensten und erfüllte ihn mit neuem Lebensmut. Keine Stunde später holten vier Vermummte den Verletzten ab und nahmen auch die Hure mit. Bei Sonnenuntergang verließ ein von zwei Kaltblütern gezogener und mit dunklen Tüchern verhängter Wagen die Stadt in Richtung Westen, der von einer jungen Frau gelenkt wurde, die sich gar nicht an dem neuen, grünen Kleid sattsehen konnte, das sie seit Kurzem am Leibe trug. Am nächsten Morgen zogen die alarmierten Büttel der Stadtwache die Leiche eines Mannes aus dem Rhein, dessen Beschreibung auf einen Bader passte, dessen Wagen und Zelte seit dem Vortag herrenlos auf dem Alter Markt standen.

„Herr, reiten wir auf dem kürzesten Weg zurück ins Märkische?", rief der Hauptmann einer zwanzigköpfigen Reiterschar seinem Grafen zu, als die Männer nach dem Übersetzen über den Rhein samt Pferden die Fähre verließen und wieder aufsaßen. „Nein, das tun wir nicht", antwortete Adolf von der Mark, „zuerst machen wir einen Abstecher an die Wupper und treten einem feigen Hund auf den Schwanz, dann erst reiten wir zurück. Aber auch nur, um unsere Truppen zu sammeln und danach gegen die Isenburg vorzugehen. Und gegen Nienbrügge, die beiden Rattennester des Isenbergers. Lange genug habe ich auf solch eine Gelegenheit gewartet!" Adolf von der Mark musste seine Männer nicht an die seit zwei Generationen schwelende Fehde zwischen den Märkern und den Isenbergern erinnern. Die Männer brachen denn auch sogleich in Jubel aus. Jeder wusste, dass die Väter ihres Grafen und des Grafen Friedrich von Isenberg Brüder gewesen waren, die sich nie über das väterliche Erbe hatten einigen können. Vor allem, weil es da noch einen dritten Bruder gegeben hatte, Adolf von Altena, der es zum Erzbischof von Köln gebracht und der sich immer wieder in die Besitzverhältnisse der anderen eingemischt hatte. Adolf von der Mark wusste selbst nicht mehr genau, was alles in den vielen Jahren geschehen war und wo genau der Ursprung der Bruderfehde lag. Es war ihm auch gleichgültig. Er wusste nur, dass er nach oben wollte, aufsteigen in höhere Fürstenebenen, reich werden, Land und Macht besitzen. Adolf wollte der größte Gutsherr und mächtigste Graf von ganz Westfalen werden, eine deutsche Eiche, die es nicht mehr kratzt, wenn sich kleine Säue an ihr reiben, wie er es ausdrückte. Und nun sah er das Tor zur Zukunft offenstehen. Sein Vetter, der Isenberger, hatte einen wahrhaft tödlichen Fehler begangen. Nun war es an ihm, dessen Besitztümer einzuheimsen, zumindest den Löwenanteil. Gern hätte er auch die beiden Burgen, die Isenburg und Nienbrügge, einkassiert und sein Banner auf die Türme gepflanzt. Aber der neue Erzbischof von Köln hatte deren Zerstörung befohlen. Wahrscheinlich hatte der Kirchenfürst Angst, einen anderen in den Besitz der starken, als uneinnehmbar geltenden Festungen zu bringen und damit den Teufel mit dem Beelzebub auszutreiben. Lieber hätte er sich vermutlich selbst diese Besitzungen unter den Nagel gerissen, aber das hätten er und andere westfälische Adelige wiederum nicht geduldet. Wer duldete schon einen solchen Stachel im Fleisch! Nun gut, wenn es der Erzbischof wünschte, würden diese Festungen eben fallen und dem Erdboden gleichgemacht werden. Er, Adolf, würde schon einen Weg finden, sich zumindest die dazugehörigen Ländereien und Untertanen zu sichern. Allein in Nienbrügge gab es etliche Dutzend guter Kriegsknechte und Handwerker samt ihrer Familien. Adolf von der Mark musste lächeln, als ihm ein genialer Gedanke kam. Warum lud er diese Leute nicht ein, sich einen Steinwurf entfernt, auf seinem eigenen Land, ein neues Heim zu bauen, eine neue Stadt und Burg? Das würde dem Erzbischof sicher auch nicht gefallen, aber er würde nichts dagegen unternehmen können. Überhaupt, der Erzbischof: wieder so ein verdammter Pfaffe, der sich einbildete, gute Fürsten herumkommandieren zu können. Aber das würde ihm schon noch vergehen. Vorerst brauchte er den Pfaffen noch, das würde sich jedoch spätestens ändern, wenn er das Land unter seine Kontrolle gebracht hatte – erst das Land des Isenbergers, dann Besitzungen des Erzbistums in „seinem" Westfalen. Und danach würde er die benachbarten

Grafen in die Schranken weisen, wie etwa den Grafen von Berg. Adolf von der Mark rieb sich die Hände bei dem Gedanken, dass er damit sogleich beginnen konnte, noch dazu mit dem Segen des Erzbischofs. Nun war er am Zug! „Vorwärts, es gibt viel zu tun", rief er beim Aufbruch seinen Männern zu. „Die dunklen Tage des Abwartens sind vorüber. Nun lassen wir die Waffen sprechen. Danach sind wir die neuen Herren an der Ruhr!" Noch einmal jubelten seine Männer und huldigten ihm mit gezogenen Schwertern. Dann wandten sich die Reiter im Galopp nach Norden, das Rheinufer entlang, der Mündung der Wupper entgegen.

„Soll ich nun eine Kopfhaube tragen, einen Schleier oder ein einfaches Haarnetz?", forderte Katharina lautstark die Meinung ihrer Brautjungfern ein. Dabei hielt sie verschiedene dieser Kopfbedeckungen in Händen und probierte mal die eine, mal die andere aus. Besagte Brautjungfern, von denen allerdings keine mehr im jungfräulichen Zustand war, weil sie allesamt Nachwuchs bekommen hatten, waren unschlüssig und hatten unterschiedliche Meinungen. „Du hast so schönes Haar", meinte die junge Andrea, die eine leuchtend blaue, ärmellose Surcotte über einem langen, weißen Untergewand trug und deren blondes Haar von einem Diadem aus geflochtenen Kornblumen zusammengehalten wurde. Diesen Blumenkranz hatte sie bereits vor Monaten angefertigt, als sich die Blumenstängel noch flechten ließen, und dann sorgfältig trocknen lassen. „Ich habe überhaupt kein schönes Haar, sondern eine Dornenhecke auf dem Kopf", schimpfte Katharina aufgeregt und warf in hohem Bogen die Kopfhaube fort, „vielleicht sollte ich mir ein Vogelnest aufsetzen?!" Dabei stemmte sie ratlos die Hände in die Hüften. Sie trug ein cremefarbenes Brautkleid aus sündhaft teurer Seide, die William schon vor seiner Rückreise auf dem Markt in London besorgt hatte. Die trichterförmigen, weit auslaufenden Zierärmel reichten bis auf den Boden. Die Unterseite des Kleides, vor allem der glockenförmige Rock und das Innenfutter der Ärmel, schimmerten jedoch fast golden, sodass Katharinas Robe, die sie an langen Abenden mit Adele und Andrea zusammen genäht hatte, nun beinahe einer Königin würdig war. In der trotz tagelangen Schrubbens noch rauchigen Küche des Haupthauses, wo sie sich versammelt hatten, stellte sie einen ungewohnten Kontrast dar. „Dann versteck deine Mähne doch unter einem Schleier", riet ihr Sibylla lachend, die die Launen ihrer

Schwägerin nicht so ernst nahm, „aber nimm einen hauchdünnen, damit man noch etwas von dir sieht und die Männer in der Kirche nachher nicht glauben, William kaufe die Katze im Sack oder hätte Grund, dich zu verstecken!" Dabei reichte sie ihr ein Stück Stoff, das in der Tat zarter gewebt zu sein schien als das feinste Spinnennetz. „Das ist der neueste Schrei aus italienischen Landen, meinte der Wanderhändler, der hier vor Tagen Rast machte", erklärte Sibylla, „und mein persönliches Hochzeitsgeschenk an dich!" Alle bestaunten sogleich den zarten Stoff und die hervorragende Webkunst. In einer eleganten, fließenden Bewegung ließ Katharina den Schleier emporfliegen und sich wie Nebel auf ihr Haar legen, dann blickte sie fragend in die Runde. Sibylla reckte prüfend den Hals, wobei sich ihr eng anliegendes Kleid aus grünem Samt, das am herzförmigen Ausschnitt mit silbernem Brokat abgesetzt war, noch dichter an ihren Körper schmiegte. „Großartig", entschied sie, „so kannst du deinem Gatten unter die Augen treten!" Katharina suchte Bestätigung in den Augen der anderen. Da trat Maria, die sich bislang im Hintergrund gehalten hatte, in einem rot-schwarzen Samtkleid vor und hielt ihr ein zwei Ellen langes und eine Elle breites Rahmengestell vor die Nase. „Schau doch einfach selbst", forderte sie Katharina auf, „das ist Ewalds und mein Hochzeitsgeschenk – aber ich denke, du kannst es jetzt schon gebrauchen!" – „Ein Spiegel, schaut nur", entfuhr es Andrea und allen drängten nach vorn, um sich das seltene Wunderwerk anzusehen. Ewald, der Schmied, hatte eine völlig ebene und mehrfach glatt geschliffene Metallfläche in einen handlichen Holzrahmen gespannt und darüber eine Schicht Glas aufgebracht, in dem er eine Sandmischung erhitzt, verflüssigt und über dem Metall ausgegossen hatte. Nur wenige Frauen verfügten über eine solche Kostbarkeit. Bislang hatten sich die meisten mit einer flachen, dunklen Schale beholfen, in der etwas Wasser stand. Nun aber konnte Katharina sich und ihr Brautkleid richtig erkennen.

„Oh, das ist in der Tat wunderbar", freute sie sich und gab sowohl Maria als auch Sibylla und Andrea einen herzlichen Kuss, „so kann ich es wagen, vor den Altar zu treten. Auf geht's!" Darauf warfen sich Katharina und ihre Schwägerin rötlich braune Tasselmäntel über die Schultern, deren Ränder und Rücken mit Fuchsfellen besetzt waren und die Blicke aller auf sich zogen. Selbst Adele, die beide Säuglinge beaufsichtigte und sich in ihrem Alter nicht mehr allzu viel aus neuen Gewändern machte, hob das Kinn und zollte den beiden Frauen für Ihr Aussehen Respekt. „Also, meine Damen", entschied Sibylla, „dann folgt mir in die Schlacht!" Darauf übernahm sie die Führung und verließ an der Spitze der Frauen das Gutshaus, um sich den Männern anzuschließen, die bereits seit geraumer Zeit mit den Pferden vor dem Stall warteten. „Wir sind so weit", rief sie Thomas zu, „ich hoffe, das Warten hat sich gelohnt?!" Der so Angesprochene, der mit William und Gerhardt gerade eine lebhafte Diskussion über den neuen Erzbischof zu Köln und dessen mögliche nächste Schritte geführt hatte, blickte auf und entlockte seinen Lippen sogleich einen anerkennenden Pfiff. „Donnerwetter, ihr habt euch ja fein herausgeputzt", sagte er bewundernd, „ihr seid allesamt ein Fest für unsere Augen!" Dabei vollführte er eine galante Verbeugung, als sei er ständig höfische Sitten gewohnt. „Und so etwas lebt mit uns unter einem Dach, ohne dass wir etwas davon mitbekommen", scherzte William, „da muss man erst heiraten, um so was zu sehen zu bekommen!" Darauf stürzte er seiner Frau entgegen, ergriff ihre Hand und gab ihr einen Kuss. „Also, wenn ihr mich fragt, könnte ruhig öfter Hochzeit sein", meinte Gerhardt mit großen Augen, „solange es nicht meine Hochzeit ist", fügte er etwas leiser an und gab seinem Sohn einen freundschaftlichen Stoß in die Rippen, „was meinst du?" Ulrich nickte nur und konnte sich gar nicht sattsehen, vor allem nicht an der blonden Andrea, die soeben von ihrem Martin in Empfang genommen wurde. Ein wenig beneidete er den jungen Mann um seine hübsche Frau. „Dann auf zur Kirche!", entschied Thomas, der wie alle Männer an diesem Tag einen sauberen Wappenrock in seinen Farben trug, dem Wupperblau mit dem silbernen Fisch auf der Brust. Dann stieg er auf seinen Tarek. Sibylla, für die Thomas die edle Stute aus dem Stall geholt hatte, tat es ihm gleich, wählte jedoch den schicklicheren Damensitz, Katharina ebenfalls. Die Frauen mussten allesamt reiten, weil es zur Kirche in Leichlingen nur einen Weg gab – und der führte über den Fluss. Wer von ihnen kein Reittier besaß, stieg zu seinem Partner auf das Pferd und nahm vorne auf dem Sattel vor dem Reiter Platz. Nur Adele blieb winkend mit den Kindern und einem Dienstmann zurück. Auch Wulfila musste zu seinem Unmut auf dem Hof bleiben. Eine lange Kette hielt ihn davon ab, seinem Herrn zu folgen. Erst kläffte er in höchsten Tönen, auf einen Wink Gerhardts verstummte er jedoch und legte sich schmollend vor die unvollendete Palisade, bis wohin die Kette reichte, um der Hochzeitsgesellschaft zumindest lange nachblicken zu können. Diese setzte sich nun in Bewegung und hielt auf die Furt flussabwärts zu. Die Sonne schien, die Kälte hielt sich in Grenzen und der Fluss führte nicht allzu viel Wasser. Alles schien auf einen harmonischen Tag hinzudeuten. Gerhardt war der Erste, der bemerkte, dass etwas nicht stimmte. „Kein Vogel lässt sich blicken, kein Bussard sitzt in den Wipfeln, kein Reiher steht am Fluss", sagte er, „als hätten schon andere Reiter vor uns sie aufgeschreckt!" Jetzt fiel auch Thomas die trügerische Ruhe auf, und ein leises Kribbeln bemächtigte sich seines Nackens. „Und es riecht nach Menschen", meinte Martin, der lange in den Wäldern gelebt und dabei eine feine Nase entwickelt hatte. „Es stinkt zum Himmel", spuckte William aus, zog sein Schwert und griff mit der Linken nach den Zügeln von Katharinas Pferd. Denn er hatte sie bereits gesehen – fünf Mann zu Pferde, die gerade langsam aus der Reihe der Bäume am nördlichen Waldrand hervortraten. Auf der anderen Seite der Wupper, nahe der Furt, erschien die gleiche Anzahl Reiter, bewaffneter Reiter! Nun zogen auch Thomas und Gerhardt ihre Schwerter. „Bleibt zurück und haltet euch eng beieinander", rief der Fischersohn seiner Frau und seiner Schwester zu, „hier stimmt was nicht!" Nun tauchten auch geradewegs vor ihnen aus den Büschen und Hecken am Flussufer sechs, acht, nein zehn Männer auf. Martin, der Andrea beim ersten Anzeichen der unliebsamen Besucher hatte zu Boden gleiten lassen, und Willibald spannten ihren Bogen. Andrea rannte sofort, ohne sich umzusehen, zurück zum Gut. Ewald, der Schmied, der Hand in Hand mit Maria an der Spitze der übrigen drei Männer in Thomas' Dienst marschiert war, ließ seine Frau los und nahm seinen fast armdicken Wanderstab fester in beide Hände. „Zehn gegen zweimal zehn – ernst, aber nicht hoffnungslos", erfasste er die Lage und wünschte sich zugleich, ebenfalls ein Schwert oder gar seinen schweren Schmiedehammer mitgenommen zu haben. Aber der wäre auf einer Hochzeit doch recht unpassend gewesen. Jetzt fehlte er ihm. „Martin, Willibald, sichert die Flanken", befahl Thomas, doch die beiden hatten bereits entsprechende Positionen eingenommen. „Ewald, du hältst uns mit den anderen den Rücken frei!" Aber auch der Schmied hatte sich mit Maria, die verstohlen nach dem kleinen Dolch in ihrem Gürtel tastete, und den Fußknechten bereits eine passende Stellung rechts des Weges gesucht. Damit stand ihnen zumindest eine Rückzugsmöglichkeit offen. Thomas, William, Gerhardt und Ulrich formierten mit gezückten Schwertern eine Angriffsreihe, so wie sie es gewöhnt waren, und warteten. Dabei beobachteten sie argwöhnisch jede Bewegung. Aus den zehn Reitern vor ihnen scherten vier aus und näherten sich langsam, während die anderen auf Abstand blieben. Thomas glaubte, einen der vier zu kennen, auch wenn er nicht mehr genau wusste, woher. „Das ist kein räuberisches Gesindel", entfuhr es Gerhardt, „die sind Disziplin und wohlformierte

Angriffe gewohnt!" Thomas und William pflichteten ihm stumm bei, auch wenn sie nicht einschätzen konnten, ob dies nun gut oder schlecht für sie war. Aus der Viererreihe löste sich nun einer der Reiter und kam noch etwas näher. Aber auch er blieb etwa einen Steinwurf entfernt stehen. „Ist unter euch jemand, der sich Thomas Grimbergen oder Thomas von Leichlingen nennt?", rief er herüber. „Wer will das wissen?", gab Thomas zurück. „Adolf, Graf von der Mark", tönte es von vorn, „hier und heute im Dienste des Erzbischofs von Köln und sozusagen dessen verlängerter Arm!" Jetzt ging Thomas auf, woher er den Mann kannte. „Er war unter den Leuten des Erzbischofs, als dieser in Deutz Engelberts Leiche entgegennahm und sich dabei ein Wortgefecht mit Heinrich von Limburg-Berg lieferte", raunte er den anderen zu. „Den wir jetzt besser auch an der Seite hätten", meinte William, „soviel ich weiß, sind Graf Heinrich und dieser Graf von der Mark ziemlich nah verwandt!" Der Fischersohn wunderte sich für einen Moment, woher der Engländer dies wusste, wandte seine Aufmerksamkeit dann aber wieder dem Mann vor sich zu. „Was wollt Ihr von mir, noch dazu an einem Sonntag?", rief Thomas. „Wir sind auf dem Weg zu einer Hochzeit, gebt den Weg frei und verschwindet!" Doch statt dem Folge zu leisten, schlug Adolf von der Mark seinen Mantel zur Seite, worauf ein Wappenrock sichtbar wurde, den ein aus drei abwechselnd weißen und roten Schachreihen bestehender Querbalken zierte. Darunter nestelte er eine Schriftrolle hervor. „Euer Name steht auf dieser Liste", rief der Märker, „wir sollen Euch festnehmen und dem Verhör zuführen. Ihr steht unter dem Verdacht des Hochverrats an Erzbischof Engelbert!" Absolute Stille trat ein, in der man eine Nadel hätte fallen hören können. „Des Verrats und der Feigheit!", fügte Adolf von der Mark an, „kommt Ihr freiwillig mit, oder müssen wir Gewalt anwenden?" Dabei steckte er die Rolle wieder ein. Sibylla hielt es nicht mehr in der zweiten Reihe. „Was fällt Euch ein?", rief sie in klaren, deutlich hörbaren Worten, auch wenn ihre Stimme nicht die Kraft einer Mannesstimme hatte, „mein Gatte ist weder ein Verräter noch ein Feigling, er hat dem Erzbischof lange treu gedient. Mit seinem Tod hat er nichts zu schaffen!" Adolf von der Mark deutete, auf dem Pferd sitzenbleibend, eine Verbeugung an, jedoch schien es, als unterdrücke er ein Lachen. „Das würde ich ja gerne glauben, edle Dame, aber hier steht etwas anderes geschrieben!" Dabei klopfte er auf die Stelle seines Wappenrockes, unter der die Schriftrolle verschwunden war. „Und mit Verlaub, ein Ritter, der ein Weib für sich sprechen lässt, scheint mir nicht der tapferste zu sein!" Darauf brachen seine Männer lauthals in

Gelächter aus. Thomas blickte, ohne eine Miene zu verziehen, von einem zum anderen. Alle waren bestens ausgerüstet, trugen lederne, gefütterte Mäntel über Wams oder Wappenrock und Kettenhemd. Fast alle hatten kurze Lanzen oder Piken in den Fäusten und Schwerter an den Gürteln. Außerdem hielten die meisten einen Schild in der Linken. Auch Thomas und seine Männer hatten ihre Schwerter, Gerhardt und Ulrich zudem ihre Rossschinder dabei, aber keiner trug ein Kettenhemd oder einen anderen Schutz. Damit waren sie klar im Nachteil. Zu dem Schluss waren wohl auch die Männer des Märkers gekommen, bevor sie in das befreite Gelächter ausbrachen. Sibylla kochte vor Wut und wollte etwas entgegnen, aber Thomas beschied ihr mit einer Handbewegung, zu schweigen. „Wenn Ihr meint, ich sei ein Feigling, weil ich die Befehle des Erzbischofs befolgt habe, dann sei's drum, das ist mir einerlei. Aber wenn Ihr glaubt, Ihr könntet meinen Besitz betreten, hier große Reden schwingen und mich dann so einfach in einen Kölner Kerker werfen, dann habt Ihr Euch grundlegend getäuscht", wandte er sich nun selbst an den Häscher der Kirche, „ich warne Euch ein letztes Mal: Verschwindet, oder es wird Euch schlecht ergehen. Dann bereitet Euch darauf vor, hier an Ort und Stelle mit uns die Klingen zu kreuzen. Dabei werden wir ja sehen, wie weit es mit Eurem Mut her ist!" Das hatte er in aller Seelenruhe geäußert, ohne den Grafen von der Mark aus den Augen zu lassen. Und der war Krieger genug, um zu sehen und zu verstehen, wann es ein Gegner ernst meinte. Und Thomas meinte es ernst. „Macht Euch nicht lächerlich", verfiel der Graf denn auch sofort in eine andere Tonlage, „wir sind euch zwanzig zu zehn überlegen, ihr werdet hier sterben!" In diesem Moment erreichte ein fernes, aber stetig lauter werdendes Grollen ihre Ohren. Erschrocken weitete Adolf von der Mark seine Augen. Als Thomas sich umwandte, um die Ursache zu erforschen, sah er in vollem Lauf Wulfila über den Plan auf sie zu hetzen, den die zurückgeeilte Andrea offenbar von der Kette gelassen hatte. „Das ist unser braver Saupacker, der Besucher ganz und gar nicht leiden kann", mischte sich Gerhardt ein, „der wiegt leicht zehn Männer auf, damit steht es unentschieden!" Und um seine Worte zu untermalen, beugte er sich vom Pferd aus etwas zu seinem näherkommenden Hund herab und wies mit der Rechten nach vorn. „So ist recht, Wulfila, schnapp sie dir", stachelte er ihn an, „fass!" Adolf von der Mark riss sein Pferd herum und gab ihm die Sporen. Nun wurde aus dem Wortgefecht bitterer Ernst. „Zum Angriff, bildet eine Schlachtreihe", rief er seinen Schergen zu, während er zurücksprengte, angetrieben nicht zuletzt auch von der Angst vor dem wahrhaftigen Höllenhund, der sich offenbar ihn zum Ziel auserkoren hatte. „Je drei links und rechts", schallte Thomas' Stimme über das Feld, „ihr Frauen zurück! Ewald, decke ihren Rückzug!" Sibylla wollte protestieren, aber schnell ging ihr auf, dass sie ohne Waffe nur eine Last war, wie auch Katharina. Also wendete sie ihre Stute und schlug gehorsam den Rückweg ein. Ewald und die drei Fußknechte postierten sich sogleich zwischen den Frauen und etwaigen Angreifern. Derweil fegten Thomas und die anderen in Keilformation auf ihre Gegner zu. Martin und Willibald hingen etwas zurück, weil sie noch die Bögen abgefeuert hatten, bevor sie ihren Pferden die Sporen geben konnten. Aber bereits im ersten Galopp hatte jeder von ihnen einen neuen Pfeil eingelegt. Martin spähte nach links, wo vier Reiter ihre Gäule in die Wupper lenkten. Vier! Einer fehlte bereits, also hatte sein erster Schuss gesessen. Von diesem Erfolg angestachelt, hob er seinen Oberkörper etwas an, streckte den linken Arm mit dem Bogen, zog die Sehne bis ans Kinn und schoss ein zweites Mal. Gut hundert Schritt entfernt griff sich einer der Reiter sogleich an die Brust und sank getroffen vom Pferd. Klatschend fiel er ins flache Wasser. Willibald auf der rechten Seite hatte ähnlichen Erfolg. Auch dort waren es nur noch drei, die die kleine Böschung vom Waldrand zur Wupper hinabgeritten kamen. Statt aber ihre Pferde ins Mitteltreffen zu lenken, wo sich ihr Graf in wenigen Augenblicken mit dem vermeintlichen Feigling und einem riesigen Hund würde auseinandersetzen müssen, schlugen sie die Richtung ein, die auch die Frauen genommen hatten. Tarek hatte derweil seine höchstmögliche Geschwindigkeit erreicht und senkte den Kopf – ein Zeichen dafür, dass der Aufprall unmittelbar bevorstand. Thomas streckte sein Schwert nach vorn. Schon sah er in das verzerrte Gesicht seines Gegenübers. Doch kurz bevor die beiden Reiter aufeinanderprallten, zog Thomas sein Schwert etwas zurück und ließ es mit einer eleganten Bewegung des Handgelenkes einmal um die Armachse kreisen. Mit einem gellenden Aufschrei verlor sein Gegner seine Waffe und einen Teil des Armes. William hatte auf seinem Flügel noch schlimmer zugeschlagen. Eine Blutfontäne schoss aus dem kopflosen Hals des märkischen Reiters, der zu seinem Unglück auf den ehemaligen Templer getroffen war. Wie unter Kreuzrittern üblich, kannte der Engländer kein Erbarmen, besonders nicht zu Beginn eines Kampfes, und schlug gnadenlos zu, eine gängige Praxis, um unter den Gegnern Angst und Schrecken zu verbeiten. Der Kampfesmut der erzbischöflichen Vasallen erhielt denn auch einen merklichen Dämpfer. Das führungslose Pferd riss vor Schreck den Kopf nach links und stemmte alle Viere nach vorn. Es stellte damit ein unüberwindliches Hindernis dar, in das William nahezu ungebremst hineinritt. Kopfüber wurde er nach vorn geschleudert, konnte sich aber am Zügel festhalten, sodass er nicht allzu weit flog, sondern unmittelbar vor den beiden Pferden Bekanntschaft mit dem Boden machte. Doch zu seinem Glück war dieser hier am Flussufer sandig und nur mit wenigen Steinen durchsetzt. Gerhardt und Ulrich hatten ihre Rossschinder, die eigentlich für den Kampf zu Fuß gegen Reiter bestimmt waren, zur eigenen Sicherheit wie Turnierlanzen in die Armbeuge der Rechten eingelegt und waren wie im Tjost auf ihre Gegner zugeritten. Diese hatten in Unkenntnis der Waffe nicht genau gewusst, wie darauf zu antworten war, und entsprechend spät reagiert – zu spät. Gerhardt hatte einen der Reiter durchbohrt, Ulrich war es zumindest gelungen, seinem Gegenüber die Seite aufzuschlitzen und ihn kampfunfähig zu machen. Wulfila hatte es seit seinem Erscheinen auf den Anführer der Gruppe abgesehen, wurde aber jetzt von anderen Reitern abgelenkt, die durch die Wucht von Thomas' und Williams Angriff zu den Seiten gedrängt worden waren. Wütend warf sich der riesige Hund auf den berittenen Kämpfer vor ihm, wie ein Wolf auf eine Schafsherde. Ein gezielter Biss, und mit klaffender Kehle, in der jeder Schmerzensschrei ersticken musste, sackte der Mann lautlos von seinem Gaul. Thomas hatte derweil bereits den zweiten Gegner ins Auge gefasst und das langsamere Tempo seines Rosses durch eine schnellere Schlagfolge wettgemacht. Mit fehlendem Ohr und blutendem Schädel warf sich der märkische Knecht über den Hals seines Reittieres. Doch mit einem Tritt seines linken Stiefels beförderte Thomas ihn zu Boden. Adolf von der Mark hatte kurz vor seinen Gegnern die von ihm befohlene Schlachtreihe erreicht und war hindurchgebrochen, um sein Ross wenige Schritte dahinter zu wenden. Doch statt einer zehnköpfigen Phalanx von Kämpfern, die er gehofft hatte, in die Schlacht führen zu können, zuzüglich weiterer zehn an den Flanken, erwarteten ihn jetzt nur noch vier seiner Männer in der Mitte, die von drei weiteren von der Wupperseite her spärlich verstärkt wurden. Aber nun war es auch an Thomas' Streitmacht, Verluste hinzunehmen. William hatte die Zügel seines Pferdes in Folge des Sturzes loslassen müssen und war nun gezwungen, zu Fuß weiterzukämpfen. Martin sah sich nach seinen erfolgreichen Pfeilschüssen plötzlich zwei Gegnern zugleich gegenüber. Den Hieb des ersten konnte er noch parieren, wurde vom zweiten jedoch an der Schulter verletzt, sodass er weichen musste, zumindest bis zur Mitte, wo ihm ein Freund die lädierte Seite decken konnte. Gerhardt hatte seinen Rossschinder, der noch im Körper seines Gegners steckte, losgelassen, um mit dem Schwert weiterzukämpfen. Im Moment des Umgreifens rückte ihm jedoch von rechts jemand auf den Leib, dem er nur mit einer Drehung seines Pferdes ausweichen konnte. Damit war er aber in der Zange, weil von links ein zweiter Angreifer heranstürmte, der bereits sein Schwert schwang, bevor Gerhardts Klinge die Scheide verlassen hatte. Hätte er einen Schild gehabt, wäre er geschützt gewesen, so aber blieb dem Hundeführer nichts anderes übrig, als zur Abwehr die linke Hand zu heben. Einen schmerzhaften Augenblick später büßte er zwei Finger ein. Dann aber war Willibald heran, und zu zweit konnten sie gegen die beiden Angreifer bestehen. Schlechter sah es auf dem linken Flügel aus, wo Martin aufgrund seiner Verletzung hatte weichen müssen und der junge Ulrich sich plötzlich den beiden Männern gegenübersah, die Ersteren verwundet hatten. Noch dazu preschten gerade drei weitere, aus der Wupper kommend, auf ihn zu. Thomas gesellte sich sofort an seine Seite. Trotzdem stand es hier zwei gegen fünf. Ein kritischer Moment. Tarek jedoch erwies sich als hervorragendes Streitross, das es allein mit zwei, drei Gegnern aufnehmen konnte. Zuerst stieg er wie ein wütender Bär auf die Hinterbeine, wodurch der Vormarsch der drei Reiter auf der Wupperseite zum Stehen kam. Dann drehte er sich auf Thomas' leisen Schenkeldruck hin um die eigene Achse und setzte zu einem irrwitzigen Sprung an, bei dem er mit beiden Hinterhufen zugleich auskeilte. Eines der märkischen Pferde wurde am Kopf getroffen und sank zur Seite, wobei es seinen Reiter unter sich begrub. Derweil ließ Ulrich seinen Rossschinder über dem Kopf kreisen und senkte die Spitze dann auf die Angreifer, die von vorne kamen. Ein weiterer Gegner stürzte mit einer klaffenden Schulterwunde vom Pferd. Aber Ulrich hatte damit seine wichtigste Waffe verloren. Mit dem Schwert war er längst nicht so geschickt. Aber das wusste ja keiner. Deshalb zog er seine Klinge und rückte weiter vor. Am schlimmsten traf es Ewalds Gruppe mit den drei Fußknechten. Todesmutig warfen sie sich den Reitern entgegen, die den Hang herunterkamen, wurden aber allesamt von den Pferden niedergeritten. Nur Ewald konnte sich aufgrund seiner Statur und seines langen Stabes, den er wie einen Knüppel handhabte und in kreisenden Bewegungen auf seine Gegner niederfahren ließ, behaupten. An ein Zurückschlagen des Feindes war jedoch nicht zu denken. So musste Ewald schließlich tatenlos mit ansehen, wie die drei Märker den Frauen hinterhergaloppierten. Maria hatte sich unterdessen hinter einem Strauch verborgen und fieberhaft überlegt, wie sie sich nützlich machen könnte. Sie haderte mit sich, dass sie ausgerechnet diesen Überfall nicht hatte vorhersehen können. Zu so vielen Ereignissen der letzten Zeit hatte sie Visionen gehabt, nur nicht zu diesem. Als die drei Reiter an ihr vorüber waren, nahm sie ihr Herz und ihre Röcke in die Hand und rannte, so schnell sie konnte, in einem Bogen zur Schmiede, die unmittelbar hinter der nächsten Flussbiegung stand. Sie musste ihrem Mann eine vernünftige Waffe besorgen.

Thomas hatte sich unterdessen dank der Kapriole seines Pferdes, wie der wahnwitzige Sprung genannt wurde, etwas Platz verschafft und war William zu Hilfe geeilt. „Spring auf", brüllte er, wobei er ihm den linken Arm entgegenstreckte, den dieser auch ohne Zögern ergriff, um sich hinter Thomas in den Sattel zu schwingen. Gemeinsam durchbrachen sie die feindliche Linie, gefolgt von Gerhardt und den anderen. Adolf von der Mark sah dies als Gelegenheit, dem Tumult, der ihn gut die Hälfte seiner Männer gekostet hatte, und dem wütenden Hund, der nun wieder auf ihn zuhielt, zu entfliehen und sich mit seinen vorausgerittenen Männern zu vereinen. „Mir nach!", rief er über das Schlachtfeld und stürmte flussaufwärts, wobei er mit knapper Not dem sprungbereiten Wulfila entging. Der Rest seines Fähnleins folgte ihm auf dem Fuß. Ewald, der nun eine Wand aus Pferden und Kämpfern auf sich zukommen sah, brachte sich mit einem Hechtsprung in Sicherheit. „Sie wollen zum Hof – hinterher!", befahl Thomas, der sich sofort große Vorwürfe machte, dass die Palisade noch nicht umlaufend fertiggestellt war. Ein paar Herzschläge verstrichen jedoch, weil William Halt suchte und sich die Männer sammeln mussten, dann stürmte alles zurück. Tarek, der selbst mit zwei Reitern auf dem Rücken noch schneller war als alle anderen Pferde, galoppierte mit raumgreifenden Schritten voneweg. Sibylla war, sobald sie auf dem Gehöft angekommen waren, wie einst als Kind von ihrer Stute gesprungen und hatte ihr einen Klaps auf die Kruppe gegeben. „Lauf in den Stall, mein Mädchen", rief sie ihr hinterher, dann eilte sie zum Haus. Katharina tat es ihr nach, war jedoch der Verzweiflung nah und stolperte denn auch vor Aufregung über den Saum ihres langen Kleides. Der Länge nach fiel sie auf den lehmigen Weg. „Kümmere dich um die Pferde und bleib bei ihnen", beschied ihr Sibylla, die jedoch weiterlief, um keine Zeit zu verlieren, „ich hole die Kinder und die anderen und komme nach!" Mit Tränen in den Augen erhob sich Katharina auch gleich, obwohl ihr die Knie schmerzten, gehorchte ihrer Schwägerin und folgte den Tieren, die sich bereits gemächlich auf den Weg zum Stallgebäude gemacht hatten. Auf der

Schwelle des Haupthauses kamen Sibylla bereits die anderen Frauen entgegen, Adele trug die beiden Säuglinge auf dem Arm, Andrea ihr Jüngstes. Ihren Max hielt sie an der Hand. „Wo sollen wir hin? Uns im Haus verstecken?", fragte die Jüngere. „Um Gottes Willen, da suchen sie doch zuerst, nein, ab in den Stall, da sehen wir weiter", entschied Sibylla. Adele marschierte auch sogleich mit resoluten Schritten los, Andrea zögerte noch. „Sind ... sind noch alle am Leben?", wollte sie wissen. „Ich glaube ja, aber jetzt gib Fersengeld!", befahl die Gutsherrin. Und während Andrea ihrer Schwiegermutter hinterhereilte, stürmte Sibylla in die Küche und griff sich alles an Messern, Beilen und Schürhaken, dessen sie habhaft werden konnte. Mit einem wahren Waffenarsenal im Arm rannte sie schließlich in den Stall, der eigentlich nur eine Scheune war, und schloss das Tor. Keinen Augenblick zu früh, denn schon hörten sie Hufgetrappel, und die ersten drei märkischen Reiter kamen angeritten. Die Frauen hielten mit pochendem Herzen den Atem an und lauschten. „Keiner zu sehen. Und was machen wir jetzt?", hörten sie einen der Reiter fragen. „Na, was wohl, wir durchsuchen das Haus", beschloss ein anderer. Die Geräusche ließen darauf schließen, dass die Männer absaßen und sich auf den Weg zum Haus machten. Zwischen den Schritten war das Klirren von Metall zu hören. Dann traten sie vor die Eingangstür. Nach drei Tritten gab der Riegel berstend nach. Mit trotzigem Blick spähte Sibylla durch eine Lücke der Scheunenwand. „Bewaffnet euch, nehmt jede ein Messer oder wonach euch der Sinn steht", riet sie mit gedämpfter Stimme, „wenn sie kommen, sollen sie was erleben!" Hildruth, immer noch auf Adeles Arm, wurde unruhig und gab brabbelnde Laute von sich, die der kleine Robin sofort zu beantworten schien. „Psst", flüsterte Adele und legte den Kleinen abwechselnd einen Finger auf die Lippen. Andrea tröstete mütterlich ihre eigenen beiden Kinder. Katharina, die noch die Pferde in den hinteren Bereich der Scheune gebracht hatte, strich ihr aufmunternd mit einer Hand über die Wange, fühlte sich jedoch selbst hundeelend. Dann hob sie mit zitternden Fingern ein langes Messer auf, mit dem sie für gewöhnlich Fleisch schnitt. „Wie damals, als meine Eltern starben", schluckte sie in Erinnerung an das schlimmste Ereignis ihres noch jungen Lebens. Jede der Frauen kannte die Geschichte und litt mir ihr. Es musste jetzt ungefähr zwölf Jahre her sein, dass Katharinas und Thomas' Eltern das Opfer von Raubrittern geworden waren, die die Fischerkate der Familie abgefackelt, die Erwachsenen ermordet und der Fischertochter Gewalt angetan hatten, auch wenn es, dank der Hilfe einer als Hexe verschrienen Alten, nicht zur

Schändung gekommen war. Thomas hatte währenddessen auf der Burg des Grafen geweilt und später die Leichen gefunden. „Dann kannst du es denen hier und jetzt gleich doppelt heimzahlen", flüsterte Sibylla und bückte sich nach dem kleinen Beil, das normalerweise zum Zerkleinern des Kaminholzes diente. Ihre Stimme klang dabei wie das Zischen eines überlaufenden Kessels auf dem Herd. „Lebend bekommen sie uns nicht!" Andrea biss sich ängstlich auf die Lippen. „Ihr meint, wir sollen uns selbst …? Und die Kinder auch?" – „Nein, mein Kind", meldete sich da Adele entschlossen zu Wort, während sie mit dem Fuß den Schürhaken näher zu sich bugsierte, um ihn im Ernstfall griffbereit zu haben, „Sibylla meint, wir sollen uns so teuer wie möglich verkaufen. Eher beißen die ins Gras, bevor wir zulassen, dass sie uns etwas antun!" Sibylla warf ihr sogleich einen dankbaren Blick zu, dann spähte sie wieder hinaus. Polternd verließen zwei der Schergen soeben das Haus. Der dritte hatte die Pferde gehalten. „Ausgeflogen!", rief ihm einer der anderen zu. In diesem Moment fing Robin an, prustend die Luft durch seine zusammengepressten Lippen auszustoßen, auf denen sich kleine Spuckebläschen bildeten. Normalerweise sorgte dieses Lippenspiel immer für Heiterkeit, diesmal gefror den Frauen das Blut in den Adern. Adele brachte ihn schnell wieder zur Ruhe, aber es war zu spät. „He, hierher, ich glaube, die Weiber sind hier drin", brüllte der Zügelhalter. Und schon rannten die anderen beiden zur Scheune und gemeinsam gegen das Tor an, doch der Riegel, den Sibylla vorgeschoben hatte, hielt, auch wenn die Flügel bedenklich in den Angeln schwankten. „Schnell, stämmt die Pfähle gegen das Tor", rief sie. Rechts neben dem Eingang lagen ein paar angespitzte Hölzer, Reste der Palisadenarbeit, mit denen Thomas vor dem Haus einen Zaun hatte ziehen wollen. Nun dienten sie den Frauen als Verteidigungswerk. Ungehalten pochten die Männer gegen das Tor, das ihrem Bestreben jedoch widerstand. Die Kinder fingen an zu weinen. „Wenn nicht durchs Tor, dann eben durch die Wand", beschloss der dritte Kerl, der die Pferde losgelassen hatte, und führte sein Schwert wie einen Hebel zwischen zwei Sparren der Scheunenwand, die wie üblich etwas luftiger konstruiert war als die Wände der bewohnten Häuser. Sogleich taten es ihm die anderen nach. Sibylla hieb mit ihrem Beil auf die Klingen, konnte aber nur wenig ausrichten. Nicht lange, und der Holzsparren gab nach. Unvorsichtigerweise griff einer der Männer nun auch mit der Hand an das Holz und versuchte, das Hindernis herauszureißen. Der Versuch kostete ihn vier Finger der Linken, zumindest bis zur Hälfte. Jammernd und blutend ließ er von seinem Werk ab.

Doch die anderen verdoppelten sofort ihre Anstrengungen und versuchten, die Bresche zu vergrößern. Katharina sprang hinzu und stach mit dem Fleischmesser nach den Kerlen, wurde aber von einer Schwertklinge abgewehrt. Da erscholl erneut Hufgetrappel, diesmal von einer größeren Anzahl Pferde. Hoffnung keimte unter den Frauen auf, wurde jedoch jäh zerstört. „Was macht ihr da?", begehrte Adolf von der Mark zu wissen. „Die feinen Weiber sind hier drin", ließ ihn der Wortführer der ersten drei wissen, „aber sie kämpfen wie Furien!" Mit einem Blick erfasste der Graf die Lage, sah den blutenden Mann am Boden, der sich mit schmerzverzerrtem Gesicht die Hand hielt. „Dann räuchert sie aus", befahl er kalt, „die zugige Scheune brennt gewiss wie Zunder!" Katharina entfuhr ein Aufschrei des Schreckens. Auch damals hatten die Raubmörder mit Feuer das Ende eingeleitet. Schon flog der Funke eines Feuersteins, von kundiger Hand und einer scharfen Klinge ausgelöst, in ein Bündel Stroh. Eine Flamme loderte auf und entzündete ein weiteres Bündel. Dann stießen die Männer einen der Brände durch die Bresche, das andere Bündel flog auf das Dach. Schnell breitete sich dort das Feuer aus. Die Pferde begannen, unruhig zu wiehern. Verzweifelt versuchten die Frauen, die Flammen zu ihren Füßen auszutreten, aber ihre Kleider erwiesen sich dafür als ausgesprochen hinderlich. Sibyllas Rocksaum fing Feuer. Sie löste das Problem aber, indem sie den unteren Rand des Stoffes kurzerhand mit einer Klinge abtrennte. Dann musste sie wie die anderen vor den sich ausweitenden Flammen zurückweichen. Derweil hatte Adolf von der Mark dem Rest seiner Männer befohlen, auf dem Weg zwischen Palisade, Fluss und Scheune eine ordentliche Verteidigungslinie zu bilden, denn er wusste seine Gegner nicht weit hinter sich. Da waren sie auch schon heran. Thomas fuhr der Schreck durch Mark und Bein, als er Rauch über der Scheune aufsteigen sah. Auch er erinnerte sich an den Mord an seinen Eltern. Das verdoppelte seine Wut und seine Anstrengungen. Wie ein Blitz fuhr er unter seine Gegner. Dem Reiter zu seiner Rechten stieß er sein Schwert bis ans Heft durch die Brust. Im gleichen Moment sprang William wie ein Panther auf einen Kerl zur Linken, purzelte mit ihm zu Boden und überwältigte ihn. Willibald, der, wie auch die verwundeten Martin und Gerhardt, als nicht ganz so geübter Reiter etwa dreißig Schritt zurückhing, räumte aus dieser Distanz mit einem Pfeil einen weiteren Mann aus dem Weg, sodass Thomas nun freien Zugang zur Scheune hatte. Sein Schwert hatte er aufgeben müssen. Stattdessen zog er seinen Dolch. Die beiden Männer, die vor der brennenden Scheunenwand warteten, dass diese endlich einstürzte, bedeckten ihre Augen gegen die Hitze. Ohne anzuhalten warf sich Thomas auf einen der beiden. Im Handgemenge wälzten sie sich ein paar Mal hin und her, dann schlug ihm Thomas den Dolchgriff gegen den Schädel, worauf sein Gegner bewusstlos liegen blieb. Nun wandte er sich dem nächsten zu. Mit markerschütterndem Bersten stürzte gerade die vordere Scheunenwand ein. „Nein!", kam ein lang gezogener Schrei aus dem Inneren und mischte sich mit dem nun panischen Wiehern der Pferde. Dann schien es, als rausche ein Engel der Finsternis aus dem Inferno. Mit einem gewaltigen Satz sprang eine der Frauen durch die Flammen, das Gesicht vor Wut und Angst verzerrt. Eine lange Klinge blitzte auf und fuhr dem verdutzten Häscher vor ihr tief ins Fleisch. Ungläubig blinzelnd sackte er zusammen. Mit angesengtem Haar und verkohltem Brautkleid stand die junge Frau über ihm. „Katharina!", kam es Thomas über die Lippen, dann eilte er zu ihr und nahm sie kurz in den Arm, „wo sind die anderen, wo ist Sibylla!" Aber da kamen sie auch schon aus der Scheune, geduckt vor den Flammen über ihnen, dicht gefolgt von den Pferden. Durch den Einsturz der Bretterwand war ihr Weg frei geworden. Glücklich fielen sich Thomas und Sibylla in die Arme. Einen Moment später stand auch William bei ihnen und drückte seine Katharina, doch noch war keine Zeit zum Durchatmen. Deshalb bückte sich der Fischersohn und nahm dem verwundeten Kriegsknecht dessen Schwert ab. Der junge Ulrich hatte in der Zwischenzeit einem Kerl, der unmittelbar neben dem Grafen postiert war, mit einem gewaltigen Streich das Schwert aus der Hand geschlagen. Den Rest besorgte Wulfila, der den Mann vom Pferd riss. Adolf von der Mark starrte mit vor Schreck geweiteten Augen auf seinen Dienstmann, der den Zähnen des Saupackers hilflos ausgeliefert war. Dann blickte der riesige Hund knurrend zu ihm auf. Dem Grafen blieb das Herz stehen. Gerhardt hatte sich mit Martin aufgrund ihrer Verwundung und schwindender Kräfte am Rand der Kampflinie gehalten und bislang darauf beschränkt, einen Gegner zu beschäftigen und sich ansonsten gegenseitig Deckung zu geben. Nun sah er die Angst in den Augen des Märkers und erkannte die Gelegenheit. „Ich bin der Einzige, auf den er hört", rief er ihm zu, „befiehl deinen Männern, die Waffen zu strecken, und ich pfeife ihn zurück!" Schon setzte Wulfila zum Sprung an, da warf Adolf von der Mark seine Klinge zu Boden. „Lasst es gut sein", keuchte er, „weg mit den Schwertern, Schluss!" Ein kurzer Pfiff aus Gerhardts Lippen, und Wulfila hielt inne. Suchend blickte sich der immer noch aufgeregte Hund um, noch nicht ganz gewillt, von seinem nächsten

Opfer abzulassen. Noch ein Pfiff, dann erkannte er Gerhardt und legte sich fromm wie ein Lamm zu Boden. Diesen Moment versuchte einer der Angreifer zur Flucht zu nutzen, doch er kam nicht weit, denn soeben kamen Maria und Ewald herbeigeeilt, der nun mit einem Schmiedehammer bewaffnet war. Mit einem gewaltigen Schlag holte er den Reiter vom Pferd. Die verbliebenen Schergen des Märkers taten es ihrem Grafen nach und warfen ihre Klingen fort. Die Schlacht war vorüber. Erschöpft sanken Martin und Gerhardt von ihren Pferden. Sogleich gesellte sich Wulfila zu ihnen und leckte seinem Herrn das Gesicht. Willibald, Ewald und William trieben die unverletzten Gegner zusammen und banden ihnen mit ledernen Riemen die Hände und Füße. Dann kümmerten sich die Frauen um die Verletzten beider Seiten, während Adele und Andrea in gebührender Entfernung weiter die Kinder versorgten. Sie brauchten jetzt Trost und wärmende Decken. Thomas zerrte den Grafen von seinem Ross und zwang ihn in die Knie, bevor Ewald hinzutrat und auch den Urheber allen Übels fesselte. „Ich hätte nicht übel Lust, ihm den Schädel einzuschlagen", schimpfte der Schmied, „schau, was sie angerichtet haben!" Überall lagen Tote und Verwundete. Die zuvor so stattliche Scheune brach unter den Flammen zusammen. Doch nicht nur dieses Gebäude stand in Flammen. Der Wind hatte brennendes Stroh zum Hauptfhaus hinübergeweht. Auch dessen Dach hatte Feuer gefangen, das sich schnell ausbreitete. So schnell es ging, versuchten die Männer zu löschen, griffen nach Eimern und holten Wasser aus der Wupper, doch es war hoffnungslos. Auch das Gutshaus war nicht mehr zu retten. „Und was machen wir jetzt?", schniefte Sibylla, die an Thomas' Seite geeilt war und sich verstohlen eine Träne aus dem rußgeschwärzten Gesicht wischte, „es ist alles zerstört, unser schönes Zuhause!" Mit einem milden Lächeln auf den Lippen nahm er sie in die Arme. „Wir bauen es wieder auf, schöner als vorher", versprach er, als sei dies das Leichteste auf der Welt, „es ist nur Holz und Stroh. Wir haben immer noch uns!" Dabei traten William und Katharina hinzu. „Und mit solchen Frauen an unserer Seite wird uns alles gelingen", fügte der Engländer hinzu, „hast du gesehen, wie todesmutig sie gekämpft haben?!" Katharina lehnte dankbar ihren Kopf an seine Schulter. Sie spürte, dass eine große Last von ihren Schultern gefallen war und sie sich mit dem Sprung durch das Feuer auch von einer alten Bürde befreit hatte. „Ich fürchte nur, dass aus unserer Hochzeit heute wieder nichts wird", meinte William, „und so, wie ich das sehe, wird die noch eine Zeit lang warten müssen. Willst du jetzt im Winter schon mit dem Neuaufbau beginnen?", wandte er sich an Thomas. „Ich weiß nicht", gab der ehrlich zurück, „ich weiß nur, dass wir zuerst einmal diese Schweinerei wegräumen müssen", womit er mit einem Seitenblick auf den gefesselten Grafen nicht nur die Trümmer meinte, „am besten wir schicken zuerst einmal nach Neuenberge. Graf Heinrich soll sich um diese Kerle kümmern. Und vielleicht weiß er ja auch Rat, wo wir fürs Erste ein Dach über dem Kopf finden!" Und wenig später ritt der junge Ulrich zusammen mit Ewald, dem Schmied, nach Neuenberge, um den neuen Grafen von Berg zu holen und um Unterstützung zu bitten.

„Seine Majestät, der deutsche König", verkündete der Herold mit lauter Stimme und schlug dabei dreimal mit seinem Stab auf den Boden, „Heinrich der Siebte, Sohn unseres allseits geliebten römischen Kaisers Friedrich, und seine Gemahlin, Königin Margarete!" Der Empfangssaal in der Kaiserburg, die sich wie ein Adlerhorst hoch über dem Flüsschen Pegnitz und der nördlichen Altstadt von Nürnberg erhob, war zum Bersten gefüllt. Die edelsten Fürsten des Reiches waren zum Hof- und Gerichtstag erschienen – und zur Vermählung des jungen Königs mit der Tochter des österreichischen Erzherzogs Leopold. Feierlich marschierten der vierzehnjährige König und die gut sieben Jahre ältere Königin, die ihren frisch angetrauten Gatten um mehr als einen halben Kopf überragte, in den Saal ein. Die Trauung hatte am Vortag stattgefunden, nun sollte, wie bei Hoftagen üblich, Gericht gehalten werden. „Habt Ihr schon gehört, dass es heute auch zur Anklage gegen die Mörder des Heiligen Engelbert kommen soll?", raunte Gerlach von Büdingen, ein königs- und kaisertreuer Ritter aus der Barbarossastadt Gelnhausen, den Männern in seinem Dunstkreis zu, „eine Schande, dass er die von ihm arrangierte Hochzeit nicht mehr miterleben durfte. Aber den Mördern und Dunkelmännern, die das verbrochen haben, wird es übel ergehen!" Walram von Limburg, der eine Reihe hinter dem Büdinger stand, eine Position, die ihm, einem der mächtigsten Fürsten des Landes, ohnehin schon gegen den Strich ging, schwoll die Zornesader. „Wie, wo und warum sollte der ausgerechnet weltlichste aller Kirchenfürsten heilig gesprochen worden sein?", konnte er es sich nicht verkneifen, „oder sitzt der Teufel neuerdings zu Petrus' Rechten?" Der Büdinger und etliche staufische Ritter wandten den Kopf zu ihm um. „Ihr wagt es? Ausgerechnet Ihr, der Ihr mit den Hintermännern des feigen

Anschlags am häufigsten in Verbindung gebracht werdet?", entgegnete Gerlach, „untersteht Euch!" Ein Ritter neben ihm stieß ihn in die Seite. „Lasst es gut sein, das Gericht wird es an den Tag bringen", meinte er vieldeutig. „Pfui!", kam es von rechts, „Schande über Limburg und die feigen Fürsten aus Westfalen!" Nun verzogen auch die Grafen von Tecklenburg und Arnsberg säuerlich das Gesicht. Walram fühlte sich zunehmend unbehaglicher. Engelbert hier, Engelbert da. Der Hoftag kannte trotz königlicher Hochzeit kein anderes Thema. Der verblichene Erzbischof von Köln, der ihm zeitlebens ein Dorn im Auge gewesen war, bereitete ihm sogar posthum noch jede Menge Ärger. „Schaut, dort kommt der Kölner Trauerzug mit den blutbefleckten Kleidern", kam es wieder von vorn. Und aller Augen richteten sich auf die Prälaten der Domstadt, die im Auftrag des neuen Erzbischofs nach Nürnberg vorausgeeilt waren, um die Anklage vorzubringen, und demonstrativ die Kleider des Ermordeten vor sich her trugen. Nun nahmen sie ganz in der Nähe des Thrones Aufstellung, auf dem sich der junge Heinrich soeben niedergelassen hatte. Seine Krone, die er zu diesem Zweck abgenommen hatte, und die königlichen Insignien, das Zepter und der Reichsapfel, wurden auf ein samtenes Kissen zu seinen Füßen gebettet. Etwas weiter rechts befand sich eine längere Tafel, hinter der die Richter und Schöffen auf hochlehnigen Stühlen Platz genommen hatten. Von seiner Last befreit, schüttelte der junge König seine blonden Locken und blickte aufgeregt in die Runde. Dann begann er, in der Nase zu bohren, worauf sich sein Schwiegervater, der Herzog von Österreich, der seit Kurzem die Erziehung des Kaisersohnes übernommen hatte und als graue Eminenz im Hintergrund weilte, vernehmlich räusperte. Schuldbewusst zog Heinrich den Finger zurück und wischte sich diesen am Hosenbein ab. Ein Disput zu seiner Linken erregte seine Aufmerksamkeit. Dort hatte die Königin Platz genommen und weigerte sich, ihren kostbaren Kopfschmuck abzulegen, wie es eigentlich Brauch war. Da man sie noch nicht gekrönt hatte, trug sie ein aus edlen Steinen gefertigtes Diadem. Und das wollte sie nicht wieder hergeben. „Aber Majestät", flüsterte ihr der Herold zu, „es ist so Sitte, niemand in diesem Saal trägt vor Gericht eine Krone oder Ähnliches!" Doch Margarete saß weiter unbeweglich da und verzog keine Miene. Ihre trotzige Haltung, mit stolz geschwellter Brust und langem Hals, durch die sie noch größer wirkte, ließ keinen Zweifel an ihrer Entschlossenheit. Heinrich nutzte die sich bietende Gelegenheit und kniff ihr kurz in die rechte Brust. Erbost schlug Margarete ihrem jugendlichen Gatten auf die Finger, was ihm jedoch nur ein diebisches Lachen entlockte. „Nun denn, lasst es gut sein", beschied Leopold von Österreich den Anwesenden, „damit wir endlich beginnen können!" Margarete behielt also das kostbare Stück auf dem Kopf. Darauf reichte der Herzog dem König vor ihm ein Pergament. „Ich, Heinrich, König des deutschen Reiches, erkläre den Gerichts- und Hoftag für eröffnet", begann der Lockenkopf laut zu lesen, geriet jedoch bald ins Stocken und ins Schwitzen. „Die königlichen Hofgerichtspara..., äh, Gerichtsordnungsparagrafen, pfff ..." Sein Schwiegervater eilte ihm zu Hilfe, nahm mit mildem Lächeln das Pergament an sich und las an seiner statt weiter, wobei er den Anwesenden die Verlesung der vielen einzelnen Punkte der höfischen Gerichtsordnung ersparte. Dann trat einer der Richter vor und zitierte die Fälle, über die es Gericht zu halten hieß. Ein Kloster klagte gegen seinen Bischof, eine aufstrebende Stadt gegen einen Landesgrafen, ein Lehnsritter gegen die seiner Meinung nach zu geringe Landzuteilung. An vierter oder fünfter Stelle sollte die Anklage des Erzbistums Köln gegen die Mörder ihres bisherigen Erzbischofs verhandelt werden. Heinrichs Züge verdunkelten sich, als der Name seines bisherigen Erziehers fiel, zu dem er ein inniges, väterliches Verhältnis gehabt hatte, und er bekreuzigte sich. Ähnlich ging es vielen der Anwesenden. Unruhe machte sich breit. Niemandem gefiel es, sich vorher mit unwichtigen Klosterklagen befassen zu müssen. So waren etliche geradezu erleichtert, als sich der Prior des Kölner Domes vordrängelte und dem jungen König die Kleider des Ermordeten zu Füßen legte. „Das sind die blutgetränkten Gewänder des hochheiligen Märtyrers, unseres geliebten Erzbischofs und Reichsverwesers, des heiligen Sankt Engelbert von Köln!", tönte er weithin hörbar und löste damit augenblicklich einen Tumult aus. „Ein Scheinheiliger!", riefen einige, „mit welchem Recht wird er in den Himmel gehoben?" Walram witterte Morgenluft. „Rächt ihn, den edelsten Fürsten des Reiches!", brüllten da andere, „nieder mit seinen Mördern!" König Heinrich hielt es nicht auf seinem Thron. Ohne ein Wort rutschte er nach vorn und ging in die Hocke. Jetzt berührte er erschüttert das Leinenhemd und den Mantel seines Ziehvaters. „Fürwahr ein Märtyrer", flüsterte er, während seine Finger über den blutverkrusteten Stoff glitten, als wolle er ein letztes Mal Abschied nehmen. „Mit welchem Recht macht ihr ihn zum Märtyrer?", meldete sich Walram von Limburg zu Wort, dem das Schauspiel endgültig zu weit ging, „mit welchen Taten verdiente er sich diese Erhebung und Verehrung?" Wütend drehten sich die Kölner Domherren und Prälaten zu ihm um. „Das ist doch wohl für aller Augen ersichtlich und buchstäblich greifbar", beschied ihm der Prior, wobei er anklagend das blutige Hemd emporriss, „er ist für seinen Glauben und die heilige Mutter Kirche gestorben, weil er ihre Klöster gegen räuberische Vögte verteidigte – mit seinem eigenen Leib. Seht, wie sie ihn abgestochen haben, wie Vieh, wie ein Opferlamm!" Einem der westfälischen Landesherren, dem Grafen Otto von Tecklenburg, ging das entschieden zu weit. „Jede Hebamme kann Euch so einen Fetzen unterschieben!", spuckte er aus. Doch damit schürte er den Aufruhr nur weiter an. „Seht doch her, vierzig Mal und mehr hat man auf ihn eingestochen", kam es aus der Kölner Gruppe, „er blutete noch mehr als unser Heiland selbst, als ihn die Römer geißelten. Nie gab es einen würdigeren Märtyrer!" Walram von Limburg spuckte einen Pfropf Galle aus. „Ein Weiberheld und Hurenbock war er, ein Leuteschinder!" Doch seine Stimme wurde schnell übertönt. Die Masse der Anwesenden beklagte Engelberts Tod und wollte seinen Mördern an den Kragen. „Deshalb ersuchen wir Euch, mein König", nutzte der Kölner Prior geschickt den Moment, um sein Anliegen vorzubringen, „die niederträchtigen Mörder dieses großen Mannes zu ächten und zu bannen, allen voran den abgefeimten Anführer des Mordgesindels, den schändlichen Grafen Friedrich von Isenberg, der seinen eigenen Vetter meuchelte. Erklärt ihn für vogelfrei und enthebt ihn all seiner Güter, auf dass wir ihn suchen, finden und aburteilen können als den gemeinen Verbrecher, der er ist!" Wieder brandete der Tumult auf. Verschüchtert zog sich der König wieder auf seinen Thron zurück, wobei er sich ängstlich nach seinem Schwiegervater umsah. Herzog Leopold breitete beschwichtigend die Arme aus, um Ruhe zu erbitten. „Das ist eine schwere Anschuldigung, die Ihr da vorbringt. Ich bin mir nicht sicher, ob dies ohne Anhörung der Beschuldigten hier und heute verhandelt werden kann!" Dabei blickte er in die Runde. Einer der Richter erhob sich und schüttelte den Kopf. „Bei einer so schweren Anklage kann das Hofgericht kein gottgefälliges, gerechtes Urteil fällen, ohne zuvor den Angeklagten vernommen zu haben. Dieser hat ein Recht darauf, gehört zu werden!" „Nein, das hat er nicht", meldete sich Gerlach von Büdingen zu Wort, „welche Beweise braucht Ihr denn noch? Der Isenberger war der abgefeimte Täter, das pfeifen die Spatzen landauf, landab von den Dächern. Dort auf dem Boden liegen die Beweise. Und durch einen höchst königlichen Richtspruch kann ein solcher Mörder auch in Abwesenheit verurteilt werden!" Doch der Richter blieb bei seinem Urteil. „Wir brauchen mehr Beweise", beharrte er, „und die Vernehmung des Beschuldigten – sei es zu seiner Entlastung oder zur

Enttarnung der Hintermänner, von denen man im ganzen Land spricht. Dieser Fall schreit nach umfassender Aufklärung!" – „Dann vernehmt doch den hier", rief der Büdinger und zeigte mit dem Finger offen auf Walram von Limburg. „Ja, vernehmt den Herzog von Limburg", mischten sich Stimmen aus dem kölnischen Lager ein, „er hat am meisten von dem Mord am Erzbischof profitiert. So fiel die Grafschaft Berg schon kurz nach der Tat an seinen Sohn. Und der Herzog selbst entledigte sich augenblicklich der erzbischöflichen Burg Valant, die ihm seit Jahren ein Dorn im Auge war. Da war die Leiche des Heiligen noch nicht kalt. Fragt ihn, wie er so schnell handeln konnte, fragt ihn, was er mit der Mordtat zu schaffen hat, ist er doch der Schwiegervater des Mörders!" Walram hielt es nicht mehr in der zweiten Reihe. „Nichts habe ich damit zu schaffen", brüllte er und stürmte nach vorn. „das werde ich mit dem Schwert beweisen, notfalls gegen Euch alle!" Drohend hob er die Hand, die jedoch unbewaffnet war, weil alle ihre Schwerter vor Betreten des großen Saales hatten ablegen müssen. Wieder versuchte Leopold von Österreich zu beschwichtigen. „Lasst uns die Angelegenheit vertagen", beschwor er den König und die tobende Meute, „bis dass die Wellen nicht mehr so hoch schlagen. Und ich rate dringend, die Meinung des Kaisers in dieser Causa einzuholen!" – „Nicht vertagen", brüllte der Büdinger, „jetzt muss es entschieden werden!" – „Ein Gottesgericht", brüllte die Menge, „ja, holt die Schwerter!" Da stürmten Walram von Limburg und einige westfälische Adelige, die mit ihm im Bunde waren, bereits nach draußen, um zu den Waffen zu eilen. Daraus versprachen sie sich einen gewissen Vorteil, obwohl sie zahlenmäßig hoffnungslos unterlegen waren. Doch die Menge folgte ihnen auf dem Fuß. An der Tür zum Innenhof der Kaiserburg, mehr noch auf der hölzernen Freitreppe, die in diesen hinabführte, entstand ein unvorstellbares Gedränge. Jeder wollte seinen Vordermann überholen, ruderte mit den Armen und teilte Hiebe mit den Ellenbogen aus. Walram sprang als einer der Vordersten mit einem für sein Alter erstaunlich behänden Satz in den Hof und rannte zu seinem Zelt, das er als Herzog hatte innerhalb der Burg aufschlagen dürfen. Da hörte er ein gewaltiges Krachen und Bersten. Mit schrecklichem Getöse, untermalt vom Schreien Dutzender Menschen, brach die große Freitreppe unter der ungewohnten Last ein und begrub Mann und Maus, Ritter und Knappen mit einem Schlag unter sich. Erschrocken eilten König und Königin, Richter und Schöffen an die Fenster des Palas. Unten bot sich ihnen ein Bild des Grauens. Geborstene Balken und gebrochene Knochen, Bohlen und Leiber, verzerrt, verdreht und grotesk ineinander verkeilt, wurden unter einer sich nur langsam lichtenden Staubwolke sichtbar. Sechzig Ritter und Knappen, darunter einige der edelsten Fürsten des Reiches, hatte der Tumult das Leben gekostet. Sofort beendete Leopold von Österreich den Gerichtstag und ließ den König nebst der verschreckten Margarete, die gar nicht bemerkte, dass sie in der Hektik ihren doch so geliebten Kopfschmuck verloren hatte, in Sicherheit bringen. Walram von Limburg war nicht unter den Opfern. Er sah dies als Gottesurteil an, doch damit stand er recht allein. Die meisten sahen ihn als Urheber allen Übels an, das an diesem Tag über sie hereingebrochen war. So tat er gut daran, noch zur gleichen Stunde seine Zelte abzubrechen und den Rückweg nach Lüttich einzuschlagen. Dem Isenberger blieb die Ächtung nicht erspart, zu mächtig waren die Stimmen, die seinen Kopf forderten. Kaum zwei Wochen später, auf dem folgenden Hoftag in Frankfurt, erschien der neue Erzbischof von Köln, Heinrich von Müllenark, dann auch persönlich, um das Anliegen der Kölner Kirche vorzubringen. Das tat er effektvoll zusammen mit den viel bestaunten, von Gewalteinwirkung gezeichneten, säuberlich gebleichten Knochen des Ermordeten, die vor allem den König zu Tränen rührten. In einem vergoldeten Schrein ließ Heinrich die Reliquien von jammernden Ministerialen vorführen, die ihre Klagen mit gezogenen Schwertern vorbrachten – eine altgermanische Sitte, die man auch „Klage mit dem toten Mann" nannte. Bei dieser geradezu erdrückenden Klage- und Beweislast blieb der Staatsmacht keine andere Wahl, als hart zu entscheiden. Schnell rangen sich König und Richter denn auch zu einem finalen Urteil durch, das durch heilige Eide bekräftigt und somit amtlich wurde: Friedrich von Isenberg wurde geächtet und sämtlicher Güter enthoben. Jeder, der seiner habhaft wurde, durfte ihn straflos erschlagen oder gefangen nehmen. Sein Stammsitz, die Isenburg, sollte dem Erdboden gleichgemacht werden, wie es der Erzbischof von Köln wollte, ebenso die Feste Nienbrügge. Friedrichs Bann wurde auf alle diejenigen ausgedehnt, die mit ihm gemeinsame Sache gemacht hatten oder ihm auch fürderhin in irgendeiner Form halfen. Seine Frau wurde zur Witwe, seine Kinder zu Waisen erklärt. Walther von der Vogelweide nutzte die Gelegenheit, um sich mit einem erschütternden Nachruf auf den ermordeten Engelbert noch einmal nachdrücklich in die Herzen des Königs und des kaisertreuen Adels zu singen. Als er den geharnischten Sangspruch des Minnesängers erstmals vernahm, sträubten sich Heinrich von Müllenark die Nackenhaare.

Swes leben ich lobe, des tôt den will ich iemer klagen.
So wê im, der den werden fürsten habe erslagen von Kölne!

Wessen Leben ich lobe, dessen Tod will ich immer beklagen.
So weh ihm, der den werten Fürsten von Köln hat erschlagen!

Der neue Kirchenfürst von Köln fragte sich, was die Nachwelt wohl dereinst über ihn sagen und singen würde. Würde sich überhaupt ein Sänger mit seiner Person beschäftigen?

Owê des daz in diu erde mac getragen!
Ine kann im nâch sîner schulde keine martir vinden:
Im waere alze senfte ein eichîn wit umb sînen kragen.

O weh, dass ihn die Erde hat getragen.
Ich kann keine seiner Schuld gebührende Marter finden:
Noch zu sanft wäre ein Eichenstrang um seinen Kragen.

Das brachte Heinrich von Müllenark ins Grübeln. Sollte er den Isenberger in die Finger bekommen, müsste die Hinrichtung jedenfalls genauso effektvoll sein wie das Vorbringen der Anklage mit den blutigen Kleidern des Ermordeten.

In will sîn ouch niht brennen noch zerliden noch schinden
noch mit dem rade zerbrechen noch ouch dar ûf binden:
ich warte allez, ob diu helle in lebende welle slinden.

Ich will ihn auch nicht brennen, noch vierteilen, noch schinden,
noch mit dem Rad zerbrechen, noch ihn darauf binden.
Ich warte, ob die Hölle ihn nicht lebend will verschlingen.

Das Rad, dachte Heinrich von Müllenark daraufhin, wäre allerdings durchaus eine effektvolle Hinrichtungsart. Aber erst musste er dafür sorgen, dass ihm der Unhold ausgeliefert wurde. Deshalb wiederholte er sogleich vor tausend Ohren die Aussetzung eines Kopfgeldes von über 2.000 Mark Silber. Das entsprach dem Gegenwert mehrerer Gutshöfe auf einmal. Darauf machten sich Heerscharen von hergelaufenen wie edlen Kopfgeldjägern auf, den Verfemten zu suchen.

Heinrich von Müllenark hatte der Erfolg seiner Inszenierung so beeindruckt, dass er den Schrein mit den Knochen des Ermordeten fortan ständig mit sich führte, so auch auf dem anschließenden Konzil in Mainz. Dort sprach der päpstliche Legat, Konrad von Porto, auch noch den Kirchenbann über den Isenberger aus – und er erklärte Erzbischof Engelbert zum Märtyrer. Dessen Gebeine fanden schließlich am 27. Dezember 1225 in der Stephanskapelle des alten Kölner Doms ihre letzte Ruhestätte.

Eines jedoch geschah seltsamerweise nie: Der selige Engelbert wurde nie zum heiligen „Sankt Engelbert". Und obwohl zahlreiche Wunder am Schrein des Erzbischofs sowie am Ort seines Dahinscheidens bekundet wurden, versagte ihm die Kurie die offizielle Anerkennung, so als hätten der Heilige Vater – oder der Allmächtige, so hieß es später – selbst etwas gegen die Heiligsprechung ihres mächtigsten Fürsten im Heiligen Römischen Reich Deutscher Nation einzuwenden gehabt.

„Was für eine bodenlose Schweinerei!", eiferte sich Graf Heinrich von Limburg-Berg, als ihm das Ausmaß der Zerstörungen und der Blutzoll bewusst wurden, den der Überfall des Grafen von der Mark gefordert hatte. „Was für ein Glück, dass es vornehmlich seine eigenen Männer getroffen hat!" Sofort, als ihm Ulrich und Ewald, der Schmied, die Geschehnisse auf dem Gut gemeldet hatten, war er an der Spitze von zwanzig Männern nach Leichlingen aufgebrochen, um nach dem Rechten zu sehen. „Welcher Teufel hat Euch nur geritten, hier wie die Vandalen einzufallen?", wandte er sich an den am Boden kauernden Verwandten, „sind meine Vettern allesamt nicht mehr bei Trost, dass sie blindwütig zu den Waffen greifen, ohne Rücksicht auf Verluste und den Schaden, den sie anrichten?!" Adolf von der Mark sagte anfangs keinen Ton, sondern starrte lediglich wutschnaufend vor sich hin, dann platzte es aus ihm heraus. „Glaubt Ihr, ich sehe zu, wie Ihr als Einziger an der Sache partizipiert?", gab er zurück, „ich denke nicht daran. Friedrichs Familienzweig hat uns lange genug im Weg gestanden, jetzt schlägt die Stunde meines Geschlechtes. Wenn es sein muss, auch im Auftrag des Teufels. Dies hier geschah allerdings im Auftrag des Kölner Erzbistums. Es ging um Verrat und Feigheit", fügte er an, dann spie er vor Thomas und Heinrich aus. Darauf versetzte dieser ihm einen Tritt. „Du Hund, du wagst es immer noch, große Töne zu spucken? Ich hätte nicht übel Lust, dich zu zertreten wie einen Wurm, wenn du nicht schon im Staub lägest!" „Vielleicht lässt sich der Graf von der Mark dies eine Warnung und eine Lehre sein", schlug Thomas beruhigende Töne an, „meint Ihr, Feiglinge hätten Euch und Eure Übermacht so zugerichtet? Den Häschern, die Erzbischof Engelbert ermordeten, wären wir genauso entgegengetreten. Glaubt Ihr, wir hätten uns von denen gefürchtet?" Man sah Adolf von der Mark an, dass er tatsächlich ins Grübeln kam. „Ohne den Hund wäre es anders für Euch ausgegangen", versuchte er dann, das Gesicht zu wahren. „Wie Ihr meint", antwortete Thomas, „aber nicht für die Mörder Engelberts, denn der Hund war bei uns, als wir durch den Hohlweg ritten!" Nun blickte Adolf von der Mark auf. „Der Hund war tatsächlich bei Euch?" Thomas nickte und Wulfila ließ wie zur Bestätigung ein leises Knurren hören. „Dann ist die Anklage in der Tat fragwürdig", gab Adolf zu, „nichtsdestoweniger werdet Ihr Eure Unschuld an höherer Stelle beweisen müssen", beharrte er. „Bis dahin kann Euch ein jeder mit Waffengewalt in den Kerker werfen!" Graf Heinrich wollte etwas entgegnen, doch Thomas kam ihm zuvor. „Er kann es versuchen", räumte er ein, „aber es wird ihm dabei genauso schlecht ergehen wie Euch!" Kleinlaut blickte der Graf von der Mark daraufhin wieder zu Boden. Zur Überraschung aller beugte sich Thomas da zu ihm herab und durchschnitt dessen Fesseln. „Reitet nach Hause", gab er ihm mit auf den Weg, „ich hege keinen weiteren Groll gegen Euch. In meinen Augen seid Ihr genug gestraft. Reitet nach Hause und hütet euch vor weiteren derlei Taten. Und berichtet dem Erzbischof und anderen, die es Euch etwa nachtun wollen, was sich hier zugetragen hat. Wenn dies noch nicht als Beweis für unsere Unschuld dient, so werde ich einen anderen Beweis erbringen!" Adolf von der Mark ließ sich das nicht zweimal sagen, sammelte die Reste seiner lädierten Streitmacht und ritt – ohne Waffen, denn die enthielt ihnen Ewald mit mürrischem Blick und schlagbereitem Schmiedehammer vor – zurück an die Ruhr. „Lasst Euch hier nie wieder blicken, das nächste Mal habt Ihr keine Gnade zu erwarten!", rief ihm Heinrich von Limburg-Berg noch hinterher. Dann verschwanden die Reiter gen Norden. „Er wird wiederkommen", meinte Thomas, „ich seh es in seinen Augen!" – „Da gebe ich Euch recht", pflichtete ihm Heinrich bei, „aber das nächste Mal wird es um die Grafschaft Berg gehen!" Für einen Moment trat nachdenkliche Stille ein. „Und was habt Ihr jetzt vor?", begehrte Heinrich zu wissen, „der Winter steht bevor und so schnell werdet Ihr die Dächer nicht erneuert haben. Vielleicht darf ich Euch ja für die Zeit ein Dach über dem Kopf auf Neuenberge anbieten?", bot er an. „Das dürft Ihr gern und ich nehme dankend an", antwortete Thomas, „zumindest für die Frauen und die Kinder!" Sofort wandten sich ihm aller Augen zu. „Was heißt das", platzte es aus Sibylla heraus, „kommst du nicht mit?" – „Ich fürchte, so ist es", ließ er sie und alle Umstehenden wissen, „Ihr habt gesehen, was passiert ist. Und das kann jederzeit wieder geschehen!" – „Nicht unter meinem Schutz", behauptete Heinrich. „Doch, auch unter Eurem Schutz", beharrte Thomas, „nur dass es dann auch gegen Neuenberge und die Menschen dort geht. Verzeiht meine Direktheit. Aber der Erzbischof hat Rache gegen alle geschworen, die sich gegen Engelbert verschworen hatten. Dabei rechnet er uns ein. Ich muss irgendwie beweisen, dass wir damit nichts zu tun hatten, sonst haben wir hier niemals mehr Ruhe und Frieden!" Jeder ahnte, dass der junge Ritter recht hatte, auch Sibylla, die ihre Finger in seinem Arm vergrub. „Und wie wollt Ihr das anstellen", wollte Heinrich wissen, „habt Ihr einen Plan?" – „Ich muss Euren anderen Vetter, den Isenberger, finden", eröffnete ihm Thomas, „nicht wegen des Lösegeldes, sondern um zu erfahren, was wirklich im Hohlweg geschah. Ich schätze, er kann und muss Licht in dieses Dunkel bringen. Und er kann vielleicht bestätigen, dass ich den Erzbischof nicht verraten habe!" Man sah Heinrich förmlich an, dass er diese Nachricht mit gemischten Gefühlen aufnahm. „Meint Ihr, sein Wort hat noch Gewicht und wird Euch nützen?", fügte der Graf von Berg an. Thomas zuckte mit den Achseln. „Ich weiß es nicht, aber habt Ihr eine bessere Idee?" Heinrich schüttelte den Kopf. „Wenn ich nur wüsste, wo ich mit der Suche beginnen muss", haderte der Fischersohn, „wenn ich wenigstens eine Spur hätte!" Da nahm Heinrich ihn beiseite. „Ich denke, da kann ich Euch helfen. Graf Friedrich weilt auf der Burg von Otto von Tecklenburg. Fragt mich bitte nicht, woher ich das weiß, ich will mich nicht noch mehr an meinem eigen Fleisch und Blut versündigen. Aber ich denke, Ihr solltet das wissen!" Dankbar drückte ihm Thomas die Hand. „Dann habe ich einen Anfang", freute er sich. „Nur nützt Euch das womöglich nicht sehr viel", dämpfte Heinrich die aufkommende Euphorie, „denn dort wird er wahrscheinlich nicht sehr lange bleiben. Und Ihr werdet vielleicht einen viel längeren Weg vor Euch haben, als Ihr Euch vorstellen könnt!" Thomas war irritiert. „Ihr sprecht in Rätseln. Ich war auf dem Kreuzzug, und so weit wird es ja wohl kaum gegen!" – „Aber doch in diese Richtung", erklärte der Graf, „wenn mich nicht alles täuscht, gibt es nur einen Ort auf dieser Welt, wo mein Großvetter für seine Tat Verzeihung und Vergebung erlangen kann. Und dorthin wird er sich früher oder später wenden – nach Rom zum Heiligen Vater!" Thomas hielt für einen Moment die Luft an, dann stieß er sie mit einem unterdrückten Stöhnen wieder aus. „Was heißt das jetzt für uns?", wollte Sibylla wissen, der Thomas' sorgenvolle Miene nicht entgangen war. „Es heißt, dass wir uns für einen neuerlichen Kreuzzug rüsten müssen", ließ er sie wissen, „für eine bewaffnete Pilgerfahrt – nach Rom!"

2. Buch, Prolog

In Köln, 14. November 1226

Noch immer hatte der Verurteilte keinen einzigen Laut von sich gegeben. Stattdessen johlte die Menschenmenge umso lauter, je näher sie der Hinrichtungsstätte kam. Längst hatte der rumpelnde Karren mit dem in Ketten gelegten Delinquenten darauf das Severinstor mit der trutzigen Vorburg passiert und hielt nun auf den Judenbüchel zu. Seit Jahrhunderten wurde der alte jüdische Friedhof auch als Hinrichtungsstätte genutzt. Die ins Jenseits beförderten Verurteilten hier, sozusagen in ungeweihter Erde, zu verscharren, sollte als zusätzliche Abschreckung dienen. Doch hatte diese gängige Praxis längst ihren Schrecken verloren, denn wer hier hingerichtet wurde, hatte meist nicht genug Mittel, um sich überhaupt ein Begräbnis leisten zu können. Für diese ärmsten unter den gerichteten Verbrechern stellte der Judenbüchel gewissermaßen ihre letzte Zufluchtsstätte dar. Und das war besser als nichts. Der Verurteilte auf dem Karren hätte sich ein Begräbnis leisten können, sogar ein deutlich besseres als alle anderen, die man hier jemals abgeurteilt hatte und wohl auch in Zukunft aburteilen würde. Zumindest hatte er das einmal gekonnt, als er noch als Graf mit Frau und Kindern auf seiner als uneinnehmbar geltenden Burg oberhalb der Ruhr gethront hatte. Gut, die Frau hatte einen Buckel gehabt, aber sie war einer der mächtigsten Familien des deutschen Adels entsprungen. Das hatte vieles wettgemacht. Aber auch damit war es nun vorbei. Wahrscheinlich wünschte er sich jetzt, er könnte noch einmal mit ihr das eheliche Lager in der zugigen Kemenate teilen. Aber daraus würde nichts werden, denn stattdessen hatte der einstige Graf nun eine Verabredung mit dem Henker. Doch statt zu wimmern oder um Gnade zu flehen, wie viele es taten, wenn sie einmal der Richtstätte ansichtig wurden, blieb der in Ketten gelegte Edelmann die Ruhe selbst. Und wieder fragte sich der unter seiner Kapuze unsichtbare Beobachter im Hintergrund, ob hier der wahre Mörder – denn um einen solchen sollte es sich handeln – seiner Hinrichtung entgegensah. Er fragte sich das auch noch, als das mit Blei überzogene Rad auf und ab sprang und begann, die Knochen des Verurteilten zu zermalmen. Der jedoch ließ noch immer keinen Schmerzenslaut über seine Lippen kommen.

In Norditalien, Frühjahr 1226

Mit schweren, schlurfenden Schritten schleppte sich eine letzte Pilgerschar an diesem Tag den windigen Gebirgspass hinauf, der den Übergang von der Alpennordseite ins südlich gelegene Italien ermöglichte. Da die Sonne schon tief hinter den westlichen Gipfeln stand, ebbte der Strom der Reisenden, die sich den ganzen Tag über zu Fuß, mit Eseln oder Saumpferden ihren Weg über die bereits arg zerfallene, uralte Straße bahnten, langsam ab. Die sechs Gestalten, die sich zum Schutz gegen den jetzt am Abend auffrischenden Wind in dunkle Umhänge gehüllt hatten, waren mit deutlich besseren Reittieren ausgerüstet, führten diese aber zumeist am Zügel, weil der Weg zu beschwerlich war, um im Sattel zu bleiben. Auch ohne Reiter hatten die Pferde reichlich Mühe, den starken Anstieg zu bewältigen und auf dem schmalen, steinigen Pfad Halt zu finden, der sich in Serpentinen den Berg hinaufwand. Früher hatte hier eine gut befestigte Römerstraße einen festen Tritt ermöglicht, doch unzählige, einst sauber verlegte Pflastersteine hatten sich über die Jahrhunderte unter den steten Schritten Abertausender von Pilgern, Händlern und Soldaten gelöst und waren talwärts gerollt. Nur an einigen wenigen Stellen vermittelten teilweise erhaltene Straßenabschnitte noch einen vagen Eindruck vom einstigen Glanz der Via Imperii, über die die Römer ihre Legionen nach Norden entsandt hatten. Mensch und Tier keuchten vor Anstrengung. Die wenigen Wortfetzen, die sich die Pilger zuwarfen, wurden vom böigen Wind hinfortgeweht, der immer eisiger wurde, obwohl es bereits Mitte April war. Ihr Anführer, Thomas Grimbergen, seit seinem Aufstieg in den Ritterstand auch Thomas von Leichlingen genannt, erinnerte sich an eine frühere Alpenüberquerung, zog seinen Umhang enger und war insgeheim froh, den Weg nicht im Winter angetreten zu haben. Kleine Kreuze am Rande des Pfades deuteten darauf hin, dass viele Menschen den Versuch mit dem Leben bezahlt hatten, auch wenn sie sich für den niedrigsten und vermeintlich einfachsten aller Alpenpässe entschieden hatten.

„Wie weit ist es denn noch zur Passhöhe? Mir friert gleich der Arsch ab!", keuchte ein hünenhafter Kerl, der sich von einem unermüdlich ackernden Ungetüm von Hund, den er mit der Linken an einer langen Leine führte, schon seit geraumer Zeit den Berg hinaufziehen ließ. Thomas musste schmunzeln. „Wenn du Wulfila nicht die ganze Arbeit machen ließest, wäre es dir sicher ein wenig wärmer ums Herz", kam es ihm über die vor Kälte steifen Lippen. „Aber wenn ich mich nicht täusche, sind wir gleich oben, dann wird uns ein nach Süden verlaufendes Hochtal auch vor dem eisigen Wind schützen. Das zumindest sagte der Zöllner an der Innbrücke!" Gerhardt, der Hundeführer, verzog das Gesicht. „Mein Herz ist warm genug und schlägt mir bis zum Hals", brummte er, „der Arsch und der Rücken könnten etwas Wärmendes vertragen, vielleicht einen Becher erhitzten Würzwein oder das warme Bett einer drallen Magd!" Dabei schnalzte er mit der Zunge. „Wann und wo gedenkt Ihr eigentlich unser Lager aufzuschlagen, junger Herr, oder wollt Ihr uns die ganze Nacht lang so weiterschinden?" Thomas spürte förmlich, dass diese Frage auch die anderen Männer hinter ihm interessierte. „Ich denke auch, dass es nicht gut wäre, die Passhöhe in der Dunkelheit zu nehmen", mischte sich sein Freund William von Gloucester ein, den Thomas einst als Tempelritter kennen und schätzen gelernt hatte, „es sei denn, du möchtest unerkannt bleiben!" Dabei hielt er sein Pferd an und stieg wieder auf. Eigentlich hatten sie in dem Marktflecken an der Innbrücke übernachten wollen, Innsprucke genannt. Aber die Zöllner dort hatten ihnen berichtet, dass ein regelrechtes Heer aus dem Norden im Anmarsch war. Der junge deutsche König Heinrich war in Begleitung zahlreicher Fürsten und Ritter auf dem Weg nach Italien, um sich auf dem zu Pfingsten in Cremona angesetzten Reichstag mit seinem Vater, dem Stauferkaiser Friedrich, zu treffen – und um ihm frische Truppen zuzuführen, mit denen dieser die aufständischen Städte der Lombardei in die Schranken zu weisen gedachte. Diesem königlichen Tross wollte Thomas unter keinen Umständen begegnen. Noch zu gut hatte er den Überfall des Grafen von der Mark auf sein Gut in Erinnerung. Sein Name stand auf einer Liste etwaiger Verräter, die mit der Ermordung des Erzbischofs von Köln in Verbindung gebracht wurden. Und der war für den jungen König Heinrich eine Art Ziehvater gewesen. Nein, dem wollte er nicht über den Weg laufen. Nicht bevor er selbst Licht in das Dunkel um die Mordtat gebracht hatte. Und dafür musste er so schnell wie möglich nach Rom. Denn dort vermutete er den wahren Mörder des Erzbischofs, zumindest galt er als solcher, und den vermutlich einzigen Mann, der ihn entlasten konnte – Friedrich von Isenberg. Den ganzen Winter über hatten sie sich an dessen Fersen geheftet, doch immer, wenn sie glaubten, ihm endlich nahe zu sein, hatten sie feststellen müssen, dass dieser bereits weitergezogen war. So auf der Burg des Grafen Otto von Tecklenburg, der dem Isenberger über Wochen Schutz geboten hatte. „Packt euch, ihr Hundsfotte!", hatte der streitbare westfälische Landesfürst ihnen von seiner Mauer herab zugerufen, „der Isenberger hat nichts Unrechtes getan. Außerdem ist er ohnehin längst über alle Berge!" Darauf hatte er vieldeutig gelacht und einen gewaltigen Speichelpropf zu ihnen herab gespuckt, verbunden mit allerlei Verwünschungen. Bei der Erwähnung der Berge war Thomas eingefallen, dass man ihm schon vorher angedeutet hatte, Friedrich von Isenberg müsse sich früher oder später nach Rom begeben, wenn sein Leben noch etwas wert sein solle. Das ergab immer mehr Sinn. Der neue Erzbischof von Köln hatte die unfassbare Summe von zweitausend Mark Silber auf seinen Kopf ausgesetzt. König Heinrich hatte ihn geächtet, sein Vermögen eingezogen, seine Frau zur Witwe und seine Kinder zu Waisen erklärt. Darauf hatte Graf Adolf von der Mark, Vetter und Nachbar des Isenbergers, dessen Burgen geschleift und sich die vakanten Ländereien einverleibt. Nicht viel besser war es den Brüdern des Isenbergers ergangen, den Bischöfen von Münster und Osnabrück. Der päpstliche Legat hatte sie ihrer Ämter und Pfründe enthoben, ihnen aber die Gelegenheit gegeben, sich auf einem eigens anberaumten Konzil in Lüttich zu rechtfertigen. Dort aber hatten sich keine Männer von Rang, weder geistliche noch weltliche, gefunden, um für sie zu bürgen, wie es Brauch war – und notwendig gewesen wäre, um sich von der schweren Anklage der Mittäterschaft an einem Mord freizusprechen. Als Thomas und seine Männer nach einem Eilmarsch, abgehetzt und doch verspätet, in Lüttich eintrafen, hatten sie von den sich bereits zerstreuenden Klerikern erfahren, dass sich die Isenberger allesamt tatsächlich auf den Weg nach Rom gemacht hatten – ihrer letzten Chance auf Absolution entgegen. Und dieser Weg führte über die Alpen.

„Hier oben soll es ein Dorf geben, Mittenwald genannt", ließ Thomas seine Männer wissen, „da sollten wir unterkommen können, entweder in einer Gaststube oder auf einem der Höfe. Gegen gutes Silber sollte es dort auch etwas zwischen die Zähne und einen guten Trunk geben!" Dabei glaubte er das leise Klimpern der Münzen in seinem Beutel zu vernehmen, den er unter seinem Wams versteckt hielt, und er rief sich weitere Geschehnisse der letzten Wochen in Erinnerung. Nach dem Abstecher nach Lüttich waren sie noch einmal nach Burg Neuenberge an der Wupper zurückgekehrt, um sich selbst für die Reise nach Rom zu rüsten. Denn für ein solches Unternehmen brauchten sie Proviant, warme, robuste

Kleidung und vor allem Geld. In der Nacht vor ihrer Abreise hatte sich Thomas unbemerkt in den Burghof geschlichen, um unter einer ganz bestimmten Bodenplatte einen weiteren Teil des kleinen Schatzes an sich zu bringen, den Graf Adolf III. von Berg vor Antritt des letzten Kreuzzuges als Notgroschen dort verborgen hatte und dessen Existenz ihm der Graf vor seinem Ableben am Ufer des Nils verraten hatte. Ein wenig plagte ihn deswegen das schlechte Gewissen, denn der Graf hatte ihm als Gegenleistung das Versprechen abgenommen, das Geld nicht zuletzt auch zum Wohle seiner Tochter Irmgard zu verwenden. Nun hatte er bereits zweimal eine stattliche Menge Silber für seine eigenen Zwecke entnommen. Einmal, um sich nach der Rückkehr von dem unsäglichen Kreuzzug in den wehrhaften Stand zu versetzen, die Mörder des Grafen bei einem Turnier zur Strecke zu bringen. Und nun ein zweites Mal. Dabei war allerdings vor allen Dingen er selbst als Nutznießer des Geldes anzusehen. Für die Grafentochter Irmgard, die nun als Gemahlin des neuen Grafen Heinrich von Limburg-Berg auf Neuenberge residierte, hatte er in seinen Augen bislang wenig getan. Dabei vergaß er allerdings, dass er einen nicht unerheblichen Anteil daran hatte, dass sie und ihr Gatte nun in Amt und Würden waren. Wie auch immer. Zumindest war Thomas klar, dass er selbst niemandem würde fürderhin helfen können, wenn er jetzt nicht den wahren Mördern des Erzbischofs nachspürte und sich selbst jedes Verdachtes und jedweder Verfolgung enthob. Dafür musste er nach Rom, koste es, was es wolle. Es war ein bewegender Abschied geworden. Die letzte Nacht hatte er in den Armen seiner Frau verbracht, wobei sie sich geliebt hatten, als stünde ihnen ein Abschied für immer bevor. Am nächsten Morgen hatte ihm Sibylla, mit dem kleinen Robin auf dem Arm, am Burgtor Lebewohl gesagt. „Ich werde auf dich warten, wie lange es auch diesmal wieder dauern möge", hatte sie ihm zum Abschied ins Ohr geflüstert, dann war sie auf die Mauer geklettert, um ihm noch lange nachwinken zu können. Ähnlich hatten es Katharina und die Frauen der anderen Männer gehalten. Über Köln und Mainz hatten sie den üblichen Pilgerweg nach Süden eingeschlagen, sich dann aber nicht, wie geplant, in Richtung Basel und den Gotthard- oder Sankt Bernhard-Pass gewandt, sondern weiter östlich gehalten. Bei Augsburg waren sie auf der Via Imperii nach Süden eingeschwenkt. Da es zu Beginn des Jahres 1226 lange sehr kalt geblieben war und Schnee bis weit in die Täler lag, hatten sie gehofft, über den niedrigsten Alpenpass schneller voranzukommen und die vorausgereisten Isenberger in Norditalien einholen zu können. Und tatsächlich waren sie gut vorangekommen. Längst war der Schnee auch in den hiesigen Höhenlagen bis auf wenige verharschte Stellen geschmolzen, und kein Hindernis schien sich ihnen in den Weg zu stellen. Wulfila, der große Saupacker, schien die Herausforderung des Anstiegs zu genießen und zerrte stetig an der Leine, als könnte er es nicht erwarten, endlich nach Rom zu kommen. Übermütig biss er im Vorübergehen in einen Schneehaufen am Wegesrand und schüttelte sich danach ausgiebig, als hätte er einen Hasen geschlagen. Die Männer lachten. Davon inspiriert lehnte sich William von Gloucester bergseits weit aus seinem Sattel, ohne allerdings abzusteigen, griff mit der Rechten in ein Häufchen Schnee, das wie eine Kapuze auf einem Steinhaufen thronte, formte daraus einen Ball und warf diesen mit aller Kraft dem Hundeführer von hinten an den Kopf. Nach dem Aufprall zerfiel der Schneeball in viele kleine Kristalle, die Gerhardt von oben in das Kettenhemd drangen, das er unter dem Umhang trug, und ihn frösteln ließen. Mit gespieltem Ärger fuhr dieser herum, machte mit einem Blick den Urheber der Unbill ausfindig und revanchierte sich, indem er seinerseits einen Schneeball formte und diesem dem ehemaligen Templer vor die breite Brust warf. Geistesgegenwärtig hielt dieser jedoch mit dem Arm schützend seinen Umhang vor Gesicht und Körper, sodass das Geschoss wirkungslos von dem Stoff abgefangen wurde. Augenblicke später war die gesamte Pilgerschar in eine Schneeballschlacht verwickelt und vergaß für einen Moment den ernsten Grund ihrer Reise. Als sie schließlich die Passhöhe erreichten, lag ein grünes, sanft abfallendes Hochtal vor ihnen, eingerahmt von schneebedeckten Gipfeln, die jetzt jedoch lange dunkle Schatten über die wie mit Samt überzogene Landschaft warfen. Zwischen den Schatten und dem flankierenden Waldsaum erkannten sie in der Ferne eine lose Ansammlung niedriger Gebäude mit einem kleinen Kirchturm in der Mitte. „Das muss Mittenwald sein", vermutete Thomas, „vielleicht hat deine Strapaze bald ein Ende", warf er Gerhardt zu, „und du kannst deine stets trockene Kehle ölen!" – „Wird aber auch Zeit, schließlich hat niemand was davon gesagt, dass eine Pilgerreise auch bedeutet, fasten und darben zu müssen", erwiderte dieser und erhöhte sein Schritttempo. „Obwohl dir eine Fastenzeit sicher guttäte", griff William den vorherigen Fehdehandschuh wieder auf. Dabei deutete er mit den Händen eine gewisse Leibesfülle an, die er dem Hundeführer konstatierte. „Ihr könnt gerne mit dem Fasten beginnen und die Vesper-Mahlzeit unter uns anderen aufteilen", gab Gerhardt zurück, „ich sorge gerne dafür, dass Ihr Euer Versprechen auch einhaltet!" Als sie sich dem Dorf näherten, sahen sie zu ihrer Linken am Waldrand ein Feuer glimmen, das recht viel Rauch entwickelte. Ein in derbe Wolle gekleideter Mann mit einem Überwurf aus Schafsfell war mit einer Hacke beschäftigt, die Glut zu verteilen, wobei er offenbar bestrebt war, auch aus dem Boden ragende Wurzeln und Baumstümpfe verkohlen zu lassen. „Gott zum Gruße, guter Mann", richtete Thomas das Wort an ihn, als sie auf Hörweite heran waren, „wir bräuchten einen Rat." – „Woher wollt Ihr wissen, dass ich ein guter Mann bin?", antwortete dieser recht mürrisch, „Ihr kennt mich doch gar nicht!" – „Nun, wer zu so später Stunde noch so schweißtreibender Arbeit nachgeht, kann eigentlich nur ein guter Mann sein, der von früh bis spät bestrebt ist, seine Familie zu ernähren", konterte Thomas geistesgegenwärtig. „Das will ich meinen", gab der Mann nun etwas freundlicher zurück. „Und was führt Euch zu so später Stunde auf den Pass? Der Strom der Pilger ist längst verebbt!" Dabei musterte er mit schnellem Blick die Männer, ihre Pferde und das, was diese in dicken, zusammengerollten Bündeln hinter den Sätteln trugen. „Wir haben den Weg etwas falsch eingeschätzt, würde ich sagen", erklärte Thomas, „es erschien uns zu früh, in Innsprucke Quartier zu beziehen, und wir hofften, noch ein gutes Stück nach Italien zu kommen. Jetzt überrascht uns aber doch die Nacht, deshalb suchen wir eine Herberge, die uns Obdach gewährt und vielleicht noch mal Küche und Keller für uns öffnet!" – „Habt Ihr Geld?", hakte der Mann nach. Zur Antwort ließ Thomas die Münzen in seinem verborgenen Beutel klingen. Nun hellte sich die Miene des Mannes vollends auf. „Man nennt mich Konrad, den Prenner. In Eurer Zunge würde man wahrscheinlich Brenner sagen. Man nennt mich so, weil ich den Wald mit Bränden rode, um die Weideflächen zu vergrößern. Das geht mit Feuer besser als mit der Axt, weil man so auch die Wurzeln aus dem Boden bekommt", erklärte er plötzlich recht redselig. Offenbar gefiel ihm der Name selbst recht gut. „Mir gehört der größte Hof am Platze. Ihr könnt gern in unserer Stube übernachten, und für Eure Gäule ist im Stall Platz, falls es die erlauchten Viecher nicht stört, neben ein paar Schafen zu nächtigen. Und wenn ich mich nicht täusche, müsste auch noch etwas von dem Eintopf da sein, den meine Frau heute Mittag zubereitet hat. Die meisten Pilger sind knauserig heutzutage und vertilgen ihren eigenen Proviant – oder sie ziehen ohne Pause weiter, ohne im Dorf haltzumachen. Nachtgäste haben wir nur selten!" – „Na, das klingt doch verlockend", lachte Thomas, „und soweit ich für unsere Gäule sprechen kann, haben die auch nichts gegen die Gesellschaft von Schafen!" – „Habt Ihr auch etwas gegen ausgedörrte Kehlen", hakte Gerhardt nach, „vielleicht etwas Bier oder Wein?" – „Wir haben noch ein paar Krüge Roten vom Kalterer See", gab der Mann zur Antwort, „kein Falerner und für Euren Geschmack vielleicht etwas herb, aber der beste Wein weit und breit!" Gerhardt strahlte zufrieden, und Thomas reichte dem Mann dankbar die Hand. Als die Dunkelheit einsetzte, erreichten sie den Hof des Brenners, der aus ein paar niedrigen Holzhütten bestand, deren Erdgeschoss jedoch teilweise gemauert war, zumindest im Bereich der Feuerstelle. Zuerst versorgten sie pflichtbewusst die Pferde und betraten dann die niedrige Stube. „Was ist mit dem Hund, ist er verträglich? Sonst muss auch er in den Stall!", bestimmte die stämmige Bäuerin, deren windgegerbtem Gesicht man ebenso wie dem ihres Mannes das harte Leben in den Bergen ansah. „Er ist lammfromm, solange er etwas zu futtern bekommt – wie sein Herr", ließ Gerhardt sie wissen. Darauf lachte sie herzlich, nahm den Hund kurzerhand mit in die Küche und wies den Männern eine grob gezimmerte Bank nebst Tafel neben der Feuerstelle an. Wulfila trottete artig hinter ihr her, als sei er ihr schon viele Male gefolgt. Wenig später kam er mit einem stattlichen Knochen zurück, legte sich vor die Feuerstelle und begann, genüsslich an einem Ende zu nagen. Unterdessen wurden den hungrigen Männern ein deftiger Eintopf aus Birnen, Bohnen und Speck kredenzt, dazu ein Laib Brot und ein großer Krug Wein. Gerhardt sprach zuerst dem Wein zu, goss sich seinen Holzbecher randvoll und kippte ihn in einem Zug hinunter. „Pfui Teufel, der ja sauer wie Essig", beschwerte er sich anschließend, füllte aber im gleichen Atemzug erneut seinen Becher. „Ja, das ist er", lachte der Brenner, „und doch kann man nicht von ihm lassen, wenn man sich einmal an den Geschmack gewöhnt hat!" Den Beweis trat Gerhardt augenblicklich an. Auch Martin, Ulrich und Willibald sprachen dem roten Rebensaft zu. William und Thomas hielten sich bedeckter und beließen es bei einem Becher, nahmen ansonsten mit Quellwasser vorlieb. „Habt Ihr vielleicht vor geraumer Zeit drei Reisende bemerkt, die mit ähnlicher Zunge sprachen wie wir, zwei davon kirchliche Würdenträger?", konnte Thomas es sich nicht verkneifen. Dabei bediente er sich mit Absicht der hochherrschaftlichen Anrede, obwohl der Brenner wohl kaum von hohem Stand war. Aber er wollte ihn bei Laune halten, um ihn gesprächiger zu machen. Irgendwann mussten sie ja anfangen, Erkundigungen einzuziehen. Warum also nicht auf dem Alpenpass? Der Brenner runzelte die Stirn. „Freunde oder Feinde von Euch?" – „Nachbarn sozusagen, die auch nach Rom unterwegs sind", log Thomas, „warum sollten wir nach Feinden Ausschau halten?" – „Keine Ahnung", meinte der Brenner und zuckte mit den Achseln, „aber wer so viele Waffen mit sich herumschleppt wie ihr, der erwartet vielleicht, nicht nur auf Freunde zu treffen!?" Dabei machte er eine Kopfbewegung in Richtung des Stalles, und jeder wusste, dass er die Bündel meinte, in die sie ihre Schwerter, ein paar Äxte und eine Armbrust gewickelt hatten. Martin und Willibald hatten zudem gute Bögen und reichlich Pfeile in ihrem Gepäck. „Obendrein tragt ihr allesamt Dolche unter den Röcken. Einfache Pilger sind für gewöhnlich nicht so ausgestattet!" Thomas biss sich auf die Lippen und nahm sich vor, ihre Tarnung als Pilger noch einmal zu überdenken. „Und trotzdem habt Ihr uns zu Euch ins Haus gebeten?", mischte sich William ein. „Glaubt mir, ich kann Edelmänner von Halsabschneidern unterscheiden", erklärte der Brenner unbefangen, „und bei euch bestand keine Gefahr. Ich schätze, mindestens zwei von euch sind sogar Ritter, begleitet von Knappen oder ähnlich kampferprobten Dienstmännern, mit denen ihr allerdings gut Freund zu sein scheint, was zugegeben selten ist. Deshalb werdet ihr wahrscheinlich auch nicht zu dem üblichen Adelspack und deren Truppen gehören, die hier ständig rauf- und runtermarschieren, um für oder gegen den Kaiser zu Felde zu ziehen. Ich schätze, ihr seid auf einem ganz persönlichen Feldzug!" Thomas und seinen Begleitern fiel augenblicklich die Kinnlade herunter über das, was sich der einfache Alpenbauer da in der Kürze der Zeit zusammengereimt hatte. Die Überraschung seiner Gäste ließ ihn leise schmunzeln. „Nun, bei Eurer beeindruckenden Beobachtungsgabe müssten Euch eigentlich die genannten Personen aufgefallen sein", hakte Thomas nach, ohne weiter auf die eigene Identität einzugehen, „ein Edelmann und zwei hohe Geistliche, wahrscheinlich ohne große Begleitung, schätze ich!?" „Wenn sie denn als solche zu erkennen sind", gab William zu bedenken, „und wenn sie diesen Weg genommen haben!" Der Brenner schüttelte den Kopf. „Könnt ihr euch vorstellen, wie viele Pilger, Händler, Pfaffen, Ratten und Soldaten hier tagtäglich durchkommen?", ließ er sie wissen. „Da kann ich mir unmöglich einzelne Gesichter merken, von Ausnahmen wie euch abgesehen. Außerdem sagte ich schon, dass nicht viele hier haltmachen, zumindest nicht für lange. Ich muss euch also enttäuschen!" Wenig überrascht pflichtete Thomas ihm seufzend bei. „Einen Versuch war es wert!" – „Aber habt ihr vielleicht in Innsprucke Leute gesehen, von denen wir hier oben wissen sollten, dass sie kommen?", stellte der Brenner nun eine gezielte Gegenfrage. Thomas ahnte, worauf der schlaue Mann hinauswollte, und berichtete ihm daraufhin ehrlich vom Herannahen des deutschen Königs und dessen Heeres. „Dann wird es besser sein, wir wappnen uns für das Schlimmste", überlegte ihr Gastgeber, „denn Heere zahlen für gewöhnlich nicht für das, was sie vertilgen. Ich danke Euch für die ehrliche Auskunft!" Darauf erhob er sich und rief sogleich seine Frau, seine Kinder und die Mägde zusammen. „Bevor der Hahn kräht, treibt ihr das Vieh in die Berge zu unserer Hütte oben – und vergesst die Hühner nicht!", beschied er ihnen. „Hühner habt Ihr auch?", meldete sich Gerhardt zu Wort, „dann gibt es vielleicht ein paar Eier zum Frühstück?!" Der Brenner lächelte. „Was immer Euch beliebt, Eier, Käse, Milch. Wir leben vielleicht ein wenig abgeschieden, aber zu essen haben wir genug – für Leute, die uns ordentlich entlohnen!", fügte er an. Thomas verstand sofort, nestelte eine glänzende Silbermünze aus seinem Beutel unter dem Wams und warf sie ihrem Gönner zu. Der wog sie zuerst in der Hand, biss dann prüfend auf den Rand und hielt sie schließlich unter das Licht einer der Kerzen, mit denen der Raum erleuchtet wurde, um die Prägung zu begutachten. „Gutes kölnisches Silber, ihr kommt also aus dem Rheinland, dachte ich mir schon", sprach er mehr zu sich selbst. Beeindruckt zog er eine seiner buschigen Augenbrauen hoch. „Vergelt's Gott. Dafür könnt Ihr auf eine mehr als ordentliche Morgenmahlzeit zählen!" – „Und noch einen Krug Wein?!", hoffte Gerhardt. „Auch das", lachte der Brenner. „Fühlt euch wie zu Hause. Aber mich und die meinen müsst ihr jetzt entschuldigen, denn wir haben noch viel vorzubereiten, bevor euer König hier womöglich einfällt!" Damit empfahl er sich. Aber auch die enttarnten Pilger legten sich alsbald nieder, wobei sie es sich rund um die langsam verglimmende Feuerstelle bequem machten und sich in ihre Umhänge hüllten. Gerhardt bettete seinen Kopf auf Wulfila, der sich dies gern gefallen ließ. Thomas grübelte noch eine Zeit über die Schläue des Brenners nach und darüber, wie schnell ein guter Beobachter ergründete, dass sie keine üblichen Pilger waren. Dann schlief auch er ein. Doch schon vor Morgengrauen wurden sie unsanft geweckt. Die Stube wurde bereits wieder von etlichen Kerzen erleuchtet. Zwei Mägde rannten aufgeregt umher und der Brenner trat ungehalten polternd durch die Tür, einen Sack über der Schulter. „Verzeiht, aber ihr solltet euch auf den Weg machen", tat er ihnen kund, „nicht nur das deutsche Heer ist im Anmarsch, im Süden machen die Lombarden mobil. Es heißt, sie wollen den Weg nach Verona sperren, um den König und seine Mannen von einem Treffen mit dem Kaiser abzuhalten. Eilt euch, wenn ihr noch vor ihnen durch das Etschtal kommen wollt!" Sofort waren alle auf den Beinen. „Und unser Frühstück?", beschwerte sich Gerhardt. Lächelnd reichte ihm der Brenner den Sack. „Hier ist alles, was ihr braucht. Schinken, Brot und Käse für zwei Tage. Ich bin euch zu Dank verpflichtet. Die Eier bekommt ihr auf dem Rückweg, so Gott will!" Thomas, William, Gerhardt und die anderen bedankten sich bei ihm und verabschiedeten sich eilig, dann holten sie ihre Pferde und verschwanden noch vor Sonnenaufgang in Richtung Süden.

Etwa sieben Tagesreisen weiter westlich zogen fünf ähnliche Reisende, die auch keine Pilger waren, vom Großen-Sankt-Bernhard-Pass kommend über die Via Francigena, den Frankenweg. So nannte man seit der Zeit Karls des Großen den Pilgerweg, der von Canterbury in England quer durch das Frankenreich und Norditalien nach Rom führte. Drei der fünf Männer waren auf den ersten Blick wie Kaufleute gekleidet. Ihre eng anliegenden Beinlinge, kurzen, engen Jacken mit oben geschlitzten Ärmeln und langen, spitzen Schuhe, mit denen sie sich nach der Alpenüberquerung im Kaufmannsnest Ivrea eingekleidet hatten, entsprachen der neuesten Mode. Darüber trugen sie allerdings schwarze Umhänge mit langen Kapuzen, die sie schon aus ihrer Heimat mitgebracht und die ihnen auf dem windigen, kalten Alpenpass gute Dienste geleistet hatten. Jetzt jedoch, am nördlichen Rand der Poebene, war es deutlich wärmer, vor allem, seit die Sonne hoch am Himmel stand, und die Mäntel wurden lästig. Deshalb entledigte sich der vorderste Reiter, der mit etwas über dreißig Jahren zugleich auch der älteste von ihnen zu sein schien, seines Umhangs und warf ihn vor sich über den Sattel. Dann zog er sich seine flache, barettähnliche Kaufmannsmütze vom Kopf, die er ebenfalls in Ivrea erstanden hatte, und wischte sich mit dem Handrücken den Schweiß von der Stirn. „Gütiger Gott, Friedrich, wie willst du denn die lange Pilgerfahrt oder gar dereinst einen Kreuzzug überstehen, wenn du hier schon so ins Schwitzen kommst?", tadelte ihn sein Bruder Engelbert, der es offenbar genoss, von der Last bischöflicher Gewänder und der zeremoniellen Enge eines geistlichen Lebenswandels befreit zu sein – auch wenn dies nicht ganz freiwillig geschehen war. Sein freundlich gemeinter Tadel verbesserte jedoch keineswegs die verdrießliche Laune seines älteren Bruders, im Gegenteil. „So etwas Ähnliches hat dein Namensvetter auch zu mir gesagt", erinnerte sich Friedrich von Isenberg mit säuerlicher Miene, „an dem Tag, als unser Hinterhalt ihn ins Jenseits beförderte – und meine Welt aus den Angeln hob! Hätte ich mich bloß nicht auf diese schlimme Sache eingelassen!" Der abgesetzte Bischof von Osnabrück wollte etwas entgegnen, sein Bruder zur Linken, der jetzt auf den breiteren Straßen Norditaliens neben ihm ritt, kam ihm jedoch zuvor. „Ach Friedrich, jetzt hör doch endlich auf, dich zu grämen, du machst dich und uns ja nur verrückt", riet ihm Dietrich von Isenberg, der entthronte Bischof von Münster, „der Heilige Vater wird uns, so Gott will, die Absolution erteilen, dann können wir in unsere Güter und Ämter zurück und alles wird gut!" Friedrich hielt kurz entschlossen sein Pferd an. „Das malst du dir vielleicht in deinen kindischen Träumen aus, du Narr", herrschte er ihn an, „du glaubst doch nicht im Ernst, dass der Papst den Mord an seinem Erzbischof gutheißt und uns verzeiht?! Er wird uns zum Teufel jagen!" – „Warum sollte er das tun?", mischte sich Engelbert wieder ein, „wir haben der Kirche immer treu gedient und mit dem eigentlichen Mord nichts zu schaffen, du auch nicht. Unser Zwist sollte nach alter Väter Sitte mit einer Entführung unseres Großvetters geregelt werden, aber die ist außer Kontrolle geraten. Das ist nicht unsere Schuld. Außerdem haben wir dem Papst dadurch vielleicht sogar einen Gefallen getan!", setzte er hinzu. „Einen Gefallen? Mit dem Mord an seinem Erzbischof? Bist du jetzt völlig blöde geworden?" Friedrich war völlig außer sich. „Sieh es mal so", setzte Engelbert ungerührt zu einer Erklärung an, „mit unserem erzbischöflichen Vetter hat der Kaiser einen seiner engsten Vertrauten verloren, seinen Stellvertreter im deutschen Reich. Und auf den Kaiser ist der Heilige Vater nicht gerade gut zu sprechen. Vielleicht ist er uns dafür sogar dankbar. Vielleicht nicht offiziell, aber hinter vorgehaltener Hand schon!" Friedrich versuchte, die Angelegenheit von dieser Seite zu sehen, und beruhigte sich etwas. Die Gelegenheit nutzte Engelbert, um den Diener der Isenberger herbeizuwinken, Herriger mit Namen, der hinter ihnen an der Seite des Notarius Tobias ritt. Beide waren in die etwas bescheideneren, aber ebenfalls nach neuester Mode geschneiderten Gewänder eines Kaufmannsgehilfen gekleidet, nur dass Tobias einen breitkrempigen Filzhut trug und Herriger eine einfache lederne Kappe. Der Diener wusste sofort, was von ihm erwartet wurde. Eilig lenkte er sein Pferd an die Seite seines Herrn, nestelte eine tönerne Amphore sowie einen Holzbecher aus den breiten Satteltaschen hervor, zog den Stopfen heraus, füllte den Becher mit sündhaft teurem Falernerwein, den sie in einer noblen Taverne erstanden hatten, und reichte diesen an seinen Grafen weiter. Als sei es das Selbstverständlichste von der Welt, nahm Friedrich den Becher an, stürzte den Wein hinunter und reichte das leere Gefäß ohne ein Wort des Dankes zurück an seinen Diener. Der füllte den Becher sogleich nach und bot ihn nun den Brüdern des Isenbergers an. Friedrich hatte sich indes deutlich beruhigt, was auch Zweck der Weinpause gewesen war, ohne allerdings wirklich vom päpstlichen Segen überzeugt zu sein. „Selbst wenn der Papst uns in irgendeiner Weise begnadigen sollte", hob er an, „muss sich die weltliche Gerichtsbarkeit nicht daran halten. Vergesst nicht, wir sind vogelfrei. Und der neue Erzbischof von Köln hat eine unvorstellbare Summe auf unsere Köpfe ausgesetzt!" Die bischöflichen Brüder blickten sich kurz an, und jeder wusste sofort, dass dem anderen der gleiche Gedanke durch den Kopf ging. Die zweitausend Mark Silber waren auf Friedrichs Kopf ausgesetzt, nicht auf ihren. Aber das behielten sie besser für sich. „Und eben dieser Erzbischof von Köln untersteht dem Heiligen Vater", tat ihm Engelbert stattdessen kund. „Wenn der uns freispricht, kann der Müllenarker das Kopfgeld unmöglich aufrechterhalten. Und ohne Kopfgeld wird niemand mehr hinter uns her sein, so seh' ich das!" Friedrich seufzte und gab seinem Diener ein Handzeichen, das einen zweiten Becher Wein einforderte. „Wollen wir hoffen, dass Ihr Recht behaltet", kam es ihm nun über die Lippen, dann stürzte er den mittlerweile in seine Hand gewanderten zweiten Becher Wein in einem Zug hinunter. „Und dass wir unbehelligt nach Rom gelangen!" Darauf gab er seinem Gaul einen Tritt mit der Ferse und strebte im Trab weiter nach Südosten.

Sibylla war auf den Bergfried geklettert und ließ ihren Blick nun weit über die Höhen und Täler des Bergischen Landes schweifen. Der Frühling hatte noch nicht wirklich Einzug gehalten, warf aber schon seine Schatten voraus. Auf den Ästen und Zweigen der Laubbäume erschien bereits ein zarter grüner Glanz, der davon kündete, dass bald der Saft in die Triebe schießen und frische, neue Blätter hervorbringen würde. In den Wipfeln sangen Amseln und Meisen ein erstes Frühlingslied, und am östlichen Himmel zogen Bussarde ihre Kreise. Trotzdem herrschte in ihrem Herzen noch tiefster Winter. Seit vier Monaten war sie bereits von ihrem Gatten getrennt, auf dem eine zwar vage und – davon war sie überzeugt – völlig unberechtigte, aber doch schwere Anschuldigung lastete. Und diese hatte sie bereits ihr schönes Heim an der Wupper gekostet. Sicher, die Gebäude konnte man instand setzen, und Ewald, der fleißige Schmied, hatte mit den verbliebenen Männern und der Unterstützung des Grafen von Berg auch schon damit begonnen, aber all dies würde noch lange dauern. Obendrein war sie auch noch dazu gezwungen, mit der Frau des Mannes, der auch für sie als der Urheber allen Übels galt, unter einem Dach zu leben. Kurz nach Thomas' Abreise hatte eines schönen Tages urplötzlich Sophie von Isenberg mit ihren Kindern in der Kemenate der Burg gesessen, wo sie wahrscheinlich schon seit geraumer Zeit Unterschlupf gefunden hatte. Gerne hätte Sibylla sie mit tausend Fragen bestürmt, aber das war tabu. Heinrich und Irmgard hatten erklärt, dass sie allen Anwesenden Obdach gewährten, aber um des Burgfriedens willen keine Fragen oder gar Anschuldigungen, von welcher Seite auch immer, akzeptieren würden. Sophie sei in die Geschehnisse, die sich am Hohlweg zu Gevelsberg abgespielt hatten, ohnehin nicht verstrickt und völlig ahnungslos, ebenso wie Sibylla und die anderen Frauen. Also wurde das Thema totgeschwiegen, und Sibylla war dazu verurteilt, sich in Geduld zu fassen. Aber sie hatte sich vorgenommen, Augen und Ohren offenzuhalten und sich mit Sophie von Isenberg, so gut es ging, anzufreunden, um bei Gelegenheit vielleicht doch etwas in Erfahrung zu bringen. So wurden die Tage zuweilen endlos. Einzig ihr kleiner Sohn, den sie bei Katharina und Andrea gelassen hatte, war ihr ein steter Quell der Freude. Mit einem leisen Lächeln erinnerte sie sich an sein fröhlich-keckes Gesicht, das er aufgesetzt hatte, als er nach dem morgendlichen Stillen zuerst ein kräftiges Bäuerchen und dann einen für einen Säugling beachtlichen Furz in seine leinene Windel abgelassen hatte. Männer, dachte sie, allesamt gleich, ob klein oder groß. Über die Kinder hatte sich dann auch ein erster, zarter Kontakt zu Sophie ergeben, der jedoch noch keine Früchte getragen hatte. Ach, könnte sie nur etwas dazu tun, ihrer aller Leben wieder in die gewohnten Bahnen zu lenken! Könnte sie ihrem Gatten nur helfen, den Mörder und wahren Verräter des Erzbischofs zu finden! Ohne groß darüber nachzudenken, nahm sie wahr, wie sich immer mehr Bussarde über dem östlichen Himmel vereinten. Erst der Türmer, die stete Turmwache, die über die Balkone des Bergfriedes patrouillierte, machte sie darauf aufmerksam. „Da kommt wer", hörte sie ihn Meldung machen, „eine größere Zahl an Menschen, wahrscheinlich haben sie auch Wagen dabei!" Sogleich eilte ein zweiter Wachmann nach unten, um die Torwache und den Grafen zu informieren. „Wie kommst du darauf?", wandte sie sich an den Türmer, als dieser in ihrer Nähe vorüberschritt. „Man sieht doch noch gar nichts!" Es war einer der Männer, die Thomas als Wachpersonal für Burg Neuenberge abgestellt hatte. „Doch, doch Herrin, man sieht schon etwas", gab er ihr zur Antwort, „die Greifvögel versammeln sich über dem Weg, der von der Heerstraße aus Köln hierher führt. Das tun sie, wenn sie erwarten, dass allerlei Kleingetier auf der Straße von Hufen und Rädern zermalmt wird. Und das ist immer ein untrügliches Zeichen für eine größere Schar von Reisenden!" Sibylla war sprachlos, bedankte sich dann aber eilig, ging zum östlichen Balkon und hielt angestrengt Ausschau. Wer sollte da kommen – es waren doch keine Besucher angemeldet? Es dauerte noch eine gute halbe Stunde, dann kam Bewegung in die Sache. Dort, wo die Baumwipfel einen Blick auf den Weg freigaben, erschienen Reiter. Kurz darauf tauchten sie zwischen den Häusern der vorgelagerten Handwerkersiedlung auf, wenig später standen sie vor der Zugbrücke – etwa zwei Dutzend Reiter und ein schwerer, vierrädriger Wagen, der von Kaltblütern gezogen wurde. Die seitlichen Öffnungen waren mit Tüchern verhängt. Die Reiter trugen allesamt den roten Limburger Löwen auf den Wappenröcken. Das allein verwunderte nicht, denn der Burgherr, Graf Heinrich, war der Sohn des Herzogs von Limburg. Und doch blieb Sibylla plötzlich das Herz stehen. Sie hatte den Mann an der Spitze des Zuges erkannt, der nun auf die heruntergelassene Zugbrücke ritt und Einlass begehrte. Es war Gisbert von Limburg, der Mann, der sie einst umworben und der mit ihrem Gatten Thomas auf einem Turnier um ihre Hand gekämpft hatte. Was hatte der hier zu suchen?

Sechs vermeintliche Pilger und ein großer, zottiger Hund zogen in wechselndem Tempo die Etsch hinab, mal im Trab, mal im Schritt, um ihre Pferde zu schonen. Diesmal jedoch hatten sie vor und hinter sich etliche andere Gruppen von Reisenden, drei hier, sechs dort, die meist zu Fuß unterwegs waren oder allenfalls über einen Esel als Reit- oder Packtier verfügten. Reiter waren selten – so konnten sie etliche Pilgergruppen leicht überholen. Thomas ging das trotzdem nicht schnell genug, aber sie wollten nicht das Risiko eingehen, eines der Reittiere zu verlieren. Sie konnten schon von Glück sagen, dass während der Alpenüberquerung und erst recht im Tal der Eisack nichts passiert war. Nur ein schmaler Saumpfad hatte sie entlang des reißenden, immer breiter werdenden Flusses geführt, der nahe der Passhöhe entsprang. Stellenweise hatte es sogar überhaupt keinen Weg gegeben, und sie hatten ihre Pferde durch die eisigen Fluten lenken müssen und dabei große Mühe gehabt, zwischen den unzähligen Steinen im Flussbett, vom Kiesel bis zum Findling, nicht ins Straucheln zu kommen. Thomas hatte sich mehr als einmal an den Sturz des seligen Grafen Adolf in die Wupper erinnert gefühlt, womit seinerzeit sein Leben eine dramatische Wendung erfahren hatte. Seit Bozen zogen sie nun die Etsch hinab, die breiter, aber nicht weniger reißend war, vor allem, weil sie jetzt zu Beginn des Frühjahrs sehr viel Schmelzwasser von den Bergen mit sich führte. „Wie heißt eigentlich der Pass, den wir über die Berge genommen haben?", wollte Martin, der junge Bogner, wissen, „ich habe vom Gotthard und dem Sankt Bernhard gehört, aber was sage ich, wenn mich jemand fragt, wo wir die Alpen überquert haben?" Thomas wollte etwas antworten, musste aber feststellen, dass er keine Antwort wusste. Die Straße nannte man Via Imperii, das war ihm bewusst, die Flüsse, denen sie gefolgt waren, hießen Inn, Eisack und Etsch. Aber der Berg und der Pass? „Keine Ahnung!", musste er zugeben, „es tut mir leid, aber ich weiß es tatsächlich nicht!" Selbst der erfahrene und belesene William, der ebenfalls viel herumgekommen war, wusste keine Antwort. „Na ja, dann nenn ihn doch einfach Brennerpass", meinte Gerhardt kurz entschlossen, „stimmt ja auch irgendwie. Unser brandrodender Bergbauer scheint da oben doch alles unter Kontrolle zu haben, also ist es sein Pass!" Dem musste auch Thomas schmunzelnd beipflichten. So sprachen sie fortan nur noch vom Brennerpass, wenn es um die Alpenüberquerung ging. Als die Sonne sich gen Westen neigte, sahen sie vor sich auf dem linken Ufer der Etsch die Mauern und Dächer der Stadt Trient. Thomas wäre am liebsten gleich weitergezogen, aber sie brauchten neuen Proviant, und in solchen Städten bekam man zudem für gewöhnlich wichtige Informationen über das, was in den Tagen zuvor geschehen war – oder das, was geschehen würde. Vielleicht konnten sie hier in Erfahrung bringen, ob der Weg vor ihnen bereits gesperrt war oder wann und wo er gesperrt werden würde. Deshalb ritten sie alsbald in die Stadt ein. Ihre ursprüngliche Tarnung als unbedarfte Pilger hatten sie seit dem Brenner längst ad acta gelegt, ließen nun unter ihren Umhängen auch wieder ihre Wappenröcke blitzen – und ihre Waffen. Schließlich gingen auch Ritter mit Gefolge auf Pilgerschaft. Und nun, da sie Deutschland und den schwierigsten Teil ihrer Reise hinter sich wähnten, sahen sie es als unnütz an, sich als etwas auszugeben, was ihnen ein geschultes Auge ohnehin nicht abnahm. Außerdem konnte es nicht schaden, etwaiges Raubgesindel abzuschrecken und von vornherein klarzumachen, dass sie keine leichte Beute wären. Unter den Scharen von Pilgern, die in die Stadt hineinströmten, auffallend mehr aber noch aus ihr heraus, nahm ohnehin niemand Notiz von ihnen. Alle schienen es denkbar eilig zu haben. Auf dem großen Domplatz im Herzen der Stadt wurde ihr Blick von der imposanten Fassade der Kathedrale San Vigilio gefangen genommen – und vom trutzigen Bergfried des daneben errichteten Bischofspalastes. „Was für ein Monstrum", staunte Gerhardt, „der ist ja noch höher als der Turm auf Neuenberge!" „Schmaler, aber oben mit mehr Platz für Verteidiger, wahrscheinlich Bogenschützen", konstatierte Willibald. „Ja, sieht aus wie ein Kastell auf Stelzen", meinte Ulrich. William hielt derweil nach weniger imposanten, aber notwendigeren Zielen Ausschau. „Da vorn gibt es einen Bäcker, vielleicht können wir hier ein paar Laibe Brot erstehen", meinte er und zog los. „Und dort ist ein Fleischer", ließ Martin verlauten, „sieht aus, als hätte er Federvieh im Angebot. Vielleicht hat er ja auch ein paar Federn übrig, dann könnten wir bei Bedarf neue Pfeile erstellen und denen mal ein anderes Muster geben!" Thomas hatte unterdessen einen Ritter mit den Augen verfolgt, der offenbar in der Kathedrale gebetet oder gebeichtet hatte und nun zügig über den Platz schritt, als hätte auch er keine Zeit zu verlieren. Thomas stieg vom Pferd, reichte Martin die Zügel und hielt auf den Fremden zu. „Gott zum Gruße, Herr Ritter", sprach er ihn an, als sie beinahe voreinander standen, „seid Ihr auch auf dem Weg nach Rom? Ich bin Thomas von Leichlingen." Dabei zog er seinen Handschuh aus und hielt ihm, als Zeichen des Vertrauens und des Friedens, zur Begrüßung die bloße, ungeschützte Hand hin. „Ein Gott zum Gruße ehevor", erwiderte dieser etwas überrumpelt und ergriff eher aus Gewohnheit denn aus ehrlicher Begrüßungsfreude die dargebotene Hand. „Entschuldigt, ich hatte nicht damit gerechnet, etwas anderes als reisendes Fußvolk hier zu treffen. Ich bin Gerlach von Büdingen und auf dem Weg zum Kaiser, daher etwas in Eile!" Den jungen deutschen König auf dem Weg nach Italien wissend, um sich mit eben diesem Kaiser, dessen Vater, zu treffen, zählte Thomas sofort eins und eins zusammen. „Dann seid Ihr so etwas wie die Vorhut des Königs?" Gerlach erschrak ein wenig. „Ihr wisst davon?" Thomas nickte. „Halb Italien weiß das. Die Spatzen pfeifen es sozusagen von den Alpengipfeln, würde ich sagen!" Dann berichtete er dem Büdinger Ritter von der Warnung des Brenners. „Dann stimmt es also. Hier mehren sich auch Stimmen, die von einer Sperrung des Etschtales durch die Lombarden warnen. Und einen anderen Weg nach Süden gibt es nicht. Umso mehr drängt es mich zur Eile. Verzeiht also, wenn ich mich sogleich wieder empfehle!" – „Oh, ich hatte gehofft, wir könnten ein Stück des Weges gemeinsam reiten", log Thomas, der es natürlich vorzog, mit seinen Männern allein zu bleiben. „Besser nicht", gab der Büdinger zurück, „ich hab' es wirklich eilig, und wenn jemand von uns in die Hände der Lombarden fällt, seid Ihr ohne mich besser dran!" Zu diesem Schluss war Thomas ohnehin längst gekommen, deshalb verabschiedeten sie sich sogleich voneinander und jeder zog wieder seiner Wege. Aber auch den Fischersohn packte jetzt vollends die Unruhe. Beinahe unwillig ging er noch mit Martin in die Fleischerei und erstand ein Stück luftgetrockneten Schinken. Mehr hatte der Metzger ohnehin nicht im Angebot, weil die Pilgerscharen seinen Laden nahezu leer gekauft hatten. Zu Martins Enttäuschung gab es nicht mal mehr Federn. Ähnlich dürftig war Williams Ausbeute. „Zwei Laibe Brot, mehr konnte ich nicht ergattern. Zu viele Menschen sind in der Stadt!" – „Obwohl sich die meisten beeilen, wieder heraus und auf die Straße nach Süden zu kommen", bemerkte Thomas. Dann erzählte er den anderen kurz von seinem Treffen mit dem Büdinger Ritter. „Gibt es denn keinen anderen Weg nach Süden", wollte Gerhardt wissen. „So viel ich weiß, nicht", antwortete Thomas. „Das Etschtal ist auf viele Meilen von hohen Bergen eingefasst", erklärte William, der beim Bäcker ebenfalls Erkundigungen eingeholt hatte, „um einen anderen Weg einzuschlagen, müssten wir zurück in die Berge und einen anderen Pass nehmen, das kostet uns zu viel Zeit!" Das sahen alle ein. „Wir tun also gut daran, ebenfalls aufzubrechen", beschloss Thomas. „Unsere Vorräte sollten bis Verona reichen. Also los, weg von hier!" Wenig später saßen sie im Sattel und trabten aus der Stadt hinaus. Sie nahmen den Weg über die Brücke, um rechts des Flusses, auf der Waldseite, weiter nach Süden zu ziehen. Der Weg war schmal, aber deshalb auch weniger stark überlaufen. Auf der linken Seite der Etsch staute sich der Pilgerstrom bereits bedenklich. Ein gutes Stück weiter flussabwärts erkannten sie auch den Grund dafür: lombardische Truppen! Sie hatten ein paar Bäume gefällt und damit die alte Römerstraße gesperrt. Dahinter marschierten, dicht an dicht, waffenstarrende Reihen von Soldaten auf. Thomas ließ anhalten und spähte über den Fluss. „Was jetzt, umdrehen?", flüsterte William. Thomas antwortete zuerst nicht und beobachtete weiter das Geschehen auf der anderen Seite. Dabei fiel ihm auf, dass die Lombarden nach geraumer Zeit dazu übergingen, einzelne Pilger nacheinander durch die Sperre zu lassen. Gerade kletterten zwei, drei Menschen über die Baumstämme. „Sie haben es nicht auf alle Reisenden abgesehen", mutmaßte er, „einfache Pilger dürfen passieren!" – „Das heißt, wir sollen wieder in die Rolle von Pilgern schlüpfen?", wollte Gerhardt wissen. „Das nimmt uns sowieso niemand mehr ab", gab Thomas zurück, „nicht mit unseren Schlachtrössern!" – „Und die Waffen habe ich auch lieber zur Hand als hinter dem Sattel", setzte William hinzu. „Das Beste wird sein, wir verstellen uns gar nicht erst", verkündete Thomas schließlich, „wir gehören nicht zu den Truppen des Königs und wollen auch nicht zum Kaiser, sondern nach Rom. Das müssen sie uns abnehmen, dann könnten wir Glück haben!" Die anderen nickten. Und so setzten sie ihren Weg unverdrossen fort, während auf der anderen Seite immer mehr Truppen aufmarschierten. Thomas schätzte ihre Zahl auf zweitausend. Doch allzu weit kamen sie auch auf ihrer Seite der Etsch nicht. Als sie um eine Biegung des Flusses geritten kamen, sahen sie etwa dreihundert Schritt voraus, wie sich eine ausladende Lärche langsam aus dem Waldsaum in Richtung Fluss neigte und schließlich krachend niederfiel. „Jetzt gilt es, seid auf der Hut", entfuhr es William. „Wenn sie uns angreifen, schlagen wir kurz zu und fliehen dann nach rechts in den Wald!" In diesem Moment traten etwa fünfzig Bewaffnete aus genau diesem Wald hervor und blieben am Wegesrand stehen, als wollten sie ein Spalier bilden. „Großartiger Plan", meinte Thomas trocken, „es steht ja nur zehn gegen einen. Aber das müsste eigentlich auch für einen Templer zu viel sein, oder!" William zuckte mit den Schultern. „War ja nur so eine Idee!" Ohne Unterbrechung, aber auch ohne Hast und ohne den Lombarden Grund zum Misstrauen zu geben, ritten sie weiter. Als sie die Reihe der Soldaten erreichten, sträubten sich bei Thomas spürbar die Nackenhaare, und auch den anderen erging es nicht anders, aber niemand verzog eine Miene. Gleichmütig ritten sie weiter, bis ihnen die gefällte Lärche den Weg versperrte. Auf dem Stamm saß ein recht selbstgefälliger Offizier mit blank poliertem Brustpanzer, der seinen Helm abgelegt und sein Pferd auf der Rückseite angebunden hatte. Die Soldaten schienen allesamt ohne Pferde gekommen zu sein. „Aspetta! Di dove sei, bastardi?!", rief der Offizier mit süffisantem Grinsen im Gesicht. Dabei griff er sich einmal an den Schritt seiner samtenen Hose, den ein kundiger Schneider im Bereich des Geschlechts mit Nähten so präpariert hatte, dass seine Männlichkeit augenfällig hervortrat. Die Soldaten begannen zu lachen. Auch ohne der italienischen Sprache mächtig zu sein, verstand Thomas, dass der Kerl sie zum Halten aufgefordert, ihre Herkunft erfragt und sie obendrein Bastarde genannt hatte. Trotzdem setzte er ungerührt seinen Weg fort, bis er direkt vor dem Baum bzw. dem Offizier stand. „Gott zum Grußte, wir sind Reisende aus dem Heiligen Römischen Reich Deutscher Nation auf dem Weg nach Rom!" – „Hä?", gab der Lombarde zurück. Offenbar verstand er die deutschen Worte nicht. Thomas versuchte es auf Latein. „Deus tecum sumus peregrinantes a Imperium Germanis in via Roma, äh, Romam …" Der Offizier starrte ihn nur verständnislos an. „Tedeschi!", meinte einer der einfachen Soldaten und spie aus. Darauf sprang der Erste auf und zog sein Schwert. „Sei in arresto!", brüllte er. Auch die Soldaten zogen ihre Klingen. „Attendere prego!", meldete sich da William in lupenreinem Italienisch zu Wort, bat darum, einen Moment zu warten, und gab seinem Pferd mit den Schenkeln den Befehl, langsam vorzurücken. „Se tenete alla vostra borsa è caro, pensi che ora prima l'aria!" Augenblicklich lief der Offizier puterrot an, wagte aber nicht, sich zu rühren. Erst als William zu ihm aufschloss, fiel Thomas auf, dass dieser seine kleine Armbrust in der Hand hielt und damit genau auf die Weichteile des Lombarden zielte. „Läuft ja hervorragend, dein Plan", raunte ihm William zu. „Ja, nicht wahr?", gab Thomas zurück, „und was hast du ihm gerade an den Kopf geworfen, das ihn so rot werden lässt?" „Dass er die Luft anhalten soll, wenn ihm sein Sack lieb ist!", grinste William. Dann wandte er sich wieder dem Lombarden zu, aber so, dass jeder seine Worte mitbekam. „Ich bin Ritter des Templerordens", ließ er sie auf Italienisch wissen, „und niemand nennt mich ungestraft einen Bastard, schon gar nicht ein so aufgeblasener Pfau wie du. Und meine Freunde hier sind da ebenso empfindlich, auch wenn sie das nicht in eurer Zunge kundtun können. Seid gewarnt." Ein kurzer Blick nach hinten offenbarte Thomas, dass auch Martin und Willibald ihre Bögen in den Händen hielten, jeder zwei weitere Pfeile zwischen den Zähnen. „Ihr könnt versuchen, uns anzugreifen", fuhr William fort, „aber das würde ich euch nicht raten. Es steht zwar zehn gegen fünfzig, aber wir nehmen jeder mindestens zwei von euch mit ins Grab. Und du bist der Erste. Überleg dir das!" Der Offizier runzelte die Stirn, ohne sich vom Fleck zu rühren. „Zehn? Ich zähle nur sechs!" William setzte eine belehrende Miene auf. „Dann hast du die Rechnung ohne den Hund gemacht, der wiegt allein vier von euch auf!" In diesem Moment lockerte Gerhardt leicht Wulfilas Leine und der Saupacker machte grollend zwei Schritte nach vorn. Augenblicklich wichen weite Teile der Lombardischen Front einen Schritt zurück in Richtung Wald. Dann standen sich beide Seiten für eine Weile regungslos gegenüber. „Vielleicht solltest du die Gelegenheit nutzen, und dem Geck da vorne noch mal unser Anliegen vortragen", meinte Thomas. William nickte und verfiel wieder in die italienische Sprache. „Bevor mein Finger am Abzug nervös wird: Vielleicht hast du die Güte, uns einmal genauer zuzuhören", wandte er sich wieder an den Offizier. „Prego!", gab der zurück, ohne sich zu rühren. „Wir sind zwar Ritter und kommen von nördlich der Alpen, aber wir haben mit dem deutschen König, den ihr hier aufhalten wollt, nichts zu schaffen, auch nicht mit dem Kaiser", fuhr William fort. „Glaubst du, wir wären sonst so seelenruhig hier in eure Falle getappt? Wir hätten doch eher umgedreht und dem König sofort Meldung gemacht, oder nicht?" Man sah dem Lombarden an, dass er ins Grübeln kam. Nervös trat er nun von einem Bein auf das andere. „Wir wollen nach Rom – in eigener Sache", setzte William hinzu, „um dem Papst einen Fall vorzutragen, den nur das dortige Gericht entscheiden kann. Deshalb lasst uns ziehen!" Der Offizier war hoffnungslos mit der Situation überfordert. Wieder trat er von einem Bein auf das andere und seine opulente Hosenausbuchtung schien sich um einiges verkleinert zu haben, erst recht, als Wulfila eine zwischenzeitliche Unruhe in den Reihen der Soldaten mit grimmigem Knurren quittierte. Schließlich schien er geneigt, den Worten des ehemaligen Templers nachzugeben, denn seine Schultern senkten sich ein wenig. Doch in diesem Moment war von dem Pfad hinter ihm Hufschlag zu hören, der sich schnell näherte. Wenige Atemzüge später erschien eine Gruppe von Reitern, die eine mächtige, grün-gelb gestreifte Fahne mit sich trugen. Der Mann an der Spitze war von Kopf bis Fuß in Eisen gehüllt, zumindest erschien er so mit seinem glänzenden Brustpanzer und den ebenso blank polierten Eisenschienen auf Schultern, Armen und Beinen. Er ritt einen prächtigen Schimmel, den eine ebenfalls grün und gelb gestreifte Schabracke zierte. Ohne sein Tempo zu zügeln, galoppierte er auf den Baumstamm zu. Ja, er gab seinem Tier sogar die Sporen. „Jetzt wird es brenzlig", raunte William Thomas zu, doch der war bereits zu dem gleichen Schluss gekommen und legte seine Rechte an den Schwertknauf. Mit einem gewaltigen Sprung setzte der Schimmel über die gefällte Lärche, um unmittelbar auf der anderen Seite schnaubend zum Stehen zu kommen. Sein Reiter nahm den eigentümlich geformten Helm ab, der so aussah, als könne er sogar einer Axt standhalten, und warf ihn dem ersten der nebenstehenden Soldaten zu. Das bärtige, grimmige Gesicht eines befehlsgewohnten Mannes Anfang dreißig kam zum Vorschein. Wulfila stimmte ein wütendes Gebell an und war nur mit Mühe von Gerhardt zu bändigen. Doch der lombardische Ritter würdigte ihn keines Blickes. „Was ist hier los?", herrschte er den Offizier an, und der bemühte sich, in wenigen Worten das Wichtigste zu berichten. „Ihr seid Ritter des Königs?", wandte er sich daraufhin an Thomas und William. Es klang weniger wie eine Frage, sondern vielmehr wie eine Feststellung. Gleichzeitig musterte er die seltsame Pilgergruppe eindringlich, als schätze er die Risiken eines Angriffs ab. „Nein, das sind wir nicht", antwortete William, „wir sind …" Eine herrische Handbewegung schnitt ihm das Wort ab. „Der Capitano hat mir bereits berichtet, als was ihr euch vorgestellt habt", sprach der Ritter nun in fehlerfreiem Deutsch, wenn auch mit starkem Akzent. „Außerdem hat mir bereits ein anderer Ritter heute eine ähnliche Geschichte aufgetischt!" Erst jetzt erkannte Thomas, dass sich in der Gruppe der Reiter hinter der Lärche auch der Büdinger Ritter befand, den er Stunden zuvor in Trient getroffen hatte. Offenbar war er gefesselt, denn seine Arme lagen eigentümlich eng am Körper. Und er schien recht mitgenommen. „Ich kann und will das jetzt hier nicht beurteilen", fuhr der lombardische Ritter fort. „Ich mache euch einen Vorschlag. Folgt mir nach Verona, bis dahin gebe ich euch freies Geleit. Dort werden wir der Sache auf den Grund gehen. Sprecht ihr die Wahrheit, dürft ihr euren Weg unbehelligt und mit meinem Segen fortsetzen! Wenn nicht …" Statt weiterzusprechen, zog er seinen Dolch und ließ dessen Klinge in einer fließenden Bewegung einmal über den Hals seines Capitanos fahren. Der überraschte Offizier hatte keinerlei Zeit zu reagieren. Als er begriff, was geschehen war, sackte er auch schon auf dem Baumstamm zusammen, über dessen Rinde sich ein Schwall von Blut ergoss. „Seid Ihr einverstanden?", fügte er an, während er die blutige Klinge an der Schabracke seines Pferdes abwischte. „Wir haben Euer Wort?", erwiderte Thomas mit festem Blick. „Ihr habt das Wort von Ezzelino da Romano, ich bin der Podestà von Verona und Kommandant dieser Truppen!" – „Dann folgen wir Euch!", beschloss der Fischersohn. „Na, dann los!", entschied der Podestà. Während er sein Pferd wendete, erfasste sein Blick einen der ihm am nächsten stehenden Soldaten, den er offenbar kannte. „Guglielmo, du bist jetzt der neue Capitano. Mach es besser als dein Vorgänger!" Darauf gab er seinem Schimmel die Sporen und setzte erneut über den Baumstamm. William lenkte sein Tier ein Stück in den Wald, um das Hindernis zu umgehen, ebenso hielten es die anderen. Thomas jedoch dachte nicht im Traum daran, dem Baumstamm auszuweichen. „Los, mein Bester", flüsterte er Tarek zu, „hinterher!" Das treue Schlachtross spielte aufmerksam mit den Ohren, schnaubte einmal vernehmlich, begann zu tänzeln, fiel dann aus dem Stand in Galopp und sprang mit einem Satz über den Baum. Ezzelino da Romano, der es sich nicht hatte verkneifen können, einen Blick über die Schulter zu werfen, rang sich ein Lächeln ab. „Ihr seid nach meinem Geschmack", ließ er Thomas wissen, als dieser zu ihm aufgeschlossen hatte, „Mut ist auch oft ein Zeichen von Ehrlichkeit. Nur Feiglinge lügen. Vielleicht nimmt der Tag ja doch noch ein gutes Ende für euch!" Darauf preschten sie gemeinsam nach Süden, Verona entgegen, wie sie glaubten.

Friedrich von Isenberg ließ sich langsam in den großen hölzernen Badezuber gleiten. Das heiße, dampfende Wasser nahm von seinem Körper Besitz, und seine geschundene Seele begann, sich zum ersten Mal seit Monaten ein wenig zu entspannen. Er legte den Kopf in den Nacken und schloss die Augen. Der abkühlende Dampf legte sich wie ein zarter Schleier auf sein Gesicht und sorgte für einen angenehm kühlenden Effekt, während der restliche Körper in wohliger Wärme ruhte. Genüsslich ließ er sich von einer hübschen Magd, wie er meinte, einen Becher Wein kredenzen und dessen Inhalt die Kehle hinablaufen. Als vernebele der Alkohol oder der Wasserdampf auch das innere Auge, verblassten mehr und mehr die Bilder der jüngsten Vergangenheit, die ihm normalerweise ständig durch den Kopf geisterten. Seine beiden bischöflichen Brüder, die ihm gegenübersaßen, hatten ihn kurz nach der Ankunft in Vercelli – einer der ältesten Städte in Norditalien, südwestlich von Mailand, die für ihre Märkte berühmt war – und der Einquartierung in einer noblen Herberge dazu überredet, ihnen in eines der hiesigen Badehäuser zu folgen. Seit der Römerzeit waren solche Häuser aus kaum einer Stadt mehr wegzudenken. Eine ganze Reihe dieser etwas anrüchigen, aber doch stark frequentierten Einrichtungen befand sich in einer Seitengasse hinter der erst vor wenigen Jahren fertiggestellten Basilika Sant'Andrea. Als anrüchig galten sie unter den vornehmeren Einwohnern vor allem deshalb, weil es in den Bädern nicht nur um Reinigung ging. Scharen von Hübschlerinnen boten hier noch ganz andere Dienste an. Das hielt den männlichen Bevölkerungsteil jedoch nicht davon ab, den einschlägigen Häusern ab und an selbst einen Besuch abzustatten. Im Gegenteil. Selbst höchste Würdenträger ließen sich zuweilen in solche Niederungen herab. Von all dem ahnte Friedrich von Isenberg allerdings nichts. Sein halbes Leben hatte er in der spartanischen, zugigen Isenburg an der Seite seiner buckligen Gattin verbracht, die andere, die erste Lebenshälfte in Kirchen- und Klostermauern. Deshalb erschrak er gewaltig, als sich eine schlanke, kundige Hand während seines Halbschlafes im Bade zu seinem Gemächt vortastete und herzhaft zugriff. Zuerst wollte er aufbegehren, doch der Anblick seiner beiden Brüder, von denen bereits jeder eine nackte Schönheit auf dem Schoß sitzen hatte, hielt ihn davon ab. Mit offenem Mund starrte er auf das dampfende Durcheinander aus Busen, Armen, Schenkeln, Zungen und Lippen. „Na, mein starker Wanderer, willst du mir nicht mal deinen Pilgerstab zeigen?", säuselte die üppige Hure, die man für ihn ausersehen hatte, in gebrochenem Deutsch und beugte sich dabei weit zu ihm hinab. Zwei pralle, rosafarbene Brüste, mit Nippeln so groß wie die Zitzen von Ziegen, tanzten ihm direkt vor den Augen. „Aber ... aber was soll denn das?", stammelte er und versuchte halbherzig, sich dem Griff der Hure zu entziehen. „Nicht so zaghaft, Bruderherz", rief Dietrich von Isenberg lachend zu ihm herüber, „es wird Zeit, dass du mal wieder auf andere Gedanken kommst!" Zur Verdeutlichung seiner Worte kniff er seiner Gespielin mit beiden Händen in die Pobacken. „Was erlaubt ihr euch?", entrüstete sich Friedrich, „ich bin verheiratet! Und überhaupt: Wie steht es Männern der Kirche an, sich so zu versündigen?!" Nun war es an Engelbert, zu antworten. „Reg dich nicht so künstlich auf, Bruder", kam es diesem etwas undeutlich über die Lippen, weil er es für Zeitverschwendung hielt, dafür die Zunge aus dem Mund seiner Hure zu nehmen. „Wir sind alle nur Männer – mit gewissen Bedürfnissen. Du nicht? Sei ehrlich, wann hattest du zum letzten Mal eine Frau im Bett?" Friedrich überlegte ernsthaft. „So um Allerheiligen, letztes Jahr!", gab er ehrlich zurück. Seine Brüder brachen in schallendes Gelächter aus und die Hure an seiner Seite, wahrscheinlich die einzige, die seine Sprache verstand, bekam einen gespielten Schreck. „Na, dann wird es aber Zeit, dass wir deinem Zölibat ein Ende setzen", schnarrte sie und stieg kurzerhand zu ihm ins Bad. Friedrichs Gedanken rasten. Würde Gott ihn nicht verdammen, wenn er jetzt obendrein auch noch Ehebruch beging? War dann nicht die ganze Reise umsonst? Doch da die Hure nicht von ihm abließ und wie wild seinen Pilgerstab, wie sie es genannt hatte, zu bearbeiten begann, drehten sich seine Gedanken schließlich wie die Farben in einem Kreisel nur noch im Kreis, bis sie sich irgendwo im Hirn verflüchtigten. Stattdessen beschäftigte ihn mehr und mehr eine zentrale Frage: von vorn oder von hinten? Als sich die erfahrene Dirne dann erhob, umdrehte und ihm ihre prallen

Hinterbacken präsentierte, war es endgültig vorbei mit der Grübelei. Er packte zu, zog sie zu sich hinunter und stieß herzhaft, ja fast sogar wütend in sie hinein. Zum Teufel mit der Verdammnis! Warum machte er sich bloß immer so viele Gedanken und lebte nicht einfach in den Tag hinein, wie es seine Brüder offenbar konnten? Einfach leben! Seine Bewegungen steigerten sich zur Raserei. Dabei griff er mit seinen klobigen Händen abwechselnd zu ihren vollen Brüsten und dann wieder zu den ausladenden Hüften. Verdammter Dreck, immer machte er sich Sorgen. Schluss damit. Ficken wollte er, ficken und saufen. Als hätte sie seine Gedanken geahnt, griff die Hure in diesem Moment zu einer nebenstehenden Weinkaraffe und nahm einen großen Schluck daraus, ohne sich erst lange nach einem Becher umzusehen. Dann löste sie sich geschickt von ihm, wälzte sich dabei auf den Bauch und ließ den Wein aus ihren Lippen über die seinen rinnen. Darauf rutschte sie ein wenig tiefer, hob sein Hinterteil an und nahm sein pralles Glied in den vom Wein gekühlten Mund. Das war endgültig zu viel für Friedrich, und mit einem lang gezogenen Röcheln, das an das Röhren eines brünftigen Hirsches erinnerte, ergoss er sich in ihr. Dann schwanden ihm für einen Moment die Sinne. Es dauerte ein wenig, bis er sich erholt hatte, doch der Applaus seiner Brüder holte ihn in die Gegenwart zurück. „Na, siehst du", meinte Dietrich und klopfte ihm dabei brüderlich auf die Schulter, während er sich erhob und in ein blütenweißes Leinentuch wickelte, „es steckt ja doch noch Leben in dir, nicht nur Sorge!" Ermattet ließ sich Friedrich wieder in die warmen Fluten gleiten und nahm seine Freudenspenderin dankbar in den Arm. Doch nicht lange, und sein Gewissen meldete sich wieder, auch wenn sich seine Fürsorge zuerst einmal um die Hübschlerin rankte. „Hast du einen Wunsch? Ich möchte dir etwas schenken!", gab er ihr zu verstehen. „Oh, Eure Brüder haben mich schon entlohnt", erklärte sie, „und zwar so reichlich, dass Ihr die ganze Nacht mit mir zusammenbleiben könnt, wenn Ihr wollt!" Friedrich wusste noch nicht genau, ob er das wollte. „Woher kommst du, dass du unsere Sprache so gut sprichst?", begehrte er zu wissen. „Oh, ich habe schon in vielen Städten gewohnt", antwortete sie, „geboren wurde ich in Trento, das ihr Trient nennt, und aufgewachsen bin ich in Verona, also in der Gegend, wo sich jetzt die lombardische Liga versammelt, um eurem König entgegenzutreten!" Friedrich hätte sich beinahe an dem Wein verschluckt, dem er gerade wieder zusprach. „Unserem was?" „Eurem König, dem Sohn des Kaisers", wiederholte sie, „mit dem will er sich doch vereinen, um unsere Städte zu unterjochen. Aber die lassen sich das nicht gefallen, deshalb wird wohl nichts aus dem Treffen. Unsere Truppen sind schon längst auf dem Weg!" Friedrich war völlig durcheinander. „Wie? Wo ist der deutsche König?", hakte er verwirrt nach. „Na, auf dem Weg nach Verona, aber da wird nichts draus", krähte sie voller Zuversicht. Friedrich bekam Atemnot. Der deutsche König, der Herrscher, der ihn geächtet hatte, wahrscheinlich an der Seite von tausend Fürsten und noch mehr Rittern, die allesamt von dem Kopfgeld gegen ihn wussten, auf dem Weg nach Italien? Oder schon hier? Panik stieg in ihm auf, Todesangst. Und er wusste sogleich, womit er die verdient hatte. Gott verdammte seinen Sünder. Der Teufel kam ihn holen. Aber so schnell? Friedrich hielt es nicht mehr im Bade. Aufgewühlt stieg er aus dem Zuber und raffte seine Gewänder zusammen, ohne sich abzutrocknen. „Aber was hast du denn?", wunderte sich die Hure und reckte sich ihm entgegen. „Ich sagte doch, deine Brüder haben bis morgen früh bezahlt!" Wütend stieß er sie mit dem Kopf zurück ins Wasser. „Und ich bezahle es womöglich mit dem Leben, du Hure!", brüllte er. Dann sprang er in sein Untergewand, warf den Mantel über, riss die fadenscheinigen Vorhänge zur Seite und stapfte davon, ohne sich um den Aufruhr zu scheren, den sein Wutausbruch verursacht hatte. Die so verschmähte und ob dieser Behandlung aufgebrachte Hure ließ sich von den Brüdern des Isenbergers erst nach Zahlung eines weiteren Silberstückes beruhigen. Danach pries sie den Herrgott und meinte, der deutsche König könne ruhig öfter nach Italien kommen. Friedrich jedoch beruhigte sich nicht mehr. Auf dem Weg zur Taverne trieb er seine Brüder vor sich her, nachdem sie ihn eingeholt hatten, und zu früher Morgenstunde schon wieder aus dem Haus. Noch vor Sonnenaufgang befanden sie sich bereits erneut auf der Straße nach Rom. Doch schlugen sie diesmal einen viel südlicheren Weg ein, als ursprünglich geplant.

Der Rittersaal der Burg Neuenberge war so gut gefüllt wie schon lange nicht mehr. Den gut zwanzig ritterlichen Gästen aus Limburg saßen an einer langen Tafel mindestens ebenso viele Dienstmänner des Grafen von Berg gegenüber, der seinen herzoglichen Vater standesgemäß mit einem Festmahl empfangen wollte. Heinrich hatte darauf bestanden, dass auch die Damen von Stand, die sich auf der Burg befanden, anwesend waren. So zählte neben Irmgard und Sophie auch Sibylla zu den Edelfrauen, die als Ehrengäste neben dem Grafen und dem Herzog Platz nehmen durften. Zuvor hatte es eine sehr steife, förmliche Begrüßung gegeben, bei der die Ritter den Damen die Hand geküsst hatten. Einzig Sophie war ihrem Vater, den sie seit dem letzten Treffen auf der Isenburg nicht mehr gesehen hatte, schluchzend um den Hals gefallen. Aufgrund seiner kühlen Reaktion hatte sie sich jedoch schnell wieder gefangen. Sibylla war das wütende Funkeln in den Augen des Herzogs nicht entgangen. Züchtig saß sie nun zwischen ihrer Mutter Mechthild und der Burgherrin an der breiten Stirn der T-förmigen Tafel und rief sich im Stillen alle Manieren in Erinnerung, die sie womöglich seit ihrer Hochzeit vergessen hatte. Denn auf ihrem Gut in Leichlingen ging es doch deutlich zwangloser zu als hier. So trug sie jetzt sogar einen ungewohnten Schleier und eine spitz zulaufende Kopfhaube, die sie sich von ihrer Mutter ausgeborgt hatte. Dies war eine der mehr als seltenen Gelegenheiten gewesen, bei denen es eine Art Konversation zwischen ihnen gegeben hatte. Lieber hätte sie den anderen in der Küche geholfen, doch Magda, die resolute Küchenmagd, hatte ihr unmissverständlich klargemacht, dass sich dies für die Gattin eines Ritters, die sie nun einmal war, nicht mehr schicke. Stattdessen hatten Andrea und Adele ihren Platz eingenommen und damit begonnen, eifrig Federvieh zu rupfen. Denn Magda hatte erklärt, dass sich dies am schnellsten zubereiten ließe, wenn sie die unangemeldeten Gäste nicht lange warten lassen wollten. Wie üblich hatte sie sich auch durch den überraschenden Besuch so vieler hungriger Mäuler nicht ins Bockshorn jagen lassen, sondern die Herausforderung tatkräftig angenommen. Das Resultat ihrer Bemühungen, gebratene Rebhühner und Fasane, wurden jetzt auf silbernen Tabletts hereingetragen. „Und wenn das nicht reicht, dem feinen Gesindel die Mäuler zu stopfen, füllen wir sie mit Grütze und dem Schinken aus dem letzten Winter ab, der muss sowieso langsam weg!", hatte sie zuvor gesagt. Sibylla musste leise lachen, als diese markigen Worte in ihrem Kopf widerhallten, die vielen der einfachen Bediensteten aus der Seele sprachen. Sie hatte selten ein selbstbewussteres Weib gesehen. Aber wahrscheinlich wusste die Magd genau, dass sie seit Jahren unverzichtbar war und sich mehr herausnehmen konnte als andere. Immerhin diente sie jetzt schon dem dritten Burgherren. „Was erheitert Euch so, edle Dame?", drang eine Stimme von vorn an ihr Ohr, „ich hoffe, es sind nicht unsere rohen, männlichen Tischsitten?" Bis sie begriff, dass sie selbst gemeint war, hatte sie sich bereits einen Stupser ihrer Mutter eingehandelt – und stupste unter dem Tisch zurück. Dann erkannte sie den Mann, der sie angesprochen hatte, und verschluckte sich beinahe. Gisbert von Limburg! Wie früher saß er mit etwas selbstgefälliger Miene da und wartete auf ihre Antwort. Doch schnell fand sie ihre Fassung wieder. „Verzeiht, wenn ich Eure Gefühle verletzt haben sollte", antwortete sie betont artig, zumindest anfangs, „aber ich erinnerte mich daran, wie Ihr als Knappe von meinem späteren Gatten zuweilen Prügel bezogen habt!" Ihrer Mutter blieb augenblicklich das Herz stehen. Sophie war völlig irritiert. Und selbst Irmgard hielt für einen Moment die Luft an, bevor sie sich ein neuerliches Lächeln abrang. „Aber dann ist ja doch noch ein leidlicher Kämpfer aus Euch geworden", setzte Sibylla hinzu, die plötzlich Spaß an der Sache bekam, „wie schlagt Ihr Euch denn heute so?" Gisbert verbeugte sich galant und wollte etwas entgegnen, aber sein Herzog kam ihm zuvor. „Er ist der beste Mann in meiner Ritterschaft, keiner kann es mit ihm aufnehmen", stellte Walram von Limburg klar, „ausgenommen vielleicht mein Herr Sohn hier!" Walram hielt nicht viel von Frauen und billigte ihnen schon gar nicht eine so provokante Redeweise zu, hielt sich aber noch im Zaum. Vor allem, weil Sibyllas Schönheit ihn offenbar milder gestimmt hatte, als er sonst war. Weibliche Reize wusste der Vater zahlreicher Kinder durchaus zu schätzen. „Ihr kennt euch?", wollte er wissen. „Seit ihrer Kindheit", mischte sich Graf Heinrich lachend ein, „und Gisberts Knappenzeit am Hofe des seligen Grafen Adolf. Aber fragt doch unseren verehrten Burgvogt hier, der weiß es am besten!" Herrmann von Elverfeldt verneigte sich und ergriff ohne Zögern das Wort, während seine Gattin Mechthild am liebsten im Boden versunken wäre. „In der Tat, sie haben sich schon als kleine Rotznasen nichts geschenkt", gab er unumwunden zu, „nicht zuletzt, weil meine Tochter Sibylla schon als Kind kein Blatt vor den Mund nahm. Und wie ich sehe, hat ihr Gatte daran nichts ändern können!" Dabei zwinkerte er ihr mit einem Auge zu. „Aber die Ehe scheint ihr gut bekommen zu sein", beeilte sich Gisbert, seinen Teil zu der Unterhaltung beizutragen, „denn sie ist noch schöner geworden!" Darauf brachen alle Ritter in ein lautes Johlen aus und hoben ihre Becher. Sophie schien etwas neidisch zu werden. Sibylla überlegte einen Moment, wie sie darauf reagieren sollte, und entschied sich dann dafür, den Limburger Rittern einen spitzbübischen Blick zuzuwerfen, anstatt die Augen zu senken, wie es vielleicht andere getan hätten. Aber um sich zu verstellen, war es ohnehin schon zu spät. „So, so, und wer ist der Glückliche, der die streitbare Vogttochter erfolgreich gefreit hat?", fragte Walram in die Runde. Sibylla überlegte, ob es sein konnte, dass der Herzog von Limburg dies wirklich nicht wusste, oder ob er dies nur vorgab. Aber soweit sie sich erinnerte, war er tatsächlich bei ihrer Hochzeit und dem dramatischen Turnier nicht dabei gewesen. „Es ist Thomas von Leichlingen, einer der Knappen, die den Grafen Adolf – und damit auch dich – auf den Kreuzzug nach Ägypten begleiteten", rief Heinrich seinem Vater in Erinnerung. „Er wurde von Adolf und später auch vom Kaiser zum Ritter geschlagen!" Spätestens jetzt erinnerte sich Walram, das war ihm anzusehen. Aber was er von Thomas' Verstrickung in die jüngsten Ereignisse wusste, das blieb unergründlich wie sein Blick, der seit geraumer Zeit auf Sibylla ruhte. Er hat mich nicht sogleich mit Thomas in einen Topf geworfen, dachte Sibylla. Dann fiel ihr die Drohung des Herzogs auf dem Reichstag zu Worms ein, von der ihr Thomas erzählt hatte. Er hatte gewusst, dass Thomas eine Familie hatte und verheiratet war, aber vielleicht nicht, mit wem. Ganz sicher aber wusste der Limburger mehr, als er vorgab. Zumindest schien jetzt Walrams Interesse vollends geweckt zu sein. „Und wo ist der Ritter von des Kaisers Gnaden heute? Warum sitzt er nicht mit an unserer Tafel?", hakte er nach. „Nun, er ist … ", setzte Heinrich zu einer Erklärung an. „… auf einer Pilgerfahrt", vervollständigte Sibylla den Satz. „Etwa nach Rom?", platzte Sophie sogleich unbedacht heraus, um sich nach einem strengen Blick ihres Vaters schuldbewusst auf die Zunge zu beißen. Darauf trat eine betretene, kleine Pause ein. Das Thema war in der Tat ein heißes Eisen, um das man tunlichst einen Bogen machte. Heinrich war um die Zwickmühle, in die er sich gebracht hatte, nicht zu beneiden. Zumindest er wusste, dass Thomas in eigener Sache den als Mörder Engelberts geächteten Isenberger verfolgte – und damit den Schwiegersohn des Herzogs. Ob und inwieweit Heinrich dies anderen kundgetan hatte, stand nur zu vermuten. „Nun denn, selbst schuld, wenn er seine Gemahlin so lange allein lässt", gab Walram dem Gespräch plötzlich eine Wendung, „ich lege für meine Ritter nicht die Hand ins Feuer!" Darauf ertönte allseits lautes, befreiendes Gelächter, und die Becher kreisten. Nur Sophie schien keine Freude zu empfinden und der kleine Buckel auf ihrem Rücken wölbte sich noch mehr als sonst. Das blieb auch dem Herzog nicht verborgen. „Nun, ich denke, es wird Zeit, dass ich dich heim nach Limburg führe", sagte er zu ihr, „die Luftveränderung wird dir guttun – und den Kindern. Auch deinem alten Vater und seiner verstaubten Burg kann etwas mehr Gesellschaft nicht schaden. Wo sind meine Enkel überhaupt?" Sophie schien nicht überrascht von der Ankündigung, dafür umso dankbarer für den erneuten Themenwechsel, und gab einer Zofe ein Zeichen. Wenig später sprang die Tür auf und die

Isenberger Kinder, drei Mädchen und zwei Jungen, wurden eingelassen, der stürmische Dietrich allen voran. Krähend vor Freude sprang er seinem Großvater auf den Schoß, herzte ihn, präsentierte ihm stolz sein Holzschwert, das er in kindlichen Duellen gern gegen Irmgards und Heinrichs Sohn Adolf ins Feld führte, und begann, von Walrams Teller zu naschen. „In Limburg wirst du ein ganzes Heer damit herumkommandieren können", stellte ihm sein Großvater in Aussicht. „Tut mir leid, dich enttäuschen zu müssen", ließ da Graf Heinrich verlauten, „aber der Junge bleibt hier. Ich übernehme seine Erziehung, das habe ich seinem Vater – und auch Sophie – versprochen", fügte er nach einer kleinen Atempause an. „Er und unser Sohn sind nahezu im gleichen Alter und sie verstehen sich prächtig. Deshalb sollen sie auch zusammen aufwachsen. Und in ein paar Jahren werde ich sie zu Knappen und später zu Rittern machen!" Darauf nickte Dietrich eifrig mit dem Kopf und fuchtelte wie zur Bestätigung wieder mit seinem Schwert umher. Als dann auch noch sein Spielkamerad Adolf, Heinrichs Ältester, eintrat, verlor er das Interesse an seinem Großvater, rutschte von dessen Schoss und stürzte sich sogleich in eine neue, kindliche Schlacht. Walram blickte mit verengten Lidern von seinem Sohn zu seiner Tochter, die allerdings die Augen niederschlug, und wieder zurück zu Heinrich. Der jedoch hielt seinem Blick problemlos stand. „Dann sei es so, ein Ehrenwort ist ein Ehrenwort", entschied der Herzog, „vielleicht ist er bei dir tatsächlich besser aufgehoben als zwischen Weibern und einem alten Mann!" In der Tat erschien der Herzog von Limburg nach den Ereignissen der letzten Monate deutlich gealtert, auch wenn er mit etwas über fünfzig Jahren noch lange kein Greis war. Vor allem die Schmach auf dem Reichstag hatte ihn mitgenommen. Vielleicht ließ er es deshalb so leicht zu, dass sein Sohn seine eigene Position durchsetzte. Doch der Handel war noch nicht abgeschlossen. „Zum Ausgleich, denke ich, solltest du mir eine oder zwei deiner Damen abtreten, die womöglich Lust haben, Sophie an den Hof von Limburg zu folgen", bekundete er, „meine Gattin und deren Zofen sind doch deutlich älter als deine Schwester. Ich fürchte, sie würde sich ohne jugendlichere Unterhaltung schnell wieder bei uns langweilen!" Heinrich blickte etwas konsterniert, denn auf diese Forderung war er nicht gefasst. Ratlos schaute er sich um. Sibylla zuckten Blitze durch den Schädel. „Du bist verrückt", schalt sie sich selbst, aber über ihre Lippen kam etwas völlig anderes. „Ich begleite Eure Tochter gern", meldete sie sich zu Wort, „wir haben uns ein wenig über die Kinder angefreundet und ich habe die Wupper mein ganzes Leben lang noch nie verlassen. Ich würde gerne mal etwas anderes sehen. Es wäre mir daher eine Ehre, mit Euch nach Limburg zu kommen!" Walram fiel der Bissen aus dem Mund, den er sich gerade einverleibt hatte. Irmgard bekam einen Schluckauf und Heinrich schüttelte entgeistert den Kopf. Katharina, die als Schwester des Gutsherren Thomas eigentlich auch an der Tafel hätte sitzen sollen, dies aber vehement abgelehnt hatte, weil sie sich noch nicht im Stande der Ehe mit ihrem Ritter befand, war gerade dabei, einige der silbernen Tabletts abzuräumen, als sie Sibyllas Worte vernahm. Vor Schreck ließ sie diese zurück auf die Tafel fallen, eilte zu ihrer Freundin und nahm sie mit einer entschuldigenden Geste an die Adresse der anderen Damen beiseite. „Bist du noch bei Trost? Du kannst dich doch nicht allein an den Hof von Limburg begeben", raunte sie Sibylla leise, aber eindringlich ins Ohr, als sie eine der Fensteröffnungen erreicht hatten. „Weißt du nicht mehr, was Thomas und William berichtet haben? Da wimmelt es vielleicht von Feinden!" „Dann komm doch einfach mit", gab ihre Schwägerin herausfordernd zurück. „Gemeinsam werden wir uns schon zu wehren wissen. Aber das ist die Gelegenheit, unseren Teil dazu beizutragen, die wahren Hintergründe der Mordtat aufzudecken. Und der Schlüssel dazu ist Limburg!" Katharina erschrak vollends, ihre Gedanken überschlugen sich. „Aber die Kinder?", gab sie zu bedenken. „Die lassen wir natürlich hier bei Andrea, Adele und Magda, die werden sich um die Kleinen kümmern. Andrea hat genug Milch, und es wird sich sicher noch eine weitere Amme auftreiben lassen. Außerdem will ich ja nicht ewig bleiben, ein paar Wochen vielleicht, dann machen wir uns wieder aus dem Staub – aber womöglich mit wichtigen Neuigkeiten!" – „Und wenn unsere Milch in der Zwischenzeit versiegt?", quälte Katharina eine weitere Sorge, „dann können wir den Kleinen nie wieder die Brust geben!" „Dann spielen wir eben auch Amme", meinte Sibylla, „auf der Limburg wird es auch hungrige Säuglinge geben!" Ihre Schwägerin biss sich auf die Lippen und spielte nervös mit den Fingern. „Denk an all die falschen Vorwürfe gegen Thomas und den Überfall an deinem Hochzeitstag. Komm mit!", ließ Sibylla nicht locker. „Du musst dich entscheiden – jetzt!" Katharina ballte die Fäuste. „Nun gut, dann auf in die Schlacht!", beschloss sie. „Ach, du bist ein Schatz", frohlockte Sibylla, „du wirst sehen, wir tun das Richtige!" Dabei drehte sie sich um und wandte sich an den Herzog und dessen Tochter. „Wenn Ihr nichts dagegen habt, würde mich meine Schwägerin gern begleiten", ließ sie die Tafelrunde wissen, „gebt uns einen Tag und wir sind bereit für die Abreise!" Sophie wusste nicht so genau, ob sie sich freuen sollte oder nicht. Aber alleine reisen wollte sie auch nicht, deshalb nickte sie ihrem Vater zu. „So sei es", gab dieser seine Zustimmung, „willkommen in Limburg!" Irmgard hingegen wischte sich eine verstohlene Träne fort, verlor sie doch zwei Freundinnen, die ihr ans Herz gewachsen waren. Heinrich zuckte ratlos mit den Schultern. Einzig Gisbert schien sich unumwunden zu freuen, setzte er doch ein breites Grinsen auf. „Wahrscheinlich bezieht er meine Entscheidung in irgendeiner Form auf sich", vermutete Sibylla. „Aber soll er, das wird ihm schon noch vergehen." – „Großer Gott, was haben wir getan", schien Katharina ihre Entscheidung bereits zu bereuen, „wir begeben uns mitten in die Höhle des Löwen!" Sibylla lächelte sie beruhigend an. „Genau da", sagte sie, „fängt man ihn am sichersten!"

Thomas und die Seinen saßen untätig an einem Feuer inmitten eines Heerlagers der Lombarden. Ezzelino da Romano hatte zwar gesagt, sie sollten ihn nach Verona begleiten, aber bis dahin war es ein Weg von mindestens zwei Tagen. Und der Veroneser hatte noch andere Dinge zu tun. Wenige Meilen unterhalb der Stelle, an der die italienischen Truppen die Straßensperre errichtet hatten, waren sie auf den Tross der Lombardischen Liga gestoßen. Da sich der Wald hier auf beiden Seiten ein wenig vom Fluss zurückgezogen und eine breite, grasbewachsene Freifläche freigegeben hatte, ordnete Ezzelino angesichts der schon vorgerückten Tageszeit an, dass hier das Lager der Truppen aufzuschlagen sei, die in erster Linie aus Männern der Städte Brescia und Verona bestanden. Für sich selbst ließ er ein Feldherrenzelt am rechten Ufer der Etsch errichten. Sobald dieses aufgestellt war, zog er sich mit seinen Offizieren dorthin zurück, um die Lage zu besprechen und Anweisungen für die nächsten Tage zu geben. Thomas hatte er das Ehrenwort abgenommen, keinen Fluchtversuch zu unternehmen. Deshalb durften sie sich recht frei bewegen, sofern sie den Radius des Feuerscheins nicht verließen. Fesseln, wie er sie dem Büdinger Ritter hatte anlegen lassen, blieben ihnen erspart. Allerdings hatten sie ihre Waffen abgeben müssen und aus dem Hintergrund hatte ein Dutzend Lanzenträger ein wachsames Auge auf sie. Ihren Schicksalsgenossen, der jetzt in eine Decke gehüllt neben ihnen am Feuer lag, hatte die Erschöpfung in den Schlaf fallen lassen. „Und was jetzt?", wollte Gerhardt wissen, „schlagen wir hier Wurzeln oder warten wir darauf, dass sie uns die Kehle durchschneiden?" Wenn es nach ihm gegangen wäre, hätten sie versucht, sich den Weg freizukämpfen. „Wir warten ab", beschied ihm Thomas, „ich für meinen Teil mache mir keine Sorgen. Es wird sich alles finden!" – „Wir kämen hier ohnehin nicht heraus", setzte William hinzu, „dafür sind es zu viele!" Dabei musterte er wie beiläufig ihre Bewacher. „Aber das Warten macht mich wahnsinnig", gestand Gerhardt. „Auch ich komme mir vor wie ein Lamm, das auf den Schlachter wartet!", gab Willibald ehrlich zu. „Wir werden nicht geschlachtet, zumindest nicht, bevor wir in Verona sind", erklärte Thomas im Brustton der Überzeugung, „das hat der Podestà versprochen und ich denke, er ist ein Ehrenmann!" – „Das hab' ich gesehen, als er seinem Offizier die Klinge über die Kehle zog", entgegnete der Hundeführer bitter. Dabei kraulte er Wulfila an den Ohren, der wie Thomas ebenfalls keine Gefahr zu wittern schien und ein Nickerchen machte. „Nun, er ist sicher kein angenehmer Anführer und verlangt unbedingten Gehorsam", vermutete Thomas, „aber wenn er sein Wort gegeben hat, dann hält er das auch." – „Euer Wort in Gottes Ohr!", meinte Gerhardt und griff einmal kurz an das Amulett, dass er vor der Brust trug. „Was schleppst du da eigentlich am Hals mit dir rum?", platzte Ulrich neugierig heraus. Gerhardt ließ zuerst seine mächtigen Zähne und dann das Amulett im Feuerschein aufblitzen. „Es zeigt die germanische Göttin Freya, die Göttin der Liebe, eine kleine Erinnerung an die letzte Nacht in Leichlingen", ließ er ihn voller Stolz wissen, „es soll mir Glück bringen!" – „Ja, das hat ja großartig gewirkt", meinte sein Sohn trocken – und fing sich dafür eine nicht ernst gemeinte Ohrfeige ein. Trotz der misslichen Lage, in der sie sich befanden, mussten alle lachen. „Was heißt eigentlich Podestà?", wollte Martin wissen, „welchen Rang bekleidet dieser Mann? Er scheint wichtig zu sein!" – „Er ist so etwas wie General und Bürgermeister in einer Person", meldete sich da Gerlach von Büdingen zu Wort, der offenbar wie der aus seinem Schlaf erwacht war, „auf jeden Fall hat er die absolute Macht über seine Stadt und deren Truppen!" Thomas stand auf und setzte sich näher zu ihm. „Was ist mit Euch geschehen?" Diese Frage brannte ihm schon länger auf der Zunge. „Man hat Euch übel zugerichtet, aber ernsthaft verletzt scheint ihr nicht zu sein!" Der Büdinger nickte und versuchte sich aufzusetzen. Da seine Hände immer noch auf dem Rücken gefesselt waren, gelang ihm das aber nur mit Martins Hilfe. „Ich traf auf die Vorhut des Podestà, kurz bevor sie den Weg gesperrt haben", begann er dann zu erzählen, „ich versuchte, im gestreckten Galopp durchzubrechen, aber eine Keule oder ein Lanzenende holte mich unsanft von meinem Pferd. Doch soweit ich das beurteilen kann, ist noch alles dran. Als ich das

Bewusstsein wiedererlangte, verhörte mich der General. Ich stritt ab, zu den Truppen des Königs zu gehören. Aber dann fanden sie unter meinem Wappenrock ein Sendschreiben für den Kaiser, das des Königs Siegel trug. Damit war ich geliefert. Den Rest kennt ihr selbst. Ihr habt es da besser angefangen, würde ich sagen!" „Das werden wir sehen", meinte Thomas und dankte ihm für den Bericht. In diesem Moment wurde die Plane des Feldherrenzeltes zur Seite geschlagen, das die gleichen grünen und gelben Streifen aufwies wie die Schabracke des Generals, und Ezzelino trat mit den Offizieren heraus. Er gab noch einige Anweisungen, dann kam er – allein – mit energischen Schritten zum Feuer herüber. Thomas fiel auf, dass der Podestà viel kleiner war, als es vorher den Anschein hatte. Im Schein des Feuers wirkte sein bärtiges Gesicht allerdings noch grimmiger und entschlossener. Wulfila begann zu knurren, aber Gerhardt mahnte ihn mit einem Nasenstüber zur Ruhe. „So, Signori, jetzt möchte ich noch einmal in allen Einzelheiten hören, wie und warum ihr in unser Land gekommen seid!", warf Ezzelino in die Runde. Dabei blickte er von einem zum anderen, blieb schließlich auf Thomas haften und setzte sich. „Das ist aber eine lange und verzwickte Geschichte", warnte ihn dieser, „die Euch sicher langweilen wird!" Doch Ezzelino schüttelte den Kopf. „Nur zu, ich habe jetzt Zeit!" Thomas überlegte einen Moment, wo und wie er anfangen sollte. „Ich werde versuchen, mich so kurz und präzise wie möglich auszudrücken", begann er schließlich, „wenn Ihr dann weitere Einzelheiten hören möchtet, dann fragt einfach!" Der Podestà nickte. „Meine Männer und ich stellten mehrere Male die Eskorte für einen mächtigen Mann", fuhr Thomas fort, „für Engelbert von Berg, den Erzbischof von Köln!" – „Den Reichsprovisor?", entfuhr es Ezzelino sogleich, „der ermordet wurde?" – „Genau", bestätigte Thomas, „Ihr habt davon gehört?" – „Natürlich", gab der Podestà zurück, „er war des Kaisers rechte Hand, aber fahrt fort!" Thomas tat, wie ihm geheißen, und berichtete ihm, so gut es ging, von dem Mord im Hohlweg zu Gevelsberg. „Seither stehen unsere Namen auf einer Liste möglicher Verräter. Zumindest seitens des neuen Erzbischofs von Köln will man uns einen Strick daraus drehen, dass wir zum Zeitpunkt des Überfalls nicht bei Engelbert waren, obwohl uns dieser persönlich Stunden zuvor fortgeschickt hatte. Da ich für das vertrauliche Gespräch keine Zeuge habe, kann ich das jedoch nicht beweisen. Aber ich kenne jemanden, der dies möglicherweise könnte – den Mann, der nun landauf, landab als Mörder des Erzbischofs geächtet ist, Friedrich von Isenberg. Ich glaube zu wissen, dass er zu dieser Stunde auf dem Weg nach

Rom ist, um beim Papst Absolution zu erbitten. Ihn wollen und müssen wir finden, um Licht in das Dunkel der Geschichte zu werfen. Deshalb sind wir hier – und aus keinem anderen Grund. Von dem Treffen zwischen König und Kaiser haben wir erst während der Alpenüberquerung erfahren. Darauf gebe ich Euch mein Wort!" Ezzelino blickte ihm lange schweigend in die Augen. „Warum hat euch der Erzbischof zu seiner Eskorte ernannt", fragte er dann unverblümt. „Weil er mein Lehnsherr war und weil ich schon seinem Bruder, dem Grafen Adolf von Berg, gedient hatte", gab Thomas wahrheitsgetreu an. „Das könnte auch für einen Koch gelten", brummte der Podestà, „was hat Euch für den Waffendienst qualifiziert?" – „Dass ich den Kreuzzug des Grafen nach Ägypten –überlebt habe?", vermutete Thomas achselzuckend. „Er hat ihm mehrfach das Leben gerettet", meldete sich William zu Wort. „Und Ihr, wart Ihr auch auf diesem Kreuzzug?", wandte sich Ezzelino an den Engländer. „Aufseiten der Tempelritter!", bejahte William. Der veronesische General pfiff durch die Zähne. „Und was hat euch zusammengebracht?", grub der Veroneser tiefer. „Ein Jahr im Kerker des Sultans und unsere gemeinsame Flucht!", grinste William, „ach ja – und meine Liebe zu seiner Schwester!" Ezzelino runzelte die Stirn. „Hat euer Graf den Kreuzzug auch überlebt?", wollte er nun wieder von Thomas wissen. „Nein, eine Verwundung zwang ihn ins Lazarett, und dort raffte ihn das Fieber dahin!", erwiderte dieser. „Wer hat Euch dann zum Ritter geschlagen?" Der Wissensdurst des Podestà schien kein Ende zu nehmen. „Der Graf – auf dem Sterbebett", kam es mit leichtem Zögern aus Thomas Mund, weil das Gespräch in eine Richtung lief, die ihm nicht behagte, „aber weil dies ohne Zeugen geschah, erforderte es die Bestätigung durch den Kaiser!" Augenblicklich war Ezzelinos Interesse noch mehr entfacht. „Der Kaiser hat Euch zum Ritter geschlagen, habe ich das richtig herausgehört?", vergewisserte er sich, „derselbe Kaiser, den Ihr nicht zu kennen behauptet?!" – „Ich habe nicht behauptet, dass ich ihn nicht kenne", widersprach Thomas, „ich habe nur gesagt, dass wir nichts von dem Treffen zwischen Kaiser und König wussten!" Ezzelinos Blick schien ihn durchdringen zu wollen. „Wie gut kennt Ihr den Kaiser – oder er Euch?", bohrte er nach. Thomas beschloss, auch das letzte Geheimnis zu lüften, das er eigentlich für sich hatte behalten wollen, wohlwissend, dass dies so oder so für ihn enden konnte. „Ich habe ihn zweimal getroffen und persönlich mit ihm gesprochen", hob er an, „das erste Mal vor gut zehn Jahren auf dem Festmahl nach seiner Krönung in Aachen; damals stellte mich mein Graf als seinen Knappen vor ..." – „Er stellte dem Kaiser einen Knappen vor?", unterbrach ihn Ezzelino ungläubig, "wie das?" – "Weil durch seinen Einfall, den Burggraben trockenzulegen, eine wichtige Festung erobert werden konnte", mischte sich Gerhardt ein, "die Idee kam ihm beim Pissen. Darüber spricht und lacht bis heute das ganze Rheinland!" Thomas wollte den Hundeführer dafür zurechtweisen, dass er ungefragt das Wort ergriffen hatte, aber Ezzelino winkte ab. "Und das zweite Mal?", drängte er auf eine Fortsetzung der Geschichte. "Das war in Palermo", fuhr Thomas fort, "als er mich nach der Anhörung mehrerer Augenzeugen des Kreuzzuges und auf das Zureden seiner Gattin hin zum Reichsritter schlug!" Ezzelino schüttelte verwirrt den Kopf. "Das wird ja immer schöner. Wieso sollte die Kaiserin das Wort für Euch ergriffen haben?" Wieder zuckte Thomas mit den Achseln. "Weil sie mir glaubte, schätze ich – und weil sie mein Wunsch rührte, um die Hand der Tochter unseres Burgvogtes zu kämpfen, die ich schon seit Jahren liebte, was mir aber nur als Ritter möglich war! Eigentlich bin ich auch nur deshalb in den Krieg gezogen!" Ezzelino starrte ihn entgeistert an. "Ihr habt das alles nur auf Euch genommen, um das Herz einer Frau zu gewinnen?" – "Die Hand", korrigierte Thomas, "ihr Herz hatte ich schon!" Nun brach der General in schallendes Gelächter aus. "Man könnte meinen, Ihr hättet italienische Vorfahren, bei der Leidenschaft, mit der Ihr zu Werke geht! Ich bin ehrlich beeindruckt! Ich habe übrigens einen deutschen Vorfahren, einen germanischen Schwertkämpfer, der vor 200 Jahren mit dem salischen Kaiser Konrad nach Italien kam und sein Glück machte, ähnlich wie Ihr." Thomas traute dem Braten noch nicht, in Erinnerung an die Kaltblütigkeit, mit der Ezzelino einen eigenen Offizier abgeschlachtet hatte. "Dann glaubt Ihr mir?", getraute er sich nachzufragen. "Jedes Wort!", bestätigte der Podestà, "diese Geschichte kann sich niemand so ausdenken. Außerdem sehe ich in Eurem Gesicht, wie auch in dem Eures Freundes hier…", dabei wies er auf William, "keinerlei Anzeichen für eine Lüge. Ja, ich glaube euch. Aber was das jetzt für eure und meine Lage bedeutet, will gut überlegt sein. Dazu müsst ihr mir erst nach Verona folgen, wo es weniger Ohren gibt. Doch davon später mehr. Das Reden und Zuhören hat mich hungrig und durstig gemacht. Wie steht es mit euch?" Er musste die Antwort nicht lange abwarten, die Gesichter – und Gerhardts knurrender Magen – sprachen Bände. Ein Wink des Podestà, und aus der Umgebung seines Zeltes kamen eilig Bedienstete angerannt, die eine niedrige Tafel mit frisch gebratenen Fleischstücken sowie Körbe mit Brot und Wein anschleppten. "Verzeiht, aber wie steht es mit unserem Landsmann hier", lenkte Thomas die Aufmerksamkeit des Generals auf den Büdinger, „könntet Ihr Euch dazu durchringen, ihm die Fesseln abzunehmen? Er ist recht schwach, könnte auch etwas zu essen vertragen und würde sicher nicht flüchten!" – „Da wäre ich mir nicht so sicher", entgegnete der Podestà, „er hat das schon versucht und mich belogen. Das schmeckt mir nicht!" – „Ich bürge für ihn", platzte Thomas heraus, „nehmt ihm wenigstens für die Mahlzeit die Fesseln ab, ich bitte Euch!" – „Nun gut", lenkte Ezzelino ein, „aber Ihr bürgt mir mit Eurem Leben, dann willige ich ein!" Thomas schluckte einmal – und nickte. Und einen Wink des Schicksals später durchtrennte eine schnelle Klinge die Fesseln des Ritters. Dankbar reichte Gerlach von Büdingen Thomas die Hand, dann rieb er sich die Gelenke. „Seid versichert, ich unternehme keinen Fluchtversuch", ließ er Thomas wissen, „und falls es Euch interessiert – ich habe Euch auch jedes Wort geglaubt. Leider habe ich Euch nicht in Nürnberg auf dem Reichstag gesehen, auf dem der Isenberger angeklagt wurde; wart Ihr dort?" – „Nein", antwortete Thomas, „aber vielleicht könnt Ihr mir später davon berichten?!" Vorerst nahmen die Anwesenheit des Generals und das Essen ihre volle Aufmerksamkeit in Anspruch. Das Fleisch hatte man in dünne Scheiben geschnitten, mit einem Streifen Schinken umwickelt und mit den Blättern eines würzigen Krautes belegt, das sie allesamt nicht kannten. „Was ist das für ein Fleischgericht?", kam es William neugierig über die Lippen, „es schmeckt gut, aber ein wenig ... fremd!" „Es ist das Pferd Eures Landsmannes", meinte Ezzelino beiläufig, „er braucht es ohnehin nicht mehr!" Dem Büdinger blieb der erste Bissen augenblicklich im Halse stecken. Und auch Thomas und seine Männer hielten inne. Wieder brach der Podestà in schallendes Gelächter aus, das diesmal aber noch diabolischer klang. „Keine Sorge, Signori", krächzte er, als sein Lachen verebbte, „ich bin vielleicht ein Unmensch, wie ihr sicher schon festgestellt habt, aber gewiss kein Rossschlächter! Es sei denn, es kommt mir eines in der Schlacht vor die Lanze. Es ist lediglich Kalbfleisch, das ihr gerade verspeist, mit luftgetrocknetem Schinken aus der Stadt Parma und mit Salbei veredelt. Schmeckt es euch?" Die meisten nickten und begannen wieder zu essen. „Das Gericht heißt Saltimbocca", erklärte er weiter, während er sich genüsslich die Finger leckte, „das heißt so viel wie „Spring in den Mund" – trefflicher könnte man es gar nicht ausdrücken, nicht wahr?" Die Männer bejahten zögerlich, schließlich hatte er noch nicht die versteckte Drohung an den Büdinger revidiert. „Und so wird uns mit etwas Glück auch euer König ins Maul springen – oder, besser gesagt, in die Falle gehen!", schloss der General selbstgefällig. „Dann werden wir sehen, wie sich die Sache weiterentwickelt!" – „Er will ein Druckmittel gegen den Kaiser haben", schoss es Thomas durch den Kopf – und er hoffte inständig, dass dies den Lombarden nicht gelingen würde. „Keine Sorge", flüsterte ihm später der Büdinger zu, als sie wieder unter sich waren und sich um die Glut des Feuers zur Nacht betteten. „Der König ist bereits gewarnt. Ich habe ihm eine Nachricht zukommen lassen. Aufhalten können Sie ihn vielleicht, aber sicher nicht gefangen nehmen. Ausgeschlossen! Nicht mit über zweitausend Rittern an seiner Seite!"

Drohend und wenig einladend wie die Silhouette eines Lindwurmes ragten die Mauern und Zinnen der Limburg von einem Felssporn im Tal des Flüsschens Weser, etwa auf halbem Weg zwischen Aachen und Lüttich, in den wolkenverhangenen Himmel empor. Sibylla schlug den Vorhang des schweren Wagens zur Seite, auf dem sie den ganzen Weg mehr oder weniger im Halbdunkel zugebracht hatten. Herzog Walram persönlich hatte den Insassen verboten, sich während der Fahrt blicken zu lassen, da er nach eigenen Worten kein Raubgesindel auf die kostbare Fracht, nämlich drei Frauen und vier Kinder, aufmerksam machen wollte. Angeblich fürchtete er eine Geiselnahme. In Wirklichkeit wollte er vermeiden, dass jemand erfuhr, dass er seine Tochter, immerhin die Frau eines geächteten Mörders, auf seine Stammburg holte. Selbst auf der Überfahrt über den Rhein hatten sie im Wagen bleiben müssen und keinen Blick auf den Strom und die Landschaft werfen dürfen. Dies traf Sibylla umso härter, als sie in der Tat in ihrem Leben bislang nicht viel mehr gesehen hatte als das Tal der Wupper zwischen Neuenberge und Leichlingen. Wie gern hätte sie auf dieser Reise den Rhein oder gar die Stadt Köln in Augenschein genommen, von der Thomas so häufig erzählte! Natürlich wäre Sibylla nicht Sibylla gewesen, wenn sie nicht doch ein Auge riskiert und durch einen schmalen Spalt des gelüfteten Vorhangs einen Blick auf den Fluss geworfen hätte. Aber mehr als diesen kurzen Blinzler durfte sie nicht riskieren. Den restlichen Weg über saß sie recht tatenlos an Katharinas Seite, sah den Kindern, die sich meist auf dem Boden des Fußraums tummelten, beim halbherzigen Spielen zu und versuchte zuweilen, die ihr gegenübersitzende Sophie zu unterhalten. Aber da die Gattin des Isenbergers – oder besser gesagt die Witwe, denn König Heinrich hatte sie zu einer solchen erklärt, obwohl ihr Mann noch lebte – die Fahrt nicht vertrug, war dies nicht von Erfolg gekrönt. Zudem haderte Sophie mit der Trennung von ihrer Heimat, von ihrem Friedrich und jetzt auch noch von ihrem Sohn, der auf Neuenberge geblieben war. Obendrein blies Katharina Trübsal, weil sie ihre kleine Tochter vermisste. So ließ es sich nicht verhindern, dass auch Sibylla trüben Gedanken nachhing. Hatte sie recht gehandelt, ihren Säugling in der Obhut anderer zu lassen, um dieses Abenteuer zu unternehmen? Machte sie das nicht zur Rabenmutter? War es nicht vermessen und selbstsüchtig, zu glauben, sie könne irgendetwas erreichen? Entsprechend schlecht war ihre Laune, noch gefördert vom zunehmenden Nörgeln der Isenberger Kinder, die langes Stillsitzen nicht gewohnt waren. Trotz der beiden Übernachtungen, bei denen sie zumindest eine eigene Kammer und ein Bett für sich und Katharina zugeteilt bekommen hatte, groß genug, um sogar die Beine auszustrecken, war auch ihr eigenes Sitzfleisch mittlerweile restlos überstrapaziert. Der Anblick, der sich ihr jetzt bot, war nicht gerade dazu geeignet, ihre schlechte Laune zu verbessern. Zu Füßen des Bergsporns, auf den sie jetzt zuhielten, erstreckte sich eine kleine, verschlafene Siedlung für die Handwerker und Lieferanten der Limburg, die weiter oberhalb den gesamten Höhenrücken einnahm. Sie war zwar nicht gerade klein, aber auch nicht größer als die Burg Neuenberge – und für einen Landesfürsten doch eher bescheiden. Im Stillen hatte sie gehofft, der Herzog würde sie in eine Residenz in der großen Stadt Lüttich führen, aber diese Hoffnung wurde nun enttäuscht. Außerdem regnete es permanent aus dicken, schweren Wolken, die geradezu an den Dächern der Burg festzuhängen schienen. Der Erste, der ihren Unmut zu spüren bekam, war Gisbert, der links neben dem Kutscher ritt. „Holla, die Damen", rief er Sibylla zu, als er sah, wie sich der Vorhang des Wagens öffnete, während sie auf die Straße zum Burgberg einbogen. „Seid Ihr endlich aus Eurem Schönheitsschlaf erwacht?! Vor Euch liegt die Limburg, Euer neues, prächtiges Heim!" „Meint Ihr mit der prächtigen Burg den alten, dunklen Kasten dort oben?", schleuderte sie ihm entgegen. „Dann wundert es mich nicht, dass dort Frauenmangel herrscht, wenn Ihr nicht mehr zu bieten habt als solch falsche Versprechungen!" Doch Gisbert ließ sich nicht so schnell entmutigen. „Wenn Ihr erst die Schönheit der Burg mit ihren vielen Türmen, Erkern und Gärten gesehen habt, dazu das anmutige Wesertal, wenn es von der Frühlingssonne durchflutet wird, werdet Ihr sicher anders denken. Bis dahin müsst Ihr mit meinen wohlgemeinten Worten vorliebnehmen!" Darauf verbeugte er sich galant, soweit es Pferd und Sattel zuließen. „An Euren Taten werdet Ihr gemessen, wohlmeinender Ritter", neckte sie ihn, „deshalb lasst Euch etwas einfallen, die Düsternis der Mauern zu erhellen, wenn Ihr uns hier halten wollt!" – „Ich werde mich bemühen", konterte Gisbert, „vielleicht kann ja ein Becher roten Rebensaftes, kredenzt vor einem wärmenden Kaminfeuer, Eure Stimmung ein wenig heben?" – „Das wäre zumindest ein Anfang", gab ihm Sibylla zu verstehen, „wenn Ihr das Knistern des Feuers mit ein paar Geschichten Eurer Erlebnisse auf dem großen Kreuzzug anreichert!" – „Das will ich gerne tun", gab Gisbert zurück, darauf gab er seinem Pferd die Sporen und sprengte voraus zum Burgtor. „Du klingst, als würdest du ihm schöne Augen machen", tadelte Katharina ihre Schwägerin, als diese den Vorhang wieder fallen ließ, „wo soll das denn hinführen?" Sibylla überlegte, was sie ihrer Schwägerin antworten könnte, vor allem in Anwesenheit von Sophie. Offenbar hatte Katharina immer noch nicht ganz verstanden, worum es ging. Oder nicht, was dazu notwendig war. Natürlich liebte sie Thomas über alles, und nicht im Traum dachte sie daran, Gisbert in irgendeiner Weise zu ermutigen. Aber wenn sie etwas über die Hintergründe der Ermordung Engelberts und die Verstrickung der Limburger in die Sache in Erfahrung bringen wollte, musste sie die Männer hier ein wenig aus der Reserve locken – und die Frauen auch. Sibylla entschloss sich, das Spiel noch weiter zu treiben. „Ach Katharina, nur weil ich mit diesem zugegeben stattlichen Ritter ein paar Worte wechsle, werde ich meinem Gatten doch nicht untreu", ließ sie ihre Schwägerin wissen, wobei sie ihr unbemerkt einen Tritt mit der Fußspitze versetzte. „Aber müssen wir denn Trübsal blasen, nur weil unsere Männer uns wieder einmal allein gelassen haben? Außerdem schätze ich Gisbert schon seit Kindertagen. Er ist so gewitzt!" Katharina blickte sie entgeistert an. „Aber was …", setzte sie zu einem Protest an. Doch Sophie kam ihr zuvor. „Geht es euch auch so?", fragte sie unverblümt, an Sibylla gerichtet, „auch ich habe einen Vertrauten aus Kindertagen. Er hatte immer Verständnis für mich und meine Gefühle, im Unterschied zu allen anderen Männern, meinen Vater und meine Brüder eingeschlossen. Und auch meinen Gatten. Hätte man mich gefragt, ich hätte vielleicht Herenbert zum Manne erwählt!" Dabei schlug sie schnell das Kreuz über der Brust, wohl um Abbitte dafür zu leisten, dass sie eine Sünde im Herzen hegte. „Ich hoffe sehr, ihn hier wiederzusehen! Seit …" Sie musste schlucken und wischte sich eine verstohlene Träne aus den Augen. „Seit der unsäglichen Geschichte mit dem Erzbischof weiß ich nicht, was aus ihm geworden ist. Von ihm kann ich vielleicht auch endlich erfahren, was wirklich alles an diesem schrecklichen Tag geschah!" Offenbar waren Sibyllas Worte nicht ohne Wirkung geblieben. Das ging spätestens jetzt auch Katharina auf. Mit einem eindringlichen Augenaufschlag, der Verstehen signalisierte, ergriff sie Sibyllas Hand. „Ach, Mädels", verfiel sie in einen schwesterlichen Ton, „ehrlich gesagt, habe ich die jungen Limburger, die bei uns auf Neuenberge ihre Knappenzeit verbrachten, auch immer heimlich beobachtet, allen voran diesen Gisbert. Er konnte so trefflich mit dem Schwert umgehen. Und wie galant er ist. Er weiß, wie man mit einer Frau reden muss!" Dann wandte sie sich an Sophie. „Ist dein Herenbert auch so gewandt? War er vielleicht mit Gisbert auf Neuenberge oder gar auf dem Kreuzzug?" Sophie schüttelte den Kopf. „Nein, da er nicht von hohem Stand ist, war ihm die Ritterlaufbahn verwehrt. Aber er hat dieselbe Ausbildung genossen wie meine Brüder, sowohl mit den Waffen als auch mit den Worten. Er kann sogar lesen und schreiben!" Sibylla runzelte die Stirn. „Dann rankt sich ein Geheimnis um seine Herkunft? Warum sollte Euer Vater ihm eine ritterliche Ausbildung gewähren, wenn er nur ein Gemeiner wäre?" Sophie suchte in der Erinnerung nach einer Erklärung. „Mein Vater hat einmal gemeint, Herenbert sei die Frucht eines Edlen, dem er, der Herzog, zu Dank verpflichtet sei, und einer Gemeinen. Und das ist auch gut möglich, denn er hat etwas von beidem!" Sibylla beugte sich mit einem verschwörerischen Lächeln vor und reichte Sophie eine Hand. „Dann hoffe ich sehr, du triffst ihn wieder. Vielleicht gelingt es ihm ja, dich wieder zum Lachen zu bringen. Und du verzauberst uns die Abende mit der Geschichte seiner Herkunft, wenn du sie ihm denn nach und nach entlocken kannst!" Sophie ergriff dankbar mit der Linken die von Sibylla angebotene Hand und mit der Rechten eine von Katharina. „Wie schön, meine Freundinnen, dann haben wir jetzt ein Geheimnis!" Und bester Laune durchquerten sie in dem rumpelnden Wagen das Tor zur Limburg, ihrem auf einmal nicht mehr ganz so düster erscheinenden neuen Heim.

Tau lag noch auf den Gräsern, die Etsch rauschte in schnellem Tempo dahin und der Morgen lockte mit klarer Luft, als plötzlich Bewegung in das lombardische Lager kam. „I tedeschi stanno arrivando!", riefen die Herolde – „die Deutschen kommen!" Die Nachricht verbreitete sich wie ein Lauffeuer unter den Soldaten. Und schon bald zogen Kolonnen von Lanzenträgern, Scharen von Bogenschützen und ganze Regimenter schwer gepanzerter Reiter die Etsch flussaufwärts. Ezzelino da Romano eilte aus seinem Zelt, stellte fest, dass sein Schimmel noch nicht gesattelt war, und bekam einen Tobsuchtsanfall, den Wulfila mit lautem Gebell kommentierte. Thomas sprang von seinem Nachtlager auf und blickte um sich. Alles und jeder im Lager war in Bewegung. Nur er und seine Männer wussten nicht so recht, was sie tun sollten. Deshalb ging er zielstrebig auf den General zu, kam aber nicht weit. Bereits nach wenigen Metern versperrten ihm zwei Wachposten mit gekreuzten Lanzen den Weg. Unterdessen hatte Ezzelino zwei seiner Offiziere zur Rechenschaft gezogen, diesmal allerdings, ohne ihnen gleich die Kehle durchzuschneiden, denn den täglichen Verlust führender Leute konnte sich auch der Podestà nicht leisten, und endlich seinen Schimmel bestiegen. Während er die Zügel kürzer fasste, kam er kurz auf seine Gefangenen zu. „Ihr bleibt hier", durchkreuzte er Thomas' Anliegen, noch bevor dieses geäußert werden konnte, „ich werde wohl ein paar Stunden beschäftigt sein, dann sehen wir weiter. Euren Freund nehmen wir zur Sicherheit mit. Denkt an Euer Wort und entfernt euch nicht vom Lager!" Dann schnalzte er mit der Zunge und sprengte davon, ohne eine Antwort abzuwarten. Die beiden Offiziere, denen er den Marsch geblasen hatte, nahmen den Büdinger in die Mitte, setzten ihn auf ein Pferd, banden ihm erneut die Hände auf den Rücken und jagten alsbald ihrem Anführer hinterher. Ein Schwarm Krähen folgte ihnen, wohl in Erwartung üppiger Mahlzeiten, die sich den Aasfressern oft boten, wenn zwei Heere dieser Größenordnung aufeinandertrafen. Doch diesmal wurden die Krähen enttäuscht, denn es kam zu keinerlei Kämpfen. Das Flusstal war auf beiden Seiten zu eng, um eine Angriffslinie zu bilden. Stellenweise konnten nur zwei bis vier Mann mit ihren Schlachtrössern nebeneinander reiten oder stehen. Zudem hatten die Lombarden mit den gefällten Bäumen die einzigen Wege erfolgreich blockiert. Und der Fluss war zu reißend, um Männer und Pferde durch die Fluten zu manövrieren. Der Feind aus dem Norden, der deutsche König, obwohl mit über zweitausend Rittern angerückt, kam nicht durch und konnte seine Kampfkraft nicht einmal ansatzweise entfalten. Aber den Lombarden ging es nicht besser. Statt eine Angriffsformation zu bilden, um die Spitze des deutschen Heeres zu attackieren und vielleicht den König gefangen zu nehmen, wie sie es erhofft hatten, konnten sie lediglich zahlenmäßige Stärke demonstrieren, indem sie ihre Truppen beiderseits des Flusses in langen Kolonnen aufmarschieren ließen. Es herrschte eine regelrechte Pattsituation. Aber damit hatten die Lombarden zumindest einen Teilerfolg erzielt, denn König Heinrich hing fest und hatte keine Möglichkeit, sich mit seinem Vater zu vereinen. Frustriert ordnete er an, vor den Toren der Stadt Trient ihr Lager aufzuschlagen. Hatte er vielleicht zu Beginn noch gehofft, mit vorausgeschickten Boten den Kaiser alarmieren und mit dessen Verstärkung die Lombarden in die Zange nehmen zu können, nahm ihm Ezzelino da Romano bald auch diese Hoffnung. Der gefangene königliche Bote, Gerlach von Büdingen, war Beweis genug, dass keine Nachricht nach Süden gedrungen war. Der Rückzug zum Alpenhauptkamm und das Ausweichen auf einen anderen Zugang nach Italien waren ebenfalls keine Alternative, da die Lombarden auch alle anderen Gebirgspässe gesperrt hatten. So war König Heinrich zum Abwarten gezwungen, ohne jede Möglichkeit des Handelns. Beschämt verkrochen sich die deutschen Ritter in ihre Zelte.

Von alldem erfuhren Thomas und seine Männer vorerst nichts. Den ganzen Tag über waren sie dazu verurteilt, sich in Geduld zu fassen. Gerhardt hatte ein Würfelspiel besorgt, und so vertrieben sie sich damit ein wenig die Zeit. Später übte Gerhardt mit Wulfila ein paar Kunststückchen ein. So mimte er beispielsweise einen Bogenschützen, der einen Pfeil auf den Hund abschießt. Auf den Befehl „Tot" warf sich Wulfila nach einigem Üben schließlich auf den Boden, rollte sich zur Seite und ließ die Zunge aus der Schnauze hängen. Zur Belohnung bekam er ein Stück Schinken aus dem in Trient aufgefüllten Proviantsack, den man ihnen zurückgegeben hatte. Die Männer lachten und klatschten Beifall. Später gaben sie sich erneut der Langeweile hin. Erst gegen Abend kehrte Ezzelino zurück. Nicht gerade begeistert vom Ablauf des Tages, aber doch deutlich besserer Laune als am Morgen, sprang er vom Pferd – und zog sich erneut in sein Zelt zurück, um mit seinen Unterführern Kriegsrat zu halten. Derweil wurde Gerlach von Büdingen zurück an das Lagerfeuer der Gefangenen geführt und von seinen Fesseln befreit. „Ach, es ist eine Schande", schimpfte der Gelnhausener Ritter, während er seine Blessuren vom Vortag betastete. „Zweitausend der besten Kämpfer des Reiches stehen vor den Toren von Trient und kommen nicht weiter, zweitausend Ritter, die der Kaiser in seinem Kampf gegen die Lombardische Liga dringend gebrauchen könnte!" Dann berichtete er den anderen in allen Einzelheiten vom Verlauf des Tages und der Handlungsunfähigkeit des deutschen Heeres. „Was genau geht eigentlich in Italien vor?", äußerte Thomas die Frage, die ihm schon länger auf der Zunge brannte. „Ich muss zugeben: Ich habe mich für die Politik des Kaisers bislang nicht sonderlich interessiert. Ich dachte immer, ganz Italien unterliegt seiner Herrschaft. Wurde er denn nicht hier geboren? Wie kam es zu dem Konflikt mit den Lombarden, und worum geht es eigentlich?" Gerlach von Büdingen schaute ihm eine Zeit lang nachdenklich ins Gesicht. „Ja, das ist eine gute Frage, die sich so leicht nicht beantworten lässt", hob er zu einer Erklärung an. „Der Konflikt reicht zurück in die Zeit Kaiser Barbarossas, des Großvaters unseres jetzigen Kaisers. Der erhob Anspruch auf die unbeschränkte Macht im Land. Die wollten ihm viele Städte in Norditalien aber nicht einräumen. Ihr müsst euch vorstellen, dass Italien kein geeintes Reich ist. Der Süden steht treu zu den Staufern und damit zu Friedrich, denn Apulien, wo er auch geboren wurde, gehört zum Königreich Sizilien, das Friedrichs Vater durch Heirat mit Konstanze, der Tochter des letzten Normannenherrschers auf der Insel, gewonnen hatte. Die Mitte Italiens mit Rom steht unter Kontrolle des Papstes, der zwar den Kaiser auf den Thron gehoben hat, aber eigene Machtinteressen verfolgt. Der gesamte Norden ist zwiegespalten. Einige Städte halten es mit dem Kaiser, andere mit dem Papst. Aber das wechselt, je nachdem, wer ihnen größere Versprechungen macht. Viele Städte wie Mailand, Genua, Venedig, Florenz oder auch Verona sind unabhängig, kleine Republiken, in denen das Volk regiert, Stadtstaaten. Der Handel hat sie reich und stolz gemacht. Hier geben oft nicht die Adeligen, sondern die Kaufleute den Ton an. Und die wollen sich von dem Kaiser, noch dazu von einem deutschen, nichts vorschreiben lassen. Deshalb haben sie sich, angeführt von Mailand, in der ersten Lombardischen Liga schon gegen Barbarossa vereint. Sie wurden zwar häufig geschlagen, haben aber zuweilen auch entscheidende Schlachten gewonnen. Erst als der Kaiser ihre Eigenständigkeit weitgehend anerkannte, kam es zu einem Friedensschluss. Jetzt hat Friedrich II. angekündigt, dass er auf dem nächsten Reichstag, zu dem er die Fürsten des Reiches nach Cremona geladen hat, die Machtverhältnisse neu regeln und die Befugnisse des Kaisers wieder ausdehnen will. Deshalb haben sich viele norditalienische Städte erneut erhoben und in der zweiten Lombardischen Liga vereint. Und deshalb sperren sie die Alpenpässe, damit die Fürsten aus dem Norden, angeführt vom deutschen König, Friedrichs Sohn, sich nicht mit dem Kaiser vereinen und beraten können!" Thomas und William brauchten einen Moment, um das Gehörte in sich aufzunehmen. Für Gerhardt und die anderen war der Exkurs in Sachen Politik schlichtweg zu kompliziert. „Das reinste Durcheinander", kommentierte der Hundeführer. „Dabei hat euer Freund die Sachlage doch recht treffend beschrieben", hörten sie da den Podestà sagen, der in der Zwischenzeit offenbar unbemerkt hinzugetreten war. „Aber eigentlich ist das alles noch viel komplizierter, denn die lombardischen Städte sind sich keineswegs immer einig. Venedig ist verfeindet mit Genua, Florenz mit Pisa und Mailand mit Cremona. Wohl deswegen hat der Kaiser auch für dort den Reichstag anberaumt. Das war ein Zeichen, das Mailand nicht ignorieren konnte. Im Grunde verfolgt jede Stadt ihre eigenen Interessen – und die glauben sie mal beim Papst, mal beim Kaiser und mal in der Lombardischen Liga besser aufgehoben!" Gerhardt schüttelte entgeistert den Kopf. „Aber davon morgen mehr. Morgen reiten wir nach Verona!"

Gisbert sollte recht behalten. Als sich die Wolken über das Hohe Venn in Richtung Osten verflüchtigt hatten, erschienen die Limburg und das Tal der Weser, die man in französischer Sprache auch Vesdre nannte, selbst Sibylla in ganz anderem Licht. Das Flüsschen schlängelte sich, gespeist von den Venn-Mooren, durch ein liebliches Hügelland, das genauso grün und fruchtbar war wie das an der heimatlichen Wupper. In der Ferne zogen Schäfer mit ihren Herden durchs Land, auf den Hängen unterhalb der Burg wuchsen reihenweise Obstbäume, die reiche Ernte im Sommer versprachen. Sibylla liebte es, von den Türmen der Burg aus, die sich überall dort über die Mauer erhoben, wo diese eine Richtungsänderung vollzog, ihren Blick über die Landschaft schweifen zu lassen. Irgendwie fühlte sie sich hier dem in der Ferne weilenden Thomas näher. Und da die Mauer dem unregelmäßigen Verlauf des Felssporns folgte, auf dem sie erbaut war, änderte sie recht häufig ihre Richtung. Sibylla drängte sich wiederholt der Vergleich mit einem Lindwurm auf. Und wenn man Gisberts Worten Glauben schenken konnte, war dies in der Tat auch der Grund für die Namensgebung der etwa zweihundert Jahre zuvor erbauten „Lindburg", aus der sich der Name Limburg ableitete. Jedenfalls waren die Türme und Erker entsprechend zahlreich, vor allem an der Nord- und Westseite der Burganlage. Im Falle eines Angriffs konnten von hier alle Winkel der Verteidigungsanlage und des sich davor erhebenden Hanges eingesehen werden. Da zurzeit Frieden herrschte, patrouillierten jedoch nur zwei Wachen im steten Zyklus zweimal pro Stunde über den Wehrgang. Außerdem waren der Hauptturm nahe dem Tor und das Tor selbst ständig bemannt. Anfangs hatte Sibylla die Wachmänner freundlich gegrüßt, wenn sie auf diese traf, später machte sie sich einen Spaß daraus, sich vor den Männern, wann immer es ging, in einem der Erker oder Aborte zu verbergen. Während die Wachen stets einen Bogen um die je nach Windrichtung nicht gerade einladend duftenden Abtritte machten oder ihre Schritte beschleunigten, nutzte Sibylla die „heimlichen Gemächer" als Verstecke, um kurz danach eingehend die Gebäude der Burg und die zwischen diesen umherlaufenden Menschen zu beobachten. Dabei machte sie es sich auch zunutze, dass es von Sophies Kemenate aus einen direkten Zugang zur Burgmauer und dem umlaufenden Wehrgang gab. So konnte sie jeden Mauerabschnitt, jeden Turm und das große Tor inspizieren, ohne ihren Fuß in den Innenhof zu setzen. Ihre Gemächer befanden sich nicht im eigentlichen Palas, der in der Mitte der Limburg aus dem Boden wuchs, dem Wohnsitz des Herzogs und dessen zweiter Frau, Ermesinde von Luxemburg, sondern in einem gesonderten Gebäude, das nun Sophie und ihrem kleinen Hofstaat vorbehalten war. Sibylla und Katharina verdingten sich als Hofdamen – und als Ammen für den einen oder anderen Säugling, wenn die Mutter verhindert oder unpässlich war. Damit stellten sie sicher, dass ihr Milchfluss nicht versiegte und sie ihre eigenen Kinder nach ihrer baldigen Rückkehr, wie sie hofften, weiter würden säugen können. Aber so oft es möglich war, stahl sich Sibylla davon und erkundete die Burg. Schnell prägte sie sich jedes Detail ein, merkte sich die Position der Pechnasen und Wehrerker, der Wasserspeier und der besagten heimlichen Gemächer, um sich zur Not auch im Dunkeln zurechtzufinden. Gisbert hatte sie, wie er es versprochen hatte, im Palas vor einem prasselnden Kaminfeuer mit einem Becher gutem Rotwein empfangen, bevor er sie zu Sophies Kemenate geleitete und dort der Obhut der Dienstmägde übergab. Er blieb auch in der Folgezeit so etwas wie ihr Verbindungsmann, ein Mittler zwischen Sophies Generation und dem Herzogspaar. Und in besonderer Weise kümmerte er sich um die Unterhaltung der neuen Gäste. So besorgte er Minnesänger, trug zuweilen auch selbst einen Gesang vor und erzählte auf Aufforderung gerne von seinen Erlebnissen in Outremer und Ägypten. Dabei vermied er es allerdings peinlichst, Ereignisse anzusprechen, die im Zusammenhang mit Thomas und seinem damaligen Zwist mit Sibyllas Mann standen. Es schien so, als wäre Thomas gar nicht auf diesem Kreuzzug dabei gewesen. Sibylla aber wusste die Erzählungen gut einzuordnen und aus der Erinnerung mit Thomas' Berichten zu ergänzen. Wenn sie später allein in ihrer Kammer waren, ließ sie Katharina daran teilhaben. So entstand mit der Zeit ein recht lückenloses Bild der Geschehnisse an der Nilmündung. Allerdings war Gisbert überhaupt keine Hilfe bei dem Versuch, etwas über Limburgs Beteiligung an dem Mord an Engelbert zu erfahren. Entweder wusste er sich erfolgreich dumm zu stellen, oder er wusste wirklich nichts. Einmal ließ Sibylla wie beiläufig fallen, wie traurig und ungerecht es doch wäre, dass ausgerechnet die unbeteiligte Sophie die Hauptleidtragende des Engelbertsdramas sei und was denn überhaupt dort geschehen wäre – es kämen einem ja nur Gerüchte zu Ohren. Aber Gisbert hatte nur mit den Achseln gezuckt und behauptet, dass er ja nicht dabei gewesen wäre, wie im Übrigen keiner der Limburger Ritter oder Knappen und auch sonst niemand, den er kenne. Gerne hätte sie ihm widersprochen, wollte sich und ihre Motive aber nicht verraten. Sophies Suche nach Ihrem Jugendfreund Herenbert war ähnlich erfolglos. Ihren Vater darauf anzusprechen, getraute sie sich schon nicht mehr, denn der brauste jedes Mal auf, wenn sie davon anfing, und mahnte sie, als züchtige Witwe nicht nach anderen Kerlen zu schielen. Und Gisbert gab vor, über besagten Herenbert nichts Näheres zu wissen und diesen nur selten zu Gesicht bekommen zu haben. Das allerdings lag durchaus im Bereich des Möglichen, da Gisbert viele Jahre auf Burg Neuenberge und nachfolgend auf dem Kreuzzug verbracht hatte. Sophie glaubte zu wissen, dass ihr Herenbert in dieser Zeit und danach auf verschiedenen Gütern ihres Vaters gearbeitet und fern der Limburg geweilt habe. Fast sah es so aus, als sei Sibyllas und Katharinas Ausflug in die Höhle des Löwen ein völlig sinnloses Unterfangen. Bis eines schönen Morgens eine unerwartete Wendung eintrat. Auf einer ihrer Runden über den Wehrgang im nördlichen Abschnitt der Mauer sagte Sibylla eine innere Uhr, dass sie in wenigen Augenblicken den Wachmännern auf deren Patrouille über den Weg laufen müsse. Mittlerweile hatte sie ein untrügliches Gefühl für die zeitlichen Abläufe auf der Burg entwickelt. Also überlegte sie, wie sie den Wachen erneut ein Schnippchen schlagen und sich vor diesen verbergen könne. Etwa hundert Schritt vor ihr, zwischen dem zweiten und dritten Turm der Nordmauer, befand sich ihres Wissens ein heimliches Gemach. Vielleicht konnte sie das ja noch erreichen. Deshalb beschleunigte sie ihre Schritte und verschwand in dem zur Außenseite vorspringenden Erker, just in dem Moment, als die Wachen um die Ecke auf ihren Abschnitt des Wehrganges bogen. Mit klopfendem Herzen schloss sie die Tür, so langsam, dass die rostenden Scharniere kaum ein Geräusch machten, und schob den hölzernen Riegel vor. Dann hielt sie den Atem an und lauschte. Die Schritte der Männer kamen näher. Doch wie erschrak sie, als diese Schritte genau vor ihrer Tür anhielten. „Warte einen Moment, ich muss mich kurz erleichtern", hörte sie einen der Männer sagen. Dann versuchte eine kräftige Hand, die Tür aufzustoßen – doch vergeblich. Der vorgeschobene Riegel hinderte ihn daran. Ein zweiter Versuch: ebenfalls vergeblich. „Da scheint mir jemand zuvorgekommen zu sein", vermutete der Mann. Sibylla schlug das Herz nun bis zum Hals. Sie hatte zwar im Grunde nichts von den Wachen zu befürchten, aber sie wollte sich ungern auf der Mauer ertappen lassen, schließlich waren Frauen hier unüblich. Die von den Damen genutzten Aborte befanden sich auch näher an den Frauengemächern. Sicher würden die Wachen ihren Ausflug dem Herzog melden. Der hatte sie anfangs, bevor sie begonnen hatte, sich zu verstecken, schon einmal darauf angesprochen, warum sie so häufig auf den Mauern gesehen würde. Damals hatte sie vorgegeben, sie sei an viel Bewegung gewöhnt, um ihre Figur zu erhalten. „Rundungen schaden einem Weibe nicht", hatte Walram darauf konstatiert. Also alles halb so wild. Weitere Fragen in dieser Richtung wollte sie jedoch unbedingt vermeiden. Außerdem hätte sie bei Entdeckung ihr eigenes Spiel verloren. Aber die Gefahr verflüchtigte sich bald. „Gute Verrichtung!", rief der Wachmann, der Einlass begehrt hatte, und klopfte zweimal an die Tür. Dann zog er mit seinem Kompagnon weiter. Sibylla atmete erleichtert auf. Dabei stellte sie fest, dass sich über die verstrichene Zeit und die Aufregung tatsächlich ein kleines Bedürfnis bei ihr eingestellt hatte. Kritisch nahm sie daraufhin das stille Örtchen in Augenschein. Wie bei allen Einrichtungen dieser Art zierte den äußersten Winkel des Erkers ein einfaches Holzbrett in Sitzhöhe, der Donnerbalken, in den man eine runde Öffnung geschnitten hatte. Durch diese Öffnung ließ man seine kleinen und großen Geschäfte geradewegs den Burgberg hinabregnen – oder in einen Burggraben, wie es auf Neuenberge der Fall war. Je nachdem, wie der Wind stand, wurde von diesen Geschäften auch schon einmal die Außenmauer in Mitleidenschaft gezogen. Aber spätestens der nächste Regen sorgte für eine gewisse Reinigung. Meist aber hielt man sich an solchen Orten tunlichst nicht sehr lange auf, weil eine Geruchsbelästigung nicht zu vermeiden war. Manche Aborte waren zuweilen auch völlig unbrauchbar, wenn beispielsweise ein vorheriger Benutzer nicht die nötige Sorgfalt hatte walten lassen und sich Reste von Exkrementen auf dem Donnerbalken befanden. Aber dieser hier schien noch sauber zu sein. Beim Abort nahe der Kemenate lag zwar

Schafswolle zur anschließenden Körperreinigung bereit, hier waren es nur ein paar Blätter und Farne, aber das erschien Sibylla akzeptabel. So lüftete sie ihre Röcke, rutschte auf den Donnerbalken und verrichtete ihr kleines Geschäft. Plötzlich war es ihr, als hörte sie die Stimme des Herzogs, wenn auch von fern. Sibylla lauschte. Tatsächlich, das war die unverkennbar dunkle, leicht heisere Stimme Walrams. Er schien mit einem Bediensteten zu sprechen, vielleicht einem Stallburschen, denn es ging um Pferde. „Du tätest gut daran, der kleinen Stute endlich den Laufpass zu geben", hörte sie den Herzog sagen, „du fütterst sie schon viel zu lange durch!" – „Mit Verlaub, Herzog, aber ich habe mich ein wenig an sie gewöhnt, sie hat mir so viel Trost gespendet, während ich wund darniederlag", getraute sich der Stallbursche zu widersprechen, „seid versichert, dass ich sie im Zaum halte, sie wird keinen Ärger bereiten!" Während Sibylla noch überlegte, wie denn ein Pferd einem Verwundeten Trost spenden könne, kamen die Stimmen näher. „So? Gestern ist sie im Dorf aufgetaucht und vor der Torschänke herumschlawenzelt, wie ich hörte, zumindest passte die Beschreibung der Wachen auf sie. So etwas darf nicht noch einmal passieren!", war nun deutlich Walrams Stimme zu vernehmen. „Ich werde besser auf sie achtgeben, seid unbesorgt", versprach der Stallbursche, „notfalls binde ich sie oder nehme die Knute!" Der Mensch war Sibylla von Beginn an unsympathisch – wie konnte man so mit Pferden umgehen, noch dazu mit einer jungen Stute! Und solch einem überließ der Herzog seine Rösser? „Meinetwegen!", lenkte er ein, „aber lass dich ja nicht mit ihr blicken. Meine Tochter darf von alldem nichts erfahren. Sie hat übrigens mehrfach nach dir gefragt!" Eigentlich hatte Sibylla gerade begonnen, das Interesse an dem Gespräch zu verlieren, nun aber war sie wieder ganz Ohr. Was hatte ein Stallbursche mit Sophie zu tun? „Sophie ist hier?", gab dieser überrascht zurück, „haltet Ihr das für richtig?" – „Unbedingt", war der Herzog überzeugt, „besser, als sie bei meinem Herrn Sohn zu lassen. Dort gab es zu viele Ohren und Münder, die ihr womöglich noch einen Floh ins Ohr gesetzt hätten!" – „Weiß sie von … ?" Der Stallbursche ließ seine Frage unvollständig. „Ich bin mir nicht sicher, aber ich denke, nicht", gab ihm Walram zu verstehen, „sie weiß nicht mehr als das, was wir sie wissen lassen wollten und was ihr Friedrich berichtet hat!" – „Das kann nicht allzu viel gewesen sein", spuckte der vermeintliche Stallbursche aus, „Euer Eidam war so einfach hinters Licht zu führen, dass er noch an eine verunglückte Entführung glaubte, als unsere Schwerter schon im Leib des Erzbischofs steckten!" Sibylla hielt den Atem an. Und siedend heiß ging ihr auf, dass der Redner mit Sicherheit kein Stallbursche war. Wie gern hätte sie sein Gesicht gesehen, doch getraute sie sich nicht, sich zu bewegen, geschweige denn bis zur Tür zu schleichen, um einen Blick hinauszuwerfen. Die beiden konnten nicht weit entfernt sein. „Und von meinem Sohn kann sie auch nichts erfahren haben, denn der war zu keiner Zeit eingeweiht!", überlegte der Herzog. „Warum habt Ihr sie dann nicht dort gelassen?", wollte sein Gegenüber wissen. „Weil es, wie gesagt, andere Zungen gab, die ihr vielleicht einen Floh ins Ohr gesetzt hätten", meinte Walram, „einen dieser Flöhe habe ich übrigens mitgebracht, wenn es dich interessiert!" Sibylla blieb das Herz stehen. Sie hatte sofort das untrügliche Gefühl, dass der Herzog von ihr sprach. Und tatsächlich. „Es ist das Weib dieses Fischersohnes", fuhr Walram fort, „dieses Emporkömmlings, der die Eskorte des Erzbischofs befehligte. Ich bin sicher, du bist ihm begegnet!" Der Unbekannte pfiff durch die Zähne. „Und ob ich den kenne", bestätigte er, „er war der einzig ernst zu nehmende Gegner in der ganzen Sache!" – „Hast du im Hohlweg gegen ihn gekämpft?", kam es dem Herzog über die Zunge. „Nein, der Erzbischof hatte ihn zum Glück auf Anraten des Isenbergers fortgeschickt", lachte der andere, „damit es zu keinem Kampf kommen sollte. Aber er hat mir vorher mit seiner Wachsamkeit ein paar Mal die Pläne durchkreuzt. Und in Deutz hätte er mich beinahe erwischt. Einer seiner Männer hat mir die Pfeilwunde verpasst!" Sibyllas Gedanken rasten. Sie erinnerte sich, dass ihr Thomas davon erzählt hatte. Es gab also noch jemanden, der die Unschuld ihres Mannes bezeugen konnte, jemand, der an all den Ereignissen hautnah beteiligt war. Und der stand wahrscheinlich keine dreißig Schritte von ihr entfernt. Allerdings machte er nicht gerade den Eindruck, als hätte er großes Interesse daran, Thomas aus seinen Schwierigkeiten zu helfen. Im Gegenteil. „Das nächste Mal werde ich mich seiner entledigen, endgültig", fuhr der Unbekannte fort, „wisst Ihr, wo er steckt?" Sibylla biss sich auf die Lippen. „Er ist Friedrich auf den Fersen, wenn ich richtig liege", meinte Walram, „jedenfalls ist er unterwegs nach Rom. In Neuenberge hieß es, er sei lediglich auf einer Pilgerfahrt. Aber so leicht lasse ich mich nicht täuschen!" Noch einmal ließ der Unbekannte einen Pfeifton hören. In die Flucht des Isenbergers schien er bereits eingeweiht. Dessen Verfolger beschäftigte ihn mehr. „Ist er scharf auf die Belohnung?" – „Ich denke, er hat andere Gründe", vermutete der Herzog, „Kerle wie er sind äußerst pflichtbewusst, vielleicht wurmt es ihn, dass er seinen Lehnsherrn nicht schützen konnte. Außerdem scheint er selbst in Schwierigkeiten zu stecken und unter einem gewissen Verdacht zu stehen. Kriegsknechte des neuen Erzbischofs haben ihm das Haus über dem Kopf angezündet, wie ich hörte. Deshalb weilte auch sein Weib auf Neuenberge. Womöglich jagt er dem Isenberger nach, weil es ihn nach Antworten dürstet!" Sibylla verwünschte insgeheim den Herzog und dessen Scharfsinn. „Dann wollen wir hoffen, dass er ihn nicht findet", gab sein Gegenüber zurück, „der Isenberger könnte redselig werden!" – „Es wäre gut, wenn überhaupt niemand mehr gefunden würde, der im Hohlweg dabei war", schnaubte Walram, „denn ich habe schon genug Scherereien. Aber du hast es leider versäumt, für vollendete Tatsachen zu sorgen!" Sein Gegenüber blieb nun hörbar stehen – und das scheinbar unmittelbar vor der Tür zu Sibyllas Versteck. „Mit Verlaub, es war nie die Rede davon, den Isenberger zu beseitigen!" – „Das habe ich auch nicht gesagt", belehrte ihn der Herzog, „aber es gibt zu viele Zeugen, die unser Haus belasten könnten. Du hättest gründlicher sein müssen!" – „Ich habe alle zum Schweigen gebracht", protestierte der Namenlose, „alle, die mir zur Seite standen oder zu viel wussten!" Sibylla fröstelte. Was war das nur für ein Mensch? Was waren das beides für Menschen? „Außer Friedrichs engsten Vertrauten, dazu Engelberts gesamter Eskorte, vor allem diesem Fischersohn, dessen Weib und deiner kleinen Stute", zählte Walram auf, „das sind recht viele Ausnahmen, oder? Die können uns allesamt gefährlich werden!" Der Unbekannte wurde spürbar ungehalten. „Schiebt mir nicht alle Fehler in die Schuhe", erwiderte er, „Ihr seid auch nicht unschuldig an Eurer Lage. Ohne Euren vorschnellen Angriff auf die Burg Valant wäre so schnell kein Verdacht auf Euch gefallen!" Walram wollte aufbrausen, aber sein Scherge war noch nicht fertig. „Und wo wir gerade davon sprechen, wie steht es eigentlich mit meinem versprochenen Lohn? Ihr hattet mir in Aussicht gestellt, Burgherr zu werden, wenn alles vorüber ist. Stattdessen habt ihr mich auf diesen alten Hof in dem gottverlassenen Tal abgeschoben. Und den einzigen Menschen, der mir dort Gesellschaft leistet, meine kleine Stute, wie Ihr sie nennt, soll ich vermutlich noch beseitigen? Nennt Ihr das einen gerechten Lohn?" Der erste Gedanke, der sich Sibylla in diesem Moment seltsamerweise aufdrängte, war die Erkenntnis, dass es sich bei der Stute wohl doch nicht um ein Pferd handelte. Dann aber schüttelte sie sich, schalt sich eine Närrin und wartete, was nun kommen würde. Sie hätte einen Wutausbruch des Herzogs erwartet, aber offenbar hatte er sich eines Besseren besonnen. „Dein Lohn ist dir gewiss, aber du siehst hoffentlich ein, dass unser Werk noch nicht vollendet ist?!", gab er seinem Handlanger zu verstehen. Darauf trat für einen Moment Stille ein. „Was erwartet Ihr von mir?", kam es diesem schließlich über die Lippen. „Dass du dich um ein paar dieser verbliebenen Zeugen kümmerst!" Walrams Stimme klang jetzt deutlich gelöster als noch kurz zuvor. Aber die Stimmen entfernten sich nun auch wieder. „In Ordnung. Aber was meine Stute angeht, wie Ihr sagt, für die lege ich meine Hand ins Feuer", beteuerte der Unbekannte, während er offenbar eine Stiege oder Ähnliches betrat, wie Sibylla anhand der knarzenden Schritte herauszuhören glaubte. Solch eine Stiege führte vom nächsten Erker aus in den Burghof hinunter. „Dann sieh zu, dass du dir die Hand nicht verbrennst", riet ihm Walram noch vieldeutig, „die brauchst du nämlich noch …" Dann verhallten ihre Worte zunehmend in der Ferne. Mit klopfendem Herzen blieb Sibylla noch eine halbe Ewigkeit in ihrem ungastlichen Versteck, bis sie die zunehmende Kälte, die nicht nur vom Abendwind rührte, und den mit der Zeit immer penetranter gewordenen Gestank des Abortes nicht mehr ertrug. Ihre Gelenke fühlten sich an wie steifgefroren. Als sie langsam zur Tür schritt und den Riegel zurückschob, drehte sich ihr beinahe der Magen um. Aber nur beinahe. „Sei nicht so töricht! Das Schicksal hat anderes mit dir vor, sonst hätte es dich nicht einen Blick in diesen Abgrund werfen lassen", rief sie sich in Erinnerung. Das half und verbannte die Angst aus ihrem Herzen. Also öffnete sie die Tür und spähte hinaus. Die Luft war rein. Nur eine einsame Krähe auf dem Geländer des Wehrganges ließ einen halbherzigen Warnruf hören, den jedoch niemand wahrnahm. Als die Krähe vorwitzig näherhüpfte, um den Störenfried genauer in Augenschein zu nehmen, war dieser bereits lautlos verschwunden.

Schon von Weitem sah man die imposanten Türme und Dächer der großen Stadt Verona, die von einer trutzigen Mauer umgeben wurde. Als die rund fünfzig Reiter, in deren Mitte sich Thomas und seine Begleiter befanden, auf die alte römische Bogenbrücke, Ponte Pietra genannt, einbogen, die über die Etsch führte, neigte sich auch dieser Tag bereits seinem Ende entgegen. Zwei Tage lang hatten sie im Sattel gesessen, nur unterbrochen von einer kurzen Nachtruhe im spartanischen Militärlager von Rovereto. Als sie in die Stadt einritten, geriet Gerhardt ins Schwärmen. „Hier residierte einst der große Gotenkönig Theoderich, der Dietrich von Bern unserer Heldensagen", begeisterte er sich und untermalte seine Worte mit einer großen Geste, die nicht ganz zu den immer enger werdenden Gassen der Stadt zu passen schien. „Ich dachte, du interessierst dich nicht für Politik", dämpfte ihn sein Sohn Ulrich. „Aber für die Helden unserer Vorfahren schon", gab der Hundeführer zurück, wobei er einmal kurz an sein Amulett griff, „das hier ist ihr Werk!" Doch nichts in der Stadt, kein einziges Gebäude sah in irgendeiner Weise germanisch aus. Dicht reihte sich Haus an Haus, über Jahrhunderte im romanischen Stil erbaut, mit Säulen, Rundbögen, Fenstern und Dächern, die mit tönernen Schindeln gedeckt waren statt mit germanischem Stroh. Spätestens, als sie das gewaltige römische Amphitheater passierten, kamen Ulrich Zweifel. „Seit wann haben unsere Vorfahren solche Arenen errichtet?", fragte er seinen Vater. Doch der ritt schweigend weiter. „Ich bin mir nicht mal sicher, ob die Goten, die Theoderich anführte, zu euren Vorfahren zu zählen sind", mischte sich William in das Gespräch der beiden ein, „kamen sie doch weit aus dem Osten, wenn ich mich recht erinnere!" – „Was heißt hier unsere Vorfahren? Alle germanischen Stämme haben gemeinsame Ahnen", beharrte Gerhardt, „auch deine Angelsachsen. Und alle glaubten sie an Odin und Thor. Diese Götter stehen mir auch am nächsten!" Mittlerweile hatten sie den Dom Santa Maria Matricolare erreicht, und Ezzelino da Romano machte Anstalten, hier anzuhalten – offenbar, um zu beten, wie Thomas zu Recht vermutete. „Dann bleibst du am besten draußen und passt auf die Pferde auf", gab er dem Hundeführer zu verstehen, „so eine Kirche ist nicht unbedingt der rechte Platz für deinen Höllenhund!" Gerhardt murmelte etwas davon, dass ihm Odins Blitze und Thors Hammer ohnehin lieber seien als Hostie und Weihwasser, und nahm sich widerspruchslos der Pferde sowie seines Hundes an. Die anderen folgten Ezzelino und einem Teil seiner Offiziere. Nachdem sie am Eingang die Finger in ein Gefäß mit Weihwasser getaucht und sich bekreuzigt hatten, schritten sie zügig durch den dreischiffigen Bau, in dessen Seitenschiffen sich zahlreiche reich verzierte Kapellen befanden. Thomas fielen die Streifenmuster an den Wänden und Säulen auf. Sie erinnerten ihn an das Wappen des Podestà, das ebenfalls Streifen aufwies. Vor dem Altar knieten sie nieder und verharrten eine Weile im Gebet. Gerlach von Büdingen, dem man dazu die Fesseln wieder abgenommen hatte, zog einen Rosenkranz hervor und vertiefte sich in das Gespräch mit Gott.

Ezzelino bemerkte, dass Thomas hingegen damit recht schnell fertig war und sich lieber ein wenig umsah. „Sucht Ihr einen Beichtstuhl?", sprach er ihn darauf an, „wollt Ihr Euer Gewissen ein wenig erleichtern, bevor wir die Kathedrale wieder verlassen?" Thomas schüttelte lächelnd den Kopf. „Ich habe nur die Bauweise bewundert", gab er zurück. „Wie hat es der Baumeister geschafft, dieses gleichmäßige Streifenmuster zu erzielen?" – „Durch die Verwendung unterschiedlicher Baumaterialien", erklärte der General, „die Streifen sind typisch für Verona, man findet sie in nahezu jedem Wappen!" Danach erhoben sie sich und verließen den Dom. „Seid Ihr Christ oder hängt ihr noch den alten Göttern an?", wollte Ezzelino wissen, als sie auf den Vorplatz traten. „Ich bin Christ. Aber vielleicht nicht der inbrünstigste Beter", gab Thomas zu, „ich habe Gott lange nicht verziehen, dass er meine Eltern früh hat sterben lassen. Erst nach meiner Gefangenschaft beim Sultan habe ich so etwas wie meinen Frieden mit ihm gemacht!" Der General musterte ihn ein weiteres Mal. „Wie sind Eure Eltern gestorben?", fragte er nach. „Sie wurden die Opfer von Raubrittern", ließ ihn Thomas wissen. „Habt Ihr sie gerächt?" – „Das habe ich. Genauer gesagt, hat der Vater dieses kleinen Hündchens hier die Sache vollendet!" Dabei wies er mit dem Kinn auf Wulfila, der mit breiter Brust und aufmerksamem Blick neben Gerhardt saß. Seine Schnauze war einen Spalt geöffnet, weil er zu Hecheln begonnen hatte, um sich Kühlung zu verschaffen. So konnte man einen Blick auf sein eindrucksvolles Gebiss werfen. Der Podestà verzog das Gesicht, als stelle er sich den Schmerz vor, den diese Zähne bereiten konnten. „Das ist gut, dass Ihr wisst, was Rache ist – dann werdet Ihr mich besser verstehen", sagte er noch, dann befahl er aufzusitzen. Ihr Ritt endete an der Piazza delle Erbe, dem zentralen Marktplatz und Versammlungsort der freien Stadtrepublik. Hier herrschte dichtes Gedränge, weil noch bis Sonnenuntergang alle möglichen Waren feilgeboten wurden. Hühner und Tauben wechselten ihren Besitzer, teure Stoffe, Salz und Säcke mit Zwiebeln, Knoblauch oder Pfeffer. Es roch nach Weihrauch, Kot und fremdartigen Gewürzen. Aber Thomas fiel auf, dass die Straßen dieser Stadt trotzdem viel sauberer zu sein schienen, als es beispielsweise in Köln der Fall war. Dies lag vor allem daran, dass in Verona fast alle Wege und Plätze gepflastert waren, während man in Städten nördlich der Alpen oft knietief durch Schlamm und Morast watete. Die Häuser an der Piazza waren allesamt mit Steinmetzarbeiten oder Malereien verziert. Ezzelino da Romano ließ Thomas und seinen Männern die Pferde abnehmen, dann forderte er sie auf, ihm zu folgen. Sie bogen in eine Seitengasse ein und standen wenige Augenblicke später vor einem prächtigen Stadtpalast, der allerdings auch militärische Aufgaben zu erfüllen schien. Insgesamt zählte Thomas fünf Etagen. Die Fenster der unteren Stockwerke waren vergittert und konnten von innen durch dicke Schlagläden gesichert werden. Weiter oben glichen die Fensteröffnungen eher kleinen Scharten, und das Dach wurde umlaufend von einer zinnenbewehrten Mauer geschützt. An deren Vorderseite wuchs ein steinerner Wachturm weitere vier Etagen in die Höhe. Eine kleine Burg, und das mitten in der Stadt. „Das ist der Palazzo meiner Familie", erklärte der General und Bürgermeister nicht ohne Stolz, „betrachtet euch als meine Gäste und fühlt euch wie zu Hause!" Wie zur Bestätigung seiner Worte schickte er den größten Teil seiner Eskorte fort, sobald die Männer das Gepäck ins Haus gebracht hatten. Nur eine kleine Mannschaft von sechs Soldaten blieb in seiner Nähe. Als sie durch das bogenförmige, reich verzierte Eingangsportal traten, kam ihnen ein halbes Dutzend Dienstmägde entgegen. „Kümmert euch um meine Gäste", trug Ezzelino ihnen auf, „lasst es ihnen an nichts mangeln. Und führt sie später an unsere Tafel im großen Saal, ich möchte mit den Herren zusammen speisen!" Darauf empfahl er sich und eilte ein paar Treppen hoch, jedoch nicht ohne den Büdinger einer eigenen Wache nur für ihn überantwortet zu haben. „Warum nutzen wir nicht die Gelegenheit und suchen das Weite?!", raunte Gerhardt seinem Gutsherrn zu, „die Gelegenheit scheint günstig!" Doch Thomas schüttelte energisch den Kopf. „Wie weit kommen wir denn ohne Pferde und ohne unsere Waffen?", gab er ihm zu verstehen, „außerdem gehe ich nicht ohne Tarek, wie du nicht ohne Wulfila gehen würdest. Obendrein bin ich neugierig geworden, was der Podestà von uns will. Denn mittlerweile geht es um etwas ganz anderes als um unseren Kopf!" William pflichtete ihm augenblicklich bei. So folgten sie den Mägden und bezogen drei herrlich ausgestattete Zimmer im obersten Stock. Jedes verfügte über einen geräumigen Schrank zur Unterbringung der Gewänder, der aussah, wie zwei übereinandergestapelte Truhen, dazu einen Tisch mit stabilen Stühlen, eine Waschschüssel, reichlich Kerzen sowie ein bequemes Bett, groß genug für zwei Personen, mit frischen Strohsäcken als Matratzen, die mit sauberen, blütenweißen Laken überzogen waren. Darauf lagen feine Daunenkissen und warme Decken aus dicker Wolle. „Hier werde ich schlafen wie in Abrahams Schoß", meinte Gerhardt begeistert, dessen Fluchtgedanken offenbar verflogen waren. „Wieso auf einmal der Schoß von Abraham, wo du doch sonst immer mit Odin beschäftigt bist?", meinte Ulrich, „du wechselst aber leicht die Fronten!" – „Na, weil Odins Schoß zu beschäftigt ist – mit Freya", gab Gerhardt augenzwinkernd zurück und griff an sein Amulett, „zum Schlafen ist es in Abrahams Schoß deutlich ruhiger!" „Warum, glaubst du, hat er uns den weiten Weg bis hierher mitgenommen?", sagte Thomas zu William, als sie in ihrer Kammer allein waren, „du denkst doch auch, dass er etwas mit uns im Schilde führt?!" Der Engländer trat an das kleine Fenster, das von ihrem erhöhten Stockwerk aus einen Blick auf die nahe Piazza erlaubte. „Er braucht uns für etwas, und ich wette, das hat mit dem Kaiser zu tun. Er hat sich auffallend stark für deine Verbindung zu Friedrich interessiert. Vielleicht will er ihm eine Botschaft zukommen lassen, für die er einen Überbringer braucht, den niemand kennt!" Dabei ließ er seinen Blick über das Häusermeer schweifen. „Zumindest jemanden, der sein Geheimnis nicht gleich wie die Spatzen von den Dächern pfeift. Was gibt es da Besseres als hier unbekannte Pilger, die selbst etwas zu verbergen haben und die obendrein auch noch den Kaiser persönlich kennen? Ich schätze, deine Lebensgeschichte am Lagerfeuer hat ihn auf einen Gedanken gebracht – und uns das Leben gerettet. Denn wenn wir für ihn nutzlos wären, hätte er uns längst einen Kopf kürzer gemacht!" Thomas bewunderte einmal mehr den Scharfsinn seines Freundes, der bei den Templern durch eine gute Schule gegangen war. „Das denke ich auch", pflichtete er ihm bei. „Der Podestà ist ein rücksichtsloser Usurpator, der noch größere Pläne hat. Verona wird ihm auf Dauer zu klein sein, er will höher hinaus. Aber er muss vorsichtig sein, wahrscheinlich ist seine Macht hier noch nicht gefestigt. Was immer er von uns will, wir müssen dabei zusehen, dass es nicht unseren eigenen Plänen zuwiderläuft und wir nicht zu viel Zeit verlieren, denn unser Ziel ist Rom!" – „Das weiß er", lächelte William, „denn bislang hat er selbst darauf geachtet, dass wir nur wenig Zeit verlieren. Den Tag im Lager haben wir durch den schnellen Ritt an seiner Seite nach Verona wettgemacht!" – „Ich bin nur gespannt, wie er uns gefügig machen und sicherstellen will, dass wir seine Wünsche auch erfüllen!", überlegte Thomas. „Oh, da wird ihm sicher etwas einfallen", war William überzeugt, „etwas sehr Gemeines!"

Der Klang kleiner Glöckchen rief Thomas und seine Männer zur Abendmahlzeit, die im großen Saal des Palazzo eingenommen wurde. Beim Eintreten bewunderten Thomas und William die verschwenderischen Deckenmalereien. Martin und Willibald besahen sich die filigranen Verzierungen an den Stuhllehnen genauer. Sie stellten opulente Jagdszenen dar. Man erkannte Hirsche und Wildschweine, die vor einem Jäger flüchteten, und Martin meinte, dass sie so etwas doch auch einmal an ihren Bögen versuchen könnten, um sie wertvoller zu machen. „Bedenke, dass sich der Wert eines Bogen aber nicht nach seinem Aussehen, sondern nach seiner Treffsicherheit bemisst", rief ihm sein Vater in Erinnerung. Dann setzten sich alle an die große Tafel. Obwohl hier gut und gerne über zwei Dutzend Esser Platz gefunden hätten, war nur für Ezzelino und die sechs deutschen Gäste gedeckt. Der Büdinger fehlte. Offenbar wollte der Podestà mit ihnen alleine sein. Die sechs Wachen warteten jedoch nur eine Tür weiter. Jeder Gast hatte zwei Messer, einen Salzbehälter, einen Kanten Brot und einen sauberen Teller aus Zinn vor sich stehen. Ein Page goss roten Wein aus einer großen Karaffe in sieben Gläser und stellte diese einzeln vor die Männer hin. Gerhardt konnte sich gar nicht sattsehen an dem kristallklaren Material, das ihm völlig fremd war. Dann brachte der General einen Trinkspruch aus und forderte sie auf, mit ihm anzustoßen, wobei Thomas inständig hoffte, dass sein Hundeführer dies nicht mit dem üblichen Ungestüm handhaben würde, was die Gläser ohne Zweifel nicht überlebt hätten. Aber Gerhardt mäßigte sich und nichts ging zu Bruch. Dann ließ Ezzelino das Essen auftragen. Es gab zwei Gänge, die jeweils aus mehreren Gerichten bestanden. Zu Beginn wurden Forellen und Krebse serviert, dazu gab es Geflügelpasteten, gefolgt von einer dickflüssigen Gemüsesuppe mit Rindfleisch. Darauf wartete gebratener Kapaun in einer süß-sauren Sauce auf die Gäste, zusammen mit jungen, in Milch gekochten Saubohnen und Honigbrot mit Quark, gefolgt von Reis mit Zimt und Mandelmilch sowie eingelegten Früchten. Anschließend gönnte sich Ezzelino einen befreienden Rülpser, und Gerhardt tat es ihm gleich. „Ich hoffe, es hat euch gemundet", ließ der General vernehmen, was alle gern bestätigten, „denn nun wird euch die Fattura präsentiert – wie sagt man in eurer Zunge? Die Abrechnung?" Thomas setzte ein betont gleichmütiges Lächeln auf. „Ich habe mich schon gefragt, wann Ihr auf den Preis zu sprechen kommt, den wir für Euer Entgegenkommen zu zahlen haben!" Der Podestà kniff die Lider zusammen. „Entgegenkommen nennt Ihr das?", kam es eiskalt über seine Lippen, „ich hätte euch töten lassen können – und könnte es immer noch!" – „Sicher", bestätigte Thomas, „aber wenn ich am Tag unserer ersten Begegnung nicht einen anderen Gedanken hinter Eurer Stirn gesehen hätte, wären wir gar nicht erst mitgekommen!" – „Dann wäret ihr schon dort am Ufer der Etsch gestorben!", behauptete Ezzelino. „Vielleicht", antwortete Thomas, „vielleicht wären Eure Männer aber auch geflohen, sobald wir unsere Pfeile und Klingen sowie die Zähne des Hundes auf sie losgelassen hätten!" – „In Ägypten stand es so manches Mal schlechter für uns als fünf zu ein!", fügte William hinzu. „Aber natürlich sind wir Euch dankbar, dass Ihr es nicht habt so weit kommen lassen! Wie dankbar dürfen wir uns denn zeigen?" – „Ah, jetzt fällt es mir wie Schuppen von den Augen", grinste der General und fuhr sich mit den Fingern durch den ausladenden Bart. „Ihr wollt mit mir handeln. Ihr vermutet, dass ich euch einen Preis nennen werde – und den wollt ihr drücken!" Thomas und William schauten sich an, als hätte er sie auf frischer Tat ertappt. „Aber ich würde es begrüßen, das weitere Gespräch unter sechs Augen und Ohren zu führen, wenn Ihr erlaubt?!" Dabei wandte er sich kurz an die anderen Männer an der Tafel. „Vielleicht möchten sich die Herren ja derweil meinen Weinkeller ansehen? Mein Kellermeister ist bestimmt gespannt auf euer Urteil über den einen oder anderen Jahrgang!" Ohne eine Antwort abzuwarten, läutete er einem Pagen und ließ Gerhardt und die anderen aus dem Raum führen. „Ich erwarte im Grunde gar nichts Besonderes von euch", fuhr der Veroneser fort, als sie unter sich waren. „Mich interessieren nicht eure Waffen und ebenso wenig die Silberstücke, die ihr unter dem Gürtel tragt, deshalb habe ich euch diese ja auch gelassen!" Thomas lief es heiß und kalt den Rücken hinunter, er fing sich aber schnell. Woher wusste der General das schon wieder? Er musste in Zukunft noch vorsichtiger sein. „Ich erwarte lediglich einen Botengang von euch. Ihr sollt jemandem eine Nachricht überbringen, zusammen mit meinen besten Wünschen!" Dabei verhielt er sich betont gleichmütig. Thomas und William taten überrascht. „Und wo sollen oder dürfen wir für Euch vorsprechen?", hakte der Fischersohn nach. „Ganz einfach – beim Heiligen Vater in Rom!", grinste Ezzelino nun – und freute sich diebisch über die entgeisterten Gesichter. Beim Papst? Das ergab doch keinen Sinn! Thomas verstand die Welt nicht mehr, und William fiel die Kinnlade herunter. Mit dieser Wendung hatten sie nicht gerechnet – aber der Podestà wohl durchaus mit ihrer Reaktion. Es konnte nicht schaden, für seine Mitmenschen, vor allem für solche, die ihn zu durchschauen glaubten, als unberechenbar zu gelten. Sein eigentliches Ziel verlor er aber nicht aus den Augen. „Und wenn ihr schon auf dem Weg seid, könnt ihr auch noch gleich bei Eurem geliebten Kaiser ein gutes Wort für mich einlegen", ließ er die Katze nun vollends aus dem Sack. Es trat eine Pause ein, während der man jeden Atemzug hören konnte. Also doch, der Kaiser. Aber er spielt ein doppeltes Spiel, schoss es Thomas durch den Kopf. „Was wollt Ihr denn von Kaiser Friedrich?", erlaubte er sich zu fragen. „Verhandeln!", bekam er zur Antwort. „Aber steht Ihr denn nicht mitsamt Eurer Stadt auf der gegnerischen Seite?", ließ sich Thomas nicht abwimmeln. „So einfach ist das nicht", setzte Ezzelino zu einer Erklärung an, „Verona gehört zwar zum lombardischen Städtebund, aber nicht alle hier sind mit dieser Lösung glücklich. Auch ich nicht! Letztlich ist das ganze Land in dieser Frage gespalten. Aber nicht nur, dass die Stadtrepubliken zu der einen oder anderen Seite tendieren. Der Riss geht viel tiefer. In jeder Stadt gibt es Anhänger und Gegner des Kaisers, Ghibellinen und Guelfen!" Thomas verstand kein Wort. Deshalb sah sich Ezzelino gezwungen, weiter auszuholen. „Der erste Stauferkaiser brachte seine Anhänger mit. Die nannte man Waiblinger, nach der Stadt im Kernland der Staufer. In unserer Sprache wurden daraus ‚Ghibellinen'. Seither nennen sich alle Parteigänger des Kaisers so. Die Gegner der Staufer sind die Welfen, das ist euch geläufig, oder?" Thomas nickte und erinnerte sich an die Kämpfe gegen den Welfenkaiser Otto, gegen den auch seinerzeit Graf Adolf zu Felde gezogen war. „Und hier in Italien heißen die Welfen leicht abgewandelt ‚Guelfen'. Dazu zählen sich heute alle Gegner des Kaisers. Aber im Grunde geht es gar nicht um diesen. In jeder Stadt gibt es uralte Fehden zwischen den mächtigsten Familien, deren Ursachen oft nicht mal mehr bekannt sind. Wer seinen Erbfeind auf Seiten des Kaisers weiß, wählt für sich natürlich das andere Lager, allein dieser Feindschaft wegen. Damit hat der Kaiser eigentlich gar nichts zu tun!" Thomas schüttelte verständnislos den Kopf. „Wer will denn dabei den Überblick behalten?", sagte er mehr zu sich selbst. „Nun verhält es sich so, dass Verona es in der Mehrheit mit den Guelfen hält, weil sich die mächtigsten Familien, allen voran die Sippe San Bonifacio, zu diesen zählen", fuhr Ezzelino fort. „Diese aber habe ich auf dem Schlachtfeld in ihre Schranken verwiesen, weil ich mich auf die Seite ihrer Gegner, der ghibellinischen Monteculi, geschlagen habe. Mein Erfolg hat mich nun zum Podestà gemacht, zum ghibellinischen Anführer eine guelfischen Stadt!" – „Also seid Ihr demnach eigentlich für den Kaiser?!", wunderte sich Thomas. „Warum bekämpft ihr ihn dann?"

„Langsam, mein Freund", beschied ihm der Podestà, „ich bekämpfe ihn ja gar nicht. Aber Sympathien für den Kaiser zu hegen, ist eine Sache. Ihm unbeschränkte Macht über uns Lombarden einzuräumen, eine andere. Ich halte es durchaus für angebracht, dass unsere Städte sich selbst regieren. Aber ich halte es auch für gefährlich, den Kaiser zum Feind zu haben. Also muss man ihn zu Verhandlungen nötigen. Und für diese Verhandlungen kann es nicht schaden, ein Druckmittel zu haben, versteht ihr mich?" – „Seinen Sohn?!", vermutete Thomas. Ezzelino wiegte den Kopf nach links und rechts. „Schon möglich. Aber zumindest sollte man vermeiden, dass die Position des Kaisers durch Tausende Ritter aus dem Norden noch verbessert wird. Deshalb die Sperrung der Pässe!" – „Und da Ihr dies erfolgreich bewerkstelligt habt, wollt Ihr nun in Verhandlungen mit dem Kaiser treten?", vermutete William. „So ist es!", bestätigte der Veroneser. „Wobei ich nicht verhehlen will, dass ich auch einen ganz persönlichen Grund habe. Die Lombardische Liga sympathisiert offen mit meinen schlimmsten Todfeinden, mit der Familie Este, gegen die schon mein Vater und Großvater kämpften. Das kann ich nicht dulden. Deshalb möchte ich dem Kaiser ein Angebot machen, das aber sorgfältiger Vorbereitung und Verschwiegenheit bedarf!" – „Und hier treten wir auf den Plan", schloss Thomas. „Richtig", bejahte Ezzelino. „Mir ist es zwar nicht gelungen, den Sohn des Kaisers als Verhandlungsführer zu gewinnen", dabei zwinkerte er seinen beiden Gesprächspartnern vielsagend zu, „aber Gott war so gütig, mir euch zu senden, und ich schätze, das ist ein mehr als gleichwertiger Ersatz. Denn die Gefangennahme des jungen Königs hätte mir der Staufer womöglich übel genommen!" „Warum tretet Ihr nicht selbst in direkte Verhandlungen, irgendwo an einem verschwiegenen Ort?", wollte William wissen. „Ich bitte Euch, an einem verschwiegenen Ort?", äußerte Ezzelino, „wo soll der sein? Sobald ich die Mauern der Stadt verlasse, heften sich die Spione meiner Feinde an meine Fersen, die nur darauf warten, dass ich solch einen Fehler begehe! Ein persönliches Treffen kann es erst viel später geben. Bis dahin sollt ihr für mich das Feld bereiten, indem ihr dem Kaiser eine Botschaft überbringt und ihm nur Gutes von mir berichtet!" Thomas und William blickten sich an und waren sich einig. „Wir sind einverstanden", gab der Fischersohn dem Feldherrn zu verstehen, „wenn Ihr uns unsere Pferde und Waffen zurückgebt!" Ezzelino lächelte wissend. „Selbstverständlich, mehr noch, ich sorge auch für reichlich Proviant, damit ihr unterwegs keine weitere Zeit verliert. Und sicher habt ihr auch Verständnis dafür, dass ich mich rückversichere, dass ihr nicht verloren geht!" Thomas runzelte die Stirn, und William stieß ihn unter dem Tisch mit dem Stiefel an. Jetzt hieß es aufzupassen. „Wie stellt Ihr Euch das vor?" Ezzelino setzte sein freundlichstes Lächeln auf. „Einer eurer Landsmänner bleibt hier bei mir!" Thomas und William sprangen wie ein Mann auf. „Ausgeschlossen, wir gehen alle oder keiner!" – „Sachte, sachte!", beschwichtigte der Podestà. „Ich ahnte bereits, dass ich euch so nicht gefügig machen kann. Aber ich dachte eher an euren Landsmann, der mir vor euch in die Hände fiel, diesen Gerlach von Büdingen. Er wird hier meine Gastfreundschaft genießen und das werde ich auch dem Kaiser mitteilen. Auf dem Rückweg könnt ihr ihn hier auslösen, möglichst mit einer Antwort des Kaisers. Wenn ihr nicht kommt oder nichts erreicht, verliert er seinen Kopf. Dann gibt es Krieg, an dem ihr dann nicht unschuldig wäret – und so ähnlich wird das sicher auch der Kaiser sehen!" Thomas fing augenblicklich an, den Veroneser zu verabscheuen, zollte ihm aber auch Bewunderung für seine Hinterlist. Ezzelino wusste nur zu gut, dass es nicht mit der Ritterehre der Teutonen zu vereinbaren war, einen Mann in Not im Stich zu lassen, noch dazu einen Ritter des Königs. Auf diese Ehrlosigkeit würde wahrscheinlich sogar die Ächtung folgen, da der Kaiser früher oder später von der Sache erfahren würde. Sie waren gezwungen, mitzuspielen. „Und wo, Euer Gnaden, sollen wir den Kaiser finden?", meinte William. „Oh, das ist ganz einfach", freute sich Ezzelino, „zur Stunde ist er wenige Tagesreisen südlich von hier auf dem Weg von Imola nach Parma, wobei er allerdings einen Bogen um Bologna schlagen muss, das ihn nicht willkommen heißt. Das wird ihn ein wenig aufhalten. Irgendwo dort am Rande der Poebene solltet ihr ihn treffen!"

„Oh, Sibylla, schau nur, wer da ist", jubilierte Sophie von Limburg, als sie ihre neue Freundin durch den Laubengang zwischen Kapelle und Kemenate auf den Garten zuschreiten sah, „mein alter Jugendfreund Herenbert ist endlich gekommen! Du musst ihn begrüßen!" Dabei nahm sie den Mann, der neben ihr stand, bei der Hand und lief lachend mit ihm auf Sibylla zu. Der Mann machte gute Miene zu diesem Spiel und ließ sich mitreißen, schien sich aber nicht sehr wohl dabei zu fühlen. „Denk nur, er verwaltet einen Gutshof für Vater, und das gar nicht weit von hier!" Bei Sibylla klingelte es augenblicklich im Oberstübchen und sie mahnte sich zu erhöhter Wachsamkeit. Nach außen hin setzte sie jedoch die unschuldigste und ahnungsloseste Miene auf, zu der sie fähig war, und schenkte dem Fremden ihr huldvollstes Lächeln. „Seid willkommen, werter Herenbert", hauchte sie, „Ihr wurdet bereits sehnsüchtig erwartet!" Dabei hielt sie ihm gar eine Wange zum Kuss entgegen. Herenbert Rennekoie war völlig sprachlos und schien von ihrer Offenherzigkeit eingeschüchtert. Er hatte erwartet, auf eine Frau zu treffen, die sich wegen des Verlustes ihres Heimes und der Vorwürfe gegen ihren Mann sehr zurückhaltend und argwöhnisch gegenüber Fremden verhalten würde, ja vielleicht sogar ängstlich. Und er hatte sich ausgemalt, wie er diese Angst noch ein wenig schüren würde, um die Frau des Fischersohnes gefügig und gesprächig zu machen. Und nun bot sie ihm die Wange zum Kuss!? So etwas war neu für ihn. Der Herzog hatte ihn zwar gewarnt, dass dieses Weib recht vorlaut sei, aber so etwas hatte er nicht erwartet. Er war es gewohnt, dass er Frauen gegenüber den Ton angab und sie auf die eine oder andere Weise dominierte. Aber diese Art des Umgangs, wie ihn Sibylla pflegte, war ihm fremd. Und das irritierte ihn gewaltig. Und dann noch ihre natürliche Schönheit, die vor Lebendigkeit funkelnden Augen, dieses spitzbübische Lächeln unter dem langen, rotblonden Haar, das sie zu einem Zopf geflochten hatte, der wogende Busen unter dem geschnürten Mieder ... Augenblicklich beneidete er den Fischersohn um dieses Weib. Am liebsten hätte er sie mit den Augen verschlungen, getraute sich aber nicht, sie lange anzustarren. Stattdessen schlug er den Blick nieder und starrte für einen Moment unschlüssig auf seine Füße. „Herenbert, willst du den Kuss nicht erwidern?", holte ihn Sophies Stimme aus den Gedanken, „man könnte ja meinen, du zierst dich!" Es half nichts. Er musste sich zusammenreißen, wenn er sein Vorhaben nicht jetzt schon begraben wollte. „Verzeiht, ich war geblendet", rang er sich eine Erklärung ab und setzte dabei ein Lächeln auf, das er für gewinnend hielt, „geblendet von der Schönheit zweier so anmutiger Damen!" Dann formte er seine Lippen zu einem Kuss und drückte diesen auf die dargebotene Wange. Sibylla hätte sich am liebsten erbrochen, als der Fremde mit seinen rauen Lippen ihre weiche Haut berührte. Dabei war er äußerlich nicht einmal besonders abstoßend – eigentlich eher unscheinbar mit seinem schütteren Haar. Aber sie wusste sofort, dass sie es mit einem abgefeimten Mörder zu tun hatte, einem Teufel in Menschengestalt. Sie hatte ihn zwar noch nie gesehen, aber unzweifelhaft seine Stimme erkannt. Es konnte sich nur um den Schergen des Herzogs handeln, der an dem Mord an Erzbischof Engelbert beteiligt war, um den Kerl, der versucht hatte, ihren Mann zu ermorden – und der versprochen hatte, seine junge Stute mit der Knute im Zaum zu halten. Trotz der Gefahr, die von diesem Mann ausging, musste Sibylla schmunzeln. In der Tat entbehrte es nicht einer gewissen Komik, dass sie das abfällige Gerede zweier Schurken über eine bestimmte Frau zweifelhaften Rufes für Fachsimpelei über Pferde gehalten hatte. Ein glockenhelles, befreiendes Lachen entrang sich ihrer Kehle. Ein ansteckendes Lachen, denn Sophie fiel darin ein. Herenbert Rennekoie lächelte ebenfalls halbherzig, runzelte jedoch die Stirn. „Was erheitert Euch so?", hakte er nach, einen irritierenden Groll im Herzen, weil er das Lachen persönlich nahm. „Macht Ihr Euch über mich lustig?"

Sibylla schenkte ihm einen vieldeutigen Augenaufschlag. „Das wirst du noch früh genug erfahren, du verklemmter Hundsfott", dachte sie.

„Gütiger Gott, erst friert man sich in diesen Bergen den Arsch ab und jetzt werden wir im eigenen Sud geschmort!" Gerhardt wischte sich mit einem Zipfel seines Umhangs, den er längst vorn über den Sattel gelegt hatte, den Schweiß aus der Stirn. Am frühen Morgen, als noch die Kühle der Nacht wie ein Schleier über dem Land und dem großen Fluss gelegen hatte, war jedem ihrer kleinen Streitmacht die wärmespendende Wolle willkommen gewesen. Jetzt aber, wo die Sonne den Zenit erreicht hatte und die frühsommerliche Hitze sich wie eine Glocke über die flache Ebene legte, wurde jedes zusätzliche Kleidungsstück zur Last. Dies galt umso mehr, als die sechs Männer allesamt ihre schweren Kettenhemden trugen, um jederzeit für eine Auseinandersetzung gewappnet zu sein. Da sowohl der Kaiser als auch die lombardische Liga Truppen unter Waffen hatten, die kreuz und quer durchs Land zogen, konnte man nie wissen. Aber das ungewohnte Klima machte ihnen mittlerweile doch schwer zu schaffen. Willibald und Martin hatten sich gar ihrer Wappenröcke entledigt. Wulfila litt am meisten unter der Hitze. Statt wie sonst unternehmungslustig an der langen Leine zu zerren oder voranzumarschieren, hielt er sich jetzt im Schatten der Pferde und hechelte ohne Unterlass. „Beinahe wie damals am Nil", meinte William, während er seinen Blick über die weite Ebene und den großen Fluss schweifen ließ, der sich träge seinen Weg von West nach Ost bahnte, „nur dass es hier grüner ist und der Fluss nicht gar so breit!" Drei Tage hatten sie gebraucht, um von Verona aus den Po zu erreichen, die Lebensader Norditaliens. Dies war vor allem den frischen Pferden zu verdanken, mit denen Ezzelino sie ausgestattet hatte, neben ausreichend Proviant für eine gute Woche, der in dicken Bündeln auf dem Rücken von zwei ebenfalls neuen Packpferden schaukelte. Nur William und Thomas, der sich nicht von seinem Tarek trennen wollte, hatten es dankend abgelehnt, ihre Rösser zu wechseln. Der Blick, der sich den sechs Männern nun bot, war großartig. Äcker, Weiden, Grasland, Pinien-, Zitrus- und Olivenhaine, soweit das Auge reichte, ein Meer aus Grün und Gelb, gesäumt von Stauden der Pfingstrose in vielerlei Farben. Dazwischen das blaue Band des Po. Im Süden ragten erste Hügel auf, die sich weiter in der Ferne zu den Höhen des Apennins aufschwangen. Thomas' Aufmerksamkeit wurde jedoch von einer Bewegung am anderen Ufer des Flusses in Anspruch genommen. „Da kommen Reiter!", bemerkte er knapp. Fünf Augenpaare folgten seinem Blick. Tatsächlich kristallisierten sich aus dem vor Hitze flirrenden Horizont langsam die schemenhaften Silhouetten von Reitern heraus. Erst waren es vier oder fünf, dann zehn, schließlich Dutzende, die sie am Ufersaum des Po entlangtraben sahen. Die langen Lanzen, die sie gen Himmel reckten, wiesen sie als bewaffnete Soldaten aus. „Und was machen wir jetzt? Dem nächsten Podestà in die Arme laufen?", wollte Gerhardt wissen, der sich in Erinnerung an ihr erstes Aufeinandertreffen mit den Lombarden angespannt auf die Lippe biss, „es gibt hier nur wenige Büsche, in die wir uns schlagen könnten!" Thomas schüttelte entschieden den Kopf. „Wir haben uns bislang nicht versteckt und werden das auch jetzt nicht tun", entschied er. „Das sind keine lombardischen Truppen, wenn ich mich nicht täusche. Der Kaiser ist auf dem Weg nach Parma, wie es heißt. Vielleicht haben wir ihn schon gefunden!" Ohne den leisesten Versuch, sich zu verbergen, lenkte Thomas sein Pferd näher zum Fluss und schlug dort die gleiche Richtung ein, die auch die Truppen am anderen Ufer nahmen, nach Westen. Nicht lange, und von der Spitze der Soldaten lösten sich drei Reiter, galoppierten etwa hundert Schritt voraus und lenkten ihre Pferde auf eine Art Sandbank am linken Ufer. „Eine gute Stuck die Fluss hinauf gibt es Brucke", rief ihnen einer der schwer gepanzerten Männer zu, der offenbar der Anführer zu sein schien – in holprigem, aber doch verständlichem Deutsch. „Woher weiß der Kerl, wer wir sind?", murrte Gerhardt. „Pfeifen die Spatzen jetzt schon von den Dächern, dass wir kommen?" Thomas und William setzten ein Lächeln auf. „Wohl kaum, und er weiß es auch nicht genau", meinte Thomas, „aber der da vorn ist kein Dummkopf. Lombardische Ritter würden in einem größeren Heerhaufen reiten. Und wahrscheinlich kennt er alle deren Wappen und Farben. Unsere kennt er nicht. Also hält er uns zu Recht für Männer aus dem Norden, vielleicht sogar für Ritter des jungen deutschen Königs. Jedenfalls für Ritter, auf die der Kaiser händeringend wartet. Wohlan, wir wollen ihn nicht enttäuschen!" Nach diesen Worten gab Thomas seinem Templerfreund ein Zeichen. Daraufhin näherte sich William, so gut es ging, dem Fluss und legte seine Hände trichterförmig an den Mund. „Habt Dank für die Auskunft, wir warten dort auf Euch!", rief er auf Italienisch herüber. Selbst auf die Entfernung war das breite Grinsen des Mannes zu sehen, der die versteckte Herausforderung augenscheinlich dankbar annahm. Noch im gleichen Atemzug wendete er sein Pferd auf der Hinterhand, sprengte zurück auf die Uferböschung und von dort flussaufwärts. Seine Begleiter taten es ihm nach. Thomas schnalzte mit der Zunge. „Los Tarek, zeig's ihnen!" Das treue Schlachtross schnaubte einmal kurz, dann fiel es augenblicklich in gestreckten Galopp und jagte voraus. William folgte kurz dahinter. Die anderen taten sich deutlich schwerer, das unerwartete Tempo mitzuhalten. Ein Wettrennen entspann sich, das so gar nicht zu der trägen Hitze eines der ersten Sommertage passen wollte. Thomas und Tarek schossen wie ein Pfeil dahin, der Fischersohn über den Hals des Tieres gebeugt und ihm stete Aufmunterungen zurufend, als seien sie eine untrennbare Einheit. Der ehemalige Templer hielt sich mit seinem Ross wacker etwa drei Pferdelängen hinter ihnen. Am gegenüberliegenden Ufer hatte sich der Anführer deutlich von seinen Begleitern abgesetzt. Thomas schätzte seinen Gegner mit einem prüfenden Seitenblick ab. Entweder war der Reiter recht klein oder das Pferd recht groß – oder beides. Jedenfalls hielt das Ross mit raumgreifenden Sätzen scheinbar mühelos mit Tarek Schritt. Das würde schwieriger werden als erwartet. Bald wandte Thomas seine volle Aufmerksamkeit jedoch wieder seinem Ross und dem Weg vor ihnen zu. Gräser und Büsche flogen vorbei, Tareks Nüstern blähten sich und schienen den Wind zu trinken. Thomas fühlte sich, als seien sein Ross und er Falken im Tiefflug. Nicht lange, und in der Ferne tauchte ein Hindernis auf, das sich in voller Breite über den Fluss spannte – die erwähnte Brücke. Und weiter hinten, vor der Silhouette der südlichen Hügel, glaubte Thomas Mauern zu sehen. Doch es dauerte noch eine gefühlte Ewigkeit, bis die Brücke näherrückte. Kurz bevor er auf das Bauwerk einbog, erkannte er, dass es komplett aus Stein bestand, offensichtlich uralt, aber fest gemauert, als habe es schon vor tausend Jahren hier gestanden – und würde dies auch noch in weiteren tausend Jahren tun. Zur Mitte hin stieg die Brücke leicht an, wie ein Dach, um auf der anderen Seite wieder abwärts zu führen. Zu dieser imaginären Ziellinie lenkte Thomas nun sein Pferd, wobei er Tarek jedoch ein wenig zügelte, weil der Bodenbelag aus Pflastersteinen bestand, die im Laufe der Zeit von Wind und Wetter ausgewaschen und brüchig geworden waren. Wenn er Tarek nicht gefährden wollte, musste er dessen Schritte drosseln. Sein Gegenüber schien derlei Bedenken nicht zu haben. Ohne seine Geschwindigkeit zu verringern, bog der Lanzenreiter in diesem Moment auf die Brücke ein und galoppierte den Anstieg hinauf. Noch vier Galoppsprünge, drei, zwei. Fast gleichzeitig kamen sie in der Mitte an. Letztlich wäre es unmöglich gewesen zu sagen, welches der Rosse seine Hufe zuerst auf die

Spitze der Brücke gesetzt hatte. Aber das interessierte auch niemanden mehr. „Eine prächtige Tier habt Ihr da", zollte der Lanzenreiter Thomas seine Anerkennung, „Ihr hättet gewonnen, wenn Ihr die Pferd nicht, äh ... wie sagt man ... an die Zügel genommen hättet!" Thomas nickte lächelnd, während er Tarek die schweißnasse Flanke klopfte. „Aber Euer Ross steht dem meinen in nichts nach", gab er das Lob zurück, „ich habe seinen raumgreifenden Schritt bewundert – und Eure leichte Art, es zu reiten!" Der Lanzenreiter nickte zum Dank und ließ seine makellosen Zähne sehen. Offenbar kam er aus begütertem Hause und hatte bislang kein oder nicht viel Brot aus schlecht geschrotetem Korn essen müssen. Der Rest des Gesichtes wurde von einem Helm verborgen, der Thomas stark an den ausladenden Helm des Podestà von Verona erinnerte. Und wie dieser war der kleine, gedrungene Körper von Kopf bis Fuß in Leder und Eisen geschlagen. Darüber trug er einen zweifarbigen, mit großen blauen und gelben Vierecken gemusterten Wappenrock, auf dessen Brust der Stauferadler eingearbeitet war. In diesem Moment stieß William zu den beiden, während sich die wenig später eintreffenden Begleiter des Italieners im Hintergrund hielten. „Ah, der Mann, der meine Zunge spricht", begrüßte ihn der karierte Lanzenreiter, „und ein kleines Fähnlein streitbarer Krieger." Dabei nahm er Gerhardt und die anderen in Augenschein, die jetzt ebenfalls die Brücke erreichten, ohne diese aber zu betreten. „Woher kommt ihr? Seid ihr den lombardischen Straßensperren entgangen oder gar mit diesen im Bunde?" Thomas bekam den Eindruck, dass es mit der Freundlichkeit seines Gegenübers, trotz des breiten Lächelns, nicht weit her war, falls sie sich als Feinde entpuppten. Er entschloss sich zu entwaffnender Ehrlichkeit – zumindest, soweit es angebracht war. „Wir sind Ritter aus deutschen Landen, wie Ihr schon zu Recht vermutet habt", gab er seinem Gegenüber zu verstehen. „Aber wir gehören nicht zum Gefolge unseres Königs und Kaisersohnes. Wir sind in eigener Sache auf Pilgerfahrt nach Rom!" Dem Lanzenreiter war trotz Helm die Enttäuschung anzumerken; viel lieber hätte er seinem Kaiser – denn in dessen Diensten stand er, da war sich Thomas sicher – Ritter des Königs zugeführt, die sich durchgeschlagen hatten und Mut auf Verstärkung machten. „Aber wie seid ihr so unbehelligt durchgekommen? Die Pässe sind gesperrt?", hakte der Italiener nach. „Wir sind nicht unbehelligt geblieben", eröffnete ihm Thomas, „ein Podestà der Lombarden hat uns – sagen wir mal: aufgehalten. Und jetzt sollen wir eine Botschaft von ihm zum Kaiser bringen!" Nun setzte der Lanzenreiter langsam seinen Helm ab. Das sonnengebräunte Gesicht eines etwa gleichaltrigen Mannes mit kurz geschorenem Haar, dafür aber mit ausladendem Schnauzbart, kam zum Vorschein, aus dem jegliches Lächeln verschwunden war. „Ein Podestà, sagt Ihr? Etwa Ezzelino da Romano, der Podestà von Verona?" – „Schon möglich", antworte Thomas betont gleichgültig, „aber das kann ich nur dem Kaiser persönlich sagen!" – „Ich glaube Euch kein Wort", entgegnete der andere, „Ezzelino hat das Kommando über die lombardischen Truppen zwischen hier und den Alpen. Aber der lässt keinen einzigen deutschen Ritter über die Berge, erst recht nicht bis an den Po. Wer versucht, sich an ihm vorbeizuschleichen, landet im Kerker!" Thomas zuckte mit den Achseln. „Wir nicht, wie gesagt, aber nur, weil wir eine wichtige Botschaft zu überbringen haben – eine Botschaft für den Kaiser!" – „Was für eine Botschaft?", hakte der Lanzenträger nach. „Die ist nur für den Kaiser selbst bestimmt", beharrte Thomas. „Ich bin Oberto Pallavicino", ließ ihn jetzt der Italiener wissen, „ich bin der Podestà der Truppen von Parma – im Dienste des Kaisers!" – „Noch so einer, das fängt ja gut an", kam es Gerhardt im Hintergrund über die Lippen, während er mit den Augen rollte. „Und ich sage, ihr seid Verräter", schnauzte Oberto Thomas an, „vielleicht wollt ihr den Kaiser ermorden. Ich kann und werde euch nicht zu ihm lassen. Ich werde euch stattdessen in Ketten legen lassen!" Gerhardt und die andere griffen zu den Waffen. Wulfila vergaß das Hecheln und ließ ein argwöhnisches Grollen hören. Nur William und Thomas blieben völlig entspannt. „Das wäre ein schwerer Fehler und würde Euch nicht zur Ehre gereichen", meinte der Fischersohn. Dabei nestelte er seinen Ring vom Finger. „Vielleicht wird das Eure Meinung ändern!" Dabei hielt er dem Podestà das edle Schmuckstück vor die Nase. „Was ist das?", fragte dieser überrascht. „Das ist ein Ring des Kaisers, den er mir persönlich vor Jahren geschenkt hat", beschied ihm Thomas, „als er mich vor vier Jahren in Palermo zum Reichsritter schlug. Diesen Ring soll ich ihm senden, wann immer ich seiner Hilfe bedarf. Ich schätze, das ist jetzt der Fall!" Ungläubig nahm der Podestà den Ring in Augenschein. „So einen Ring habe ich schon an seiner Hand gesehen", räumte er ein. „Wahrscheinlich das Gegenstück oder Ähnliches", meinte Thomas, „jedenfalls wird er sich durch dieses Schmuckstück an mich erinnern – und mich empfangen. Sagt ihm, Thomas von Leichlingen, einst Thomas Grimbergen, der Kreuzfahrer, wünscht, von ihm empfangen zu werden!" – „Ihr wart auf Kreuzzug?", hakte Oberto nach. „Auf dem am Nil", bejahte Thomas. Hinter Obertos Stirn arbeitete es. Er traute dem Braten nicht, aber die offenen, ehrlich klingenden Antworten des Deutschen irritierten ihn – und der Ring. Der Postestà griff danach. Doch Thomas zog seine Hand zurück. „Ich versteht sicher, dass ich diesen Ring niemals aus der Hand gebe, nehmt es mir nicht übel. Erst wenn wir kurz vor dem Kaiser oder seinen Gemächern stehen, vertraue ich ihn Euch an!" Oberto durchbohrte ihn prüfend mit seinem Blick, dann bleckte er plötzlich wieder die Zähne. „Gut, so sei es. Folgt mir", forderte er Thomas und William auf, „das wird sich alles gleich klären, denn der Kaiser ist gleich dort hinten – in Parma!" Dabei wies er mit dem Daumen der Linken auf die Mauern in der Ferne. „Aber wehe, ihr habt mich getäuscht, dann mache ich Parmigiano aus euch!" Darauf wendete er sein Pferd und schlug die Richtung nach Parma ein. „Was will er aus uns machen?", begehrte Gerhardt zu wissen, der mit knurrendem Magen zu Thomas aufgerückt war und nicht zu Unrecht an etwas Essbares dachte. „Wahrscheinlich Hackfleisch", vermutete Thomas. „Käse", behauptete William kopfschüttelnd. „Es wird Zeit, dass ich euch etwas Bildung beibringe!" Lachend, nicht zuletzt, weil auch die Anspannung nun etwas von ihnen abfiel, folgten sie dem Podestà in Richtung Parma.

„Wo denkt ihr hin", säuselte Sibylla, „ich habe nur über die Launenhaftigkeit des Schicksals gelacht – dass es uns ausgerechnet hier, an einem recht abgelegenen Ort, einen so wackeren, ansehnlichen Recken schickt!" Herenbert Rennekoie konnte sich nicht helfen – irgendetwas an ihrem Tonfall gefiel ihm nicht. Er kam sich veralbert vor. Warum sollte das Weib dieses Fischersohnes anderen Männern schöne Augen machen? Gleichzeitig schmeichelten ihm ihre Worte. Vielleicht war sie einfach nur gelangweilt von ihrem Emporkömmling. Außerdem hatte der sie allein gelassen. Warum sollte sie also nicht doch Interesse an anderen Männern haben? Und er, Rennekoie, war ein Mann. Viel Auswahl hatte sie ohnehin nicht. Nur etwa ein Dutzend Ritter weilten am Hofe des Herzogs, die meisten verheiratet und im Alter des Landesfürsten, abgesehen von diesem Gisbert. Alle anderen Schwertträger waren Gemeine. Also standen seine Chancen, die Aufmerksamkeit der jungen Damen zu erringen, doch gar nicht schlecht. Oder spielte sie nur mit ihm? „Was haltet Ihr davon, wenn Ihr und Ritter Gisbert uns einmal zur Jagd ausführt, dann könnt Ihr uns vielleicht auch Euer Gut zeigen, das Ihr verwaltet. Das wäre eine schöne Abwechslung!", hörte er Sibylla sagen. Offenbar brachte sie ihm ein aufrichtiges Interesse entgegen. Oder suchte sie nur Erbauung und Beschäftigung? Ständig in die Mauern der Kemenate gezwungen, ja dort so gut wie eingesperrt zu sein, konnte sicher langweilig werden. Oder was hegte sie für Pläne? Er war hin- und hergerissen von diesem Weib. Dabei merkte er viel zu spät, dass er sich längst hoffnungslos in die Frau eines seiner ärgsten Widersacher verliebt hatte. Allerdings hielt ihn das nicht davon ab, weiter seine dunklen Pläne zu verfolgen, im Gegenteil. Diese Frau wollte und musste er besitzen. Diesen Mund wollte er küssen, diese Brüste wollte er berühren. Sophie gegenüber durfte er sich dies jedoch nicht anmerken lassen. Denn die Tochter des Herzogs hegte eigene Gefühle für ihn, und die durfte er nicht enttäuschen, wollte er sich nicht den Groll des Hauses Limburg zuziehen. Nein, zuerst musste er dieses Lehen bekommen, das der Herzog ihm versprochen hatte, zuerst musste er Burgherr werden. Dann konnte er die Bucklige abschieben und sich ungeniert anderen Frauen hingeben. Unwillkürlich musste er an die kleine Hure denken, die er aus Köln mitgebracht hatte. Sie hatte ihm die letzten Monate versüßt. Aber vielleicht hatte der Herzog recht und es war an der Zeit, das kleine Luder loszuwerden, um sich auf neue Aufgaben und Ziele konzentrieren zu können. Sein Blick wanderte zu Sibylla, die sich gerade zu einem Büschel hellblauer Blüten herabbeugte, um deren Duft besser in sich aufnehmen zu können. Sie sah hinreißend aus. Er wollte etwas auf ihre Frage antworten, etwas Geistreiches oder Gewitztes, aber so recht wollte ihm nichts einfallen. „Es wäre mir eine Freude, Euch auf die Jagd zu begleiten, ganz gleich, wo es hingehen soll", kam es von hinten, wo der Eingang des Gartens lag, „und Euch all die Plätze zu zeigen, an denen sich Fuchs und Hase gute Nacht sagen!" Es war Gisbert, der soeben auf den Plan getreten war und diese Worte sprach. Sowohl Sophie als auch Sibylla boten ihm sogleich freimütig die Wange zum Kuss. „Ach Gisbert, damit versüßt Ihr uns die nassen Frühlingstage", suggerierte Sibylla tief empfundene Freude angesichts des meist regnerischen Frühjahrswetters. „Wie könnte ich Euch diese Bitte abschlagen, wenn schon allein das Versprechen solch hohen Lohn einträgt", säuselte Gisbert honigsüß, „welche Genüsse werden dann erst nach erfolgreicher Jagd auf die treuen Begleiter warten?!" Dabei blinzelte er den Damen zu. Rennekoie beneidete ihn sogleich um seine Wortgewandtheit und ärgerte sich darüber, dass ihm dieser Ritter so leicht die Schau stahl, setzte aber eine freundliche Miene auf. „Dann ist es also ausgemacht?!", nahm er sich ein Herz, „sehr schön, darf ich vorschlagen, den Ausritt nächsten Sonntag zu unternehmen? Dann, so sagen die Bauern, soll das Wetter wieder freundlicher sein!" Sophie nickte eifrig. „Gern, Herenbert, und du reitest an meiner Seite?! Wir haben uns doch so viel zu erzählen!" Zur Antwort verbeugte er sich in Rittermanier. „Vergissmeinnicht", hauchte ihm da Sibylla von links ins Ohr. Irritiert drehte er sich zu ihr um. „Wie? Was?", entfuhr es ihm dabei. „Vergissmeinnicht", wiederholte Sibylla, „so heißt diese Blume!" Dabei hob sie das kleine Sträußchen an, das sie gepflückt hatte, und nahm einen tiefen Atemzug aus den Blüten. „Kann es eine bessere Erinnerung geben?" Dabei hielt sie ihm das Sträußchen hin. „Vergesst uns nicht, denn jetzt habt Ihr uns den Sonntag versprochen!" Völlig verdattert, mit weichen Knien und einem kleinen Strauß blauer Blumen in der Hand verließ der hartgesottene Kämpe den Garten.

„Sehen alle Städte hier gleich aus?", meinte Ulrich zu seinem Vater, als sie hinter Thomas und William das nördliche Stadttor von Parma passierten und in das pulsierende Leben der Provinzhauptstadt eintauchten, „überall enge Gassen, Bögen, Säulen, Erker und diese eigentümlichen Türme, wie Schwalbennester auf einem Kamin. Dazu die Hitze und der Lärm in den Straßen. Für mich sieht das hier aus wie in Verona!" Die anderen gaben ihm recht, nur William widersprach. „Das würde ein Lombarde oder Veroneser sicher auch von unseren Städten nördlich der Alpen sagen", meinte er, „tatsächlich gibt es doch große Unterschiede. Verona hat mehr Paläste, weil sich dort mehrere adelige Familien um die Macht streiten. Dafür ist Parma viel stärker befestigt. Habt ihr den Wasserarm gesehen, der die Stadtmauer umfließt?" – „Das ist der Fluss, der unserer Stadt den Namen gibt", mischte sich Oberto Pallavicino ein, „der Parma. Ein großer Dichter hat einmal gesagt: Weil Parma eine Hauptstadt ist, gebührt ihr ein Fluss, aber weil sie nur eine kleine Hauptstadt ist, trocknet er zuweilen aus. Jedenfalls teilt er die Stadt in zwei Hälften, das alte und das neue Parma!" Bald erreichten sie einen freien Platz, auf dem sich mehrere Zufahrtsstraßen vereinten. In der Mitte des Platzes prangte ein imposanter, achteckiger Turm mit einer Fassade aus rotem Marmor. „Ist das der Bergfried hier?", wollte Gerhardt wissen. „Oder der Palast des Podestà", gab Thomas die Frage an Oberto weiter. „Weder, noch", antwortete dieser, „das ist das Baptisterium von Parma, ein besonderes Gotteshaus. Es wurde erst vor Kurzem erbaut. Das Gestein der Außenfassade stammt aus Verona!", freute er sich, als habe er persönlich die erforderliche Menge Steine stibitzt. Kurz darauf erreichten sie die Kathedrale der Stadt, eine dreischiffige Basilika mit kreuzförmigem Grundriss. „Ein Meisterwerk unserer Architekten", schwärmte der Podestà, „schaut Euch die Fassade der drei Portale mit ihren Arkaden an. Das ist der großartigste Dom nördlich von Rom. Ihr seht, wir sind eine fromme, gottesfürchtige Stadt!" – „Das soll ein Dom sein? Aber das Ding hat ja nicht mal einen Glockenturm", bemerkte Gerhardt. „Das stimmt", räumte Oberto ein, „aber der kommt noch – sobald wir den Veronesern wieder ein paar Steine abluchsen können!" Dabei bleckte er vor Freude die Zähne, so wie er es häufig tat, wenn ihn etwas erheiterte. Je tiefer sie in die Stadt vordrangen, desto häufiger zeigten sich Bewaffnete im Straßenbild, die das staufische Wappen trugen. „Wie viele Menschen beherbergt die Stadt?", wollte Thomas wissen. Oberto blinzelte ihn an. „Etwa zwanzigtausend", gab er zurück, „aber eigentlich wollt Ihr doch wissen, wie stark die Armee des Kaiser ist, nicht wahr?!" Nicht zum ersten Mal fiel Thomas auf, dass sich der Podestà offenbar selbst für einen besonders schlauen Menschen hielt, der alles und jeden durchschaute. Damit ließ sich etwas anfangen. „In der Tat, Euch kann man nicht täuschen", schmeichelte er ihm, „mich interessiert das vor allem vor dem Hintergrund, dass die Lombarden mit gut zweitausend Mann das Etschtal sperren und der deutsche König mit etwa gleich vielen Rittern nördlich davon festsitzt. Ist der Kaiser stark genug, um ihm vielleicht zu Hilfe zu eilen?" Wieder blinzelte Oberto ihn an. „Und Ihr seid doch ein Spion!", feixte er. „Aber was soll's – es ist ohnehin kein Geheimnis, dass der Kaiser Verstärkung braucht. Er hat, wenn es hoch kommt, tausend Mann in der Stadt, zuzüglich der parmesischen Truppen. Das reicht für den Schutz des Kaisers, aber nicht, um gegen die Lombarden vorzurücken!" Schließlich bogen sie auf einen weiteren Platz ein, der von Rittern, Händlern, Gauklern, Huren und allerlei Gesindel wimmelte. Auf einer Hälfte herrschte geschäftiges Markttreiben, auf der anderen hatte man für die einfachen Soldaten, die offenbar nicht in den umstehenden Häusern untergekommen waren, eine Art Heerlager errichtet, das allerdings recht überschaubar war. „Wie kann Friedrich über so wenige Truppen verfügen", raunte Gerhardt Thomas zu, „ich denke, er ist der Kaiser. Welchen Sinn hat dieser Titel, wenn er über keine große Macht verfügt?" – „Er ist der Kaiser, und im Süden Italiens ist er auch sehr stark", gab Thomas zurück, „aber hier im Norden ist das anders. Die Lombarden haben sich immer schon einem fremden Herrscher widersetzt!" – „Und dann ist da noch der Papst, der Italien als seine Hochburg betrachtet", fügte William an, „zumindest die gesamte Mitte mit Rom als Zentrum!" Im Hintergrund des Platzes erhob sich ein mächtiger Stadtpalast. „Das ist der Palazzo unseres Bischofs, der die Stadt auch regiert", teilte ihnen Oberto mit, „wie ich schon sagte: Wir sind eine gottesfürchtige Stadt!" Und der Bischof schien zumindest für den Moment dem Kaiser gewogen, denn zurzeit hatte er in dem Palazzo sein Domizil bezogen. Zielstrebig wandte sich der Podestà in diese Richtung und ließ absitzen, während sich seine Soldaten zu den Ställen begaben und auch die Pferde von Thomas' Männern mitnahmen. „Folgt mir", forderte Oberto den Fischersohn auf, „aber legt zuvor Eure Waffen ab. Im Palast dürfen nur die Wachen Klingen tragen!" Widerwillig folgten Thomas und die anderen dieser Aufforderung. Dann betraten sie den Palast und schritten eine große Freitreppe empor, die von Säulen gesäumt wurde. Im ersten Stock wandte sich der Podestà nach links, raunte einigen Rittern sowie geschäftig umhereilenden Dienern der Kirche etwas zu und steuerte schließlich eine hohe, zweiflügelige Tür an, hinter der sich ein größerer Saal befinden musste. „Jetzt wäre es an der Zeit, mir Euren Ring auszuhändigen", wandte sich Oberto an Thomas. „Keine Sorge, ich gebe ihn nur dem Kaiser persönlich", fügte er an, als er dessen Zögern bemerkte, „er wird dann entscheiden, was mit ihm und Euch geschieht!" Wenig später verschwand er mit dem Kleinod hinter der Tür, nachdem er ein paar Worte mit den Wachen gewechselt hatte. Thomas fiel auf, dass sämtliches Wachpersonal auf dieser Etage aus Sarazenen bestand, der Leibwache des Stauferkaisers, wie er noch gut von Palermo in Erinnerung hatte.

Es dauerte nur wenige Minuten, dann erschien ein deutlich nervöser Oberto wieder zwischen den Türflügeln und winkte Thomas zu. „Wartet hier auf mich", beschied der Fischersohn seinen Männern, doch Oberto widersprach ihm. „Der Kaiser wünscht euch alle zu sehen", ließ er sie wissen. „Und er bestreitet, einen Ring wie den Euren zu kennen", fügte er leiser an Thomas gewandt hinzu, „habt Ihr mir einen Bären aufgebunden?" Der Fischersohn schüttelte lächelnd den Kopf. „Nein, das habe ich nicht. Der Ring hat sich etwas verändert, seit er ihn das letzte Mal sah, aber glaubt mir, er wird ihn erkennen!" Wenig überzeugt hieß sie der Podestà, ihm zu folgen. Und so betraten die sechs Männer samt ihrem Hund den großen Saal des Bischofspalastes – dicht gefolgt von schwer bewaffneten Sarazenen. Thomas und William schien das wenig zu kümmern und sie schritten beherzt aus, die anderen jedoch beschlich ein ungutes Gefühl. Aber schnell wurde ihre Aufmerksamkeit von der Pracht des Saales in

Anspruch genommen. „Bei Odins Gemächt, was für eine Halle", entfuhr es Gerhardt bewundernd, als er die kostbaren Wandvertäfelungen und Fresken sah. Die gesamte Decke war mit farbenfrohen Malereien verziert, die biblische Ereignisse und himmlische Tafelfreuden zeigten. „Entscheide dich mal endlich", gab ihm Ulrich mit einem Seitenhieb zu verstehen, „aber ich denke, Odin ist für den Augenblick fehl am Platze, bei all den Pfaffen hier!" Mit gespielter Zerknirschung bekreuzigte sich Gerhardt, um den guten Christen zu mimen. In der Tat waren es vornehmlich Männer des Klerus, die den Saal bevölkerten, nun aber eilig zur Seite gingen, um eine Gasse zu bilden. An deren Ende wurde ein Podest sichtbar, das ein scharlachroter Baldachin überspannte. Auf dem Podest stand ein vergoldeter, reich verzierter Sessel, auf dem es sich ein mittelgroßer, ja im Vergleich zu Thomas eher kleiner Mann mit rötlichem Haar bequem gemacht hatte. Ein Bein hing lässig über eine der mit Samt gepolsterten Lehnen. Friedrich hatte sich verändert, fiel Thomas sofort auf. Er war sichtbar älter und um die Hüften ein wenig fülliger geworden, außerdem trug er jetzt einen roten Bart; seine Augen jedoch sprühten vor Energie und Tatendrang wie eh und je. Diesmal allerdings war obendrein Zorn in ihnen zu lesen. Oberto eilte einige Schritte voraus und verneigte sich tief, dann nickte er den Männern zur Linken und Rechten des Throns zu. Der eine musste der Bischof von Parma sein, wie Thomas ob dessen Ornat vermutete. In dem anderen erkannte er Hermann von Salza, den engsten Vertrauten des Kaisers. Der Thüringer war jetzt ein durch und durch imposanter Mann, der über seiner schweren Rüstung aus Kettenhemd und Brustharnisch einen Wappenrock und einen Umhang in den Farben des deutschen Ritterordens trug, dessen Großmeister er war. Selbst die vielen Falten des schneeweißen Stoffmeeres, das ihn umgab, konnten das große schwarze Kreuz nicht verbergen. „Das sind die Männer, von denen ich Euch berichtete, mein Kaiser", brachte Oberto vor, „ihr Anführer nennt sich Thomas von Leichlingen!" Thomas und William traten vor, beugten das Knie und senkten ehrerbietig grüßend das Haupt vor Friedrich, wie es sich gebührte. Die anderen taten es ihnen nach. „Ich kenne keinen Thomas von Leichlingen – und noch weniger kenne ich dieses Kleinod hier, das Ihr unserem General als angebliches Unterpfand meiner Gunst überreicht habt", kam der Kaiser ohne Umschweife auf den Punkt, wobei er versonnen das schlanke goldene Schmuckstück betrachtete, das er zwischen den Fingern hielt. Dann bedachte er Thomas mit einem durchdringenden Blick. „Also sprecht, wer seid Ihr wirklich – und ich rate Euch, bei der Wahrheit zu bleiben!" Thomas erhob sich langsam und erwiderte den Blick des Kaisers. „Es ist die Wahrheit", sagte er mit fester Stimme, „ich erhielt diesen Ring aus Eurer Hand auf dem Krönungsfest in Aachen, auf das ich meinen damaligen Lehnsherrn, den Grafen Adolf von Berg, begleiten durfte. Dieser hatte kurz zuvor für Euch die Festung Kaiserswerth eingenommen – und ich hatte dazu einen kleinen Beitrag geleistet!" Friedrichs Augenbrauen hoben sich und er durchforschte sein Gedächtnis. „Und ich erhielt ihn noch einmal aus Euren Händen, als Ihr vor fast genau vier Jahren geruhtet, mich zum Ritter des Reiches zu schlagen", fuhr Thomas fort.

Ein Raunen ging jetzt durch den Saal, und die Anwesenden rückten näher an den Thron. Entweder war dieser fremde Ritter ein dreister Lügner – oder aber er hatte eine Geschichte zu erzählen, die sich niemand entgehen lassen wollte. „Allerdings muss ich zugeben, dass der Ring damals die doppelte Größe hatte", räumte Thomas ein. „Ich habe ihn von einem Goldschmied in zwei Hälften trennen lassen, um den Bund der Ehe mit meiner Gattin Sibylla zu besiegeln – einen Bund, der ohne Eure Güte und die Güte Eurer damaligen Gemahlin Konstanze, die sich für mich verwendete – Gott hab sie selig –, nicht möglich gewesen wäre!" Kein Laut, nicht einmal ein Räuspern, erhob sich im Saal, als er geendet hatte. Das war eine geradezu unglaubliche Geschichte. Aller Augen wandten sich dem Kaiser zu. Dieser sah Thomas mit regungsloser Miene an, dann begann er langsam zu nicken. Die Anspannung im Saal legte sich hörbar, der Bischof bekreuzigte sich, und Gerhardt entfuhr ein Seufzer der Erleichterung. „Die gute Konstanze", murmelte Friedrich, während er erneut den Ring betrachtete „sie war eine Seele von Mensch. Ich habe sie sehr geliebt – auf meine Art …" Dann sprang er auf und schritt Thomas mit ausgebreiteten Armen entgegen. „In der Tat, ich erinnere mich, Ihr wart auf dem Kreuzzug und dort durch Verrat in Gefangenschaft geraten", tat er kund. Hermann von Salza nickte zur Bestätigung. Offenbar konnte auch er sich an die Begebenheiten in Palermo erinnern. „Dann habt Ihr Euer Recht durchgesetzt und die Frau, die Ihr liebtet, geehelicht, wie sich das meine Konstanze gewünscht hatte?" Dabei legte er Thomas freundschaftlich die Arme auf die Schultern. „Ja, mein Kaiser, das habe ich – mit Gottes und mit Eurer Hilfe!" Friedrich schob die Unterlippe vor und nickte erneut. „Das freut mich zu hören. Und diese Kunde wird sicher auch die selige Konstanze im Paradiese ereilen – vor meinem geistigen Auge meine ich, sie lächeln zu sehen", ließ er vernehmen. „Aber sagt, was tut ihr hier – und was hat es mit dieser geheimnisvollen Botschaft auf sich?" Nun räusperte sich Thomas kurz und blickte verstohlen nach rechts und links. „Das ist eine lange Geschichte, mein Kaiser ... und manches davon ist vielleicht nur für Eure Ohren bestimmt", gab er leise zurück. „Wohlan, dann wollen wir keine Zeit verlieren. Ihr habt mich neugierig gemacht", verkündete der Staufer, dann klatschte er in die Hände und wandte sich an die Umstehenden, „lasst uns für heute allein – und bringt uns etwas Wein, der löst bekanntlich die Zunge!"

Katharina saß wie ein Häuflein Elend auf einem hölzernen Schemel an der zugigen Fensteröffnung, die ihre kleine Kammer neben Sophies Kemenate mit frischer Luft versorgte, und ließ ihrer Trauer freien Lauf. Dicke Tränen rannen ihr über die Wangen und hinterließen deutliche Rinnsale auf der geröteten Haut. Längst hatte sie jeden Versuch aufgegeben, den Tränenfluss aufzuhalten. Sie war einfach zu unglücklich. Das änderte sich auch nicht, als ihre engste Freundin die Kammer betrat, im Gegenteil. „Was ist denn los?", wollte Sibylla wissen, hockte sich vor ihre Schwägerin und ergriff ihre Hand. „Warum weinst du denn so bitterlich?" – „Das fragst du allen Ernstes?", erhielt sie zur Antwort. Entschlossen entzog ihr Katharina die Hand. „Ich vermisse mein Kind, ich vermisse meinen Mann, ich vermisse sogar Neuenberge, ach, hätte ich nur nicht in diesen dummen Einfall eingewilligt!" Ein tiefer Seufzer entrang sich ihr. „Stattdessen sitzen wir hier fern der Heimat, fern unserer Lieben, eingepfercht in ein steinernes Verlies, ohne Aussicht, hier irgendwann fortzukommen. Ach, was haben wir angerichtet?! Ich bin so furchtbar unglücklich und mache mir täglich die schlimmsten Vorwürfe!", jammerte und schimpfte sie weiter, „nur du scheinst dich prächtig zu amüsieren!" Dabei wischte sie sich die laufende Nase mit dem weiten Ärmelende ihres rot-blauen Kleides ab. Sibylla erhob sich und stemmte die Hände in die Hüften. „Jetzt bist du ungerecht", protestierte sie, „ich vermisse meinen Kleinen genauso wie du deine Hildruth. Ich zeige es vielleicht nur nicht so. Aber glaub mir, ich wünsche mir jede Nacht, ich könnte mich wie ein Vogel in die Lüfte erheben und augenblicklich zurückfliegen. Nur leider ist das unmöglich!" Katharina schniefte einmal vernehmlich. „Und warum hör' ich dich dann immer lachen?", gab sie ihrem Zweifel Ausdruck, „man könnte meinen, du genießt es sogar, wieder frei zu sein und umgarnt zu werden!" – „Ach, jetzt hör auf", unterbrach sie ihre Schwägerin, „das haben wir doch alles schon einmal durchgekaut. Du weißt ganz genau, dass ich mich für keinen der Kerle hier interessiere. Aber denk einmal daran, was wir schon alles herausgefunden haben, wie uns Sophie plötzlich in ihre Geheimnisse eingeweiht hat. Was ich aus dem Gespräch des Herzogs mit diesem Herenbert erfahren habe. Dafür mussten und müssen wir halt ein bisschen mit den Wölfen heulen!" Als hätten sie auf dieses Stichwort gewartet, rannen neue Tränen über Katharinas Wange. „Aber wie lange denn noch?", schluchzte sie, „du weißt doch jetzt, dass dieser Jugendfreund von Sophie ganz eng in die Mordsache verwickelt ist. Warum liefern wir den nicht einfach an den Erzbischof von Köln aus? Der wird schon alles aus ihm herausbekommen – und wir können zu unseren Kindern zurück!" Sibylla stieß hörbar die Luft zwischen den Zähnen aus. „Und wie stellst du dir das vor?", gab sie ihrer Freundin zu bedenken. „Wir spazieren hier einfach so raus und wandern nach Köln, fragen im Dom nach dem Erzbischof und erzählen ihm, dass es irgendwo in Limburg einen Mann gibt, der bezeugen kann, dass unser Thomas unschuldig ist, weil das Blut an seinen eigenen Händen klebt? Ein Mann, von dem wir nicht mehr wissen als seinen Namen und dass er irgendwo einen Hof verwaltet! Glaubst du, das würde uns irgendjemand glauben? Wir haben nicht den leisesten Beweis. Wahrscheinlich würde uns der Erzbischof sogar verhaften – falls wir überhaupt so weit kämen und uns nicht vorher jemand umbrächte. Unser plötzliches Fehlen würde ja nicht unentdeckt bleiben!" Katharina schnäuzte sich in ein schon mehrfach benutztes Tüchlein. „Warum sagen wir dem Herzog nicht einfach, dass wir unsere Kinder vermissen und nach Hause wollen?", beharrte sie. „Weil er bestimmt einen Grund fände, uns diesen Wunsch zu versagen, und weil er anschließend jeden Schritt von uns misstrauisch beäugen würde", erklärte ihr Sibylla geduldig. „Außerdem haben wir für all unsere Vermutungen und Entdeckungen, wie gesagt, noch keinen Beweis!" Katharina rutschte ungeduldig auf ihrem Schemel herum. „Und was sollen wir deiner Meinung nach tun? Wir können doch nicht ewig hierbleiben!" Sibylla zuckte mit den Achseln. „Mehr über diesen Herenbert, dessen Vorgeschichte und Aufenthaltsort ausfindig machen. Zum Beispiel auf der Jagd nächsten Sonntag, auf die er und Gisbert uns begleiten wollen", trumpfte sie auf. Katharina verstand nicht sofort. „Auf welcher Jagd? Wovon sprichst du?" Dann berichtete ihr Sibylla von dem Besuch im Garten der Burg und von dem Versprechen, das sie den Männern abgenommen hatte. Katharina schlug die Hand vor den Mund. „Willst du dich allen Ernstes in diese Gefahr begeben?", kam es ihr über die Lippen. „Vielleicht gibst du ihnen damit eine willkommene Gelegenheit, dich zu beseitigen. Hast du schon mal daran gedacht, dass du die Frau eines Gegners bist – für den Herzog wie für diesen Herenbert?!" Sibylla gab sich unbeeindruckt. „Ich bin nur ein schwaches, unwissendes Weib, ein alleingelassenes obendrein", glaubte sie, „in das sich zudem sowohl der galante Gisbert als auch dieser Herenbert ein bisschen verguckt haben, wenn ich mich nicht täusche. Für mich, für uns beide, besteht keine Gefahr – solange wir hierbleiben!" Katharina schnäuzte sich ein weiteres Mal, dann ließ sie das Tüchlein in dem weiten Ärmel verschwinden und erhob sich. „Gut, wahrscheinlich hast du recht", gab sie ihrer Schwägerin zu verstehen, „ich gebe auch zu, dass du schon viel erreicht hast. Aber eins sage ich dir, ich bleibe nicht ewig hier. Spätestens wenn der Sommer zur Neige geht, will ich hier weg. Mit dir oder ohne dich! Ich kann es nicht mehr lange ertragen, von meinem Kind getrennt zu sein. Berücksichtige das bei all deinen Plänen!" Sibylla nickte wortlos und nahm ihre Freundin in die Arme. „Und jetzt geh' ich und kümmere mich wieder um Sophie und ihre kleinen Quälgeister", fügte Katharina an, „auch wenn es mir das Herz bricht, ständig andere Kinder um mich zu haben, nur nicht mein eigenes. Aber vielleicht hat das ja doch alles einen Sinn!" Darauf eilte sie zur Tür und schlug den Weg zu Sophies Kemenate ein. Sibylla blickte ihr einen Moment nach, dann drehte sie sich um und trat ans Fenster. Draußen lag das Hügelland im goldenen Schein der letzten Sonnenstrahlen des Tages. Doch nicht lange, und das goldene Bild verschwamm vor einem feuchten Schleier. Nun standen auch Sibylla die Tränen in den Augen. Katharinas Vorwürfe waren nicht ohne Wirkung geblieben. „Mein kleiner Robin", dachte sie, „du fehlst mir sehr. Ich kann nur hoffen, dass du in guten Händen bist und mir meine Abwesenheit irgendwann verzeihst." Dann trocknete sie ihre Tränen und sandte einen stummen Kuss zum Fenster hinaus. „Ich komme zurück zu dir", schwor sie. „Aber zuerst muss ich etwas für deinen Vater tun."

„Gütiger Gott, er wurde tatsächlich von mehr als vierzig Klingen durchbohrt?" Kaiser Friedrich war fassungslos – und bleich vor Schreck –, so sehr hatte ihn die Schilderung von Engelberts Ableben ergriffen. „Uns erreichte natürlich schon vor Monaten die Kunde vom gewaltsamen Ableben unseres Gubernators im Heiligen Römischen Reich Deutscher Nation, aber das ganze Ausmaß der Untat war mir und allen anderen hier bislang unbekannt!" Hermann von Salza, der als engster Vertrauter des Kaisers ebenso im Saal geblieben war wie der Bischof von Parma, Oberto und ein Schreiber, bekreuzigte sich. Thomas hatte weit ausgeholt und dem Staufer in allen Einzelheiten berichtet, wie er vom damaligen Kölner Erzbischof ein Lehen erhalten und diesen dafür im Gegenzug als Eskorte auf dessen Reisen durch das Land begleitet hatte. Und er hatte von all den Geschehnissen berichtet, die sich dabei zugetragen hatten – von dem Treffen mit dem König in Worms, dem Hinterhalt nach dem Klosterbesuch, dem Grafentag in Soest, der geplanten Entführung, dem ominösen Brief und zuletzt von der Ermordung Engelberts im Hohlweg zu Gevelsberg. Auch die Geschehnisse in Deutz, wo ihm einer der Mörder entwischt war, hatte er nicht verschwiegen. Nur in Bezug auf seine Vermutungen zu den Hintergründen und Hintermännern der vermeintlichen Entführung war er recht wortkarg geblieben, schließlich wollte er niemanden zu Unrecht beschuldigen. Außerdem konnte man nicht wissen, wie weit der Arm der vermutlichen Verschwörer reichte und wo sie überall Verbündete hatten. Besser, man weckte keine schlafenden Hunde. Zumindest wollte er nicht weiter mit der Tür ins Haus fallen, als er es ohnehin schon getan hatte. Thomas blieb auch dann vorsichtig mit seinen Äußerungen, als der Kaiser nachhakte. „Und ihr wisst nicht, wer alles zu der Mörderbande gehörte?" Der Fischersohn schüttelte entschieden den Kopf. „Es gab und gibt viele Vermutungen, die Euch sicher auch zu Ohren gekommen sind", gab er zurück, wobei er aus den Augenwinkeln die Reaktionen der Anwesenden beobachtete, die aber genauso reglos blieben wie der Kaiser selbst. „Man munkelt von einer Verschwörung rheinischer und westfälischer Adelsfamilien gegen den Berger. Aber vor allen anderen gilt der Isenberger als der Hauptschuldige …" „Deshalb hat ihn mein Sohn auch zu Recht gebannt und verurteilt", unterbrach ihn der Kaiser, „oder habt Ihr Zweifel an dessen Schuld?" Thomas zögerte mit der Antwort; ihm waren immer noch zu viele Ohren im Saal. „Keine Zweifel, aber Fragen", zog er sich geschickt aus der Affäre, „Friedrich von Isenberg hat die Tat ganz sicher nicht allein geplant und ausgeführt. Und er ist der Einzige – zumindest von den Menschen, die ich kenne –, der wirklich Licht in das Dunkel bringen kann. Er weiß, was sich tatsächlich im Hohlweg zugetragen hat – und warum. Und er kann bestätigen, dass meine Männer und ich uns nicht aus dem Staub gemacht haben, sondern vom Erzbischof voraus nach Schwelm geschickt wurden. Deshalb sind wir ihm auf den Fersen und auf dem Weg nach Rom!" – „Wieso nach Rom?", kam es dem Kaiser und von Salza fast gleichzeitig über die Lippen. „Nun, vermutlich will er dort um Absolution bitten, beim Papst", meinte Thomas. „Das ist die einzige Möglichkeit, die er noch hat, dem Henker zu entgehen. Oder würdet Ihr ihn begnadigen?" – „Wohl kaum", spie Friedrich aus. „Und der Papst tut gut daran, das nicht zu wagen. Das würde unsere Beziehungen noch mehr verschlechtern, als sie ohnehin schon sind!" Von Salza warf Friedrich einen warnenden Blick zu. „Es muss unter allen Umständen vermieden werden, dass diese Angelegenheit auch noch zwischen uns steht", raunte er ihm zu. „Mit den Lombarden im Norden und einem Heiligen Vater als Gegner im Süden verschärft sich die Gefahr eines Zweifrontenkrieges!" Der Kaiser nickte versonnen und ballte nachdenklich die Fäuste. „Die Sache nimmt Ausmaße an, die mir nicht gefallen!"

Thomas räusperte sich verlegen. Einerseits war er froh, dem Gespräch eine neue Richtung geben zu können, andererseits hatte er das ungute Gefühl, damit etwas ins Rollen zu bringen, dessen Ausgang ungewiss war. „Verzeiht, aber bei den Lombarden scheint etwas in Bewegung zu geraten", brachte er vor, „womit wir dann bei der Botschaft wären, die ich Euch zu überbringen habe!" Sofort hatte er wieder die ungeteilte Aufmerksamkeit des Staufers. „Lasst hören, welche Kunde bringt ihr – und von wem?" Aller Augen hingen nun an Thomas' Lippen. „Von Ezzelino da Romano, dem Podestà von Verona. Er wünscht, Kontakt mit Euch aufzunehmen!" Für einen Moment trat Stille ein. „Von diesem Veroneser Schlächter?", hakte Hermann von Salza ungläubig nach. „Dieser Hundsfott", entfuhr es Oberto. „Ruhe, meine Herren", befahl Friedrich, „sprecht, was hat er euch aufgetragen? Oder habt ihr gar einen Brief von ihm? Und wie seid ihr zu der Bekanntschaft dieses Mannes gekommen?" Auf der Kaisertafel stand eine sündhaft teuer aussehende, gläserne Karaffe, aus der sich die Männer bereits reihum mehrfach bedient hatten. Nun goss sich auch Thomas daraus schnell einen Schluck Wein ein, um seine trockene Kehle zu benetzen. Weil er ein Hüsteln aus dem Hintergrund vernommen hatte, reichte er das wertvolle Gefäß nach hinten an Gerhardt weiter, der dies auch dankbar in Empfang nahm, dann begann er mit dem zweiten Teil seines Berichtes. Wahrheitsgetreu berichtete er, wie sie die Alpen überquert und im Etschtal versucht hatten, der lombardischen Blockade zu entgehen, dort aber in die Fänge des Podestà geraten seien, der sie mit nach Verona genommen hatte. Und dort warte Gerlach von Büdingen jetzt als Geisel darauf, dass Thomas und die Seinen den Auftrag Ezzelinos erfüllten und irgendwann in nächster Zukunft eine Antwort des Kaisers zurückbrächten. Als Thomas geendet hatte, herrschte zunächst atemlose Stille, dann begannen die Berater des Staufers aufgeregt zu tuscheln. Aber niemand wagte es, als Erster das Wort zu ergreifen. Friedrich starrte Thomas mit unbewegter Miene an. „Er handelt auf eigene Rechnung und nicht im Auftrag der lombardischen Liga, sagt Ihr?", brachte er schließlich über die Lippen. Thomas bejahte. „Nun, das sind ungeheure Neuigkeiten von großer Tragweite, die ihr da bringt", fuhr der Kaiser fort. „Ihr versteht vielleicht, dass ich dazu hier und jetzt nichts sagen kann. Eine Antwort darauf will gut überlegt sein!" Thomas nickte verständig. „Es wird womöglich Tage dauern, bis ich euch eine Entscheidung mitteilen kann. Allerdings verlassen wir Parma morgen in Richtung Westen. Und unser guter Großmeister des Deutschen Ordens hier", dabei zeigte Friedrich auf Hermann von Salza, der sich bei der Anrede verbeugte, „wird in Kürze zu Verhandlungen mit der Lombardischen Liga nach Norden aufbrechen. Gerade in Bezug auf diese Verhandlungen muss Ezzelinos Angebot wohldurchdacht sein. Deshalb seid so gut und begleitet mich, Ihr und Eure Gefährten. Seid nun für eine Weile meine Eskorte. Es ist nur eine Tagesreise, aber die Verlegung des Hofes duldet keinen Aufschub. Wir haben die Gastfreundschaft Parmas schon zu lange in Anspruch genommen!" Dabei nickte er dem Bischof zu, der wohlwollend lächelte. Man sah ihm jedoch eine gewisse Erleichterung an, und im Geiste schien er die Kosten zu überschlagen, die die Bewirtung des kaiserlichen Trosses verursacht hatte. „Folgt mir nach Borgo San Donnino, dort werden wir beraten und entscheiden, was geschehen wird", fuhr der Kaiser fort, „aber so viel sollt ihr wissen: –Folgt mir mit gutem Gewissen, denn ich denke, ihr habt mir einen großen Dienst erwiesen. Ich werde derweil dafür sorgen, dass es euch an nichts mangelt!" Auch ohne sich umzuwenden, meinte Thomas aus dem Hintergrund Gerhardts breites Grinsen zu vernehmen.

Trompetenklang ertönte von den Türmen beiderseits des mächtigen Tores, das zumindest auf den ersten Blick den einzigen Zugang zur Limburg darstellte. Sobald sich dessen Flügel mehr als einen Spalt geöffnet hatten, ergoss sich eine stattliche Hundemeute auf die kleine vorgelagerte Zugbrücke und stürmte aufgeregt den Weg ins benachbarte Dorf hinunter. Den Jagdhunden folgten in gewissem Abstand etwa ein Dutzend Ritter, mehrere Damen zu Pferde, dazu Bogenschützen und etliche Treiber aus dem Dorf. Angeführt wurden sie von Herzog Walram persönlich, der jedoch verdrießlich dreinblickte, da er wie so häufig in letzter Zeit von der Gicht geplagt wurde. Außerdem war seine Gattin Ermesinde schon vor längerer Zeit in die Grafschaft Luxemburg gezogen, die sie auf Umwegen über eine erste Ehe von ihrem Vater geerbt hatte, obwohl das nicht dessen Wille gewesen war, und die sie persönlich verwaltete. Walram vermisste sie, auch wenn er das nie zugegeben hätte. Ritter Gisbert hatte ihn daher relativ leicht überreden können, für diesen Sonntag eine gemeinschaftliche Jagd anzusetzen, da die Fleischvorräte der Burg zur Neige gingen, das Wetter endlich günstig war und die Menschen nach den langen Regentagen etwas Abwechslung vertragen konnten, allen voran die Damen. Aber auch der Herzog selbst und seine Ritter bräuchten dringend etwas Bewegung, hatte Gisbert gemeint, um nicht einzurosten. Walram hatte sich diesen Argumenten nicht verschließen können, nicht zuletzt, weil seine Männer dem Vorschlag sogleich begeistert zugestimmt hatten. Nun aber, da ihm die Gelenke bei jeder Bewegung im Sattel schmerzten, begann er, seine Entscheidung zu bereuen. Gisbert, der dies im Gesicht seines Landesfürsten absehen konnte, weil er zu ihm aufgeschlossen hatte, wusste jedoch, dessen Jagdlust neu zu entfachen. „In den Wäldern oben am Venn ist ein Sechzehnender gesichtet worden", ließ er im richtigen Augenblick fallen, „der würde Euren Saal gar trefflich schmücken. Wenn Ihr wollt, lasse ich nach dem Tier suchen!" Der Herzog vergaß augenblicklich seine Schmerzen. „Ein Sechzehnender, bist du sicher?", hakte er nach, „das wäre in der Tat ein lohnendes Ziel!" Gisbert nickte. „Schon zwei Mal hat man mir von diesem Tier berichtet – es ist der stolzeste Hirsch weit und breit!" – „Worauf warten wir dann noch?", tönte der Herzog, „auf, auf – im Galopp!" Und schon bald preschte die gesamte Jagdmeute aus dem Tal der Weser hinauf in die ansteigenden Hügel. „Oh, was für ein schöner Tag", jauchzte Sophie von Limburg, „es ist bestimmt zehn oder zwölf Jahre her, dass ich das letzte Mal auf die Jagd geritten bin!" Als sei er ein Spiegel ihrer Seele, hüpfte dabei ihr Schleier im Takt des Trabs auf und ab. Sie hatte ihn so gebunden, dass er zwar ihr wallendes Haar züchtig im Zaum hielt, aber doch das Gesicht freigab. „Verzeiht, aber hat Euch Euer Gatte denn nicht gebeten, ihn ab und an auf solchen Ereignissen zu begleiten?", wollte

Sibylla wissen, die in einem grünen Jagdkleid direkt neben ihrer neuen, hochherrschaftlichen Freundin ritt, die ihr dieses Kleid geborgt hatte und selbst ein ähnliches trug. „Auf der Isenburg wird man doch auch zuweilen frisches Wildbret benötigt haben?" – „Oh, Wildbret gab es reichlich", entgegnete Sophie mit einem bitteren Lächeln, „eigentlich hat mein Göttergatte kaum etwas anderes zu sich genommen. Aber Weibsvolk mit auf die Jagd zu nehmen, wie er es nannte, wäre ihm im Traum nicht eingefallen. Und eigentlich gab es für uns Frauen auf der Isenburg überhaupt nur recht wenig Unterhaltsames, wenn ich es recht überlege!" Dabei bekam ihre Laune einen spürbaren Dämpfer. „Ach Sophie, verzeiht mir", entschuldigte sich Sibylla, der dies nicht entgangen war, ein zweites Mal, „wie dumm, Euch danach zu fragen, denn wenn ich ehrlich bin, war es bei mir nicht viel besser. Ein einziges Mal hat mein Mann mich mit auf eine Jagd genommen, aber das ist lange her!" Katharina hätte ihr widersprechen können, aber die war in der Burg geblieben, weil sie vorgegeben hatte, dass sich doch jemand um die Kinder kümmern müsse. Tatsächlich hatte sie einer Jagd und insbesondere dem Reiten nie viel abgewinnen können und den erstbesten Grund gewählt, um sich entschuldigen zu lassen. Außerdem wollte sie nicht mit ansehen, wie ihre Schwägerin ihre neuen Verehrer bezirzte. So konnte Sibylla ihre Worte so drehen und wenden, wie sie ihr am besten passten. Es stimmte zwar, dass sie nur auf einer Jagd dabei gewesen war, aber viel mehr Ereignisse dieser Art hatte es auch nicht gegeben. Schließlich war sie erst knappe vier Jahre verheiratet – und nicht vierzehn, wie Sophie. Außerdem stand es nur den Grafen zu, eine große Jagd zu veranstalten. Dafür hatte sie Thomas auf zahlreiche Fischzüge begleiten dürfen. Mit einem inneren Lächeln dachte sie an den letzten Lachsfang zurück. Überhaupt taten Thomas und die jungen Männer in seinem Dienst alles, um den Frauen das Leben so angenehm wie möglich zu machen. Aber mit einer solchen Aussage hätte sie womöglich nur Neid aufkommen lassen und nicht die gewünschte Nähe zur Herzogstochter. „Wenn sie um uns buhlen, versprechen sie uns das Blaue vom Himmel", schlug sie stattdessen in die gleiche Kerbe, „aber wenn wir erst verheiratet sind, haben wir Frauen bei unseren Männern nicht mehr viel zu lachen!" Dabei machte sie ein möglichst sorgenvolles Gesicht. Sophie nickte gedankenverloren. „Ich wollte diese Verbindung nicht", gab sie nach einigem Zögern zu, „und ich glaube, Friedrich auch nicht. Er hatte sich bereits damit abgefunden, als zweitgeborener Sohn ein gottgefälliges, ruhiges Leben im Dienst der Kirche zu führen. Aber dann starben sein Vater und sein älterer Bruder auf dem Albigenser-Kreuzzug, und er musste zurück ins weltliche Leben. Dazu gehörte auch die Sicherung der Erbfolge, wenn Ihr wisst, was ich meine!" Sibylla nickte verständig. „Mein Vater hat das alles arrangiert", fuhr Sophie fort, „er verheiratete meinen Bruder Heinrich mit der Tochter des Grafen von Berg und mich mit dem Isenberger, dem westfälischen Zweig der gleichen Familie, versteht Ihr?" Sophies Worte wurden immer bitterer. Um sie zu besänftigen, beugte sich Sibylla ein wenig zu ihr hinüber und reichte ihr eine Hand, die Sophie auch ergriff, während sie mit der Linken weiter die Zügel hielt. „Es war alles Politik, um mich hat sich niemand geschert", fuhr die Tochter des Herzogs fort. „Und daran hat sich bis heute nichts geändert!" Verstohlen wischte sie sich eine aufkommende Träne aus dem Augenwinkel, um sogleich wieder Sibyllas Hand zu ergreifen. „Dabei habe ich versucht, das Beste aus allem zu machen, wirklich das Beste!" Der Druck ihrer Hand wurde stärker. „Ich habe alles für meinen Gatten getan, ich habe ihm Kinder geboren, ihm den Rücken gestärkt und ihm Mut gemacht, Mut, aus dem Schatten der anderen herauszutreten, vor allem aus dem Schatten seines Vetters, des Erzbischofs, der alles und jeden unterdrückt hat!" Sophies Händedruck begann zu schmerzen. „Dafür habe ich sogar Dinge getan, die sich für eine Frau meines Standes eigentlich nicht schicken!" Obwohl dies recht vage formuliert war, ahnte Sibylla angesichts Sophies angewiderten Gesichtsausdrucks, was sie meinte. Und sie erahnte den Schmerz, den Sophie in sich trug – den Schmerz, der sich jetzt auf ihre Hand übertrug. „Und wofür das alles?", keuchte Sophie, die nun heftig mit den Tränen kämpfte, „dafür, dass mein Gatte als flüchtiger Mörder gesucht wird und ich wieder wie früher, wie ein Kind, unter dem Dach meines Vaters leben muss. Dabei ist er der …!" Sophie brach ab und zog endlich auch ihre Hand zurück, deren Druck längst die Schmerzgrenze überschritten hatte. Auch wenn der letzte Satz unvollständig geblieben war, glaubte Sibylla zu wissen, was Sophie hatte sagen wollen. „Ihr Vater ist der Urheber allen Übels", vervollständigte sie für sich den Satz, „zumindest erscheint es seiner Tochter so." Aber Sibylla musste Gewissheit haben. „Ich bin sicher, Euer Vater wollte ebenfalls nur Euer Bestes", knüpfte sie den Faden weiter, „für Euch und Eure Kinder!" Sophie rang sich ein heiseres Lachen ab. „Ihr meint, für sich selbst und allenfalls noch für seine Söhne!", spuckte sie aus, wobei sie unvorsichtigerweise nicht mehr auf ihre Lautstärke achtete, „seine Tochter ist für ihn nur Tauschware, wie ein Rind oder besser, wie eine gute Stute!" Während des Gesprächs hatten die beiden Frauen wenig auf ihre Umgebung, erst recht nicht auf den Weg geachtet, den die Jagdgesellschaft genommen hatte. So war ihnen entgangen, dass sie sich bereits tief in den Wäldern befanden, die zum Hohen Venn hin immer steiler anstiegen. Als sei er aus dem Boden gewachsen, tauchte plötzlich Herenbert Rennekoie neben Sophie auf. „Darf ich die Damen bitten, mich zu begleiten?", schlug er einen ausgesprochen ritterlichen Ton an. „Die Treiber werden sich gleich ins Unterholz stürzen, um das Wild aufzuscheuchen. Die Reiter werden ihnen folgen, während sich die Bogenschützen an die Flanken begeben. Das wird gleich laut und ungemütlich hier und sicher auch recht gefährlich. Deshalb soll ich Euch auf Wunsch des Herzogs aus der Schusslinie bringen und weiter bergauf geleiten!" Dabei griff er bereits nach den Zügeln von Sophies Pferd, um ihm eine andere Richtung zu geben. „Ach, Herenbert, du bist einmal mehr einer der wenigen Lichtblicke in meinem Leben", begrüßte ihn Sophie, „gern folgen wir dir, auch wenn ich vermute, dass mein Vater nicht nur um unsere Sicherheit bedacht ist!" Dabei ließ sie ihre Augen nach vorn schweifen, wo sich der Herzog in diesem Augenblick kurz umwandte und ihr einen ärgerlichen Blick zuwarf. „In der Tat, Sophie, deine Schelte war auch noch ein gutes Stück weiter vorn zu hören", raunte ihr Herenbert zu, sodass nur sie seine Worte verstand, „überspann den Bogen nicht. Es hat wenig Sinn, den Herzog zu reizen. Sei in Gottes Namen etwas vorsichtiger, sonst hat das ungeahnte Folgen!" – „Folgen?", eiferte sich Sophie augenblicklich, „alles, was mein Vater tut, hat Folgen, doch meist für andere. Von den Folgen seines letzten Rates werde ich mich vielleicht nie mehr erholen, geschweige denn mein Mann oder unsere Kinder! Was kann mir da noch mehr passieren? Glaubst du, das bisschen Zorn meines Vaters kann mir Angst machen?" Rennekoie sog überrascht die Luft ein, denn Sophie verhielt sich ungewohnt trotzig. Bislang war es ihm deutlich leichter gefallen, sie seinen Wünschen bzw. den Wünschen des Herzogs gefügig zu machen. Ihr plötzliches Selbstbewusstsein konnte nur mir ihrer neuen Freundin zusammenhängen, vermutete er, und das erforderte einen deutlichen Dämpfer. „Sollte es aber", gab er ihr in ernstem Tonfall zu verstehen, halblaut, sodass auch Sibylla die Worte mitbekam, „der Herzog ist nicht der Mann, der sich ungestraft schelten lässt. Er könnte dir immerhin die Kinder nehmen und dich in ein Kloster stecken!" Das saß, und Sophie biss sich erschreckt auf die Lippen. „Das würde er tun, denkst du?" Ihr zur Schau gestelltes Selbstvertrauen fiel kläglich in sich zusammen. „Aber das würdet Ihr doch nicht zulassen, werter Herenbert, nicht wahr?", mischte sich da Sibylla ein, „oder habt Ihr etwa selber Angst vor dem Zorn des Herzogs? Welche Folgen hattet Ihr eigentlich nach dem unsäglichen Tag im Hohlweg zu Gevelsberg zu beklagen?!" Der Blick, den ihr der Angesprochene nun zuwarf, war unergründlich. Wut, Irritation, finstere Gedanken, aber auch Verletzbarkeit spiegelten sich darin – dazu eine Prise Hochachtung vor dem Mut dieser Frau. Und Begehren! Das wäre eine Partnerin für ihn, schoss es ihm durch den Kopf, zumindest für eine heftige Nacht. Aber sie war auch mit Vorsicht zu genießen. Längst war ihm klar, dass die Frau des Fischersohnes mehr am Limburger Hof im Schilde führte, als sich zu zerstreuen. Und sie wusste offenbar mehr, als gut für sie war. „Um sie vor weiteren Folgen zu bewahren, rede ich ihr ins Gewissen", gab er schließlich in gedämpftem Ton zurück, „und glaubt mir, für meine bloße Anwesenheit im Hohlweg – denn mehr war es nicht – habe ich einen hohen Preis gezahlt. Wenn der Erzbischof nicht zu den Waffen gegriffen und sich nicht von übereifrigen, verängstigten Männern Friedrichs hätte erschlagen lassen, wäre ich längst Burgherr, wie es mir von Geblüt und Verdiensten her zusteht. Aber nun genug davon. Lasst uns keine weitere Zeit verlieren!" Dabei wandte er sich zur Seite, Sophies Pferd immer noch am Zügel haltend. „Das also will er mich und alle Welt glauben lassen", ging Sibylla auf. „Er bestreitet nicht, im Hohlweg gewesen zu sein. Wahrscheinlich, weil dies ohnehin nicht viel Zweck hätte. Sophie war schließlich in die geplante Entführung eingeweiht, und er wird ahnen, dass auch ich von der einen oder anderen Seite in gewisse Dinge eingeweiht wurde. Aber er gibt vor, mit dem Tod des Erzbischofs nichts zu tun zu haben." Das passte zu der Geschichte von der gescheiterten Entführung, die im Land die Runde machte – aber nicht zu dem, was ihr Thomas alles berichtet hatte. Rennekoie war eindeutig tiefer in die Sache verwickelt. Und mit der Aussicht, Burgherr zu werden, hatte man ihn geködert. Das hatte sie schon aus dem belauschten Gespräch mit dem Herzog erfahren. Dabei war Rennekoie wohl kaum von edlem Geblüt, aber womöglich ein Bastard, der sich Höheres erträumte. Das wiederum passte zu dem durchaus respektvollen Verhalten, mit dem man ihm seit seinem Erscheinen auf der Limburg begegnete – das war ihr nicht entgangen. Gern hätte sie Sophies Jugendfreund ein wenig weiter in die Enge getrieben, beschloss aber, dies auf später zu verschieben. Das musste vorsichtig eingefädelt werden. Wie vorsichtig, das ging ihr alsbald auf, denn nun war es an Rennekoie, Fragen zu stellen. „Woher wisst Ihr eigentlich von den Ereignissen im Hohlweg?", warf er ihr zu, indem er sich im Sattel umdrehte, „und was geht Euch die Sache an?" Seine Augen funkelten düster, obwohl er einen beiläufigen Tonfall anschlug. „Von meinem Gatten, der die Eskorte des Erzbischofs befehligte", antwortete Sibylla wahrheitsgemäß, „habt Ihr ihn vielleicht dort gesehen?!" Rennekoie verneinte mit einem Kopfschütteln. „Und warum weilt Ihr nicht an seiner Seite, wie es einer verheirateten Dame gebührt?", hakte er nach. „Der Tod des Erzbischofs hat ihn sehr getroffen, vor allem, weil er seinen Lehnsherrn nicht davor bewahren konnte", legte sich Sibylla eine passende Antwort zurecht, „nun sucht er Trost und Vergebung auf einer Pilgerfahrt, auf die er mich nicht mitnehmen wollte. Ein bisschen geht es mir also wie Sophie!" Dabei bot sie ihrer neuen Freundin erneut die Hand, die diese auch dankbar ergriff. Rennekoie wollte noch etwas sagen, aber das Wort wurde ihm im Munde abgeschnitten. „Halali, jetzt geht es los!" Ob auf Geheiß des Herzogs oder aus eigenem Antrieb, erschien nun plötzlich Gisbert an Sibyllas Seite. „Folgt uns, meine Damen", rief er mit einem einladenden Lachen, „wir postieren uns am Ende des Jagdreviers, weiter oben am Venn. Dann könnt ihr dem Jagdverlauf aus sicherer Entfernung folgen. Außerdem habe ich dort einen Imbiss vorbereiten lassen. Sollen doch die anderen beim Hetzen des Wildes schwitzen, wir lassen es uns gut gehen!" Folgsam und auch ein wenig erleichtert über die Unterbrechung des Gesprächs, preschten die beiden Frauen ihren Begleitern hinterher.

„Schaut, dort ist sie, die Perle der Emilia Romagna!" Oberto Pallavicino geriet ins Schwärmen und wies mit dem Arm nach vorn, wo sich am Rande der nach Norden hin sanft auslaufenden Apenninen inmitten von Weinbergen eine malerische Burg erhob. „Das ist Borgo San Donnino. Der Ort ist nicht nur wunderschön, sondern auch heilig. Hier wurden die Gebeine des heiligen Donnino gefunden. Es ist außerdem die 36. Etappe der Via Francigena, von Rom aus gerechnet!" Angeführt von Oberto, der die Wege kannte, bildeten Thomas und seine Männer die Spitze des langen, kaiserlichen Zuges, der sich endlich, mit zwei Tagen Verspätung, auf den Weg nach Westen gemacht hatte – zwei Tage, in denen sich die unfreiwilligen Pilger aus dem Norden von den Anstrengungen der Reise erholen konnten, aber auch begonnen hatten, sich zu langweilen. Zumindest Thomas und William, auch Martin und Willibald war es so ergangen, während Gerhardt und sein Sohn eine nicht enden wollende Freude daran entwickelt hatten, in den Tavernen der Stadt Parma das warme Klima, den italienischen Wein und den Anblick dunkelhaariger Schönheiten zu genießen. Und wenn man in ihre selbstzufriedenen Gesichter blickte, war darin zu lesen, dass es offenbar nicht beim Anblick allein geblieben war. Jetzt zogen sie einem neuen Ziel entgegen. „Verzeiht, welche Via Franschi…?", entfuhr es Thomas, der, in Gedanken versunken, anfangs nicht ganz zugehört hatte. „Via Fran-tschi-dschääna", dehnte Oberto den Namen der Straße in die Länge, von der er gesprochen hatte, „oder auch der Frankenweg, wie er bei euch heißt, der uralte Pilgerweg, der von Canterbury in England quer durch das Frankenreich und Norditalien nach Rom führt. Von hier aus sind es 36 Tage bis in die heilige Stadt!" Thomas rechnete im Geiste nach, wann er und seine Männer demnach in Rom ankommen könnten. 36 Tage! Zu lange für seinen Geschmack. Dazu würden noch die Tage kommen, die sie in diesem Borgo vergeuden würden. Lieber wäre er direkt weitergezogen. Aber das war jetzt unmöglich. „König Konrad von Italien machte die Stadt zu seiner Residenz", fuhr Oberto mit seinen Erläuterungen fort. „und Kaiser Barbarossa hat Borgo San Donnino und das ganze Land hier schließlich meiner Familie zugesprochen. Er war ein weiser Herrscher!" – „Wer war denn dieser heilige Donnino, der Namensgeber?", begehrte William zu wissen. „Ein christlicher Märtyrer aus dem 3. Jahrhundert", gab Oberto zurück, „der hier hingerichtet und begraben wurde!" „Und was hat das alles mit Perlen und mit dieser Emilia zu tun? Ist die Frau berühmt?", meldete sich Gerhardt zu Wort. Oberto verstand nicht sofort und blickte ihn entgeistert an. „Welche Frau?" – „Na, die, von der Ihr eben erzählt habt, diese Emilia aus Rom!" William brach in schallendes Gelächter aus. „Das ist die berühmte Wanderhure, die jeden lahmen Pilger wieder auf Trab bringt!", prustete er heraus, „die solltest du dir nicht entgehen lassen!" Nun war es an dem Hundeführer, konsterniert dreinzublicken, während alle anderen von Williams Lachen angesteckt wurden. Schließlich begriff auch Oberto und konnte sich ein Schmunzeln nicht verkneifen. „Oh, Ihr seid einem Irrtum unterlegen", schlug er einen milde belehrenden Ton an, „das Land hier heißt Emilia, schon Augustus nannte die Region so. Und die Langobarden setzten den Namen Romagna hinzu, um es von ihrem Land, der Lombardia, zu unterscheiden. Jedenfalls ist Borgo San Donnino der schönste Fleck hier weit und breit!" Und Oberto hatte nicht übertrieben. Davon konnten sich die Männer selbst überzeugen, als sie schließlich am frühen Nachmittag durch das schmucke, von einem prächtigen Bogen überspannte Südtor in die Stadt ritten. In den schmalen, aber sauberen Gassen herrschte geschäftiges Treiben. Vor fast jedem der mehrstöckigen, aus Bruchsteinen gemauerten Häuser wurden Südfrüchte, geröstete Mandeln oder kleine Bratspieße feilgeboten. Die Menschen liefen zusammen und winkten freudig, als sich der kaiserliche Zug einen Weg durch die Menge bahnte. Über ihren Köpfen flatterten munter kleine Wimpel im Wind, die man quer über die Gassen von Dach zu Dach gespannt hatte, allesamt in Rot und Gelb, wohl zur Begrüßung des Kaisers, der zum ersten Mal in der Stadt Einzug hielt. Vor allem fiel Thomas auf, dass hier nicht der sonst übliche Unrat herumlag, wie er es von vergleichbaren Orten, auch in der Heimat, gewohnt war. In der Mitte der Stadt öffneten sich die Gassen zu einem weiten Platz, der von einer hübschen Kirche mit spitzem Turm und mehreren Palazzos gesäumt wurde. Auch hier hatten sich zahllose Menschen zur Begrüßung versammelt. Scharen von Mädchen streuten Blumen. Sie begannen zu jubeln, als sie des Kaisers ansichtig wurden, der die Rüstung und den Wappenrock eines staufischen Ritters trug, eine schlichte Krone auf dem roten Haar. Den pelzgesäumten, scharlachroten Kaisermantel hatte er aufgrund der frühsommerlichen Wärme über den Sattel gelegt. Gönnerhaft winkte er seinen Untertanen zu. Die Menge brüllte vor Begeisterung, verfiel jedoch schnell in atemloses Staunen, als sie sah, wer und was alles den kaiserlichen Tross begleitete. Mehr als zwanzig Reiter in jägergrünen Hosen und ledernen Wämsern trugen die kaiserlichen Falken. Doch diesen folgte eine Ansammlung exotischer Tiere, die noch niemand in seinem ganzen Leben gesehen hatte. Zwei dunkelhäutige Pferdeknechte führten eigentümliche Rosse am Zügel, deren Fell aus schwarzen und weißen Streifen bestand. „Diese Tiere werden Zebras genannt", verkündete ein bunt gemusterter Herold, der den Zug zur Unterhaltung des Volkes begleitete, „Tribute der Könige von Afrika, ebenso wie dieses seltsame Geschöpf aus den Weiten der afrikanischen Steppe!" Dabei wies er mit ausladender Handbewegung hinter sich. Den Zebras folgte in der Tat ein noch viel seltsameres Geschöpf, das ungläubiges Staunen auslöste. Es sah aus wie ein außergewöhnlich hochbeiniges Pferd, dessen gelbliches Fell von schwarzen Kringeln durchzogen war. Am ungewöhnlichsten jedoch war sein langer Hals, der in einen kleinen, hirschähnlichen Kopf mündete, auf dem zwei kleine, behaarte Hörner prangten. Der Hals war so lang, dass das Tier Gefahr lief, sich in den Wimpeln über den Gassen zu verheddern, weshalb die Männer, die das Wesen an der Leine führten, es nötigten, den Kopf ein wenig zu senken. „Man nennt es Giraffe", ließ der

Herold die gaffende Menge wissen, „doch so groß und schnell es auch ist, wird es doch die Beute des mächtigsten Tieres auf Erden – des Löwen!" Als hätte sich der Gaukler mit den Tieren abgesprochen, ertönte nun ein majestätisches Brüllen auf dem Platz. Von vier Kaltblütern gezogen, rollte ein vergitterter Wagen auf das Pflaster, in dem ein leibhaftiger Löwe thronte. Ein nebenher laufender Knecht reizte das Raubtier mit einer langen Stange und animierte es, wiederholt seine Stimme erschallen zu lassen. Angsterfüllt wich die Menge einen guten Schritt zu beiden Seiten zurück. „Der Kaiser liebt den großen Auftritt", zwinkerte Oberto Thomas zu, „obwohl er diesmal weniger als die Hälfte seiner Menagerie mitgenommen hat!" Thomas fiel der Spitzname ein, den man schon dem jungen Friedrich gegeben hatte, als er sich aufmachte, den deutschen Königsthron zu erobern – Stupor mundi, das Staunen der Welt. Und dieses Staunen hatte kein Ende, denn auf den Löwen folgten zwei Leoparden, die von äthiopischen Kriegern an starken Leinen vorgeführt wurden. Dann erschien ein Dutzend Kamele, auf denen Beduinen saßen – zumindest trugen sie die Gewänder der arabischen Wüstenbewohner. Kurz darauf wurde ein weiterer Käfig auf den Platz getragen, in dem eine Art Schwein seiner Wut freien Lauf ließ, indem es mit seinem Schädel, aus dem imposante, säbelartige Hauer hervorwuchsen, wiederholt gegen die Gitterstäbe stieß. Als die ärgste Gefahr vorüber zu sein schien, drängten die Menschen wieder vor, um das nächste exotische Tier im Gefolge des Kaisers zu bestaunen: einen wahren Fleischberg mit runzeliger, lederartiger Haut, einen grauen Riesen mit Ohren, so groß wie Segel, und mit einer ausladenden, mehr als armdicken Nase, die bis zum Boden reichte. Auf seinem Rücken thronte ein hölzernes Kastell, in dem vier arabische Musikanten saßen und Fanfaren erschallen ließen. „Ein Elefant", rief der Herold über die Musik hinweg, „ein Geschenk der Herrscher aus dem Morgenland!" Da der gemächlich dahinschreitende Riese mit Beinen, so dick wie Säulen, einen gutmütigen Eindruck machte, versuchten die mutigsten unter den Zuschauern, das Tier zu berühren, wurden aber von berittenen Sarazenen zurückgetrieben. Hinter dem Elefanten schritten verschleierte, aber sonst verhältnismäßig spärlich bekleidete Tänzerinnen einher und vollführten bei jedem Fanfarenstoß akrobatische Figuren. Die Vorliebe des Kaisers für die arabische Welt war unübersehbar. Auf die Tänzerinnen folgten die kaisertreuen Ritter in Zweierreihen. Bald füllten sie den ganzen Platz. Eine gute Hundertschaft saß ab und postierte sich um die exotischen Tiere herum, die für die Dauer des kaiserlichen Aufenthaltes als stete Attraktion auf der

Piazza bleiben würden. Die übrigen Ritter wurden in Seitengassen geleitet, einige folgten dem Kaiser. Hinter dem Stadtzentrum erhob sich die Reichsburg, die trotz ihrer trutzigen Befestigungsanlagen durch schlichte Schönheit bestach. Die Türme und Zinnen waren ebenfalls mit Wimpeln geschmückt. Die Fenster des Palas zierten ausnahmslos bunte Mosaiken. „Das ist die Reichsburg, die schon Barbarossa zur Ehre gereichte – und jetzt stattet ihr zum ersten Mal der Kaiser einen Besuch ab. Mein ältester Sohn wurde hier geboren!" Oberto platzte vor Stolz und untermalte seine Worte mit großer Geste. Dann saß er ab und trug herbeieilenden Pagen auf, sich um die Pferde zu kümmern. Mittlerweile hatte auch der Staufer mit seinen engsten Vertrauten und Rittern den Innenhof der Burg erreicht. „Mein Kaiser, Ihr werdet Euch stärken und ausruhen wollen", wandte sich der Podestà an ihn, „lasst mich Euch Eure Gemächer zeigen!" Doch Friedrich winkte ab, während er von seinem Pferd stieg. „Das kann warten, wir müssen uns weiter beraten. Mein Haushofmeister wird sich derweil um unsere Unterbringung kümmern. Führt uns einfach in den Saal und tragt der Küche auf, ein einfaches Mahl zu bereiten. Dann wünsche ich Euch und unsere Freunde aus dem Norden an meiner Tafel zu sehen!" Oberto tat, wie ihm geheißen, und führte den Kaiser samt Gefolge in den Palas. Thomas blieb mit seinen Männern zunächst im Hof zurück, denn er hatte aus Friedrichs Befehl herausgehört, dass sie erst später zu ihm stoßen sollten. Außerdem wollte er sichergehen, dass Tarek und die anderen Pferde gut untergebracht würden. So wurde er Zeuge der hervorragenden Organisation des kaiserlichen Trosses. Eigentlich hatte er erwartet, dass die Ankunft so vieler Männer ein kleine Stadt und Burg wie Borgo San Donnino in ein heilloses Durcheinander stürzen würde. Doch nun wurde er eines besseren belehrt. Scharen von Pagen, Knechten und Mägden eilten umher, nahmen sich der Pferde, der Soldaten und des Gepäcks an. Offenbar wusste hier jeder, was er zu tun hatte. Der größte Teil der Truppen war bereits in der Stadt geblieben und dort, je nach Rang, sämtlich auf verschiedene Häuser und Stadtpaläste verteilt worden, bis auf die Hundertschaft, die den Tierpark bewachte. Die verbliebenen rund einhundert Ritter wurden in vielen kleinen Kammern des Palas, der Türme oder der Nebengebäude untergebracht. Für die Pferde gab es ausgedehnte Stallungen entlang der umlaufenden Ringmauer. In Gruppen zu zehn und mehr wurden die Stuten und Wallache in mit Seilen abgetrennte Stallbereiche geführt, die samt und sonders mit frischem Stroh ausgelegt waren. Für die wertvollsten Streitrosse, ausnahmslos feurige Hengste, gab es einzelne Verschläge aus sauber gezimmertem Holz, damit sie sich nicht gegenseitig an die Gurgel gingen. Thomas und William sorgten dafür, dass ihre sechs Pferde nebeneinander im vordersten Stallbereich untergebracht wurden. Als sie zurück in den Innenhof traten, stellten sie zu ihrer Überraschung fest, dass sich dieser bereits fast völlig geleert hatte, bis auf zwei Dutzend Bewaffnete, die gerade in ihre Wachaufgaben eingewiesen wurden. „Das nenn' ich mal einen Hofstaat", strahlte Gerhardt, der Wulfila eng an der Leine hielt. Der große Saupacker verhielt sich jedoch völlig entspannt und hatte sich hechelnd seinem Herrn zu Füßen gelegt. „Die Burschen wurden alle schneller in ihre Kammern verteilt, als eine Dirne ihr Geschäft verrichten kann!" „Du musst es ja wissen", gab Thomas lächelnd zurück, „so wie es aussieht, hast du ja in Parma schon Erfahrungen gesammelt!" Dann spähte er in Richtung des Palas, unschlüssig, was sie nun tun sollten. Aber nicht lange, und Oberto erschien wieder im Hof und winkte ihnen. „Kommt, stärken wir uns, bevor der Kaiser uns rufen lässt", forderte er sie auf, „man kann nie wissen, wie lange sich die Beratungen hinziehen. Ein voller Bauch ist doch geduldiger!" Dabei steuerte er zielstrebig die Küche der Burg an. Thomas hatte einen Raum wie auf Neuenberge erwartet, denn die Reichsburg hatte in etwa die gleiche Größe. Doch die Küche des Borgo war eine völlig andere Welt. Sie glich einem Saal, der beinahe das gesamte Erdgeschoss des Palas einnahm. Gleich drei Kamine, in denen große Kochfeuer prasselten, waren in die Wände eingelassen. Auf einem wurde ein ganzer Ochse geröstet, auf den anderen drehten sich Kapaune und anderes Federvieh an Spießen. Scharen von Köchen, Köchinnen und Mägden liefen geschäftig umher. Die angestammte Küchenmannschaft war vor dreizehn Tagen durch vorausgesandtes Küchenpersonal des Kaisers verstärkt worden. Ein herausgeputzter Sizilianer in Pluderhosen stritt sich gerade lautstark mit einer drallen, resoluten Frau, die eine blutverschmierte Schürze trug und es offenbar gewohnt war, hier das Zepter zu schwingen. „Der eitle Geck wird noch lernen, dass er gegen unsere gute Fiona nichts zu melden hat", erklärte Oberto schelmisch im Vorübergehen. Drei Mägde waren gerade damit beschäftigt, einen frisch gebratenen Schwan mit dem eigenen Federkleid zu dekorieren. Die silberne Platte, auf der er angerichtet wurde, war ringsum mit Feigen und Mandeln belegt. Gerhardt ließ einen anerkennenden Pfiff hören. Auch Thomas war beeindruckt. „Ich dachte, der Kaiser hätte etwas von einem einfachen Mahl gesagt", entfuhr es ihm. Oberto musste lachen. „Deswegen streiten sich die beiden ja. Der Kaiser äußert immer solch bescheidene Wünsche –

und doch weiß er einen guten Braten zu schätzen. Außerdem haben auch unsere Küchenmägde ihren Stolz und wollen sich in bleibende Erinnerung bringen. Schließlich soll es später nicht heißen, in Parma oder Imola wäre der Kaiser des Reiches besser bewirtet worden!" Thomas wurde den Eindruck nicht los, dass es dabei wohl eher um Obertos eigenen Stolz ging, war Borgo doch das Lehen seiner Familie. Der Lehnsherr der Burg führte sie zu einer ausladenden Tafel nahe dem Kamin zur Linken. „Setzt euch", wies Oberto sie an und deutete einladend auf die Tafel, auf der bereits ein großer Schinken, ein halber Käse, Schalen mit Oliven und Krüge voll rotem Wein warteten. Die Männer setzten sich, und Augenblicke später wurde ein großer Kapaun aufgetragen, dazu gab es frisch gebackenes Brot. Gerhardt und Ulrich langten sogleich herzhaft zu und auch die anderen ließen sich nicht lange bitten. Thomas fand schnell Geschmack an dem Schinken, der von Oberto persönlich mit einem langen, schlanken Messer in dünne Scheiben geschnitten wurde. Er schmeckte völlig anders, als er es von zu Hause oder auch von seinen bisherigen Reisen kannte, nicht nach Rauch, sondern salzig-süß, mit einem feinen Aroma. „Was ist das für ein Schinken?", konnte er sich nicht verkneifen, „er scheint mir nicht geräuchert zu sein?!" Oberto strahlte vor Vergnügen. „Es freut mich, wenn er Euch schmeckt. Er stammt von ganz besonderen Schweinen, die wie ein Augapfel gehütet und auf besondere Weise gefüttert werden. Man lässt die Schinken von der Luft trocknen, auf einem Bett aus Salz. Diese Methode der Haltbarmachung stammt aus den hiesigen Dörfern, wird aber immer beliebter. In Parma hat man begonnen, diesen Schinken nachzuahmen, weil er bei Pilgern wie bei hohen Herren gleichermaßen beliebt ist!" Dabei rieb er vieldeutig Daumen und Zeigefinger aneinander. „Das gibt reichlich Silber, wie im Übrigen auch unser Käse!" Gerhardt versuchte gerade, mit seinem Dolch ein größeres Stück von dem halben Laib abzuschneiden, aber es gelang ihm nicht so recht. „Der ist ja hart wie Stein", schimpfte er, wobei der Kopf des Saupackers neben ihm auftauchte, der es sich bislang unter der Tafel bequem gemacht hatte. „Ihr dürft ihn nicht schneiden, Ihr müsst Stücke aus ihm herausbrechen, am besten mit solch einem Werkzeug", wies ihn Oberto an und reichte ihm ein kleines Messer, das wie ein Birkenblatt geformt war. „Der Käse ist über ein Jahr lang gereift, das macht ihn hart – aber auch besonders würzig. Probiert es, die Stücke sind ein wenig wie Kristall!" Gerhardt griff zu und probierte ihn. Tatsächlich ließ sich nun ein großes Stück aus dem Laib herauslösen. Bevor er es ergreifen konnte, fiel es jedoch auf die Tafel und zerbrach in mehrere Teile. Ein Krumen fiel über die Tischkante und wurde von Wulfila erhascht, der ihn ohne großes Federlesen hinunterschluckte. Gerhardt nahm sich etwas mehr Zeit, legte sich einen Brocken auf die Zunge und kostete. Augenblicklich schossen seine Augenbrauen in die Höhe. Dann griff er nach dem Weinbecher, der vor ihm stand, und stürzte den Inhalt mit einem Schluck hinunter. „Donnerwetter, der ist ja scharf wie eine junge …" Thomas räusperte sich vernehmlich, und der Hundeführer verschluckte die anzügliche Bemerkung, die er auf den Lippen gehabt hatte. Auch die anderen kosteten und Oberto freute sich über ihre anerkennenden Mienen. „Mit ein paar Oliven werden Käse und Schinken noch besser", riet er ihnen. Beinahe hätten die Männer über die neue Gaumenerfahrung den knusprigen Kapaun vergessen, der auf dem Tisch vor sich hin dampfte, doch schließlich verschwand auch dieser in den hungrigen Mägen – und auch Wulfila bekam seinen Anteil. „Was meint ihr, warum will der Podestà von Verona mit dem Kaiser Kontakt aufnehmen?", warf Oberto die Frage in die Runde, als sie gesättigt waren. Dabei schenkte er sich und den Männern Wein nach. Gerhardt und die anderen taten, als ginge sie die Frage nichts an, und ließen die Becher kreisen, denn nur ihrem Anführer stand eine Antwort zu. Thomas überlegte, wie viel er dem Podestà von Parma sagen bzw. verschweigen konnte, denn was er zu sagen hatte, war eigentlich nur für die Ohren des Kaisers bestimmt – auch wenn Oberto bei einem solchen Gespräch ohnehin anwesend wäre. Deshalb zuckte er mit den Schultern. „Ich kenne ihn zu wenig", gab er vor, „vielleicht ist er nicht ganz glücklich mit manchen Entscheidungen der Lombarden oder mit seiner Rolle. Vielleicht sucht er einen neuen Verbündeten …" Oberto machte ein Gesicht, als hätte er in eine Zitrone gebissen. „Der Usurpator, er sollte sich glücklich schätzen, aus der Gosse so hoch gekommen zu sein. Denn sein Fall wird kommen!" – „Ihr scheint ihn nicht zu mögen?!", stellte William die Gegenfrage. „Pah, der Kerl ist ein rücksichtsloser Emporkömmling, ein Schlächter, der über Leichen geht, solange er seinen Willen durchsetzt", spuckte Oberto aus, „mit ihm verbündet zu sein, ist, als verbündete man sich mit den Wölfen!" – „Was habt Ihr gegen Wölfe?", hakte Gerhardt nach und kraulte Wulfila hinter den Ohren, der sich seit dem erhaschten Käsekrumen keine Bewegung am Tisch entgehen ließ. „Sie sind feige, sie verstecken sich in den Bergen und fallen nur aus dem Hinterhalt über einen her", meinte Oberto. „Aber war es nicht eine Wölfin, die Romulus und Remus aufzog, die Gründer Roms?", gab William zum Besten. „Rom ist auch so ein hinterhältiger Wolf", lachte der Podestà rau, „der aber wenigstens säuft und hurt. Deshalb kann man ihn zuweilen bezähmen, wenn man ihn zu nehmen weiß!" Dabei prostete er dem Hundeführer zu, um sich dann wieder Thomas zuzuwenden. „Doch dieser Ezzelino hat kaum Laster – außer dem Morden!" Dem Fischersohn erschien das Bild des Veronesen vor Augen, wie er, ohne mit der Wimper zu zucken, seinem Capitano die Klinge über die Kehle zog. Aber er konnte sich des Eindrucks nicht erwehren, dass Oberto nicht viel anders gestrickt war. Doch bevor er diesen Gedanken vertiefen konnte, erschien ein Page des Staufers an ihrer Tafel. „Der Kaiser wünscht euch nun zu sprechen, folgt mir bitte!"

Gisbert hatte nicht zu viel versprochen. Nachdem sie etwa eine halbe Stunde bergauf geritten waren, öffnete sich der dichte Mischwald aus Buchen, Fichten sowie den zum Waldrand hin überwiegenden Birken und gab den Blick auf eine von Gräsern und niedrigem Kraut bewachsene, lichte Hügellandschaft frei, auf der nur noch vereinzelte Bäume standen. Eine Fülle kleiner Tümpel wurde von niedrigen Blütenteppichen gesäumt, auf denen Bienen nach Nektar suchten. Auf einem kleinen Plateau weiter oberhalb hatte man einen erhöhten hölzernen Ansitz errichtet und einige Bänke. Hier warteten drei Pagen, die den Ankömmlingen die Pferde abnahmen und einen kühlen Trunk aus mit Wasser verdünntem Wein kredenzten. Dazu wurden ihnen wenig später dünne Scheiben Brot mit Schmalz und kaltem Braten gereicht. Sibylla griff dankbar zu, denn sie hatte Hunger. Dann machte sie es sich auf einer der Bänke bequem und schlug wenig damenhaft ihre Beine übereinander. „Ihr habt Euch kaum verändert", meinte Gisbert, während er sich ohne zu fragen neben sie auf die Bank setzte und aus einem Krug Wein nachschenkte, „unverkennbar zur Dame gereift, aber das vorwitzige Mädchen von einst schlummert gleich unter der Oberfläche!" – „Ihr meint das Mädchen, das Ihr einst ungefragt küsstet", gab Sibylla zurück, „und das Euch dafür eine Ohrfeige verpasste?!" – „Genau das meine ich", grinste der Ritter und gab dabei den Blick auf zwei Reihen makelloser Zähne frei. „Was hätte ich damals dafür gegeben, Eure Lippen freiwillig angeboten zu bekommen", ließ er sie wissen. „Und heute?", hakte Sibylla nach, „würdet Ihr immer noch versuchen, dem Mädchen Euren Willen aufzuzwingen, wenn es Euch abweist?!" Gisbert schluckte. „Natürlich nicht, das war die unbesonnene Tat eines Heißsporns, der ich damals war", stellte er unmissverständlich und mit ernster

Miene klar, bevor sein Gesicht wieder einen eher schelmischen Ausdruck annahm, „aber ich würde es anderweitig versuchen. Ich würde Euch zu einem romantischen Jagdausflug in den Wald einladen, versüßt mit edlem Rebensaft, und dabei mein Glück versuchen!" Ein schallendes Lachen aus Sibyllas Mund belohnte ihn für seine forsche Annäherung. Herenbert Rennekoie, der wenige Schritte abseits sehr bemüht mit Sophie plauderte, fühlte einen Stich im Herzen. Wie gern hätte er selbst der schönen jungen Frau des Fischersohnes ein solches Lachen abgerungen. Aber mit romantischer Konversation tat er sich etwas schwer. Nicht, dass er mit Frauen nicht umzugehen verstünde, ganz im Gegenteil, rief er sich in Erinnerung. Aber normalerweise hatte er es mit weniger hochstehenden Vertreterinnen des weiblichen Geschlechts zu tun. Bei den Mägden, Wirtstöchtern und Huren, mit denen er sich zumeist umgab, zündete sein etwas derberer Humor und seine zuweilen recht raue Art des Umgangs. Und wenn nicht, brauchte es nur ein wenig Gewalt, und sie wurden gefügig. Mit adeligen Damen tat er sich deutlich schwerer. Vor allem, weil er nur wenig Kontakt mit solch feinen Weibern pflegte. Das stand ihm als Bastard auch nicht zu. Wohl deshalb nahmen die meisten Damen am Hofe des Herzogs auch nur wenig Notiz von ihm. Bei dem Gedanken ballte er im Stillen eine Hand zur Faust. Damit hätte schon längst Schluss sein sollen. Längst stand ihm, der alles für seinen Landesherren tat, eine deutlich höhere Position zu, die ihm auch endlich das Ansehen der eingebildeten Weiber eintragen würde. Im Geiste stellte er sich vor, wie sie den Saal seiner zukünftigen Burg bewundern und mit Glanz erfüllen würden – allen voran diese Sibylla. Das Weib des Fischersohnes reizte ihn mehr als alle anderen. Er wollte und musste sie haben, egal wie. Aber so recht wurde er nicht schlau aus ihr. Wenn sie mit ihm sprach, geschah dies meist respektvoll und freundlich, manchmal aber auch provozierend. Ja, zuweilen wollte er sogar glauben, sie mache ihm schöne Augen. Dabei war sie verheiratet, rief er sich in Erinnerung, mit einem seiner härtesten Gegner – der sie allerdings seit Monaten vernachlässigte. Das hatte schon mancher Mann bereut. Allerdings wurde er das Gefühl nicht los, als käme ihre Freundlichkeit nicht immer von Herzen. Nein, er wurde nicht schlau aus ihr. Vielleicht führte sie etwas im Schilde. Aber was es auch war, er wollte ihr näherkommen, ganz nah. In seiner Fantasie teilte sie sein Lager mit ihm. Aber stattdessen turtelte sie jetzt unverhohlen mit diesem Pfau namens Gisbert. Erneut ballte er die Faust. Wie durch einen Nebel drang Sophies Stimme zu ihm durch. Einzig sie brachte ihm ein ehrliches Interesse entgegen. Aber Sophie kannte er schon von Kindesbeinen an, das zählte nicht. Wahrscheinlich sah sie in ihm auch eher eine Art Bruder, und nur die Umstände hatten dieses Gefühl zu mehr reifen lassen. Außerdem interessierte ihn die bucklige Herzogstochter nicht wirklich. Er gab sich nur auf Wunsch ihres Vaters mit ihr ab – und weil ihn dies seinen anderen Zielen möglicherweise näherbrachte. Für einen Moment verzog er angewidert das Gesicht, als er Sophie und die ausladende Wölbung hinter ihrer Schulter betrachtete, ließ seine Miene dann aber in ein sanftes Lächeln übergleiten. Immerhin war sie nützlich, und vielleicht konnte er sie ja irgendwann dazu bringen, sich ihm, dem Bastard, ganz hinzugeben. Ihr Gesicht war ja recht ansehnlich und seine Lanze würde sich zwischen ihren Lippen sicher gut machen. Der Gedanke verschaffte ihm eine gewisse Genugtuung, und er gab sich etwas mehr Mühe, Sophie zu umgarnen. Vielleicht konnte sie auch dazu beitragen, ihrer neuen Freundin näherzukommen. Ein erneuter Lacher aus Sibyllas Mund ließ das gerade aufkeimende Hochgefühl jedoch zerplatzen wie eine Seifenblase. Mit nur schwer verhohlener Missgunst blickte er von ihr zu Gisbert, der sich zunehmend wie ein Gockel aufführte. Fast sah es so aus, als sei die vernachlässigte Edelfrau gewillt, sich mit dem eitlen Geck einzulassen. Dem musste er baldmöglichst einen Riegel vorschieben. Seine Grübelei blieb jedoch nicht unentdeckt. „Was ist los, Herenbert", meinte Sophie und stupste ihn mit dem Ellbogen an, „du wolltest mir doch gerade etwas über die bevorstehende Jagd und die Tiere erzählen, die wir zu sehen erwarten können. Was runzelst du jetzt die Stirn?" Rennekoie fing sich sogleich. Dabei kam ihm ein genialer Gedanke und er setzte ein teuflisches Lächeln auf.

Thomas hatte Gerhardt angewiesen, Wulfila für die Dauer des Gespräches mit dem Kaiser bei den Pferdeknechten in Obhut zu geben, und der Hundeführer hatte sich auch bereits auf den Weg gemacht. Doch der Page insistierte, der Herrscher wünsche alle Mitglieder ihrer kleinen Schar zu sehen, auch den Hund. So eilten denn nun die sechs Männer und der Saupacker hinter Oberto und dem Pagen her, um den ersten Mann des Reiches nicht warten zu lassen. Der Saal befand sich im ersten Stock. Als sie ihn betraten, stellte Thomas fest, dass er deutlich kleiner war als der in Parma, aber nicht weniger prächtig – nur dass die Wandmalereien hier weniger religiöse Motive wiedergaben, sondern eher deftige. Im Mittelpunkt der Decke ließ sich ein lüsterner Bacchus, der Gott des Weines und des Rausches, ein festliches Mahl kredenzen, während er von nackten Schönheiten umtanzt wurde. Die Szenerie an der kaiserlichen Tafel war jedoch wesentlich nüchterner. Der Staufer und seine Vertrauten hatten offenbar ihr Mahl beendet, aber wenig von dem so liebevoll garnierten Schwan zu sich genommen, der nun verwaist am unteren Ende der Tafel stand. Dafür hatten augenscheinlich auch die Reichsoberen in stärkerem Maße dem Schinken und dem Käse zugesprochen. Thomas und seine Männer waren nicht die ersten und einzigen Besucher aus dem nördlichen Teil des Reiches. Eine Delegation aus der Kaufmanns- und Hafenstadt Lübeck war schon vor Tagen eingetroffen – und jetzt vor ihnen an der Reihe, um die Reichsfreiheit vom Kaiser zu erwirken. Das hieß, sie wollten sich von Grafen, Bischöfen und anderen hohen Herren frei machen, um nur noch dem Kaiser selbst zu unterstehen. Da dieser aber kaum in der Stadt weilen würde, hätte dies eine weitgehende Selbstbestimmung und –verwaltung zur Folge. Der Kaiser gewährte ihnen dieses Privileg, um das sie sich bereits seit Jahren bemüht hatten. Damit festigte er nicht zuletzt auch seine eigene Machtposition im nördlichen Deutschland. Dankbar und unter vielmaligen Verbeugungen zogen sich die Lübecker Stadtverordneten zurück. Derweil stärkte sich der Kaiser an einem weiteren Stück Schinken. Dabei fiel sein Blick auf den wartenden Fischersohn. „Ah, das ist ja unsere brave Pilgerschar aus dem Norden", richtete der Staufer das Wort an ihn, während er sich die Finger an einem weißen Tuch abwischte, „ich hatte Euch bislang noch nicht gebeten, mir Eure Mannschaft vorzustellen, Ritter Thomas, aber vielleicht seid Ihr so gut und holt das jetzt nach!" Der Angesprochene verbeugte sich artig und blickte sich zu seinen Männern um, dann wies er zuerst auf William. „Mein Kaiser, dieser Ritter hier zu meiner Rechten ist William von Gloucester. Er ist Engländer von Geblüt. Ich traf ihn auf unserem Schiff auf der Seereise nach Palästina, zu Beginn des letzten Kreuzzuges. Damals diente er in Reihen der Tempelritter. Er geriet mit mir in Gefangenschaft und half, mich zu befreien. Seither sind wir die engsten Freunde". Hermann von Salza verzog das Gesicht. Es war ein offenes Geheimnis, dass sich die Ordensmitglieder der Templer und der Deutschritter nicht besonders mochten, obwohl sich Letztere nach dem Vorbild der Templer organisiert und ausstaffiert hatten. Allesamt trugen sie weiße Wappenröcke und Mäntel, nur die darauf prangenden Kreuze hatten eine andere Form und Farbe. Das Tatzenkreuz der Templer war rot, das durchaus ähnliche Kreuz der Deutschritter schwarz. Auch

Friedrich war für einen Moment befremdet. „Ihr habt einen Templer in euren Reihen?", kam es ihm über die Lippen. William beugte das Knie und antwortete für sich selbst. „Sire", verwendete er die englische Anrede, „ja, ich war ein Tempelritter – auf Wunsch meines Vaters, dessen jüngster Sohn ich bin –, und damit ausgeschlossen vom Erbe der Familie. Ich habe gern das Kreuz genommen und etliche Jahre meinen Dienst erfüllt. Doch die Liebe zu einer Frau, zu der Schwester meines Freundes hier, ließ mich dem Orden Lebwohl sagen und einen neuen, weltlichen Lebensweg einschlagen!" – „Vielleicht erinnert Ihr Euch daran, dass ich auf meinem Besuch in Palermo von zwei Rittern dieses Ordens begleitet wurde, denen ich zu großem Dank verpflichtet war", fügte Thomas an, „einer davon war William, der mir seither nicht mehr von der Seite wich!" Der Kaiser nickte; dem Großmeister des Deutschen Ordens stand jedoch weiter ein gewisses Unbehagen im Gesicht. „Mir ist nicht wohl dabei, über Staatsgeheimnisse im Beisein eines Templers zu parlieren", raunte er Friedrich zu. Thomas hatte diese Worte zwar nicht im genauen Wortlaut mitbekommen, aber anhand der Körpersprache genug verstanden, um sich zum Handeln genötigt zu sehen. „Sir William ist für mich über alle Zweifel erhaben, und ich lege meine Hand für ihn ins Feuer!", tat er kund. „Nun gut", entschied der Staufer, „Euer Wort genügt mir – und wer sind die anderen in Eurem Gefolge?" Thomas wandte sich erneut zu seinen Männern um und stellte sie der Reihe nach vor. „Die beiden Recken zu meiner Linken sind die Bogenmacher Willibald und sein Sohn Martin aus Weperevorthe, beide auch begnadete Schützen", hob er hervor, „die anderen beiden sind die Hundeführer Gerhardt von Widerode und sein Sohn Ulrich!" „Und was ist das für ein Ungetüm von Hund an ihrer Seite?", begehrte Friedrich zu wissen.

Gerhardt und Ulrich verbeugten sich. „Das ist Wulfila, ein Saupacker aus dem Bergischen", ergriff der Ältere von beiden selbst das Wort, „der stärkste Hund nördlich der Alpen, der es mit jedem Keiler aufnimmt!" – „Oho, das sind kühne Worte", lachte Friedrich, „dabei macht der Hund einen friedlichen Eindruck. Ich könnte versucht sein, ihn und Euch auf die Probe zu stellen!" Gerhardt schluckte. „Ich habe mit eigenen Augen gesehen, wie er es mit vier Gegnern gleichzeitig aufnahm", mischte sich Thomas ein, „als Graf Adolf von der Mark beschloss, unser Gut zu verheeren. Ich berichtete Euch bereits davon. Nun, es ist ihm und seinen Männern schlecht bekommen!" – „Hat er sie getötet?", hakte Friedrich nach. „Mindestens zwei, die anderen hat er kampfunfähig gemacht!" Friedrich war beeindruckt. „Habt Ihr bei diesem Kampf die zwei Finger der Linken verloren?", wandte er sich noch einmal an Gerhardt. „Ja, mein Kaiser", gab dieser zu, „obwohl es den Vorteil hat, dass ich jetzt die Leine des Hundes schneller durch die Finger gleiten lassen kann!" Mit einem Mal lachte alles und die zwischenzeitliche Anspannung löste sich. „Gut, ihr scheint mir allesamt aus besonderem Holz geschnitzt", meinte Friedrich schmunzelnd, „erzählt mir noch einmal von eurem Aufeinandertreffen mit dem Veroneser!" Thomas tat folgsam, wie ihm geheißen, und berichtete von der Wegsperrung am Rande der Etsch und dem dramatischen Erscheinen Ezzelinos, das dessen Capitano mit dem Leben bezahlt hatte.

„Warum, glaubt ihr, will dieser Mann mit uns in Verhandlungen treten?", warf Friedrich in den Raum, blickte dann aber gezielt auf Thomas, weil er von ihm eine Antwort erwartete. Der Fischersohn konnte sich einen Seitenblick auf Oberto nicht verkneifen, der ihm vor Kurzem noch die gleiche Frage gestellt hatte. „Ich kann auch nur Vermutungen anstellen", gab Thomas zurück, „aber seinen Äußerungen nach glaube ich herausgehört zu haben, dass er im lombardischen Lager Feinde hat, die er am liebsten im Staub sähe, wenn nicht gar unter der Erde, die aber von der Lombardischen Liga hofiert werden!" – „Was für Feinde", bohrte Friedrich nach, „habt Ihr Namen?" Oberto spitzte ganz besonders die Ohren. „Nun, ich bin des Italienischen nicht gerade mächtig", schob Thomas vor, „aber es klang wie Äste!" – „Äste?", runzelte Friedrich die Stirn. „De Este", warf Oberto in den Raum, „die Estes sind Erbfeinde der Romanos!" – „Genau das hat er erzählt", nahm Thomas das Wort wieder an sich, „es geht um eine alte Familienfehde, ebenso wie mit den San Bonifacios – und um die Fehde zwischen Ghibellinen und Guelfen. Aber davon wisst Ihr sicher mehr als ich. Jedenfalls hat sich Ezzelino da Romano vor geraumer Zeit mit den ghibellinischen Monteculi verbündet, um seine Feinde im eigenen Lager zu bekämpfen – und wurde dadurch Anführer des guelfischen Verona. Für mich ist das alles sehr verwirrend, aber vielleicht könnt Ihr Euch einen Reim darauf machen!" – „Oberto?", forderte der Kaiser sogleich dessen Einschätzung ein. „Das klingt plausibel und deckt sich mit meinen Informationen", gab dieser zu, „auch wenn ich kein Freund dieses Veroneser Emporkömmlings bin – es sieht aus, als würde er Zug um Zug die Seite wechseln!" – „In jedem Fall erscheinen Eure Gegner weniger geeint, als es ihr Handeln vermuten lässt", zog Thomas seine Schlüsse. „Das wäre etwas …", murmelte Hermann von Salza. „Ja, das wäre in der Tat eine Wendung, die uns in die Karten spielen würde", überlegte Friedrich,

„und die Pässe nach Norden öffnen könnte!" – „Wenn Verona mitspielt und ihren Podestà nicht wieder seines Amtes enthebt", gab der Großmeister des Deutschen Ordens zu bedenken. „Deshalb ist er vorsichtig und erfüllt auf den ersten Blick seine Pflicht", vermutete Thomas, „nimmt aber gleichzeitig über uns Tuchfühlung mit Euch auf. Mit seiner Geisel im Rücken kann er sich dabei auch recht sicher fühlen!" Oberto schob die Unterlippe vor. „Er ist ein Fuchs und spielt ein doppeltes Spiel", brummte er, „das macht er oft und gern. Und jedes Mal gibt es Tote. Er ist unbedingt mit Vorsicht zu genießen!" – „Aber einen Versuch wäre es wert", sprach Friedrich seine Gedanken aus, „nun, wir werden uns weiter eingehend dazu beraten. Habt Ihr sonst noch etwas hinzuzufügen?" Thomas biss sich unschlüssig auf die Lippe und verlagerte sein Gewicht vom linken Bein auf das rechte. „Ich seh' es Euch an, dass Ihr noch etwas auf dem Herzen habt – heraus damit", verlangte der Kaiser. „Nun, ich sehe ein, die Staatsgeschäfte gehen vor", formulierte es Thomas vorsichtig, „aber unsere Zeit drängt etwas, wenn wir den Isenberger bis Rom stellen wollen!" Hermann von Salza wollte aufbegehren, doch der Kaiser legte ihm beschwichtigend eine Hand auf die Schulter. „Keine Sorge, das habe ich nicht vergessen", ließ er Thomas wissen, „aber ein wenig müsst ihr euch noch gedulden. Jedoch verspreche ich euch, dass ich dafür sorgen werde, dass ihr anschließend umso schneller vorankommt, darauf habt ihr mein Wort! Nun dürft ihr euch entfernen, denn wir haben noch andere Angelegenheiten zu besprechen." Thomas verbeugte sich dankend und wandte sich zur Tür; seine Begleiter taten es ihm nach. „Ach, Hundeführer", ertönte da noch einmal Friedrichs Stimme. „Ja, mein Kaiser?", wandte sich Gerhardt um. „Das mit Eurem Hund und dem Beweis seiner Stärke überlege ich mir noch!", gab ihm Friedrich mit auf den Weg, „Ihr habt mich doch zu neugierig gemacht. Mein Falkner Moamin arbeitet gerade an einem Buch über die Hundehaltung und die verschiedenen Rassen. Außerdem erwarte ich in Kürze illustre Gäste aus fernen Landen, die auch oft von Hunden begleitet werden. Sie würden sich womöglich an einer Demonstration der Stärke ergötzen!" Dann gab er ihm einen Wink, sich zu entfernen. Gerhardt verbeugte sich noch einmal, dann eilte er den anderen mit nicht mehr ganz so sicheren Schritten hinterher.

Der lang gezogene Ton eines Jagdhorns hallte über die Lichtung, und gleichzeitig wurde der Lärm, den die Treiber mit ihren Schellen, Trommeln und Knüppeln veranstalteten, immer lauter. Jetzt musste jeden Moment das erwartete Wild aus dem Unterholz brechen. Sibylla seufzte erleichtert. Sie hatte gerade begonnen, sich ein wenig zu langweilen. Gisbert bemühte sich zwar, sie bei bester Laune zu halten, aber auf Dauer wurde ihr das stete Säuseln und Lachen doch recht eintönig. Vor allem, weil sie nicht ernstlich vorhatte, auf die unverhohlene Werbung des Ritters einzugehen. Jetzt freute sie sich auf die bevorstehende Jagd, bedauerte aber, nicht wirklich selbst daran teilnehmen zu können. Dabei erinnerte sie sich, wie gern sie in ihrer Kindheit, in Jungenkleider gehüllt, durch den Wald gelaufen war, um Rehe aufzuspüren, die sie über alles liebte, und um zuweilen mit einer kleinen Schleuder Jagd auf Hasen und anderes Niederwild zu machen. Die Schleuder, in die man am besten kleine bis mittelgroße Kiesel einlegte, gab es immer noch, auch wenn sie diese schon lange nicht mehr benutzt hatte. Sie schlummerte zwischen säuberlich gefalteten Kleidern in einer Truhe mit ihrer persönlichen Habe in der Kemenate.

Sie hatte sich bereits mit ihrer Zuschauerrolle abgefunden, als auf einmal Herenbert Rennekoie wieder zu den Frauen trat. Er hatte Sophies Seite zwischenzeitlich verlassen, um sich zu mehreren Jagdhelfern und Bogenschützen zu begeben, die vor einiger Zeit aus dem Wald herausgetreten waren, um am Rande der Lichtung Aufstellung zu beziehen, und die ihn zu kennen schienen. Nun kehrte Rennekoie mit zwei Bögen und Köchern über der Schulter zu ihnen zurück. „Wohlan, die Damen, wie wär's?", trällerte er für seine Verhältnisse erstaunlich gut gelaunt, „wollt Ihr Euch nicht an der Jagd beteiligen? Ich habe eigens ein paar gute Bögen für Euch besorgt!" – „Oh, wie aufmerksam von dir", freute sich Sophie und trippelte dabei wie ein Kind mit den Füßen, „ich muss allerdings gestehen, dass ich solch eine Waffe noch nie in Händen gehalten habe. Ich stelle mich sicher ziemlich ungeschickt damit an!" – „Ach was", widersprach Rennekoie, „es ist kinderleicht. Ihr werdet schon sehen. Außerdem kann ich helfen!" Dabei reichte er jeder der Frauen einen Bogen und einen Köcher. Dann stellte er sich breitbeinig vor die beiden, um ihnen die Schusshaltung vorzumachen. „Den Bogen in die Linke, den Arm weit nach vorn gestreckt", erklärte er, „dann den Pfeil mit dem gefiederten Ende in die Sehne, der vordere Teil ruht auf dem Zeigefinger der linken Hand. Jetzt die Sehne mit der Rechten bis zum Kinn ziehen, zielen und loslassen – ganz einfach!" Während er sprach, hatte er die entsprechenden Handgriffe in einer fließenden Bewegung vorgemacht. Nun schnellte sein Pfeil in hohem Bogen über die Lichtung. Sibylla nickte kurz und tat es ihm sogleich nach. Sophie jedoch machte ein konsterniertes Gesicht, als hätte sie nichts begriffen. Zögerlich hielt sie den Bogen vor die Brust und nestelte nach einem Pfeil aus ihrem Köcher. „Nicht vor die Brust, meine Liebe", tadelte sie Rennekoie nachsichtig, „der Bogen gehört zur Seite, an den langen Arm. Bogen, Arm und Schultern müssen eine Linie bilden. Wenn Ihr erlaubt ..." Bei diesen Worten trat er hinter die Herzogstochter und griff ihr buchstäblich unter die Arme, um ihre Stellung zu korrigieren. Dabei streifte er – absichtlich oder unabsichtlich – mit dem Arm ihren Busen. Sophie lief augenblicklich rot an, dann aber kicherte sie. „Aber Herenbert, das schickt sich doch nicht", meinte sie halbherzig. „Ach was", wiegelte er beiläufig ab, wobei er seinen Kopf obendrein auf ihre linke Schulter legte. „Hauptsache, der Pfeil schickt sich – und zwar in die richtige Richtung!" Seine Lippen befanden sich nun ganz nah an ihrem linken Ohr. „Und jetzt zieh die Sehne. Spürst du die Spannung?" Sophie kicherte erneut und zog ungelenk an der Sehne, ließ sie jedoch zu früh aus den Fingern gleiten. Der Pfeil rutschte aus der Halterung und fiel kraftlos vornüber. Gisbert hatte dem gesamten Unterfangen von Beginn an skeptisch gegenübergestanden, es aber vorgezogen, den Mund zu halten, um den Damen die Freude nicht zu verderben. Rennekoies Hilfestellung für Sophie ließ jedoch die Hoffnung in ihm aufkeimen, Sibylla in ähnlicher Weise beistehen zu können. Wie gern hätte er ebenfalls seine Arme um sie gelegt und seine Lippen an ihr Ohr gebracht. Doch dazu kam es nicht einmal ansatzweise. Denn Sibylla hatte den Bogen gespannt, als sei sie eine geübte Jägerin, und schickte ihren ersten Pfeil nun in weitem Bogen über die Lichtung, ungefähr dorthin, wo gute vierzig Schritt weiter vorn auch Rennekoies Pfeil in den Boden gefahren war. „Na, was sagt Ihr jetzt", platzte es aus ihr heraus, während sie den Männern einen kecken Blick zuwarf, „ich glaube, die Hilfestellung könnt Ihr Euch sparen!" – „Nicht schlecht für den Anfang", antwortete Rennekoie kurz, bevor er sich wieder Sophie zuwandte. Gisbert machte derweil ein zerknirschtes Gesicht. „Ihr seid eine geborene Amazone, die sich von einem Mann nicht mehr viel beibringen lässt, wie ich fürchte!" Dabei deutete er eine Verbeugung an. „Kommt ganz auf den Mann an", konterte sie, „und auf das Betätigungsfeld. Was die Jagd angeht, da mögt Ihr allerdings recht haben!" Dabei kitzelte sie ihn mit den Federn eines zweiten

Pfeils, den sie soeben aus dem Köcher genommen hatte, kurz an der Nase. „Ich schätze, da gibt es schon noch so einiges", meinte Rennekoie trocken, während er Sophie für einen zweiten Schussversuch in Stellung brachte, „aber wie Ihr schon sagtet, das kommt ganz auf den Mann an!" Diesmal brachte Sophie ein Schüsschen von etwa fünf Schritt Weite zustande und war über diesen ersten Erfolg ganz aus dem Häuschen. Gisbert wollte Rennekoie auf seine Äußerung, die er als versteckte Beleidigung empfand, eine passende Antwort erteilen, aber Sibylla kam ihm zuvor. „Und was könnte das Eurer Meinung nach sein, was ein entsprechender Mann mir noch beibringen könnte?", hakte sie nach, während sie ihren zweiten Pfeil über die Lichtung jagte, der diesmal noch gut zehn Schritt weiter flog. „Demut und Gehorsam, würde ich sagen", nahm Rennekoie den verbalen Fehdehandschuh auf. Dabei griff er Sophie, die sich dies klaglos gefallen ließ, erneut unter die Arme, um vorgeblich ihre Haltung zu verbessern. „Und Ihr denkt, Ihr wäret solch ein Mann?", hauchte Sibylla ihm da ins Ohr. Unbemerkt war sie ganz nah an ihn herangetreten. So nah, dass er nun buchstäblich Tuchfühlung zu beiden Frauen hatte. Rennekoie räusperte sich, um die Überraschung aus seiner Stimme zu verbannen, was ihm allerdings nicht ganz gelang. „Nun ja, ich denke schon", kam es ihm über die Lippen. Seine Stimme klang belegt. Dabei führte er Sophies Hand erneut an die Sehne, um einen weiteren Schussversuch einzuleiten. Die Sehne spannte sich. „Wenn Ihr Euch da mal nicht täuscht", gab ihm Sibylla zu verstehen, „Gehorsam bringt mir in diesem Leben niemand mehr bei – es sei denn, der eine, der richtige Mann!" Dabei blies sie ihm leicht ins Ohr. Rennekoies Hand rutschte von der Sehne, und der so sorgfältig vorbereitete Schuss ging erneut fehl. „Vielleicht solltet Ihr besser erst einmal in die Lehre gehen und lernen, wie man mit Frauen wirklich umgeht", legte Sibylla nach, „bevor Ihr von weiblicher Gehorsamkeit träumt!" Für einen Augenblick, der Rennekoie endlos erschien, trafen sich ihre Blicke. Gisbert gluckste und erntete dafür sogleich einen wütenden Blick von seinem Kontrahenten. „Ich finde, er ist ein wunderbarer Lehrer", meinte da Sophie, während sie diesmal aus eigener Kraft versuchte, den Bogen zu spannen. Doch statt mit drei oder mehr Fingern nach der straffen Sehne zu greifen, wie es ihr Rennekoie gezeigt hatte, und diese beim Zug fest mit den vorderen Gliedern zu umschließen, nahm sie die Sehne nur zwischen Daumen und Zeigefinger. Nicht lange, und sie glitt ihr durch. Der Pfeil fiel mehr, als dass er flog.

Sibylla blickte Rennekoie von der Seite an, zog eine Augenbraue hoch und machte ein gespielt beeindrucktes Gesicht. „An Euren Taten werdet Ihr gemessen!", flüsterte sie ihm zu. In diesem Moment brachen Dutzende aufgeschreckter Wildtiere aus dem unterhalb gelegenen Waldsaum, gefolgt von einer trommelnden, bellenden, johlenden Meute aus Hunden und Menschen. Ein Dutzend Rehe sprangen vorweg, zu ihren Füßen ein Fuchs und mehrere Hasen. Weiter hinten sah Sibylla eine kleine Rotte Wildschweine aus dem Unterholz hervorpreschen. Und dann traten plötzlich acht Rothirsche auf den Plan, vier Kühe, zwei Kälber, ein Junghirsch, angeführt von einem kapitalen Leittier mit dem imposantesten Geweih, das Sibylla je gesehen hatte. Rennekoie griff sogleich zu einem Speer, rief den Jagdhelfern etwas zu und rannte mit diesen auf die Lichtung, wobei sie achtlos die Blütenteppiche zertrampelten. Gisbert sprang auf sein Pferd, ohne aber den Platz bei den Frauen zu verlassen. Sophie versuchte aufgeregt, erneut ihren Bogen zu spannen, aber mehr als ein Schüsschen, das allenfalls die Bienen von einer nahe gelegenen Blüteninsel vertrieb, brachte sie nicht zustande. Sibylla war für einen Moment unschlüssig. Auch sie hatte das Jagdfieber gepackt. Aber auf Rehe würde sie niemals schießen, die waren ihr seit der Kindheit die liebsten Tiere des Waldes. Mit ihrer Schleuder hatte sie jedoch früher schon zuweilen Jagd auf Hasen gemacht, also entschloss sie sich, ihr Glück damit zu versuchen, ein Langohr zu erwischen. Sie spannte den Bogen, visierte eines der hoppelnden Ziele an, prüfte noch einmal die Entfernung und schoss. Zischend sauste der Pfeil durch die Luft – und verfehlte sein Ziel um knapp eine Handbreit. „Ein guter Schuss", lobte Gisbert, der ihren Versuch hoch zu Ross gespannt verfolgt hatte, „da hat nicht viel gefehlt!" – „Knapp daneben ist auch vorbei", meinte Sibylla und legte einen zweiten Pfeil ein. Diesmal machte sie es besser, zielte ein Stück höher und schickte das Geschoss in hohem Bogen den Hasen hinterher. Von der eisernen Spitze mitten im Sprung durchbohrt, überschlug sich eines der Langohren und blieb am Rande eines Tümpels liegen. Sibylla jubelte. Gisbert gab seinem Pferd die Sporen und sprengte augenblicklich die vierzig Schritt voraus zum Tümpel. Ohne abzusteigen, ja sogar ohne sein Pferd wirklich anzuhalten, neigte er sich seitlich tief aus dem Sattel und ergriff das Tier an den langen Ohren. Mit einem Ruck riss er es empor, wobei er wie von selbst wieder sicheren Halt im Sattel fand, wendete und schwenkte den Hasen jubelnd über dem Kopf. „Eure Beute, treffsichere Amazone", lachte er, als er mit tänzelndem Ross zurückkehrte, und warf Sibylla das Tier vor die Füße. Sibylla blickte von dem Hasen zu ihm empor. „Wenn Ihr mir mit diesem Kunststück imponieren wolltet, so ist Euch das gelungen", ließ sie ihn wissen, „wo habt Ihr gelernt, so zu reiten?" „Auf dem Kreuzzug", antwortete Gisbert nicht ohne Stolz, „das habe ich mir von den Sarazenen abgeschaut!" Dann nahm das Jagdgeschehen wieder ihre Aufmerksamkeit in Anspruch. Rennekoie und seine Helfer hatten einen Teil der Rehe eingekesselt und ließen ihre Speerspitzen nun reiche Ernte halten. Sibylla spürte einen Stich im Herzen, konnte aber nichts gegen das Gemetzel tun. Auf der gegenüberliegenden Seite fielen Bogenschützen, Hunde und Treiber über die Wildschweine her. Vom Waldrand aus waren Herzog Walram und seine Ritter auf die Lichtung galoppiert. Die meisten trugen schwere Speere wurfbereit in der Rechten. Walram hielt eine Armbrust im Anschlag. Aufgeregt sahen sie sich nach den Hirschen um. Das flüchtende Rudel hatte derweil mit raumgreifenden Sprüngen ein wenig Abstand zu der Meute gewonnen und weiter oberhalb an einem der Tümpel haltgemacht. Majestätisch blickte sich der kapitale Hirsch um. Da das Gelände nach Süden zum Hohen Venn hin anstieg, hatte er nun zu vorgerückter Stunde die Sonne im Rücken. Walram schirmte seine Augen gegen das Licht ab, erspähte den Hirsch und deutete nach vorn. Und schon sprengte die Reiterschar ihrem Ziel entgegen. Sibylla überlegte fieberhaft, wie sie das wundervolle Tier retten könnte. Offenbar brauchte der Hirsch ein wenig Aufmunterung, seine Flucht fortzusetzen. Schnell legte sie einen neuen Pfeil auf die Sehne, spannte den Bogen mit all ihrer Kraft, lehnte sich weit zurück und schoss. Mit zusammengekniffenen Augen verfolgten sie und Gisbert die Flugbahn des Pfeils. Etwa drei Schritt vor dem Hirschen schlug das Geschoss platschend ins Wasser des Tümpels. Augenblicklich drehte sich das gewaltige Tier mit rollenden Augen um die eigene Achse und preschte davon. „Donnerwetter", kam es aus Gisberts Mund, „da fehlte nicht viel und Ihr hättet dem Herzog seine Beute streitig gemacht!" Wie sollte er auch ahnen, dass Sibylla keineswegs vorhatte, den Rothirsch zu erlegen, sondern ihn lediglich zu vertreiben? Sie freute sich wie ein Kind darüber, dass ihr dies vorerst gelungen war. „Jetzt aber schnell auf die Pferde", rief ihr Verehrer, „und dem Jagdgeschehen hinterher!" Dabei winkte er den Pagen und sprang selbst elegant von seinem Reittier, um den Damen in den Sattel zu helfen. Augenblicke später folgten sie dem Hirschrudel und den vorauspreschenden Rittern die Hügel hinauf. Das blieb auch Rennekoie nicht verborgen. Eilig raunte er einem seiner Helfer etwas zu, dann rannte er zu seinem Gaul, um es den Rittern und den Damen gleichzutun.

Sibylla haderte unterdessen mit ihrem Sattel. Sie war es gewohnt, in gleicher Weise zu reiten wie die Männer, auf einem mit Leder rundum gepolsterten Holzrahmen, der vorn und hinten Halt gab, mit dem Pferdeleib zwischen ihren Beinen. Auf Neuenberge, erst recht auf ihrem Gut in Leichlingen, hatte man diesbezüglich keinen Unterschied zwischen Männern und Frauen gemacht. Am Limburger Hof hielt man dies jedoch offenbar für unschicklich und hielt für Reitausflüge der höheren Damen entsprechende Damensättel bereit. Diese waren im Grunde nicht mehr als Sitzkissen mit einem hölzernen Brett an der linken Seite, dort wo sich sonst die Steigbügel befanden. Mit solch einem Damensattel hatte sie nun zu kämpfen; er war weder bequem, noch gab er guten Halt. Im Schritt, auf dem gesamten Hinweg, hatte sich dies verschmerzen lassen, im Galopp aber, erst recht jetzt bei der Verfolgung der Hirsche, litt sie Qualen und fühlte sich ausgesprochen unsicher. So kam sie an Sophies Seite, die sich gleichermaßen quälte, erst bei den Rittern an, als diese das Hirschrudel bereits so gut wie umzingelt hatten. Das Rotwild versuchte abwechselnd nach rechts und links auszubrechen, suchte einmal in einem der spärlichen Birkenhaine Schutz, sprang dann in einen der Tümpel, aber der Kreis der Jäger und Treiber schloss sich immer enger. Das Leittier unternahm mit gesenktem Geweih kurze Attacken gegen die Reiter, die ihm am nächsten kamen. Sibylla lenkte ihr Ross, so nah es ging, an das des Herzogs. „Was für ein prachtvoller Hirsch", rief sie zu ihm hinüber. „Und was für einer", keuchte Walram mit grimmiger Miene, die Armbrust bereits im Anschlag, „ein Sechzehnender, wenn ich mich nicht verzählt habe!" – „Wollt Ihr das herrliche Tier nicht verschonen, auf dass es zahlreiche Nachkommen zeugt, Nachschub für Eure Jagd?" Etwas Besseres fiel ihr auf die Schnelle nicht ein. Walram riss entgeistert den Kopf zu ihr herüber. „Seid Ihr toll? Ich soll solch eine Trophäe laufen lassen? Wie käme ich dazu?" – „Weil er doch so schön ist", beharrte Sibylla, „viel schöner in der Wildnis als an der Wand Eures Saales!" Doch Walram schüttelte nur verärgert den Kopf. „Weiber!", brüllte er, dann gab er seinem Pferd die Sporen, um näher in Schussweite zu kommen. „Vater!", rief ihm Sophie noch hinterher, die zu den beiden aufgeschlossen hatte und ihre Freundin gern unterstützen wollte. Aber es war zu spät. Von allen Seiten drängten nun die Ritter und Bogenschützen näher heran. Zwei Hirschkühe fielen unter Pfeilsalven zu Boden, wobei die Schützen gezielt die Tiere herausgesucht hatten, die keine Kälber an ihrer Seite hatten. Walram feuerte seine Armbrust auf den Hirsch ab und traf diesen in die Brust. Doch der Bolzen war offenbar nicht groß genug, um das Tier sofort in die Knie zu zwingen. Noch hatte es genug Energie für einen weiteren Ausfall. Die Reiter folgten. Dabei drängten sie Sibylla und Sophie zur Seite, die nicht schnell genug Platz machen konnten. Pfeile und Speere flogen. Gisbert eilte den Frauen zu Hilfe, um sie aus der Schusslinie zu bringen. Da traf ihn im Getümmel ein Geschoss in den Oberarm. Doch außer ihm und Sibylla nahm niemand Notiz davon. „Oh Gott, Gisbert, Ihr seid verwundet", rief sie ihm zu, „lasst mich die Wunde ansehen und Euch helfen!" – „Jetzt nicht", brüllte er zurück, „erst müssen wir raus aus diesem Getümmel!" Dabei brach er wütend den Pfeilschaft ab, der aus seinem Arm ragte. Dann lenkte er sein Pferd zur Seite, ergriff Sophies Zügel und führte die kleine Gruppe außer Schussweite. Derweil hatten die Ritter den Hirsch vollends umzingelt. Neben Walrams Armbrustbolzen ragten drei weitere Pfeile aus dessen Leib. Mit zitternden Knien, blutend, aber immer noch aufrecht, nur das mächtige Geweih seinen Feinden entgegengesenkt, stellte sich der Hirsch zum letzten Gefecht. Rennekoie reichte Walram eine Lanze mit breitem, scharfem Blatt. Der Herzog fackelte nicht lange, ergriff die Waffe und stieß sie dem mächtigen Tier in die Brust. Röchelnd sackte der Hirsch zusammen und hauchte den letzten Funken Leben aus, während die verbliebenen Kühe und Kälber seines einstigen Harems mit dem Junghirsch entkamen. Man ließ sie laufen, um die natürliche Vermehrung nicht gänzlich zu beeinträchtigen. Hochrufe erschollen und Walram reckte die Faust. „Das gibt einen vortrefflichen Braten heute Abend – darauf machen wir ein Fass auf", ließ er seine Männer wissen, die über diese Aussicht in erneuten Jubel ausbrachen. Niemand scherte sich um Gisbert, der unterdessen von Sibylla, so gut es ging, versorgt wurde. Da der Pfeil nicht tief saß, konnte sie die Spitze mit einem Ruck entfernen. Dann riss sie ein paar Streifen Stoff von ihrem Kleid ab und verband notdürftig die Wunde. „Das muss ich mir später noch einmal ansehen", gab sie ihm zu verstehen, „dann mache ich Euch einen richtigen Umschlag mit Kamille, das wird die Heilung beschleunigen!" – „Nichts lieber als das", gab er augenzwinkernd zurück, „auch wenn es nur ein Kratzer ist. Allerdings würde ich doch gerne wissen, wem ich diese Ehre zu verdanken habe!" Für Walram und die anderen stand schnell fest, wer für Gisberts Verwundung verantwortlich war. Nachdem sie den Hirsch ausgenommen und wie die anderen erlegten Tiere an einer langen Stange für den Transport vorbereitet hatten, machten sich auf Rennekoies Geheiß einige Männer daran, die Pfeile der verschiedenen Schützen zu untersuchen und mit dem Schaft aus Gisberts

Arm zu vergleichen. Schnell wurde klar, dass aufgrund der gleichen Befiederung der ominöse Pfeil nur aus Sophies oder Sibyllas Köcher stammen konnte. Und da Sophie sich nicht gerade als begnadete Schützin erwiesen hatte, kam im Grunde nur Sibylla als Urheberin des Übels infrage. Da ihr niemand zutraute, absichtlich auf Gisbert geschossen zu haben, beließen es die Männer bei etwas Hohn und Spott. „Ich sag' es ja, Weiber und Jagd, das verträgt sich nicht", fühlte sich Walram in seinen Ansichten bestätigt, „das kommt davon, wenn man sie an zu langer Leine führt!", ließ er Gisbert wissen. Damit war die Angelegenheit jedoch für ihn erledigt und er nahm stattdessen noch einmal seine imposante Trophäe in Augenschein. „Mach dir nichts draus, du bist zwar recht geschickt, aber eben doch kein richtiger Jäger", schien sich Sophie der Meinung ihres Vaters anzuschließen. Sibylla blickte ihr entgeistert hinterher. „Ich habe nicht auf Euch geschossen", versicherte sie dem verwundeten Ritter, der an ihre Seite getreten war, „auch nicht unabsichtlich. Ich habe den Bogen auf dem Ritt überhaupt nicht mehr erhoben!" „Ich weiß", beruhigte sie Gisbert, „keine Sorge. Aber mir wäre lieber, Ihr wäret es gewesen. Denn jetzt drängen sich weitere Fragen auf, die mir durchaus Kummer bereiten!" Und auch Sibylla wurde klar, dass jemand mit voller Absicht auf Gisbert geschossen haben musste – mit einem Pfeil aus ihrem Köcher. Eigentlich kam dafür nur einer infrage, doch den hatte sie im Jagdgetümmel gesehen. Oder er hatte einen Helfer gedungen. In solcherlei Gedanken vertieft, bestieg sie ihr Pferd und schlug mit dem Tross den Rückweg ein. Gisbert machte sich als einer der Letzten auf den Weg. Als sie den Wald erreichten, fand sich plötzlich Herenbert Rennekoie an seiner Seite. „Lasst Euch das eine Warnung sein!", raunte dieser ihm zu. „Eine Warnung? Wovor?", wollte Gisbert zornig wissen. „Davor, im falschen Moment im Weg zu stehen", spuckte Rennekoie aus. Dann ritt er lachend davon.

Gerhardt wollte der Wein beim spätabendlichen Mahl, zu dem Kaiser Friedrich alle anwesenden Ritter und Gäste auf Borgo San Donnino geladen hatte, nicht so recht schmecken. Und das, obwohl mit köstlichen Braten und Pasteten sowie mit orientalischen Tänzerinnen sowohl für Gaumen- als auch für Augenschmaus gesorgt war. Doch Gerhardt machte sich Gedanken über Friedrichs Worte, den Saupacker betreffend – und eine etwaige Probe seiner Stärke. „Vielleicht lehrt dich das, in Zukunft deine Worte vorher sorgfältiger abzuwägen", riet ihm Thomas. Da sie Plätze am Kopfende einer hinteren Tafel eingenommen hatten, konnten sie in gedämpftem Ton recht frei reden. „Wir schätzen dich alle, auch deinen Humor und deine Redensarten, aber vor hohen Herren muss man seine Worte tunlichst auf die Goldwaage legen!" – „Wohl wahr, allerdings glaube ich nicht, dass du dir ernstliche Sorgen machen musst", steuerte William bei, „er wird dich oder den Hund kaum in Gefahr bringen!" – „Da wäre ich mir nicht so sicher", gab Willibald zu bedenken, „warum hält er sich einen solch imposanten Tierpark? Was ist, wenn er Wulfila gegen den Löwen kämpfen sehen will?" Gerhardt fuhr der Schreck in die Glieder, bekämpfte dies jedoch auf die ihm eigene Art. „Pah, Wulfila nimmt es auch mit solch einem Untier auf!" Thomas rollte mit den Augen. „Das meine ich", gab er ihm zu verstehen, „was, wenn dies jemand hört und versucht ist, deine Worte auf die Probe zu stellen? Sei in Gottes Namen etwas vorsichtiger mit deinen Äußerungen!" Ulrich und Martin pflichteten ihm bei. Wulfila selbst schien sich keine Sorgen zu machen und knabberte unter der Tafel eifrig an einem ergatterten Knochen. Wenig später gesellte sich Oberto Pallavicino zu ihnen. „Genießt ihr die Aussicht?", warf er in die Runde, als er sich setzte, und spielte damit auf die leicht geschürzten Tänzerinnen an. „Der Kaiser hat fürwahr einen erlesenen Geschmack, was Frauen angeht – auch wenn sich nicht jeder Christenmensch mit seiner orientalischen Gepflogenheit anfreunden kann, sich einen Harem zu halten! Aber als Mann kann man ihn nur beneiden!" Zumindest die Kirchenmänner an der Kaisertafel, wie der Bischof von Parma, schienen für den Moment keinen Anstoß daran zu nehmen und stierten die tanzenden Schönheiten unverhohlen an. Eine von ihnen vollführte gerade eine mehr als anzügliche Akrobatik, indem sie sich weit nach hinten beugte und aus dieser Rückwärtsbewegung heraus einen Handstand machte, der tiefe Einblicke auf das bot, was sie unter ihren hauchdünnen Schleiern trug, die sie umgaben, nämlich so gut wie nichts. „Gehört habe ich schon davon", meinte Gerhardt, augenscheinlich froh darüber, seine trüben Gedanken in eine andere Richtung lenken zu können, „Ihr meint, das sind alles Frauen aus seinem … Wie nennt Ihr es? Harem?" – „Natürlich, alles Gespielinnen, wenn Ihr so wollt, aus seinem Hühnerhaus", strahlte Oberto, „für jede Nacht eine andere. Und vorher tanzen sie für ihn und seine Gäste!" – „Wo ist die Kaiserin?", wollte William wissen. „An einem sicheren Ort, wahrscheinlich auf Sizilien", gab Oberto zurück, „im Februar hat er sie zumindest in Salerno eingeschifft. Sie ist als Erbin des Königsthrones von Jerusalem zu wertvoll, um sie auf eine strapaziöse Reise mitzunehmen – und obendrein guter Hoffnung. Außerdem ist sie zu jung für das hier!" Dabei wies er mit dem Kopf in Richtung der Tänzerinnen, die nun nacheinander einen gekonnten Spagat vollführten. „Deshalb tröstet er sich einstweilen mit der Cousine seiner Gattin, Anais von Brienne, die ihre Brautjungfer war!" Erst jetzt fiel Thomas die Vertrautheit auf, die den Kaiser mit einer jungen Schönheit von etwa zwanzig Jahren verband, die zu seiner Linken saß und mit einem goldenen Reif in ihrem langen, dunkelblonden Haar beinahe wie eine Königin wirkte. Als sie sich erhob, um sich die Beine zu vertreten oder ein stilles Örtchen aufzusuchen, sah er, dass sie mit einer gewissen Leibesfülle gesegnet war, aber sonst sehr schlank wirkte. „Ist sie etwa auch …?" Thomas vollendete den Satz nicht, aber Oberto hatte auch so verstanden. „Vermutlich ja, ein Doppelschlag in der Hochzeitsnacht", grinste der Podestà, „oder wenig später. Man munkelt, dass die Kaiserin, wie auch ihre Brautjungfer, noch in diesem Spätsommer gebären werden. Unser Kaiser ist eben in jeder Beziehung erstaunlich – und gebürtiger Sizilianer!" Thomas nahm den Staufer noch einmal genauer in Augenschein. Er musste jetzt Anfang dreißig sein, nicht mehr der strahlende Jüngling von einst, aber immer noch eine angenehme Erscheinung. Daran änderten auch seine stärkeren Hüften nichts. Ein Wunder, dass er bei all den Verführungen, die sich ihm täglich darboten, nicht schon viel rundlicher geworden war. Andere Herrscher wären längst fülliger geworden. Friedrich jedoch wirkte stark – und schlau. Als hätte er Thomas' Blick gespürt oder seine Gedanken gelesen, wandte er sich in diesem Moment in dessen Richtung. Ihre Blicke trafen sich und der Kaiser nickte ihm wohlwollend zu. Auch Thomas senkte grüßend das Haupt. Dann wurde ihre Aufmerksamkeit von anderen Dingen in Anspruch genommen. „In wenigen Tagen wird der Großmeister des Deutschen Ordens mit dem Bischof und anderen Unterhändlern zu einem neuerlichen Treffen mit den Lombarden nach Mantua aufbrechen", hob Oberto an, „ich werde ihn begleiten, zumindest bis vor die Tore dieser Stadt. Spätestens bis dahin dürfte auch eine Entscheidung in eurer Sache gefällt sein, das soll ich euch ausrichten. Ihr werdet frische Pferde, Proviant, eine Eskorte und ein Sendschreiben mit dem kaiserlichen Siegel bekommen, das euch alle Tore öffnet und euch überall schnell passieren lässt – zumindest bis in das Hoheitsgebiet des Kirchenstaates. So holt ihr die verlorene Zeit wieder auf!" Erfreut hoben die Männer ihre Becher und stießen auf den Kaiser an, der ihnen sogleich über die Tische hinweg zuprostete. Thomas fiel einmal mehr auf, dass dem Staufer nichts um ihn herum entging. „Allerdings müsst ihr einen Eid ablegen, der euch zu absoluter Verschwiegenheit verpflichtet. Der Kaiser erwartet weitere Gäste, die nicht jedermann unter die Augen kommen sollen. Ihr gehört zu den wenigen, die bleiben dürfen, wenn ihr Stillschweigen zu allem schwört, was ihr hört und seht!" Die Männer schworen es. „Wisst ihr, wen der Kaiser erwartet?", konnte es sich William nicht verkneifen. Oberto zuckte die Achseln. „Es hat etwas mit Jerusalem zu tun – und einem neuen Kreuzzug!"

„Jetzt übertreibt Ihr aber, Sibylla, Herenbert ist über jeden Zweifel erhaben!", protestierte Sophie von Limburg, „er kann den Pfeil auf Gisbert doch gar nicht abgeschossen haben, er war doch an der Seite meines Vater, nahe beim Hirsch!" Aber ihre neue Freundin ließ nicht locker. „Er hat auch nicht selbst geschossen, aber er hat jemanden gedungen, dies für ihn zu erledigen!" Sophie stockte der Atmen und sie blieb entgeistert stehen. „Seid Ihr von allen guten Geistern verlassen? Warum sollte er so etwas tun? Er hat doch gar keinen Grund!" Nun war es für Sibylla an der Zeit, ihre Karten auf den Tisch zu legen. Sie hoffte inständig, dass es der rechte Zeitpunkt war, die Herzogstochter in die Machenschaften des Altknappen einzuweihen. Sie brauchte Sophie als Verbündete. Sie hatte schon einiges über die Hintergründe der Ermordung des Erzbischofs in Erfahrung gebracht, aber seit geraumer Zeit auch das Gefühl, nicht recht voranzukommen. Die Verwundung Gisberts tags zuvor war eine unmissverständliche Warnung gewesen und ein Zeichen dafür, wie abgefeimt, aber auch wie mächtig ihr Feind auf heimischem Boden war. Sie musste Sophie von der Skrupellosigkeit Rennekoies überzeugen, um mit ihrer Hilfe und ihrem Wissen ein neues Kapitel der Enthüllungsgeschichte aufzuschlagen, deren Ende noch nicht abzusehen war. Dazu hatte sie Sophie zu einem Spaziergang im Garten der Limburg ermuntert, wo sie in der Regel allein waren. Nach dem Austausch der üblichen Belanglosigkeiten über das Wetter und über neue Kleiderstoffe hatte sie geschickt das Thema auf die zurückliegende Jagd gelenkt und die Herzogstochter dabei mit ihrem Verdacht konfrontiert, Rennekoie sei für Gisberts Verwundung verantwortlich und der Pfeilschuss sei ein gezielter Anschlag gewesen. Nun galt es, ihr die Gründe dafür zu eröffnen. „Und ob er einen Grund hat: Gisbert steht ihm im Weg", eröffnete ihr Sibylla, „Euer Herenbert wäre manches Mal viel lieber mit Euch und mir allein, um uns aushorchen und unsere Schritte lenken zu können. Allerdings macht ihm Gisbert mit seiner Galanterie einen Strich durch die Rechnung!" – „Aushorchen?" Sophie verstand die Welt nicht mehr. „Wieso sollte er uns denn aushorchen wollen?", hakte sie, zunehmend ungehalten, nach. „Er will wissen, was Ihr und ich über die Geschehnisse im Hohlweg zu Gevelsberg wissen; er vermutet nicht zu Unrecht, dass wir in mehr Dinge eingeweiht sind, als ihm lieb ist. Ich bin nämlich sicher, dass er tiefer in die Ermordung des Erzbischofs verstrickt ist, als er zugibt. Seid ehrlich, habt Ihr Euch nicht auch schon gefragt, warum die so sorgfältig geplante und im Grunde gefahrlose Entführung des Erzbischofs eine so fatale Wendung nahm?!" Damit war die Katze aus dem Sack. Sophie traten in Erinnerung an die schlimmen Ereignisse, die ihr den Gatten und ihr Zuhause genommen hatten, Tränen in die Augen. Aber ihr war auch anzusehen, wie unangenehm ihr das Thema war. „Ihr … Ihr wisst davon?", kam es ihr zaghaft über die Lippen. Sibylla nickte. „Wie Euch Euer Gatte, hat mich auch meiner über den ursprünglichen Plan unterrichtet; er führte die Eskorte des Erzbischofs, wie Ihr ja sicher wisst!" Das war ein Schuss ins Blaue. Sie ahnte zwar, dass Sophie die Hintergründe der geplanten Entführung kannte, wollte aber Gewissheit haben, auch darüber, wie weit die Herzogstochter eingeweiht gewesen war. Nun nickte Sophie versonnen, was Sibylla als zögerliches Eingeständnis nahm. „Aber …", Sophie schnäuzte sich kurz in ein kleines Spitzentüchlein, während sie angestrengt nachdachte, „woher wusste Euer Gatte, woher wusste Erzbischof Engelbert von der Entführung?" Sibylla überlegte, ob sie es wagen konnte, der Herzogtochter die ganze Geschichte zu enthüllen – und entschied sich, aufs Ganze zu gehen. „Wenn ich es recht verstanden habe, ist der Erzbischof gewarnt worden. Ich weiß von mindestens einem Brief. Außerdem hat wohl Euer Gatte versucht, einen Handel mit dem Erzbischof abzuschließen. Vielleicht hat ihn Engelbert auch nach den Vorwarnungen dazu genötigt. Jedenfalls sollte die Entführung nur zum Schein geschehen, um die Entführer später auf der Isenburg durch Männer des Erzbischofs – und Eures Gatten – festnehmen zu lassen!" Sophie war wie vor den Kopf geschlagen. Sie brauchte eine ganze Weile, um sich zu sammeln, währenddessen Sibylla sie nicht aus den Augen ließ. „Aber …, aber das bedeutet ja …" Sophie beendete den Satz nicht. Ihr war deutlich anzusehen, dass sie diese Version der Geschichte bislang nicht kannte, ja nicht mal ansatzweise ahnte. „Das bedeutet, dass Euch Euer treuer Friedrich offenbar hintergangen hat und die so fein gesponnenen Limburger Pläne durchkreuzen wollte", dachte Sibylla. An dieser Nuss hatte Sophie in der

Tat zu knacken. „Aber was ... wie ... warum ...", stammelte sie, „wieso kam es denn dann zu der Ermordung?" – „Darüber kann man nur Vermutungen anstellen", gab Sibylla zurück, „vielleicht ist die Sache aufgeflogen und eskaliert, vielleicht hat Euer Gatte seine Meinung ein zweites Mal geändert, vielleicht hat aber auch der Anführer der Limburger Entführer Wind von der einseitigen Planänderung bekommen und die Waffen sprechen lassen. Ich bin sicher, dass Euer Freund Herenbert genau weiß, was geschehen ist, und warum. Denn war er nicht besagter Anführer?!" Sophie drehte ganz langsam den Kopf zu ihrer neuen Freundin. „Bist du deshalb hier?", fragte sie ganz unverblümt, mit einem gefährlichen Flackern in den verheulten Augen, „bist du hier, um mich und Herenbert und alle, die infrage kommen, heimlich auszuhorchen? Bist du hier, um deinen Mann damit von den Vorwürfen gegen ihn reinzuwaschen? Oder hat dich gar jemand anderer geschickt, vielleicht der neue Erzbischof – oder der Kaiser – oder mein Bruder?" Dabei ballte sie die kleinen Fäuste und ein Zittern ging durch ihren Körper. Fast hätte Sibylla über Sophies Vermutungen lachen mögen, vor allem über die hierarchische Anordnung ihrer vermeintlichen Gegner. Immerhin schien Graf Heinrich, Sophies Bruder, mit der ganzen Sache rein gar nichts zu tun zu haben, wenn sie Sophies Worte richtig deutete. Aber der veränderte Tonfall in ihrer Stimme, auch die geringschätzigere Anrede, gefiel Sibylla überhaupt nicht. Das Gespräch – oder war es ein Verhör? – drohte in eine völlig falsche Richtung zu laufen. Aber eigentlich hatte Sophie den Nagel auf den Kopf getroffen, also sollte sie auch die Wahrheit erfahren. „Ja, das bin ich", gab Sibylla unumwunden zu, „zumindest zu Anfang und das ohne jeden Plan. Ich habe die Einladung nach Limburg angenommen, weil ich dadurch eine Möglichkeit sah, mehr über die dunklen Hintergründe der Mordtat zu erfahren, die zugegebenermaßen auch ein schlechtes Licht auf meinen Gatten geworfen hat. Dafür habe ich sogar mein Kind im Stich gelassen. Aber ich handele völlig aus eigenen Beweggründen, mit dem Kaiser und dem Kölner Klerus habe ich nichts zu schaffen, auch nicht mit Eurem Bruder!" Sorgenvoll bekam Sibylla mit, wie sich Sophies Lider verengten. „Aber mit Euch habe ich etwas zu schaffen", fügte sie schnell an, „Ihr und Eure Kinder sind mir ans Herz gewachsen, schon auf der Fahrt hierhin. Euer Unglück, das Ihr nicht zu verantworten habt, dauert mich!" Zumindest in diesem Punkt log sie doch ein wenig. Denn längst war sie davon überzeugt, dass die Herzogstochter an ihrem Unglück nicht ganz unschuldig war. Aber das zu äußern, hätte das Fass zum Überlaufen gebracht.

„Deshalb muss ich Euch vor diesem Rennekoie warnen", schlug Sibylla nun einen geschickten Bogen, wie sie fand, zu dem Schattenmann der Entführung, „der einer der Urheber dieses Unglücks ist, da bin ich sicher. Wer oder was dahintersteckt, das wage ich allerdings nicht zu vermuten. Aber er schmiedet Ränke und ist bemüht, seinen Kopf aus der Schlinge zu ziehen. Und er hat keine Skrupel, Gewalt einzusetzen, wenn ihm jemand im Weg steht oder nicht zu Willen ist. Gisbert hat das jetzt zu spüren bekommen!" Damit hatte sie alle ihre Karten auf den Tisch gelegt und hoffte inständig, Sophie die Augen geöffnet zu haben. Doch diese verfinsterten sich immer mehr. „Das hast du fein eingefädelt, nicht wahr?", zischte ihr Gegenüber, „zuerst erschleichst du dir mein Vertrauen und Zugang zur Limburg und jetzt versuchst du, alle gegeneinander aufzuhetzen, vor allem Herenbert und mich. Und das alles, um deinen Gatten reinzuwaschen. Wo war der denn an dem Tag im Hohlweg? Vielleicht hat er ja selbst den Erzbischof ermordet. Warum Herenbert? Wahrscheinlich hast du ja auch selbst auf Gisbert geschossen, um es jetzt anderen in die Schuhe zu schieben!" Triumphierend baute sie sich vor Sibylla auf. „Wenn Herenbert so bösartig ist und ahnt, dass du etwas im Schilde führst, warum hat er dann nicht auf dich schießen lassen?!" – „Ich hab' es verdorben", ging es Sibylla durch den Kopf. „Sie kann oder will nicht begreifen, dass ich die Wahrheit sage." Dabei funkelten sich die beiden Frauen zornig an. „Vielleicht ist er noch nicht schlau aus mir geworden, vielleicht will er noch etwas aus mir herausbekommen, vielleicht hält ihn unsere Freundschaft ab oder vielleicht hält auch Euer Vater, der Herzog, eine schützende Hand über mich – ich weiß es nicht. Aber Ihr wisst so gut wie ich, dass ich nicht geschossen habe. Ihr wart die ganze Zeit an meiner Seite!", gab Sibylla zurück. Fieberhaft überlegte sie, wie sie Sophie die ungeschönte Wahrheit offenlegen konnte. „Vielleicht hat er ja auch noch … anderweitiges Interesse an mir", formulierte sie es schließlich, „und spart es sich für später auf, mir Gewalt anzutun!" Das jedoch war zu viel für die Herzogstochter. „Pah, Interesse an dir? Das träumst du vielleicht", erhitzte sie sich, „mir ist er zugetan, nicht dir. Mit dir gibt er sich nur am Rande ab, weil du meine Fr…, weil du mir nahe standest!" Sibylla erkannte frustriert, dass ihr Unterfangen fruchtlos war. „Wie Ihr meint", erwiderte sie, „aber glaubt mir, er ist nicht der galante Verehrer, als der er sich Euch gegenüber erweist!" Erneut erntete sie ein zorniges Funkeln, in das sich aber weitere Tränen mischten. „Vielleicht, weil es einer Buckligen nicht ansteht, verehrt zu werden – meint Ihr das? Weil ich es nicht wert bin, geliebt zu werden – wollt Ihr mir das zu verstehen geben?" Nun rannten die Tränen in Strömen über Sophies Gesicht. Sibylla schalt sich eine Närrin und bedauerte, auch nur in Erwägung gezogen zu haben, sie könnte Sophie die Augen öffnen. Es war zwecklos. „Das habe ich nicht gesagt und nicht gemeint, es geht nicht um Euch oder mich oder um Verehrung. Es geht um Leben und Tod", unternahm sie einen letzten Versuch, „Denkt, was Ihr wollt, von mir und meinen Worten. Aber seid um Himmels willen vorsichtig in Bezug auf Euren Verehrer. Denkt an Euch, an Euren Gatten – und an Eure Kinder. Dem Kerl ist alles zuzutrauen!" Die beiden tauschten einen letzten Blick, dann drehte sich Sophie um und verließ wortlos den Garten. Sibylla war überzeugt, alles gewagt und alles verloren zu haben.

Thomas erwachte mit einem leichten Katzenjammer. Er hatte beim Mahl am vorherigen Abend doch dem Wein mehr zugesprochen, als er vorgehabt hatte. Blinzelnd blickte er sich um und suchte seine Kleider zusammen. William stand bereits gestiefelt und gespornt vor dem kleinen Fenster ihrer Kammer, aus dem man einen Blick in den Innenhof des Borgo werfen konnte. Sie waren allesamt in einem Seitentrakt des Palas untergebracht, in drei nebeneinanderliegenden, blitzblanken Zimmern, in denen jeweils zwei hölzerne Bettrahmen standen. Diese waren mit frischem Stroh gefüllt und mit weißen Laken bezogen, auf denen wollene Decken zum Zudecken gelegen hatten. „Die neuen Gäste sind eingetroffen", ließ ihn der Templer wissen, „ich bin gespannt, wen wir da erwarten können. Sieht aus, als kämen sie von weit her!" Thomas erinnerte sich, mitten in der Nacht durch verhaltenen Lärm und Fackelschein geweckt worden zu sein. Aber er hatte sich schnell wieder herumgedreht und weitergeschlafen. Jetzt trat er an Williams Seite und spähte hinaus. Im Hof standen drei geschlossene Wagen, stabil aus gutem Holz gezimmert, die jeweils von mindestens vier Pferden gezogen worden sein mussten. Doch von den Gäulen war nichts zu sehen. Vor den Wagen standen ein Dutzend Krieger Wache, die Thomas sehr an ihre sarazenischen Gegner vor Damiette erinnerten. Mit ihren spitz zulaufenden Helmen und Krummschwertern, mit ihren Pluderhosen und weiten Mänteln über den Kettenhemden schienen sie direkt aus der Vergangenheit zu kommen. „Vielleicht sollten wir uns einmal ihre Pferde ansehen – die verraten für gewöhnlich mehr über ihre Besitzer als irgendwelche Worte", meinte der ehemalige Templer, und Thomas pflichtete ihm bei.

Kurze Zeit später schlenderten sie wie beiläufig an den Sarazenen vorbei, grüßten höflich und schlugen den Weg zum Stall ein. Thomas blieb kurz bei Tarek stehen, der ihn bereits gewittert und mit einem Wiehern empfangen hatte. Zum Dank hielt er dem Ross einen Apfel unter die Nüstern, den er von der abendlichen Tafel zu diesem Zweck hatte mitgehen lassen. Tarek schnappte danach und ließ sich den Hals klopfen. William tat Gleiches mit seinem Pferd. Dann schritten sie weiter, auf der Suche nach den Gäulen der nächtlichen Besucher. Nicht lange, und ihre Suche war erfolgreich. Im Halbdunkel des Stalles erkannten sie zwei Dutzend Rosse, allesamt Schimmel, die ihre arabische Abstammung nicht verhehlen konnten. Ihre stolze Haltung, der kleine, fein geschwungene Kopf und die großen, windsaugenden Nüstern wiesen sie als Töchter der Wüste aus. Es handelte sich ausnahmslos um Stuten, denen die Krieger der Sarazenen in der Schlacht – und offenbar auch auf solch einer Reise – mehr vertrauten als den unberechenbaren Hengsten. Doch die Stuten waren nicht allein. Lärm zerriss plötzlich die Stille des Raumes. Vehementes Schlagen und Treten von Hufen auf Holz kündigte an, dass hier irgendwo auch mindestens ein temperamentvoller Hengst stehen musste. Dann sahen sie ihn, wie er aufgeregt aus einem der Verschläge lugte, ein prächtiger Schimmel mit langer, sorgfältig zu kleinen Zöpfen geflochtener Mähne. „Hoh, mein Guter, ganz ruhig, ist es dir zu ungemütlich hier?", versuchte William den Hengst zu beschwichtigen. „Ein prächtiges Exemplar, eines Scheichs oder gar Sultans würdig!" Mit diesen Worten trat Thomas hinzu und zauberte einen weiteren Apfel aus den Falten seines Wappenrocks hervor, den der Hengst jedoch ignorierte. „Vielleicht sollten wir ihm ein paar Weisheiten Allahs ins Ohr flüstern!", meinte William. Dabei näherte er sich dem Tier, so gut es ging, und begann, seine Ankündigung mit leisem Ton in die Tat umzusetzen. „Und erschaffen hat Er die Pferde, die Maultiere und die Esel, damit ihr auf ihnen reitet und euch auch als Schmuck an ihnen erfreut", rezitierte er auf Arabisch eine Sure des Korans. Tatsächlich begann das Pferd, mit gespitzten Ohren zu lauschen, und beruhigte sich. „Ausgeschmückt ist den Menschen die Liebe zu den Begierden, nach Frauen, Söhnen, Gold und Silber, nach Pferden, Vieh und Saatfeldern. Doch bei Allah ist die schöne Heimstatt!", kam es da vom Eingang her. Thomas und William fuhren augenblicklich herum. Im fahlen Licht des Stalles sahen sie eine Frau stehen, von Kopf bis Fuß verschleiert. Sie hatte sich anfangs ebenfalls des Arabischen bedient, dann aber auf der Hälfte des göttlichen Zitats in die fränkische Sprache gewechselt, die ihr ohne Akzent über die Lippen kam. Das schien ausgesprochen ungewöhnlich für eine Sarazenin, ebenso die Tatsache, dass sie offenbar ohne männliche Begleitung in einem fremden Stall herumlief. Thomas blickte sich zur Sicherheit um, aber da war sonst niemand. Die Frau konnte noch nicht sehr alt sein. Man sah zwar ihr Gesicht nicht, aber ihre Stimme klang wie die einer Frau in den Blütejahren. „Was tut Ihr hier? Der Gesandte des Sultans von Syrien hätte sicher entschieden etwas dagegen, seinen Lieblingshengst mit Äpfeln aus den Händen von Ungläubigen gefüttert zu wissen", ließ die Stimme mit gespielter Strenge verlauten, „auch wenn Ihr die Botschaften Allahs zu kennen scheint!" Thomas verbeugte sich geistesgegenwärtig. „Verzeiht, wie konnten wir ahnen, dass der prächtige Hengst so streng bewacht wird?", stieg er auf das Spiel ein, denn längst hatte er aus einem humorigen Unterton herausgehört, dass die Strenge nur vorgetäuscht war. „Nehmt unsere untertänigste Entschuldigung an, wir wollten Euch und den hohen Gesandten nicht erzürnen. Vielleicht darf ich mich vorstellen – ich bin Thomas von Leichlingen!" Auch William mimte den Zerknirschten. „Ich habe mich der Liebe der irdischen Güter hingegeben und es darüber unterlassen, meines Herrn zu gedenken", zitierte er eine weitere Sure, „verzeiht, leider ist dabei nicht von einer Herrin die Rede! Ich bin William von Gloucester – und mit wem haben wir die Ehre?"

Statt ihnen eine Antwort zu geben, kam die Frau ein paar Schritte näher. Dann lüftete sie den obersten Schleier. Das Gesicht darunter war immer noch zur Hälfte unter einem blickdichten Tuch verborgen, jedoch kam ein Paar braune Augen zum Vorschein, die Thomas einen ersten Stich versetzten. Diese Augen, dieser Blick, irgendetwas daran kam ihm bekannt vor, nein, sogar sehr vertraut. „Ich kannte einmal einen Thomas", fuhr die weibliche Stimme fort, „er war mir einst sehr nah. Dann führten uns unsere Wege auseinander …" Dabei nestelte sie an dem Tuch vor ihrem Gesicht. „Jedoch hieß er nicht Thomas von Leichlingen. Ich kenne ihn nur als Thomas Grimbergen, einen jungen Knappen, der sich nichts sehnlicher wünschte, als zum Ritter aufzusteigen. Wie ich sehe, ist es Euch gelungen!" Als der letzte Schleier fiel, fiel Thomas mit – und zwar aus allen Wolken. „Inez?!"

„Was ist nur in dich gefahren?" Herzog Walram war außer sich. „Du solltest die Weiber im Auge behalten und dieses Fischerweib eventuell zur Raison bringen, für den Fall, dass sie meiner Tochter weitere Flöhe ins Ohr setzt, aber nicht gleich eine Fehde vom Zaun brechen. Stattdessen liegt nun einer meiner besten Ritter pfeilwund darnieder!", polterte er. „Ihr übertreibt, mein Fürst!", entgegnete Rennekoie gelassen. Dabei warf er aus Vorsicht einen Blick nach vorn und hinten, um sicherzugehen, dass sie auch tatsächlich ungestört waren. Wie schon des Öfteren hatte ihn der Herzog zu einer Unterredung auf den Wehrgang zitiert, wo er sich vor unliebsamen Lauschern sicher wähnte. Ohne lange Begrüßung war Walram dort direkt zur Sache gekommen und hatte ihn wegen der Ereignisse auf der Jagd zur Rede gestellt. „Ich habe nur in Eurem Sinne gehandelt", meinte Rennekoie. „In meinem Sinne?!", ereiferte sich der Herzog, „bist du toll? Seit wann ist es in meinem Sinn, dass du meine Ritter dezimieren lässt?" Rennekoie setzte ein listiges Lächeln auf. „Wenn es der Sache dient?!" Walram war beinahe sprachlos. „Dann gibst du es also zu, dass dies dein Werk war?!" – „Natürlich", bejahte der Altknappe, „aber lasst mich erklären. Eure Tochter war an diesem Tage ungewohnt widerborstig, wie Ihr Euch sicher erinnert, und im Begriff, alles und jeden, vor allem Euch, für ihr Unglück und das ihres Mannes verantwortlich zu machen. Und wie sich nicht erst im Verlauf des Rittes herausstellte, schöpft sie den Mut zu dieser Widerspenstigkeit aus dem kecken Auftreten dieses Fischerweibes, wie Ihr sie nennt. Denn diese Sibylla scheint ihr neuerdings als Vertraute und als Vorbild zu dienen. Dem musste ich einen Riegel vorschieben!" Getreulich berichtete er seinem Herrn von den Gesprächen während des Jagdrittes und auch von Sibyllas gezielten Fragen zu den Ereignissen im Gevelsberger Hohlweg. „Beide Damen fragen und plappern zu viel!", schloss er seinen Bericht. „Und beide wissen zu viel", dachte er im Stillen, behielt dies jedoch für sich. Walram rieb sich im Gehen das Kinn. „Schön und gut, aber was hat Gisbert damit zu tun und warum hast du ihn aufs Korn nehmen lassen?!" Rennekoie hob entschuldigend die Schultern. „Weil er ihnen für meinen Geschmack zu sehr zu Willen ist. Zumindest unser weiblicher Gast hofft darauf, ihn zu ihrem Verbündeten zu machen, deshalb macht sie ihm schöne Augen. Und er scheint gewillt, ihr die Sterne vom Himmel zu holen. Das kann man in seinen Kuhaugen lesen. Und genau das musste unterbunden werden. Der Pfeil war eine deutliche Warnung, das Schicksal nicht herauszufordern!" Walram blieb stehen und nahm ihn scharf ins Visier. „Oder dich?! Ist es nicht vielmehr die Eifersucht, die dich leitet?", fragte er unverblümt. „Fürchtest du nicht eher, diese Sibylla könne Gisbert erhören und nicht dich?!" – „Pah, sie spielt nur mit ihm", gab Rennekoie mit angewiderter Miene zurück, „er wird sie nie bekommen!" Dabei ballte er auf der vom Herzog abgewandten Seite die Faust. „Ich gebe gerne zu, dass mich dieses Weib reizt", fuhr Herenbert fort, „welcher Mann könnte vor ihrer Schönheit die Augen verschließen? Aber vorrangig muss sie zum Schweigen oder zumindest unter Kontrolle gebracht werden!" Dabei nickte er wie zur Bestätigung, um dann abermals ein wölfisches Lächeln aufzusetzen. „Was später geschieht, wird man sehen!" Vor seinem inneren Auge spielte er schon einmal durch, wie eingehend er sich dann mit dem vorlauten Weib beschäftigen würde, und seine Hand streichelte dazu versonnen seinen Schwertknauf. Walram hatte ihn während dieser letzten Ausführungen nicht aus den Augen gelassen. „Du weißt, dass sie von höherem Stand ist als du?", rief er ihm in Erinnerung. „Natürlich, aber habe ich nicht begründete Hoffnung, dereinst zum Burgherrn aufzusteigen?", konterte Rennekoie geschickt. „Dann werden die Karten neu gemischt. Aber wo wir gerade dabei sind: Wie steht es denn mit Eurem Versprechen?" Nun war es an Walram, zu lächeln. „Gemach, mein Guter, zuerst einmal muss diese Sache erledigt und etwas Gras darüber gewachsen sein. Dann sehen wir weiter. Du sollst deine Belohnung bekommen. Aber erst, wenn niemand mehr einen Zusammenhang zwischen deinem Lohn und etwaigen Geschehnissen herstellen und uns daraus einen Strick drehen kann!" Dabei setzte er den Weg über den Wehrgang fort. „Bis dahin sind noch ein wenig Geduld und deine weitere Aufmerksamkeit vonnöten", fügte Walram an, „aber möglichst, ohne meine Ritter kampfunfähig zu machen!" „Denn die werden dich beizeiten zu deiner neuen Burg geleiten", dachte er bei sich, „einer mit schönen, festen Gitterstäben und einem hübschen Verlies." Der Gedanke gefiel ihm und er schmunzelte vor sich hin. „Gut, ich vertraue wie stets auf Euer Wort", endete Rennekoie, bevor sich ihre Wege trennten. „Aber wenn du es nicht hältst, dann nehme ich als Ersatz auch gern die Limburg", beschloss er insgeheim.

Ungläubig trat Thomas näher und nahm der zierlichen Frau vor ihm den letzten Schleier vom Kopf. Wallendes, kastanienfarbenes Haar kam zum Vorschein. In ihren Augen schimmerte es wässrig, als sie zu ihm aufblickte. „Ja, ich bin es!" Dann fielen sie sich in die Arme. Thomas war zu keinem klaren Gedanken fähig. Erst wollte er sie küssen, dann wieder nicht. Eine Welle unterschiedlichster Gefühle überrollte ihn, als er sie wortlos an sich drückte. Er hatte diese Frau geliebt. Sie hatten sich beide geliebt. Und irgendwo in einem Winkel seines Herzens liebte er sie noch. Vor seinem geistigen Auge erschien das Bild der jungen Tänzerin, der Gehilfin des Juden Jakub, wie sie auf dem Festmahl des Königs von Portugal ihre Locken und Hüften kreisen ließ. Das war jetzt gut neun Jahre her. Und er sah das Bild der glühenden Geliebten, die am Strand von Lissabon in seine Arme sank. Auch sah er seine Retterin, die ihn in ihrem Schoß bettete, als er nach langer Ohnmacht und der Befreiung aus dem Kerker in der Wüste erwachte. Aber er sah auch die Kurtisane des Sultans, wie sie – ohne sich noch einmal umzuwenden – auf dessen Schiff stieg. Das war vor fünf Jahren gewesen, damals am Nil. Ein Schauer überkam ihn. So viel war seither geschehen. Und plötzlich stand Sibyllas Antlitz vor seinem Auge, wie sie lächelnd ihren gemeinsamen Sohn in den Armen wiegte. „Ich bin verheiratet", kam es ihm über die Lippen, als er sich aus der Umarmung löste. „Und ich habe einen Sohn!" Im selben Moment ärgerte er sich über seinen plumpen, schroffen Tonfall, den er meinte, angeschlagen zu haben. Doch Inez schien das nicht bemerkt zu haben. „Das freut mich für dich", gab sie ehrlich zurück, während sie sich verstohlen eine Träne aus den Augenwinkeln wischte, „ich habe immer gewusst, dass du es schaffst, mein blonder Abenteurer – auch wenn dein Haar zugegebenermaßen etwas dunkler geworden ist. Vielleicht fehlt ihm die Sonne dort oben im Norden?!" – „Mag sein, aber sag, wie geht es dir?", erkundigte er sich, „bist du noch …?" Er stockte, weil er mit einem Mal nicht wusste, wie er es formulieren sollte. Er konnte sie doch unmöglich fragen, ob sie noch die Kurtisane des Sultans war. Oder Nebenfrau? Das klang alles falsch in seinen Ohren. „Mach dir keine Sorgen, mir geht es gut", lachte sie. Dann fiel ihr Blick auf William, und sie nahm auch ihn freudig in die Arme. Der ehemalige Templer ließ sich dies gern gefallen. Schließlich hatte auch er die junge Frau während ihrer Zeit in Ägypten ins Herz geschlossen. Als wäre es gestern gewesen, sah er sie im Geiste wieder im fahlen Licht des Kerkers stehen, den Schlüssel zu Thomas' Verlies in Händen, den sie – Gott weiß, wie – dem mordlüsternen Eunuchen entwendet hatte. Solche Frauen vergisst man nicht. „Aber zurück zu dir, Thomas", sagte Inez, während sie sich von William löste und sich stattdessen bei beiden unterhakte. „Ist es deine Sibylla geworden, die du damals schon liebtest?" Thomas nickte und erzählte ihr in wenigen Sätzen das Wichtigste. „Und William hier hat sich in meine Schwester verguckt, nur hat das Schicksal bislang die Eheschließung verhindert!" – „Aber das holen wir nach", schwor der Engländer, „sobald dieser Kreuzzug beendet ist!" – „Was für ein Kreuzzug?", fragte Inez neugierig nach, „hat der Kaiser schon Pläne?" – „Nein, nein", wiegelte Thomas ab, „das ist ein Kreuzzug, der nur uns betrifft!" Erneut setzte er sie mit wenigen Worten über das Wichtigste in Kenntnis: von der Ermordung seines Lehnsherren, der Flucht der Mörder, dem Überfall auf sein Gut, der Überquerung der Alpen und der Gefangennahme durch den Veronesen. „Um dies zu melden, sind wir hier", endete er, „dann ziehen wir weiter nach Rom!" Dabei unterließ er es, die Motive Ezzelinos und die Verbindung zum Kaiser auszuplaudern, denn das hatte mittlerweile die Dimension eines Staatsgeheimnisses angenommen. „In deinem Leben wird es wohl nie langweilig", konstatierte sie lächelnd, während sie ihn von der Seite musterte, „immer in irgendwelche Abenteuer verstrickt!" – „Mag sein", gab er zurück, „aber sag, was hat dich auf diese Burg verschlagen?" Wie Thomas, versuchte nun auch Inez, schnell auf den Punkt zu kommen. „Der Kaiser und der Sultan stehen schon länger im Briefwechsel. Beide versuchen, einen neuen, blutigen Kreuzzug zu vermeiden, deshalb bin ich eben über eure Formulierung gestolpert. Der Sultan hat beschlossen, dass …", sie stockte für einen Moment, „dass es jetzt Zeit ist für Gespräche und den Austausch von Geschenken. Deshalb hat er …", wieder stockte sie, „einen Gesandten geschickt. Und weil ich der nötigen Sprachen mächtig bin, sollte ich diesen begleiten!" Thomas warf William einen kurzen Blick zu. „Du meinst, sie schachern am Verhandlungstisch um Jerusalem?", kam es Thomas über die Lippen. „Schon möglich", gab Inez zurück, „wäre das nicht besser, als erneut Abertausende in den Tod zu schicken?" Thomas hatte noch sehr lebendig die Gräuel des Krieges vor Augen. Aus heiterem Himmel erinnerte er sich an die vielen gescheiterten Versuche, den Kettenturm im Nildelta zu erobern – und an den Tag, als griechisches Feuer Dutzende von Friesen zu unförmigen, schreienden Massen verkohlte. Ihn fröstelte bei dem Gedanken. „Das wäre zumindest mal eine neue Art von Kreuzzug", meinte William, „und vielleicht nicht die schlechteste Lösung!" Mittlerweile hatten sie den Stall durchschritten und näherten sich dem Eingang. Inez löste sich von den beiden und drehte sich zu ihnen um. „Meine Herren Ritter, es war mir eine Freude, Euch wiederzusehen!" Thomas konnte nicht anders – er zog sie in einem Anflug alter Vertrautheit an sich. „Sehen wir uns denn wieder?" Sie strich ihm gedankenverloren eine Strähne aus der Stirn. „Wenn ihr nicht gleich nach Rom weiterreist, dann sicher. Und das hier ist der beste Platz dafür, denke ich, denn meine Freiheiten sind …", sie überlegte einen Moment, „nun ja, beschränkt. Aber wenn es euch gefällt – oder es dir gefällt – komme ich morgen wieder hierher. Zur gleichen Zeit?" Thomas nickte. Dann hauchte sie mit der Hand jedem einen Kuss zu und verschwand in Richtung Palas. Thomas sah ihr nach. Nicht zum ersten Mal, wie ihm einfiel. „Seltsam, fast immer, wenn sich unsere Wege trennen, bin ich es, der hinterherschaut", sinnierte er. „Du hast mein vollstes Mitgefühl, du armer Tropf", William stieß ihn dabei an, „von gleich zwei Frauen dieser Güte geliebt zu werden!" Thomas blickte ihn an. „Aber ich liebe nur Sibylla!" – „Sicher", nickte William. Der Schimmel wieherte wieder. „Aber Allahs Wege sind unergründlich – und die unseres Gottes auch!"

Sibylla hatte erwartet, binnen kürzester Zeit unter Arrest gestellt, aus der Burg verbannt oder zumindest vor den Herzog zitiert zu werden. Doch nichts dergleichen geschah. Sophie wirkte zwar weiter unversöhnlich und mied ihre Gesellschaft, aber ihre Auseinandersetzung über Rennekoie schien keine weiteren Konsequenzen zu haben. Und auch der Altknappe selbst benahm sich in ihrer Gegenwart, als sei nichts geschehen. Einzig Katharina machte ihr bittere Vorwürfe wegen ihres Verhaltens und ihrer Waghalsigkeit. „Du bringst uns noch alle in Teufels Küche", hatte sie gezetert, nachdem ihr Sibylla von den Ereignissen auf der Jagd und von dem Gespräch mit der Herzogstochter berichtet hatte, „überspann den Bogen nicht. Willst du, dass wir unsere Kinder nie wiedersehen?!" Katharina hatte mit der Trennung von ihrer Tochter immer öfter zu kämpfen und machte keinen Hehl daraus, dass sie es für einen schweren Fehler hielt, überhaupt nach Limburg gekommen zu sein. „Du reizt die Männer über Gebühr mit deinem koketten Betragen, seit wir hier sind, spionierst leichtsinnig herum, und jetzt vergraulst du auch noch die einzige Person, die uns hier bei Hofe zugetan ist. Und was hast du dabei erreicht? So gut wie nichts!", schimpfte sie. Aber das stimmte nicht so ganz, das wusste auch Katharina. Sibylla hatte bereits einiges über die Verstrickung des Limburger Herzogs und seines Anhangs, vor allem dieses Rennekoie, in die Ermordung des Erzbischofs in Erfahrung gebracht. Und Sophie war auch beileibe nicht die einzige Person, die ihnen in den Mauern der kalten Burg wohlgesonnen war. Es gab da noch jemanden. Vielleicht war es an der Zeit, auch dieser Person reinen Wein einzuschenken. Sibylla nahm sich vor, sich alsbald nach Gisberts Genesung zu erkundigen und ihn bei dieser Gelegenheit beiseitezunehmen, um unter vier Augen mit ihm zu reden. Bereits am nächsten Tag setzte sie dieses Vorhaben in die Tat um. Mit dem Vorwand, dem Ross, das sie auf der Jagd hatte reiten dürfen, ein paar Äpfel bringen zu wollen, schlug sie auf ihrem Rundgang den Weg zum Stall ein, wo der Ritter zu bestimmten Tageszeiten zu finden war. Schicklicherweise ließ sie sich dabei von Katharina begleiten, die – wenn auch murrend – zugestimmt hatte, mit ihr zu gehen. Und tatsächlich fand sie den Ritter dort, in einen Disput mit dem Stallmeister vertieft. Er trug den lädierten Arm zwar noch in einer Schlinge, schien aber schon wieder recht streitbar zu sein. „Ich halte nichts von diesen Eisenschuhen, sie taugen nichts", ließ er den Stallmeister wissen, „auf gepflasterten Wegen rutscht das Eisen und auf Lehm lässt es die Rosse so tief einsinken, dass sie nicht mehr vorankommen – oder die Eisenschuhe verlieren und zu lahmen beginnen. Deshalb habt die Güte und lasst mein Ross unbeschlagen!" Murrend nickte sein Gegenüber. „Eure Zunge scheint bereits wieder zu alter Schärfe gefunden zu haben", sprach ihn Sibylla an, als sie sich ihm von hinten näherte, „tut es der Arm der Zunge bald gleich?" Überrascht drehte sich der Angesprochene auf dem Fleck um, dann glitt ein freudiges Lächeln über sein Gesicht. „Meine Teuerste, bei Eurem Anblick pulsiert das Blut in seinen Adern, wie eh und je!", schmeichelte er ihr. Wie zum Beweis bewegte er die Hand des verwundeten Armes auf und ab. „Noch ein oder zwei Besuche von Euch, dann ist er wieder wie neu!" Dabei verbeugte er sich, ergriff ihre Finger und gab ihr einen galanten Handkuss. In gleicher ritterlicher Weise begrüßte er auch Katharina, die sich dies zögerlich gefallen ließ. „Was führt Euch in die Stallungen?", wollte er wissen, während er dem Stallmeister mit einer Handbewegung zu verstehen gab, sich zu entfernen. Übellaunig trottete dieser davon. Noch bevor sie ihm eine Antwort gab, schlängelte sich Sibylla mit ihrem Körbchen voller Äpfel am

Arm, die sie beim Mittagsmahl eingeheimst hatte, an ihm vorbei und begann, die Pferde zu füttern, die neugierig die Köpfe hoben. „Ich wollte mich noch einmal bei den Rossen bedanken, die uns bei der Jagd durch so schweres Terrain getragen haben", flötete sie, „und bei Euch…" Augenblicklich war er hinter ihr, und Katharina hielt zunehmend Abstand zu den beiden. „Bei mir bedanken? Wofür?", hakte Gisbert nach, „ich habe nichts getan, wofür ich Euren Dank verdient hätte!" – „Oh doch, das habt Ihr", lenkte Sibylla das Gespräch gezielt und schnell in die gewünschte Richtung, „Ihr habt mich mit Eurer charmanten Art schon des Öfteren von der Gesellschaft dieses Rennekoie befreit – und Ihr habt dort oben am Venn diesen Pfeil mit Eurem Arm abgefangen, von dem ich glaube, dass er so oder so für mich bestimmt war. Zumindest sollte er mich in Misskredit bringen!" Gisbert war wie vor den Kopf geschlagen. „Für Euch bestimmt? Wie kommt Ihr darauf?", kam es ihm über die Lippen. „Es war ein Jagdunfall!" Dabei wusste er selbst am besten, dass dies eine Lüge war, denn er hatte Rennekoies Warnung nicht vergessen. „Ja, so sollte es aussehen", bestätigte Sibylla, „aber ich schwöre Euch, dass mehr dahintersteckt!" Während dieser letzten Worte hatte sie wie unbeabsichtigt den Weg zum Garten eingeschlagen, wo sie sicher sein konnte, dass keine unliebsamen Ohren hinter Türen oder Erkern versteckt waren, die mithören konnten. Selbst Katharina ließ sich diskret zurückfallen und blieb im Stall, wo sie mit Sibyllas Äpfeln, die diese samt Korb auf einem Strohballen zurückgelassen hatte, fortfuhr, die Pferde zu füttern. „Ich muss Euch etwas beichten", ließ Sibylla den Ritter seufzend wissen, „ich bin nicht zufällig hier – und auch nicht aus Verbundenheit zu Sophie…" Und dann schüttete sie Gisbert ihr Herz und Gewissen aus. Umrahmt von den ersten Rosenblüten tischte sie ihm schonungslos ihre Vermutungen und Schlussfolgerungen zu einer Geschichte auf, die so zum Himmel stank, dass sie nur schwer zum Duft der sommerlichen Blüten passen wollte. Sie berichtete von der geplanten Entführung und dem Mord an Erzbischof Engelbert und von den mannigfachen Verstrickungen des Limburger Hofes in diese Mordtat. Sie nahm kein Blatt vor den Mund und ließ nichts aus – auch nicht die Gefahr für ihren Gatten und ihre Liebe zu ihm, die sie letztlich dazu bewogen hatte, Sophie als Hofdame auf die Burg des Herzogs zu begleiten. „Nun mögt Ihr von mir halten, was Ihr wollt", beendete sie ihren Vortrag, „aber seid in Zukunft auf der Hut vor diesem Rennekoie, den ich als einen der Urheber allen Übels sehe. Ich könnte es nicht ertragen, wenn Euch durch meine Schuld etwas Ernsteres zustieße. Und … ich bitte Euch um

Verzeihung, dass Ihr durch mich in diese Angelegenheit hineingezogen wurdet!" Danach herrschte Stille. Schweigend schritten sie durch die duftenden Wandelgänge, ohne einen Blick für die Schönheiten des Limburgischen Gartens zu haben. „Nein, ich bin es, der Euch um Verzeihung bitten muss", richtete Gisbert schließlich das Wort an sie, „um Verzeihung dafür, dass ich allen Ernstes geglaubt habe, einer verheirateten, ehrbaren Frau den Hof machen zu können. Ich war ein Narr – und geblendet von Eurer Schönheit, wie früher schon; bitte seht es mir nach!" Sibylla blieb stehen und forschte in seinen Augen nach etwaiger Bitterkeit, die man seinen Worten hätte entnehmen können, aber sie fand keinerlei Anzeichen dafür. Stattdessen sah sie Zorn in seinem Blick, Zorn und Zweifel. Aber da war noch etwas. Ein Hauch von Enttäuschung, gepaart mit Erkenntnis, Wut … und Wissen. Eine Mischung von allem. „Ihr seid kein Narr, sondern ein Ritter mit allen Tugenden, und ich bin sicher, dass viele Damen Eure galante Werbung zu schätzen wüssten", versuchte Sibylla ihn aufzumuntern, „aber ich …!" Mit einer Handbewegung gebot er ihr Einhalt. Hinter seiner Stirn arbeitete es, das war ihm anzusehen. „Habt Dank, aber vergesst die Tändelei, ich habe begriffen", gab er ihr zu verstehen, „jetzt geht es um Wichtigeres. Wie kommt Ihr darauf, dass unser Herzog so tief in den … in die …", Gisbert räusperte sich und suchte nach Worten, „… in die Sache verwickelt ist?" – „Der Erzbischof selbst äußerte meinem Gatten gegenüber den Verdacht – und ich habe ein Gespräch zwischen Eurem Herzog und Rennekoie belauscht", gab Sibylla zu. „Danach gab es für mich keinen Zweifel!" Gisbert seufzte. „Ich danke Euch, dass Ihr mich warnen wollt und ins Vertrauen zieht", ließ er sie wissen, „aber das bringt mich in eine schwierige Lage!" Sibylla sah, wie sich die Furchen auf seiner Stirn vertieften und er den Knauf seines Schwertes mit hartem Griff umfasste. „Ich bin Ritter, wie Ihr selbst sagt", fuhr er fort, „ein Ritter des Herzogs – und als solcher zu absoluter Loyalität verpflichtet. Die verwehrt es mir, Euch jedes Wort zu glauben, und erschwert es mir, Euch in irgendeiner Weise behilflich zu sein. Sollte an Euren Anschuldigungen etwas dran sein – und glaubt mir, ich habe weder Kenntnis von etwaigen Vorgängen in diesem Zusammenhang, noch war ich in diesem unseligen Hohlweg zugegen –, dann komme ich in einen gefährlichen Gewissenskonflikt!" Wieder trat für einen langen Moment Schweigen ein. Falls Sibylla befürchtete, die Unterstützung des Ritters zu verlieren oder gar von diesem beim Herzog angeschwärzt zu werden, so zeigte sie es nicht. „Das ist mir alles bewusst – und doch war ich der Meinung, Euch reinen Wein einschenken zu müssen – und zu können", äußerte sie leise. Gisbert nickte. „Ich weiß, dass Ihr nicht am Gevelsberg zugegen wart, und ich glaube Euch auch, dass Ihr nichts von alldem wisst!" Wieder nickte Gisbert. „Und doch glaube ich auch, Eurer Reaktion zu entnehmen, dass Ihr meinen Worten nicht völlig ungläubig und ablehnend gegenübersteht. Irgendetwas sagt mir, dass meine Worte einen Gedanken, eine Erinnerung in Euch wachgerüttelt haben. Was es auch sei, es passt in das von mir beschriebene Szenario, habe ich recht?" Wie ein beim verbotenen Naschen ertapptes Kind warf er ihr einen schnellen Seitenblick zu. Seine Gedanken rasten. Dann nickte er erneut. „Ich habe mich immer schon gefragt, wie und warum wir damals, nach der Ermordung des Erzbischofs, so schnell gegen seine Burg Valant vorrücken konnten. Dort war ich zugegen", bestätigte er ihre Vermutung, „selbst wenn genügend Männer unter Waffen stehen, dauert es ein paar Tage, bis sie aus den verschiedenen Burgen und Kasernen zusammengezogen sind, bis Vorräte und Ausrüstung bereitstehen. Und es hätte eigentlich schon zwei bis drei Tage dauern müssen, bis uns die Nachricht über die Ermordung erreichen konnte. Das ging alles sehr schnell!" – „Wie schnell denn?", wollte Sibylla wissen. „Wenige Stunden", antwortete Gisbert nach einigem Zögern, „bereits einen Tag nach dem Ableben des zugegebenermaßen unbeliebten Bischofs standen wir vor den Mauern seiner Grenzfestung, wie ich mir später ausrechnen konnte!" Nun nickte Sibylla. „Passt alles zusammen!", meinte sie, „oder seht Ihr das anders?" Abrupt blieb Gisbert stehen. „Es geht nicht darum, wie ich das sehe", entschied er, „es geht darum, was ich sehen und wissen darf, und darum, was mich nichts anzugehen hat!" Sogleich verkrampfte sich Sibyllas Herz, vermutete sie doch, nun auch ihren letzten Verbündeten verloren zu haben. „Ich muss darüber nachdenken", milderte er ihre Befürchtung ab, „unbedacht ist schon mancher ins Verderben gerannt. Das darf nicht geschehen!" Dann ergriff er ihre Hände. „Das gilt auch für Euch. Behaltet Euer Wissen lieber für Euch, überlegt zumindest genau, mit wem ihr es teilt. Ich denke, Ihr seid es, die viel mehr auf sich aufpassen sollte!" Dabei sandten ihr seine Augen einen eindringlichen Blick. „Ihr habt recht, wenn Ihr sagt, dass mit diesem Rennekoie nicht zu spaßen ist. Ich habe ihn kämpfen sehen!" Sibylla zuckte mit den Achseln, dann forschte sie in seinen Augen nach weiterem Wissen. „Er genießt erstaunlich viele Freiheiten und Privilegien für einen Knappen", meinte sie. Erneut nickte Gisbert. „Ja, erstaunlich viele. Und er scheint Verbündete zu haben!" Dabei zeigte er auf seinen verletzten Arm. „Deshalb seid auf der Hut. Denn ich kann Euch womöglich nicht helfen", fügte er an, „ja sogar sehr wahrscheinlich nicht!" Dabei wandte er sich zum Gehen. Dann hielt aber noch einmal inne. „Doch ich verspreche Euch, dass ich Euer Geheimnis nicht verraten werde!" Sibylla bedankte sich artig. „Aber es ist ohnehin schon zu spät!" Gisbert runzelte fragend die Stirn. „Sophie weiß es – und damit weiß es Rennekoie auch!" Ein Stöhnen entrang sich Gisberts Lippen. „Dann seid doppelt wachsam!", riet er ihr noch, „denn möglicherweise habt Ihr den Höllenhund geweckt!" Dann stapfte er davon und ließ Sibylla allein zurück. Versonnen schweifte ihr Blick über die Zinnen gen Himmel und blieb auf einem Bussard haften, der sich in langsamen Kreisen in die Höhe schwang. Wie gern hätte sie mit ihm getauscht und die kalten Mauern einfach durch die Lüfte verlassen, um an die Wupper zurückzukehren. Doch dafür war es jetzt womöglich zu spät.

Es dauerte nur wenige Stunden, bis Thomas und William Inez wiedersahen. Offenbar hatten sich der Kaiser und Hermann von Salza den ganzen Tag unter Ausschluss der Öffentlichkeit mit dem Gesandten des Sultans beraten, am Ende des Tages aber doch beschlossen, den Mantel der Verschwiegenheit ein wenig zu lüften. Den Gästen sollte zumindest ein gebührendes Festmahl geboten werden. Dafür hatte der Kaiser auch die Anwesenheit von Thomas und seinen Männern gewünscht. Diese hatten sich den Tag über damit beschäftigt, ihre Ausrüstung in Augenschein zu nehmen und kleinere Reparaturen vorzunehmen. Martin und Willibald hatten schöne gerade Schäfte sowie Federn ergattert und daraus neue Pfeile für ihre Bögen hergestellt. Gerhardt und Ulrich waren in der kleinen Schmiede des Borgo vorstellig geworden, um schartige Klingen ausbessern und schleifen zu lassen. Und Thomas hatte beim Sattler erbeten, Zaum- und anderes Lederzeug zu flicken. Auch William war nicht untätig geblieben und hatte sich bei ortskundigen Rittern nach Karten und Wegbeschreibungen erkundigt, um die schnellste Route nach Rom auszuarbeiten. Gegen Nachmittag ließ es sich jedoch nicht vermeiden, dass so etwas wie Langeweile aufkam. Sie hatten so viele Tage im Sattel gesessen und dabei nahezu jeden Tag Herausforderungen zu bestehen gehabt, dass ihnen die Ruhe fast unwirklich und trügerisch vorkam. So waren sie für die Einladung des Kaisers mehr als dankbar und nahmen guter Dinge ihre Plätze im Saal ein. Diesmal saßen sie jedoch näher beim Kaiser. Die syrischen Gesandten hatten auf Ehrenplätzen zu seiner Rechten Platz genommen, die kaiserlichen Berater zu seiner Linken. Die Geliebte des Königs musste diesmal, wie auch andere Damen des Hofes, mit einer gesonderten Tafel in der zweiten Reihe vorliebnehmen, unweit von Thomas. Er erkannte die Cousine der Kaiserin, die trotz dieser Abweichung vom üblichen Protokoll gute Miene machte und sich mit Hermann von Salza unterhielt. Der Großmeister des Deutschen Ordens genoss es offensichtlich, den Damen nahe zu sein. Und dies beruhte auf Gegenseitigkeit, entpuppte er sich doch als bedeutend gewandterer Unterhalter als seine Tischnachbarn, der Bischof von Parma und verschiedene andere Kirchenmänner. Thomas ließ seinen Blick die Reihen entlangwandern, grüßte den Kaiser und nahm die syrische Gesandtschaft in Augenschein. Die Männer waren durch die Bank in lange, weiße Gewänder gekleidet, über die sie bestickte, golddurchwirkte Westen trugen, die mit Perlen und edlen Steinen verziert waren. In den Gürteln steckten silberne Krummdolche. Auf den Köpfen prangten schlichte Turbane, ohne jegliche Rang- oder Standesabzeichen. Es war jedoch nicht schwer, den Anführer der Gesandtschaft auszumachen, da sich ihm alle anderen mit ihren Körpern ein wenig zuwandten. Er war der größte von ihnen, mit einem sauber gestutzten Bart und einer markanten Hakennase als hervorstechendstem Merkmal. Thomas bemühte sich, ihn nicht anzustarren, war aber immer wieder versucht, hinzusehen, denn er glaubte, diesen Mann zu kennen – so wie die Frau an dessen Seite kannte, auch wenn sie eine von fünfen war, die alle gleich gekleidet waren. Sie trug zwar wieder ihre Schleier, die nicht einmal die Augen frei ließen. Aber an ihrer Haltung erkannte er Inez. Außerdem diente sie in der Tat hüben wie drüben als Übersetzerin. Es konnte sich nur um seine einstige Geliebte handeln. Zuweilen glaubte er, ihre Augen auf sich gerichtet zu spüren. Dieses Gefühl löste jedes Mal einen Schauer in ihm aus. Ärgerlich schalt er sich einen Narren, aber seine Empfindungen ließen sich nicht abschütteln. Er liebte seine Frau, keine Frage, und doch musste er zugeben, dass er immer noch etwas für die dunkelhaarige Schönheit empfand. Schließlich hatten sie in den Jahren fern der Heimat so vieles miteinander geteilt. Doch jetzt war sie eine von vielen Frauen des Sultans von Ägypten, der mittlerweile auch Sultan des halben Orients war, das Oberhaupt des Morgenlandes – und Herr über Jerusalem. Thomas hatte ihn nur ein paar Mal kurz gesehen, zuletzt, als er Inez am Ufer des Nils, nahe den Pyramiden, auf seine Galeere führte. Und doch glaubte er, Ähnlichkeiten zwischen dem Gesandten und diesem

Sultan festzustellen. War der Botschafter womöglich ein Bruder des Herrschers? „Sag mal, hatte Al-Kamil Brüder?", raunte er William zu, „ich meine, hatte er noch Brüder, nachdem er sich lästiger Konkurrenz entledigte und die Macht von Kairo bis Jerusalem übernahm?" Der Engländer schien keinesfalls überrascht von Thomas' Äußerung. „Ich weiß, worauf du anspielst", gab er zurück, ohne Thomas anzusehen oder gar in Richtung der Sarazenen zu blicken, „auch mir kommt der Gesandte bekannt vor. Er ist zumindest ein naher Verwandter des Sultans. Er hat tatsächlich noch einen Bruder – den Herrscher von Damaskus, Al-Muazzam, der ebenfalls vor Damiette mit Truppen erschien. Aber die beiden sind verfeindet, den würde er wohl kaum zu Verhandlungen schicken!" Der Einmarsch von Musikanten unterbrach ihren Gedankenaustausch. Während diese sich aufteilten und die Tafeln in unterschiedlichen Richtungen entlangwanderten, entlockten sie ihren Lauten, Fideln und Schalmeien liebliche Melodien, die aus verschiedenen Teilen Italiens stammten. Plötzlich stimmte eine volltönende Frauenstimme einen Text zu einer der Melodien an. Wie fast alle im Saal, blickte sich auch Thomas um – und erkannte auf einer kleinen Empore auf halber Höhe des Saales die Köchin, die offenbar nicht nur über Kochkünste, sondern auch über eine wundervolle Alt-Stimme verfügte. Sie sang von Grillen und Bienen, von Liebe und Lust, von den einfachen Freuden der Bauern, aber das mit einer Inbrunst, die jeden Zuhörer mitriss. Als sie geendet hatte, brandeten allseits Begeisterung und Handgeklapper auf. Dann erschien ein Minnesänger, der sich tief vor der Tafel der Edlen verbeugte und anschließend begann, selbst komponierte Lieder und Balladen vorzutragen, bei denen er sich eigenhändig mit der Harfe begleitete. Ein wenig erinnerte er Thomas an Walther von der Vogelweide. Doch da er ausschließlich italienisch sprach bzw. sang, verstand der Fischersohn nicht viel. Im Anschluss daran wurde das Mahl aufgetragen. Offenbar hatte der Kaiser Wert darauf gelegt, die Speisenfolge auf die Geschmäcker seiner orientalischen Gäste abzustimmen, denn er erkannte viele Gerichte, die er schon in Ägypten und Palästina genossen hatte. Er freute sich geradezu, darunter auch einen gewürzten Brei aus zerstoßenen Kichererbsen zu entdecken, den er bei den Mönchen in der Wüste lieb gewonnen –, aber seither nicht wieder zu kosten bekommen hatte. „Hummus", bestätigte William, „nicht übel!" Dazu gab es Fladenbrot und Feigen, Frischkäse mit Kräutern und kleine, in Öl gebackene Bällchen aus pürierten Bohnen. Dann wurden die gerösteten Keulen von Hammeln aufgetragen, auf Zitronenscheiben angerichtete

Hühnchen und rot leuchtende Fische, die Thomas nicht kannte. Zwischen zwei Bissen spähte er zu Inez, in der Hoffnung, einen Blick auf ihr Gesicht zu erhaschen. Doch wie alle Frauen der syrischen Gesandtschaft verstand sie es gekonnt, kleine Häppchen unter ihrer Bedeckung verschwinden und durch die Falten des feinen Gewebes in ihren Mund wandern zu lassen, ohne die Schleier zu lüften. Während die Gäste aßen, wechselte die Musik. Entweder hatte die syrische Gesandtschaft eigene Flöten- und Lautenspieler mitgebracht, oder der Kaiser hatte die Mühe nicht gescheut, eigens zu diesem Anlass orientalische Musikanten zu besorgen, vermutete Thomas. Wie sich jedoch später herausstellte, stammten diese aus Sizilien, aus den gleichen Dörfern, aus denen der Kaiser auch seine sarazenische Leibwache rekrutierte. Jedenfalls brachten diese nun gekonnt ihre kurzhalsigen Lauten, Ouds genannt, Mizmar-Flöten, Schellentrommeln und Zimbeln zum Einsatz. Doch nicht jeder konnte sich an den ungewohnten Klängen ergötzen. „Das klingt ja schlimmer als ein Chor rolliger Katzen", brummte Gerhardt, „da wird ja die Milch im Euter sauer!" – „Dann sei froh, dass du Wein trinken kannst, im Unterschied zu den Muselmanen, denen das verwehrt ist", beschied ihm William, „und denk an deinen Hund, der dir, wie ich glaube, dankbar ist, wenn du dich und ihn mit deinem Mundwerk nicht noch in größere Schwierigkeiten bringst!" Gerhardt dankte spöttisch für die Erinnerung und stürzte den vor ihm stehenden Becher in einem Zug hinunter, um sich gleich nachschenken zu lassen. Seine Laune besserte sich erst, als die Tänzerinnen vom Vorabend aufmarschierten und mit einer weiteren Darbietung ihres akrobatischen Könnens begannen. Nach den ersten Tänzen klatschte der syrische Gesandte plötzlich in die Hände, um die Aufmerksamkeit auf sich zu ziehen. Die Musik verstummte. „Hochverehrter Kaiser", hob er in fast akzentfreiem Fränkisch an, „ich danke Euch für das vorzügliche Mahl, das uns volle Mägen und leichte Herzen beschert hat, indem es uns die lange Abwesenheit von der fernen Heimat vollständig vergessen ließ. Nie hätte ich erwartet, an einer christlichen Tafel fürstlicher – oder sollte ich sagen kaiserlicher – mit orientalischen Köstlichkeiten verwöhnt zu werden, als am Hofe unserer Sultane!" Der Kaiser nickte gönnerhaft. „Vielleicht gewährt Ihr uns die Gunst, ebenfalls einen kleinen Beitrag zum Gelingen dieses Abends beizutragen?" Friedrich machte lächelnd eine auffordernde Geste. „Dann möchte ich Euch, angeregt durch die Grazilität dieser Damen hier …", dabei machte er eine große Geste in Richtung der Tänzerinnen, die sich dafür verneigten, „die Darbietung einer Künstlerin ankündigen, die neben ihrer Schönheit viele Talente in sich vereint. Ihr habt sie vielleicht schon als Sprachkundige kennengelernt, die auch der Eurigen Zunge mächtig ist, und unsere Beratungen erleichtert. Nun wird sie Euch zeigen, dass sie auch ihren Körper zu beherrschen weiß. Bei uns nennt man sie die Blume der Wüste und sie gilt als die beste Tänzerin zwischen Tunis und Byzanz!" Thomas ahnte, was jetzt kommen würde, und wäre am liebsten im Erdboden versunken. Ihm gefiel es gar nicht, Inez den gaffenden Augen des ganzen Saales ausgesetzt zu sehen. Doch seiner Geliebten von einst schien das wenig auszumachen – oder sie machte gute Miene zu dieser überraschenden Wendung. Jedenfalls sprang sie sogleich auf und ging, nein schwebte grazilen Schrittes um die Tafeln herum in die Mitte des Saales. Als hätten sie sich abgesprochen, stimmten die Musiker sogleich ein neues Stück an. Dieses schien auf wundersame Weise arabische Instrumente und deren Klänge mit europäischen zu vereinen. Oud gesellte sich zur Laute, Mizmar zur Schalmei. Eine besondere Rolle spielten Schellentrommeln – und plötzlich hielt auch Inez ein solches Instrument in Händen. „Wie schön, ein Tamburello, ein italienisches Instrument!", entfuhr es Oberto, der mit Rittern verschiedener Nationalitäten an einer Tafel saß. „Nein, das ist ein Tambori", meinte ein katalanischer Gast. „Unsinn, ein Tamburin", konterte ein Franke. „Eine Riq", kam es einem der Sarazenen über die Lippen. Wie auch immer es heißen mochte, Inez konnte damit umgehen. Wie einen Fächer ließ sie den straff mit dünnem Leder bespannten Reif, in den eine Fülle kleiner Schellen eingelassen waren, in Wellenbewegungen über ihren Körper gleiten. Dazu trommelte sie mit den Fingern in schnellem Stakkato auf die Bespannung. Dieser Rhythmus wurde bald auch von ihren Füßen aufgegriffen, die begannen, in kurzen, schnellen Trippelschritten umherzueilen. Als die Flöten einsetzten, vollführte sie fast aus dem Stand eine Pirouette, dann noch eine – und plötzlich stand sie ohne Schleier da. Zumindest die Stoffe, die ihre Gestalt verhüllten, fielen mit einem Mal zu Boden, wie von einer unsichtbaren Hand ergriffen. Ihre schlanken Beine steckten in hauchdünnen Pluderhosen, die um die Taille von einem goldenen Gürtel gehalten wurden. Ihr Bauch war völlig nackt. Ihre Brüste wurden von einer Art schmalem Mieder gehalten, das mit Perlenschnüren besetzt war und mehr offenbarte als verbarg. Allerdings trug sie immer noch den kleinen Gesichtsschleier. Das tat der freudigen Überraschung im Saal jedoch keinen Abbruch. Die Männer waren begeistert, denn unübersehbar kam hier zu der Musik und zum Tanz noch eine dritte Dimension hinzu. Ihr ganzer

Körper vibrierte, als sie sich nun von der Musik hinforttragen ließ. Im Takt der Schellen bog sie ihren Körper nach hinten, bis sie mit den Händen den Boden erreichte. Sogar in ihrem Bauchnabel schien eine Schelle mitzuschwingen. Dann vollführte sie einen Handstand, drehte sich und glitt wieder zurück auf die Füße, die in kleinen, samtenen Sandalen steckten. Ihre Arme wanden sich wie Schlangen um die Brust. Ihr Kopf flog vor und zurück. „Sie tanzt einen Liebesakt", stellte Gerhardt mit offenem Mund fest. Thomas schwoll die Zornesader. Er hatte schon einmal einen Tanz dieser Art von ihr gesehen, vor Jahren in Lissabon. Damals hatte es ihm nichts ausgemacht, sie von aller Augen verschlungen werden zu sehen – im Gegenteil, er hatte sich genauso für ihre Darbietung begeistert wie jetzt Gerhardt und die anderen Männer. Aber diesmal machte es ihm etwas aus. Er konnte es sich nicht verkneifen, einen wütenden Blick auf den Gesandten zu werfen, der dies aber nicht bemerkte, denn auch er hatte nur Augen für Inez. In diesem Moment dämmerte es Thomas. Die Art, wie er sie ansah, wie er sie vergötterte – ein Untergebener des Sultans würde sich das nicht wagen. Inez' Tanz hatte seinen Höhepunkt erreicht, Ihr Leib zuckte, Ihre Rundungen wallten. Ihr Haar flog wild und ungebändigt umher. Nur der Schleier über der unteren Hälfte des Gesichtes bewahrte ihr einen Hauch von Anonymität. Dann erstarb die Musik und die schöne Tänzerin erstarb mit ihr, fiel in sich zusammen wie eine erschöpfte Geliebte nach dem Höhepunkt. Thomas räusperte sich. Ungehalten stellte er fest, dass sich seine Männlichkeit geregt hatte – und er vermutete nicht zu Unrecht, dass es anderen ähnlich ging. Und das gefiel ihm gar nicht. Aber damit stand er ziemlich allein auf weiter Flur. Tosender Applaus brandete auf. Der Kaiser erhob sich und klatschte laut Beifall. Der vermeintliche syrische Gesandte erschien an Inez' Seite, ergriff ihre Hand und küsste sie, dann hob er die Hand empor, ließ die junge Frau feiern und sich verbeugen, um sie schließlich mit galanter Bewegung zurück zu ihrem Platz zu führen. Und diese Bewegung war es, die Thomas Klarheit verschaffte. Mit der gleichen galanten Art hatte er sie damals am Nil auf sein Schiff geführt. Der syrische Gesandte war niemand anders als Sultan Al-Kamil persönlich! Thomas musste schnellstmöglich mit dem Kaiser sprechen.

„Kommt Ihr mit, meine Liebe? Es ist doch so ein schöner Tag!" Sibylla traute ihren Ohren nicht. Sophie kam mit ausgebreiteten Armen auf sie zu – die gleiche Sophie, die ihr noch vor wenigen Tagen die Freundschaft gekündigt hatte. Sofort regte sich eine warnende Stimme in ihrem Herzen. Sophie schien das bemerkt zu haben. „Ach, vergessen wir doch den dummen Streit", flötete sie, „ich habe mich ob aller Trübsal zu unbedachten Worten hinreißen lassen. Ich bin zwar immer noch nicht Eurer Meinung, was den Jagdunfall angeht, aber das soll nicht weiter zwischen uns stehen. Lasst uns den schönen Tag genießen. Herenbert will mir – uns – den Hof zeigen, auf dem er Pferde meines Vaters züchtet. Das wird sicher ein schöner Ritt durch den Frühsommer. Kommt – sonst versauern wir hier noch und giften uns nur wieder an!" Dabei unterstrich sie ihre Worte mit einer einladenden Handbewegung. Sibyllas Gedanken rasten. Was hatte es mit dieser plötzlichen Sinnesänderung auf sich? Aber ihre Neugier siegte. Den Aufenthaltsort dieses Rennekoie näher in Augenschein nehmen zu können, war doch zu verführerisch. „Gebt mir einen kurzen Moment, ich hole nur meine Reitstiefel", ließ sie Sophie wissen, dann eilte sie in ihre Kammer. Auf der Treppe wäre sie beinahe mit Katharina zusammengeprallt, die soeben mit einem rotznäsigen Bündel auf dem Arm die Stiegen herunterkam. Wie üblich kümmerte sie sich bereits früh am Tag um die Kinderschar der Kemenate, für die sie sich zunehmend verantwortlich fühlte. „Was ist los, wohin so eilig?", wunderte sich ihre Schwägerin. Sibylla berichtete ihr eilig von Sophies Sinneswandel und der Einladung zu dem Ausritt. Katharina runzelte die Stirn. „An deiner Stelle wäre ich vorsichtig. Das kommt doch recht plötzlich. Kommt wenigstens dein Galan Gisbert mit?" Sibylla zuckte die Achseln. „Ich weiß nicht, ich denke, das ist unwahrscheinlich. Seit unserer Unterredung hat er sich nicht mehr blicken lassen!" Katharina riet ihr, besser in der Burg zu bleiben. Aber Sibylla verwarf ihre Bedenken mit einem aufgesetzten Lächeln. „Ich kann weiterschnüffeln, wie du es nennst", gab sie ihr zu verstehen, „das muss ich doch nutzen!" Dann gab sie Katharina einen flüchtigen Kuss und verschwand mit gerafften Röcken treppauf in ihrer Kammer. Wenig später ritten Sophie und Sibylla im Trab aus dem Burgtor, begleitet von einem Pagen, der mit großen Körben für einen Imbiss beladen war, der offenbar viele hungrige Mäuler satt machen sollte. Aber die Frauen dachten sich nichts weiter dabei. Auf dem Weg ins Dorf wurden sie bereits von Herenbert Rennekoie und zwei Lanzenträgern erwartet, die Sibylla noch als Treiber von der Jagd zu kennen glaubte. „Mir geht das Herz auf bei Eurem Anblick", versuchte er sich in ritterlicher Galanterie. Jedoch nur Sophie schenkte ihm ein Lächeln und hielt ihm die Hand zum Kuss hin. Sibylla lenkte ihre braune Stute an Rennekoie vorbei und bedachte ihn lediglich mit einem kurzen

Kopfnicken. So entging ihr der verschwörerische Blick, den der Altknappe mit der Herzogstochter tauschte. Nicht lange, und die kleine Gruppe galoppierte in den nahen Wald. Zuerst nahmen sie den Weg in Richtung Hohes Venn, und Sibylla befürchtete schon, es ginge zurück an den Ort des Jagdgeschehens. Doch nach einiger Zeit schlug Rennekoie einen westlicheren Weg ein, der in ein ihr unbekanntes Seitental der Weser führte. Sattes Grün umfing sie, die Buchen und Eichen des Waldes standen in vollem Saft. Bienen summten auf den Lichtungen. Ein Birkhahn flog schimpfend auf. Die Sonne sandte goldene Strahlen durch die Bäume, die im Stakkato des schnellen Rittes, nur von kurzen Schattenphasen unterbrochen, auf ihr Gesicht fielen. Sibylla genoss die Wärme, die einen willkommenen Gegensatz zu der selbst im Sommer vorherrschenden Kühle in der Burg darstellte. Da sie darauf bestanden hatte, in einem Männersattel zu reiten, fühlte sie sich auf ihrer Stute auch merklich sicherer als auf der Jagd. Sie öffnete den Schleier, den sie zu ihrem samtgrünen Reitkleid trug, und ließ sich den Wind durch das lange Haar wehen. Unbändige Lebensfreude keimte in ihr auf, verdrängte die Sorgen und entlockte ihr einen kurzen Jauchzer. „Mir scheint, Ihr genießt den Ausritt", bemerkte Rennekoie, der Sophies Seite verlassen und zu ihr aufgeschlossen hatte, „dann erfüllt mich das mit Genugtuung, ist doch damit schon der Zweck meiner Einladung erfüllt!" Sibylla überlegte, wie sie darauf reagieren sollte. Sie wollte ihn nicht vor den Kopf stoßen, zumindest nicht schon zu so früher Stunde, sah aber auch keine Veranlassung, mit ihm zu kokettieren. „Dann seid Ihr leicht zufriedenzustellen", rief sie schließlich zu ihm herüber, „bei mir müsst Ihr Euch allerdings auch keine Mühe machen, mir reicht schon die Sonne und der Wind, kümmert Euch lieber um Sophie, die dürstet mehr nach Eurer Nähe!" Dabei ermunterte sie ihre Stute zu einer noch schnelleren Gangart, in der Hoffnung, den Altknappen damit vorerst los zu sein. Doch der schnalzte mit der Zunge, um sein Ross ebenso zu beschleunigen, und hielt mühelos mit ihr Schritt. „Ihr habt recht, Sophie klebt mir an der Backe wie eine Fliege auf dem Pferdeapfel. Aber womit könnte ich Euch denn beglücken?", hakte er mit schrägem Lächeln nach. „Es würde reichen, wenn Ihr dafür sorgt, dass diesmal niemand zu Schaden kommt!", ließ sie ihn wissen und gab ihrem Pferd nun sogar die Sporen. Aber wieder ließ sich Rennekoie nicht abschütteln. „Soweit es in meiner Macht liegt", gab er zurück. Aufgrund der wachsenden Geschwindigkeit musste er jedoch seine Stimme deutlich erheben. „Ich war auch für den Unfall beim letzten Mal nicht verantwortlich", rief er gegen den Wind.

„Das könnt Ihr Eurer Großmutter erzählen", konterte Sibylla und beugte sich ein wenig über den Pferdehals, um tief hängenden Zweigen zu entgehen, „ich denke, Ihr wart eifersüchtig und habt Ritter Gisbert eine Lektion erteilen lassen!" Dabei flogen ihr Ross und sie geradezu über den Waldweg und gewannen etwas Abstand. „Unsinn!", keuchte er, „aber wenn Ihr weiter solch ein Tempo anschlagt, kann ich für nichts garantieren!" Sibylla kümmerte das nicht, im Gegenteil. „Zum Reiten brauche ich Euren Schutz nicht!", rief sie ihm über die Schulter zu, „wenn schon nicht um Sophie, dann kümmert Euch am besten einfach um Euch selbst!" Sie war jetzt ganz in ihrem Element. Nun völlig über den Hals der Stute gelehnt, jagte sie durch den Wald. Rennekoie hatte jetzt Mühe mitzuhalten, und das passte ihm gar nicht. Wütend bohrte er seinem Streitross die Sporen in die Flanken. An eine Fortsetzung des Gesprächs war nicht mehr zu denken. Sibylla lachte und jauchzte, und ihre Stute schien sich dadurch noch mehr ermuntert zu fühlen. Plötzlich wuchs von links ein mächtiger Ast aus einem Buchenstamm in Kopfhöhe quer über den Weg. Sibylla machte sich so klein, wie es ging, und auch ihre Stute senkte den Kopf, ohne aber die Geschwindigkeit zu verringern. Im Sauseschritt schlüpften sie unter dem Hindernis hindurch. Rennekoie jedoch reagierte nicht schnell genug, da ihm durch Sibylla zuvor die Sicht versperrt war. Als er den Ast auf sich zufliegen sah, war es bereits zu spät. Mit voller Wucht krachte er gegen das Hindernis, wurde aus dem Sattel gehoben und landete mehr als unsanft im Farnkraut längs des Weges. Sibylla hört nur einen dumpfen Aufschlag, zügelte ein wenig ihr Ross und blickte sich blitzschnell um. Als sie das Pferd des Altknappen ohne den Reiter hinter sich sah, musste sie aus vollem Hals lachen, sah aber keine Veranlassung, ihren Ritt zu unterbrechen. Erst etliche hundert Schritt voraus, an der nächsten Weggabelung, hielt sie ihr Tier an, weil sie nicht weiterwusste. „Brav gemacht", lobte sie ihre schnaubende Stute und klopfte ihr den vor Schweiß triefenden Hals. „Dem haben wir es gezeigt!" Es dauerte eine halbe Ewigkeit, bis die nachkommenden Reiter weiter hinten auf dem Weg erschienen. Der Page ritt jetzt vorweg, dann erst erschienen Sophie und Rennekoie, der ein möglichst entspanntes Gesicht machte, sich aber mit der Rechten die Brust hielt. Hinter ihnen folgten die Lanzenreiter. „Da seid Ihr ja endlich", rief Sibylla aufgeräumt, „wo wart Ihr denn plötzlich?!" Für einen Moment war nur der Hufschlag der Pferde und der Warnruf eines Eichelhähers zu hören. „Sagen wir mal, ich wurde aufgehalten", gab Rennekoie mit einem gezwungenen Lächeln zurück, als er sie erreichte. Sophie allerdings wirkte deutlich ungehaltener. „Wie konntet Ihr", schimpfte sie, „beinahe hätten wir den nächsten Unfall zu beklagen gehabt – und der wäre eindeutig auf Eure Kappe gegangen!" Dabei wippte ihre ausladende Kopfhaube auf und ab, als wollte sie den Protest der Herzogstochter unterstreichen. Sibylla schlug gespielt betreten die Augen nieder, tat dies aber eigentlich nur, um ihr Lachen zu verbergen. Dann reihte sie sich artig hinter den beiden ein, und der Zug ging weiter. Schweigend ritten sie tiefer und tiefer in den Wald. Es dauerte noch eine gute Stunde, bis sich der Weg südlich in engen Serpentinen einen Höhenzug hinaufwand. Danach öffnete sich vor ihnen ein spärlich bewaldeter Talkessel, der von Weiden gesäumt wurde, auf dem friedlich etwa zwei Dutzend Pferde grasten. Im Hintergrund stieg eine dünne Rauchsäule auf, die eine menschliche Behausung ankündigte. Nicht lange, und sie hielten vor einem niedrigen Holzhaus, dessen Wände mit Weidengeflecht verstärkt waren. Das Dach war mit Grassoden bedeckt, um besser dem Wind zu trotzen und den Regen aufzufangen. Lediglich der Kamin schien gemauert zu sein – aus bunt zusammengewürfelten Bruchsteinen. Auf der Schwelle kam ihnen eine kleine, junge Magd mit rotbraunem Haar entgegen, die eine halbherzige Begrüßung murmelte und vor allem die Frauen argwöhnisch beäugte. „Das wird wahrscheinlich seine kleine ‚Stute'" sein, dachte Sibylla insgeheim. Dabei erinnerte sie sich an das belauschte Gespräch zwischen dem Herzog und seinem Handlanger. Die Beschreibung passte, auch die eifersüchtige Miene der jungen Frau. Sie mochte vielleicht sechzehn, siebzehn Lenze zählen, nicht mehr. Rennekoie reichte ihr wortlos die Zügel, erteilte den Lanzenträgern einige Befehle, worauf diese abstiegen und sich nützlich machten, und bat die Damen in das Haus, das nicht mehr als eine Hütte war. Der Page eilte hinter ihnen her, stellte seine Imbisskörbe ab und verschwand augenblicklich wieder. Im Inneren war es gänzlich düster. Erst als Rennekoie ein paar Kienspäne anzündete, konnte man etwas mehr als nur Umrisse erkennen. Die ohnehin schon dunklen Wände waren vom Rauch der Feuerstelle am Fuß des Kamins, von dem der Putz aus Lehm abbröckelte, zusätzlich geschwärzt. Ein grob geschreinerter Tisch, auf dem neben den Körben, die der Page dort abgestellt hatte, noch die Reste einer spärlichen Morgenmahlzeit standen, dazu drei wackelige Stühle und eine wurmstichige Kommode – mehr hatte die Hütte an Einrichtung nicht zu bieten. Von der Decke hingen in der Nähe der Feuerstelle ein paar angelaufene Kessel herab. Im Kamin glimmte etwas Glut. Rechts dahinter zweigte eine Tür ab, die halb offen stand und offenbar zum Schlaflager führte. „Das traute Liebesnest oder besser der ‚Stutenstall'", dachte Sibylla. Auf der Limburg sind die Pferde besser untergebracht als die Menschen in dieser Räuberhöhle. Kein Wunder, dass er alles daransetzt, aus diesem Loch herauszukommen. „Das ist also sozusagen Eure kleine Burg?", sagte sie in die unschlüssig herumstehende Runde, „wie gemütlich!" Dabei machten ihr Tonfall und ihre gerümpfte Nase keinen Hehl daraus, was sie tatsächlich dachte. „Ich bin untröstlich, dass ich den hochwohlgeborenen Damen keine bessere Bleibe für das Mittagsmahl anbieten kann", blaffte Rennekoie und setzte zu einer übertriebenen Verbeugung an, „hat es der Herzog doch bislang versäumt, mich für meine Taten entsprechend zu entlohnen und mich mit der versprochenen Burg zu belehnen, aber das kommt noch, verlasst Euch drauf. Einstweilen müsst Ihr mit meiner bescheidenen Hütte vorliebnehmen!" Sophie, die bis jetzt geschwiegen hatte, war völlig entsetzt. „Aber das kann doch nicht dein Ernst sein", hechelte sie, offenbar einem Ohnmachtsanfall nahe, „ich habe gedacht, du scherzt und führst uns in den Gesindetrakt. Du kannst doch unmöglich hier ..." – „Hausen?", vervollständigte Rennekoie ihren Satz, „doch, das kann ich. Das muss ich sogar, solange dein Vater nichts Besseres für mich hat. Aber nicht mehr lange!" Sein Tonfall, der Sibylla ganz und gar nicht gefiel, wurde immer bitterer. „Und jetzt ist es auch Euer Zuhause für geraume Zeit!" Sibylla biss sich auf die Lippen, denn sie ahnte, was er damit meinte. Sophie jedoch konnte oder wollte nicht begreifen, noch nicht. „Aber das ist ja furchtbar", meinte sie und hielt sich ein Spitzentüchlein, das sie aus einem ihrer weiten Ärmel hervorgezaubert hatte, an die Nase, als wollte sie sich gegen die buchstäblich dicke Luft wappnen. „Hier kann doch niemand leben!" – „Du wirst es lernen", gab Rennekoie mit einem heiseren Lachen zurück. „Ich, wieso ich?", protestierte die Herzogstochter, „ich bleibe hier keinen Moment länger als nötig!" – „Oh doch, denn Ihr zwei Hübschen seid jetzt meine Gäste", gab er ihr zu verstehen, „oder besser gesagt –: meine Geiseln!"

Thomas eilte mit raumgreifenden Schritten durch den Saal auf den Kaiser zu. Schon früh am Morgen hatte er Oberto gebeten, ihm eine Audienz unter vier Augen mit dem Staufer zu verschaffen – es sei dringend. Und der Podestà hatte sein Möglichstes getan. Die Sonne stand noch nicht lange über den östlichen Dächern, als Friedrich ihn rufen ließ. Als sich

Thomas näherte, sah er, dass der Kaiser noch beim Frühstück saß. „Nun, was gibt es denn so Eiliges und Wichtiges, dass es keinen Aufschub duldet?", begehrte er zu wissen, während er sich die Finger abwischte, „wir haben noch keine endgültige Entscheidung in der Veroneser Sache getroffen!" – „Das ist es nicht, mein Kaiser", entgegnete Thomas, „es geht um etwas völlig anderes!" – „Nun, um was denn?" Friedrich war neugierig geworden. „Spannt mich nicht auf die Folter!" – „Euer Gesprächspartner, der syrische Gesandte", rückte Thomas mit der Sprache heraus, „er ist kein bloßer Unterhändler, sei er auch noch so hochstehend, es ist Sultan Al-Kamil persönlich!" Friedrich fiel die Kinnlade herunter. „Was sagt Ihr da?" – „Der Gesandte ist der Sultan von Ägypten!", wiederholte Thomas im Brustton der Überzeugung. Der Kaiser sprang auf und warf ihm einen durchdringenden Blick zu. „Woher wollt Ihr das wissen, seid Ihr ihm schon einmal begegnet?", hakte er nach. „Wie Ihr wisst, war ich damals auf dem Kreuzzug in Ägypten – und ich war Gast in seinem Kerker", teilte ihm der Fischersohn mit, „dabei habe ich ihn mehrere Male gesehen – zwar nur kurz, aber sein Antlitz hat sich mir eingeprägt!" Doch Friedrich war noch nicht überzeugt. „Bei welcher Gelegenheit seid Ihr ihm so nahe gekommen, dass Ihr sein Gesicht wiederzuerkennen glaubt?" Thomas seufzte; er hatte gehofft, nicht die ganze Geschichte aufdecken zu müssen, aber dies ließ sich offenbar nicht vermeiden. „Unter den Personen, die mich damals aus dem Kerker befreiten", hob er an, „war auch eine junge Frau namens Inez, die mir … einmal sehr nahestand. Sie war das Mündel eines jüdischen Händlers. Ich traf die beiden bereits in Lissabon, wo mein Herr, Graf Adolf von Berg, die Seereise nach Palästina unterbrach, um dem König von Portugal zu helfen, den Süden seines Landes zurückzuerobern. Ich verliebte mich ein wenig in sie. Jahre später, nach dem Fall von Damiette, tauchten der Jude und das Mädchen in Al-Manzura auf, dem Hauptquartier von Al-Kamils Truppen, wo sie sich als Dolmetscher verdingten. Dort erfuhr Inez, dass ich im Kerker schmachtete – und sie half den Templern William und Konrad von Freienfels dabei, mich zu befreien. Wir flohen in die westliche Wüste, in ein koptisches Kloster, und wollten uns von dort nach Akkon durchschlagen. Doch der Sultan hatte schon länger ein Auge auf die Frau geworfen …", Thomas schluckte, „und sie zur Nebenfrau gemacht. Als wir den Nil überqueren wollten, wartete er dort mit einer Galeere auf sie … und führte sie zurück in seinen Harem. Uns ließ er im Gegenzug weiterziehen. Dabei habe ich den Sultan so nah gesehen, wie man einem Herrscher nur kommen kann – und ich werde dieses Gesicht nie vergessen!" Friedrich kniff die Augen zusammen und lieferte einmal mehr einen Beweis für seine herausragende Intelligenz. „Diese Frau, von der Ihr sprecht", kam es ihm über die Lippen, „ist sie auch hier?" Thomas nickte. „Es ist die Frau an seiner Seite, die gestern Abend für Euch tanzte. Ich bin sicher, Ihr habt sie bemerkt!" Der Kaiser nickte versonnen und blickte über Thomas' Schulter, als suchte er etwas in der Ferne. „Dann seid Ihr Euch völlig sicher?" – „Das bin ich", bestätigte Thomas, „Euer Gast ist niemand anderes als Sultan Al-Kamil höchstpersönlich!" – „Sultan Al-Malik al-Kamil Naser al-Din Abu al-Ma'ali Muhammed", drang es plötzlich an sein Ohr. Doch es war nicht Friedrich, der da sprach, die Stimme kam von hinten. Erschrocken fuhr Thomas herum – und sah einen Mann in orientalischer Tracht entspannten Schrittes auf sich zukommen. Der Sultan! Und wieder sprach er fehlerfreies Fränkisch, lediglich etwas gedehnt und mit einem leicht rollenden Akzent. Als er nahe genug heran war, breitete er gönnerhaft die Arme aus. „Ich bin erfreut, Euch bei guter Gesundheit zu sehen – und ich bin Euch zu Dank verpflichtet", überraschte er sein Gegenüber, „Euer Kaiser hat Wert auf die Maskerade gelegt, zu unser aller Sicherheit, wie er in seiner unendlichen Weisheit wohl zu Recht vermeinte, aber ich bin erfreut, dass wir zumindest hier in diesen Mauern jetzt mit diesem – wie heißt es in eurer Sprache? Possenspiel? – aufhören können!" Mit diesen Worten nickte er Thomas zu und gesellte sich an die Seite des Staufers. „Die junge Dame, von der Ihr spracht, hatte mich bereits davon in Kenntnis gesetzt, dass Ihr am Hofe weilt. Und ich teilte es dem Kaiser mit, zusammen mit der Befürchtung, dass Ihr uns erkennen und unsere Tarnung auffliegen lassen könntet. Aber man nennt ihn nicht umsonst das Staunen der Welt!" Dabei verbeugte er sich lächelnd in Richtung Friedrich. „Der Kaiser meinte, es bestünde keine Gefahr, denn Ihr würdet ohne Zweifel zuerst zu ihm kommen. Ich wollte, auch mir gelänge es immer, die Treue meiner Untergebenen so vortrefflich einschätzen zu können!" Thomas blickte verwirrt vom einen zum anderen. „So habt Ihr es gewusst?", rutschte es ihm heraus. Friedrich lächelte wissend. „Natürlich", gab er zurück, „glaubt Ihr, der allmächtige Sultan des Morgenlandes weilt in meinen Mauern, ohne dass ich davon weiß? Und ich wusste auch, dass Ihr damit zu mir kommen würdet. Wer weiß noch davon?" Thomas schluckte, wurde ihm doch bewusst, wie schnell er sich in dieser Situation um Kopf und Kragen hätte reden – oder schweigen – können. Zum Glück hatte er das einzig Richtige getan und den Kaiser aufgesucht. Aber Vorsicht war weiterhin geboten –

und Aufrichtigkeit. „Nur William, der ehemalige Templer", gab Thomas ehrlich zu, „er war mit mir am Nil und auch er hat den Sultan erkannt. Aber für ihn lege ich meine Hand ins Feuer!" Der Kaiser und der Sultan warfen sich einen kurzen Blick zu. „Ihr seid aufrichtig gewesen – und ich will es auch zu Euch sein", gab ihm Friedrich zu verstehen, „seid Ihr sicher, dass Euer William nicht mehr mit dem Orden der Tempelritter im Bunde steht?" Thomas suchte in seinen Augen nach dem Anlass des Zweifels. „Ganz sicher, er ist mir näher als ein Bruder!", antwortete er. „Nun, auch Brüder können manchmal ein doppeltes Spiel spielen", warf Al-Kamil dazwischen. Thomas ahnte, dass er aus eigener Erfahrung sprach.

„Er hat dem Orden entsagt und keine Verbindung mehr. Wie auch? Seit Monaten weilt er stets nur an meiner Seite", bekräftigte Thomas. „Dann wollen wir Euch Glauben schenken", meinte der Kaiser, „schließlich habt Ihr mehr als einmal bewiesen, dass Ihr ohne Falsch seid. Aber Ihr müsst verstehen, wie wichtig Verschwiegenheit ist. Der Papst drängt mich zu einem neuerlichen Kreuzzug. Und der Sultan und ich verhandeln darüber, wie wir …", er überlegte offenbar, wie er es formulieren konnte, „nun ja, wie wir dieses Problem lösen, ohne aufs Neue tausendfaches Blut zu vergießen. Eine friedliche Lösung würde aber weder der Kirche noch den eng mit ihr verbundenen Orden gefallen. Deshalb müsst Ihr Euer Wissen für Euch behalten!" Thomas wurde immer mehr bewusst, auf welch gefährliches Terrain er sich begeben hatte. Am liebsten wäre er stehenden Fußes abgereist. „Das sehe ich ein", ließ er den Kaiser stattdessen wissen, „Ihr könnt auf meine Verschwiegenheit zählen. Und auf die meiner Männer, selbst wenn, wie der Sultan sagt, seine Tarnung in diesen Mauern fällt. Aber …" Er zögerte, weiterzusprechen. „Aber was?", drängte Friedrich. „Nun, was ist mit dem Großmeister der Deutschritter, einem Eurer nächsten Vertrauten", getraute sich Thomas zu fragen, „wenn doch die Ritterorden der Kirche und einem neuen Kreuzzug so nahestehen?" Friedrich zwinkerte ihm zu. „Um den macht Euch keine Sorgen. Hermann von Salza und die Deutschritter haben eigene Pläne und sind mir treu ergeben. Sie rüsten zu einem Kreuzzug in eine ganz andere Richtung und wären erfreut, in Outremer keine weiteren Kräfte binden zu müssen, aber das braucht Euch nicht zu kümmern. Macht Ihr Euch nur Gedanken darüber, wie Ihr am schnellsten nach Rom kommt – und wie Ihr den Sultan dabei am besten schützt!" Thomas verstand nun gar nichts mehr. Irritiert blickte er erneut vom Kaiser zum Sultan und zurück. „Was soll ich?" Friedrich lächelte milde. „Aber das wolltet Ihr doch, oder? Nach Rom, dem Mörder des Erzbischofs folgen! Nun, wir haben beschlossen, dass Ihr die syrische Gesandtschaft dorthin begleitet, denn unser hochverehrter Sultan Al-Kamil hat es sich in den Kopf gesetzt, die Heilige Stadt der Christen einmal mit eigenen Augen zu sehen. Und da Ihr diese zum Ziel habt, könnt Ihr auch gemeinsam reisen. Was spricht dagegen, dabei ein Auge auf seine Sicherheit zu haben? Einen besseren Beschützer könnte ich mir nicht vorstellen. Bei der Gelegenheit werdet Ihr zusammen beim Heiligen Vater vorsprechen und eine persönliche Botschaft von mir übergeben. Das ist Anlass genug für eine größere Eskorte, die über genügend Schlagkraft und Geleitschreiben verfügt, um unbehelligt ans Ziel zu kommen. Denn ich gedenke, Eure Mannschaft mit einigen meiner besten Ritter aufzustocken. Oberto wird sie anführen. Die werden dann mit einer Antwort des Papstes zurückkehren, so er mir denn eine erteilt, während der Sultan – oder besser gesagt, der Gesandte des Sultans – im Hafen von Ostia ein Schiff besteigt, das dort auf ihn wartet. Und Ihr könnt Euch dann – nach Erledigung Eurer Geschäfte – wann immer Ihr wollt, in aller Ruhe auf den Rückweg machen!" Thomas blieb die Luft weg und er brauchte einen Moment, bis er sich gesammelt hatte. „Und was ist mit dem Podestà von Verona und seiner Geisel?", gab er zu bedenken. „Der Veroneser erwartet, dass ich mit einer Antwort von Euch zurückkehre!" – „Um den müsst Ihr Euch keine Sorgen mehr machen", teilte ihm der Kaiser mit. „Hermann von Salza wird sich der Sache annehmen. Der Podestà von Verona gehört – auf unseren und seinen Wunsch – zu den Abgesandten der lombardischen Liga, mit denen sich der Großmeister in wenigen Tagen in Mantua zu neuen Verhandlungen treffen wird. Ich bin sicher, von Salza wird Mittel und Wege finden, mit diesem Ezzelino in Kontakt zu treten und sich mit ihm auszutauschen. Seid unbesorgt. Der Ritter von Büdingen wird freikommen! Kümmert Ihr Euch um Rom, wollt Ihr das tun?" Thomas schluckte noch einmal, dann nickte er. „Wann brechen wir auf?" Friedrich sah den Sultan an. „In zwei Tagen, wäre Euch das recht?" Al-Kamil bejahte dankend. „So können wir noch ein wenig Eure Gastfreundschaft genießen, bevor wir die des Heiligen Stuhls auf die Probe stellen", lachte er. „Haben wir alles besprochen? Mit Eurer Erlaubnis würde ich mich dann gern in meine Gemächer zurückziehen, um mich mit den Meinen zu besprechen und die nötigen Vorkehrungen zu treffen!" Friedrich entließ ihn mit gespielt großmütiger Geste, denn natürlich musste der Sultan niemanden um Erlaubnis fragen, um sich zu entfernen. Mit einem kurzen Kopfnicken zu beiden Männern empfahl sich Al-Kamil und verschwand durch eine geheime

Seitentür des Saales, durch die er wahrscheinlich auch gekommen war. Langsam dämmerte Thomas der hohe Grad der Vertrautheit der beiden Herrscher. Schon seit Jahren munkelte man über Botschaften und Geschenke, die der Kaiser und der Sultan austauschten. Thomas wusste nun, dass noch viel mehr dahintersteckte. „Dann darf auch ich mich empfehlen?", fragte er den Staufer. Und dieser ließ ihn gehen. Doch er hatte noch keine zehn Schritte zurückgelegt, als er noch einmal Friedrichs Stimme vernahm. „Diese Frau, wie hieß sie gleich, Inez?", hörte Thomas ihn sagen und drehte sich um. „Ja, mein Kaiser, was ist mit ihr?" „Habt Ihr sie …", nun war es an Friedrich, sich zu räuspern, „habt Ihr sie in den Armen gehabt?" Thomas stand für einen Moment wie angewurzelt da. Dann nickte er kurz. „Aber das ist lange her, ich liebe meine Frau und keine andere!" Friedrichs Lippen verzogen sich zu einem Schmunzeln. „Das ziehe ich nicht in Zweifel. Aber das eine schließt das andere nicht aus, würde ich sagen!" Und diesmal sprach er aus eigener Erfahrung. „Jedenfalls scheint sie zu der Sorte Frauen zu gehören, die einen Mann um den Verstand bringen können und die einem in Erinnerung bleiben. Respekt, mein Freund. Ihr erstaunt mich jedes Mal aufs Neue. Ich bin sicher, die syrischen Gesandten sind bei Euch in guten Händen!"

Als Thomas' Schritte verhallten, zeigte ein leises Türgeräusch von der gegenüberliegenden Seite dem Kaiser an, dass jetzt noch jemand im Raum war. „Ihr spielt ein gefährliches Spiel, mein Kaiser, aber das tut Ihr meisterlich", bemerkte Hermann von Salza lächelnd, als er sich dem Staufer näherte. „Dem Papst versprecht Ihr, einen neuen Kreuzzug zu unternehmen, damit er Euch in der Lombardenfrage hilft, und mit dem Sultan verhandelt Ihr über dessen Vermeidung. Nur verstehe ich nicht ganz, warum Euch daran gelegen ist, dass der Sultan nach Rom reist. Ist das nicht riskant?" – „Für wen?", antwortete Friedrich mit einer Gegenfrage, „es ist ein Possenspiel, nichts weiter!" Dabei schenkte er sich und dem Deutschritter einen frischen Becher ein. Dann erst drehte er sich zu ihm um. „Der Papst wird unter allen Umständen darauf bestehen, dass ich spätestens im nächsten Jahr einen Kreuzzug unternehme. Ich werde auf Dauer nicht umhin können, gen Akkon und Jerusalem zu segeln. Aber wer sagt denn, dass dort die Waffen sprechen müssen? Vielleicht gibt es ja andere Lösungen. Deshalb tausche ich mich mit dem Sultan aus, dem ebenfalls nichts an einem neuerlichen Krieg liegt." Von Salza ergriff den dargebotenen Becher, dankte und trank, ohne die Rede des Kaisers zu unterbrechen. „Ich habe ihm nie versprochen, dass ich nicht nach Palästina ziehe, aber ich habe ihm versprochen, wenn möglich, einen offenen Krieg zu vermeiden", fuhr dieser fort. „Gerade deshalb kann es nicht schaden, wenn er den ach so heiligen Vater und dessen Charakter kennenlernt. Und dessen Macht. Dann wird er begreifen, warum mir nichts anderes übrig bleibt, als nächstes Jahr eine Armee gegen ihn zu senden – und sei es nur der Form halber! Außerdem ist Al-Kamil begierig, Rom zu sehen!" – „Und was, wenn jemand den Sultan erkennt und enttarnt?", hakte der Deutschritter nach, „es gibt Männer wie diesen Kardinal Pelagius, die könnten ihn erkennen!" – „Nun, dann bleibt vielleicht die eine oder andere Partei auf der Strecke", bemerkte der Kaiser trocken, „in jedem Falle haben wir dann einen Gegner weniger, auf welcher Seite er auch immer steht ... und damit an einer der Fronten künftig leichteres Spiel!" Von Salza zog bewundernd eine Augenbraue hoch. „Wie ich schon sagte, Majestät, Euer Plan ist kühn, aber meisterlich!"

„Das kannst du doch nicht tun! Was willst du denn damit erreichen?", jammerte Sophie von Limburg, auf des Königs Erlass verwitwete Sophie von Isenberg. Weinend saß sie auf einem der klapprigen Stühle in Rennekoies Waldhütte. Mit einem breiten Grinsen hatte dessen junge, rothaarige Stute geräuschvoll einen Riegel vor die Tür geschoben, und durch eine kleine Öffnung in Kopfhöhe sah man, dass draußen Wachen ihre Posten bezogen hatten – beileibe nicht nur die mitgebrachten Lanzenträger. Sibylla glaubte, mindestens vier Männer vor der Hütte herumstolzieren zu sehen, auch wenn nur zwei vor der Tür standen. „Das wird deinen Vater beflügeln, mir endlich den versprochenen Lohn auszuhändigen", ließ ihr Jugendfreund Sophie wissen, „es reicht mir jetzt. Ich habe lange genug die Drecksarbeit für ihn gemacht. Ich habe es satt, immer nur den gefügigen Knappen zu spielen!" Nun völlig aufgelöst, gab sich Sophie einem Weinkrampf hin. „Ach Herenbert, du machst doch alles noch viel schlimmer", schluchzte sie, „dabei hatte ich gehofft, du hättest ehrliche Gefühle für mich!" – „Oh, das habe ich", säuselte er, „Hass und Abscheu, die ehrlichsten Gefühle der Welt!" Dabei trat er nah an sie heran. „Was bildest du dir eigentlich ein?", kam es ihm bissig über die Lippen, „schau dich doch mal an, du buckliges Weib. Wenn du nicht die Tochter eines Herzogs wärest, hätten sie dich wahrscheinlich schon als Kind ersäuft. Ein Wunder, dass dein Gatte bei dem Anblick überhaupt einen hochgekriegt hat!" Dabei tippte er mit dem Finger zweimal demonstrativ auf die augenfällige

Wölbung hinter ihrer Schulter. „Und so etwas durfte stets an der feinen Tafel sitzen, während unsereins mit den Knochen vorliebnehmen konnte. Frau Gräfin von Isenberg, die feine Dame. Und jetzt? Ein Häufchen Elend bist du, eine mittellose Witwe mit einem Stall voller Bälger, die von einem Geächteten stammen. Das gefallene Weib eines Mörders!" Nun lachte er hemmungslos. „Eines ausgemachten Dummkopfes, wenn du mich fragst. Ich habe noch nie jemanden so leicht hinters Licht geführt wie deinen Friedrich", legte er gehässig nach, „dank deiner Hilfe, versteht sich. Besten Dank dafür!" Sophie schrie jetzt beinahe vor Schmerz. „Sag selbst, Buckelweib, was sollte ich für dich empfinden?" Dabei nahm er seine kleine Hure bei der Hüfte, die jetzt wie ein Kätzchen angeschnurrt kam, und steckte ihr die Zunge in den willig dargebotenen Mund. „Das hier ist ein Weib nach meinem Geschmack, mit den Rundungen an den richtigen Stellen!" Dabei fiel sein Blick über die Schulter der „Stute" auf Sibylla, die sich bislang völlig reglos im Hintergrund gehalten hatte. „Und die da – deine neue Freundin!" Das letzte Wort betonte er besonders. „Die sich jedoch nur mit dir abgibt, weil sie dich und alle in deinem Umfeld aushorchen will. Eine schöne Freundschaft!" Es folgte ein langer Augenblick der Stille, dann erbrach sich Sophie auf den gestampften Lehmfußboden. Rennekoie konnte nur mit Mühe beiseitespringen. „Äh, was für eine Schweinerei", spuckte er angewidert aus. „Ich muss mal auf den Abtritt und an die Luft", keuchte Sophie, bei der nicht nur der Magen rebellierte. „Meinetwegen, begleite sie hinaus", beschied er seiner kleinen Hure, „aber die nächsten Male nimmst du dazu einen Eimer hier im Haus. Und fliehen ist zwecklos, es gibt nur einen Weg hier raus, und der wird von meinen Männern bewacht. Außerdem bringe ich die andere sofort um, wenn eine von euch beiden versucht zu verschwinden, verstanden?" Sophie nickte stumm und Sibylla auch. Momentan schien es wenig Zweck zu haben, Widerstand zu leisten. Der Riegel wurde zurückgeschoben. Sophie und die „Stute" verschwanden durch die Tür. „So, sind wir zwei endlich mal allein", zischte Rennekoie und näherte sich Sibylla. „Noch so eine feine Dame, aus der Gosse hochgevögelt, was?" – „Ich bin die Tochter des Burgvogtes von Neuenberge", protestierte sie, wobei ihr sofort die Sinnlosigkeit dieser Worte aufging, denn ihr Gegenüber würde sich wohl kaum davon beeindrucken lassen. Dabei wich sie so weit zurück, bis sie mit dem Rücken zur Wand stand. „Ach ja? Also noch so eine Hochwohlgeborene, meine Verehrung, Gnädigste!", blaffte er. Dann presste er seinen Körper gegen den ihren. „Wenigstens bist du ein Weib, wie es im Buche steht. Aber zu fein, um sich mit einem wie mir einzulassen, was?" Ungeniert legte er seine schwielige Hand auf ihren Busen. „Vögelst lieber mit Herrschaften von Stand! Nun, einen gewissen Stand kann ich dir auch bieten!" Sie spürte, wie er in der Lendengegend hart wurde. Händeringend suchte sie nach einem Ausweg. Fünf Schritte waren es bis zur Tür. Und die war im Augenblick nicht verriegelt. „Nur sind meine Manieren wahrscheinlich ein wenig rauer, als du es gewohnt bist!" Aber wie sollte sie an den Wachen vorbeikommen? „Aber vielleicht gefällt es dir ja auch, ein bisschen härter angefasst zu werden!" Schon nestelte er am Ausschnitt ihres Kleides, das unter seinen groben Händen zerriss. Das war zu viel. „Oh ja, ich habe nichts gegen ein bisschen Härte", hauchte sie ihm ins Ohr. Dann rammte sie ihm mit einer plötzlichen Bewegung das Knie in den Unterleib. Rennekoie fuhr sofort zusammen, krümmte sich und keuchte. Geistesgegenwärtig schnappte sie sich einen der Kessel in Kopfhöhe und rammte diesen auf den Schädel ihres Peinigers. Der Altknappe ging vollends zu Boden. Die Gunst der Stunde nutzend, rannte Sibylla zur Tür. Doch bevor sie den Riegel zu fassen bekam, spürte sie einen heftigen Schlag im Rücken und fiel auf die Knie. Zerbrochene Stuhlbeine am Boden zeugten davon, dass er einen der Schemel nach ihr geworfen hatte. Rennekoie war schon wieder auf den Beinen, wenn auch gebeugt. „Jetzt sollst du mich kennenlernen!" Grollend kam er näher. Doch kurz bevor er sie erreicht hatte, flog die Tür auf und die kleine Hure stand im Rahmen. „Dachte ich's mir doch, du bist auf die feine Fotze scharf!", keifte sie. Hinter ihr erschien der Kopf von Sophie, die die Hände vor den Mund schlug, „Unsinn", krächzte Rennekoie und schnappte nach einem der herumliegenden Stuhlbeine, „ich muss ihr nur ein bisschen Gehorsam beibringen!"

Doch die Hure stellte sich demonstrativ vor Sibylla. „Wenn du sie anrührst, kratz ich dir die Augen aus", fauchte sie, „nicht, dass mir etwas an ihr liegt. Aber dein Schwanz gehört mir und alles, was daran hängt!" Die Eifersucht ließ sie zur Furie werden. Für einen Moment schien Rennekoie beeindruckt, doch dann packte ihn die Wut. „Du wagst es?", keuchte er. Dann schlug er ihr krachend ins Gesicht und die kleine Hure flog an die Wand. Nun wagte sich Sophie vor und half Sibylla wieder auf die Füße. „Du hast mir all die Jahre etwas vorgemacht", hielt sie ihm unter Tränen vor, „du bist ein durchtriebenes Schwein, deinetwegen ist meine Familie ins Unglück gestürzt!" Dann wandte sie sich an Sibylla. „Es tut mir so leid, ich hätte auf dich hören sollen!" – „Späte Erkenntnis", lachte Rennekoie, dann holte er aus und erteilte der Herzogstochter eine schallende Ohrfeige, die sie gegen die Tür warf. „Zu spät!" Nun nahm er erneut Sibylla ins Visier, immer noch das Stuhlbein in der Rechten. „Nicht ganz!", kam es plötzlich von der Türschwelle, „besser spät als nie!" Der Mann an der Tür, gewandet und bewaffnet wie ein Ritter, trat einen Schritt vor und hob sein Schwert. „Vielleicht versuchst du es mal mit mir, anstatt wehrlose Frauen zu schlagen!" – „Gisbert!", kam es gleichzeitig Sophie und Sibylla über die Lippen. „Verzeiht meine Verspätung", lächelte er mit einer angedeuteten Verbeugung, „ich wurde aufgehalten!" Ein schneller Blick nach draußen offenbarte Sibylla, dass sich die beiden Lanzenträger vor Schmerz im Dreck krümmten, allerdings lebten sie noch. Das hatte auch Rennekoie bemerkt. Von dort war also zumindest für den Augenblick keine Hilfe zu erwarten. Mit einem Satz sprang der Altknappe zurück zur Feuerstelle und schnappte sich den Schürhaken. Dann drosch er auch schon auf Gisbert ein, dass die Funken flogen. Sophie und Sibylla duckten sich in den äußersten Winkel des Raumes. Derweil huschte die kleine Hure behände durch den Türrahmen. Gisbert parierte die Schläge seines Gegners und ging dann seinerseits zum Angriff über. Doch seine gut gesetzten Hiebe fing Rennekoie gekonnt mit dem Schürhaken auf. Da flog plötzlich von der Tür her eine Axt durch den Raum, verfehlte Gisberts Kopf um Haaresbreite und fiel unmittelbar neben der Feuerstelle zu Boden. Geistesgegenwärtig bückte sich Rennekoie danach und hob die Waffe auf. „Du bist die Beste!", rief er zur Tür, dann drosch er beidhändig auf Gisbert ein. Erschrocken stellte Sibylla fest, dass die „Stute" erneut im Rahmen stand und obendrein noch ein Schwert in der Hand hatte. „Das schaffst du nicht!", rief sie dem Limburger Ritter zu, der nun zunehmend in Bedrängnis geriet, „bring dich lieber in Sicherheit und hol Hilfe!" Gisbert brauchte seine ganze Aufmerksamkeit, um sich der Schläge Rennekoies zu erwehren. Beide waren erfahrene Kämpfer, aber sein Gegner hatte jetzt zwei Waffen zur Verfügung. „Wie sieht es draußen aus?", rief Gisbert, dem langsam aufging, dass der Vorteil seines überraschenden Auftrittes verpufft war und es nun für ihn immer schwieriger wurde, die Frauen zu befreien. Sibylla spähte nach draußen, wo sich die Lanzenträger wieder aufgerappelt hatten. Aus dem Hintergrund eilten weitere Männer herbei. „Übel – mindestens vier im Anmarsch!", gab sie Gisbert zu verstehen. Mit einem diagonalen Schlag von unten traf der Ritter beide Waffen seines Gegners gleichzeitig und warf sie zurück, dann holte er aus und trat Rennekoie vor die Brust, so dass er vier Schritte nach hinten taumelte. Das verschaffte Gisbert eine Atempause. „Es tut mir leid, aber ich komme wieder, ich schwöre es!" Mit einem letzten Blick auf Sibylla und Sophie stürmte er hinaus, rannte zuerst die kleine Hure, dann die noch wackeligen Lanzenträger über den Haufen und pfiff nach seinem Pferd. Einen Atemzug später hörte Sibylla Hufschlag. „Nein!", brüllte Rennekoie und hetzte ebenfalls durch die Tür. Mit rasendem Herzen blickten die Frauen hinterher. Gisbert sprang mit einem gekonnten Satz in den Sattel und gab seinem Ross die Sporen. „Haltet ihn!", rief Rennekoie, schnappte sich eine Lanze seiner gestürzten Männer und warf. Sibylla stockte der Atem, als sie die Flugbahn verfolgte. Gerade noch rechtzeitig setzte sich Gisberts Pferd in Bewegung. Der Wurf geriet zu kurz, allerdings schrammte die Klinge noch die Kruppe des Tieres. Laut wiehernd fiel das Streitross in Galopp und sprengte davon. Schon sah es so aus, als würde die wilde Flucht gelingen. Dann sah Sibylla, dass ein Mann an den Koppeln einen Bogen hob und einen Pfeil hinter Gisbert her schoss. Selbst aus der Entfernung war der dumpfe Aufschlag zu hören, mit dem das Geschoss in die Schulter des Ritters fuhr. Der Oberkörper des Getroffenen bäumte sich einmal kurz auf, aber Gisbert blieb im Sattel. Dann verschwanden Ross und Reiter zwischen den Bäumen. „Mein Pferd!", brüllte Rennekoie – und schon kam einer seiner Männer mit zwei Rössern über den Hof. Viel zu schnell nach Sibyllas Geschmack. Aber da die Pferde, mit denen sie gekommen waren, noch gesattelt an einer der Koppeln standen, hatte der Mann nicht viel Mühe gehabt und bei den ersten Anzeichen von Gisberts Flucht in weiser Voraussicht schnell reagiert. „Sperrt die Weiber in die Hütte, bis ich zurück bin", rief der Altknappe den Lanzenträgern und seiner Hure zu. Dann sprangen er und sein Begleiter auf die Gäule und jagten dem Flüchtenden hinterher. Wenig später galoppierte auch der Bogenschütze vom Hof. Gisbert wurde beinahe ohnmächtig vor Schmerz. Nicht nur, dass die alte Pfeilwunde kaum verheilt war, nun hatte er auch noch eine neue Verwundung, die seine linke Schulter und den ganzen linken Arm zu lähmen begann. Er haderte mit seiner Entscheidung, die Frauen auf eigene Faust zu befreien, anstatt Hilfe von der Limburg zu holen. Am Morgen hatte er aus einem Turmfenster gesehen, wie die Frauen die Burg verließen und sich auf dem Weg zum Dorf mit Rennekoie trafen. Das konnte in seinen Augen nichts Gutes bedeuten, deshalb hatte er kurz darauf die Verfolgung aufgenommen. Und er hatte Recht gehabt. Eigentlich hatte er es bei der Beobachtung der Geschehnisse belassen wollen und Posten hinter einer kleinen Fichtenschonung oberhalb der Weiden bezogen. Aber als der Streit in der Hütte eskalierte, hatte er sich zum Handeln gezwungen gesehen. Leider war sein verwegener Plan, die Wächter unschädlich zu machen, in die Hütte zu stürmen, Rennekoie niederzuschlagen und mit den Frauen zu den Pferden zu entkommen, kläglich gescheitert. Und nun saß er pfeilwund auf seinem Ross und es ging um sein eigenes Leben. In vollem Galopp preschte er den engen, hier schnurgeraden Weg hinunter. Aber es war ein langer Weg bis zur Limburg. Er war sich nicht sicher, ob er und sein Pferd das durchhalten würden. Das Ross begann zu lahmen. Unter stechenden Schmerzen warf er einen Blick über die Schulter. Etwa zweihundert Schritt hinter sich sah er verschwommen seine Verfolger. Sie schienen aufzuholen. Er musste sie irgendwie abschütteln. Auf dem üblichen Weg war das so gut wie unmöglich. Vielleicht gelang es ihm ja, auf den Serpentinen hinunter ins Tal sich seitwärts in die Büsche zu schlagen. Vor sich sah er die erste Kurve. Noch zwanzig, noch zehn Schritt, dann verschwand er vor den Augen der Verfolger. Er musste es wagen. Er gab seinem Tier erneut die Sporen und zwang es, mit einem gewaltigen Satz über die Büsche am Wegesrand zu setzen. Dann lenkte er sein Pferd in einen kleinen Birkenhain, hinter dem ein dichter Wald begann, der sich über einen langen Höhenzug erstreckte. An dessen Ende würde er das Jagdgebiet des Herzogs erreichen und vielleicht auf Jäger treffen. Inmitten des Birkenhains hielt er sein Ross an und wartete mit klopfendem Herzen. Zwei, drei Atemzüge später hörte er, wie seine Häscher durch die Kurve preschten und den Serpentinenweg ins Tal nahmen. Schon glaubte er, ihnen erfolgreich ein Schnippchen geschlagen zu haben. Doch dann hörte er Rennekoies Stimme, und das Blut gefror ihm in den Adern. „Halt! Da stimmt was nicht", sagte die Stimme. Dann trat Stille ein. „Wir müssten den Hufschlag seines Rosses hören, der zu uns heraufklingt, aber da ist nichts!" Wieder Stille. Gisbert wagte nicht zu atmen. „Der versucht uns zu entwischen", rief Rennekoies Stimme. „Nach oben kann er nicht, also wird er dort rechts im Wald sein, folgt mir!" – „Verdammt", dachte Gisbert, „der Kerl ist mit allen Wassern gewaschen." Nun gab es kein Halten mehr. So schnell es die Hufe seines Tieres und die Dichte des Waldes erlaubten, galoppierte er drauf los. Doch schon bald hörte er am Knacken der Äste auf dem Waldboden, dass ihm seine Verfolger dicht auf den Fersen waren. Kalter Schweiß brach ihm aus. Viel zu häufig musste er zwischen den eng stehenden Bäumen die Richtung wechseln. Sein linker Arm gehorchte ihm kaum noch. Wie ein gehetztes Reh floh er über Stock und Stein. Immer wieder schlugen ihm Zweige ins Gesicht und drohten, ihn aus dem Sattel zu heben. Da er nicht genau wusste, wie viele Männer ihn verfolgten, ergab es auch wenig Sinn, sich einem Kampf zu stellen, erst recht nicht mit dem lahmen Arm. Da öffnete sich vor ihm der Wald zu einer Lichtung, und er hielt darauf zu. Vielleicht ließ sich in offenem Gelände ja der Vorsprung wieder etwas vergrößern. Doch als sich die Bäume teilten, sah er, dass er keine Lichtung, sondern einen steilen Abhang vor sich hatte. Der Höhenzug fiel hier auf der Südseite um gut hundert Manneslängen schroff ab, um jenseits des Taleinschnittes zum Hohen Venn hin wieder anzusteigen. Rechts oder links? Geradeaus wartete der sichere Tod. Er entschied sich für den linken Fluchtweg und jagte in gestrecktem Galopp den Höhenzug entlang. Da brach etwa dreißig Schritte vor ihm ein Reiter aus dem Wald und versperrte ihm den Weg. Geistesgegenwärtig riss er sein Ross herum, wobei der Schmerz in der Schulter mörderisch wurde. Das Tier wendete auf der Hinterhand und schlug den Rückweg ein, doch dort tauchten im gleichen Moment zwei weitere Reiter auf. Es half nichts, kämpfen oder den Abhang hinunter. In jedem Falle galt es nun, dem Tod ins Auge zu sehen. Gisbert ließ die Zügel, die er zuletzt nur noch mit der Rechten gehalten hatte, schleifen, zog sein Schwert und stürmte auf den vorderen Reiter zu. Rennekoie! Auch der hatte sein Schwert gezogen. Mit gewaltigem Krachen prallten die Klingen aufeinander. Aber keinem der beiden gelang es, den anderen aus dem Sattel zu werfen. Gisbert visierte den zweiten Reiter an. Vielleicht konnte er diesen ja unschädlich machen und dann weitergaloppieren. Doch kurz bevor er seinen zweiten Gegner erreichte, bäumte sich sein Pferd plötzlich auf. Gisbert verlor den Halt, nur der tiefe, hinten hoch auslaufende Sattel hielt ihn noch auf dem Pferderücken. Mit einem letzten Hieb versuchte er, sich seines Gegners zu erwehren, der ihn nun von rechts bedrängte. Der Schlag traf auf den Helm des Reiters, der Aufprall riss ihm jedoch auch das Schwert aus der Hand. Dann wurde er abgeworfen. Im Fallen sah er einen Pfeil aus der Hinterhand seines treuen Streitrosses ragen. Er erwartete, hart auf dem Boden aufzuschlagen, aber stattdessen fiel er weiter, fiel und fiel. Dann wurde es schwarz um ihn herum, tiefschwarz. Rennekoie sprang wütend von seinem Gaul. Einer seiner Männer lag mit zerbeultem Helm besinnungslos am Boden. Das Pferd des Ritters stand noch immer auf den Hinterbeinen und trat vorn aus, dann brach es vor Erschöpfung zusammen. Beides interessierte den Altknappen jedoch wenig. Stattdessen eilte er an den steilen Abhang und blickte nach unten. An einigen Stellen rollten Steine in den Schlund hinab. Von Gisbert war nichts mehr zu sehen. Der Bogenschütze trat an Rennekoies Seite. „Und jetzt?" Sein Anführer zuckte mit den Achseln. „Das war's wohl. Solch einen Sturz überlebt niemand!" Dann drehte er sich um, ging zu dem röchelnden Streitross, dem Schaum vor dem Maul stand, und hieb ihm das Schwert in den Hals. „Der Rest ist für die Krähen!", spie er aus, sprang wieder auf sein Pferd und trabte zurück.

Sibylla hockte ernüchtert auf einem der verbliebenen Schemel in der düsteren Hütte, den Kopf auf die Hände gestützt und argwöhnisch von der kleinen Hure beäugt. Sophie hatten die Kräfte verlassen und sie hatte sich auf das zerwühlte, spartanische Bett im Nebenraum legen dürfen. Dort war sie binnen kürzester Zeit eingeschlafen, ohne sich von den winzigen Mitbewohnern der Matratze oder den von ihr ausgehenden, empfindlichen Gerüchen stören zu lassen. Das würde sie später sicher noch bereuen, dachte Sibylla. „Versuche ja nicht, mir meinen Herenbert abspenstig zu machen!" Sibylla dachte zuerst, es wäre Sophie, die zu ihr sprach, doch es war die kleine Hure, Rennekoies Stute, die das Wort an sie richtete. Müde warf ihr Sibylla einen langen Blick zu. „Da kannst du ganz beruhigt sein", meinte sie, „nichts liegt mir ferner!" Doch die Hure war noch nicht überzeugt. „Und warum hast du ihm dann so oft schöne Augen gemacht? Ich weiß es genau, denn das hat er mir erzählt!" Sibylla fielen die Vorwürfe ein, die ihr Katharina gemacht hatte, und sie musste zugeben, in ihrer Bespitzelungstaktik vielleicht zu weit gegangen zu sein. „Vielleicht wollte er das so verstehen, aber ich hatte und habe keinerlei Interesse an ihm", gab sie zurück, „allerdings wollte ich ihn ein bisschen aushorchen, denn ich halte ihn für einen Mörder und den Urheber zahlreichen Unglückes. Und so, wie ich das sehe, habe ich recht gehabt!" Die Hure nickte verständig und begann zu lächeln. „Ja, das ist er, mein Herenbert, er nimmt sich einfach, was er will!" – „Und er wirft es weg, wenn er dessen überdrüssig ist", fügte Sibylla an, „oder er bringt es um. An deiner Stelle wäre ich etwas vorsichtiger!" Die Hure wollte noch etwas entgegnen, aber in diesem Moment wurde es draußen unruhig. Hufschlag erklang und Männerstimmen wurden laut. Dann sprang die Tür auf und Rennekoie stand im Raum, völlig verschwitzt, abgerissen und verdreckt. „Wo ist Sophie?", schnauzte er, nachdem er einen Blick in den Raum geworfen hatte. „Sie schläft", antwortete seine Hure, „sie liegt in unserem Bett!" Rennekoie nickte befriedigt. „Dann haben wir wenigstens vor ihr vorerst Ruhe!" Dabei fiel sein Blick auf Sibylla, die ihn fragend ansah. Zur Antwort warf er ihr Gisberts Schwert vor die Füße. „Auf Hilfe zu hoffen ist zwecklos!", gab er ihr mit einem Grinsen zu verstehen. „Und was machen wir jetzt mit der da?", wollte seine Hure wissen. Sein Grinsen wurde noch teuflischer. „Werft sie in den Brunnen!"

Mit wachsendem Unbehagen betrat Thomas den Stallkomplex, kurz nachdem er seine Männer von ihrer baldigen Abreise nach Rom unterrichtet hatte. Die Worte des Kaisers und des Sultans beschäftigten ihn noch immer, doch jetzt schlich sich mehr und mehr das Bild der verschleierten Inez in sein Hirn. Sie war so reizvoll wie eh und je. Er hatte sich aus tiefstem Herzen gefreut, seine Freundin von einst so überraschend wiederzusehen, aber dieses Wiedersehen hatte auch eine Fülle widerstrebender Gefühle in ihm ausgelöst. Zum einen war da die Zuneigung, die er immer noch für die schöne Ibererin empfand, eine Wärme und Vertrautheit, die jedoch mit seiner Liebe zu Sibylla konkurrierte. Dann war da aber auch eine gehörige Portion Wut und Enttäuschung, die er offenbar mit sich herumgetragen hatte, seit Inez damals so freien Herzens die Galeere des Sultans bestiegen hatte. Sie hatte sich aus seinen Armen ohne zu zögern in die eines anderen begeben, so schnell, wie man ein Kleidungsstück wechselt. Zumindest hatte er es so empfunden. Und dieser Stachel saß tief. Und dann dieser Sultan. Er war der oberste Feind aller Kreuzritter gewesen. Und er hatte ihn in seinem Kerker schmachten lassen, schon deswegen hätte er ihn hassen können. Obendrein gab es da diese persönliche Scharte. Trotzdem wollte kein wirklicher Hass in ihm aufkeimen, schon damals nicht. Das irritierte ihn. Nicht, dass er freundschaftliche Gefühle für den Potentaten vom Nil hegte, aber dessen Auftreten und Verhalten nötigten ihm immer wieder Respekt ab. Thomas erinnerte sich an dessen furchtloses, gebieterisches Erscheinen, als er einem Scharmützel zwischen der sarazenischen Vorhut und den Rittern des Grafen Adolf entschieden ein Ende bereitet hatte. Und er erinnerte sich an dessen stolze, siegessichere Haltung, als er Inez auf sein Schiff führte. Mit dem gleichen Stolz hatte er sie am Vorabend, nach der Tanzdarbietung, den Gästen des Saales vorgeführt und zurück zu ihrem Platz geleitet. Vielleicht war es das, was ihn so ärgerte. Er führte sie vor, wie man eine prächtige Stute präsentiert, um sie dann doch wieder in den eigenen Stall zu führen. Seine Inez. So schnell, wie dieser Gedanke aufkam, haderte Thomas auch wieder mit sich. Sie war nicht „seine" Inez. Vielleicht war sie es nie gewesen. Vielleicht hatte er sich die tiefen Gefühle ja nur eingebildet. All diese dummen Fragen hatte er sich damals schon gestellt. Doch mit zunehmender Entfernung vom Orient und je mehr Zeit vergangen war, hatten sich diese Fragen verflüchtigt – in irgendeine tiefe Kammer seines Herzens. Nun brachen all diese Dinge mit Macht wieder hervor. Und zu allem Überfluss sollte er den Sultan und dessen Gesandtschaft, Inez eingeschlossen, jetzt auch noch bis Rom begleiten. Das war zu viel, jedenfalls mehr, als er ertragen konnte. Und es war gefährlich. Mit Schaudern fiel ihm wieder das Gespräch mit dem Kaiser ein. Dabei hatte er Inez und den Sultan streng genommen verraten. Aber was wäre gewesen, wenn er das nicht getan hätte? Womöglich hätte es ihm früher oder später den Kopf gekostet. Zumindest hätte er das Vertrauen des Kaisers verloren. Erneut überkam ihn der Wunsch, dieser Situation sofort zu entfliehen. Aber das war unmöglich. Und jetzt musste er ihr nach alldem wieder vor die Augen treten. Wenn sie denn kam. Fast wünschte er, sie täte es nicht, ertappte sich aber schnell dabei, dass ihm dieser Gedanke auch nicht gefiel. Fast dankbar für eine kurze Ablenkung, nahm er daher die Gelegenheit wahr, nach seinem Pferd zu sehen. Tarek schnaubte kurz, als er die vertraute Stimme seines Herrn vernahm, und drückte seine mächtige Stirn an Thomas' offen dargebotene Hand. „Na, mein Bester, warum kann der Umgang mit Menschen nicht immer so einfach sein wie das Verhältnis zwischen uns?", fragte der Fischersohn das Pferd. „Vielleicht, weil Pferde auch ohne Worte verstehen und es so weniger Missverständnisse gibt", kam Inez' Stimme an sein Ohr. Sie hatte schon seit geraumer Zeit im Halbdunkel des Stalles auf Thomas gewartet und sich in ähnlicher Weise mit Gedanken gequält wie er. Als sie seine Schritte hörte, hatte sie es nicht mehr ausgehalten und war ihm entgegengegangen. Thomas wandte ihr den Kopf zu, streichelte aber weiter Tareks Stirn. „Ich war mir nicht sicher, ob du kommen würdest", ließ er sie wissen, „nach dem, was sich heute Morgen an der Tafel des Kaisers zugetragen hat!" Inez kam langsam näher und lüftete ihren Schleier. „So, was hat sich denn zugetragen?", tat sie unwissend. „Ich musste ihm berichten, dass dein syrischer Gesandter niemand anderes ist als der Sultan von Ägypten selbst", gab Thomas zu. „Doch wie es aussieht, wusste er das bereits. Und der Sultan weiß jetzt von mir – und uns, weil ich erklären musste, woher ich sein Gesicht kannte. Deshalb war ich mir nicht sicher, ob er dich gehen lassen würde!" – „Du hättest dein Pferd fragen sollen, das hätte es gewusst", antwortete sie schnippisch, „glaubst du im Ernst, der Beherrscher des Orients hat es nötig, eines seiner Weiber einzusperren?" – „Ich muss zugeben, der Gedanke ist mir gekommen", erwiderte Thomas achselzuckend, während er von Tarek abließ, „tun Sultane das nicht immer? Ist ein Harem nicht ein besserer Kerker?" Sie standen sich jetzt Auge in Auge gegenüber. „Er ist eine Oase", gab sie zurück, „eine Oase des Friedens und der Geborgenheit, in dem es einer entwurzelten Frau wie mir an nichts mangelt. Deshalb lässt er mir auch viele Freiheiten, weil er weiß, dass ich diese nicht aufs Spiel setze!" – „Wie ein treues Pferd", entfuhr es ihm, „wie eine prächtige Stute, als die er dich behandelt!" Inez funkelte ihn böse an. „Mag sein, aber wenn du schon die Befürchtung hegtest, er könne mich einsperren", drehte sie den Spieß geschickt um, „warum hast du dann nicht geschwiegen, sondern mich in eine – wie du glauben musstest – schwierige Lage gebracht?" – „Weil ich dem Kaiser verpflichtet bin", erklärte er freimütig, „mehr als jedem anderen, vor allem in der jetzigen Situation. Und weil es ein tödlicher Fehler sein kann, sein Vertrauen zu verlieren, für mich und viele andere. Das konnte ich nicht riskieren!" – „Dann hättest du mich also geopfert für die Gunst des Kaisers", stellte sie mit bebender Stimme fest, „gut zu wissen. Damit hast du deine Wahl getroffen!" – „Wie du damals am Nil", konterte er, „als du auf sein Schiff stiegst, ohne dich noch einmal umzublicken!" Im gleichen Moment biss er sich für diese Äußerung auf die Lippen. Aber nun war es endlich heraus. Inez stiegen ganz langsam Tränen in die Augen. „Was hätte ich denn tun sollen?", schluckte sie, „hatte ich eine andere Wahl?" Thomas brach beinahe das Herz, so verletzlich sah sie dabei aus. Doch er bemühte sich um einen schroffen Tonfall. „Du hättest mit mir kommen können", behauptete er, „fort von Ägypten, zurück in heimische Gefilde!" – „Ach ja? Glaubst du allen Ernstes, der Sultan hätte uns ziehen lassen?", gab sie aufgewühlt zu bedenken, „ich war der Preis für deine Freiheit!" – „Ach, jetzt bin ich schuld daran, dass du in seine Arme geflüchtet bist?", entrüstete er sich, „da machst du es dir aber wohl doch zu einfach. Diese Schuhe zieh' ich mir nicht an!" Dabei wandte er sich halb wieder seinem Pferd zu, das ihn von der Seite anstieß. „Nein? Der Gedanke gefällt dem edlen Ritter wohl nicht?!", sprudelte es aus ihr heraus, „aber wo hätte ich denn hingehen sollen? Zu dir? Als deine Nebenfrau?" Das saß, und Thomas schwieg betreten für eine Weile. „Ich hatte damals noch keine Frau", versuchte er sich an einer Erklärung. „Wir hätten zurück nach Portugal gehen können – oder sonst wohin. Wir hätten uns schon irgendwie durchgeschlagen!" Inez hob eine Augenbraue. „Du hättest für mich auf all deine Träume verzichtet? Wohl kaum", konfrontierte sie ihn mit einer bitteren Wahrheit, „und auf deine Sibylla, die auf dich wartete? Für wie lange denn? Wie lange, glaubst du, hätte unsere Liebe gehalten? Wie lange hätte es gedauert, bis du meiner überdrüssig geworden wärst?" Ihre Worte trafen ihn wie ein Schlag, gefolgt von einer unliebsamen Erkenntnis. „Vielleicht hast du recht", gab er nach einer Weile zögernd zu, „möglicherweise hätte ich es früher oder später bereut. Aber ...", dabei suchte er ihren Blick und sah, dass ihre Wut verflogen war, „ich hätte dich niemals im Stich gelassen, dafür habe ich dich zu sehr geliebt!" Inez begann zu lächeln. Ihre Augen hatten nun wieder den vertrauten, warmen Farbton angenommen. Für einen Augenblick keimte der Wunsch in ihm auf, sie in die Arme zu nehmen und zu küssen, doch er riss sich zusammen. „Ich weiß, mein Abenteurer, auch ich habe dich geliebt – und dich nie vergessen", gab sie ihm zu verstehen, „es vergeht kaum ein Tag, an dem ich nicht an dich denke. Aber es war richtig so, glaub mir. Du warst ohne mich besser dran – und konntest ungehindert deiner Wege ziehen. Und ich? Nun, ich will nicht verhehlen, dass mir das Angebot des Sultans durchaus schmeichelte. Mit Jakub hatte ich sozusagen meine Wurzeln ein zweites Mal verloren. Al-Kamil begehrte mich. Er ist nicht nur reich und mächtig, er ist auch ..., nun, er weiß eben mit Frauen umzugehen. Er behandelt mich gut, besser als manche seiner anderen Haremsdamen, und mir fehlt es an nichts, deshalb bin ich geblieben, bis heute!" Dabei verhehlte sie allerdings, dass Al-Kamils Harem ein gefährliches Pflaster war, in dem viele Intrigen gesponnen wurden. Gleich mehrere Frauen buhlten um die Gunst des Sultans und darum, dass die Kinder, die sie mit ihm gezeugt hatten oder noch zeugten, in der Rangfolge möglichst hoch standen, um eines Tages womöglich seine Nachfolge antreten zu können. Inez konnte sich dem nur entziehen, weil sie selbst keine Kinder hatte – und regelmäßig Vorkehrungen traf, damit dem so bliebe. Deshalb gönnten die anderen Frauen ihr auch einen gewissen Sonderstatus. Aber wie lange das so blieb, stand in den Sternen. Auch schien es eine Frage der Zeit, wie lange der Sultan noch Gefallen an ihr finden würde, denn immer häufiger teilte er auch das Bett mit jüngeren Gespielinnen. Irgendwann würde der Harem doch ihr Kerker werden – oder ihr Grab. Aber das behielt sie für sich. „Das heißt, du bist glücklich?", wollte sich Thomas vergewissern, „und ich muss keinen neuen Kreuzzug anzetteln, um dich zu befreien?" Inez lachte auf. „Nein, das musst du nicht. Um das zu verhindern, sind wir doch hier", wich sie geschickt aus und setzte dabei eine verschwörerische Miene auf. „Und wenn es stimmt, was ich gehört habe, ziehen wir auch noch gemeinsam gen Rom. Wie lange, schätzt du, wird diese Reise dauern?" Thomas nickte bestätigend. „Etwas über 30 Tage, schätze ich!" Dabei fragte er sich im Geiste, wie er es schaffen sollte, so viele Tage in ihrer Nähe zu verbringen, ohne sie erneut zu begehren. „Wie schön, dann haben wir ja noch etwas Zeit, unsere ... Wissenslücken zu schließen", meinte sie. „Jetzt aber musst du mir ganz genau berichten, wie du es geschafft hast, deine Träume wahr werden zu lassen und Sibylla zu erobern. Ihr habt einen Sohn? Ich will alles ganz genau wissen!" Thomas blickte sich zu jeder Seite um. „Hier?", zweifelte er an der geeigneten Örtlichkeit, „das kann aber etwas dauern, das ist eine lange Geschichte!" – „Du hast recht", lachte sie, „am besten gehen wir dabei in den Hof, damit auch jeder sieht, dass wir den Anstand wahren!" Mit diesen Worten schlug sie den Weg nach draußen ein. Thomas folgte ihr artig – erleichtert, dass sich alles zu regeln schien und sich keine neuen Versuchungen auftaten. Doch kurz vor dem Stalltor zog sie ihn plötzlich auf die Seite, hinter den rechten Torflügel. „Warte, einer muss erlaubt sein", hauchte sie – dann zog sie den Gesichtsschleier beiseite, öffnete ihre Lippen und gab ihm einen zärtlichen Kuss. Thomas wollte widersprechen, verpasste aber den rechten Moment dazu. Und als sich ihre Zungenspitzen trafen, war er ohnehin zu keinem klaren Gedanken mehr fähig.

Eine fette Assel krabbelte über die feuchten, lehmverschmierten Steine und verschwand in einer dunklen Fuge der grob und augenscheinlich vor langer Zeit gemauerten Brunnenwand. Ekel stieg in Sibylla hoch, denn Asseln waren nicht die einzigen Tiere, die ihr feuchtes Gefängnis mit ihr teilten. Eine dunkelgraue Ratte saß aufgeplustert auf einem faulenden Holzbrett, das träge auf der Oberfläche des abgestandenen Brunnenwassers schwamm. Offenbar war sie auf der Suche nach Essbarem in den Schacht gefallen und kam nun genauso wenig hier heraus wie Sibylla. Nach anfänglichem Gezeter hatten sich die beiden miteinander arrangiert. Zum Glück war das Wasser des Brunnens nicht sehr tief und reichte der Gefangenen gerade bis zu den Knöcheln. Aber die feuchte Kälte würde ihr auf Dauer zu schaffen machen. Eigentlich war es auch mehr eine Zisterne, in die Rennekoies Handlanger sie am Vortag hinabgelassen hatten, um sie von Fluchtversuchen oder sonstigen Handlungen abzuhalten – ein runder Schacht, etwa zwei Manneslängen tief, in dem sich Regenwasser sammelte. Für den Moment bestand hier für sie keine Gefahr. Aber bei Regen konnte sich das schnell ändern. „Er will mich mürbe und gefügig machen", überlegte Sibylla, „damit ich ihm zu Willen bin, aber da kann er lange warten", beschloss sie bei sich. „Eher gehe ich in diesem Loch zugrunde." – „Gefügig für was?", schien die Ratte zu fragen, zumindest blickte sie Sibylla aufmerksam an, während sie begann, sich zu putzen. Das war der Moment, in dem die junge Frau anfing, mit der Ratte zu reden. „Na, was wohl, er will mich flachlegen", hörte sich Sibylla selber sagen. Die Ratte spitzte die Ohren. Das linke schien oben ein wenig abgefressen zu sein. „Aber nein, das wagt er vielleicht doch nicht, denn vor der Eifersucht seiner kleinen Stute muss er sich hüten", glaubte sie dem Nagetier an dem kleinen Schnäuzchen ablesen zu können. „Dann will er sich dafür rächen, dass er nicht zum Zuge kommt, was weiß ich", kam es aus Sibyllas Mund. – „Ich glaube, er will Sophie von dir fernhalten, um sie für seine Pläne einzuspannen", meinte der gesprächige Nager, „du pfuschst ihm zu oft ins Handwerk!" – „Und warum bringt er mich dann nicht gleich um?", spuckte Sibylla aus. Die Frage schien von den Brunnenwänden widerzuhallen. „Vielleicht spart er dich auf", glaubte die Ratte, „für später – oder für schlechte Zeiten. Das würde ich tun!" Sibylla fröstelte. Dann verspürte sie zum wiederholten Male einen unbändigen Harndrang, den sie sich bislang verkniffen hatte. Fragend blickte sie der Ratte in das spöttische Gesicht. Die Ratte lächelte. Seufzend hockte sich Sibylla hin, schürzte ihren Rock und ließ den Dingen ihren Lauf.

„Ich werde jetzt zu deinem Vater reiten und ihm ein Ultimatum stellen", verkündete Herenbert Rennekoie seiner herzöglichen Geisel, während er sich einen der Schemel schnappte und sich genau vor sie setzte, damit er ihr in die Augen sehen konnte. „Und du tätest gut daran, dir zu überlegen, ob du mitspielst oder nicht!" Sophie von Limburg hatte wie ein Stein geschlafen, die ganze Nacht und noch weit in den folgenden Tag hinein. Aber die tiefen Ränder unter ihren verweinten Augen zeigten, dass sie sich trotzdem nicht sonderlich erholt hatte. Jetzt saß sie auf einem der verbliebenen Schemel in Rennekoies Hütte und hob mutlos den Kopf. „Was erwartest du von mir?" Ihr Jugendfreund wischte ihr scheinbar fürsorglich eine angetrocknete Träne von der Wange. „So gefällst du mir schon viel besser", sagte er lächelnd, „wenn du verständig bist, wirst du sicher schon bald wieder mit deinen Kindern vereint sein und in deine behagliche Kemenate auf der Limburg zurückkehren." Mit einem Ruck stand er auf und begann, durch die Hütte zu stolzieren, die Hände auf dem Rücken verschränkt. Er begrüßte es, mit seiner Geisel allein zu sein, um sie in Ruhe mit seinen Gedankengängen vertraut zu machen. Seine kleine Stute hatte er hinausgeschickt, Feuerholz zu holen. Sophies Begleiterin schmorte im feuchten Kerker und ihr selbst ernannter Befreier lag zerschmettert in einer Schlucht. Soweit lief alles nach seinem Plan. „Ich gehe davon aus, dass der Herzog mir jetzt endlich den versprochenen Lohn zuteilwerden lässt, wenn er erfährt, dass du mein Gast bist", dozierte er lächelnd, „dann ziehe ich auf die versprochene Burg und du kannst nach Hause gehen. Aber du solltest es dir nicht in den Sinn kommen lassen, dann gegen mich zu arbeiten. Wenn der Handel mit dem Herzog gilt, hat es niemanden anzugehen, wie es dazu kam. Du warst bei mir zu Gast und bist gut behandelt worden, fertig. Wenn du etwas anderes erzählst oder gegen mich intrigierst, werde ich deiner habhaft werden – und deiner Kinder!" Da die Hütte nicht sehr groß war, hatte er den Raum mit wenigen Schritten durchmessen, an der Tür umgedreht und nun direkt vor seiner Geisel haltgemacht. „Erinnere dich daran, dass ich einen langen Arm und auch in der Burg etliche Helfer habe. Daran konnten auch deine neue Freundin und euer ritterlicher Verehrer Gisbert nichts ändern. Wenn du gegen mich arbeitest, wird dir das schlecht bekommen!" Sophie schluckte und nickte zum Zeichen, dass sie verstanden hatte. „Und was wird aus Sibylla?", wagte Sophie zu fragen, „und wie willst du das Verschwinden Gisberts erklären?" Rennekoie richtete sich mit einem Achselzucken auf. „Das wird sich zeigen. Vielleicht sind sie ja zusammen ausgebüxt – sie, das vernachlässigte Eheweib, und er, der verkappte Minnesänger", überlegte er laut, „und gemeinsam bei einem tragischen Unfall ums Leben gekommen ..."

Es war bereits nach Mittag, als Thomas und Inez den Weg zurück zum Borgo einschlugen. Nach ihrem Treffen im Stall hatte er das ihr gegebene Versprechen eingelöst und ihr in allen Einzelheiten von seinem Lebensweg der letzten Jahre berichtet, von all dem, was sich nach ihrer Trennung am Nil ereignet hatte. Erst ziellos durch den Burghof schlendernd, hatten sie dabei schließlich den Weg zur Stadt eingeschlagen und sich dort im Vorübergehen die kaiserliche Menagerie exotischer Tiere angesehen, die Inez noch nicht kannte. Vor allem die Raubkatzen und der Elefant lösten staunende Bewunderung in ihr aus. Nun waren sie auf dem Rückweg, als plötzlich Gerhardt angerannt kam. „Wir haben dich schon überall gesucht! Der Kaiser hat seine Drohung wahr gemacht!", keuchte er außer Atem, während er seinen Saupacker an der kurzen Leine hielt. „Was für eine Drohung?", zeigte sich Thomas überrascht, „davon weiß ich nichts!" – „Erinnere dich an seine Anspielung auf den Hund und dessen Stärke", frischte Gerhardt sein Gedächtnis auf, „jetzt wird es ernst. Wulfila soll heute Nachmittag zur fünften Stunde gegen ein Tier aus seiner Menagerie antreten. Ich fürchte, dabei kann es sich nur um den Löwen handeln. Er wirft meinen Hund diesem Untier zum Fraß vor!" Gerhardt war völlig außer sich. Wulfila hingegen schien das nicht zu kümmern; er legte sich hechelnd zu Füßen der Männer nieder. Ihm war lediglich warm. „Immer langsam", versuchte Thomas seinen Gefährten zu beschwichtigen, „das kann ich mir nicht vorstellen, das wäre in der Tat sein sicheres Ende. Aber warum sollte der Kaiser dies befehlen? Das macht doch keinen Sinn. Sicher hat er ein anderes, harmloseres Tier dafür ausersehen!" Der Hundeführer war wenig überzeugt. „Und welches? Einen Esel oder ein Kamel vielleicht?", gab er aufgeregt zurück. „Warum rät er mir dann, Wulfila in ein starkes Kettenhemd zu stecken!" Darauf konnte sich auch Thomas keinen Reim machen, was Gerhardts Beunruhigung nur noch steigerte. Es war Inez, die ihn schließlich bremsen konnte. „Thomas, willst du mir deinen Getreuen nicht vorstellen?", unterbrach sie den Redeschwall des Hundeführers. Thomas entschuldigte sich sogleich in beider Namen bei ihr für die Unhöflichkeit und tat, wie ihm geheißen. „Verehrte Inez, das ist Gerhardt, mein Hundeführer, samt seinem Saupacker Wulfila. Sie sind mir beide ans Herz gewachsen und ich habe ihnen viel zu verdanken!" – „Dann ist es mir eine Freude, Euch kennenzulernen", sagte Inez und hielt Gerhardt die Hand zum Kuss hin. Verdattert blickte dieser von ihr zu Thomas, bis er auf dessen Wink hin begriff, was er tun sollte. Etwas tollpatschig und leicht errötend drückte er ihr einen Kuss auf den Handrücken. „Ist das der Hund, der auf dem Turnier, von dem du mir berichtet hast, den üblen Schurken erledigt hat?", wollte sie wissen. Thomas bejahte. „Dann müsst ihr euch sicher keine Sorgen machen; er sieht aus, als würde er auch mit einem Löwen fertig", äußerte sie im Brustton der Überzeugung. Dabei ging sie in die Hocke und begann, Wulfila zu kraulen, der sich das gern gefallen ließ. „Und ich glaube, lieber Gerhardt, dass Thomas recht hat; ich denke nicht, dass der Kaiser vorhat, dieses Prachtstück ins Jenseits zu befördern", versuchte sie, dem Hundeführer Mut zu machen. „Ich könnte mich dafür ohrfeigen, dass ich seine Kraft so angepriesen habe", kam es diesem zerknirscht über die Lippen, „warum musste ich auch damit prahlen, er sei der stärkste Hund nördlich der Alpen!" Thomas nickte nachdenklich. Inez jedoch brach in schallendes, befreiendes Gelächter aus, das auch bei den beiden Männern entsprechende Wirkung hinterließ. „Nun, wenn man ihn so ansieht, ist man versucht, es zu glauben", musste sie zugeben, legte den Kopf schief und wuselte Wulfila durch das Fell, dann erhob sie sich, „und darum wird es gehen – um eine Demonstration seiner Stärke!" Dabei ließ sie offen, ob sie den Hund oder den Staufer meinte. „Gerade in Anwesenheit von Gästen wird der Kaiser sich wohl kaum die Blöße geben, einen Hund aus seinem Gefolge, denn dazu gehört ihr doch hier und jetzt, zwischen den Zähnen eines Raubtieres aus dem Orient verenden zu sehen!" Thomas verstand sofort, dass sie damit auf die Anwesenheit des Sultans anspielte. „Aber es wird sicher eine harte Prüfung werden, deshalb der Rat mit dem Kettenhemd!" Gerhardt schluckte, aber Inez' Worte verfehlten ihre Wirkung nicht. Wie sehr sie damit den Nagel auf den Kopf getroffen hatte, zeigte sich gute zwei Stunden später. Wie aus dem Nichts hatten Stallknechte und Pagen im Innenhof des Borgo eine Art Arena abgesteckt, deren Umrandung mit Holz und Strohballen befestigt sowie den Boden mit Sand und Sägemehl ausgestreut. Die Ankündigung eines außerordentlichen Wettkampfes hatte sich wie ein Lauffeuer verbreitet und der Burghof quoll über von Menschen. Gäste und Bedienstete gleichermaßen, Ritter und Gemeine, drängten sich hinter die Absperrung, um einen möglichst guten Blick auf das Geschehen zu erhaschen. Sogar aus der Stadt waren zahlreiche Menschen in die Burg geströmt. Der Kaiser selbst und seine orientalischen Gäste, allen voran der Sultan, sollten auf erhöhten Stühlen nahe dem Palas Platz nehmen, zu deren Sicherheit flankiert von den Sarazenenkriegern auf der einen und ausgewählten Rittern auf der anderen Seite, zu denen auch Oberto gehörte. Inez gesellte sich augenblicklich zum Gefolge des Sultans, als die hohen Damen und Herren aus dem Palas traten, wobei sie nach einem strengen Blick Al-Kamils eilig ihre Schleier richtete. Zuvor jedoch hatte sie es sich nicht nehmen lassen, auch Martin, Ulrich und Willibald vorgestellt zu werden und Gerhardt noch einmal Mut zuzusprechen. Der Hundeführer kontrollierte noch einmal den Sitz von Wulfilas Kettenhemd, dann befahl er seinem Hund, sich neben ihn zu setzen, und stellte sich selbst breitbeinig in Positur, bereit für die Dinge, die da kommen würden. Lässigen Schrittes trat William an seine Seite, nestelte etwas aus seinem Umhang und gab es Wulfila zu fressen. „Was tust du da?", wollte Gerhardt wissen, „er darf sich nicht mehr vollfressen, sonst wird er träge!" – „Keine Sorge, nur ein rohes Stück Fleisch aus der Wildschweinkeule", zwinkerte der Engländer ihm aufmunternd zu, „damit er auf den Geschmack kommt!" Nicht lange, und auch Thomas gesellte sich zu ihnen. Er war in die Stadt geeilt, um zu sehen, welches der exotischen Tiere mit dem Hund in die

Arena geschickt würde. „Inez hatte recht", ließ er Gerhardt wissen, „ich habe gesehen, was auf Wulfila zukommt. Es wird hart, aber er hat eine Chance!" – „Sag schon, welches Tier ist es?", konnte es der Hundeführer nicht erwarten. Statt ihm eine Antwort zu geben, wies Thomas mit dem Kopf nach hinten. Als sich Gerhardt umwandte, wurde gerade ein großer, vergitterter Käfig die Rampe zum Borgo hinaufgetragen. Darin thronte – halb wie ein König, halb wie ein Gefangener, die mächtigen Hauer an den Gitterstäben wetzend – das afrikanische Warzenschwein! Gerhardt fiel die Kinnlade herunter. „Was für eine Wahl!", rutschte es ihm heraus. „Die einzig richtige!", kommentierte William, „ein schlauer Fuchs, der Kaiser!" Und der Staufer war es auch, der in die Rolle des Herolds schlüpfte, um der gaffenden Menge persönlich das bevorstehende Schauspiel anzukündigen. „Verehrte Gäste, liebe Freunde", hob er an, „Ihr alle sollt heute Abend Zeuge eines denkwürdigen Wettstreites werden, den einer unserer Getreuen aus dem Norden des Reiches … angeregt hat!" Dabei nickte er schmunzelnd in die Richtung, in der Gerhardt und Thomas standen. „So viel dazu", raunte der Fischersohn seinem Nebenmann zu. „Schon gut, ich hab's begriffen", gab der zurück. „So begrüßt mit mir unseren braven, wortgewaltigen Hundeführer Gerhardt von Widerode, Gefolgsmann des Ritters Thomas von Leichlingen, und seinen Saupacker Wulfila!", fuhr der Kaiser fort und begann bei seinen letzten Worten, in die Hände zu klatschen. Der Applaus fand reihum ein vielstimmiges Echo. Die Umrandung der Arena wurde an einer Stelle geöffnet, und Gerhardt verstand dies als Aufforderung, die Kampfbahn zu betreten. „Wünscht uns Glück!", rief er seinen Freunden zu. „Roemryke Berge", gab ihm Thomas den Schlachtruf der bergischen Ritter mit auf den Weg. Dann verschwanden Gerhardt und Wulfila hinter der Absperrung. Zielstrebig schritt der Hundeführer in die Mitte, bemüht, keine Anzeichen von Schwäche zu zeigen. Mit knappen Befehlen beorderte er seinen Hund an seine Seite, ohne die Leine kürzer zu fassen, und Wulfila gehorchte. Durch das Kettenhemd wirkte er noch gewaltiger als ohnehin schon. Der mächtige Hals wurde von einem dicken Lederband umspannt, aus dem eiserne Stacheln herausragten, die es mit Reißzähnen aufnehmen konnten. „Der Führer dieses Hundes behauptet, sein treues Tier sei der stärkste Jagdhund nördlich der Alpen", setzte der Kaiser seine Rede fort, wobei er geschickt Gerhardts vollmundige Worte nutzte, wenn auch in etwas veränderter Form. „Dazu müsst ihr wissen, dass die Rasse, der dieser Hund angehört, in seiner Heimat schon seit Generationen für die Jagd auf Schwarzwild eingesetzt wird. Dabei nimmt es so ein Saupacker auch gut und gern mit jedem Keiler auf!" Das anerkennende Gemurmel zeigte an, dass die Zuschauer beeindruckt waren. Wulfila reckte den Kopf, wobei seine Brust noch stärker hervortrat, als hätte er verstanden, dass es um ihn ging. „Was gibt es da Besseres, als den Hund gegen das stärkste Schwarzwild südlich der Alpen antreten zu lassen?!", kam Friedrich nun auf den Punkt, „und wie es der Zufall will, haben wir ein solches Tier in unseren Mauern!" In diesem Moment wurde der Käfig mit dem Warzenschwein in die Arena getragen, und ein Raunen ging durch die Menge. „Der König der Keiler, das mächtigste Borstenvieh zwischen Orient und Okzident – das afrikanische Warzenschwein!" Die Zuschauer waren derart begeistert und von den markigen Worten des Kaisers so beeindruckt, dass ihnen das leichte Glucksen in dessen Stimme völlig entging. Auch schien niemandem aufzufallen, dass der „König der Keiler" ein gutes Stück kleiner war als die meisten anderen Schwarzkittel, egal ob nördlich oder südlich der Alpen. Vielleicht saßen sie aber auch einer optischen Täuschung auf, denn aufgrund seines überdimensional großen Kopfes, mehr noch aufgrund seiner mächtigen Hauer, geformt wie ein sarazenisches Krummschwert und länger als ein Unterarm, wirkte das Warzenschwein gewaltiger, als es tatsächlich war. Gerhardt jedenfalls hatte den Gegner seines Hundes längst abgeschätzt und neue Zuversicht gewonnen. „Den schnappst du dir", raunte er Wulfila zu, „das wäre doch gelacht!" Der Saupacker schien jedoch keine Aufmunterung zu benötigen. Schon als der Käfig des Tieres in die Arena getragen wurde, ließ er ein tiefes Grollen hören, das sich mehr und mehr zu einem wütenden Gebell steigerte, je näher ihm das Warzenschwein kam. Wulfila hatte bereits das Jagdfieber gepackt. „Die Regeln sind einfach", ließ der Kaiser weiter vernehmen, „es gibt keine!" Darauf brach die Menge in lautes Gelächter aus. „Wer den anderen packt, niederwirft oder gar tötet, hat gewonnen – oder andersherum, welches Tier letztlich die Flucht ergreift, hat verloren", erklärte Friedrich. „Ich für meinen Teil habe meine Wahl getroffen – ich setze einhundert Goldtari auf den Saupacker!" Erneut ging ein Raunen durch die Menge, denn Wetten waren eigentlich verpönt, zumindest offiziell, vielerorts sogar verboten. Aber da der Kaiser den bevorstehenden Tierkampf soeben buchstäblich zu einem Wettstreit erklärt hatte, beeilten sich viele, eine eigene Wette zu platzieren, was zu einem deutlichen Anstieg der Geräuschkulisse führte. Der Bischof von Parma und andere Kirchenmänner bekreuzigten sich und gaben zu bedenken, dass dies nicht gottgefällig sei, fanden aber nur wenig Gehör. „Zwei zu eins auf das afrikanische Untier", war zu hören oder „Fünf Florenen auf den Hund!" Bald stellte sich heraus, dass dem Saupacker zwar die Sympathien gehörten, dem Warzenschwein aber mit etwa zwei zu eins die besseren Chancen zugerechnet wurden. Je nach Rang und Geldbeutel wetteten Ritter, Kaufleute, Knechte und Pagen untereinander. Einige anwesende Juden nahmen Wetten von jedem an, der sich ihre Kurse leisten konnte. Gegen den Kaiser und seine einhundert Goldtari anzutreten, getraute sich jedoch lange niemand – bis sich der Sultan erhob. „Ich halte die Wette des Kaisers", verkündete er, „ich sehe zwar eigentlich auch den Hund im Vorteil, aber wir wollen der Sache nicht den Reiz nehmen – also einhundert Goldstücke auf den Keiler!" Jubel brandete auf und heizte die Wettleidenschaft weiter an. Der Kaiser räumte dem geschäftigen Treiben noch etwas Zeit ein, dann erhob er sich und gebot der Menge zu schweigen. „Wohlan, so lasst den Wettkampf beginnen", verkündete er mit lauter Stimme und gab den Knechten in der Arena ein Zeichen. In Windeseile schoben sie den Riegel von den vorderen Gitterstäben und sperrten den Käfig des Warzenschweins auf. Dann gaben sie Fersengeld und verschwanden mit großen Sprüngen hinter der Absperrung. „Jetzt gilt es, Wulfila!", rief Gerhardt seinem Saupacker zu und ließ ihn von der Leine, „schnapp ihn dir!" Dann sah auch er zu, dass er aus der Gefahrenzone kam. Keinen Augenblick zu früh, denn das Warzenschwein sprang mit einem beherzten Sprung aus dem Käfig und rannte einmal im Rund an der Absperrung entlang. Wulfila, der sich bislang in wütendem Gebell ergangen, aber nicht vom Fleck gerührt hatte, nahm das als Signal zum Angriff und hetzte quer durch die Arena auf den Keiler zu. Der sah den Schatten des Hundes von der Seite auf sich zukommen, quiekte und grunzte mehrmals vernehmlich und beschleunigte seine Schritte. Wulfila hetzte mit raumgreifenden Sprüngen hinterher. Fast hatte er das Borstenvieh eingeholt, als dieses plötzlich einen Haken nach rechts schlug und den Hund ins Leere laufen ließ. Doch Wulfila war mit solchen Wendungen vertraut und brauchte nicht lange, um ebenfalls die Richtung zu ändern. Wieder schloss er zu dem Warzenschwein auf und versuchte, es zwischen sich und der Absperrung einzukesseln. Schon riss er seinen Rachen auf, bereit, mit seinen Zähnen zuzupacken. Aus vollem Lauf streckte da der Keiler seine Läufe nach vorn und bremste beinahe auf der Stelle. Sand spritzte auf. Wulfilas Biss ging fehl. Das Schwein stob in der Gegenrichtung davon. Und wieder hetzte der Hund hinterher. Dieses Szenario wiederholte sich ein ums andere Mal, bis die ersten Lacher ertönten. „Der Keiler ist ein feiges Schwein", brüllte einer, „von wegen König der Borstenviecher"; ein anderer: „Das Schwein ist ein Hase, schaut doch!" In der Tat hätte sich so manches Langohr noch etwas von den Finten und Haken, die das Warzenschwein vollführte, abschauen können. Statt eines Kampfes wurden die Zuschauer Zeuge einer wilden, ja panischen Flucht. Lauthals ertönte reihum Gelächter, zumindest bei denjenigen, die auf den Hund gesetzt hatten. Kaiser Friedrich schmunzelte selbstgefällig. Als belesener Mann, der selbst ein Buch über die Falkenjagd geschrieben hatte, wusste er natürlich schon lange, dass ein afrikanisches Warzenschwein nicht mit den europäischen Schwarzkitteln vergleichbar ist, die keinem Konflikt aus dem Wege gehen und ihr Heil gern im Angriff suchen. „Ihr seid ein schlauer Fuchs, werter Friedrich", raunte ihm der Sultan zu, „ich habe diese ungeschlachten afrikanischen Tiere schon gejagt, aber woher wusstet Ihr, dass sie die Flucht dem Kampfe meist vorziehen – zumindest am Anfang?" – „Ich hatte die besten Lehrmeister", gab der Staufer zurück, „die meisten waren Männer Eures Glaubens und Eures unschätzbaren Wissens!" Der Sultan nickte verständig. „Nun, dann wisst Ihr sicher auch, dass es bei der Flucht nicht bleiben wird, dann kann sich das Blatt noch wenden!" – „Gut möglich", bestätigte der Kaiser, denn auch er wusste, dass ein Warzenschwein unberechenbar ist, „warten wir ab, was geschieht!" Tatsächlich sah der Keiler bald keinen Sinn mehr in seinem Fluchtverhalten, denn es gelang ihm nicht, seinen Verfolger abzuschütteln. Wulfila hetzte weiter hinter ihm her, ohne zu ermüden, und hatte sich längst auf die Finten des Schweins eingestellt. Von einer Sekunde auf die andere änderte das Borstenvieh seine Taktik, warf sich aus vollem Lauf herum und stellte sich zum Kampf. Unvorbereitet auf dieses Manöver, rannte Wulfila geradezu in seinen Gegner hinein. Ohne das schützende Kettenhemd hätten sich die mächtigen Hauer des Keilers in die Brust des Saupackers gebohrt. So kam Wulfila mit einer satten Prellung davon, wurde von dem Aufprall jedoch in die Luft geschleudert, überschlug sich und kam erst hinter seinem Gegner wieder auf den Boden. Verdutzt rappelte er sich auf und schüttelte sich, dass die zahllosen Glieder des eisernen Hemdes nur so klirrten. Im gleichen Moment ging der Keiler zum Angriff über. Mit gesenktem Kopf rückte er gegen den Hund vor und bewegte dabei seinen mächtigen Schädel hin und her, um seinen Widersacher mit den messerscharfen Hauern niederzumähen. Doch Wulfila war jetzt auf der Hut und wich bei jedem Kopfstoß des Keilers, der auf seine ungeschützten Vorderpfoten zielte, geschickt aus. Mit Begeisterung nahm die Menge die Wendung der Geschehnisse auf und begann, ihre Favoriten lauthals anzufeuern. Wütend grunzend rückte der Keiler weiter vor und Wulfila geriet Schritt um Schritt ins Hintertreffen, schien aber an eine Flucht nicht zu denken. „Pack ihn, Wulfila", brüllte Gerhardt, „hinter dem Schädel, im Nacken ist er verwundbar!" Und als hätte der treue Hund verstanden, setzte er zu einem gewaltigen Sprung an, der ihn über den Kopf des Tieres in dessen Rücken katapultierte. Die Menge klatschte begeistert. Doch Wulfila musste sich drehen, um das Schwein von hinten angreifen zu können, dadurch verlor er wertvolle Zeit, in der auch der Keiler eine Wendung vollführte. Diese gelang allerdings nur zur Hälfte, da war Wulfila auch schon heran. Mit gefletschten Zähnen presste er sich an die Seite seines Gegners und versuchte immer wieder, mit seinem Rachen an dessen Nacken zu gelangen. Mit blanker Wut – oder nackter Verzweiflung – stieß der Keiler im Gegenzug mehrere Male von unten gegen die Weichteile des Hundes, die jedoch von dem Kettenhemd geschützt waren. Dann nahm er erneut die Läufe ins Visier. Inez schrie wie andere Damen unter den Zuschauern auf, sah sie den Hund doch schon mit durchtrennten Sehnen zu Boden sinken. Doch Wulfila war auch jetzt auf der Hut und zog seine Pfoten immer wieder im letzten Moment zurück. Es sah aus, als würde er tanzen. Beide Kontrahenten fuhren im Wechsel herum und gingen erneut aufeinander los. Plötzlich täuschte Wulfila einen Sprung nach links an, der den Keiler ausweichen ließ, drängte dann aber vehement vor und presste das Warzenschwein an die hölzerne Umzäunung. Genau dafür hatte Gerhardt ihn ausgebildet, das Schwarzwild abzudrängen und in die Enge zu treiben. Nun hatte er den Keiler, wo er ihn haben wollte. Kurz darauf gelang es ihm sogar, das mächtige Tier am Nacken zu packen. Quiekend drängte sich das Warzenschwein in die Absperrung und grub sich mit den Läufen in den Sand. Die Zuschauer sprangen auf, um zu sehen, was jetzt geschehen würde. Doch Wulfila war mit seinem Latein am Ende. Er war darauf abgerichtet, das Wild zu stellen – nicht, es zu töten. So beschränkte sich Wulfila darauf, das Warzenschwein mit den Zähnen in Schach zu halten und sich mit seinem Gewicht dagegen zu pressen. „So ist es gut, fass!", ermunterte ihn Gerhardt, hatte aber auch keine Idee, wie die Sache zu Ende zu bringen wäre. Normalerweise würde er den Hund jetzt zurückpfeifen, um den Jägern einen freien Schuss zu ermöglichen. Doch das war hier nicht vorgesehen. Das alles wusste auch der Kaiser. Mit erhobenen Armen bot er dem Kampf Einhalt. „An dieser Stelle setzt für gewöhnlich ein Pfeil oder ein Lanzenstoß dem Leben des unterlegenen Tieres ein Ende", ließ er verlauten,

„denn dem Hund steht es nicht zu, das Wild zu töten – dieses Recht gebührt allein den Rittern und Jägern. Aber wir müssen kein Blut vergießen, um zu erkennen, wer der Sieger dieses Kampfes ist, schätze ich – oder ist jemand anderer Meinung?" Ob aus Einsicht oder aus Vorsicht – niemand widersprach dem Kaiser. Und so wurde Wulfila zum Sieger des Wettstreites erklärt. Überglücklich kletterte Gerhardt auf die Absperrung und rief seinen Hund zurück. „Komm her, mein Bester, gut gemacht!" Es dauerte jedoch einen Moment, bis der Ruf zu Wulfila durchdrang und der Hund von seinem Gegner abließ. Dann allerdings kam er zügig und schwanzwedelnd auf seinen Herrn zu. Von der Last des Saupackers befreit, sprang das Warzenschwein nach kurzem Zögern auf und rannte zurück in die Mitte der Arena. Doch bevor es sich Gedanken über eine neuerliche Flucht machen konnte, wurde es unter einem schweren Netz begraben, das von zwei Stallknechten geworfen wurde. Wenig später hatten sie das Borstenvieh zu einem Knäuel vertäut und wuchteten es zurück in den Käfig. Und noch bevor die Zuschauer ihre Wettschulden beglichen oder ihre Gewinne eingestrichen hatten, war der König der Keiler bereits auf dem Rückweg in die kaiserliche Menagerie. Wulfila genoss es derweil, von Gerhardt, Thomas und den anderen aufs Fell geklopft und gehätschelt zu werden. „Ich hab' doch gesagt, er ist der stärkste Hund nördlich der Alpen", tönte der Hundeführer, „Wulfila nimmt es mit jedem Schwarzkittel auf!" – „Dank seines guten Kettenhemdes", rief ihm Thomas in Erinnerung, „sonst wäre es ihm womöglich schlechter ergangen!" – „So ähnlich haben sich auch der Kaiser und sein hoher Gast ausgedrückt", drang Inez' Stimme an ihr Ohr und ließ die Männer herumfahren. „Ich soll Euch trotzdem die Glückwünsche der hohen Herren ausrichten!" Sie hatte sich einen Weg durch die Menge gebahnt und beugte sich nun zu dem Saupacker herab, um ihm die Ohren zu kraulen. „Dafür hast du dir einen schönen Knochen verdient, und wenn ich ihn dir selbst aus der Küche besorgen muss", hauchte sie ihm ins Ohr. Wulfila leckte ihr zum Dank die Handgelenke. Dann erhob sie sich, ergriff Gerhardts Hand und drückte ihm unauffällig einen ledernen Beutel in dieselbe, in dem es verheißungsvoll klimperte. „Euer Anteil an einer recht einträglichen Wette", ließ sie ihn wissen, „mit den besten Empfehlungen des Kaisers! Der zehnte Teil seines Gewinns, wenn ich mich nicht irre!" Gerhardt war sprachlos. Eine solche Summe stellte für einen einfachen Mann wie ihn ein Vermögen dar. „Ach herrje! Jetzt wird er auch noch für seine Aufschneiderei belohnt", klagte Thomas mit gespieltem Ernst, „wie sollen wir ihn zukünftig noch bremsen?" – „Gib nicht alles auf einmal aus", riet William dem Belohnten mit einem Schulterklopfen, „zumindest nicht alles für die Erstbeste in einer der Schänken dort unten in der Stadt!" Inez zog schmunzelnd eine Augenbraue hoch. „Dazu wird er nicht kommen", meinte sie, „morgen brechen wir nach Rom auf. Alles Weitere wird euch der Kaiser erklären, Ihr sollt nach dem Mahl noch einmal bei ihm vorsprechen!" Thomas konnte es kaum erwarten. „Das muss ich mir merken", sagte Sultan Al-Kamil lächelnd zu Friedrich, als sie sich von ihren Stühlen erhoben, „Ihr habt mit diesem Schauspiel so ziemlich jeden hier in gewisse Schranken verwiesen, die Zauderer wie die Vorlauten, die Glücksspieler wie die Gaffer – und Euren Untertanen Eure Macht vor Augen geführt, ohne Gewalt anzuwenden. Ja, nicht einmal Euer Warzenschwein habt Ihr verloren – und obendrein noch einen schönen Gewinn gemacht, ich bin beeindruckt!" Friedrich neigte dankbar den Kopf in seine Richtung. „Wollen wir hoffen, dass uns ähnlicher Erfolg beim Heiligen Vater beschieden ist", verlieh der Kaiser seinen Gedanken Ausdruck, „der ist ein härteres Warzenschwein als alle anderen, glaubt mir, mein Freund!" Dann ließ er ein kehliges Lachen hören.

In der folgenden Nacht ließ der Sultan Inez zu sich kommen, zum ersten Mal seit geraumer Zeit, in der er abends meist lange mit seinen Beratern oder seinem Gastgeber zusammengesessen hatte. „Ich dachte schon, Ihr wäret meiner überdrüssig geworden, mein Gebieter", hauchte sie ihm ins Ohr, als sie sich ihm liebevoll näherte. Doch statt die dargebotenen Lippen zu küssen, drehte er sie kurzerhand um, stieß sie unsanft auf die Bettstatt, riss ihr das Gewand herunter und nahm sie hart, ohne das zärtliche Vorspiel, das er sonst so liebte, von hinten, so wie ein Bock eine Ziege besteigt. „Du wirst die nächsten Tage bei den anderen Haremsdamen bleiben und dich nicht mehr herumtreiben", befahl er ihr anschließend, bevor er ihr mit einem Wink zu verstehen gab, sich zu entfernen. Als sie mit nachlässig übergeworfenem Gewand auf den Flur eilte und die Tür zu seinem Gemach hinter sich schloss, ahnte sie, dass sich etwas zwischen ihnen verändert hatte.

Der grünäugige Wächter ließ seinen Blick über den nicht enden wollenden Strom von Pilgern gleiten und spielte dabei versonnen mit den Enden seines Schnauzbartes. Seit der Schneeschmelze bahnten sich Tausende tagaus, tagein ihren Weg durch die sanften Hügel Tusziens. Jetzt im Sommer hatte der Strom seinen Höhepunkt erreicht. Und all diese Menschen brauchten Nahrung, Wasser, Unterkunft, manch einer auch frische Pferde oder zumindest Futter für seine Reit- und Zugtiere, wenn er denn nicht wie die Mehrheit der Pilger zu Fuß unterwegs war. Die Herbergen, Händler und Huren am Wegesrand verdienten nicht schlecht an diesen Menschen. Meist kosteten Brot und Betten, Suppen und Strohsäcke an der Via Francigena, der Frankenstraße, wie der bekannteste Pilgerweg genannt wurde, fast das Doppelte wie im Hinterland. Und auch die Landesherren verdienten – an Zöllen und Steuern, die in nahezu jeder Stadt erhoben wurden. Deshalb hatte auch Siena mit dem Kastell Monteriggioni einen weiteren Außenposten an der Frankenstraße errichtet – um noch mehr Geld zu scheffeln und um ihrer Kontrahentin Florenz ein wehrhaftes Hindernis, einen waffenstarrenden Dorn im Fleisch der Florentiner vor die Nase zu setzen, der sie ärgern würde. Die Erträge aus der Festung und ihrem Umland flossen allesamt in den Stadtsäckel der Sienesen. Mit ihren zwölf Türmen war die weithin sichtbare Festung ein markantes Ziel, das den Pilgern sichere Unterkunft versprach, in der sie sich nicht vor nächtlichen Angreifern räuberischer Halsabschneider fürchten mussten. Das hatte Monteriggioni einen kometenhaften Aufstieg beschert. Obwohl erst vor wenigen Jahren erbaut, blühten bereits Handel und Gewerbe. Außerdem bot die strategische Lage viele Vorteile. Nahezu jeder Pilger musste durch die Stadt hindurch oder unterhalb des Felsens vorbei, auf dem sie erbaut war. Deshalb hatte das Oberhaupt des geheimen Bundes, dem der Grünäugige angehörte, auch beschlossen, genau hier das Hauptquartier für dessen italienische Unternehmungen anzusiedeln. Nahe genug bei Rom, um am Puls der Welt zu sein, und weit genug entfernt, um unerkannt zu bleiben. Gleichzeitig konnte man mithilfe der Pilger in kürzester Zeit wertvolle Informationen aus allen Winkeln des Kaiserreiches beschaffen und darüber hinaus – wenn man denn ein waches Auge auf geeignete Gesprächspartner hatte. Der Grünäugige war der Beste in diesem Metier. Ohne dass sie es bemerkten, horchte er fränkische Edelmänner, deutsche Glücksritter, englische Tuchmacher und irische Mönche aus, um Neuigkeiten aus deren Heimat zu erfahren. Welcher Potentat war verstorben? Welcher Vasall lehnte sich gegen seinen Lehnsherrn oder gar gegen den Kaiser auf? Wer hielt es mit der christlichen Kirche und wer rüstete für einen Kreuzzug? So hatte er zum Beispiel erfahren, dass es in Frankreich und England gärte, weil beide Könige sich weiter Ländereien und Untertanen streitig machten; dass der deutsche König einen neuen

Vormund hatte, weil der vorherige ermordet worden war; dass es zwischen Kaiser und Papst zunehmende Verstimmungen gab und die Lombarden sich gar erfolgreich gegen den Staufer erhoben und die Pässe gesperrt hatten. Und weil er ein so geschultes Auge hatte, bemerkte er auch sofort, dass die Kaufleute aus dem Norden, die jetzt das Stadttor passierten, mit Sicherheit keine solchen waren. Friedrich von Isenberg schnaufte schwer, als er endlich den gepflasterten Innenhof der Festung erreichte. Um sein Reittier zu schonen, hatte er es während des gesamten steilen Aufstiegs nach Monteriggioni hinauf am Zügel geführt. Jetzt gab er es seinem Diener Herriger in die Verantwortung und blickte sich suchend nach einer einladenden Herberge um. Zu seiner Befriedigung luden gleich ein halbes Dutzend Tavernen hungrige und durstige Pilger zur Einkehr ein. „Hier wird es uns sicher gut ergehen", meinte sein Bruder Dietrich erfreut, der an der Seite Engelberts kurz hinter Friedrich die Festung erreicht und sich nun ebenfalls seines Pferdes entledigt hatte, „das wird die Entbehrungen des harten Rittes vergessen machen!" Friedrich brummte nur etwas, denn vergessen konnte er schon lange nicht mehr, weder die Entbehrungen noch die Gründe, warum er diese Pilgerfahrt hatte auf sich nehmen müssen. Unschlüssig nahm er die verschiedenen Herbergen in Augenschein, konnte sich aber nicht entscheiden, welche ihm einladender erschien. Da kam ein schnauzbärtiger Sieneser auf ihn zu, der wie die Männer der Torwache gekleidet, aber nicht so stark bewaffnet war. In seinem Gürtel steckte lediglich ein einfacher Dolch. „Willkommen, edle Pilger", rief ihm der Wachmann in fränkischer Sprache zu, „die Stadt Siena heißt euch in ihrer Feste Monteriggioni willkommen. Woher kommt ihr?" Der Isenberger musterte ihn von oben bis unten. Dabei fielen ihm die leuchtend grünen Augen des Mannes auf. „Was geht Euch das an?", gab Friedrich in der gleichen Sprache ungehalten zurück, „muss man sich hier jetzt schon bei jedem Wächter ausweisen? Das haben wir doch schon am Tor gemacht!" Der Wachmann überging die Beleidigung und legte weiter eine entwaffnende Freundlichkeit an den Tag. „Aber nein, ich wollte lediglich in Erfahrung bringen, in welcher Sprache ich euch anreden darf", log er, „denn Italienisch wird es wohl kaum sein. Das Fränkische tut es, wie ich bemerke, aber ich denke, dass auch dies nicht eure Muttersprache ist. Wie steht es mit dem Deutschen?" Friedrich nickte zögerlich. „Nun denn, willkommen in unserer bescheidenen Festung!", wiederholte der Grünäugige in deutscher Sprache, wenn auch mit einem fremdländischen Akzent, der den Isenbergern aber nicht weiter zu denken gab – schließlich waren sie in einem fremden Land. „Ihr werdet hungrig sein und ein Nachtlager suchen, vielleicht auch einen guten Stall für eure Pferde, die – wenn ich das bemerken darf – einen vortrefflichen Eindruck machen, trotz der weiten Reise, die ihr offenbar zurückgelegt habt. Wo züchtet man solch ausdauernden Pferde und wie lange seid ihr schon unterwegs?" Friedrich rang sich ein Grollen ab, doch sein Bruder Dietrich kam ihm zuvor. „Wir kommen – wie unsere Rosse – aus dem schönen Westfalen", ließ er den Grünäugigen wissen, „und wären Euch dankbar, wenn Ihr uns ratet, wo man sich unserer Bedürfnisse am besten annimmt!" Der Wächter schmunzelte etwas. „Nun, das kommt ganz auf die Bedürfnisse an", meinte er augenzwinkernd, „das beste Essen für Geschmäcker nördlich der Alpen bekommt ihr in der Taverne ‚Zum fröhlichen Pilger', gleich vorne rechts. Dort gibt es auch das beste Bier, wenn ihr mich fragt. Wenn es euch eher nach landesüblicher Kost gelüstet, seid ihr besser in der ‚Taverna Toscana' aufgehoben, zwei Häuser weiter. Die saubersten Zimmer vermietet eine alternde Witwe an der südlichen Stadtmauer. Wegen ihrer gesalzenen Preise können sich die meisten Pilger diese Unterkunft nicht leisten, aber ihr seht mir begütert genug aus, dass euch das nicht kümmern sollte. Dort gibt es auch einen guten Stall für eure Pferde. Und wenn ihr etwas weibliche Gesellschaft sucht", fügte er mit strahlendem Lächeln an, „solltet ihr das Frauenhaus gleich hier links in der Gasse östlich des Stadttores aufsuchen. Die Mädchen sind ausnahmslos jung, und man sagt, einige kämen sogar aus dem Orient! Wie ihr seht: Siena bemüht sich um seine Gäste!" Dabei ließ er eine Reihe strahlend weißer Zähne sehen, die für einen einfachen Wachmann eher unüblich waren. Friedrich furzte einmal vernehmlich, denn der Grießbrei vom Morgenmahl lag ihm noch im Magen. Aber die Aussicht auf eine schmackhafte Mahlzeit nach gewohnter Manier, ohne die gewöhnungsbedürftigen südlichen Gewürze, hatte ihn milder gestimmt. „Nun, dann führt uns in Gottes Namen zu dieser Taverne ‚Zum fröhlichen Pilger'", trug er dem Wachmann auf. Gleichzeitig beschied er seinem Diener und dem Notarius, die Herberge der besagten Witwe aufzusuchen und alle Vorkehrungen für das Nachtlager zu treffen, auch für die Pferde. „Und was versprecht Ihr Euch von Eurem freundlichen Rat?", wollte Dietrich von Isenberg wissen, „ich kann mir nicht vorstellen, dass die Stadt jeden Besucher so eingehend begrüßt?!" Der vermeintliche Wächter verbeugte sich. „Ich bin Euch gern zu Diensten. Wie ich schon sagte, die Preise sind gesalzen, nicht nur bei der Witwe. Als Wächter kann man sich ein ehrliches Mahl und ein gutes Bier nicht allzu oft leisten, es sei denn, man findet Edelmänner wie euch, denen guter Rat etwas wert ist. So kann ich euch auch noch so manchen Hinweis für eure weitere Reise geben, je nachdem, wo es hingehen soll, ob nach Rom oder nach Messina und weiter ins Heilige Land. Aber ich vermute, euer Ziel ist Rom, sonst hättet ihr sicher gleich den Seeweg gewählt!" Dem Isenberger war der redselige Ratgeber nicht geheuer, aber seine Brüder luden ihn sogleich ein, sie in die empfohlene Taverne zu begleiten. Bei Bier und knusprigem Schweinebraten vergaß auch Friedrich bald seine Bedenken. Nicht lange, und der grünäugige Wächter war über die vermeintlichen Kaufleute bestens im Bilde. Sie hatten weder Tauschware dabei noch legten sie den für Händler üblichen Geiz an den Tag. Es konnte sich also nur um Adelige handeln, die sich nicht sonderlich um die Vermehrung ihres Geldes scherten, wie es echte Kaufleute getan hätten. Keine ihrer Fragen zielte auf bestimmte Waren und deren Wert oder Herkunftsort. Zwei der vorgeblichen Händler bekreuzigten sich zudem bei jedweder Gelegenheit, vor allem, wenn er die Vorzüge und Unterschiede der Huren auf dem weiteren Pilgerweg anpries, waren aber trotzdem begierig, mehr darüber zu erfahren. Der Grünäugige vermutete daher nicht zu Unrecht, dass sie der Kirche angehörten oder zumindest lange angehört hatten. Der Griesgram unter den ungleichen Brüdern machte obendrein stets einen gequälten Gesichtsausdruck, wenn die Rede auf Rom kam. Womöglich hatten er oder sie alle etwas ausgefressen, wofür sie Vergebung beim Papst suchten. „Wie man hört, ist ein wichtiger Mann eures Landes, der Erzbischof einer großen Stadt und gleichzeitig Vertrauter des Kaisers, vor wenigen Monaten von Dutzenden Klingen ermordet worden", bemerkte der Wächter wie beiläufig über den Rand seines Bierkruges hinweg, während er diesen zum Munde führte. „Habt ihr davon etwas gehört, oder sind das nur Ammenmärchen?" Friedrich von Isenberg verschluckte sich augenblicklich und bekam einen Hustenanfall. Seinen Brüdern wich das Blut aus dem Gesicht. „Davon ... davon wissen wir nichts, nicht mehr als Ihr auch", log Dietrich, „es gibt viele Gerüchte!" Der Grünäugige hatte gar nicht erwartet, eine solche Reaktion mit seiner Bemerkung hervorzurufen. Nun war seine Neugier geweckt und er beschloss, mehr über diese vermeintlichen Kaufleute und den ominösen Mord an dem deutschen Erzbischof in Erfahrung zu bringen. Sein untrüglicher Spürsinn zeigte ihm an, dass es hier womöglich einen Zusammenhang gab. Zumindest war er – wenn auch eher zufällig – auf eine interessante Fährte gestoßen.

Katharina war krank vor Sorge um Sibylla und machte sich heftige Vorwürfe, dass sie ihre Schwägerin hatte gehen lassen. Viel zu häufig schon hatte sie stillschweigend in Entscheidungen eingewilligt, die eigentlich nicht die ihren waren. Jetzt ärgerte sie sich über ihre Tatenlosigkeit. Aber damit war nun Schluss. Sobald sie ihre Freundin gefunden hatte, würde sie ihr den Marsch blasen und darauf bestehen, so schnell wie möglich nach Neuenberge zu ihren Kindern zurückzukehren. Von diesem Entschluss beseelt – und von der Sorge um Sibylla getrieben, weil diese am Abend zuvor nicht zurückgekehrt war – hatte sie bereits beim ersten Tageslicht ein Pferd satteln lassen. Dies geschah unter dem Vorwand, im Wald dringend ein paar Heilkräuter für ein erkranktes Kind sammeln zu müssen. Zum Beweis trug sie ein Körbchen unter dem Arm,

Außer ihr hatte sich bislang niemand ernstliche Sorgen um die Herzogstochter und ihre Hofdame gemacht, wusste man sie doch in erfahrener Begleitung. Aber Katharina wusste aus Sibyllas Erzählungen, dass man diesem Herenbert Rennekoie nicht trauen konnte. Das Ausbleiben oder Verschwinden der beiden Frauen schrieb sie ihm zu. Nun trabte sie auf der Suche nach ihnen durch den Wald. Aber wo sollte sie mit der Suche beginnen, wohin sich wenden? Soweit sie sich erinnerte, hatte der Altknappe den Frauen angeblich einen Hof zeigen wollen, auf dem Pferde gezogen wurden. Aber niemand unter den Bediensteten hatte ihr sagen können, wo sich dieser Hof befand, außer dass er in einem entfernten Tal läge. Also hielt Katharina auf den Wald zu und beschloss nach geraumer Zeit, alle weiteren Entscheidungen dem Pferd zu überlassen. Vielleicht kam es ja selbst von besagtem Hof und kannte den Weg. Die Sonne strahlte vom Himmel, über ihrem Kopf zog ein Milan seine Kreise, und ein Rotkehlchen ließ ein lautes „Ziih" als Warnruf hören. Einen Moment später sah sie den kleinen Fliegenschnäpper weiter bergan in kleinen Sprüngen nach Insekten jagen. Trotz ihrer Sorge überkam sie jetzt eine gewisse Abenteuerlust. Warum hatte sie nicht schon des Öfteren einen Ausritt unternommen, sondern sich stattdessen in der Burg nahezu versteckt? Dabei jagte ihr der Wald keinerlei Schrecken ein. Zu gut erinnerte sie sich noch an die Zeit nach der Ermordung ihrer Eltern, als sie bei der alten Kräuterhexe namens Sigrun gewohnt und viele Waldbewohner hautnah kennengelernt hatte. Die alte Walküre hatte sie auch in die Geheimnisse vieler Kräuter eingeweiht. Wie lange war das jetzt alles her? Zehn, zwölf Jahre oder gar mehr? Was war in der Zeit nicht alles geschehen! Ihr Bruder war auf Kreuzzug gegangen und hatte lange als vermisst, ja als tot gegolten. Und dann war er plötzlich wieder aufgetaucht, als kaiserlicher Ritter, hatte auf einem Turnier um die Hand von Sibylla gekämpft, sie schließlich zur Frau genommen und es zu einem eigenen Gut gebracht. Natürlich war sie ihm dorthin gefolgt. Dort hatte sie auch das Reiten gelernt, ganz leidlich für eine Küchenmagd, fand sie. Und sie hatte William kennen und lieben gelernt, mit dem sie jetzt eine Tochter hatte. In solcherlei Gedanken versunken, achtete sie wenig auf den Weg, den sie ja ohnehin nicht kannte. Ihr Pferd, eine graue Stute, die bereits bessere Tage gesehen hatte, bemerkte denn auch schnell, dass ihre Reiterin offenbar keine Eile und eine gewisse Ziellosigkeit an den Tag legte. Also fiel das Tier alsbald in gemächlichen Schritt und traf selbst eine Richtungswahl. Es verließ den Waldweg und hielt zum Hohen Venn hin auf eine Lichtung zu, auf der sattes Grün eine schmackhafte Mahlzeit versprach. Als das Pferd begann, genüsslich das frische Gras auszurupfen, kehrten Katharinas Gedanken zum eigentlichen Zweck ihres Ausrittes zurück und sie trieb das Tier neuerlich an. Etwas zügiger ging es weiter die bewaldeten Hügel hinauf. Die Sonne stand bereits hoch am Himmel, als Katharina die Befürchtung überfiel, dass ihr Reittier wohl keiner bestimmten Richtung folgte, genauso wenig wie sie selbst. Sie befanden sich am Fuße eines schmalen, tief eingekerbten Tales. Rechter Hand erstreckte sich ein steiler Hang, über dessen Rand weit oben die Äste mächtiger Buchen ragten. Zu ihrer Linken stieg das Gelände weniger stark an, schien dort aber kein Ende zu nehmen. Nach vorne hin wurde der Pfad immer schmaler und war von Brombeersträuchern überwachsen. Schon wollte Katharina umkehren, als ihr Pferd plötzlich wieherte und sich scheuend weigerte weiterzugehen. „Ist ja gut, ich schicke dich nicht in die Dornen", versuchte sie das Tier zu beruhigen, „wir kehren am besten um!" Da sah sie aus dem Unterholz inmitten der Brombeersträucher eine Hand ragen. Erschrocken hielt sie den Atem an. Die Hand rührte sich nicht. „He, du da, gib dich zu erkennen", rief sie dem Menschen zu, den sie hinter der Hand im Gebüsch vermutete. Auf den ersten Blick rührte sich immer noch nichts. Dann aber war es ihr, als bewege sich die Hand, begleitet von einem leisen Röcheln. Schließlich fasste sie sich ein Herz, stieg ab und band ihr Pferd, so gut es ging, an einem der Sträucher fest. Dann näherte sie sich vorsichtig der Gestalt unter dem Gesträuch. Kein Zweifel, dort lag ein Mann, sogar ein recht großer, in einem zerrissenen grünen Wappenrock. Er lag auf dem Bauch, mit der rechten Hand nach vorn gestreckt. Über seine Schultern fielen die Strähnen rötlichen Haars. Katharina bückte sich, um sich die Sache näher anzusehen. Als sie versuchte, den Kopf der Gestalt zu sich zu drehen, begann der Mann zu stöhnen. Dann erkannte sie ihn. „Ritter Gisbert?!", entfuhr es ihr.

„Wo ist meine Tochter?!" Herzog Walram von Limburg war außer sich. Mit Befremden und einem unguten Gefühl in der Magengegend hatte er die Meldung der Torwache zur Kenntnis genommen, der Altknappe sei zurückgekehrt – aber allein, ohne die Damen und ohne die Lanzenträger – und wünsche ihn zu sprechen. Ohne große Verzögerung hatte er Rennekoie daher auch sogleich in seinen Saal führen lassen, ohne sich erst mit diesem an dem sonst dafür üblichen verschwiegenen Winkel des Wehrganges zu treffen. Sobald Rennekoie den Saal betreten hatte, war der Herzog auf ihn zugestürzt und hatte ihn zur Rede gestellt. „Sachte, die Angelegenheit ist etwas heikel", hatte dieser mit beschwichtigender Handbewegung verlauten lassen und für die Ohren der Anwesenden schmunzelnd durchblicken lassen, es handele sich um eine intime Frauensache. Deshalb müsse er auch unter vier Augen mit dem Herzog reden. Vor Wut bebend hatte Walram seine Berater und die Bediensteten des Saales verwiesen, dann aber sofortige Aufklärung verlangt. „Beruhigt Euch, Eure Tochter ist mein Gast", ließ ihn Rennekoie wissen, „und erfreut sich bester Gesundheit!" – „Und was ist das für ein angebliches Frauenleiden, das sie davon abhält, in ihre Kemenate zurückzukehren?", wollte Walram wissen. „Nun es ist weniger ein allbekanntes Frauenleiden, sondern eher ein ganz persönliches Leid", ließ Rennekoie verlauten, „nämlich das Leid, Eure Tochter zu sein!" Walram verstand kein Wort. „Was soll das heißen? Sprich nicht in Rätseln mit mir, Kerl, spuck's aus. Was ist geschehen?", ereiferte er sich. Statt direkt zu antworten, schlenderte Rennekoie am Herzog vorbei durch den Saal, nahm versonnen einen Apfel und ein kleines Messer von der großen Tafel in dessen Mitte und begann, die Frucht in aller Seelenruhe zu zerteilen. Dabei sah er sich insgeheim um, ob er tatsächlich mit dem Herzog allein war. „Bist du wahnsinnig Mann, was erdreistest du dich? Raus mit der Sprache!", tobte Walram. Zu allem Überfluss bot der Altknappe ihm nun auch noch die eine Hälfte des Apfels an. Als der Herzog mit fuchtelnden Händen ablehnte, setzte Rennekoie ein süffisantes Lächeln auf.

„Das hat sie nicht von Euch", meinte er, während er genüsslich in seine Apfelhälfte biss, „denn Sophie nimmt jeden Apfel aus meiner Hand!" Walram trat die Zornesader auf die Stirn. „Muss ich dich erst auspeitschen lassen?", herrschte er ihn an, „was ist mit meiner Tochter?!" – „Nun, es ist Sophies Pech, Eure Tochter zu sein und sich unbedacht in meine Hände begeben zu haben", setzte Rennekoie schmatzend zu einer wohl zurechtgelegten Erläuterung an, „und da Ihr mir noch den Lohn für verschiedenste Taten schuldig seid – und keine Anstalten macht, diese Schuld zu begleichen –, betrachte ich sie jetzt als Pfand, wenn Ihr versteht!" Walram stockte der Atem; für einen Moment war er sprachlos. „Du wagst es?", würgte er dann mit hochrotem Kopf hervor, „du wagst es, mir zu drohen? Soll das heißen, du hast meine Tochter als Geisel genommen?" Rennekoie verspeiste auch noch die andere Hälfte des Apfels. „Geisel ist so ein hässliches Wort", meinte er dann, „ich würde es eher Unterpfand nennen, eine Sicherheit dafür, dass Ihr endlich Euren Verpflichtungen mir gegenüber nachkommt!" Walram kam ihm nun auf Tuchfühlung nahe. „Das wird dir schlecht bekommen, du Wicht", zischte er ihn gefährlich an, dann drehte er sich abrupt um und eilte zur Saaltür, um die Wachen zu rufen. „Ein Ton von Euch, ein falscher Befehl, und sie ist tot", rief ihm Rennekoie hinterher, „meine Männer haben Order, ihr und ihrer Hofdame sofort die Kehle durchzuschneiden, falls ich nicht zurückkomme oder sich irgendjemand vor mir im Wald zeigt!"

Walram hielt inne und kehrte langsam zurück. „Eure Männer?", kam es ihm über die Lippen. Und obwohl er ein überlegenes Lächeln aufzusetzen trachtete, war ihm die Verunsicherung anzumerken. „Das sind alles meine Männer, sie werden tun, was ich ihnen sage!" Rennekoie schüttelte mit einer Miene des Bedauerns den Kopf. „Das waren sie einmal. Seit geraumer Zeit sind es meine Männer und mir treu ergeben", behauptete er, „und in diesen Mauern gibt es noch einige mehr! Wenn Ihr mir nicht glaubt – nur zu, aber dann müsst Ihr die Konsequenzen tragen!" Dabei machte er eine demonstrative Handbewegung mit dem Apfelmesser. Walram war wie vor den Kopf geschlagen. „Und … und was verlangst du jetzt von mir?", lenkte er vorsichtig ein. „Jetzt sprechen wir die gleiche Sprache", freute sich Rennekoie und kam auf ihn zu, „ich schlage vor, Ihr übergebt mir die längst versprochene Burg oder ein vergleichbares Anwesen; ein befestigter Hof mit ein paar abgabepflichtigen Dörfern täte es auch! Und schon könnt Ihr Eure geliebte Tochter wieder in die Arme schließen!" Dabei weiteten sich seine Mundwinkel zu einem breiten Grinsen. „Und was, glaubst du, sollte mich danach davon abhalten, dir den Garaus zu machen und dich für deine Unverschämtheit zu bestrafen?", gab Walram mit bebender Stimme zurück. „Ganz einfach", strahlte Rennekoie, „die Tatsache, dass ich mein Wissen über gewisse Vorkommnisse der letzten Jahre, die ich auf Euren Befehl ins Rollen brachte, auf Pergament gebannt habe. Eine Art Testament, das an höherer Stelle für mich verwahrt und sofort eröffnet wird, falls ich vor der Zeit ableben sollte. Außerdem gibt es hier in diesen Mauern überall Männer, die mit mir im Bunde sind!" Walram schnappte hörbar nach Luft und griff sich an die Brust. Langsam wankte er zu einem der Fenster am Westflügel und zog die schweren Vorhänge zur Seite. Im Unterschied zu anderen Herrschaftssitzen, bei denen die Wandöffnungen lediglich mit dünnem Leder oder Pergament bespannt waren, verfügte der Rittersaal der Limburg über Fenster mit Holzrahmen, in die neuartiges, buntes Glas eingelassen war, das ein Vermögen kostete. Ungelenk und nervös nestelte Walram an dem sperrigen Riegel, dann gelang es ihm, das Fenster zu öffnen und frische Luft zu schöpfen. Rennekoie war ihm langsam gefolgt. „Ihr solltet Euch nicht so ereifern", tat er besorgt, „es kommt alles ins Lot. Gebt mir, was mir zusteht, und Eure geliebte Tochter eilt unversehrt wieder an Eure Seite!" Walram schnaufte angestrengt. „Und dann?", kam es gefährlich ruhig über seine Lippen, „tun wir, als sei nichts geschehen?" Rennekoie legte den Kopf etwas schief und ließ seine gelben Zähne sehen. „Wer weiß – vielleicht werden wir alle noch eine große, glückliche Familie", eröffnete er dem Herzog. Augenblicklich fuhr dessen Kopf herum. „Was soll das nun wieder bedeuten?" Rennekoie machte große Augen. „Oh, vielleicht nehme ich Eure Tochter gar zur Frau – sie gilt doch jetzt als Witwe, oder? Und mit diesem hässlichen Buckel auf dem Rücken und bei ihrer üblen Vorgeschichte als Gattin eines Mörders wird sich so schnell kein anderer Heiratsanwärter finden, denke ich! Ich würde sie nehmen, so hässlich, wie sie ist!" – „Bist du toll?", keuchte der Herzog, „glaubst du allen Ernstes, ich gebe dir Bastard meine Tochter zur Frau? Eher schmore ich für alle Zeiten in der Hölle!" – „Was gut passieren kann", meinte Rennekoie gefährlich ruhig, „aber was habt Ihr denn gegen einen Bastard? Das hat Euch doch bislang auch nicht gestört, solange ich Euch zu Willen war. Außerdem habt Ihr doch selbst genug Bastarde in die Welt gesetzt – vielleicht bin ich sogar einer davon?!" Seine Stimme hatte während dieser Worte eine höhere Tonlage angenommen, jetzt überschlug sie sich beinahe. „Ist das vielleicht der Grund, warum Ihr mir Eure Tochter nicht geben wollt? Weil ich Euer Sohn und damit Sophies Bruder bin? Vater?!" Walram blickte ihn an, als sei er das Mondkalb oder eines dieser Fabelwesen aus uralten Sagen. Dann begann er, schallend zu lachen. „Also daher weht der Wind, ja, das hast du dir fein ausgedacht, was?", prustete er los, „du und mein Sohn? Dass ich nicht lache. Selbst die Bastarde, die ich mit der Schweinemagd oder einer Wanderhure gezeugt habe, sind mehr Kerl als du. Du bist ein durchtriebenes Wechselbalg, ein Irrtum der Natur, vielleicht eines Pfaffen würdig, aber nicht meiner!" Jetzt dröhnte sein Bass und Rennekoie zuckte zusammen. Walram hingegen bekam zunehmend Oberwasser. „Nie bekommst du meine Tochter", brüllte er jetzt, „und deine Burg wird aus einem fest gemauerten Kerker bestehen, in dem ich dich langsam verrotten lasse – so lange, bis dein Testament verfault ist!" Damit wandte er sich um. Sein Entschluss stand fest, er würde das Wagnis eingehen und die Wachen rufen. Auch das Wagnis mit Sophies Bewachern. Das würde sich mit ein paar Bogenschützen schon regeln lassen. Und wenn nicht? Das würde ihm Kummer bereiten, ihn aber nicht umbringen. Immer noch besser, als sich von diesem Bastard erpressen zu lassen. Walram war jetzt zu allem entschlossen. Doch Rennekoie reagierte sofort, packte den Herzog mit der Linken am Ärmel und hielt ihm mit der Rechten das Apfelmesser an die Kehle. „Langsam, Herzog", zischte er, „das Ding ist zwar recht stumpf, aber für ein hübsches Loch im Hals wird es reichen!" Ihre Gesichter waren nun so dicht beieinander, dass Rennekoie sein Spiegelbild in den Augen des Herzogs erkennen konnte. „Und jetzt verratet mir doch einmal, warum Ihr mich dann all die Jahre aufgezogen und durchgefüttert habt, wenn ich nicht Euer Bastard bin?" Walram gluckste, trotz der Zwangslage, in der er sich befand. „Weil du eine Art Pfand warst, so wie jetzt Sophie, auch wenn dein wirklicher Vater nichts von dir wusste", eröffnete er seinem Handlanger, „und weil solche Bastarde wie du zu willigen Werkzeugen werden, bis man sie zur Hölle schickt!" Rennekoie trat Schaum vor den Mund. Mit einem lang gezogenen Schrei, teils vor Wut, teils vor Anstrengung, ergriff er Walrams Beine und wuchtete den mächtigen Fürsten trotz seines Gewichtes auf das Fensterbrett. „Fahr du zur Hölle", keifte er, dann stieß er den Herzog in die Tiefe. Als ihn die Wachen wenig später im Innenhof fanden, stand in seinen erstarrten Augen immer noch ein Ausdruck des Erstaunens, denn mit diesem Ausgang hatte er wohl in keinem Falle gerechnet. Augenblicke später, durch die Schreie alarmiert, stürmten Bewaffnete und Bedienstete in den Rittersaal – und fanden einen völlig aufgelösten Herenbert Rennekoie mit verschränkten Armen auf dem getäfelten Boden vor dem Fenster sitzend. „Der Herzog …", stammelte er, „er ist … gesprungen!"

Der grünäugige Wächter ließ wie jeden Tag seinen Blick über den nicht enden wollenden Strom von Pilgern gleiten. Doch diesmal war er nicht ganz bei der Sache. Zum wiederholten Male ging ihm das Treffen mit den vermeintlichen Kaufleuten aus dem Norden nicht aus dem Kopf. Aus dem Nichts heraus war er, nur dank seiner Beobachtungsgabe und Beredsamkeit, einer dunklen Angelegenheit auf die Spur gekommen, die den Rahmen üblicher Pilgergeschichten sprengte. Seine Erkenntnisse und Schlüsse hatte er längst höherer Stelle mitgeteilt – und den Auftrag erhalten, wachsam zu bleiben, denn womöglich folgten noch andere einer solchen Fährte. Die besagten Kaufleute würden derweil andere Wächter am Wegesrand im Auge behalten. In solcherlei Gedanken vertieft, fiel dem Grünäugigen erst recht spät der ungewöhnliche Tross auf, der sich, aus Nordwesten kommend, der Festung Monteriggioni näherte. Normalerweise reisten Pilger vereinzelt oder in kleinen Gruppen, auch wenn diese sich häufig zu einem regelrechten Strom vereinten. Die meisten reisten zu Fuß, wenige hatten Esel, nur einige Male am Tag kamen Reiter daher. Der Tross, der nun auf den Festungsfelsen zuhielt, strotzte jedoch von Reitern, allesamt schwer bewaffnet, wie sein geschultes Auge erkannte. An der Spitze des Zuges trabten mehrere Reiter in blauweißen Wappenröcken, die der Wächter nicht kannte. Einer der Männer wurde von einem Ungetüm von Hund begleitet. Dann folgten zwei Dutzend Ritter, die kaiserliche Farben oder die Wappen kaisertreuer Städte trugen. Mindestens sechs schienen aus dem Raum Parma zu kommen. Allesamt trugen sie zusätzlich das Adlerwappen der Staufer auf der Brust. Der vorderste dieser Ritter gesellte sich nun zu den vorausreitenden Blauröcken. Dahinter erkannte der Wächter mehrere Männer in weiten, weißen Gewändern, die ihn nicht von ungefähr an begüterte Orientalen erinnerten. Dieser Eindruck wurde noch von ihren prächtigen, aber vergleichsweise kleinen Reittieren verstärkt, zumindest waren sie deutlich kleiner als abendländische Streitrosse und schienen geradezu zu tänzeln. Den Schluss bildeten drei große, hölzerne Wagen, die von je vier Pferden gezogen und von Sarazenenkriegern eskortiert wurde. Sarazenen in Italien? Noch dazu begleitet von kaiserlichen Truppen? Der

Grünäugige stutzte. Das war eigentlich ein Ding der Unmöglichkeit. Um sich Klarheit zu verschaffen, nestelte er seinen Vergrößerer hervor, eine aus Holz und Leder gefertigte Röhre, die geschliffene Gläser enthielt, mit deren Hilfe man ein Ziel in der Ferne deutlich näher betrachten konnte, wenn auch an den Rändern etwas verschwommen. Weil es im Abendland solcherlei Werkzeug nicht gab, hütete er es wie einen Augapfel unter den Falten seines Gewandes, gleich neben dem zweiten, verborgenen Dolch, und sorgte dafür, dass niemand ihn damit hantieren sah.

Als er hindurchblickte und die fremden Reiter anvisierte, sah er seine Vermutung bestätigt. Sarazenen und orientalische Pferde kannte er besser als irgendjemand anderer in diesem Land. Schließlich war er lange genug selbst einer von ihnen gewesen, auch wenn er kein orientalisches Blut in sich trug. Leider konnte er die Gesichter nicht genau erkennen. Der Grünäugige beschloss, sich diesen Tross noch näher anzusehen, dabei aber Vorsicht walten zu lassen. Die Welt war klein. Normalerweise musste er zwar niemals fürchten, dass ihn jemand kannte. Aber bei Reisenden aus dem Orient lag die Sache womöglich anders. Zu oft war er Sultanen und Emiren unter die Augen getreten, wenn auch in verschiedenen Verkleidungen – zuweilen auch näher, als es diesen lieb gewesen war. Besser, er ließ eine gewisse Vorsicht und Distanz walten. Allerdings sah er sich gezwungen, für nähere Beobachtungen seinen Posten alsbald zu verlassen. Denn der Tross schlug nicht den direkten Weg nach Monteriggioni ein, sondern wandte sich jetzt unterhalb des Felsens weiter südöstlich. Wahrscheinlich bevorzugte die seltsame Reisegruppe ein Nachtlager irgendwo am Wegesrand, vielleicht in einer größeren Herberge außerhalb von Monteriggioni. Davon gab es einige im weiteren Umfeld der Stadt, denn die Via Francigena war keine einzelne Straße, sondern ein regelrechtes Netz, das viele Ortschaften und Gehöfte mit dem Frankenweg verband, um sie am Segen des Pilgerreichtums teilhaben zu lassen.

„Lagern wir nicht in dieser stolzen Festung?", verlieh Thomas seiner Verwunderung Ausdruck, als Oberto zu ihm aufschloss und ihn anwies, weiter der Straße nach Südosten zu folgen, „sie sieht einladend und sicher aus!" Dabei versuchte er, die trutzigen Türme zu zählen, die sich etwa acht Manneslängen hoch über die ringförmige Mauer erhoben. Er kam auf vierzehn. „Besser, wir suchen uns einen verschwiegeneren Ort für die Nacht", antwortete der Podestà von Parma, „wir erregen mit unserem ungewöhnlichen Heerzug ohnehin schon genug Aufsehen. Außerdem wimmelt es dort oben sicher von Spitzeln verschiedener Herren. Monteriggioni gehört zwar den kaisertreuen Sienesen, aber die guelfischen Florentiner, ihre Erbfeinde, wissen gern, was sich hier tut. Wir sollten ihnen und anderem Gesindel das Spionieren nicht so leicht machen. Nicht weit von hier gibt es eine einladende Herberge, die von frommen Mönchen bewirtschaftet wird. Sie liegt etwas abseits des Hauptweges und sollte groß genug für unseren Tross sein. Ich habe uns dort ankündigen lassen. In einer halben Stunde sind wir dort!" – „Dann sollten wir unseren syrischen Gesandten vielleicht in Eure Pläne einweihen", meinte Thomas, während er bereits Tareks Zügel anhob, um ihn zur Seite zu lenken, „damit er im Bilde ist und sich nicht übergangen fühlt!" – „Tu das", bestärkte ihn William lächelnd, „und vielleicht weihst du auch die Damen in den Wagen ein, dass sie sich bald die Beine vertreten und frisch machen können. Der Sultan wird das nicht für nötig halten, denn Orientalen können ja recht wortkarg zu ihrem Gefolge sein!" Dabei zwinkerte er Oberto vielsagend zu. Längst war es ein offenes Geheimnis, dass Thomas einer bestimmten Person im vordersten Wagen größeres Interesse entgegenbrachte, als es seine allgemeine ritterliche Beschützerrolle erfordert hätte. Bereits mehrere Male hatte er vergleichbare Gelegenheiten genutzt, ein paar Worte mit dieser Person zu wechseln, auch wenn er sich dabei immer sehr diskret verhielt und sich zuvor stets an den Sultan wandte. „Ein guter Rat, den ich beherzigen werde", feixte der Fischersohn zurück, dann wendete er sein Pferd gekonnt auf der Hinterhand, ließ es in leichten Galopp fallen und hielt auf die syrische Gesandtschaft zu. Der Wächter nahm noch einmal den Vergrößerer zur Hand und visierte die Reiter an der Spitze des Zuges an. Der in Blau und Gelb, den Farben Parmas, gewandete kaiserliche Ritter schien ortskundig und so etwas wie der eigentliche Anführer zu sein. Die zwei Männer an seiner Seite erregten jedoch sein besonderes Interesse. Ihrer Haltung nach schienen sie keine Untergebenen zu sein. Und irgendetwas an dieser Haltung, auch an ihrer Art zu reiten, kam ihm vertraut vor. Aber nein, das konnte nicht sein. Er drehte und bewegte seinen Vergrößerer mehrmals hin und her, um ein etwas schärferes Bild der beiden zu bekommen, aber es wollte ihm nicht recht gelingen. Er versuchte es mit dem Wappen auf ihren blau-weißen Gewändern, aber auch das half ihm zunächst nicht weiter. War das ein Fisch auf der Brust der Männer? In Gedanken ging er einige der ihm bekannten abendländischen Wappen durch. Meist wurden diese von Raub- und Fabeltieren wie Drachen und Löwen, von Adlern und anderen Greifvögeln, von Kreuzen, Schwertern, Äxten, Hämmern und anderem Gerät geziert, je nachdem, womit der Gründer des Adelsgeschlechtes seinen Titel und seinen Rang erworben hatte. Aber welcher Ritter schmückte sich mit dem Wappen eines Fisches? Das würde darauf hindeuten, dass der erste Träger dieses Wappens Fischer gewesen wäre. Oder Nachfahre eines Fischers. Höchst unwahrscheinlich. Der Gedanke war noch nicht zu Ende gedacht, als einer der Ritter ein gekonntes Wendemanöver vollführte. Und dieses Reitmanöver, das meist nur Kreuzritter beherrschten, die sich dies von den Muselmanen abgeschaut hatten, ließ in dem Wächter blitzartig eine Erkenntnis reifen. Ein kreuzfahrender Fischer?! Wie Schuppen fiel es dem Wächter von den Augen.

„Du musst jetzt tapfer sein", ließ Herenbert Rennekoie seine Geisel wissen. Sophie blickte ihn mit vor Schreck geweiteten Augen an. Sollte die Kette der Unglücke für sie kein Ende nehmen? War etwas mit ihren Kindern? „Du hast doch nicht etwa …", hob sie an, doch ihr einstiger Jugendfreund, der sie zuletzt so abgrundtief beleidigt hatte, schüttelte den Kopf. „Keine Sorge, deinen Kindern geht es gut", beruhigte er sie. „Aber dein Herr Vater hat das Zeitliche gesegnet!" Sophie blieb für einen Moment das Herz stehen. „Vater …? Aber …", stammelte sie ungläubig, „Wieso das? Er … er erfreute sich doch bester Gesundheit, abgesehen von der Gicht?!" Ihre Gedanken rasten. Nein, das konnte nicht sein, nicht ihr Vater. „Und doch ist er jetzt Geschichte", beharrte Rennekoie kühl. „Hast du ihn …?" Sophie war nicht fähig, das Unfassbare auszusprechen, und suchte in den Augen ihres Gegenübers nach einer Antwort. „Wenn es dich beruhigt, das habe ich nicht", behauptete der Altknappe, „obwohl ich sicher nicht ganz unschuldig an seinem Ableben bin. Aber ich habe ihn nicht umgebracht!" Dann berichtete er ihr wahrheitsnah von der Unterredung mit dem Herzog im Rittersaal, ließ aber ein paar Dinge aus. „Offenbar fühlte er sich in die Enge getrieben, als ich ihm von meinem Testament erzählte und ihm ein Ultimatum stellte. Vielleicht sah er keinen Ausweg mehr aus der ganzen Sache. Jedenfalls ging er zum Fenster, um sich Luft zu verschaffen, atmete ein paar Mal schwer –, und sprang dann – oder besser: fiel – ohne Vorankündigung und ohne Lebewohl in die Tiefe!", tischte er ihr auf. Ähnliches hatte er auch den Wachen und Bediensteten auf der Burg weisgemacht – angereichert mit der Vermutung, der Herzog hätte wohl nicht verkraftet, dass er, Rennekoie, dessen Tochter geschwängert und nun um deren Hand angehalten hätte – obwohl diese die Frucht ihrer Liebe verloren hätte, weshalb sie auch nicht zur Burg zurückgekehrt wäre.

Die Wachen hatten sich betreten angesehen, dann mit den Achseln gezuckt, als sei es ihnen einerlei, und ihn gewähren lassen, auch als er ihnen den Befehl erteilte, den Sohn des Herzogs zu verständigen, und schließlich die Burg wieder verließ. Falls man ihm nicht glaubte, hatte zumindest niemand gewagt, Zweifel an seiner Geschichte zu äußern. Damit das so bliebe, würde er Sophie später noch eintrichtern, seine Version der Geschehnisse auf dem Gut zu bestätigen. Der Herzogstochter kamen wohl Zweifel an Rennekoies Unschuld, aber die schluckte sie herunter, denn sie war viel zu sehr mit sich selbst beschäftigt. Mit Verwunderung stellte sie fest, dass sie keinen allzu großen Schmerz verspürte. Sicher, Walram war ihr Vater gewesen. Aber er hatte sie auch zeitlebens herumkommandiert, ohne sich um ihre Wünsche oder Ängste zu scheren. Er hatte sie mit einem Mann verheiratet, den sie nicht wollte, und damit hatte alles Ungemach begonnen. Nun war er tot, wenn man den Worten Rennekoies halbwegs Glauben schenken konnte. Sie hätte sich gewünscht, eine Träne für ihn übrig zu haben, aber es kamen keine. Stattdessen machte sich zunehmend ein Gefühl der Erleichterung breit, denn sie witterte Morgenluft. „Und ... was heißt das jetzt für mich?", wollte sie wissen. „Das heißt, du bist frei", eröffnete ihr Rennekoie gönnerhaft, „vorausgesetzt, du machst keinen Fehler und tust, was ich sage!" Sophie atmete erleichtert auf. „Und was geschieht mit der anderen?", zischte die kleine Hure, die sich bislang stumm an der Tür herumgedrückt hatte. Sibylla hielt es kaum noch auf den Beinen. Gut drei Tage hockte sie jetzt schon in ihrem Kerker. Drei Tage, in denen sie es nicht gewagt hatte, sich hinzusetzen. Stattdessen hatte sie im Stehen gedöst und auch die spärlichen Mahlzeiten zu sich genommen, die man ihr in die Zisterne hinabgelassen hatte. Aber langsam ging ihre Kraft zur Neige. Plötzlich verdunkelte sich der Himmel über ihr. Jemand machte sich an der Öffnung zu schaffen. Dann wurde eine klapprige Leiter zu ihr heruntergelassen. „Komm rauf", rief die rothaarige Stute, „aber langsam, und versuch nicht, zu türmen!" Mit einem Mal wurden Sibyllas Knie noch wackliger, aber sie riss sich zusammen. Unsicher watete sie zur Leiter und setzte einen Fuß auf die unterste Sprosse. Doch bevor sie hinaufsteigen konnte, huschte ein Schatten an ihr vorbei. Behände sprang die kleine Ratte, die das feuchte Gefängnis mit ihr geteilt hatte, vier, fünf Stufen hinauf. Dann drehte sie sich um. „Bis bald – und sei auf der Hut", schien sie zu sagen. Dann sprang sie die Leiter vollends hinauf und verschwand. Sibylla folgte ihr ins Licht.

Eine gute Stunde vor Sonnenuntergang verließ der Tross der kaiserlichen Ritter in Begleitung der orientalischen Gesandten den Hauptweg der Via Francigena und bog in einen Seitenweg ein, der zu einer Herberge namens „Noveleto" abzweigte. So wies es eine säuberlich beschriftete Schiefertafel am Straßenrand aus. Der Frankenweg war immer noch voller Pilger, auch wenn der Hauptstrom sich für die Nacht direkt nach Monteriggioni gewandt hatte. Die verbliebenen Pilger zog es größtenteils weiter Richtung Siena und Rom, um unterwegs ein Nachtlager aufzuschlagen, aber manche schlugen ebenfalls den Seitenweg ein, der zu einer bewaldeten Hügelkuppe und dann talwärts in eine von Weinreben und Olivenhainen gesäumte Senke führte. Die Wagenräder rumpelten gefährlich laut auf dem abschüssigen Kopfsteinpflaster, als sie sich einer Ansammlung von zweigeschossigen Bauwerken näherten, die auf der Windseite von einer Reihe Zypressen geschützt wurden. „Die Pferde nach links in den Stall, die Wagen hier rechts hinein", rief ein kahlköpfiger Mann in den besten Jahren, der eine Lederschürze um den Bauch trug und aus dem vorderen Gebäude herausgeeilt kam, aus dem es verführerisch nach frischem Brot duftete. Wild gestikulierend wies er die neu ankommenden Gäste in diese und jene Richtung, trieb dabei ein halbes Dutzend Bedienstete an und strahlte über das ganze Gesicht. Offenbar zählte er im Geiste bereits die Münzen, die ihm die illustre Besucherschar einbringen würde. Die Vielzahl an Pferden und Reitern, gefolgt von den schweren Wagen, deren Zugpferde nur mühsam gezügelt werden konnten, führte schnell zu einem heillosen Durcheinander, das die Laune des Mannes jedoch nicht beeinträchtigte. „Immer herein, es ist für alle Platz", jubilierte er geradezu, „aber gebt acht mit den Wagenrädern, die Einfahrt ist etwas schmal!" Sein Miene nahm jedoch augenblicklich einen besorgten Ausdruck an, als er sah, wie der erste Wagen nicht weit genug ausholte und mit dem rechten Vorderrad die Mauersteine touchierte bei dem Versuch, in die bogenförmige Einfahrt des Gebäudeteils einzubiegen, der offenbar den Wagen vorbehalten war. Holz knirschte und Steine bröckelten bei jeder Wagendurchfahrt. Offenbar geschah dies öfter, denn das Mauerwerk des Bogens hatte in Radhöhe auf der rechten Seite eine schon deutliche Delle, die jedoch die Standsicherheit des Gebäudes nicht beeinträchtigte. Bald standen alle drei Wagen an zugewiesener Stelle, und die Pferde konnten ausgeschirrt werden. Die Herberge „Noveleto" schien noch nicht sehr alt zu sein, zumindest machten ihre sauber mit Mörtel verfugten, ockerfarbenen Bruchsteine, die im untergehenden Licht der Sonne noch kräftiger leuchteten, einen frischen Eindruck. Zur Linken erstreckten sich zwei lang gezogene, zweigeschossige Bauwerke, die in Form eines „T" aufeinanderstießen. Das Erdgeschoss war, abgesehen von der Küche und einer Gaststube, auf fast voller Länge den Tieren vorbehalten, sowohl den Kühen und Schafen, die zur Schlachtung und damit zur Verköstigung der Gäste bestimmt waren, als auch den Reittieren der Reisenden. Da Pilger nur in seltenen Fällen beritten waren, war der zur Verfügung stehende Platz beschränkt, und die vielen Pferde der Neuankömmlinge drängten sich etwas, zusammen mit einigen Eseln anderer Gäste, aber fast alle Tiere kamen unter. Nur die Pferde des Sultans wurden auf dessen Geheiß abseits in einem eilig von den Sarazenenkriegern vor einem Olivenhain errichteten Zelt untergebracht. Der Gedanke, seine Prachtrösser neben Eseln untergebracht zu wissen, hatte dem Potentaten nicht behagt. Das Obergeschoss des Doppelbaus bot mehrere Räume für betuchte Pilger, die es sich leisten konnten, ein wenig mehr Platz zu beanspruchen als üblich. Auf der gesamten Langseite quartierte sich denn auch sogleich der Sultan mit seinem Harem ein, dessen Soldaten jedoch, abgesehen von einer dreiköpfigen Wache, bei den Pferden nächtigten. Auf der Stirnseite bezogen Oberto und die edelsten der kaiserlichen Ritter Quartier, ebenso Thomas und seine Freunde, die sich einen Raum teilten. Die anderen Ritter lagerten später um ein Feuer im Hof. Die einseitig zur Windseite hin abgeschrägten Dächer waren mit tönernen Schindeln gedeckt und wiesen erfolgreich etwaigen Regen ab. Auf der gegenüberliegenden Seite stand ein weiterer zweigeschossiger Bau, der im vorderen Teil eine Backstube beherbergte. Daran schloss sich der besagte große Raum für die Wagen und Gerätschaften an. In dem Stockwerk darüber befand sich eine Reihe schmaler, niedriger Kammern für einfache Pilger und für die Bediensteten. Während Gerhardt und die anderen es sich bereits in der Gaststube gemütlich machten, schlenderten Thomas und William über den Hof, nachdem sie ihr Quartier bezogen und noch einmal nach den Pferden gesehen hatten. Nach dem langen Ritt wollten sie sich noch etwas die Beine vertreten. Mehr aus Gewohnheit denn aus Notwendigkeit prüften sie die Verteidigungsfähigkeit der Anlage im Falle eines Angriffs, hatten aber auch einen Blick für die Schönheiten der Umgebung. „Dieses Land gefällt mir", meinte Thomas, während er seinen Blick über die sanften Hügel und Weinberge schweifen ließ, „es ist so fruchtbar, und dann diese Farben. Alles scheint in Grün und Gold getaucht zu sein!" –

„Das stimmt", pflichtete ihm William bei, „aber im Sommer wird es entschieden zu warm, fast wie in Outremer. Du solltest eines Tages mal die grünen Hügel Englands sehen, die würden dir noch besser gefallen!" – „Aber wie es heißt, regnet es dort ständig", neckte ihn Thomas, „da ist mir dieses Land hier schon lieber!" – „Es regnet in meinem Geburtsland nicht mehr als an deiner Wupper", konterte der Engländer, „und deren Gestade wirst du doch wohl kaum gegen dieses Land hier tauschen wollen!" – „Das stimmt", nickte der Fischersohn versonnen, „aber leider bin ich, wie du selbst am besten weißt, viel zu selten dort. Entweder folge ich den Befehlen und verschlungenen Pfaden hoher Herren, oder ich jage irgendwelchen Hirngespinsten auf Kreuzzügen nach. Das muss bald einmal ein Ende haben!" William nickte nachdenklich. „Dann hast du keine Hoffnung, den Isenberger zu finden?" Thomas zuckte mit den Achseln. „Ich habe eher das Gefühl, dass wir uns mit jedem Schritt unserer Rosse gen Süden immer weiter von unserem eigentlichen Ziel entfernen – und langsam, aber sicher vom Regen in die Traufe kommen. Erst spannt uns der Podestà von Verona vor den Karren, und jetzt der Kaiser. Gott weiß, wo das hinführt!" William klopfte ihm aufmunternd auf die Schultern. „Na ja, immerhin geht es jetzt nach Rom, dort werden wir schon etwas in Erfahrung bringen, sei guten Mutes. Erfreuen wir uns derweil an unserer illustren Gesellschaft. Komm, lass uns zum Essen gehen. In den nächsten Tagen sehen wir weiter!" Mit diesen Worten zog er Thomas zurück zur Herberge. In der gepflasterten Gasse zwischen den Gebäuden sahen sie den Kahlköpfigen, der sie bei ihrem Eintreffen eingewiesen hatte, wie er den Schaden an der Mauer inspizierte, den die Wagenräder hinterlassen hatten. „Das werdet Ihr richten müssen, sonst bröckelt Euch irgendwann noch die ganze Fassade ab", richtete William auf Lateinisch das Wort an ihn. „Ach, das hat wenig Sinn", meinte der Kahle, „beinahe jedes Fuhrwerk schrammt hier entlang, weil die Straße nicht breit genug ist, um weit auszuholen. Das Haus hält das aus. Und wer weiß, mit der Zeit verbreitert sich der Eingang auf diese Weise von selbst, und wir müssen nichts dazu tun. Gottes Weisheit ist unermesslich!" Dabei lächelte er verschmitzt und reichte den beiden die Hand. „Ich bin übrigens Gianni, Gastwirt und Herbergsvater hier seit zwei Jahren!" – „Warum habt Ihr denn den Weg nicht breiter gemacht?", wollte Thomas wissen, nachdem er die angebotene Hand geschüttelt und sich ebenfalls vorgestellt hatte, „um den Wagen mehr Platz zum Rangieren zu bieten?" – „Oh, das ist nicht so einfach", gab Gianni zurück, „die Straße ist schon uralt, von den Römern erbaut, samt dem Fundament der Gebäude hier, die womöglich schon zu Cäsars Zeiten als Rasthaus dienten. Das lässt sich nicht so einfach versetzen und verbreitern. Zumindest hielten die frommen Mönche dies nicht für nötig, als sie vor einigen Jahren den Hof und die Herberge auf den alten Ruinen neu aufmauern ließen!" – „Dann gehört Ihr nicht dem Orden an?", vermutete William zu Recht. „Ich? Nein, Gott bewahre", wiegelte Gianni lachend ab, „ich stehe nur in dessen Diensten. Ich bin sozusagen der weltliche Arm der Besitzer, die sich dafür nicht mit Mauerschrammen, nörgelnden Gästen und armen Pilgern herumschlagen müssen, die über die Preise jammern – wozu Ihr zum Glück offenbar nicht gehört. Nein, ich bin von Grund auf doch eher allem Weltlichen zugetan und früher zur See gefahren. Und dieser Hof hier brauchte einen Kapitän, der klare Befehle erteilt!" – „Das will ich gern glauben", lachte William, „aber was hat Euch vom Meer hier so weit ins Landesinnere gespült?" – „L'amore", strahlte der Wirt, „die Liebe!" Dabei deutete er mit einem Kopfnicken zum Küchenfenster gegenüber, hinter dem sich ab und an ein dunkler Lockenschopf sehen ließ. „Meine Magdalena ist die beste Köchin weit und breit. Ich traf sie in Genua und hab' sie vom Fleck weg geehelicht. Und weil sie Heimweh nach Tuszien hatte, bin ich ihr hierher gefolgt. Von ihren Kochkünsten könnt ihr euch sogleich überzeugen, folgt mir, denn ich glaube, das Mahl ist angerichtet!" Während sie sich umwandten und gemeinsam zur Gaststube schlenderten, entging ihnen beinahe, dass sich von Norden, von Monteriggioni her, drei Reiter näherten. Erst Gerhardt, der schon ungeduldig an der Pforte auf sie wartete, machte sie darauf aufmerksam. „Ach, das werden Stadtwachen und Beamte aus Monteriggioni sein", seufzte Gianni, „die für jeden Gast auf dem Stadtgebiet ihren Wegezoll kassieren wollen. Ich kümmere mich darum, geht ihr schon vor und lasst euch das Essen schmecken, bevor es kalt wird. Und den Wein dazu haben wir selbst gekeltert, der wird euch munden!" Gerhardt ließ sich das nicht zweimal sagen und zog die anderen beiden kurzerhand mit. Die Gaststube war ein etwa zwei Schritt hoher Raum, der zu einer Seite an die Küche und zur anderen an einen der Viehställe grenzte. In der Mitte prangte eine große Feuerstelle, um die sich später all die Gäste versammeln würden, die noch nicht müde waren und Neuigkeiten austauschen wollten. Jetzt aber standen noch überall Tische und Bänke, um etwa 30 Personen Platz für das Mahl zu bieten. Das Küchenpersonal um Giannis geliebte Magdalena hatte damit begonnen, Schüsseln mit dampfendem Gemüse, Käse, Oliven, Brot und saubere Holzteller für die Hauptmahlzeit auszuteilen. Auf der

Feuerstelle briet ein Hammel, von dem ein Knecht nun begann, einzelne Stücke abzuschneiden und den Gästen vorzulegen. Zu diesen gehörte auch der Sultan mit seinem Gefolge, der mit seinen Damen und Wachen im hinteren Teil des Raumes Platz genommen hatte und es zu schätzen wusste, dass man mit dem Hammel ein Tier ausgesucht hatte, das auch Muslime essen konnten, ohne sich den Unmut Allahs zuzuziehen. Den dargebotenen Wein lehnte er jedoch ab und begnügte sich mit Wasser. Direkt neben ihm, aber züchtig verschleiert, saß Inez, die kurz ihren Blick hob, als Thomas und William eintraten, sich aber ansonsten betont zurückhaltend verhielt. Trotzdem war dem Sultan dieser Blick ebenso wenig entgangen wie dem Fischersohn. Überhaupt schien er ihre Gesten und Mimiken in letzter Zeit genauer zu beobachten. Oberto winkte Thomas und dessen Männer derweil aufmunternd an seinen Tisch und ließ von dem Braten auftragen; bald begannen alle zu tafeln. „Hmm, das ist der beste Hammel, den ich je gegessen habe", schwärmte Gerhardt schmatzend, bevor er den soeben zwischen den Zähnen zerkleinerten Bissen mit einem kräftigen Schluck Wein hinunterspülte, „und der Rebensaft ist in der Tat einfach großartig!" Die Männer am Tisch pflichteten ihm mit vor Fett triefenden Lippen bei, bevor einige in ein geräuschvolles Rülpsen einstimmten. Dabei übertönten sie das Knacken der Knochenreste einer Hammelkeule, an der sich Wulfila unter dem Tisch gütlich tat. „Das muss am Namen liegen", warf Thomas in die Runde, „auf der Burg unseres Landesherren schwingt auch eine Magda das Zepter am Herd und ihre Kochkunst ist genauso vortrefflich!" Dabei blickte er sich nach Gianni um, weil er ihm das Kompliment weitergeben wollte, schwieg dann jedoch, als er sah, wie dieser mit drei uniformierten Männern durch die hölzerne Doppelpforte in den Saal trat. „Verzeiht, wenn ich eure Gaumenfreuden störe", rief er in den Raum, und sofort wandten sich ihm alle Köpfe zu, „aber diese Herren hier sind Amtsträger aus Monteriggioni, mit der Order, die Pässe der Durchreisenden zu kontrollieren und etwaige Waren zu taxieren. Wenn ihr euer Mahl beendet habt, wäre ich euch dankbar, wenn ihr diesem Wunsch ohne großes Aufheben Folge leistet. Derweil werde ich die Herren bitten, sich ein wenig zu gedulden und so lange an unserer Tafel Platz zu nehmen!" Die meisten Gäste nickten und wandten sich wieder ihren Tellern zu. Einige einfache Pilger und Händler begannen sogleich, in ihren Beuteln und Gewändern nach den geforderten Papieren zu nesteln. Seit geraumer Zeit war es üblich, dass königliche Boten und andere privilegierte Personen sowie entlassene Soldaten sich mit entsprechenden Dokumenten als solche auswiesen. Kaufleute und einfache Reisende trugen immer häufiger ein Papier ihrer Stadt mit ihrem Namen bei sich, das ihnen Rechtschaffenheit bescheinigte. Pilgern wurden ähnliche Dokumente von Pfarrern oder Bischöfen ausgestellt. Oberto drehte sich beinahe gelangweilt um und sprach die Uniformierten an. „Nehmt an unserem Tisch Platz, dann kann ich euch gleich reinen Wein einschenken", meinte er und griff demonstrativ nach einer der bereitstehenden Karaffen. Die Männer ließen sich nicht lange bitten, musterten beim Durchqueren der Reihen die Anwesenden und nahmen dann an der zugewiesenen Tafel Platz. Thomas beobachtete sie unauffällig. Die Männer trugen einfache Kettenhemden und darüber Wappenröcke in Schwarz und Weiß, den Farben Sienas. An ihren Gürteln baumelten Kurzschwerter, die dem römischen Gladius ähnelten. Außerdem waren sie mit langen Spießen ausgerüstet, die sie aber am Eingang hatten stehen lassen. Ihre einfachen Helme, die nach hinten lang ausliefen, um den Nacken zu schützen, trugen sie unter den Armen. Ansonsten waren die Männer eher unauffällig. Trotzdem konnte es sich Thomas nicht verkneifen, einen der Männer wiederholt in Augenschein zu nehmen, der auch der Anführer zu sein schien. Er hatte leuchtend grüne Augen und braunes, mittellanges Haar, das je nach Lichteinfall mal gelblich, mal rötlich schimmerte. Irgendetwas an diesem bunten Hund kam ihm bekannt vor, aber er verwarf den Gedanken sogleich, da er ja noch niemals zuvor in dieser Stadt, ja noch nicht einmal in diesem Land, verweilt hatte. Er konnte niemanden kennen. Oberto leckte sich unterdessen die Finger ab und holte aus seinem Gewand ein zusammengerolltes Pergament mit kaiserlichem Siegel hervor, das er in der Hand wiegte. „Das ist ein Sendschreiben des Kaisers", ließ er den Soldaten wissen, „sicher erkennst du das Siegel. Es sichert uns freies Geleit auf allen Wegen zu und umfasst nahezu alle Personen, die du hier siehst, abgesehen von den Pilgern dort vorn. Ich selbst bin der Podestà von Parma. Das sollte dir genügen, denn eigentlich sind wir dir keine Rechenschaft schuldig. Aber das gute Mahl hat mich milde gestimmt!" Der grünäugige Wachmann warf ihm einen kurzen, unergründlichen Blick zu, dann studierte er das Dokument, wobei er die rechte Augenbraue anhob. „Sollte mich wundern, wenn du lesen könntest", meinte Oberto, während er sich mit dem Messer ein weiteres Stück Fleisch in den Rachen schob, „aber ich denke, das Siegel spricht Bände!" – „Seid versichert, ich verstehe jedes Wort", gab der Grünäugige zurück, während er das Schreiben wieder einrollte, „sei es geschrieben oder gesprochen, in vielen Zungen dieser Welt, und manchmal verstehe ich auch die Worte, die nur im Raum hängen!" Wieder hatte Thomas das Gefühl, diesen Mann zu kennen. Der hatte zwar Italienisch gesprochen, aber der Klang der Stimme erinnerte ihn an jemanden. Ein vielsagender, fragender Blick von William offenbarte, dass es dem Engländer ähnlich ging. „Was ist mit den Sarazenen dort hinten", fuhr der Soldat fort, „woher kommen sie und was machen sie hier? Solche Reisenden muss ich melden!" „Du musst gar nichts", beschied ihm Oberto, „es sind Gesandte aus dem Morgenland, aus Syrien, um genau zu sein. Mehr brauchst du nicht zu wissen. Und je weniger Menschen von ihrer Anwesenheit erfahren, desto besser. Denn wir wünschen keine Überraschungen, wenn du verstehst, was ich meine!" Der Grünäugige nickte. „Selbstverständlich verstehe ich das, aber das wird sich kaum machen lassen. Ungläubige stellen möglicherweise eine Gefahr dar. Davon muss ich Meldung machen. Man wird sie und Euch bitten, Euch vor dem Rat der Stadt zu erklären. Am besten, Ihr folgt mir gleich, damit wir es hinter uns haben!" Oberto wollte aufbrausen, besann sich dann aber eines Besseren. Stattdessen kramte er eine Silbermünze hervor und steckte sie dem Soldaten zu. „Würde das deinen Entschluss abändern?", brummte er ungehalten, „du kannst uns nichts, aber ich will kein Aufsehen!" Der Grünäugige begann zu lächeln. „Aber sicher, solche Ausweise überzeugen mich. Aber was ist mit meinen Begleitern?", äußerte er verschmitzt. „Die sind manchmal strenger als ich!" Widerwillig steckte ihm Oberto noch zwei weitere Münzen zu. „Nun lass es gut sein und trink mit uns!" Jetzt ließ der Grünäugige eine breite Linie blendend weißer Zähne sehen. „Warum nicht gleich so. Ihr könnt selbstverständlich passieren!" Dabei nahm er sich die Karaffe, schenkte sich einen Becher Wein ein und prostete den Männern am Tisch zu. Alsbald kreisten die Becher und die Angelegenheit schien erledigt. Wenig später wurden die Tische beiseitegeräumt. Ein Teil der Gäste zog sich in ihre Gemächer zurück, die anderen rückten ihre Hocker und Stühle näher ans Feuer, um in behaglicher Runde Geschichten und Neuigkeiten auszutauschen. Auch der Sultan hatte sich mit seinem Gefolge verabschiedet. Inez jedoch kam wenig später wieder zurück und setzte sich in den Hintergrund. Ähnlich verhielt sich die Stadtwache. Eigentlich hatte sich diese nach dem Essen bereits zurückgezogen. Aber der grünäugige Soldat tauchte mit einem Mal wieder auf. „Für mich ist das die schönste Zeit eines jeden Abends, der gesellige Teil, der unserer Herberge den Namen gegeben hat", ließ Gianni seine Gäste wissen, die nicht des Italienischen mächtig waren, „Noveleto ist die

Neuigkeit. Und solcherlei möchten wir hören, aus allen Teilen des Reiches, Neuigkeiten und Erlebnisse, seien sie wahr oder erfunden. Hauptsache, sie sind unterhaltsam!" Sogleich erhob sich ein vielstimmiges Gemurmel. Zu zweit oder in Gruppen begannen angeregte Unterhaltungen. „Es heißt, die Pässe über die Berge sind von den Lombarden gesperrt", wandte sich ein Kaufmann an alle, „hat jemand einen Rat, wie ich trotzdem ungehindert nach Norden komme?" Es gab verschiedene, widersprüchliche Aussagen. Die einen meinten, der Versuch sei noch zu gefahrvoll. Andere glaubten, die Sperre sei bereits wieder aufgehoben. „Alles Unsinn", ließ ihn Oberto wissen, „Händler und Pilger haben nichts zu befürchten, außer, dass ihr etwas Wartezeit in Kauf nehmen müsst. Wirklich gesperrt sind die Pässe nur für Bewaffnete, vor allem für kaiserliche Ritter. Als solche müsstet ihr einen weiten Umweg in Kauf nehmen und die Berge umgehen. Denn die Blockade ist dicht und wird noch Monate dauern!" Der Kaufmann bedankte sich artig und spendierte eine neue Runde Rebensaft. „Wie es heißt, ist der Heilige Vater nicht bei bester Gesundheit, weiß jemand Genaueres?", wollte ein Pilger wissen, „ich hoffe, wir bekommen ihn in Rom zu Gesicht!" – „Kein Grund zur Sorge", meinte der Händler, „ich komme gerade aus Rom. Zu Pfingsten jedenfalls hat er der Stadt und dem Erdkreis noch den Segen erteilt. Und wenn man die lange Reihe der Menschen sieht, die für eine Audienz anstehen, dann muss er recht beschäftigt und bei entsprechender Gesundheit sein. Aber bringt viel Geduld mit, wenn ihr nach Rom kommt!" So ging es weiter, bis das Feuer nahezu niedergebrannt war und fast alle Gäste sich empfahlen. Auch Willibald, Martin und Ulrich zog es in ihre Kammer. Nur Gerhardt blieb mit Wulfila zurück, um dafür zu sorgen, dass der gute Wein nicht schlecht würde, wie er es nannte. Oberto und seine Ritter waren bereits seit geraumer Zeit verschwunden und hatten ebenfalls einige Karaffen von Giannis Rotwein mitgenommen. Inez nutzte die Gelegenheit, schlüpfte nach vorn, setzte sich wortlos neben Thomas und drückte für einen kurzen Moment seine Hand. „Es tut mir leid, wenn ich mich rar gemacht habe", flüsterte sie ihm von der Seite zu, „aber der Sultan ist seit Borgo San Donnino etwas argwöhnisch und beobachtet mich ständig. Ich muss vorsichtiger sein als bisher!" Thomas zuckte mit den Achseln, als ginge ihn dies nichts an. „Du musst wissen, was du tust und lässt", entgegnete er kurz angebunden. „Jetzt fang nicht wieder so an", monierte sie, „sag mir lieber, ob dir an den Stadtwachen nichts aufgefallen ist – der Anführer kam mir irgendwie bekannt vor!" – „Dir auch?", rutschte es dem Fischersohn heraus. „Seine grünen Augen lassen mich seither nicht los. Aber woher sollten wir einen sienesischen Soldaten kennen?" Ratlos blickte Inez von ihm zu William und zurück.

„Woher kommt ihr eigentlich, wenn ich fragen darf?", hörte Thomas plötzlich eben diesen Grünäugigen in fehlerfreiem Fränkisch sagen und wandte ihm den Kopf zu, „ihr seht nicht aus, als kämet ihr aus italienischen Landen!" Der Soldat stand hinter ihnen und hatte ein mehr als freundliches Lächeln aufgesetzt. Wulfila, der bislang brav und zufrieden zu Füßen seines Herrn gelegen hatte, ließ ein leises Knurren hören. Doch ehe Gerhardt etwas sagen konnte, hatte der Soldat den Hund mit einem Blick zum Schweigen gebracht, beugte sich jetzt sogar zu ihm herab und kraulte ihm die Ohren. Wulfila ließ sich dies zum Erstaunen aller gefallen und wedelte dazu mit dem Schwanz. „Dieser Blick, diese Stimme", grübelte Thomas, „wo hab' ich die nur schon einmal vernommen? Und was interessiert ihn unsere Herkunft – er hat doch sein Wegegeld bekommen?!" „Wir kommen weit aus dem Norden des Reiches und pilgern nach Rom", gab er nach kurzem Zögern zurück, „dem Zug der kaiserlichen Ritter haben wir uns mehr aus Zufall und zum Schutz angeschlossen!" Der Grünäugige nickte, als verstünde er, dann setzte er sich ohne zu fragen auf einen Schemel näher ans Feuer. „Pilger seid ihr also", kam es ihm über die Lippen, „und was treibt euch nach Rom? Der bloße Glaube oder die Suche nach Vergebung eurer Sünden?" „Wie kommt Ihr darauf, dass wir Sünden zu beklagen und um Vergebung zu ersuchen hätten?", hakte William nach, der sich dazugesellt hatte. „Nun, viele, die wie ihr von nördlich der Berge kommen, sind neuerdings häufig um Vergebung bedacht. Ist es, weil euch euer Bischof abhandengekommen ist, der Kaiserfreund aus Colonia?" Thomas fiel die Kinnlade herunter. „Woher wisst Ihr das?", wollte er wissen. „Die Spatzen pfeifen es auch von unseren Dächern", erwiderte der Soldat mit deutlichem Selbstgefallen, „und vor wenigen Tagen noch kamen mir Pilger aus dem Rheinland unter, die ganz zerknirscht zu sein schienen wegen des toten Erzbischofs. Drei angebliche Kaufleute mit ihrem Gefolge, aber ich glaube, sie gaben nur vor, Händler zu sein …" Thomas fehlten die Worte. Wovon sprach der Soldat? Doch nicht etwa von dem Isenberger und seinen Brüdern? „Könnt Ihr die Männer beschreiben? Wir sind auf der Suche nach solchen Händlern, mit denen wir uns auf dem Weg treffen wollten", gab Thomas vor. Nun spielte ein erneutes Lächeln um die Lippen des Grünäugigen. Wieder einmal hatte er ins Schwarze getroffen, nur aus einer Ahnung heraus. Die Sache begann, ihm

Spaß zu machen, wie auch seine Maskerade. „Drei stattliche Kerle, gut genährt, aber etwas heruntergekommen, vielleicht wegen der langen Reise", antwortete er wahrheitsgetreu. „Aber sie hatten keine Waren dabei und zeigten sich nicht so geizig wie echte Kaufleute, deshalb glaube ich nicht, dass sie wirklich Händler waren. Und zwei der Männer kamen mir vor wie Pfaffen, weil sie lüstern und verschreckt zugleich zuhörten, wenn man von Huren sprach! Ach ja, einer sagte, sie kämen aus Westfalen!" Thomas war wie vor den Kopf geschlagen. Angebliche Händler aus Westfalen, zwei davon Pfaffen. Der Soldat konnte doch nur von den Isenbergern reden. Waren sie den Brüdern doch endlich auf die Spur gekommen? „Wann habt Ihr diese Leute gesehen und ..." Thomas stockte, weil er sich nicht sicher war, wie direkt er sein konnte, entschied sich dann aber dazu, ohne Umschweife auf den Punkt zu kommen. „Warum erzählt Ihr uns das überhaupt?!" – „Nun, weil ich so eine Ahnung hatte, dass es eine Verbindung zwischen diesen Männern und euch gibt", lachte der Grünäugige, „ich fand das nahe liegend!" Thomas war nun vollends verwirrt. Wie konnte der Sieneser eine Verbindung zwischen ihnen geahnt haben? „Ich hätte da noch eine andere Frage", meldete sich William zu Wort, der bislang geschwiegen und den Soldaten derweil eingehend beobachtet hatte. „Habt Ihr Verwandte in Outremer – vielleicht – einen Bruder?" Der Grünäugige grinste nun von einem Ohr zum anderen. „Ich habe mich schon gefragt, wann endlich einer von euch darauf kommt", entgegnete er, „ja ich habe einen Bruder im Morgenland!" – „Und welcher von beiden seid Ihr?", hakte William nach. Thomas blickte vom einen zum anderen und verstand kein Wort. Zur Antwort streifte der Soldat die Kopfhaube seines Kettenhemdes ab, spuckte einmal in die Hände und strich sein welliges Haar glatt. „Den Schnauzbart müsst ihr euch wegdenken", gab er ihnen zu verstehen. Dann nestelte er ein langes Halstuch unter seinem Wappenrock hervor und band es sich wie einen Turban um den Kopf. Die Erkenntnis traf Thomas und auch Inez wie ein Schlag. „Ihr kennt mich unter dem Namen Yussef bin Tarek al-Tahir, aber hier bin ich Ezio Taddei, das solltet ihr euch merken!" In der Tat handelte es sich bei dem Sieneser um den Assassinen, der Thomas vor Jahren zusammen mit William, Inez und dem Tempelritter Konrad aus dem Kerker des Sultans befreit hatte. Vor seinem geistigen Auge erschienen dem Fischersohn Bilder aus der Vergangenheit: der Aufenthalt im Wüstenkloster, die Schwertkampfübungen mit al-Tahir, wodurch er seinen geschwächten Körper wieder gestählt hatte, der Ritt durch das Nildelta zu den Pyramiden. Aber was machte der Assassine hier? Was hatte ihn nach Italien verschlagen? Wieso trug er den Wappenrock eines Soldaten der Stadt Siena? Hatte er die Fronten gewechselt? Oder ging es um einen geheimen Auftrag? Am liebsten hätte er ihn sogleich mit tausend Fragen bestürmt. Aber zuerst sprang Thomas auf und nahm den Freund aus dem Morgenland in die Arme. Auch William und Inez begrüßten ihn mit aufrichtiger Freude, gefolgt von Gerhardt, der zwar so schnell nicht vollends verstand, was da vor sich ging, aber gespannt war, was sich aus diesem seltsamen Treffen entwickelte. Außerdem hatte Wulfila den Fremden nicht angefallen, das sprach für ihn. Dann kamen die Fragen – und der Assassine antwortete ihnen, soweit es die ihm gebotene Verschwiegenheit zuließ. Sein Orden hatte ihn ins Abendland beordert, um die Geschehnisse zwischen Rom und dem Kaiserreich aus erster Hand zu verfolgen. Vor allem interessierte das Oberhaupt der Assassinen die Frage, ob Friedrich zu einem neuerlichen Kreuzzug rüsten würde oder nicht. Dafür hatte man ihn, der aufgrund seiner abendländischen Wurzeln und seines entsprechenden Äußeren für solch einen Auftrag am besten geeignet schien, nach Italien beordert – an einen Kreuzungspunkt der wichtigsten Handels- und Pilgerwege. Hier sollte er die Augen offen halten. Und das hatte er getan. Yussef berichtete ihnen noch einmal von seinem Zusammentreffen mit dem Isenberger und den Schlüssen, die er daraus gezogen hatte. Vor allem, als er von seinem Beobachtungsposten aus Thomas und William unter den kaiserlichen Rittern erkannt hatte, war in ihm die Ahnung gereift, dass die Anwesenheit der einen wie der anderen Gruppe kein Zufall sein konnte. Es hatte ihn nicht verwundert, den Fischersohn und den Engländer beieinander zu sehen, und er wusste, dass Thomas aus der gleichen Region stammte wie die vermeintlichen Händler. So hatte er seine Schlüsse gezogen. Aber um Gewissheit zu erlangen, war es nun an ihm, Fragen zu stellen. Und Thomas berichtete ihm so knapp und präzise, wie es möglich war, was sich seit ihrer Trennung zugetragen hatte und warum er sich auf die Spur der Isenberger begeben hatte. Die gegenseitigen Berichte, während derer sich auch Yussef zur Verwunderung aller reichlich aus der Weinkaraffe bediente, dauerten bis tief in die Nacht. „Ich war überzeugt, es sei allen Muslimen verboten, solch berauschende Getränke zu sich zu nehmen", verlieh William seiner Verwunderung Ausdruck. „Das ist es auch", antwortete al-Tahir gleichmütig, „aber Allahs Wege sind voller Überraschungen. Zuerst einmal bin ich kein Moslem im eigentlichen Sinne. Ich bin Assassine, und das ist nicht zwangsläufig das Gleiche. Als Kind war ich Christ, zumindest glaube ich das, denn meine Eltern waren offenbar aus dem Abendland, sonst hätte ich nicht diese Hautfarbe und diese Augen!" Da mussten ihm alle beipflichten. „Außerdem sind den Assassinen berauschende Speisen und Getränke nicht fremd. Sie sind erlaubt, wenn sie der Erleuchtung dienen – und ich fühle mich gerade erleuchtet. Außerdem schmeckt mir das Zeug – Allah wird das verstehen!" Darauf brachen alle in Gelächter aus. „Aber sagt, verehrte Inez", richtete Yussef das Wort an die junge Frau, „was tut Ihr hier? Ich wähnte Euch im Harem des Sultans. Was macht Ihr in Italien?" – „Jetzt tut nicht so, als wenn Ihr den Sultan nicht längst erkannt hättet, bei Eurem Scharfsinn", gab Inez zurück. „Ja, ich gehöre immer noch zu seinem Gefolge. Und weil al-Kamil beschlossen hatte, dem Kaiser einen Besuch abzustatten, sind wir hier. Die beiden Herrscher stehen schon länger in Kontakt. Offiziell sind wir jedoch syrische Gesandte, dabei sollte es auch bleiben!" Al-Tahir wurde hellhörig, ließ sich das aber nicht sonderlich anmerken. Die Anwesenheit des Sultans von Ägypten im Abendland war etwas, das nicht nur ihn, sondern auch seinen Orden brennend interessieren musste. „Und was ist euer Ziel?", hakte er nach. „Das gleiche wie das Ziel aller hier – Rom!", antwortete Inez, „der Sultan will den Papst kennenlernen, nachdem er jetzt schon den Kaiser besucht hat. Mehr weiß ich auch nicht!" Den Sinn und Zweck dieser Reise musste – und würde – er erfahren. Aber dafür würde er in den nächsten Tagen noch genügend Zeit haben, dessen war sich al-Tahir sicher. „Wann habt Ihr die Kaufleute getroffen", brachte Thomas das Gespräch wieder auf das Thema, das ihm auf den Nägeln brannte, „wie viele Tage haben sie Vorsprung?" – „Nicht mehr als drei", gab ihm der Assassine zu verstehen, „wenn wir uns beeilen, holen wir sie vielleicht noch vor den Toren Roms ein!" – „Wir?", wiederholte William gedehnt. „Ja, wir", bestätigte Yussef alias Ezio und ließ erneut seine weißen Zähne sehen, „ich komme mit euch. Ich wollte immer schon einmal die ewige Stadt sehen, genau wie der Sultan. Morgen früh breche ich mit euch auf – nach Rom!"

„Öffnet das Tor – Heinrich, Graf von Berg und zukünftiger Herzog von Limburg, begehrt Einlass. Öffnet eurem neuen Landesherren!" Mit lautem Knirschen wurden die Torflügel zurückgeschwenkt, und der Sohn des verstorbenen Herzogs ritt mit erstaunlich kleinem Gefolge in die Burg, als einer der letzten Ankömmlinge. Solch einen Aufmarsch von Edlen und Rittern hatte die Limburg lange nicht mehr gesehen. Der gesamte Innenhof war voller Pferde und Reiter mit farbenprächtigen Wappen. Ermesinde, die bisherige Herzogin, mit ihren vierzig Jahren immer noch strahlend schön, auch wenn jetzt ein dunkler Schleier ihr Gesicht verhüllte, war mit großem Gefolge aus Luxemburg angereist, begleitet von dreien ihrer vier Kinder, die sie von Walram empfangen hatte. Das jüngste, Gerhard von Durbuy, zeugte mit seinen gerade einmal drei Jahren davon, dass sich das Herzogspaar in jeglicher Beziehung auch zuletzt noch sehr zugetan gewesen war. Die ältesten, Katherina von Limburg und Heinrich von Luxemburg, waren bereits elf und zehn Jahre alt. Eine jüngere Tochter war früh verstorben. Aber auch die vier Kinder Walrams aus erster Ehe waren anwesend, allen voran sein ältester Sohn Heinrich, der sein Nachfolger werden sollte. Sie alle waren mit mehr oder minder großem Gefolge nach Limburg geeilt, nachdem sie die Nachricht von Walrams Ableben erhalten hatten. Schließlich ging es nicht nur um die Bestattung des Herzogs, die in der unweit gelegenen Abtei Rolduc stattfinden sollte, sondern auch um ein stattliches Erbe. „Sie sind da, auch dein Bruder Heinrich", brummte Herenbert Rennekoie, während er einen prüfenden Blick aus dem kleinen Erkerfenster von Sophies Kemenate warf, zu der er sich, ohne anzuklopfen, Zutritt verschafft hatte. Ein grollender Befehl und ein grober Fußtritt hatten gereicht, um die Türen zu öffnen und die Hofdamen zu vertreiben. Auf Sophies Wunsch hatten diese auch die Kinder mitgenommen, denn obwohl Rennekoie Wort gehalten hatte, traute sie ihm nicht über den Weg und schaffte ihren Nachwuchs aus dessen Augen, sobald er erschien. Der Altknappe war in den letzten Tagen so etwas wie der neue Herr auf der Limburg gewesen, zumindest hatte er sich so aufgeführt. Ermesinde hatte zuvor bereits etliche Ritter mit nach Luxemburg genommen. Von den verbliebenen waren etliche ausgerückt, um die Nachricht vom Ableben des Herzogs zu überbringen. Einer, Gisbert, war verschwunden. Und die anderen waren entweder zu alt oder zu jung, um dem energischen Emporkömmling etwas entgegenzusetzen. Die neue Rolle hatte er tagelang ausgiebig genossen. Jetzt allerdings wimmelte es von Höherstehenden in den Mauern und Rennekoie stolzierte nervös auf und ab. „Du darfst jetzt keinen Fehler machen", schärfte er ihr ein, „denke an die Version, die ich dir eingebläut habe. Du trugst mein Kind unter dem Herzen, das du aber verloren hast. Das hat der alte Walram nicht verdaut!" Sophie hockte halb angezogen auf ihrem Bett mit dem vergoldeten Baldachin und beobachtete ihn aus gesenkten Augenlidern. Dann hielt sie offenbar den geeigneten Moment für gekommen, ihm endlich seine Taten heimzuzahlen. „Warum sollte ich das tun?", gab sie mir heiserer Stimme zurück, „nach all dem, was du mir und meiner Familie angetan hast?" Rennekoie fuhr augenblicklich herum. „Vielleicht hast du ja sogar meinen Vater auf dem Gewissen. Zuzutrauen wäre es dir. Aber das soll jetzt mein Bruder Heinrich klären, der wird dich in deine Schranken zu weisen wissen!" Ihre Stimme klang fast triumphierend. Doch dieses Hochgefühl kam zu früh. Krachend erteilte Rennekoie ihr eine Ohrfeige, die sie rückwärts auf das Bett warf. Einen Wimpernschlag später war er über ihr. „Weil du ein dummes, buckliges Weib bist und ich dich in der Hand habe, so oder so", flüsterte er ihr grollend zu. „Mein Arm ist länger als deiner – und wenn dir dein Leben oder das deiner Bälger lieb ist, bist du mir zu Willen!" Ihrer beider Atem ging schwer und ihre Brust hob und senkte sich dicht vor seinen Augen. Rennekoie grinste und griff grob zu. „Aber vielleicht ist es besser, wenn ich das, was du vorgeben sollst, einfach in die Tat umsetze!" Sophie verstand nicht sogleich, aber als er ihr mit einem Ruck das Unterkleid aufriss und ihre Brüste freilegte, dämmerte ihr, was er vorhatte. „Nein!", rief sie, „das kannst du nicht … !" Eine schwielige Hand erstickte ihren Schrei. „Und ob ich das kann – und ich werde es", geiferte er, ohne die Augen von ihren nackten Brüsten abzuwenden. Ein zweiter Ruck, und sie lag völlig nackt vor ihm. Schneller, als sie denken konnte, hatte er sich seines Wappenrocks und seines Untergewandes entledigt, seine Bruche geöffnet und ein erigiertes Glied zutage gefördert. „Das hätte ich schon längst tun sollen!" Bei diesen Worten griff er ihr an den Hals und drückte zu, sodass sie kaum noch Luft bekam. Gleichzeitig schob er mit den Knien ihre Schenkel auseinander, dann stieß er zu. Ein ersticktes Heulen, mehr kam nicht aus Sophies Kehle. Dann ergab sie sich. „Mein Gott, du bist ja feucht", frohlockte er, „am Ende gefällt dir diese Behandlung gar noch. Hätte ich das vorher gewusst!" Dabei war ihm allerdings entgangen, dass Sophie keinerlei Erregung verspürte, sondern einfach nur unter sich gemacht hatte. Mit wachsender Begeisterung stieß er in sie hinein, schwitzend und keuchend, bis er sich schließlich im Schoss seines Opfers ergoss. Die Tochter des verstorbenen Herzogs und Witwe des geächteten Isenberges starrte nur noch entkräftet zu dem kleinen Erkerfenster, auf dem sich für einen kurzen Moment eine Meise niederließ, in die Kammer spähte und einmal zirpte, dann aber schnell das Weite suchte. „Ach, nimm mich mit, kleiner Vogel", dachte sie, „auf dass ich das Martyrium dieses Lebens nicht länger ertragen muss."

„Schaut, dort vor uns liegt die ewige Stadt", frohlockte Engelbert von Isenberg, „wir sind am Ziel!" Darauf gab er seinem Bruder Dietrich einen aufmunternden Klaps und strahlte seinen anderen Bruder Friedrich an, erntete jedoch von beiden nur wenig Begeisterung. Friedrich von Isenberg schwitzte aus allen Poren und hatte sich eines Großteils seiner Kaufmannskleidung entledigt. Jetzt band er zudem die Schnüre seines Hemdes auf, damit mehr Luft an seine Haut kam. Allerdings war es so windstill, dass er sich damit keinen Hauch Erleichterung verschaffte. Dietrich von Isenberg klagte zudem seit Tagen über Stiche in der Herzgegend und hielt sich die linke Seite. Die lange Reise im ungewohnten Sattel hatte ihn arg mitgenommen. Daran änderten auch die aufmunternden Worte Engelberts nichts. Seit sie die Berge Tusziens hinter sich gelassen hatten, war es jeden Tag heißer geworden. Über Siena und Viterbo waren sie stetig dem Frankenweg gefolgt, der schließlich in die Via Cassia und die Via Triumphalis mündete, alte Römerstraßen, die von Nordwesten in die ewige Stadt und aus ihr heraus führten. Und die lag nun vor ihnen, auf sieben Hügeln verteilt, ein Meer aus Türmen, Kuppeln – und Trümmern. Je näher sie Rom kamen, desto augenfälliger wurde, dass die antike Stadt ihre besten Tage längst hinter sich – oder noch vor sich – hatte. Die Stadtmauern zeigten tiefe Breschen, Paläste und antike Foren lagen verwaist, von einst prächtigen Brücken und Säulen ragten nur noch karge Stümpfe empor – ein Anblick, der die Laune der Isenberger Brüder, abgesehen von Engelbert, nicht besserte. „Das soll die ewige Stadt sein?", beschwerte sich Friedrich, „sie zerfällt doch förmlich vor unseren Augen. Und hier soll sich der Nabel der Welt befinden?!" – „Bedenke, welche Stürme über die Stadt hinweggefegt sind", versuchte sich Engelbert an einer Erklärung, „die Goten und Vandalen, Hungersnöte und Feuersbrünste, und das seit weit über tausend Jahren. Wahrscheinlich fehlt es ein wenig an Geld, um den alten Glanz wiederherzustellen. Hat der Heilige Vater nicht große Summen für die Kreuzzüge bereitgestellt? Aber das tut der Bedeutung der Stadt keinen Abbruch, sieh doch, wie viele Pilger in die Stadt strömen!" In der Tat wälzte sich ein konstanter Strom von Menschen auf die Stadt zu. Waren es zuvor auf dem Frankenweg Hunderte, die zu Fuß oder mit Eseln gen Rom marschierten, führte die Vereinigung der Pilgerstraßen nun

Tausende über die Tiberbrücken in die Stadt. Friedrichs Notarius Tobias hatte unterwegs eine fadenscheinige Karte aus Pergament erstanden und übernahm nun die Führung. Über den Pons Neronianus, die Nero-Brücke, betraten sie die alte Metropole und hielten sich südlich, immer den Fluss Tiber entlang, der die westliche Stadtgrenze markierte. Zu ihrer Linken erhoben sich im Wechsel Villen und Paläste gut betuchter Bürger sowie mehrstöckige Wohnkasernen für das gemeine Volk. Bald wurde deutlich, dass Rom bei Weitem nicht nur aus Ruinen bestand, sondern auch aus zahlreichen neuen Vierteln mit teils prächtigen Bauwerken. Trotzdem gehörten Trümmerfelder vielerorts zum Stadtbild. Offenbar wurden diese als Steinbrüche für Neubauten genutzt. Eine Flussbiegung weiter trafen sie auf einen Menschenstrom, der sich in zwei Richtungen fast schnurgerade nach Westen und Osten wälzte. „Jetzt müsst Ihr sagen, wo es hingehen soll", wandte sich Tobias an seine hohen Herren, „zur Rechten geht es zur Engelsburg und weiter zur Basilika des Petrus, zur Linken führt der Weg zum Lateran mit dem Palast des Papstes, wenn ich mich nicht irre. Welches ist Euer erstes Ziel?" Friedrich zuckte mit den Achseln und blickte seine Brüder fragend an. „Das solltet ihr besser wissen", gab er ihnen zu verstehen, „ihr seid dem Papst näher als ich." – „Wollen wir denn dem Heiligen Vater direkt unter die Augen treten, so erschöpft und verdreckt, wie wir von der Reise sind?", gab Dietrich zu bedenken, „oder wollen wir uns nicht erst ein wenig ausruhen und später bei ihm vorsprechen?" Engelbert verdrehte die Augen. „Glaubst du wirklich, Bruder, wir könnten so ohne Weiteres direkt zum Papst marschieren? Schau dir doch die Menschenmenge an, die wollen alle zu ihm. Alles sündige, reuige Schäfchen, die um Absolution ersuchen. Und wie die meisten von denen wissen wir nicht einmal, wo wir ihn finden. Das müssen wir zuerst in Erfahrung bringen. Ich halte es für das Beste, wir gehen zuerst einmal zur Petersbasilika und zum Grab des Apostels. Dort halten wir ein erstes Gebet und erkundigen uns. Es wird dort sicher einen Priester oder einen anderen frommen Bruder geben, der uns sagen kann, wo wir vorsprechen müssen, ohne uns mit dem gemeinen Volk anstellen zu müssen!" Weil niemand eine bessere Idee hatte, reihten sich die Isenberger in die Masse der Pilger ein, die nach rechts über die Engelsbrücke strömten. Hier herrschte ein solches Gedränge – noch verstärkt durch die zahllosen Stände von Krämern, Gauklern und Handwerkern –, dass die Brücke zu einem regelrechten Nadelöhr wurde. Deshalb stiegen sie von ihren Pferden und führten diese fortan am Zügel. Am anderen Ende erreichten sie eine trutzige Rundburg, die auf zinnenbewehrten Grundmauern thronte. „Das ist das Castel Sant'Angelo, steht hier", meinte Tobias, nachdem er noch einmal die Karte studiert hatte, „die Engelsburg, was auch immer das bedeuten mag!" – „Es ist das einstige Mausoleum des Kaisers Hadrian", erklärte Engelbert, der belesenere war. „Als vor siebenhundert Jahren in Rom die Pest wütete, erschien dem damaligen Papst Gregor I. auf der Spitze der Burg der Erzengel Michael, der das Ende der Heimsuchung verkündete. Seither heißt sie Engelsburg. Seit dreihundert Jahren ist sie im Besitz des Papstes und dient ihm als letzte Zuflucht bei Gefahr!" – „Uneinnehmbar, schätze ich", murmelte Friedrich, der es gewohnt war, Bauwerke nach ihrer Verteidigungsfähigkeit zu beurteilen. Dabei musste er unweigerlich an die heimische Isenburg denken, die ebenfalls als uneinnehmbar galt, und er fühlte einen Stich im Herzen. Was mochte aus seiner Burg und ihren Bewohnern geworden sein? Er verdrängte diese Gedanken jedoch und ließ sich mit dem Pilgerstrom weiter gen Westen treiben, eine gedeckte Säulenallee entlang, den Porticus St. Petri, den man auf der alten römischen Via Cornelia erbaut hatte. Schon bald erreichten sie eine freie, unbebaute Fläche, auf der sich die Menschenmenge ein wenig verlief. Dahinter erhob sich ein gewaltiges Gotteshaus im römischen Stil, das der Länge nach die Form eines T bzw. eines lateinischen Kreuzes hatte. „Kaiser Konstantin ließ diese Basilika auf den Grundmauern eines Circus erbauen", erklärte Engelbert begeistert, „der noch aus der Zeit Kaiser Neros stammt. Hier starb der heilige Petrus zusammen mit vielen anderen Christen den Märtyrertod. Man hat ihn auf eigenen Wunsch mit dem Kopf nach unten gekreuzigt und später in den Gärten hinter dem Circus bestattet. All dies liegt jetzt unter diesem Prachtbau!" Weil sie die Pferde nicht mitnehmen konnten, ließen die Männer diese bei ihrem Diener Herriger zurück, der sich mit den Tieren zu einem Brunnen auf dem Platz zurückzog. Dann betraten die Isenberger mit ihrem Notarius die monumentale Kirche, in der gerade ein Gottesdienst begann. Um ein zentrales Mittelschiff, das zum Eingang hin wie ein Atrium gebaut war, gruppierten sich an jeder Seite zwei kleinere, abgestufte Seitenschiffe, die jeweils von einundzwanzig Säulen getrennt wurden. Den hinteren Abschluss bildete ein einschiffiges Querhaus. An den Seitenwänden wimmelte es von Gräbern, Altären und Gedenksteinen für Heilige und verstorbene Päpste, die hier ihre letzte Ruhestätte gefunden hatten. Den Boden zierte ein kunstvolles Mosaik, das aber von mehreren Tausend Füßen bedeckt wurde. Es befanden sich gut dreitausend Pilger in der Basilika, und doch hätte sie noch Platz für mehr geboten. In langen Reihen schoben sie sich durch das Gotteshaus, wie eine Armee von Gläubigen, und strebten dem Grab des Apostels Petrus zu, das sich ganz am Ende des dreihundertfünfzig Schritt messenden Mittelschiffes in einer rückwärtigen Apsis befand. Das Grab selbst erschien schlicht, war jedoch mit kostbarem Marmor verkleidet. Die Wände zierten Säulen und Mosaiken mit Abbildungen der Apostel Petrus und Paulus. Über dem Grab erhob sich eine von Säulen getragene Altarinsel, auf der ein Kardinal soeben begann, die Eucharistie zu feiern. Weihrauchschwaden und die Gesänge der Gläubigen zogen sich bis zur hölzernen Decke, die sich gut einhundert Schritt über den Köpfen der Pilger befand. Engelbert von Isenberg drehte sich mit zur Decke erhobenem Blick ein paar Mal im Kreis und war geradezu entzückt von der Pracht und Größe der Basilika. Auch Dietrich schien den Grund ihres Besuches für den Moment vergessen zu haben. Ehrfürchtig kniete er am Grab des heiligen Petrus nieder und versank im Gebet. Friedrich jedoch wurde zunehmend unruhiger, spätestens seit Engelbert die Kreuzigung erwähnt hatte. Solch eine Todesstrafe drohte ihm womöglich auch, wenn der Papst sie nicht allesamt begnadigte. Seine Brüder hatten zwar Strafe, aber wohl kaum den Tod zu fürchten. „Es reicht jetzt, mir bleibt hier drin die Luft weg", ließ er Engelbert wissen, „sieh zu, dass du einen Prediger findest, der uns auf den Weg bringt!" In diesem Moment ging ein Raunen durch die Menge, denn vom Altar herab wurde den Gläubigen ein Tuch enthüllt, das schemenhaft das Antlitz eines Menschen zeigte. Vor Verzückung warf sich ein Großteil der Pilger auf die Knie. „Was ist nun schon wieder los?", brummte Friedrich. „Das Schweißtuch der Veronika", staunte Dietrich ergriffen. „Das was?", krächzte sein Bruder. „Eine Frau aus dem Volk, Berenice mit Namen, lateinisch Veronika genannt", erklärte Engelbert, „sie reichte Jesus auf dem Weg nach Golgatha ein Tuch, um sich den Schweiß und das Blut abzuwischen. Die göttlichen Flüssigkeiten haben das Tuch getränkt und das Antlitz des Gottessohnes für alle Zeiten darin eingeprägt!" Dietrich fiel auf die Knie und begann zu weinen. „Wir sind Sünder", rief er, „und Gott offenbart sich uns mit all seiner Macht und Herrlichkeit. Was haben wir getan?!! Wir werden leiden – wie Jesus –, aber niemals ins Himmelreich finden!" Engelbert bückte sich sogleich, um seinem Bruder aufzuhelfen. „Was sagst du denn da? Das ist doch Unsinn! Glaubst du im Ernst, Gott hätte uns bis hierhin geführt und an all seinen Wundern teilhaben lassen, wenn er uns ernsthaft zürnte?", rief er ihm in Erinnerung, „steh auf und sei guten Mutes. Er wird uns beistehen und uns zum Heiligen Vater führen!" Dabei sah er sich nach Friedrich um, doch der strebte bereits kopfschüttelnd wieder dem Ausgang zu. Sie fanden ihn wenig später draußen bei Herriger und den Pferden. „Wenn das so weitergeht, wird Rom für uns ein Jammertal", schimpfte er laut, „vielleicht sollten wir uns erst mal um unsere Strafe oder den Erlass derselben kümmern, bevor wir uns Buße auferlegen und ständig auf die Knie fallen. So kommen wir nicht weiter!" Bevor seine Brüder etwas entgegnen konnten, mischte sich eine andere Stimme in ihr Gespräch ein. „Ihr könnt hier nicht eure Pferde tränken und herumbrüllen", sagte die Stimme entschieden auf Latein. Sie gehörte einem schmächtigen, vielleicht zwanzig Jahre jungen Priester, der schnellen Schrittes auf sie zukam. „Das ist ein geweihter Ort, kein Stall!" Friedrich wollte bereits aufbegehren, doch sein Bruder Engelbert kam ihm zuvor. „Verzeiht", entschuldigte er sich demütig bei dem Priester, „wir kommen geradewegs von einem wochenlangen Pilgerweg, der uns vom Rhenus an den Tiber führte. Die Tiere sind noch erschöpfter als wir, die wir uns an den Wundern dieses Gotteshauses laben konnten. Wir werden uns jetzt eine Herberge suchen, möglichst eine, die unserem Stand entspricht und von der es nicht weit zum Audienzsaal des Papstes ist, bei dem wir vorsprechen möchten. Vielleicht könnt Ihr uns diesbezüglich einen Rat geben?!" Der Zorn des Priesters war augenblicklich verflogen, als er hörte, dass die Reisenden vom Rhein kamen. „Wirklich, ihr kommt tatsächlich von so weit her? Womöglich aus Colonia, meiner alten Heimatstadt?", wollte er wissen, „wie steht es dort? Wie man hört, wurde der ehrwürdige Erzbischof, der selige Engelbert, auf übelste Weise gemordet und das halbe Land soll deswegen in Aufruhr sein!" Friedrich wich alles Blut aus dem Gesicht und Dietrich wurde schwindelig. „Ich sagte doch, wir werden leiden", wiederholte er flüsternd. Engelbert jedoch verzog keine Miene. „Ich muss Euch enttäuschen", gab er zurück, „unsere Heimat liegt etwas weiter östlich, in Westfalia, wo wir Kirchenämter bekleiden, auch wenn wir der Bequemlichkeit halber weltliche Kleidung tragen. Ich bin der Bischof von Osnabrück und mein von der Reise geschwächter Bruder hier ist der Bischof von Münster. Wir müssen dringend seine Heiligkeit sprechen – in einer Angelegenheit von äußerster Wichtigkeit!" Seinen Brüdern gefror das Blut in den Adern, weil Engelbert so leichtfertig ihre Tarnung preisgab, der Priester jedoch wurde zusehends freundlicher, fühlte er sich doch in ein Geheimnis eingeweiht. „Oh, das verstehe ich, in diesen Zeiten ist es oft besser, unerkannt zu reisen – und sicher habt ihr dem Heiligen Vater Wichtiges zu berichten", vermutete er. „Ich würde euch raten, morgens in aller Frühe an der Seitenpforte des Lateranpalastes vorzusprechen. Dort residiert seine Heiligkeit für gewöhnlich, direkt neben der Basilica di San Giovanni in Laterano. Die findet ihr ganz einfach am anderen Ende der Via Cornelia, haltet euch nur geradewegs nach Osten. Macht euch jedoch keine allzu großen Hoffnungen, schnell vorgelassen zu werden, denn die Warteliste ist lang!" Jetzt machte selbst Engelbert ein betretenes Gesicht. „Vielleicht kann sich mein Mentor für euch verwenden, Bischof Oliver von Paderborn", überlegte der Priester, „vielen besser bekannt als Oliver von Köln. Unter diesem Namen weilte er vor Jahren unter den Kreuzfahrern an der Nilmündung. Er wurde erst vor Kurzem in seinem Amt bestätigt, weilt aber seither eng an der Seite des Papstes. Wie es heißt, ist er sogar im Begriff, Kardinalbischof zu werden. Ich werde sehen, was ich für euch tun kann, schließlich seid ihr Landsleute. Wo kann ich euch finden, wenn ich euch eine Nachricht zukommen lassen möchte?" Engelbert überlegte fieberhaft, ob diese Entwicklung gut oder schlecht für sie war. „Ich danke Euch, aber – wie gesagt, sind wir noch auf der Suche nach einer Herberge. Vielleicht können wir umgekehrt Euch eine Nachricht zukommen lassen, wenn wir fündig geworden sind? Dazu müsstet Ihr mir nur Euren Namen verraten!" – „Oh, verzeiht", antwortete der Priester, „ich bin Konrad von Hochstaden, eigentlich seit neun Jahren Pfarrer von Wevelinghoven. Aber wer es zu etwas bringen will, ist gut beraten, sich in Rom blicken zu lassen!" Dabei zwinkerte er Engelbert verschwörerisch zu. „Was die Herberge angeht, nun ja, ihr seht ja, was hier los ist. Der Andrang ist gewaltig. An eine kirchliche oder klösterliche Unterkunft ist nicht zu denken. Ihr könnt natürlich in einem Pilgerhospiz einkehren, aber da schlaft ihr zu zehnt auf einem Strohlager voller Ungeziefer!" Die Isenberger verzogen angewidert das Gesicht. „Aber ich würde euch eher zu einem Fondacum raten", fuhr der Priester fort. „Es gibt eine solche Kaufmannsherberge südlich des Lateranpalastes, ordentlich geführt, mit Gaststube, Küche, sauberen Zimmern, Ställen und Lagerräumen für etwaige Ware. Sogar einsame Herzen werden hier versorgt, wenn ihr wisst, was ich meine!" Die Isenberger konnten sich denken, was er meinte; schließlich war es keine Seltenheit, dass solche Karawansereien nicht nur Diener, Köche und Handwerker, sondern auch Huren beschäftigten. „Also, dort würde ich an eurer Stelle mein Glück versuchen, dann habt ihr es auch nicht weit zum Lateranpalast. Aber versucht es ja nicht im Viertel hinter dem Lateran, im Borgo, dort zieht man euch das Fell über die Ohren. Es gibt zwar viele Tavernen, Hospize und Herbergen in diesem Pilgerviertel, aber auch jede Menge Halunken und Halsabschneider!" Engelbert bedankte sich in ihrer aller Namen bei dem jungen Priester und versprach, ihm eine Nachricht zukommen zu lassen. Dann schlugen sie den Weg nach Osten, zurück über die Engelsbrücke, in Richtung Lateran ein. „Wie kommst du dazu, dem Burschen unsere Identität aufzudecken", herrschte Friedrich seinen Bruder Engelbert an, als sie außer Hörweite waren, „morgen pfeifen es die Spatzen von allen Dächern, dass die Mörder des Kölner Erzbischofs in Rom sind!" Dietrich konnte nicht anders, als ihm beizupflichten, wobei er sich dreimal bekreuzigte. „Was hätte ich denn sonst tun sollen", erwiderte ihr Bruder, „unseren Aufenthalt mit einer Lüge beginnen? Stellt euch vor, wir treffen diesen Priester ein zweites Mal und er kennt uns nur als Händler. Glaubt ihr, so können wir uns als ehrliche Männer verkaufen und vom Papst Absolution für unsere Sünden erhalten? Die müssen wir ohnehin unter unseren richtigen Namen erbitten. Wir können uns doch nicht als Kaufleute einschleichen und dann erst vor dem Papst die Katze aus dem Sack lassen. Nein, das Beste ist, wir treten frank und frei auf – als das, was wir sind, ohne uns weiter zu tarnen oder zu verstecken. Wir sind die Isenberger – und stehen das gemeinsam durch!" – „Oder gehen vor die Hunde", brummte Friedrich, „wo suchen wir denn jetzt überhaupt Unterkunft? In diesem Fondacum, wo man uns gleich festnehmen kann, falls der Priester unsere Namen jemandem verrät, der uns nicht grün ist?" – „Nein, in das Pilgerviertel", grinste Engelbert, „das mit den Halunken und Halsabschneidern, da passen wir doch gut hin, oder?"

„Ich heiße euch alle auf der Limburg herzlich willkommen, auch wenn der Anlass ein trauriger ist. Wir alle sind immer noch erschüttert über die Nachricht, die uns vor wenigen Tagen erreichte", tat Heinrich von Limburg-Berg den Anwesenden kund, „aber bevor wir für meinen Vater, den Herzog, die Totenmesse lesen und ihn zu Grabe tragen, haben wir noch eine traurige Pflicht zu erfüllen!" Der Rittersaal der Limburg war dicht gefüllt. Katharina hatte sich mit Absicht so weit wie möglich im Hintergrund gehalten, aber trotzdem umhergespäht, um zu sehen, wer von den Anwesenden ihr vertraut war. Sie erkannte einige der Ritter und natürlich die bisherige Herzogin. Und sie erkannte Herenbert Rennekoie, diese Ausgeburt der Hölle, der gleich neben Sophie in vorderster Reihe stand.

Jetzt wuchs ihre Nervosität vor dem, was da kommen würde. Heinrich suchte während seiner letzten Worte mit den Augen nach ihr. Dann, als er sie entdeckte, nickte er ihr aufmunternd zu. Seine Gattin Irmgard, die leicht versetzt neben ihm stand, tat es ihm gleich. „Nur Mut, wir sind bei dir", raunte ihr Maria zu, „keine Sorge, wenn er dir zu nah kommt, erschlag ich ihn mit dem Hammer", vervollständigte Ewald den Satz. Ewald, der Schmied, und seine Frau Maria, die mit den zuweilen seltsamen Träumen, ach, wie hatte sie die beiden vermisst – wie alle auf Neuenberge. Allen voran ihre Tochter. Aber Maria hatte ihr gleich, als sie sich trafen, versichert, dass es der Kleinen in der Obhut von Andrea, Adele und Magda gut ginge, wie auch Sibyllas kleinem Robin. Die Nähe der beiden flößte ihr Sicherheit und Vertrauen ein, vor allem Ewalds Anwesenheit, der es abgelehnt hatte, seinen großen Hammer vor Betreten des Saales abzugeben, so wie es die meisten Ritter und Reisigen mit ihren Waffen tun mussten. Mit einem Blick, der keinen Widerspruch zuließ, hatte er der Wache klar gemacht, der Hammer sei keine Waffe, sondern sein verlängerter Arm.

Katharina musste unweigerlich schmunzeln, als sie sich an das Gesicht des Wachmannes erinnerte, der Ewald schließlich ohne weitere Einwände durchwinkte. Wie hatte sie sich gefreut, diese ihr so vertrauten Gesichter in Heinrichs Gefolge zu sehen, als sie den Grafen und seine Entourage am frühen Morgen im Tal östlich der Burg erwartet und angehalten hatte! Heinrich und Irmgard hatten sich gefreut und gewundert, sie so plötzlich und eine gute Wegstrecke entfernt von der Burg mitten auf der Heerstraße zu treffen, dann aber auch aufmerksam den Dingen gelauscht, die sie zu berichten hatte. In aller Kürze, aber so genau wie möglich, hatte Katharina den Grafen von den Ereignissen der letzten Wochen in Kenntnis gesetzt, vor allem von Rennekoies Machenschaften. Lediglich die Gründe für Sibyllas Erkundigungen und die Zusammenhänge mit der Ermordung des Erzbischofs hatte sie verschwiegen. Große Aufregung im Gefolge hatte es bei ihrem Bericht von der Geiselnahme gegeben, über die sie der langsam genesende Gisbert unterrichtet hatte. Eigentlich hatte sie Hilfe holen und den schwer verletzten Ritter in die Burg bringen lassen wollen, nachdem sie ihn am Fuße des Abhanges gefunden hatte. Aber dagegen hatte sich Gisbert vehement gesträubt, nachdem er das Bewusstsein wiedererlangt hatte – mit dem Hinweis auf Rennekoies langen Arm und etwaige Helfershelfer. Also hatte sie ihm mitten im Wald einen Unterstand gebaut und ihn dort, so gut es ging, versorgt. Dafür war sie zwischenzeitlich in die Burg zurückgekehrt, um Verbandszeug und Nahrung zu besorgen. Dort hatte sie dann auch von Walrams plötzlichem Ableben erfahren und ihre Schlüsse gezogen. Sie war sich mit Gisbert einig, dass auch dies auf Rennekoies Kappe ging. Diese Vermutung hatte sie ebenfalls dem Grafen mitgeteilt – und dieser hatte seine Vorkehrungen getroffen, wozu als Erstes die Bergung des verwundeten Ritters gehörte. Wenig später lag Gisbert auf einer eilig aus zwei Lanzen und einer Zeltbahn gefertigten Bahre am Waldrand unterhalb des Burgdorfes, flankiert von einem Dutzend Rittern des Grafen, die dieser dort zurückließ, um die Wege zu sperren und die Männer später dort einzusetzen, wo sie gebraucht würden. Wie gerne hätte Katharina auch ihre Schwägerin befreien lassen, aber Gisbert hatte davon abgeraten, bevor man sich der Person Rennekoies bemächtigt hätte. Und dies stand jetzt unmittelbar bevor, wobei Katharina eine zentrale Rolle zukam.

„Mir sind Vermutungen zu Ohren gekommen, wonach der Fenstersturz meines Vaters kein Zufall war – und erst recht kein selbst gewählter Tod", ließ Graf Heinrich gerade verlauten. Ein Raunen ging durch die Reihen der Anwesenden. Nur die wenigsten hatten bislang von der wahren Todesursache des Herzogs erfahren. Sophie hielt den Atem an und blickte scheu nach rechts zu dem Mann, der ihr so viel Angst und Schrecken eingeflößt hatte. Doch Rennekoie verzog keine Miene. „… sondern womöglich ein abgefeimter Mord!", stieß Heinrich hervor. Jetzt begann ein regelrechter Tumult. „Und der etwaige Täter ist unter uns – deshalb schließt die Tore!", befahl er. Augenblicklich wurden sämtliche Türen des Saales verriegelt und mit Bewaffneten besetzt, darunter auch Ritter, die mit Gisbert zurückgeblieben waren. Damit hatte Heinrich absichtlich gewartet, bis sich sämtliche Menschen, einschließlich des Personals, im großen Saal eingefunden hatten. „Ruhe!", rief Heinrich lautstark – und langsam verebbte das Stimmengewirr. „Ein falsches Wort, und du wirst es bereuen", raunte Rennekoie der Herzogstochter noch zu. Dann wurde es still.

„Da ich als neuer Herzog zugleich Herr des anstehenden Gerichts bin", fuhr Heinrich fort, „übergebe ich das Wort – an meinen Großvetter Gisbert von Limburg!" Erneut ging ein Raunen durch die Menge. In diesem Moment wurde eine Türe geöffnet und vier Ritter trugen den Verwundeten herein. Alle Köpfe wandten sich zu ihnen um. Rennekoie wurde leichenblass, als er erkennen musste, dass sein Widersacher nicht tot war, und er biss sich auf die Lippen. Die Trage wurde neben dem Leichnam des Herzogs postiert. Irmgard eilte zu Gisbert und half ihm, sich so weit aufzurichten, dass er von der Menge gesehen werden konnte. „Ritter Gisbert, was habt Ihr uns zu sagen?", tönte Heinrich. Dieser räusperte sich kurz, dann ließ er seine geschwächte, aber doch vernehmbare Stimme hören. „In Anwesenheit der Gebeine unseres ... unseres verstorbenen Herzogs erhebe ich Klage um Mord", brachte er stockend vor, „gegen diesen Mann dort!" Dabei hob Gisbert einen Arm und zeigte auf die erste Reihe, auf die Person neben der Herzogstochter. „Gegen Herenbert Rennekoie!" Alles blickte nun auf den Mann an Sophies Seite. Unweigerlich rückten die Menschen dabei näher zur Mitte und der Altknappe hatte das Gefühl, umzingelt zu werden, quittierte die Anklage aber mit unbewegter Miene. Heinrich hob die Arme, um erneut Ruhe einzufordern. Dann wandte er sich an den Beschuldigten. „Habt Ihr dazu etwas vorzubringen?" Der Angesprochene trat einen Schritt vor. „Nein – außer, dass ich unschuldig bin – der Herzog ist ohne mein Zutun gesprungen, das schwöre ich", spie er geradezu aus, „wer etwas anderes behauptet, muss es beweisen!" Erneut rumorte es in der Menge. „Dann rufe ich sogleich die Hofdame Katharina von Leichlingen als Zeugin!", legte Heinrich seinen nächsten Trumpf auf den Tisch. Wieder reckten sich alle Hälse, als die Angesprochene aus der letzten Reihe nach vorne kam. „Was habt Ihr uns zu dem Vorfall zu berichten?", richtete Heinrich freundlich, aber mit der Autorität des Gerichtsherrn, das Wort an sie. „Ich weiß aus zuverlässiger Quelle, dass der Angeklagte den Herzog um seinen Lohn für bestimmte Dienste erpresste", brachte Katharina vor, „und als er diesen nicht bekam, nahm er die Herzogstochter Sophie und eine ihrer Hofdamen, meine Schwägerin Sibylla von Leichlingen, als Geisel. Diese befindet sich zur Stunde immer noch in seinem Gewahrsam – in einer abgelegenen Waldhütte, die zu einem Gestüt gehört, dessen Verwaltung ihm der Herzog übertragen hatte. Mit diesem Pfand als Druckmittel suchte er den Herzog kurz vor dessen Tod auf!" Die Entrüstung der Menschen im Saal entlud sich in wütenden Zwischenrufen, worauf einer der Ritter auf Heinrichs Befehl dreimal mit seiner Lanze auf den Boden stampfte. „Das stimmt", meldete sich erneut Gisbert zu Wort, „und als ich die beiden Geiseln befreien wollte, versuchte er, mich umzubringen. Zu dritt verfolgten sie mich mit Lanzen und Schwertern durch den Wald. Nur Gottes Fügung und der Pflege dieser Frau habe ich es zu verdanken, dass ich noch lebe!" Wieder musste Heinrich für Ruhe sorgen. „Was habt Ihr dazu zu sagen", wandte er sich an Rennekoie. Dieser zuckte die Achseln. „Alles nur üble Nachrede, ich habe niemanden entführt. Fragt doch Eure Schwester hier, die ich angeblich auch als Geisel genommen haben soll!" Seine Stimme klang recht gleichgültig, als gingen ihn all diese Vorwürfe nichts an, aber seine Backenzähne mahlten, als er das Zeugnis der Herzogstochter ins Feld führte. Würde sie seine Unschuld bestätigen? Heinrich fasste Sophie jetzt ins Auge und bedachte sie mit einem milden Lächeln; seine Stimme jedoch klang streng. „In der Tat interessiert mich, was Ihr, teure Schwester, dazu zu sagen habt. Tretet vor – und ohne Furcht – es sind genug Männer hier, um Euch im Notfall zu schützen!" Zögerlich tat Sophie, wie ihr geheißen, dann blickte sie von ihrem Bruder zu Rennekoie und zurück. Ihre Knie begannen zu zittern. „Es … ich …", stammelte sie und rang nach Atem, „ich kann Euch nicht helfen …" Ein enttäuschtes Murren kam aus zahllosen Mündern. „Sophie, wenn du uns nicht helfen kannst, wer dann?", redete ihr Heinrich ins Gewissen. „Ich sehe dir deine Angst an, aber wenn du jetzt nicht redest, wird dein Martyrium – und das deiner Hofdame – womöglich kein Ende haben!" Jetzt war es so still, dass man ein Blatt hätte fallen hören. „Sophie, denkt an Sibylla", mischte sich Katharina ein, „und an Eure Kinder. Sorgt dafür, dass wir alle wieder ruhig schlafen können!" In diesem Moment brach Sophie in lautes Schluchzen aus. Dann flüchtete sie in die Arme ihres Bruders. „Es stimmt, er hat uns entführt", wimmerte sie, „und er hat mir Gewalt angetan. Und er droht, meinen Kindern etwas anzutun – hilf mir!" – „Festnehmen!", brüllte Heinrich, während er schützend die Arme um seine Schwester legte. Sogleich eilten sechs Ritter herbei und nahmen Rennekoie in Gewahrsam, der sich nicht wehrte. Doch getraute er sich, das Wort an Heinrich zu richten. „Was auch immer Ihr mir vorwerft, das alles beweist nicht, dass ich den Herzog getötet habe", brachte er vor, „und nur darum geht es jetzt und hier. Alles andere muss hinter dieser Klage zurückstehen. Und ich rufe Gottes Urteil zum Beweis meiner Unschuld an – das ist mein gutes Recht!" Erneut brandete Unruhe auf. „Macht kurzen Prozess mit ihm", rief eine Stimme. „Das schreit nach Blut", brüllte ein anderer. Aber es gab auch Stimmen, die Rennekoie recht gaben. Heinrich versuchte, sich die Gesichter derjenigen zu merken. Dann beriet er sich mit seinen führenden Rittern. Auch Ermesinde trat hinzu und bot ihren Rat an. Derweil kümmerte sich Irmgard um Sophie. Katharina hatte sich erboten, nach den Kindern zu sehen, um sicherzustellen, dass diese nicht in Gefahr waren, und war mit zwei Wachen bereits auf dem Weg zur Kemenate.

„Niemand soll behaupten, dass am Hofe zu Limburg kein Recht gesprochen wird", wandte sich Heinrich nach kurzer Beratung wieder an die Umstehenden. „Wenn Herenbert Rennekoie Gottes Urteil anruft, dann soll ihm dieses Recht gewährt werden!"

Der Altknappe quittierte dies mit einem befriedigten Grunzer und einem Kopfnicken. „Gebt mir nur erst eine Waffe in die Hand, dann werdet ihr euer blaues Wunder erleben", ging es ihm durch den Kopf. „Allerdings sehe ich da das nächste Problem", meinte Graf Heinrich. „Ihr seid kein Ritter – und keiner der Anwesenden von Geblüt in diesem Saal kann und wird daher leichten Sinnes für oder gegen Euch in die Bresche springen!" In der Tat meldete sich niemand aus dem Kreis der Ritter. Für viele war es unter ihrer Würde, gegen einen Gemeinen anzutreten. Selbst ein Sieg hätte ihnen keinerlei Ehre eingebracht. Im Gegenteil, einen Gemeinen zu bekämpfen und zu besiegen, galt als Schande, es sei denn, es geschah auf dem Schlachtfeld. Manch einer, der Rennekoie hatte kämpfen sehen, scheute sich vielleicht auch vor der nicht gelinden Herausforderung. Unwilliges Gemurmel machte sich breit. „Ist vielleicht einer der Wachen bereit, gegen den Altknappen anzutreten?" Nichts tat sich und Rennekoie grinste bereits. Denn in diesem Fall musste die ganze Klage verschoben werden. „Ich mach' das, ich gerbe ihm das Fell!", kam es da aus den hinteren Reihen. Und als sich die Menge öffnete, um den Rufer durchzulassen, trat Ewald, der Schmied, auf den Plan.

„Es ist mir eine Ehre, der Gerechtigkeit Genüge zu tun", sagte er und nahm breitbeinig vor den Anwesenden Aufstellung. „Das ehrt Euch und spricht für Euch", meinte Heinrich erleichtert und stellte der Versammlung den tapferen Schmied vor. „Hat hier irgendjemand etwas gegen diese Wahl einzuwenden?" Niemand meldete sich. „Und Ihr?", wandte sich Heinrich an Rennekoie. „Mir ist gleich, wen ich vor die Klinge bekomme", meinte dieser, „ob Schmied oder Edelmann, sterben wird er ohnehin!" Ein anderer wäre jetzt verhöhnt worden, doch Rennekoie nicht. Viele wussten, dass er ein erfahrener, verschlagener Kämpfer war. Und die es nicht wussten, hatten es jetzt längst von anderen berichtet bekommen. Manch einer bedauerte bereits den armen Schmied und sah die Anklage in sich zusammenfallen. „Welche Waffe wählt Ihr?", wollte Heinrich von Rennekoie wissen. „Das Schwert natürlich", gab dieser zurück. „Und Ihr, Ewald?" – „Den Hammer", platzte der Schmied heraus und wuchtete sein mächtiges Arbeitsgerät mit dem schweren, steinernen Kopf in die Höhe, als sei es ein Rosenzweig. Das machte Eindruck, und die Spannung wuchs. Kurz darauf wurde ein Karree von zehn mal zehn Schritt im Saal abgesteckt, das als Kampfesfläche dienen sollte. Wie eine Wand stellten sich die Menschen auf die Frontseite; die Rückwand des Saales markierte das gegenüberliegende Ende. Zur Linken postierte sich Heinrich mit seiner Familie, zur rechten versammelten sich die meisten Ritter.

Jeder der Kämpfer bekam zu der von ihm gewählten Waffe noch einen guten Schild. In diesem Moment kam Katharina zurück, die den Damen berichtete, dass die Kinder in Sicherheit seien; die Damen wiederum unterrichteten Katharina über die jüngsten Geschehnisse hier im Saal. Sofort eilte sie zu Ewald und wünschte ihm Glück, dann gesellte sie sich zu Maria, die mit eigentümlichem Blick am Rande der Menge stand. „Was hast du?", fragte Katharina besorgt, „hast du … Bedenken?" – „Ja und nein", antwortete Maria, „Ewald wird nichts geschehen – aber dem anderen vielleicht auch nicht!" Katharina starrte sie nur verständnislos an, da gab Heinrich das Zeichen, den Kampf zu beginnen. Zuerst umkreisten sich die beiden Kontrahenten, dann stürmte Rennekoie plötzlich nach vorn und führte einen feigen Schlag auf Ewalds Beine aus. Ein Aufschrei ging durch die Menge, doch Ewald hatte die Attacke vorhergesehen und sprang behände über die Klinge hinweg. Dann ließ er seinen Hammer mit einem mächtigen Hieb auf die Verteidigung seines Gegners krachen. Ein dumpfer Aufprall von Stein auf Holz, dann klaffte der tropfenförmige Schild des Altknappen auseinander wie eine zertretene Knospe. Rennekoie warf die nutzlos gewordenen Reste fort und setzte beidhändig zu einem Angriff auf Ewalds Kopf an. Doch wieder schnellte der Hammer in die Höhe und parierte den Schlag gekonnt, eine tiefe Kerbe in Rennekoies Klinge zurücklassend. Schnaufend und mit ungläubigem Staunen im Gesicht wich dieser zurück. Ewald folgte ihm. Zwei, drei Schritte, dann stand Rennekoie mit dem Rücken zur Wand. Und plötzlich war er verschwunden. Atemlose Stille. Ewald ließ mit geöffnetem Mund den Hammer sinken. „Zauberei!", rief einer. Andere bekreuzigten sich. Noch ehe die Zuschauer begriffen, was sich da vor ihren Augen zugetragen hatte, eilte Heinrich zur Wand und untersuchte die Holzvertäfelung. „Die geheime Tür!", kam es Sophie erschrocken über die Lippen, „Vater hat sie mir mal gezeigt. Und als Kinder haben wir sie zuweilen benutzt, um uns davonzustehlen und heimlich zu den Ställen zu laufen!" Heinrich musste nicht fragen, wen sie mit „wir" meinte. Er drückte an der Holzverkleidung herum und mit einem Mal sprang eine Drehtür auf, die er schnell mit dem Fuß blockierte. Dahinter führte eine enge, steinerne Wendeltreppe in die Tiefe. „Schnell, folgt ihm", befahl Heinrich, und vier Ritter eilten auf die steilen Stiegen. „Wo endet dieser Gang?", herrschte Heinrich seine Schwester an.

Der vorwurfsvolle Unterton war nicht zu überhören. Immerhin hätte sie ihn warnen können. „In einem kleinen Raum neben der Küche", gab sie kleinlaut zurück. „Hinunter zum Hof, haltet ihn", rief er den Anwesenden zu, und alles drängte hinaus. „Zu spät", meinte Maria, die langsam gegen den Menschenstrom auf Ewald zuging, „er ist fort!"

„Seht, die große Stadt dort vorn – ist das Rom?" Gerhardt, der wie üblich mit Wulfila die Spitze des kaiserlich-orientalischen Zuges bildete, abgesehen von zwei vorausgesandten Spähern, hatte sein Pferd gezügelt und schirmte mit der Rechten seine Augen gegen die Sonne ab. „Bei Odin, sie ist gewaltig, Türme und Mauern, so weit das Auge reicht!" Thomas und William schlossen augenblicklich zu ihm auf, gefolgt von Oberto. Gerhardt hatte nicht übertrieben. Das Bild, das sich ihnen von einem der letzten Hügel der westlichen Ausläufer des Apennin bot, war in der Tat gewaltig. Aus der Ebene mit ihren Olivenhainen und von Zedern gesäumten Alleen, in die die Via Francigena mündete, ragte in der Ferne eine auf sieben Hügeln erbaute, majestätische Stadt empor, die sich von einem Ende ihres Sichtfeldes zum anderen erstreckte. „Das ist die größte Stadt, die ich je gesehen habe!", meinte William, „sogar größer als London oder Kairo!" – „Vielleicht sogar größer als Köln", pflichtete ihm Thomas bei, „zumindest, wenn dieses Häusermeer vollständig bewohnt ist!" – „Ich weiß nicht, Damaskus scheint mir auch nicht gerade klein", raunte ihm Ezio alias Yussef zu. „Ja, das ist Rom, unsere ewige Stadt", bestätigte der Podestà von Parma. „älter als der christliche Glaube! Ein großartiger Anblick – aber nur aus der Ferne!" – „Was soll das heißen?", wollte der Sultan wissen, der sich soeben auf seinem schneeweißen Hengst zu ihnen gesellt hatte, „sind die vielen Zinnen und Türme eine Fata Morgana, ein Trugbild?" – „Nein, sie sind schon Wirklichkeit", setzte Oberto zu einer Erklärung an, „aber viele dieser Mauern sind uralt und nicht mehr bewohnt. Das Forum Romanum zum Beispiel, das antike Versammlungs- und Verwaltungsviertel der Römer", dabei deutete er mit ausgestreckter Hand in südliche Richtung, „ist heute nur noch ein Trümmerfeld, das als Steinbruch dient. Die Römer unserer Tage bedienen sich daraus, entnehmen Steine und Säulen, um damit neue Villen und Paläste zu bauen. Aber seht selbst, wenn wir in der Stadt sind." – „Wie praktisch", meinte Al-Kamil,

„ein Steinbruch innerhalb der Stadtmauern, eine Stadt, die sich sozusagen selbst erneuert!" Oberto blickte ihn entgeistert an, musste aber zugeben, dass der Sultan irgendwie recht hatte.

Wenig später setzte der Zug seinen Weg fort. Der Sultan ließ sich wieder zurückfallen, um auch den Insassen der Wagen einen Blick auf die Stadt zu gönnen, wie Thomas vermutete. Dort, wo sich ihr Weg in die Via Cassia und die Via Triumphalis gabelte, kamen ihnen die ausgesandten Späher entgegen. „Die Stadt ist voller Pilger", berichtete einer der beiden Ritter, „vor allem die Brücken über den Fluss sind regelrechte Engstellen. Dort gibt es kaum ein Durchkommen für unsere Pferde und die Wagen. Die Wachen an den Toren lassen längst nicht mehr jeden durch. Fuhrwerke müssen bis zum frühen Morgen warten. Und innerhalb der Mauern sieht es nicht besser aus. Die Straßen und Herbergen sind allesamt überfüllt!" Oberto rieb sich das bärtige Kinn, das er schon einige Tage nicht mehr rasiert hatte. „Ich denke, das Beste ist, wir lagern außerhalb der Stadt, dann erregen wir mit unseren sarazenischen Freunden auch nicht allzu viel Aufsehen. Morgen bei Sonnenaufgang reiten wir mit ein paar Männern in die Stadt und suchen den Papst auf. Wie ich den alten Griesgram einschätze, wird er uns sicher ein paar Tage schmoren lassen, bis er uns empfängt. Diese Zeit verbringt sich in einem Feldlager ohnehin besser als auf den stinkenden Straßen. Proviant haben wir genug, und was fehlt, können wir leicht auf den Märkten erstehen!" – „Glaubt Ihr, das Oberhaupt eurer Kirche wird auch den syrischen Gesandten schmoren lassen, wir Ihr es nennt?", hakte Ezio alias Yussef nach. Oberto hatte nicht schlecht gestaunt, als sich der Offizier der Stadtwache von Monteriggioni ihrem Zug am Morgen nach ihrem Aufenthalt in der Herberge Noveleto angeschlossen hatte. Thomas hatte ihm wahrheitsgetreu berichtet, Ezio sei ein alter Freund, den er auf dem letzten Kreuzzug kennen und schätzen gelernt habe. Er würde sie daher nach Rom begleiten. Über die weitere Vergangenheit des Grünäugigen hatte er jedoch geflissentlich geschwiegen. „Wenn er ihn überhaupt empfängt", verlieh der Podestà seinen Gedanken Ausdruck. „Papst Honorius ist nicht gerade für seine Orientfreundlichkeit bekannt. Vielleicht siegt aber auch die Neugier, das müssen wir abwarten. Wenn dem so ist, wird er das aber sicher verbergen wollen und die Gesandten aus dem Morgenland erst recht warten lassen!" Für den Moment gab es also nicht Besseres zu tun, als ein Lager für die nächsten Tage aufzuschlagen, möglichst ein Stück von der Straße entfernt. Einen geeigneten Platz dafür fanden sie unweit des Pons Milvius auf der

Via Cassia im Norden Roms in einem kleinen Zedernhain. Die Koniferen bildeten einen guten Schutz gegen den von Nordwesten wehenden Wind. Sie hatten es nicht weit zur Straße, ohne von dort gesehen werden zu können, und der Fluss lag nah genug, um Wasser holen oder die Pferde tränken zu können. Zudem trat der Fluss hier erst in das Stadtgebiet ein, war daher noch nicht durch Abwasser verseucht, wie im Süden. Der Lagerplatz war also denkbar günstig. Als Thomas und seine Männer mit Yussef am Nachmittag hinab zum Tiber gingen, um ihre Pferde zu tränken, scheute Thomas' Hengst kurz vor einigen auffliegenden Wildenten. „Ho, Tarek, ganz ruhig, mein Junge", beruhigte ihn der Fischersohn, „das waren nur ein paar dumme Enten, keine nennenswerten Gegner für uns!" Yussef blickte ihn entgeistert an. „Was hast du gerade gesagt? Wie hast du dein Pferd genannt?" – „Oh, habe ich euch noch nicht vorgestellt?", flachste Thomas, „das ist Tarek, mein treues Streitross, es ist das schnellste und tapferste Pferd nördlich der Alpen!" Gerhardt konnte sich ein Grinsen nicht verkneifen, weil er mit eben diesen Attributen seinen Saupacker vor dem Kaiser gelobt hatte, was damals Thomas' Missfallen erregt und den Kaiser dazu inspiriert hatte, Wulfila gegen das Warzenschwein antreten zu lassen. Yussef war immer noch irritiert. „Du hast deinem Pferd den Namen meines Vaters gegeben?" Jetzt grinsten alle, außer dem Grünäugigen, der selbst eine unscheinbare braune Stute ritt. „Ich muss zugeben, mein lieber Yussef bin Tarek al-Tahir", begann Thomas, „dass mich dein Name dazu angeregt hat, dem Hengst, der unverkennbar orientalisches Blut in sich trägt, den Namen Tarek zu geben. Yussef fand ich unpassend, und Tarek schien mir am geeignetsten. Ich wusste allerdings nicht, dass dies der Name deines Vaters ist!" – „Eigentlich wollte er ihn Fatima nennen", log William lachend, „und ich konnte ihn nur mit Mühe davon überzeugen, dass dies ein Frauenname ist. Ritter Thomas scheint mir bei Pferden weniger wählerisch als bei Frauen, zumindest bei der Namensgebung!" – „Es ist im Orient Brauch, dem Sohn auch den Namen des Vaters zu geben", erklärte der Assassine, „Yussef bin Tarek heißt also Yussef, Sohn des Tarek!" – „Sei's drum", gab Thomas zurück, „jedenfalls fand und finde ich den Namen passend, weil der Hengst so feurig – und tapfer – ist, wie …, na ja, ein bisschen eben wie du!" Jetzt stahl sich auch auf Yussefs Gesicht ein Lächeln. „Dann soll ich das wohl als Ehre verstehen?", horchte er nach und Thomas nickte. „Dann werde ich deinen Hengst ein wenig im Auge behalten, ob er diesen Namen auch zu Recht trägt", fuhr Yussef fort und strich dem Tier dabei über die Mähne. „Orientalische Krieger sind aber nicht nur tapfer, sondern auch schlau, manchmal sogar listig und verschlagen, zumindest wenn es sich um Assassinen handelt. Kannst du das auch von deinem Hengst sagen?" – „Nähere dich ihm einmal von hinten, wenn er im Stall oder auf der Weide steht", gab ihm William zu verstehen, „dann wirst du schon sehen, was passiert!" Gerhardt ging derweil der arabische Name nicht mehr aus dem Kopf. „Dann halten es die Syrer und Ägypter wie die Wikinger", platzte er heraus, „Thomas, der Sohn des Ulrich, heißt im hohen Norden Thomas Ulrichson!" – „Und in Syrien Thomas bin Ulrich!", vollendete William den Gedanken. „Und dein Sohn wäre dann Robin bin Thomas", mischte sich Martin in das Gespräch ein. Alles lachte. „Du hast einen Sohn?", kam es dem Assassinen überrascht über die Lippen. „Ja, seit einem halben Jahr, ein kräftiger Bursche mit blauen Augen", strahlte der Fischersohn, „aber leider habe ich ihn bislang nur viel zu selten zu Gesicht bekommen." – „Davon musst du mir erzählen, mein Freund", bat der Assassine, „und auch von deinen Männern hier. Wir hatten noch nicht viel Zeit, uns vorzustellen!" So verbrachten sie den Abend damit, sich gegenseitig ihre Lebensgeschichten zu erzählen und von den Geschehnissen der letzten Jahre zu berichten. Die Nacht kündigte sich bereits an, als Gerhardt eine Frage stellte, die allen schon länger auf der Zunge brannte. „Woher stammst du, mein Freund, wenn ich fragen darf? Du kommst aus dem Orient, wie du sagst, deine Haut und mehr noch deine Augen sprechen aber eine andere Sprache!"

Yussef zuckte mit den Achseln. „Ich weiß es nicht genau. Aber mein Ziehvater hat mir einmal gesagt, dass ich eine Geisel war. Eine abendländische Geisel – die niemals ausgelöst und deshalb auf einem Sklavenmarkt verkauft wurde. Dort nahm mich mein Ziehvater in Obhut!" Die meisten Männer schwiegen darauf, nur Gerhardt nicht. „Hat dich das nicht wütend gemacht oder Hass gegen deine Peiniger aufkeimen lassen?", wollt er wissen. „Nicht gegen meinen Vater, Allah hab ihn selig, oder besser gesagt, den Mann, der mir ein Vater war", erklärte Yussef. „Er hat sich lediglich meiner angenommen. Aber wenn ich den Geiselnehmer oder den Sklavenhändler erwische, dann gnade ihm Gott!" – „Hast du denn eine Ahnung, woher deine Eltern stammten?", hakte Thomas nach. „Nein, irgendwoher, wo es grüne Augen und braune Haare gibt!" – „Irland", entfuhr es William, „vielleicht kamen deine Eltern von der grünen Insel!" – „Oder aus Ungarn", meinte Willibald, „dort gibt es auch viele Menschen mit grünen Augen!" Augenblicklich setzte eine lebhafte Diskussion zu diesem Thema ein, der Yussef mit erhobenen Händen Einhalt gebot. „Ich danke euch, meine Freunde", hob er an, „dafür, dass ihr mir helfen wollt, meine Wurzeln zu erkunden. Aber das habe ich längst mit mir selbst ausgemacht. Ich bin Syrer wie mein Vater. Alles andere ist unwichtig. Und jetzt bin ich hier – um euch zu helfen, diese Männer zu finden, die euren Bischof ermordet haben. Und wenn uns das gelingen soll, wäre es nicht schlecht, noch ein wenig Schlaf zu finden, denn morgen wartet diese Stadt da vorn auf uns – Rom!"

Herenbert Rennekoie jagte, mit dem Oberkörper weit nach vorn über den Hals seines Pferdes gelehnt, den engen Pfad entlang zu seinem Domizil in der Waldschlucht. Er hätte noch immer lauthals lachen können – über die Dummheit seiner Gegner und über sein eigenes Glück – wenn sich denn bei aller Fortune sein Schicksal an diesem Tag nicht auch in eine Richtung gewendet hätte, die ihm durchaus nicht behagte. Das Erscheinen Gisberts, dieses verfluchten Hundes, im Saal hatte alles zunichtegemacht, was er sich in vielen Wochen mühsam aufgebaut hatte. Er haderte mit sich, dass er dessen Ableben nicht überprüft hatte. Das nächste Mal würde er sicherstellen, dass ein unliebsamer Gegner auch tatsächlich tot war. Beinahe wäre es wegen dieses Fehlers um ihn selbst geschehen gewesen. Immerhin war er in letzter Sekunde mit heiler Haut entkommen. Seine Flucht hatte das Zeug zu einem Schelmenstück. Offenbar hatte niemand im Rittersaal von der verborgenen Pforte gewusst – und wenn, wie im Falle der Herzogstochter, war es der Person nicht in den Sinn gekommen, dass er diese Pforte für seine Flucht nutzen könnte.

So war er denn auch unbehelligt die Treppe hinuntergestürmt, durch die Küche geeilt, über den Hof und in den Stall, wo er in weiser Voraussicht ein gesatteltes Pferd hatte bereithalten lassen. Und mit knapper Not war er durch das Burgtor entkommen, bevor die Meute seiner Verfolger in den Innenhof stürzte. Nun waren sie ihm auf den Fersen, aber er hatte einen gewissen Vorsprung. Außerdem kannte nicht jeder den Weg zu dem abgelegenen Hof. Sie würden sich erst sammeln und organisieren müssen. Er hoffte inständig, genügend Vorsprung herausgeholt zu haben, um sich seines angesparten Notgroschens zu bemächtigen und die Dinge zu tun, die getan werden mussten, bevor er endgültig verschwand.

In diesem Moment kam er an dem Ast vorbeigaloppiert, der ihn aus dem Sattel katapultiert hatte, als er vor der Geiselnahme hier mit Sibylla um die Wette geritten war. Dieses Fischerweib! Auch sie trug eine Mitschuld daran, dass seine Pläne gescheitert waren. Ohne sie hätte er mit Sophie leichteres Spiel gehabt. Das würde sie ihm büßen. Er bedauerte allerdings, voraussichtlich keine Zeit mehr dafür zu haben, sie endlich zu nehmen – mit aller Gewalt, deren er fähig war. Schon begann er, sich vor seinem inneren Auge auszumalen, was er alles mit ihr anstellen würde. Dann aber schalt er sich einen Narren und konzentrierte sich auf den Weg. Zumindest würde er dafür sorgen, dass sie auch keinem anderen mehr gehörte, nahm er sich vor.

Bald hatte er die Serpentinen erreicht, die hinauf zum Hof führten. Vom obersten Rand aus spähte er nach unten, aber noch waren keine Verfolger in Sicht. In vollem Galopp sprengte er weiter seinem Ziel entgegen. Bald tauchten die Koppeln und die dahinterliegende Hütte im Sichtfeld auf. Zwei seiner verbliebenen Männer kamen von der Weide auf ihn zu. „Wappnet euch, ich werde verfolgt, aber es dürften nicht mehr als drei, vier Mann sein!", rief er ihnen zu, wohl wissend, dass dies eine glatte Lüge war und er seine Getreuen damit dem Untergang preisgab.

Dann stand er auch schon vor der Hütte, sprang vom Pferd und eilte zur Schwelle. Mit gezücktem Dolch machte er sich sofort an einer der Bohlen zu schaffen, die den Fußboden darstellten, hebelte sie auf und förderte einen ansehnlichen Lederbeutel zutage, der prall gefüllt zu sein schien. Befriedigt steckte er diesen in seinen Gürtel, trat die Bohle wieder fest und wandte sich zur Tür. Als er sie öffnete und eintrat, brauchten seine Augen einen Augenblick, um sich an das Dämmerlicht im Inneren zu gewöhnen. Seine rothaarige Stute kam von der Feuerstelle auf ihn zu, von Sibylla war nichts zu sehen. „Bist du gekommen, uns zu holen?", begehrte die kleine Hure zu wissen, „führst du mich endlich in deine Burg!" Rennekoie ignorierte ihre Frage. „Wo ist sie", fragte er stattdessen. „Du wirst sie nicht anrühren", kam es der Rothaarigen über die Lippen, wobei sie sich schützend vor die Tür stellte, die zu dem Schlafgemach führte. „Aus dem Weg", herrschte Rennekoie sie an. „Nichts da", trotzte ihm die Hure, „das könnte dir so passen. Du willst sie statt meiner zu deiner Burgherrin machen. Aber da wird nichts draus!" Rennekoie wollte sie mit einer barschen Handbewegung aus dem Weg räumen, aber sie erwies sich als erstaunlich standfest, wobei sie den Türrahmen geschickt als Halt nutzte. Außerdem förderte sie plötzlich einen schmauchenden Schürhaken zutage, den sie bislang hinter ihrem Rücken verborgen hatte. „Zurück, oder ich verpasse dir ein Brandzeichen", krähte sie. Mit einem plötzlichen Griff ging er ihr an die Kehle. „Wag es nicht, mir im Weg zu stehen", grollte Rennekoie, „ich hab' jetzt keine Zeit für solche Spielchen!" Zur Antwort schlug sie mit dem Schürhaken zu. Doch Rennekoie wich geschickt mit dem Kopf zur Seite, sodass das Eisen nur seine Schulter streifte. Dann schlug er ihr ins Gesicht, ließ den Dolch nach vorn schnellen, den er immer noch in der Rechten hielt, und stieß ihr die Klinge bis ans Heft in die Brust. Mit ungläubigem Staunen in den Augen sackte die Hure in sich zusammen. „Tut mir leid, aber du wolltest es ja nicht anders", spie er ihr ins Gesicht, „deine Zeit ist abgelaufen!" Dann griff er sie bei den Haaren und zog die Leiche aus dem Weg. Als er jedoch die Tür zum Schlafgemach öffnen wollte, musste er feststellen, dass sie versperrt war. Wütend trat er dagegen. „Mach auf, feine Dame, schnell, ich will dich mitnehmen. Sophie verlangt nach dir", rief er durch die Tür. Aber nichts regte sich.

Auf der anderen Seite stemmte sich Sibylla mit aller Kraft gegen das Holz und schickte ein Stoßgebet nach dem anderen zum Himmel. „Nun gut, wenn nicht so, dann gebrauche ich Gewalt", kündigte Rennekoie an, „geh weg von der Tür, wenn du nicht unter ihr begraben werden willst!" Dann nahm er vier Schritte Anlauf und warf sich gegen das Hindernis. Die Riegel und die Scharniere knackten, aber sie hielten – doch für wie lange noch? Gerade als er sich ein zweites Mal dagegenwerfen wollte, brach draußen ein Tumult los. Männer schrien wütend durcheinander, Schmerzensschreie erklangen – und etwas Schweres prallte gegen die Haustür, die sich sogleich einen großen Spaltweit öffnete. Rennekoie fluchte, er musste verschwinden. Mit einem Ausdruck des Bedauerns ließ er von dem Schlafgemach ab und wandte sich der Haustür zu. Auf der Schwelle lag ein riesiger Hammer, der gleiche, mit dem der Schmied im Rittersaal auf ihn losgegangen war. Doch der Besitzer des Hammers war nicht zu sehen. Vielleicht hatte er ihn geworfen und war noch nicht an der Tür angelangt, überlegte Rennekoie. Dann nahm er sich ein Herz und stürmte mit gezücktem Dolch hinaus. Er hatte die Schwelle noch nicht ganz überwunden, als er in vollem Lauf mit besagtem Schmied zusammenprallte. Dieser hatte in der Tat seinen Hammer vom Pferderücken aus gegen die Tür geworfen, um den Unhold vor etwaigen Taten abzuhalten, und war seinem Werkzeug zu Fuß hinterhergeeilt. Durch den Aufprall wurden beide Männer zur Seite geschleudert. Rennekoie sprang als erster wieder auf die Beine, den noch blutigen Dolch in der Hand. Ewald breitete wie ein wilder Stier seine mächtigen Arme aus, bereit, jeden Angreifer mit bloßen Händen zu zermalmen. Aber auf einen Ringkampf ließ sich Rennekoie nicht ein. Die Zeit war zu kostbar und die Aussicht auf Erfolg zu gering.

Stattdessen machte er einen Sprung und trat seinem Gegenüber vor die Brust, sodass Ewald nach hinten taumelte. Dann rannte der Altknappe zu seinem Pferd, das keine sechs Schritt weiter immer noch vor der Hütte stand. Ringsum waren Männer in Zweikämpfe verstrickt. Weiter hinten auf dem Weg rückten weitere an, wahrscheinlich Graf Heinrich und seine Ritter. „Für heute bleibt ihr ungeschoren", rief Rennekoie in Richtung der Hütte, „aber wir sehen uns wieder, das schwöre ich euch!" Dann sprang er mit einem Satz in den Sattel, gab seinem Tier die Sporen und galoppierte um die Hütte herum, um dort einen verborgenen Pfad bergauf einzuschlagen. Dieser würde ihn zum Hohen Venn und in die Freiheit bringen. Ewald überlegte einen Moment, ob er ihm hinterhereilen sollte, beschloss dann aber, angesichts des schon tiefen Sonnenstandes, lieber nach Sibylla zu suchen. Die blutende Leiche vor dem Schlafgemach wies ihm den Weg. „Sibylla, seid Ihr da drin?", rief er durch die Tür. Keine Antwort. Ewald wiederholte seine Frage. „Wer fragt das?", kam es zögerlich zurück. „Gottlob, Ihr lebt! Ich bin's, Ewald, der Schmied", rief er mit unverhohlener Erleichterung in der Stimme, „kommt raus – Ihr seid in Sicherheit!"

„Ach herrje! Schaut Euch die Schlange von Menschen an", klagte der Notarius Tobias, als er sich mit den drei Isenbergern am nächsten Morgen zur achten Stunde vor dem Seiteneingang des Lateranpalastes einfand, geleitet von vielstimmigem Glockengeläut. „Der Priester hat fürwahr nicht übertrieben!" Sie hatten sich am Abend zuvor nach dem Besuch der Petersbasilika über die Via Cornelia in den Osten der Stadt begeben und in dem verrufenen Pilgerviertel namens Borgo eine halbwegs akzeptable Bleibe gesucht. Das von Priester Konrad empfohlene Fondacum hatten sie mit Absicht gemieden, um zu verhindern, dass beim Klang ihrer Namen, die Konrad von Hochstaden sicher an höherer Stelle weitergeben würde, jemand auf die Idee käme, ihrer habhaft werden zu wollen. Tatsächlich waren sie nach längerer Suche fündig geworden und hatten schließlich das Obergeschoss einer Herberge bezogen, die sich „Borgo d'Oro" nannte, die goldene Burg. Doch natürlich versprach der Name mehr, als die Herberge halten konnte. Die Kammern bestanden allesamt aus muffigen Holzverschlägen, in denen jetzt im Sommer die Hitze stand. Kein Luftzug verschaffte ihnen Kühlung oder vertrieb das omnipräsente Duftgemisch aus Urin, verwesendem Unrat von der Straße, Exkrementen und Getreidebrei, der einfachsten und billigsten Pilgernahrung, die im Borgo ausgeschenkt wurde. Immerhin gab es einen Brunnen innerhalb der Herberge und damit frisches Wasser. Und gleich am Ende der Gasse, in der sich die Herberge befand, hatten sie einen Stall gefunden, in dem sie ihre Tiere unterstellen konnten. Um ihre Zimmer und die ausgelegten Strohsäcke nicht mit anderen Pilgern teilen zu müssen, wie von Konrad beschrieben, hatten sie gleich die gesamte obere Etage angemietet und einer Magd mit ein paar Kupferpfennigen den Auftrag gegeben, diese sorgfältig auszuräuchern und mit frischem Stroh zu versehen. Letzteres hatte sie jedoch ein ganzes Silberstück gekostet, da Stroh zurzeit in Rom Mangelware war. Ein weiteres Silberstück hatte den Wirt bewogen, eigens für die Isenberger eine ordentliche Mahlzeit aus gebratenem Huhn mit Zwiebeln sowie einen ganz passablen Wein zu besorgen. Letzlich waren sie mit ihren gefüllten Bäuchen und mit den Strapazen der Reise in den Knochen recht schnell eingeschlafen und hatten auch eine ruhige Nacht verbracht. Nur Friedrich hatte sich, von dunklen Träumen gequält, mehrfach herumgewälzt und auch das eine oder andere Mal in den bereitstehenden Nachttopf erleichtert. Dessen Gestank, im Verein mit Herrigers Schnarchen, der mit Tobias in einem Verschlag neben seinen Herren nächtigte, sowie dem ersten Lärm draußen auf den Gassen, hatte ihnen denn auch ein frühes Erwachen beschert. Die morgendliche Kühle und ein Eimer Brunnenwasser hatten ihnen jedoch wohlgetan und den Schweiß der Nacht vertrieben, wonach sie sich frisch angekleidet hatten, um dem Heiligen Vater in standesgemäßer Kleidung unter die Augen zu treten. Ihr Diener war zurückgeblieben, um für Reinlichkeit zu sorgen und ihre Habseligkeiten zu bewachen.

Nach kurzem Weg durch zwei, drei Seitengassen hatten sie die Rückseite der Basilika des heiligen Johannes, auch Lateranbasilika genannt, erreicht und standen nun vor dem angrenzenden Lateranpalast. Doch die Aussichten auf eine schnelle Audienz waren ausgesprochen gering. Etwa dreißig Bittsteller standen vor dem Seiteneingang, und es dauerte mindestens eine Viertelstunde und mehr, bis ein oder zwei Personen vortreten durften, um ihr Begehr zu äußern. Und selbst dann gelang es nur den wenigsten, Einlass in den Palast zu finden. Die meisten wurden nach kurzer Unterredung mit dem Wachpersonal und einem älteren Priester, der offenbar als Schreiber oder Sekretarius fungierte, wieder fortgeschickt und zogen mit verdrossener Miene ihrer Wege. Friedrich von Isenberg, der nun statt der Kaufmannskleider ein leichtes Kettenhemd über einem gesteppten Gambeson und darüber einen weißen Wappenrock mit gestickter roter Rose trug, hielt das Warten kaum aus. Nicht lange, und er schickte Tobias nach vorn, um auszukundschaften, ob es für Männer ihres Standes nicht eine andere Lösung gäbe. Doch die Gesten der Wachmänner, die Tobias mit gekreuzten Lanzen und ausgestreckten Armen wieder zurück in die Schlange schickten, sprachen Bände. Es blieb ihnen nichts anderes übrig, als zu warten. Aus Langeweile zählte Friedrich die Tauben auf den Dächern und die Glockenschläge, die sie zuweilen vertrieben. Der lauteste Glockenklang kam von der Lateranbasilika direkt neben ihnen, aber auch aus der Ferne klangen Glockenschläge. Friedrich glaubte, drei oder vier verschiedene Klänge zu hören. Jedenfalls läuteten die Glocken jede verstrichene Viertelstunde. Zwei Schläge klangen zur halben Stunde, drei zur Dreiviertelstunde. Als vier helle Schläge für die vollendete ganze Stunde ertönten, gefolgt von neun dunkleren Schlägen für die vollendete neunte Stunde des Tages, hielt Friedrich es nicht mehr aus. „Was für ein Hohn, Ihr seid Bischöfe, von seiner Heiligkeit selber eingesetzt", schimpfte er, „und müsst Euch hier die Beine in den Bauch stehen wie gewöhnliche Dorfpfaffen – das ist ungeheuerlich!" – „Bitte Bruder, sei leise. Uns bleibt keine andere Wahl", legte ihm Engelbert nah, der den Ornat seines bischöflichen Standes trug sowie die Mitra, den spitzen Bischofshut, „wir sind nicht angemeldet. Mit einem Einladungsschreiben würden wir sicher schneller vorgelassen, aber so? In unserem Bistum sind wir vielleicht jemand, aber hier kannst du mit Bischöfen die Straßen pflastern. Hier in Rom musst du schon Erzbischof oder Kardinal sein, um höheres Ansehen zu genießen. Wir sind also ganz kleine Lichter am Firmament der Kirche. Und es wäre angeraten, dass wir kein Aufsehen erregen!" Friedrich schwieg, doch sein kurzer Ausbruch war nicht unbemerkt geblieben. Der Sekretarius am Eingang rief einen jüngeren Priester herbei und schickte ihn zum hinteren Teil der Warteschlange, um nach dem Rechten zu sehen.

„Gibt es Schwierigkeiten?", erkundigte sich der Priester auf Latein, als er nach kurzem, schnellem Anmarsch zu ihnen stieß.

„Verzeiht", übernahm Engelbert das Reden, „aber mein Bruder hier hat wegen seines Gichtleidens arge Schwierigkeiten mit dem Stehen, die Schmerzen machen ihm zu schaffen. Zudem haben wir eine monatelange Reise hinter uns, um dem Heiligen Vater wichtige Kunde aus seinen Bistümern vom Rhein und aus Westfalen zu bringen. Mein Bruder zur Linken hier ist der Bischof von Münster, ich selbst bin der Bischof von Osnabrück!"

Dabei zauberte unter seinem Gewand eine kleine Schriftrolle hervor, die er vorbereitet hatte. „Hier ist unsere Bittschrift!"

Der junge Priester musterte sie von Kopf bis Fuß, auch den weltlichen Bruder der Bischöfe, dann nahm er die Schriftrolle entgegen und nickte kurz. „Gut, ich verstehe, aber sagt Eurem Begleiter, dass hier niemand ungefragt die Stimme erhebt. Ich werde sehen, was ich für Euch tun kann!" Darauf stapfte er zurück, besprach sich kurz mit dem älteren Schreiber, der ihnen daraufhin undurchdringliche Blicke zuwarf, und verschwand schließlich im Palast. Doch weiter geschah nichts. Die Glocken läuteten wiederum zu jeder Viertelstunde und schließlich zur zehnten Stunde des Tages. Friedrichs Geduld wurde aufs Äußerste auf die Folter gespannt, vor allem, als ein rot gekleideter Würdenträger mit vier Begleitern in schwarzen Soutanen einfach an ihnen vorbeistapfte. „Pelagius", raunte einer der Wartenden in der Schlange vor ihnen seinem Nebenmann zu, „der unselige Legat!" Friedrich musste mit ansehen, wie der Rotgewandete ein paar Worte am Eingang des Palastes verlor und dann ohne weitere Verzögerung vorgelassen wurde. Schon wollte der Isenberger erneut aufbegehren. „Halt die Luft an, Bruder", kam Engelbert jedoch weiteren Unmutsäußerungen zuvor, „das war ein Kardinal. Wie ich schon sagte, die zählen, wir nicht!" Es verging noch eine weitere halbe Stunde, während der sie vielleicht drei Schritte vorrückten, dann erschien der junge Priester wieder im Türrahmen. Er beugte sich erneut kurz zu dem Schreiber hinab, dann hielt er auf die kleine Gruppe der Isenberger zu. „Seid Ihr Engelbert und Dietrich von Isenberg, womöglich in Begleitung Eures Bruders Friedrich?", fragte er ohne Umschweife. „Das sind wir", antwortete Engelbert, „wie schon gesagt, mit wichtiger Kunde für seine Heiligkeit!" – „Bedaure, ich kann nichts für Euch tun", gab ihnen der Priester zu verstehen, „es ist niemand da, der mit Euch reden könnte!" Dietrichs ohnehin schon von Gram gebeugte Gestalt sackte noch mehr in sich zusammen. Friedrich wollte protestieren, wurde jedoch von einem Wink seines Bruders Engelbert im Zaum gehalten. „Aber … aber was soll das denn heißen?", kam es diesem zögerlich über die Lippen, „wir müssen doch vorgelassen werden, der Heilige Vater muss Dinge von größter Wichtigkeit erfahren!" – „Seine Heiligkeit ist unpässlich", konterte der Priester, „und sonst fühlt sich niemand für Euren Fall zuständig. Für heute kann ich Euch keinen besseren Bescheid geben!" Dabei drehte er sich kurzerhand um und ließ die Brüder mit ihrer Not allein. „Geht man so mit Brüdern im Glauben um?", rief ihm Dietrich hinterher. Da drehte sich der Priester noch einmal um. „Sprecht morgen wieder vor, wenn Ihr wollt. Vielleicht nimmt sich dann jemand Eurer Sache an. Derweil könnt Ihr ja in unserer schönen Basilika um Vergebung und Erhörung bitten, das scheint mir angebracht!" Friedrich glaubte in diesem Moment, ein sarkastisches Lächeln auf seinen Lippen zu sehen. „Gottes Segen auf allen Wegen", fügte der Priester noch an, dann verschwand er endgültig. „Sie wissen Bescheid, alle wissen sie Bescheid", grollte Friedrich, als sie die Warteschlange verließen, „und niemand nimmt sich unserer an. Wir finden nie Gehör beim Papst. Wir können genauso gut sofort wieder abreisen!" – „Oder uns in den Tiber stürzen", grämte sich Dietrich. „Das kommt gar nicht infrage", beharrte Engelbert, „wie in jedem Palast gibt es auch im Lateran verschiedene Lager. Wir müssen nur herausfinden, wer zu welchem gehört, wer mit wem und wer gegen wen intrigiert. Lasst uns sehen, wozu der junge Konrad von Hochstaden gehört. Wie viel Geld haben wir noch?" – „Etwa zweihundert Silberstücke", gab Friedrich zurück. „Und zwei Beutel Gold sowie ein Kreuz mit Edelsteinen aus dem Münsteraner Kirchenschatz", fügte Dietrich an. „Das sollte reichen", meinte Engelbert entschlossen, wobei er die fast schon zart zu nennenden Fäuste ballte, „wir bekommen unsere Audienz, verlasst Euch drauf!" Dabei ignorierte er völlig eine entgegenkommende Reitergruppe und darunter ein Gesicht, das zumindest zweien seiner Begleiter die Miene gefrieren ließ.

„Das ist ja das reinste Trümmerfeld", entfuhr es Gerhardt, als sie zwischen Kapitol und Palatin, zweien der sieben Hügel, auf denen das antike Rom erbaut worden war, auf das Colosseum zuritten und den Triumphbogen des Kaisers Konstantin passierten. Oberto und zwei seiner Ritter, die ausersehen waren, die Anliegen des Kaisers und des vermeintlichen syrischen Gesandten an der römischen Kurie vorzutragen, dazu Thomas, William und Ezio, folgten mit den Augen seinem Blick. In Ermangelung detaillierter Stadtkenntnisse hatten auch sie, wie viele auswärtige Besucher, zuerst den Weg zum Vatikan mit den Gräbern der Apostel eingeschlagen, nach einem kurzen Besuch der Petersbasilika aber erfahren, dass der Papst, wenn überhaupt, im Lateranpalast zu finden war. Und der Weg dorthin führte entlang der antiken römischen Monumente. Die einst imposante Gladiatoren-Arena zu ihrer Rechten war in der Tat nicht mehr als ein kolossaler Steinbruch, obwohl sich gerade in den Katakomben des mehrstöckigen Bauwerks viele arme Familien einfache Unterkünfte eingerichtet hatten. Hier herrschte ein reges Kommen und Gehen. Zu ihrer Linken erstreckten sich noch mehr Ruinen, verfallene Paläste, Tempel und Mausoleen des Forum Romanum, das einst das politische und gesellschaftliche Herz der römischen Hauptstadt gewesen war. „Ja, man könnte meinen, Rom sei nur noch eine Ruine", ergriff Oberto das Wort, der ihren kleinen Zug anführte, „aber der Eindruck täuscht. Die alten Gemäuer sind die Quelle für Neues. Sicher, zur Zeit der römischen Kaiser hatte die Stadt deutlich mehr Einwohner, weit über einhunderttausend. Mit dem Zerfall des Kaiserreiches zerfiel auch die Hauptstadt, bis kaum mehr zehntausend Menschen hier hausten. Mailand, Venedig und Neapel wurden größer und bedeutsamer. Aber seit Karl der Große das Heilige Römische Reich neu erblühen ließ, wächst Rom wieder. Ich schätze, dass jetzt wieder zwischen dreißig- und vierzigtausend Menschen hier leben – mit all den Pilgern sind es sogar doppelt so viele. In guten Jahren mehr!" Er hatte sich, wie so oft, der deutschen Sprache bedient, die er im Dienst des Staufers erlernt hatte, wenn auch gebrochen, und wurde von allen leidlich verstanden. Zur Not sprang William als Übersetzer ein. „Pah, damit kann sich ja sogar Köln messen", konnte sich Gerhardt nicht verkneifen. „Kann schon sein", entgegnete der Podestà mit einem säuerlichen Lächeln, „aber schaut in eurem Colonia auch so viel Geschichte auf euch herab? Rom ist eine der ältesten Städte der Welt, gut zweitausend Jahre alt. Und keine hat solch prächtige, große Kirchen!" – „Aber der Dom zu Köln ...", wollte Gerhardt einwenden, kam aber nicht dazu. „Ist ein stattliches Gotteshaus", unterbrach ihn Thomas, „aber natürlich kein Vergleich mit den hiesigen Basiliken!" Der Fischersohn hatte einen wachsenden Unmut bei Oberto bemerkt und wollte den Vertrauten nicht vergraulen. „So ist es", bestätigte dieser denn auch sofort, „schaut nur, dort vorn, die Lateran-Basilika, ist sie nicht ein Prachtstück?" Obwohl sie im Strom der vielen Pilger nur gemächlich vorankamen, hatten sie sich kontinuierlich dem Lateran-Komplex genähert, dessen vorderstes und augenfälligstes Bauwerk die Erzbasilika des allerheiligsten Erlösers, des heiligen Johannes des Täufers und des heiligen Johannes des Evangelisten im Lateran war – so ihr voller Name. Die Hauptfassade mit den sich daran anschließenden fünf Kirchenschiffen ähnelte, wie auch die der Petersbasilika auf dem Vatikan, dem Eingang eines römischen Tempels oder Versammlungshauses. So sollten denn auch die Türen des Hauptportals vom antiken römischen Senatsgebäude stammen, wie Oberto verriet, als sei es ein gut gehütetes Geheimnis. Ihre

Aufmerksamkeit nahm jedoch alsbald der angrenzende Lateranpalast in Anspruch, in dem sich der Papst aufhalten sollte. Der vergleichsweise schmucklose, von zahlreichen Fenstern gesäumte Gebäudekomplex ließ eine Fülle von Räumen erahnen. Oberto übernahm die Führung und lenkte sein Ross auf eine Gruppe von Mönchen zu, die, mit Pergamentrollen bewaffnet, soeben die Straße überquerten. Auf seine Frage, wo der Papst oder sein Sekretarius zu finden sei, deutete einer der frommen Brüder, der den rechten Arm frei hatte, auf einen Seiteneingang, vor dem sich eine lange Schlange Wartender versammelt hatte. Oberto hielt sogleich auf diesen Eingang zu. Ohne sich um die Wartenden zu scheren, trieb er sein Ross an ihnen vorbei und hielt erst unmittelbar vor den Wachen. „Wo finde ich hier den Sekretarius seiner Heiligkeit?", ertönte seine Stimme weithin hörbar, „wir bringen eine Botschaft des Kaisers und bitten um eine Audienz!" Auf Verschwiegenheit legte er offenbar keinen Wert. Gerade im Hinblick auf den Konflikt mit den Lombarden hielt er es für angebracht, Stärke zu zeigen und kein Geheimnis daraus zu machen, dass der Kaiser und der Papst in Kontakt standen. „Ihr müsst Euch wie alle anderen hinten an…", wollte ihn einer der Wachen maßregeln, brachte den Satz aber nicht zu Ende, weil der Podestà ihn kurzerhand, vom Rücken seines Pferdes herunter, am Kragen packte. „Willst du mir etwas mitteilen?", zischte er ihn an, „dann bitte etwas, was ich hören möchte!" Dann ließ er den Mann los, trieb sein Pferd noch ein paar Schritte weiter, glitt aus dem Sattel und pflanzte sich vor dem Eingangsportal auf, wo im selben Augenblick ein diensthabender päpstlicher Sekretär erschien. Mit großer Geste vollführte Oberto eine Verbeugung. „Ah, endlich eine Person von Rang, die uns sicher weiterhelfen kann", übte er sich plötzlich in demonstrativer Freundlichkeit. „Was ist Euer Begehr?", brachte der Sekretär etwas irritiert über die Lippen, „und was ist so dringend daran, dass Ihr dafür unsere Wachen überrumpelt?" – „Nun, ich bringe eine Botschaft des Kaisers für seine Heiligkeit", fuhr Oberto fort, wobei er dem Priester eine Schriftrolle überreichte, die das kaiserliche Siegel trug. „Eine Botschaft, die keinen Aufschub duldet, verbunden mit der Bitte nach einer kurzfristigen Audienz. Wenn Ihr die Güte hättet, diese auf dem schnellsten Wege dem Heiligen Vater zuzustellen. Ich warte hier so lange!" Der Sekretär blickte von Oberto auf das Papier und wieder zurück zu dem kaiserlichen Boten. „Wie stellt Ihr Euch das vor?", erwiderte er entgeistert, „glaubt Ihr, Ihr könntet so ohne Weiteres vor diesem Palast erscheinen und ohne Voranmeldung zum Heiligen Vater gelangen? Da werdet Ihr

Euch ein wenig gedulden müssen. Ich werde tun, was in meiner Macht steht, aber das wird etwas Zeit in Anspruch nehmen. Am besten, Ihr sprecht morgen wieder vor!" „Ausgeschlossen", gab Oberto zurück und schüttelte entschieden den Kopf, „es sind Entscheidungen von größter Tragweite zu treffen, die das Reich und die ganze Christenheit betreffen. Dafür ist eigens ein Gesandter des Sultans von Syrien und Ägypten in meiner Begleitung. Wenn seine Heiligkeit Wert darauf legt, zurate gezogen zu werden, wie es der dringende Wunsch des Kaisers ist, dann müssen wir noch heute eine Antwort erhalten. Ich komme zur dritten Stunde des Nachmittags noch einmal vorbei, wenn Ihr erlaubt. Bis dahin seid so gut und sputet Euch!" Nach diesen Worten drehte er sich auf dem Absatz um und ging zurück zu seinem Pferd. Der Priester blickte ihm für einen Moment konsterniert nach, dann machte er kehrt und eilte in den Palast. Die Wartenden fingen an zu murren, ahnten sie doch, dass die Erfüllung ihrer eigenen Wünsche durch dieses Zwischenspiel nicht gerade beschleunigt werden würde. „Meint Ihr nicht, ein wenig mehr Diplomatie wäre hier angeratener gewesen?", getraute sich William zu äußern. „Nicht im Geringsten", strahlte Oberto, „mit Pfaffen kommt man am schnellsten ans Ziel, wenn man ihnen Feuer unter dem Hintern macht. So sieht das auch der Kaiser. Entweder wir erhalten eine schnelle Antwort oder keine – aber das ist dann ja auch eine Antwort, wenn man so will. Falls unsere Mission scheitert, können sich immer noch die Diplomaten – wie dieser von Salza – der Verhandlungen annehmen und zähe Wortspiele betreiben. Meine Sache ist dies nicht. Aber hier und jetzt machen wir es auf meine Art!" William musste schmunzeln und war jetzt schon gespannt, wie sich diese Sache entwickeln würde. Gerhardt strahlte über das ganze Gesicht, nachdem William ihm das Zwiegespräch Obertos mit dem Sekretär übersetzt hatte. Thomas jedoch hatte nur mit halbem Ohr zugehört, denn ihn beschäftigte eine Beobachtung, die er schon zu Beginn gemacht hatte, als sie sich dem Lateranpalast genähert hatten. Aus den Augenwinkeln und mehr im Unterbewusstsein hatte er eine Gruppe von Männern wahrgenommen, die offenbar aufgebracht den Palastbereich verließen und sich gestikulierend in Richtung Basilika aufmachten. Zwei der Männer hatten ausgesehen wie Bischöfe, einer wie ein Kaufmann und einer wie ein Kreuzritter, nur dass er kein Kreuz auf dem Wappenrock trug, sondern eine rote Rose. Es dauert ein wenig, bis dieses im Vorübergehen aufgenommene Bild einen Gedankengang in seinem Hirn auslöste, aber dann raste es in seinem Schädel. War die Rose nicht das Wappen des Isenbergers? Natürlich!

Im selben Moment, in dem die lähmende Überraschung der Erkenntnis wich, warf Thomas sein Pferd herum und hielt auf die Lateranbasilika zu. „He, wo wollt Ihr hin?", rief ihm Oberto hinterher. „In die Kirche, folgt mir", gab Thomas in knappen Worten zurück, während er sein Pferd antrieb. Damit waren vor allem seine persönlichen Begleiter gemeint, jedoch hatte er keine Zeit für Erklärungen. „Das wollte ich auch gerade vorschlagen, denn sie ist, weiß Gott, einen Besuch wert, aber warum die Eile?" Doch Obertos Worte verhallten bereits, während der Fischersohn sein Ross durch die Menschenmenge trieb. Um besser sehen zu können, erhob er sich in den Steigbügeln und spähte nach vorn. Da, waren sie das nicht? Für einen kurzen Moment glaubte er, einen weiteren Blick auf die Männer erhascht zu haben, bevor diese in der Basilika verschwanden. Jetzt war Eile geboten. Wenn er sich nicht getäuscht hatte, war das Ziel seiner Mission zum Greifen nah. „Du hast sie also auch gesehen?!", kam eine gehetzte Stimme von rechts. Erstaunt blickte Thomas in das Gesicht von – Ezio alias Youssef, der soeben zu ihm aufgeschlossen hatte. „Sie sind es!", strahlte dieser, „Allah ist mit dir!" Augenblicke später hatten sie die Hauptfassade der Basilika erreicht und sprangen von den Pferden. „Kannst du deinen Tarek unbeaufsichtigt lassen?", rief der Assassine zu Thomas herüber, während er seinem eigenen Ross einen Klaps auf die Kruppe gab. „Der kommt schon allein zurecht", antwortete Thomas und warf dem Hengst die Zügel über den Hals. „Komm!", entschied Ezio. Dann rannten sie los.

Friedrich von Isenberg hatte gerade begonnen, die Enttäuschung über die Abfuhr vor der Palastpforte zu verdauen und dank Engelberts Worten neuen Mut zu schöpfen, als sein Sekretarius ihm einen neuerlichen Schrecken einjagte. „Schaut nicht hin, aber die Reiter dort zu unserer Linken – ich glaube, sie verfolgen uns", äußerte Tobias mit kalkweißem Gesicht, als sie dem Lateranpalast den Rücken kehrten und wieder die Hauptstraße betraten. „Mindestens einer von ihnen gehörte zur Leibwache des Kölner Erzbischofs, ich erkenne ihn!" Friedrich stand für einen Moment wie versteinert und versuchte, ohne große Kopfbewegung einen Blick nach links zu werfen. Aus den Augenwinkeln nahm er die erwähnten Reiter wahr, sieben Mann, die mit dem Pilgerstrom aus westlicher Richtung gekommen waren und sich nun beinahe auf gleicher Höhe mit ihnen befanden. Er brauchte nicht lange, um festzustellen, dass Tobias recht hatte. Er erkannte sofort den blonden Hünen, der des Öfteren die Eskorte des Erzbischofs befehligt hatte. Und einen zweiten, der einen furchteinflößenden

Hund an der Leine führte und ebenfalls zu dessen Gefolge gezählt hatte. Aber es kam noch schlimmer: Er erkannte noch einen weiteren Mann – den Torwächter aus Monteriggioni, der sich ihnen so freimütig als Ratgeber in Bezug auf ihre Unterkunft angeboten hatte. Was zum Teufel machte der hier? Es konnte keinen Zweifel geben, sie waren ihnen auf den Fersen. Was diese Männer zusammengebracht hatte, darüber konnte er nur spekulieren, wahrscheinlich hatten ihre Verfolger in jeder Stadt am Wegesrand Erkundigungen eingezogen und waren in Monteriggioni fündig geworden. Jedenfalls war nun Eile geboten. „Schnell, wir müssen runter von der Straße", zischte er seinen Brüdern zu, „folgt mir in die Kirche!" Dabei wandte er sich bereits nach rechts und strebte der Basilika zu. Seine Brüder folgten ihm, aufs Höchste alarmiert. Beinahe dankbar tauchten sie vor dem Portal in den noch dichter werdenden Menschenstrom ein und ließen sich mit diesem in die Basilika treiben. Zwischen den Säulen verschwanden sie vor den Augen etwaiger Verfolger.

Thomas und Ezio warfen sich mit dem ganzen Gewicht ihrer Körper in die Menge und drängten, so schnell es eben möglich war, nach vorn. Aber infolge der Masse von Menschen, die es durch die Bronzeportale ins Innere der Basilika zog, kamen sie nur schleppend voran. Mit Schultern und Ellbogen versuchten sie, sich eine Gasse zu schaffen, wurden aber immer wieder aufgehalten und selbst zum Ziel wütender Rempler. Erst nachdem sie die Vorhalle mit der Statue Kaiser Konstantins durchquert hatten, öffnete sich der Raum und gab ihnen wieder mehr Bewegungsfreiheit. Vor ihnen lag das von Säulen, Bögen, riesigen Apostelstatuen und den Grabmälern verstorbener Päpste flankierte Mittelschiff des gewaltigen Gotteshauses, das nicht umsonst als Mutter aller Kirchen galt. Aber Thomas hatte nur Augen für die vielen Menschen, die über ein prächtiges Bodenmosaik aus Marmor der weit hinten erkennbaren Apsis mit dem Altar zustrebten. Liturgischer Gesang und tausendfaches Gemurmel hallten vom glatt polierten Boden und den Wänden wider. Aber so sehr sich Thomas auch bemühte, er konnte die erhofften Gesichter nicht finden. „Wenn ich an deren Stelle wäre, würde ich mich nicht gerade in der Mitte aufhalten", meinte Ezio, „sondern in einer dunklen Nische, und würde einen anderen Ausgang suchen!" – „Du hast recht", bestätigte Thomas, „geh du nach rechts, ich versuche es links herum!" Und schon verschwanden die beiden zu den Seitenschiffen. Doch auch hier war die Suche nicht von Erfolg gekrönt. Mit raumgreifenden Schritten eilte Thomas durch den

Westflügel. „Habt ein wenig mehr Respekt vor dem Haus Gottes", rief ihm ein erboster Priester auf Latein zu, „das ist hier kein Marktplatz!" Thomas zügelte sein Tempo und drehte sich einmal um die eigene Achse. Aber von den Isenbergern war nichts zu sehen. „Gibt es hier noch einen zweiten Ausgang?", wandte er sich an den immer noch grollenden Priester, „es ist dringend!" Offenbar machte er dabei ein so verkniffenes Gesicht, dass die Miene des frommen Mannes von Ärger zu Besorgnis wechselte. „Wenn Ihr Euch erleichtern müsst, dann um Himmels willen nicht hier. Hinten links gibt es einen Durchgang zum Klosterneubau, versucht es dort", riet er ihm. Mit einem kurzen Dank auf den Lippen sprintete Thomas los. Bald hatte er den erwähnten Durchgang erreicht und bog scharf links ab. Fünf, sechs Schritte eilte er durch ein Halbdunkel, dann öffnete sich vor ihm ein lichtdurchfluteter Kreuzgang, der sich jedoch noch im Bau befand. Weil er überhastet um die Ecke bog und dabei eine Absperrung übersprang, stieß er mit voller Wucht mit einem der Steinmetze zusammen, die hier mit dem Aufstellen und Dekorieren der Säulen beschäftigt waren. Einige der Stelen sahen aus, als seien sie versteinerte, in sich gedrehte Schiffstaue. Andere waren rund und mit golden schimmernden Intarsien verziert, allesamt Meisterwerke der Baukunst. „Madonna, passt doch auf", schimpfte der Handwerker und versuchte, sich wieder aufzurappeln, „das ist ja wie im Taubenschlag hier – wie soll man da arbeiten!" Thomas sprang ebenfalls auf, entschuldigte sich bei dem Mann mit einem wohlgemeinten Schulterklopfen und eilte weiter. Der Kreuzgang umrahmte einen grünen Innenhof, in dem man um einen Brunnen herum Olivenbäume und Palmen gepflanzt hatte. Doch der Fischersohn hatte keinen Blick für die Schönheiten des Baukomplexes und hastete weiter. Auf der gegenüberliegenden Seite fand er einen weiteren Durchgang und stand plötzlich in einem menschenleeren Atrium, das zu dem Klosterneubau gehörte. Rechts wie links gähnende Leere. Auf dem Marmorboden zur Linken lag jedoch etwas. Thomas hob es auf – und erkannte einen der spitz zulaufenden Hüte, wie ihn die Bischöfe trugen. Die Mitra konnte, nein musste einem der Isenberger gehört haben, der sie vielleicht in der Eile verloren hatte. Thomas entschied sich daher für den Weg nach links und hastete den Gang hinunter. Eine kleine, offene Pforte wies ihm die Richtung. Schlitternden Schrittes glitt er über die Schwelle – und stand plötzlich wieder auf der Hauptstraße, gleich neben der Basilika, wenn auch etwas zurückversetzt. Wenn die Isenberger den gleichen Weg genommen hatten, waren sie längst im Pilgerstrom untergetaucht, der dem Vatikanbezirk zustrebte. Er hatte sie verloren. Von Ezio gab es ebenfalls keine Spur, auch dann noch nicht, als er sich längst wieder zu Oberto und seinen Männern gesellt hatte. „Immerhin wissen wir jetzt, dass sie hier sind", raunte ihm William zu, der in der Zwischenzeit Thomas' Hengst eingefangen hatte, „und wir auf der richtigen Spur!" Das wollte Thomas gerne glauben. Das Fehlen des Assassinen jedoch bereitete ihm Kopfzerbrechen.

Wäre die Situation nicht so ernst gewesen, hätte Engelbert von Isenberg fast sogar Freude empfunden, Freude über das gelungene Schnippchen, das er ihren Verfolgern geschlagen hatte, indem er seine Mitra geopfert und auf der gegenüberliegenden Seite ihres eigentlichen Fluchtweges platziert hatte. Statt zur Straße hin, waren sie über die Rückseite des Klosters entkommen und in das Labyrinth der Gassen im Herbergsviertel Borgo abgetaucht. Nun saßen sie verunsichert und erschöpft auf den Strohsäcken in ihrer Unterkunft und berieten, was zu tun sei. „Dieser verdammte Bluthund, wie hat er uns nur so schnell aufgespürt? Wir sind doch selbst gerade erst in Rom angekommen!" Friedrich von Isenberg sprang immer wieder erregt auf und trat aus Wut vor einen kleinen Schemel, den er schon mehrfach durch ihr Gemach katapultiert hatte. „Warum verfolgt er uns überhaupt?" – „Wahrscheinlich wegen der Belohnung, die auf dich ausgesetzt ist", vermutete sein verzagender Bruder. Dietrich von Isenberg zitterte am ganzen Leib vor Angst und Erschöpfung. Ihre eilige Flucht hatte ihn nochmals sehr mitgenommen. Einzig Engelbert behielt einen kühlen Kopf und war gewillt, ihrem Unglück mit Verstand zu trotzen. „Wir müssen zur Petersbasilika und diesen Konrad treffen", überlegte er, „ich bin sicher, der kann uns weiterhelfen!" – „Wollen wir nicht erst einmal dem Rat des Priesters folgen", meinte Dietrich, „und morgen noch mal am Lateranpalast vorsprechen? Vielleicht hat er ja dann bessere Kunde für uns!" „Unsinn, er wird uns morgen das Gleiche sagen", vermutete Engelbert, „außerdem laufen wir dort nur unseren Häschern in die Hände. Nein, wir müssen selbst etwas tun. Ich glaube, dieser Konrad von Hochstaden könnte die Lösung sein. Den müssen wir aufsuchen. Aber wir können nicht alle zusammen gehen, das fällt nur auf. Auch gilt es, die Hauptstraßen zu meiden!" Tobias erbot sich sofort, die Sache in die Hand zu nehmen. Er wäre von ihnen allen vielleicht der am wenigsten Auffällige, zudem des Lateinischen mächtig, und geböte über noch genügend jugendliche Energie, sollte es zu einer weiteren Verfolgung kommen, meinte er. Dagegen konnte niemand ernsthaft etwas einwenden, aber Engelbert widerstrebte es, ihn allein gehen zu lassen. „Vielleicht muss sofort eine Entscheidung getroffen werden, sei es über Bestechungsgeld oder bestimmte Treffpunkte – das kann nur einer von uns Brüdern verantworten", erklärte er. „Deshalb werde ich Tobias begleiten – und schon einmal ein wenig Silber zur Aufmunterung mitnehmen!" Da ihm niemand widersprach, wurde es so beschlossen, und am nächsten Morgen machten sich die beiden in aller Frühe auf den Weg zum Vatikan. Wie lichtscheues Gesindel, das es reichlich in den engen Gassen Roms gab, huschten sie anfangs von Haus zu Haus und schlugen dabei die Kapuzen ihrer schwarzen Umhänge, die sie nun wieder trugen, über die Köpfe. Später wagten sie es, offener einherzuschreiten. Sie hielten sich dabei in westliche Richtung, ohne das Gewirr der kleinen Gassen zu verlassen. Erst kurz vor dem Kapitolhügel wandten sie sich nach Süden auf die Hauptstraße, wo ihnen der langsam anschwellende Pilgerstrom Deckung bot. So passierten sie ungehindert die Engelsbrücke und erreichten wenig später den großen Platz vor der Petersbasilika. Engelbert beschloss, sich in der Nähe des Brunnens aufzuhalten, wo ihnen der junge Priester Konrad von Hochstaden beim ersten Mal über den Weg gelaufen war. Aber etliche Stunden lang warteten sie hier vergebens. Die Sonne stieg höher und höher, ohne dass etwas geschah, und es wurde ihnen warm unter den Mänteln. Schließlich entledigten sie sich der schweren Kleidungsstücke und legten sie auf den Brunnenrand. Tobias hielt das Gesicht in die Sonne und genoss jeden Strahl. Engelbert vertrieb sich die Zeit, indem er die Menschen auf dem Platz und auf dem Weg zur Basilika studierte. Erst jetzt, bei genauerem Hinsehen, fiel ihm auf, wie viele Diebe sich den Menschenauflauf zunutze machten, um ihrem hinterhältigen Tagewerk nachzugehen. So sah er einen zerlumpten Bettler, der ständig schlurfenden Schrittes hinter kleineren Pilgergruppen hertrottete, mal diesen, mal jenen anrempelte, um ihnen mit flinken Fingern die Börsen zu entwenden, die er dann flugs an einen Kompagnon weitergab, der wie zufällig den Weg der Gruppe kreuzte. Und er sah einen kleinen, gehbehinderten Burschen, der herzergreifend weinte, bis er von kinderlieben Reisenden getröstet wurde, nur um ihnen im Anschluss ein Schmuckstück vom Arm oder gar von der Brust zu reißen, wonach er behände Reißaus nahm. Junge, meist hübsche Frauen mit wirrem Haar scharwenzelten zwischen den Pilgern umher, um ihnen aus den Handflächen die zu Zukunft zu deuten. Doch auch sie hatten es auf in den Gewändern verborgene Münzen abgesehen. Instinktiv fasste sich Engelbert an den breiten Gürtel, an dem eine stattlich mit Silber gefüllte Börse befestigt war. Sie war noch da, und er atmete auf. Außerdem gab es da noch einen heruntergekommenen Händler mit grünen Augen, der mehrfach an ihrem Brunnen vorüberkam und aus einem Korb kleine, gelblich-weiße Knöchelchen verkaufte, die er als Reliquien anpries. Er sah wenig vertrauenerweckend aus, beging aber offenbar keine Diebstähle.

Es war schon fast Mittag, als Engelbert vor dem Portal der Basilika endlich die gesuchte Person entdeckte. Konrad von Hochstaden hielt vor frommen Pilgern, mit denen er gerade aus dem Gotteshaus kam, einen Vortrag über dessen Entstehung und über die Gräber der Apostel. Kurz entschlossen reihte sich Engelbert in die Gruppe der Pilger ein und nickte Konrad zu, um sich zu erkennen zu geben. Der jedoch tat, als erkenne er ihn nicht, ja drehte ihm sogar immer wieder den Rücken zu. Erst als der Vortrag beendet war und sich die Pilger zerstreuten, bekam Engelbert die Gelegenheit, das Wort an ihn zu richten. „Seid Ihr toll?", zischte Konrad ihm jedoch zu, bevor der Isenberger seinen Satz beenden konnte, „Euch hier offen blicken zu lassen und mich womöglich in Misskredit zu bringen? Mittlerweile spricht die ganze Kurie davon, dass drei der Männer in Rom weilen, die im Verdacht stehen, den Kölner Erzbischof auf dem Gewissen zu haben. Geht und trefft mich in einer halben Stunde in den Gärten hinter der Basilika. Dort können wir reden!" Damit rauschte er auch schon von dannen. Engelbert eilte zurück zu Tobias, setzte ihn von den Worten des Priesters in Kenntnis und schlug mit ihm zusammen einen weiten Bogen um die Petersbasilika, um sich deren Gärten schließlich von Westen zu nähern. Sie warteten unter einer hoch aufragenden Zypresse, die aufgrund ihres schlanken Wuchses kaum Schatten spendete. Aber es dauerte gut und gern eine weitere halbe Stunde, bis sich der junge Priester blicken ließ. „Ihr hättet meinen Rat befolgen und ohne Aufsehen mit Bischof Oliver bezüglich der Audienz bei seiner Heiligkeit Kontakt aufnehmen sollen", ergriff er sogleich das Wort, „jetzt hat es sich herumgesprochen, dass Ihr an der Besucherpforte vorgesprochen habt. Das war unklug – jetzt wagt es niemand, öffentlich für Euch Partei zu ergreifen. Bischof Oliver hat es abgelehnt, sich Eurer anzunehmen, obwohl Ihr Landsleute seid, weil er dem Erzbischof persönlich nahe stand. Ich fürchte, Ihr seid jetzt sozusagen personae non gratae, unerwünschte Personen!" Engelbert biss sich auf die Lippen. „Wir wollten einfach deutlich machen, dass wir unschuldig sind und somit nicht daran denken, uns zu verstecken", setzte er zu einer Erklärung an, „mein Bruder Dietrich und ich haben mit der Ermordung des Erzbischofs nichts zu tun und waren nicht einmal bei der Tat zugegen. Mit meinem Bruder Friedrich verhält es sich wohl etwas anders, aber er ist von den Ereignissen überrumpelt worden. Das werden wir dem Heiligen Vater auch gern persönlich darlegen, zusammen mit unserer Version der Geschehnisse!" – „Das will ich Euch gern glauben", entgegnete Konrad, „allerdings steht es mit Eurem Anliegen, vor den Papst zu treten, wie gesagt, nicht zum Besten. Ihr bräuchtet schon einen Fürsprecher, um eine Audienz zu erhalten!" Engelbert drehte und wand sich vor Zerknirschung wie ein Aal. „Aber es muss doch möglich sein, vor der Kurie Gehör zu finden", eiferte er sich. „Wir haben uns bislang nichts zuschulden kommen lassen und waren immer treue Diener der Kirche. Man kann uns doch nicht so ungehört fallen lassen!" Konrad zuckte mit den Achseln. „Ihr habt mächtige Gegner und keine Gönner, wie ich schon sagte. Ich fürchte, ich kann da wenig für Euch tun, es sei denn …" Engelbert wurde sofort hellhörig. Er erkannte einen Strohhalm, wenn er sich ihm darbot. „Es sei denn, was?", hakte er nach, „was können wir tun?" Der junge Priester wiegte mit zusammengepressten Lippen den Kopf hin und her, als schätzte er alle Möglichkeiten ab. „Es sei denn, Ihr könntet ein unparteiisches, angesehenes Mitglied der Kurie davon überzeugen, sich für Euch zu verwenden", brachte er zögerlich hervor, „jemand, der erfahren und mächtig genug ist, bei seiner Heiligkeit Gehör zu finden, der aber vielleicht selbst etwas Unterstützung anderer Natur benötigt!" In Engelbert brannte Neugier auf – und die Erkenntnis, dass dieses Gespräch nun eine Wendung nehmen würde, die ihm besser gefiel. „Von welcher Art Unterstützung redet Ihr", griff er den dargebotenen Wortfaden auf. „Von Silber und Gold", gab Konrad unverblümt zurück, „von Mitteln, mit denen man sich Stimmen für Wahlen, ein neues Amt oder einen etwaigen Altersruhesitz beschaffen kann!" Auf die Lippen des Isenbergers stahl sich ein erstes, zartes Lächeln. „Nun, daran soll es nicht mangeln", ließ er den Priester wissen, „wir sind zwar nicht reich, aber verfügen über genügend Mittel für solcherlei Unterstützung!" Dabei griff er an seinen Gürtel, förderte die pralle, lederne Börse zutage und spielte sie seinem Gegenüber in die Hände. „Würde das fürs Erste reichen? Zur Not haben wir noch mehr gutes Silber, um unserem Wunsch Nachdruck zu verleihen!" Konrad blickte von ihm auf die Börse und warf einen schnellen Blick hinein, dann strahlte er. „Ja, das dürfte erst einmal reichen", bestätigte er, „das sind Argumente, denen sich bestimmt der eine oder andere nicht verschließen kann!" – „Und habt Ihr schon jemanden im Auge, der für unsere Argumente empfänglich wäre", hakte Engelbert nach. „Ja, das habe ich", kam es im Brustton der Überzeugung von Konrad zurück, „Kardinal Pelagius von Albano! Seit er als päpstlicher Legat den letzten Kreuzzug zu keinem guten Ende führte, ist auch er etwas in Ungnade gefallen, könnte man sagen. Andere haben ihm ein wenig den Rang abgelaufen, auch der gute Bischof Oliver. Pelagius wird sich freuen, mit neuen Argumenten", dabei wog er demonstrativ den Lederbeutel in der Hand, „und neu geschlossenen Bündnissen seiner Stimme wieder etwas mehr Gewicht verleihen zu können!" Nun war es an Engelbert, zu strahlen. „Dann richtet ihm meine besten Wünsche aus – und tragt ihm unser Anliegen vor. Ich freue mich auf eine baldige Audienz!"

Papst Honorius, der dritte seines Namens auf dem Apostolischen Stuhl, las die Zeilen auf dem Dokument in seiner linken Hand zum wiederholten Male. Aber irgendwie konnte er sich nicht konzentrieren. Ständig schwenkte er zurück zu dem anderen, größeren Pergament, das er in der Rechten hielt. Gütiger Gott, zwei solcher Eingaben an einem Tag – er war beileibe nicht um seine Position zu beneiden. Honorius, ein in die Jahre gekommener, einst stattlicher Mann mit ergrauendem Bart und schütterem Haar, das jetzt nur ein Scheitelkäppchen krönte, Pileolus genannt, rutschte ungehalten auf seinem mit rotem Samt bespannten Arbeitssessel hin und her. Die Jahre der Sorgen und Lasten, die er als oberster Hirte der Christenheit zu tragen auserkoren war, hatten seinen Rücken zusehends gebeugt und seine einst gesunde Gesichtsfarbe deutlich gebleicht. Seine klugen braunen Augen blieben auf dem kaiserlichen Schreiben haften. Wie kam dieser unselige Staufer dazu, jetzt schon wieder Forderungen an ihn zu stellen? Dabei war er doch in der Bringschuld. Wie oft hatte er jetzt schon geschworen, einen neuen Kreuzzug zu unternehmen und die heiligen Stätten Jerusalems aus der Hand der Sarazenen zu befreien? Und doch war noch nichts geschehen. Mehr noch, der letzte Heerzug ins Feindesland war aufgrund des Fernbleibens des Kaisers und dessen Heeresmacht kläglich gescheitert. Bei diesem Gedanken hob er kurz den Blick und fasste Kardinal Pelagius ins Auge, den er seinerzeit als Legat auserkoren hatte und der am Scheitern des ägyptischen Unternehmens zu einem nicht geringen Anteil mit verantwortlich war. Vielleicht wäre es besser gewesen, diesen Oliver als geistigen Anführer ausgewählt zu haben, der jetzt neben Pelagius stand – im Ornat seiner frisch erworbenen Bischofswürden. Er hatte sich mit beiden Kirchenfürsten und einem halben Dutzend anderer Würdenträger in das kleine Arbeitszimmer im zweiten Stockwerk des Lateranpalastes zurückgezogen, um sich mit ihnen zu beraten. Doch wie immer waren die beiden in jedweder Frage unterschiedlicher Meinung. Kardinal Pelagius, ein hagerer, selbstgerechter spanischer Benediktiner, ließ stets kein gutes Haar an dem Staufer, weil er ihn zu einem hohen Maße für das Scheitern seiner Mission am Nil verantwortlich machte, ohne seine eigenen Fehlentscheidungen zu hinterfragen. Bischof Oliver, ein eher kleiner, unscheinbarer und wenig auf sein Äußeres bedachter Mann, war im Gegensatz dazu meist um Ausgleich bemüht und nahm die Handlungen des Kaisers häufig in Schutz. Damit war er selten einer Meinung mit Honorius. Trotzdem schätzte der Papst dessen geschulten Verstand und unverkennbare Urteilsgabe. Wie es hieß, hatte eben dieser Oliver, damals noch Domschulmeister zu Köln, während des Kreuzzuges sogar Kriegsmaschinen nach antikem Vorbild erfunden, um den Kreuzrittern vor der Nilmündung die Erstürmung der Stadt Damiette zu ermöglichen. Ja, wenn der Kaiser denn endlich zu einem neuerlichen Kreuzzug rüsten würde, wäre dieser Oliver der rechte Mann, die Truppen des Staufers zu begleiten, ging Honorius durch den Kopf. Aber immer hielt den Kaiser irgendetwas und irgendjemand auf. Jetzt beschwerte er sich darüber, dass die Lombarden ihm das Leben schwer machten und die Alpenpässe gesperrt hatten. Damit könnten die Truppen aus dem Norden des Reiches nicht zu ihm stoßen, die er aber dringend bräuchte, um den Kreuzzug vorzubereiten, argumentierte er. Gleichzeitig schickte er ihm einen syrischen Gesandten, wie es in dem eigenhändig verfassten Schreiben hieß, der mit den Führern der Christenheit Möglichkeiten für einen dauerhaften Frieden ausloten wolle. War dies nicht ein weiteres Ablenkungsmanöver, um nicht gen Jerusalem ziehen zu müssen? Böse Zungen munkelten gar, der Kaiser stünde schon seit Längerem in Friedensverhandlungen mit dem Sultan von Ägypten. Honorius hatte nicht übel Lust, den kaiserlichen Gesandten eine Audienz zu verweigern, bis der Staufer seinen Worten auch endlich Taten folgen ließe. „Was haltet Ihr davon?", forderte er die Meinung seiner Berater ein, die das entsprechende Schreiben schon zu Beginn ihrer Versammlung studiert hatten. „Hören wir sie an, oder schicken wir sie nach Hause?" – „Schickt sie zum Teufel", spuckte Kardinal Pelagius geradezu aus, bekreuzigte sich jedoch sogleich wegen seines lästerlichen Ausspruchs, „dieses verwöhnte, staufische Kind auf dem Kaiserthron will wieder nur Zeit gewinnen. Und

Euch einen sarazenischen Gesandten auf den Hals zu schicken, ist eine bodenlose Frechheit. Friedrich soll endlich das Schwert nehmen, nicht ständig erneut das Wort ergreifen. Mit Ungläubigen wird nicht verhandelt!" Bischof Oliver gelang es nur mit Mühe, seinen aufkommenden Zorn zu unterdrücken, aber er traf den gewohnt milden Tonfall, als er zu seiner Antwort ansetzte. „Mit den Sarazenen nicht zu verhandeln, hat schon einmal großes Unheil über die Christenheit gebracht", begann er mit einem unverhohlenen Hinweis auf Pelagius' Scheitern am Nil, „ich denke, der Kaiser lotet die Möglichkeiten aus, mit möglichst wenig Verlusten in Jerusalem einzumarschieren. Warum nicht mit dem Feind verhandeln? Wenn die Syrer und Ägypter das Gespräch suchen, sind sie vielleicht zu schwach für einen neuen Krieg. All das kann man nutzen. Wenn die Gespräche nicht fruchten, können die Schwerter immer noch sprechen. Ich bin sicher, das sieht auch der Kaiser so. Er weiß, dass er in der Pflicht ist. Dass ihn die Lombarden nun von seinen Gefolgsleuten aus dem Norden abschneiden, ist in der Tat ein Problem. Nur mit Rittern aus Italien wird er keinen Kreuzzug anstrengen können. Das solltet Ihr, Eure Heiligkeit, vielleicht auch die Lombarden wissen lassen!" Honorius nickte langsam und wog die Worte beider Männer ab. „Also empfangen wir die Gesandten?", hakte er nach. „Ich wäre dafür", plädierte Oliver. „Ich nicht", setzte Pelagius unwirsch hinzu. „Nun, ich denke, es kann nicht schaden, die Boten anzuhören", beschloss der Papst, „damit ist nichts entschieden, aber wir zeigen unseren guten Willen!" Oliver und Pelagius deuteten eine Verbeugung an, Letzterer jedoch mit säuerlicher Miene, während Honorius einem Schreiber auftrug, eine entsprechende Botschaft zu verfassen. „Und was sagt Ihr zu dem Begehr der Isenberger?", ergriff der Papst erneut das Wort, wobei er mit dem Schreiben in seiner Linken herumwedelte. „Eine heikle Angelegenheit", musste Oliver zugeben, „es sind Landsleute von mir, aber Euer Legat hat die Mordverdächtigen im letzten Winter gebannt, und das sicher aus gutem Grund. Bei der Anhörung in Lüttich hat sich niemand im Bischofskollegium gefunden, der für Engelbert und Dietrich von Isenberg eintreten wollte, zu erdrückend erschien die Beweislast, dass sie mit der Mordtat zu tun hatten. Das gilt erst recht für den Grafen Friedrich von Isenberg. Für mich steht es außer Frage, dass er den guten Erzbischof von Köln auf dem Gewissen hat. Dabei ist es unerheblich, ob er selbst die Hand gegen ihn erhoben hat oder andere die Tat hat ausführen lassen. Vielleicht wäre es das Beste, sie einfach der weltlichen Gerichtsbarkeit zu überantworten. Schließlich hat der neue Erzbischof einen hohen

Preis auf den Kopf des Mörders ausgesetzt und der deutsche König, der Sohn des Kaisers, hat ihn mit dem schlimmsten Bann belegt. Wenn Ihr, Heiliger Vater, den Isenbergern Schutz gewährt, könnte dies das Verhältnis zum Kaiser und zu den Fürsten im Norden erheblich belasten. Andererseits hat sich unser Herr Jesus gerade der Sünder angenommen. Diese Entscheidung, Eure Heiligkeit, wird Eure gesamte Weisheit in Anspruch nehmen!" Damit zog er sich geschickt aus der Verantwortung. So hielten es viele an der Kurie. Kardinal Pelagius hatte jedoch auch diesmal eine durchaus konkrete Meinung. „Seien wir doch ehrlich", wandte er sich an die Umstehenden, „eigentlich haben uns diese Männer doch einen großen Dienst erwiesen!" Augenblicklich brannte ein Sturm der Entrüstung unter den Kardinälen und Bischöfen los, den erst der Papst selbst mit erhobenen Händen besänftigen konnte. „Bitte, meine Herren, lasst den Kardinal seine Argumente vorbringen", gebot er. Mit einem dankbaren Nicken fuhr Pelagius fort. „Der verblichene Erzbischof von Köln war nicht der Mann, für den er gerne ausgegeben wird", knüpfte er seinen Faden weiter, „er war kein Heiliger, sondern ein Machtmensch, der mehr weltliche als geistige Aufgaben übernommen hat. Als solcher war er Reichsverweser und die rechte Hand des Kaisers im nördlichen Teil des Reiches. Überhaupt war er mehr ein Mann des Kaisers als des Heiligen Vaters. Wann hätte er je die Interessen der heiligen Mutter Kirche über alles andere gestellt?!" Niemand konnte oder wollte ihm antworten, außer Oliver. „Er hat den Kreuzzug sehr gefördert und der Kölner Kirche neue Ländereien hinzugefügt", gab er zu bedenken. „Weil ihm das zu eigenem Vorteil gereichte", widersprach Pelagius, „und er seine Macht ausbauen konnte, nichts anderes interessierte ihn. Hat er nicht sogar wider die Pläne des Papstes gehandelt, als er eine Ehe des Staufersohnes mit einer englischen Prinzessin befürwortete, während uns an einer Allianz des Reiches mit Frankreich gelegen war? Nein, glaubt mir, wir können im Stillen froh sein, dass man ihn uns vom Hals geschafft hat!" Wieder wurden Proteste hörbar, doch bereits deutlich weniger laut. Diesmal konnte Pelagius selbst für Ruhe sorgen. „Auch wenn meine Worte hier nicht jedem gefallen, sie sind die Wahrheit! Und ich für meinen Teil würde gerne aus erster Hand hören, was sich bei der Ermordung des Kölner Erzbischofs zugetragen hat. Wie es heißt, stehen so viele Menschen im Verdacht, darin verwickelt zu sein, dass es manch einem sicher recht wäre, schnell jemanden als Mörder zu verurteilen. Vielleicht wäre es für die Kurie nützlich, mehr zu erfahren. Ich sage, hört sie an. Dann erst richtet über sie!" Statt der vorherigen Proteste erntete er nun zaghaft Zustimmung, und Papst Honorius konnte sich dieser Entwicklung nicht verschließen. „In Ordnung, gewährt Ihnen eine geheime Audienz", ließ er verlauten, „aber erst, wenn wir die kaiserlichen Gesandten vom Hals haben – und möglichst spät am Abend, wenn es nicht mehr so viele Zeugen auf den Straßen gibt!" Mit Befriedigung nahm Kardinal Pelagius die päpstlichen Worte zur Kenntnis. Dabei spürte er unter seiner Soutane das Gewicht eines ledernen Beutels mit gut hundert Silberstücken, die er sich soeben verdient hatte. Und dort, wo diese Münzen herkamen, gab es noch mehr. Im Geiste ging Pelagius bereits die Gesichter durch, die er mit diesen Münzen für eine Unterstützung seiner künftigen Kandidatur meinte, gewinnen zu können. Der Papst sah kränklich aus. Sicher würde man bald einen neuen Pontifex maximus brauchen, einen, der härter durchgriff als dieser Honorius.

„Nun, wie weit seid Ihr mit der Vita unseres geschätzten Vorgängers?" Erzbischof Heinrich von Müllenark hatte Caesarius von Heisterbach rufen lassen, um sich nach dem Stand der in Auftrag gegebenen Schrift über das Leben, die Leiden und die Wunder des seligen Kölner Erzbischofs Engelbert, so der offizielle Titel des Werkes, zu erkundigen. „Es macht Fortschritte", antwortete der schriftkundige Chronist mit einer Verbeugung, „aber ich muss zugeben, es dauert seine Zeit, alles zusammenzutragen. Erzbischof Engelbert hat ein bewegtes Leben geführt, vieles schlummert in auswärtigen Archiven, manche Quellen widersprechen sich. Es wird noch ein paar Monate dauern, bis die Schrift vollständig ist!" „Manche Quellen widersprechen sich?" Der Erzbischof runzelte die Stirn. „Dann nehmt die jeweils für die Kirche günstigsten Aussagen über ihn – und verliert Euch nicht in unbedeutenden Nebensächlichkeiten. Seine Jugendsünden in Form von Raubrittertum an der Seite seines Onkels interessieren nicht. Damit wollen wir den geneigten Leser nicht belasten!"

„Selbstverständlich, Eure Eminenz", versprach Caesarius, „ich tue mein Bestes!" – „Wie steht es mit den Wundern, die an seinem Grabe und an den Orten seines Leidens geschahen?", hakte Heinrich von Müllenark nach, „vergesst mir nicht, auf diese einzugehen, beeinflussen sie doch seine mögliche Heiligsprechung!" Caesarius nickte verständig. „Es sind derer reichlich viele", teilte er seinem Auftraggeber mit, „und fast täglich geschehen weitere. Erst gestern wurde ein junger Student von einem offenen Bein geheilt, weil er aus einem silbernen Becher trank, der einst dem Erzbischof gehörte. Der gute Engelbert lässt aus dem Jenseits seine Kräfte wirken. Ich bemühe mich, alle Berichte genauestens zu zitieren!" In diesem Moment klopfte es an der Tür des erzbischöflichen Arbeitszimmers, und ein junger Novize trat ein. „Komm näher, Geroldus, was gibt es?", forderte ihn der Erzbischof auf. Eilig kam der Bursche näher und bedachte den Kirchenfürsten mit einem verschämten Lächeln, das Caesarius sogleich vermuten ließ, dass sich die beiden näher kannten. Es gab dergleichen Gerüchte, die den Schreiber aber nicht weiter interessierten. „Ein Mann hat vor dem Palast vorgesprochen", meldete der Novize, „er sieht aus, als habe er einen langen, eiligen Ritt hinter sich. Etwas heruntergekommen, aber von Stand, wie er sagt. Er verlangt, Euch zu sprechen!" – „Unverschämtheit, als wenn hier jeder Hanswurst reinplatzen könnte; schickt ihn fort", winkte Heinrich ab. „Aber er behauptet, wichtige Informationen über den Mord an Eurem Vorgänger zu haben", fuhr der junge Mönch fort, „die will er jedoch nur Euch mitteilen!" – „Was? Dann führ ihn herein, spute dich", trug ihm der Erzbischof auf.

Wenig später, nicht länger, als ein Mann braucht, um zwei Treppen hinunter- und wieder heraufzueilen, brachte der Novize den unerwarteten Besucher herein. „Wer seid Ihr und was wollt Ihr von mir?", herrschte ihn Heinrich von Müllenark sogleich an, „ich warne Euch, meine kostbare Zeit zu vergeuden!" Der Besucher vollführte eine Verbeugung, die galanter war, als es seine abgerissene Erscheinung hätte vermuten lassen. „Euer Gnaden werden nicht enttäuscht sein", schürte er mit Bedacht die Neugier seines Gegenübers, „ich bringe Euch Kunde über die dunklen Machenschaften, die zum Ableben Eures Vorgängers führten – und deren untätiger Zeuge ich war!" – „Und wer seid Ihr, dass Ihr über solches Wissen zu verfügen meint?", wollte Heinrich wissen. „Man nennt mich Herenbert Rennekoie", gab der zurück, „ich bin der ungeliebte, weil außereheliche Sohn des Herzogs Walram von Limburg. Ein Bastard, wenn Ihr so wollt, der nicht länger unfreiwilliger Mitwisser düsterer Geheimnisse sein will, die zum Tode etlicher Menschen führten! Ich erbitte Euren Schutz – und biete Euch dafür lückenlose Aufklärung in dieser Angelegenheit!" Das hinterließ Erstaunen, aber auch Wirkung. „Setzt Euch", schlug Heinrich von Müllenark einen anderen Ton an, „Ihr habt meine volle Aufmerksamkeit!" Zuvor jedoch wies er den Novizen an, ihn und Caesarius mit dem Mann allein zu lassen. Letzterer zog sich ein wenig zurück und wartete auf das, was nun kommen mochte. Und dann tischte Rennekoie dem Erzbischof eine Geschichte auf, die so unglaublich, aber auch so weitreichend, verzwickt und detailreich war, dass sie nur wahr sein konnte. Von einer Verschwörung des rheinisch-westfälischen Adels gegen Engelbert unter Federführung des Herzogs war da die Rede, von Hass, Neid und Missgunst untereinander, so zwischen dem Herzog und dessen ungestümem Sohn, der jetzt auf Burg Neuenberge residierte, von Revolte gegen die Kölner Kirche und den Mann an ihrer Spitze sowie von einer geplanten Entführung. Die jedoch sei von dem Isenberger und einem Mann der persönlichen Leibgarde Engelberts zunichte gemacht und in einen feigen Mord gewandelt worden – einem Mann namens Thomas, der nun in Diensten des Herzogssohnes stand! Und eben diese Personen, die als die eigentlichen Mörder Engelberts anzusehen wären, seien nun auf dem Weg zum Heiligen Vater nach Rom, um – gestützt auf gemeinsame Lügen – Absolution zu erbitten. Heinrich von Müllenark brauchte geraume Zeit, um das Gehörte zu verdauen. „Und warum kommt Ihr mit dieser Geschichte zu mir?", wollte er wissen, „und warum jetzt?" Rennekoie tat, als sei er den Tränen nah. „Ich war meinem Vater immer ein treuer Diener, aber diese Sache war zu viel", hob er an, „ich ließ mich für die raren Momente seiner Gunst seit Kindesbeinen an vor den limburgischen Karren spannen, aber bei dieser Entführung wollte ich nicht mitmachen. So blieb ich bei den Pferden. Und doch musste ich mit ansehen, wie der gute Bischof gemeuchelt wurde!" Gekonnt spielte er den reuigen, wenn auch im Grunde unbeteiligten Sünder. „Mein Vater verpflichtete mich zum Schweigen und versprach, mich zum Burgherren zu machen. Um ihm zu gefallen, schwieg ich, aber jetzt …" Die Pause war gerade lang genug, um Heinrich von Müllenark ungeduldig zu machen. „Aber jetzt was?", drängte er. „Jetzt hat mein Bruder auch noch unseren Vater töten lassen", eröffnete ihm Rennekoie, „ein Scherge warf ihn aus dem Fenster des Saales. Jetzt kann ich nicht mehr schweigen. Und ich wünsche mir nichts sehnlicher, als dass alle Beteiligten ihre gerechte Strafe bekommen: mein Bruder, der Isenberger und dieser Thomas von Leichlingen, der mit ihnen gemeinsame Sache machte. Dafür unterwerfe ich mich Eurem Urteil!" Dann brach er in hemmungslose Tränen aus. Der Erzbischof ließ geraume Zeit verstreichen, um das ganze Ausmaß des Gehörten zu erfassen, während Rennekoie die Hände vor dem Gesicht behielt und schluchzte. Ab und zu spähte er jedoch geschickt zwischen den Fingern hindurch, um des Erzbischofs Reaktion auszuloten. Der Ausgang schien ungewiss. Schließlich stand Heinrich auf und legte ihm eine Hand auf die Schulter. „Ihr habt recht gehandelt", ließ er den Zerknirschten wissen. „Mein ist die Rache, sagt der Herr, und die Kirche wird deren Werkzeug sein. Seid unbesorgt, die Mörder werden ihrer gerechten Strafe nicht entgehen! Caesarius?" Der Schreiber beeilte sich, an die Seite seines Bischofs zu eilen. „Es gibt Arbeit für Euch!" Und noch am gleichen Abend ging eine geheime, mit winzigen Lettern niedergeschriebene Depesche mit einem geflügelten Boten nach Süden, gen Rom.

„Dieser verdammte Pfaffe, was bildet der sich eigentlich ein? Den lass ich aufspießen, sobald er sich außerhalb von Rom blicken lässt!" Oberto Pallavicino war regelrecht außer sich. Bereits zum zweiten Mal hatte er sich jetzt eine Abfuhr vom päpstlichen Sekretarius eingehandelt, der für gewöhnlich am Seiteneingang des Lateranpalastes die Bittsteller empfing. „Seine Heiligkeit hat noch keine Entscheidung in Eurer Sache getroffen, bitte sprecht morgen noch einmal vor!", äffte Oberto den Sekretär nach. Am meisten ärgerte ihn natürlich die Tatsache, dass hier offenbar jeder seine Autorität untergrub. Und die Autorität des Kaisers. Hatte er nicht klar und unmissverständlich kundgetan, dass Kaiser Friedrich eine schnelle Audienz für seine Gesandtschaft wünschte und dass er, Oberto, sozusagen als Botschafter des Kaisers keine Vertröstung duldete? Aber genau das hatten sie jetzt schon zweimal getan. Das würde er ihnen früher oder später heimzahlen, diesen Pfaffen. Thomas musste schmunzeln, als sie sich, angeführt von einem einsam grollenden Podestà und dessen Rittern, auf den Rückweg zum Lager machten, obwohl ihm eigentlich nicht zum Lachen zumute war. Yussef war immer noch nicht aufgetaucht und er machte sich Sorgen, was wiederum William zur Heiterkeit anregte, der zusammen mit Thomas den Schluss ihrer Reitergruppe bildete. „Was erheitert dich so sehr an meiner Sorge?", wandte sich der Fischersohn an den Engländer, „immerhin hat er sich an die Verfolgung von Mördern gemacht!" William brach nun vollends in Lachen aus. „Du fürchtest um den Fuchs, der sich in den Hühnerstall schleicht", sprudelte es ihm amüsiert über die Lippen. „Ein Assassine unter Männer, die mehr oder weniger stümperhaft einen Mord begangen haben, was sie eigentlich nicht wollten. So ist es doch, oder? Bei der ersten falschen Bewegung wird er unter sie fahren, wie ein Blitz in eine knorrige Eiche oder wie ein Wolf in eine Schafsherde.

Glaub mir, deine Sorge ist unbegründet. Ich denke, er ist ihnen auf den Fersen und wird uns alsbald von den Ergebnissen seines Tuns unterrichten!" Seit geraumer Zeit folgte ihrem Tross bereits ein zerlumpter Bettler, der anfangs zu humpeln schien, nun aber mit Leichtigkeit selbst im Trab Schritt hielt. „Eine milde Gabe für einen Ausgestoßenen", rief er, „einen Pfennig für einen beinahe Lahmen!" Dabei ließ er strahlend weiße Zähne sehen – und leuchtend grüne Augen. Thomas musste zweimal hinsehen, dann dämmerte es ihm und er schlug sich mit der Handfläche gegen die eigene Stirn. „Hätte ich mir ja denken können, dass du dich wieder einer Verkleidung bedienst", rief er aus und stieß William dabei an, „so wie er es schon immer getan hat!" Vor allem während des vierten Kreuzzuges in Ägypten war der Assassine in verschiedenen Maskeraden und Missionen unerkannt zwischen den Fronten hin und her gewechselt. William sah sich in seiner gerade erst geäußerten Vermutung bestätigt und bot Ezio alias Yussef die Hand, um ihm hinter sich auf sein Pferd zu helfen. Yussefs eigenes Ross wartete im Feldlager. Aber der Assassine lehnte ab. „Vielen Dank, aber ich muss wieder fort", ließ er sie wissen, „ich habe die Spur der Männer, die Ihr sucht, bis in eine Herberge im Borgo verfolgt. Sie haben über mehrere Wege Kontakt zur engeren Umgebung des Papstes geknüpft. Ich denke, sie bemühen sich darum, von ihm empfangen und von ihren Sünden freigesprochen zu werden. Näheres berichte ich euch später. Das Ergebnis jedenfalls würde ich an eurer Stelle abwarten, bevor ihr ihnen auf den Pelz rückt. Oder interessiert es euch nicht, wie euer Heiliger Vater mit Mördern umgeht?" – „Natürlich interessiert uns das", gab Thomas zurück, „und den Kaiser sicher auch!" Der Assassine nickt kurz. „Gut, nichts anderes habe ich erwartet. Deshalb werde ich die Männer im Auge behalten und euch Bescheid geben, wenn es Neuigkeiten gibt. Kümmert euch derweil um mein Pferd, das brauche ich in diesen engen Gassen nicht!" Bevor Thomas noch einmal das Wort an ihn richten konnte, ließ er sich zurückfallen, bettelte noch einmal lautstark um eine milde Gabe, dann verschwand er hinter ihnen in der Menschenmenge. „Ich werde aus ihm nicht schlau", überlegte Thomas halblaut, „er wechselt so oft die Orte, Fronten und Verkleidungen, dass er auf mich überhaupt nicht wie ein greifbarer Mensch wirkt, eher wie ein Nebel, der überall und nirgends zu finden ist. Und doch scheint er irgendeinem höheren Plan oder Ziel zu folgen!" William wirkte für einen Moment, als blicke er über den Horizont hinaus und durch die vielen Menschen auf den Straßen hindurch. „Ja, du hast recht, er ist wie ein Geist", pflichtete der ehemalige Templer ihm bei,

„aber er handelt auf Befehl eines Höheren, beinahe wie ein Erzengel. Nur dass nicht klar ist, ob er dem Erlöser oder dem Antichrist dient!" – „Das kann ja nur das Oberhaupt seines Ordens sein", meinte Thomas, „aber manchmal hat man das Gefühl, dass er auch auf eigene Rechnung handelt. Das Oberhaupt der Assassinen kann es doch wohl kaum gutheißen, dass er sich in unseren Dienst stellt?!" – „Es sei denn, es dient den Zwecken seines Ordens", gab William zu bedenken, „und ein Ränkespiel zwischen Papst und Kaiser, bei dem es um Mord und Totschlag an einem hohen Reichsfürsten sowie um einen neuen Kreuzzug geht, dürfte auch die Assassinen brennend interessieren!" In solcherlei Gedanken vertieft, durchqueren sie die Straßen Roms. Jenseits des nördlichen Stadttores erreichten sie schließlich den Zypressen- und Olivenhain, in dem sich ihr Feldlager befand. Mittlerweile war die provisorische Bleibe zu einem regelrechten Heerlager angewachsen, mit Zelten für die Ritter, einem durch Seile abgesperrten Weidebereich für die Pferde und einer aus verwitterten Mauersteinen aufgeschichteten Feuerstelle. Auf dieser briet bei ihrer Ankunft bereits ein gehälftetes Schaf, und ein verführerischer Duft zog zusammen mit Rauchschwaden vom Feuer durch die Bäume. Die Sarazenen hatten aus ihren drei Wagen und den Sätteln zahlreicher Pferde in unmittelbarer Nähe eine Art Burg errichtet, in deren Mitte drei orientalische Zelte prangten, die im Unterschied zu denen der Ritter rund und reich verziert waren. Außerdem liefen sie höher und spitzer zu. Hier residierte auf einem wahren Meer von Teppichen der Sultan mit seinem Harem und seiner Leibwache. Längst hatte sich herumgesprochen, dass vor den nördlichen Toren eine syrische Gesandtschaft im Schutze kaiserlicher Truppen lagerte, und Scharen von Neugierigen hatten sich aufgemacht, die Muselmanen in Augenschein zu nehmen. Die meisten drehten jedoch nach einem kurzen Besuch enttäuscht wieder um, weil das Lager klein und von orientalischen Schönheiten kaum etwas zu sehen war. Nur mit Glück konnte man ab und an eine verschleierte Person beobachten, die durch einen zurückgeschlagenen Zeltvorhang lugte oder Wasser holen ging. Meist übernahmen die sarazenischen Wachen solcherlei Aufgaben. Hartnäckiger waren da schon vereinzelte Kaufleute, die darauf aus waren, mit den syrischen Gesandten Handel zu treiben. In der Tat interessierte sich der Anführer der Gesandtschaft, alias Sultan Al-Kamil, für Waffen und andere Schmiedeerzeugnisse, wies diese nach kurzer Begutachtung aber meist verächtlich zurück, weil sie sich mit orientalischem Damaszenerstahl, für den die syrische Hauptstadt Damaskus bekannt war, nicht messen konnten. Einzig die eine oder andere antike Klinge aus der einstigen römischen Provinz Norikum erregte seine Aufmerksamkeit. Keltische Handwerker hatten diese aus einem Material geschmiedet, das auf der Welt seinesgleichen suchte. „Der große Imperator Julius Cäsar hat eine solche Klinge besessen", schwärmte einer der römischen Händler, dessen Ware der Sultan gerade prüfend in den Händen wiegte, als Obertos und Thomas' Reitergruppe den Plan betrat. „Man sagt, sie stammen nicht von dieser Welt!" Dabei verbeugte sich der Römer kurz und forschte anschließend im Gesicht des Interessenten nach einer Reaktion, die auf einen möglichen Kauf schließen ließ. „Sie sind aus Eisen, wie alle gewöhnlichen Klingen", spielte der Sultan den Wert der Ware gekonnt herunter, „allenfalls mit einem weiteren Metall vermischt, das sie härter machte, als es damals üblich war. Nichts Besonderes, aber hübsch anzusehen. Ich gebe Euch eine Mark Silber für das alte Stück!" – „Eine Mark? Wollt Ihr mich ruinieren?", beklagte sich der Händler sogleich, „das Schwert ist mindestens sein Gewicht in Gold wert!"

„Höchstens zwei Mark", kam ihm der Sultan entgegen, „habt Ihr mehr davon, können wir auch über einen Gold-Dinar reden – oder über ein Tauschgeschäft gegen orientalische Teppiche!" – „Teppiche?", wurde der Händler hellhörig, „habt Ihr welche dabei? Wie viele?" – „Dafür darf ich Euch in die Obhut meines Wesirs geben", ließ ihn der Sultan schmunzelnd wissen, wobei er einem seiner Männer ein Zeichen gab, „er wird die Einzelheiten mit Euch besprechen. Ich bin sicher, Ihr werdet Euch einigen. Das Schwert behalte ich einstweilen in meinen Händen!" Mit diesen Worten überantwortete er den Händler der Obhut seines Wesirs, der den Händler sogleich mit in eines der Zelte nahm.

„Und was bringt Ihr?", wandte sich Al-Kamil an Oberto, „gibt es nun die erhoffte Audienz oder müssen wir unverrichteter Dinge den Rückweg antreten?" Der Podestà machte ein verlegenes Gesicht, als er vom Pferd stieg. „Nun ja, ich denke, wir müssen uns noch einen Tag gedulden", brachte er zögerlich hervor, „aber morgen werden wir bestimmt vorgelassen. Sonst ist es mit meiner Geduld in der Tat auch am Ende!" In knappen Worten berichtete Oberto von der neuerlichen Vertröstung. „Ich muss schon sagen, dieser heilige Mann, wie Ihr ihn nennt, scheint sich seiner Position sehr sicher zu sein", bemerkte der Sultan, „selbst der Kalif von Bagdad, der Nachfolger des Propheten und damit ein heiliger Mann unserer islamischen Welt, würde es nicht wagen, mir oder meinem Gesandten eine Audienz zu versagen und sich meinen Zorn zuzuziehen. Gebietet der Papst über so viele Truppen, dass er sich das leisten kann?" Oberto hatte sichtbare Mühe mit einer passenden Antwort. „Das wird unser heiliger Mann auch nicht wagen, solange der Kaiser im Reich weilt und über genügend Ritter verfügt, die für ihn zu Felde ziehen", sprang ihm Thomas bei, „aber der Papst ist das Oberhaupt der Christenheit. Seine tatsächliche Macht ist schwer einzuschätzen!" – „Und wenn er zu den Waffen ruft, ob gegen den Kaiser oder gen Jerusalem, werden ihm Tausende folgen, das solltet Ihr am besten wissen", mischte sich William ein. „Jedermann ist gut beraten, weder den einen noch den anderen zu unterschätzen!" Oberto starrte den Fischersohn und den Engländer abwechselnd entgeistert an. Die Worte der beiden hätte man beinahe als Drohung auslegen können. „Mit anderen Worten, wir müssen diplomatisch sein und sollten uns noch ein wenig in Geduld üben", schob er als beschwichtigende Erklärung nach.

„Ich sehe schon, der Kaiser kann sich auf den Norden seines Reiches zweifelsohne verlassen", schmunzelte der Sultan, „mit dem Süden wäre ich mir da nicht so sicher!" In diesem Moment näherte sich vom Tiber her eine Gruppe von Priestern, angeführt von einem Bischof, deutlich erkennbar an der hell leuchtenden Mitra auf seinem Haupt, und einem Soldaten der päpstlichen Garde, der eine Kreuzstandarte vor sich her trug. „Der Herr sei mit euch. Ich suche die Gesandten des Kaisers und des syrischen Sultans", wandte sich der Bischof beim Näherkommen an die Männer, die er aufgrund ihrer Haltung als Anführer ausgemacht hatte. „Die habt Ihr gefunden", antwortete Oberto mit einer Verbeugung, „was können wir für Euch tun?" Auch die anderen Ritter verbeugten sich. Der Sultan neigte zur Begrüßung kurz sein Haupt. „Ihr könntet dem Heiligen Vater die Freude machen, ihn am morgigen Tag zur Mittagsstunde aufzusuchen", ließ der Bischof verlauten, „er erwartet Euch und ist begierig, die Botschaft des Kaisers zu vernehmen!" Erleichterung malte sich auf Obertos Gesicht ab und er küsste inbrünstig den mit halb ausgestreckter Hand dargebotenen Bischofsring. „Wir werden kommen, schließlich haben wir auf diese Nachricht schon zwei volle Tage gewartet", konnte sich der kaiserliche Gesandte nicht verkneifen. „Ja, verzeiht", lächelte der Bischof, „aber seine Heiligkeit wird so sehr bestürmt und vereinnahmt, dass er kaum zu Atem kommt; seht es ihm nach!" Dabei musterte er die anderen Anwesenden eingehend und hielt ihnen, wo es ihm angebracht erschien, ebenfalls seinen Ring zum Kuss hin. Bei Al-Kamil verzichtete er selbstredend darauf und neigte nun seinerseits leicht das Haupt, als ihm der syrische Gesandte vorgestellt wurde. Anschließend wurden Thomas und

William zum Ziel seiner Aufmerksamkeit. Irgendetwas an ihnen schien ihm bekannt vorzukommen – und Thomas ging es mit dem Bischof ebenso. „Meister Oliver?", kam es ihm zögerlich über die Lippen, „seid Ihr das, seid Ihr der Schulmeister Oliver von Köln?" Bischof Oliver von Paderborn horchte auf und studierte das Gesicht des Mannes, der ihn angesprochen hatte, noch einmal genauer. „Oliver von Köln? Ja, in der Tat, so nannte man mich einst, als ich noch am Rhein in Diensten stand", forschte der Bischof in seiner Erinnerung, „aber so hat mich lange niemand mehr angesprochen. Wer seid Ihr, dass Ihr diesen meinen Namen noch kennt? Kommt Ihr aus Köln?" Thomas trat vor und nahm den Kirchenfürsten kurzerhand in die Arme. „Verzeiht, aber ich freue mich so sehr, Euch zu sehen, dass ich es bei dem Ringkuss nicht belassen kann", ließ er ihn wissen, „wir sahen uns zuletzt am Nil. Ihr, der große Lehrmeister und Kenner antiker Bücher, entwarft gerade eine neue Kriegsmaschine, um endlich den Kettenturm nehmen zu können – und ich, ein kleiner, unbedeutender Knappe damals, durfte Euch dabei zusehen!" Oliver runzelte ungläubig die Stirn. „Seid Ihr … Thomas?", hauchte er ungläubig, „seid Ihr der Knappe, der damals mit seiner Steinschleuder den Grafen Adolf, Gott hab ihn selig, inspirierte, Katapulte auf sein Schiff zu bauen?" Thomas nickte eifrig und strahlte dabei. „Und der später durch Verrat in die Hände der Sarazenen geriet?", fuhr Oliver fort. „Oh, ich freue mich, Euch bei guter Gesundheit zu sehen, ich wusste nur, dass Ihr vermisst wurdet, aber nicht, wie es Euch danach erging!" – „Wie Ihr seht, bin ich gerettet worden, nicht zuletzt dank meines Freundes William hier", verkündete ihm der Fischersohn mit Fingerzeig auf den Engländer, „und habe es mithilfe Gottes und des Kaisers zu Ritterehren gebracht." Oliver blickte bewegt von dem einen zum anderen. „Ich erinnere mich", gab er ihnen zu verstehen. „Ihr wart damals schon enge Freunde. Ich bin begierig, alles über Eure wundersame Rettung zu erfahren. Aber was verschlägt Euch nach Rom?" – „Ein trauriger Anlass", setzte Thomas zu einer Erklärung an, „die Ermordung des Erzbischofs Engelbert von Köln. Und die Suche nach seinen Mördern. Sie sind hier – hier in Rom!" Bischof Oliver erbleichte bei der Erkenntnis, wie unergründlich, aber auch wie schnell doch Gottes Wege waren – und welcher Werkzeuge er sich bediente. „Es stimmt, sie sind hier", musste er nach einem längeren Blick in Thomas' Augen zugeben, „aber was wisst Ihr über diese Männer?"

Musculus Severus saß auf seinem Pferd und rieb sich das kantige Kinn. Der Wind spielte mit seinem schütteren Haar und ließ die Härchen auf den Hautpartien, die nicht von seiner Toga und der ledernen Rüstung geschützt wurden, zu Berge stehen. Er stand mit zwei ebenfalls berittenen Spießgesellen auf einem Hügel nördlich der Stadtmauer und spähte auf einen von Zypressen gesäumten Olivenhain hinunter. Das war eine lohnende Beute dort vorne, keine Frage. Der Kardinal hatte nicht zu viel versprochen, als er von orientalischen Schätzen, Schmuck, edlen Pferden und teuren Waffen gesprochen hatte, die ihm winkten, wenn er die kaiserliche Abordnung angreifen würde. Doch eben diese Waffen machten ihm auch Kopfzerbrechen, denn sie befanden sich in den Händen von entschieden zu vielen Feinden. Nicht dass er, Musculus, Angst gehabt hätte. Als Anführer der schlimmsten und mächtigsten Räuberbande Roms fürchtete er sich vor nichts und niemandem. Aber er bevorzugte es, dass ein Plan Erfolg versprach, wenn er einen Auftrag annahm, und dass er nicht zu viele Männer kostete. Männer hinter sich zu haben, bedeutete Macht. Und er hatte viel zu lange gebraucht, um genügend Männer hinter sich zu vereinen und die Macht in den dunklen Vierteln Roms zu übernehmen, um diese nun leichtfertig aufs Spiel zu setzen. Er würde beinahe eine ganze Armee zerlumpter Bettler und Räuber brauchen, um es mit den kampferprobten Männern dort vorn in dem Olivenhain aufzunehmen – oder das Überraschungsmoment auf seiner Seite. Ein Lächeln stahl sich auf Musculus' zerfurchtes Gesicht. Am besten, er lockte ein paar von ihnen fort, in einen weniger offenen Bereich der Stadt, wo sie ihre ritterliche Kampfkunst nicht ausspielen konnten, dorthin, wo Dolche und Schlingen wirkungsvoller waren als Lanzen und Langschwerter. Und Musculus kannte einen dafür perfekt geeigneten Ort. „Geh, ruf die Männer zusammen", trug er dem bärtigen Lombarden auf, der als seine rechte Hand fungierte, „sie sollen sich unterhalb des Palatins bereithalten!" Jetzt brauchte er nur noch einen geeigneten Lockvogel.

Inez hielt es im Zelt der Frauen nicht mehr aus. Seit Tagen hatte der Sultan nun schon ein Auge darauf, dass sie keine Alleingänge mehr unternahm oder sich gar den christlichen Rittern näherte. Er betrachtete sie als sein Eigentum und verfolgte jeden ihrer Schritte mit Argwohn. So kannte sie ihn eigentlich gar nicht. Die letzten Jahre hatte er sich als großzügiger Herrscher, weltoffener Mann und liebevoller Geliebter erwiesen. Doch seit dem Besuch bei Kaiser Friedrich benahm er sich deutlich unterkühlter und distanzierter. Ja, er schien regelrecht eifersüchtig. Offenbar hatte er Wind von ihrem Verhältnis zu Thomas bekommen, auch wenn dies schon lange her war. Seither war es mit ihrer Freiheit nicht mehr weit her. Sie traute sich durchaus zu, seine Gunst zurückzugewinnen, aber das würde Zeit und die rechte Gelegenheit erfordern. Beim letzten Mal hatte er sie unsanft genommen und ohne großes Federlesen wie eine Stute bestiegen. Sie musste einen günstigeren Moment abwarten und durfte in der Zwischenzeit seinen Unmut nicht von Neuem erregen. Aber hier tatenlos im Zelt zu sitzen und Thomas nicht einmal mehr zu sehen, das ging über ihre Gedulds- und Leidensfähigkeit hinaus. Der verschiedenen Brettspiele, mit denen sich die Frauen des Sultans gerne die Zeit vertrieben, war sie längst überdrüssig, wie auch der ständig ausgetauschten schlüpfrigen Klatschgeschichten. Außerdem vermisste sie den Fischersohn und die ihr von ihm und seinen Männern entgegengebrachten Aufmerksamkeiten. Sie musste hier heraus – und sei es nur für einen kurzen Moment. Also hatte sie beschlossen, sich ganz gegen ihre Natur für Dienste einspannen zu lassen, die andere weibliche Mitglieder des Harems rundweg abgelehnt hätten. Dabei wusste sie die zeitweilige Abwesenheit der auf dieser Reise ohnehin überschaubaren Dienerschaft, die meist vom Sultan selbst beansprucht wurde, und die Unpässlichkeit einer hochgestellten Haremsdame für sich zu nutzen, die aufgrund von Monatsbeschwerden unter leichtem Fieber litt. „Faules Pack! Immer, wenn man eine helfende Hand braucht, ist niemand da!", schimpfte sie demonstrativ, nahm dann kurzerhand die am Zeltpfosten hängenden Wasserschläuche an sich und verließ das Frauenzelt. In tiefen Zügen atmete sie draußen die frische Abendluft ein, in die sich Bratendüfte von den Lagerfeuern, der Schweiß der Tiere von den Pferdekoppeln und fernere Gerüche aus der großen Stadt mischten – ein Hauch von Latrinen, Weihrauch, Kochdünsten und Abfällen. Als sie zum Fluss hinunterschlenderte, stellte sie sich vor, wie sich die anderen Haremsdamen an ihrer Stelle ein seidenes Tüchlein vor die Nase halten und wie sie sich jetzt im Zelt das Maul über sie zerreißen würden. Eine Favoritin des Sultans ging doch nicht wie eine Magd zum Fluss, um Wasser zu holen! Inez musste innerlich lachen. Sie, das Waisenkind und spätere Mündel eines jüdischen Wanderhändlers, hatte es durchaus zu etwas gebracht, wenn auch auf ihre Art. Aber sie trug jetzt Kleider aus sündhaft teurer Seide, aß von silbernen oder gar goldenen Tellern und schlief in weichen Daunenkissen. Das war mehr, als sie sich als Kind zu erträumen gewagt hätte. Und das wollte sie auf keinen Fall aufs Spiel setzen. Aber sich weiter eingesperrt zu fühlen, das wollte sie auch nicht. Sollten die anderen Weiber doch denken, was sie wollten. Sie brauchte ihre Freiheit, zumindest ein gewisses Maß dieses kostbaren Gutes – wenigstens ein bis zwei Mal am Tag. Als sie den Fluss erreichte, hockte sie sich ans Ufer, tauchte die Schläuche ins Wasser des Tibers und ließ sie volllaufen. Dann erhob sie sich und ging langsam zurück zum Lager. Jetzt konnte sie sich in Ruhe umsehen und in verschiedene Richtungen spähen, ohne ihren Kopf über Gebühr zu verdrehen und damit etwaiges Aufsehen zu erregen. An einem der Feuer sah sie eine größere Ansammlung von Männern sitzen. Thomas und William waren darunter, sie saßen jeweils zur Rechten und Linken eines kirchlichen Würdenträgers, mit dem sie sich angeregt unterhielten. Auch der Sultan weilte unter ihnen. Sie seufzte, als sie erkannte, dass sie wohl keine Gelegenheit haben würde, mit Thomas für einen unbeobachteten Moment allein zu sein. Also schlug sie schweren Herzens wieder den Weg zum Haremszelt ein. Warum mussten Frauen in dieser Welt so viel weniger wert sein als Männer? Das war einfach ungerecht. Wie gern hätte sie sich zu den Männern ans Feuer gesetzt. Ungehalten stieß sie mit dem Fuß einen Olivenzweig aus dem Weg, der von einem der umstehenden Bäume herabgefallen war. Wieder würde sie zum Warten und zur Langeweile verurteilt sein. Hatte sie vielleicht doch die falsche Entscheidung getroffen, als sie sich damals zu einem Leben an der Seite des Sultans entschlossen hatte?

Plötzlich schien eine dunkle Gestalt vor ihr aus dem Boden zu wachsen. Vielleicht einer der Wärter? Sie kniff die Augen zusammen, um besser sehen zu können. Doch alles, was sie sah, war eine riesengroße Hand, die sich ihr auf das Gesicht legte. Andere Hände griffen nach ihren Armen. Sie wollte schreien, bekam aber keinen Ton heraus. Und sie bekam keine Luft mehr. Dann wurde es schwarz um sie herum.

Engelbert von Isenberg war völlig außer Atem, als er, gefolgt von Notarius Tobias, die knarzenden Stiegen zum Obergeschoss ihrer Herberge hinaufeilte. Seine Brüder und ihr Diener Herriger warteten bereits seit Stunden auf eine Nachricht von ihm. „Wir haben es geschafft", verkündete er den fragenden Gesichtern, die sich ihm zuwandten, als er geräuschvoll die windschief in den Angeln hängende Tür zu ihrem Gemach öffnete. „Morgen nach Sonnenuntergang wird uns der Heilige Vater empfangen!" Sein Bruder Dietrich sank sogleich auf die Knie und betete ein Vaterunser. Friedrich sprang von dem kleinen Schemel auf, der vor dem einzigen Fenster ihrer Kammer stand, und stürmte auf seinen jüngeren Bruder zu. „Erzähle, wie hast du das zustande gebracht?", rief er ihm erregt entgegen und packte den Bruder bei den Schultern, „und bist du sicher, dass es keine Falle ist?" Engelbert wand sich aus der Umklammerung des Älteren und steuerte die Weinkaraffe an, die auf dem wackeligen Tisch an der ansonsten kahlen Wand gegenüber ihrer Schlafstätte stand. „Wie ich Euch schon prophezeit hatte", kam es ihm etwas selbstgefällig über die Lippen, während er sich von dem sündhaft teuren Falerner einschenkte, den sie sich hatten kommen lassen, und einen tiefen Zug nahm, „der Kardinal, dem dieser Konrad von Hochstaden unser Anliegen ans Herz gelegt hatte, hat sich für uns beim Papst verwendet – und nun empfängt er uns!" Friedrich runzelte die Stirn. „Einfach so, ohne Bedingungen?", hakte er nach, „ohne Zugeständnisse oder Nebenabreden?!" – „Nicht ganz", mischte sich Tobias nach einem vernehmlichen Räuspern in das Gespräch ein, „er hat es sich teuer bezahlen lassen!" Dabei handelte er sich einen tadelnden Blick von Engelbert von Isenberg ein, den er aber ignorierte. Die Isenberger mussten nach seinen Vorstellungen allesamt wissen, wie es um sie stand. „Wie teuer?", wollte Friedrich wissen. „Um den Preis allen Silbers, das sich in uns…, in Eurem Besitz befindet", gab der Sekretarius Auskunft, wobei er einen kurzen, aber vielsagenden Blick mit dem Diener Herriger wechselte. Beide fragten sich bereits seit geraumer Zeit, wie lange sich die Isenberger ihrer beider Dienste noch würden leisten können. „Du hast dafür unsere ganze Barschaft ausgegeben?", stellte der ehemalige Graf seinen Bruder zur Rede, „und wovon sollen wir jetzt leben?" – „Hätte ich die Hilfe des Kardinals ausschlagen sollen?", antwortete Engelbert gereizt. „Es kostet nun mal, sich die Stimme eines Kardinals zu erkaufen!"

Dabei schenkte er sich Wein nach, stellte jedoch fest, dass die Karaffe fast leer war. Immer noch aufgewühlt, trug er Herriger auf, eine neue zu besorgen. Der Diener blickte jedoch erst Friedrich fragend an und zog erst los, als dieser den Auftrag mit einem Kopfnicken bestätigte. „Außerdem hat Dietrich doch noch das Gold und das Kreuz mit den edlen Steinen", fuhr Engelbert an seine Brüder gewandt mit einem Achselzucken fort, „das versilbern wir eben!" Für den Bischof von Osnabrück schienen das Problem und das Thema damit erledigt. „Hast du eine Ahnung, wie viel uns die Hinreise gekostet hat?", insistierte Friedrich jedoch. „Mit dem kümmerlichen Rest kommen wir niemals alle zusammen zurück!" – „Herrgott, du bist eine Krämerseele, Friedrich", herrschte ihn nun Engelbert an, „dann häng dich auf oder stell dich dem Kölner Erzbischof. Dann reicht es wenigstens für uns andere!" Wütend pflanzte sich Friedrich nun vor seinem Bruder auf, der ihm lediglich bis zur Nase reichte. „Das könnte dir so passen, was?", brüllte er, „damit Ihr Pfaffen in Ruhe eine gütliche Regelung unter Euresgleichen treffen könnt, aber nicht auf meine Kosten!" In diesem Moment kam Herriger zurück, dicht gefolgt von einem Herbergsknecht, wie es schien, der eine neue Karaffe Wein brachte. „Brüder, hört auf damit", stellte sich nun Dietrich zwischen die beiden Streithähne, „das bringt doch nichts! Lasst uns vielmehr frohen Mutes sein, dass wir jetzt seiner Heiligkeit unseren Fall vortragen können. Wenn der Herr uns auf diese Weise errettet, wird er auch weiter für uns sorgen und uns nach Hause geleiten. Zur Not müssen wir uns eben ein bisschen einschränken!" Brummend trat Friedrich einen Schritt zurück und Engelbert warf Dietrich einen dankenden Blick zu. „Verzeiht, in unserer Herberge war kein anständiger Wein mehr aufzutreiben", unterbrach Herriger die einsetzende Stille, „deshalb musste ich mich auf der Straße umsehen. Aber der Kerl hier will sofort klingende Münze sehen!" Wie zum Beweis hielt der etwas heruntergekommene Straßenhändler die Hand auf und ließ eine Reihe ungewöhnlich weißer, makelloser Zähne sehen. Noch ungewöhnlicher erschienen jedoch seine leuchtend grünen Augen. „So viel zum angeblichen Einschränken", grollte Friedrich, „macht nur so weiter!" Er machte jedoch keine Anstalten, den Mann zu bezahlen. Statt seiner öffnete Dietrich seine Börse und nestelte eine Goldmünze hervor. „Könnt Ihr wechseln?", fragte er den grünäugigen Händler. „Sicher, verehrte Herrschaft, wenn die Münze echt ist", gab der Händler mit einer Verbeugung zurück, wobei er die Hand ausstreckte, die Münze entgegennahm und sie prüfend ins Licht hielt. Schließlich biss er sogar auf den Rand, dann strahlte er, „jedoch nicht hier. So viel Silber und Kupfer habe ich nicht dabei. Aber ich bringe es Euch schneller, als ein Mann dreimal rülpsen kann!" Damit schlug er wie selbstverständlich bereits den Weg zur Tür ein. „Du hältst uns wohl für Narren?!", brüllte ihn Friedrich an, „rück sofort die Münze wieder raus – und dann nimmst du unseren Diener mit, der dich bezahlt, sobald du wechseln kannst!" – „Wie ihr wünscht", gab der Händler klein bei und reichte lächelnd die Münze an Herriger weiter, „dann soll Euer

Diener mich begleiten!" Einen Atemzug später wandten sich die beiden bereits zur Tür. „Sag mal, sind wir uns eigentlich schon einmal begegnet?", warf Friedrich dem Händler hinterher. „Oh nein, sicher nicht", entgegnete der mit einer weiteren Verbeugung, „an so edle, zahlungskräftige Herren würde ich mich bestimmt erinnern!" Dann war er auch schon mit dem Diener verschwunden, der wenig später mit dem Wein und einem Beutel Münzen zurückkehrte. „Ich kann mir nicht helfen, ich könnte schwören, den Kerl schon mal gesehen zu haben, aber ich weiß nicht, wo", überlegte Friedrich halblaut. „Du siehst Geister", lachte Engelbert, während er Herriger einen Becher hinhielt, „wie vorhin. Jetzt hör mit der Grübelei auf und trink mit uns auf guten Erfolg unserer Audienz!" Dabei wanderte bereits ein Becher Wein in Friedrichs Hand. Wenig später stießen die Brüder miteinander an, und als sich die Karaffe leerte, waren auch Friedrichs Bedenken fürs Erste beseitigt. „Nunc est bibendum", lachte ein grünäugiger Händler draußen auf der Straße und warf fröhlich eine Goldmünze in die Höhe, „nun muss getrunken werden. Und möge Allah dafür sorgen, dass ihre Sinne vernebelt bleiben!"

„Wo ist sie? Wo habt Ihr sie versteckt?" Mit diesen mehr geflüsterten als gesprochenen Worten setzte sich der Sultan an das am Morgen frisch entfachte Feuer zu Thomas und William. Die jedoch verstanden kein Wort. „Wo ist wer?", gab der Fischersohn erstaunt zurück. Dabei stellte er die gerade für die Morgenmahlzeit mit Zwiebeln und Bratenresten vom Vorabend gefüllte Schüssel wieder auf den Boden. Hinter seinen Schläfen pochte es, weil er während der langen Gespräche mit Bischof Oliver, die ihm noch immer im Kopf herumspukten, doch über Gebühr dem Weine zugesprochen hatte. Erst weit nach Mitternacht hatte der gute Bischof sie verlassen, mit dem Versprechen, sie am Mittag am Lateranpalast persönlich zu empfangen und zu Papst Honorius zu geleiten. Außerdem wollte er sich nach dem Aufenthaltsort der Isenberger erkundigen, die wohl ebenfalls eine Audienz beim Oberhaupt der Christenheit erhalten sollten, wie er ihm unter vorgehaltener Hand mitgeteilt hatte. All dies beschäftigte Thomas noch so sehr, dass er den Worten des Sultans zuerst nicht die rechte Aufmerksamkeit beimaß. „Tut doch nicht so, als wenn Ihr nicht wüsstet, wovon ich rede", beharrte Al-Kamil, „das ist selbst Eurer nicht würdig!" Thomas stand das Unverständnis ins Gesicht geschrieben.

William jedoch, der ebenfalls noch an Nachwirkungen des Weinkonsums litt, wurde zunehmend ungehalten. „Wenn Ihr etwas vorzubringen habt, dann sprecht nicht in Rätseln", warf er dem Sultan zu, „denn das ist Eurer nicht würdig!" Al-Kamil funkelte ihn böse an, mäßigte seinen Zorn jedoch, vielleicht weil ihn seine Menschenkenntnis erahnen ließ, dass die beiden Ritter tatsächlich nicht wussten, wovon er sprach. „Inez ist verschwunden", ließ er sie nach kurzem Zögern wissen. „Inez?" Thomas sprang auf. „Was soll das heißen, sie ist verschwunden?" – „Sie ging gestern Abend zum Wasserholen", führte der Sultan aus, „kehrte aber nicht in ihr Zelt zurück, wie mir zugetragen wurde. Deshalb dachte ich, dass Ihr ..." Er sprach seine Vermutung nicht vollends aus, forschte stattdessen in Thomas' Miene nach Antworten. „Deshalb dachtet Ihr, mein Freund hier und ich hätten sie entführt oder dergleichen", vollendete William den Satz, „ist dem nicht so?" Der Sultan nickte. „Ich muss zugeben, der Gedanke ist mir gekommen, denn es scheint eine enge Verbindung zwischen Euch zu geben!" Thomas stemmte die Arme in die Hüften. „Habe ich Euch irgendeinen Anlass gegeben, zu glauben, dass ich so etwas im Schilde führe?", erhitzte er sich, ohne damit eine Reaktion bei Al-Kamil hervorzurufen, der ihn nur stumm anblickte. „Es stimmt, dass zwischen Eurer Favoritin und mir einst eine enge Bindung bestand, aber das ist Jahre her. Geblieben ist eine enge Freundschaft, mehr nicht. Ich habe eine Frau daheim. Und Inez ist die Eure, aus freiem Willen. Lasst uns lieber überlegen, was geschehen sein könnte oder warum sie das Lager verlassen hat!" – „Habt Ihr sie ...", William überlegte, wie er es ausdrücken könnte, „in irgendeiner Form bedrängt oder nicht gut behandelt?" – „Was erlaubt Ihr Euch?", brauste Al-Kamil auf und griff instinktiv an den silbernen Dolch in seinem Gürtel, besann sich jedoch schnell eines Besseren. „Das geht Euch nichts an", konstatierte er stattdessen halblaut. „Ihr seid damit zu uns gekommen, zudem mit einer schweren Anschuldigung, also geht es uns sehr wohl etwas an", beschied ihm Thomas aufgebracht, „deshalb frage auch ich Euch, habt Ihr ihr in irgendeiner Form Gewalt angetan?" Für einen Moment starrten sich die beiden Männer böse an. „Nicht so, dass sie hätte flüchten müssen", gab der Sultan achselzuckend zurück, „ich habe ihr lediglich befohlen, bei den anderen Damen meines Harems zu bleiben!" Wäre die Situation nicht so ernst gewesen, hätte William beinahe amüsiert gelächelt. Doch damit hätte er sich vollends den Zorn des Herrschers zugezogen. „Und es gibt keine Spur?", fragt er stattdessen, „keinen Hinweis darauf, was geschehen sein könnte?" – „Nein", entgegnete Al-Kamil, „niemand hat etwas gesehen und ihre Abwesenheit gab anfangs keinen Grund zur Besorgnis, weil dies nicht zum ersten Mal geschah. Erst, als sie auch bei Sonnenaufgang noch vermisst wurde, informierte man mich!" Thomas und William blickten sich schweigend an. Beide hatten auch die Zwischentöne herausgehört und konnten sich vorstellen, wie sich die Frauen im Harem das Maul über die Frau zerrissen hatten, die ständig auf Abwegen war. Und über den Sultan, der dies zuließ. Das war wahrscheinlich ein zusätzlicher Grund für seine Verärgerung. Erst ihre ungewohnte Abwesenheit bei Sonnenaufgang hatte dann die Weiber alarmiert. „Dann müssen wir ausschwärmen und sie suchen", beschloss Thomas und griff nach seinem Schwertgurt, „vielleicht ist ihr etwas zugestoßen. Denn bei uns war sie nicht, was sie zweifellos getan hätte, wenn sie aus …", er räusperte sich, „persönlichen Gründen verschwunden wäre!" Niemand widersprach ihm, und bald schwärmten Bewaffnete, Ritter wie Sarazenen, in Zweiergruppen in verschiedene Richtungen aus. William und Thomas schlugen den Weg zum Fluss ein, weil Inez dort Wasser holen wollte, wie es hieß. Doch der Tiber zog träge wie eh und je zwischen ihnen und der Stadt dahin. Das Ried schwankte in der morgendlichen Brise. Von Inez oder irgendwelchen Spuren eines etwaigen Kampfes war nichts zu sehen. „Vielleicht haben wir an der Brücke mehr Glück", meinte William, „womöglich hat sie jemand gesehen!" Da Thomas nichts Besseres einfiel, schlugen sie den Weg zu dem steinernen Monument ein, das seit Jahrhunderten den Übergang über den Fluss ermöglichte. Ein Stück flussaufwärts zeugten verwitterte Ruinen in der Mitte des Stromes, an denen sich die Wellen brachen, davon, dass hier in uralter Zeit bereits einmal eine andere Brücke gestanden hatte. Auf einem der zerbröckelten Pfeiler thronte ein Reiher, der in angespannter Haltung Ausschau nach Beute hielt. Die beiden Ritter hatten, vom Flussufer kommend, die gepflasterte Straße, die über die Brücke führte, beinahe erreicht, als ihnen ein halbes Dutzend zerlumpter Bettler auffiel. Diese hatten auf der Brücke herumgelungert und kamen nun langsamen Schrittes auf sie zu. Thomas sträubten sich die Nackenhaare, und William griff zu seinem Schwertknauf. Irgendetwas an diesen Männern hatte auch seinen Verdacht erregt. Als sie näherkamen, bewiesen ihnen die blanken Klingen unter den fadenscheinigen Überwürfen der Männer, dass ihr Verdacht nicht unbegründet war. Das hier waren keine Bettler – oder zumindest keine der üblichen Sorte. „Verzeiht, Ihr Herren", sprach sie der Vorderste an, offenbar der Wortführer des Lumpenpacks, „vermisst Ihr vielleicht jemanden?" Wie auf ein geheimes Zeichen zogen Thomas und William zeitgleich ihre Schwerter. Einen Atemzug später taten dies auch fünf der Bettler. Lediglich der Wortführer hielt keine Klinge in der Hand. „Aber, aber, Ihr Herren", wiegelte er mit erhobenen Händen ab, „Ihr wollt doch keine friedlichen Wanderer erschlagen!" – „Friedliche Wanderer? Dass ich nicht lache!", beschied ihm Thomas mit gefährlich ruhiger Stimme. „Ihr seht mir eher wie Mordgesindel aus. Was weißt du von der vermissten Person? Rede, oder ich mach' dich einen Kopf kürzer!"

„Dann seht Ihr aber die junge Dame nicht wieder", lächelte der Bettler, „nehmt lieber dies, das sagt mehr als tausend Worte!" Dabei hielt er Thomas einen Schleier vor die Nase, der ohne Zweifel von Inez stammte. Thomas meinte, eine zarte Note ihres Duftes aus dem Stück Stoff zu vernehmen, auch wenn der Gestank des Bettlers diesen überlagerte. „Und in dieser Botschaft könnt Ihr nachlesen, wie Ihr sie zurückbekommt!" Mit einem kehligen Lachen, wobei er zwei faulige Zahnstümpfe in seinem schmierigen Maul entblößte, übergab ihm der Bettler ein fleckiges, zusammengerolltes Pergament, das mit einem dunkelroten Stoffstreifen umwickelt war, auf den die Initialen „MS" gekritzelt waren. Dann zog er sich mit seinen Spießgesellen Schritt für Schritt zurück. Thomas und William blieben unbeweglich stehen, bis die Bettler verschwunden waren. Dann riss Thomas das fadenscheinige Siegel ab und warf einen Blick auf das Pergament. „Sie ist entführt worden", ließ der Fischersohn seinen Freund wissen, nachdem er die lateinischen Zeilen überflogen hatte, „sie wollen tausend Goldstücke für sie haben, die wir heute Abend übergeben sollen. Komm, wir müssen zum Sultan!"

Bischof Oliver hatte es eilig. Nach einer kurzen, unruhigen Nacht, in der ihn noch lange das Gespräch mit dem Fischersohn beschäftigt hatte, war er in die Masse der ersten Pilger eingetaucht, die schon früh in die Lateranbasilika drängten. Seit dem Kreuzzug nach Ägypten, den er im Auftrag des Kölner Erzbischofs begleitet hatte, wusste er, dass man nirgendwo ungestörter war als in einer großen Menschenmenge. Bedrohlich war lediglich die Nähe einzelner, gefährlicher Menschen. So hatte er die Einsamkeit der Menge zu einem kurzen Gebet an einem Seitenaltar gesucht – um sich über Verschiedenes klar zu werden und um sich etwaigen Augen zu entziehen, die sein Tun beobachten könnten. Das Zwiegespräch mit Gott bestärkte ihn in seinem Entschluss. Der Heilige Vater durfte sich nicht mit den Mördern des Erzbischofs einlassen, das wäre ein schwerer Fehler. Diese Männer mussten der weltlichen Gerichtsbarkeit überstellt werden, um die Hintergründe ihres Verbrechens aufzudecken. Davon war er überzeugt. Und um dem Heiligen Vater dies mitzuteilen, eilte er nun die Heilige Treppe hinauf, die einen stillen Seitenflügel der Basilika mit dem Lateranpalast verband, genauer gesagt mit der päpstlichen Kapelle. Hier hoffte er Papst Honorius anzutreffen, der für gewöhnlich die frühen Morgenstunden zu einer persönlichen Andacht nutzte. Die Treppe war ein Relikt aus Judäa, aus dem einstigen Palast des Pontius Pilatus. Wie es hieß, hatte Jesus sie persönlich vor und nach seiner Verurteilung beschritten, deshalb galt sie als heilig. Seit dem 6. Jahrhundert durfte man sie angedenk des Leidensweges Christi nur mit den Knien berühren. Deshalb dauerte es eine Weile, bis er die Stufen bewältigt hatte. Dann stand er in der Kapelle Sancta Sanctorum. Er hatte kein Auge für die prächtigen Wand- und Deckenmalereien, die auch schon die Treppe flankiert hatten, auch nicht für die zahllosen Reliquien, die in den Nischen der Kapelle eingelassen waren und unter denen sich auch die Häupter der Apostel Petrus und Paulus befinden sollen. Seine Augen suchten einzig und allein den Papst – und er wurde alsbald fündig. Honorius hockte, barhäuptig und nur mit einer einfachen Mönchskutte bekleidet, in der vordersten Bank des Oratoriums des Heiligen Silvester, der die Kapelle im vierten Jahrhundert gegründet hatte. Leise huschte Oliver über den Marmorboden und die anschließenden Stufen; er bekreuzigte sich vor dem Altar und glitt dann ohne ein Wort neben den Heiligen Vater auf die abgewetzte hölzerne Bank. Erstaunt blickte dieser zu ihm auf. „Bischof Oliver – so früh unterwegs?", staunte der Papst, „was sucht Ihr zu dieser Stunde bereits im Lateran? Ich hatte Euch erst später erwartet!"

„Ich suchte Euch, Eure Heiligkeit", flüsterte Oliver, „ich muss Euch von einer Begegnung unterrichten. Unter den Männern des Kaisers, die ich in Eurem Namen besuchte, um ihnen Eure Einladung zur Audienz zu überbringen, ist ein Vertrauter des seligen Erzbischofs Engelbert, der dessen Mörder verfolgt – beinahe so etwas wie ein Augenzeuge der Tat!" Papst Honorius hob die Augenbrauen. „Sprecht!", befahl er halblaut, „das klingt ohne Frage nach Wichtigkeit!" Ohne sich lange bitten zu lassen, berichtete ihm Oliver eingehend von der Begegnung mit Thomas und von dessen Bericht über die Ereignisse rund um das Ableben des Kölner Erzbischofs. Dabei entging ihm völlig, dass eine weitere Person die Kapelle betreten und eine Reihe hinter ihnen Platz genommen hatte. „Ja, Erzbischof

Engelbert hatte die Verschwörung enttarnt. Doch was als Entführung seiner Person geplant war, endete durch doppelten oder gar mehrfachen Verrat in einem Mord. Und es sind so viele Personen von Rang und Namen in diese üble Angelegenheit verstrickt, dass Ihr, Heiliger Vater, Euch nicht in diesen Sumpf begeben dürft", schloss Oliver seinen Bericht. „Wenn publik würde, dass Ihr die Männer empfangen habt, die im Verdacht des Mordes stehen, hätte dies womöglich Auswirkungen auf Euer Ansehen und das der heiligen Mutter Kirche!" Für einen langen Augenblick trat Stille ein. „Eure Sorge ehrt Euch, Bruder Oliver", kam plötzlich eine Stimme aus der Sitzreihe hinter ihnen, „ist aber unbegründet!" Beider Köpfe fuhren herum. „Pelagius?!", entfuhr es dem Bischof, und auch der Papst war zutiefst überrascht, den Kardinal so plötzlich zu sehen. „Verzeiht, wenn ich Euch erschreckt habe", erklärte der Kardinal von Albano mit Unschuldsmiene, „aber ich suchte wie Ihr Kraft und Erleuchtung vor diesem denkwürdigen Tage. Dabei habe ich Eure letzten Worte zufällig mitbekommen. Ich denke, Eure Bedenken sind fehl am Platze. Der Heilige Vater hat ein Recht darauf, die ganze Wahrheit zu erfahren. Und wie gelänge das besser, als durch die Vernehmung der Beschuldigten?!" Oliver fühlte den Stachel des Ärgers im Herzen. Warum musste dieser eingebildete Esel sich ständig einmischen! Schon auf dem Kreuzzug hatte er damit viel Unheil angerichtet. „Ich denke, dieser Fall unterliegt nicht der kirchlichen Gerichtsbarkeit, sondern sollte einzig und allein vor einem weltlichen Gericht verhandelt werden", widersprach Oliver dem Kardinal. „Wir können es uns nicht leisten, auch nur ansatzweise Partei zu ergreifen!" – „Wir?", betonte Pelagius gedehnt, „wer hat Euch autorisiert, im Namen der Kurie zu sprechen? Außerdem gibt es für diesen Fall keine höhere und bessere Instanz als seine Heiligkeit. Schließlich waren und sind das Opfer – wie auch zwei der Beschuldigten – Männer der Kirche. Und für diese gilt obendrein der Grundsatz ‚In dubio pro reo', bis ihre Schuld erwiesen ist! Der Heilige Vater muss sie anhören!" – „Welches Interesse habt Ihr eigentlich an dem Fall?", konterte Oliver, „man könnte meinen, Ihr wäret persönlich betroffen, so sehr setzt Ihr Euch für diese Männer ein. Vor Damiette wart Ihr im Zweifel nicht für den Angeklagten und ließt vermeintliche Verräter und Fahnenflüchtige sofort köpfen, auch wenn ihre Schuld längst nicht erwiesen war! Außerdem darf ich in Erinnerung rufen, dass diese Männer bereits überführt wurden. Der deutsche König hat sie verurteilt und gebannt – und der Erzbischof von Köln hat einen hohen Preis auf ihren Kopf ausgesetzt. Soll es sich der Heilige Vater in diesen Zeiten mit allen verscherzen?" – „Ihr seid ein Kindskopf, Oliver", fauchte Pelagius, „gerade jetzt und in diesem Fall muss seine Heiligkeit eine eigene Ansicht vertreten. Und die Welt hat diese zu akzeptieren!" – „Meine Brüder im Glauben", beschwichtigte der Papst mit erhobenen Händen, „ich danke Euch für Eure Sorge, aber jetzt ist es genug. Ich teile Olivers Bedenken bezüglich der Gefahr für unser Ansehen. Deshalb darf niemand von der Unterredung mit den Isenbergern erfahren. Aber ich muss zugeben, ich bin neugierig geworden. Deshalb bleibt es dabei, dass ich diese Männer empfange, um aus ihren Mündern selbst zu hören, was sich zugetragen hat und wer die Schuld an diesem Mord trägt; dann sehen wir weiter!" Oliver grollte innerlich, ließ sich dies aber nicht mehr anmerken, sondern neigte das Haupt vor dem Papst. Pelagius setzte ein triumphierendes Lächeln auf. „Allerdings würde auch mich interessieren, was Euch an diesen Männern liegt", fuhr der Papst überraschend fort, „ich weiß von Oliver, dass er dem Erzbischof von Köln sehr nahe stand, aber was habt Ihr, Kardinal von Albano, mit der Sache zu tun?" Pelagius stockte der Atem, dann setzte er ein schräges Lächeln auf. „Gar nichts, Eure Heiligkeit, nicht das Mindeste", log er, „wie immer habe ich nur das Wohl der Kirche und des Heiligen Vaters im Sinn, dessen Macht und dessen Rechte ich über alles stelle!" Dabei erhob er sich und vollführte eine galante, tiefe Verbeugung, die einen Blick auf seine Tonsur erlaubt hätte, wenn er denn nicht das scharlachrote Scheitelkäppchen der Kardinäle getragen hätte. Honorius schien überzeugt, Oliver nicht.

„Tausend Goldstücke? Bei Allah! Sie werden unsere Klingen zu spuren bekommen", eiferte sich Sultan Al-Kamil, als er die Botschaft der Bettler gelesen hatte. Gleich nach ihrer Rückkehr ins Lager hatten Thomas und William den Sultan aufgesucht und die führenden Männer ihrer Gesandtschaft zu einer Beratung versammelt. „Wir hauen diesen Abschaum in Stücke!", tobte der Sultan weiter. Seine Offiziere, vier an der Zahl, die in Inez' Entführung eingeweiht waren, stimmten den Worten ihres Herrschers sogleich lautstark zu, auch wenn niemand von ihnen so recht einsah, warum wegen einer Frau so viel Aufhebens gemacht wurde. Aber man hatte sie beraubt – das war Grund genug, zu Felde zu ziehen. „Davon kann ich nur abraten. Diese Männer sind keine gewöhnlichen Bettler, wie Ritter Thomas zu Recht vermutet", gab Oberto zu bedenken, „es sind gut organisierte Räuber, Diebe und Halsabschneider, viele Hundert Mann stark. Zur Not nehmen sie es mit einer ganzen Armee auf. Die bringen es fertig und entführen sogar den Papst am helllichten Tag! Die könnt Ihr nicht einfach aufspüren und niedermachen. Wenn sich mehr als zwei von uns dort blicken lassen, bringen sie die junge Frau gewiss um, wie es in dem Pergament heißt. Außerdem haben die Bettler den Vorteil der Ortskenntnis. Und der Vicus Tuscus, wo die Übergabe stattfinden soll, ist eine belebte Straße entlang hoher, kasernenartiger Häuser in einem der übelsten Viertel der Stadt, höchstens fünf Schritt breit, voller zwielichtiger Läden, fliegender Händler, Huren und Beutelschneider. Dort sind die Bettler im Vorteil!" Das war nicht von der Hand zu weisen. „Aber wir können sie doch nicht ungestraft davonkommen lassen und noch dazu mit Gold belohnen", schimpfte Al-Kamil, „was ist das nur für ein Land, in dem Geistliche dem Herrscher drohen und Bettler sich zu Königen machen! Hier muss mal jemand hart durchgreifen!" „Das werden wir auch tun, aber mit Bedacht", ergriff Thomas das Wort, „wir haben keine Armee, der Kaiser ist viele Tagesreisen entfernt und wir kennen die Örtlichkeiten nicht, deshalb müssen wir planvoll vorgehen!" – „Und ob wir die Örtlichkeiten kennen", kam eine Stimme aus dem Hintergrund, „ich kenne die Subura, das Borgo, den Vicus Tuscus und all die Straßen nördlich und östlich des alten Forums, als sei ich dort aufgewachsen!" Als die Stimme sich näherte, erkannte Thomas den Assassinen, auch wenn dieser die Kluft eines Bettlers trug. Der Fischersohn sprang sogleich auf und umarmte ihn. „Ezio, ich dachte schon, dir sei etwas zugestoßen", rief er erleichtert, „wo bist du so lange gewesen?" – „Du solltest mich besser kennen", tadelte ihn der Assassine lächelnd, „ich habe mich lediglich ein wenig in der Stadt umgesehen!" – „Und hast du …?", setzte Thomas zu einer Frage an, die ihm auf den Lippen lag. Ezios Nicken machte weitere Worte überflüssig. „Doch davon später", wechselte der Grünäugige das Thema, „berichte mir lieber zuerst, was sich hier zugetragen hat! Ihr vermisst jemanden? So viel habe ich mitbekommen." In wenigen Worten setzte Thomas ihn über Inez' Verschwinden und die Botschaft der Bettler in Kenntnis. „Das ist eine ernste Sache", gab Ezio den mahnenden Stimmen in ihrer Mitte recht, „mit diesen zwielichtigen Gestalten, die Roms Unterwelt beherrschen, ist nicht zu spaßen. Wo soll die Übergabe stattfinden?" – „Vor einem Brunnen im Vicus Tuscus", antwortete Oberto, „nach Sonnenuntergang. Zwei unbewaffnete Ritter sollen eintausend Goldstücke als Lösegeld überbringen!" Der Assassine ließ einen leisen Pfiff hören und strich sich das unrasierte

Kinn. „Nicht schlecht gewählt, dieser Ort, bis tief in die Nacht sehr belebt", murmelte er, „dann müssen wir mit genügend Männern vor ihnen dort sein!" – „Geben jetzt auch schon in unserem Lager Bettler die Befehle?", protestierte Al-Kamil, der nicht mal ansatzweise verstand, warum sich die Männer des Kaisers mit diesem Wegelagerer abgaben, für den er Ezio hielt. „Dieser Mann ist kein Bettler, er gehört zu uns", ließ ihn William wissen, „vielleicht ist es Euch entgangen oder ihr erkennt ihn nicht, aber er stieß in Monteriggioni zu uns. Wir jedenfalls kennen ihn schon länger, er ist ein Ehrenmann!" – „Ein Ehrenmann in Lumpen?", war der Sultan wenig überzeugt, „dieses Land wird immer sonderbarer!" – „Aber Ritter William hat recht", mischte sich Oberto ein, „der Mann hat sich uns in Tuszien angeschlossen, auch wenn ich nicht weiß, was ihn mit den anderen hier verbindet und warum er in dieser Verkleidung auftaucht. Aber er scheint sich in der Tat in Rom auszukennen. Das könnte hilfreich sein!" – „Er ist der beste Späher, den Ihr Euch vorstellen könnt", fügte Thomas an, wobei er Ezio zuzwinkerte, „ich bin sicher, er kann uns helfen, Eure Hofdame zurückzubekommen, ohne Eure Schatulle anzutasten!" Mehrere Stimmen sprachen durcheinander, während der Sultan wortlos von einem zum anderen blickte. „Meinetwegen, in Allahs Namen", lenkte er schließlich ein, „also, wie ist Euer Plan?" – „Ich würde es noch keinen Plan nennen", meinte der Assassine nachdenklich, „aber wir müssen in jedem Falle vor den Bettlern, wie Ihr sie nennt, an diesem Brunnen sein und eigene Leute in den umliegenden Häusern platzieren. Da ich davon ausgehe, dass sie Wächter postiert haben, muss dies zeitig und unauffällig geschehen, am besten einer nach dem anderen. Zwei Bogenschützen an einer Stelle mit gutem Schussfeld, zwei Männer in der Nähe des Brunnens und je zwei weiter vorn und hinten in der Straße. Nicht gerechnet die beiden unbewaffneten Ritter, die sie erwarten, und meine Wenigkeit. Das macht zusammen elf. Vielleicht noch ein schneller Läufer oder Reiter, der als Bote fungieren kann. Das sollte reichen, denn sie werden uns in der engen Straße kaum in Heeresstärke erwarten. Alle anderen bleiben im Lager!" Sogleich brach unter den Rittern und Sarazenen ein Sturm der Entrüstung los; niemand wollte zurückstehen, vor allem nicht die Männer des Sultans. Auch Oberto protestierte, denn er fühlte sich für ihre gesamte Gesandtschaft verantwortlich. Al-Kamil blieb diesmal die Ruhe selbst und musterte Ezio lediglich eingehend. „Ihr scheint es gewohnt zu sein, solchen Situationen zu begegnen", äußerte er, als sich die Aufregung ein wenig gelegt hatte, „aber sagt, warum wollt Ihr dieses Wagnis mit so wenigen Männern eingehen, wo wir doch Dutzende aufbieten können?" – „Ja, das möchte ich auch gerne wissen", meldete sich Oberto zu Wort, „ich sage, wir gehen mit allem rein, was wir haben!" Ezio jedoch schüttelte entschieden den Kopf. „Weil sie vielleicht genau das erwarten", gab er zurück, „oder erhoffen!" Oberto starrte ihn entgeistert an. Mit einem Mal herrschte absolute Stille. „Warum sollten sich diese Bettler mit tausend Goldstücken zufriedengeben, wo doch hier viel mehr auf sie wartet?", fuhr Ezio fort, „Ihr selbst sagt, dass sie Hunderte Männer zählen. Was, wenn diese Entführung und die Lösegeldübergabe nur ein geschickter Vorwand sind, um das Lager anzugreifen, wenn es nur noch von wenigen Bewaffneten geschützt wird?" Die Männer blickten sich erstaunt an und viele traten verlegen von einem Bein auf das andere. „Ihr glaubt, sie haben es auf unser Lager abgesehen? Wie kommt Ihr auf diesen Gedanken?", hakte der Sultan nach. „Das würde ich tun, wenn ich Anführer der Bettler wäre", lachte Ezio. „Denn hier lagern doch noch etliche Reichtümer, wenn ich mich nicht täusche – für diese Bettler ein ungeheurer Schatz! Aber davon abgesehen, wären mehrere Dutzend Eurer Ritter viel zu auffällig", fügte Ezio an Oberto gewandt an, dann drehte er sich zum Sultan um, „und Eure Krieger wären viel zu leicht zu erkennen. Nein, wir nehmen Thomas' und Williams Männer, dazu vier oder fünf Eurer Kaiserlichen, werter Oberto, am besten Männer durchschnittlicher Größe. Und es könnte nicht schaden, wenn diese sich ein wenig nach meinem Geschmack kleiden; bunte Wappenröcke wären für unser Unterfangen unangebracht!" Und so wurde beschlossen, dass sich sogleich die Bogenschützen unter Thomas Männern mit Ezio auf den Weg in das zwielichtige Viertel der Stadt machen sollten, um günstige Positionen für einen Handstreich gegen die Bettler zu beziehen. Jede Stunde sollten zwei weitere Männer heimlich folgen, denen der Grünäugige ihre Posten zuweisen würde. Thomas und William würden bei Sonnenuntergang zu ihnen stoßen – mit dem angeblichen Lösegeld, das sie in einem großen ledernen Beutel mitführen würden. Die tausend Goldstücke zu zahlen, zog niemand ernsthaft in Betracht, auch weil Oberto meinte, dies wäre erfahrungsgemäß keine Garantie, Inez lebend wiederzubekommen. Zuerst allerdings musste die Abordnung zusammengestellt werden, die vor dem Papst erscheinen sollte. Dazu wurden Oberto, vier seiner Ritter, der Sultan mit seinen Offizieren sowie Thomas und William ausersehen. Die restlichen Ritter und Sarazenen würden das Lager bewachen und Verteidigungsmaßnahmen treffen, bis ihre Anführer wieder zu ihnen stießen. Ezio hatte noch einmal eindringlich dazu geraten, neugierigen Augen ihre Pläne nicht durch übertriebene Hektik im Lager zu verraten. „Warum lassen wir Wulfila nicht versuchen, die Spur der Entführten zu finden?", schlug Gerhardt vor, als sie schließlich unter sich waren, um die letzten Vorbereitungen zu treffen. „Vielleicht führt uns seine untrügliche Nase geradewegs in die Räuberhöhle!" – „Daran habe ich auch schon gedacht", musste Thomas zugeben, „aber in dieser Stadt mit ihren abertausend Gerüchen dürfte es selbst dein Hund schwer haben!" – „Das stimmt. Außerdem schöpfen die Späher der Bettler, die sie wahrscheinlich vor und auf der Stadtmauer postiert haben, ganz sicher sofort Verdacht, wenn Ihr mit dem Hund und einigen Bewaffneten loszieht", meinte Yussef alias Ezio, „denn die würdet Ihr in jedem Falle brauchen. Das ist alles zu offensichtlich. Aber später in der belebten Straße könnte Euer Hund womöglich von Nutzen sein. Vielleicht kann er dort die Spur der Frau aufnehmen. Vielleicht muss er das sogar, wenn etwas schiefläuft. Und er sieht wie ein guter Kämpfer aus!" – „Und ob er ein guter Kämpfer ist", platzte Gerhardt vor Stolz, „er ist der stärkste und beste Hund jen…" Ein Räuspern aus Thomas' Kehle unterband sein Prahlen. „Bring ihn mit und besorg dir im Zelt der Sarazenen ein Kleidungsstück von Inez, damit er die Witterung aufnehmen kann", trug ihm der Fischersohn auf, „dann geh mit Ulrich frühzeitig zu diesem Brunnen, such dir eine gute Stelle zum Warten und halte dich bereit!" – „Aber vorher werfen wir noch einen Blick in eure Kleidersäcke", lachte Ezio, „damit deine Männer ein wenig unauffälliger aussehen. Mit dem Fischwappen auf der Brust sind sie ja geradezu unwiderstehlich für jeden römischen Straßenräuber!" Auch Thomas lachte, dann aber nahm er den Assassinen vertraulich beiseite. „Du hast die Männer gefunden, die wir suchen?", wollte er wissen. „Ja, sie nächtigen in einer bescheidenen Herberge im Viertel nördlich des Laterans", eröffnete ihm Yussef alias Ezio, „und wie es aussieht, haben sie sich mit klingender Münze eine Audienz beim Papst verschafft. Aber ich fürchte, um diese Männer können wir uns erst kümmern, wenn wir deine Freundin befreit haben!"

Musculus Severus lächelte befriedigt. Er stand oben auf einem strategisch günstigen Abschnitt der römischen Stadtmauer, von dem aus er einen guten Blick auf das Lager der Kaiserlichen und die Zelte der Syrer hatte. Von dort konnte er ungestört den Aufruhr beobachten, den seine Botschaft unter den Anführern des Trupps ausgelöst hatte. Bei solchen

Gelegenheiten entschied sich immer recht schnell, ob seine Pläne fruchteten oder nicht. Häufig geschah es, dass die Geprellten und Erpressten entrüstet zu den Waffen griffen, zumindest wenn es kampffähige Männer darunter gab. Die mussten dann mit entsprechender Gewalt zur Einsicht gezwungen werden. Aber offenbar hatte sich die vornehme Gesandtschaft dort drüben dazu entschlossen, keine derartigen Maßnahmen zu ergreifen, denn es war nicht zu erkennen, dass Vorkehrungen für einen baldigen Waffengang getroffen wurden. Vielleicht waren die Anführer weise, vielleicht waren sie auch einfach nur ängstlich. Musculus hatte ohnehin keine hohe Meinung von Rittern. Jedenfalls versprach die Sache leichtes Spiel. So beschloss er, seinen Posten zu verlassen und sich in die Subura zurückzuziehen. Ein paar Wächter würden ausreichen, die Sache im Auge zu behalten. Er würde sich etwas Schlaf, einen guten Bissen und vielleicht etwas weibliche Gesellschaft gönnen, bis dass am Abend seine Schläue und Führungskraft gefragt war. So sprang er die schmalen Stufen hinab, die von der Mauer hinunter auf die Straße führten, gab ein paar kurze Befehle, stieg auf sein bereitgehaltenes Pferd und ritt gemächlich in Richtung des alten Forums, von dem aus gesehen in nördlicher und östlicher Richtung sich sein Herrschaftsgebiet erstreckte. Unweit des Titusbogens lief ihm jedoch ein Mann über den Weg, der in einen dunklen Umhang gehüllt war und trotz der im Verlauf des Morgens zunehmenden Wärme eine Kapuze trug. Ohne zu fragen, griff der Mann in das Zaumzeug seines Pferdes, um es zum Stehen zu bringen. „Gut, dass ich Euch treffe, ich habe eine vertrauliche Botschaft für Euch", raunte ihm der Vermummte zu, bevor Severus sich über dessen Verhalten aufregen konnte. Dabei machte er Gesten, die den Bettlerfürsten aufforderten, aus dem Sattel zu steigen. Ungehalten, aber einsichtig stieg Severus ab, schließlich erforderten es vertrauliche Nachrichten, dass man dem Überbringer ein Ohr lieh. „Es gibt da noch ein paar Männer, die seiner Eminenz ein Dorn im Auge sind. Um die sollt Ihr Euch kümmern", flüsterte der Bote. Und Severus schwante, dass der Tag doch nicht so reibungslos ablaufen würde wie erhofft.

Papst Honorius stieg ächzend die drei Stufen des Podestes empor, auf dem sich sein päpstlicher Thron befand, dann drehte er sich um, ergriff die vergoldeten Lehnen und ließ sich langsam auf das samtene rote Polster nieder.

Seufzend stellte er ein weiteres Mal fest, dass er mit seinen gut 78 Jahren langsam zu alt für die Fülle seiner Amtsgeschäfte und die vielen Sorgen wurde. Ohne Zweifel rückte der Zeitpunkt näher, an dem ihn Gott der Herr von dieser Welt abberufen würde. Aber es gab noch so viel zu tun. Allein an diesem Tag standen ihm wieder mehrere langwierige Audienzen bevor, bei denen er diplomatisch, aber entschieden die Belange der heiligen Mutter Kirche vertreten musste. Boten des Kaisers, eine Delegation aus Syrien und flüchtige Mörder würden an seinem Stuhl vorsprechen. Und gerade erst hatte er durch eine Brieftaube eine geheime Nachricht des Kölner Erzbischofs erhalten, die mit diesen Audienzen in Zusammenhang stand. Darin ging es um weitere Männer, die offenbar zu ihm unterwegs waren, um Absolution für das schändlichste Verbrechen der letzten Jahre zu erbitten. Der Erzbischof erwartete deren Verhaftung und Überstellung nach Köln. Honorius nahm sich vor, entschlossen, aber nicht vorschnell zu handeln und auf der Hut zu sein. Zu seiner Unterstützung hatten sich bereits zwei Dutzend Kardinäle und eine Handvoll Bischöfe im großen Empfangssaal im ersten Stock des Lateranpalastes versammelt. Aufgereiht wie die Perlen an einer Schnur, hatten sie sich zur Linken und Rechten seines Thrones postiert. Als einer der letzten gesellte sich Kardinal Pelagius von Albano hinzu. Ihn hatte Honorius auf dem Gang bereits über die geheime Botschaft informiert. Viele Männer der Kurie mochten ihn nicht, aber Honorius hatte einen Narren an ihm gefressen. Oft nahmen sie zum Schein unterschiedliche Positionen ein, um deren Wirkung auszuloten. Doch meist waren Papst und Pelagius im Kern einer Meinung. Wie fast alle Kardinäle trug von Albano den purpurroten Ornat und den ausladenden Hut seines hohen kirchlichen Ranges. Dagegen wirkte Bischof Oliver in seiner einfachen Soutane wie eine graue Maus, allerdings mit dem grünen Pileolus als Farbtupfer. Honorius selbst hatte dem Anlass entsprechend zum Zeichen seiner Macht die Tiara, die haubenartige Papstkrone, aufgesetzt. Um die Schultern trug er einen schweren roten Chormantel und darüber das Pallium, ein weißes Wollband mit sechs schwarzen Kreuzen. „Womit beginnt es?", fragte er den Kardinal, der ihm am nächsten stand. „Mit der Delegation des Kaisers und dem syrischen Gesandten", erhielt er zur Antwort. „Nun denn, dann lasset uns beginnen", befahl Honorius. Sogleich wurden die hohen Flügeltüren geöffnet, und ein gutes Dutzend Personen trat ein. Thomas konnte es sich nicht verkneifen, seine Augen durch den prächtigen Saal schweifen zu lassen. Er hatte schon viele Thron- und Empfangssäle gesehen, aber dieser hier übertraf beinahe alles.

Der Boden, die Wände, die Decken, selbst die Bögen über den Säulen und deren Zwischenräumen waren mit kunstvollen Mosaiken geschmückt, teils aus Marmor, teils aus Edelholz. An den Flanken verfügte der Saal über Seitenschiffe wie eine Kathedrale, die den Sternenhimmel in ihrem Kreuzgewölbe zu tragen schienen. Im Hintergrund ließen hohe, schlanke Fenster aus buntem Glas das Tageslicht herein. Die Streben des Gewölbes und der Bögen waren mit purem Gold verziert. Allerdings wirkte der gesamte Raum ein wenig angestaubt, als stammte er aus uralter Zeit, was er wohl auch tat. Thomas zwang sich jedoch, seine Aufmerksamkeit alsbald wieder dem Geschehen und den Menschen im Saal zu widmen. Von Offizieren der päpstlichen Garde wurden sie gemessenen Schrittes vor den päpstlichen Thron geleitet, auf dem ein hagerer, steinalter Mann saß, dessen Rücken sich schon ein wenig krümmte, dessen Augen jedoch so hellwach erschienen wie die eines Raubvogels. „Er thront dort wie ein Uhu", flüsterte William seinem Freund zu, „ich bin gespannt, ob er auch den Hals so verdrehen kann!" Im Vorübergehen fiel Thomas' Blick auf das sanft lächelnde Gesicht Bischof Olivers, der ihm freundlich zunickte. Die anderen Kirchenfürsten waren ihm fremd, abgesehen von einem düster dreinblickenden Kardinal, der ihm irgendwie bekannt vorkam. „Und der da sieht aus wie ein Habicht", vertraute Thomas dem Engländer an. „Erkennst du ihn nicht?", gab der leise mit einer Kopfbewegung in Richtung des Habichts zurück. Der Fischersohn verneinte. „Das ist Kardinal Pelagius, der nicht unerheblich dazu beitrug, dass unser Kreuzzug vor einigen Jahren im Desaster endete!" Thomas war wie vor den Kopf geschlagen. Aber durch seine Gefangennahme, bevor die Nilmündung erobert werden konnte, hatte er den Mann, der als päpstlicher Legat die Führung des Kreuzritterheeres übernommen hatte, nicht in Erinnerung. Trotzdem entrüstete es ihn, dass dieser Mann inmitten von Prunk in Amt und Würden stand, während tapfere Männer dessen Fehlverhalten mit dem Leben bezahlt hatten. Über diesen Gedanken hätte er beinahe die kollektive Verneigung versäumt, die die kaiserliche Delegation vor dem Heiligen Vater vollführte. Eilig beugte auch er das Knie. Lediglich der Sultan und seine Offiziere blieben ungerührt stehen und neigten lediglich ansatzweise das Haupt. „Erhebt Euch", erklang da die schon leicht brüchige, aber immer noch vernehmliche Stimme des Papstes in einer angenehm tiefen Tonlage, „was führt Euch nach Rom vor den Heiligen Stuhl?" „Der Wunsch des Kaisers, Eure Heiligkeit", ergriff Oberto das Wort, während er sich erhob, „er versichert Euch als Oberhaupt der Christenheit seiner unverbrüchlichen Treue und sendet Euch die besten Grüße!" – „Gibt es dazu einen besonderen Anlass? Schließlich stehen wir seit Jahren im Briefwechsel!", kam es vom Thron zurück, „rüstet der Kaiser vielleicht endlich zu dem neuerlichen Kreuzzug, wie er es geschworen hat?" – „Dies ist eines seiner Anliegen; die Vorbereitungen sind bereits seit geraumer Zeit im Gange", fuhr Oberto diplomatisch fort, „allerdings haben sich durch den Ungehorsam der Lombarden weitere Schwierigkeiten ergeben, Eure Heiligkeit. Solange die Alpenpässe gesperrt sind, kommen keine weiteren Truppen aus dem Norden, obwohl Tausende bereitstünden, das Kreuz zu ergreifen!" Unwilliges Gemurmel erhob sich im Kardinalskollegium. „Alles Ausflüchte", getraute sich Kardinal Pelagius in die Runde zu werfen. Oberto funkelte ihn sogleich böse an. „Ihr wisst selbst, dass ein Kreuzzug wenig Erfolg verspricht, ohne die tapferen Ritter aus dem nördlichen Teil des Reiches", entgegnete er. „Mit den Truppen aus Parma und Siena allein werden wir wohl kaum Jerusalem zurückerobern, das wisst Ihr, Kardinal, wohl selbst am besten!" Thomas hätte in diesem Moment gerne Beifall geklatscht, verkniff sich diese Regung jedoch. „Aber ich bin nicht hier, um über diese Frage zu lamentieren", stellte Oberto klar, „das geziemt mir auch gar nicht. Ich soll Euch vom Kaiser diese Botschaft überbringen, in der er Euch um Vermittlung in der Lombardenfrage bittet und verschiedene kleinere Wünsche äußert!" Dabei verneigte er sich erneut und hielt Honorius eine mit dem ausladenden kaiserlichen Siegel versehene Schriftrolle unter die Nase. Auf einen Fingerzeig des Papstes ergriff ein Kardinal das Dokument, erbrach das Siegel, entrollte das Pergament und reichte es an Honorius weiter. Dieser nahm es in seine vom Alter zittrigen Hände und überflog die Zeilen. Weil sich dies in die Länge zog, nahm Thomas noch einmal die umstehenden Kirchenfürsten ins Visier. Kardinal Pelagius trug eine Miene zur Schau, die an Arroganz kaum zu überbieten war. Mit gerecktem Kinn, das Überlegenheit ausstrahlen sollte, fixierte er den Sultan. Der jedoch stand völlig entspannt zu Thomas' Linken, mit einem milden Lächeln auf den Lippen, umrahmt von seinen Offizieren. Alle fünf trugen schneeweiße Umhänge über ebensolchen Pluderhosen, die von silbernen Gürteln gehalten wurden. Der Sultan hatte zudem einen silbernen Brustharnisch angelegt. Honorius seufzte, als er den Brief studiert hatte, und reichte das Dokument an seine Vertrauten weiter. „Ich werde Euch in Kürze ein Antwort zukommen lassen; Ihr versteht vielleicht, dass ich die eine oder andere Frage zuerst mit den Kardinälen der Kurie besprechen muss", hob der Papst an, „aber sagt, warum schickt der

Kaiser diesmal Euch und nicht wie sonst den geschätzten Großmeister der Deutschritter, Hermann von Salza?" „Weil dieser mit den Lombarden verhandelt", gab Oberto bereitwillig Auskunft, wobei er die versteckte Geringschätzung seiner Person geflissentlich überhörte, „und weil des Kaisers Anliegen aus gegebenem Anlass keinen Aufschub duldete. Außerdem wollte es der Zufall, dass eine syrische Gesandtschaft am Hofe des Kaisers vorsprach, die darum ersuchte, Friedensgespräche zu führen. Und dies wollte Kaiser Friedrich nicht ohne Euch entscheiden. Ich darf Euch, Eure Heiligkeit, daher den Gesandten des Sultans von Syrien und Ägypten vorstellen …" In diesem Moment fiel ihm ein, dass er noch nicht einmal den genauen Namen des orientalischen Potentaten kannte, zumindest nicht den, mit dem dieser vorgestellt werden wollte. „Naser al-Din Abu al-Ma'ali", nahm ihm der Sultan diese Sorge persönlich ab, begleitet von einer angedeuteten Verbeugung, „möge Allah Eure Wege begleiten und Euch ein langes Leben schenken!" Unbequemes Schweigen breitete sich im Kardinalskollegium aus. Nur Pelagius dachte nicht daran, zu schweigen. „Eine Unverschämtheit ist das", tönte er, „den Namen dieses Allah in Anwesenheit von Gottes Stellvertreter auf Erden in den Mund zu nehmen. Wir sollten …" Mit einer entschiedenen Handbewegung brachte ihn Honorius zum Schweigen. „Ich danke Euch für Eure wohlmeinenden Worte", wandte sich der Papst an den vermeintlichen Gesandten „aber es ist unser Gott, der meine Wege leitet!" Das UNSER betonte er besonders. „Und wie Ihr seht, hat er mir bereits ein langes Leben geschenkt. Aber genug der Floskeln. Ihr habt mich neugierig gemacht. Wollt Ihr mir verraten, warum Ihr diese weite, gefahrvolle Reise unternommen habt?" Wieder deutete Al-Kamil, der sich mit den hinteren, unbekannteren Teilen seines langen Namens vorgestellt hatte, eine Verbeugung an. „Nun, unser Herrscher hat mich geschickt, um herauszufinden, ob es auch noch etwas anderes als Krieg zwischen unseren Völkern geben kann", gab er beinahe wahrheitsgetreu zur Antwort. „Es ist viele Jahre lang genug Blut geflossen. Wir bieten Euch einen Frieden zwischen Orient und Okzident an, zwischen Christen und Moslems …" – „Unsinn", rief Pelagius, „es gibt keinen Frieden zwischen Christen und Heiden!" – „Einen Frieden, in dem der Handel erblüht", fuhr der Sultan ungerührt fort, „in dem die Herrscher der Welt das Gespräch suchen und nicht das Gefecht, einen Frieden, in dem sich Gelehrte und Geistliche beider Seiten austauschen und unser aller Gott darüber zufrieden lächelt!" – „Blasphemie", eiferte sich der Kardinal von Albano nun dermaßen, dass seine Stimme überschnappte,

„verbietet ihm das Wort!" Eine gebieterische Handbewegung des Papstes forderte Ruhe ein, die auch sofort eintrat, und ein strenger Blick mahnte Pelagius, nicht noch einmal das Wort zu ergreifen. „Sagt, ist Euch Eure Armee abhandengekommen, dass Ihr um Frieden ersucht?", wandte sich Honorius anschließend unverblümt an den Sultan, „dann übergebt uns Jerusalem und die Waffen werden schweigen!" – „Mitnichten", lächelte Al-Kamil, „unsere Truppen sind so stark wie eh und je – und so zahlreich wie die Sandkörner in der Wüste. Außerdem stehen sie alle wie ein Mann hinter ihrem Sultan. Es sind wohl eher Eure Armeen, die sich in Auflösung befinden, wie es scheint, wie auch Eure ewige Stadt, so viel ich sehen konnte! Vielleicht braucht Ihr den Frieden dringender als wir, damit Ihr alles wieder aufbauen könnt!" Entrüstung machte sich breit, das war ein offener Affront, den viele der Kardinäle nicht hinnehmen wollten. Aber auch Al-Kamil war nicht gewillt, sich weitere Beleidigungen anzuhören und teilte dementsprechend mit spitzer Zunge verbale Hiebe aus. Spätestens jetzt wurde deutlich, dass die Unterredung einen anderen Verlauf nahm, als sie sollte. „In der Tat gibt es einiges, was erneuert werden müsste: die Mauern unserer Stadt, die Schlagkraft unserer Heere", verschaffte sich der Papst mit gehobener Stimme erneut Gehör, „aber macht Euch deshalb kein falsches Bild von unserer Stärke. Vor nicht allzu langer Zeit haben Eure Sarazenenkrieger mithilfe des Nilhochwassers einen hohen Blutzoll unter den Streitern Christi gefordert, das schreit nach göttlicher Vergeltung. Seid versichert, wir werden uns Jerusalem zurückholen. Dann erst können wir über Frieden sprechen!" Al-Kamil fiel das Zitat Kaiser Friedrichs ein, der den Papst bei ihrem letzten Gespräch ein hartes Warzenschwein genannt hatte. Bei der Erinnerung daran musste er lächeln, denn der Verglcich war durchaus passend. Was bildete sich dieser Kerl in Weiberröcken überhaupt ein? Er thronte als angeblich heiliger Vater auf einem Schutthaufen namens Rom und spuckte Gift und Galle. Es wurde Zeit, dass ihn jemand in die Schranken verwies, und Al-Kamil fragte sich wiederholt, warum dies der Kaiser nicht längst getan hatte. Manchmal waren diese Christen schwer zu verstehen. „Ich merke schon: Das Korn, das ich säen wollte, wird nicht aufgehen, weil es nicht auf fruchtbaren Boden trifft", setzte der Sultan noch einmal an, „aber den Blutzoll, von dem Ihr sprecht, den habt Ihr selbst zu verantworten – oder besser gesagt, Euer hitzköpfiger Kardinal hier, der auf die milden Friedensangebote unserer Seite nicht eingehen wollte. Ich kann Euch nur warnen! Wenn Ihr noch einmal gegen uns zu Felde zieht, werden Eure Truppen ebenso enden wie damals. Doch diesmal wird es keine Milde geben!" Nun hielt Pelagius nichts mehr. „Ergreift ihn!", keifte er, „in den Kerker mit ihm!" Die Aufregung griff um sich, doch niemand rührte einen Finger. „Der Kerl ist kein Gesandter, ich erkenne ihn", brüllte der Kardinal, „er ist niemand anders als ..." – „Noch ein Ton, und ich verbanne und exkommuniziere Euch", drohte da wortgewaltig der Papst, der sich trotz seines Alters zu voller Größe erhoben hatte, „das gilt im Übrigen für Euch alle! Niemand rührt sich ...!" Augenblicklich verstummten alle. „Und niemals wird ein Wort von dem nach draußen dringen, was sich hier und heute zugetragen hat! Wir haben lediglich einen syrischen Gesandten empfangen!" Damit wandte er sich wieder dem Sultan zu. „Der jedoch bald wieder unverrichteter Dinge abgereist ist. Geht in Frieden, wer immer Ihr auch seid, zumindest für heute – und kehrt niemals wieder. Es kann keinen dauerhaften Frieden zwischen uns geben, solange Jerusalem und das Blut ehrlicher Christen zwischen uns stehen. Und wappnet Euch, wir werden wiederkommen!" Al-Kamil hatte verstanden und nickte. „Ich werde meinem Sultan von Eurer Güte und Gastfreundschaft berichten", beendete er das Gespräch, „und ihm raten, alles mit gleicher Münze heimzuzahlen!" Mit diesen Worten drehte er sich auf dem Absatz um und ging aus dem Saal, gefolgt von seinen Offizieren. Oberto war wie vor den Kopf geschlagen. Verdattert blickte er abwechselnd zum Papst und zu der Tür, hinter der soeben der Sultan verschwunden war. „Was ... Was darf ich meinem Kaiser berichten?", richtete er das Wort an Honorius. „Dass er gut daran tut, alsbald nach Palästina aufzubrechen", antwortete dieser, „in der Lombardenfrage werde ich ihm beistehen. Entsprechende Depeschen werde ich noch heute diktieren. Es geht nicht an, dass Christen sich gegenseitig bekämpfen, wo der Feind woanders zu suchen ist. Und er braucht uns keine weiteren Gesandten dieser Art zu schicken. Das könnt Ihr dem Staufer ausrichten. Aber ich gebe Euch auch noch eine schriftliche, persönliche Botschaft an ihn mit. Geht einstweilen mit Gott!" Dabei stieg er von seinem Thron und segnete den Podestà sowie die versammelten Ritter, indem er das Kreuz über ihnen schlug und einige lateinische Worte murmelte. Oberto verbeugte sich noch einmal, dann schritt auch er zur Tür. Die kaiserlichen Ritter folgten ihm.

Thomas und William blickten sich unschlüssig an. Die Audienz schien beendet, ohne dass sie Gelegenheit hatten, ihr Anliegen vorzubringen. Bischof Oliver kam ihnen zu Hilfe. „Eure Heiligkeit, darf ich Eure Aufmerksamkeit auf diese beiden Ritter lenken, Thomas von Leichlingen und

William von Gloucester, die den weiten Weg vom Rhein bis nach Rom auf sich genommen haben? Ich berichtete Euch davon. Sie standen Erzbischof Engelbert von Köln nahe!" Honorius hob die Brauen, zumindest der erste Name alarmierte sein Gedächtnis. Richtig, Oliver hatte ihm in der Kapelle davon erzählt – aber von diesem Thomas war auch in der geheimen Nachricht aus Köln die Rede gewesen. Hatte der Erzbischof nicht angedeutet, diese Männer stünden mit den Isenberger Brüdern im Bunde? Er hätte erwartet, sie an deren Seite anzutreffen. Warum kamen sie jetzt unabhängig davon mit einer Delegation des Kaisers? Und wieso setzte sich Bischof Oliver überhaupt für diese Männer ein? Honorius versuchte, sich seine Verwirrung nicht anmerken zu lassen und seine Sinne zu schärfen. Er nickte in Olivers Richtung, dann setzte er sich umständlich wieder auf seinen Thron und winkte die beiden heran. Thomas und William traten vor und verneigten sich ein weiteres Mal. „Erhebt Euch. Ihr standet in Diensten des seligen Erzbischofs?", richtete Honorius das Wort an sie. „Ja, Heiliger Vater", antwortete Thomas, „wir stellten zuweilen seine Eskorte, so auch an dem denkwürdigen Tag, als er ermordet wurde!"
„Dabei scheint Ihr nicht sehr pflichtgetreu gewesen zu sein", kam es Kardinal Pelagius spöttisch über die Lippen. Auch ihn hatte die Nachricht aus Köln verwirrt, erst recht die Tatsache, einige der darin erwähnten Männer unter den Kaiserlichen zu finden. Aber er hatte beschlossen, auf Konfrontation zu setzen. Er konnte es sich nicht leisten, noch weitere Verdächtige in besagter Mordsache zu protegieren – noch dazu Männer, die dafür nicht bezahlt hatten.

Thomas wandte erst dem Habicht, dann wieder dem Papst den Kopf zu, in Erwartung, dieser würde den Kardinal wie zuvor maßregeln, doch diesmal ließ Honorius dessen Worte im Raum stehen. Der Fischersohn dachte jedoch nicht daran, die versteckte Anklage so einfach auf sich beruhen zu lassen. „So pflichtgetreu, wie man nur sein kann. Könnt Ihr das von Euch auch behaupten?", ging er geschickt in die Offensive. Pelagius blieb die Spucke weg. „Was erlaubt Ihr Euch, ich bin ..." – „Wir wissen, wer Ihr seid. Wir durften die Folgen Eurer Pflichtauslegung im Niltal hautnah miterleben", mischte sich William ein, „Ihr solltet nicht über Dinge reden, von denen Ihr keine Ahnung habt!" Der Kardinal bekam mit einem Mal eine Gesichtsfarbe, die von dem Purpur seines Talars kaum zu unterscheiden war. „Eure Heiligkeit, diese Männer müssen augenblicklich bestraft werden!" Doch Honorius sah offenbar keinen Grund zum Einschreiten. „Cave quicquam dicas, nisi quod scieris optime", rezitierte er lediglich ein lateinisches Sprichwort und nahm sich vor, dieses selbst zu beherzigen. „Rede nicht über etwas, was du nicht genau kennst – ein gutes Sprichwort und ein passender Rat. Wie ich sehe, seid Ihr nicht nur furchtlos, sondern auch geistreich, das gefällt mir!", log er. Denn die ganze Sache gefiel ihm überhaupt nicht. Dabei schielte er zu dem Kardinal hinüber, um auch ihn zu Vorsicht und Geduld zu ermahnen. Der zog es fortan vor, zu schweigen. „Bischof Oliver hat mir berichtet, dass Ihr von einer geplanten Entführung des Erzbischofs spracht", fuhr Honorius fort, „erzählt mir alles!" Und Thomas tat bereitwillig, wie ihm geheißen. Wie schon dem Bischof, berichtete er nun auch dem Papst von den letzten Tagen und Stunden Engelberts, von den vorherigen Anschlägen, den Warnungen, dem Verdacht der geplanten Entführung, dem Gegenplan und von dessen Scheitern. Er machte auch keinen Hehl aus den vorwurfsvollen Stimmen, die ihre Rolle betrafen, vor allem ihre Abwesenheit während der Tat. „Und das bereut Ihr jetzt und sucht Absolution?", vermutete der Papst. „Nein, wir haben uns nichts vorzuwerfen", lautete Thomas' Antwort, „ich habe lange darüber nachgedacht. Aber wir hätten uns nicht anders verhalten können. Der Erzbischof befahl uns, vorauszureiten. Deshalb suchen wir keine Vergebung!" Das überraschte den Papst. „Was sucht Ihr dann?" – „Wir suchen den Isenberger!", bekräftigte Thomas. „Den Ihr der alleinigen Verantwortung beschuldigt?", vermutete Honorius, „denn es waren seine Männer, die die Tat ausführten – wollt Ihr das damit sagen?" – „Ich weiß es nicht, Heiliger Vater", gab Thomas ehrlich zurück, „es waren auch andere Männer dabei, die in Diensten des Herzogs von Limburg standen. Ich denke, die Sache ist außer Kontrolle geraten, vielleicht, weil jemand gezielt nachgeholfen hat", fügte Thomas hinzu, „jemand, der ein Interesse daran hatte, den Erzbischof zu beseitigen. Und derer gab es viele, wie mir scheint!" Honorius nickte gedankenverloren. „Und Ihr habt diese lange Reise auf Euch genommen, um mir dies alles persönlich zu vermelden? Wie in aller Welt kommt Ihr dann in die Gesellschaft kaiserlicher Ritter und dieser Syrer?" – „Das ist eine lange Geschichte", gab ihm Thomas zu verstehen, „wir kreuzten in der Poebene per Zufall die Wege des Kaisers. Er hatte mich vor Jahren persönlich zum Reichsritter geschlagen, und ich bat ihn um Unterstützung und Geleit. Deshalb zogen wir in Begleitung seines Podestà!" – „Ein Freund des Kaisers", schoss es Honorius durch den Kopf, „die Sache wird immer verzwickter." – „Aber eigentlich kamen wir nach Rom, um hier den flüchtigen Isenberger zu finden", fuhr der Fischersohn fort, „denn nur er weiß, was wirklich im Hohlweg zu Gevelsberg geschah. Es hieß, er sei auf dem Weg zu Euch. Und ich bin sicher, ihn und seine Brüder vor der Lateranbasilika bereits gesehen zu haben!" – „Zu uns?", tat Honorius überrascht, „da müsst Ihr Euch täuschen. Was sollte er denn von uns wollen?" – „Vielleicht Absolution, wie Ihr es bei uns vermutetet?", ergriff William das Wort. „Seine Brüder sind Bischöfe, da liegt es nicht fern, dass sie Euch um Rat und Vergebung bitten!" – „So wie Ihr, auch wenn Ihr etwas anderes vorgebt!", mischte sich Pelagius wieder ein, „Ihr wollt Euch doch im Kern auf diese Art auch nur reinwaschen! Steckt Ihr nicht gar mit den Hintermännern unter einer Decke?" Diesmal schien Honorius für die Einmischung des Kardinals sogar regelrecht dankbar zu sein, gab sie ihm doch Zeit zum Nachdenken. Die Männer standen quasi unter kaiserlichem Schutz und machten einen ehrlichen Eindruck, auch wenn die Botschaft des Erzbischofs etwas anderes besagte. „Mit Verlaub, ich sehe keine Schuld bei diesen Männern", ergriff nun Bischof Oliver das Wort, „im Gegenteil, sie haben diese weite Reise in Kauf genommen, um Licht in das Dunkel zu bringen und uns zu berichten. Das spricht für sie!" – „Pah, sie wollen allenfalls Licht in das Dunkel ihres eigenen Gewissens bringen", behauptete Pelagius, „ich würde sie verhaften lassen und der Gerichtsbarkeit ausliefern!" – „Ego te absolvo", rief da der Papst, der eine Möglichkeit sah, die Sache zügig zu beenden. Er konnte die Männer nicht festnehmen lassen. Er hatte nichts gegen sie in der Hand, außer den Mutmaßungen des Kölner Erzbischofs. Dafür lief er Gefahr, sich auch in dieser Frage mit dem Kaiser anzulegen. Nein, damit wollte er nichts zu tun haben. „Mit Eurer Pilgerreise an den Heiligen Stuhl und Eurem Bericht habt Ihr bereits Vergebung für etwaige Sünden erlangt, welcher Ihr Euch auch immer schuldig gemacht habt!" Dabei schlug er demonstrativ das Kreuz über Thomas und William. „Ich danke Euch, Ihr dürft gehen!" – „Aber … was ist mit den Isenbergern?", hakte Thomas nach, dem das alles zu schnell ging. Hatte Bischof Oliver nicht am Abend zuvor gesagt, sie seien hier? Das deckte sich mit dem, was Yussef herausgefunden hatte. Und nun wollte niemand davon etwas wissen. Er suchte nach einer Antwort in Olivers Gesicht, doch der zuckte nur entschuldigend mit den Achseln. „Wo auch immer sie sein mögen, am Stuhl Petri findet Ihr sie nicht", log Honorius, „Gott möge Euch sicher heimgeleiten!" Damit war die Audienz beendet.

„Un dono di beneficenza! Donazione per un bisognoso!" Mit weinerlicher Stimme bat der grünäugige Bettler um eine milde Gabe für einen Bedürftigen. „Il rischio di infezione è basso!" Doch trotz dieser Zusicherung, die Ansteckungsgefahr sei nur gering, machten die meisten Menschen einen Bogen um ihn. Denn Ezio hatte es mit seiner Verkleidung diesmal zur Perfektion gebracht. Mit fleckiger Toga und zerschlissenem Überwurf, der vor Dreck und Blut starrte, sah er aus wie ein leibhaftiger Leprakranker. Ihn auf Abstand zu halten, fiel in der engen, mit Händlern, Läden, Huren, Pilgern und herumlaufendem Federvieh vollgestopften Straße des Vicus Tuscus gar nicht so leicht. So bekam er jedoch den nötigen Freiraum, um die Straße und das vorübereilende Fußvolk besser im Auge halten zu können. Er war in seiner theatralischen Vorstellung dermaßen überzeugend, dass bereits gut zwanzig kupferne Münzen in seinem Becher klimperten, den er seinen auserkorenen Opfern unter die Nase hielt. Alle halbe Stunde ging er seiner Bettlertätigkeit hundert Schritte weiter links nach, dann wechselte er nach rechts. Dabei kam er, so auch jetzt, hautnah an einer Taverne und an deren auf hölzernen Bänken sitzenden Gästen vorbei. Denen lieferte er stets eine besonders hartnäckige Probe seiner Schauspielkunst. „Sieh zu, dass du Land gewinnst", fuhr ihn ein grobschlächtiger Pilger in einem weißen Büßerhemd an, der gerade in großen Schlucken eine Kanne Bier geleert hatte. „Hier gibt es für dich nichts zu holen!" Der große, furchteinflößende Hund, der es sich zu dessen Füßen bequem gemacht hatte, schien allerdings weniger abweisend zu sein, denn er wedelte jedes Mal erfreut mit dem Schwanz, wenn sich der Bettler näherte. Ähnlich verhielt sich der junge Mönch, der mit dem Zecher die Bank und die Bierkanne teilte, und ließ zum wiederholten Male eine Münze in Ezios Becher fallen. „Geht mit Gott, mein Sohn, es gibt noch Menschen, die Mitleid haben", gab er ihm dabei mit auf den Weg. Das war ihr verabredetes Zeichen, dass die Luft rein und noch nichts von Bedeutung geschehen war. So zog der Bettler weiter seiner Wege, während der Zecher und der Mönch ihre Aufmerksamkeit wieder dem Bier zuwandten – jedoch nicht, ohne über den Rand der Kanne hinweg die Passanten zu beobachten. Auf diese Weise kontrollierte Ezio im stets gleichen Rhythmus die Positionen seiner Späher. Gerhardt und Ulrich hatten es sich samt Wulfila in der Taverne gemütlich gemacht, je zwei von Obertos Rittern verkauften als Wanderhändler simple Reliquien in Form blanker Knöchelchen, die sie auf einer Art Bauchladen vor sich hertrugen, und Willibald hatte mit Martin einen provisorischen Stand errichtet, an dem sie ihre Künste als Bogenmacher feilboten. Dieser befand sich in unmittelbarer Nähe des Brunnens, von dem im Pergament der Bettler die Rede gewesen war. Ezios Kommando war also gerüstet, als die Sonne langsam unterging. „Ich fühle mich dermaßen verhöhnt, dass ich es kaum beschreiben kann", sagte Thomas zu William, als sie sich ihren Weg zum Vicus Tuscus bahnten. „Der Papst persönlich hat uns dreist ins Gesicht gelogen!" Nach der Audienz im Lateranpalast hatten sich beide wieder zu Oberto und dessen Männern gesellt, die vor dem Palast auf sie gewartet hatten. Der Sultan war zuvor bereits zurück zu seinem Lager geeilt. Von dem Podestà hatten sie das Lösegeld aus der Schatulle des Sultans in Empfang genommen, wenn auch nur einhundert statt eintausend Goldstücke; den Rest des ledernen Beutels, der jetzt an Thomas' Gürtel hing, füllten Eisenspäne und Nägel. Dann hatten sie sich auf den Weg zu Ezio und dem ominösen Brunnen gemacht, während die Männer des Kaisers ebenfalls dem Lager zustrebten. Wie von den Bettlern verlangt, waren sie unbewaffnet, zumindest auf den ersten Blick. Ihre Schwerter hatten sie dem Assassinen in Obhut gegeben, der diese für sie bereithalten wollte. Allerdings trug jeder einen Dolch unter dem Wappenrock. So gerüstet, zwängten sie sich nun in die fragliche Straße. „Und er tat es so überzeugend, dass es sicher nicht das erste Mal war", pflichtete William seinem Freund bei. „Was ist das für eine Welt, in der selbst das Oberhaupt der Christenheit ein abgefeimter Lügner ist?", beschwerte sich der Fischersohn, „wem kann man noch trauen, wenn nicht dem obersten aller Priester?" – „Dir selbst und vielleicht noch deinem besten Freund", meinte William augenzwinkernd, „vorausgesetzt, er ist Engländer und kein Pfaffe!" Doch Thomas überhörte den humorvollen Seitenhieb. „Diese verfluchte Kirche kann mir in Zukunft gestohlen bleiben, wie schon einmal", schimpfte er weiter, „ich setze keinen Fuß mehr in ein Gotteshaus!" – „Die Kirche selbst ist dafür kaum verantwortlich", war der ehemalige Templer überzeugt, „es sind die Menschen, die lügen und betrügen. Aber es sind vielleicht nicht alle so. Dieser Oliver beispielsweise scheint mir ein Mann des Vertrauens zu sein, das war er damals schon in Ägypten!" – „Das ist richtig", musste Thomas zugeben, „aber auch er hat das Maul nicht aufgemacht, als der Papst log, er wisse nicht, wo der Isenberger ist. Jetzt sind wir wieder auf uns allein gestellt!" – „Auch das ist nichts Neues – und Yussef glaubt doch zu wissen, wo er zu finden ist", gab William zu bedenken, „wenn das hier erledigt ist, holen wir uns den Bischofsmörder!"

Während sie so ihre Erfahrung im Lateranpalast verarbeiteten, zwängten sie sich weiter durch die enge Straße und näherten sich dem Brunnen, der als Treffpunkt mit ihren Männern und später mit den Bettlern dienen sollte.

„Un dono di beneficenza! Eine milde Gabe", kam es aus dem Mund eines grünäugigen Bettlers, keine zehn Schritt voraus, vor dessen erbarmungswürdiger Erscheinung die Menschen auswichen, als sei er ein Aussätziger. Da er in Gedanken noch zu sehr beim Papst und dessen Lüge war, erkannte Thomas ihn nicht sogleich. Erst als der Bettler ihm den Becher mit den klimpernden Münzen unter die Nase hielt und ihn mit seinen grünen Augen anstrahlte, ging dem Fischersohn ein Licht auf. „Postiert Euch an dem Brunnen", trug der Assassine den beiden auf, „hinter diesem steht ein unscheinbarer Korb mit euren Waffen, falls ihr diese benötigen solltet. Auf dem kleinen Platz findest du auch deine Bogenschützen, die dort einen Stand errichtet haben. Gerhardt und Martin sind in der Taverne schräg gegenüber und Obertos Männer patrouillieren als Wanderhändler durch die Straße. Ich sehe mich weiter zu beiden Seiten um. Seid wachsam, es kann nicht mehr lange dauern!" Nun war Thomas vollends bei der Sache, und er bewunderte das Geschick des Assassinen, was die Kunst des Planens, Tarnens und Fallenstellens anging. Er erkannte seine eigenen Männer kaum wieder. Und der Hinterhalt war gut gelegt. Die Bettler konnten kommen. Sie würden Inez befreien, dessen war er sicher. Aber zu welchem Preis? Er bildete sich nicht ein, dass dies ohne Blutvergießen vonstattengehen würde.

„Auf den Boden mit Euch", herrschte Kardinal Pelagius den Grafen von Isenberg an, „zeigt Demut vor dem Herrn und dem Heiligen Vater!" Mit zitternden Knien und banger Hoffnung hatte der älteste Isenberger zusammen mit seinen Brüdern eine halbe Ewigkeit vor dem Lateranpalast gewartet, bis sich endlich eine Seitenpforte geöffnet hatte und ein Priester erschienen war, um sie in Empfang zu nehmen. Statt in einen Audienzsaal hatte er sie in eine kleine Kapelle im Erdgeschoss geführt, die nicht größer als ein Hühnerstall war, aber rundum mit kostbarem Marmor verkleidet – wie ein römisches Badehaus. Dort hatten sich seine Brüder gleich mit lautem Wehklagen den vier Personen zu Füßen geworfen, die auf einfachen Schemeln vor dem kleinen goldenen Altar saßen. Neben dem Papst, der an seiner Tiara erkennbar war, gehörten zu diesen ein Kardinal, der auch das Wort führte, ein Bischof und ein Sekretarius. Ihren eigenen Schreiber Tobias und ihren Diener hatten sie vor dem Palast zurücklassen müssen, weil der Priester nur die drei Brüder einlassen wollte. Friedrich hatte sich aus Ehrbezeugung, wie es seinem Stand entsprach, auf ein Knie niedergelassen, aber das war dem Kardinal offenbar zu wenig. Also ließ sich der Graf jetzt auch noch auf das zweite Knie herab und glitt mit dem Oberkörper nach vorn, bis er flach auf dem Boden lag. Dann streckte er wie zuvor schon seine Brüder die Arme zu den Seiten aus, sodass sein Körper ein Kreuz bildete. In dieser unbequemen und für ihn völlig ungewohnten Position verharrte er nun. Weil seine Nase von dem harten Boden zur Seite gedrückt wurde, atmete er durch den Mund, wobei die ausströmende Luft einen kleinen, runden Nebel auf dem kalten Boden hinterließ. „Dietrich von Isenberg, vormals Bischof von Münster, und Engelbert von Isenberg, vormals Bischof von Osnabrück", ertönte die Stimme des Kardinals, „Ihr seid der Mittäterschaft am Ableben des ehrwürdigen Erzbischofs von Köln angeklagt und schuldig befunden, geächtet und Eurer Ämter enthoben durch den päpstlichen Legaten Konrad von Porto. Nun steht Ihr hier vor dem Heiligen Stuhl und bittet um Vergebung. Was habt Ihr vorzubringen?" Von Stehen kann ja wohl keine Rede sein, schoss es Friedrich durch den Kopf, den es zudem wurmte, dass von ihm nicht die Rede war. Aber da er sich nicht in der Position befand, aufbegehren zu können, schwieg er. Stattdessen ergriff sein Bruder Engelbert das Wort. „Euer Gnaden und Eure Heiligkeit, wir sind zu Unrecht beschuldigt, zumindest ich für meinen Teil, ich habe mit der unseligen Tat rein gar nichts zu tun!" Dabei wollte er sich erheben, wurde vom Kardinal aber sofort wieder mit gebieterischer Geste auf den Boden zurückbeordert. „Der päpstliche Legat war bei der Anhörung in Lüttich offenbar anderer Meinung", rief ihm Pelagius in Erinnerung, „außerdem konntet Ihr nicht die erforderliche Anzahl von Bischöfen überzeugen, einen Eid für Euch zu leisten und Euch damit reinzuwaschen!" – „Das ist richtig, Eure Eminenz", räumte Engelbert ein, „aber ich spreche die Wahrheit. Ihr wisst, dass es auch unter Kirchenmännern Rivalitäten und Neider gibt, deshalb versagten uns manche Bischöfe die Unterstützung. Aber es gab auch Fürsprecher. Ich jedenfalls habe mit den Vorfällen nichts zu schaffen!" – „Dann schildert uns Eure Version der Ereignisse", befahl Papst Honorius. „Da ich selbst nicht zugegen war, kann ich wenig dazu sagen", behauptete Engelbert, „da müsst Ihr meinen Bruder Friedrich fragen!" Sogleich richteten sich aller Augen auf den älteren Isenberger. „Graf Friedrich, was sagt Ihr dazu? Habt Ihr diesen feigen Mord geplant und mithilfe Eurer Brüder ausgeführt?" Friedrich räusperte sich mehrere Male. „Darf ich mich dazu aufsetzen?", bat er, „dann spricht es sich leichter, denn die Sache ist nicht so leicht erzählt!" – „Erhebt Euch auf die Knie", erlaubte der Kardinal. Mit einem Seufzer tat der Isenberger, wie ihm geheißen, wobei er sich wie ein Bettler vorkam. „Ich gebe zu, ich habe mich von meinem Schwiegervater, dem Herzog von Limburg, und von der Halsstarrigkeit des Kölner Erzbischofs in der Frage der Voigteirechte über das Essener Damenkloster verleiten lassen, eine Entführung meines Vetters in Betracht zu ziehen", hob er an, „aber ich hatte nie vor, ihn zu ermorden. Das haben andere in die Wege geleitet!" Dann gab er in sachlichen Worten seine Version der Geschichte preis. Als er die Einzelheiten der Ermordung schilderte, soweit sie ihm bekannt waren, schlug Bischof Oliver erschrocken die Hände vors Gesicht. „Ich schwöre, ich habe die Hand nicht gegen den Erzbischof erhoben", schloss er seinen Bericht, „da waren andere vor, die mir das Heft aus der Hand nahmen, allen voran die Schergen meines Schwiegervaters!" – „Die unter Eurem Befehl standen", konstatierte Honorius. „Aber nicht danach handelten", bekräftigte Friedrich. „Wie es heißt, waren Ministerialen des Bistums Münster unmittelbar an dem Anschlag beteiligt", ergriff Oliver das Wort, „was sagt Ihr dazu?" – „Ich hatte sie meinem Bruder zur Unterstützung anheimgestellt", kam es aus Dietrichs Mund, „aber niemand von ihnen hat die Waffen erhoben!" – „Ihr gebt also zu, von dem Anschlag gewusst zu haben?", hielt Honorius fest. Dietrich nickte. „Von der Entführung, ja", räumte er ein, „aber nicht von einem Mord!" Friedrich bestätigte seine Worte. „Und ich war unbeteiligter Dritter", beeilte sich Engelbert hinzuzufügen. Friedrich, der immer noch kniete, und der liegende Dietrich warfen ihm giftige Blicke zu. Derweil steckten der Papst, der Kardinal und der Bischof die Köpfe zusammen. „Was meint Ihr, meine Brüder, wie sollen wir in der Angelegenheit verfahren?", flüsterte Honorius, „ich sehe wenig Möglichkeiten, den Bann zu mildern!" – „Sie sind schuldig, alle drei", war Oliver überzeugt, „es ist nicht zu verantworten, auch nur einen von ihnen freizusprechen!" – „Das würde ich nicht sagen", meinte Pelagius, „ich bleibe dabei, dass sie dem Heiligen Stuhl im Grunde sogar einen Gefallen getan haben. Erzbischof Engelbert hatte mehr das Wohl des Kaisers im Auge als das der Kirche!" – „Das ist nicht wahr", protestierte Oliver, „er hat viel für das Wohl der Klöster und Bistümer getan!" – „Aber wenig für die Macht der Kirche im Lande", insistierte Pelagius, „sondern mehr für seine persönliche Macht. Deshalb wäre zumindest ein wenig Milde für einen der Brüder angebracht, ich denke, wir bekämen dadurch ein williges Lamm, das Eurer Heiligkeit auf Lebenszeit ergeben wäre. Bedenkt das!" Honorius nickte kurz, dann streckte er den Oberkörper und hob ihre geheime Beratung damit auf. „Vernehmt den Urteilsspruch des Heiligen Vaters", verkündete Pelagius, und die Isenberger streckten sich wieder wie Lämmer auf der Schlachtbank auf dem Boden aus. „Das Urteil unseres Legaten und die Enthebung von Euren Ämtern bleibt bestehen", eröffnete ihnen der Papst, „dafür habt Ihr Euch zu großer Verfehlungen schuldig gemacht!" Die drei dahingestreckten Körper sackten sichtbar noch weiter in sich zusammen. „Allerdings will ich eine Ausnahme machen", fuhr Honorius fort, „Bruder Engelbert, ich kann bei Euch allenfalls eine Mitwisserschaft und keine Mitschuld erkennen, ich erlaube Euch daher, während der Dauer der Suspension weltlichen Geschäften nachzugehen, Euch um die Verwaltung des Stifts Osnabrück zu kümmern und das Vermögen Eurer Familie zu hüten, welches fortan unangetastet bleiben soll. Nach Ablauf von zwölf Jahren könnt Ihr Euch erneut zur Wahl für höhere Aufgaben stellen, falls eine adäquate Position vakant sein sollte. Die Audienz ist beendet!" Bischof Oliver schüttelte missbilligend den Kopf, im Gegensatz zu Kardinal Pelagius. „Eine weise Entscheidung!", ließ er den Papst wissen. Gleichzeitig überlegte er, ob er den Bettlerkönig zurückpfeifen sollte, denn nun bedeutete die erkaufte Verbindung zwischen ihm und den Isenbergern keine Gefahr mehr. Aber er entschied sich dagegen, wen kümmerte es, wenn die Brüder nicht in ihre Heimat zurückkehrten. Und das galt auch für diese Männer, die mit den Kaiserlichen ritten. Engelbert erhob sich unterdessen mit einem Strahlen im Gesicht und half seinem Bruder Dietrich auf die Beine, der die Tragweite des päpstlichen Entscheids noch nicht begriffen hatte. „Wir überleben, Bruder", raunte ihm Engelbert ins Ohr, „und mit meinen Einkünften ist auch für dich gesorgt!" „Und was ist mit mir?", getraute sich Friedrich von Isenberg laut zu fragen, als er wieder auf den Füßen stand. „Geht mit Gott", ließ ihn Pelagius an Honorius' Stelle wissen, „für Euch kann seine Heiligkeit nichts tun, dafür habt Ihr zu viel Schuld auf Euch geladen. Auf Euch wartet ein weltlicher Richter – und womöglich der Henker!"

„Sind die Ritter wie verabredet gekommen?", brummte Musculus Severus, während er sich einen letzten Bissen in den Rachen schob und diesen mit einem guten Schluck Falernerwein hinunterspülte. Das zunehmend fahler werdende Dämmerlicht zeigte ihm an, dass es nun an der Zeit war, seine dunklen Pläne in die Tat umzusetzen. „Ja, Dominus, sie warten am Brunnen, wie Ihr es gefordert habt!", antwortete einer seiner Schergen. Mit Bedacht wählte der Mann die Anrede, die seinem Anführer am liebsten war und die schon römische Sklaven und Gladiatoren gegenüber ihrem Besitzer benutzt hatten. Dabei spähte er zur Sicherheit noch einmal durch die offene Pforte der Metzgerei, die ihnen als Hauptquartier diente, auf die Straße und den sich zur Linken öffnenden Platz. Dort weilten jetzt weniger Menschen als in ihrem Metzgerladen, der von zwielichtigen Gestalten überquoll. Ihr Atem machte die Luft im Inneren noch heißer und stickiger, als sie an diesem heißen Julitag ohnehin schon war. „Sind sie allein?", hakte Musculus nach. „Ja, Herr", bekam er zur Antwort, „außer ihnen treiben sich nur noch ein paar Händler, Huren und deren Freier auf der Straße herum, dazu die üblichen Pilger in den Tavernen. Und ein alter Bogenmacher mit seinem Sohn, wie ich vermute, die langsam zusammenpacken. Aber die sehen harmlos aus. Ansonsten ist die Luft rein!" Musculus nickte befriedigt und erhob sich. Er hatte gut und gerne hundertzwanzig Mann für diesen Tag zusammengezogen, Bettler, Beutelschneider und andere Gauner, darunter ein paar abgefeimte Mörder, denn er brauchte gewissenlose Subjekte, die im Notfall schnell zustachen, statt lästige Fragen zu stellen. Aber auch ehemalige Soldaten, meist Veteranen oder Fahnenflüchtige, sowie gealterte Seeräuber zählten zu seiner Streitmacht. Achtzig von ihnen, davon zehn ausgerüstet mit guten Pferden, hatte er unter Führung zweier verarmter Adeliger, die wie er selbst mit Edelmännern eine stete Rechnung offen hatten, nach Norden geschickt, jenseits des Stadttores, wo die Kaiserlichen ihr Lager aufgeschlagen hatten. Bei Anbruch der Dunkelheit sollten sie schnell zuschlagen, die Zelte plündern und so viele Männer in den Tod schicken wie möglich. Aber er hatte ihnen eingeschärft, sich auf kein langes Scharmützel einzulassen, in dem die Ritter womöglich ihre militärische Ausbildung in die Wagschale werfen konnten. Vierzig Mann hatte er in der Straße rund um die Metzgerei zusammengezogen, in deren Hinterhof sich ein größeres Schlachthaus befand, das Raum für Männer, Waffen und erbeutete Waren bot. Dort hatte er auch die Geisel deponiert.

„Gut, holt die Frau, es geht los", befahl er, „wo sind die Tedeschi?" Damit meinte er die „Deutschen", die Isenberger und ihre Diener. „Im Lateranpalast", ließ ihn ein junger Römer wissen, der ebenfalls aus gutem Hause stammte, dessen Vater aber das gesamte Vermögen auf der Rennbahn verloren hatte. „Quintus und Alarich beobachten die Pforte. Zwei weitere warten vor ihrer Herberge. Nimm zehn Mann und folge ihnen, wenn sie zurück zur Herberge gehen", trug ihm Musculus auf, „befreie sie von allem Wertvollen und gönne ihnen einen schnellen Tod, dann stoße über das Borgo zu uns!" Der junge Mann wählte augenblicklich entsprechende Männer aus und verschwand. „Ihr anderen kommt mit mir", warf der Bettlerkönig in den Raum, „aber rüstet euch mit guten Klingen, die werdet ihr womöglich brauchen!" Das ließen sich die Männer nicht zweimal sagen und bedienten sich im Laden sowie im rückwärtigen Schlachthaus an entsprechenden Messern, Schlachterbeilen und anderen mehr oder weniger scharfen Hieb- und Stichwerkzeugen.

Inez blinzelte, als sich die Tür zu dem stinkenden Fleischlager öffnete, in das man sie neben schon allzu gut abgehangenen Schweinehälften gepfercht hatte, und flackerndes Fackellicht einfiel. Ein Schwarm Fliegen flog auf, als der Scherge, der sie holen kam, die auf Haken an einer Stange hängenden Schweinekadaver beiseiteschob, um ihr auf die Beine zu helfen. Sie betete, dass man sie nicht durchsuchen und den Fleischerhaken finden würde, den sie gefunden hatte und nun unter ihrem Gewand verborgen hielt. Ihr blütenweißes, seidiges Sommerkleid mit dem fein gewebten, spitzenbesetzten Überwurf hatte längst seinen Glanz verloren, war jetzt mit Blut, Schweißflecken und Dreck übersät und wirkte inmitten der Tierkadaver sowie der schmutzstarrenden Bettler geradezu grotesk fehl am Platze – vor allem, weil es mit zunehmender Fadenscheinigkeit mehr offenbarte als verhüllte. Trotzdem hatte es niemand ihrer Entführer gewagt, sie anzurühren, wohl weil der Anführer entsprechende Befehle erteilt hatte. Schließlich war eine Geisel, vor allem eine weibliche, nur so lange etwas wert, wie sie unversehrt war, zumindest meistens, und erst recht für einen Orientalen, von dem sie das Lösegeld haben wollten. Aber ihre gierigen Blicke sprachen Bände und Inez konnte sich ausmalen, was geschehen würde, wenn etwas mit der Lösegeldübergabe schiefliefe. Als sie aus der übel riechenden Fleischkammer herausgeführt wurde, konnte sie zum ersten Mal seit Stunden wieder so etwas wie frische Luft atmen. Erleichtert füllte sie mehrmals nacheinander ihre Lungen und stieß den

Atem stoßweise wieder aus. Das half auch ein wenig, ihre Angst zu vertreiben, die sie sich jedoch nicht anmerken ließ. Bei ihrer Entführung hatte man ihr einen Schlag auf den Kopf versetzt, der sie hatte ohnmächtig werden lassen. Ihr Schädel dröhnte noch immer. Sie war erst erwacht, als man sie wie ein verschnürtes Bündel Teppiche durch die Straße trug, in der sich die Metzgerei befand, und in die Fleischkammer sperrte. Dort hatte man ihr zwar Wasser und etwas kalten Braten gegeben, aber sie kein Licht sehen lassen, deshalb hatte sie jegliches Zeitgefühl verloren. Um ihr ein Mindestmaß an Bequemlichkeit zu verschaffen, hatte man ihr die Hände vorn zusammengebunden. Dadurch hatte sie sitzen – und den herumliegenden Fleischerhaken ergreifen können, den sie immer noch verbarg. Offenbar sah man jetzt keinen Grund, an den Handfesseln etwas zu ändern. Vielmehr wurden ihr auch noch die Fußfesseln gelöst. Dann hakte sich an jeder Seite einer der Bettler unter und sie wurde inmitten einer Gruppe von Männern auf die Straße geführt. Dort formierten sie sich hinter einem nach altrömischer Art mit Toga und rotem Überwurf gekleideten Mann, der eher wie ein Feldherr denn wie ein Bettler wirkte und der offenbar der Anführer war. „Benimm dich, Weib", schärfte ihr Musculus Severus ein, „dann bist du gleich wieder frei!" Da sie nur seinen Hinterkopf mit dem schütteren Haar sehen konnte, entging ihr das Augenzwinkern, mit dem der Bettlerkönig seine Worte revidierte und das bei seinen Männern eine gewisse Vorfreude auslöste. In dieser Aufstellung ging es die Straße hinunter. „Ich glaube, es geht los", sagte William zu Thomas, als sie einen Trupp Männer von links auf sich zukommen sahen. Auf der anderen Seite schien die Straße ebenfalls in Bewegung zu kommen. Eine zweite Schar Bettler begann, andere Passanten aus dem Straßenabschnitt zu vertreiben. Pöbelnd und grobe Stöße austeilend arbeiteten sie sich nach vorn. Aus den Augenwinkeln konnte Thomas erkennen, dass Willibald und Martin ihre Bögen spannten, wobei sie sich so teilnahmslos wie möglich gaben. Sie wirkten eher, als rüsteten sie zum Aufbruch – im Gegensatz zu Gerhardt und Martin, die im Hintergrund in einer Taverne saßen und sich eine weitere Kanne Bier schmecken ließen, wie es schien. Thomas sah jedoch, dass er Mühe hatte, Wulfila zu bändigen, der abwechselnd die Bettler anknurrte und dann wieder zu der linken Gruppe hinüberwinselte. Offenbar hatte er Inez gewittert. Ein gutes Zeichen. William suchte mit den Augen die Fassade des gegenüberliegenden römischen Wohnhauses ab, das an eine Kaserne erinnerte. Hinter zwei der Fensteröffnungen vermeinte er, verdächtige Bewegungen wahrzunehmen. „Das wird kein

Spaziergang", rief er Thomas zu und rückte dem Korb einen Schritt näher, in dem sich ihre Schwerter und andere Waffen befanden, die Yussef für sie dort deponiert hatte. „Ich weiß", gab der Fischersohn zurück, „ich schätze, wir haben es mit etwa dreißig Mann zu tun!" „Pah, Männer sehe ich nur eine Handvoll", spie William aus und fasste die Gruppe ins Auge, die sich von links näherte, „der Rest ist Abschaum, Bettler eben – und Halsabschneider, keine Soldaten!" – „Einen Bettler haben wir auch in unseren Reihen", meinte Thomas und wies mit dem Kopf auf Yussef alias Ezio, der sich gerade mit laut klimperndem Münzbecher den Entführern näherte. „Eine milde Gabe", hörte man ihn wiederholt rufen. Der Anführer der Bettlerschar schob ihn jedoch einfach beiseite, wodurch Thomas den Sichtkontakt zu dem Assassinen kurzzeitig verlor. Dann hielt der Römer auf den Brunnen zu, befahl seinem Gefolge, stehen zu bleiben, trat vier Schritte weiter vor und baute sich vor Thomas und William auf. „Habt Ihr, was ich verlangte?", fragte er knapp. Zur Antwort griff der Fischersohn in den ledernen Beutel an seinem Gürtel, förderte eine Handvoll Goldmünzen zutage und ließ sie einzeln wieder zurückregnen. „Dann her damit, dann bekommt Ihr die Geisel wieder!" – „Zuerst will ich sehen, ob sie in gutem Zustand ist", entgegnete Thomas barsch, „nur dann kaufen wir sie frei!" Auf einen Wink des Römers öffnete sich die Menschentraube, und zwei Männer traten vor, die eine unverschleierte Inez in der Mitte führten. Sie sah erbärmlich aus, schien aber unverletzt. Ihre Blicke trafen sich. Der Fischersohn hob fragend eine Augenbraue und Inez nickte. Das war der richtige Moment. Thomas tat, als bücke er sich, um den Lederbeutel vom Gürtel zu nehmen, dabei griff er in den Korb und förderte sein gutes Schwert zutage. Im gleichen Moment griff auch William zu. „Hier ist dein Lohn", rief Thomas dem Römer entgegen, sprang vor und bohrte dem verdutzten Römer die Klinge durch den Hals. Eine wahre Fontäne von Blut schoss aus der verletzten Schlagader. Mit ungläubigem Staunen sackte der König der Bettler gurgelnd in sich zusammen. Gleichzeitig drehten sich Willibald und Martin herum. Zwei Pfeile sausten durch die Luft, die sich tief in die Brust der Männer bohrten, die Inez in ihrer Gewalt hatten. Von ihren Bewachern befreit, wirbelte die Favoritin des Sultans herum und schlug dem Mann hinter ihr den Fleischerhaken ins Gesicht, den sie aus ihrem Gewand hervorgezaubert hatte. Schon war William heran und spaltete dem Kerl daneben mit einem Hieb den Schädel. Doch damit nicht genug. Im Rücken der Bettler hatte sich der Assassine seines vermeintlich leprösen Gewandes entledigt. Statt des Münzbechers hielt er plötzlich zwei blitzende Dolche in den Händen, die er nun kreisen ließ. Lautlos fuhren die scharfen Klingen in die Kehlen zweier Bettler. Bevor ihre leblosen Körper zu Boden fielen, war Yussef alias Ezio bereits weitergesprungen und ließ seine Dolche auf die nächsten Männer niedersausen. Wie ein Panther arbeitete er sich durch die Reihen und mähte Gegner um Gegner nieder. Unterstützung erhielt er von den beiden Rittern Obertos, die statt ihrer Bauchläden nun gute Schwerter in Händen hielten, die auf die Nachhut der Bettler niederfuhren. Ihre Standesbrüder auf der rechten Straßenseite hatten derweil begonnen, sich der zweiten Bettlergruppe zu erwehren, die jedoch zahlenmäßig stärker und durch die dramatischen Ereignisse vor ihren Augen gewarnt war. Zwei Gegner hatten die Ritter töten können, doch nun wurden sie selbst bedrängt. Da landete krachend eine massive Holzbank inmitten der Bettlergruppe, die gleich vier von ihnen unter sich begrub. Das schwere Geschütz kam aus Richtung Taverne geflogen. Einen Atemzug später sprangen Gerhardt und Ulrich hinterher, jeder zwei Äxte in Händen, deren Klingen reiche Ernte hielten. Unterdessen hetzte Wulfila, von der Leine befreit, in die Gegenrichtung. Mit einem tiefen Grollen sprang er einem Mann in den ausgestreckten Arm, der diesen gerade gegen Thomas erheben wollte. Der Fischersohn hatte den verröchelnden Bettlerkönig in seinem Blut liegen lassen und war mit erhobenem Schwert unter die verbliebenen Gegner gestürmt. Zwei, drei Hiebe später, deren Erfolg er im Geschrei des Tumultes nur erahnte, hatte er Inez beim Arm gegriffen, um sie aus der Schusslinie zu ziehen. Denn mit einem Male kamen Pfeile aus den oberen Etagen der Wohnkaserne geflogen. Doch nicht lange und Willibald hatte mit Martin die Fensterreihen von Feinden befreit. Gerade als es Thomas gelang, Inez aus dem Getümmel zu zerren, war einer der Bettler mit einem Fleischermesser auf ihn zugestürmt. Doch dessen Arm steckte nun im Maul des Saupackers, der nicht lange zögerte. Ein markerschütterndes Knacken, und der Arm des Bettlers fiel schlaff herab. Verzweifelt versuchte der Besitzer der Gliedmaße, den einsetzenden Blutschwall zu stillen. Thomas erlöste ihn mit einem Hieb von seiner Qual. Sekunden später lagen die Mitglieder der Bettlerarmee, die sich auf dem Platz vor dem Brunnen befunden hatten, entseelt auf dem Pflaster. Lediglich in der Straße zur Rechten wurde noch gekämpft, Obertos Ritter hatten die anderen verstärkt. „Bist du in Ordnung, Inez?", kam es Thomas über die Lippen, während er mit forschendem Blick zu seiner einstigen Geliebten herabblickte. In den Händen hielt sie noch immer den blutigen Fleischerhaken. Der Anblick ließ ihn schmunzeln. „Ja, mir geht es gut", lächelte sie dankbar zurück, „jetzt, wo Ihr da seid!" – „Gütiger Gott, sie ist unter sie gefahren wie eine Furie", lachte William erleichtert, als er hinzutrat und die junge Frau kurz in den Arm nahm. „Mit dir möchte ich mich nicht im Zweikampf messen!" Doch aus Richtung der Metzgerei schien sich neues Unheil zu formieren. „Wir sind über sie hergefallen wie die Heuschrecken über Ägypten. Dabei waren sie uns drei zu eins überlegen", strahlte der Assassine, der seine blutbefleckten Dolche in den Gürtel zurückgesteckt hatte; auch sein Hemd war über und über mit Rot bedeckt. „Aber jetzt sollten wir verschwinden, die Bettler bekommen Verstärkung!" – „Zur Lateranbasilika", entschied Thomas, der sich an die Verfolgung der Isenberger vor ein paar Tagen erinnerte, „das ist von hier der kürzeste Weg, und sie hat Seitenausgänge. Das ist besser, als jetzt den langen Weg zum Lager anzutreten. Außerdem wissen wir nicht, wie es dort steht!" – „Gut, dann los!", pflichtete William bei, „nehmen wir die nächste Seitenstraße, und dann immer nach Osten!" Doch das war leichter gesagt als getan. Willibald war verwundet, ein Pfeil steckte in seiner rechten Bauchhälfte. Martin hielt ihn in den Armen und presste ein Stück Leder auf die Wunde. „Kannst du gehen?", fragte Thomas. „Sicher", gab der alte Bogner tapfer zurück, wobei er mühsam die Schmerzen unterdrückte. Martin jedoch schüttelte den Kopf und schluckte einen Kloß hinunter. „Ich hoffe, dass es nicht die Leber ist ..." In diesem Moment kamen Gerhardt und Ulrich mit drei der Ritter auf den Platz geeilt. Auch sie hatten mit den Bettlern kurzen Prozess gemacht. Aber einer der kaiserlichen Ritter war gefallen. „Wir tragen ihn", beschloss Gerhardt, als er sich ein Bild der Lage und von Willibalds Verwundung gemacht hatte. Kurz entschlossen trat er die Tür eines nahen Ladens auf und hob sie aus den Angeln. „Damit wird es gehen!" Und wenige Augenblicke später eilten neun als Bettler maskierte Gestalten, mit einem Hund, einer Frau und einem Verwundeten in ihrer Mitte, durch dunkle Gassen dem Lateranbezirk zu, während sich hinter ihnen neue Verfolger formierten.

„So warte doch", rief Engelbert von Isenberg seinem Bruder Friedrich hinterher, während er und Dietrich versuchten, dem älteren zu folgen, „was rennst du denn so?!" Doch Friedrich von Isenberg dachte nicht daran, seine Schritte zu zügeln. Er hatte die Nase gestrichen voll von Rom und würde die Ewige Stadt noch heute verlassen. Es gab für ihn hier nichts mehr zu holen. Es war ein Fehler gewesen, sich überhaupt auf dieses zweifelhafte Unterfangen eingelassen zu haben. Jetzt hatte er ein halbes

Vermögen auf der Reise ausgegeben und nichts erreicht. Gar nichts! Sogar zum Bettler hatte er sich gemacht. Wie ein Wurm war er vor dem Papst auf dem Boden herumgekrochen. Für was? Der einzige Nutznießer ihres Wagnisses war sein Bruder Engelbert. Aber der konnte jetzt zusehen, wie er nach Hause kam. Und Dietrich ebenfalls. Er würde sich von seinen Brüdern trennen und den schnellsten Weg nach Lüttich einschlagen. Denn nur sein Schwiegervater, der mächtige Herzog von Limburg, konnte ihm jetzt noch helfen. Schließlich hatte er die ganze Sache angezettelt. Dort wollte er hin. Und nichts und niemand würde ihn davon abhalten. Und wenn ihm das Geld ausginge, würde er zur Not Eicheln fressen, wie die Wildschweine im Wald. Er, Friedrich, würde es schon schaffen. Nur weg hier aus dieser Stadt und weg vom Heiligen Stuhl, diesem Hort eitlen Natterngezüchts. Wütend stapfte er weiter, ihrer Herberge in dem zweifelhaften Viertel entgegen. Seine Brüder hatten Mühe, halbwegs Schritt zu halten; ihnen folgten Tobias und der Diener Herriger, die zwar nicht den Grund für Friedrichs Wut kannten, sich aber ausmalen konnten, dass die Audienz beim Papst nicht nach Wunsch verlaufen war. Ohne anzuhalten, stürmte Friedrich die Treppe hinauf, als er ihre Herberge erreicht hatte, trat die Tür zu ihrer Kammer ein und suchte in Windeseile seine Siebensachen zusammen. Dies hielt ihn keine zwei Minuten auf, dann war er abreisebereit. „Friedrich, so sei doch vernünftig", hielt ihn Engelbert an, als er mit rotem Kopf die Stiegen erklommen hatte, „es ist doch nichts verloren. Mit meinen Einkünften bringe ich uns alle durch. Und in ein paar Jahren ist Gras über die Sache gewachsen!" – „In ein paar Jahren ist Gras auf meinem Grab gewachsen, wenn ich noch weiter auf deine Worte vertraue", herrschte Friedrich seinen Bruder an, „damit ist jetzt Schluss. Mach, was du willst, ich gehe jetzt meiner eigenen Wege!" Dann blickte er kurz in die Runde. „Wer geht mit mir?" Der Sekretarius Tobias schlug verlegen die Augen nieder. „Ich würde gern bei Eurem Bruder Engelbert bleiben, wenn Ihr erlaubt, denn er hat womöglich mehr Verwendung für mich", ließ er verlauten. Herriger jedoch stellte sich an die Seite Friedrichs. „Ich war immer Euer Diener und werde es bleiben", bekräftigte er. „Dann sind die Fronten ja klar", konstatierte Friedrich, „Abmarsch!" Dabei war er bereits auf dem Weg durch die Tür. „Herrgott, Bruder, so kann es doch nicht enden", klagte Dietrich weinerlich, „du kannst uns doch jetzt nicht im Stich lassen?! Und das mitten in der Nacht. Lass uns doch morgen gemeinsam abreisen!" Noch einmal erschien Friedrichs Kopf in der Tür. „Wer hat hier wen im Stich gelassen?", entgegnete er, „und wer hat sich vor dem Papst fein rausgefressen? Ich bin fertig mit euch!" Mit diesen Worten verschwand er endgültig und eilte die Treppe hinab. Doch seine Brüder klaubten ebenfalls in Windeseile ihre wenigen Habseligkeiten zusammen und folgten ihm mit den anderen. Schließlich war Friedrich nicht nur der Älteste von ihnen, sondern auch der Einzige, der ein Schwert führen konnte und damit einen gewissen Schutz versprach. Dieses Schwert hatte der Isenberger samt Sattel und Zaumzeug im Stall deponiert, unter dem Stroh, nahe bei seinem Pferd. Dieser Stall war nun sein Ziel. Doch er war noch nicht auf der Straße, als er merkte, dass etwas nicht stimmte. Der Ritter und Feldherr in ihm ließ ihn zaudern. Vorsichtig studierte er durch eines der Fenster die Lage. Sein Blick fiel auf eine Reihe zwielichtiger Gestalten, die jetzt vor der Herberge herumlungerten. Seine Nackenhaare sträubten sich. „Was ist los, Herr?", fragte Tobias. „Da ist uns jemand auf den Fersen", gab der Isenberger zurück. Engelbert runzelte ungläubig die Stirn, Dietrich griff sich ans Herz. „Ja, wer denn bloß?", entfuhr es ihm. „Das will ich gar nicht wissen", blaffte Friedrich und sah sich nach dem Wirt um. Er fand ihn in der heruntergekommenen Küche und packte ihn sogleich am Kragen. „Gibt es noch einen anderen Weg hier raus?", zischte er ihn an, „einen, der nicht über die Straße und doch zum Stall führt?" Der Wirt zögerte, merkte aber schnell, dass mit dem Isenberger nicht gut Kirschen essen war. „Es gibt einen kleinen Pfad hinter dem Haus", räumte er ein, „aber der wird Euch nicht gefallen, denn er wird seit Jahren als Gosse genutzt. Der führt auch an besagtem Stall vorbei!" „Genau das, was wir brauchen", knurrte der Isenberger, ließ den Wirt los und wandte sich dem Hinterausgang zu. „Aber Ihr könnt noch nicht fort, Ihr seid mir noch zwei Silberstücke schuldig", rief ihm der Wirt hinterher. Zur Antwort warf Friedrich eine Schüssel nach ihm, die auf einem der Tische stand. „Da hast du deine Silberstücke", schnauzte Friedrich, „ersticke daran!" Und schon war er durch die kleine Pforte verschwunden. Seine Brüder folgten ihm auf dem Fuß. Trotz des widrigen Pfades, der ihnen das Schuhwerk mit Exkrementen und Abfällen verdarb, erreichten sie in Kürze den Stall und sattelten, so lautlos es ging, ihre Pferde. Friedrich fand sein Schwert samt Gurt und Scheide dort, wo er es versteckt hatte, und gürtete sich damit. Dann führte er das Tier zum Vorderausgang, denn nur dort konnten sie mit den Pferden hinaus. „Wo wollt Ihr hin?", kam eine Stimme aus der angrenzenden Schmiede, „will sich da jemand ohne Bezahlung davonstehlen?" Der Schmied, dem auch der Stall gehörte, weil seine Hauptarbeit darin bestand, den Pferden von Reisenden die Hufe zu beschlagen, und der in diesem auch nächtigte, war durch Geräusche geweckt worden. „Ha, ahnte ich doch, dass ich auf Euch ein Auge haben muss", begann er zu zetern, als er sah, dass die Isenberger reisefertig waren, „aber erst entlohnt Ihr mich noch!" – „Da hast du", warf ihm Friedrich zu, der bereits sein Schwert gezückt hatte, und stach ihm die Klinge in die Brust. Mit einem Pfeifen entwich dessen Atem aus der neuen Öffnung, dann fiel der Schmied mit einem dumpfen Aufprall ins Stroh. „Jetzt raus hier!", entschied Friedrich und öffnete die Stallpforte. Doch gerade in diesem Moment brach draußen die Hölle los.

„Wir sind fast da, eilt euch", rief Ezio, der aufgrund seiner Ortskenntnis die Führung der Gruppe übernommen hatte, „noch etwa zweihundert Schritt, dann sind wir in der Basilika!" Sie hatten ihre Verfolger bislang erfolgreich auf Distanz halten können – und das trotz ihrer Last. Gerhard und Ulrich sowie Martin und William wechselten sich alle paar Minuten ab, die provisorische Lade mit dem verwundeten Willibald im Eilmarsch durch die Gassen zu tragen. Ihre Verfolger schienen durch die Geschehnisse am Brunnen und den Verlust Ihres Anführers spürbar eingeschüchtert zu sein. Aber wie lange noch? Beim nächsten Gefecht würden sie die Bande nicht mehr überraschen können. Ezios Aufmunterung ließ sie Morgenluft schnuppern. Da tat sich keine zwanzig Schritt vor ihnen ein neuerliches Hindernis auf. Zehn, zwölf herumlungernde Bettler hatten die Straße gesperrt und warteten offenbar auf sie. „Mist, jetzt wird's eng", spuckte Gerhardt aus und zückte seine Axt. Wulfila kläffte und grollte wie ein Höllenhund. „Nicht, wenn wir schnell sind", meinte Ezio, die Dolche bereits in Händen, „außerdem sind das dort weniger als vorhin!" – „Dann auf zum Angriff", entschied Thomas, „Martin, gib uns Rückendeckung!" Doch der hatte bereits zusammen mit William seinen Vater auf den Boden gebettet, den Bogen von der Schulter genommen und einen Pfeil eingelegt. Mit einem Zischen sauste das Geschoss über ihre Köpfe und blieb im Hals eines der Bettler stecken. Schon stürmten Thomas und seine Männer nach vorn, mit einem katzenhaft agierenden Ezio an ihrer Seite. Die verbliebenen Ritter Obertos sicherten die Rückfront, während Martin weitere Pfeile folgen ließ. Dann prallten die beiden Seiten aufeinander. Die Bettler waren jedoch diesmal weniger überrascht und hatten einige erfahrene Kämpfer in ihren Reihen. Thomas machte einen von ihnen nieder, William und Ezio ebenso. Wulfila sprang einem an die Kehle. Aber aus den umliegenden Gassen stießen vereinzelt weitere Bettler zu ihren Kameraden und schlossen die ersten Lücken. Thomas entschloss sich, auch seine Nachhut ins Feld zu führen. „Ihr Ritter des Kaisers, zu mir!", beorderte er die Männer Obertos an seine Seite. Weitere Bettler fielen. Trotzdem wogte die Straßenschlacht hin und her, weil immer mehr finstere Gestalten aus dem Boden zu wachsen schienen. „Das dauert zu lange", befürchtete William, „gleich sind unsere Verfolger heran!" Da kam ihnen der Zufall zu Hilfe.

Friedrich von Isenberg fiel aus allen Wolken, als er neun Männer, eine Frau und einen Hund durch die Gasse eilen sah, die weiter vorn in ein Handgemenge mit den Gestalten verwickelt wurden, die ihm und seinen Brüdern aufgelauert hatten. Unter den Kämpfern auf dieser Seite der Front erkannte er ohne Zweifel – den Anführer der Eskorte des Kölner Erzbischofs und dessen Männer. Sogar den fürchterlichen Hund hatten sie mitgebracht! Panik überfiel den Isenberger. Aber da er schon an zahlreichen Gefechten teilgenommen hatte, erkannte er auch seine Chance. „Auf die Pferde und durch, wenn euch euer Leben lieb ist!", warf er seinen Brüdern zu, „JETZT!" Dabei gab er seinem Pferd die Sporen und galoppierte auf die kämpfenden Männer zu. Seine Brüder und ihre Diener taten es ihm mit pochendem Herzen gleich. Doch im Unterschied zu ihnen verfügte Friedrich über ein Schwert, das er nun auf den Kopf eines der Bettler niedersausen ließ. Mit gespaltenem Schädel kippte dieser zur Seite. Und Friedrich brach durch die Mauer aus Menschen.

Thomas traute seinen Augen und Ohren nicht. Kam da Verstärkung? Hatte Oberto die Bettler an seiner Front geschlagen und eilte ihnen nun zu Hilfe? Fast schien es so. Jedenfalls tauchten von hinten Reiter auf, und der erste führte am linken Flügel ihrer kleinen Phalanx gerade einen mächtigen Streich gegen den vordersten Bettler, der mit gespaltenem Schädel liegen blieb. Weitere Reiter drängten nach. Thomas und seine Männer wussten die Gunst der Stunde und die Irritation ihrer Gegner zu nutzen, um die zerlumpte Streitmacht vor ihnen endgültig niederzumachen. Mit klaffenden Schulterwunden, aufgeschlitzten Bäuchen und zerfetzten Gliedern sanken die meisten Bettler zu Boden, der Rest floh. Dankbar und immer noch verwirrt blickte Thomas den Reitern nach. Da drehte sich der vorderste einmal kurz im Sattel um. Vor Schreck und ungläubigem Staunen stockte Thomas der Atem. Der Reiter war Friedrich von Isenberg! Ezio trat zu dem Fischersohn, die blutigen Dolche noch in der Hand. „Ich wollte dir gerade sagen, dass dies die Straße mit der Herberge ist, in der ich die Männer gefunden hatte, die du suchtest", ließ er ihn wissen, „aber das ist jetzt wohl nicht mehr von Belang. So wie es aussieht, sind sie uns ein weiteres Mal entwischt!"

„Gott sei gepriesen – da seid Ihr ja endlich wieder!" Adele und Andrea hatten sich zuerst in das neue Gutshaus zurückgezogen, als sie die herannahende Reitergruppe am Ufer der Wupper entdeckten. Dann aber hatten sie den Schmied erkannt, der die kleine Gruppe anführte, und zu Recht vermutet, dass er die Frauen heimbringen würde. Da gab es kein Halten mehr. Mit fliegenden Röcken stürzten sie auf die Heimkehrer zu und schlossen sie in ihre Arme. Tränen flossen, und die Freude kehrte zurück in ihre Herzen. Sibylla drückte Adele, dann aber hielt sie es nicht mehr aus. „Wo ist mein Junge?", fragte sie, „geht es ihm gut? Hat er mich vermisst?" Doch bevor das Weib des Bogenmachers antworten konnte, wurde ihre Aufmerksamkeit von einem lauten „Dadada!" abgelenkt. Als Sibyllas Blick zum Gutshaus schwenkte, sah sie einen stattlichen, in weiche Felle gehüllten Säugling, der auf Händen und Knien durch die offen stehende Eingangspforte krabbelte, sich dann auf den Allerwertesten setzte und mit ausgestrecktem Ärmchen auf sie und die Pferde zeigte. „Daaa! Hotta!", krähte das Kind und strahlte, als hätte es das Glück auf Erden gefunden. Sibylla durchfuhr ein Blitz, dann schossen ihr die Tränen in die Augen. Und schon stürzte sie zu ihrem Sohn. Der kleine Robin wusste gar nicht, wie ihm geschah, als er plötzlich in die Luft gerissen und mit Küssen überhäuft wurde. „Oh, mein Kleiner, was war ich für eine Rabenmutter! Nie wieder werde ich dich allein lassen, das schwöre ich", sprudelte es ihr über die Lippen, „du hast mir so gefehlt!" Katharina eilte derweil an ihr vorbei in die Küche, wo die kleine Hildruth neben Andreas Kindern in einem kleinen Ställchen saß und aufgeregt mit den Händen fuchtelte. Als sie ihre Mutter sah, machte sie große Augen, ergriff zwei der senkrecht angebrachten hölzernen Streben und zog sich mit aller Kraft an diesen empor, zwar noch etwas ungeübt, aber entschlossen. Und dann stand sie dort und hob die Arme der Mutter entgegen. „Mama!?", kam es ihr über die Lippen. In Tränen aufgelöst, sodass sie alles nur noch schemenhaft wahrnahm, hob Katharina das Kind an ihre Brust. „Ach, mein Hildchen, du kannst schon stehen und sprechen?! Wie schön! Und ich habe von alledem nichts mitbekommen. Verzeih mir, wie konnte ich dir so lange fernbleiben!", schluchzte sie und drückte ihren Kopf an das kleine Gesichtchen, in dem sie deutlich die Züge des Vaters wiedererkannt hatte. Aber Hildruth alias Hildchen begann unruhig zu strampeln, weinte und wollte sich aus der Umarmung lösen. „Mama!", rief sie, wandte sich aber deutlich Andrea zu und streckte ihr die Arme entgegen. „Es tut mir leid", entschuldigte sich die junge Frau, während sie hinzueilte und das Kind tröstend herzte. „Ich habe die Kleine behandelt wie mein eigenes Kind. Deshalb hat sie sich wohl an mich gewöhnt!" – „Das gibt sich wieder", mischte sich Adele ein, „das Kind fremdelt, das ist kein Wunder, das wird Sibylla mit Robin auch noch passieren. Ihr wart lange weg. In ein paar Tagen sieht das schon wieder anders aus!" Katharina sah tatenlos zu, wie Hildruth von Andrea zurück in das Ställchen gesetzt wurde. Dann suchte sie Sibyllas Blick, die gerade mit Robin zur Tür hereinkam, der sich die Nähe der leiblichen Mutter bis jetzt gefallen ließ. Ein Hauch von Zorn war in ihren Augen zu lesen, Trauer, aber auch die große Liebe, die sie dem Kind wie auch ihrer Schwägerin entgegenbrachte. „Es tut mir leid", hauchte Sibylla, trat zu ihr und nahm sie in den Arm, während sie ihren Sohn mit der Linken auf der Hüfte hielt. „Wir werden die Herzchen unserer Kinder schon zurückerobern. Und ich werde nie wieder so selbstsüchtig sein, das verspreche ich dir!" Dann fiel ihr Blick auf das kleine Ställchen, in dem die kleine Hilde mit Max hockte und das wohl allen drei Kindern als sicherer Spielplatz diente, wenn sie nicht durchgehend beaufsichtigt werden konnten. „Wer hat denn diesen grandiosen Einfall gehabt?", fragte sie in die Runde, denn die anderen waren ihnen mittlerweile ins Haus gefolgt, „das sieht ja aus wie eine Pferdekoppel in klein, einfach großartig!" – „Das war Ewald", erklärte Adele, „er war überhaupt der Turm in der Schlacht hier. Ich weiß gar nicht, was wir ohne ihn gemacht hätten. Schau dich nur mal um, das ist alles sein Werk!" Der Schmied zuckte einfach nur mit den Achseln, als sei dies das Selbstverständlichste von der Welt. Erst jetzt fanden Sibylla und Katharina die Gelegenheit, dieses Werk in seiner vollen Größe zu bewundern. Ewald hatte nicht nur das Kinderställchen gebaut, sondern zusammen mit den verbliebenen Männern und mit Unterstützung des Grafen Heinrich bis zum Frühsommer alle im Vorjahr abgebrannten Gebäude neu errichtet. Das Gutshaus war größer und schöner denn je. „Wie hast du das denn alles so schnell zuwege gebracht?", zollte ihm Sibylla Respekt, „du scheinst ja nicht nur Schmied, sondern auch Zimmermann zu sein!" – „Ich hatte Hilfe", spielte Ewald seine

Leistung herunter, „und zum Glück war der Kamin nicht beschädigt. Ich habe nur die Feuerstelle neu aufgemauert, etwas breiter als zuvor, weil ja vielleicht irgendwann auch mehr Mäuler zu füttern sind!" Dabei zwinkerte er ihr vielsagend zu. „Und darum herum habe ich einfach ein paar neue Träger, Balken und Querstreben gesetzt. Das Fachwerk haben dann unsere fleißigen Männer mit Stroh und Lehm aufgefüllt. Ja, und das Dach ist natürlich neu eingedeckt. Dafür haben wir Birkenrinde auf ein Gerüst aus Holz ausgelegt und diese mit Grassoden abgedeckt. Jetzt trotzt es Regen und Wind. Das macht man hoch im Norden so, wo die Winter so lange dauern und monatelang viel Schnee auf den Dächern liegt!" Bei aller Bescheidenheit war ihm der Stolz anzumerken. Sibylla nahm ihn in den Arm und dankte ihm von Herzen. Jetzt hatten sie alle wieder ein ordentliches Zuhause. Nur, dass noch nicht alle von ihnen wieder zurück waren. „Habt ihr denn in den Monaten, in denen ihr auf der Limburg weiltet, etwas erreicht?", wollte Andrea wissen. „Ja und nein", gab Sibylla zurück. Und dann erzählte sie den anderen von den Ereignissen am Hof des Herzogs, von den Machenschaften Rennekoies und dem Ableben Walrams. Es wurde eine lange Geschichte, in deren Verlauf die Nacht hereinbrach und immer mehr ihrer Leute hereinkamen, hatten sie doch erfahren, dass die Gutsherrin zurückgekehrt war. Die meisten brachten irgendetwas mit, anfangs süßes Brot oder selbst gebackenen Kuchen, später Fässchen mit Bier oder Wein, und als es dunkel war, brieten zwei Lammkeulen auf der Feuerstelle, an der sich alle gütlich taten. Robin und auch Hildchen genossen während der Erzählungen ohne Protest die Mutterbrust. Nun zahlte es sich aus, dass sich Sibylla und Katharina auf der Limburg als Ammen verdingt hatten, weshalb ihr Milchfluss nicht zum Erliegen gekommen war. Anschließend schliefen die Kinder selig in den Armen ihrer Mütter ein, die es aus gutem Grunde lange nicht übers Herz brachten, die Kinder in die Betten zu legen. „Das ist ja schrecklich! Was habt ihr alles durchmachen müssen", meinte Adele, als Sibylla ihren Bericht beendet hatte, „und der arme Herzog – wie ein Vogeljunges in die Tiefe gestürzt!" – „Der arme Herzog hat die ganze Sache mit der Ermordung des Erzbischofs eingefädelt", erhitzte sich Sibylla, „wäre er nicht gewesen, säßen wir alle zusammen fröhlich an diesem Feuer, und viele Menschen würden noch leben!" – „Es war richtig, dass ihr euch dorthin aufgemacht habt", meinte Ewald, „sonst tappten wir alle im Dunkeln und dieser Unhold namens Rennekoie würde immer noch sein Unwesen treiben!" – „Das tut er ja leider noch", gab Katharina zu bedenken, „wir können erst wieder ruhig schlafen, wenn er zur Strecke gebracht ist!" – „Wie hat Graf Heinrich die Geschehnisse aufgenommen?", wollte Adele wissen. „Sehr nüchtern; ich glaube, das Verhältnis zu seinem Vater war nie ungetrübt", überlegte Sibylla, „erst recht nicht nach der Ermordung des Erzbischofs und der Verwicklung seines Vaters in die Sache. Er fürchtet, dass dies auch auf ihn zurückfällt. Jetzt ist er selber Herzog und tut alles, um jeden Verdacht von sich zu weisen. Er wollte, dass wir auf der Limburg bleiben, wegen seiner Schwester und der Kinder, aber wir haben es nicht mehr ausgehalten!" – „Er lässt überall nach diesem Rennekoie suchen", fügte Katharina an, „aber solange der frei herumläuft, ist niemand vor ihm sicher, erst recht nicht mein Bruder!" Das nahm Andrea als Stichwort und Aufmunterung für eine Frage, die ihr auf der Seele brannte. „Habt ihr vielleicht auch etwas von unseren Männern gehört?", getraute sie sich in die Runde zu werfen, „wo mögen sie jetzt sein?" – „Nein, da muss ich dich enttäuschen", gab Sibylla zurück, „ich weiß leider auch nicht mehr als du! Ich kann nur beten, dass es ihnen gut geht!" Für einen Moment war nur das Knistern des Feuers im Kamin zu hören. „Sie sind in Rom!", kam eine Stimme vom Feuer. Aller Augen drehten sich sogleich zum Kamin. Dort saß Maria mit glasigen, entrückten Augen. „Der Papst …, sie waren da!", fuhr Maria in einer ihrer Visionen fort, „sie kämpfen … Blut auf den Straßen!" Obwohl das Lodern des Feuers wohlige Wärme verbreitete, begannen nun alle zu frösteln. „Sie sind … nicht mehr vollzählig. Einer fehlt … ein Pfeil!" Dann schlug sie die Augen auf. Entsetzen stand in Sibyllas und Katharinas Blick. Ewald stand kalter Schweiß auf der Stirn. Andrea biss sich vor Anspannung auf die Lippen. Doch Marias Blick glitt an all diesen vorüber, in fahriger Suche wandte sich ihr Kopf nach links und rechts. Dann hielt sie inne, denn sie war fündig geworden. Ihre traurigen Augen ruhten nun auf Adele. Die Frau des Bogenmachers hielt den Atem an. „Ist er …?" Adele sprach die Frage nicht aus. Maria nickte. „Es tut mir leid!" Mit einem Mal war allen klar, dass nicht alle ihre Lieben nach Hause kommen würden. Adele stand auf und ging still hinaus in die Nacht.

Erschüttert stand Thomas neben der Leiche Willibalds, die in der kleinen Seitenkapelle der Lateranbasilika aufgebahrt war. Auf seinem Körper lag der Länge nach sein geliebter Bogen, über dem man ihm die Hände gefaltet hatte. Sein Gesicht strahlte keinerlei Schmerz und Kälte, sondern vielmehr Güte und Zufriedenheit aus, vielleicht weil er noch Zeit gehabt hatte, seinen Frieden mit Gott zu machen und sich von ihnen allen zu verabschieden. Nach dem Straßenkampf mit den Bettlern im Borgo und dem Auftauchen der Reiter waren sie mit dem todwunden Bogenschützen auf der provisorischen Trage zum Hauptportal der Basilika geeilt, das sie jedoch verschlossen vorgefunden hatten. Im Glauben, hier ihr letzte Schlacht schlagen zu müssen, hatten sie sich zu einer finalen Gefechtslinie formiert, doch dann war plötzlich Bischof Oliver aus einer Seitenpforte aufgetaucht, dem als Kardinalbischof die tägliche Pflicht oblag, das Gotteshaus zu öffnen und zu verschließen. Er hatte ihnen in Windeseile die Pforte geöffnet und sie damit in Sicherheit gebracht. Und er hatte die päpstliche Garde alarmiert, die den Rest der Bettlerarmee in die Flucht geschlagen hatte. Im rechten Seitenschiff der Basilika hatten sie Willibald danach auf eine bequeme Bank gebettet und sich um ihn versammelt, in der Hoffnung, den Pfeil entfernen und die Blutungen stillen zu können. Dafür war Oliver alsbald mit dem Medicus des Papstes zurückgekehrt. Aber die Schwärze des austretenden Blutes hatte ihnen angezeigt, dass wohl doch die Leber des Bogenschützen verletzt war und es keine Hoffnung mehr für ihn gab. Doch Willibald hatte nicht verzagt. „Was für ein glücklicher Mann ich doch war, einen solchen Sohn aufwachsen zu sehen und mit dir an solch großartigen Abenteuern teilhaben zu dürfen", hatte er noch mit brüchiger Stimme gesagt und ihnen allen ein letztes Lächeln zugeworfen. In den Armen seines Sohnes, noch einen Gruß für seine geliebte Adele auf den Lippen, war er dann schnell verschieden. Nun lag er hier zwischen den Gräbern der Päpste und Kardinäle. Bischof Oliver hatte versprochen, ihn auf dem Friedhof hinter dem Petersdom zu bestatten, dort, wo sich ursprünglich auch die Gräber der Apostel Petrus und Paulus befanden. Trotzdem war Thomas untröstlich. Willibald hatte in seinem Dienst gestanden und er hatte ihn nicht retten können. Er fühlte sich schuldig – und damit war er nicht der Einzige. Inez trat von hinten an ihn heran. „Ein Leben gerettet, zwei verloren, ein schlechter Tausch", sagte sie bitter, wobei sie ihre Rettung gegen die Verluste von Willibald und des kaiserlichen Ritters aufrechnete, „und ich bin schuld. Wenn ich in meinem Zelt geblieben wäre, wie der Sultan es verlangt hatte, wäre das alles nicht passiert. Oder wenn ich damals in Ägypten schon andere Entscheidungen getroffen hätte!" – „Das ist Unsinn", kam es Thomas ärgerlich über die Lippen, „so etwas darfst du nicht einmal denken! Vor allen Dingen waren es zuerst einmal diese Bettler, die dich entführten und die

Willibald töteten, niemand sonst!" Dabei begann er, auch gegen seine eigenen Schuldgefühle zu argumentieren, wie ihm später bewusst wurde. „Wir können allenfalls noch darüber nachdenken, was diese Menschen zu dem machte, was sie sind", fuhr er fort, „und auch dabei trifft uns keine Schuld! Nein, schuld an alldem hier sind die Großen und Mächtigen dieser Welt, wie die Grafen und Herzöge, die dem Erzbischof Engelbert nach dem Leben trachteten, weil sie ihren Willen nicht bekamen. Schuld war aber auch der Erzbischof selbst, weil er oft sehr selbstsüchtig handelte und anderen seinen Willen aufzwang. Schuld ist der Kaiser, der ihn so mächtig machte, um ihn für seine Zwecke einzuspannen. Und schuld ist der Papst, der mit dem Kaiser in Fehde liegt und in solche Ränkespiele verwickelt ist. Nein, wir sind letztlich allesamt nur kleine Rädchen an einem großen Wagen, der in eine Richtung fährt, den die Großen bestimmen – oder das Schicksal …" Dabei machte er ein bitteres Gesicht. „Oder Gott, wenn du so willst!" – „Lass den aus dem Spiel", meinte Inez, „warum nimmt der immer zuerst die Besten zu sich?" – „Vielleicht, weil er diese um sich scharen möchte", mischte sich eine dritte Stimme in ihr Gespräch. Es war Bischof Oliver, der nun zu ihnen trat. „Damit sie sich nicht auch noch sündig machen! Ihr habt sicher Recht, wenn Ihr die Großen und Mächtigen der Schuld an all dem Elend in dieser Welt bezichtigt. Aber jeder kann für sich etwas dagegen tun. Schuld tragen sicher auch diejenigen, die alles klaglos mit sich machen lassen!" Dabei setzte sich Oliver an das Totenbett und legte eine Hand auf die des Verstorbenen. „Ihr, Thomas, und Eure Männer gehört ganz sicher nicht dazu. Ihr wehrt Euch gegen ergangenes Unrecht, handelt dabei aber nicht selbstsüchtig – das ist gottgefällig. Deshalb tragt Ihr keine Schuld an dem Geschehen – und Ihr auch nicht, junge Maid. Trotzdem seid Ihr Teil von allem!" „Wie der Heilige Vater", unterbrach ihn Thomas, „der mir in die Augen lügt, er wisse nichts von den Isenbergern?!" Oliver zuckte entschuldigend mit den Achseln. „Wenn Ihr leben wollt, müsst Ihr vielleicht lernen, Gegebenheiten zu akzeptieren und Euch aus Dingen herauszuhalten, die Ihr nicht ändern könnt. Rein aus Selbstschutz. Manchmal ist es vielleicht besser, nicht gleich mit dem Schwert und der Flamme der Gerechtigkeit ins Feld zu ziehen. Das wollte ich Euch noch mit auf den Weg geben!" Bei seinen letzten Worten war William hinzugetreten und hatte aufmerksam zugehört. „Ich verstehe, aber ich kann nicht tatenlos mit ansehen, wenn Lug und Trug, Ungerechtigkeit und Verrat die Welt regieren", gab Thomas zurück, „das wäre, als beginge ich Verrat an mir selbst – was ich zuweilen getan habe, aber nie wieder!" – „Nun, das dachte ich mir", seufzte Oliver, „so wart Ihr damals schon. Gäbe es nur mehr von Euch!" – „Und von Euch" mischte sich William ein, „Ihr wäret ein besserer Papst als alle, die ich bislang auf dem Heiligen Stuhl erlebt habe!" Inez und Thomas pflichteten ihm bei. „Geht mit Gott, meine Kinder", bedankte und verabschiedete sich Oliver, „aber geht dabei dem neuen Erzbischof von Köln aus dem Weg. Er hegt einen Groll gegen Euch, Thomas. Ich habe einen geheimen Brief an den Papst gelesen, in dem er mit seinen Ermittlungen im Mordfall Engelbert prahlt und Euch der Mittäterschaft bezichtigt. Gott weiß, was er im Schilde führt!" – „Das ist nichts Neues; deshalb hoffte ich, den Isenberger sprechen und die wahren Mörder des Erzbischofs finden zu können", räumte Thomas ein, „sei's drum. Ich werde auf der Hut sein!" Damit verabschiedeten sie sich von Oliver und traten durch das Portal der Basilika auf die sonnendurchflutete Straße. „Es ist schon seltsam, in unseren Herzen herrscht Trauer, und hier beginnt ein wunderschöner Sommertag!", sagte Thomas zu Inez, dann stellte er die Frage, die ihm schon länger auf der Zunge brannte: „Wo soll ich dich hinbringen – zum Sultan oder nach Hause?" – „Bring mich zu Al-Kamil", antwortete sie nach kurzem Zögern, „ich habe kein anderes Zuhause. Außerdem hast du ja gerade gehört, dass man zuweilen auch Dinge akzeptieren muss, die man nicht ändern kann!"

Teilnahms- und verständnislos stand Friedrich von Isenberg am offenen Grab seines Bruders Dietrich. Da lag er nun in der kalten Grube des Armeleute-Friedhofs jenseits des südöstlichen Stadtrands von Rom. Er lag hier, weil innerhalb der Mauern der Ewigen Stadt niemand bestattet werden durfte. Und er lag hier, weil sie nicht mehr genügend Geld für ein standesgemäßes Begräbnis hatten. Aber eigentlich wusste niemand genau, was überhaupt geschehen war. Auch sein Bruder Engelbert nicht, der als Priester das Totengebet sprach. Friedrich wusste nur, dass sie der Straßenschlacht zwischen den Bettlern und ihren Verfolgern, als die er den Fischersohn und dessen Männer erkannt hatte, dank ihrer Pferde schnell entkommen waren. Und niemand hatte sich danach an ihre Fersen geheftet. Unbehelligt hatten sie die alte Römerstraße genommen, die am Kolosseum vorbei nach Westen führte, in Richtung des Vatikanhügels, als Dietrich plötzlich ohne einen Laut von seinem Pferd gefallen war. Keine Wunde zeugte von irgendeiner Verletzung, kein Pfeil oder ein anderes Geschoss ragte aus seinem unversehrten Körper. Nur eine satte Beule prangte links oben an seinem Schädel, aber die konnte er sich auch beim Sturz vom Pferd zugezogen haben. „Das Herz, es hat die Aufregungen nicht mehr mitgemacht", vermutete Tobias, „er klagte bereits seit Längerem über Stiche in der Brust!" Dabei hatten sie es schließlich bewenden lassen. Was hätten sie auch sonst tun sollen? Es gab keine Möglichkeit, ihn zurück ins Leben zu holen. Und möglicherweise war er nicht der Einzige von ihnen, der in Bälde den Weg alles Irdischen gehen würde. Deshalb verkniff sich auch jeder, irgendwelche Vorwürfe zu äußern. Die standen ohnehin im Raum, aber die meisten Vorwürfe machte sich ein jeder selber. „Er trug dieses Kreuz bei sich", meinte Engelbert, als er sich dem Älteren langsam näherte, nachdem die Totengräber begonnen hatten, die Grube zuzuschaufeln. „Ich denke, du solltest es haben!" Doch Friedrich schüttelte nur unwillig den Kopf, als er das silberne Kleinod betrachtete. „Zur dir passt es besser, du stehst der Kirche nah, ich nicht. Für mich ist es zu spät, meinen Frieden mit Gott zu machen", ließ er Engelbert wissen. „Da, wo ich hingehe, brauche ich kein Kreuz!" Also steckte der suspendierte Bischof das Kreuz achselzuckend selber ein. Auch Dietrichs und ihre weiteren Habseligkeiten waren schnell aufgeteilt. Sie reichten gerade, um jedem von ihnen auf dem Heimweg Hunger und Geldnot zu ersparen. Dietrichs Pferd hatten sie den Totengräbern versprochen, dafür dass sie den Bruder unter die Erde brachten und das Grab noch eine Weile pflegten. Aber wahrscheinlich würde dies ein frommer Wunsch bleiben. Aber sei's drum. Für Friedrich hatte all dies keine Bedeutung mehr. „Hier trennen sich unsere Wege, Bruder", rief er Engelbert in Erinnerung, „geh mit Gott – zu deinem Stift und deinen Pfründen. Ich gehe meinem Schicksal entgegen!" Wortlos reichte Engelbert ihm zum Abschied die Hand. Er hatte längst eingesehen, dass jedes weitere Wort zwischen ihnen zwecklos war. Dann sah er zu, wie Friedrich in billigen Kaufmannskleidern sein Schlachtross bestieg und zusammen mit seinem Diener Herriger den Weg nach Norden nahm. Er ahnte, dass sie sich nicht wiedersehen würden. „Und was machen wir jetzt?", wollte Notarius Tobias wissen. „Wir? Wir gehen nach Hause, nach Osnabrück", lächelte Engelbert, „wir werden noch gebraucht, wenn vielleicht auch erst in ein paar Jahren!"

„Gütiger Gott, hier sieht es ja aus wie nach einer Feuersbrunst", entfuhr es Gerhardt, als sie sich ihrem Lager nördlich der Stadtmauer näherten. In der Tat waren etliche Bäume des angrenzenden Olivenhains wie auch das Gras zwischen der Brücke und dem Lager schwarz verkohlt. Die Zelte jedoch schienen nicht in Mitleidenschaft gezogen worden zu sein, abgesehen davon, dass sich der Rauch in ihnen gefangen und die weißen Bahnen mit Ruß überzogen hatte. Auch die Anzahl der Männer schien nahezu unverändert, sowohl die der kaiserlichen Ritter als auch der Sarazenen. Geschäftig eilten sie umher, mit Aufräumarbeiten beschäftigt. Aber Tote hatte es gegeben. Auf einer Art Scheiterhaufen nahe dem Fluss lagen Dutzende verkohlter Leichen, ein grausiger Anblick. „Das erinnert mich an die ersten Tage der Belagerung von Damiette", meinte Thomas zu William, „als die Friesen zu Hunderten Opfer des griechischen Feuers wurden!" – „Eine schreckliche Waffe", pflichtete ihm der Engländer bei, „vor der wir erst Ruhe hatten, als der Kettenturm genommen war!" Aus dem Lager kam ihnen ein strahlender Oberto entgegen. „Wir haben sie fertiggemacht", jubelte er, „obwohl sie mehr als doppelt so viele zählten wie wir!" – „Wie habt Ihr das zuwege gebracht?", wollte Thomas wissen, „ich schätze, die Sarazenen haben für eine feurige Überraschung gesorgt?" – „Ha, und wie", strahlte der Podestà, „der Sultan hatte seinen Männern befohlen, etwas von dem unlöschbaren Feuer anzumischen, für das sie berühmt sind. Wir mussten zwar noch ein paar Ingredienzien besorgen, aber das hat Wunder gewirkt. Wir haben Gräben angelegt und mit dem Zeug gefüllt. Und die Syrer hatten Röhren dabei, aus denen man das Feuer aus der Nähe versprühen konnte. Als die Bettler anrückten, haben wir zuerst eine Reiterattacke auf dem Feld vor der Brücke ausgeführt. Dann haben wir uns zum Schein zurückgezogen. Die dummen Kerle hatten keine erfahrenen Anführer und liefen genau in die Falle. Mehr als die Hälfte von ihnen ist zwischen uns und den Gräben, die wir mit Brandpfeilen entzündeten, verbrannt!" Dann verstummte er, weil er bemerkte, dass zwar Inez hinter dem Fischersohn stand, aber von den Männern, die mit Ezio und Thomas losgezogen waren, einige fehlten. „Und wie ist es bei euch gegangen?", fragte er vorsichtig. „Wir haben sie mit unseren als Bettler verkleideten Männern in dem Moment überrumpelt, als sie das Lösegeld in Empfang nehmen wollten, und wie Ihr seht, war unsere Finte erfolgreich.

Aber es waren viele, dreimal mehr als wir, und im Laufe des Gefechtes sowie auf dem langen Rückzug sind zwei von uns gefallen. Einer Eurer Ritter und Willibald, unser Bogenmacher. Er ruht jetzt in der Lateranbasilika. Sein Sohn Martin hält die Totenwache. Morgen wird er, wie auch Euer Ritter, auf dem Vatikanhügel bestattet. Die päpstliche Garde hat dessen sterbliche Überreste in Sicherheit gebracht und auch die anderen Leichen beseitigt. Für all das hat Bischof Oliver gesorgt!" – „Ein wackerer Mann, wie mir scheint", konstatierte Oberto, „ich wünschte, alle Pfaffen wären so!" Während ihrer gegenseitigen Schilderung der Ereignisse hatte sich der Sultan mit zweien seiner Männer genähert und wortlos zugehört; jetzt aber trat er vor, denn er hatte es eilig. „Seid Ihr unverletzt?", richtete er das Wort an Inez. Seine Stimme war warm, seine Augen jedoch sprühten vor Wut und Ungeduld. „Ja, mein Gebieter", gab sie knapp zurück, während sie einen Schritt nähertrat. „Dann macht Euch bereit zur Abreise, wir reiten noch heute nach Ostia und segeln mit der nächsten Flut. Unser Schiff ist bereit. Ich kann es nicht erwarten, dieses ungastliche Land zu verlassen!" Für einen Moment blickte sie unschlüssig auf ihre Füße und nickte stumm. Dann drehte sie sich zu Thomas und den anderen um. „Ich verdanke euch mein Leben. Das werde ich euch nie vergessen", sagte sie mit belegter Stimme. „Ich wünschte, ich könnte mich erkenntlicher zeigen, aber dafür fehlen mir Zeit, Mittel und Gelegenheit. Seid versichert, ich werde euch alle im Herzen tragen und für euch beten!" Dann nahm sie William in den Arm. „Uns in Eurem Herzen zu wissen, Mylady, ist mehr, als ein Mann erwarten kann!", gab der Engländer zurück, wofür er ein dankbares Lächeln erntete. Darauf wandte sie sich an Ulrich und Gerhardt, dem Tränen in den Augen standen, herzte die beiden und wuselte einmal kurz den Saupacker, der ihr freudig die Hand leckte. Auch Yussef alias Ezio nahm sie in den Arm und drückte Oberto stumm die Hand. Dann stand sie schließlich vor Thomas. „Lass es dir gut ergehen, mein Ritter, nie werde ich vergessen, wie du dort an dem Brunnen standest und mich mit deinen blauen Augen anstrahltest, bevor du, ohne mit der Wimper zu zucken, gegen eine dreifache Übermacht antratst!" Ihre Stimme war nur ein Hauch, und doch drang jedes ihrer Worte tief in Thomas' Seele, wurde ihm doch bewusst, dass er nun wieder Abschied von ihr nehmen musste. Dann führte sie ihre Fingerspitzen an die Lippen, küsste sie und berührte mit ihnen zärtlich Thomas' Wange. „Mach es gut, mein Freund!" Noch ehe Thomas reagieren konnte, hatte sie sich umgedreht und rannte zum Haremszelt, das bereits abgebaut wurde. „Du auch, mein

Herz", flüsterte er ihr für die anderen unhörbar hinterher, „in einem anderen Leben hätten wir vielleicht das Glück gefunden!" Für einen langen Augenblick trat Stille ein. „Nun denn, ich bin Euch zu Dank verpflichtet", ergriff der Sultan das Wort, „und verzeiht, dass ich Euch zu Unrecht beschuldigte, etwas mit ihrer Entführung zu tun gehabt zu haben. Kann ich irgendetwas für euch tun? Habt ihr einen Wunsch?" Dabei blickte er auffordernd in die Runde. „Wir brauchen keine Teppiche!", brummte Gerhardt, aber zum Glück nur gerade so laut, dass William und Thomas ihn verstehen konnten. Sonst sagte niemand etwas. „Nun, ich werde euch nicht beleidigen, indem ich euch Gold anbiete, aber ich stehe in eurer Schuld", fuhr Al-Kamil fort, „so nehmt zumindest mein Wort, dass ich euch jedwede Hilfe zukommen lassen werde, solltet Ihr einmal nach Ägypten oder Palästina kommen, was vielleicht, wenn es nach eurem heiligen Mann geht, nicht so abwegig ist. Nehmt als Zeichen meiner Aufrichtigkeit derweil dieses Siegel", dabei zog er einen Ring vom Finger und reichte ihn Thomas, „er wird euch in meinem Lande Tür und Tor öffnen. Allah sei mit euch!" Nach diesen Worten nickte er kurz und wandte sich zum Gehen. Thomas warf einen schnellen Blick auf den goldenen Ring, der dem nicht unähnlich war, den er einst von Kaiser Friedrich bekommen hatte, nur dass dieser eine Siegelfläche mit arabischen Symbolen trug. „Doch, da gäbe es etwas, was Ihr für uns tun könntet", rief ihm Thomas nach. Al-Kamil drehte sich langsam wieder um und hob neugierig eine Augenbraue. „Tut das Eure dazu, diesen wiederholt drohenden Irrsinn zwischen Moslems und Christen zu verhindern; ich glaube, der Kaiser ist guten Willens, auch wenn dem Papst das nicht gefällt", ließ er den Sultan wissen, „und seid gut zu unserer Freundin, sonst komme ich und hole sie!" Al-Kamil setzte ein gewinnendes Lächeln auf. „Das sind große Worte, mein Freund, aber wenn ich sie jemandem abnehme, dann Euch", gab er zurück, „aber seid versichert, dass genau das, was Ihr sagt, auch in meinem Interesse liegt. Wenn nicht …", der Sultan zuckte die Schultern, „dann müsst Ihr Euer Wort halten und mich zur Besinnung bringen! Salam Alaikum, Ritter Thomas!" – „Alaikum Salam, Beherrscher des Orients!", nickte Thomas. So gingen sie auseinander. Wenig später verabschiedete sich auch Oberto. „Ich habe heute Morgen noch eine Botschaft des Heiligen Vaters für den Kaiser erhalten. So, wie es aussieht, war zumindest diese Mission erfolgreich, und der Papst wird sich der Lombardenfrage annehmen. Deshalb gibt es keinen Grund für uns zu bleiben. Kann ich noch etwas für euch tun, meine Freunde?" – „Richtet dem Kaiser unsere Grüße und unsere Verbundenheit aus", teilte ihm Thomas mit, „er kann immer auf uns zählen. Und er soll den Ritter von Büdingen nicht vergessen, der womöglich noch in Verona schmort. Wir schlagen uns schon allein nach Hause durch!" – „Dann wünsche ich euch dafür alles Gute; möge Gott mit euch sein", meinte Oberto. „Es war mir eine Ehre, eure Bekanntschaft zu machen. Solltet ihr noch einmal nach Italien kommen, besucht mich, versprecht mir das!" Die Männer versprachen es, und keine Stunde später rückten die kaiserlichen Ritter unter Obertos Führung ab nach Norden. „Ich denke, uns hält hier auch nichts mehr in dieser verkommenen Stadt, auch wenn unsere Mission weniger erfolgreich war", entschied Thomas. „Sobald wir Willibald die letzte Ehre erwiesen haben, ziehen auch wir unserer Wege. Vielleicht gelingt es uns ja auf dem Rückweg, doch noch einmal die Spur des Isenbergers aufzunehmen. Noch ist nichts verloren!" Die Männer nickten und gingen, um ihre Vorbereitungen zu treffen.

Am nächsten Morgen versammelten sich alle auf dem kleinen Friedhof hinter der Petersbasilika auf dem Vatikan und gaben Willibald das letzte Geleit. An seinem offenen Grab hielt jeder von ihnen eine kurze, bewegte Rede. „Ich wünschte, ich könnte sagen, du wärest nicht umsonst gestorben", begann Thomas mit fester Stimme, „wenn ich dich denn schon nicht mit in die Heimat nehmen kann. Aber so vieles geschieht, dessen Sinn wir nicht gleich erkennen. So sehe ich denn auch in deinem Tode keinen anderen Sinn, als dass er anderen das Leben rettete. Und dass er ein Zeichen setzt, dass Männer wie du bis zum Ende für Freiheit und Gerechtigkeit kämpfen. Du warst für uns alle ein Vorbild an Rechtschaffenheit, Liebe, Ehre und Tapferkeit. Ich schwöre dir, mein Freund, dass ich dich nie vergessen und mich zeitlebens um deine Familie kümmern werde!" Alle hatten danach Tränen in den Augen, und Martin dankte Thomas mit einem Schulterklopfen. „Macht Euch keine Vorwürfe, Thomas", ließ er ihn wissen, „wir sind alle freiwillig mit Euch gezogen – und würden es wieder tun!" Bischof Oliver ließ es sich nicht nehmen, persönlich die Totenmesse zu lesen und für alle einen Segen auszusprechen. Nachdem sie gemeinsam das Grab zugeschaufelt hatten, hieß es Abschied nehmen. Bischof Oliver wünschte ihnen eine sicheren Heimweg und warnte noch einmal vor dem Kölner Erzbischof. Dann trat Ezio zu ihnen. „Ich komme nicht mit, wie ihr euch denken könnt", begann er, „ich bleibe erst einmal in Rom und warte auf neue Anweisungen. Allah allein weiß, wohin es mich verschlägt.

Und wenn es ihm gefällt, werden wir uns dereinst irgendwo wiedersehen, inschallah!" Schweren Herzens nahmen sie ihn alle in den Arm, und Thomas bat Yussef alias Ezio, ihm zu schreiben. Der Assassine versprach es, dann zog er sich zurück, blieb jedoch am Friedhofsportal stehen, als warte er auf jemanden. „Ich komme auch nicht mit!", sagte eine weitere Stimme. Thomas blickte sich ungläubig um. Es war William, der dies äußerte. „Was soll das heißen, du kommst nicht mit?", hakte Thomas irritiert nach, „natürlich kommst mit zurück!" – „Nicht jetzt", kam es aus dem Mund des Engländers, „ich habe noch etwas zu erledigen, das keinen Aufschub duldet und ein paar Tage in Anspruch nimmt. Es hat mit meinem einstigen Orden zu tun. Du weißt, dass ich Geschäfte mit den Templern mache. Mehr kann ich dir jetzt nicht sagen. Ich komme nach!" Thomas runzelte unwillig die Stirn. „Das kann doch nicht dein Ernst sein?! Dann warten wir eben auf dich!", schlug er vor. Doch William wiegelte ab. „Auf gar keinen Fall! Verfolge du den Isenberger. Ich kann nicht genau sagen, wie lange ich brauche, und möchte dich nicht zur Untätigkeit verdammen. Du weißt, ich bin dein Freund ... und ich liebe deine Schwester. Ich komme nach, mein Wort darauf! Aber erst in einigen Tagen. Und wer weiß, vielleicht hole ich euch sogar ein!" Thomas protestierte und argumentierte, aber William wollte nichts hören. Am Ende musste der Fischersohn dem ehemaligen Templer seinen Willen lassen. Sie umarmten sich noch einmal, dann verließ William den Friedhof und schlug mit Ezio und seinem Pferd den Weg zurück nach Rom ein. Mit einem Gefühl der Leere ließ Thomas aufsitzen und führte seine Männer aus der Stadt hinaus, einer ungewissen Zukunft entgegen.

Caesarius von Heisterbach konnte sich nicht helfen. Dieser angeblich illegitime Sohn des verstorbenen Herzogs von Limburg, der sich jetzt schon seit Wochen, ja Monaten im erzbischöflichen Palast zu Köln aufhielt und sich hier benahm wie die Made im Speck, wollte ihm nicht gefallen. Er war faul, hatte keine Manieren und seine Augen waren die eines abgefeimten Halunken. Aber Heinrich von Müllenark hatte einen Narren an ihm gefressen. Vielleicht nur, weil die Geschichten von Mord und vielfacher Verschwörung, die der Kerl aufgetischt hatte, so sehr nach dem Geschmack des Erzbischofs waren – versetzten sie ihn doch in die Lage, etwas gegen die vermeintlichen Feinde der Kölner Kirche in der Hand zu haben. Caesarius jedenfalls war skeptisch, was den Wahrheitsgehalt dieser Geschichten anging. Die Skepsis bezog sich bereits auf die angebliche Abstammung des Bastards. Deshalb hatte Caesarius begonnen, Nachforschungen anzustellen. Wenn dem Herzog ein illegitimer Sohn geboren worden war, dann musste dies irgendwo geschrieben stehen, wenn vielleicht auch mit versteckten Hinweisen. Caesarius war es gewohnt, solche Hinweise zu erkennen – ein heimlich hinzugesetztes Wappen hier, eine persönliche Fußnote des Chronisten dort ... So wälzte er die Taufregister infrage kommender Jahre und Gemeinden, die er sich zuweilen kommen ließ oder von denen er Abschriften anforderte. Dieser Rennekoie behauptete, auf der Limburg geboren worden zu sein. Aber die dortigen Taufbücher der infrage kommenden Jahre führten keinen Namen wie den seinen. Für das Jahr 1200 war die Geburt des ältesten Sohnes Walrams von Limburg mit Kunigunde von Monschau bezeugt, der den Namen Heinrich erhalten hatte. Von 1201 bis 1205 wurden dem Paar weitere Kinder geboren, die Töchter Sophie und Mathilde sowie der jüngere Sohn Walram. Von einem illegitimen Sprössling stand dort nichts. Zwar wurden in der fraglichen Zeit auch Kinder der Bediensteten geboren, aber niemand auf den Namen Herenbert getauft. Erst recht gab es keinerlei Hinweis auf einen außerehelichen Abkömmling des Burgherren. Dann jedoch erregte eine Fußnote seine Aufmerksamkeit, die für das Jahr 1202 das Ableben einer gewissen Judith, Schwester des Grafen Walram von Limburg, aufführte. Warum nur war dies in einem Taufregister vermerkt? Vielleicht ein versteckter Hinweis? Caesarius war hellhörig geworden und begann, auch die kirchlichen Eintragungen der Nachbargemeinden zu studieren. Im Ort Valkenburg an der Geul wurde er schließlich fündig. Besagte Judith war mit einem Goswin von Valkenburg verheiratet gewesen und offenbar im Kindbett gestorben. Allerdings stand dort nicht, was mit dem Kind geschehen war. Wenn es jedoch gestorben und bestattet worden wäre, hätte dies vermerkt sein müssen. Ebenso, wenn es überlebt hätte und von Goswin anerkannt worden wäre. Was aber, wenn Judiths Gatte mit dem Kind nichts zu schaffen gehabt haben wollte? Und wenn es womöglich nie getauft worden wäre?

Caesarius vertiefte sich in die Eintragungen, studierte eingehend die Namen von Zeugen und der Chronisten. Dann begannen seine Augen zu leuchten. Eine Fußnote bezog sich auf einen Beichtvater der Judith und bezeichnete als solchen den Propst von St. Georg in Köln. Das war ungewöhnlich. Wieso fungierte ein Kölner Propst als Beichtvater einer Adelsdame, die doch gute zwei Tagesreisen entfernt lebte? Noch dazu, wo es vor Ort doch sicher auch Priester gegeben hatte. Vielleicht konnte er bei diesem Propst weitere Erkundigungen einziehen – wenn er denn noch lebte. Sogleich schlug er in einem anderen Werk nach, welcher Glaubensbruder im Jahre 1202 Propst dieser Kirche war. Aufgeregt wie ein Spürhund, der eine heiße Fährte verfolgt, blätterte er durch die Seiten. Als er den Namen fand, stockte ihm der Atem. Caesarius wurde mit einem Male vieles klar.

Bei Lüttich, 7. November 1226

„Dieser Wald will wohl nie ein Ende nehmen", beschwerte sich Friedrichs Diener Herriger, während sie mal im Schritt, mal im leichten Trab dem Ufer eines kleinen Flüsschens folgten. Ansonsten hätte es durch den dichten Forst zu ihrer Linken und Rechten kaum ein Durchkommen gegeben, auch wenn jetzt im Spätherbst die Bäume kaum noch Blätter trugen. Es nieselte schon seit Tagen, weshalb kaum ein Sonnenstrahl ihren Weg erhellte, und die beiden Männer waren nass bis auf die Knochen. „Du wirst schon noch ein warmes Feuer und ein trockenes Lager für die Nacht bekommen", brummte der Isenberger in seinen ausladenden Bart, den er schon seit Tagen nicht mehr geschoren hatte, „außerdem ist es nicht mehr weit bis zur Limburg, vielleicht noch eine weitere Tagesreise!" Sie hatten von Rom aus den Frankenweg genommen – nach einiger Wartezeit, verursacht durch die Lombarden –, schließlich über den Großen-Sankt-Bernhard-Pass die Alpen überquert und waren gut vorangekommen, immer in nordwestlicher Richtung. Friedrich hatte Wert darauf gelegt, im Frankenreich zu bleiben, statt die Route am Rhein entlang zu nehmen, um nicht den Häschern des Erzbischofs von Köln in die Hände zu fallen, der einen hohen Preis auf seinen Kopf ausgesetzt hatte. Erst bei Reims in der Champagne hatten sie sich nach Nordosten gewandt, auf Lüttich zu. Östlich dieser Stadt befand sich die Limburg, wo der Isenberger bei seinem Schwiegervater Asyl zu erhalten hoffte. „Was macht Euch so sicher?", wollte Herriger wissen, „kennt Ihr denn überhaupt noch die Richtung zwischen all den Bäumen und ohne den Sonnenstand zu sehen?" – „Das ist keine große Kunst", erklärte ihm der Graf, „dort, wo Moos an den Bäumen wächst, ist Westen, weil von dort Wind und Wetter kommen. So weiß man auch ohne Sonne, wo Norden ist. Denn da müssen wir hin. Und ein Bach fließt immer in den nächstgrößeren und der wieder in einen Fluss. Der größte Fluss hier ist die Maas – und an der liegt Lüttich. Dieser Bach wird uns dorthin führen!" Für seine Verhältnisse war Friedrich damit ungewöhnlich redselig – vielleicht, weil die Aussicht auf ein warmes Bett im Schutze des Herzogs von Limburg und ein womöglich baldiges Wiedersehen mit seiner Familie seine Laune besserte. Herriger jedoch machte dies mit seiner nächsten Bemerkung wieder zunichte. „Ich dachte ja nur, weil es so trübe und regnerisch ist wie damals im Hohlweg zu Gevelsberg", meinte er ausführen zu müssen, „da wäre es gut, hier rauszukommen!" – „Herrgott, jetzt reicht's aber", platzte Friedrich der Kragen, „halt dein Maul und überlass deinem Pferd das Denken, das hat einen größeren Kopf als du!" Tatsächlich war es auf den Tag genau ein Jahr her, dass sie dem Erzbischof von Köln aufgelauert und ihrem Schicksal eine dramatische Wendung gegeben hatten. Fortan herrschte Schweigen zwischen ihnen – bis es plötzlich im Wald vor ihnen im Unterholz knackte. Nicht lange, und ein kapitaler Hirsch preschte mit einem gewaltigen Satz aus dem Gehölz. Mit vor Schweiß dampfendem Fell und zitternden Flanken stierte er sie eine Sekunde lang an, dann setzte er über das Flüsschen und verschwand auf der anderen Seite. Hundegebell ertönte jetzt, dazu Hufschlag und Rufe aus Männerkehlen. Friedrich sah sich eilig nach einem Fluchtweg oder einem Strauch um, hinter dem sie sich verbergen konnten, doch alles ging zu schnell. Mit einem Mal standen drei Reiter vor ihnen, die von einer Hundemeute begleitet wurden. „Holla, habt Ihr vielleicht einen Hirschen gesehen?", richtete einer der Jäger, denn um solche handelte es sich offenbar, in fränkischer Sprache das Wort an sie, „wir verfolgen ihn schon seit geraumer Zeit!" Friedrich schüttelte den Kopf, hatte aber die Rechnung ohne Herriger gemacht. „Er ist fort, auf der anderen Seite ins Holz entkommen", ließ er die Männer wissen. „Merde, der hätte eine schöne Trophäe abgegeben", schimpfte der Wortführer, „und was tut Ihr hier in meinem Jagdgebiet, außer dass Ihr mir die Hirsche verscheucht?!" Herriger war nun schlau genug, zu schweigen und seinem Dienstherrn die Antwort zu überlassen. „Wir sind Kaufleute auf dem Weg nach Lüttich", ließ Friedrich den Jäger wissen. „Kaufleute, woher?" – „Wir kommen aus Rom und wollen zurück nach … äh, an den Rhein, wo wir herkommen", log der Isenberger. „Ohne Waren? Ihr habt ja nicht einmal Proviant für solch eine Reise dabei!", stellte der Jäger nüchtern fest. „Den haben wir längst aufgezehrt und die Waren im Süden verkauft", versuchte sich der Graf an einer Erklärung, „deshalb wäre es ganz gut, langsam eine gastliche Herberge zu finden. Könnt Ihr eine in der Nähe empfehlen? Ich bin Friedrich, Wein- und Wollhändler aus Neuss." Dabei hielt er dem Anführer der Jäger über den Pferdehals die Hand zur Begrüßung hin. „Soso, Wolle und Wein", wiederholte sein Gegenüber skeptisch, ergriff aber die ausgestreckte Hand, „ich bin Balduin von Gennep. Eine gute Herberge ist nicht weit, folgt uns einfach. Ich schätze, ich könnte auch ein warmes Mahl vertragen – wo mir schon der Hirsch durch die Lappen gegangen ist!" Und so zogen die Jäger mit den vermeintlichen Wollhändlern alsbald weiter in Richtung Norden. Eine gute Stunde später verließen sie den Lauf des Flüsschens, das sich nach Osten wandte, und bogen auf einen Handelsweg ein, der von Huy nach Lüttich führte, nicht weit von der Maas entfernt. „Der Hauptweg verläuft auf der anderen Seite des Flusses", erklärte Balduin von Gennep, „aber auch diesseits gibt es Reisende und Herbergen. Die sind gar nicht mal schlecht und nicht so überlaufen!" Wenig später erreichten sie ein Gasthaus, dessen mächtiger, rauchender Kamin davon zeugte, dass hier ein stattliches Feuer brannte. Und umherlaufende, gut genährte Schweine neben reichlich Federvieh versprachen einen saftigen Braten. Als die Männer ihre Pferde versorgt hatten und die Gaststube betraten, sahen sie, dass sie sich nicht getäuscht hatten. Auf einem Spieß über dem Feuer drehte sich ein staatlicher Schinken. Friedrich fragte sogleich nach einer Kammer für sich und seinen Diener, dann wollte er sich an einen kleinen Tisch setzen, der ihnen beiden Platz geboten hätte. Doch davon wollte der Jäger nichts wissen. „Setzt Euch her zu uns", forderte er Friedrich und Herriger auf, „wenn Ihr so weit gereist seid, verspricht das Neuigkeiten und gute Geschichten, die wir immer gern hören!" Mit einem Lächeln, das seinen Widerwillen und die Angst um seine Börse verbarg, setzte sich der Isenberger auf einen freien Schemel am Kopfende, Herriger gleich daneben. Dann wurde Wein bestellt. „Jetzt erzählt, wie weit im Süden wart Ihr?", fragte Balduin von Gennep, „wie es heißt, rüstet der Kaiser zu einem neuen Kreuzzug!" Friedrich nahm einen tiefen Zug des kredenzten Weines, bevor er antwortete. „Wir waren bis unten in Rom", blieb er bei der Wahrheit, um sich nicht später mit gelockerter Zunge zu verraten, „von dem Kreuzzug haben wir auch gehört, aber nichts gesehen, was auf einen baldigen Aufbruch schließen lässt. Dafür probten die Lombarden den Aufstand und hatten die Alpenpässe abgeriegelt!" So ging es eine Weile hin und her. Dabei kreisten die Becher und der Isenberger begann, sich ein wenig zu entspannen. „Haben die dort unten in Italien nicht selbst genug Wein und Wolle", ließ Balduin von Gennep wieder seine anfängliche Skepsis aufwallen, „und besseres Zeug als hier?" Dabei leerte er zum wiederholten Male seinen Becher. „Wir haben das Geschäft mit einer Pilgerreise verbunden", redete sich der Isenberger heraus, „wenn man schon einmal dort ist, sollte man auch die Gräber der Apostel gesehen haben!" Balduin nickte, als sei er überzeugt, und bestellte eine neue Kanne Wein sowie fünf Portionen von dem Schweinebraten.

„Ich nehme an, das geht auf Euch?", warf er beiläufig in die Runde, „dafür, dass wir Euch zu dieser gastlichen Herberge geführt haben. Außerdem habt Ihr sicher gute Geschäfte gemacht, oder?" Dem Grafen gefror das Blut in den Adern, eingedenk seiner spärlichen Geldreserven. Bis zur Limburg hätten sie für ihn und seinen Diener gereicht, aber nicht für fünf. „Nun ja, reich wird man durch Sparen", redete er um den Brei herum, „aber ich will mal nicht so sein!" Dabei nestelte er umständlich drei Münzen aus seinem Kaufmannswams, weil der Wirt sofort die Hand aufhielt. „Für einen weit gereisten Kaufmann führt Ihr eine recht schmale Börse bei Euch", lachte Balduin und klopfte ihm vielsagend auf den Bauch. Seine Männer stimmten in das Lachen ein. „Nun, wenn Ihr so lange fort wart, werden Euch sicher Neuigkeiten von Rhein und Maas interessieren", vermutete Balduin, und Friedrich nickte, froh, das Thema wechseln zu können. „Vor Jahresfrist wurde der Erzbischof von Köln erschlagen, von gleich fünfzig Mann, wie es heißt", tat Balduin kund. Friedrich wich das Blut aus dem Gesicht, aber er riss sich zusammen. „Das wissen wir, das geschah kurz vor unserer Abreise", gab er zurück. „Und diesen Sommer ist ihm der Herzog von Limburg gefolgt, von dem es hieß, er sei in den Mord verwickelt!", fuhr Balduin fort, wobei er abwechselnd sein Gegenüber und dessen Diener im Auge behielt. „Man munkelt, er habe sich das Leben genommen!" Friedrich hielt den Atem an, in seinen Ohren begann es zu rauschen. „Was sagt Ihr da, der Herzog ist tot?" – „Ja, mausetot", bestätigte der Jäger, „sein Sohn Heinrich ist jetzt unser Landesherr!" – „Aber, aber wie ist das möglich? Er war doch noch gar nicht so alt!", hakte Friedrich nach. „Wie gesagt, es heißt, er hat sich das Leben genommen", wiederholte Balduin genüsslich, „aus schlechtem Gewissen!" Friedrich war wie vor den Kopf geschlagen und konnte dies kaum mehr verbergen. „Ich muss pissen", äußerte Herriger und verließ eilig den Gastraum. „Gute Idee", meinte der gerissene Jäger. Auf diese Gelegenheit hatte er gewartet. „Ich gehe auch mal vor die Türe, mein Wasser abschlagen!" Darauf erhob er sich und folgte Friedrichs Diener. Der Isenberger blieb niedergeschlagen zurück. „Na, da ist dir wohl was auf die Nieren geschlagen, was?!", meinte Balduin von Gennep, als er sich neben Herriger an den Baum stellte, den dieser schon zum Urinieren auserkoren hatte. „Was bewegt Euch denn so am Tod des Herzogs?" – „Das hatte uns gerade noch gefehlt", grummelte Herriger, während er sein Gemächt abschüttelte und wieder in die Bruche stopfte. „Das war unsere letzte Hoffnung, noch … noch an Geld zu kommen", formulierte er es. „Mein Herr war mit dem Herzog gut bekannt. Jetzt kann er wahrscheinlich nicht einmal mehr meine Dienste bezahlen, denn der Handel lief schlecht in letzter Zeit!" Balduin machte ein mitfühlendes Gesicht. „Ich sag dir was", kam es ihm über die Lippen, wobei er Herriger seine Pranke auf die Schultern legte, „wir machen jetzt einen Handel: Du verrätst mir jetzt die Wahrheit und den richtigen Namen deines Herrn, und ich teile mit dir die Belohnung!" – „Was denn für eine Belohnung?", tat Herriger unwissend. „Weißt du, ich bin ein Jäger und als solcher nicht dumm", ließ ihn Balduin wissen, wobei der Druck seiner Pranke stärker wurde, „als solcher fallen mir schnell gewisse Dinge auf. Ihr wollt Kaufleute sein und habt keine Ware, nicht mal eine nennenswerte Börse. Und ihr reist allein, das machen Kaufleute der Sicherheit wegen ungern, noch dazu abseits der Handelswege. Dein Herr redet nicht wie eine Krämerseele und er wird blass um die Nase, wenn man von dem Kölner Erzbischof oder dem Herzog spricht. Was soll ich da glauben?" Herriger zuckte die Schultern. „Sagt Ihr es mir!" – „Ich wette, dein Herr hat etwas ausgefressen, etwas richtig Übles!" Herriger spürte, wie sich seine Kehle zuschnürte. „Jeder hier im Lande hat von der gewaltigen Belohnung gehört, die auf den Kopf eines gewissen Friedrich von Isenberg ausgesetzt ist", kam Balduin langsam auf den Punkt, „und dein Herr passt auf die Beschreibung, die von den Kanzeln verlesen wird. Außerdem glaube ich, ihn schon einmal gesehen zu haben. Aber ich bin mir nicht sicher, deshalb brauche ich Gewissheit, bevor ich etwas unternehme. Die kannst nur du mir geben. Dann teile ich mit dir. Stell dir vor, was wir mit zweitausend Mark Silber alles anstellen könnten. Wir alle wären mit einem Male reich! Du wärest kein Diener mehr, sondern selbst ein Herr!" Herriger begann, nachdenklich an der Unterlippe zu nagen. „Und wenn es so wäre", kam es ihm über die Lippen, „wie hoch wäre mein Anteil?" – „Ein Viertel, fünfhundert Mark Silber", log Balduin, „davon kannst du dir zwei

Dörfer mitsamt allen Höfen im Umkreis leisten – und mit allen Frauen!" Das Argument zog. „Aber es darf ihm nichts geschehen!", verlangte der Diener, der sich schon als Edler sah. „Ist er bewaffnet?" – „Er hat ein Schwert in den Decken hinter dem Sattel", gab Herriger zurück, „und einen Dolch unter dem Gewand. Das Schwert könnte ich ihm entwenden!" – „Gut, ich krümme ihm kein Haar", versprach der Jäger, „und übergebe ihn nur der Gerichtsbarkeit, dort mag er sich verteidigen, wie es ihm gebührt!" Herrigers Zweifel waren verflogen. „Er ist es, leibhaftig!" – „Und wo sind seine Brüder? Kommen sie womöglich mit Verstärkung nach?", horchte Balduin ihn weiter aus. „Nein, einer ist tot, der andere mit Segen des Papstes auf dem Weg nach Osnabrück", gab Herriger ehrlich zurück, „niemand kommt uns nach!" „Dann beschäftige deinen Herrn ein wenig und wiege ihn in Sicherheit", trug ihm Balduin auf, „ich hole Verstärkung. Denn mit einem Ritter wie ihm ist nicht zu spaßen. Dann schlagen wir los!" Kurz darauf kehrten sie zurück in die Schänke. Balduin gähnte und gab vor, doch etwas müde zu sein. Sein Mahl beendete er noch in Ruhe, um keinen Verdacht zu erregen, dann erhob er sich, um sich zu verabschieden. „Es hat mich gefreut, Kaufmann Friedrich", ließ er den Isenberger wissen, „wenn es Gott gefällt, sieht man sich wieder!" Dann empfahl er sich und nahm seine Spießgesellen mit. Friedrich war so beschäftigt mit der Nachricht von Walrams Ableben und zugleich erleichtert, die drei Jäger los zu sein, dass ihm nicht weiter auffiel, dass dem Hufschlag nach nur zwei Pferde davonritten. Einen seiner Männer hatte Balduin als Wache zurückgelassen. Wenig später zogen sich auch die vermeintlichen Kaufleute in ihre Kammer zurück, die sie mit den letzten Kupfermünzen bezahlt hatten. Zuvor ließ der Isenberger noch sein Schwert holen und verbarg es am Kopfende seines Strohlagers „Dann muss uns wohl oder übel mein Schwager helfen", meinte Friedrich noch, „auch wenn ihm das nicht gefallen wird!" Dann ließ er sich ins Stroh sinken, hieß seinen Diener, ihm beim Ausziehen der Stiefel zu helfen, und fiel, begünstigt vom Weinkonsum, in einen unruhigen Schlaf. Bald hallte sein Schnarchen von den Wänden wider. Herriger machte kein Auge zu. Die ganze Nacht über malte er sich in den kühnsten Farben seine Zukunft als reicher Mann aus. Man würde zu ihm aufblicken, er würde eine Frau haben, endlich, und Kinder. Söhne! Kleine Herrigers, denen es einmal besser gehen würde als ihm bislang. Noch vor dem ersten Hahnenschrei zeigte ihm vielbeiniger Hufschlag an, dass Balduin mit der versprochenen Verstärkung zurückgekehrt war. „Wacht auf, Ihr Händler, ich lade Euch zu einem köstlichen

Morgenmahl ein, wir hatten Jagdglück in der Frühe!", drang dessen Stimme von unten herauf. Herriger weckte kurz seinen Grafen, nahm dessen Schwert an sich, eilte dann ohne lange Umschweife die Treppe hinunter und verbarg sich hinter dem Haus. Der Wirt und sein Personal hielten es ebenso, hatten sie doch spätestens jetzt gerochen, dass etwas im Busch war. Friedrich erhob sich seufzend und rief nach seinem Vertrauten. Der jedoch kam nicht zurück. Fluchend zog er daraufhin seine Stiefel allein an, raffte seine Kleider zusammen und suchte nach seinem Schwert. Doch das war verschwunden. Vielleicht hatte er es doch bei den Pferden gelassen? Oder Herriger hatte es mitgenommen und war bereits dabei, die Pferde zu satteln. Noch einmal rief er nach ihm, aber nichts tat sich. Stattdessen wiederholte Balduin von Gennep seine „Einladung". Entschlossen stieg Friedrich nun seinerseits zur Gaststube hinab. An eine Einladung des Jägers glaubte er nicht im Ernst. Und wenn, würde ganz sicher er wieder den Wein zahlen müssen. Nichts da. Er würde ihm unmissverständlich sagen, dass er kein Geld mehr hätte. Sonst glaubte der Kerl noch, er könne ihn auspressen wie eine reife Frucht. Entsprechend geladen marschierte der Isenberger in die Gaststube – und sah sich plötzlich zehn oder mehr gezückten Klingen gegenüber. „Ich sagte doch, ich lade Euch zu einem Mahl ein", grinste ihn Balduin von Gennep an, „aber das, Friedrich von Isenberg, wird Euer Henkersmahl sein!" Wenig später wurde ein gefesselter und – damit er keine Hilfe herbeirufen konnte, wenn sie durch limburgisches Gebiet kamen – geknebelter Isenberger unsanft auf sein Pferd verladen. „Ihr habt ihn – und das, wie versprochen, ohne Blutvergießen!", freute sich Herriger, der sich nun wieder hervortraute, „wann kann ich mit meiner Belohnung rechnen? Soll ich nicht besser gleich mitkommen?" Balduin von Gennep lenkte sein Pferd in dessen Richtung und gab ihm ein Zeichen, näherzukommen. Herriger gehorchte. „Euren Lohn könnt Ihr schon jetzt haben", ließ er ihn lächelnd wissen. Dann zog er sein Schwert und stieß es dem befreiten Diener bis ans Heft in die Brust. „Das ist der Lohn für Verräter!" Ein letztes ungläubiges Staunen, dann sackte Herriger lautlos in sich zusammen. Die Kopfgeldjäger ritten mit ihrer menschlichen Beute davon.

In Köln, 10. November 1226

„Was ist denn hier los? Schaut nur, die ganze Stadt scheint auf den Beinen zu sein!", rief Gerhardt, als sich ihre auf vier Reiter geschrumpfte Pilgerschar endlich, nach fast vierzehnwöchigem Ritt, der Stadt Köln näherte. „Das sind ja mehr Menschen als in der Ewigen Stadt!" Sie hatten Rom noch am Tage von Willibalds Beerdigung verlassen und dem Isenberger nachgesetzt, stets auf der Via Francigena in nordwestlicher Richtung. Denn hier gab es ab und an eine Spur, die verhieß, dass sie dem gesuchten Bischofsmörder hart auf den Fersen waren. Einmal wollte eine Magd einen Kaufmann gesehen haben, auf den dessen Beschreibung passte. Aber der war dem Vernehmen nach nur in Begleitung eines Gehilfen gewesen, während die Isenberger Brüder mit ihrer Dienerschaft doch zu fünft unterwegs waren, zumindest als Thomas sie in den Straßen Roms das letzte Mal gesehen hatte. Sollten sie sich getrennt haben? Die Überquerung der Alpen hatte ihnen zu ihrer aller Ungemach wertvolle Zeit geraubt. Erst allmählich waren die Pässe von den Lombarden geräumt worden – ob auf Geheiß des Papstes oder aufgrund erfolgreicher Verhandlungen der kaiserlichen Seite, das konnte man nur vermuten. Jenseits der Berge hatte sich die Spur des Isenbergers dann vollends verloren und ein resignierender Thomas, der zudem den Engländer und den Bogenmacher vermisste, war der Suche überdrüssig geworden. So hatten sie den Frankenweg verlassen und waren durch das Rheintal Richtung Heimat gezogen. Nun standen sie, geradewegs von Süden kommend, vor dem trutzigen Severinstor. Hinter der zinnenbewehrten Kampfplattform, die sich über dem Portal erhob, wuchs mittlerweile eine neue, viergeschossige Torburg empor. Schier unzählige Menschen drängten sich durch die steinerne Pforte, noch mehr aus ihr heraus, um sich dann um die Mauer herum in nördliche Richtung zu wenden. Da kein Feiertag oder eine Kirchmesse anstand, strebten sie einem unvorhergesehenen Ereignis zu, dessen Mittelpunkt wohl im Westen der Stadt lag. Eigentlich hatten sie sich direkt zu den Rheinfähren begeben wollen, um auf die rechte Seite des Flusses überzusetzen und weiter nördlich dem Lauf der Wupper heimwärts zu folgen. Aber der Menschenauflauf machte sie alle neugierig. „Was gibt es denn so Besonderes am heutigen Tag, dass ihr alle wie die Hasen um den Bau herumrennt?", fragte Gerhardt eine junge Wäscherin, die mit geschürzten Röcken, noch einen Korb voll Wäsche auf dem Arm, an ihm vorbeirennen wollte. „Ja, habt ihr es denn noch nicht gehört?", wunderte sich die Korbträgerin, „der Mörder ist gefasst, der vor Jahresfrist den Erzbischof Engelbert erschlagen hat. Sie bringen ihn von Aachen her über das Holztor in die Stadt, um ihm den Prozess zu machen!" Allen Vieren blieb vor Erstaunen der Mund offen stehen. Ungläubig blickte einer den anderen an. „Das darf doch nicht wahr sein", schüttelte Thomas ungehalten den Kopf, „unmöglich! Da folgen wir dem Kerl ein gutes Jahr lang durch das ganze Reich, nur um dann festzustellen, dass er einem anderen ins Netz gegangen ist!" – „Lasst uns nachsehen, ob da etwas Wahres dran ist", schlug Gerhardt vor, „vielleicht haben sie ja den Falschen erwischt!" Und so folgten sie den Scharen von Menschen zum westlichen Stadttor von Köln. Dieses Holztor, so genannt wegen der Waldgebiete entlang der nach Westen führenden Straße, früher auch Aachener Tor genannt, war vor einigen Jahren ebenfalls zu einer mächtigen Torburganlage ausgebaut worden. Durch dieses Tor kamen für gewöhnlich die frisch gekrönten Könige des Heiligen Römischen Reichs Deutscher Nation auf ihrem Weg von Aachen nach Köln geritten, um den hiesigen Dreikönigsschrein zu besuchen. Die dreigeschossigen Türme, die Zinnen, die Zugänge zum Portal, der Weg hinaus nach Westen, die Straße hinein zum Stadtzentrum: Alles war jetzt wie bei einem Königsbesuch von Menschen in dichten Reihen gesäumt. Abertausendfaches Stimmengewirr lag in der Luft. Fliegende Händler und Hökerinnen mit ausladenden Körben auf dem Rücken nutzten die Gunst der Stunde und suchten ihre Waren zu verkaufen. Gebratene Äpfel, süßes Naschwerk, Seifen und Bürsten wurden feilgeboten, dazu allerlei Tand und Tinnef wie Glücksbringer und Anhänger mit winzigen Knöchelchen, die angeblich von der heiligen Ursula und ihrer Jungfrauen-Legion stammten. Aus der Stadt rückten Soldaten der Stadtwache an, die nun einen Kettenriegel zwischen den Gaffern und der Straße bildeten. Im Hintergrund sah Thomas Priester anrücken, die sich um einen Würdenträger geschart hatten, der weithin sichtbar eine Mitra trug. Der Erzbischof! Der musste nun nicht unbedingt der Erste sein, dem er begegnete. Deswegen und um sich vor dem Schneeregen zu schützen, der vor Kurzem eingesetzt hatte, schlug er die Kapuze seines Umhanges über den Kopf. Olivers Warnung im Ohr, beschloss der Fischersohn zudem, ein wenig weiter westlich – entfernter von der Stadt, dort, wo das Gedränge der

Menschen lichter wurde – einen Platz zu suchen, an dem sie ungestört auf den Gefangenen warten konnten. Doch nicht lange, und die Menge wurde von Westen her zunehmend unruhiger, so als griffe ein Flächenbrand um sich. „Er kommt!", kam es aus mehreren Kehlen gleichzeitig, „sie bringen den Mörder!" Und dann kam er. Angeführt von drei Edlen, unter denen Thomas den Grafen von Geldern erkannte, und flankiert von Lanzenträgern in den gelderschen Farben, wurde Friedrich von Isenberg auf einem Esel nach Köln gebracht, die Hände auf dem Rücken gefesselt, die Füße unter dem Bauch des Tieres zusammengebunden. Thomas erkannte ihn sofort. Der Isenberger verfügte noch immer über die stattliche Größe, an der Eingeweihte die Verwandtschaft zu Erzbischof Engelbert erkennen konnten, seinem Großvetter, dessen Tod er zumindest mitverschuldet hatte. Aber ob er als Mörder zu bezeichnen war, dessen war sich Thomas längst nicht mehr sicher. Trotz seiner Größe ähnelte er eher einem Häufchen Elend – ein Eindruck, der durch das eines Grafen unwürdige Reittier noch verstärkt wurde. Verglichen mit einem Reiter auf einem ordentlichen Pferd, musste selbst der stärkste Ritter auf diesem Esel wie ein Wurm wirken. Friedrichs Kopf war auf die Brust gesunken, sein Haar klebte ihm an Stirn und Schläfen, getränkt von Schweiß und Blut. Offenbar war man nicht zimperlich mit ihm gewesen. Um den Hals trug er symbolhaft einen Strick, dessen anderes Ende am Sattelknauf des Grafen von Geldern festgebunden war. Es stimmte also, Friedrich von Isenberg war gefangen. Bald würde man ihn dem Erzbischof überstellen, womöglich der peinlichen Befragung unterziehen, dann dem Richter vorführen und höchstwahrscheinlich dem Henker übergeben. Und Thomas würde keine Möglichkeit haben, von ihm mehr über die Hintergründe des Verbrechens zu erfahren, das ihrer aller Leben auf den Kopf gestellt hatte. Aber er wollte zumindest Aufklärung darüber erlangen, wo und wie man den Isenberger gefangen genommen hatte. „Gib mir etwas von dem Wein, den du gestern erstanden hast", bat er Gerhardt, der ihm auch sogleich wortlos einen ledernen Schlauch aushändigte, den er am Sattel trug. Dann lenkte der Fischersohn sein Pferd an die Seite eines der Lanzenträger, die die Nachhut bildeten. „Meinen Glückwunsch an den Grafen von Geldern und seine tapferen Männer", sprach er den Kriegsknecht an. „Wie habt ihr den Unhold gestellt? Hier, Ihr müsst durstig sein!" Überrascht, aber mit einem dankbaren Lächeln, nahm der die Einladung an, ließ die Zügel fahren und hielt sich den Schlauch an die Lippen. „Ah, das war gut", bedankte er sich, als er sich mit mehreren langen Zügen satt getrunken hatte, „aber die

Lorbeeren gebühren uns eigentlich nicht. Ein flandrischer Edler, dem er bei der Jagd über den Weg lief, hat ihn als den Gesuchten erkannt, ihn in einer Schänke bei Lüttich mit List gefangen genommen und meinem Herrn ausgeliefert. Gegen eine unvorstellbare Summe Silber! Aber das war unserem Grafen die Sache wert, hier als Arm des Gesetzes einreiten zu können! Ihr müsst wissen, er hatte eine persönliche Rechnung mit dem Kerl offen!" Thomas erinnerte sich, dass die Mutter des Ermordeten, Margarete mit Namen, aus dem Hause Geldern gestammt hatte. „Ich hoffe nur, dass von der Belohnung, die der neue Erzbischof ausgelobt hatte, auch etwas für uns übrig bleibt!" Mit diesen Worten reichte er ihm den Weinschlauch zurück. „Das wünsche ich dir auch, mein Freund", ließ ihn Thomas wissen, „habt Dank!" Dann zügelte er seinen Tarek und sah zu, wie sich die Reiter mit ihrem Gefangenen entfernten, gefolgt von dichten Menschentrauben, während sich die Reihen an der Straße lichteten. Bei Lüttich haben sie ihn gestellt, ging es Thomas durch den Kopf, also wollte er vermutlich zur Limburg, zu seinem Schwiegervater. Vielleicht hätten wir dorthin reiten sollen, anstatt den langen Weg nach Rom auf uns zu nehmen. Vielleicht wären wir dort dem wahren Mörder nähergekommen …

Herenbert Rennekoie erwachte aus einem unruhigen Traum, in dem er von Krähen verfolgt worden war. Für einen kurzen Augenblick kämpfte er noch mit unzusammenhängenden Fetzen der Erinnerung, dann aber vertrieb das Morgenlicht die düsteren Gedanken. Er lag in einem großen, weichen Bett, das mit Decken und prall gefüllten Daunenkissen bestückt war. Darin sank sein Kopf so tief ein, dass man glauben konnte, zwischen den ausladenden Brüsten einer reifen Frau zu liegen. Der Gedanke erheiterte ihn, und er streckte sich wohlig. Nein, ihm ging es prächtig. Die Krähen waren für andere bestimmt, nicht für ihn. Die Todesboten würden sich schon bald mit dem Grafen von Isenberg beschäftigen, das war gewiss. Vor seinem geistigen Auge liefen noch einmal die Szenen von dessen Auslieferung am Vortag ab. Die ganze Stadt hatte die Straßen gesäumt, über die der Graf von Geldern seinen Gefangenen nach Köln brachte. Hinter dem Severinstor hatte der Erzbischof, an der Spitze einer Abordnung der Kölner Kirche, den Reiterzug des Edelmannes mit Psalmen und Hosianna-Gesängen begrüßt, diesen dann zum Dom mit dem gegenüberliegenden Bischofspalast geleitet und hier endlich offiziell den Gefangenen übernommen. Dafür hatte man dem Grafen von Geldern mit großen

Gesten und der Hilfe zahlloser fleißiger Hände, die von der Stadtwache schärfstens beäugt worden waren, die ungeheure Summe von über 2.000 Mark Silber ausgehändigt. Die Münzen hatte man zuvor zu einem wahren Berg aufgetürmt und dann zum Abtransport in großen Truhen auf einen Wagen verladen. Wie es hieß, hatte der Graf die fast gleiche Summe aber schon dem eigentlichen Häscher bezahlt. Anschließend hatte der Erzbischof den Gefangenen vom Pferd holen lassen, ihn der johlenden Menge vorgeführt und schließlich in den Kerker werfen lassen. Dort unterzog man ihn jetzt schon den zweiten Tag einer peinlichen Befragung. Im Geiste malte sich Rennekoie aus, wie der Graf, vor Pein winselnd, um Gnade bettelte, die er jedoch nicht bekommen würde. Und wenn es nach ihm, Rennekoie, ginge, würde man mit einigen anderen Personen in Kürze ebenso verfahren. Es klopfte an der Tür seiner Kammer, die im obersten Stockwerk des Bischofspalastes lag. Rennekoie sprang auf, schlüpfte in ein paar lederne Beinlinge, warf sich ein frisches weißes Hemd über, das man für ihn besorgt hatte, und öffnete. Draußen stand ein junger Priester. „Seine Eminenz, der Erzbischof, fragt nach Euch", überbrachte dieser eine Botschaft, „Ihr sollt Euch im Kerker einfinden, um der Befragung des Mörders beizuwohnen!" Rennekoie überlegte, ob er sich dieser Aufforderung entziehen konnte, denn der Gedanke gefiel ihm nicht recht. Die Folter mit eigenen Augen zu verfolgen, erschreckte ihn zwar nicht – dafür hatte er selbst schon zu oft Menschen gemartert –, aber der Beschuldigte könnte ihn erkennen und Dinge preisgeben, die womöglich erklärungsbedürftig waren. Aber was hatte er zu befürchten? Jeder wusste ja, dass die Befragten oft das Blaue vom Himmel herunterlogen, um sich der Qual zu entziehen. Außerdem konnte Friedrich ihn eigentlich nicht allzu sehr belasten, hatte er doch gar nicht viel vom Hergang der Tat gesehen. Also beschloss Rennekoie, das Wagnis einzugehen, zog sich einen warmen Mantel aus schwerer Baumwolle über – ein kostbares Schneiderwerk aus Italien, das man ihm geschenkt hatte –, und folgte dem Priester. Es ging vier Treppen hinab bis ins Kellergewölbe. Dieses teilte sich in zwei separate Gebäudeflügel. In dem einen war der erzbischöfliche Weinkeller untergebracht, den Rennekoie noch allzu gut in Erinnerung hatte. Der andere beherbergte das Holzkohlelager, eine Waffenkammer und den Kerker. Hier zweigten aus einem Mittelgang verschiedene Kammern ab, in denen zumeist Kirchenmänner Buße taten, die sich einer Verfehlung schuldig gemacht hatten. Im hinteren Teil waren größere Zellen abgeteilt, die gleich mehrere Personen aufnehmen konnten. Diese waren für die

Folterungen vorgesehen, bei denen in der Regel nicht nur ein Angeklagter und ein Henkersknecht, sondern auch Ankläger und Zeugen zugegen waren. Ansonsten fanden solche peinlichen Befragungen unter Ausschluss der Öffentlichkeit statt. So auch in Friedrichs Fall. Als Rennekoie die Folterkammer betrat, sah er, dass man den Isenberger auf einen hölzernen Stuhl gefesselt hatte, der von gleich zwei Schindern flankiert wurde. Davor hätten sich Erzbischof von Müllenark, der Dompropst, zwei Priester, der Kellermeister Heinrich von Himmerode und der Schreiber Caesarius von Heisterbach versammelt. Friedrich trug Fußschrauben, das heißt, man hatte ihm eine eiserne Schraubzwinge um die Füße gelegt, die mithilfe von zwei Gewindeschrauben immer fester zugedreht werden konnte. Diese Foltermethode wurde in der Regel als erste angewandt. Aber Rennekoies geübter Blick erkannte sogleich, dass man bereits mehrere Schritte weiter gegangen war. Um den Kopf hatte man dem Isenberger eine Art Stirnband gelegt, an dessen Innenseite Dornen befestigt waren und das mit einem Gewinde enger geschnürt werden konnte. Dort, wo sich die Dornen in die Kopfhaut bohrten, sickerte Blut aus Friedrichs zerzaustem Haar und lief ihm in dünnen Rinnsalen über das Gesicht. Die Schinder hielten zudem Zangen in den Händen, mit denen sie auf Befehl seine Finger, seine Lippen oder andere Körperteile ergriffen, um diese zu quetschen. „Rede, du Vatermörder!", hörte Rennekoie den Erzbischof sagen, „Gestehe deine Untat! Und wer stand dir zur Seite? Ich weiß vom Limburger Herzog, aber wer noch? Etwa der Graf von Tecklenburg? Oder Engelberts Leibwächter? Ich will Namen hören!" Doch trotz der schon erlittenen Qualen schien der Isenberger nicht gewillt, dem Befehl des Erzbischofs zu gehorchen. Er hob lediglich müde den Kopf und blickte Heinrich von Müllenark nahezu teilnahmslos an. Tiefe Ränder unter den Augen zeugten davon, dass er schon länger keinen Schlaf mehr gefunden hatte. „Ihr habt doch, was Ihr wolltet", stieß Friedrich mühsam aus, „mehr kann ich Euch nicht geben!" Einige Zähne fehlten im Mund und seine Unterlippe hing an einer Seite schlaff herab, deshalb fiel ihm das Sprechen schwer – alles Spuren der bereits erduldeten Befragung. „Aber ich will dein formelles Geständnis", beharrte der Erzbischof, „und die Namen aller, die mit dir im Bunde waren! Hier vor Zeugen!" Doch Friedrich schüttelte nur den Kopf. „Wie wäre es mit der Judaswiege?", schlug einer der Schinder vor. Damit meinte er eine hölzerne Pyramide, die man dem Angeklagten unter den nackten Hintern schieben konnte, damit sie sich mit der Spitze in den After bohrte. Diese dem Pfählen nicht unähnliche Foltermethode führte meist dazu, dass der Delinquent alles gestand, um zu verhindern, dass der After riss. „Das könnten wir versuchen", überlegte Müllenark mit einem bitteren Lächeln, „irgendetwas wird ihm dann schon aus dem Maul kommen!" In diesem Moment fiel der Blick des Angeklagten auf den eingetretenen Rennekoie. Seine Pupillen weiteten sich, als hätte er den Leibhaftigen gesehen. Er versuchte aufzustehen, zumindest den rechten Arm zu heben, was in Folge der Fesselung jedoch beides nicht gelang. „Er … er da!", kam es ihm mühsam über die geschundenen Lippen, „er war dabei!" – „Das weiß ich", beschied ihm der Erzbischof, „aber ich will die Namen aller Mittäter. Ich werde keine Gnade walten lassen!"

„Er ist … an allem schuld", mühte sich Friedrich weiter, „er hat … Engelbert … auf dem Gewissen!" – „Gar nichts habe ich", gab Rennekoie mit fester, ruhiger Stimme zurück, „er gab den Befehl, den Erzbischof zu erschlagen, ich habe es genau gehört!" Für die Dauer eines langen Atemzuges trafen sich die Blicke der beiden Männer. Zorn ließ es in Friedrichs Pupillen lodern, so als wäre die alte Kraft in ihn zurückgekehrt. Dann aber musste er erkennen, dass er nicht die Macht hatte, sich mit Rennekoie zu messen, weder mit Taten noch mit Worten. Seine Lider begannen zu flackern, dann zuckte er mit den Achseln, senkt wieder den Kopf und war zu keiner weiteren Aussage bereit. Heinrich von Müllenark gab den Befehl zum Einsatz der Judaswiege. Der Isenberger stöhnte, als die hölzerne Pyramide seinen After zerriss, aber mehr war von ihm auch dann nicht zu hören. Rennekoie begann, doch noch so etwas wie Achtung vor diesem Mann zu entwickeln, dem er so übel mitgespielt hatte. Trotzdem kannte er keine Gnade. „Ihr wollt sein Geständnis?", wandte er sich an den Erzbischof. Der nickte. „Dann lasst mich für einen Moment mit ihm allein", forderte der angebliche Spross aus gutem Hause mit einer Miene, als könne er keiner Fliege etwas zuleide tun. „Wozu?", wollte Heinrich von Müllenark wissen. „Weil ich ihn dazu bewegen werde", fügte Rennekoie an, „mit Gottes Hilfe!" Niemand zog ernsthaft in Betracht, dass er mit dem Versuch erfolgreich sein würde. Aber einen Versuch war es wert. So zogen sich die Kirchenmänner mit den Schindern in den Weinkeller zurück und ließen Rennekoie mit dem Isenberger allein. „Deine Sophie hat einen hässlichen Buckel", teilte der Altknappe seinem früheren Dienstherren mit, „aber ihre Titten sind nicht übel. Und sie wird schnell feucht, wenn man sie nimmt!" Friedrich starrte ihn verständnislos an. „Ich mochte ihre Schreie und wie sie sich bepisste, wenn ich kam", fuhr Rennekoie fort. Hatte der Isenberger geglaubt, es gäbe nach der Judaswiege und den anderen Martern nichts mehr, was ihn noch quälen und verletzen könnte, so sah er sich getäuscht. Rennekoie schilderte ihm in drastischen Worten, was er der Gräfin und Herzogstochter angetan hatte. Und er teilte ihm mit, was er ihr und anderen noch anzutun gedachte, falls er nicht zur Vernunft käme. Danach war der Graf endgültig ein gebrochener Mann. Als der Erzbischof mit den Schindern zurückkam, staunte er nicht schlecht. Denn Friedrich von Isenberg gestand. Das tat er allerdings, ohne weitere Namen zu nennen, auch nicht, als der Erzbischof erneut mit der Judaswiege drohte. Einen Tag später wurde Friedrich von Isenberg zum Tode verurteilt. Herolde verkündeten, dass man ihn am nächsten Morgen auf das Rad flechten würde. Und die Kölner rüsteten zu einem weiteren Festtag.

„Ach, du kleine Zuckerschnute, du wirst mal genauso dickköpfig und abenteuerlustig wie dein Vater!" Sibylla hockte vor dem kleinen Ställchen, das Ewald für die Kinder gebaut hatte, und sah zu, wie der kleine Robert – der von allen nur Robin genannt wurde, seit William ihn mit dem Spitznamen eines angelsächsischen Helden bedacht hatte – mit wackeligen Beinen an der Umzäunung entlangmarschierte. Eigentlich stolperte er mehr, als dass er ging, und obendrein hielt er sich dabei immer wieder an dem Handlauf fest, aber er machte große Fortschritte. Auch wenn er manchmal über die eigenen Beinchen oder seine wildledernen Füßlinge stolperte, womit er die kleine Hildruth jedes Mal zu einem fröhlichen Krähen animierte, war doch abzusehen, dass er bald in dem Laufstall nicht mehr zu halten sein würde. Längst hatte er seine Cousine in dieser Entwicklung eingeholt und sogar überflügelt. Hildchen verlor die Lust an Robins Schauspiel und fing an zu quengeln. „Na, komm schon her, du Nimmersatt", lachte Katharina und hob die Tochter aus dem Stall, „was bin ich froh, dass meine Milch noch fließt!" Dabei öffnete sie die Schnüre ihres Hemdes und legte sich Hildchen an die Brust. Sogleich nahm das Kind eine der Brustwarzen in den Mund und begann, kräftig zu saugen. Der Appetit auf die Muttermilch war denn auch der Schüssel zu einem Neuanfang gewesen, als das Kind nach der Rückkehr der Frauen aus Limburg anfangs ein wenig gefremdelt hatte. Sibylla, die mit diesem Problem weniger zu kämpfen gehabt hatte als ihre Schwägerin, weil ihr eigener Sohn fast allen mit entwaffnender Fröhlichkeit und Zuneigung begegnete, die nett zu ihm waren, erinnerte sich an diese schwierigen ersten Tage. Seither war ihr Verhältnis zu Katharina ein wenig gespannt. Das musste ein Ende haben. „Grollst du mir immer noch?", unternahm sie einen ersten Versuch, „ich kann dir nur immer wieder sagen, wie leid es mir tut!" Katharina ließ sie einen langen Augenblick auf die Antwort warten, während sie Hildruth beim Trinken zusah. Dann seufzte sie einmal und blickte zu ihrer Schwägerin auf. „Ja und nein! Am meisten grolle ich mit mir selbst, dass ich mich habe von dir überreden lassen, bei diesem Wahnsinn mitzumachen", gab Katharina zu, „wir hätten alle umkommen können, das hast du ja am eigenen Leibe erlebt. Und dass mich dieses Abenteuer meinem Kind entfremdet hat, war beinahe das Schlimmste, was ich je erlebt habe, abgesehen damals vom Tod meiner Eltern. Das trage ich dir immer noch ein bisschen nach. Aber auf eines kannst du Gift nehmen: Egal, was dir in Zukunft einfällt oder wie wichtig es dir erscheint – ich lasse mich zu nichts mehr überreden. Und nie wieder lasse ich mein Kind allein, hörst du?!" Sibylla nickte. „Andererseits hast du wahrscheinlich recht gehandelt, sonst wäre manches unentdeckt geblieben und dieser Rennekoie triebe noch immer sein Unwesen", fuhr Katharina fort, „ich denke, es wird sich noch herausstellen, wie wertvoll dein Handeln war. Irgendjemand musste etwas dagegen tun. Aber ich hadere auch mit der Abwesenheit unserer Männer. Ich werde verrückt, nicht zu wissen, wie es William, Thomas und den anderen geht. Erst recht nach dem schaurigen Tagtraum von Maria!" Sibylla rief sich in Erinnerung, wie das Weib des Schmiedes ihnen letzten Sommer eröffnet hatte, einer ihrer Männer sei zu Tode gekommen, und dabei Adele angestarrt hatte. Seither war die Frau des Bogenmachers überzeugt, ihren Willibald nicht mehr wiederzusehen. Aber genauere Kunde hatte es nicht gegeben – und auch Maria hatte keine weiteren Träume gehabt. „Ich kann dich so gut verstehen, mir geht es genauso. Aber wir können sie ja wohl kaum suchen gehen. Umso wichtiger ist es, dass wir Frauen zusammenhalten. Sei mir bitte nicht mehr gram", bat Sibylla. „Ich schwöre dir, dass ich uns nicht mehr derart in Gefahr bringen werde und ab jetzt den Männern die Abenteuer überlasse!" – „Na, versprich nichts, was du später nicht halten kannst", zeigte sich Katharina skeptisch, „oder was du später bereust. Ich kenn' dich doch!" Ein erstes Schmunzeln zeigte an, dass das Eis zwischen ihnen gebrochen war. Draußen vor der Tür allerdings kündigte sich die erste Eiseskälte des Winters an. Ein böiger Wind fegte um die Häuser, der kleine Schneeflocken vor sich hertrieb. Bald würde das ganze Land mit einer weißen Decke überzogen sein. Andrea und Adele traten ins Haus. Seit der Ernte, dem Beerensammeln und dem gelungenen

Lachsfang im Oktober, dessen Ausbeute noch in den Räucherkammern hing, soweit sie nicht verkauft war, gab es am Fluss und auf den Feldern nicht mehr viel zu tun. So hatten sich die Frauen wieder auf gemeinsame häusliche Arbeit gestürzt – auf das Ausbessern von Kleidung und Netzen, das Spinnen, Weben, Flechten und Sticken sowie das Haltbarmachen von allerlei Nahrung für den Winter. Meist erledigten sie dies gemeinsam im Gutshaus, weil ihnen die Gemeinschaft Halt und Trost gab. Ewald kümmerte sich derweil mit den verbliebenen Männern darum, die Gebäude, Dächer und Zäune winterfest zu machen. Er versorgte die Pferde, teilte die Männer für die Wachabteilung auf der Burg ein und schmiedete in der verbleibenden Zeit Blankwaffen und Werkzeuge. Maria, seine Angetraute, half ihm dabei. Bei Ewald in der Schmiede zu stehen und ihm zur Hand zu gehen, ja vereinzelt sogar eigene kleine Kunstwerke auf dem Amboss entstehen zu lassen, gefiel der einstigen Schauspielerin besser als die übliche Handarbeit der Frauen. Außerdem mied sie deren Gesellschaft, weil ihr die Tagträume peinlich waren, die sie seit dem Tag der Ankunft hier an der Wupper so oft gehabt hatte. Die Schmiede der beiden, ein paar hundert Schritt unterhalb des Gutes gelegen, fungierte auch als eine Art Vorposten. Boten, die von flussabwärts kamen, sprachen zuerst hier vor, erst recht, seitdem der Gutsherr auf Reise war. Maria sah die beiden Reiter zuerst. „Da kommt jemand von Westen her die Wupper herauf", sagte sie mit Blick durch das Luftloch in der Schmiede, dessen steifes Schweinsleder sie zur Seite hielt. Ewald unterbrach sogleich seine Arbeit, schulterte den schweren Schmiedehammer und trat mit nacktem, dampfendem Oberkörper durch die Tür ins Freie. Erst als er sah, dass von den Fremden kein Unheil drohte, stellte er den Hammer beiseite. Die Boten trugen das limburgische Wappen. „Gott zum Gruße, Herzog Heinrich schickt uns", meldete sich der vorderste. „Wir sollen in der Grafschaft Berg und darüber hinaus verkünden, dass der Mörder des Erzbischofs Engelbert, Friedrich von Isenberg mit Namen, Gefangener des Kölner Erzbischofs ist; er hat die Untat gestanden und wird morgen, am 14. Tage des Novembers, vor dem Severinstore hingerichtet!" Ewald bat die beiden sogleich in die Schmiede und stelle ihnen jedem einen Hocker ans Feuer. Maria goss etwas Würzwein in zwei Becher, die sie den Männern reichte. Dankbar nahmen diese das Angebot an. „Habt Ihr sonst noch etwas gehört?", wollte Ewald wissen, „waren vielleicht noch andere Männer mit diesem Isenberger unterwegs?" „Nicht, dass ich wüsste", verneinte der vorherige Redner, „es heißt, er hatte noch einen Diener, aber der ist bei der Festnahme bei

Lüttich zu Tode gekommen. Sonst weiß ich von niemandem!" – „Und Graf Heinrich, wo ist der?", hakte Maria nach. „Der reitet noch heute von Limburg nach Köln", wusste der zweite Bote, „das sollen wir auch der Herzogin bestellen, die auf Burg Neuenberge weilt. Er erwartet sie dort – und wie es heißt, ist er dankbar für jeden Dienstmann, den sie mitbringt. Er traut dem Erzbischof nicht!" Ewald dankte den Männern, die bald ihrer Wege zogen, und beeilte sich, den Frauen auf dem Gut die gleiche Botschaft zu überbringen. „Was, der Isenberger ist gefasst? Und der Herzog ruft die Männer zusammen?" Sibylla sprang aufgeregt aus ihrem Sessel auf. Dann reichte sie ihren schläfrigen Sohn, den sie gerade gestillt hatte und dem zum Beweis noch ein milchiges Tröpfchen auf der Oberlippe klebte, an Andrea weiter. „Dann müssen auch wir uns sputen, um nach Köln zu kommen!" – „Sind das deine Schwüre wert?", hielt Katharina ihr sogleich vor. „Hast du mir nicht noch vor einer Stunde gesagt, du würdest niemals mehr dein Kind verlassen oder von anderen solches verlangen?" – „Ich will ja keine große Reise antreten, aber womöglich werden wir gebraucht!", argumentierte Sibylla. „Wir?", war Katharina wenig überzeugt, „wir Frauen zwischen all den Männern? Wozu soll das gut sein?" – „Aber denk doch mal nach! Wenn der Isenberger gefasst ist, der Bischofsmörder, zu dessen Suche sich unsere Männer auf die weite Reise nach Rom begeben haben, dann können die Unseren auch nicht weit sein!", überlegte Sibylla. Das war nicht von der Hand zu weisen. Andrea und Adele nickten. „So hab' ich das noch gar nicht gesehen", meinte Ewald, „weil die Boten sagten, es wären keine anderen Männer bei dem Isenberger gewesen!" – „Ja, glaubst du denn, sie würden das an die große Glocke hängen?", gab Sibylla zu bedenken. „Sie werden sich aus gutem Grund bedeckt halten. In Rom scheint etwas schiefgelaufen zu sein, vermute ich, sonst hätten sie ja den Isenberger erwischt. Aber ich bin sicher, sie sind nicht weit. Und womöglich brauchen sie Hilfe. Wie der Herzog, der seine Männer zusammenruft. Schließlich hat er das Weib und die Kinder des Isenbergers in Obhut. Ich spüre, dass wir nach Köln müssen, denn dort braut sich etwas zusammen!" Erst schauten sich alle gegenseitig an, dann suchten aller Augen Maria. Die stand mit geschlossenen Augen an einem der Türpfosten und hielt sich fest. „Sibylla hat recht", sagte sie nach einer Weile, „eilt euch. Thomas braucht eure Hilfe!"

In Köln, 14. November 1226

„Macht Platz für den Verurteilten, zurück mit euch", brüllte der Kommandant der Kölner Stadtwache, der dafür Sorge zu tragen hatte, dass der Gefangene dem Henker überantwortet wurde.

Doch das war leichter gesagt als getan, denn bereits seit dem frühen Morgen warteten Hunderte von Schaulustigen vor dem erzbischöflichen Palast, um den Mörder des Erzbischofs Engelbert ganz nah und mit eigenen Augen zu sehen. Tausende säumten zudem den Weg von dort zur Hinrichtungsstätte, die auf einem Hügel vor der Stadt lag, jenseits des Severinstores, unmittelbar am Judenbüchel, dem Friedhof der jüdischen Gemeinde, auf dem auch die Hingerichteten ihre letzte Ruhestätte fanden. Die Menge schob und drängte, um einen möglichst guten Blick zu bekommen. Hinter den fünf, sechs Reihen von Menschen wartete ein einsamer Reiter, der sich gegen die Kälte in seinen dunklen Umhang gehüllt hatte, auf den Bischofs- und Vetternmörder, um ihm auf seine Art ein letztes Geleit zu geben. Die Chancen standen zwar schlecht, aber Thomas wollte versuchen, dem Isenberger wenigstens einmal so nah zu kommen, dass er ihm ein paar Fragen stellen konnte. Seine Männer hatte er in gewissen Abständen so postiert, dass sie ihm im Notfall zur Seite springen konnten. Denn Thomas hatte noch die Warnung von Bischof Oliver im Ohr, wonach der neue Kölner Erzbischof, Heinrich von Müllenark, auch ihn immer noch zu den Verdächtigen zählte. Bereits vor Sonnenaufgang hatten sie sich auf ihre Posten begeben. Doch es dauerte bis zur zehnten Stunde, bis etwas geschah. Dann plötzlich öffneten sich die Tores des erzbischöflichen Palastes, und der Verurteilte wurde von sechs Wachen hinausgeführt. Dahinter erkannte Thomas schemenhaft den Erzbischof mit anderen Kirchenfürsten. Zahllose Köpfe verhinderten eine bessere Sicht. Aber er sah, wie Friedrich von Isenberg auf einen hölzernen, zweiachsigen Karren verfrachtet wurde, der von zwei Pferden gezogen wurde, die ihre besten Tage bereits hinter sich hatten. Der Isenberger trug einen demonstrativen Strick um den Hals. Doch nicht der Strang erwartete ihn, sondern das Rad, eine der fürchterlichsten Hinrichtungsmethoden, die sich je ein

Menschenhirn ausgedacht hatte. Das für diesen Tag vorgesehene Instrument der Peinigung bestand aus einem massiven Wagenrad, das man vollständig mit Blei überzogen hatte, um es schwerer und schlagkräftiger zu machen. Es wurde nun von zwei Henkersknechten in die Höhe gestemmt, um es dem Wagen mit dem Verurteilten voranzutragen. Den schien das schaurige Szenario jedoch nicht zu kümmern. Friedrich von Isenberg hockte regungslos auf dem Wagen, mit dem Rücken an die Seite gelehnt, die Hände gefesselt, die Beine im fauligen Stroh, und blickte starr über die Köpfe der Menschen hinweg, als sähe er bereits eine bessere Zukunft am Horizont. Und in der Tat schien alles besser zu sein als sein jetziger Zustand und das, was ihm bevorstand. Man hatte ihm offenbar übel mitgespielt, denn er sah fürchterlich aus. Seine Augen waren blutunterlaufen und lagen tief in den Höhlen. Sein Gesicht, sein Körper waren von notdürftig versorgten Wunden übersät. Und in Kürze dürfte dieser Körper nur noch eine breiige, aufs Rad geflochtene Masse sein, den Vögeln zum Fraß vorgeworfen. Das versprach ein Schauspiel nach dem Geschmack des Pöbels. Als sich der Wagen in Bewegung setzte, begann das Volk zu johlen. Und die Schaulustigen begannen damit, den Verurteilten mit Wurfgeschossen zu bedecken, die sie meist der Gosse entnommen hatten. Angewidert folgte Thomas dem fürchterlichen Schauspiel.

„Gütiger Gott, so viele Menschen auf einem Fleck habe ich in meinem ganzen Leben noch nicht gesehen!" Irmgard von Limburg-Berg kam aus dem Staunen nicht mehr heraus. Den größten Teil Ihres zugegeben noch jungen Lebens – denn sie zählte noch lange keine dreißig Lenze – hatte sie auf Burg Neuenberge verbracht, einer zwar stattlichen, aber an Menschen doch recht überschaubaren Festung, auf der sie seit Engelberts Ableben vor einem Jahr endlich als Gräfin residierte. Und natürlich kannte sie auch die Burg Limburg sowie die Stadt Lüttich, wohin sie zuweilen ihren Gatten begleitet hatte, der immerhin der Sohn des Herzogs gewesen war. Seit Walrams überraschendem Tod im letzten Sommer fungierte das Paar gar selbst als Herzog und Herzogin, herrschte demnach über Berg und Limburg zugleich. Aber in beiden Ländern fand sich keine Stadt, die an die Größe Kölns herangereicht hätte. Nun bekam sie die Domstadt auch noch an einem denkwürdigen Tag zu sehen, an dem es Tausende ihrer

Einwohner vor das Severinstor zog. Auch Sibylla konnte sich der Faszination des Augenblicks nicht entziehen. Sie hatte Köln einmal aus der Ferne gesehen, als sie im Gefolge der Herzogstochter Sophie nach Limburg gereist war. Aber dabei hatte sie auf Befehl des Herzogs im geschlossenen Wagen bleiben müssen und nur einen kurzen Blick auf die fernen Mauern werfen können. Auch hatte Thomas zuweilen von seinen Aufenthalten in der Rheinmetropole erzählt. Aber jetzt sah sie die größte Stadt weit und breit erstmals mit eigenen Augen. Beinahe konnte man den ernsten Grund ihres Rittes vergessen. Nach dem Erhalt von Heinrichs Botschaft und Marias ernstem Nicken hatte Sibylla nicht mehr lange gezögert und trotz Katharinas Bedenken sofort zum Aufbruch gerüstet. Keine Stunde später hatten sie und Ewald mit vier verfügbaren Männern das Gut verlassen und sich an der Wuppermündung mit Irmgard sowie deren Burgmannen vereint. Den Treffpunkt an der Wuppermündung hatten sie per Boten vereinbart. Hier trafen binnen zwei Stunden auch noch weitere Edelmänner und Kriegsknechte aus anderen Orten der Grafschaft ein, die Heinrich zu Dienst verpflichtet waren, sodass sie jetzt gut und gerne dreißig Personen zählten. Und noch jemand war dort zu ihnen gestoßen: Katharina. Mutterseelenallein war sie auf einem gutmütigen Wallach angetrabt gekommen. Die Kinder hatte sie der Obhut der anderen Frauen überlassen. „Wie steh' ich denn da, wenn William endlich nach Hause kommt und mich womöglich braucht – und ich bin nicht da", hatte sie gesagt und sich ansonsten wortlos in ihren Tross eingereiht. Auf Irmgards Rat hin hatten sie sich nicht in Deutz, sondern ein gutes Stück flussabwärts, nahe der Wuppermündung, von einem Fährmann noch am gleichen Abend über den Rhein setzen lassen. An der Seite der Herzogin, gefolgt von so vielen Bewaffneten, hatte sie sich zum ersten Mal wirklich wie eine Edelfrau gefühlt, aber auch die Last auf ihren Schultern gespürt, die damit verbunden war. Schon vor Sonnenaufgang hatten sie ihren Weg fortgesetzt und sich der Domstadt von Norden genähert, diese dann aber zusammen mit einem anwachsenden Menschenstrom im Westen umgangen, weil sie sich ausrechnen konnten, dass durch die Straßen der Innenstadt kein Durchkommen war. Nun näherten sie sich dem Severinstor und dem gewaltigen Menschenstrom, der sich aus diesem herauswälzte. „Die Richtstätte ist etwas weiter draußen auf einem Hügel oberhalb des jüdischen Friedhofs", meinte Ewald, der zu diesem Zweck zu den beiden Frauen an der Spitze ihres Trosses aufgeschlossen hatte, „ich würde vermuten, dass wir den Herzog dort finden!" Irmgard pflichtete ihm bei, und so schlugen sie den direkten Weg zu besagtem Hügel ein, der über dem Judenbüchel thronte. Aus schweren, dunklen Wolken fielen einzelne, noch wässrige Schneeflocken. Auch hier hatten sich bereits um die hundert Menschen im weiten Umkreis rund um eine Steinsäule versammelt, neben der ein hölzerner Kran aufgebaut war. „Was ist das?", fragte Sibylla irritiert, als sie sich näherten, „wie ein Galgen sieht das nicht aus!" – „Ein Galgen? Nein, so einfach wird der Isenberger nicht davonkommen", klärte Ewald sie auf, „auf diese Säule wird das Rad gehievt, nachdem man den Verurteilten darauf geflochten hat!" Die Frauen blickten sich verständnislos an. „Und wozu soll das gut sein?", hakte Irmgard nach, die genau wie Sibylla wenig Ahnung davon hatte, was unter einer Hinrichtung auf dem Rad zu verstehen war, „woran stirbt denn dann der Verurteilte?" Ewald seufzte, denn den Frauen würde ein schreckliches Schauspiel bevorstehen. „Verzeiht, aber das Rädern ist so ziemlich das Schlimmste, was einem geschehen kann – dem Verurteilten wie dem unvorbereiteten Zuschauer", setzte er zu einer vorsichtigen Erklärung an. „Dem Isenberger werden zuerst die Knochen von Armen und Beinen gebrochen, vielleicht auch noch der Brustkorb, denn nur so kann man ihn auf das Rad ‚flechten'. Und dieses Flechten ist wörtlich zu nehmen. Meist sterben die armen Teufel schon an dieser Tortur. Dann hievt man das Rad auf die Säule, als Mahnung für andere – und als Nahrung für die Krähen. Man wirft die Verurteilten somit den Vögeln zum Fraß vor, wenn Ihr so wollt!" Irmgard und Sibylla fragten sich augenblicklich, ob sie die richtige Entscheidung getroffen hatten, dem Ruf des Herzogs zu folgen. „Wir können ja immer noch die Augen zumachen", raunte Sibylla der Herzogin ins Ohr. Doch für weiteren Gedankenaustausch blieb keine Zeit. „Schaut, der Herzog kommt!", rief einer der Burgmannen. Tatsächlich näherte sich in diesem Moment von Westen her eine Staubwolke und hielt direkt auf den Hügel zu, auf dem sich immer mehr Menschen versammelten. Heinrich von Limburg-Berg rückte mit zwanzig schwer gepanzerten Rittern an, allesamt in weißen Wappenröcken mit dem roten limburgischen Löwen darauf, wie auf den tropfenförmigen Schilden im normannischen Stil. Sibylla erkannte Gisbert, der offenbar gänzlich genesen schien und den Frauen zunickte. „Da bist du ja, meine Rose!", rief der junge Herzog, sprang vom Pferd und wollte seine Gattin trotz des ernsten Anlasses liebevoll umarmen. Er besann sich jedoch noch rechtzeitig eines Besseren und küsste ihr lediglich ritterlich die Hand. Lediglich seine glühenden Augen verrieten seine wahren Gefühle. Dann wandte er sich an Sibylla und begrüßte sie ähnlich schicklich. Die jedoch hatte nur Augen für eine weitere Person in Heinrichs Gefolge – dessen Schwester Sophie, die Frau des verurteilten Mörders!

„Zur Hölle mit dir, du Dreckskerl!" Ein grobschlächtiger Hüne mit bloßen Armen, der aussah wie ein Kesselflicker oder Gerbergehilfe, warf soeben einen ganzen Korb fauler Kohlköpfe auf den Wagen mit dem Verurteilten. Eine Gruppe Weiber sandte mit beiden Händen stinkende Pferdeäpfel hinterher und ein Dutzend rotznäsiger Bälger zielte mit Kieselsteinen auf den Isenberger. Eine junge Hure lief sogar eine Weile neben dem Karren her und hieb unter dem Gejohle der Umstehenden mit einem Besen nach dem Todgeweihten. Der jedoch ließ jegliche Verwünschung, jeden Stoß und jedes Wurfgeschoss stoisch über sich ergehen. Thomas beschloss, dass dies die letzte Hinrichtung wäre, deren Zeuge er jemals gewesen sei. Selbst wenn Friedrich von Isenberg ein Mörder war, so war er doch immer noch ein Mensch und sollte als solcher behandelt werden. Doch was sich da vor seinen Augen abspielte, war nicht anders als unmenschlich zu nennen. Hatten die Kölner ihren gemeuchelten Erzbischof so geliebt, dass sie jetzt solcherlei Rache an seinem Mörder nahmen? Wohl kaum, denn Engelbert hatte sich zwar häufig der Armen angenommen und Brot verteilen lassen, der Stadt und ihren Bürgern aber auch immer wieder seinen Willen aufgezwängt. Nicht selten hatten sie gegen ihn aufbegehrt. Was sich hier abspielte, war einfach tierisch und mit archaischen Trieben zu erklären, denen die Menschen, wie in einem kollektiven Rausch auf einem ausufernden Jahrmarkt, freien Lauf ließen. Die Menge hätte den Verurteilten geradewegs an Ort und Stelle zerrissen, wenn man ihr die Erlaubnis dazu erteilt hätte, dessen war sich der Fischersohn sicher. Weniger sicher war er sich allerdings, ob hier der richtige Mann zur Schlachtbank geführt wurde. In jedem Falle trug er sein Los wie ein Mann, ja wie ein Ritter. Schon deswegen hätte er eine andere Behandlung verdient gehabt. Aber niemand seitens der Obrigkeit, erst recht nicht der amtierende Erzbischof, tat etwas, um die Menschen zur Besinnung zu bringen. Die Stadtwache sorgte lediglich dafür, dass die Situation nicht eskalierte und der Verurteilte nicht vor Erreichen der Hinrichtungsstätte erschlagen wurde. Auch Thomas hatte nicht die geringste Chance, an dem Spießrutenlauf etwas zu ändern – oder sich dem Isenberger zu nähern.

Längst war Martin bei ihm. Wie zufällig war er aus dem Portal eines Backhauses gekommen, als der Henkerkarren passierte, und an Thomas' Seite getreten, oder besser gesagt an die Seite Tareks, denn Thomas saß auf seinem Schlachtross, um im Notfall schnell vor- oder zurückpreschen zu können. Gerhardt und Ulrich warteten mit Wulfila irgendwo draußen vor dem Stadttor. „Und?", kam es Martin wie beiläufig über die Lippen. „Noch nichts", gab Thomas zurück. Dann näherte sich der Zug dem Severinstor, wo sich der Weg so verengte, dass nur wenige Menschen beiderseits des Henkerkarrens Platz hatten. Wenn es eine Gelegenheit gab, dem Isenberger nahezukommen und ein paar Worte mit ihm zu wechseln, dann hier. „Halt mir den Rücken frei", raunte er Martin zu. Dann nahm sich Thomas ein Herz und gab Tarek ein Zeichen. Mit breiter Brust bahnte sich das Schlachtross eine Gasse und schritt von hinten dicht an den Henkerskarren heran. Derweil drehte sich Martin um und versperrte für einen Moment mit der Länge seines Bogens, den er quer vor der Brust hielt, der Menschentraube den Weg, die dem Zug folgte. „Holla, Leute, einen Pfennig für denjenigen, der mich im Bogenschießen bezwingt", rief er, als sei er ein Schausteller oder Wanderhändler, „wer will, kann sich draußen vor dem Tore in diesem Exerzitium mit mir messen!" – „Weg da!", brüllte man ihm entgegen. „Hau ab, du Arschloch!" Vereinzelt zwängten sich Menschen an ihm vorüber, aber Martin hielt so lange stand, dass Thomas seine Position einnehmen konnte und ein wenig Abstand zu etwaigen Zuhörern gewann. Als der Wagen mit dem Isenberger in den Schatten der Severinstorburg rumpelte, hielt Thomas die Gelegenheit für günstig. „Graf Friedrich", rief er dem Verurteilten halblaut zu, „auf ein Wort!" Der Isenberger reagierte nicht und hielt, wie zuvor, den Kopf gesenkt. „Graf Friedrich, ich bin Euch durch das halbe Reich bis nach Rom gefolgt", unternahm Thomas einen zweiten Anlauf, „in Gottes Namen, sprecht mit mir!" Da hob der Isenberger endlich den Kopf und blickte ihn an. Aus der Nähe betrachtet, sah sein Zustand noch übler aus. Das Gesicht war aufgedunsen und ausgemergelt zugleich, übersät mit Blessuren. „Ich erkenne Euch. Ihr habt fürwahr einen weiten Weg hinter Euch", kam es heiser und mühsam aus seinem Mund, denn sein Kiefer schien lädiert und etliche Zähne fehlten. „Umsonst, Ihr kommt zu spät, um die Belohnung zu kassieren. Was wollt Ihr noch von mir?" – „Die Belohnung interessierte mich nie", entgegnete der Fischersohn, „ich wollte immer nur mit Euch reden. Sagt, wer ist wirklich für den Mord an dem Erzbischof verantwortlich? Ich weiß, dass Ihr mit Engelbert anderes vereinbart hattet!" Der Isenberger setzte ein säuerliches Lächeln auf. „Ja, der gute, der allwissende, der göttliche Engelbert", sagte er bitter, „immer hatte er die Zügel in der Hand, aber im Hohlweg zu Gevelsberg sind sie ihm entglitten!" – „Warum, wer ist dafür verantwortlich?", hakte Thomas nach. „Wen interessiert das noch?", brummte Friedrich, „die Welt hat ihren Schuldigen. Schade nur, dass ich meinen Vetter nicht eigenhändig umgebracht habe, dann würde all das hier einen Sinn ergeben. Verdient hatte er es ohnehin!" – „Mich interessiert es", ließ Thomas nicht locker, „ich will wissen, wer für den Mord und all die Geschehnisse danach die Verantwortung trägt, damit er nicht ungeschoren davonkommt!" Friedrich rang sich ein gequältes Lächeln ab. „Ungeschoren? Keiner ist ungeschoren davongekommen", ließ er Thomas wissen. „Mein Schwiegervater, der Herzog, und andere Edle wollten Engelbert gefangen nehmen, ja. Jetzt liegt er modernd in der Erde, wie viele der Männer, die mir folgten. Und ich werde es ihnen bald gleichtun!" Dabei schüttelte er resignierend den Kopf. „Graf Friedrich, denkt an Eure Frau und Eure Kinder, vielleicht kann ich ihnen Gerechtigkeit widerfahren lassen, aber Ihr müsst mir helfen!", drängte Thomas, denn schon deutete ein Lichtschein das Ende des Torwegs an, wo sich ihre Wege unweigerlich würden trennen müssen. „Meine Frau, die bucklige Sophie, ich hätte sie niemals ehelichen sollen", kam es dem Isenberger gedankenverloren über die geschundenen Lippen, „aber sie hat mir prächtige Kinder geschenkt!" Dabei traten ihm Tränen in die Augen. „Ja, für die könnt Ihr in der Tat etwas tun, wenn Ihr wollt. Schützt sie vor diesem Rennekoie. Sie sind bei meinem Schwager, aber womöglich sind sie dort nicht sicher!" – „Vor wem soll ich sie schützen?", bohrte Thomas nach. „Herenbert Rennekoie", wiederholte der Graf, „Ich weiß nicht, warum, aber er ist der Mann, der dafür gesorgt hat, dass alle schönen Pläne zunichtegemacht wurden. Er hat meine Männer zum Mord angestiftet. Und er hat meine Frau …" Friedrich machte eine Pause, um zweimal durchzuatmen. „Er gehörte zu den Männern des Herzogs, ein Altknappe. Aber jetzt weilt er an der Seite des Erzbischofs …" In diesem Moment traf das Tageslicht auf den Wagen, denn sie hatten den Ausgang der Torburg erreicht. Tosender Jubel beiderseits des Weges brandete aus den Mäulern der hier versammelten Menschen auf, die nun des Verurteilten ansichtig wurden. Männer der Stadtwache hielten die Menge zurück. Einer der Hauptleute eilte herbei und drängte Thomas zur Seite. „Hütet Euch vor ihm, aber tötet ihn, wenn möglich!" Diese letzten Worte Friedrichs gingen im Stimmengewirr beinahe unter, aber Thomas hatte sie vernommen. Der Kopf des Isenbergers fiel wieder auf seine Brust, während der Wagen weiter der Richtstätte entgegenrumpelte. Thomas sah zu, wie er sich langsam entfernte, gefolgt von dichten Menschentrauben, die sich das bevorstehende Schauspiel nicht entgehen lassen wollten. „Etwas erreicht?", raunte ihm jemand von der Seite zu. Es war Gerhardt, der hier mit Wulfila auf den Fischersohn gewartet hatte. Der Saupacker leckte Thomas die Stiefel. Ulrich wartete ein Stück weiter mit den übrigen Pferden. Auch Martin stieß jetzt wieder zu ihnen. „Nur ein Name – Herenbert Rennekoie", antwortete Thomas – und überlegte fieberhaft, ob er diesen Namen schon einmal gehört hatte und wer sich womöglich dahinter verbarg. Zuerst wollte ihm nichts dazu einfallen. Dann drängte sich aus den Tiefen seiner Erinnerung ein Gesicht in sein Bewusstsein – das Gesicht eines Mannes, der mit ihm auf den Dächern von Deutz die Klingen gekreuzt hatte. Ob das dieser Mann war? Dann folgten sie dem Henkerszug zur Richtstätte.

„Großer Gott, seht nur, wie man den armen Kerl zugerichtet hat!" Irmgard von Limburg-Berg war erschüttert, als sie den Wagen mit dem Verurteilten sah, der von Tausenden Menschen flankiert und begleitet wurde. Mit gesenktem Kopf hockte ihr augenscheinlich misshandelter Schwager auf dem Henkerskarren. Teilnahmslos ließ er die zahllosen Verwünschungen und unaufhörlichen Peinigungen des Mobs über sich ergehen. Sibylla war völlig irritiert. Sie wusste nicht, was sie erwartet hatte, aber dieses unwürdige Schauspiel, das sich vor ihren Augen entspann, hätte sie sich in ihren übelsten Träumen nicht ausgemalt. Verstohlen blickte sie zu Sophie herüber. Sie hatten sich kurz, aber kühl begrüßt, dann hatte sich die Schwester des Herzogs an dessen Seite und in dessen Schutz begeben, um das Geschehen zu verfolgen. Als sie ihren Gatten erkannte, glitt sie vom Pferd und sank auf die Knie. Alle anderen blieben zur Sicherheit auf den Gäulen, am Rande des großen Kreises, der sich um die Steinsäule gebildet hatte. Herzog Heinrich ballte die Fäuste. „Das ist eine bodenlose Schweinerei", zischte er, „diesen Erzbischof werde ich zur Rechenschaft ziehen!" – „Handelt nicht vorschnell", raunte ihm Gisbert zu, „denn da vorn kommt er, mit einer stattlichen Eskorte, die unsere Männer an Zahl bei Weitem übertrifft!" Tatsächlich betrat nun Erzbischof Heinrich von Müllenark den Plan. Er ritt etwa hundert Schritte hinter dem

Henkerskarren, in prächtige, goldverzierte Gewänder gekleidet und die hohe, zweispitzige Mitra auf dem Kopf, begleitet von einem halben Dutzend Geistlicher, darunter auch Caesarius von Heisterbach, und einigen Würdenträgern der Stadt. Dahinter folgten in ordentlichen Reihen etwa einhundert Bewaffnete, die meisten mit Lanzen und Schwertern ausgerüstet, aber auch etliche Bogenschützen darunter. Sibylla reckte den Hals und suchte nach Thomas, konnte ihn aber nirgendwo finden. Zu dicht standen die Menschenmassen. „Seht die vier Männer in den dunklen Umhängen, auf halbem Weg zwischen uns und dem Bischofstrupp", raunte ihr Ewald zu, „ich glaube, das sind sie. Ich habe für einen kurzen Moment den Hund gesehen!" Sibylla kniff die Augen zusammen und folgte mit den Augen Ewalds ausgestreckter Hand. Zuerst sah sie nur Köpfe, Helme und Kapuzen. Dann erkannte sie Thomas. Er zog mit seinen Männern hinter den Zuschauerreihen langsam den Hügel hinauf. Ein Stich durchfuhr ihr Herz, gefolgt von einer Welle der Freude und Zuneigung. Er lebte und schien unversehrt. Das galt auch für seine Begleiter. Aber zwei fehlten. Der Bogenmacher, von dem Marias Tagtraum gehandelt hatte, und William! Sie hielt für einen Moment den Atem an. Was konnte das bedeuten? Dann blickte sie sich nach Katharina um. Doch die hatte sich bereits an ihre Seite gesellt und griff nun nach der Hand der Schwägerin. „Ob ihm was zugestoßen ist?", schluckte sie. „Sorgt Euch nicht, das kann alles Mögliche bedeuten", meinte Ewald, dem das Fehlen Williams nicht entgangen war, „vielleicht beobachtet er die Sache von der anderen Seite oder er kommt nach. Das wird sich schon aufklären!" Sibylla überlegte noch, ihrem Mann zuzuwinken, beschloss dann aber, dies lieber bleiben zu lassen, denn er schien keinen Wert darauf zu legen aufzufallen. In diesem Moment wurde ihre Aufmerksamkeit von den Geschehnissen unmittelbar vor ihren Augen in Anspruch genommen. Der Henkerskarren stand nun inmitten des Kreises und die Henkersknechte begannen damit, ihre Utensilien und Werkzeuge auszubreiten. Zwei der Männer trugen das komplett mit Blei überzogene Rad zur Schau. Die Menschen schrien vor Begeisterung. Der Erzbischof erschien am Rande des Kreises, inmitten einer Schneise, die seine Eskorte für ihn in der Menge geschlagen hatte. Ein Herold trat nun vor und verlas das Urteil. „Dieser gottlose Verbrecher hier, Friedrich von Isenberg mit Namen, ist von allen Instanzen, von Kirche, König und Kaiser, schuldig befunden des Mordes an Erzbischof Engelbert von Köln …" Darauf verlas er die Einzelheiten der bevorstehenden Hinrichtung. Von der Kölner Kirche vielleicht, dachte Thomas. Ob vom Oberhaupt der gesamten katholischen Kirche, da war sich der Fischersohn nicht so sicher, eingedenk der Erlebnisse bei der päpstlichen Audienz. Er nahm die bei der Urteilsverlesung eintretende Ruhe zum Anlass, seinen Blick über die Menge schweifen zu lassen, in der Hoffnung, bekannte Gesichter zu entdecken. Zumindest den Grafen von Berg, Heinrich, der nun auch Herzog von Limburg sein musste, wenn es stimmte, dass Walram verschieden war, hoffte er zu sehen. Und tatsächlich, schräg gegenüber von ihm, am rechten Rand des Kreises, sah er den jungen Herzog, wie er hoch zu Ross inmitten von gut dreißig Rittern der beginnenden Hinrichtung beiwohnte. Unmittelbar neben Heinrich erkannte er dessen Gattin Irmgard. Dahinter glaubte er das blasse Gesicht seiner Schwester Katharina zu sehen. Und er erkannte noch jemanden – Sibylla! Ganz Edeldame, saß sie im Sattel, jung und schön, mit wilder Mähne, die von keiner Kopfhaube gebändigt wurde, wie sie die anderen Damen trugen. Aber darauf achtete ohnehin niemand. Sie war so strahlend schön, wie er sie vor Monaten verlassen hatte, mit einer Miene, die unmissverständlich zum Ausdruck brachte, was sie von dem schändlichen Szenario hielt, das sich vor ihren Augen abspielte. Aber auch Sorge stand in ihrem Gesicht. In diesem Moment drehte sie den Kopf in seine Richtung und ließ ihre Blicke schweifen. Sie suchte ihn! Wie gern hätte er ihr zugewunken, aber er wollte keine unnötige Aufmerksamkeit erregen. Deshalb hob er sich nur ein wenig höher aus dem Sattel, vielleicht würde sie ihn ja erkennen. Und tatsächlich: Mit einem Mal trafen sich ihre Blicke. Erst ein Moment der Überraschung, dann trat ein glückliches Lächeln auf ihr Gesicht. Die Freude rötete ihre Wangen. Thomas war erleichtert, sie liebte ihn noch, das war ihr anzusehen, obwohl er so lange nichts hatte von sich hören lassen. Aber wie auch? Jetzt warf sie ihm auf die Entfernung mit der Hand einen leisen Kuss zu. So kurz und unauffällig dieses Signal auch gewesen war, er hatte es gesehen und fing den Kuss gespielt auf, wonach er sich mit der Hand über die Wange strich. Beide lächelten selig. Aber es gab noch jemanden, der dieses Signal aufgeschnappt hatte.

Herenbert Rennekoie stand in der zweiten Reihe, unmittelbar hinter dem Erzbischof, über dessen Schulter er die Vorbereitungen der Henker und den Vortrag des Herolds verfolgte. Er trug den gleichen Wappenrock wie die erzbischöfliche Garde, mit einem langen, schwarzen Kreuz auf der Brust, hatte jedoch gegen die Kälte – und weil er unerkannt bleiben wollte – einen dunklen Umhang mit einer Gugel übergeworfen, einer Art Kapuze. Darunter verbarg er sein Schwert und einen scharfen Dolch, mit denen er sich gegürtet hatte. Unter dem Schutz dieser Kapuze ließ er zuweilen seine Blicke über die Zuschauerreihen schweifen. So hatte er schon früh den Herzog von Limburg erkannt. „Mein geliebter Bruder", lächelte er in sich hinein, „wollen wir mal sehen, ob wir dich nicht auch noch dem Henker überantworten können." Dann fiel sein Blick auf Sophie, die mit vor Seelenschmerz verzerrtem Gesicht auf den Knien dem Tun des Henkers folgte. Angewidert wollte er sich abwenden, zögerte jedoch und schaute noch einmal genauer hin, denn er glaubte, noch ein anderes Gesicht erkannt zu haben. Ja, kein Zweifel, dort stand Sibylla, das Weib dieses Fischersohnes, das ihm so viele Schereien gemacht hatte. Wenn sie nicht gewesen wäre, würde er womöglich schon längst auf der Limburg oder einer anderen standesgemäßen Besitzung residieren. Stattdessen musste er den reuigen Sünder im Schoße des Erzbischofs spielen. Wenn er die zu fassen bekäme! Und nun warf diese Sibylla irgendeinem Kerl einen Handkuss zu. Er folgte ihrem sehnsüchtigen Blick über die Reihen der Menschen. Aha, da war er! Nein, nicht irgendjemand, sondern ihr Gatte, dieser Emporkömmling, der die Eskorte Engelberts befehligt, einen seiner Anschläge vereitelt und in Deutz mit ihm die Klingen gekreuzt hatte. Na sicher, war er nicht dem Isenberger nach Rom gefolgt? Dann war es nicht verwunderlich, ihn hier und heute anzutreffen. Noch einer, den er gerne unter dem Beil des Henkers sehen würde. „Mit Verlaub, Eure Eminenz", wandte sich Rennekoie mit einem teuflischen Lächeln an den Erzbischof, „es gibt da jemanden unter dem Pöbel, dem Ihr Eure Aufmerksamkeit schenken solltet!"

„Nein!" Sophie schrie auf, als die Henker ihren Mann vom Wagen zerrten, ihn zu Boden warfen und auf ein loses, hölzernes Untergestell banden. Dann knieten sich zwei Knechte auf seine Beine, während der Henker mit einem Gehilfen das bleierne Rad in die Höhe hob und es über den Füßen des Verurteilten schweben ließ. Aller Augen wandten sich dem Erzbischof zu. Der jedoch schien abgelenkt zu sein, denn er unterhielt sich mit einem Mann in seinem Rücken, dann glitt sein Blick suchend über die Menge. Der Henker räusperte sich, denn das Rad wurde ihm schwer. Kein Laut war zu hören, denn die Menge hielt den Atem an. Heinrich von

Müllenark wandte sich ungehalten wieder dem Geschehen zu. Dann gab er ein Handzeichen. Augenblicklich ließen der Henker und sein Gehilfe das schwere Rad herniedersausen. Krachend zersplitterten die Fußgelenke des Isenbergers und die unteren Enden der Schienbeine. Das Geräusch ging jedem der Augen- und Ohrenzeugen durch Mark und Bein. Die Menge heulte auf. Erregtes Brüllen und spitze Schreie ertönten aus tausend Kehlen. Aber nicht aus der des Isenbergers. Kein Laut entrang sich seiner Kehle. Auch nicht, als der Henker das Rad ein weiteres Mal auf- und niederfahren ließ, um Unterschenkel und Knie des Verurteilten zu zerschmettern. Sophie erbrach sich auf dem welken Gras des Richtplatzes. Irmgard stierte geschockt auf das blutige Werk, unfähig, sich zu rühren. Herzog Heinrich umklammerte den Griff seines Schwertes. Sibylla schloss die Augen und ergriff für einen Moment Ewalds Hand, wobei sie wünschte, es wäre Thomas, der neben ihr stünde. Keine hundert Schritt entfernt senkte der Fischersohn den Kopf, als das Rad sein mörderisches Werk begann. Gerhardt ballte die Fäuste und zerrte an Wulfilas Leine, obwohl der sich kaum gerührt hatte. Die Kulisse schüchterte selbst den Saupacker ein. „So etwas hat niemand verdient", brummte der Hundeführer, „solche Hinrichtungen sollten verboten werden. Ein schnelles Beil oder Schwert, gut. Aber das hier ist eine Riesensauerei!" – „Kommt, reiten wir zum Herzog und den Frauen", sagte Thomas leise, „ich denke, dort werden wir gebraucht!" Dann lenkten sie ihre Rosse um die Menge herum. Herenbert Rennekoie genoss derweil jeden Augenblick, wie offenbar auch der Erzbischof. Mit Genugtuung sahen sie zu, wie der Henker die Holzbalken unter dem Körper des Isenbergers neu ordnete, um gezielt mit dem Rad die nächsten Knochen brechen zu können. Nach den Beinen waren nun die Arme an der Reihe. Krachend zersplitterten Elle und Speiche. Die Menschenmenge hatte längst aufgehört zu johlen. Das hatten sie nicht erwartet. Der Verurteilte ließ noch immer keinen Laut des Schmerzes hören. Manch ein Ruf des Protestes wurde laut. Und die Ersten unter den Tausenden wandten sich angewidert ab und schlugen den Weg zurück zur Stadt ein. Zerschmettert an allen Gliedern lag der Isenberger in seinem Blut, als der Henker das Rad über seinem Brustkorb postierte. Da war ein erstickter Laut aus dem Mund des Gequälten zu hören. Der Erzbischof gab dem Herold ein Zeichen, der sich darauf mit erhobenen Händen an die Kölner wandte. „Der Verurteilte wünscht ein letztes Wort zu sagen, wie es scheint", verkündete er, „ich bitte um Ruhe. Nun denn, lasst hören!" In diesem Moment hätte man eine Nadel fallen hören können. „Ich ... ich bekomme meine gerechte Strafe", krächzte Friedrich, und Heinrich von Müllenark setzte schon eine befriedigte Miene auf. Nichts machte einem Kirchenfürsten größere Freude als ein geläuterter Sünder. „Aber ich bereue nichts! Nicht den Tod meines Vetters, des Erzbischofs Engelbert, denn er hatte den Tod längst verdient. Ich verfluche ihn, samt allen Fürsten, die mich zu meinem Handeln getrieben haben!" Seine Stimme klang mit einem Mal, ein letztes Mal, wieder stark und fest. „Und ich verfluche alle Pfaffen und Bischöfe dieser Welt. Ich werde Gott berichten, wozu Ihr fähig seid!" Unwirsch zeigte Heinrich von Müllenark dem Henker an, fortzufahren. Und schon zerschmetterte das schwere Rad den Brustkorb des Isenbergers. Ein Pfeifen war zu hören, als die Luft aus seinen Lungen entwich. Nun kippte die Stimmung vollends. Zornige Stimmen erhoben sich überall im weiten Rund. So eine Hinrichtung war zu viel des Guten. Aufruhr lag in der Luft. Der Erzbischof ließ die Stadtwache aufmarschieren und die Bürger zur Ruhe bringen. Seine eigene Garde bildete einen weiten Schutzkreis um ihn und seine Begleiter. In Scharen verließen die Kölner den Richtplatz. Sibylla ließ ihren Tränen längst freien Lauf, als sie spürte, wie sich zärtlich eine Hand auf ihre Schulter legte. „Verzeih, mein Herz", drang eine sanfte Stimme an ihr Ohr, „dass du durch mich solche Dinge erleben musst!" Erschrocken drehte sie sich um und sah ihren Thomas vor sich stehen, endlich. Wortlos und mit einem Schluchzen warf sie sich in seine Arme. „Ach, mein Liebster, was kannst du denn dafür", gab sie mit tränenerstickter Stimme zurück, „es sind die Großen und Machthungrigen, die all das Leid zu verantworten haben!" Dann drückte sie ihn einfach nur wortlos an sich. „Ich will euch ja nicht stören, aber ich halte es nicht mehr aus", unterbrach Katharina ihre innige Umarmung, „bitte sag mir, wo William ist! Bitte sag mir, dass er noch lebt!" Mit bebendem Kinn stand sie vor ihrem Bruder, der sie sogleich in den Arm nahm. „Mach dir keine Sorgen, er lebt, er kommt nach, hat er gesagt", teilte er ihr in wenigen Worten mit, „er hatte noch etwas in Rom zu erledigen!" Noch bevor Katharina ihren Bruder mit weiteren Fragen bestürmen konnte und während Sibylla die anderen Rückkehrer begrüßte, erhob sich ein gewaltiges Raunen unter den verbliebenen Menschen rund um die Richtstätte. Mit vereinten Kräften hatten die Henker den Körper des Isenbergers – oder das, was davon übrig war – auf das Rad gewuchtet und seine zermalmten Extremitäten mit kundigen Händen durch die Speichen geflochten. Auf Geheiß des Erzbischofs trat ein Medicus hinzu, der feststellen sollte, ob bereits der Tod eingetreten war. Der Medicus beugte sich zu Friedrich herab und hielt ihm eine spiegelglatte, glänzende Metallscheibe vor die Nase. Dann erhob er sich und schüttelte verständnislos den Kopf. Der Isenberger lebte noch! Angst griff um sich und immer mehr Kölner rannten in Erinnerung an den Fluch des Isenbergers davon. Sollte der Herrgott oder der Teufel die Pfaffen für dieses Werk bestrafen, war es besser, nicht in der Nähe zu sein. Sodann wurde das Rad mit dem Verurteilten darauf mithilfe von Seilzügen und dem danebenstehenden Kran auf die Steinsäule gehievt. Sophie hielt es nicht mehr aus. Schreiend lief sie auf die Steinsäule zu und fiel zu deren Füßen wie ein Häuflein Elend auf die Knie, wobei sich ihr Buckel noch deutlicher als sonst von ihrem Schulterblatt abhob. „Holt ihn dort runter!", bat sie vergeblich. Nur mit Mühe konnte man sie davon abhalten, sich an dem Henker festzuklammern. Dessen Werk war ohnehin getan – so machte er sich alsbald mit seinen Gehilfen aus dem Staub. Während sie ihrer Wege zogen, kamen die ersten Krähen angeflogen und begutachteten – anfangs noch aus der Luft – die unerwartete Mahlzeit, die sich ihnen darbot. Nicht lange, und die ersten der gefiederten Todesboten ließen sich auf dem Rand des Rades nieder. Schließlich sprang eine der Krähen auf die Stirn des Geräderten, krallte sich in dessen Kopfhaut und begann, mit ihrem Schnabel die Augen auszupicken. Verzweifelt bemühte sich Sophie mit einem Tüchlein, das sie wild hin- und herschwenkte, die Vögel zu vertreiben, aber es war zwecklos. Ihr Bruder Heinrich versuchte, unterstützt von einigen Männern, ihrem Treiben ein Ende zu setzen und sie mitzunehmen, aber Sophie ließ sich nicht bändigen. So gaben sie es auf. Wie eine Katze, die versehentlich auf eine Ofenplatte gesprungen ist, tanzte sie umher und versuchte unentwegt, die Krähen zu vertreiben. Bis sie schließlich entkräftet zusammenbrach. Derweil hatte Herzog Heinrich Thomas erkannt und mit ritterlichem Handschlag begrüßt. „Wart Ihr in Rom und habt Ihr etwas erreicht?", wollte er wissen. „Nicht viel, wie mir scheint!" „In der Tat, nicht viel", gab Thomas zu, „abgesehen von der Erkenntnis, dass man vielen Kirchenmännern nicht trauen kann, welchen Rang sie auch immer bekleiden. Und abgesehen von einem Namen, den mir Euer Schwager noch heute Morgen nannte. Ein gewisser Herenbert Rennekoie. Er soll für vieles verantwortlich sein, was im Hohlweg zu Gevelsberg geschah!" – „Nicht nur dafür", kam es von Sibylla, „ich habe ihn und seine Machenschaften auf der Limburg kennengelernt, er hat auch den Herzog auf dem Gewissen!" Heinrich, der Sibyllas Geschichte kannte, pflichtete ihr bei. „Ich habe ihn suchen lassen, aber ergebnislos", fügte er an. Thomas konnte gar nicht glauben, was er da hörte. Tausend Gedanken schossen ihm durch den Kopf. „Du warst auf der Limburg?", fragte er ungläubig. Doch bevor Sibylla ihm Genaueres berichten konnte, war das dumpfe, prasselnde Geräusch vieler Hufe und Füße zu hören, die sie näherten. Thomas, Heinrich, Sibylla, alle blickten sich überrascht um, denn eigentlich schien sich die Menge doch aufzulösen. Die Hinrichtung war doch zu Ende? In wenigen Augenblicken sahen sie sich von gut hundert Bewaffneten umringt. In ihrem Rücken war die Kölner Stadtwache aufmarschiert. Von vorn rückte die Garde des Erzbischofs an, darunter viele zu Pferde, flankiert von zwei Dutzend Bogenschützen. Sibylla rückte näher an Thomas. Katharina suchte Schutz bei Ewald, der sein Schwert hob, das er diesmal dem Schmiedehammer vorgezogen hatte. Heinrich stellte sich breitbeinig vor seine Gattin, die noch zu Pferde saß. Seine Ritter und er zückten wie auf ein Kommando die Schwerter. „Runter mit den Waffen, wenn Euch Euer Leben lieb ist", erscholl die Stimme des Erzbischofs. Die kölnischen Truppen hatten die Limburgisch-Bergische Streitmacht auf dessen Befehl umzingelt. Weil Heinrich nicht reagierte, gab der Erzbischof den Bogenschützen ein Zeichen. Im Nu spannten sich über zwanzig Sehnen, mit klingenscharfen Pfeilen darauf. „Runter mit den Waffen", wiederholte der Erzbischof. Diesmal gehorchte der Herzog und senkte das Schwert, ohne es jedoch aus der Hand zu legen. Seine Ritter, angeführt von Gisbert, taten es ihm nach. „Thomas von Leichlingen", wandte sich Heinrich von Müllenark nun an den Fischersohn, „Ihr seid verhaftet – als Mitschuldiger am Morde an Engelbert. Euch droht das Rad, wie diesem Isenberger!" Sibylla schlug die Hand vor den Mund, Katharina ließ einen erschreckten Schrei hören. „Nur über meine Leiche", rief Thomas trotzig und trat einen halben Schritt vor, um sich zu erkennen zu geben. „Und die meine!", kam es aus Gerhardts Mund, der sogleich an Thomas' Seite auftauchte, den grollenden Wulfila an der kurzen Leine. „Und meine!" „Und meine!" Ulrich, Martin, Ewald, sie alle eilten hinzu, Sibylla und Katharina eingeschlossen, als sie sich von dem ersten Schreck erholt hatten. „Dem können sich meine Männer und ich nur anschließen!", verkündete Herzog Heinrich und trat ebenso einen Schritt vor. „Wie Ihr wollt, dann verhafte und richte ich Euch gleich mit", lachte der Erzbischof, „Ihr steht ohnehin unter ähnlicher Anklage!" – „Durch wen?", hakte Heinrich nach, „wer bezichtigt mich welcher Untaten?" – „Euer Bruder!", gab Heinrich von Müllenark überheblich zurück, „den Ihr mit anderen zu der Tat im Hohlweg angestiftet habt. Der illegitime Sohn Eures Vaters, dem Ihr das Erbe entrissen habt und der Euch obendrein des Vatermordes bezichtigt!" Triumph stand dabei in seinen Augen. Unruhe machte sich breit; aus jedem der Münder auf limburgischer Seite kamen Unmutsbekundungen. Dann trat auf einen Wink des Erzbischofs ein vermummter Mann hervor. Als er die Kapuze fallen ließ und sein grinsendes Gesicht enthüllte, griff zuerst Sprachlosigkeit um sich, dann entstand ein regelrechter Tumult. „Rennekoie", kam es aus Dutzend Kehlen gleichzeitig. „Ja, so schnell habt Ihr nicht erwartet, mich wiederzusehen, was, Bruderherz?!", spuckte er aus und bedachte viele der Anwesenden – Heinrich, Gisbert, Sibylla, Thomas, Ewald – mit einem giftigen Blick. Jetzt stand er kurz davor, sie alle mit einem Schlag zu vernichten. „Was für eine Farce", rief Heinrich erzürnt, „wie kommt Ihr darauf, dass dieser Wurm mein Bruder sei? Er ist ein Lügner und Mörder, der obendrein meinen Vater umgebracht hat. Ihn solltet Ihr richten!" – „Er ist es, der die Männer des Isenbergers angestiftet hat, den Erzbischof Engelbert zu erschlagen", setzte Thomas hinzu, „ich kann es beeiden!" – „Pah, der Eid eines Verräters und Feiglings, was soll der wert sein?", wischte Müllenark seinen Einwand hinweg. „Alles Lügen, er ist der wahre Unhold", kam es aus Ewalds Mund. „Er hat die Tochter des Herzogs und andere entführt, um Herzog Walram zu erpressen", rief Gisbert in die Runde, der zu diesem Zweck vorgetreten war, „und als dies nicht fruchtete, hat er den Herzog aus dem Fenster gestoßen!" – „Und er hat Sophie Gewalt angetan, sie hat es mir erzählt", fügte Katharina an. Mit unerschütterlicher Ruhe und ohne große Regung hatte der Erzbischof die Welle von Protesten und Anschuldigungen entgegengenommen. Und doch zeigten sie Wirkung. „Dann holt diese Frau", gab er seine Einwilligung, während er den Bogenschützen auftrug, die Bögen zu senken, sich aber bereitzuhalten, „ist sie nicht auch die Witwe des Isenbergers?" – „Das ist sie", meinte Herzog Heinrich und gab Gisbert den Befehl, sie augenblicklich zu holen, „und eine Frau in ihrer Lage lügt nicht!" Gisbert nahm einen Mann mit und eilte zu der unter der Steinsäule zusammengesunkenen Gestalt. Doch zu seinem Erschrecken musste er feststellen, dass Sophie nicht mehr unter den Lebenden weilte. Vor Gram und Schmerz war sie unter dem Rad verstorben. Erschüttert senkten die Ritter ihre Häupter. Den Frauen schossen Tränen in die Augen. Rennekoie, der sich seiner Sache sicher war, grinste noch breiter. „Worauf wartet Ihr", wandte er sich an Müllenark, „ergreift sie oder macht sie nieder." Dabei zog er sein Schwert, das er bislang unter dem Umhang verborgen hatte. „Ihr habt recht, genug getändelt", pflichtete ihm der Erzbischof bei und wandte sich wieder den Limburgern zu, „alles, was Ihr vorzubringen habt, könnt Ihr dem Richter erzählen, meine Geduld ist zu Ende! Thomas von Leichlingen – und Heinrich von Limburg-Berg – ich nehme Euch hiermit fest. Kommt Ihr freiwillig mit, oder muss ich Gewalt anwenden?" Zur Antwort hoben die Ritter ihre Schilde und Schwerter, Thomas und seine Männer stellten sich gemeinsam vor die Frauen. „Lasst zumindest die Damen ziehen", rief der Fischersohn, „in Gottes Namen! Dann könnt Ihr mit uns den Strauß ausfechten!" Doch statt ihm eine Antwort zu geben, hob Heinrich von Müllenark nur seine Hand. Sogleich schnellten die Bögen wieder in die Höhe, die Sehnen bis zum Anschlag gespannt. Zudem rückten seine Soldaten kampfbereit vor. Das letzte Wort schien gesprochen. Schien ...

„Einen Augenblick! Im Namen Gottes, des Papstes und des Kaisers", erscholl eine mächtige Stimme mit leicht fremdem Akzent, „und aller guten Geister", sprach die Stimme leise zu sich selbst, bevor sie wieder lauter wurde. „Haltet ein, oder Ihr seid des Todes!"

Aller Augen wandten sich in die Richtung, aus der die Stimme kam. Ein weiß gekleideter Ritter zwängte sich von Süden durch die Reihen der Schützen. Auf der Brust prangte ein weithin sichtbares, leuchtend rotes Tatzenkreuz. „Ein Templer!", raunten die Ersten. „Was tut der hier?", murmelten die Priester an Müllenarks Seite. „William!", wollte Katharina ausrufen, doch Sibylla hielt ihr geistesgegenwärtig eine Hand vor den Mund. „Was soll das und wer seid Ihr, erklärt Euch!", herrschte der Erzbischof den Tempelritter an, „Ihr stört uns dabei, Mörder und Verräter der Gerechtigkeit zu überantworten!" „Immer langsam, Ihr seid dabei, einen schweren Fehler zu begehen", gab ihm der Templer zu verstehen. „Mein Name ist William von Gloucester – und ich bin hier, um Euch davor zu bewahren! Diese Männer dort, die Ihr festnehmen wollt, sind unschuldig. Dieser Meinung sind mit mir noch viele andere. Deshalb gebt sie augenblicklich frei!" – „Das ist eine Finte, hört nicht auf ihn", krähte Rennekoie, „er ist mit denen im Bunde!" Doch ein Wink des Erzbischofs brachte ihn zum Schweigen. „In wessen Namen sprecht Ihr?", wollte Müllenark wissen. „Haltet mich nicht zum Narren!" „Er spricht im Namen des Ordens der armen Ritter Christi vom Tempel Salomons, die nur dem Papst unterstehen, wie Ihr sicher wisst", bekam er von der anderen Seite zur Antwort. Alle Köpfe fuhren herum. Von dort näherte sich ein zweiter Tempelritter, älter und noch selbstsicherer in seinem Auftreten. Thomas traute seinen Augen nicht. „Bruder Konrad?!", flüsterte er. Und vor seinem geistigen Auge erschienen Szenen der Vergangenheit. Als Bruder Konrad war dieser Mann sein Lehrmeister im Zisterzienserkloster Altenberg gewesen, als Tempelritter hatte er Thomas zusammen mit William aus ägyptischer Gefangenschaft befreit. „Mein Name ist Konrad von Freienfels, ich bin Marschall dieses Ordens", verkündete der Templer, „und ich sage Euch, diese Männer sind unschuldig, deshalb tut, was Ritter William sagt, und streckt Euererseits die Waffen!" „Eine Posse", wiederholte Rennekoie. „Habt Ihr Beweise?", wurde der Erzbischof ungeduldig. „Sonst verdrückt Euch, damit wir unser Werk beenden können. Was geht Euch die Sache überhaupt an?!" – „Wer braucht Beweise, wenn er genügend Männer hat?", stellte der Templer wie beiläufig fest, nachdem er sich mit einem Seitenblick vergewissert hatte, dass seine Mannschaft in Position war, „was sagt ihr – reicht das in Euren Augen?" Dabei beschrieb sein Arm einen großen Halbkreis. Und Heinrich von Müllenark traute seinen Augen nicht. Im selben Moment tauchten auf der gesamten Breite des Hügels, überall hinter den Männern der Stadtwache, aber auch an den Flanken und in seinem eigenen Rücken, weißgewandete Ritter auf, die das gleiche, eigentümliche Kreuz auf der Brust trugen wie die beiden Templer. Sie hielten meist Schwerter, zum großen Teil aber auch Armbrüste in Händen. „Das sind meine Beweise", führte Konrad ins Feld, „über einhundert meiner Ordensbrüder, gestählt in endlosen Fehden mit den Sarazenen, Eurer zusammengewürfelten Streitmacht hier an Zahl mindestens ebenbürtig, an Kampfkraft und Erfahrung weit überlegen, schätze ich. Oder wollen wir es darauf ankommen lassen?" Die Soldaten der Stadtwache und der erzbischöflichen Garde warteten die Antwort gar nicht erst ab, sondern warfen ihre Waffen im hohen Bogen fort. „Seid Ihr denn von allen guten Geistern verlassen", tobte Rennekoie und zog sein Schwert, doch einen Wimpernschlag später flog es ihm aus der Hand. „Auf die Knie, du abgefeimtes Stück Dreck", zischte William, der mit gezückter Klinge vor ihm stand, „auf diesen Moment habe ich schon lange gewartet!" Langsam sank Rennekoie auf die Knie und hob die Hände hinter den Kopf. Thomas hielt es nicht mehr auf seinem Platz. So schnell ihn seine Beine trugen, eilte er zu seinem Freund William und umarmte ihn. „Wie schon in Ägypten, genau zur rechten Zeit", dankte er ihm sein rettendes Erscheinen, „aber diesen Kerl lass mir!" Dann drehte er sich zu dem Marschall der Templer um und nahm auch ihn in den Arm. „Nie hätte ich mir träumen lassen, Euch so schnell wiederzusehen. Habt Dank!", ließ er ihn wissen, „aber wie kommt Ihr nach Köln, wähnte ich Euch doch in Palästina?!" – „Das soll Euch William selbst erzählen", meinte Konrad lachend, „denn dafür ist er verantwortlich! Aber dazu ist später noch Zeit!" Damit wandte er sich wieder an den Erzbischof. „So, und jetzt dazu, was uns diese Sache angeht. Wenn unter Eurer Führung vielfaches Unrecht geschieht, ist das die Sache eines jeden Christenmenschen. Mit dem Unterschied, dass wir als Soldaten Christi die Macht haben, dieses Unrecht zu beheben", ließ er Müllenark wissen, der kleinlaut geworden war und sich recht verloren vorkam. „Ritter Thomas, jetzt berichtet dem Erzbischof, wie sich alles wirklich zugetragen hat. Ich bin sicher, Ihr habt jetzt seine ungeteilte Aufmerksamkeit!" Das ließ sich der Fischersohn nicht zweimal sagen und fasste, so kurz es ging, die Ereignisse rund um die Ermordung Engelberts aus seiner Sicht zusammen, erweitert um die Aussagen des Isenbergers. „Ich bin sicher, es war nie geplant, den Erzbischof zu erschlagen, was die Taten des Grafen Friedrich nicht entschuldigt. Aber den Mord hat dieser Mann angezettelt!", schloss er und wies dabei auf Rennekoie. „Alles Lüge", widersprach der einstige Altknappe, „er will sich selber reinwaschen!" – „Er spricht die Wahrheit", meldete sich Sibylla zu Wort, „ich habe ein Gespräch zwischen Herzog Walram und diesem Rennekoie belauscht!" Dabei warf sie Heinrich von Limburg-Berg einen entschuldigenden Blick zu, doch der junge Herzog nickte aufmunternd, schließlich ging es hier auch um seinen Kopf und nicht um den seines verstorbenen Vaters. „Dem war zu entnehmen, dass der Herzog eine Entführung des Erzbischofs befohlen hatte, um ihm Zugeständnisse abzuringen. Dieser Mann hier aber machte aus Übereifer einen Mord daraus. Dafür erwartete er, vom Herzog reich belohnt zu werden. Als dies nicht geschah, entführte er die Tochter des Herzogs, die arme Sophie, und mich …" Thomas fuhr der Schreck in die Glieder. „Du warst in seiner Gewalt? Hat er …?" Sibylla schüttelte den Kopf. „Nein, hat er nicht. Er wollt es, aber ich konnte mich seiner Gewalt entziehen. Ritter Gisbert kam mir zu Hilfe, bis er selbst verwundet wurde – und Ewald hat mich schließlich befreit!" Thomas schwirrte der Kopf angesichts dieser Schilderungen. Irritiert blickte er von Sibylla zu dem Schmied, dem er einen dankbaren Blick zuwarf, dann suchte er Gisbert. Er fand ihn in der vordersten Reihe der limburgischen Ritter. Für einen Moment erinnerte er sich daran, dass dieser Mann einst sein Feind gewesen war. Aber Menschen ändern sich. Dankend nickte er ihm zu und Gisbert nickte zurück. „Sophie war offenbar weniger glücklich als ich – sie wurde sein Opfer!", fuhr die streitbare junge Frau fort. Nur ein strenger Blick des Templermarschalls hielt Herzog Heinrich davon ab, sogleich sein Schwert gegen Rennekoie zu erheben. „Aber weil dies alles nicht fruchtete, stieß er den Herzog letztlich in den Tod", endete Sibylla, wohl wissend, dass dies nur die halbe Wahrheit war, aber sie brachte es nicht übers Herz, den verstorbenen Walram im Beisein seines Sohnes als Auftraggeber des Mordes an Engelbert anzuklagen. „Sein Sohn Heinrich hatte mit all dem nichts zu tun!", fügte sie noch an, „ihn hatte Herzog Walram meines Wissens nicht ins Vertrauen gezogen!" Ewald und Katharina bestätigten ihre Version der Geschichte. Doch der Erzbischof war längst noch nicht überzeugt. „Das ist Hörensagen, noch dazu aus dem Mund einer Frau, das ist kein Beweis", gab er starrsinnig zurück, „für mich steht hier Aussage gegen Aussage! Und die eines Herzogssohnes wiegt eindeutig mehr!" – „Niemals ist dieses Schwein ein Sohn meines Vaters", protestierte Heinrich von Limburg-Berg, „nicht einmal ein Bastard!" – „Weil Euch das nicht gefällt", hielt ihm Müllenark vor, „aber entspricht es nicht der Wahrheit, dass Herenbert Rennekoie mit Euch aufgezogen wurde, wie er mir berichtet hat?" Das musste Heinrich zugeben. „Warum hätte Euer Vater das tun sollen, wenn das Kind ihm nicht nahestand?", fuhr Müllenark fort, „und wie das Weib dieses Thomas hier sagt, hat Herzog Walram ihn ins Vertrauen gezogen, was die Entführung Engelberts anging, Euch aber nicht. Auch das spricht für Rennekoie!" Geschickt hatte der Erzbischof damit Sibyllas Aussage für seine eigenen Zwecke ausgelegt. „Ich sehe keinen anderen Ausweg, als das alles vor Gericht zu erörtern!" – „Das könnte Euch so passen", mischte sich der Templermarschall ein, „ein Gericht mit Euren Schöffen und Zeugen und womöglich mit Euch als Richter. Nichts da! Wir werden hier und jetzt eine Entscheidung treffen!" – „Dann also ein Gottesurteil", meldete sich Rennekoie zu Wort, der Morgenluft schnupperte, „gebt mir mein Schwert zurück, und wir fechten es aus!" Für einen langen Augenblick stand diese Forderung unbeantwortet im Raum. „Das wäre eine gottgefällige Lösung", meinte der Erzbischof. Auch Konrad von Freienfels nickte. In einer so verworrenen Situation war ein Gottesurteil ein probates, anerkanntes Mittel zur Wahrheitsfindung. „Dann sei es so", sagte Thomas, „ich bin bereit!" Sibylla schüttelte ungläubig den Kopf. „Nein", hauchte sie, „das darf nicht sein!", behielt ihre Sorge aber für sich, weil ihre Argumente unter den vielen Männern ohnehin wenig Beachtung gefunden hätten und weil ihr Gatte womöglich als Feigling gegolten hätte, der sein Weib vorschickt. „Nein, ich bin derjenige, der gegen ihn antritt", widersprach Herzog

Heinrich, „ich bin der, der beschuldigt und obendrein beleidigt wurde!"
„Da muss ich Euch enttäuschen", widersprach Heinrich von Müllenark.
„Zuerst einmal geht es um die Frage, wer schuldiger ist am Tode Engelberts, Euer Lehnsmann Thomas oder Euer Bruder Herenbert …" „Er ist nicht mein …", unterbrach ihn der junge Herzog. „Darum geht es erst in zweiter Linie", beharrte der Kirchenfürst. „Zuerst wird zwischen den beiden ausgefochten, wer von ihnen die Wahrheit sagt!" „Ich glaube nicht, dass all das nötig ist", erklärte mit einem Mal Caesarius von Heisterbach, der sich bislang im Hintergrund gehalten hatte, „ich denke, ich kann ein wenig für Aufklärung sorgen. Ich habe schon zu lange geschwiegen!" Erstaunt wandten ihm alle ihre Aufmerksamkeit zu. Der Erzbischof staunte am meisten. „Ihr, Caesarius, was wisst Ihr davon?" – „Nun, ich hörte zum Gefolge des seligen Engelbert an diesem unglückseligen Tage!", hob er an. „Das weiß ich", unterbrach ihn Müllenark, „aber er hatte Euch doch vorausgeschickt, wie den Kellermeister von Himmerode, der übrigens auch zu denen gehört, die Thomas von Leichlingen für einen feigen Verräter halten!" Caesarius nickte. „Und doch kann ich kein Fehlverhalten des Ritters entdecken; er war Engelbert ein treuer Diener, der zuvor bereits einen ersten Mordanschlag vereitelt hatte. Ich sehe keinen Grund, an seinen Worten zu zweifeln", führte Caesarius aus, „aber dafür gibt es mannigfache Gründe, an den Worten dieses Rennekoie hier zu zweifeln!" Herenbert ballte die Fäuste. Dieser Pfaffe erdreistete sich, gegen ihn aufzubegehren, und gefährdete die schon zum Greifen nahe Lösung seiner Probleme. „Wie Ihr wisst, arbeite ich an der Vita Engelberti", spann der Schreibermönch seinen Faden weiter. „Dabei hatte ich Zugang zu vielen Dokumenten und Zeugenaussagen. Aus keinem Schriftstück lässt sich eine Schuld des Thomas von Leichlingen ableiten, wohl aber des Herenbert, der von verschiedenen Zeugen als Beteiligter genannt wird!" Erste Unruhe machte sich breit. Rennekoie wurde es zunehmend unbequemer in seiner knienden Lage. „Vor allen Dingen ist er niemals der Sohn des Herzogs Walram!" Heinrich von Limburg-Berg horchte auf. Der Erzbischof jedoch war wie vor den Kopf geschlagen. „Könnt Ihr das beweisen?", forderte er. „Das kann ich", bestätigte Caesarius, „obwohl es eigentlich andersherum sein sollte. Aber ich habe mir die Taufregister aller infrage kommenden Gemeinden und Jahre angesehen. Er kann kein Sohn des Herzogs sein!" Das saß. Und Caesarius' Wort hatte Gewicht. Herenbert Rennekoie sah seine Felle davonschwimmen und entschloss sich zu einem verzweifelten Akt. Mit einem Mal sprang er auf, entwendete dem

Erzbischof dessen verborgenen Dolch, den er wie stets unter dem Bischofsmantel trug, und nahm ihn kurzerhand als Geisel. Dabei benutzte er den Erzbischof als Schutzschild und hielt ihm von hinten dessen eigene Klinge an die Kehle. Thomas hatte sein Schwert bereits in der Hand, ließ es aber angesichts der Entschlossenheit in Rennekoies Gesicht wieder sinken. Konrad von Freienfels gebot seinen Templern, die bereits mit ihren Armbrüsten auf den Geiselnehmer zielten, Einhalt. „So, jetzt sag noch mal, dass ich nicht der Sohn des Herzogs bin!", keuchte Rennekoie. Caesarius ließ sich jedoch nicht einschüchtern und ging langsam auf ihn zu. „Mein Sohn, auch wenn du den Erzbischof tötest, macht dich das nicht zum Herzogsspross!" – „Ich bin nicht dein Sohn, du lahmer Pfaffe", herrschte ihn Rennekoie an. „Aber der Sohn des Herzogs bist du auch nicht", entgegnete Caesarius ruhig. „Ich weiß, du glaubst selbst, du wärest es, wahrscheinlich bildest du dir das schon seit deiner Kindheit ein. Aber die Dokumente sprechen eine andere Sprache!" – „Und wessen Sohn bin ich dann?" Rennekoies Stimme überschlug sich beinah. „Warum hat der Herzog mich aufgezogen, wenn ich nicht sein Bastard bin?!" – „Weil du immerhin aus seiner Familie stammst!" Augenblicklich herrschte atemlose Stille. „Was sagt Ihr da?", entfuhr es dem jungen Herzog. „Was soll das heißen?", kam es gar aus Müllenarks bedrohter Kehle, die jedoch ein wenig Entlastung erfuhr, weil sein Peiniger so abgelenkt war, dass er den Druck verringerte. „Sprecht, wer … wer ist mein Vater?" Fast klang Rennekoies Stimme wie ein Betteln. „Du bist der illegitime Sohn einer Schwester des Herzogs", eröffnete ihm Caesarius, „es steht schwarz auf weiß in den Taufbüchern des Ortes Valkenburg!" Eine Nachricht, die auch im Lager der Limburger für Aufregung sorgte. „Tante Judith", kam es Heinrich über die Lippen. „Ja, Judith", fuhr Caesarius fort, „sie zeugte dich – mit ihrem Beichtvater!" Nun drohte die Aufregung zu eskalieren und die Templer hatten Mühe, wieder für Ruhe zu sorgen. Der Erzbischof sagte keinen Ton, obwohl sich die Klinge längst nicht mehr an seinem Hals befand – dafür war Rennekoie zu aufgewühlt. „Was … was für ein Beichtvater?", stammelte er. „Der Propst von St. Georg", klärte ihn der belesene Mönch auf. Heinrich von Müllenark schloss die Augen, ahnte er doch, was nun kommen würde. „Engelbert von Berg, der spätere Erzbischof Engelbert von Köln!" Nur das Krächzen der Krähen war zu hören. Heinrich von Müllenark bekreuzigte sich, dann ging er einfach einige Schritte nach vorn und ließ Rennekoie ohne seine Geisel stehen. „Aber … aber das ist doch nicht möglich", kam es dem vielfachen Mörder verdattert über die

Lippen. Dann griff er sich bestürzt an den Kopf, bevor er hysterisch anfing zu lachen. „Ist das Euer Ernst?" Caesarius nickte. „Das heißt, ich habe meinen eigenen Vater umgebracht, damit mich ein anderer endlich als seinen Sohn akzeptiert?" Wieder nickte Caesarius. Rennekoie wusste nicht, ob er lachen oder weinen sollte. Er, der mit allen Wassern gewaschene Schurke, der so viele Menschen und Hindernisse aus dem Weg geräumt hatte, war völlig durcheinander – wegen der Faselei eines alten Pfaffen. Jetzt musste er erneut lachen. Nein, das konnte nicht sein. Und wenn doch? Nun schluchzte er. Und wenn doch? Was, wenn dieser Engelbert, den so viele gehasst hatten, doch sein Vater gewesen war? Mit einem Mal verspürte er einen Brechreiz und übergab sich. Unsinn, schalt er sich, das hat sich der alte Schreiberling nur ausgedacht, wahrscheinlich, weil ich ihm ein Dorn im Auge bin. „Du Lügner!", brüllte er nun und stürzte sich wutentbrannt auf Caesarius. Konrad von Freienfels senkte die Hand, und einen Atemzug später bohrten sich acht Armbrustgeschosse in Rennekoies Brust. Der Dolch entglitt seiner Hand, und er sank in die auffangbereiten Arme des Mönchs. „Vater, vergib mir", wisperte er noch, dann entfleuchte seine Seele in die Ewigkeit. Im gleichen Moment zeugte ein kurzes Auffliegen der Krähen hoch oben auf dem Rad davon, dass auch Friedrich von Isenberg endlich seinen Frieden gefunden hatte. „Ego te absolvo", raunte Caesarius von Heisterbach dem toten Bischofssohn ins Ohr, der so gerne der Sohn eines Herzogs gewesen wäre. „Ich bin sicher, ER wird auch dir vergeben. Ruhe in Frieden, dein Rachefeldzug ist vorüber!"

Epilog

„Das kann doch nicht dein Ernst sein! Du warst ein Jahr fort und willst mich jetzt schon wieder verlassen? Und aus der Hochzeit wird auch nichts?" Katharina war völlig außer sich, bückte sich nach der kleinen Hildruth, die völlig irritiert aus ihrem Laufstall zu den Streithähnen aufblickte, hob sie hoch und drückte sie William in die Hand. „Hier, wir haben ein Kind zusammen, was du ja offenbar vergessen hast!" Dann rauschte sie weinend davon.

Ratlos hielt der Templer seine Tochter vor sich in den Händen und blickte Katharina hinterher. Dann besah er sich das kleine strampelnde Bündel genauer. Hildruth hatte seine Züge und die Augen der Mutter. Und diese Augen blickten ihn jetzt genauso strafend an wie gerade noch Katharina. „Es tut mir leid, aber das war der Preis, weißt du?", wiederholte er der Tochter gegenüber die gleiche Erklärung, die er auch schon seiner Frau gegeben hatte. Aber streng genommen war sie noch gar nicht seine Frau, denn aus der Hochzeit war bis jetzt nichts geworden. Und so, wie es aussah, würde das auch noch eine ganze Weile dauern.

William hatte seit seinem offiziellen Austritt aus dem Templerorden den Kontakt nie ganz abreißen lassen und sich freiwillig als eine Art Auge und Ohr für die Armen Ritter Christi vom Tempel Salomons verdingt. Wo und wann auch immer es Neuigkeiten gab, die für die Templer von Interesse sein konnten, ließ er dies seinen ehemaligen Orden, mit dem er ja auch Geschäfte machte, auf verschlungenen Kanälen wissen. Er stand also all die Monate sozusagen im geheimen Dienst der Templer – und im Schriftverkehr mit Konrad von Freienfels, seinem Vorgesetzten aus der Zeit in Ägypten. Dies sollte sich bezahlt machen, als es William auf ihrem Ritt nach Rom immer klarer wurde, dass sich um Thomas etwas zusammenbraute. Der Engländer hatte sich ausgerechnet, dass sein Freund früher oder später in ernsten Schwierigkeiten stecken würde, als Spielball und Opfer der Mächtigen, vor allem der Kirchenoberen wie dem Erzbischof von Köln, der den Fischersohn als Mitschuldigen an der Verschwörung rund um die Ermordung Engelberts sah. Deshalb hatte er seinen Orden – und Konrad im Besonderen – schon vor Monaten immer wieder per geflügelten, stummen Boten zurate gezogen und über die Geschehnisse im

Reich informiert. Auf besonderes Interesse war sein Bericht über den Aufenthalt des Sultans am Kaiserhof gestoßen. Sicher, mancher würde ihn dafür als Verräter betiteln. Aber was hatte ihnen das Intermezzo mit Kaiser und Sultan gebracht? Sie waren nur immer tiefer in Schwierigkeiten geraten und hatten letztlich mit Willibald sogar einen wertvollen Mann verloren. Das hatte weder den Kaiser noch den Sultan geschert. Der Marschall der Templer aber hatte ohne Zögern versprochen zu helfen. Und weil Konrad ohnehin vorgehabt hatte, wegen der Ereignisse in Palästina, wozu auch die Gerüchte um einen neuen Kreuzzug gehörten, im Hauptquartier seines Ordens in Paris vorzusprechen und auf dem Weg seiner alten Abtei Altenberg einen Besuch abzustatten, war er kurzerhand gleich selbst gekommen, als sich das Unheil immer dichter am Horizont abzeichnete. Eine Woche nach Thomas' Abreise hatten sie sich in Rom getroffen und waren gleich mit einer stattlichen Eskorte nach Norden aufgebrochen. In verschiedenen Komtureien auf ihrem Weg hatte Konrad ihr Fähnlein durch Freiwillige verstärkt – Freiwillige nicht nur für den Ritt nach Köln, sondern auch für Palästina – bis dass eine Streitmacht beisammen war, die es auch mit dem Erzbischof aufnehmen konnte. Und sie waren keinen Moment zu früh gekommen! Aber all das hatte seinen Preis. Der Orden erwartete, dass William weiter für die Templer tätig war. Und da ein neuer Kreuzzug seine Schatten vorauswarf, bereiteten sich die Tempelritter darauf vor, in Kürze jeden verfügbaren Mann in Palästina zusammenzuziehen. Thomas war verheiratet und schied damit selbst als Ordensritter aus. Aber William sah sich in die Pflicht genommen, für zwei weitere Jahre. Das hatte er zuerst Thomas und Sibylla und schließlich auch Katharina auf ihrem Heimweg von Köln nach Leichlingen deutlich gemacht. Zumindest hatte er es versucht. Thomas war seinem Freund für seinen Einsatz unendlich dankbar, hatte nicht nur Verständnis, sondern sagte ihm auch jegliche Unterstützung zu. So hatte er auch darauf bestanden, die über hundertköpfige Templerstreitmacht, die ihm zu Hilfe geeilt war, für einige Tage zu sich nach Leichlingen einzuladen, bevor sie nach Paris und später nach Palästina weiterzogen. Und Herzog Heinrich, der den Templern mindestens ebenso zu Dank verpflichtet war, hatte versprochen, für deren Verköstigung aufzukommen. Höchstpersönlich und in Begleitung Irmgards geleitete er zur Stunde ganze Wagenladungen mit Brot, Fleisch und Wein an die Wupper. Katharina jedoch wollte von alldem nichts hören. Sie war kreuzunglücklich über diese Wendung der Ereignisse. So sehr sie sich auch darüber freute, dass ihr Bruder durch das Auftauchen der Templer vor dem Henker bewahrt worden war: Ihr eigenes Glück – die geplante Hochzeit, die Familie – für weitere Jahre hintanzustellen, das ging über ihre Kraft. Und so stand William jetzt in der Küche des Gutshauses – mit der kleinen Hildruth auf dem Arm, die ihn ebenso kritisch beäugte wie Katharina. „Und was machen wir jetzt?", fragte er sie. Die Kleine schien in Betracht zu ziehen, gleich loszuheulen. Ihr Blick, ihr Geruch, ihre zarte Haut, das jetzt schon widerspenstige Haar rührten sein Herz. Auch die Tatsache, dass sie schon erste Worte sprechen und laufen konnte, ohne dass er etwas davon mitbekommen hatte, machte ihm zu schaffen. „Nicht weinen! Ich wäre gern dein Vater, ein richtiger Vater, weißt du, der mit dir spielt", flüsterte er ihr ins Ohr, „und spätestens in zwei Jahren komme ich wieder und dann machen wir das auch so!" Vielleicht lag es an seiner warmen Stimme, vielleicht an seinen tiefgründigen Augen, jedenfalls warf sich Hildruth mit einem Mal mit ausgestreckten Ärmchen nach vorn, krähte vor Vergnügen und klammerte sich um seinen Hals. Da war es um ihn geschehen und die Tränen rannen ihm über die Wangen. „Ich schwöre dir, danach wird uns nichts und niemand mehr trennen!", schniefte er und drückte sie fest an sich. „Versprich nicht schon wieder etwas, was du nicht halten kannst!", kam Katharinas Stimme von der Tür, diesmal jedoch deutlich milder. Sie hatte es nicht übers Herz gebracht, ihm weiter zu zürnen, als sie seine Ergriffenheit sah. Außerdem hatte ihr Sibylla draußen in aller Kürze gehörig den Kopf gewaschen. Schnell wischte er sich die Tränen ab und dreht sich um. „Hab' ich nicht immer versprochen, ich käme zurück zu dir, und dies auch gehalten?", kam es ihm zaghaft lächelnd über die Lippen. „Das hast du", gab sie zu, während sie langsam auf ihn zuschritt, „aber du hättest mir sagen sollen, dass du immer noch mit deinem Orden verheiratet bist und ich mich beeilen muss, etwas von dir zu haben! Nun denn, ich habe meine Lektion gelernt!" Damit nahm sie ihm Hildruth ab, setzte sie sanft in ihr Ställchen, ergriff dann entschlossen seine Hand und zog ihn in die kleine Kammer, die sie bewohnte, seit Ewald das Haus neu errichtet hatte.

Thomas und Sibylla, die den anderen halfen, draußen vor dem Gutshaus Holz für ein abendliches Feuer zusammenzutragen, das groß genug war, um darauf einen Ochsen braten zu können, und die unfreiwillig Katharinas letzte Worte mitbekommen hatten, mussten lachen. Doch mischte sich ein Hauch Wehmut in ihre Freude. Auch Thomas bereute zutiefst, das erste Jahr im Leben seines kleinen Sohnes fast vollständig versäumt zu haben. Robin spielte zu seinen Füßen mit einem kleinen Holzscheit, das er mit wachsender Begeisterung wie ein Schwert auf Thomas' Schnabelstiefel niedersausen ließ, nachdem er einmal mitbekommen hatte, dass sich damit eine Reaktion bei dem Mann auslösen ließ, über dessen Auftauchen sich seine Mutter so freute. „Autsch!", rief Thomas mit gespieltem Schmerz, hockte sich hin und nahm den Kleinen auf den Schoß. „Wenn du so weitermachst, muss ich dich bald als Knappen aufnehmen!" – „Ganz der Vater", meinte Sibylla trocken. „Da, Fata!", sprudelte es dem Knirps über die sabbernden Lippen. Alle in ihrer Nähe lachten, dann kam Andrea, ihre eigenen Kinder im Schlepptau, und nahm den Jungen mit zum Hühnerfüttern. „Ob wohl irgendwann Ruhe und Frieden auf unserem Hof einkehren", überlegte Thomas, als sie für einen Moment allein waren, „oder geht das so weiter mit Feld- und Kreuzzügen für diese und jene Herren?" – „Du meinst, du möchtest lieber Fische in der Wupper fangen und unsere Felder bestellen, anstatt von einem haarsträubenden Abenteuer ins nächste zu reiten?", lachte Sibylla. „Ja, das würde ich mir wünschen", gab er ehrlich zurück. Doch das kaufte sie ihm nicht ganz ab. „Das sagst du jetzt", meinte seine Frau, „aber ich glaube, dass du dich früher oder später langweilen würdest, wenn du nur zu Hause sitzen würdest!" – „An deiner Seite? Nie!", schwor er und nahm sie in Höhe der Taille in den Arm „oder ist es nicht eher so, dass es DIR langweilig werden würde? Ich frag' mich, wer von uns größeren Bedarf an Abenteuern hat – in Anbetracht deiner Erlebnisse am Hof des Herzogs!" Anfangs hatte er ihr Vorwürfe machen wollen, nachdem sie ihm auf dem Heimritt von ihrer Reise nach Limburg erzählt hatte, diese dann aber doch nicht ausgesprochen, denn er wollte nicht mit zweierlei Maß messen und sah ein, dass sie ihm nur hatte helfen wollen. Aber er sah auch, dass in seiner Frau eine Löwin steckte, die es nicht ein Leben lang am Herd halten würde. „Du hast nicht ganz unrecht, aber mein Bedarf an solcherlei Erlebnissen ist fürs Erste gedeckt", gab sie ihm zu verstehen, „das wirst du dir allerdings nicht erlauben können! Wenn es tatsächlich im nächsten Jahr einen neuen Kreuzzug gibt, wird dich der eine oder andere vor seinen Karren spannen wollen, sei es der Kaiser oder der junge Herzog!"

Als sie daraufhin nach ihm Ausschau hielten, sahen sie, wie sich Heinrich von Limburg-Berg und Irmgard angeregt mit Konrad von Freienfels unterhielten. Und das taten sie auch noch bis spät in die Nacht. Da sich so viele Gäste nicht im Gutshaus unterbringen ließen, wurde das abendliche Gelage im Freien veranstaltet. Aber trotz der frühwinterlichen Kälte wurde es ein großartiges Wiedersehensfest – dank zahlreicher

Feuerstellen, dicker Decken und Felle, wärmender Speisen und Getränke sowie nicht enden wollender Gespräche. Natürlich waren die Ereignisse vor den Toren Kölns anfangs das Hauptthema. Man erging sich in allerlei Vermutungen über die Taten des Mörders, dessen Herkunft und Beweggründe. Und man bewunderte allenthalben die mehr als ritterliche Art, wie Friedrich von Isenberg, auch wenn er nicht gerade ein erklärter Freund der Anwesenden war, der Folter und dem Tode ins Antlitz gesehen hatte, ohne einen Laut des Schmerzes zu äußern. Das war aller Ehren wert.

Konrad von Freienfels berichtete anschließend von der Lage in Palästina und wie die Ritter der drei großen Orden, der Templer, Johanniter und Deutschherren, sich redlich mühten, wichtige Teile des Landes gegen die Sarazenen zu halten. Er machte aber auch keinen Hehl daraus, dass Outremer, das Land jenseits des Meeres, wie Palästina in fränkischer Sprache genannt wurde, ohne einen neuen Kreuzzug und ein vieltausendfaches Heer in Bälde verloren sei. Währenddessen kümmerten sich die Frauen, Herzogin Irmgard eingeschlossen, um das leibliche Wohl der Gäste, schenkten Bier, Wein und Met aus und sorgten mit Ewald und anderen dafür, dass die Feuer stets loderten. Wulfila hatte es sich zu Gerhardts Füßen bequem gemacht und nagte an einem stattlichen Knochen. Ihm schien die lange Reise am wenigsten ausgemacht zu haben. Thomas, William und Gerhardt gaben nun abwechselnd ihre Erlebnisse in Italien zum Besten. Thomas hielt es jedoch aus vielerlei Gründen für angebracht, weniger auf die Verbindung mit Al-Kamil und Inez einzugehen. Umso lebhafter schilderten sie Wulfilas Kampf mit dem Warzenschwein und ihre Tage in Rom, einzig getrübt durch das Ableben Willibalds. „Erhebt mit mir den Becher zu Ehren eines guten Freundes, der auf dieser Reise in meinem Dienst gefallen ist", sagte Thomas. „Er kämpfte mit uns für Freiheit und Gerechtigkeit. Er war ein treuer, tapferer Mann, und wir werden seiner immer mit Achtung gedenken!" Und alle, wirklich alle erhoben sich, um dem Toten die Ehre zu erweisen, auch die einhundert Templer, obwohl sie den Bogenmacher nicht gekannt hatten. Martin dankte Thomas mit einem stillen Kopfnicken, dann schloss er seine Familie zu einem gemeinsamen Gebet in die Arme. Adele war zu Tränen gerührt. Aber Thomas hatte ihr Willibalds letzte Worte ausgerichtet, und die spendeten ihr Trost. Es wurde eine lange Nacht und beinahe dämmerte der Morgen, als die Letzten endlich in ihre Betten und die Ritter in ihre mitgebrachten Zelte gingen, sofern sie nicht in der Scheune Platz fanden, die Thomas zu diesem Zwecke hatte räumen lassen. Ein Teil von ihnen zog vor Sonnenaufgang mit Herzog Heinrich und Irmgard nach Burg Neuenberge.

Drei Tage blieben die Templer an der Wupper, dann rüsteten sie zum Aufbruch. „Es wird Zeit, uns zu verabschieden; wir haben Eure Gastfreundschaft sehr genossen!" Mit diesen Worten reichte Konrad von Freienfels Thomas und Sibylla freudig die Hand zum ritterlichen Gruß. Doch Thomas wollte es dabei nicht belassen und umarmte den Templer wie einen Vater. „Ich stehe für immer in Eurer Schuld, Bruder Konrad, wie kann ich Euch das jemals vergelten?" – „Indem Du nächstes Jahr an meiner Seite gegen die Sarazenen zu Felde ziehst, wenn der Kaiser gen Jerusalem aufbricht!", schmunzelte Konrad, wohl wissend, dass dieser Gedanke Thomas schon jetzt in Schwierigkeiten brachte. „Das werden Herzog Heinrich und der Kaiser auch von mir verlangen", gab der Fischersohn denn auch gleich zu bedenken, „deshalb wollen wir es einstweilen dabei belassen, dass wir zumindest auf derselben Seite stehen!" Da war sich Konrad allerdings nicht so sicher, da sein Orden zunehmend mit Kaiser Friedrich auf Kriegsfuß stand. Aber das behielt der Templer vorerst für sich. „Außerdem habt Ihr ja schon William", wich Thomas geschickt aus, „passt ja gut auf ihn auf, denn ich schätze, meine Schwester will ihn wiederhaben!" „Und ob, sonst geh' ich ihn holen", bestätigte Katharina, die sich bei William eingehakt hatte, „in zwei Jahren, keinen Tag später, erwarte ich ihn zurück. Und dann lass ich ihn nie wieder gehen!" „Macht es gut, meine Freunde", sagte dann auch William Lebewohl, „ich wünschte, ich könnte bleiben. Aber ich muss gestehen, es reizt mich auch, Outremer wiederzusehen!" Thomas drückte ihn wie einen Bruder an die Brust. „Und ich hatte schon ein schlechtes Gewissen, dass du meinetwegen zurück in den Orden musst", gab er zu. „Gräme dich nicht, ich tue nichts, was ich nicht will. Aber ich freue mich jetzt schon darauf, wenn wir uns dereinst wiedersehen – hier oder in Jerusalem!" – „Jerusalem!", fingen ein paar der Templer Williams letztes Wort auf, und bald hallte es aus hundert Kehlen über die nebligen Uferbänke der Wupper, die an flachen Stellen bereits anfing zu gefrieren. Dann saßen die Ritter auf und schlugen den Weg nach Westen ein. Katharina begleitete ihren Mann, der er ja war, auch wenn sie immer noch nicht vermählt waren, bis an den Rhein, bevor sie schließlich schweren Herzens umkehrte. Herzog Heinrich ließ es sich nicht nehmen, die Tatzenkreuzträger später sogar noch auf die Limburg einzuladen. „Es scheint so, als zögen sie wirklich voller Freude in den Krieg", meinte

Sibylla, als die Silhouetten der Reiter im Morgennebel verschwanden. „Das tun sie, es sind Tempelritter", bestätigte Thomas, „sie haben ihr Leben Gott und der Befreiung Jerusalems geweiht – auch wenn sie sich nicht immer gottgefällig benehmen!", fügte er leiser an. „Und William ist einer von Ihnen; meinst du, er kommt jemals zurück?", wollte Sibylla wissen. „Ich meine, für immer?" Thomas zuckte die Achseln und setzte eine gespielt ernste Miene auf. „Tja ich weiß nicht. Etwas Ähnliches hast du mich vor Jahren auch schon mal gefragt", erinnerte er sie an Williams Abreise vor vier Jahren, „und das haben wir jetzt davon!" Sibylla runzelte die Stirn. „Was meinst du? Was haben wir davon?" – „Das da", wies Thomas mit einer Kopfbewegung auf den kleinen Robin, der, in dicke Hasenfelle gepackt und mit einem Stock bewaffnet, auf noch wackeligen Beinchen vor Freude jauchzend Wulfila hinterherstolperte. Dabei biss der riesige Hund immer wieder in das Stöckchen und sprang dann gerade so weit weg, dass der kleine Bursche nicht die Lust verlor, ihn zu verfolgen. „Oh, ich erinnere mich da an etwas", überlegte Sibylla, „ich glaube, wir haben die spärliche Zeit, die wir damals für uns allein hatten, ganz gut genutzt. Aber das ist alles schon so lange her. Es wird Zeit, dass du die Erinnerung ein wenig auffrischst!" Damit nahm sie ihn bei der Hand und zog ihn lachend hinter sich her, zurück ins Haus.

Eine halbe Tagesreise weiter westlich, im erzbischöflichen Palast zu Köln, stand Caesarius von Heisterbach gerade an seinem Schreibpult, als Erzbischof Heinrich von Müllenark eintrat. „Nun, wie weit seid Ihr mit der Vita Engelberti, kommt Ihr zu einem Ende?", begehrte er zu wissen. „Ja, Eure Eminenz", bestätigte Caesarius, „ich muss nur noch das ruchlose Ende seines Mörders niederschreiben, dann können wir Abschriften des Werkes anfertigen lassen und es veröffentlichen!" Der Erzbischof legte den Kopf zur Seite und überflog die Zeilen. „Mit dem ruchlosen Ende seines Mörders meint Ihr hoffentlich das Ende des Isenbergers auf dem Rad", versicherte er sich, „zu viele Namen und Einzelheiten verwirren nur. Das gilt im Übrigen nach wie vor für die Jugendsünden meines Vorgängers. Alles nicht von Belang!" – „Selbstverständlich, das habe ich nicht vergessen", beruhigte ihn der Mönch, dem mittlerweile das Grau ins spärliche Haar rund um die Tonsur gezogen war, „Ihr werdet feststellen, dass sein Lebenslauf makellos ist!" Der Erzbischof grunzte befriedigt. „Schön, so soll es sein", tat er Caesarius mit einem Schulterklopfen kund, „wir wollen doch nicht, dass seiner Heiligsprechung etwas im Wege steht!" Dann wandte er sich zum Gehen, blieb aber an der Tür noch einmal stehen. „Übrigens bedarf ich Eurer Dienste danach nicht mehr. Ihr könnt Euch wieder in Euer Kloster zurückziehen, wo Ihr hergekommen seid!" Damit überließ er den Schreiber wieder der Einsamkeit seiner Kammer. Caesarius quittierte seine Entlassung mit einem Achselzucken, hatte er doch ohnehin schon länger damit gerechnet. Im Grunde freute er sich sogar, wieder in die Abgeschiedenheit des Klosters Heisterbach zurückkehren zu können. Die Intrigen und Ränkespiele im Bischofspalast waren nichts für ihn. Dann erhellte ein Gedanke seine Miene. Bei aller Lobhudelei über den Verstorbenen, zu der er sich in seinem Werk veranlasst sah: Erzbischof Engelbert von Köln würde niemals heiliggesprochen werden, dessen war er sich sicher. Und so geschah es …

Personen:

Thomas von Leichlingen, *Reichsritter aus einfachen Verhältnissen, geboren als Thomas Grimbergen, Sohn des Fischers Ulrich Grimbergen, bewirtschaftet ein Gut bei Leichlingen*

Sibylla, *seine Frau, Tochter des Burgvoigtes auf Neuenberge*

Robin, *deren gemeinsamer Sohn, eigentlich Robert, aber der Kosename gefällt allen besser*

Katharina, *Thomas' Schwester, liiert mit William von Gloucester*

William von Gloucester, *englischer Tempelritter, Freund von Thomas, Geliebter von Thomas Schwester Katharina*

Herrmann von Elverfeldt, *Burgvoigt auf Neuenberge, Sibyllas Vater*
Mechthild, *dessen Gattin, Sibyllas Mutter*

Magda, *Köchin auf Neuenberge*

Gerhardt vom Hünger, *Thomas' Hundeführer*
Ulrich, *dessen Sohn Wulfila, deren Hund, ein Bergischer Saupacker*

Ewald, *Schmied aus dem Bergischen Land, tritt in Thomas' Dienst*
Maria, *seine Partnerin, mit seherischen Fähigkeiten*

Willibald, *Bogenmacher, Dienstmann von Thomas*
Adele, *seine Frau*

Martin, *deren Sohn, ebenfalls Bogenmacher,*
Andrea, *seine Frau*

Irmgard von Berg, *Tochter des Grafen Adolf von Berg, Nichte des Erzbischofs Engelbert, von diesem zwischenzeitlich enterbt, Gattin Heinrichs von Limburg, später selbst Gräfin von Berg*
*um 1200; † 12.8.1248

Engelbert II. von Berg, *jüngerer Bruder des Grafen Adolf von Berg, Dompropst zu Köln, später Erzbischof Engelbert I. von Köln,*
* 1185 oder 1186 in Burg Neuenberge an der Wupper;
† 7. November 1225 in Gevelsberg

Herzog Walram IV. von Limburg, *größter Gegenspieler von Erzbischof Engelbert, in dessen Ermordung verwickelt*
* ca. 1175; † 1226

Heinrich IV. von Limburg(-Berg), *ältester Sohn Walrams, ab 1217 verheiratet mit Irmgard von Berg und über sie ab 1225 Graf von Berg, ab 1226 selbst Herzog von Limburg*
* vor 1200; † 25. Februar 1246

Adolf IV. von Berg, *auch Adolf der Lange und Adolf der Kriegerische genannt, ältester Sohn Irmgards von Berg und Heinrichs von Limburg,*
* 1217; † auf einem denkwürdigen Turnier am 27. April 1259

Walram V. von Limburg, *zweiter Sohn Irmgards und Heinrichs, später Herzog vom Limburg*

Gisbert von Limburg, *entfernter Verwandter Heinrichs vom Limburg, einstiger Rivale von Thomas*

Graf Friedrich von Isenberg, *Großvetter von Erzbischof Engelbert aus der Linie derer von Berg-Altena, residiert auf der Isenburg, gilt als Mörder Engelberts, hingerichtet durch das Rad vor dem Kölner Severinstor*
* vor 1193; † 14. November 1226 in Köln

Sophie von Isenberg, *dessen Gattin, Tochter des Herzogs Walram von Limburg, Schwester Heinrichs von Limburg,*
* vor 1200, † 1226

Herenbert Rennekoie, *Altknappe in Diensten Walrams, später Friedrichs von Isenberg, Jugendfreund von Sophie, verwickelt in die Ermordung des Erzbischofs Engelbert*

Tobias, *Notarius, Schreiber des Grafen Friedrich*

Herriger, *Diener des Grafen Friedrich*

Dietrich III. von Isenberg, *Bruder des Grafen Friedrich, 1218 bis 1226 Bischof von Münster,* † *1226 in Rom*

Engelbert von Isenberg, *Bruder des Grafen Friedrich, 1224 bis 1226 und 1239 bis 1250 Bischof von Osnabrück,* † *1250*

Friedrich II. von Hohenstaufen,
König von Sizilien, 1212 römisch-deutscher König, ab 1220 Kaiser des Heiligen Römischen Reiches Deutscher Nation, * *26. Dezember 1194;* † *13. Dezember 1250*

Heinrich von Müllenark *(teilweise auch von Mollenark), als Heinrich I. von 1225 bis 1238 Erzbischof von Köln,* * *um 1190;* † *26. März 1238*

Caesarius von Heisterbach, *gebildeter Zisterziensermönch und Novizenmeister im Zisterzienserkloster Heisterbach bei Königswinter, Chronist und Biograf seiner Zeit, Autor der Vita, passio et miracula beati Engelberti Coloniensis Archiepiscopi, der Chronik über das Leben und Sterben des ermordeten Kölner Erzbischofs Engelbert I. von Köln, schrieb darüber hinaus die Biografie der heiligen Elisabeth von Thüringen,* * *um 1180 bei Köln;* † *nach 1240 in Heisterbach*

Heinrich von Himmerode, *Kellermeister des Erzbischofs Engelbert*

Ritter Leonius, *Gefolgsmann des Erzbischofs bei dessen Ermordung*

Konrad von Dortmund, *ebenfalls Gefolgsmann des Erzbischofs*

Honorius III., *eigentlich Cencio Savelli, Papst von 1216 bis 1227,* * *um 1148 in Rom;* † *18. März 1227 in Rom*

Oliver von Köln, *auch Thomas Olivier oder Thomas Oliver, Oliver der Sachse oder Oliver von Paderborn genannt, Domschulmeister zu Köln, Kreuzzugsprediger, geistiger Anführer der deutschen Kreuzfahrer auf dem 5. Kreuzzug und dessen Chronist, ideenreicher Erfinder von Kriegsmaschinen, 1223 bis 1226 Bischof von Paderborn, ab 1226 Kardinalbischof,* * *um 1170;* † *11. September 1227*

Walther von der Vogelweide, *gilt als der bedeutendste deutschsprachige Lyriker des Mittelalters, schrieb u. a. einen Singspruch zum Tode des Erzbischofs Engelbert, erhielt vom Kaiser ein Lehen,*
* um 1170, † um 1230, möglicherweise in Würzburg

Ezzelino III. da Romano *(dt.: Ezzelin), ein anfangs guelfischer, später ghibellinischer (kaisertreuer) Feudalherr in Oberitalien, Podestà (General und Bürgermeister) von Verona, stand im Ruf außerordentlicher Grausamkeit*
* 25. April 1194 bei Padua; † September/Oktober 1259 bei Cremona

Oberto Pallavicino, *italienischer Signore und einer der führenden Ghibellinen (Kaisertreuen), Anhänger Kaiser Friedrichs II., später Reichsvikar, * 1197; † 1269*

Inez, *Tänzerin und Übersetzerin, einst Mündel eines jüdischen Wanderhändlers, zwischenzeitlich Thomas' Geliebte, jetzt Haremsdame von Sultan Al-Kamil*

Konrad von Freienfels, *Ritter-Marschall des Templerordens, als Bruder Konrad Mönch im Kloster Altenberg, Lehrmeister von Thomas*

Hermann von Salza, *4. Hochmeister des Deutschen Ordens, bedeutender Politiker, Ratgeber Kaiser Friedrichs II.,*
* um 1162; † 20. März 1239

Sultan Al-Kamil, *kompletter Name: Al-Malik Al-Kamil Nasir Al-Din Mohammad Ibn Al-Malik Al-Adil Ibi Bakr, 4. Sultan der Ayyubiden in Ägypten, einer der bedeutendsten mittelalterlichen Herrscher des Orients,*
* 1180; † 6. März 1238

Yussef bin Tarek al-Tahir, *Assassine, Botschafter von Maysad, Freund von Thomas, William und Konrad von Freienfels*

Musculus Severus, *römischer Räuber*

Quellen:

Genealogie-Mittelalter.de
Heisterbach, Caesarius von: Vita, passio et miracula beati Engelberti Coloniensis Archiepiscopi / Leben, Sterben und Wunder des seligen Kölner Erzbischofs Engelbert I. In deutscher Bearbeitung herausgegeben von Karl Langosch, Münster und Köln, 1955.

Die Vorzeit der Länder Cleve-Mark, Jülich-Berg und Westphalen, Verlag von Friedrich Amberger, Solingen 1839, S. 117 ff.

Stürner, Wolfgang: Friedrich II.,
Teil 1: Die Königsherrschaft in Sizilien und Deutschland 1194–1220, Primus Verlag Darmstadt 1997, Seite 188, 218, 223, 239.

Thorau, Peter: Jahrbücher des Deutschen Reichs unter König Heinrich (VII.) Teil I, Duncker & Humblot Berlin 1998, Seite 77, 100, 137, 142 ff.

Wies, Ernst W.: Friedrich II. von Hohenstaufen. Messias oder Antichrist, Bechtle Esslingen 1998, Seite 100, 181 ff.

Winkelmann Eduard: Kaiser Friedrich II., 1. Band,
Wissenschaftliche Buchgesellschaft Darmstadt 1963, Seite 465–477 ff.
Gruß, Franz, Geschichte des Bergischen Landes, S. 120 –138.

Lothmann, Josef: Erzbischof Engelbert von Köln,
Kölnischer Geschichtsverein e.V., 1993; S. 20, 22–28, 38–52, 59–273.

Matscha, Michael: Heinrich von Müllenark – Erzbischof von Köln (1225–1238) (Studien zur Kölner Kirchengeschichte 25), Siegburg 1992, S. 203 f.

Schulz, Thorsten: Die „verhinderte" Heiligsprechung Erzbischof Engelberts von Berg, in: Geschichte in Köln 52, 2005, S. 33–68.

Heinrich Eversberg: Graf Friedrich von Isenberg und die Isenburg 1193–1226. Heimat- u. Geschichtsverein, Hattingen 1990.

Die Lieder **Walthers von der Vogelweide.**
Herausgegeben von Friedrich Maurer, I. Heft Tübingen 1960.

Nachwort

Wie schon der erste Roman rund um den Fischersohn Thomas, „Der Kreuzzug des Fischers", greift auch die Fortsetzung, „Der Feldzug der Rache", tatsächliche historische Ereignisse auf. Im Mittelpunkt des Romans stehen die Ermordung des Erzbischofs Engelbert von Köln, der auch Graf von Berg sowie Reichsverweser ist, und die Suche nach seinen Mördern. Kein anderes Ereignis dieser Zeit, hat die damalige Welt so erschüttert und die Machtverhältnisse dermaßen durcheinander gerüttelt. Der Mord an Engelbert schlug damals ähnlich hohe Wellen wie die Ermordung John F. Kennedys oder vergleichbare Anschläge, vor allem weil nie ganz geklärt wurde, wer alles hinter der Mordtat stand.

Tatsache ist, dass sich Engelbert von Berg viele Feinde gemacht hatte, selbst in seiner eigenen Familie. Dies beginnt schon mit seinem Aufstieg am Kölner Domkapitel. Als zweitgeborener Sohn bleibt ihm nur eine kirchliche Karriere, weil der ältere Bruder die Grafschaft erbt. Schon als Teenager steigt Engelbert zu hohen Ämtern innerhalb der Kirche auf, wobei er vom amtierenden Kölner Erzbischof Adolf von Altena gefördert wird, einem Vetter aus dem westfälischen Zweig seiner Familie. Mit diesem zusammen betätigt sich Engelbert als Raubritter, als Erzbischof Adolf im Zusammenhang mit dem Thronstreit zwischen den Welfen und Staufern in Ungnade fällt. Er raubt sogar die Kasse des Domkapitels, um ihre Heerzüge gegen Widersacher zu finanzieren. Dafür wird er (wie auch Erzbischof Adolf) vom Papst seiner Ämter enthoben und gebannt. Danach zeigt er sich reumütig und nimmt sogar als Buße am Kreuzzug gegen die Albigenser in Südfrankreich teil. Für 30 Tage, das reicht ihm. Dafür erhält er seine Ämter zurück. Danach spielt er seine Gegner geschickt aus und schlägt sich schließlich auf die Seite des immer mächtiger werdenden Staufers Friedrich II, der zum neuen deutschen König gewählt und einige Jahre später gar zum Kaiser gekrönt wird. Friedrich fördert ihn und im Jahre 1216 wird Engelbert schließlich selbst Erzbischof. Und wenig später wird er gar zum Reichsverweser und zum Vormund des Kaisersohnes ernannt. Damit ist Engelbert der mächtigste Mann nördlich der Alpen – und fortan vielen Fürsten ein Dorn im Auge.

Vor allem mit dem Herzog von Limburg liegt er mehrfach in Fehde. Ein Auslöser ist der Umstand, dass sich Engelbert die Grafschaft Berg unter den Nagel reißt, nachdem sein Bruder, Graf Adolf III., auf dem Kreuzzug vor Damiette in Ägypten stirbt. Diese Ereignisse haben wir im Vorgänger-

Roman „Der Kreuzzug des Fischers" eingehend beschrieben. Eigentlich wäre die Tochter Adolfs, Irmgard von Berg, erbberechtigt gewesen bzw. ihr Gatte Heinrich von Limburg, der Sohn Herzogs Walram von Limburg. Aber das konnte und wollte Engelbert nicht zulassen, weil sich das Erzbistum Köln damit in der Zange der Limburger befunden hätte (mit dem Herzogtum im Westen und der Grafschaft Berg im Osten). Also nahm er sich das Recht heraus, das Erbe des Bruders für sich zu beanspruchen – bis zu seinem eigenen Ableben, so wurde es entschieden.

Gleichzeitig kommt es zum Zwist mit seinem Großvetter Friedrich von Isenberg, ebenfalls ein Spross des westfälischen Familienzweigs. Friedrich von Isenberg genießt Voigteirechte über ein Damenstift in Essen, beutet diese jedoch über Gebühr aus. Mehrfach beschwert sich die Äbtissin schriftlich beim Erzbischof – und auch beim Papst. Engelbert muss handeln. Er droht Friedrich von Isenberg mit Enteignung, bietet im Gegenzug aber eine Leibrente aus eigener Tasche an. Graf Friedrich lehnt ab. Auch auf einem Landtag in Soest finden die beiden keine Einigung. Auf dem Rückweg gerät Engelbert bei Gevelsberg in einen Hinterhalt, er versucht zu fliehen und wird dabei durch rund fünfzig Hieb- und Stichverletzungen getötet. Als Mörder gilt Friedrich von Isenberg, dessen Männer die Tat federführend ausführen.

Die heutige Forschung geht allerdings davon aus, dass Engelbert ursprünglich nur gefangen genommen und erpresst werden sollte, gewisse Zugeständnisse zu machen. Dies war eine damals weit verbreitete Methode, Forderungen Nachdruck zu verleihen. Doch irgendetwas ging schief. Hinter dem Anschlag vermutet man heute ein Komplott rheinischer und westfälischer Adeliger gegen Engelbert. Schon die mittelalterlichen Chronisten nennen den Herzog von Limburg, den Grafen Otto von Tecklenburg und den Herren von der Lippe als Drahtzieher. Vor allem Walram von Limburg scheint tief in die Sache verstrickt gewesen zu sein. Seine Beteiligung ergibt sich schon aus der Tatsache, dass der Herzog einen Tag nach der Tat eine Burg Engelberts angreifen und schleifen lässt, die dieser an der Grenze zwischen dem Erzbistum und Limburg hatte errichten lassen. So schnell hätte er dafür kaum die nötigen Truppen aufbringen können, wenn er unvorbereitet gewesen wäre. In wie weit sein Sohn Heinrich, der kurz nach Engelberts Tod die Grafschaft Berg und die Burg Neuenberge übernimmt, eingeweiht war, lässt sich nur vermuten.

Herzog Walram wird sicher auch den Grafen Friedrich von Isenberg als ausführendes Organ für die Tat gewählt haben, denn Friedrich war mit

Walrams Tochter Sophie vermählt, also dessen Schwiegersohn. Und er hatte genügend eigene Gründe, Engelbert auf den erzbischöflichen Leib zu rücken.

Aber entweder war Friedrich ein schlechter Anführer oder er wurde selbst hintergangen, denn aus der geplanten Entführung wurde Mord, zumindest Totschlag. In der Bewertung der Tat sind sich die Historiker nicht einig. Ebenso wenig sind die Ursachen für die Änderung oder das Scheitern des ursprünglichen Planes bekannt. Hat sich Engelbert gewehrt? Dabei steht zu vermuten, dass er besagten Entführungsplan kannte, denn er wurde mehrfach gewarnt. Von wem und warum, alles das wissen wir nicht genau. Hier war entsprechend Raum für unsere eigene literarische Freiheit und Auslegung, die wir entsprechend genutzt haben.

Der genaue Ablauf der Mordtat ist dagegen hinlänglich bekannt – aus den Recherchen des Cäsarius von Heisterbach, der im Auftrag von Engelberts Nachfolger eine Biographie über den charismatischen Erzbischof erstellte, und aus einem Brief des Notarius Tobias, seines Zeichens Schreiber in Diensten Friedrichs von Isenberg. Tobias, der auch in unserem Roman eine Rolle spielt, geriet ein Jahr nach dem Mord, wie fast alle Tatbeteiligten, in die Gefangenschaft des neuen Kölner Erzbischofs und schrieb die Ereignisse nieder, auch um sich selber rein zu waschen.

Die weiteren Ereignisse sind ebenfalls bezeugt: Die Aufbahrung der erzbischöflichen Leiche in Schwelm, die verriegelten Tore auf Burg Neuenberge, wo man der Leiche den Zugang verwehrte, die Reinigung in Altenberg, wo auch das Herz entnommen wurde und schließlich der feierliche Einzug der Gebeine in Köln.

Historische Tatsache ist auch das horrende Kopfgeld von über 2.000 Mark Silber, das der neue Erzbischof Heinrich von Müllenark für die Ergreifung des Haupttäters aussetzte. Und es stimmt, dass der neue Kirchenfürst die Gebeine Engelberts zum Beweis der Anklage auf seinen Reisen durch halb Deutschland mitführte.

Derweil flieht Friedrich von Isenberg durch Westfalen, nachdem er seine Frau und seine Kinder bei seinem Schwager Heinrich in Sicherheit weiß. Ein Aufenthalt am Hofe des Grafen von Tecklenburg ist sehr wahrscheinlich. Schließlich begibt sich der Isenberger mit seinen Brüdern Dietrich und Engelbert auf die Reise nach Rom, um beim Papst Absolution zu erbitten.

Gleichzeitig zerstört Adolf von der Mark die Isenberger Burgen und verleibt sich weite Teile des Besitzes ein. Die Namensdopplungen (mehrfacher

Adolfs und Engelberts) mögen verwirren, sind aber historisch korrekt und daher unverzichtbar. Diese Reise nach Italien nimmt auch weiten Raum in unserem Roman ein, wobei die Verfolgung der Isenberger durch unseren Helden Thomas und dessen Männer natürlich reine Fiktion ist. Aber es ist höchst wahrscheinlich, dass sich Kopfgeldjäger an die Fersen der Isenberger hefteten.

Selbst die Namensgebung des bis heute beliebten Alpenpasses „Brenner" ist historisch verbürgt, auch wenn diese ein wenig zeitversetzt stattfand. In der 2. Hälfte des 13. Jahrhunderts taucht in entsprechenden Urkunden erstmals ein sogenannter „Prenner" auf, ein Bauer, der unweit des Dorfes Mittenwald (heute das Brenner-Dorf) Brandrodung betreibt. Dieser „Brenner" stand Pate für den heutigen Namen des Alpenpasses. Es ist gut möglich, dass er einen Vorfahren hatte, der in der 1. Hälfte des gleichen Jahrhunderts bereits das Gleiche tat. So ist es nicht weit hergeholt, dass unser Hundeführer Gerhardt, in Ermangelung eines anderen Namens, den Pass bereits mit dem Namen „Brenner" tituliert.

Viele der genannten Personen, denen wir auf dem Pilgerweg, der Via Francigena, begegnen, hat es tatsächlich gegeben und verschiedene Ereignisse haben sich wirklich so zugetragen, so der lombardische Aufstand und die Sperrung der Alpenpässe, wodurch es dem Sohn Kaiser Friedrichs nicht gelang, zu seinem Vater vorzustoßen. Auch der Zug des Kaisers in der ersten Hälfte des Jahres 1226 durch Norditalien hat so stattgefunden – mitsamt der Tiermenagerie. Friedrich II. sah sich auch in diesem Punkt als Nachfolger Karls des Großen, von dem ähnliche Aufmärsche und Spektakel bekannt sind.

Das Treffen des Kaisers mit Sultan Al-Kamil ist frei erfunden, allerdings stand Friedrich II. über Jahre mit dem orientalischen Herrscher in regem Briefkontakt. Sie tauschten per Boten sogar Geschenke aus und dachten über friedliche Lösungen des Konfliktes zwischen Christen und Moslems nach. Insoweit haben wir an dieser Stelle lediglich ein bisschen übertrieben. Zwei Jahre später kommt es dann aber wirklich zum Zusammentreffen der beiden Potentaten – und zu einem denkwürdigen Schachspiel. Am Ende gewinnt Friedrich für 15 Jahre die Herrschaft über Jerusalem – kampflos (zumindest nahezu). Von diesen Ereignissen wird der dritte Roman unserer Reihe über die Grafen von Berg handeln, der „Kreuzzug des Kaisers", der von Heinrich von Limburg-Berg angeführt wird (natürlich begleitet von unserem Helden Thomas).

Ezzelino da Romano und Oberto Pallavicino waren in der Tat führende Ghibellinen, wie man die kaisertreuen Adeligen Italiens nannte. Ezzelino stand jedoch anfangs auf der Gegenseite und lief später zum kaiserlichen Lager über. Oberto war den Staufern auch noch nach Friedrichs Tod treu ergeben.

Die genannten Schauplätze am Frankenweg, Borgo San Donnino und Monteriggioni in der Toskana, haben wir selbst besucht. Nahe Monteriggioni gibt es auch bis heute die beschriebene Herberge, in der einst Dutzende gut betuchter Pilger ein komfortables Nachtlager fanden. Den Wirt „Gianni" haben wir aus der Neuzeit entlehnt, denn so heißt der heutige Besitzer, ein ehemaliger Kapitän, der hier heute Apartments vermietet und eigenen Wein keltert.

Über die tatsächlichen Geschehnisse in der ewigen Stadt kann man nur spekulieren. Jedenfalls waren die Isenberger in Rom, denn Dietrich von Isenberg ist dort (oder nahe Rom), wahrscheinlich auf der Rückreise, am 18. oder 22. Juli 1226 verstorben. Vielleicht hatte ihn die Reise zu sehr mitgenommen, vielleicht starb er durch die Hand eines Verfolgers, wir wissen es nicht. Ebenso wissen wir nicht, ob der Papst die Isenberger Brüder wirklich empfangen hat, aber vieles spricht dafür. Engelbert von Isenberg scheint denn auch Nutznießer der Pilgerreise gewesen zu sein. Als einziger der drei Brüder geht er relativ unbeschadet aus der ganzen Sache hervor. Er bleibt zwar vorerst seiner Ämter enthoben, darf aber sein Familienvermögen und das eines Stiftes in Osnabrück verwalten. Und etwa zwölf Jahre später wird er erneut zum Erzbischof von Osnabrück gewählt. Wer, wenn nicht der Papst, hätte ihn dazu ermächtigen und ihn in der Zwischenzeit schützen können? Ich glaube, unsere Version der Geschehnisse ist von der Wahrheit gar nicht weit entfernt.

Auch die Ergreifung Friedrichs von Isenberg in einem Wald bzw. in einer Herberge bei Huy (nahe Lüttich) im Spätherbst 1226 durch einen gewissen Balduin von Gennep dürfte sich so ähnlich zugetragen haben, wie wir dies beschrieben haben. Das gilt auch für dessen Überstellung nach Köln und schließlich für die Hinrichtung vor dem Kölner Severinstor. Verschiedene Quellen sprechen davon, dass der Isenberger keinen Laut des Schmerzes von sich gab, obwohl die Räderung zu den fürchterlichsten Hinrichtungsmethoden zählte, die das Mittelalter zu bieten hatte. Friedrichs Gattin Sophie soll dort mit einem Tüchlein versucht haben, die Krähen zu vertreiben. Andere Quellen sprechen jedoch davon, sie sei vorher schon verstorben.

Ja und unser Haupt-Bösewicht, Herenbert Rennekoie, auch ihn hat es gegeben. Er wird von verschiedenen Quellen als Mittäter genannt und wir sind nicht die ersten, die ihm eine größere, dramtischere Rolle zuschreiben, als die nackten Geschichtsbücher.

Reine Erfindung ist jedoch seine mögliche Abstammung – von einem gewissen Erzbischof.

Denn bei aller Liebe zur Historie und einer hohen Geschichtstreue dürfen Sie, liebe Leser, auch bei diesem unserem Werk nicht vergessen – auch „Der Feldzug der Rache" ist lediglich ein Roman, entsprungen aus einer manchmal blühenden Phantasie zweier Autoren – die sich für Ihr Interesse und Ihre Geduld erneut herzlich bedanken. Bleiben Sie uns treu!

J. Michael Schumacher und Peter Hein

Danksagung

Wir bedanken uns bei Ihnen, liebe Leser, für das große Interesse, das Sie schon unserem „Kreuzzug des Fischers" entgegengebracht haben – und für die vielen Anfragen nach einem zweiten Band, wodurch wir auf freundliche, aber doch nachdrückliche Weise zu einer Fortsetzung der Geschichten rund um Thomas und Sibylla animiert wurden. Machen Sie weiter so, dann können Sie sich bald auf den „Kreuzzug des Kaisers" freuen.

Wir bedanken uns außerdem bei unserem Verlag für das erneute Vertrauen, das in uns gesetzt wurde, und bei dem Lektor für seine Nachsicht mit unserem auch diesmal zuweilen wieder etwas freizügigen Umgang mit Worten.

Vor allem jedoch bedanken wir uns bei unseren Familien und Freunden für die endlose Geduld sowie das tiefe Verständnis, wenn wir so manches Mal nicht präsent waren (oder nur körperlich, während der Geist auf Kreuzzug ging) und wenn wir uns an manchen Tagen vielleicht lieber ins Mittelalter zurückgezogen haben, statt der einen oder anderen Einladung Folge zu leisten. Wir geloben Besserung.

J. Michael Schumacher und Peter Hein

Was bisher passiert ist auf Schloss Burg …

 ## Der Kreuzzug des Fischers

Neuenberge, heute Schloss Burg an der Wupper, Stammsitz der Grafen von Berg, ist Ausgangs- und Endpunkt einer epischen Reise in die Welt des Mittelalters.

Im Herbst 1212 wartet der vierzehnjährige Thomas mit seinem Vater an den Stromschnellen der Wupper auf die Rückkehr der Lachse, dabei retten sie dem vom Pferd gestürzten Grafen Adolf III. von Berg das Leben. Zum Dank schenkt der Landesherr dem Vater einen wertvollen Dolch und bietet dem Fischersohn an, ihn zum Knappen ausbilden zu lassen. So tritt Thomas in den Dienst des Grafen und ist bald zunehmend von dem Wunsch beseelt, eines Tages Ritter zu werden, um die Liebe seines Lebens, Sibylla, die Tochter des Burgvoigtes, heiraten zu können. Doch als Sohn armer Leute stehen seine Chancen nicht zum Besten; schnell ist er Ziel von Spott und Anfeindungen junger Adeliger.

In der Abtei Altenberg lernt er Schreiben und Lesen, wird von einem ehemaligen Tempelritter aber auch in die Schwertkampfkunst des geheimnisvollen Ordens eingeweiht.

Die Höhen und Täler des Bergischen Landes, die Domstadt Köln, wo Engelbert, der jüngere Bruder des Grafen, zum Erzbischof aufsteigt, die Pfalz Kaiserswerth und die Kaiserstadt Aachen, wo Thomas an der Seite des Grafen die Krönung des Stauferkönigs Friedrich miterlebt, sind weitere Stationen seines abenteuerlichen Weges, auf dem er Liebe und Hass, Treue und Verrat kennenlernt.

1217 begleitet er den Grafen Adolf und Tausende Ritter aus ganz Europa auf den 5. Kreuzzug. Ihr Ziel ist das Heilige Land, aber sie enden in Ägypten. Am Ufer des Nils warten uneinnehmbare Mauern, das Heer des Sultans, Sümpfe, Seuchen, Liebe, Tod und Kerker auf die bergischen Ritter.

Erschienen im Bergischen Verlag
bereits in der 2. Auflage
640 Seiten, 16,90 Euro
ISBN 978-3-940491-23-7

…und wie es mit den Rittern von Berg weitergeht.

Der Kreuzzug des Kaisers

Nach dem Tod Engelberts sind Irmgard, die Tochter des verstorbenen Grafen Adolf, und ihr Mann, Heinrich von Limburg, die neuen Herren auf der Burg. Heinrich eilt ein Ruf als mutiger Kämpfer und erfahrener Heerführer voraus. Kaiser Friedrich II. beruft ihn 1228 zum Anführer seines (schon vor Jahren versprochenen) Kreuzzuges, mit dem er Jerusalem befreien will. Thomas zieht an der Seite seines Lehnsherren Heinrich erneut in den Krieg, der aber so gut wie gar nicht stattfindet, denn Kaiser Friedrich gewinnt Jerusalem am Verhandlungstisch. Damit zieht er sich jedoch den Zorn der Tempelritter zu. Thomas führt derweil seinen eigenen Kreuzzug. Dieser führt ihn erneut an den Hof des Sultans Al-Kamil. Dabei gibt es ein Wiedersehen mit Bruder Konrad, seinem alten Lehrmeister und Gefährten. Und er begegnet Inez wieder, seiner schönen Geliebten aus dem ersten Teil der Trilogie. Diesmal allerdings will er sie nicht länger dem Sultan überlassen.

Der „Kreuzzug des Kaisers" erscheint voraussichtlich 2015.

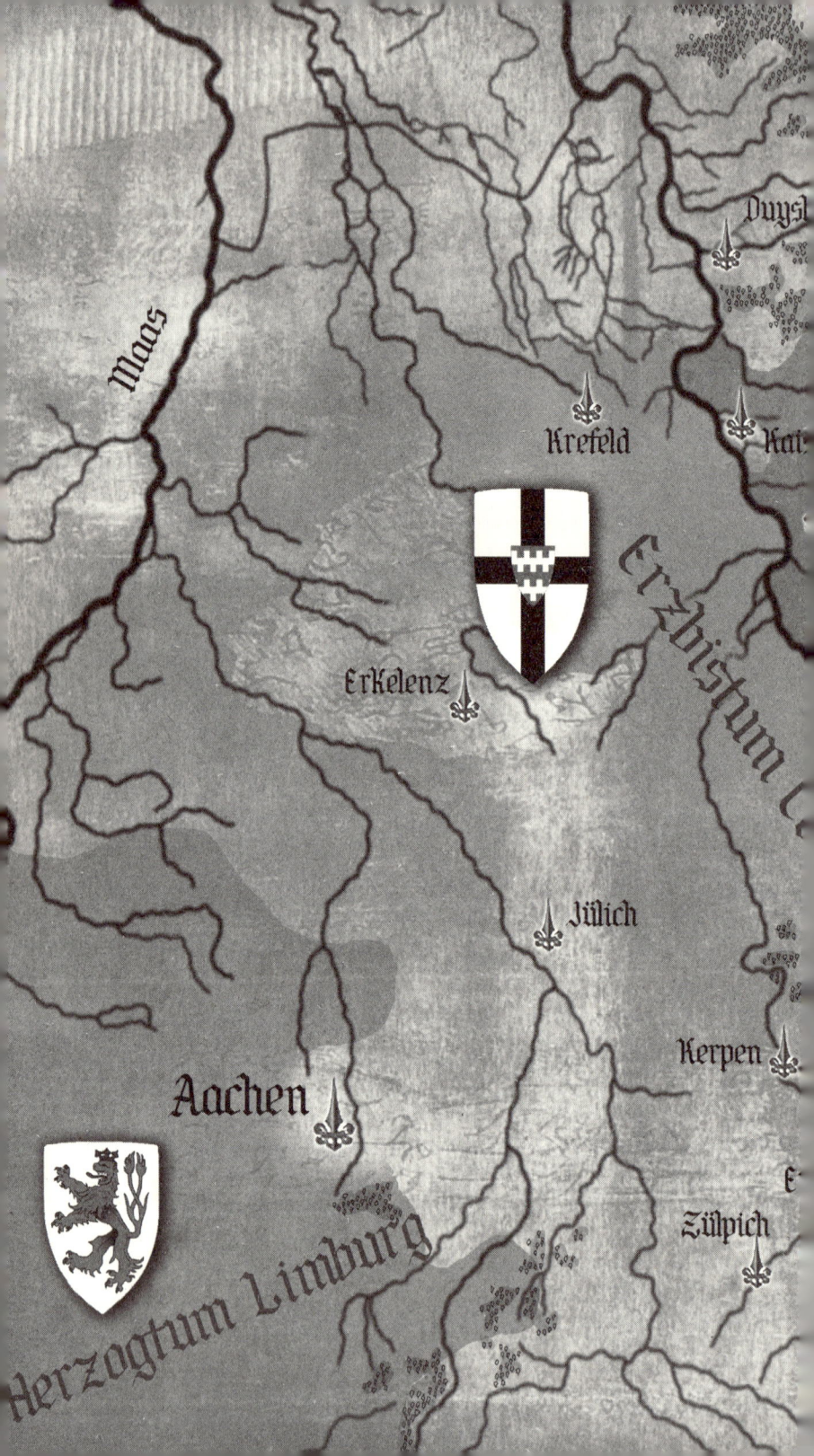